国学视域下

古代戏曲身份认同研究（上）

骆兵 著

中国戏剧出版社
CHINA THEATRE PRESS

图书在版编目（CIP）数据

国学视域下古代戏曲身份认同研究 / 骆兵著． — 北京：中国戏剧出版社，2020.7
ISBN 978-7-104-04965-4

Ⅰ．①国⋯ Ⅱ．①骆⋯ Ⅲ．①古代戏曲－文学研究－中国 Ⅳ．①I207.37

中国版本图书馆CIP数据核字（2020）第119548号

国学视域下古代戏曲身份认同研究

策划编辑： 王松林
特约编辑： 郑少华
责任编辑： 郭　峰
责任印制： 冯志强

出版发行：	中国戏剧出版社
出版人：	樊国宾
社　址：	北京市西城区天宁寺前街2号国家音乐产业基地L座
邮　编：	100055
网　址：	www.theatrebook.cn
电　话：	010-63385980（总编室）
传　真：	010-63383910（发行部）

读者服务：010-63381560
邮购地址：北京市西城区天宁寺前街2号国家音乐产业基地L座

印　刷：	鑫海达（天津）印务有限公司
开　本：	787mm×1092mm　1/16
印　张：	41.25
字　数：	700千
版　次：	2020年7月　北京第1版第1次印刷
书　号：	978-7-104-04965-4
定　价：	268.00元（上、下册）

版权专有，违者必究；如有质量问题，请与出版社联系调换。

摘 要

本书以戏曲身份认同为研究对象,以戏曲本体为聚焦点,借鉴西方文化中关于身份认同研究的理论和方法,在国学视域下,全面、深入、系统地展开探讨古代戏曲身份认同的主体、取向和言说等本质、特征及规律性问题,充实并完善当代中国古代戏曲研究的理论体系。

导论主要研究国学的内涵及类别与古代戏曲身份认同的对应关系。在列举比较当代学术界关于"国学"的三种不同定义解释的基础上,认为国学是中华民族传统文化学术的总称,而中国古代戏曲在国学体系中具有独立的身份内涵和本体地位,是中华民族传统文化学术最具有特色的组成部分之一,在本质上集中华民族传统审美文化之大成。

第一章主要论述戏曲在国学中地位的流变与价值的确立的关系。根据马克思主义关于两种民族文化的观点,认为程朱理学与世俗戏曲代表了宋代文化的两极,尽管两种文化相互交流渗透,但矛盾对立无可调和;元代统治阶级思想文化禁锢制度最少,普遍通行上层文化与下层文化兼容,使得杂剧得以盛行于世;明代初期程朱理学主导上层文化,中叶王阳明心学主导上层文化,促进了文人士大夫和市民百姓对戏曲的喜好,传奇创作进入高潮;清代上层文化趋向汉民族儒家文化的身份认同,自皇帝臣僚到市民百姓喜好戏曲成为时尚,但清廷与市民百姓的戏曲身份认同基于不同价值取向;近代上层文化对戏曲身份认同的表达模式被冲破,下层文化对戏曲身份认同获得新的内涵阐发。

第二章主要论述戏曲文学体制本质的形成与身份认同的关系,认为宾白从即兴创拟到当行规范的过程,体现戏曲文学体制与其他文学艺术种类有不同身份特征;曲词从俚俗俳谐到丽雅经典的过程,体现人们对戏曲文学或俗或雅的身份认同差异;戏曲文学结构从附庸漫漶到主脑严密的过程,体现了人们对戏曲文学结构及其身份认同的特殊性;曲词和宾白的艺术格调有多种含义,从本色朴素到文采藻绘的过程，伴随着戏曲的发展，曲词和宾白的艺术格调取向本色当行成为正途路头；诗派和词派对戏曲流派的形成与发展产生了深远影响和促进作用，戏曲流派从同质辉耀到异质风骚的过程，京剧和花部乱弹地方戏各种流派形成，充分显示了古代戏曲发展到近代异军突起的璀璨别致。

第三章主要论述戏曲艺术形式本质的形成与身份认同的关系，认为戏曲艺术形式本质的形成与身份认同经历了漫长过程，从诗、词、曲的比较可见三者的基本轮廓；从曲、戏、剧的辨析可见三者的本质规定性同中有异，概念内涵和外延呈交叉的关系；案头之曲有广义和狭义之别，案头之曲的文本呈现与文学地位多种多样，确有值得人们深入研究的意义和价值；场上之曲的艺术韵味具有音乐性、文学性、舞蹈性、在场性、视听性、可感性、即逝性等审美特征，古代戏曲的艺术形态从清代乾隆年间开始发生了以"结构第一"向"舞台第一"的历史性变化；就戏曲艺术本质探讨的兴废聚讼渗透了文化机杼，是一种独特学术文化现象，也是古代戏曲艺术发展和理论体系建构完善的必然写照。

第四章主要论述戏曲审美文化本质的形成与身份认同的关系，认为基于舞台叙人情物理陆离世态，是戏曲艺术区别于他者艺术的根本特征，具有社会性；抒游戏娱悦超脱想象，体现了张扬人性之真、善、美特征，具有人文性；重深浅微茫雅俗共赏，强调妥善处理好深与浅、雅与俗的关系，具有艺术性；乐移风易俗经世人生，剧作家乐移风易俗的目的相对自我和观众而言就是经世人生，具有功利性；寓劝善惩恶道器非二，通过剧本创作和舞台搬演鼓励人们向善，告诫人们止恶，道不离器，道器一体化，成为戏曲创作的圭臬，具有伦理性。

第五章主要论述儒、释、道、民俗信仰与戏曲身份认同的关系，认为上古原始祭祀仪式与古代戏曲程式的发生和形成有密切联系，如祝文对后世骈文、八股文、戏曲"时文风"的影响等；由儒家的"中和"观到戏曲的团圆旨趣建构，可见儒家的价值取向与学说发展，对戏曲团圆旨趣身份建构发挥了积极作用；从佛教"轮回"观到戏曲果报题材策略的运用，制约了无数古代中国人对佛教身份的认同模式和戏曲身份的认同方式；道教"自然"观决定了神仙道化剧的主题内容和艺术形式表现，影响了世俗社会剧的主题内容和艺术形式表现，为建构中华民族审美文化的虚实写意理论做出了贡献；民间风俗信仰与古代戏曲有亲缘关系，为人们实现多元化的戏曲身份认同提供了可确证的路径。

第六章主要论述剧作家对戏曲文本的书写范式与身份认同的关系，认为宋金杂剧院本的书写混杂，反映了古代戏曲形成伊始的真实面貌，表明戏曲已经正式涉足中华民族传统文化的审美殿堂；两宋南曲戏文的书写独步，包括剧作家的自我书写和他者的述评书写，对古代戏曲发展的影响是多方面的；元明清杂剧既有联系又有区别，与南戏、传奇的关联概莫能外，从元明清杂剧的书写绝招可发现人们实现古代戏曲身份认同的脉络；明清传奇继承并超越南曲戏文，吸纳北曲杂剧，创造性地建构自我本体，书写胜趣彰显了身份地位的诸多方面，是人们获得戏曲身份认同的窗口；花部乱弹的书写拓新表现为剧目来源多元化、以舞台中心、形成路径与方式、曲体、对传奇和杂剧及曲艺注入了活力。

第七章主要论述理论家对戏曲本体的探赜索隐与身份认同的关系，认为他者的强势与危机意识是自我反省、思考、发展、完善、提高的强大推动力，以及戏曲身份认同的强劲催化剂；戏曲序、跋、评、赞与文学剧本紧密相关相连，既是文学剧本的说明和印证，又是文学剧本的阐释和表彰，还是批评卓识和身份认同过程的抽象和总结；声律、曲谱与剧作家的言说彰显了戏曲音藏的内容，以及人们对戏曲音乐身份认同的民族特色；历代剧论、著述的批判精神凭借多向思维和质疑功能，为古代戏曲的正向规律性发展提供了拨乱反正的观念指导和积极向上的内生动力；曲录、类书与审美矩矱发挥了古代戏曲研究的重要辅助作用，其文献实用记述功能有力地帮助人们实现了戏曲身份认同。

第八章主要论述优伶戏班对戏曲艺术的搬演传播与身份认同的关系，认为口传心授的谱系路径决定了古代戏曲的可持续发展，凝聚了古代戏曲身份认同的亲缘脉络；优伶戏班的血缘网络是原始氏族社会血缘关系和古代社会宗法制度的遗风残迹，维系了优伶戏班的生存，畅通了戏曲发展的各关联渠道，扩展了市民百姓戏曲身份认同的视野；戏曲综合艺术源于单一艺术，又融汇超越单一艺术，舞台弦歌妙舞幻真塑形，是戏曲区别于其他单一艺术的最主要的特点；庙宇草台的击节竞美延续、残留并反映了草台戏班和演员在庙宇内搬演戏曲的古制，以及在庙宇外搬演戏曲的古制演绎变化；宫廷殿堂的承应奏庆满足了统治阶级的娱乐消遣需求，促进了宫廷戏曲和民间戏曲相互交流共同发展。

第九章主要论述市民百姓对戏曲文化的尊崇取向与身份认同的关系，认为戏场华髓是戏曲身份认同的主要载体和认知对象，使人们身临其境地感受到古代戏曲文化的艺术魅力；集谱按拍的自我肯定，表现为对自身审美艺术创造能力的自信，以及戏曲搬演艺术水平的自信，直接关系到市民百姓对戏曲审美欣赏的需求能否得到满足；欢愉悲愁的解颐俯首，是市民百姓从戏曲搬演接受和艺术传达欣赏中，深深领略到戏曲文化的艺术魅力；通书晓理的感悟接受，使人们通过戏曲获得知识性认知和审美性掌握，提升审美文化素养，美化人生实践理性；社会认同的人文蕴藉，表现在以人为本的观念灌注于戏曲文化本质，以德为本的观念渗透于戏曲艺术旨归，以民为本的观念支配演员观众人际取向。

第十章主要论述文人学士对戏曲美学的推崇弘扬与身份认同的关系，认为意识形态话语权力及社会影响到达戏曲美的各方面，为人们实现戏曲身份认同提供审美本体；多样阅读的赏鉴阐发，表达并引领对戏曲美学推崇弘扬与身份认同；舞榭歌台的艺术自信与创新思维密切相关，既是适应时代潮流建构戏曲美学本质的精神动力，也是在审美意识形态上奠定戏曲美学本体的心理基础；剧作家及作品的现实美学、演员舞台搬演的艺术体制、戏曲服饰脸谱建构的舞美氛围，分别承载了美善交融的民族象征意义，彰显了戏曲本体民族象征的美学特点；国家认同的学术独立，及其学术研究成果是国家概念构成的有机组成部分，体现了人们对自己国家不同于他者国家的学术异质化身份认同与体系建构。

结语简要阐述古代戏曲身份认同的当代国学复兴与文化自觉意义，认为中国古代戏曲代表了中华民族的精神面貌，塑造了中华民族的国家形象；在新形势下，通过古代戏曲身份认同研究，激励戏曲发展，文化创新，重建国学，振兴国学，增强民族自尊心，提高民族自豪感，使戏曲为建构中华民族精神家园发挥积极作用，促进中国戏曲文化为世界戏剧文化、中华文明为世界文明发展繁荣做出积极贡献。

目　录

·上册·

导　论　国学的内涵及类别与古代戏曲身份认同的对应关系 ……………001

第一章　戏曲在国学中地位的流变与价值的确立 ……………009
　　第一节　宋代两种文化的差异性表达 ……………009
　　第二节　元代两种文化的差异性表达 ……………017
　　第三节　明代两种文化的差异性表达 ……………026
　　第四节　清代两种文化的差异性表达 ……………039
　　第五节　近代对戏曲反思的相激相荡 ……………050

第二章　戏曲文学体制本质的形成与身份认同 ……………061
　　第一节　宾白从即兴创拟到当行规范 ……………061
　　第二节　曲词从俚俗俳谐到丽雅经典 ……………071
　　第三节　结构从附庸漫漶到主脑严密 ……………083
　　第四节　格调从本色当行到文采藻绘 ……………096
　　第五节　流派从同质辉耀到异质风骚 ……………109

第三章　戏曲艺术形式本质的形成与身份认同 ……………124
　　第一节　诗、词、曲本体比较 ……………124
　　第二节　曲、戏、剧形态辨析 ……………135
　　第三节　案头之曲的文学价值 ……………147
　　第四节　场上之曲的艺术韵味 ……………159
　　第五节　兴废聚讼的文化机杼 ……………170

第四章 戏曲审美文化本质的形成与身份认同 …… 183
第一节 叙人情物理陆离世态 …… 183
第二节 抒游戏娱悦超脱想象 …… 195
第三节 重深浅微茫雅俗共赏 …… 208
第四节 乐移风易俗经世人生 …… 220
第五节 寓劝善惩恶道器非二 …… 233

第五章 儒、释、道、民俗信仰与戏曲身份认同 …… 247
第一节 上古祭祀仪式与程式表征的钓奇 …… 247
第二节 儒家"中和"观与团圆旨趣建构 …… 260
第三节 佛教"轮回"观与果报题材策略 …… 274
第四节 道教"自然"观与虚实写意所指 …… 287
第五节 民间风俗信仰与多元化身份确证 …… 300

· 下 册 ·

第六章 剧作家对戏曲文本的书写范式与身份认同 …… 315
第一节 宋金杂剧院本的书写混杂 …… 315
第二节 宋元南曲戏文的书写独步 …… 326
第三节 元明清杂剧的书写绝招 …… 339
第四节 明清传奇的书写胜趣 …… 352
第五节 花部乱弹的书写拓新 …… 366

第七章 理论家对戏曲本体的探赜索隐与身份认同 …… 380
第一节 他者的强势与危机意识 …… 380
第二节 序跋、评赞与语境剧体 …… 391
第三节 声律、曲谱与言说音藏 …… 403
第四节 剧论、著述与批判精神 …… 417
第五节 曲录、类书与审美矩矱 …… 429

第八章　优伶戏班对戏曲艺术的搬演传播与身份认同 ……… 445
第一节　口传心授的谱系路径 ……… 445
第二节　血缘网络的关联渠道 ……… 460
第三节　弦歌妙舞的幻真塑形 ……… 473
第四节　庙宇草台的击节竞美 ……… 486
第五节　宫廷殿堂的承应奏庆 ……… 498

第九章　市民百姓对戏曲文化的尊崇取向与身份认同 ……… 510
第一节　喜闻乐见的戏场华髓 ……… 510
第二节　集谱按拍的自我肯定 ……… 520
第三节　欢愉悲愁的解颐俯首 ……… 530
第四节　通书晓理的感悟接受 ……… 541
第五节　社会认同的人文蕴藉 ……… 554

第十章　文人学士对戏曲美学的推崇弘扬与身份认同 ……… 566
第一节　意识形态的话语权力 ……… 566
第二节　多样阅读的赏鉴阐发 ……… 579
第三节　舞榭歌台的艺术自信 ……… 592
第四节　美善交融的民族象征 ……… 604
第五节　国家认同的学术独立 ……… 618

结　语　古代戏曲身份认同的当代国学复兴与文化自觉意义 ……… 631

主要参考文献 ……… 636

后　记 ……… 643

导 论
国学的内涵及类别与古代戏曲身份认同的对应关系

大凡研究学术者,必先通其旨归;执事恒业者,必先详其制度;此所谓名正则言顺者也。因此,探索国学视域下古代戏曲身份认同问题,理所当然地首先应该明确什么是国学,以及国学与戏曲的关系等一系列基本而关键的问题。

历史地来看,"国学"一说,是一个时代特征明显的范畴。"国学"的概念在中国历史上早已有之,《周礼》《汉书》《后汉书》《晋书》里面都有"国学"的概念。但是,中国古代历来之"国学"指的都是国立学校的意思。南宋朱熹之前白鹿洞书院是一所学校,就叫作白鹿国学。然而,"国学"的内涵对应于外来之学,基本含义是本国固有之学,意指中国传统文化学术,则产生于19世纪末社会变革、西学东渐、文化转型的近代历史时期。而在不同的思想家那里,对固有之学的称谓并不统一。1901年,梁启超在《中国史叙论》中第一次使用"国粹"概念,并且用"中国学术"指代中国有史以来的传统学术,"国学"从此成为流行语。

综观中国传统文化学术史有关"国学"的定义,严格地说来,迄今为止,学术界还没有做出统一而明确的界定,名家众说纷纭,莫衷一是。其中,具有代表性的观点主要有以下三种。

第一种,认为国学即中国传统文化与学术。

《国粹学报》的主编邓实在1906年撰文谓:"国学者何?一国所有之学也。有地而人生其上,因以成国焉,有其国者有其学。学也者,学其一国之学以为国用,而自治其一国也。"[1] 邓实的国学概念很宽泛,包括了古今全部中华民族的文化学术,指向主要强调的是国学的经世致用性。章太炎在《国学讲习会序》中也持基

---

[1] 邓实:《国学讲习记》,《国粹学报》1906年第19期。

本相同观点。章太炎说:"夫国学者,国家所以成立之源泉也。吾闻处竞争之世,徒恃国学固不足以立国矣,而吾未闻国学不兴而国自立者也。吾闻有国亡而国学不亡者矣,而吾未闻国学先亡而国仍立者也。故今日国学之无人兴起,即将影响于国家之存灭。"①这类观点从晚清到民国初年一直都比较流行。1923年,胡适在《国学季刊》的"发刊宣言"中说:"'国学'在我们心眼里,只是'国故学'的缩写。中国的一切过去的历史文化,都是我们的国故;研究这一切过去的历史文化的学问,就是'国故学',省称为'国学'。"②也就是说,思想、文化学术、文学艺术、数术方技均包括其中。1924年,梁启超的《中国近三百年学术史》把戏曲的音乐整理与研究看作是清代国学的成就之一。1937年,钱穆的《中国近三百年学术史》从国学的高度评价了清代的凌廷堪在戏曲音乐史研究方面做出的贡献。至20世纪90年代,张岱年在写《国学丛书·序》的时候,还是认为国学即中国固有的学术。这是目前流行最广的国学定义。国学既然是中国传统文化与学术,那么,无疑也包括了戏曲、医学、书画、星相、数术等。在这个意义上,戏曲理所当然属于国学本体的范畴,当然,也可以说是国学的外延了。胡适认为"要扩充国学的领域,包括上下三四千年的过去文化,打破一切的门户成见,拿历史的眼光来整统一切,认清了'国故学'的使命是整理中国一切的文化历史,……过去种种,上至思想学术之大,下至一个字、一只山歌之细,都是历史,都是国学研究的范围。"③1923年,梁启超把《西厢记》《琵琶记》《牡丹亭》《桃花扇》《长生殿》《剧说》《宋元戏曲史》列入《国学入门书要目及其读法》。1943年,曹伯韩在《国学常识》中说:"国学这个名词,是因为欧美学术输入才发生的。它的范围,是把西学输入以前中国原有的全部学术包括进去的"④,所以也把戏曲称之为国学体系中"新被重视的文学"。⑤

第二种,认为国学即四部之学,如经、史、子、集。

---

① 载《民报》第7号,《申报》报道和记录,辑入《章太炎年谱长编》中华书局1977年版,第667页。

② 胡适:《〈国学季刊〉发刊宣言》,《国学季刊》1923年1月第1卷第1号。

③ 同上。

④ 曹伯韩:《国学常识》,中华书局2010年版,第1页。

⑤ 同上书,第195页。

北京师范大学周桂钿教授指出，国学即中国学，主要研究对象是经、史、子、集，如《四库全书》。周桂钿认为，国学是指中国的固有学术，包括先秦的诸子百家之学、汉代的经学、魏晋南北朝的玄学、隋唐的佛学、宋代的理学、明代的心学、清代的朴学等，这是中国古代学术史的一个流变过程。中国社会科学院文学研究所研究员蒋寅进一步认为："国学的基本属性，或用一句话来给国学下定义的话，那就是本国传统学问。在中国，国学对应的知识范围是传统图书分类学意义上的经史子集四部文献，是反映古代中国的知识积累和学科区分意识的知识系统。……大体说来，传统观念中的学问体系，以性理之学、经史之学、辞章之学为正统学问，词曲之学、书画之学、物理之学、天文历算之学、地理水道之学、医药之学、兵法律令之学为杂学，奇门遁甲、星象堪舆、卜筮相占、释道修炼之学为旁门左道。……所谓国学，就是这些知识门类的综合体，是一个由古典的学科分类支撑的知识体系。"① 中国艺术研究院中国文化研究所研究员、所长刘梦溪充分肯定 20 世纪的大儒马一浮的观点，认为所谓国学就是"六艺之学"，也就是"六经"，即《诗》《书》《礼》《乐》《易》《春秋》；认为马一浮定义的意义是抓住了中国学问的源头，把中国文化的最高形态称作国学。② 熊十力亦称"六经"是中国人做人和立国的基本依据。王希杰甚至认为国学就是以儒家为代表的经学，或者，简言之，国学就是儒学、孔学。③ 实际上，从中国古代文献学的分类历史来看，经学是国学的一个重要组成部分，但不是国学的全部内容。西汉的刘歆依据其父刘向的《别录》，作《七略》，分为六艺略、诸子略、诗赋略、兵书略、术数略、方技略、辑略。实际上，辑略是总论。东汉的班固在《汉书·艺文志》里将七略改为六略，把辑略的内容分解并置于六略的开头。南朝宋的王俭依据《七略》编撰《七志》，分经典、诸子、文翰、军书、阴阳、术艺、图谱，共七志（类），附佛经、道经二类，实有九类，较《七略》增加了图谱和宗教文献。南朝梁的阮孝绪《七录》分内外篇，内篇有经典、记传、子兵、文集、术技，共五录；外篇有佛法、仙道二录。西晋的荀勖《晋中经簿》改文献分类为四部。甲部有六艺、小学；乙部有古诸子、近世子家、兵书兵家、数术；丙部有史记、旧事、皇览、杂

---

① 蒋寅：《微阅读，大学问》，《中国社会科学报》2015 年 11 月 13 日。
② 刘梦溪：《当代中国与传统文化》，《光明日报》2010 年 3 月 25 日。
③ 王希杰：《大家国学·王易卷·前言》，天津人民出版社 2007 年版，第 3 页。

事；丁部有诗赋、图赞、汲冢书。东晋的李充《晋元帝书目》也分甲、乙、丙、丁四部，并将乙与丙对调，变为经、史、子、集。唐代的《隋书·经籍志》正式定为经、史、子、集四部，这种分类一直延续到清朝，《四库全书》仍依此分类。以上所述，既是古代典籍的分类，也是古代学术的分类。用现代学科的标准来衡量，显然不是很科学的。但是却说明，所谓经学确是国学的一个主要组成部分。即便按照《四库全书》的体例，不难发现，其中的集部包括楚辞、别集、总集、诗文评、词曲5个大类，其中，词曲类分别为词集、词选、词话、词谱词韵、南北曲5属。《四库全书》的不足之一在于不收通俗文学包括戏曲作品，但是，众所周知，南北曲都是戏曲音乐。所以说，《四库全书》实际上已经把戏曲音乐涵盖进去了，只是轻视戏曲文学剧本而已。

第三种，认为国学指整个中华民族的历史和传统文化，即"大国学"。

据张志清介绍，2005年，中国人民大学成立国学院，首任院长冯其庸专门到医院与季羡林交流关于"国学"的看法，一致认为："国学"应该是长期以来由中华多民族共同创造的涵盖广博、内容丰富的文化学术。2007年，季羡林与中国书店总经理于华刚谈话时，明确提出"大国学"观点。季羡林认为，现在的所谓"国学"，是中国56个民族共同创造的，不是单一的"汉学"，也不是单一的儒学或道家文化。国学是文化交流的产物，对内是各民族之间深广的交流，对外则不断吸收异质的文化，以丰富和发展中华民族传统文化。2008年，冯其庸发表《大国学即新国学》，指出每一个时代都有每一个时代的国学，甲骨文、简帛文书、敦煌遗书等的陆续发现，乃至西学东渐的过程，都极大扩展了国学的领域。国学有新拓展、新进步，就是大国学、新国学。国学的研究对象不能画地为牢，凡有利于学术问题解决的方法都是国学的研究方法，国学应该坚持中国的学术立场。[①]季羡林于2009年3月在北京301医院接受采访，又一次明确地提出了"大国学"的概念。季羡林说："国"就是中国，"国学"就是中国的学问，中国传统文化就是国学。而且，国学应该是"大国学"的范围，不是狭义的国学。国内各地域文化和56个民族的文化，都应该包括在"国学"的范围之内。各地域文化和各民族文化有各种不同的表现形式，但又共同构成中华民族文化这一文化共同体，而且后

---

① 参见张志清：《"大国学"与中华古籍保护》，《光明日报》2009年9月13日。

来融入中国文化的外来文化，也都应该属于国学的大范围。"大国学"的提出是中国传统文化自觉自醒的产物，产生在当代社会有其历史必然性、现实进步性。虽然提出时间不长，但是，以其博大胸怀和宽广的学术视野，在教育界、学术界获得了日益广泛的认同，在实践中不断结出硕果。从这个意义上说，"大国学"概念的提出是当代建设中华民族共同精神家园的旨归。

由此可见，无论是从"国学即中国传统文化与学术"，还是从"国学即四部之学，如经、史、子、集"，抑或是从"国学指整个中华民族的历史和传统文化，即'大国学'"来说，戏曲都是国学的有机组成部分。换句话说，戏曲在国学体系当中有独特而自足的本体地位。当然，也有学者对国学所涵盖的学术文化内容持独立的见解，如钱穆在《国学概论弁言》中谓："学术本无国界。'国学'一名，前既无承，将来亦恐不立。特为一时代的名词。其范围所及，何者应列国学，何者则否，实难判别。……时贤或主以经、史、子、集编论国学，如章氏《国学概论》讲演之例。亦难赅备，并与本书旨趣不合。窃所不取。"① 学者们在学术问题上存在不同见解乃正常之态，但是，并不至于削弱甚至否定古代戏曲在国学中的实际经世价值和文化学术地位，反而使人们能够用更加宽广的视野观照古代戏曲与国学的关系。

总而言之，国学，概言之，乃一国所固有之文化学术也。中华民族具有五千年的辉煌灿烂的文化，也就是说，国学是中华民族传统文化学术的总称。文化有物质文化和精神文化之分，无论从物质文化还是从精神文化层面而言，中华民族的国学明显地表现之一就是，古代戏曲在国学体系中具有独立的身份内涵和本体地位，是中华民族传统文化学术最具特色的组成部分。毫无疑问，古代戏曲是中华民族传统艺术瑰宝，自12世纪宋金时代形成迄今仍然具有旺盛的艺术生命力。但是，在漫长的古代社会，封建统治阶级视戏曲为"小道""末技"。为了使戏曲能够与诗、词、散文等一样被纳入国学之文学艺术的主流，赢得自足的身份和社会的认同，无数个人或众多群体不遗余力地呼唤、呐喊、抗争、追求。清朝宣统元年（1909），江苏昆山东山曲社的同人为筹刊《昆曲粹存》而创立了国乐保存会。国乐保存会由严观涛主持，老曲师殷溎深指导，编成《昆曲粹存》十二集，

---

① 钱穆：《国学概论》，商务印书馆1997年版，第1页。

厘定曲谱六百余折，后因财力有限只出版了初集共六册。1919年，《昆曲粹存》由上海朝记书庄发行，1924年又由上海校经山房重印，编者均署名为昆山国乐保存会。国乐，一般指的是国家级别的宫廷音乐或传统音乐。由此可见，昆山国乐保存会的署名已经把昆曲乃至戏曲音乐认同为国学意义上的音乐了。这也是趋向对随后王国维创立戏曲学科的身份认同。最终使戏曲获得世人肯定和称誉之国学主流文学艺术地位的首位学者是王国维。王国维的这种肯定和称誉以20世纪20年代《宋元戏曲史》等的问世即近代戏曲学科的创立为标志。此后，诚如吴梅的《〈奢靡他室曲丛〉自序》所言："晚近学者，以为曲虽小道，而摹写物态、雕绘人理，足以鉴古今风俗之变，深合于《国风》《小雅》之旨。"①

身份认同是西方文化的一个重要概念。在西方文化中，"身份"指的是某个人或群体据以确认自己在一个社会里之地位的某些明确的、具有显著特征的依据或尺度。"认同"就是某个人或群体试图追求、确证自己在一定社会与文化中的地位。"身份"与"认同"两者的概念密切相关，基本内涵就是指一种"同一性"。身份认同研究作为一种自觉的学术研究领域，源于20世纪50年代西方学者的文化研究。之后，有的西方学者将其引入包括戏剧在内的艺术研究。例如，英国的阿兰·德波顿认为世界上的人普遍存在"身份的焦虑"，存在"对自己在世界中地位的担忧"②，然而，"艺术作品——小说、诗歌、戏剧、绘画或电影——可庄可谐，能够在不知不觉当中，潜移默化地向我们揭示我们的生活状态。它有助于引导我们更正确、更审慎、更理智地理解世界"③。阿兰·德波顿还沿用并且发展了古希腊亚里士多德的悲剧理论，认为："建立在与主人公（身份）认同的基础上，观众会产生对主人公的怜悯和对自己的恐惧，这是悲剧故事带给我们的感情的自然反应。"④

20世纪90年代，中国学者将身份认同引入中国的文学与文化研究领域，而在中国古代戏曲批评领域开展身份认同研究则始于21世纪初。例如：陈军的

---

① 蔡毅：《中国古典戏曲序跋汇编》，齐鲁书社1989年版，第525页。
② ［英］阿兰·德波顿：《身份的焦虑》，陈广兴、南治国译，译文出版社2007年版，第1页。
③ 同上书，第124页。
④ 同上书，第149页。

《"一代有一代之文学"观与戏曲身份认同》从文体差异入手研究戏曲身份认同问题[①];《文类等级与身份认同研究——以中国古代戏曲为个案》认为:中国古代戏曲身份等级形成有情之放肆说、身之低微说、生之晚起说,认同之路表现为:戏曲通过与诗文求同策略达到"思齐"之旨,而凭借与诗文求异策略达到"出类"之归。[②] 廖奔的《中华戏曲审美精神》认为:"乡音乡曲乡俗是中国人寻找情感寄托、身份认同和精神归属的对象。"[③] 上述学者见解独到、方法得当、启迪思维,为中国古代戏曲和戏曲批评研究开辟了一条新的路径。所惜的是,相对来看,当前学术界关于古代戏曲身份认同的研究力度还比较单薄,成果还不够显著,已有研究多关注古代戏曲身份认同的某一个方面或某一个点,而全面、深入、系统地在国学视域下,研究古代戏曲身份认同问题,还显得有所欠缺,需引起人们的必要重视,加强投入,弥补这一方面的不足。

在中国古代,"身份"是指人的出身,人在社会上的地位、资格、资历等,如袁枚说:"凡作诗者,各有身份,亦各有心胸。"[④] "身份"依据个人所处的不同社会地位,彰显个人不同的生活方式、身份特征、身份标志和身份等级等方面的差异。"认同"是认作同一的意思。"认"是认为、认作、认可、承认的意思;"同"就是齐一、一样、一致、没有差异的意思。"认同"就是认为与……一致、赞成与……一致、承认与……一致等的意思。在这个意义上,中西文化别无二致。从本体论来看,戏曲身份是人们依据一定的标准和参照系来确定的戏曲的共同特征和区别标志。戏曲认同是人们进行与戏曲身份及其所蕴涵的与众不同的构成、本质、特征和规律一致的确认和行为。戏曲身份是戏曲本体的外在表现,戏曲认同是戏曲本体的内在逻辑,当两者相互吻合达到一致时,戏曲身份认同的意义才是全面的、完整的、真实的。

有鉴于此,笔者旨在国学视域下,全面、深入、系统地探讨古代戏曲身份认

[①] 陈军:《"一代有一代之文学"观与戏曲身份认同》,《云南师范大学学报》(哲学社会科学版)2005年第6期。

[②] 陈军:《文类等级与身份认同研究——以中国古代戏曲为个案》,《社会科学研究》2011年第5期。

[③] 廖奔:《中华戏曲审美精神》,《光明日报》2010年8月26日。

[④] 袁枚:《随园诗话》,人民文学出版社1982年版,第101页。

同的主体、取向和言说等构成、本质、特征和规律性问题，以便明晰古代戏曲在国学中身份认同确立的过程、特征和规律，进一步地巩固和夯实古代戏曲在国学中的基础与地位，揭示和阐发古代戏曲在国学中的意义与价值，充实和完善当代中国古代戏曲研究的理论体系；同时，希冀为学术界更加全面、深入、系统地在国学视域下，拓展古代戏曲身份认同研究提供新的思想和方法。

当然，国学当中有精华也有糟粕，而且精华与糟粕在不同时代因为条件和环境的改易，有时候也会相互转化，循环往复，变化多端，这是笔者理所当然必须清楚明白和加以甄别的。这也就意味着国学视域下古代戏曲身份认同不是静止凝固的，而是处在差异化的、连续性的发展、互动与变化过程之中，进而不断建构、不断实现和不断完善的。

第一章
戏曲在国学中地位的流变与价值的确立

第一节　宋代两种文化的差异性表达

戏曲是一门以歌舞演故事的综合艺术，是一种文化现象，也是一种社会现象。中国古代戏曲在宋代正式形成，其标志是宋金杂剧院本、南戏显现了文学艺术的崭新形态。

宋代立国近320年，是中国封建社会里国祚第二长的朝代，也是封建文化发展最为辉煌的时代，虽然不像汉、唐、明、清朝代那样国土辽阔，却以封建社会无可比拟的文化教育普及、文学艺术繁荣、学术思想活跃、科学技术进步、人们生活丰富多彩达到了前所未有的程度。陈寅恪说："华夏民族之文化，历数千载之演进，造极于赵宋之世。"① 邓广铭认为："宋代的文化，在中国封建社会历史时期之内，截至明清之际的西学东渐的时期为止，可以说，已经达到了登峰造极的高度。"② 又，邓广铭说："宋代是我国封建社会发展的最高阶段。两宋期内的物质文明和精神文明所达到的高度，在中国整个封建社会历史时期之内，可以说是空前绝后的。"③

---

① 陈寅恪：《邓广铭〈宋史职官志考证〉序》，《金明馆丛稿二编》，生活·读书·新知三联书店2001年版，第277页。
② 邓广铭：《宋代文化的高度发展与宋王朝的文化政策》，《历史研究》1990年第1期。
③ 邓广铭：《谈谈有关宋史研究的几个问题》，《社会科学战线》1986年第2期。

马克思主义认为:"每一种民族文化中,都有两种民族文化。"①即民族文化中有占主要地位的和占统治地位的文化,除此之外,还有居于次要地位和被统治地位的文化。钟敬文说:"所谓'下层文化',是指在文化比较发展的国家和民族的文化领域里,那种跟一般处于高位的上层文化相对立的处于下位的文化。从社会阶级的角度看,前者(上层文化)主要是占有优越的经济和政治地位的统治阶级成员所创造、享有的文化,后者(下层文化)则主要是被统治、被剥削的一般民众所创造、享有的文化。这两种文化汇合起来,就构成了整个国家或民族的文化,也就是我们今天所常说的民族的传统文化。"②因为任何一个国家或民族的内部都是由不同阶级的社会成员构成的。统治阶级和被统治阶级的政治利益和文化意识必然反映到人们的政治思想和文化意识中来,形成两种差别迥异和根本对立的文化,即占统治地位的上层文化和处于被统治地位的下层文化。两种文化存在着差别和对立,往往具有完全不同的内容和性质。中国封建社会是一个存在不同阶级的社会,这决定了封建统治阶级的政治思想和文化意识与广大市民百姓的政治思想和文化意识具有不同的阶级性。马克思主义关于两种文化的理论,为人们采用阶级的观点和阶级分析的方法,看待宋金时代人们在国学视域下戏曲身份认同的两种文化差异性表达,提供了历史唯物主义的指导思想。

宋金杂剧院本和南戏的出现与传播是戏曲走向国学领域的开始。用国学视野审察人们对戏曲的身份认同,不难发现在宋金时代不可避免地会出现两种文化的差异性表达。当然,阶级并非一种孤立的社会存在,而是与社会共同体交织在一起的。这就决定了封建统治阶级的政治思想、文化意识和广大市民百姓的政治思想、文化意识不仅具有不同的明显的阶级性,而且还具有超阶级的某种程度上一致的社会性,尤其是对待新生的戏曲艺术,审美趣味的感官需求、精神愉悦的情感满足,常常使封建统治阶级和广大市民百姓在共同美的价值取向上达到某种程度的一致性,两种文化的意义契合从而大大缩小了封建统治阶级和广大市民百姓关于戏曲身份认同的差异性。这也就是说,封建统治阶级和广大市民百姓关于戏

---

① 纪怀民等编著《马克思主义文艺论著选讲》,中国人民大学出版社1982年版,第446页。

② 钟敬文:《民族的下层文化》,《民族文化学梗概与兴起》,中华书局1996年版,第40页。

曲身份认同的两种文化既矛盾对立又互补统一，差异性与一致性两者互动混成，需要人们进行整体的且又具体的辩证观照。

"杂剧"之名始于晚唐西蜀，具有现代戏曲艺术形态意义的"杂剧"则始于宋代。宋代杂剧渊源于唐代杂剧，金代杂剧、院本渊源于宋辽杂剧。元人陶宗仪云："金有院本、杂剧、诸宫调。院本、杂剧，其实一也。"① 王国维说："唐代仅有歌舞剧及滑稽剧，至宋金二代而始有纯粹演故事之剧；故虽谓真正之戏剧起于宋代，无不可也。"② 宋金时期，杂剧的地位空前提高，既是宫廷娱乐的重要表演项目，也是瓦舍勾栏最受欢迎的技艺。

宋代皇帝乐于观赏杂剧，朝廷沿唐旧制设置教坊。教坊是官方设立的掌理乐舞的机构，教坊里有专门编撰杂剧的文人和搬演杂剧的艺术家，表明了宋代封建统治阶级对杂剧的身份认同。宋人曾慥辑《类说》引《晋公谈录》"御宴值雨"条曰："太祖大宴，雨暴作，上不悦，赵普奏曰：'外面百姓正望雨，官家大宴，何妨？只是损得些陈设，湿得些乐官衣裳；但令雨中作杂剧，更可笑。此时雨难得，百姓快活时，正好饮酒。'太祖大喜，宣令雨中作乐，宜劝满饮，尽欢而罢。"③ 宋代皇帝还亲自介入杂剧创作或搬演。《宋史》曰："真宗不喜郑声，而或为杂词，未尝宣布于外。……仁宗洞晓音律，每禁中度曲，以赐教坊，或命教坊使撰进，凡五十四曲，教坊多用之。"④ 明人冯梦龙《古今谭概》微词部"俳徊"条载："仁宗赏花钓鱼宴，赐诗，馆阁侍从和篇，皆押'俳徊'字。诗罢就坐。教坊进杂剧。"⑤ 宋人彭□辑撰《续墨客挥犀》载："熙宁九年（1076），太皇（宋神宗）生辰，教坊例有献香杂剧。"⑥ 宋人周密记载："宣和间，徽宗与蔡攸辈在禁中自为优戏。"⑦ 元人陶宗仪著《南村辍耕录》，其"院本名目"说："院本……又谓之五花爨弄。或曰：宋徽宗见爨国人来朝，衣装鞋履巾裹，傅粉墨，举动如此，使优人效

---

① 陶宗仪：《南村辍耕录》，中华书局1959年版，第306页。
② 王国维：《宋元戏曲史》，华东师范大学出版社1995年版，第77页。
③ 曾慥：《类说》，书目文献出版社1998年版，第261页。
④ 脱脱等：《宋史》，中华书局1977年版，第3356页。
⑤ 冯梦龙：《古今谭概》，中华书局2007年版，第383页。
⑥ 彭□辑撰：《续墨客挥犀》，中华书局2002年版，第470页。
⑦ 周密：《齐东野语》，《宋元笔记小说大观》，上海古籍出版社2001年版，第5689页。

之为戏。"①"院本名目"中的上皇院本即以皇上为搬演内容的戏曲,上皇是宋徽宗的称谓,其中《壶春堂》《太湖石》《金明池》《恋鳌山》《六变妆》《万岁山》《打草阵》《赏花灯》《错入内》《问相思》《探花街》《断上皇》《打球会》《春从天上来》等都是与宋徽宗等有关的院本。宋徽宗为风流天子,专以游乐为事,建有大晟乐府,专司音乐词曲。元代燕南芝庵《唱论》称宋徽宗是"帝王知音律者"②,肯定了宋徽宗于乐律所做出的贡献和戏曲身份认同。宋人耐得翁曰:"教坊大使,在京师时,有孟角球,曾撰杂剧本子;又有葛守成撰四十大曲词;又有丁仙现捷才知音。"③孟角球无疑是杂剧作家,葛守诚所撰的大曲词似亦供杂剧本子所用,丁仙现为北宋末年哲宗、徽宗朝最著名的杂剧演员。宋人张端义曰:"寿皇赐宰执宴,御前杂剧妆秀才三人。"④宋人周密撰《武林旧事》之"燕射"条记:"淳熙元年(1174)九月,孝宗幸玉津园,讲燕射礼,……用杂剧"⑤。宋孝宗即寿皇,于淳熙十六年(1189)传位于子光宗,光宗奉孝宗尊号为"至尊寿皇圣帝",省称"寿皇"。金朝亦建有教坊,统治阶级对杂剧、院本的喜好概莫能外。宋人赵彦卫云:"近日优人作杂班,似杂剧而简略。金虏官制,有文班、武班;若医、卜、倡优,谓之杂班。每宴集,伶人进曰:'杂班上。'故流传作此。"⑥

宋代朝廷搬演杂剧场面繁盛。宋人孟元老著《东京梦华录》"宰执亲王宗室百官入内上寿"载:行酒共九盏,至第五盏,教坊的杂剧色出场,搬演杂剧,一场两段。宋人吴自牧著《梦粱录》"宰执亲王南班百官入内上寿赐宴"载:行酒共九盏,至第五盏,教乐所的杂剧色出场,搬演杂剧,一场两段;至第七盏又有杂剧色入场,搬演杂剧,一场三段。宋人周密著《武林旧事》记"天基圣节排当乐次",其中"上寿"行酒共十三盏;"初坐"行酒共十盏,至第四盏、第五盏搬

---

① 陶宗仪:《南村辍耕录》,中华书局1959年版,第306页。
② 燕南芝庵:《唱论》,《中国古典戏曲论著集成》(一),中国戏剧出版社1959年版,第159页。
③ 耐得翁:《都城纪胜》,中国商业出版社1982年版,第9页。
④ 张端义:《贵耳集》,《宋元笔记小说大观》,上海古籍出版社2001年版,第4308页。
⑤ 周密:《武林旧事》,中华书局2007年版,第38页。
⑥ 赵彦卫:《云麓漫钞》,《笔记小说大观》第22编,新兴书局有限公司1977年版,第1567页。

演杂剧;"再坐"行酒共二十盏,至第四盏、第六盏搬演杂剧。又记"皇后归谒家庙"之"赐宴乐次",其中"赐宴初坐"行酒共五盏,至第四盏搬演杂剧;"歇坐""再坐"行酒共九盏,至第七盏搬演杂剧。金代朝廷搬演杂剧的场面亦繁盛不已。《金史·志十九》在"新定夏使仪注"中记载,第四日,行酒共九盏,至第六盏、第七盏时搬演杂剧。辽朝为古代契丹族在中国北方地区建立的封建王朝,也建有教坊,搬演杂剧的场面之繁盛也不例外。辽朝于公元1125年被金朝所灭。宋人徐梦莘撰《三朝北盟会编》,记载了宋代徽宗、钦宗、高宗三朝(1101—1131)宋、金、辽之间的和战史事。其"政宣上帙二十"引《宣和乙巳奉使程录》记载:宋朝使副亲见金廷乐工"人数多至二百人,云乃旧契丹教坊四部也,每乐作,必以十数人高歌,以齐管笙声出众乐之表,此为异尔。……次日,诣房庭,赴花宴,并如仪。酒三行,则乐作,鸣钲击鼓,百戏出场,有大旗、狮豹刀牌、砑鼓、踏跷、踏索、上竿、斗跳、弄丸、挝簸箕、筑球、角抵、斗鸡、杂剧等,服色鲜明,颇类中朝。"① 清人陆长春撰《金宫词》云:"传奇杂剧竞排场,末旦装成出教坊。跷索上杆陈百戏,隔墙又听打连厢。"② 此几则关于金朝宫廷见闻的记录,不仅反映了金朝宫廷杂剧搬演的盛况,也从一个侧面反映了早年辽朝宫廷内杂剧搬演的盛况,足见宋、金、辽封建统治阶级对杂剧的身份认同。这一杂剧身份认同显然有利于提高杂剧的社会地位,有利于推动戏曲的进一步成熟与发展。

宋代有相当长的一段时期,由于封建统治阶级认同杂剧身份,思想文化政策比较宽松,所以杂剧演员往往继承古代优伶讽谏的优良传统,大胆涉猎朝廷政事和治理措施,借杂剧搬演表达自己的政治立场和是非观念。例如,清人焦循《剧说》引《闲燕常谈》云:"政和中,何执中为首台,广殖赀产,邸店之多,甲于京师。时有以旧印行吉观国所试《为君难》小经义称为上皇御制者,人竞传诵。会大宴,伶官为优戏,相谓曰:'官家万机之暇何所为?'曰:'不过燕乐尔。'曰:'不然,亦如举子作文义。'问:'何以知之?'遂举《为君难》义诵一过,乃以手加额,北乡赞叹,说:'圣意匪独俯同韦布之士,留神经术,仰见兢兢图治,不安持守之深意。天下幸甚!'又问:'宰相退朝之暇何所为?'曰:'亦作文义。'问:

---

① 徐梦莘:《三朝北盟会编》,上海古籍出版社1987年版,第146页。
② 陆长春:《辽金元宫词》,《丛书集成续编》第265册,新文丰出版公司1988年版,第226页。

'何义。'曰:'为臣不易义。'乃批其颊曰:'日掠百二十贯房钱,犹自不易里!'盖俚语以贫窭为'不易'也。"① 这是杂剧演员借搬演讥讽首相何执中为官绚私贪婪。杂剧演员还关心国家的命运,在杂剧搬演中表达了难能可贵的爱国主义精神。徐梦莘《三朝北盟会编》于靖康中帙四十九"二酋请车驾刘家寺观灯"引《遗史》云:"金人索元宵灯烛于刘家寺,放上元,请帝观灯。粘罕斡离不张宴会,召教坊乐人大合乐。艺人悉呈百戏。露台弟子祇应,倡优杂剧罗列,于庭宴设甚盛。有致语云:'七将渡河,溃百万之禁旅;八人登垒,摧千仞之坚城。'"② 所记杂剧演员之"致语",不但道出了对当时北宋亡国的深沉悲痛,而且深刻地反映出整个北宋皇朝腐朽没落的面貌。诸如此类的政治讽谏、是非评判和爱国主义精神成为古代戏曲的优良传统,凸显了古代戏曲在国学中的政治地位、社会意义和积极价值。对于杂剧演员的涉政表现,宋代封建统治阶级一般还是采用了比较理解和宽恕的态度。例如,宋人耐得翁撰《都城纪胜》曰:"杂剧中,末泥为长,每四人或五人为一场,先做寻常熟事一段,名曰艳段;次做正杂剧,通名为两段。末泥色主张,引戏色分付,副净色发乔,副末色打诨,又或添一人装孤。其吹曲破断送者,谓之把色。大抵全以故事世务为滑稽,本是鉴戒,或隐为谏诤也,故从便跣露,谓之无过虫。"③ 这种话语环境无疑为戏曲的进一步成熟、发展、未来登入国学殿堂创造了有利条件。

教坊里的杂剧演员除了承应朝廷的搬演事项之外,还为普通市民百姓搬演杂剧,满足普通市民百姓欣赏杂剧的愿望,如孟元老云:"教坊钧容直,每遇旬休按乐,亦许人观看"④,孟元老又云:"教坊钧容直、露台弟子,更互杂剧。"⑤ 这表明教坊里的杂剧演员与民间杂剧演员甚至一道在官方搭建的乐棚里掺和,交替搬演杂剧。南宋时期,朝廷的杂剧艺术家也来到民间勾栏瓦舍搬演杂剧,使朝廷认同的杂剧身份和文化下移至民间。如宋人无名氏《西湖老人繁胜录》之临安"瓦市"

---

① 焦循:《剧说》,《中国古典戏曲论著集成》(八),中国戏剧出版社1959年版,第102页。

② 徐梦莘:《三朝北盟会编》,上海古籍出版社1987年版,第562页。

③ 耐得翁:《都城纪胜》,中国商业出版社1982年版,第9页。

④ 孟元老:《东京梦华录》,中国商业出版社1982年版,第32页。

⑤ 同上书,第38页。

条云:"南瓦、中瓦、大瓦、北瓦、浦桥瓦。惟北瓦大,有勾栏一十三座。……常是御前杂剧"①。周密《武林旧事》之"瓦子勾栏"条记载,仅临安城内城外就共建造有瓦舍勾栏二十三处,这还不包括数量更为众多的"游棚"和路歧人的"打野呵"。由此可见,当时临安地区戏曲搬演、市民观剧、百姓娱乐、民间文化之空前兴盛。诸如此类的搬演形式和娱乐方式,加深、促进并扩大了两种文化之间的一致、借鉴、交流、融合与发展。

不可讳言的是,毕竟,宋金封建统治阶级的政治利益和文化意识与广大市民百姓有矛盾对立之处,所以宋金封建统治阶级对杂剧演员和杂剧搬演的内容是依据自己的阶级立场来加以限制的。例如,宋人王辟之云:"元祐中上元,驾幸迎祥池宴从臣,教坊伶人以先圣为戏。刑部侍郎孔宗翰奏:'唐文宗时尝有为此戏者,诏斥去之。今圣君宴犒群臣,岂宜尚容有此?'诏付伶官置于理。或曰:'此细事,何足言?'孔曰:'非尔所知。天子春秋鼎盛,方且尊德乐道,而贱伎乃尔亵慢,纵而不治,岂不累圣德乎?'闻者惭羞叹服。"②孔宗翰不仅禁止伶人演戏,而且鄙视杂剧演员为"贱伎",表明了封建统治阶级和广大市民百姓关于戏曲身份认同的两种文化的差异性。《金史》之"散乐"条云:"元日、圣诞称贺,曲宴外国使,则教坊奏之。其乐器名曲不传。皇统二年(1142)宰臣奏:'自古并无伶人赴朝参之例,所有教坊人员只宜听候宣唤,不合同百寮赴起居。'从之。章宗明昌二年(1191)十一月甲寅,禁伶人不得以历代帝王为戏及称万岁者,以不应为事重法科。"③这表明金朝统治阶级对教坊优伶亦持限制与轻视态度,同样表明了封建统治阶级和广大市民百姓关于戏曲身份认同的两种文化的差异性。

最能够代表封建统治阶级意识形态和文化立场的是程朱理学家们。程朱理学在儒家思想的主导下,倡导国家至上、百姓至上,儒、释、道三教同设并行。宋代"三教合流"的文化政策迎合了时代的需要,从而使宋代在思想、文化领域均有重大的突破和建树。然而,南渡以后,程朱理学及其后学由于本身存在的某些局限,在一定程度上形成了精神文化的禁锢力量,逐渐影响到当时社会人们对新

---

① 无名氏:《西湖老人繁盛录》,中国商业出版社1982年版,第16页。
② 王辟之:《渑水燕谈录》,《宋元笔记小说大观》,上海古籍出版社2001年版,第1293页。
③ 脱脱等:《金史》,中华书局1975年版,第888页。

兴通俗文艺的认识，杂剧被看作有悖于传统伦理道德的不祥之物。程颐明确提出"作文害道"说，如明人刘宗周在《人谱类记》中云："程子曰：戏谑甚害事，不戏谑亦存心养性之一端。"① 朱熹知漳州时，曾经在地方禁戏，如陈淳《侍讲待制朱先生叙述》云；"（朱熹）守临彰，未至之始，阖郡吏民得于所素，竦然望之如神明。俗之淫荡于优戏者，在在悉屏戢奔遁。"② 即使一些比较开明的士大夫赞扬杂剧在现实生活中的积极作用时，也对杂剧身份认同持有程度不同的保留态度。例如，南宋人洪迈《夷坚志》言道："俳优侏儒，固伎之最下且贱者，然亦能因戏语而箴讽时政，有合于古矇诵工谏之义，世目为杂剧者是已。"③ 这种肯定中杂以贬抑、贬抑中予以肯定的态度，表明了两种文化的纠结和矛盾并存。这也几乎成为宋代以后封建文人士大夫评论戏曲的价值时无不黏糊的特征。程朱理学与世俗戏曲实际上代表了封建时代文化的两极，即上层封建统治阶级的文化和下层广大市民百姓的文化，尽管两种文化也常常相互交流、相互渗透，程朱理学影响到世俗戏曲的创作与搬演，世俗戏曲也进入了上层封建统治阶级的观赏娱乐圈，但是，两种文化之间的矛盾与对立终究是严峻的、持久的，甚至是无可调和的。在程朱理学主导思想文化环境的时代，宋金杂剧院本被拒入国学殿堂也就是自然而然的事情了。

南戏是北宋末叶至明嘉靖末期约400年间，由最初"温州杂剧"流布南方各地而繁衍的性质相类的民间戏曲艺术的总称。王国维说："南戏之渊源于宋，殆无可疑。至何时进步至此，则无可考。吾辈所知，但元季既有此种南戏耳。然其渊源所自，或反古于元杂剧。"④ 宋代乃至元代绝少有人把南戏作为一个独立的学术问题加以专门探讨，仅有明代嘉靖三十八年（1559）徐渭所撰《南词叙录》，才使中国整个封建时代里有了一本独一无二的专论南戏的著作。《永乐大典》辑录南戏作品、各种曲谱记录南戏曲名之存者，皆属明代之作为。所以说，宋代，南戏在社会生活中的客观存在，一方面，反映了广大市民百姓对南戏的身份认同，代表了广大市民百姓的思想意识和文化价值取向；另一方面，封建统治阶级对南戏身份不置一词，从国学意义上来看，则根本上表明了对南戏的鄙视甚至无视，代表了

---

① 纪昀等：《四库全书》第717册，上海古籍出版社1989年版，第193页。
② 纪昀等：《四库全书》第1168册，上海古籍出版社1989年版，第632页。
③ 洪迈：《夷坚志》支乙卷四，中华书局1981年版，第822页。
④ 王国维：《宋元戏曲史》，华东师范大学出版社1995年版，第134页。

封建统治阶级的思想意识和文化价值取向；两种文化对待南戏身份认同蕴涵的对立和矛盾是毋庸置疑的。随着戏曲的成熟、发展与繁荣，关于南戏身份认同的两种文化的差异性表达在明代最终露出了水面。

第二节 元代两种文化的差异性表达

元朝是中国历史上由蒙古族建立的封建专制的统一大帝国。阶级矛盾与民族矛盾的纠结是社会的主要矛盾。阶级，在中国封建专制社会中，是封建统治阶级与被统治阶级生存境遇的最简明的图示，阶级不同则文化不同。民族是人群的共同体，居于特定生存环境中的人群创造了一套特殊的生产方式、生活方式、社会组织方式、语言交流方式和精神生活方式，从而形成了自己的文化，民族不同则文化不同。阶级和民族所形成的政治利益与文化意识不同，导致并存在两种文化的差异是必然的现象。从文化学的分类来看，蒙古族属于北部草原文化，汉民族属于中原传统文化，两者是大相径庭的异质文明。因此，元代的两种文化具有特殊性质，这就是按照阶级划分的两种文化与按照民族划分的两种文化交织在一起。但是，无论如何，从国学视域看元代关于古代戏曲身份认同，两种文化的差异性表达不失为主流，然而，在特定时代的社会环境中，两种文化互动、交叉、同化与融合，促使人们戏曲身份认同趋于一致，在此基础上，北曲杂剧异军突起，呈现独领一代风骚的艺术风貌，蔚然成为元代文化的璀璨景象。

总体而言，元朝作为中国历史上的一个重要朝代，在中国文化史上发挥了承上启下的作用。元朝结束了长达数百年的南北分裂局面，实现了中国历史上又一次的大统一，是继唐朝、宋朝之后又一个文化发展高潮的时期。元代，在文化的大多数领域都取得了新的成就，有一些领域取得的成就甚至超过了前代，尤其是在戏曲方面，北曲杂剧成为中国古代文化艺术史上的一座高峰。从国学的视域看元代的文化，可以恰切地说，元代文化是中国古代文化发展史上一个具有非常重要且特殊意义的环节，开创了中华各民族文化全面交流融合的新局面，以中原传统文化为主的多民族文化共同发展凸显了元代文化的鲜明特色，对中华民族多元一体文化的繁荣和发展做出了重要的贡献。

具体而言，元朝统治阶级为了巩固自己的政权，维护既得利益，在思想文化上实行了两重政策，致使元朝的思想文化和文学艺术领域呈现出错综复杂、矛盾纠结的态势。

一方面，元朝统治阶级借鉴历史经验，推行"汉法"，实施中原传统文化的各种制度。例如，尊崇孔子和儒术。宋濂等撰《元史·本纪第八》道：元"世祖（忽必烈）度量弘广，知人善任使，信用儒术，用能以夏变夷，立经陈纪，所以为一代之制者，规模宏远矣。"①武宗时，孔子被封为"大成至圣文宣王"，使其美誉达到了无以复加的程度。孟子等历代名儒也获得了崇高的封号。《元史·本纪第二十四》道，仁宗皇庆二年（1313）"建崇文阁于国子监。……以宋儒周敦颐、程颢、颢弟颐、张载、邵雍、司马光、朱熹、张栻、吕祖谦及故中书左丞许衡从祀孔子庙廷。"②《元史·本纪第二十六》又道："仁宗天性慈孝，聪明恭俭，通达儒术，妙悟释典，尝曰：'明心见性，佛教为深；修身治国，儒道为切。'又曰：'儒者可尚，以能维持三纲五常之道也。'"③元代还大力兴办书院，儒家文化的社会地位不断得到提高。在文化艺术方面，忽必烈仿宋旧制设置教坊司。《元史·志第三十五》道："教坊司，秩从五品，掌承应乐人及管领兴和等署五百户。（世祖）中统二年（1261）始置。至元十二年（1275），升正五品。十七年（1280），改提点教坊司，隶宣徽院，秩正四品。"④忽必烈曾于至元十一年（1274）"起阁南直大殿及东西殿，增选乐工八百人，隶教坊司。"⑤《元史·本纪第二十四》道：至大四年（1311），仁宗"置祥和署，掌伶人。"⑥统治阶级的这种政策在社会上产生积极影响的同时，也产生了消极的影响，如吴海撰《闻过斋集》，排斥儒家之外的其他思想文化，尝言：杨、墨、释、老是"圣道之贼"；管、商、申、韩是"治道之贼"；稗官、野乘是"正史之贼"；支词、艳说是"文章之贼"，"上之人宜敕通经

---

① 宋濂等：《元史》，中华书局2000年版，第254页。
② 同上书，第378页。
③ 同上书，第402页。
④ 同上书，第1423页。
⑤ 同上书，第106页。
⑥ 同上书，第368页。

大臣，会诸儒定其品目，颁之天下。民间非此不得辄藏，坊肆不得辄鬻"，对此，永瑢等《四库全书总目提要》站在维护统治阶级的立场，评价吴海所撰《闻过斋集》云："其宗旨之正，亦于此可见矣。"①

在科举选士方面，元朝从太宗窝阔台九年（1237）一直到仁宗皇庆三年即延佑元年（1314）停废科举，杜绝了汉族文人仕进之阶，这也就是说，元朝统治阶级不让广大的汉族文人有参政的机会。广大的汉族文人处在这种民族分化、压迫和歧视的现实生活当中，激起了胸中的不平之愤。明代，胡侍《真珠船》"元曲"条曰："盖当时台省元臣，郡邑正官及雄要之职，尽其国人为之。中州人每每沉抑下僚，志不获展，如关汉卿入大医院尹，马致远江浙行省务官，宫大用钓台山长，郑德辉杭州路使，张小山首领官，其他屈在簿书，老于布素者，尚多有之。于是以其有用之才，而一寓之乎声歌之末，以舒其怫郁感慨之怀，盖所谓不得其平而鸣焉者也。"② 元朝的文人不像宋明清等朝代的读书人那样容易找到仕进的机会，汉人与南人从根本上被歧视，而且，科举一直到仁宗时才重新恢复，这便是杂剧之所以盛行的一大原因。元代中期以后，元朝统治阶级出于巩固政权的需要，仿前朝推行科举取士制度。仁宗延祐二年（1315），元朝举行科举考试，规定考试"四书""五经"均以程朱理学传注本为主。自此，程朱理学正式上升为官学，程朱理学对社会思想、文学艺术的影响日益深重。程朱理学成为元朝官学之后，由于元朝统治阶级的思想文化意识比较落后，虽"马上得天下"，却并不懂得如何"马下治天下"，所以，相对明清时期程朱理学一统天下，并且思想文化禁锢日甚的状况而言，元朝的思想文化政策还是比较宽松的，尤其是元朝统治阶级实际上奉行的是儒、释、道三教等量齐观的政策，这在一定程度上为有志难申的杂剧作家放任性情，创作反映现实的黑暗、揭露统治阶级的罪恶、发泄积郁胸中愤慨的剧本，提供了有利的话语环境，在客观上也有利于戏曲的进一步成熟与发展，有利于古代戏曲在未来登入国学殿堂，尽管元朝统治阶级对戏曲始终采取了干涉和利用的矛盾态度。

另一方面，蒙古人入主中原之后，在政治上、社会上推行民族分化、压迫和

---

① 永瑢等：《四库全书总目提要》第32册，商务印书馆1931年版，第86页。
② 胡侍：《真珠船》，载《笔记小说大观》第4编，新兴书局有限公司1978年版，第3457页。

歧视的政策，将全国的人分为蒙古、色目、汉人和南人四种不同的等级，并且在任官、徭役、刑法、科举等多方面都严格规定了不平等的待遇。其中，蒙古人和色目人代表的是统治阶级的上层文化，汉人、南人代表的是被统治阶级的下层文化。例如，元代开科举考试总共计16次，取士计1200余人，仅占相应时期的文官总数的4.3%，这一个比率大体上只相当于唐代和北宋的10%。发榜时分为两榜，蒙古人、色目人列为右榜，汉人、南人列为左榜，表现出明显的民族歧视。汉人、南人参加考试的人比蒙古人、色目人多得多，但是，录取人数则相同。即使士子们有幸考上了，也不会像唐宋时期的进士那样风光无限。唐宋两朝的主要大臣都是进士出身，元朝通过进士官至省或部大臣、行省宰相、路总管之类较高官职的人大约70人，由科举入相的只有9人，而且任职的时间普遍都很短，他们只是一个皇权的陪衬人物、朝廷的妆点形象而已。大多数金榜题名的士人仅仅是充当州县儒学教授、提举等一般中、下级的职位，根本不可能进入朝廷上层的政治权力中心，发挥参与决策国计民生的聪明才智和现实作用。

元朝甚至用法律的形式剥夺戏曲作家和戏曲演员跻身科举的权利，例如，《元史·志第三十一》道："倡优之家及患废疾、若犯十恶奸盗之人，不许应试"[①]，把优伶贬得像罪犯一样低贱、耻辱。元朝明文禁止杂剧创作，如《元史·志第五十二》曰："诸妄撰词曲，诬人以犯上恶言者，处死"[②]，表明了对杂剧作家的禁绝。元朝还禁止戏曲搬演，如《元史·志第五十三》道："诸民间子弟，不务生

---

① 宋濂等：《元史》，中华书局2000年版，第1344页。"十恶"指："谋反：谓谋危社稷。谋大逆：谓谋毁宗庙、山陵及宫阙。谋叛：谓谋背国从伪。恶逆：谓殴及谋杀祖父母、父母，杀伯叔父母、姑、兄、姊、外祖父母、夫、夫之祖父母、父母者。不道：谓杀一家非死罪三人，及支解人、造畜虫毒、魇魅。大不敬：谓盗大祀神御之物、乘舆服御物；盗及伪造御宝；合和御药，误不如本方，及封题误；若造御膳，误犯食禁；御幸舟船，误不牢固；指斥乘舆，情理切害，及对捍制使，而无人臣之礼。不孝：谓告言诅詈祖父母、父母，及祖父母、父母在，别籍异财，若供养有阙；居父母丧，身自嫁娶，若作乐释服从吉；闻祖父母、父母丧，匿不举哀；诈称祖父母、父母死。不睦：谓谋杀及卖缌麻以上亲，殴告夫及大功以上尊长、小功尊属。不义：谓杀本属府主、刺史、县令、见受业师，吏卒杀本部五品以上官长，及闻夫丧匿不举哀，若作乐释服从吉及改嫁。内乱：谓奸小功以上亲、父祖妾，及与和者。"参见《元史·志第五十·刑法一》。

② 同上书，第1760页。

业，辄于城市坊镇，演唱词话，教习杂戏，聚众淫谑，并禁治之。诸弄禽蛇、傀儡、藏撅撒钹、倒花钱、击鱼鼓，惑人集众，以卖伪药者，禁之，违者重罪之。诸弃本逐末，习用角抵之戏，学攻刺之术者，师弟子并杖七十七。诸乱制词曲，为讥议者，流。"① 这些律令显然限制了古代戏曲进入国学殿堂的步伐。不过，实事求是地说，元代法律中尽管有不少禁止戏曲的条文，但那些禁令所着眼针对的主要都是讽刺批判封建帝王一类不合元蒙统治者口味的内容，而不完全是戏曲艺术形式本身。即便如此，在上有所好、下必甚焉的世风中，那些律令也往往流于一纸空文，历史文献中还没有发现因创作或演出杂剧而罹祸的记载。据元好问撰《千户赵侯神道碑铭》云：冠氏令及元帅赵天锡"在军校中，日以文史自随，延致名儒，考论古今，穷日夕不少厌。时或投壶、雅咏、挥麈清坐，倡优、杂戏不得至其前"②。赵天赐不观看倡优杂剧搬演被作为特例得到褒扬，从一个侧面透露了元蒙统治阶层多数人喜看杂剧的社会现象。

元杂剧戏班的演员多数属于教坊或乐籍，有承应宫廷或官府庆宴的任务，一旦触犯朝廷的禁令或官府的忌讳，轻则笞挞，重则处死，所以不少杂剧的结尾都要对当今皇上歌颂一番。元蒙统治阶层官员家交乐籍大有人在，如元好问撰《故帅阎侯墓表》云："（阎元帅）所致客多名士、乐籍"③。胡祗遹是元代著名的研究理学的正统文人，一生虽不曾染指杂剧创作，但是与元代著名的杂剧演员、歌妓朱帘秀以及赵文益等都有交往，曾作【双调·沉醉东风】曲赠予杂剧演员朱帘秀，还为杂剧演员赵文益、黄氏、宋氏等人的诗集作序。大量不得志文人参与杂剧创作，民间市民百姓普遍流行欣赏杂剧，有时候，杂剧的搬演甚至还出现在所谓淫祀的场合，如在泽州有"岁昵淫祀，而嬉优伶"④。这些都说明统治阶级的禁令形同虚设。

当然，元朝统治阶级为了巩固政权，也设法向汉民族伦理道德和中原传统文化学习，使元朝两种文化不乏兼容的趋势。其两种文化兼容主要体现在以下三个

---

① 宋濂等：《元史》，中华书局2000年版，第1783页。
② 元好问：《元好问全集》上册，山西人民出版社1990年版，第683页。
③ 同上书，第685页。
④ 宋翼：《米山宣圣庙记》，载《古今图书集成·方舆汇编·职方典·泽州部》卷三六三《艺文一》。

方面：第一，元朝是中国古代历史上唯一没有从官方角度提出避讳制度的朝代。第二，元朝是中国古代历史上思想文化禁锢制度最少的朝代之一，目前尚未发现元代人士因言论讥刺讽谏统治阶级而遭受不幸的实例。据不完全统计，元朝的文化禁令仅是明清两朝的几十分之一。第三，元朝是中国古代历史上唯一明确提出宗教信仰自由的朝代，当时世界上所有的主要宗教在中国都有活动场所和信徒，这在当时的整个欧亚大陆恐怕是绝无仅有的文化现象。在这种思想文化环境中，元朝社会上普遍流行白话，白话文学居上风，散曲和杂剧作家主要都是用白话来进行写作的，因为采用了白话，所以元曲自然要比诗词更容易流行起来。在普及白话的影响下，连皇帝下达的圣旨也使用上了白话。诚然，这与元朝统治阶级的文化水平有限，不易懂得典雅深奥的文言文有密切关系。柳诒徵认为："蒙古以野蛮之族，初通中土语文，故不克讲求典雅。近世英、法诸国，翻译元典，殆不下二三十种，盖其文与西洋文学性质相近也。"①元朝普遍通行两种文化兼容的氛围为中华民族多元一体文化的发展提供了良好的环境，元曲包括散曲和杂剧就是在这种比较宽松的思想文化环境下形成、发展、繁荣起来的，北曲杂剧于是一跃而成为下层文化乃至元朝文化的代表。

在元朝普遍通行两种文化兼容的氛围中，人们往往打破阶级、民族的不同界限，对戏曲表现出比较客观的身份认同。例如，马可·波罗的《马可·波罗游记》中记载元世祖召见贵族的仪式以及和贵族们的大朝宴，说："宴罢散席后，各种各样的人物步入大殿。其中有一对喜剧演员和各种乐器的演奏者。还有一班翻筋斗和变戏法的人，在陛下面前殷勤献技，使所有列席旁观的人，皆大欢喜。这些娱乐节目演完以后，大家才分散离开大殿，各自回家。"②这表明元朝宫廷常常搬演杂剧。元人杨维桢《宫词》亦云："开国遗音乐府传，白翎飞上十三弦。大金优谏关卿在，《伊尹扶汤》进剧编。"③关汉卿为金末解元，曾任金太医院尹，居"元曲四大家"之首，创作杂剧60余部，现存14部，《窦娥冤》最有名，《伊尹扶汤》为关汉卿创作的杂剧名，现已散佚。杨维桢《宫词》云："《尸谏灵公》演传奇，一

---

① 柳诒徵：《中国文化史》，上海古籍出版社2001年版，第648页。
② ［意］马可·波罗：《马可·波罗游记》，陈开俊等译，福建科学技术出版社1981年版，第100页。
③ 丘良任编著《历代宫词纪事》，暨南大学出版社1995年版，第280页。

朝传到九重知。奉宣赉与中书省，诸路都教唱此词。"①《尸谏灵公》当系指鲍天佑氏所作之杂剧《史鱼尸谏卫灵公》而言，此剧也早已经散佚。因为欣赏戏曲在元代是一种普遍的社会风气，社会各阶层人们都沉迷于其中，因此，有些士大夫不能对社会上人们欣赏戏曲加以禁止，只能对家人欣赏戏曲的活动有所禁止。例如，郑太和《郑氏规范》云："既称义门，进退皆务尽礼，不得引进倡优，讴词献技，娱宾狎客，上累祖考之嘉训，下教子孙以不善，甚非小失；违者，家长箠之。"②这从反面说明了社会上的人们包括郑氏家人受杂剧艺术的影响很大，认同与欣赏戏曲是一种常态，作为家长的郑太和无可奈何，不得不禁止家人欣赏戏曲，而事实上往往是有禁难止，甚而形同虚设。

元朝教坊司的杂剧演员在宫廷的出色搬演往往能够获得人们的普遍称赞和身份认同。例如，元人张昱的《辇下曲》云："教坊女乐顺时秀，岂独歌传天下名。意态由来看不足，揭帘半面已倾城。"③元朝宫廷不仅搬演北曲杂剧，而且还有南戏的搬演，当然，从南方奉召入宫献技的南戏演员难免受到不公正的民族身份待遇，时常吐露心中的怨言。例如，明代朱有燉的《元宫词》云："江南名伎号穿针，贡入天家抵万金。莫向人前唱南曲，内中都是北方音。"④元代没有过于拘谨的儒家伦理纲常的束缚，有的官吏还不顾及个人的身份，与戏曲演员结为夫妻，例如"瑶池景，吕总管之妻也；贾岛春，萧子才之妻也；皆一时之拔萃者"⑤。又如"国玉第，教坊副使童关高之妻也，长于绿林杂剧，尤善谈谑，得名京师"⑥。一个朝廷的总管或者教坊副使居然娶一个戏曲演员为妻，这种社会现象是两种文化融合的结果，也是两种文化融合的确证。这种漠视高低贵贱的婚姻方式实际上表达了对戏曲演员身份的认同，提高了戏曲演员的社会身份和主体地位。元人孔克齐著《至

---

① 转引自王国维《曲录余谈》，《王国维文集》第一卷，中国文史出版社1997年版，第497页。

② 转引自赵山林《中国戏曲观众学》，华东师范大学出版社1990年版，第46页。

③ 丘良任编著《历代宫词纪事》，暨南大学出版社1995年版，第294页。

④ 同上书，第287页。

⑤ 夏庭芝：《青楼集》，《中国古典戏曲论著集成》（二），中国戏剧出版社1959年版，第23页。

⑥ 同上书，第24页。

正直记》之"虞邵庵论"条云:"虞翰林邵庵尝论一代之兴,必有一代之绝艺足称于后世者。汉之文章、唐之律诗、宋之道学、国朝之今乐府,亦开于气数音律之盛。其所谓杂剧者,虽曰本于梨园之戏,中间多以古史编成,包含讽谏,无中生有,有深意焉。是亦不失为美刺之一端也。"① 虞集是元代著名的学者、诗人,字伯生,号道园,人称邵庵先生。成宗大德初,授大都路儒学教授,国子祭酒、博士。仁宗时,迁集贤修撰,除翰林待制。文宗即位,任奎章阁侍书学士。领修《经世大典》,著有《道园学古录》《道园遗稿》。虞集素负文名,与揭傒斯、柳贯、黄溍并称"元儒四家";诗与揭傒斯、范梈、杨载齐名,人称"元诗四家"。虞集将杂剧提高到"一代之绝艺"的地位,与正统雅文学相提并论,在个人肯定杂剧的价值和意义的基础上,也代表了元朝统治阶级对杂剧具有一定的社会政治功能的身份认同。

金末元初人刘祁经历了金元鼎革的变故,对戏曲反映现实社会的真情实感有着深切的认同和体会,在目睹战乱生灵涂炭、辗转二千余里归隐故里之后撰《归潜志》,说:诗歌是抒发人喜怒哀乐情感的,阅读无法使人感动就不是诗歌,"予观后世诗人之诗皆穷极辞藻,牵引学问,诚美矣,然读之不能动人,则亦何贵哉?故尝与亡友王飞伯言:'唐以前诗在诗,至宋则多在长短句,今之诗在俗间俚曲也,如所谓源土令之类。'飞伯曰:'何以知之?'予曰:'古人歌诗,皆发其心所欲言,使人诵之至有泣下者。今人之诗,惟泥题目、事实、句法,将以新巧取声名,虽得人口称,而动人心者绝少,不若俗谣俚曲之见其真情而反能荡人血气也。'飞伯以为然。"② 元人罗宗信的《中原音韵序》指责理学家轻视元曲的愚夫之谈,说:"世之共称唐诗、宋词、大元乐府,诚哉。学唐诗者,为其中律也;学宋词者,止依其字数而填之耳;学今之乐府,则不然。儒者每薄之,愚谓:迂阔庸腐之资无能也,非薄之也;必若通儒俊才,乃能造其妙也。"③ 罗宗信有意识地把元曲提高到与唐诗、宋词同等重要的地位,对戏曲作家和戏曲创作的身份认同可谓实事求是,用心良苦,从国学的意义来看,客观上为提高戏曲作为一代文学繁荣

---

① 孔克齐:《至正直记》,《宋元笔记小说大观》,上海古籍出版社2001年版,第6627页。
② 刘祁:《归潜志》,中华书局1983年版,第145页。
③ 周德清:《中原音韵》,《中国古典戏曲论著集成》(一),中国戏剧出版社1959年版,第177页。

地位发挥了积极作用，只是个人的真知灼见并没有得到元朝儒者的普遍共识、自觉认同，或者说，元朝还普遍缺乏在国学层面予以戏曲身份认同的"通儒俊才"。

南戏是与北曲杂剧共存于元代的戏曲种类，但是，由于北曲杂剧在元代盛极一时，南戏尽管在东南一带民间广泛流传，却显得默默无闻。然而，在某些戏曲理论家的视野中，还是偶尔能够看到南戏的身影。如元人周德清说："泰定甲子秋，……悉如今之搬演南宋戏文唱念声腔。……南宋都杭，吴兴与切邻，故其戏文如《乐昌分镜》等类，唱念呼吸，皆如（沈）约韵……惟我圣朝兴自北方，五十余年，言语之间，必以中原之音为正；……予生当混一之盛时，耻为亡国搬戏之呼吸，以中原为则，而又取四海同音而编之，实天下之公论也。"①周德清虽然对南戏置贬抑偏见之辞，但是，与那些对南戏视而不见的封建文人士大夫相比较而言，其关注北曲杂剧与南曲戏文的事实存在，把南曲戏文音韵作为北曲杂剧音韵的他者参照立论，从国学视域来看，对后人客观评价南曲戏文与北曲杂剧的异同仍然具有参考价值和启发意义。

事实上，一个国家和民族的文化是一个整体，各个方面都既有区别，又有其内在的联系和相通的渠道。钱穆把文化分为上层文化和下层文化，并且阐发认为："欲考较一国家一民族之文化，上层首当注意其学术，下层则当注意其风俗。学术为文化导先路，苟非有学术领导，则文化将无向往，非停滞不前，则迷惑失途。风俗为文化奠深基，苟非能形成风俗，则文化理想，仅如空中楼阁，终将烟销而云散。"②据此考察元代两种文化，与各朝代相比较而言，元代统治阶级的思想文化禁锢制度最少，没有残酷打压北曲杂剧和剧作家，普遍通行上层文化与下层文化兼容的氛围，使得北曲杂剧得以盛行于世，为古代戏曲未来登入国学殿堂奠定了厚实的基础，因此说，在下层文化大力推引发展的同时，客观上乃有元代统治阶级在戏曲方面无为而治之功。

---

① 周德清：《中原音韵》，《中国古典戏曲论著集成》（一），中国戏剧出版社1959年版，第219页。

② 钱穆：《中国学术通义》，学生书局1975年版，第1页。

第三节　明代两种文化的差异性表达

从国学视域来看，元朝以程朱理学为代表的上层文化与以北曲杂剧为代表的下层文化表面上毫不相干，甚至有天壤之别，但是，无形当中却为明代两种文化的沟通与融合发挥了连接贯通的现实作用，预示了明代国学变革的宽达前景与两种文化的发展趋向。而明代主流意识形态的变革和明代中叶以后戏曲的发展繁荣，则为未来戏曲登入国学殿堂做了超越既往、雄厚广博的坚实铺垫。

元朝长期中断科举考试，但是在主流意识形态上，儒学作为维护封建统治的官方哲学，一直受到元朝最高统治者的称颂，元朝统治者把儒学定为"国是"，元武宗给孔子加上了"大成至圣文宣王"的头衔。从朝廷考试到州县学校的教学，元朝一律以程朱对孔孟理论的注释为准，把朱熹的《四书集注》称为"圣经章句"。程朱理学逐渐取得了元代后期儒家文化的至尊地位。明代初年延续了这种态势，程朱理学主导了明代统治阶级的上层文化。随着程朱理学学派汲取陆象山心学学派有关"直求本心"和"知行合一"的理念，陆象山心学学派汲取程朱理学学派"理气""理欲""笃实"之功夫，两者的交流与融会至明代中叶正德年间催生了王阳明的心学。王阳明对程朱理学予以了改造与创新，对陆象山心学予以了继承与发展，集陆王心学之大成，形成了极有影响的陆王心学学派。从此以后，王阳明为首的心学逐渐兴起，并取得了明代统治阶级的上层文化的主导地位，蔚为明代中晚期以后影响最大的主流意识形态，并且成为明代中晚期全社会兴起个性解放思潮的源头。受王阳明心学激发和个性解放思潮的深刻影响，一方面，徐渭、汤显祖、李贽、"公安三袁"等大力推崇通俗文学、通俗文艺，倡导或创作戏曲，所取得的令世人瞩目的成就，融汇为明代中晚期文学艺术的鲜明时代风貌；另一方面，受到广大市民百姓喜爱的戏曲突破了封建主流意识形态的束缚，呈现自由自在、随性而发的进步趋势，铸就了明代中晚期市民百姓的下层文化的蓬勃发展。

在上层文化方面，1368年，太祖朱元璋建立了大明王朝。初期，中央政府官僚机构基本上沿袭了元朝官制，后罢除宰相，改革中央官制政体。朱元璋认识到

"天下可以马上得之，不可以马上治之"的道理，继承了"戡乱以武，定国以仁"的治政经验，主流意识形态注重礼乐教化，重视并提倡儒家学说，注意并利用释道学说，使之为维护明王朝的统治服务。朱元璋以后的诸多皇帝，都很重视儒家学说的道德教化作用，并在重视儒家的前提之下，或推崇佛教，或推崇道教，或尊奉天主教，尤其是明成祖朱棣大力提倡程朱理学，颁布《五经四书大全》《性理大全》等儒家学说于天下，所有这些行为，都旨在维护明王朝的封建统治。例如，《明史》记载："洪武元年（1368）春正月乙亥，祀天地于南郊，即皇帝位。定有天下之号曰明，建元洪武。……诏曰：'……天下甫定，朕愿与诸儒讲明治道。有能辅朕济民者，有司礼遣。'"①《明史》道："明太祖初定天下，他务未遑，首开礼、乐二局，广征耆儒，分曹究讨。"②《明史》云："夏六月壬申，诏诸土司皆立儒学。"③郑晓曰："洪武开科，诏《五经》皆主古注疏，及《易》兼程、朱，《书》蔡，《诗》朱，《春秋》左、公羊、谷梁、程、胡、张，《礼记》陈。乃后尽弃注疏，不知始何时。或曰始于颁《五经大全》时，以为诸家说优者采入故耳。"④何良俊曰："太祖时，士子经义皆用注疏，而参以程朱传注。成祖既修《五经四书大全》之后，遂悉去汉儒之说，而专以程朱传注为主。"⑤嘉靖九年（1530），明世宗改"大成至圣文宣王"为"至圣先师孔子"。⑥

朱元璋坐稳了江山之后，出于巩固统治政权和个人地位的必要，加强了思想文化上的禁锢，仇视并迫害知识分子，从1384年到1396年大兴文字狱，时间长达13年，只有极少数文人幸免于死刑，仅《明史·文苑传》记载，被朱元璋杀害的文人之多为历代罕见。例如：诗人高启因文祸被腰斩，与高启并称"四杰"的杨基死于徒流的工场，张羽窜岭南投水自杀，徐贲下狱瘐死。与高启并称"十才子"的谢肃被杀，此外还有苏伯衡、傅恕、王彝、张孟兼、杜寅被杀，孙蕡、王绂、张宣充军，王蒙、王洪瘐死，戴良自杀，连开国功臣刘基也不明不白地被阴

---

① 张廷玉等：《明史》，中华书局1974年版，第19—21页。
② 同上书，第1223页。
③ 同上书，第52页。
④ 郑晓：《今言类编》，《明代笔记小说大观》，上海古籍出版社2005年版，第831页。
⑤ 何良俊：《四友斋丛说》，中华书局1959年版，第22页。
⑥ 郑晓：《今言类编》，《明代笔记小说大观》，上海古籍出版社2005年版，第826页。

谋毒害致死，宋濂由于皇后和太子的力救才逃过一劫，但是，据前七子之一的徐祯卿的《翦胜野闻》记载，宋濂的儿子宋茗、孙子宋慎仍然被朱元璋残害杀死。

明代，文字狱殃及戏曲是明朝两种文化差异性表达的一个突出现象。其表现，一是统治阶级对戏曲活动有选择性地严厉禁毁，体现了戏曲身份认同的价值区分取向。例如，顾起元云："洪武二十二年（1389）三月二十五日奉圣旨：'在京但有军官军人学唱的，割了舌头'；……府军卫千户虞让男虞端故违吹箫唱曲，将上唇连鼻尖割了。……永乐九年（1411）七月初一日该刑科署都给事中曹润等奏：乞敕下法司，今后人民倡优装扮杂剧，除依律神仙道扮，义夫节妇，孝子顺孙，劝人为善及欢乐太平者不禁外，但有亵渎帝王圣贤之词曲、驾头、杂剧，非律所该载者，敢有收藏传诵、印卖，一时拏送法司究治。奉旨：'但这等词曲，出榜后，限他五日，都要干净将赴官烧毁了，敢有收藏的，全家杀了。'此等事，国初法度之严如此。"① 明代有一些歌功颂德剧、应节喜庆剧，写得尽管不甚高明，却也非绝对无用之物，然而也遭到统治阶级的不公正对待。例如，董其昌跋《众神圣庆贺元宵节》云："此种杂剧不堪入目，当效楚人一炬为快！"② 吴炳是万历己未的进士，创作传奇《粲花斋五种曲》，《绿牡丹》是其中之一，因其时乌程相国弟温育仁欲入复社未获准许，于是请吴炳作此传奇而讥诮之，浙中梨园争相搬演。复社中有人诉诸于学臣黎元宽，黎元宽立即追究作者之罪，将温育仁投入牢狱惩罚，《绿牡丹》则惨遭黎元宽毁版。

二是受统治阶级思想文化禁锢的祸害，以及北曲杂剧风光不再，南戏发展步履蹒跚，明代前期戏曲演员的身份地位跌入低谷。例如，教坊优伶地位原本就较一般普通人低贱，朱元璋对戏曲演员的正常人格身份更是不予认同，心存轻视，限制极严，无论衣冠、服饰甚或行走方位皆有侮辱性规定限制，不得踰矩。徐复祚《曲论》云："国初之制，伶人常戴绿头巾，腰系红褡博，足穿布毛猪皮靴，不容街中走，止于道旁左右行。乐妇布皂冠，不许金银首饰。身穿皂背子，不许锦绣衣服。"③ 刘辰《国初事迹》亦云："太祖立富乐院于乾道桥。男子令戴绿巾，腰

---

① 顾起元：《客座赘语》，中华书局1987年版，第346—348页。
② 蔡毅：《中国古典戏曲序跋汇编》，齐鲁书社1989年版，第386页。
③ 徐复祚：《曲论》，《中国古典戏曲论著集成》（四），中国戏剧出版社1959年版，第243页。

系红搭博,足穿带毛猪皮靴,不容街中走,止于道傍左右行,或令作匠穿甲。妓妇戴皂冠,身穿皂褙子,出入不许穿华丽衣服。专令礼房吏王迪管领。此人熟知音律,能作乐府。禁文武官及舍人不许入院,止容商贾出入院内。"①明朝统治阶级甚至对于戏曲演员草菅其性命,如顾起元据实云:"太祖令乐人张良才说平话。良才因做场,擅写省委教坊司招子,贴市门柱上。有近侍人言太祖曰:'贱人小辈,不宜宠用。'令小先锋张焕缚投于水。"②

朱元璋第十七子、宁王朱权重戏曲音乐而鄙视戏曲演员,云:"杂剧,俳优所扮者,谓之'娼戏',故曰'勾栏'。子昂赵先生曰:良家子弟所扮杂剧,谓之'行家生活',娼优所扮者,谓之'戾家把戏'。良人贵其耻,故扮者寡,今少矣,反以娼优扮者谓之'行家',失之远也。或问其何故哉?则应之曰:杂剧出于鸿儒硕士、骚人墨客所作,皆良人也。若非我辈所作,娼优岂能扮乎?推其本而明其理,故以为'戾家'也。关汉卿曰:非是他当行本事,我家生活,他不过为奴隶之役,供笑献勤,以奉我辈耳。子弟所扮,是我一家风月。虽是戏言,亦合于理,故取之。"③又云:"娼夫不入群英四人,共十一本:子昂赵先生曰:娼夫之词,名曰'绿巾词'。其词虽有切者,亦不可以乐府称也,故入于娼夫之列。……娼夫自春秋之世有之。异类托姓,有名无字,……自古娼夫,如黄番绰、镜新磨、雷海青之辈,皆古之名娼也,止以乐名称之耳;亘世无字。"④"命名取号"是一种基于社会、民族或者个人的文明行为,能够折射出社会、民族或者个人的心理、志趣、追求等,具有重要的历史、社会、文化和身份认同意义。古人有名有字,还有号。所谓"名",是社会上个人的特称,即个人在社会上所使用的符号。"字"往往是名的解释和补充,是与"名"相表里的,所以又称"表字"。古人的字是尊辈代取,而号或叫别号、别字,往往是自取。姓者,统其祖考之所自出;氏者,别其子孙之所自分;姓是一个家族的所有后代的共同称号,而氏则是从姓中衍生出来的分支。由于社会历史和身份等级的原因,按照"氏所以别贵贱,贵者有氏,贱

---

① 邓士龙辑《国朝典故》,北京大学出版社1993年版,第84页。
② 顾起元:《客座赘语》,中华书局1987年版,第189页。
③ 朱权:《太和正音谱》,《中国古典戏曲论著集成》(三),中国戏剧出版社1959年版,第24页。
④ 同上书,第44页。

者有名无氏"①的古训,"古名娼,止以乐名呼之,亘世无字",对戏曲演员而言无疑是一种极端的贬抑、歧视。

直至明代中叶,伶人的待遇才大为改观,但是,差异化身份认同终究没有彻底改变。沈德符云:"丈夫始冠则字之,后来遂有字说,重男子美称也。惟伶人最贱,谓之娼夫,亘古无字,如伶官之盛莫过于唐,罗黑黑、纪孩孩、贺怀智、黄幡绰、雷海青、李龟年、李可及、穆刁綾、安辔新、石动筩、王新殿、臧柯曲、刁俊朝、李家明、杨花飞、敬新磨、尚玉楼之属,俱以优名相呼,虽至与人主狎,终不敢立字。后世此辈侪于四民,既有字且有号,然不过施于市廛游冶见,不闻称于士人也。惟正德间教坊奉銮臧贤者,承武宗异宠,扈从行幸至于金陵,处士吴霖、吴郡礼部郎杨循吉,并侍左右。时宁王宸濠,妄窥神器,潜与通书札,呼为'良之契厚',令伺上举动。'良之',贤字也,……逆藩之巧,乐工之横,至此极矣。贤至赐一品蟒玉,终不改伶官故衔。"②

实际上,明代统治阶级对戏曲的身份认同充满了观念龃龉,除了加强戏曲活动方面的思想文化禁锢贬抑的一面之外,对戏曲也表现出依据符合统治阶级的利益的标准而褒扬推崇的一面。这后一种矛盾对立方面的差异化戏曲身份认同,客观上又有利于戏曲的传承光大。

例如,朱元璋出生卑微,粗通文墨,但是勤勉好学,受到下层文化的影响而爱好戏曲,陆采云:"国初教坊有刘色长者,以太祖好南曲,别制新腔歌之,比浙音稍和宫调,故南都至今传之。近始尚浙音,妓女辈或弃北而南。"③吴元年(1367),朱元璋置教坊司,掌宴会大乐。张廷玉等《明史》云:"大宴飨,教坊司设中和韶乐于殿内,设大乐于殿外,立三舞杂队于殿下。驾兴,大乐作。……第五爵,奏《振皇纲之曲》,进酒如前仪。乐止,奏百戏承应。"④《明史》又云:太祖"尝命儒臣撰回銮乐歌,……其词出于教坊俳优,多乖雅道。十二月乐歌,按月律以奏,及进膳、迎膳等曲,皆用乐府、小令、杂剧为娱戏。"⑤李开先《〈张小山

---

① 郑樵:《通志二十略》,中华书局1995年版,第1页。
② 沈德符:《万历获野编》,中华书局1959年版,第545页。
③ 陆采:《冶城客论》,浙江范懋柱家天一阁藏本。
④ 张廷玉等:《明史》,中华书局1974年版,第1504—1505页。
⑤ 同上书,第1507页。

小令〉后序》云："洪武初年，亲王之国，必以词曲一千七百本赐之。"①谢肇淛曰："太祖于金陵建十六楼，以处官伎，……足见升平欢乐之象。"②朱元璋十分器重高明创作的《琵琶记》所宣扬的忠孝伦理观念，诚如徐渭云："时有以《琵琶记》进呈者，高皇笑曰：'《五经》《四书》，布、帛、菽、粟也，家家皆有；高明《琵琶记》，如山珍、海错，贵富家不可无。'既而曰：'惜哉，以宫锦而制鞋也！'由是日令优人进演。寻患其不可入弦索，命教坊奉銮史忠计之。色长刘杲者，遂撰腔以献，南曲北调，可于筝琵被之。"③

像朱元璋那样，明代诸帝王大都十分爱好戏曲，宫廷之中往往呈现弦管不辍的景象。例如，成祖朱棣在位时敕儒臣纂修《永乐大典》。此乃一部中国百科全书式的文献集，全书22877卷，目录60卷，共装订成11095册，约3.7亿字，汇集了古今图书七八千种。按照中国传统的学科类别进行分类，戏曲在《永乐大典》中的"戏"字韵下为戏文，"剧"字韵下为杂剧，收录"戏文"有33种、"杂剧"99种。《永乐大典》辑录的戏曲绝大多数已佚，今人叶恭绰搜集到的《永乐大典》戏文三种，即《小孙屠》《张协状元》《宦门子弟错立身》，保存了许多失传古剧的资料；以及其余所存戏文残本，成为当代戏文研究弥为珍贵的瑰宝，填补了戏曲研究者对戏文知之甚少的空白。明成祖对戏曲演员十分礼遇，如汤舜民好滑稽，与贾仲明交久而不衰，当成祖在燕邸时，汤舜民宠遇甚厚，永乐间恩赏常及，所作乐府、套数、小令极多，词语皆工巧，江湖盛传之；所撰杂剧2种即《瑞仙亭》《娇红记》，所惜已佚，朱权《太和正音谱》赞其词曲格势像锦屏春风一样悠扬。杨景贤，一字景言，元末明初戏曲家，与贾仲明交往五十年，永乐初与汤舜民一般遇宠，所撰《西游记》写唐僧取经故事，成为后来吴承恩同名小说故事的雏形，共六本二十四折，突破了元杂剧一本四折一楔子的体例，为元杂剧中篇幅最巨之作品，朱权《太和正音谱》赞其词曲格势像雨中的鲜花一样美丽。贾仲名，尝侍明成祖于燕邸，甚得宠爱，所作传奇戏曲、乐府数量极多，语言骈丽工巧，所撰增补本《录鬼簿》为82位戏曲作家补写了数十首【双调·凌波仙】挽

---

① 李开先：《李开先集》，中华书局1959年版，第370页。
② 谢肇淛：《五杂俎》，中华书局1959年版，第71—72页。
③ 徐渭：《南词叙录》，《中国古典戏曲论著集成》（三），中国戏剧出版社1959年版，第240页。

词，其中有不少曲论评语比较中肯公允，至今仍被人们广泛征引，朱权《太和正音谱》赞其词曲格势像锦帷琼筵一样滋味隽永。

周宪王朱有燉，勤学好古，留心翰墨，创作《诚斋乐府传奇》若干种，音律和谐美听，广泛流传内府，中原弦索多传演之。李梦阳《汴中元宵》绝句称赞云："中山孺子倚新妆，赵女燕姬总擅场；齐唱宪王新乐府，金梁桥外月如霜。"① 王国维《〈杂剧十段锦〉跋》评价云："宪王乐府独步明初，……牛左史诗：'唱彻宪王新乐府，不知明月下樊楼。'盖宣（德）、正（统）、正（德）、嘉（靖）百年之间，风行之盛如此。"②

随着明代前期 70 余年的励精图治，社会经济恢复的加快，明朝中叶自英宗以后进入了高度发展阶段，统治阶级的思想文化禁锢逐渐松弛，社会风气以及人们的性情和追求发生了显著变化。赵翼《廿二史札记》云："明中叶才士傲诞之习……才情轻艳，倾动流辈，放诞不羁，每出名教外。……恃才傲物，跅弛不羁，宜足以取祸，乃声光所及，到处逢迎，不特达官贵人倾接恐后，即诸王亦以得交为幸，若惟恐失之。可见世运升平，物力丰裕，故文人学士得以跌宕于词场酒海间，亦一时盛事也。"③ 成化年间可谓承上启下，张廷玉等《明史·本纪十五》："明有天下，传世十六，太祖、成祖而外，可称者仁宗、宣宗、孝宗而已。仁、宣之际，国势初张，纲纪修立，淳朴未漓。至成化以来，号为太平无事，而晏安则易耽怠玩，富盛则渐启骄奢。"④ 王锜记述成化间苏州地区经济文化发展谓："游山之舫，载妓之舟，鱼贯于绿波朱阁之间，丝竹讴舞与市声相杂。凡上供锦绮、文具、花果、珍馐奇异之物，岁有所增，若刻丝累漆之属，自浙宋以来，其艺久废，今皆精妙，人性益巧而物产益多。至于人才辈出，尤为冠绝。……此固气运使然，实由朝廷休养生息之恩也。"⑤ 接着，从世宗嘉靖元年（1522）至神宗执政以后的一百多年时间里，明代社会经济发展进入了一个重要的时期，商品经济的富足，工商业的繁荣，促使社会风气进一步更张，大大超过了以往任何一个朝代，戏曲

---

① 赵吉士：《寄园寄所寄》，上海大达图书供应社 1935 年版，第 135 页。
② 蔡毅：《中国古典戏曲序跋汇编》，齐鲁书社 1989 年版，第 419 页。
③ 王树民：《廿二史札记校证》，中华书局 1984 年版，第 783—784 页。
④ 张廷玉等：《明史》，中华书局 1974 年版，第 196 页。
⑤ 王锜：《寓圃杂记》，中华书局 1984 年版，第 42 页。

从前期的低谷走上了蓬勃发展的路途，局面大显起色。顾起元《客座赘语》云："嘉靖初年，文人墨士，虽不逮先辈，亦少涉猎，聚会之间，言辞彬彬可听。今或衣巾辈徒诵诗文，而言谈之际，无异村巷。……正德中，士大夫有号者十有四五，虽有号，然多呼字。嘉靖年来，束发时即有号。末年，奴仆、舆隶、俳优，无不有之。"①社会的安定，物质的丰饶，生活的奢靡，戏曲的繁荣，推进了统治阶级的精神娱乐需求和戏曲身份认同。

例如：明宪宗极好戏曲，王鏊《震泽纪闻》曰："成化中，好教坊戏剧，（刘）瑾领其事得幸。"②李开先《〈张小山小令〉后序》云："人言宪庙好听杂剧及散词，搜罗海内词本殆尽。又武宗亦好之，有进者即蒙厚赏，如杨循吉、徐霖、陈符所进，不止数千本。"③饶智元《成化宫词》云："弦管纷纷画鼓催，结丝灯影射楼台。伶官博得君王笑，玉殿西头双铖来。"④《明史》载："弘治之初，孝宗亲耕耤田，教坊司以杂剧承应。"⑤《明史》又载："正德三年（1508），武宗谕内钟鼓司康能等曰：'庆成大宴，华夷臣工所观瞻，宜举大乐。迩者音乐废缺，无以重朝廷。'礼部乃请选三院乐工年壮者，严督肄之，仍移各省司取艺精者赴京供应。……于是乘传续食者又数百人，俳优之势大张。臧贤以伶人进，与诸佞倖角宠窃权矣。"⑥吴炽昌云：明代武宗皇帝是一代英主，但是过于好乐嬉戏，有损于帝德形象和品行，"除夕，帝忽出宫，历六部九卿公署，官吏皆回私宅度岁，虚无人也。至吏部，闻高唱南腔，似有多人聚唱者。帝突入，惟一小吏，陈盘肉壶酒，自斟自饮。见帝至，殷勤让座，酌酒劝进。"⑦嘉靖二十七年（1548），明世宗因爱好戏曲增设伶官左右司乐以及俳长色长。

---

① 顾起元：《客座赘语》，中华书局1987年版，第169—170页。
② 王鏊：《震泽纪闻》，《续修四库全书》第1167册，上海古籍出版社2002年版，第494页。
③ 蔡毅：《中国古典戏曲序跋汇编》，齐鲁书社1989年版，第2765页。
④ 丘良任编著《历代宫词纪事》，暨南大学出版社1995年版，第312页。
⑤ 张廷玉等：《明史》，中华书局1974年版，第1508页。
⑥ 同上书，第1509页。
⑦ 吴炽昌：《客窗闲话》，《笔记小说大观》第29册，江苏广陵古籍刻印社1983年版，第97页。

万历初年，明神宗为了孝敬西宫太后，特在宫中设立四斋，集中宦官艺人娱乐，搬演戏曲，甚至谕司礼监臣及乾清宫管事人员于坊间寻买新刻曲本进览。明光宗也爱好戏曲，在宫中教习戏曲的是近侍何明及钟鼓司官郑稽山等人。明熹宗时内廷演剧的情况，在《天启宫词》中有较多的记载。明代皇帝还在玉熙宫开辟演剧场所，派遣三百名宦官演员专习民间发展起来的戏曲剧种，包括弋阳腔、海盐腔、昆山腔等，民间的新声因此得以进入内廷并且在宫中演出，大大地扩展了以戏曲为媒介的两种文化的交流与融汇。程嗣章撰《明宫词》云："太平天子（指神宗）孝思敦，慈圣还同仁圣尊。百戏杂陈娱令节，深宫宴饮不闻喧。"①明熹宗好看武戏，常常在懋勤殿设宴，与臣僚一起观演《岳武忠传奇》。蒋之翘在《天启宫词》中云："角抵鱼龙总是云，昭忠曼衍岳家军。风魔何独嘲长脚，长舌东窗迥不闻。"②高兆撰《启祯宫词》云："法部伶官演岳秦，懋勤殿畔避权臣。一从承应王瘸子，打诨今无阿丑人。"③"权臣"指魏忠贤，王瘸子是戏曲演员。史梦兰云："玉楼天半响歌弦，曲破新翻《燕子笺》。最是梨园关上虑，朝臣须避老神仙。"④《燕子笺》为阮大铖著传奇名，影射明末东林党与魏阉人之争，此写明思宗面临亡国的危险，仍然沉迷于观赏戏曲。姜绍书云："崇祯末年，不惟文气芜弱，即新声词曲，亦皆靡靡亡国之音。阮圆海之所度《燕子笺》《春灯谜》《双金榜》《牟尼合》诸乐府，音调旖旎，情文宛转，而凭虚凿空，半是无根之谎，殊鲜博大雄豪之致。杨仲修见周藩乐器，因创为提琴，哀弦促柱，佐以箫管，僮子以曼声和歌，缠绵凄楚，如泣如诉，听之使人神怆，不能自已。声音之道，关于气运，岂曰偶然？"⑤明人钱希言《辽邸纪闻》云："辽王雅工诗赋，尤嗜宫商。其自制小词、艳曲、杂剧、传奇，最称独步，有《春风十调》《唾窗绒》《误归期》《玉阑干》《金儿弄丸记》，皆极宛丽才情。"⑥辽王指明朝末代辽王朱宪㸅。史梦兰描叙朱宪㸅宫

---

① 丘良任编著《历代宫词纪事》，暨南大学出版社1995年版，第331页。
② 同上书，第341页。
③ 同上书，第342页。
④ 史梦兰：《全史宫词》，《明宫词》，北京古籍出版社1987年版，第185页。
⑤ 姜绍书：《韵石斋笔谈》，《笔记小说大观》第22编，新兴书局有限公司1979年版，第2750页。
⑥ 陶宗仪等：《说郛三种》，上海古籍出版社1988年版，第873页。

廷生活道:"花坞药圃接西宫,莺坞春深剪碎红。珠履满堂开内宴,新歌齐唱唾窗绒。"①

明洪武二十八年(1395),朝廷设钟鼓司。②此后,教坊司、钟鼓司共同承应内廷戏曲。钟鼓司的官员为宫中近侍,宫廷戏班由钟鼓司的成员即宦官组成,学艺太监达200余人,剧目多是金元时期流传下来的院本。宫廷内钟鼓司官职最为低贱,"入此司者例不他迁,如外藩王官。然而正德初,刘瑾乃以钟鼓司入司礼者"③,缘于明武宗对刘瑾身份认同的变化,刘瑾"日进鹰犬、歌舞、角抵之戏,导帝微行。帝大欢乐之"④,深得宠爱。钟鼓司的太监演戏水平逊于宫外竞争中占优势的民间戏班,因此,民间戏班演员有时会奉召进宫献艺,如崇祯年间皇后生日时,沉香班优伶就曾入宫演出《西厢记》《玉簪记》。搬演水平高超的民间戏班演员甚至还被宫廷留用,如沈德符记正德年间,"上爱小优数人,命阉之留于钟鼓司,俄以称上意,俱赏蟒玉。"⑤最高统治者对戏曲的爱好往往带动了下属统治阶层对戏曲的爱好,如顾起元云:"梁刺史名楒,楒之父曰梁八老,侠烈士也。刺史以嘉靖丙午举于乡,宴客召伶人为剧"。⑥明代君王对戏曲之爱好和对民间戏曲的身份认同可见一斑。钟鼓司在御前演戏不仅发挥了娱乐的作用,还可以通达民情,开启圣聪,例如,搬演打稻戏以使皇帝认知稼穑之艰难,搬演过锦戏以使皇帝观识社会之状况。宫廷与民间的戏曲轮替交相搬演,使宫廷戏班演员和民间戏班演员获得了难得的互动观摩、交流技艺的机会,尽管上层文化与下层文化对戏曲身份认同的思想价值取向存在差异,但客观上有利于促进戏曲的发展,以及两种文化的交流、渗透与融会。

在下层文化方面,明代前期,自洪武至弘治、正德年间,上承元杂剧余绪产生了不少杂剧作品,但思想内容和艺术成就远逊于元杂剧,而且出现了大量宣扬封建道德倾向的作品,明代统治阶级成员朱权、朱有燉的作品就代表了这种倾向。

---

① 史梦兰:《全史宫词》,《明宫词》,北京古籍出版社1987年版,第195页。
② 郑晓:《今言类编》,《明代笔记小说大观》,上海古籍出版社2005年版,第766页。
③ 沈德符:《万历获野编补遗》,中华书局1959年版,第814页。
④ 张廷玉等:《明史》,中华书局1974年版,第7786页。
⑤ 沈德符:《万历获野编》,中华书局1959年版,第531页。
⑥ 顾起元:《客座赘语》,中华书局1987年版,第237页。

明代自景泰年开始，杂剧创作趋于寂寥。成化年间，戏文开始转化为传奇。万历年间，传奇创作进入高潮，形式也更加丰富。进入明代中叶及其以后，思想文化松动的变化趋势，社会经济的发展繁荣，促进了文人士大夫和市民百姓对戏曲的喜闻乐见，文人士大夫和市民百姓对素来被视为"小道""末技"的戏曲身份认同发生了显著变化，显示了在戏曲身份认同旨趣上的下层文化与上层文化的迥异差别。

第一，代表统治阶级戏曲身份认同的上层文化下移民间。万历之后，受到市民生活和下层文化的强烈吸引，朝廷的戏班演员纷纷流向民间，推动了民间戏曲的发展繁荣。顾起元比较万历前后宫廷演剧状况变化，云："教坊司中，在万历十年前房屋盛丽，连街接弄，几无隙地。长桥烟水，清泚湾环，碧杨红药，参差映带，最为歌舞胜处。时南院尚有十余家，西院亦有三四家，倚门待客。其后不十年，南、西二院，遂鞠为茂草，旧院房屋，半行拆毁。……歌楼舞馆，化为废井荒池，俯仰不过二十余年间耳。"[①] 明代南曲"四大声腔"即昆山腔、弋阳腔、海盐腔和余姚腔，虽起源于民间并流布大江南北，但是其广泛传播、长足发展，直接或间接与上层文化的下移有千丝万缕的联系。例如：谭纶，江西宜黄县谭坊人。明代抗倭名将、杰出的军事家，官至兵部尚书、太子少保。谭纶酷爱戏曲，尤喜海盐腔，于军中设戏班，随军征战、演出。任浙江台州知府丁忧回籍时，自浙江带回海盐腔戏班，命艺人传授给本地艺人，还亲临排演现场，并将弋阳腔融入其中，形成后世有较大社会影响的所谓"宜黄腔"。汤显祖对宜黄腔极为欣赏，其著名的"临川四梦"均由宜黄艺人首次演出以至流传。宜黄腔后经艺人不断探索和改进，不仅在江西广泛流行，而且在安徽、江苏、湖南、湖北、四川、陕西、广西、山西、河北、北京等地广泛流传，一些曲调还融入了后世的京剧当中。

第二，文人学士对戏曲作品的价值评判发生了根本性变化。例如，丘濬是著名理学名臣，被学界誉为"有明一代文臣之宗"，所创作的传奇有《五伦全备记》。邵璨官给事中，所创作的传奇有《香囊记》。《五伦全备记》和《香囊记》都带有浓厚的封建伦理说教意味，《香囊记》被当时的封建文人赞颂为能"正人心、厚风俗"的大雅之作，刻本甚多，流传广泛，在当时社会上产生了颇大的影响。对

---

① 顾起元：《客座赘语》，中华书局1987年版，第232页。

此，徐复祚《曲论》斥《五伦全备记》为"纯是措大书袋子语，陈腐臭烂，令人呕秽"①，表明了对戏曲创作内容充满了道学气的立场；徐渭则批评说："以时文为南曲，元末、国初未有也，其弊起自《香囊记》"②，表明了对戏曲创作形式追求八股味时文风的立场。《五伦全备记》和《香囊记》成为后人甄别戏曲身份认同偏差的参照标杆，以及纠正戏曲身份认同弊端的众矢之的。

第三，文人士大夫和市民百姓创作的戏曲作品和藏书数量众多。关于明代传奇，据傅惜华《明代传奇全目》统计，有作家姓名可考者作品计618部，无名氏作品计332部，合计950部。关于明代杂剧，傅惜华《明代杂剧全目》统计523部，其中有作家姓名可考者作品349部，无名氏作品174部。实际上，散佚的戏曲作品还有很多，远远不止此数，例如，除了追求时尚的文人士大夫和稍通文墨的市民百姓纷纷介入戏曲创作之外，许多商贾为了牟利，专门请人代笔创作戏曲而隐去作者姓名，或者假冒著名剧作家张冠李戴刊刻戏曲作品，表达了一种经济利益驱动下的戏曲身份认同。如许饮流《〈刘智远白兔记〉序》云："明代书贾专延人编刻传奇，藉以弋利者，犹今日街头所售小说唱本也。故富春堂所刻本，多不著撰人名氏，而传留者亦极少，在今日则成鸿宝矣。"③随着词山曲海的高涨，文人士大夫收藏戏曲作品从二三百本至千余种不等，逐渐成为社会时尚。收藏之富，当首推内府，例如，除了李开先称"洪武初年，亲王之国，必以词曲一千七百本赐之"之外，李开先又云："对山高祖名汝楫者，曾为燕邸长史，全得其本，传至对山，少有存者。人言宪朝好听杂剧及散词，搜罗海内词本殆尽。又武宗亦好之，有进者，即蒙厚赏。如杨循吉、徐霖、陈符所进，不止数千本。"④李开先本人亦喜收藏戏曲作品，自称"欲世之人得见元词，并知元词之所以得名者，乃尽发所藏千余本，付之门人诚菴张自慎选取"⑤，又自称："予少时综理文翰之余，颇究心

---

① 徐复祚:《曲论》,《中国古典戏曲论著集成》（四），中国戏剧出版社1959年版，第236页。

② 徐渭:《南词叙录》,《中国古典戏曲论著集成》（三），中国戏剧出版社1959年版，第243页。

③ 蔡毅:《中国古典戏曲序跋汇编》，齐鲁书社1989年版，第1332页。

④ 李开先:《李开先集》，中华书局1959年版，第370页。

⑤ 同上书，第316页。

金元词曲，……等千七百五十余杂剧，靡不辨其品类，识其当行"①，则李开先所藏元曲数量与内府不相上下。晁瑮有《宝文堂书目》，其《乐府类》录书凡三百五十余种，十之八皆北曲。何良俊称："余家所藏杂剧本几三百种"②。姚叔祥《见只编》称："汤海若先生妙于音律，酷嗜元人院本。自言箧中收藏，多世不常有，已至千种，有《太和正音谱》所不载者。"③王骥德《曲律》称："金、元杂剧甚多，《辍耕录》载七百余种，《录鬼簿》及《太和正音谱》载六百余种。康太史谓于馆阁中见几千几百种，何元朗谓家藏三百种，今吾姚孙司马家藏亦三百种。余家旧藏，及见沈光禄、毛孝廉所，可二三百种。"④明朝，祁承爜历官至江西右参政，焦循《剧说》云："明祁参政承爜，集元、明传奇八百余部"⑤。臧懋循与麻城刘承禧藏曲均甚丰，刘承禧，字延伯，臧懋循《元曲选序》自称："予家藏杂剧多秘本。倾过黄从刘延伯借得二百种，云录之御戏监，与今坊本不同。"⑥内廷、文人士大夫和民间私人藏曲乃基于戏曲身份认同是显而易见的。

第四，文人士大夫编辑戏曲典籍的数量逐年增多。在戏曲作品数量大幅增长的形势下，明代有识之士先后编辑的戏曲集主要集中出现在万历以后，在保留了不少戏曲作品的原生态状貌的同时，也为后人提供了研究剧目数量、传播、接受、演变和戏曲史发展的重要文献。例如，戏曲总集和选集有解缙总编《永乐大典·戏·剧》、息机子《杂剧选》、臧懋循《元曲选》、王骥德《古杂剧》、沈泰《盛明杂剧》、孟称舜《古今名剧合选》、毛晋《六十种曲》、（俄）李福清与李平合编《海外孤本晚明戏剧选集三种》（《乐府玉树英》《乐府万象新》和《大明天下春》）等，戏曲别集有如朱有燉《诚斋传奇》、徐渭《四声猿》、汪道昆《大雅堂杂剧》、汤显祖《玉茗堂四种传奇》、吴炳《粲花斋新乐府五种》、范文若《博山堂三

---

① 李开先：《李开先集》，中华书局1959年版，第320页。
② 何良俊：《四友斋丛说》，中华书局1959年版，第337页。
③ 姚叔祥：《见只编》，《元明善本丛书》，1937年上海涵芬楼影印明万历刻本。
④ 王骥德：《曲律》，《中国古典戏曲论著集成》（四），中国戏剧出版社1959年版，第169页。
⑤ 焦循：《剧说》，《中国古典戏曲论著集成》（八），中国戏剧出版社1959年版，第157页。
⑥ 臧懋循：《元曲选》，中华书局1958年版，第1页。

种曲》等。戏曲曲谱有如朱权《太和正音谱》、沈璟《南九宫十三调曲谱》、沈自晋《南词新谱》等。明代戏曲集的编辑状态差异很大，有总集、选集、别集；有选剧、选出、选套曲；有选北剧、选南戏、选南北剧；有为阅读而选、为度曲而选、为按唱而选；有选高雅古本、选时贤名品、选流行戏出；有选官腔雅曲、选新声时调、选俗乐杂音等，从中显见当时有识之士对戏曲作品的评价标准和身份认同的差异化特征。例如，黄正位选编《阳春奏》集之《新刻〈阳春奏〉凡例》云："是编也，俱选金元名家，镌之梨枣。盖元时善曲藻者，不下数百家，而所称绝伦，独马东篱、白仁甫、关汉卿、乔梦符、李寿卿，罗贯中诸君而已。矧世远年淹烟火灰烬之余，所存无几，兹特取情思深远，词语精工，洎有关风教、神仙拯脱者。如《箫淑兰情寄菩萨蛮》《玉清菴错送鸳鸯被》，率皆淫奔可厌，故不入录。"① 明代文人士大夫编辑戏曲典籍的思想标准与艺术价值取向，以及戏曲身份认同的意义因此可见一斑。

总而言之，在明代两种文化差异性表达的时代背景下，古代戏曲身份认同朝向国学殿堂持续趋进的势头不断加快，步伐坚实有力。

第四节 清代两种文化的差异性表达

清朝入关之后，顺治元年（1644）迁都北京，正式建立了由满族为最高阶层的全国性政权，开始了长达276年的统治。

清朝初年沿袭明制，采取政治绥靖、文化宽松、安宁士民的策略，缓和汉族和其他被征服民族的反满情绪，以期稳定和巩固清朝的政权与地位。从国学视域来看，顺治即位的次年追封孔子为"大成至圣文宣先师"，从意识形态切入，整合上层文化，趋向汉民族儒家文化的身份认同，"世祖不罪尤侗"被徐珂赞为笼络汉族戏曲家的"明智"之举。1662年，康熙即位，崇尚朱熹理学，提倡"躬行践

---

① 蔡毅：《中国古典戏曲序跋汇编》，齐鲁书社1989年版，第425页。

履",采取了一系列有利于社会经济恢复和发展的措施,思想文化的统治比较弛懈,之后,因战乱而遭到严重破坏的社会经济逐步得到恢复和发展。康熙中叶,全国性的内战结束,清朝的思想文化政策开始转向意识形态的统一。1723 年,雍正登基,对朝廷治政做了一系列重大改革,起到了所谓"康雍乾"三代盛世承上启下的作用。然而,雍正屡兴文字狱打压异己,这种打压甚而无故殃及戏曲,充分暴露了统治阶级禁锢思想文化的本质端倪。昭梿云:"世宗万几之暇,罕御声色。偶观杂剧,有演《绣襦》院本《郑儋打子》之剧,曲伎俱佳,上喜赐食。其伶偶问今常州守为谁者(戏中郑儋乃常州刺史),上勃然大怒曰:'汝优伶贱辈,何可擅问官守?其风实不可长。'因将其立毙杖下,其严明也若此。"①1735 年,乾隆继位,执政期间文治武功等诸多方面都有建树,为巩固中国统一的多民族国家、发展清朝鼎盛局面做出了重要贡献。雍正、乾隆之后诸帝也都尊孔崇儒,把"四书""五经"当作"以汉制汉"的手段,直至清朝灭亡前夕,清朝统治阶级一直以朱熹理学为主流意识形态。但是,中国的封建社会走过了漫长的历程,至清朝时已是强弩之末。清朝从乾隆末年开始政治日渐腐败,有法律而无法治,不按律例行事,在思想文化领域的文字狱越来越盛,主要是凭借已有习惯法的道德律制约,旨在便于以皇帝为首的封建统治阶级充当意识形态的终审裁判,以致治政和经济呈现全面颓废崩溃之势。1911 年清朝灭亡,中国两千多年来的君主制度正式宣告结束。

清朝共传 11 个皇帝,在推崇朱熹理学的同时,接受明朝灭亡的历史经验教训,延续封建统治阶级的禁戏政策,以整肃占全国人口少数、却处于上层文化的满族人士的思想行为,管制占全国人口多数、处于下层文化的汉族和其他民族的社会风气。

清朝建立之前,《清太宗实录》卷二十六云:"天聪九年(1635)十二月,梅勒章京张存仁条奏曰:……元旦朝贺,大体所关杂剧戏谑,不宜陈于殿陛。臣亦知皇上未尝好此。不过因蒙古所无者,聊与观之。何不于岁前二三日,设宴迎春。而佐以各项杂剧,以示燕享慈惠之意。至元旦之辰,百官庆贺既毕,仍应照旧例,八旗设宴止用雅奏,使君臣共乐太平……民间鼓乐,不必禁止,以昭国家太平之

---

① 昭梿:《啸亭杂录》,中华书局 1980 年版,第 12 页。

盛。"①体现了除传统节日元旦朝贺之外，统治阶级上层文化对戏曲的不分官民彼此的身份认同。清朝建立之后，统治阶级从法律上明确了戏曲演员的身份地位，把人分为"良""贱"两大等级，例如，《清史稿》载《大清会典》明文规定："凡民之著籍，其别有四：曰民籍；曰军籍，亦称卫籍；曰商籍；曰灶籍。……且必区其良贱。如四民为良，奴仆及倡优为贱。凡衙署应役之皂隶、马快、步快、小马、禁卒、门子、弓兵、仵作、粮差及巡捕营番役，皆为贱役，长随与奴仆等。"②"倡优"则是指娼妓与优伶。优伶即戏曲演员的"贱民"身份正式进入朝廷法律认同的规定行列。戏曲演员的贱民法律身份认同处于社会的第七个等级，是社会各个不同阶层的最下一级层次，处于戏曲演员之上的社会阶层依次还有雇工人、凡人、绅矜、官僚缙绅、宗室贵族和帝王。

  从顺治开始，朝廷注意到了对社会广泛存在的戏曲搬演进行管理，但是，对戏曲作品的刊刻和搬演，还没有制定并实施严厉的实质性的法令制度。顺治元年（1644）至三年（1646），顺治组织大臣完成了《大清律例》的编纂，其中"搬作杂剧"条与《大明律》相同："凡乐人搬做杂剧戏文，不许妆扮历代帝王后妃及忠臣烈士、先圣先贤神像，违者杖一百，官民之家，容令妆扮者与同罪。其神仙道扮及义夫节妇、孝子顺孙、劝人为善者，不在禁限。"③基本延续了统治阶级上层文化对戏曲的差异化身份认同。为了防范人们聚众造反，《清会典事例》云："康熙十年（1671）议准：京城内城，永行禁止开设戏馆。其城外戏馆，如有恶棍藉端生事，该司坊官查拏治罪。"④由于戏曲搬演和欣赏是全社会普遍盛行的娱乐活动，统治阶级的明令禁止违背戏曲的发展规律和趋势，相悖市民百姓的戏曲身份认同，所以城内城外开设戏馆有禁无止，形同虚设，对此，统治阶级只得限制旗人参与戏曲活动。例如，《清会典事例》云："（乾隆）三十九年（1774）议准：嗣后无论内城外城戏园，概不许旗人潜往游戏。各旗该管大臣、步军统领衙门、五城御史一体稽查。如有旗人擅入戏园，一经拏获，除将本人照例惩治外，并将管束不严

---

① 傅谨主编《京剧历史文献汇编》清代卷叁，凤凰出版社2011年版，第13页。
② 赵尔巽等：《清史稿》，中华书局1976年版，第3480—3481页。
③ 王利器：《元明清三代禁毁小说戏曲史料》，上海古籍出版社1981年版，第34页。
④ 傅谨主编《京剧历史文献汇编》清代卷叁，凤凰出版社2011年版，第11页。

之该都统，交部议处。"① 这表明了清朝朝廷对戏曲身份认同的选择性歧视，在一定范围内抑制了戏曲的大众化传播，不利于戏曲的发展与繁荣。

　　清朝取得了对蒙古的统治权之后，治理蒙古的方略也渐趋完善和成熟，先后颁布了《盛京定例》《蒙古律书》《蒙古律》等法令，在此基础上，《蒙古律例》于乾隆六年（1741）修成，之后又进行了多次修改。当时，《大清律例》被看作是制定与实施《蒙古律例》的法律标准。清朝政府禁止满人观赏戏曲搬演，为了笼络又控制蒙古人，同样也禁止蒙古人学习和接触汉文化，包括禁止蒙古人参与观赏与搬演戏曲活动。《钦定大清会典事例》称："嘉庆二十年（1815）谕：近年蒙古渐染汉民恶习，竟有建造房屋演听戏曲等事。此已失其旧俗，兹又习邪教，尤属非是。著交理藩院通饬内外诸札萨克部落，各将所属蒙古等妥为管束。俾各遵循旧俗。"② 但是，实际上清朝对戏曲的这种限制也往往禁而不止，难以奏效，例如，《清宣宗实录》云："道光八年（1828）十一月，松筠奏，土默特札萨克旗下之图萨拉克齐违例演剧，……巴彦巴图尔，系土默特札萨克贝勒属下之人，乃敢私雇边内戏班，在家演唱，并将蒙古子弟引诱习演。"③ 这说明蒙古人在学习和接触汉文化的同时，享受了欣赏和搬演汉民族的戏曲所带来的乐趣，反映了蒙古人对属于下层文化的戏曲的身份认同。

　　苏州书坊是戏曲作品刊刻的重地，江苏巡抚汤斌于康熙二十四年（1685）颁布《严禁私刻淫邪小说戏文告谕》道："为政莫先于正人心，正人心莫先于正学术，朝廷崇儒重道，文治修明，表章经术，罢斥邪说，斯道如日中天。独江苏坊贾，惟知射利，专结一种无品无学希图苟得之徒，编纂小说传奇，宣淫诲诈，……合行严禁，仰书坊人等知悉：……若仍前编刻淫词小说戏曲，坏乱人心、伤风败俗者，许人据实出首，将书板立行焚毁。其编次者、刊刻者、发卖者，一并重责，枷号通衢，仍追原工价，勒限另刻古书一部，完日发落。"④ 汤斌把严禁淫词小说戏曲与端正人心、学术和社会风俗联系在一起，这与康熙推崇朱熹理学的思想文化观念是一致的，所幸康熙当时关注的重点在于笼络人心、巩固政权，才使得这

---

① 傅谨主编《京剧历史文献汇编》清代卷叁，凤凰出版社2011年版，第6页。
② 同上书，第10页。
③ 同上书，第32页。
④ 纪昀等：《四库全书》第1312册，上海古籍出版社1989年版，第606—607页。

一法令所起的社会实际效果并不大。值得注意的是,汤斌把戏曲与"学术"对立起来,将戏曲排斥于"学术"之外,是在国学范围内全面否定了人们对戏曲的身份认同,明显地代表了统治阶级的极端观念。为了形塑符合主流意识形态的偶像,清廷对戏曲搬演圣贤予以禁止,体现了维护上层文化的目的,如赵慎畛云:"优人演剧,多亵渎圣贤。康熙初,禁不得装孔子及诸贤。至雍正五年(1727),并禁演关帝。从宣化总兵李如柏请也。"[1]同治十二年(1873)十一月二十六日,《申报》曰:"国朝定例,优伶唱演戏文,装扮大圣大贤者,均应罪干满杖,原所以尊重礼典也。恭照武圣关帝已升中祀,凡三国戏中有帝君事迹者,皆当禁演,以昭诚敬。现奉道宪檄县示禁,因沪地戏馆设诸租界,并行陈司马会同晓谕,不准演唱,倘敢故违,即行查提重究。自示之后,倘再演唱关帝事迹各戏,以及看戏之人任意点演,一经查出,定即严提究办云。"[2]对于在丧葬期间、夜晚演剧等戏曲搬演活动,清廷也明令禁止,这充分体现了对下层文化的限制,如赵慎畛云:"雍正十三年(1735)谕:'丧葬循礼,不得于停丧处所演戏闹丧,及举殡时扮演杂剧、戏具等事,违者按律究处。'"[3]《清会典事例》云:"雍正十三年(1735)覆准:城市乡村,有深夜悬灯当街演剧者,应责成该地方文武各官,力为严禁。倘该地方文武各官不实力奉行,照失于觉察例,罚俸一年。"[4]所不同的是,前者的目的旨在整顿民间的丧葬习俗,后者的目的则隐藏着险恶的治政意图。由此可见,清廷否定市民百姓的戏曲身份认同是基于不同的价值取向。

封建统治阶级的思想主导了文人士大夫阶层对戏曲活动的意识形态,这一现象在清初也概莫能外。例如,申涵光,直隶永年(今属河北省)人,顺治中恩贡生,绝意仕进,累荐不就,少年时即以诗名闻河朔间,与殷岳、张盖合称"畿南三才子",诗以杜甫为宗,兼采众家之长,撰有《聪山集》《荆园小语》等,云:"造作歌谣及戏文小说之类,讥讽时事,此大关阴骘,鬼神所不容。凡有所传闻,当缄口勿言。若惊为新奇,喜谈乐道,不止有伤忠厚,以讹传讹,或且疑为我作矣。……优娼辈好嗤笑人,而敢为无礼,此自下贱本色,其趋奉不足喜,怠慢不

---

[1] 赵慎畛:《榆巢杂识》,中华书局2001年版,第215页。
[2] 傅谨主编《京剧历史文献汇编》清代卷肆,凤凰出版社2011年版,第45页。
[3] 赵慎畛:《榆巢杂识》,中华书局2001年版,第37页。
[4] 傅谨主编《京剧历史文献汇编》清代卷叁,凤凰出版社2011年版,第5页。

足怒也。……用过术士、艺人以及梨园之属,量力酬给,切不可札荐他所。我之所苦,岂可及人?欲令此辈感德,反不顾亲知见怨,可谓轻重失伦矣。……梨园一辈,蠹俗耗财,法所宜禁。然相沿既久,富贵家大事吉筵,以此为重,亦难骤革。但万万不可自蓄,荡心败德,坏闺门,诱子弟,得罪亲友,其弊无穷。况日所见者,总此数人,总此数剧,岂不厌耶。……妇女台前看戏,车轿杂于男子中,成何风俗?且优人科诨,无所不至,可令闺中女闻见耶?"① 这一段话的荒谬观念至少涉及以下几个方面:一是否定了戏曲"讥讽时事"的现实作用;二是污蔑了戏曲"有伤忠厚"的接受功能;三是固执了戏曲"下贱本色"的本质偏见;四是阻碍了戏曲"札荐他所"的传播渠道;五是谰言了家庭戏班"其弊无穷"的价值定性;六是剥夺了"妇女台前看戏"的基本权利。显而易知,封建文人士大夫受统治阶级对戏曲的陋见影响极深,而且这一现象在清朝长期存在,可谓根深蒂固。

金莲凯,道光年间清王朝宗室,其《灵台小补》云:"余平生最恶,莫甚梨园,比诸孽海,万丈深渊,从古至今,为患久矣。陷人子弟,误人功名,邪人心术,败人家风,引人为非,诱人不法,悖理乱常,莫此为甚。君如不信,试略言之。实名教内之应除,法司中之当禁,恶同聚赌,贱甚乐工。"② 这充分暴露了金莲凯作为封建卫道者的腐朽立场和恶毒嘴脸。金莲凯所撰《〈业海扁舟〉自序》云:"若夫戏之一业,大都舞衫歌扇之流,离合悲欢之技,或神鬼妖仙、或文忠武勇、或丽女才郎、或邪淫奸盗、或蛮争很斗、或谑浪诙谐,千态百状,怪异百出,无非供人遣兴陶情,以博筵前一笑耳。此诚如悟梦子所撰之《灵台小补·序》中所载:'是剧也,无非供我赏心娱目,乐则乐矣,任彼拼命劳伤,苦太苦耳。'试三思之,丝毫不谬。倘遇贵家公子富丽青春,血气未定之时,能不被此奸声乱色,引诱蛊惑,谨身自洁,不至荡产倾家,可保一生品行有几人哉?……必曰歌咏太平,使愚夫愚妇见闻,咸知善者可法,恶者当戒。余独患未必能如是也,深恐大相反背者居多,必至善者不足法,恶者毫无戒耳。……今之梨园优伶,动曰无伤,亦谋生之一业耳,独不思污人品行,败人身家,为人所贱。考其尊卑,实担夫贩竖之不若矣。尚洋洋自得,动曰无伤,实自欺也。以余观之,所伤大矣。"③ 金莲

---

① 申涵光:《荆园小语》,吴江沈懋德世楷堂道光七年刊本。
② 傅谨主编《京剧历史文献汇编》清代卷壹,凤凰出版社2011年版,第652页。
③ 蔡毅:《中国古典戏曲序跋汇编》,齐鲁书社1989年版,第1080—1081页。

凯及引用他人说法，只是承认戏曲可以供人们娱乐消遣，但是对戏曲艺术、戏曲内容和戏曲演员等极尽污蔑毁谤之能事，充分体现了封建统治阶级对戏曲的歪曲否定。

封建统治阶级对戏曲的侮辱否定在社会上产生的影响甚为恶劣。钱泳云："石琢堂殿撰为诸生时，家置一纸库，名曰'孽海'。凡淫词艳曲坏人心术与夫得罪名教之书，悉纳其中而烧之。"① 石琢堂不仅是观念上而且是行动上对戏曲的艺术价值和社会作用进行了全盘否定。杨恩寿引董含《莼乡赘笔》并云："'李笠翁性龌龊，善逢迎。常挟姬三四人，遇贵游子弟，便令隔帘度曲，捧觞行酒，并纵谈房术，诱赚重价。盖轻薄厚于天性，宜其文章纤巧、谑浪，纯乎市井也。'袁箨菴年逾七旬，犹强作少年态，喜谈闺阃淫词秽语，令人掩耳。后寓会稽，暑月忽染奇疾，口中痒甚，自嚼其舌，片片而堕，不食不言二十余日，舌本俱尽而死。孽镜台前，恐不仅《西楼》绮语耳。"② 这是指出董含对戏曲作家李渔进行的非人道的人身恶毒攻击。焦循《剧说》云："帝王圣贤之像不许扮演，律有明条。牛太守翙祖知徐州时，优有扮孔子者，牛立拿班头重惩之。"③ 这里是记叙牛太守倚仗所谓朝廷的清规戒律对戏曲戏班班主给予了重罚严惩。道光年间，杨懋建《京尘杂录》云："丁四，与米伶交最密，从之学度曲，声容毕肖。米伶知医，人称米先生。以正生擅一时名。刻意求精，家设等身大镜，日夕对影徘徊，自习容止。积劳成疾，往往呕血。丁日日周旋茶铛药碗间。米伶搬关帝，不傅赤面，但略扑水粉，扎包巾出。居然凤目蚕眉，神威照人，对之者肃然起敬。今京师歌楼演剧，不敢复搬关帝，固由凡有血气莫不尊亲，声灵赫濯，不敢亵侮，亦缘米伶之后难为继也。"④ 这是在表面上肯定米伶的戏曲搬演才华横溢的同时，实质上对米伶自身难保断绝子嗣的无情诅咒。更有甚者，封建统治阶级可以无中生有，巧立名目，对戏曲作家实施文字狱，几令剧作家丧失性命，暴露了封建统治者的残酷丑陋，如焦循引

---

① 钱泳:《履园丛话》，中华书局1979年版，第337页。
② 杨恩寿:《词余丛话》，《中国古典戏曲论著集成》(九)，中国戏剧出版社1959年版，第279页。
③ 焦循:《剧说》，《中国古典戏曲论著集成》(八)，中国戏剧出版社1959年版，第208页。
④ 傅谨主编《京剧历史文献汇编》清代卷壹，凤凰出版社2011年版，第519页。

《茧瓮闲话》云:"《琥珀匙》,吴门叶稚斐作。变名陶佛奴,即传奇中翠翘故事。中有句云:'庙堂中有衣冠禽兽,绿林内有救世菩提。'为有司所恚,下狱几死。"① 在统治阶级腐朽思想浓厚的官僚家庭中,戏曲演员侧身其间卖艺谋生会受到歧视排斥,生存状态令人担忧,例如,王士禛云:"康熙甲辰,先兄西樵以中州科场磨勘事自吏部移法司。会中秋,合肥龚端毅之门生为置酒,呼梨园部奏伎。公愀然,曰:'王西樵无恙,在请室吾辈可乐饮乎?'遂罢遣乐人,茗粥清谈而已。"②

当然,统治阶级内部对待戏曲的立场和态度也非铁板一块,并无一味地对戏曲无区别地加以禁锢和否定。钱泳云:"雍正间,朱文端公轼以醇儒巡抚浙江,按古制婚丧祭燕之仪以教士民,又禁灯棚、水嬉、妇女入寺烧香、游山、听戏诸事。是以小民肩背资生,如卖浆市饼之流,弛担闭门,默默不得意。迨文端去后,李敏达公卫莅杭,不禁妓女,不擒樗蒲,不废茶坊酒肆。曰:'此盗线也,绝之则盗难踪迹矣。'公虽受知于文端,而为政不相师友,一切听从民便,歌舞太平,细民益颂祷焉。人谓文端是儒者学问,所谓'齐之以礼'。敏达是英雄作为,所谓'敏则有功'也。"③ 朱文端与李敏达对待戏曲的态度迥异,朱文端否定戏曲,李敏达认同戏曲,从而产生的人心向背和社会好恶形成鲜明的对比,"人谓"之言的表达不啻是立足国学的高度,以戏曲的社会治政功能为检验戏曲的标准,对朱文端秉持儒家学问"齐之以礼"的虚伪本质进行了揭露批判,而对李敏达实行英雄作为"敏则有功"的实际成效予以了推崇颂扬。这也充分表明,清代封建统治阶级内部对戏曲身份的认同问题素来就是矛盾对立的。李敏达虽与朱文端同样身处上层文化,但不同的却是李敏达受到了市民百姓下层文化的深刻影响,站在市民百姓的立场,能够客观地正视和认同戏曲的积极的社会作用,其真实地折射出清代两种文化的差异化表达。

实际上,统治阶级在对戏曲打压禁锢的同时,爱好戏曲是一以贯之的。他们之所以这样做,一则是为了满足自己的声色之娱;二则是期望藉此教化百姓,化解社会矛盾,保其万世基业。与前代相比,清代统治阶级先后建立了三个专门管

---

① 焦循:《剧说》,《中国古典戏曲论著集成》(八),中国戏剧出版社1959年版,第126页。
② 王士禛:《分甘余话》,中华书局1989年版,第47页。
③ 钱泳:《履园丛话》,中华书局1979年版,第25页。

理宫廷中演戏的机构,它们是教坊司、南府和升平署。教坊司时期在清初,宫廷戏曲演出活动不多,戏曲管理比较简单。南府时期从康熙年初至道光七年(1827)改制,时间长,又适逢清代戏曲从演进转向到兴旺繁荣的阶段,南府成员众多而且来源复杂,声势浩大,为宫廷戏曲在这一时期的发展壮大理顺了路径。升平署时期始于道光七年(1827)至清末,这一时期清朝的社会经济发展呈现颓势,宫廷戏曲发展也呈下滑趋势。尽管如此,清廷为了观赏戏曲的需要先后在各处建造了多个豪华阔大的戏台,其中颐和园里德和园中的大戏台、故宫的畅音阁、承德避暑山庄的清音阁合称三大戏台。颐和园戏台用奇巧机关为砌末,神可以随时出现在云端,人可以随时行走在台上,鬼可以随时从地下面涌出,所搬演的诸如《西游记》《封神传》等剧,神气活现,深入人心,充分展示了清廷剧场建筑和戏曲搬演的高超水平。对此,夏仁虎(1873—1963,字蔚如,号枝巢子,江宁人)撰《清宫词》描绘道:"烟火神奇切末排,日长用此慰慈怀。宫中百色惊妖露,宜有红莲圣母来。"① 从总体上来看,清代宫廷戏曲管理机构肩负着宫廷文化内外交流的责任,宫中戏班和御用太监搬演戏曲成为定制常规,而且召集民间名戏班艺人临时入宫承应演戏,并且给予一定奖赏,搬演完毕之后则让其回到民间,自谋生计。朝廷中的官方戏曲搬演与民间的艺人戏曲搬演两种不同的审美情趣和艺术标准相互交流,相互促进,相互影响,相互提高,对戏曲的发展繁荣客观上起到了积极的作用。

具体而言,自满清入主中原,历代帝王皆喜好欣赏戏曲。张次溪云:"清帝虽喜戏剧,而深知戏剧一道利少弊多,然非人情所能免,不过以供一己之娱乐。其种种禁令尤不近理,……规律视同具文,上自皇帝、太后,下至贩夫、走卒,皆嗜戏剧,荒时废业。……其见于《钦定大清会典事例》及《钦定台规》中所载晓谕,特节如右,以见清室重视戏剧之一斑云尔。"② 事实的确如此,戏曲并非与人情没有关系,以至于可以绝对避免欣赏,朝廷依靠颁布禁令制止戏曲表演尤不近人情物理,所以清朝意欲实施的戏曲禁锢往往形同虚设,在民间草台甚至上流社会得不到真正的贯彻,朝廷行政的社会效果实在有限。相反,自上达皇帝臣僚下达

---

① 夏枝巢:《清宫词》,国立北京师范大学文学院1941年单行本,第14页。
② 张次溪编纂《清代燕都梨园史料》正续编,中国戏剧出版社1988年版,第886页。

市民百姓对戏曲的喜好成为一种时尚,例如,顺治帝非常喜欢戏曲剧本,而且经常在宫廷内欣赏戏曲搬演。程正揆在《孟冬词二十首》中描述了顺治帝观看《鸣凤记》的情景,其诗道:"传奇《鸣凤》动宸颜,发指分宜父子奸;重译二十四大罪,特呼内院说椒山。"①陈康祺云:"高宗睿性聪强,邃于乐律,凡乐工进御钧天法曲,时换新声。每盼晴,则令奏月殿云开之曲。"②李光地为理学名臣,康熙年间历任翰林编修、吏部尚书、文渊阁大学士等职,姬觉弥《〈中国戏剧史〉序》云:"当清康熙间,即有请官制戏本,以正是非彰惩劝"。③《清穆宗实录》则记载了京城民间艺人戏曲搬演不顾忌朝廷禁令的普遍现象,云:"京师内城地面,向不准设立戏园。近日东四牌楼竟有泰华茶轩,隆福寺胡同竟有景泰茶园,登台演戏,并于斋戒忌辰日期,公然演唱。"④

清代统治阶级对戏曲的爱好末季尤甚。光绪十四年(1888)六月二十七日,"皇上万寿圣节,例于前期一日,命王大臣入侍宁寿宫观剧二日,以本年适逢驻跸南海,改于西苑阅是楼演戏。"⑤又:"戊申十月,慈禧万寿,赏王大臣入座听戏。故事:臣工听戏皆于两廊设地褥,盘膝坐听。"⑥光绪二十八年(1902)十一月,"十六日太后慈驾由湖还海驻跸,所有预备接驾戏之戏子,例应先期呈进戏本,恭缮全本戏文。内廷均是看本听戏,此等戏本内务府抄呈,其戏本皮面用黄色龙绫裱成,此种书籍积如山立,然不在《四库全书》内也。"⑦值得注意的是,朝廷的戏曲剧本装潢高档华贵,剧本数量堆砌如同山立,然不被收入《四库全书》之内,表明清代统治阶级对戏曲身份认同的态度和标准的分裂对立,即在意识形态上鄙夷排斥戏曲,而在娱乐情感上爱好戏曲,既有在内容上执守上层文化的顽固思想立场一面,又有在形式上认同下层文化的审美娱悦取向的一面。因此,换句话说,归根结底,清代统治阶级将戏曲思想内容排斥在国学的身份认同之外,而将戏曲

---

① 程正揆:《青溪遗稿》,清康熙三十二年天咫阁刻本。
② 陈康祺:《郎潜纪闻初笔》,中华书局1984年版,第208页。
③ 蔡毅:《中国古典戏曲序跋汇编》,齐鲁书社1989年版,第325页。
④ 傅谨主编《京剧历史文献汇编》清代卷叁,凤凰出版社2011年版,第36页。
⑤ 傅谨主编《京剧历史文献汇编》清代卷肆,凤凰出版社2011年版,第312页。
⑥ 李岳瑞:《悔逸斋笔乘》,山西古籍出版社1997年版,第164页。
⑦ 傅谨主编《京剧历史文献汇编》清代卷陆,凤凰出版社2011年版,第6页。

艺术形式纳入国学的身份认同就不足为奇了。

封建统治阶级对戏曲的爱好会依据政权的巩固状态而转移。杨恩寿云:"尤西堂乐府流传禁中,世祖亲加评点,称为真才子者再。吴圆次奉敕谱《忠愍记》,由中书迁武选司员外郎,即以椒山原官官之。二公固极儒生荣遇已。康熙时,《桃花扇》《长生殿》先后脱稿,时有'南洪北孔'之称。其词气味深厚,浑含包孕处蕴藉风流,绝无纤亵轻佻之病。鼎运方新,元音迭奏,此初唐诗也。"① 尤侗、吴圆次的戏曲得到顺治皇帝的佳评欣赏,相比较而言,后来《桃花扇》《长生殿》的不幸遭遇则体现了同属下层文化表达的不同命运。以《长生殿》为例,杨恩寿云:"洪昉思谱《长生殿》甫成,名动辇下。国忌日演试新曲,御史黄某纠之,先生革去监生,枷号一月。文人之厄,闻者伤之。然因此曲本得邀睿览,传唱禁中,亦失马之福也。"② 吴梅《〈长生殿〉传奇斠律》云:"《长生殿》一书,为钱塘洪昉思作。……盖历十二年之久,始得卒业也。……一时梨园演无虚日。会国恤奏乐,为言官奏劾,遏密读曲,为大不敬,京朝官多有罢去者,而是书亦达乙览,作内庭供奉之雅奏矣。"③ 皇帝阅览文书为"乙览"。《长生殿》乃洪昇有意而为之,因此前受到皇帝青睐转而受到革职贬抑,但是,清廷在打压《长生殿》的作者的同时仍然保有"传唱""乙览",说明清朝统治阶级对戏曲身份认同的标准是意识形态高于审美娱乐。这种差异化的戏曲身份认同本质上是上层文化欺凌下层文化。

当然,清朝统治阶级诸如打压《桃花扇》《长生殿》等,并不能从根本上改变戏曲发展的繁荣以及未来登入国学殿堂的趋势。清代中叶以后,以花部乱弹为代表的地方戏雨后春笋般地后来居上蓬勃发展,既是对上层文化欺凌下层文化的回应,也是下层文化顽强生命力的表现,是清代两种文化差异性表达的客观写照。尤其是京剧在众多地方戏中集大成式地脱颖而出,预示着古代戏曲未来登入国学殿堂行将瓜熟蒂落,水到渠成,成为国学与戏曲史上划时代的客观现实。

---

① 杨恩寿:《词余丛话》,《中国古典戏曲论著集成》(九),中国戏剧出版社1959年版,第251页。

② 同上书,第270页。

③ 蔡毅:《中国古典戏曲序跋汇编》,齐鲁书社1989年版,第217页。

第五节　近代对戏曲反思的相激相荡

中国历史，近代是指1840—1919年这段时期。1840年爆发的第一次鸦片战争是古代史与近代史的分界点。1919年的五四新文化运动是近代史与现代史的分界点。

从改朝换代政权鼎革的性质上来说，近代跨越清朝晚期和中华民国初期，在历史上具有特殊的意义，标志着中国开始由一个独立的封建社会沦为半殖民地半封建社会。近代中国，在地域上，帝国主义列强逐渐形成对中国的瓜分之势。在国势上，经历两次鸦片战争、太平天国运动、甲午战争失败、戊戌变法流产等，中华民族面临严重的内忧外患，救亡图存的强大危机感和紧迫感，促使有识之士就中华民族现实命运和未来前途进行反思，尤其是康有为、梁启超等人极力主张改良国体以应对日渐衰亡的趋势。在学术文化上，古老的中华民族传统文化遭遇到西方学术文化的猛烈冲击，对中国传统文化的身份认同由危机意识转变为存亡思索，有识之士开始重新审视传统学术文化的地位和作用。在意识形态上，封建正统的宋儒理学已经不能适应世代巨变的现实治政需要，统治阶级的上层文化思想体系已经出现了明显的离心分化，从1861年冯桂芬的《校邠庐抗议》到1898年张之洞的《劝学篇》，所形成的"中学为体，西学为用"思想强调民族性，回应"西学东渐"的种种挑战，以"中学"指代"国学"的中国传统学术文化的别称应运而生。从此时起，中国传统学术文化开始进入了一个痛苦且被迫转型的历史新阶段。

为了改变中华民族衰败甚至灭亡的命运，在文学艺术方面，清末民初的有识之士掀起了轰轰烈烈的文学改良运动，期盼通过文学创作、传播、接受，从思想和精神上唤醒人们的心灵觉悟，其中，严复、夏曾佑、谭嗣同、梁启超等发挥了重要作用。1899年，梁启超在《夏威夷游记》中正式提出了"诗界革命"的口号，并且提出了"文界革命"的口号，要求打破桐城派古文创作的古板藩篱，推广平易畅达的新型文体。1902年，梁启超在《论小说与群治之关系》中提出了"小说界革命"的口号。在这场前所未有的文学改良运动当中，戏曲界革命也顺应时代潮流跃然登上了历史舞台,成为近代文学改良运动的重要组成部分。上层文化关于戏曲身份认同的表达模式限制被不断冲破,属于下层文化的戏曲身份认同获得了人们崭新的内涵阐发,展示了人们对近代戏曲与古代戏曲不同面貌和特点的认知。

首先,古代的文人士大夫总是把戏曲看作是"小道""末技",始终认为戏曲不可登正统文学大雅艺术的国学殿堂,有识之士通常至多也只是秉持儒家传统礼乐教化的核心立场,从意识形态上肯定戏曲思想内容具有帮助统治阶级进行伦理道德和社会教育的意义和价值,以使人们懂得做人的道理,达到伦理道德上的自我约束和觉悟提升。也就是说,古代的文人士大夫更强调身份认同的是戏曲的伦理道德教化功能。而近代的有识之士则是站在国家命运成败攸关的高度,从意识形态上揭示了戏曲思想内容具有帮助人们启蒙思想觉悟改变现实政治的教育意义和价值,丰富和拓展了戏曲身份的本质内涵,升华了人们对戏曲的身份认同。换句话说,近代的有识之士更强调身份认同的是戏曲内容的政治思想启蒙功能。

例如,罗惇曧批判了清朝统治阶级文字狱导致的祸害,深刻反思了近代义和团运动失败的历史教训,对古代戏曲内容进行去芜存菁的深刻剖析,剔除戏曲内容的封建迷信愚昧信仰,使人们回归对戏曲生活真实与艺术真实相统一的身份认同,旨在为戏曲发挥思想启蒙作用扫除政治障碍。其在《拳变余闻》中云:"自乾隆时,高宗恒以小故杀人,诗词戏剧,皆足杀身。供奉者乃杂取《封神传》《西游记》诸小说,点缀神权,以求绚烂而免祸也。浸淫百年,蒸为民俗。愚民受戏剧之教育,驯至庚子,乃酿此巨变,岂得曰非人为哉?"[①]

洪炳文先后创作传奇《警黄钟》和《后南柯》,从帝国主义入侵威胁中国领土和民族存亡的宏观视野,从不同角度演绎了戏曲作品救亡图存的思想主旨,充分发挥戏曲警世骇俗、振聋发聩的社会教育作用,唤醒人们的爱国主义思想和团结保种的意识,为戏曲身份注入了浓烈的爱国主义和反抗帝国主义殖民者的现实内涵。洪炳文在《〈警黄钟〉自序》中鲜明阐述云:"《警黄钟》者何?警黄种之钟也。黄种何警乎尔?以白种强而黄种弱也。黄种何以弱?以我四百兆人,日醉生梦死于名缰利锁而不知,如燕雀之处堂,醯鸡之舞瓮,不自知其弱,遂终不能

---

① 罗惇曧:《拳变余闻》,《中国野史集成》第48册,巴蜀书社1993年版,第316页。

强。呼！可怜已！怜之故思设法以警之。……《风》《骚》而后，最善鸣者莫如诗；宋、元以来，则以词曲鸣；皆文人之善鸣者也。词曲者，诗之余，其佳者能激发人心，动人以忠爱之念。词曲虽小道，或可为警世之用；非钟而亦钟，故作者效之，而假此以鸣者也。其体则院本传奇，其事则子虚乌有，其义则风人托兴之旨。言者无罪，闻者足戒，某尝窃取之矣。他日者，梨园子弟弦管登场，使观者恍然于黄钟之受制白种，殆知黄蜂之受困胡蜂，而急思有以挽回之、振作之，则忠君爱国之念，油然而生。"① 又，洪炳文《〈后南柯〉传奇自序》云："《警黄钟》但言争领地，而兹编则言保种族。争领地者，其患在瓜分；保种族者，其患在灭种。瓜分则犹有种族之可存，灭种则并无孑遗之可望，是瓜分之祸缓而灭种之祸惨也。……夫天下之祸，至灭种则烈甚矣。"②

在明清五百年的戏曲发展过程中，其剧作和舞台演出的总态势无疑是偏重传奇体制的。事实上，传奇的思想和艺术成就也达到了中国古代戏曲艺术发展的高峰，出现了《牡丹亭》《长生殿》《桃花扇》等这样一批代表古代剧作最高成就的经典巨著。然而，作为前代戏曲主要样式的杂剧即北曲杂剧，此时也并非因传奇的极盛而很快地消亡。几乎在魏良辅改革昆山腔的同时，王九思、汪道昆、王骥德、徐渭等一批戏曲界的改革家，也在为杂剧寻找一条重生的新路。他们积极吸收南曲戏文和其他艺术的长处，在杂剧的艺术形式上另辟蹊径，不懈探索，从而形成了一种与传奇共存于明清剧坛的戏剧形式即南杂剧。与此同时，花部乱弹脱胎于传奇、杂剧等，以崭新的艺术形式改革实践使戏曲艺术在明清时期获得了新生。近代以来，有识之士顺着这一戏曲艺术形式改良的惯性趋势继续前进。值得特别肯定的是，近代戏曲界改良不仅重视戏曲艺术形式的变革，而且非常重视通过戏曲艺术形式的改良，达到让戏曲以新的艺术形式承载新的时代精神与思想内涵，传递到社会各个阶层和广大民众，发挥戏曲作为启蒙思想武器的积极现实作用。

例如，光绪三十年（1904），陈去病主编的《二十世纪大舞台》在第 1 期刊发《丛报招股启并简章》云："同人痛念时局沦胥、民智未迪，而下等社会尤如狮

---

① 蔡毅：《中国古典戏曲序跋汇编》，齐鲁书社 1989 版，第 2493—2494 页。
② 同上书，第 2491 页。

睡之难醒,侧闻泰东西各文明国,其中人士注意开通风气者,莫不以改良戏剧为急务。梨园子弟遇有心得,辄刊印新闻纸,报告全国,以故感化捷速,其效如响。吾国戏剧本是称善,幸改良之事兹又萌芽,若不创行报纸布告通国,则无以普及一般社会之国民,何足广收其效,此《二十世纪大舞台》丛报之所由发起也。……本报以改革恶俗、开通民智、提倡民族主义、唤起国家思想为唯一之目的"①,为戏曲改良运动指明了前进的方向。柳亚子作为《二十世纪大舞台》的主要撰稿人,为该刊撰写了著名的《发刊词》,对戏曲改良运动的宗旨做了进一步的阐释,明确提出其根本目的在于唤醒中国社会各阶层民众的民族精神与革命精神,推翻清朝的腐朽统治,反对帝国主义的侵略,十分鲜明地表达了民族民主革命的政治立场,在近代中国新闻事业勃兴的背景下,为戏曲身份内涵认同注入了新闻因素和传播手段,帮助人们开辟了通过报刊认同戏曲身份的新闻传播渠道。尽管《二十世纪大舞台》只出刊两期即被封禁,但是,作为近代中国最早以文艺作品、特别是戏曲作品进行革命宣传的文艺期刊,其开辟新窗口为戏曲身份认同注入启蒙思想武器内涵和作用之示范功效伟哉。

其次,古代的文人士大夫往往认为,戏曲的审美价值仅在于可供人们娱乐游戏欣赏以满足闲情逸致需求,轻视并且忽略了人们的戏曲欣赏产生的审美文化接受效果,故此,对戏曲的审美文化教育意义和价值评判偏于消极,对戏曲的创新发展采取了相对保守的立场和态度。也就是说,古代的文人士大夫更强调认同戏曲的娱乐游戏消遣功能。而近代的有识之士则关注和重视人们的戏曲欣赏产生的审美文化接受效果,并且把这种审美文化接受效果与改良社会紧密结合起来,从而主张藉此改革戏曲本体,创新戏曲实体,实践戏曲搬演新方法,故此,对于戏曲的审美文化教育意义和价值评判取向积极。换句话说,近代的有识之士更强调认同戏曲的审美文化接受功能,对于戏曲的创新发展采取了开放立场和借鉴态度。

光绪三十年(1904),《新闻报》发表《论风俗之害》一文云:"古人谓声音一道感人最深,吾独谓戏剧以今人之面目演古人之事实,其开通心思、增长识见、鼓动精神尤能感人入微。……夫改良戏剧,乃今日救危之要端也。"②文章作者超

---

① 傅谨主编《京剧历史文献汇编》清代卷捌,凤凰出版社2011年版,第644页。
② 同上书,第679页。

越了古人对"声音一道感人最深"的狭隘戏曲音乐性的身份认同,将其拓展为对戏曲的审美文化有助于确立人们劝善惩恶观念的社会性身份认同。1904年2月23日,《国粹学报》在上海创刊,邓实任主编。该刊以"发明国学,保存国粹"为宗旨,宣传反清思想,宣传爱国、保种、存学。金一在《国粹学报》第28期发表《文学上之美术观》一文,云:"词学稍衰,曲剧继之。词曲二端,原古燕乐,论其感化社会,曲之魔力,或盛于词。"①金一在国学的意义上肯定戏曲音乐具有艺术性的同时,还阐明其具有"感化社会"之"魔力",不啻是把握了戏曲音乐美的特征,与《论风俗之害》的作者认识趋同,充实并且更新了戏曲音乐的身份内涵。

光绪三十一年(1905),陈独秀于《新小说》发表《论戏曲》一文,进一步地认为戏曲是普天下最为人们喜闻乐见的艺术,戏曲搬演感染触动人心,戏曲欣赏沁人心脾,两者可以从根本上改变观众的性情,因而剧场和演员具有普及大众化思想教育的意义和价值。陈独秀云:"戏曲者,普天下人类所最乐睹、最乐闻者也,易入人之脑蒂,易触人之感情。故不入戏园则已耳,苟其入之,则人之思想权未有不握于演戏曲者之手矣。使人观之,不能自主,忽而乐,忽而哀,忽而喜,忽而悲,忽而手舞足蹈,忽而涕泗滂沱,虽些少之时间,而其思想之千变万化,有不可思议者也。……戏园者,实普天下人之大学堂也;优伶者,实普天下人之大教师也";接着,陈独秀还提出了戏曲改良应该着眼于五个方面及其方法,见解不无独到之处,云:"(一)宜多新编有益风化之戏。……(二)采用西法。戏中有演说,最可长人之见识,或演光学、电学各种戏法,则又可练习格致之学。……(三)不可演神仙鬼怪之戏。……(四)不可演淫戏。……(五)除富贵功名之俗套。……我国戏曲,若能依上五项改良,则演戏决非为游荡无益事也。现今国势危急,内地风气不开,慨时之士,遂创学校。然教人少而功缓。编小说,开报馆,然不能开通不识字人,益亦罕矣。惟戏曲改良,则可感动全社会,虽聋得见,虽盲可闻,诚改良社会之不二法门也。"②清末民初,作为大众化、通俗化艺术的戏曲普及程度广泛。1917年,梦菊居士《〈重修梨园原〉序》云:"余客京师,近十年矣。每于公余之暇,留心社会。全国首都,百凡优美,而更以戏曲为各埠

---

① 郭绍虞、罗根泽主编《中国近代文论选》(下),人民文学出版社1959年版,第629页。
② 傅谨主编《京剧历史文献汇编》清代卷捌,凤凰出版社2011年版,第719—721页。

冠。"① 由此可见，近代戏曲发展在首都北京达到了鼎盛状况。陈独秀明言戏曲为"普天下人类所最乐睹、最乐闻者"并非虚语，而是具有反映现实的客观性的，其强调戏曲的审美文化教育功能和提倡的戏曲改良方法，甚至把戏曲与普及大众化教育、与向西方学习等时代主题联系起来，也并非完全无的放矢和不具可操作性。

再次，古代的文人士大夫一般比较认同戏曲的程式化，从声腔剧种的音乐性、剧本创作的文学性、戏曲搬演的舞蹈性、舞台排场的美术性等，都遵循长期以来积淀形成的创作范式和欣赏习惯，很少对戏曲本体进行伤筋动骨的根本改变。也就是说，古代的文人士大夫对戏曲的创新发展一般不具有功利性的主动意识和自觉作为。而近代的有识之士则鉴于进行思想启蒙改变现实环境，实现力挽中国渐趋衰亡命运的政治目的，主张不受传统戏曲的程式化束缚，从声腔剧种的音乐性、剧本创作的文学性、戏曲搬演的舞蹈性、舞台排场的美术性等，都强调突破长期以来积淀形成的创作范式和欣赏习惯，甚至借鉴西方戏剧的成功经验，对戏曲本体形态进行伤筋动骨的根本改造。换句话说，近代的有识之士对戏曲的创新发展一般具有功利性的主动意识和自觉作为。

例如，明代闵遇五《〈会真六幻〉跋》云："世界原是疑局，古今共处疑团，不疑何从起信？信体仍是疑根。我今所疑，孰非前人之确信也；我今所信，孰非来者之大疑也。"② 这种对现实世界的怀疑并没有带来剧作家对戏曲本体的根本改变，在认同《会真六幻》曲折反映现实的艺术真实的同时，体现的仍然是遵循戏曲剧本文学体制的程式化思维定势。与此不同，近代有识之士则主张突破戏曲剧本文学体制的程式化，改变戏曲内容以搬演古代人物故事为题材的陈旧面貌，体现了戏曲剧本创作为开启民智服务的创新思维。光绪三十二年（1906）九月十九日，张蔚臣在《大公报》发表《开民智莫善于演戏说》一文，云："盖剧馆者，俨然一下流社会之活动学校也；戏本者，俨然一下流社会之教科书也。故演戏之移易人志，如照妖镜、如下水船，无所逃遁，无往而不利。泰西教育家为小说感人最深，可以移风易俗，吾于戏馆谓其尤甚。盖以演戏者有左右世界之力量也。"③ 在这种主张通过创作具有新思想戏曲剧本和搬演戏曲开启民智的时代舆论氛围中，

---

① 蔡毅：《中国古典戏曲序跋汇编》，齐鲁书社1989年版，第173页。
② 同上书，第682页。
③ 傅谨主编《京剧历史文献汇编》清代卷陆，凤凰出版社2011年版，第55页。

浴日生的新戏《海国英雄记》用近代民族国家的视角重新塑造和认识中国既往的历史，搬演了郑成功排满驱荷开拓台湾的历史功绩和极富传奇色彩的生平，塑造了郑成功光复台湾的民族英雄形象，使郑成功作为反抗帝国主义侵略的精神象征受到国人的推崇和敬仰。汪笑侬创作的新戏《瓜种兰因》以当时波兰发生的亡国故事为题材，用波兰国的事件给中国人做一面照见国家和人民命运生死存亡的大镜子，激发了观众的潜在忧患意识和爱国主义精神。湘灵子的《轩亭冤》刻画了中国维护女权第一女豪杰秋瑾的个性形象，其为自由而生、为自由而死的感人至深事迹，以及对抗旧社会追求新生活的奋斗理想，激励了中国亿万柔弱女同胞为自由而生存、为生存而战斗。诸如此类的新编戏曲剧本频频登台搬演，点亮了近代戏曲舞台彰显时代革命精神的熠熠光彩。

中国古代戏曲素来提倡人物故事搬演的大团圆结局，是一种基于传统伦理道德之上的乐感文化铸就的喜剧创作模式。与此不同，近代戏曲家则向西方戏剧借鉴，以西方戏剧作为他者参照系，基于更加"有益人心"的悲感文化，主张改变以往的喜剧创作模式，而采用新颖的西方悲剧创作模式。光绪三十年（1904），蒋观云在《新民丛报》发表《中国之演剧界》一文，云："夫我国之剧界中，其最大之缺憾，诚如訾者所谓无悲剧。……今欧洲各国，最重莎翁之曲，至称之为惟神能造人心，惟莎翁能道人心。而莎翁著名之曲，皆悲剧也。要之，剧界佳作，皆为悲剧，无喜剧者。夫剧界多悲剧，故能为社会造福，社会所以有庆剧也；剧界多喜剧，故能为社会种孽，社会所以有惨剧也。其效之差殊如是矣。嗟呼！使演剧而果无益于人心，则某窃欲从墨子非乐之议。不然，而欲保存剧界，必以有益人心为主，而欲有益人心，必以有悲剧为主。"① 中国古代戏曲不乏悲剧故事，但是，其时的戏曲主题思想涵蕴的，主要是剧作家对传统封建社会政治制度的思考与怨尤，而近代戏曲改良剧作家对戏曲悲剧故事创作的重视，则主要着眼于悲剧感发人的心智、震撼人的精神的巨大魅力，以期改变中国社会人们在精神上普遍存在的令人惨不忍睹的落后蒙昧现状。这种强调近代戏曲创作悲剧主题思想的观点，充分呼应了中国近代社会处于政治制度变革的紧要关头的时代需要。

值得一提的是，中国是一个统一的多民族国家，中华民族是一个多民族组成

---

① 傅谨主编《京剧历史文献汇编》清代卷捌，凤凰出版社2011年版，第700—701页。

的大家庭，由于历史发展的各种因素汇聚使然，形成了汉族居于主体地位、汉族与各少数民族多元一体的境况。各民族在血缘、地缘、文化不尽相同的基础上形成了多样化的民族身份认同。近代在国内，居于被统治地位的汉族与占据清朝统治地位的少数民族之一的满族贵族之间的矛盾日益尖锐；在国外，西方帝国主义列强不断侵凌中国。在面临内忧外患、生死存亡的危难关头，在参与孙中山领导的辛亥革命过程当中，陈去病站在反帝和反清的双重立场上，形成了具有特定历史内涵和思想基础的民族身份认同。体现在戏曲方面，陈去病作为近代中国主张戏剧革命的第一人，其观点烙上了旧民主主义革命时期的特殊印记，折射出近代戏曲反思相激相荡的现实意义。具体而言，陈去病不仅肯定近代戏曲应该采用西方悲剧创作模式，而且进一步把其与戏曲的民族身份认同结合起来，期待挽救汉族于灭亡之中，激发爱国革命思想。光绪三十年（1904），陈去病在《论戏剧之有益》一文中云："专制国中，其民党往往有两大计划：一曰暴动，一曰秘密，两者相为表里，而事皆鲜成。独兹戏剧性质，颇含两大计划于其中。苟有大侠，独能慨然舍其身为社会用，不惜垢污以善为组织名班，或编明季稗史而演《汉族灭亡记》，或采欧美近事而演《维新活历史》。随俗嗜好，徐为转移，而潜以尚武精神、民族主义，一一振起而发挥之，以表厥目的。夫如是而谓民情不感动，士气不奋发者，吾不信也"①陈去病认为戏曲宣传，其打击敌人、教育人民的作用，并不比武装暴动和秘密活动的作用小，若从明末的稗官野史取材创作戏曲，搬演汉族灭亡故事，或根据欧美资产阶级革命史创作戏曲，对于激励全社会的爱国革命思想，唤醒群众，奋发士气，相信一定会发挥很大的作用。陈去病还认为数量众多的市民百姓文化水平低，不认识字，看不懂基本的历史书籍，然而，如果改成可观赏的一出好戏，便可以对历史上的"是非了然于心""贤奸判然自别"，而且古代戏曲穿戴的是汉族衣冠，可以直观地"触种族之观念"，增强观众的民族意识。

　　天僇生则更进一步地把向西方悲剧学习，采用悲剧创作模式与"救吾国，当以输入国家思想为第一义"结合起来，揭示了悲剧具有独特的审美感化力，深化了戏曲的悲剧身份认同内涵。天僇生于1908年所撰《剧场之教育》一文认为，戏曲具有重要的激发人心的社会教育作用，云："昔者法之败于德也，法人设剧场于

---

① 傅谨主编《京剧历史文献汇编》清代卷捌，凤凰出版社2011年版，第651页。

巴黎，演德兵入都时之惨状，观者感泣，而法以复兴；美之于英战也，摄英人暴状于影戏，随列传观，而美以独立，演剧之效如此。是以西人于演剧者，则敬之重之；于撰剧者，更敬之重之。……吾以为今日欲救吾国，当以输入国家思想为第一义；欲输入国家思想，当以广义兴教育第一义。然教育兴矣，其效力之所及者，仅在于中上社会，而下等社会无闻焉。欲无老无幼、无上无下，人人能有国家思想，而受其感化力者，舍戏剧莫由。盖戏剧者，学校之补助品也。"①

为了达到戏曲感发人心、改良社会、增进国民之智识、增强国民之精神的目的，近代戏曲家们还一反古代社会戏班口传心授的传统戏曲演员培养方式，倡导和实施了新的戏曲组织结构的改革，对戏曲演员培养的新模式进行了有益的探讨和实验。光绪三十年（1904）十一月廿七日，《大公报》云："程子仪等创办改良戏本，以开发下流社会，并闻股份已齐，定于十一月开办。其办法：议招少年子弟六十人，均年在十五岁以下者，每日于教戏之外，另以两小时教以读书识字，并灌以普通知识，激以爱国人心，使之养成人格，不以优伶自贱，而于新撰曲本，亦能心知其意，庶几演唱之时令观者有所感发兴起。班中衣服饮食，纯以学生相待，事事从优。间以暇日，教以兵式体操。将来学成后，赴各乡演剧，于登岸之际，均一律穿着操衣，头戴草帽，足穿革履，高唱爱国之歌，和以军乐。排队而行，向村外环绕一周，然后登台。开演之前，先由男丑登场演说，将是日所演戏本其宗旨若何、事实若何，一一宣布，并将戏本当场发卖，使观者于此事之始末了然胸中，而曲中所发挥之理论借此辗转流传，亦可为开通风气之一助。现已撰成曲本若干种，……以唤起国民之精神为主义云。"② 由此可见，这种戏曲组织结构和演员培养模式借鉴、尝试并采纳了现代学校教育制度，不可不谓具有现代意义的创新精神和创造价值，戏曲演员的搬演也突破了常规的舞台搬演程式化，把舞台当作演说革命思想的场所，戏曲搬演的改革力度实乃前所未有。例如，宣统二年（1910）三月廿七日，《大公报》报道："侯家后协盛茶园内有名优张黑者，武场中人。闻于登台演戏之时，每每演说筹还国债事，语极痛切，并引据印度、越南、高丽诸亡国之惨状。满园听者莫不鼓掌叫绝，较之演唱淫句大伤风化者，可

---

① 天僇生：《剧场之教育》，《月月小说》第2卷1908年第1期。
② 傅谨主编《京剧历史文献汇编》清代卷陆，凤凰出版社2011年版，第31页。

谓有霄壤之别。噫! 优人如张黑者,洵属不可多得哉。"①

近代戏曲改良主义者们把古代文人士大夫视为"小道""末技"的戏曲,第一次提高到了前所未有的极高的地位,大大改变了传统戏曲的自我身份认同,大胆地借鉴西方戏剧作为他者参照系,就有关戏曲的理论建构了一套相对完整的体系,而对戏曲的社会作用的认同,对戏曲的政治性、启蒙性和普及性等的强调,是其中最有价值的核心,为促进人民大众的思想启蒙,强化救亡图存的忧患意识,提升改造中国社会的文化自觉,发挥了重要的历史性的批判作用。毋庸讳言,他们对戏曲的自我身份认同确有不当之处,关于戏曲的艺术性和审美性等则相对比较忽略,戏曲创作和搬演实践也没有取得真正意义上巨大成功,戏曲作品没有能够进入中国戏曲史上经典的行列。他们也不能真正地正确处理继承与弘扬中华民族传统文化与向西方学术文化学习的矛盾,把握两者之间的辩证关系,对中国古代戏曲有时候采取了一概抹杀的思维和做法也是不可取的。但是,无论如何,从国学的视域来看,在这场对戏曲反思的文学运动中,戏曲改良主义者们为丰富戏曲身份认同的内涵做出了重要贡献,其预示着在新的社会发展形势下,古代戏曲改革的与时俱进时代已经到来,所有这些仍然是值得今人深长思之和充分肯定的。

值得重视的是,王国维是近代文学改良运动中的重要人物之一。与他人有所不同的是,王国维把中国古代戏曲的研究重点放在整理文献、疏浚源流、厘定范畴和阐发内容、观照形式等学术性方面,并且借鉴引进西方的文学艺术和美学理论及其方法,审视与重新评价中国古代文学艺术,包括中国古代戏曲,其取得的学术性成果振聋发聩,具有划时代的里程碑价值,尤其是王国维学术研究之独立精神与创新思维,对后世中国古代文学艺术,包括中国古代戏曲的研究,产生了广泛而深远的影响。1909年,王国维在《戏曲考源》中首次科学定义"戏曲者,谓以歌舞演故事也"②,撰写于1912年底至1913年初的《宋元戏曲史》等著作多次述及同一定义内涵。从此以后,人们便把"戏曲"作为宋元南戏、金院本、宋元明清杂剧、明清传奇,以及清代中叶迄今以京剧为代表的各种地方戏之总称。古代戏曲也有史以来第一次在国学的意义上确立了应有的学科身份和价值地位,与

---

① 傅谨主编《京剧历史文献汇编》清代卷陆,凤凰出版社2011年版,第86页。
② 王国维:《王国维文集》第一卷,中国文史出版社1997年版,第425页。

诗、词、散文等正统雅文学种类的社会地位平等无差，堂堂正正地进入了文学艺术的国学殿堂，标志了历史悠久的上层文化和下层文化关于戏曲艺术本质的差异化表达找到了审美性契合点，并且最终走向了融合统一，国学视域下的戏曲身份认同因此别开生面。这不可不谓近代文学改良运动中戏曲界革命令人瞩目的丰硕成果。

第二章
戏曲文学体制本质的形成与身份认同

第一节 宾白从即兴创拟到当行规范

古代戏曲是一种以歌舞演故事的综合艺术。宾白就是古代戏曲中的说白，是戏曲本体不可或缺的有机组成部分，也是体现戏曲文学体制与其他文学艺术种类不同本质的身份特征之一。

宾白与戏曲与生俱来，受话本小说等俗文学艺术的影响，戏曲的前身歌唱、舞蹈和说唱表演等在发展过程中逐渐与说白结缘。对于宾白与歌舞表演、说唱艺术的关联，焦循《剧说》引《西河词话》云："古歌舞不相合，歌者不舞，舞者不歌；即舞曲中词，亦不必与舞者搬演照应。自唐人作《柘枝词》《莲花镲歌》，则舞者所执，与歌者所措词，稍稍相应，然无事实也。宋末有安定郡王赵令畤者，始作商调鼓子词，谱《西厢传奇》，则纯以事实谱词曲间，然犹无演白也。至金章宗朝，董解元——不知何人，实作《西厢》搊弹词，则有白有曲，专以一人搊弹并念唱之。"① 这表明当歌唱、舞蹈和说唱表演逐渐发展为以歌舞演故事的戏曲的时候，说白就自然而然地融入戏曲本体当中去了。

戏文形成于宋代，是中国古代戏曲史上最早的剧种，现存戏文三种《张协状

---

① 焦循：《剧说》，《中国古典戏曲论著集成》（八），中国戏剧出版社1959年版，第97页。

元》《宦门子弟错立身》《小孙屠》收入明代朝廷所编《永乐大典》。"白"在戏文初期的作品《张协状元》中已经出现，如第一出开场有"（末上白）"①。《元刊杂剧三十种》为现存元代杂剧的唯一当代刊本，有两处出现"宾"字，一处是在《汉高皇濯足气英布》第一折："（正末）云：小校那里！如今那汉过来，持刀斧手便与我杀了者！交那人过来。（等随何过来见了）（唱宾）（正末云）住者！你休言语，我跟前下说词那！"②，另一处是在《李太白贬夜郎》第三折："（正末）（宾）：你问我哪里去？"③，徐沁君注云："宾，当即'宾白'之简称。'宾白'亦即说白。"④明初，朱有燉的杂剧集《诚斋乐府》有作品31种，每种都标注出是"全宾"二字。"全宾"是指"说白"完全并无删节的意思，由此可知当时刊刻杂剧者每每删节"宾白"，有"全宾"者反而特别予以标出，以期醒目强调，后来的本子都将"宾白"二字删去，可以推知"宾白"在后来的剧本中不大用了，只简化采用"白"或改称"云"。"宾白"在臧晋叔的《元曲选序》、沈德符的《顾曲杂言》、王骥德的《曲律》、李渔的《闲情偶寄》里都有专论，他们在论述中往往将"宾白"身份认同于"白"或者"说白"。

关于"宾白"身份的具体含义，古代戏曲理论家们有不同的解释和认同。第一种是以演唱和说白的界限为身份认同划分标准。例如，徐渭云："唱为主，白为宾，故曰宾、白，言其明白易晓也。"⑤焦循《剧说》引《西河词话》云："元人造曲，……若杂色入场，第有白无唱，谓之'宾白'。'宾'与'主'对，以说白在宾，而唱者自有主也。至元末明初，改北曲为南曲，则杂色人皆唱，不分宾主矣。"⑥李开先云："（曲）词外承上起下，一切应答言语，谓之白。"⑦王国维云："杂

---

① 钱南扬：《永乐大典戏文三种校注》，中华书局1979年版，第1页。
② 徐沁君：《新校元刊杂剧三十种》，中华书局1980年版，第290页。
③ 同上书，第455页。
④ 同上书，第458页。
⑤ 徐渭：《南词叙录》，《中国古典戏曲论著集成》（三），中国戏剧出版社1959年版，第246页。
⑥ 焦循：《剧说》，《中国古典戏曲论著集成》（八），中国戏剧出版社1959年版，第97页。
⑦ 李开先：《词谑》，《中国古典戏曲论著集成》（三），中国戏剧出版社1959年版，第297页。

剧之为物，合动作、言语、歌唱三者而成。故元剧对此三者，各有其相当之物。其纪动作者，曰科；纪言语者，曰宾、曰白；纪所歌唱者，曰曲。元剧中所纪动作，皆以科字终。后人与白并举，谓之科白，其实自为二事。"①第二种是以说白的方式和人数的多少为身份认同划分标准。例如，李诩《戒庵老人漫笔》卷五"曲宾白"云："北曲中有全宾、全白，两人对说曰宾，一人自说曰白。"②凌濛初对此持异议，云："白谓之'宾白'，盖曲为主也。《戒庵漫笔》曰：'两人对说曰宾，一人自说曰白。'未必确。"③李调元云："《菊坡丛话》：北曲中有全宾、全白。两人对说曰'宾'，一人自说曰'白'。"④王国维云："明姜南《抱璞简记》（《续说郛》卷十九）曰：'北曲中有全宾全白。两人相说曰宾，一人自说曰白。'则宾白又有别矣。"⑤

宾白可以分为对白和独白两种形式。对白就是不同角色之间的对话。王骥德云："有'对口白'，各人散语是也。"⑥独白又可以分为定场白、冲场白、旁白、带白等多种。定场白是角色第一次上场时的自我介绍，一般先念两句至四句，再自报家门。王骥德又云："宾白，亦曰'说白'。有'定场白'，初出场时，以四六饰句者是也。"⑦这种形式留存了戏曲从话本小说、说唱表演衍化而来的痕迹。冲场白是角色第二次上场或第三次上场的说白，直接向观众叙述事由或表达心情。旁白就是背着其他演员单独对观众说话。李渔《蜃中楼》第三十出《乘龙》写道："（丑背介）他两个的好事都上手了。我奚奴跟了他们受尽许多辛苦，一毫赏赐也不见。"⑧带白是说白既可以插在各支曲子之间，也可以插在一支曲子之中。石君宝

---

① 王国维：《宋元戏曲史》，华东师范大学出版社1995年版，第115页。

② 李诩：《戒庵老人漫笔》，中华书局1982年版，第194页。

③ 凌濛初：《谭曲杂札》，《中国古典戏曲论著集成》（四），中国戏剧出版社1959年版，第259页。

④ 李调元：《剧话》，《中国古典戏曲论著集成》（八），中国戏剧出版社1959年版，第41页。

⑤ 王国维：《宋元戏曲史》，华东师范大学出版社1995年版，第115页。

⑥ 王骥德：《曲律》，《中国古典戏曲论著集成》（四），中国戏剧出版社1959年版，第140页。

⑦ 同上。

⑧ 李渔：《李渔全集》第四卷，浙江古籍出版社1992年版，第312页。

《神奴儿大闹开封府》第一折道："（正末唱）你没来由寻唱叫，你可便因甚的？浑家你便见他来则合先施礼。（带云）兄弟，是你嫂嫂不是了也。（唱）今日个您嫂嫂是还礼的迟。"①此外，还有滚白，滚白又分为加滚和合滚两种。王瑞生《〈新定十二律京腔谱〉凡例》云："论滚白，乃京腔所必需也。盖昆曲之悦耳也，全凭丝竹相助而成声。京腔若非滚白，则曲情岂能发扬尽善！但滚有二种，不可不辨。有某句曲文之下加滚已毕，然后接唱下句曲文者，谓之加滚。亦有滚白之下重唱前一句曲文者，谓之合滚。然而曲文之中何处不可用滚？是在乎填词惯家用之得其道耳。……京腔旧派思乡，全剧加以滚白通行已久。"②

随着戏曲的形成、发展并趋向成熟，宾白经历了从即兴创拟到当行规范的过程，戏曲理论家们逐渐完善了对宾白的理论建构和身份认同。

戏曲发展初期，受到以往诗、词、曲艺创作和吟唱音乐性的深远影响，元杂剧作家创作时对宾白的重视程度普遍不如曲词。明代嘉靖年间，郭勋所辑的《雍熙乐府》里的《西厢记》是现见最古老的剧本，《西厢记》杂剧全部21套曲词分别见于书中正宫（2套）、仙吕宫（4套）、中吕宫（4套）、双调（5套）、越调（5套）、商调（1套）等宫调名下，在这部剧本中仅有曲词而没有说白，虽不能算得上是一部完全的剧本，但是，有曲词叙录而无宾白叙录，恐怕是受戏曲音乐性主导的制约，普遍重曲轻白的惯性思维使然。之后，马权奇在《张深之先生正北西厢记秘本》之《略例》中云："曲白混淆者正。"③这说明原剧本创作存在曲白混淆不清的缺点。王骥德认为元杂剧曲词与宾白是剧作家和优伶演员分别创作的，故语言意蕴和风格上不能够统一，以至于相沿成陋习，其《〈新校注古本西厢记〉附评语》云："往闻凡北剧皆时贤谱曲，而白则付优人填补，故率多俚鄙。至诗句益复可唾。《西厢》诸白，似出实甫一手，然亦不免猥浅。相沿而然，不无遗恨。"④于是，王骥德对古本《西厢记》的曲白进行了修改润色，其《〈新校注古本西厢记〉凡例》云："俗本宾白，凡文理不通，及猥冗可厌，及调中多参白语者，悉系

---

① 臧懋循：《元曲选》，中华书局1958年版，第558页。
② 蔡毅：《中国古典戏曲序跋汇编》，齐鲁书社1989年版，第109—111页。
③ 同上书，第703页。
④ 同上书，第668页。

伪增，皆从古本删去。"① 王骥德《曲律》还进一步分析探讨了元杂剧曲白语言意蕴和风格上不能够统一的原因，云："元人诸剧，为曲皆佳，而白则猥鄙俚亵，不似文人口吻。盖由当时皆教坊乐工先撰成间架说白，却命供奉词臣作曲，谓之'填词'。凡乐工所撰，士流耻为更改，故事款多悖理，辞句多不通。不似今作南曲者尽出一手，要不得为诸君子疵也。"② 臧懋循《〈元曲选〉自序一》认为元杂剧曲白语言意蕴和风格割裂与元朝科举取士有关，云："或谓元取士有填词科，若今帖括然，取给风檐寸晷之下，故一时名士，虽马致远、乔孟符辈，至第四折往往强弩之末矣。或又谓主司所定题目外，止曲名及韵耳，其宾白则演剧时伶人自为之，故多鄙俚蹈袭之语。"③ 清代，邵远萍在其所撰《元史类编》中认同道："世称宋词、元曲，然词在唐人已优为之。惟曲自元始，有南北十七宫调。相传当年取士，有填词科，主司定题目、并限曲名及韵，其宾白则伶人自为之。"④ 明代，李开先认为元杂剧曲白在繁简方面有创作缺陷，云："郑德辉作《王粲登楼》杂剧，四折俱优，浑成慷慨，苍老雄奇。《中原韵》摘取迎仙客，以为'他词累百无此调，名不虚传'。然白处太繁……又有不甚整齐者，衬字亦多，大势则不可及。"⑤ 沈德符则认为元明杂剧的宾白过于浅俗鄙俚，不文雅精美，可读性较弱，云："涵虚子所记杂剧名家凡五百余本，通行人间者，不及百种。然更不止此。今教坊杂剧约有千本，然率多俚浅，其可阅者十之三耳。"⑥ 清代，梁廷枏批评有的元杂剧作家创作态度不严谨，宾白甚至曲词往往有抄袭剽窃的雷同现象，严重削弱了戏曲作品搬演的审美个性和独特风貌，云："《灰阑记》《留鞋记》《蝴蝶梦》《神奴儿》《生金阁》等剧，皆演宋包待制开封府公案故事，宾白大半从同；而《神奴儿》《生金阁》两

---

① 蔡毅:《中国古典戏曲序跋汇编》，齐鲁书社1989年版，第662页。
② 王骥德:《曲律》，《中国古典戏曲论著集成》(四)，中国戏剧出版社1959年版，第148页。
③ 臧懋循:《元曲选》，中华书局1958年版，第1页。
④ 胡忌主编《戏史辨》第四辑，中国戏剧出版社2004年版，第194页。
⑤ 李开先:《词谑》，《中国古典戏曲论著集成》(三)，中国戏剧出版社1959年版，第297页。
⑥ 沈德符:《顾曲杂言》，《中国古典戏曲论著集成》(四)，中国戏剧出版社1959年版，第214页。

种，第四折魂子上场，依样葫芦，略无差别。相传谓扮演者临时添造，信然。《渔樵记》剧刘二公之于朱买臣，《王粲登楼》剧蔡邕之于王粲，《举案齐眉》剧孟从叔之于梁鸿，《冻苏秦》剧张仪之于苏秦，皆先故待以不情，而暗中假手他人以资助之，使其锐意进取；及至贵显，不肯相认，然后旁观者为说明就里；不特剧中宾白同一板印，即曲文命意遣词，亦几如合掌，此又作曲者之故尚雷同，而非独扮演者之临时取办也。"①

戏曲发展到明清传奇阶段，重曲轻白以至于或借宾白炫耀才华，或墨守成规的思维，对戏曲创作和搬演依然产生着消极作用。王骥德批评《明珠记》曲白区分不清晰洁净，云："《明珠记》本唐人小说，事极典丽，第曲白类多芜葛。"②臧懋循批评《玉玦记》《红拂记》等堆砌骈俪字句，违背了戏曲文学语言讲究通俗性的美学特点，而《昙花记》《浣纱记》《玉盒记》等则有的全折无曲词演唱，不适合戏曲以歌舞演故事的音乐性特点，云："至郑若庸《玉玦》，始用类书为之。而张伯起之徒，转相祖述为《红拂》等记，则滥觞极矣。曲白不欲多。……尤不欲多骈偶。如《琵琶》《黄门》诸篇，业且厌之。而屠长卿《昙花》白终折无一曲，梁伯龙《浣纱》、梅禹金《玉盒（合）》，白终本无一散语，其谬弥甚。"③梅鼎祚，字禹金，沈德符亦批评梅鼎祚创作的《玉合记》太追求宾白典雅骈俪，堆砌词藻，损害了阅读欣赏的审美接受效果，云："梅雨（禹）金《玉合记》最为时所尚，然宾白尽用骈语，饾饤太繁，其曲半使故事及成语，正如设色骷髅、粉捏化生，欲博人宠爱，难矣！"④祁彪佳指出无名氏创作的《西湖记》宾白充斥了腐朽不堪的老儒语言，云："《西湖》，秦一木伪为儁书，求配段女，本之唐解元伯虎事，又与俗演《桃花记》同。内惟段女终不苟合一节可取。曲不能守韵，白复多老头巾

---

① 梁廷枏：《曲话》，《中国古典戏曲论著集成》（八），中国戏剧出版社1959年版，第262页。
② 王骥德：《曲律》，《中国古典戏曲论著集成》（四），中国戏剧出版社1959年版，第152页。
③ 臧懋循：《元曲选》，中华书局1958年版，第1页。
④ 沈德符：《顾曲杂言》，《中国古典戏曲论著集成》（四），中国戏剧出版社1959年版，第206页。

语。"① 对此，李渔的《闲情偶寄》指责剧作家重曲词轻宾白的陋习乃不良创作误知和习惯偏差使然，云："自来作传奇者，止重填词，视宾白为末着，常有白雪阳春其调，而巴人下里其言者，予窃怪之。原其所以轻此之故，殆有说焉。元以填词擅长，名人所作，北曲多而南曲少。北曲之介白者，每折不过数言，即抹去宾白而止阅填词，亦皆一气呵成，无有断续，似并此数言亦可略而不备者。由是观之，则初时止有填词，其介白之文，未必不系后来添设。在元人，则以当时所重不在于此，是以轻之。后来之人，又谓元人尚在不重，我辈工此何为？遂不觉日轻一日，而竟置此道于不讲也。"②

对于元人创作杂剧重曲词轻宾白的原因，后人的说法并不一致。有人归咎于治政性问题。沈德符认为与元代科举有关，云："元人未灭南宋时，以此定士子优劣。每出一题，任人填曲。如宋宣和画学，出唐诗一句，恣其渲染，选其能得画外趣者登高第，以故宋画、元曲，千古无匹。元曲有一题而传至四五本者，予皆见之。总只四折。盖才情有限，北调又无多，且登场虽数人而唱曲只一人，作者与扮者力量俱尽现矣。"③ 姚燮撰《今乐考证》引吴伟业亦认同云："元时以曲取士，皆傅粉墨而践排场。一代之人文，皆从此描眉、画颊、诙谐、调笑而出之，固宜其擅绝千古。"④ 对此，杨恩寿提出异议，云："元人科目最多，试录中一条云：'军、民、僧、尼、道、客、官、儒、回回、医、匠、阴阳、写、算、门、厨、典、雇、未完等户愿试者，以本户籍贯赴试。'僧、道应试，已属可笑；尼亦赴考，更怪诞矣。相传元以词曲取士，考《选举志》及《典章》皆无之。或另设一门以备梨园供奉——乃特试，非制科也。"⑤ 杨恩寿的话据实而论，不无一定道理。

对于元杂剧宾白简陋鄙俚蹈袭之弊病成因，后有人分析认为是剧本在他者传

---

① 祁彪佳：《远山堂曲品》，《中国古典戏曲论著集成》（六），中国戏剧出版社1959年版，第88页。
② 李渔：《李渔全集》第三卷，浙江古籍出版社1992年版，第44页。
③ 沈德符：《顾曲杂言》，《中国古典戏曲论著集成》（四），中国戏剧出版社1959年版，第215页。
④ 姚燮：《今乐考证》，《中国古典戏曲论著集成》（十），中国戏剧出版社1959年版，第9页。
⑤ 杨恩寿：《词余丛话》，《中国古典戏曲论著集成》（九），中国戏剧出版社1959年版，第281页。

抄或者演员搬演的环节出了纰漏。吴兰修在撰写的《西厢记》校本之《附论》中云:"旧本《哭宴》阑入老僧,何也？曰:旧白可笑,无逾此者。然亦足见旧本为俗人窜改,多非实甫之旧矣。"①盘薖硕人增改的三十折本《西厢记》载佚名撰《〈西厢记〉序》云:"《西厢记》被传袭既久,优人不通语意,插白作态,皆□本旨。"②盘薖硕人的《〈刻西厢定本〉凡例》云:"元本白语,类皆词陋味短,且带秽俗之气,盖实甫亦工于曲,而因略于此耳。……此中词调原极清丽,且多含有神趣。特近来刻本,错以陶阴豕亥,大失其初。而梨园家优人不通文义,其登台演习,妄于曲中插入诨语,且诸丑态杂出。……是传每折开场俱白,然原白多陋。"③也有人分析是宾白过繁而没有节制,李调元云:"曲白不欲多。惟杂剧以四折写传奇故事,其白有累千言者。观《西厢》二十一折,则白少可见。"④元杂剧宾白或简陋或鄙俚或蹈袭或太繁,均说明戏曲的宾白创作还处于不严谨、不当行、不规范的阶段。对元杂剧宾白种种不足的探赜索隐,体现了明清时期人们对宾白的理论建构和身份认同向内涵纵深发展。

元杂剧中某些作品重曲轻白,有简陋鄙俚蹈袭之弊病是不争的事实,然而,对此也不可一概而论,有些元杂剧宾白创作也十分妥帖精彩,受到后人的普遍认同赞扬。梁廷枏采用比较的方法区别不同剧本,分析云:"雕虫馆《曲选》,亦谓:'元取士有填词科,主司所定题目外,止曲名及韵。其宾白出于演剧伶人一时所为,故鄙俚蹈袭之语为多。'予谓:'此盖论百种杂剧然耳。若《西厢》等本,其白为曲人所自作,关目恰好,字句亦长短适中,迥不侔也。'"⑤孟称舜撰《天赐老生儿总评》认为,大多数元杂剧的宾白还是能够做到曲词与宾白在语言意蕴和风格上的协调一致,甚至宾白的语言还超越曲词的语言,云:"或云北曲填词皆出辞人之手,而宾白则演剧时伶人自为之,故多鄙俚蹈袭之语。予谓元曲故不可及,

---

① 蔡毅:《中国古典戏曲序跋汇编》,齐鲁书社1989年版,第736页。
② 同上书,第688页。
③ 同上书,第691—692页。
④ 李调元:《剧话》,《中国古典戏曲论著集成》(八),中国戏剧出版社1959年版,第41页。
⑤ 梁廷枏:《曲话》,《中国古典戏曲论著集成》(八),中国戏剧出版社1959年版,第279页。

其宾白妙处更不可及。"①李贽《读〈西厢记〉杂语》评价王实甫《西厢记》曲词与宾白格调统一,和谐自然,云:"白易直,《西厢》之白能婉;曲易婉,《西厢》之曲能直。《西厢》曲文字,如喉中退出来一般,不见斧凿痕、笔墨迹也。"②王季思的《〈刻西厢定本〉附跋》则具体问题仔细分析,有区别地评价王实甫的宾白创作,指出了其优劣之所在,云:"王实甫原著里有些说白,如在红娘口里引用了一连串《论语》的句子,确是陈腐可厌的;又如莺莺和张生来往的诗词书札,过于鄙俚,不能显示这两个有文学修养的青年人的才情。……但全书里生动精练的说白也不少。"③后人对元杂剧宾白进行实事求是的甄别,对其优长之处予以充分肯定,对其劣短之处予以确切否定,体现了对宾白的理论建构和身份认同过程采取了艺术辩证思维。

事实的确如此,戏曲宾白的理论建构和身份认同有一个漫长的过程,戏曲宾白的内涵和重要性是逐步被人们认识的。一方面,元明清三代重曲词轻宾白的悖谬现象普遍存在,不曾绝迹,直至清代乾隆、嘉庆年后情况才有所改变,即由于雅化的全本传奇唱曲搬演受到市民百姓的厌弃而越来越少,戏曲艺人纷纷转向参与折子戏的改编和搬演,于是戏曲渐渐回归通俗文艺的本质,戏曲家们普遍重视起通俗化、口语化的宾白创作;另一方面,在元明清出现词山曲海的情况下,戏曲理论家们开始对宾白实践进行深入细致的探讨,不断总结其中的成功经验与失败教训,并且无论在理论阐发上还是在搬演实践中,都一步步地使宾白身份认同趋向当行规范,臻于完善。

王骥德的《曲律》是一部能够自成体系的戏曲理论专著,其中《论宾白》一节凸显了王骥德对宾白的重视关注和身份认同,在中国戏曲史上第一次采用专著的列款形式阐发宾白问题。王骥德指出,宾白创作并不比曲词创作轻而易举,为了提高宾白创作质量,王骥德分析并提出了宾白创作的具体方法,云:"定场白稍露才华,然不可深晦。……对口白须明白简质,用不得太文字;凡用之、乎、者、也,俱非当家。……句字长短平仄,须调停得好,令情意宛转,音调铿锵,虽不是曲,却要美听。……苏长公有言:'行乎其所当行,止乎其所不得不止。'则作

---

① 朱颖辉辑校《孟称舜集》,中华书局2005年版,第586页。
② 蔡毅:《中国古典戏曲序跋汇编》,齐鲁书社1989年版,第655页。
③ 同上书,第700页。

白之法也。"① 王骥德的阐发具有针对性，采用了正反比较的方法，帮助人们有效地提升了对戏曲宾白创作的正确认识与身份认同。祁彪佳赞扬许自昌著《水浒记》本色当行，有场上之曲搬演的完美特点，云："记宋江事，畅所欲言，且得裁剪之法。曲虽多稗弱句，而宾白却甚当行，其场上之善曲乎？"② 孟称舜认为一部好的戏曲作品，必须是曲词与宾白皆佳，如评点《赵氏孤儿》曲词与宾白，曰："曲、白俱妙，是世间绝大文章，勿以小曲视之。……文字到好处便山歌，曲白与高文典册同一机局"③，又评价《老生儿》的宾白恰到好处，认同宾白在戏曲中与白话小说有着同样重要的地位："此剧之妙，在宛畅入情，而宾白点化处更好。……予谓元曲固不可及，其宾白妙处更不可及。……盖曲体似诗似词，而白则可与小说演义同观。"④ 清代乾隆年间，黄振的《〈石榴记〉凡例》将宾白比喻为绘画，体现了与众不同、别具一格的艺术思维方式，云："词曲，譬画家之颜色，科白，则勾染处也。勾染不清，不几将花之瓣、鸟之翎，混而为一乎。故折中如彼此应答，前后线索，转湾承接处，必挑剔得如须眉毕露，不敢少有模棱，致多沉晦。"⑤ 清末，慕优生甚至还认为宾白的重要性高于曲唱，其编辑的《海上梨园杂志》云："演戏须注重道白。唱工与道白两者，不可偏废，久已成为铁案。余以为道白尤重于唱工，唱工不过循节按板，近抑扬之致，使识者发临时之欢娱。……道白时，无丝竹之乱耳，字字易于听闻，能使观者了然其中之情节，故其感化力较速。"⑥ 这就是说，通俗易懂、和谐美听的道白具有超越曲唱的审美传达与接受效果。

借鉴并超越他者阐发宾白的是清代的李渔。李渔晚年撰著的《闲情偶寄》中有《词曲部》《演习部》和《声容部》一部分，论述了戏曲的创作、搬演和演员等一系列问题。这是中国戏曲史上第一部集大成的戏曲理论著作，达到了古代戏

---

① 王骥德：《曲律》，《中国古典戏曲论著集成》（四），中国戏剧出版社1959年版，第141页。
② 祁彪佳：《远山堂曲品》，《中国古典戏曲论著集成》（六），中国戏剧出版社1959年版，第59页。
③ 孟称舜：《新镌古今名剧柳枝集》，明崇祯六年刻本。
④ 朱颖辉辑校《孟称舜集》，中华书局2005年版，第586页。
⑤ 蔡毅：《中国古典戏曲序跋汇编》，齐鲁书社1989年版，第1929页。
⑥ 傅谨主编《京剧历史文献汇编》清代卷贰，凤凰出版社2011年版，第564页。

曲理论总结的最高峰。其中关于宾白，李渔认为："传奇一事也，其中义理分为三项：曲也，白也，穿插联络之关目也。元人所长者止居其一，曲是也，白与关目皆其所短。"①李渔不仅注重提高以往被人们忽视的宾白在戏曲本体中的地位，而且还将宾白的重要性认同于曲词，鲜明地提出了"曲白相生"的观点，曰："曲之有白，就文字论之，则犹经文之于传注；就物理论之，则如栋梁之于榱桷；就人身论之，则如肢体之于血脉。非但不可相无，且觉稍有不称，即因此贱彼，竟作无用观者。故知宾白一道，当与曲文等视，有最得意之曲文，即当有最得意之宾白，但使笔酣墨饱，其势自能相生。常有因得一句好白，而引起无限曲情，又有因填一首好词，而生出无穷话柄者。是文与文自相触发"②。在《词曲部》中，李渔还专辟《宾白第四》一节，统辖"声务铿锵""语求肖似""词别繁减""字分南北""文贵洁净""意取尖新""少用方言""时防漏孔"共八款，阐发内容具体深刻地涉及宾白的文学性、音乐性和舞台性等，诠释宾白理论联系演实践，全面深入，辩证科学，当行规范，见解独到，既有建构戏曲宾白理论体系的意义和价值，也有创新戏曲宾白遣词造句方法论的意义和价值，成为古代戏曲宾白理论建构和身份认同臻至当行规范完善的标志。其时，李渔与时俱进创作的《笠翁十种曲》流传甚广，改编《明珠记·煎茶》受到世人的普遍赞扬，例如，吴梅的《〈明珠记〉跋》认同并称赞云：《明珠记·煎茶》"通折改易宾白，不易原词一字，尤为得体"③，不啻印证了李渔的戏曲宾白理论吻合戏曲编演的客观实际，在戏曲宾白的创作实践上成为仿效不二的经典。

第二节　曲词从俚俗俳谐到丽雅经典

中国古代戏曲在其形成发展过程中，曲词的面貌经历了一个从俚俗俳谐到丽

---

① 李渔：《李渔全集》第三卷，浙江古籍出版社1992年版，第12页。
② 同上书，第44页。
③ 蔡毅：《中国古典戏曲序跋汇编》，齐鲁书社1989年版，第1195页。

雅经典的变化过程,明清时期以昆曲为代表的传奇艺术达到了雅化的高峰即是。围绕着曲词的雅俗取向和变化路头,人们对曲词的身份认同伴随着从俚俗俳谐到丽雅经典呈现了不断上升的主流曲线,而其中的分歧亦反映了人们对戏曲文学或俗或雅本质身份认同的差异。

俚俗,意谓世俗、民间、粗俗,不高雅,如宋代姚宽云:"《南部烟花录》,文极俚俗。"[①] 俳谐,意谓诙谐或戏谑的言辞,如《北史·文苑传·侯白》:"(侯白)好学有捷才,性滑稽,尤辩俊。举秀才,为儒林郎。通侻不持威仪,好为俳谐杂说。"[②] 在中国古代传统文化中,俚俗俳谐均可以归入与雅文化相对的俗文化。宋代,朱熹《答巩仲圣》认为学问有雅俗之分,云:求学立身,"须先识得古今体制,雅俗向背。"[③] 清代,陈廷焯亦认同云:"入门之始,先辨雅俗。"[④] 因此,考察古代戏曲的曲词从俚俗俳谐到丽雅经典的发展变化过程,不妨从辨析雅俗开始。

关于"雅",从历史文献来看,"雅"的本义是一种鸟。许慎云:"隹,鸟之短尾总名也,像形,凡隹之属皆从隹。雅,楚乌也。"[⑤] 这种鸟在秦地(今陕西)称之为雅。近代章炳麟进一步解释说,"雅"与"鸦"古代同声,发"乌"音,"乌乌"是秦地的特殊声音。《尚书大传》卷二曰:"微子将往朝周,过殷之故墟,见麦秀之渐渐,曰:'此父母之国,宗庙社稷之所立也。'志动心悲,欲哭则为朝周,俯泣则妇人,推而广之作雅声。"[⑥] 微子是殷商末西周初年的人,"雅声"在这里指的是《麦秀之歌》。由于秦地为周朝王畿之地,雅声作为秦地之声就成为王畿之声,其地位和性质因此区别并且高于其他各种地方语言,具有某种语言标准和规范的意义和价值。《周礼·春官》将《诗经》的六义称之为"六诗",云:"(太师)教六诗,曰风、曰赋、曰比、曰兴、曰雅、曰颂。"[⑦] 这就是说"雅"在西周已经

---

① 姚宽:《西溪丛语》,中华书局1993年版,第92页。
② 李延寿:《北史》,中华书局1974年版,第2807页。
③ 朱杰人等主编《朱子全书》第23册,上海古籍出版社、安徽教育出版社2002年版,第3095页。
④ 陈廷焯:《白雨斋词话》,人民文学出版社1959年版,第186页。
⑤ 许慎:《说文解字》,中华书局1963年版,第76页。
⑥ 无名氏:《尚书大传》,《四部丛刊·经部》,上海涵芬楼藏左海文集本(影印)。
⑦ 阮元:《十三经注疏》,中华书局1980年版,第796页。

成为贵族教育的内容，诚如《礼记·乐记》所云："先王耻其乱，故制雅、颂之声以道之。"①《毛诗序》释："雅者，正也，言王政之所由废兴也。政有大小，故有《小雅》焉，有《大雅》焉。"②"雅"训诂认同为"正"，引申即王政之"标准"之义，这就具有了属于社会上层统治阶级观念行为的性质。与"雅声"相关联的还有"雅地"。梁启超《释"四诗"名义》说："'雅'与'夏'古字相通。……雅音即夏音，犹云中原正声云耳。"③古人所说的中原，主要指陕西、山西、河南等黄河流域一带。正因为"雅"所具有的王畿之地的特征，以及社会上层统治阶级观念行为的性质，才使得雅文化在中国传统文化的发展中一直具有正统、高贵的特征。

从国学视域来看，雅文化在中国传统文化中具有正统、高贵的地位与佛教在中国的传播也有密切的关系。梁启超的《治国学的两条大路》说："我们国学的第二源泉就是佛教。佛，本传于印度，但是盛于中国。"④大约在汉代，印度的佛教开始传入中国。佛学认为："佛教本源于印度，随着教义之传布与信仰人数之日增，业已超越种族，广传至其他各民族，佛教经典亦随之被译成各种语言。释尊成道后即以各地方言说法，而未采用雅语，其意在使教法普遍传布。佛陀入灭后，印度本土结集经典，主要使用梵语及巴利语，继之乃有诸国语译之佛典出现。……故译自梵语系统之汉译经典与藏译经典之价值乃相对提高。"⑤佛教所用之"梵语"，即"古印度之标准语文，又称天竺语。即吠陀、梵书、森林书、奥义书及北传佛教圣典所用之语文。属印欧语系。中国、日本依据此语言由梵天所造之传说，故称梵语或圣语。相对于一般民间所用之俗语，梵语又称雅语。"⑥从汉代开始，佛经的翻译语言就出现了分化。佛经翻译区别粗言与细语、俗语与雅语，如"粗言细语"，指"印度之语言有所谓平常言词之口语与典正言词之文言，其中，佛陀说法时大多采用口语；又佛陀之言音可概分两类，即分明典正之全声（细语），与不分明讹僻之半声（粗语）。此外如法护、宝云、玄奘、义净等所译之梵本皆采用

---

① 阮元：《十三经注疏》，中华书局1980年版，第1544页。
② 同上书，第272页。
③ 梁启超：《梁启超全集》，北京出版社1999年版，第4387页。
④ 梁启超：《梁启超讲国学》，吉林人民出版社2007年版，第8页。
⑤ 慈怡主编《佛光大辞典》第7册，北京图书馆出版社1989年版，第6590页。
⑥ 慈怡主编《佛光大辞典》第5册，北京图书馆出版社1989年版，第4645页。

中天竺之细语"；又："华严雅俗，谓译成之汉语亦有雅俗之别"①。由于佛教在传入中国以后经过长期的磨合终于融入了中国传统文化，佛教又受到统治阶级的崇尚，一部分"细语"雅化的汉语佛经也得到了上层社会的维护，进而成为雅文化的有机组成部分，于是就超然下层社会的俗文化之上。佛教在传播过程中又逐渐下移渗透到社会的各个阶层，亦深刻影响了人们的思想信仰和行为举止，与此同时，也就把雅俗观念和分化区别灌注进了人们的价值取向和情感态度。例如，南戏《张协状元》第八出："（丑做强人出白）……今日天寒，图个大帐。懦弱底与它几下刀背，顽猾底与它一顿铁查。十头罗刹不相饶，八臂哪吒浑不怕。"②"今日天寒，图个大帐"，纯粹是生活化、口语化的散白，"俗"得自然的特点显而易见。而"懦弱底与它几下刀背，顽猾底与它一顿铁查。十头罗刹不相饶，八臂哪吒浑不怕"则不同，前两句是纯粹生活化的韵白，后两句则是融入了佛教"十头罗刹""八臂哪吒"名词的生活化的韵白，四句话还采用了骈偶的修辞手法，尤其是"十头罗刹""八臂哪吒"的对仗透露出俗中有雅的特点。毫无疑问，"丑"作为"强人"未必有这种文学水准表达如此讲究文雅的宾白，理应是剧作者"九山书会"的才人潜移默化而又追求语言雅化使然。

关于"俗"，刘熙云："自古造化制器立象，有物以来迄于近代，或典礼所制，或出自民庶，名号雅俗，各方多殊。"③这就是说，词语含义因人而异，有雅俗之别。刘熙还训解："俗，欲也，俗人之所欲也。"④许慎《说文解字》则云："俗，习也。"对此，段玉裁《说文解字注》进一步解释说："习者，数飞也。引申之凡相效谓之习。《周礼·大宰》：礼俗以驭其民。注云：礼俗，婚姻丧纪，旧所行也。《大司徒》：以俗教安。注：俗谓土地所生习也。《曲礼》：入国而问俗。注：俗谓常所行与所恶也。《汉地理志》曰：凡民函五常之性，其刚柔缓急，音声不同，系水土之风气，故谓之风。好恶取舍，动静无常，随君上之情欲，谓之俗。"⑤从"俗"的本义及上古引申义加以考察，"俗"字大致上有以下三层意思：一是指俗产生于

---

① 慈怡主编《佛光大辞典》第7册，北京图书馆出版社1989年版，第6808页。
② 钱南扬：《永乐大典戏文三种校注》，中华书局2009年版，第41页。
③ 刘熙：《释名》，中华书局1985年版，第1页。
④ 同上书，第57页。
⑤ 段玉裁：《说文解字注》，上海古籍出版社1981年版，第376页。

人的本能,即所谓"欲",是人的欲望和爱好。人作为一种动物具有与生俱来的本能欲望和兴趣爱好,它不需要后天的培养和教诲,因而与人类社会在一定发展阶段所产生的文化、知识、理智等文明产物相比较,具有原始、初级和低等的性质。从这个意义上来说。俗文化是一种身份低级的下层文化。二是指因为人的本能欲望和兴趣爱好具有普遍性,所以俗又体现为一定社会群体的普遍的本能欲望和兴趣爱好,具有身份认同的广泛性、大众性,因而有"世俗"之说。又因为其人数众多,所以使俗具有了平常凡庸的意思,成为存在于民间、社会的事物的代称,如《孟子·梁惠王下》记齐宣王之言曰:"寡人非能好先王之乐也,直好世俗之乐耳。"① 所谓"世俗之乐",即指社会上普遍流行的民间音乐。从这个意义上来说,俗为众多、普遍、广泛,俗与雅的对立就表现为众与寡、下与高、普遍与特殊的对立。三是指俗的本能、欲望、兴趣、爱好、普遍、广泛的特点也造成了它的延续性和传承性,如习俗、风俗、俗尚、俗语等都有一个长期形成、流传久远的过程,所以"风俗习惯"具有世代相传的性质。"俗"在先秦时期具备了以上丰富的内涵,此后流布持久影响深远,传播范围非常广泛,作为下层文化深深植根于人们的思想意识之中,又时时表现于人们的言行举止之中,根深蒂固,不易置换,不易改造,更不被消灭,具有顽强的生命力。因为俗具有民间性、大众化和广泛性,所以得到下层广大市民百姓的普遍重视;又因为其屡见不鲜和习以为常,所以又受到社会上层统治阶级的轻蔑鄙夷。历代封建统治阶级视俗文艺之戏曲为"小道""末技"概源于此。

  俗与雅的地位等级差异观念与道家、佛教义理也有相通之处,雅俗分歧与道家、佛教义理及其传播不无关系。道家强调从俗而又脱俗,即特别强调人的精神自由和人性超脱。实际上,道家从全身远害的思想出发,提倡"从俗",而所谓"从俗"只是一个表象,如道教的俗神崇拜活动与广大普通民众的日常生活和文化娱乐水乳交融,息息相关;实质上却是推崇"脱俗",强调的是以个人孤高的品格独立于庸众凡俗之外,如《逍遥游》之鲲鹏展翅比喻等即是。这种强调人的主体精神、独立个性、脱离现实和摒弃凡俗的观念成为中国古典美学中的高雅精神,而这正与文学艺术的本质相一致。因此,道家的特立独行的高雅价值追求对中国

---

① 阮元:《十三经注疏》,中华书局1980年版,第2673页。

古代文学艺术的发展影响很大。从这个意义上来说，虽然道家的雅俗观与儒家有明显的身份认同差异，但是，在是雅非俗的价值判断上却又是一致的。佛教认为："世俗，略称世或俗，即世间通俗之义，与'胜义'相对。……'俗'有显现流世、显现顺于人情之义。"又有"真俗二谛"，"世俗谛"指"世间一般所见之真理、道理"，乃"胜义谛（真谛）之对称。略称世谛、俗谛。由于绝对最高真理之第一义谛，不易为一般人所理解，故先以世俗之道理与事实为出发点，再次第导向高境地。如指月之指、渡彼岸之船，皆为到达真实第一义谛之必要手段。"①随着佛教融入中国传统文化，尤其是融入上层社会主流意识形态，然后又下移并且影响民间下层文化，使得诸如"真俗二谛"包含的雅俗观等级分明地渗透于人们的价值理念和行为举止，也必然影响人们对文学艺术包括戏曲的身份认同。

　　实际上，人类文明的发展产生了社会分工，产生了人与人之间的社会地位的差异，雅俗之分歧即已经隐含其中。正因为此，雅或者俗作为一种观念和标准存在于古代政治、思想、文学、艺术等社会生活的各个领域。从现有文献资料来看，以文学理论的形态将文章写作风格的雅、俗作为一组范畴列举的，是魏晋南北朝的刘勰。在《文心雕龙·定势》中，刘勰以绘画为类比，明确提出："绘事图色，文辞尽情，色糅而犬马殊形，情交而雅俗异势。镕范所拟，各有司匠，虽无严郛，难得逾越。"②刘勰还分别对雅、俗进行了界定：雅即正，俗即奇，揭示了雅和俗是一对相反相成的矛盾概念。殊不知，不同时代、不同社会思潮对雅与俗有不同的认识；不同的思想家、批评家、作家对雅与俗又有不同的诠释。尽管古代文学艺术可以有各种风格面貌，各种潮流时尚，然而，在统治阶级的意识形态和文人士大夫审美情趣的主导下，人们普遍认同雅是最根本、最核心的本质，是文学艺术的生命，戏曲概莫能外。其实，雅和俗又是一对处于发展变化进程当中的范畴，两者可以互相转化、互相交融，如崇雅贬俗、尚俗黜雅、俗中见雅、雅中含俗、由俗而雅、由雅而俗、雅俗兼备、雅俗共赏等。在中国古代，明确地运用"雅"与"俗"的概念，并且借鉴赋予它们在戏曲曲词上相对立的意义，则是伴随戏曲在宋代形成以后的事情。就戏曲而言，剧本创作的各个环节，各种成分，如

---

① 慈怡主编《佛光大辞典》第2册，北京图书馆出版社1989年版，第1516—1517页。
② 龙必锟译注《文心雕龙全译》，贵州人民出版社1992年版，第371页。

剧作家、作品、体裁、题材、形象、意境、语言、结构、修辞、表现手法、读者、观众、欣赏、接受、风格等，都是通过曲词呈现出雅与俗身份认同的差异。从宋至清，崇雅贬俗一直是戏曲文坛的主流。换句话说，受统治阶级的意识形态和文人士大夫审美情趣的影响，戏曲总的发展趋势是从俚俗俳谐到丽雅经典，最终成就了以传奇艺术即昆曲为代表的古代戏曲的雅化巅峰。

宋代是古代戏曲形成的时期，宋金杂剧院本起步从乡村草根戏台走向城市瓦舍勾栏。其时，城市经济不断发达兴旺，商业活动越来越繁荣，雅俗之辩渐趋激烈，在南戏《宦门子弟错立身》第五出中，外对儒生爱上旦角即唱戏女进行嘲讽，说明雅俗问题已经进入了人们的视野和生活，也进入了戏曲剧本创作和舞台搬演。宋人黎靖德编《朱子语类》卷一百四十《论文下》载朱熹云："'行年三十九，岁暮日斜时。孟子心不动，吾今其庶几！'此乐天以文滑稽。然犹雅驯，非若今之作者村里杂剧也！"① 朱熹是南宋大儒，理学集大成者，站在统治阶级上层文化的立场，评价白居易这一首诗的语言除了具有通俗滑稽的特点之外，还肯定了其不乏文雅温驯的特点，"非若今之作者村里杂剧也"则是采用了比较异同的方法，表明了自己不认同民间杂剧体现的通俗滑稽而缺乏文雅温驯的曲词面貌。这在很大程度上反映了宋代杂剧曲词总体上具有俚俗俳谐的语言风格特点。

元代北曲杂剧由宋金杂剧院本发展而来，曲词在大多数情形下仍然传承了俚俗俳谐的特点。当然，这与蒙古统治阶级为游牧少数民族，初通中土语文，凡事不克求经典文雅的时代大背景也有关系。例如，郑光祖创作的杂剧可考者有18部，现存《周公摄政》《王粲登楼》《翰林风月》《倩女离魂》《无盐破连环》《伊尹扶汤》《老君堂》《三战吕布》等8部，其中《倩女离魂》最为著名，钟嗣成评价郑光祖创作的杂剧云："惜乎所作，贪于俳谐，未免多于斧凿。"② 这就揭示了郑光祖创作的杂剧曲词具有俚俗俳谐的特征，而且还是刻意为之，因而钟嗣成对之略有微辞。金仁杰创作的杂剧有《蔡琰还朝》（次本）《秦太师东窗事犯》《周公旦抱子设朝》《萧何月夜追韩信》《长孙皇后鼎镬谏》《玉津园智斩韩太师》和《苏东坡夜宴西湖梦》。钟嗣成评价金仁杰创作的杂剧云："所述虽不骈丽，而其大概，多

---

① 黎靖德：《朱子语类》第8册，中华书局1988年版，第3328页。
② 钟嗣成：《录鬼簿》，《中国古典戏曲论著集成》（二），中国戏剧出版社1959年版，第119页。

有可取焉。"① 这是指出了金仁杰创作的杂剧曲词具有通俗平易的特征,虽然不尽显骈偶华丽,而其大多数曲词有可取之处,可见钟嗣成对金仁杰创作的杂剧曲词采取了有限身份认同的态度。

徐渭是明朝著名的文学艺术家,他把自己对现实的愤懑和不满,通过嬉笑怒骂的杂剧《四声猿》(《狂鼓史渔阳三弄》《玉禅师翠乡一梦》《雌木兰替父从军》《女状元辞凰得凤》)《歌代啸》曲折地表达了出来。其中最具有滑稽性、讽刺性、批判性的是他的《歌代啸》杂剧。冲和居士《〈歌代啸〉凡例》评价云:"此曲以描写谐谑为主,一切鄙谈猥事,俱可入调,古无取乎雅言。"② 徐渭借助《歌代啸》充分表达了自己桀骜不驯的悖逆性格,作品以悲壮的愤世之情为主格调,加强俗语创作,故与曲词雅言无甚关涉,诚如徐渭《歌代啸》杂剧"楔子"中的《临江仙》一词,非常明确地交代了自己的写作意图和价值取向,云:"谩说矫时励俗,休牵往圣前贤。屈伸何必问青天,未须磨慧剑,且去饮狂泉。世界原称缺陷,人情自古刁钻。探来俗语演新编,凭他颠倒事,直付等闲看。"③ 当然,徐渭并非一味主张曲词创作俚俗俳谐,而是恰如其分地讲究俗化曲词的审美欣赏效果,云:"诨,于唱白之际,出一可笑之语以诱坐客,如水之浑浑也。切忌乡音。"④ 这种对曲词创作的全面把握确实难能可贵。

元人周德清云:"凡作乐府,古人云:'有文章者谓之乐府'。如无文饰者谓之俚歌,不可与乐府共论也。"⑤ 在《中原音韵》的"定格"条中,周德清盛赞"俊语""俊词""语俊",崇雅的审美倾向一览无余。这一观点后来又再现于明人朱权的《太和正音谱》里,显然表明得到了朱权的认同。明代中叶以后,朝廷思想文化禁锢政策逐渐松弛,社会经济发展出现繁荣景象,加之王阳明心学促进了个性

---

① 钟嗣成:《录鬼簿》,《中国古典戏曲论著集成》(二),中国戏剧出版社1959年版,第120页。
② 蔡毅:《中国古典戏曲序跋汇编》,齐鲁书社1989年版,第877页。
③ 徐渭:《徐渭集》,中华书局1999年版,第1233页。
④ 徐渭:《南词叙录》,《中国古典戏曲论著集成》(三),中国戏剧出版社1959年版,第246页。
⑤ 周德清:《中原音韵》,《中国古典戏曲论著集成》(一),中国戏剧出版社1959年版,第231页。

解放思潮的勃兴，社会各阶层人们对物质生活和精神生活的享受和追求越来越多种多样，特别是在"名公"高明创作第一部文人南戏作品《琵琶记》的带动下，南戏转变为传奇，一大批文人士大夫参与了以昆曲为代表的传奇创作，不仅从内容上而且从形式上，都大大地提高了戏曲创作的艺术水平，把中国古代戏曲创作推向了新的阶段，开创了中国古代戏曲继元杂剧之后的又一个繁荣的新时代。与此同时，明清文人士大夫的戏曲创作受到长期以来雅文化和以诗词、散文为正统文学观念的影响，加之文人士大夫习惯于炫耀自己的才华，使得戏曲创作曲词呈现出从俗到雅而且越来越雅化，进而达到经典的大趋势。

当然，在以昆曲为代表的传奇越来越雅化、进而达到经典的大趋势下，与昆曲并行的弋阳腔传奇由于缺乏文人士大夫的青睐，自始至终在乡间村落自我发展，以一种俗化的文艺形态传扬着顽强不衰的生命，在很大程度上成为以昆曲为代表的传奇越来越雅化、进而达到经典大趋势的映衬与烘托，两者形成了鲜明的对比。正因为此，弋阳腔传奇的曲词遭到某些崇雅文人的轻忽甚至鄙夷，而这实乃时代主流风气使然。例如，清初的吕留良在《吕晚村先生论文汇抄》中说："文字首辨雅俗。俗有出于文气者，有出于理体者。墨裁之俗，如乞儿登门喝彩，作吉祥富贵语，油腔之俗，如弋阳村剧，场上场下同声。此俗之出于文气者也。"①

古代戏曲从俚俗俳谐到丽雅经典的形成共识及趋势经历了一个漫长的过程，不同时间、不同阶段和不同戏曲批评家对之的身份认同也不尽一致。至于某些剧作家对雅化的审美追求过犹不及，例如，明代孙钟龄的《东郭记》专取《庄子》字词为出目，古奥晦涩，对于成就戏曲经典而言则不足为训。相比之下，清代，张坚推崇曲词雅化，但是，尚能比较清醒地认识到戏曲创作曲词应该适合各个阶层人们的欣赏旨趣和文化水平，特别是要依据塑造剧中人物和演绎故事情节的具体需要，有雅俗之分地区别开来措辞造句，其《〈怀沙记〉凡例》云："词贵清真，雅俗共赏。余数种填词，虽浓艳典丽，而显豁明畅。此种代屈抒怀，势不得不点缀《骚》词以入曲调。……其余非屈子正文，则《骚经》毋庸牵入。语不勾深，词惟本色，识者鉴之。"② 与张坚兼顾曲词雅俗不同，汤显祖、孔尚任、蒋士铨等

---

① 王水照编《历代文话》，复旦大学出版社2007年版，第3339页。
② 蔡毅：《中国古典戏曲序跋汇编》，齐鲁书社1989年版，第1708页。

明清戏曲家崇雅倾向十分明显。道光年间，张琦《〈东海记〉跋》云："词曲虽小道，然其工者，往往感人。元代音律优而文辞劣，言儿女之私则华而伤靡，叙危苦之节则俚而不雅。自玉茗堂出，而遂诣其极。其文深醇精丽，入人肺肝，意溢于言，味逾于句。后有作者，孔云亭、蒋清容二家递相祖述，皆以擅美一世，流誉将来。"①张琦批评元杂剧"叙危苦之节则俚而不雅"，认同汤显祖、孔尚任、蒋士铨等明清戏曲家崇雅且"擅美一世，流誉将来"，描述与元杂剧之后明清传奇雅化发展趋势相吻合，可谓的论。

由于戏曲创作曲词总体而言是取向丽雅，不少剧作家的作品曲词后来成为戏曲家们认同和推崇的经典，受到剧作家的顶礼膜拜，甚至成为戏曲创作曲词的范式。关于经典的含义，唐代，徐坚《初学记》引《释名》并曰："经者，径也；典，常也。言如径路无所不通，可常用也。"②这就是说，戏曲经典的美学魅力影响深广久远，辐射到戏曲创作的各个时代和艺术驾驭的各个方面，可以成为剧作家参照、学习、效仿、创新、创造、实践的样板。例如：元代马致远有"曲状元"之誉，杂剧作品见于著录的有16部，今存《汉宫秋》《荐福碑》《岳阳楼》《青衫泪》《陈抟高卧》《任风子》6部，另与李时中、红字李二、花李郎合作《黄粱梦》，其中以《汉宫秋》最著名。明人王世贞高度赞誉马致远戏曲作品的曲词五彩斑斓，色泽艳美，风采多样，举例评价云："马致远'百岁光阴'，放逸宏丽，而不离本色。押韵尤妙。长句……俱入妙境。小语……大是名言。结尤疏俊可咏。元人称为第一。真不虚也。"③又云："北曲故当以《西厢》压卷。如曲中语……是骈俪中景语。……是骈俪中情语。……是骈俪中诨语。……是单语中佳语。只此数条，他传奇不能及。"④王世贞的评价分门别类，详细精确，得到了清人李调元的认同。李调元进一步地评价云："《西厢》工于骈俪，美不胜收。如'雪浪拍长空，天际秋云卷；竹索缆浮桥，水上苍龙偃。'……他传奇不能道其只字，宜乎为北曲压卷

---

① 蔡毅：《中国古典戏曲序跋汇编》，齐鲁书社1989年版，第2025页。
② 徐坚：《初学记》，中华书局1962年版，第497页。
③ 王世贞：《曲藻》，《中国古典戏曲论著集成》（四），中国戏剧出版社1959年版，第28页。
④ 同上书，第29页。

也。"① 道光年间，蕊珠旧史《梦华琐簿》亦云："集南北曲之最佳者，月老祠楹帖云：(《西厢记》)'愿天下有情人都成了眷属，此前生注定事莫错过姻缘。'……余留香小阁一联云：'有情皆眷属，无事小神仙'。"② 由此可见王实甫《西厢记》的经典曲词对市民百姓生活的深远影响。汤显祖的《牡丹亭》是明清传奇的经典代表作，面世之后获得好评如潮，人谓"实驾元人之上"。沈德符评价汤显祖的《牡丹亭》称："《牡丹亭梦》一出，家传户诵，几令《西厢》减价。"③ 从明代至今，《牡丹亭》始终活跃于昆曲舞台上，并被移植到川剧、越剧、粤剧、黄梅戏等地方戏曲剧种里，有英、日、德、俄等十余种语言译本，不但是中国古代戏曲的精品，也成为世界戏剧文化的经典。汤显祖的剧作凝聚着深厚的中国传统文化，同时又能把自己的创作与所处时代的现实生活紧密地联系起来，因此具有超越时空的典型性。毋庸置疑的是，《牡丹亭》之所以成为中国古代戏曲之翘楚，曲词的丽雅之美不能不说是主要因素之一。

　　古代戏曲曲词的不断雅化进而成为不朽之经典，代表了中国古代戏曲文学艺术的精髓和巅峰，无愧于后人将其提升进入与诗词、散文平起平坐的正统文学艺术大雅殿堂，其美学价值和国学意义不可小觑。经典是国学的核心部分，在中国传统文化学术的传承及光大中起着重要的作用。世人对中国传统文化学术的认识主要是建立在对其经典作品的阅读观赏记忆之上。因此，戏曲经典相对于国学而言，对于世人通过戏曲经典为媒介，全面、客观地认识戏曲，达到对古代戏曲身份认同，具有不可或缺而特别重要的意义。戏曲经典是建构传统文化学术链条的充要环节，戏曲经典的形态不一定完全相同，但是，其构成了内在相互关联、取向完善、渐趋成熟的系统，形成了具有独特本质、圆融本体、综合实体、权威性质、训导价值、文化个性和审美蕴涵的戏曲历史，对后来的戏曲创作、戏曲欣赏、戏曲发展和戏曲身份认同具有范式意义和榜样效能，往往导引世人自觉或不自觉的美学追求、生活想象、精神皈依和认同意识，现实影响不可不谓广泛、深远而

---

① 李调元：《雨村曲话》，《中国古典戏曲论著集成》(八)，中国戏剧出版社1959年版，第11页。

② 张次溪编纂：《清代燕都梨园史料》正续编，中国戏剧出版社1988年版，第358页。

③ 沈德符：《顾曲杂言》，《中国古典戏曲论著集成》(四)，中国戏剧出版社1959年版，第206页。

悠久。

　　当然，在戏曲曲词从俚俗俳谐到丽雅经典的发展过程中，有一个深层次身份认同问题值得注意。这就是说，明清时期大批文人士大夫参与戏曲创作并追求戏曲曲词雅化，除了满足自身戏曲审美的精神生活多元化需求之外，还有一个潜在的目的在发挥重要的内驱动力作用，即"雅"表现在意识形态上是符合统治阶级的正统思想的，为了把戏曲的主题思想保持在统治阶级规定的礼乐轨道，文人士大夫就必须按照统治阶级的身份认同思维模式进行戏曲创作和价值取向，只有把"雅"作为戏曲文学语言的标准，而且是最重要最高等的美学标准并实践之，才能够与统治阶级强调"载道言志"的正统文学本质保持一致，才能够保持自己作为统治阶级成员的身份地位，才能够维护文人士大夫阶层的纯洁形象，避免离经叛道，甚而前功尽弃，而尽管其客观上有利于提高戏曲的文学地位，促进其登上正统文学的大雅殿堂。

　　至于像李渔那样不完全认同汤显祖《牡丹亭》的雅化曲词，批评说："汤若士《还魂》一剧……精华所在，则以《惊梦》《寻梦》二折对。余谓二折虽佳，犹是今曲，非元曲也。《惊梦》首句云：'袅晴丝吹来闲庭院，摇漾春如线。'以游丝一缕，逗起情丝。发端一语，即费如许深心，可谓惨淡经营矣。然听歌《牡丹亭》者，百人之中有一二人解出此意否？……其余'停半晌，整花钿，没揣菱花，偷人半面'及'良辰美景奈何天，赏心乐事谁家院'，'遍青山，啼红了杜鹃'等语，字字俱费经营，字字皆欠明爽。此等妙语，止可作文字观，不得作传奇观"①，则是从戏曲欣赏的广大市民百姓文化水平较低和审美接受效果的角度，联系戏曲创作的实际，避免戏曲创作一味崇雅抑俗，唯雅独尊，把戏曲曲词的雅化引入了脱离民间土壤而孤芳自赏的窄巷隘衢，导致戏曲发展难以为继的纠偏返正而已，其身份认同分歧对重新定位戏曲雅俗共赏的本质不无积极的现实意义。

---

　　① 李渔：《李渔全集》第三卷，浙江古籍出版社1992年版，第18页。

第三节 结构从附庸漫漶到主脑严密

戏曲结构是指戏曲以歌舞演故事的内容组织与形式安排。戏曲作为一门综合艺术，与一般纯文学类的诗词、散文和小说不同，在结构上主要受音乐体制或曰音乐结构、文学体制或曰文学结构的约束，而且音乐结构往往还决定了文学结构，两者互为表里，紧密关联，不可或缺，对此，戏曲家们常常谓之按谱填词是也。从国学的视域来看，这其中充分体现了戏曲文学结构及其身份认同的特殊性。

王国维说："唐代仅有歌舞剧及滑稽剧，至宋金二代而始有纯粹演故事之剧；故虽谓真正之戏剧，起于宋代，无不可也。然宋金演剧之结构，虽略如上，而其本则无一存。故当日已有代言体之戏曲否，已不可知。而论真正之戏曲，不能不从元杂剧始也。"[1] 王国维受文献资料局限，做出上述论断无可厚非。其实换一个角度，在国学的视域下，并据现有王国维等所述宋金杂剧院本文献资料，以及人们在王国维之后发现的《永乐大典戏文三种》，亦可粗略窥见宋金杂剧院本和南戏的文学结构面貌和身份认同特点。

关于宋金杂剧院本。宋金杂剧搬演故事结构完整，有始有终，实际上是综合了种种之杂戏搬演结构使然，《谈苑》卷五引宋代诗人黄庭坚语："作诗如作杂剧，初时布置，临了须打诨"；宋代吕本中的《童蒙训》云："如作杂剧，打猛诨入，却打猛诨出"；宋吴自牧云："杂剧全用故事，务在滑稽。"[2] 具体到搬演的体制，则基本结构体现为孟元老所道：北宋"杂剧入场，一场两段"[3]，或如吴自牧所道："杂剧中末泥为长，每一场四人或五人。先做寻常熟事一段，名曰'艳段'；次做正杂剧，通名两段"[4]，表演一个完整的故事是杂剧的主体。到了南宋，杂剧变为三个部分，即"艳段""正杂剧""杂扮"。而且，至金而始有院本之名，其搬演亦

---

① 王国维：《宋元戏曲史》，华东师范大学出版社1995年版，第77页。
② 以上引文转引自胡忌《宋金杂剧考》，古典文学出版社1957年版，第2页。
③ 孟元老：《东京梦华录》，中国商业出版社1982年版，第60页。
④ 吴自牧：《梦粱录》，古典文学出版社1956年版，第308页。

综合种种之乐曲。吴自牧又云:"末泥色主张,引戏色分付,副净色发乔,副末色打诨。或添一人,名曰'装孤'。其吹曲,破断送,谓之'把色'。大抵全以故事,务在滑稽唱念,应对通遍。"① 陶宗仪云:"唐有传奇。宋有戏曲、唱诨、词说。金有院本、杂剧、诸宫调,院本、杂剧,其实一也。国朝,院本、杂剧,始釐而二之。院本则五人,一曰副净,古谓之参军。一曰副末,古谓之苍鹘,鹘能击禽鸟,末可打副净,故云。一曰引戏,一曰末泥,一曰孤装,又谓之五花爨弄。或曰,宋徽宗见爨国人来朝,衣装鞋履巾裹,傅粉墨,举动如此,使优人效之以为戏。又有焰段,亦院本之意,但差简耳,取其如火焰,易明而易灭也。其间副净有散说,有道念,有筋斗,有科泛,教坊色长魏、武、刘三人,鼎新编辑。魏长于念诵,武长于筋斗,刘长于科泛,至今乐人皆宗之。"② 上述引文值得注意的是杂剧院本搬演时有角色及其分工,表明杂剧院本搬演时的内容有不同、有变化、有穿插,结构上有独特的组织形式,而且这种宋金杂剧院本的搬演形式结构一直传承影响到元末明初。至于"散说""道念""念诵""科泛"需要事先"鼎新编辑",说明其搬演的杂剧院本有剧本可依,既然如此,杂剧院本的文学结构应该是题中应有之事,遗憾的是,迄今"其本则无一存"。吕本中是诗人、词人、理学家;黄庭坚是文学家、书法家,为盛极一时的江西诗派开山之祖;两人均是文人士大夫,用创作杂剧比喻作诗或诲人,体现了宋代上层文化对杂剧文学结构的身份认同。吴自牧、孟元老、陶宗仪三人均是文学家,通过著述代表了宋代下层文化对杂剧文学结构的身份认同。

当然,作为古代戏曲形成之初的形态,宋金杂剧在文学结构上有附庸漫漶的特点,其主要表现:一是大部分杂剧搬演尚没有全面凸显真正完全独立的本体地位和身份,而是依附列入百戏等搬演行内,特别是朝廷宴集的大型歌舞表演之中。如孟元老记载:"驾先幸池之临水殿锡宴群臣。殿前出水棚,排立仪卫。近殿水中,横列四彩舟,上有诸军百戏,如大旗、狮豹、棹刀、蛮牌、神鬼、杂剧之类。"③ 又,脱脱等撰《金史》云:"初盏毕,乐声尽,坐。至五盏后食。六盏、七

---

① 吴自牧:《梦粱录》,古典文学出版社1956年版,第309页。
② 陶宗仪:《南村辍耕录》,中华书局1959年版,第306页。
③ 孟元老:《东京梦华录》,中国商业出版社1982年版,第45页。

盏杂剧。八盏下，酒毕。……至九盏下，酒毕，教坊退。"① 二是宋金杂剧以滑稽调笑为主，剧情文学结构有待于吸纳化用诸宫调、大曲等，与音乐结构实现更加紧密的结合统一。因此，王国维说："宋人杂剧，固纯以诙谐为主，与唐之滑稽剧无异。但其中脚色，较为著明，而布置亦稍复杂；然不能披以歌舞，其去真正戏剧尚远。"② 从北宋起特别是南宋及此后，杂剧院本在发展过程当中逐渐吸收了他者的歌舞成分，向以歌舞演故事的本质趋进，正如王国维说："南宋杂剧，殆多以歌曲演之。"③ 周密的《武林旧事》载官本杂剧段数280本，陶宗仪的《南村辍耕录》载院本名目690种，正可以看出宋金杂剧院本由"戏"向"戏曲"、由文学结构与音乐结构相结合飞跃的结果。这在中国古代戏曲发展史上具有重要意义，亦反映了社会各个阶层对戏曲以歌舞演故事本质的渐进性身份认同。

关于元明清杂剧。元杂剧承接宋元杂剧院本而来。元杂剧大批思想性、艺术性很高的剧本纷纷产生，舞台搬演的社会影响日益扩大，获得人们广泛的身份认同，一方面有其时代的客观现实和剧作家的主观情感方面的原因；另一方面与其剧本体制的基本定型是分不开的。元杂剧以北曲音乐为中心联缀四大套曲演唱的音乐结构决定了其文学结构。所谓末本或旦本，即由一个男演员（正末）或一个女演员（正旦）一人从开头唱到结束，较之以滑稽调笑或者歌舞表演艺术为主的宋金杂剧院本而言，大大提高了戏曲艺术的戏剧性、舞台性、综合性，增加了戏曲反映社会生活的程度、功能和容量。对此，袁宏道的《〈紫钗记〉总评》称赞元杂剧作家的内心世界决定了剧本的文学世界，道："元之大家，必胸中先具一大结构，玲玲珑珑，变变化化，然后下笔，方得一出变幻一出，令观者不可端倪，乃为作手。"④ 但是，元杂剧尚处于戏曲综合各门类艺术的初期过程之中，还没最后完成集各门类艺术之大成的艰巨任务。也就是说，元杂剧与戏曲达到以歌舞演故事的完备形态还有一段漫长的路程距离，还不能成为国学意义上的真正具有全面代表性的戏曲种类。元杂剧按四支套曲分折的剧本体制存在很大的局限性。这主要表现为音乐结构与文学结构的矛盾，即要把丰富生动、千变万化的剧情纳入固

---

① 脱脱等:《金史》，中华书局1975年版，第875页。
② 王国维:《宋元戏曲史》，华东师范大学出版社1995年版，第34页。
③ 同上书，第65页。
④ 蔡毅:《中国古典戏曲序跋汇编》，齐鲁书社1989年版，第1217页。

定的音乐结构之内，就不可避免地限制了剧本广泛、深入地反映社会生活的程度、功能和容量。全剧只有一人主唱，其他脚色人物不唱，不仅对运用各种表演手段来刻画人物性格、展示戏剧冲突不利，而且也势必造成演员之间劳逸不均，每一个演员的才华得不到充分发挥展现。明清杂剧在元杂剧的基础上不断变革，在传奇的影响下采用南曲演唱的音乐体制，文学结构则表现为套曲数量不定，全剧折数不一，一定程度上延续了元杂剧的艺术生命力。但是，总体而言，明清杂剧艺术已经不能适合社会各个阶层人们的审美欣赏趣味，尤其是在明清传奇风靡大江南北的时代，明清杂剧的身份地位显著下降，不可能与传奇相媲美，清代中叶以后大部分杂剧沦为案头文学作品，仅供文人孤芳自赏直至消亡，成为了历史的必然现象。

元明清杂剧文学结构大多数先天不足，因此难以获得人们普遍的身份认同。例如：顾随的《〈飞将军〉跋》云："平时读元人剧，辄谓结构懈弛。"①贾仲明为元杂剧家郑廷玉撰写的【凌波仙】挽词云："《因祸致福》关目冷"②，这是指出其情节结构缺乏跌宕起伏的戏剧性转换开展，与主题"因祸致福"的大转折戏剧情境氛围不相一致；相反，在为王仲文撰写的【凌波仙】挽词则是："《不认尸》关目嘉"③，这说明贾仲明看出了《因祸致福》与《不认尸》在结构上有优劣之分，对两者的评价及身份认同故而并不一致。贾仲明还认为戏曲情节结构要与曲词结构和谐统一，称赞费唐臣的作品在这一方面写得出色，云："《汉韦贤》关目辉光，《斩邓通》文词亮"。④郑振铎的《跋〈脉望馆钞校本古今杂剧〉》云："关于《水浒传》的杂剧，元明人写作的均不少；高文秀至被称为'黑旋风专家'。周宪王也写作《豹子和尚自还俗》诸剧。惟较之康进之的绝妙好剧《李逵负荆》，似均尚隔一层。上六剧⑤，除《黄花峪》外，均无甚生气，《宋公明排九宫八卦阵》尤为无聊之

---

① 蔡毅：《中国古典戏曲序跋汇编》，齐鲁书社1989年版，第2644页。

② 钟嗣成：《录鬼簿》，《中国古典戏曲论著集成》（二），中国戏剧出版社1959年版，第160页。

③ 同上书，第177页。

④ 同上书，第187页。

⑤ 指六种《水浒传》故事，即元代的《鲁智深喜赏黄花峪》《黑旋风双献功》，元明间的《梁山五虎大劫牢》《梁山七虎闹铜台》《王矮虎大闹东平府》《宋公明排九宫八卦阵》。

极，只有若干人物进进出出耳；不仅无'戏剧力'，且连'结构'也幼稚之至。与明人的许多《水浒》传奇较之，诸明传奇似均还高出远甚也。"① 元明清杂剧文学结构的漫漶性常常使得剧作情节趋同，例如，王骥德的《曲律》云："元人杂剧，其体变幻者固多，一涉丽情，便关节大略相同，亦是一短。"② 郑振铎的《跋〈脉望馆钞校本古今杂剧〉》分析《释迦佛双林坐化》《许真人拔宅飞升》等云："上仙释剧十九种结构往往雷同，故事也陈陈相同，尤以'神仙度世剧'一类之作，更为读之令人厌倦。惟关于二郎神诸剧，气魄很伟大，是仙释剧的另一方面的成就。……（明代）'教坊编演'的十八剧③，除《争玉板八仙过海》比较的活泼有趣外，几乎无一剧不是很讨厌的颂扬剧。……在结构的雷同、故事的无聊、叙述的笨涩方面，尤为'前无古人，后无来者'。"④ 值得称道的只有少数作品，例如，庐冀野的《〈救孝子贤母不认尸〉跋》云："王仲文，大都人。所为杂剧十种，传者惟《救孝子》，……守白许氏以为结构严整，词多精警，固元曲中上乘也。"⑤

关于南戏。1920年，叶恭绰发现并购回了《永乐大典戏文三种》，弥补了王国维撰《宋元戏曲史》时南戏资料空白的缺憾。南戏受唐宋歌舞戏、滑稽戏、诸宫调、村坊小曲以及里巷歌谣等的影响，产生于北宋晚期的温州。钱南扬《戏文概论》著录宋元南戏238部，认为流传至今者不足十分之一。保留南戏本来面目的只有《张协状元》《宦门子弟错立身》《小孙屠》《白兔记》《琵琶记》共5种，作为南戏早期的作品，还残留着不少古剧的痕迹，结构也漫漶不晰。例如：南戏在正戏之前先由副末报告剧情概况，不属于正戏之内，徐渭云："开场，宋人凡句栏未出，一老者先出，夸说大意，以求赏，谓之'开呵'。今戏文首一出，谓之

---

① 蔡毅：《中国古典戏曲序跋汇编》，齐鲁书社1989版，第399页。

② 王骥德：《曲律》，《中国古典戏曲论著集成》（四），中国戏剧出版社1959年版，第148页。

③ 指《宝光殿天真祝万寿》《众群仙庆赏蟠桃会》《祝圣寿金母献蟠桃》《降丹墀三圣庆长生》《众神圣庆贺元宵节》《祝圣寿万国来朝》《争玉板八仙过沧海》《庆丰年五鬼闹钟馗》《河嵩神灵芝献寿》《紫薇宫庆贺长春寿》《贺万寿五龙朝圣》《众天仙庆贺长生会》《庆冬至共享太平宴》《贺升平群仙祝寿》《庆千秋金母贺延年》《广成子祝贺齐天寿》《黄眉翁赐福上延年》《感天地群仙朝圣》。

④ 蔡毅：《中国古典戏曲序跋汇编》，齐鲁书社1989年版，第399—401页。

⑤ 同上书，第636页。

'开场',亦遗意也。"①"开场"一般用词两阕,如《小孙屠》开场用【满庭芳】【满庭芳】,第一阕浑写大意,第二阕叙述剧情;也有仅用一阕的,如《宦门子弟错立身》开场【鹧鸪天】直接叙说剧情大意,省略浑写大意一阕。这种结构方式一直为明清传奇沿用,只有《张协状元》和《白兔记》是例外。以《张协状元》为例,《张协状元》的开头也有词两阕【水调歌头】和【满庭芳】,但都是浑写大意,报告剧情的却另有一段诸宫调。这大概是南戏早期的结构方式。而且《张协状元》中有许多插科打诨纯粹是为了喧噪,博取观众的娱乐兴趣,几近于胡闹搞笑,与戏曲搬演结构及气氛不尽吻合。大概在南宋末年,南戏已经流传到了大都,吸收北曲音乐丰富自己的音乐结构,如宋末南戏《宦门子弟错立身》中第十二出已有北曲套数,元代南戏《小孙屠》第十四出有南北合套。元朝末年,北杂剧逐渐衰落,南戏仍然在继续发展,而且还吸收了北曲音乐。南戏在明代遭到文人的任意删改,使明改本宋元南戏不但艺术形式失去原样,而且剧情内容也发生了不少变化,所反映的已经失去了宋元南戏文学结构承载的社会生活原貌,如《荆钗记》关目原来很紧凑,可是在各种改本中,除了比较接近古本的《王状元荆钗记》,结局作王十朋、钱玉莲舟中相会之外,其他各改本都作王十朋、钱玉莲玄妙观相会,致使情节失枝脱节,前后矛盾。汲古阁《六十种曲》本《白兔记》接近古本,但是脱误比较多,情节前后矛盾。李贽评《拜月亭》云:"此记关目极好,说得好,曲亦好,真元人手笔也。首似散漫,终致奇绝。"②《杀狗记》情节并不复杂,但是,剧作家生硬把篇幅拉长,导致全剧情节结构漫漶松懈。诸如此类,都既偏离了南戏作家的身份认同,又不符合戏曲文学结构的基本规范。

关于明清传奇。明清传奇由南戏发展转型而来,至明末清初艺术上达到炉火纯青的地步,与北杂剧相比结构更加灵活,与南戏相比结构比较自由,适应剧情的能力明显增强,但是,传奇情节结构冗长,妨碍了故事内容中心的综合性艺术表达。解决分出文学结构与套曲音乐结构的矛盾,克服文学结构附庸漫漶的本体弊病,凝聚戏曲以"戏"为核心、以"立主脑"为标志、以"结构第一"为根本的身份认同,成为戏曲家们长期努力探索的方向,随着对传奇创作和搬演成功

---

① 徐渭:《南词叙录》,《中国古典戏曲论著集成》(三),中国戏剧出版社1959年版,第246页。

② 李贽:《李贽文集》第1卷,社会科学文献出版社2000年版,第181页。

经验及失败教训的总结,向戏曲文学结构必须主脑严密的身份认同趋进一直没有停歇。

例如:在贬抑传奇结构附庸漫漶方面,明人祁彪佳云:□□□汉上公所著《脱颖》"以毛遂为生,中入相如完璧、平原杀姬事。局段散漫"①。这是指出《脱颖》的情节结构段落不紧凑集中。祁彪佳还云:黄日创作了《玉花记》,"作者欲以通本按一岁之景,如前三折即入初春,而不用花柳莺燕之语,似工于词者矣;乃何以俗腐转甚,散漫尤多也?"②这是指责黄日的《玉花记》情节结构杂糅分散,转折无序,不合事物发展的情境逻辑。祁彪佳又云:陈德中的《赐剑记》"以李将军如松为生,所传止宁夏哱贼一事。头绪纷如,全不识构局之法,安得以畅达许之。"③这是批评陈德中创作的《赐剑记》情节结构线索紊乱,不懂得戏曲叙事的结构布局方法。祁彪佳评价吴大震创作的《龙剑记》,"传哱承恩事。作者未识裁炼之法,故喧而未雅。"④这是指出吴大震创作的《龙剑记》情节结构涣散破碎,不属于对故事情节进行剪裁提炼,突出中心人物。祁彪佳揭示谢廷谅所撰《纨扇记》,"为申伯湘作谱。或曰'其自况也'。一意填词,虽绮丽可观,而于阖辟离合之法,全是瞢瞢。"⑤这是批评谢廷谅所撰《纨扇记》情节结构过渡不自然清晰,使人看不出情节演绎的头绪。祁彪佳褒贬"《精忠》虽庸笔,亦不失音韵。'金牌宣召'一折,大得作法。惜闲诨过繁。末以冥鬼结局,前即枝蔓,后遂寂寥。"⑥这是指《精忠》作品音乐结构较好,但是频繁的插诨打科损害了主要故事情节的演绎进程,首尾乏圆合,没有做到以写实性热闹场面结尾,文学结构与音乐结构不统一。

此外,明人李贽批评梅鼎祚创作的《玉合记》"有许多曲折,但当要紧处却缓慢,却泛散,是以未尽其美"⑦。这是指出《玉合记》情节结构无突出的重点。王

---

① 祁彪佳:《远山堂曲品》,《中国古典戏曲论著集成》(六),中国戏剧出版社1959年版,第102页。

② 同上书,第104页。

③ 同上书,第105页。

④ 同上书,第52页。

⑤ 同上书,第22页。

⑥ 同上书,第26页。

⑦ 李贽:《李贽文集》第1卷,社会科学文献出版社2000年版,第180页。

骥德认为，沈璟创作的《坠钗记》"盖因《牡丹亭》记而兴起者，中转折尽佳，特何兴娘鬼魂别后，更不一见，至末折忽以成仙会合，似缺针线"①。这是批评沈璟创作的《坠钗记》情节结构缺少线索贯穿，结尾脱离主要情节。徐复祚说：梁辰鱼创作的《浣沙记》，"无论其关目散缓、无骨无筋、全无收摄，即其词亦出口便俗，一过后便不耐再咀"②。这是批判梁辰鱼创作的《浣纱记》情节结构分散，没有贯穿主线的章法。闵光瑜《〈邯郸梦〉总评》引臧懋循评价汤显祖创作的戏曲云："临川作传奇，常怪其头绪太多。"③这是批判汤显祖戏曲情节结构头绪纷繁。汤显祖创作《牡丹亭》又名《风流梦》，冯梦龙《〈风流梦〉总评》云："凡传奇最忌支离。(《风流梦》)一贴旦而又翻小姑姑，不赘甚乎？……又李全原非正戏，借作线索，又添金主，不更赘乎？"④这是认定《牡丹亭》的情节结构节外生枝，使得故事内容演绎负担累赘。《鸣凤记》的作者是王世贞，秃翁《三刻五种传奇总评》道："《鸣凤》，原出学究之手，曲白尽佳，不脱书生习气。而大结构处极为庞杂无伦，可恨也。"⑤这是指出王世贞创作的《鸣凤记》情节结构无整体统一的框架。吕天成指出，屠隆创作的《昙花记》"词华美充畅，说世情极醒，但律以传奇局，则漫衍乏节奏耳"⑥。这是批评屠隆创作的《昙花记》情节结构无曲折变化，漫漶衍绎不合戏曲故事演进的节奏格局。清人梁廷枬批评梁辰鱼创作的《浣沙记》"关目尤欠分明也"⑦。这是指梁辰鱼创作的《浣沙记》结构没有情节关联，线索呼应，故事人物混淆不清，难以辨识。

古代戏曲发展到清代以后，在李渔等剧作家倡导戏曲创作要"立主脑"的观

---

① 王骥德：《曲律》，《中国古典戏曲论著集成》(四)，中国戏剧出版社1959年版，第166页。

② 徐复祚：《曲论》，《中国古典戏曲论著集成》(四)，中国戏剧出版社1959年版，第239页。

③ 蔡毅：《中国古典戏曲序跋汇编》，齐鲁书社1989年版，第1265页。

④ 同上书，第1235页。

⑤ 同上书，第609页。

⑥ 吕天成：《曲品》，《中国古典戏曲论著集成》(六)，中国戏剧出版社1959年版，第237页。

⑦ 梁廷枬：《曲话》，《中国古典戏曲论著集成》(八)，中国戏剧出版社1959年版，第277页。

点影响之下，加上戏曲创作既积累了许多成功经验，也接受了不少失败教训，于是，大多数剧作家能够对戏曲创作在故事情节结构的布局方面遵循"一人一事"主线贯穿全剧的原则，体现了纠正以往戏曲结构附庸漫漶方面存在的种种不足，逐步实现了戏曲结构布局在理论与实践方面的进步。当然，这种进步也并非一蹴而就，而是有一个渐进渐变的过程。而且，清代剧作家的戏曲创作改编自小说是一个常见的现象，戏曲叙事与小说叙事有同有异，然而，受到戏曲舞台搬演体制的时空要素约束，戏曲的情节结构不可能像小说的情节结构那样尽量展开，换句话说，戏曲的情节结构容纳人与事关系的量有限，所以，戏曲的情节结构在处理人与事的关系上较小说在处理人与事的关系上有更加不易掌握的难度，而这也是体现剧作家驾驭戏曲创作特殊性、复杂性的水平和功力之所在。为此，清人陈钟麟的《〈红楼梦传奇〉凡例》自叹所创作的《红楼梦传奇》存在不足，云："古今曲本，皆取一时一事一线穿成。《红楼梦》全书，头绪较繁，且系家常琐事，（因此，《红楼梦传奇》）不能不每人摹写一二阕，殊难于照应。"① 这种对《红楼梦传奇》情节结构主线不突出，线索分散难以一一照应剧中各个人物的自觉意识，不能不说是难能可贵的，其为后世剧作家对小说的戏曲改编，以及戏曲与小说的身份认同的差异化，提供了值得深入思考辨析的具体范本与有益参照。

在褒扬传奇结构主脑严密方面，《彩霞记》为无名氏的戏曲行家所创作，明人徐复祚云："《彩霞》出一优师所作，曲虽俚，然间架步骤，亦自可观。"② 这是指出《彩霞记》的情节结构有条不紊，合情合理。王雨舟创作《连环记》，吕天成称赞王雨舟深谙戏曲作品结构的布局方法，云："乌镇王雨舟，人以曲称，曲缘事重。颇知炼局之法，半寂半喧。"③《锦笺记》为周履靖所创作，吕天成评价云："此记炼局遣词，机锋甚迅，巧警会心。"④ 这是褒扬《锦笺记》作品结构与曲白语言妥帖统一，布局精练，措辞机趣。陆采创作了《明珠记》，吕天成赞赏云："《明珠》，

---

① 蔡毅:《中国古典戏曲序跋汇编》，齐鲁书社1989年版，第2089页。
② 徐复祚:《曲论》，《中国古典戏曲论著集成》（四），中国戏剧出版社1959年版，第240页。
③ 吕天成:《曲品》，《中国古典戏曲论著集成》（六），中国戏剧出版社1959年版，第210页。
④ 同上书，第238页。

无双事,奇。……布局运思,是词坛一大将也。"① 这是赞扬《明珠记》情节结构布局自然,故事演绎的戏剧性有"奇"的艺术特点。《五福记》是无名氏创作的,祁彪佳表扬云:"《五福》,……先后贯串,颇得构词之局。"② 这是指《五福记》情节结构线索清晰,主线前后联通。《四豪记》为无名氏所创作,祁彪佳肯定云:"《四豪》记孟尝、春申、信陵、平原四公子。……构局颇佳"③。这是指出《四豪记》情节结构布置得当,符合戏曲搬演的舞台体制。《御带记》的作者是谢恩,祁彪佳认为《御带记》"不甚支离,犹得传奇之法"④。这是指《御带记》情节结构主线突出,布局方法得当,故事演绎有很强的戏剧性。祁彪佳又称赞阳初子创作的《一文钱》南北六折"构局之灵变,已至不可思议"⑤,认为作品的情节结构起承转合生动灵活,有超越他者作品的优点。阮大铖创作的《燕子笺》有很强的戏剧性、舞台性特点,在情节结构的设计方面历来为人们所认同称赞,例如,韦佩居士的《〈燕子笺〉序》云:《燕子笺》"盍合词之全幅而观之,构局引丝有伏有应、有详有约、有案有断,即游戏三昧,实御以左国龙门家法。而慧心盘肠,蜿纡屈曲,全在筋转胍摇处,别有马迹蛛丝、草蛇灰线之妙。"⑥ 这是肯定《燕子笺》作品结构各个方面完美无缺。对此,吴梅的《〈燕子笺〉跋》亦赞誉云:"阮圆海之曲,不以人废言,可谓三百年一作手矣。"⑦ 清人梁廷枏认为沈鲸创作的《双珠记》构思不同凡响,"通部细针密线,其穿穴照应处,如天衣无缝,具见巧思。"⑧ 剧作家万树,字红友,创作戏曲20余部,梁廷枏全面肯定万树的戏曲创作,云:"红友关目,于极细极碎处皆能穿插照应,一字不肯虚下,有匣剑帷灯之妙也。曲调于极闲极冷

---

① 吕天成:《曲品》,《中国古典戏曲论著集成》(六),中国戏剧出版社1959年版,第231页。

② 祁彪佳:《远山堂曲品》,《中国古典戏曲论著集成》(六),中国戏剧出版社1959年版,第29页。

③ 同上书,第26页。

④ 同上书,第96页。

⑤ 同上书,第170页。

⑥ 蔡毅:《中国古典戏曲序跋汇编》,齐鲁书社1989年版,第1390页。

⑦ 同上书,第1396页。

⑧ 梁廷枏:《曲话》,《中国古典戏曲论著集成》(八),中国戏剧出版社1959年版,第277页。

处,皆能细斟密酌,一句不轻放过,有大含细人之妙也。非龙梭、凤杼,能令天衣无缝乎?"①这是指出万树的戏曲作品不仅文学结构能做到线索缜密,穿插照应恰到好处,而且文学结构与音乐结构协调精谨,关目曲词天衣无缝。

难能可贵的是,戏曲家们不断从理论方面对传奇创作实践进行总结归纳提高,逐渐达到了对传奇结构必须"立主脑"、线索严密的身份认同。明人补庵的《〈双鱼珮〉案略》认为,孙郁创作的《双鱼珮》在主要情节线索的安置方面有突出的优长,作品"以描写灾民困苦为主脑,全剧皆须于此处注意"②。徐复祚强调戏曲作品的"主脑"关系到全剧的成败得失,云:"头脑太乱,脚色太多,大伤体裁,不便于登场"③;又指出传奇结构不宜"成两家门,头脑太多"④。从中可以看出,补庵和徐复祚较早地在戏曲结构理论领域提出了"主脑"或"头脑"的概念范畴,开启了后世李渔详细阐发"立主脑"戏曲结构理论的先河。王骥德则用工匠建筑房屋形象地比喻为传奇结构构思,云:"作曲,犹造宫室者然。……作曲者,亦必先分段数,以何意起,何意接,何意作中段敷衍,何意作后段收煞,整整在目,而后可施结撰。此法,从古之为文、为辞赋、为歌诗者皆然;于曲,则在剧戏,其事头原有步骤;……是故修辞,当自炼格始"⑤;又云:"论曲,当看其全体力量如何"⑥。承接王骥德的思路,凌濛初简明扼要地云:"戏曲搭架,亦是要事,不妥则全传可憎矣。"⑦祁彪佳云:"作南传奇者,构局为难,曲白次之。"⑧从上述话语中,

---

① 梁廷枏:《曲话》,《中国古典戏曲论著集成》(八),中国戏剧出版社1959年版,第272页。

② 蔡毅:《中国古典戏曲序跋汇编》,齐鲁书社1989年版,第2667页。

③ 徐复祚:《曲论》,《中国古典戏曲论著集成》(四),中国戏剧出版社1959年版,第244页。

④ 徐复祚:《曲论》,《中国古典戏曲论著集成》(六),中国戏剧出版社1959年版,第237页。

⑤ 王骥德:《曲律》,《中国古典戏曲论著集成》(四),中国戏剧出版社1959年版,第123页。

⑥ 同上书,第152页。

⑦ 凌濛初:《谭曲杂札》,《中国古典戏曲论著集成》(四),中国戏剧出版社1959年版,第258页。

⑧ 祁彪佳:《远山堂曲品》,《中国古典戏曲论著集成》(六),中国戏剧出版社1959年版,第102页。

人们不难发现，王骥德、凌濛初、祁彪佳等已经开始萌生了传奇创作"结构第一"的理念。

清初，李渔结合自己和他者的传奇创作经验，继承、总结和弘扬前人的论述，在《闲情偶寄》里集大成式鲜明地提出并阐发了传奇创作要"立主脑"的理论，云："古人作文一篇，定有一篇之主脑。主脑非也，即作者立言之本意也。传奇亦然。一本戏中有无数人名，究竟俱属陪宾，原其初心，止为一人而设；即此一人之身，自始至终，离合悲欢，中具无限情由，无究关目，究竟俱属衍文，原其初心，又止为一事而设；此一人一事，即作传奇之主脑也。然必此一人一事果然奇特，实在可传而后传之，则不愧传奇之目，而其人其事与作者姓名皆千古矣。"①李渔还史无前例地明确提出了"结构第一"的观点，云："填词首重音律，而予独先结构者，以音律有书可考，其理彰明较著。……至于结构二字，则在引商刻羽之先，拈韵抽毫之始。如造物之赋形，……工师之建宅亦然……故作传奇者，不宜卒急拈毫，袖手于前，始能疾书于后。"②李渔还通过传奇创作的正反两方面事实举例，详尽地论释了传奇结构的具体组成部分，如开场、冲场、终场、小收煞、大收煞、上场引子、下场诗、吊场、关目等的含义及其创作方法。从国学的视域来看，在中国古代戏曲理论史上，李渔第一次有力地表达了以"戏"为核心、以"立主脑"为标志、以"结构第一"为本位的戏曲身份认同，完美地终结了戏曲文学结构理论从附庸漫漶到主脑严密的身份认同历史进程。

值得称道的是，李渔以"戏"为核心、以"立主脑"为标志、以"结构第一"为本位的观点获得了后世社会群体的身份认同，成为中国古代戏曲理论史上具有里程碑意义的共识。例如，清代，郭棻为丁耀亢撰《〈蚺蛇胆表忠记〉原序》云："忠愍大节，如日星海岳。弇州题碑，中郎之诔，有道无愧辞矣。后人敲音推律，被之管弦，以其腴而易传，婉而多风也。曩如《鸣凤》诸编，亦足劝忠斥佞。独是以邹林为主脑，以杨夏为铺张，微失本旨。"③金兆燕的《〈旗亭记〉凡例》云："传奇之难，不难于填词，而难于结构。生旦必无双之选，波澜有自然之妙，串插要无痕迹，前后须有照应，脚色并令擅长，场面毋过冷淡，将圆更生文情，收

---

① 李渔：《李渔全集》第三卷，浙江古籍出版社1992年版，第8页。
② 同上书，第4页。
③ 蔡毅：《中国古典戏曲序跋汇编》，齐鲁书社1989年版，第1523页。

煞毫无剩义。具兹数美,乃克雅俗共赏。"①熊华的《〈齐人记〉总论》云:"(《齐人记》)记中有大主脑,孟书末节是也。有大关键,墦间乞祭是也。夫既有大主脑、有大关键,则不得不有线索、有衬托、有埋伏、有照应,有正描旁描,或倒插在前,或顺补在后,记中皆可覆而被也。……开首齐人引子,则虚笼主脑;尾声,则结主脑也。……嗟乎!大主脑、大关键,而必用如此郑重、如此层折、如此照应、如此埋伏、如此线索、如此正描旁描者,正如狮子滚球、猫儿捕鼠,不遽尔抓住嚼住,必用无数往来扑跌,然后狮子意满,猫儿意满,而观者无不意满。"②石韫玉,别署花韵庵主人,撰《红楼梦》杂剧。苹庵退叟的《〈红楼梦〉序》云:"《红楼梦》一书,稗史之妖也。……本事出曹使君家,大抵主于言情,颦卿为主脑,余皆枝叶耳。花韵庵主人演为传奇,淘汰淫哇,雅俗共赏。《幻圆》一出,挽情澜而归诸性海,可云顶上圆光。而主人之深于禅理,于斯可见矣。"③陈烺的《〈花月痕〉评辞》载道光七年刻本卷末,云:"传奇虽小道,要是作者有许多文法,借此发泄。……文字要有大头脑,以慧观色界,唤醒迷途,此是作者立身份处。……线索是传奇筋节,须要逼清,一处逗漏,全局皆散矣",以及林儒庭评曰:"(《花月痕》)空中楼阁,结构独奇。"④汤世潆的《〈东厢记〉凡例》云:"院本起结,只在全部。至每出起结,亦多不经意。故有一脚连演数出,不为惜力,不分起止者;有一出中用隔尾叠换数脚,各自过场,并无主脑者。"⑤近现代,吴梅的《〈百嘉室曲选〉例言六则》云:"传奇情节,最为变幻"⑥;又《〈画中人〉跋》云:"石渠诸作,局度虽狭小,而结构颇谨严。记中以华阳真人为一部主脑,而以幻术点缀其间。盖因戏情冷淡,借此妆点热闹,此正深悉剧情甘苦处。"⑦上述诸多戏曲家对进一步夯实与弘扬李渔的观点做出了积极贡献。

李渔之后,传奇和花部乱弹等声腔剧种无不以"戏"为核心、以"立主脑"

---

① 蔡毅:《中国古典戏曲序跋汇编》,齐鲁书社1989年版,第1891页。
② 同上书,第1036—1037页。
③ 同上书,第1045—1046页。
④ 同上书,第2323—2327页。
⑤ 同上书,第2225页。
⑥ 同上书,第525页。
⑦ 同上书,第1410页。

为标志、以"结构第一"为本位作为创作圭臬。迄今，在国学的意义上，李渔的观点已经成为中国古代戏曲理论独具民族身份认同的杰出代表，巍然屹立于世界戏剧理论的艺术之林。

第四节　格调从本色当行到文采藻绘

戏曲作为一门综合性的舞台情境搬演艺术，曲词和宾白的文学性是体现戏曲本质身份的特征之一。曲词和宾白的文学性又分别体现在于曲词以抒情为主，宾白以叙事为主，借此共同推动故事的演绎和剧情的发展。但是，由于戏曲从诗词等发展而来，因此，曲词和宾白又与诗词的文学性、音乐性、绘画性与生俱来，关系密切；而且，戏曲搬演"无声不歌，无动不舞"的舞蹈性，使戏曲曲词和宾白的舞台实现不同于一般的诗词歌唱吟诵。换言之，戏曲的曲词和宾白应既可歌唱又可吟诵还须起舞，才能够真正全面体现自身的本体价值。所以说，戏曲曲词和宾白除了主要具有文学性之外，还兼具音乐性、绘画性、舞蹈性，从审美欣赏的角度来看，即须由外显的静态语言文字转化为内视的动态载歌载舞、色彩斑斓的心理意象。从国学的视域而言，这就是戏曲曲词和宾白本质身份的特殊性之一。

戏曲曲词和宾白的这一本质身份属性诉诸人们的审美欣赏，其视觉形象和听觉形象的美学价值聚焦点之一就是曲词和宾白的艺术格调。随着戏曲从宋代形成之后发展到成熟，曲词和宾白作为格调的主要载体有一个从本色当行到文采藻绘的主流趋进过程，以文戏见长的明清传奇的代表昆曲不断雅化即是。不过，与此同时，戏曲曲词和宾白的艺术格调也呈现出另一种迥然而异的美学取向，诚如宋人吴处厚云："文章虽皆出于心术，而实有两等：有山林草野之文；有朝廷台阁之文。山林草野之文，则其气枯槁憔悴，乃道不得行，著书立言者之所尚也。朝廷台阁之文，则其气温润丰缛，乃得位于时，演纶视草者之所尚也。……王安国常与余曰：'文章格调，须是官样。'岂安国言官样，亦谓有馆阁气耶？又今世乐艺，亦有两般格调：若教坊格调，则婉媚风流；外道格调，则粗野嘲哳。至于村歌社舞，则又甚焉。兹亦与文章相类。"①值得重视的是，吴处厚从文章的格调分等延伸到了对包括戏曲在内的"今世乐艺"的格调分等，较早地指出并描叙了戏曲曲词和宾白的艺术格调所呈现的两种不同态势。对此，宋代曾慥表示认同，且进一步道："今乐艺亦有两般：教坊则婉媚风流，外道则粗野嘲唽；村歌社舞，抑又甚焉。亦与文章相类。"②

具体而言，戏曲曲词和宾白的艺术格调有多种含义。

一是指作家的品性风仪。文学是人学，文如其人，文品即人品，作家的品性、风仪决定了作品遣词造句的美学风范。例如，玄度是东晋名士、文学家许询的字，南朝宋时刘义庆有"清风朗月，辄思玄度"③之说。唐代，韦庄的《送李秀才归荆溪》云："八月中秋月正圆，送君吟上木兰船。人言格调胜玄度，我爱篇章敌浪仙。"④浪仙是唐代诗人贾岛的字。由此可知，韦庄所谓格调是体现着某种与庸俗绝缘的人生态度和气质。唐代秦韬玉的《贫女》云："蓬门未识绮罗香，拟托良媒益自伤。谁爱风流高格调，共怜时世俭梳妆。"⑤秦韬玉诗中的"风流"是指意态娴雅，"高格调"是指与流行的时尚审美趣味不同甚至对立的风度和仪态，是一种很高的品格和情调。明代，王世贞论诗倡言格与调，认为人、格、调三者互相决定："才生思，思生调，调生格；思即才之用，调即思之境，格即调之界。"⑥以上格调含义由指称人品延伸至戏曲曲词和宾白，则主要喻指剧作家非凡的才华情思及作品超逸的文学性艺术风格。例如：明人朱权《太和正音谱》之"古今群英乐府格势"载元曲作家187人，朱权评价："马东篱之词，如朝阳鸣凤。其词典雅清丽，可与《灵光》《景福》而相颉颃。……张小山之词，如瑶天笙鹤。其词清而且丽，华而不艳，……李寿卿之词，如洞天春晓。其词雍容典雅，变化幽玄，造语不凡，……王实甫之词，如花间美人。铺叙委婉，深得骚人之趣。极有佳句，若玉环之出浴华清，绿珠之采莲洛浦。"而对于关汉卿及其作品，朱权则评价比

---

① 吴处厚：《青箱杂记》，中华书局1985年版，第46页。
② 曾慥：《类说》，书目文献出版社1998年版，第76页。
③ 刘义庆：《世说新语》，中华书局2001年版，第74页。
④ 彭定求等：《全唐诗》，中华书局1980年版，第8033页。
⑤ 同上书，第7657页。
⑥ 罗仲鼎校注《〈艺苑卮言〉校注》，齐鲁书社1992年版，第39页。

较低，其云："关汉卿之词，如琼筵醉客。观其词语，乃可上可下之才，盖所以取者，初为杂剧之始，故卓以前列"①，言外之意，似乎将关汉卿列位前置颇有微词。

二是指作品的格律声调。格调最早的解释包括思想内容和声律形式两个方面，例如，唐代遍照金刚说："凡作诗之体，意是格，声是律，意高则格高，声辩则律清，格律全，然后始有调"②，就是从这两个方面着眼的。后来发展主要指作品的格律声调，如宋人陈亮的《点绛唇·咏梅月》词云："君知否？雨僝云僽，格调还依旧。"③又，赵令时的《元微之崔莺莺商调蝶恋花词》云："夫传奇者，唐元微之所述也。……倡优女子，皆能调说大略。……调曰商调，曲名蝶恋花。句句言情，篇篇见意。奉劳歌伴，先定格调，后听芜词。"④元代刘埙云："盖必雄丽婉活默合宫徵，始可言律。……重滞臃肿，不协格调，恐于律法不合也。"⑤明代胡震亨云："杜诗正而能变，变而能化，化而不失本调，化而不失本调而兼得诸调，故绝不可及。"⑥兰陵笑笑生描写云："一个粉头、两个妓女，……色艺双全。……歌喉婉转，……腔依古调，音出天然。舞回明月坠秦楼，歌遏行云遮楚馆。高低紧慢，按宫商吐雪喷珠；轻重疾徐，依格调铿金戛玉。筝排雁柱声声慢，板拍红牙字字新。"⑦清代彭定求等《御制全唐诗序》云："唐当开国之初，即用声律取士。……（《全唐诗》）诗盈数万，格调各殊。"⑧戴名世云："夫世之说诗不过勉强支缀以袭取之于外，即有一二能者，不过指摘声病，讲求格调，摹拟仿佛，而务欲似乎古人。"⑨以上格调含义由诗词的格律声调延伸至戏曲曲词和宾白格律声调，则主要喻指作品吟唱表现出来的音乐性艺术风格。例如：明代王骥德云：宾白之"字句

---

① 朱权：《太和正音谱》，《中国古典戏曲论著集成》（三），中国戏剧出版社1959年版，第16—17页。
② 遍照金刚：《文镜秘府论》，人民文学出版社1975年版，第128页。
③ 姜书阁笺注《陈亮龙川词笺注》，人民文学出版社1980年版，第104页。
④ 赵令畤：《侯鲭录》，中华书局2002年版，第135页。
⑤ 刘埙：《隐居通议》，《丛书集成初编》，商务印书馆1937年版，第79页。
⑥ 胡震亨：《唐音癸签》，上海古籍出版社1981年版，第54页。
⑦ 兰陵笑笑生：《金瓶梅词话》，香港梦梅馆1993年版，第117页。
⑧ 彭定求等：《全唐诗》，中华书局1980年版，第5页。
⑨ 戴名世：《〈野香亭诗集〉序》，《戴名世集》，中华书局1986年版，第36页。

长短平仄，须调停得好，令情意婉转，音调铿锵，虽不是曲，却要美听"①。祁彪佳称赞郑若庸《玉玦》云："以工丽见长，虽属词家第二义，然元如《金安寿》等剧，已尽填学问、开工丽之端矣。此记每折一调，每调一韵，五色管经百炼而成，如此工丽，亦岂易哉！"②相反，清代愚谷老人撰写的《〈珊瑚玦〉序》批评汤显祖云："汤若士先生作《四梦》，最后作《牡丹亭》，称今古绝唱。然于字句间，其增减处，多未谐于谱，时伶难之。遂有起而删之者，临川乃兴'不是王维旧雪图'之叹。"③吴孝绪的《〈芙蓉碣〉跋》一方面在正统观念支配下鄙视传奇文体；另一方面则赞誉孔尚任、洪昇、蒋士铨、李渔传奇作品的曲白格调谐美，云："文字至于传奇，其品虽卑，而为之则甚难，法律波澜，音韵文藻，不可偏废。就国朝言之，兼之者惟孔东塘、洪昉思、蒋心余三家，李笠翁音调宾白，并皆佳妙。"④

三是指作品的画意呈现。诗作为一种音乐文学体载，具有节奏和韵律，一向被文人用来抒发情感。诗所蕴含的抽象节奏、韵律和情感被画家融入画中，用以塑造直观的视觉艺术形象，诗以情动人，画以形悦人，两者相互影响相辅相成，诗中情渗融画中意，诗情画意一脉相通。诗与画所具有的这种同质亲缘身份关系被艺术家们称之为诗画同源。而从艺术家的角度来说，诗人兼有画家的精神品格，画家也兼有诗人的精神品格，意境之追求是诗人和画家共同的美学原则和价值取向，诗的生命取决于画的意境，反之亦然。故此，诗和画之间的身份关系历来为诗人、画家和艺术理论家们所关注、重视和认同。例如，宋代，苏轼《书摩诘蓝田烟雨图》评王维的诗画云："味摩诘之诗，诗中有画。观摩诘之画，画中有诗。"⑤又《书鄢陵王主簿所画折枝二首》云："诗画本一律，天工与清新。"⑥在苏轼看来，诗与画在本质身份上是相通的，艺术造诣高超的画家视作画如作诗、诗人

---

① 王骥德：《曲律》，《中国古典戏曲论著集成》（四），中国戏剧出版社1959年版，第141页。

② 祁彪佳：《远山堂曲品》，《中国古典戏曲论著集成》（六），中国戏剧出版社1959年版，第20页。

③ 蔡毅：《中国古典戏曲序跋汇编》，齐鲁书社1989年版，第1650页。

④ 同上书，第2388页。

⑤ 苏轼：《苏轼文集》，中华书局1986年版，第2209页。

⑥ 苏轼：《苏轼诗集》，中华书局1982年版，第1525页。

视写诗如绘画。张舜民的《跋百之诗画》则从形象关联比较入手，云："诗是无形画，画是有形诗。"①黄庭坚的《次韵子瞻子由题〈憩寂图〉》则进一步地从声画关联比较入手，云："李侯有句不肯吐，淡墨写出无声诗。"②李侯指北宋画家李公麟，黄庭坚称其将"不肯吐"之有乐音、乐感、可吟、可歌的有声诗化作了无声诗即画。宋迪有《潇湘八景图》，他者身份认同亦谓之"无声诗"，诗僧惠洪曾为《潇湘八景图》各赋以诗，自我身份认同称之"有声画"，以为对举。孙绍远搜罗唐代以来的题画诗编为《声画集》。名画家杨公远自编诗集取名曰《野趣有声画》。明代徐渭的《独喜萱花到白头图》认同云："问之花鸟何为者？独喜萱花到白头。莫把丹青等闲看，无声诗里诵千秋。"③吴宽亦云："读右丞诗者则曰有声画，观画者则曰无声诗。"④诗是听觉的艺术，画是视觉的艺术；诗是抽象的艺术，画是形象的艺术；诗与画媒介不同但本质相同。诗可诵可听却无形无色，画可观可视却无声无音，要达到完美超逸的境界，诗必须有形有色，画必须有声有音，诗与画的圆满结合就是情与境的圆满结合，也就是所谓艺术意境，所以，宋代，刘道醇的《宋朝名画评》认为，绘画的关键要素之一是"格制俱老"⑤，即格局样式和体裁风格要谙熟老练。黄休复的《益州名画录》认为，绘画的意境层级可以分为"逸格""妙格""神格""能格"。⑥清代，方薰的《山静居画论》认为，绘画达到超凡的艺术境界必须"气格要奇，笔法要正"⑦。以上格调含义由诗词的画意情境延伸至戏曲曲词和宾白诗情画意，则主要喻指作品吟唱表现出来的绘画性艺术风格，例如，孔尚任《桃花扇小引》认为，戏曲曲词和宾白塑人写景状物的舞台呈现具有绘画美，说："传奇虽小道，凡诗赋、词曲、四六、小说家，无体不备。至于摹写

---

① 张舜民:《画墁集》,《笔记小说大观》第 10 册, 江苏广陵古籍刻印社 1983 年版, 第 48 页。
② 周积寅编著《中国画论辑要》, 江苏美术出版社 1985 年版, 第 542 页。
③ 徐渭:《徐渭集》, 中华书局 1983 年版, 第 407 页。
④ 周积寅编著《中国画论辑要》, 江苏美术出版社 1985 年版, 第 544 页。
⑤ 同上书, 第 131 页。
⑥ 同上书, 第 143 页。
⑦ 同上书, 第 133 页。

须眉,点染景物,乃兼画苑矣。"①

四是指作品的动态势能。一般的诗词吟诵无需表现为载歌载舞的动作,而戏曲的曲词和宾白则不然。动态势能是指储存于一部戏曲作品内容的思想情感能量,是可以而且必须释放或转化为演员动作形式的能量。从曲词和宾白的舞台审美特征的角度来看,作为戏曲的文学语言,曲词和宾白又是一种涵蓄动作能量的特殊文学语言,应理所当然地具备可供搬演的舞蹈性势能,以推进故事情节的发展和人物形象的塑造,诚如古代戏曲的"戏"本来就含有多种多样"动作"的意思。曲词和宾白的动态势能为剧作家预设了舞台动作的种种可能,亦给演员留下了扩展延长剧情的舞台时空,还可以激发观众充满诗情画意的审美想象。曲词和宾白的这种动态势能化特征,主要体现在演员搬演剧中人物时一边唱曲道白一边手舞足蹈的虚拟行为上。戏曲的曲词和宾白如果不能在舞台上转换为演员的舞蹈化情境动作,或长时站立不动和单调呆板的唱曲道白,就失去了曲词和宾白的助推舞台搬演功能和作用,从而流弊于寂静生硬的案头文字,悖谬于戏曲的综合艺术本质身份和审美价值。例如,元代郑廷玉著杂剧《包龙图智勘后庭花》云:"(正末唱)【迎仙客】不由我心似痴,意如迷,那桩事不分个虚共实,好着我怎参详,难整理。准备下六问三推,快与我唤过来刘天义。……(张千云)理会的。我出的这衙门来,转过隅头,抹过裹角,来到李顺家里,也无一个人,我自进去看来到这院后,怎么静悄悄的?好怕人也。我开开这后门。(做撞倒科云)有鬼有鬼!(做起身科云)原来是这晒衣服的绳子,倒唬我一跳。我是再看咱,这是一眼井。好包待制通神,真个一眼井。我试看咱,怎么这般臭气?待我下去看,怎生下的去?可有这晒衣服的绳子,我解下来一头拴在井栏上,一头料下去,我拽着绳子下去,井里试看咱。(做下井看科云)这是一个口袋,不知是甚么东西?我将绳子拴住,等我出到井口上,我再拽上这绳子来。(做出井拽科云)拽上这口袋来了。不知是甚么物件,须索将着见老爷去。(做背走)"②此处无论曲词还是宾白都有很强的动态势能,可以想象演员登场搬演时舞蹈动作幅度变化一定是很大的,肢体动态展示方式也是多种多样的。对此,明清传奇概莫能外,是故李渔的《闲情偶

---

① 孔尚任:《桃花扇》,人民文学出版社1959年版,第1页。
② 臧懋循:《元曲选》,中华书局1958年版,第944—945页。

寄》云:"填词之设,专为登场;登场之道,盖亦难言之矣。词曲佳而搬演不得其人,歌童好而教率不得其法,皆是暴殄天物,此等罪过,与裂缯毁璧等也。"① 夏纶认同并藉此阐发李渔所言,《〈惺斋五种〉自序》云:"传奇,传奇也。文工而事弗奇不传,事奇而文弗工,亦不传。……第传奇为登场而设。"②

作为代表中华民族传统文化精华的舞台综合艺术戏曲,其曲词和宾白不仅具备文学性,而且兼具音乐性、绘画性和舞蹈性,则谓之格调的本色、当行。"本色"原为生活用语,先前主要用于绘画艺术范畴,意谓本来的颜色,固有的样子,后来又进一步延伸于诗歌乃至戏曲理论并被广泛使用。

在绘画艺术中,"色"是最基本的要素,着色是古代画家必须掌握的基本技法,而着色的基础是绘画载体的原生态底色,而这种原生态底色一般都是白的颜色,孔子说:"绘事后素。"③ 绘,即画画也;素,即白色也;画面空白处的底色,即白色。这就是说,先有绘画载体的白色底子,然后才有画家在白色载体上面的画画。由此引申为事物的本来颜色称之为本色。宋代邵雍说:"太素,色之本也。"④ 清代沈宗骞的《芥周学画编》云:"白者,人之肉色也。肉色本白如玉"⑤。中国画是重视着色的,古代画家历来把图画叫作"丹青",丹即朱砂也,青即蓝靛也,这些都是绘画艺术常用的基本颜色。《晋书》说顾恺之"尤善丹青,图写特妙"⑥,杜甫赠送给画马名家曹霸的诗题名为《丹青引》,由此可见,"丹青"之概念已经为人们所习惯性使用。中国画的着色一般多从物体形象固有的本色基调出发,而不十分计较光的影响和光的变化,使用色彩相对来说比较单纯,具有清新明快的艺术特点。虽然有时所着色彩也有干与湿、浓与淡、深与浅等之间的差别,但是,目的不在于表现物体的光感,而是为了破坏所着颜色的骏板呆滞,以便求得颜色本身的丰富及其变化,产生一种生动的美感和韵味。例如,清代笪重光云:

---

① 李渔:《李渔全集》第三卷,浙江古籍出版社1992年版,第66页。
② 蔡毅:《中国古典戏曲序跋汇编》,齐鲁书社1989年版,第1740—1741页。
③ 杨伯峻译注《论语译注》,中华书局1980年版,第25页。
④ 邵雍:《邵雍集》,中华书局2010年版,第164页。
⑤ 周积寅编《中国画论辑要》,江苏美术出版社1985年版。第528页。
⑥ 房玄龄等:《晋书》,中华书局1974年版,第2405页。

"盖青绿之色本厚,而过用则皴淡全无;赭黛之色本轻,而滥设则墨光尽掩。"① 所以,南朝谢赫的《古画品录》把"随类赋彩"②列为绘画技巧的"六法"之一;唐代张彦远的《历代名画记》把绘画依高而下分为自然、神、妙、精、谨细五等格调③;宋代黄休复的《益州名画录》在张彦远的基础上又提出绘画有逸、神、妙、能四种格调④。于是,绘画的本色理论被借鉴用于诗歌理论,后又被借鉴用于戏曲理论,成为戏曲理论的重要概念和范畴。

在诗歌理论方面,关于本色,宋代陈师道的《后山诗话》云:"退之以文为诗,子瞻以诗为词,如教坊雷大使之舞,虽极天下之工,要非本色。"⑤这是批评韩愈和苏轼的创作不合诗及词的本质要求和身份特征。严羽的《沧浪诗话》云:"大抵禅道惟在妙悟,诗道亦在妙悟,……惟悟乃为当行,乃为本色。然悟有浅深、有分限、有透彻之悟,有但得一知半解之悟。……诗之法有五:曰体制,曰格力,曰气象,曰兴趣,曰音节。……语病古人亦有之,惟语忌则不可有。须是本色,须是当行。……最忌骨董,最忌衬贴,语忌直,意忌浅,脉忌露,味忌短,音韵忌散缓,亦忌迫促。诗难处在结裹,譬如番刀,须用北人结裹,若南人便非本色。……韩退之《琴操》极高古,正是本色,非唐贤所及。……孟浩然之诗,讽咏之久,有金石宫商之声。"⑥严羽所谓"诗道"本质上是指诗歌创作的客观艺术规律。综观严羽的这一段话,至少涉及以下五个方面的内容:一是说诗道是客观存在的,诗人创作诗歌之语言遵循诗道、吻合诗道,则谓之本色、当行,悖谬、违反则否;二是说诗道涉及创作方法和审美追求,本色、当行有等级差异、优劣区别,遣词造句应该用心讲究,有所规范;三是说诗人的精神品质决定了诗歌作品能否真正做到本色、当行;四是说判断诗人水平和诗歌作品的艺术价值标准是有法可循、以唐音为标准的格调;五是说诗歌的格调与吟诵的音乐性密切相关,

---

① 李来源、林木编《中国古代画论发展史实》,上海人民美术出版社1997年版,第279页。

② 同上书,第55页。

③ 同上书,第79页。

④ 同上书,第86页。

⑤ 何文焕辑:《历代诗话》,中华书局1981年版,第309页。

⑥ 同上书,第686—699页。

诚如韩愈的《琴操》描叙用古琴演奏的歌曲，孟浩然的诗有金石宫商的声音之美。

前人及严羽的本色、当行论和格调论影响到了清代的王士禛、沈德潜和翁方纲。王士禛倡导神韵说，主张在诗歌的艺术表现上要追求一种空寂超逸、镜花水月、不着形迹的审美境界，这种诗中的最高审美境界就是"神韵"。神韵说在清代前期统治诗坛曾经达到百年之久。王士禛"神韵"一词早在南朝谢赫的《古画品录》中已经滥觞，谢赫的《古画品录》评价顾骏之的画说："神韵气力，不逮前贤，精微谨细，有过往哲。"① 唐代张彦远的《历代名画记》说："至于鬼神人物，有生动之可状，须神韵而后全。"② 以上谢赫、张彦远的神韵说纯粹论绘画作品的绘画性，是指绘画作品的审美意境达到的艺术极致。从唐代开始，文人士大夫逐渐把神韵说引入诗歌领域，如武元衡的《刘商郎中集序》评刘商诗说："折繁音于孤韵，贯清济于洪流"③，这里所谓"繁音"和"孤韵"单指诗歌格律声调的音乐性，"贯清济于洪流"是说诗的神韵美贯通世界、穿透古今。司空图在《与李生论诗书》中说诗歌要有"韵外之致"④，在《二十四诗品》中说诗歌要"生气远出，不著死灰，妙造自然"⑤，则是对"神韵"的进一步阐发，是指诗歌的文学性、音乐性融合的广远审美意境。宋代严羽的《沧浪诗话》以禅论诗，提倡"入神"，以及"羚羊挂角，无迹可求"和"空中之音，相中之色，水中之月，镜中之像"⑥，则是对诗歌的文学性、音乐性融合的审美意境的进一步阐发。清代王士禛对司空图和严羽的诗论多次表示称赞，说自己"别有会于司空表圣、严沧浪之旨"⑦。王士禛对明末南宗山水画家董其昌高度推崇，在《芝廛集序》中论述了诗与南宗山水画的关系，并赞誉其为明代画家之冠；在《香祖笔记》中还认为诗的妙处要像南宗大画家学习，说："余尝观荆浩论山水，而悟诗家三昧，曰远人无目，远水无波，远

---

① 李来源、林木编《中国古代画论发展史实》，上海人民美术出版社1997年版，第55页。

② 同上书，第80页。

③ 李昉等：《文苑英华》，中华书局1966年版，第3682页。

④ 李建中：《中国古代文论》，华中师范大学出版社2002年版，第200页。

⑤ 何文焕辑：《历代诗话》，中华书局1981年版，第41页。

⑥ 同上书，第687—688页。

⑦ 王士禛：《唐贤三昧集》，清乾隆五十二年吴煊听雨斋刻本。

山无皴。……郭忠恕画，天外数峰，略有笔墨，意在笔墨之外也。"① 由此可见，王士禛的神韵说融诗歌的文学性、音乐性和绘画性为一体，大大拓展了人们对诗歌的艺术特征体认与身份认同内涵。

沈德潜的《说诗晬语》倡导格调说，云"诗以声为用者也，其微妙在抑扬抗坠之间。……乐府之妙，全在繁音促节，其来于于，其云徐徐，往往於回翔屈折处感人，是即依永和声之遗意也。……绝句，唐乐府也。篇止四语，而倚声为歌，能使听者低徊不倦；旗亭伎女，犹能赏之，非以扬音抗节有出於天籁者乎？著意求之，殊非宗旨。……谢茂秦古体，局于规格，绝少生气。五言律句烹字炼，气逸调高。……援引典故，诗家所尚。然亦有羌无故实而自高，胪陈卷轴而转卑者。假如作田家诗，只宜称情而言；乞灵古人，便乖本色。……诗中高格，入词便苦其腐；词中丽句，入诗便苦其纤，各有规格在也。"② 沈德潜不仅以"声为用"为本色，而且以"称情"为本色，是对诗歌文学性和音乐性本质身份阐发的升华，其认为格调是诗歌艺术美的最高精神和审美境界的典范，不失为一种很有艺术价值的见解。翁方纲提倡肌理说，《〈王文简古诗平仄论〉序》云："夫诗有家数焉，有体格焉，有音节焉。是三者常相因也，而不可泥也；相通也，而不可奈也"③；《赵秋谷所传声调谱》认为"音节因乎格调，格调因乎家数"④；《七言诗三昧举隅》认为"神韵者，格调之别名耳。虽然，究竟言之，则格调实而神韵虚，格调呆而神韵活，格调有形而神韵无迹也"⑤。翁方纲的肌理说实际上是对王士禛神韵说和沈德潜格调说的身份认同、折衷修正，包含了对诗歌的文学性、音乐性和绘画性本质内涵的集大成阐发，内容更加丰富而且全面。

关于当行，这一概念原指官府置办的行业，工匠应官府之差谓之"当行"。例如，宋代岳珂的《愧郯录》云："今世郡县官府营缮创缔，募匠庀役，凡木工率计在市之朴斲规矩者，虽庖楔之技无能逃。平时皆籍其姓名，鳞差以俟命，谓之当

---

① 王士禛：《香祖笔记》，上海古籍出版社1982年版，第109页。
② 王夫之等：《清诗话》，上海古籍出版社1999年版，第524—553页。
③ 同上书，第223页。
④ 同上书，第246页。
⑤ 同上书，第285页。

行。"①明末清初,西周生云:"但凡人家有卖甚么柳树枣树的,买了来,叫解匠锯成薄板,叫木匠合了棺材,卖与小户贫家,殡埋亡者,人说有合子利钱。那官府有死了人的,他用的都是沙板,不要这等薄皮物件;所以不用当行,也不怕他白白拿去。"②当行又指内行,即对某种事物有丰富知识、专长经验和成熟技艺的人。例如,元代彭寿之云:"【元和令】合着两会家,相逢一合相。伶新弃旧短姻缘,强中更有强。偷方觅便俏家风,当行识当行。"③无名氏杂剧的《盆儿鬼》云:"【满庭芳】却原来你也要饶些罪过,说甚的一年二祭,信口开合。谁着你烧窑人不卖当行货,倒学那打劫的偻罗。"④清代吴敬梓云:"马二先生明日来拜。他是个举业当行,要备个饭留他。"⑤后来当行被借鉴引进到诗歌领域,一般诗论的意义是指诗人创作的作品符合诗歌的本质、特点和规律,简言之,即符合本行。例如,除了宋代严羽在《沧浪诗话》中云"大抵禅道惟在妙悟,诗道亦在妙悟……惟悟乃为当行,乃为本色"之外,金代王若虚认同晁无咎评黄庭坚诗,云:"词固高妙,然不是当行家语,乃著腔子唱好诗耳。"⑥明代胡震亨云:"老杜之入蜀,篇篇合作,语语当行"⑦。因此,当行含有诗人对诗歌创作是行家里手的意思。从以上诠释的意义,及严羽论"诗法"认为作诗"须是本色,须是当行"分别提倡可知,本色和当行是两个不同概念,内涵和外延相互交叉,既有联系又有区别,所指和能指的侧重点不尽相同。本色主要指诗人创作诗歌运用语言对诗道的涵盖与呈现,当行主要指诗人创作诗歌所用语言与诗道的吻合与一致。当然,无论本色还是当行,两者都是为了实现诗道服务的,而诗道的本质是采用诗歌的体裁对生活的真实反映和艺术表现,所以说,两者既有区别也有联系,唇齿相依,不可割裂,异曲同工,其揆一也。

前人关于诗歌的本色、当行进而升华为格调的论述,后来影响并被运用于人

---

① 纪昀等:《四库全书》第865册,上海古籍出版社1989年版,第180页。
② 西周生:《醒世姻缘传》,上海古籍出版社1981年版,第480页。
③ 隋树森:《全元散曲》,中华书局1964年版,第88页。
④ 臧懋循:《元曲选》,中华书局1958年版,第1397页。
⑤ 吴敬梓:《儒林外史》,人民文学出版社1958年版,第146页。
⑥ 王若虚:《滹南诗话》,人民文学出版社1962年版,第70页。
⑦ 胡震亨:《唐音癸签》,上海古籍出版社1981年版,第56页。

们对戏曲曲词和宾白的看法和评价。区别来看，本色主要是就创作戏曲的语言及其呈现所蕴含的音乐性、绘画性和舞蹈性的本质身份而言，当行主要是就创作戏曲所用语言与所蕴含的音乐性、绘画性和舞蹈性的本质身份吻合一致而言。

例如，明代沈璟的【商调·二郎神】《论曲》认为："怎得词人当行，歌客守腔。大家细把音律讲。"①沈璟从音乐性的角度看问题，认为当行是指戏曲作家要精通曲词和宾白的格律声调。吕天成提出："当行兼论作法，本色只指填词。当行不在组织饾饤学问，此中自有关节局概，一毫增损不得；若组织，正以蠹当行。本色不在摹勒家常语言，此中别有机神情趣，一毫妆点不来；若摹勒，正以蚀本色。……殊不知果属当行，则句调必多本色；果其本色，则境态必是当行。"②吕天成认为当行不仅涉及曲词和宾白的文学性，而且还兼及曲词和宾白的音乐性、绘画性和舞蹈性，而本色只唯一涉及曲词和宾白的文学性对生活的反映，所以当行必须精通涵盖全剧的"关节局概"，吻合戏曲的文学性、音乐性、绘画性和舞蹈性，只有语言达到当行和本色的兼顾统一，曲词和宾白展示的艺术格调即"句调"和审美意境即"境态"才在艺术上是尽善尽美的。臧懋循从戏曲作为舞台艺术反映生活的本质看待当行的问题，《元曲选序二》说："曲有名家，有行家。名家者出入乐府，文彩烂然，在淹通闳博之士，皆优为之。行家者随所妆演，无不摹拟曲尽，宛若身当其处，而几忘其事之乌有。能使人快者掀髯，愤者扼腕，悲者掩泣，羡者色飞。是惟优孟衣冠，然后可与于此。故称曲上乘首曰当行。"③臧懋循认为剧作家必须是全面懂得戏曲艺术的内行，必须懂得戏曲的各种脚色行当，必须能够代剧中人物以及演员所言所妆所歌所舞，善于使创作吻合并与戏曲的文学性、音乐性、绘画性和舞蹈性规律和特点一致，这样才称得上是最佳的作品，因此，剧作家应该把当行摆在全部艺术追求的首位。正由于此，孟称舜的《古今名剧合选序》认同说："当行家之为尤难也。……迨夫曲之为妙，极古今好丑、贵贱、离合、死生，因事以造形，随物而赋象。时而庄言，时而谐谑，孤末靓狚，合傀儡于一场，而征事类于千载。笑则有声，啼则有泪，喜则有神，叹则有气。非作者

---

① 徐朔方辑校《沈璟集》，上海古籍出版社1991年版，第850页。
② 吕天成：《曲品》，《中国古典戏曲论著集成》(六)，中国戏剧出版社1959年版，第211页。
③ 臧懋循：《元曲选》，中华书局1958年版，第2页。

身处于百物云为之际，而心通乎七情生动之窍，曲则恶能工哉。"①

随着戏曲的发展，曲词和宾白的艺术格调取向本色当行成为正途路头，元人钟嗣成云："王庸，字守中。历芦花场司令。其制作清雅不俗，难以形容其妙趣，知音者服其才焉。"②然而，在戏曲创作中也出现了殊途趋进的状况，相比之下，从本色当行到文采藻绘受到文人士大夫的推崇成为主流，或逾越本色当行滑向鄙俚粗野歧途亦有人趋之若鹜，如吕天成云："传奇之派，遂判而为二：一则工藻绘少拟当行，一则袭朴澹以充本色。"③就戏曲的特点而言，吕天成认为两者皆失之偏颇。对此，人们秉持本色当行是戏曲曲词和宾白的正确本质身份认同，尤其对以文戏见长的昆曲日益雅化，戏曲创作"时文风"和"道学风"泛滥，美学取向极端化予以了批评。凌濛初说："曲始于胡元，大略贵当行不贵藻丽。其当行者曰'本色'。"④这就是说，戏曲应该以适合舞台搬演，全面体现曲词和宾白的文学性、音乐性、绘画性和舞蹈性为主，片面追求文采藻绘既违当行亦悖本色。王骥德从正反两方面辩证地指出："过曲体有两途：大曲宜施文藻，然忌太深；小曲宜用本色，然忌太俚。须奏之场上，不论士人闺妇，以及村童野老，无不通晓，始称通方。"⑤这就是说，"奏之场上"使雅俗"通晓"即为当行，当行与本色有机统一则称之为"通方"。

难能可贵的是，凌濛初编辑散曲戏曲选集取名《南音三籁》，把戏曲的艺术格调分"天籁""地籁""人籁"三个不同的级别，云："古质自然，行家本色为天；其俊逸有思，时露质地者为地；若但粉饰藻绩，沿袭靡词者，虽名重词流，声传里耳，概谓之人籁而已。"⑥凌濛初积极崇尚"自然"为戏曲曲词和宾白之本色当

---

① 朱颖辉辑校《孟称舜集》，中华书局2005年版，第556页。
② 钟嗣成：《录鬼簿》，《中国古典戏曲论著集成》（二），中国戏剧出版社1959年版，第134页。
③ 吕天成：《曲品》，《中国古典戏曲论著集成》（六），中国戏剧出版社1959年版，第211页。
④ 凌濛初：《谭曲杂札》，《中国古典戏曲论著集成》（四），中国戏剧出版社1959年版，第253页。
⑤ 王骥德：《曲律》，《中国古典戏曲论著集成》（四），中国戏剧出版社1959年版，第138页。
⑥ 蔡毅：《中国古典戏曲序跋汇编》，齐鲁书社1989年版，第59页。

行的天籁，从国学视域来看，受到道家庄子《齐物论》关于"三籁"之说的影响，具有独特的审美文化意义和身份认同价值。

第五节　流派从同质辉耀到异质风骚

戏曲流派指的是古代戏曲艺术中有独特个性风格的派别。从国学视域来看，戏曲流派渊源有自。

关于"流"的本义，《康熙字典》认同《说文解字》解释为"水行也"。关于"派"的本义，《康熙字典》认同《说文解字》解释为"别水也。一曰水分流也"①。两义合并，"流派"指从水的本源延伸出来的分支，如西晋左思的《吴都赋》云："百川派别，归海而会"②；元代李好古的《张生煮海》杂剧第二折唱道："【梁州第七】你看那缥缈间十洲三岛，微茫处阆苑蓬莱。望黄河一股儿浑流派，高冲九曜，远映三台，上连银汉，下接黄埃。"③"流派"一词后来从水源分支逐渐产生引申义。例如，唐代张文琮的《咏水》云："标名资上善，流派表灵长。地图罗四渎，天文载五潢。方流涵玉润，圆折动珠光。独有蒙园吏，栖偃玩濠梁。"④这首诗的意思大体是说：老子在《道德真经》里标榜水的天性是至善，即所谓"上善若水"⑤，因此，水的支流显现出神异而又渊远流长。地上包罗了江、河、淮、济四条水系，即《尔雅》释"江、河、淮、济为四渎"⑥，天上分布着五潢星座，即五潢，又名"五车"，共有五星，位于毕宿东北，在今御夫座，"水"是五潢之一。水流波光就如同玉石温润光滑一般，溅起的水花就好像珠子浑圆耀眼一样。只有曾做过蒙园

---

① 张玉书、陈廷敬等:《康熙字典》巳集上，中华书局1958年版，第623页。
② 陈宏天等主编《昭明文选译注》，吉林文史出版社1987年版，第261页。
③ 臧懋循:《元曲选》，中华书局1958年版，第1708页。
④ 彭定求等:《全唐诗》，中华书局1980年版，第504页。
⑤ 于平主编《道家十三经》，国际文化出版公司1993年版，第3页。
⑥ 郭璞注、邢昺疏:《尔雅注疏》，北京大学出版社1999年版，第225页。

吏的庄子游息仰卧在濠梁之上。此处的"流派"指水，但是已经与哲人的学术思想发生联系，因为庄子与惠子曾有过"子非鱼"的濠梁之辩。后人还将水的流布分野运用于直指思想学术和文化艺术领域中的不同派别。例如，班固《汉书》记载了先秦各学派的起源和区别："儒家者流，盖出于司徒之官。……道家者流，盖出于史官。……阴阳家者流，盖出于羲和之官。……法家者流，盖出于理官。……名家者流，盖出于礼官。……墨家者流，盖出于清庙之守。……纵横家者流，盖出于行人之官。……杂家者流，盖出于议官。……农家者流，盖出于农稷之官。……小说家者流，盖出于稗官。"① 这种学术派别的指称对后世文学艺术的流派认知有很大的启迪意义和重要价值，作用之大非同小可。

　　一个学科是否成熟，其突出标志之一就是这个学科是否形成了特定的学术体系意义上的学派或流派。中国古代艺术门类众多，流派繁杂，对戏曲流派的形成均产生了或多或少的影响和促进作用。其中，正统文学包括诗、词，有所谓诗学、词学的概念范畴，与此同时，诗派和词派的形成与发展对戏曲流派的形成与发展产生了深远影响和促进作用。

　　关于诗学和诗派。朱自清的《论诗学门径》云："所谓诗学，专指关于旧诗的理解与鉴赏而言。"② 旧诗即古代的诗歌体裁，包括古体诗和格律诗。中国是诗的国度，诗歌发展源远流长，唐代彭定求等的《御制全唐诗序》云："诗至唐而众体悉备，亦诸法毕该，故称诗者，必视唐人为标准。"③ 学术体系意义上的"诗学"概念在唐代也已经有人提出，例如，郑谷的《中年》一诗写道："漠漠秦云淡淡天，新年景象入中年。情多最恨花无语，愁破方知酒有权。苔色满墙寻故第，雨声一夜忆春田。衰迟自喜添诗学，更把前题改数联。"④ 贯休的《上顾大夫》一诗亦云："经传髻里珠，诗学池中藻。闭门十余载，庭杉共枯槁。今朝投至鉴，得不倾肝脑。斯文如未精，归山更探讨。"⑤ 古人简称夏、商、周三个朝代为"三代"，永瑢等主编的《四库全书总目提要》云："三代以前，文皆载道。三代以后，流派渐

---

① 班固：《汉书》，中华书局1962年版，第1728—1745页。
② 朱自清：《朱自清说诗》，上海古籍出版社1998年版，第173页。
③ 彭定求等：《全唐诗》，中华书局1980年版，第5页。
④ 同上书，第7747页。
⑤ 同上书，第9327页。

分。"① 诗派承汉魏六朝之绪在唐代陆续涌现，如有以王维、孟浩然、储光羲、常建等为代表的山水田园诗派，以高适、岑参、李颀、王昌龄等为代表的边塞诗派，以李白为代表的浪漫主义诗派，以杜甫为代表的现实主义诗派等。

于是，认同、学习和探讨诗学及诗派的学者大有人在，学术研究大行其道。例如，宋代，在诗学方面有如赵彦端的《席上次元明韵》一词描叙云："潦水似讥酒浅，秋云如妒蟾明。幽人闻雁若闻莺。更长端有意，菊晚近无情。 诗学笑中偷换，烛花醉里频倾。罗衣迥立可怜生。五湖虽好在，客意欲登瀛。"② 欧阳修的《六一诗话》是汉民族最早的诗话，严羽的《沧浪诗话》是诗学理论体系比较严密的著作；诗派有以徐照、徐玑、翁卷、赵师秀为代表的"永嘉四灵"派，以李昉、徐铉、王禹偁、王奇等为代表的"白体"派，以为杨亿、刘筠等代表的"（西）昆体"派，以希昼、保暹、文兆、行肇、简长、惟凤、惠崇、宇昭、怀古9位僧人为代表的"晚唐体"派，以黄庭坚等为代表的"江西"派，以姜夔为代表的"江湖"派等。③ 元代，在诗学方面有方回的《瀛奎律髓》、辛文房的《唐才子传》、严毅的《诗学集成押韵渊海》二十卷等；诗歌有以虞集、杨载、范梈、揭傒斯著称的"元诗四大家"，最具艺术个性的诗人杨维桢及其"铁崖体"，王冕的诗在元代达到高峰。明代，在诗学方面有如高棅的《唐诗品汇》、李东阳的《怀麓堂诗话》等；诗派有如袁宗道、袁宏道、袁中道的公安派，以钟惺、谭元春为代表的竟陵派，以李东阳、谢铎、张泰、邵宝等为代表的茶陵派等。清代，在诗学方面有如王夫之的《姜斋诗话》、叶燮的《原诗》等；诗派有如以冯班为代表的"虞山"派，以厉鹗为代表的浙派，以袁枚为代表的"性灵"派，等等。

关于词学。"词学"最初指学习诗文写作遣词造句，例如，唐代王湾的《哭补阙亡友綦毋学士》云："明代资多士，儒林得异才。书从金殿出，人向玉墀来。词学张平子，风仪褚彦回。"④ 宋代程垓的《别陈新恩》云："少年意气，脑燕兵胡骍，虏王区脱。眼底朦胧，腹中空洞，不著曹刘元白。闻道殊科八中，也要彩卢连掷。收拾尽，到如今但有，寸心如铁。天付，真奇特。口静神充，双眼胡僧碧。楚国

---

① 永瑢等：《四库全书总目提要》第39册，商务印书馆1931年版，第64页。
② 唐圭璋编《全宋词》，中华书局1965年版，第1453页。
③ 参见李修生主编《全元文》第7册，江苏古籍出版社1999年版，第51页。
④ 彭定求等：《全唐诗》，中华书局1980年版，第1171页。

离骚，唐朝词学，未信芳尘□歇。结取佳人香佩，截断儿曹绮舌。归去也，且斓斑戏彩，好春长日。"① 值得注意的是，此处"唐朝词学"与"楚国离骚"对仗，当然主要是指唐朝的诗歌，不过，"词"作为一种诗的别体，萌芽于南朝，在隋、唐至五代时兴起，经过长期不断的发展，至宋代进入了全盛时期。程珌是南宋官员，有诗词集在清代被收入文渊阁《四库全书》，而且唐朝已经出现了"诗学"范畴，故"唐朝词学"之"词学"的含义在某种自觉的状态中具有了涵盖楚辞、唐诗而切进宋词的比较文体学意义，正如程珌的《辞免除翰林学士》云："唐室尤重词臣，且武德以至开元，粲然文体。"② 在学术体系意义上的词学文献中，940年，西蜀词人欧阳炯撰著的《花间集序》是中国第一部词学文献。③ 而"词学"一词最早出现在南宋初王灼的《碧鸡漫志》中，即云："宣和初，普州守山东人王平，词学华赡。"④ 宋代自绍圣（1094—1098，宋哲宗赵煦的年号）置宏词科，大观（1107—1110，宋徽宗赵佶的年号）改词学兼茂科，至绍兴（1131—1162，宋高宗赵构的年号）而定为博学宏词之名，重立试格，于是南宋一代，通儒硕学多由博学宏词科出，最号人才济济，而王应麟尤为学识广博。王应麟以博学宏词科起家，其《玉海》《词学指南》等书，专门为当时博学宏词科而撰著。宋代以词为一代文学的代表，然而宋代的词话著作尚不够发达，今人唐圭璋的《词话丛编》总共收录宋人的词话11种。在宋词创作繁盛的基础上，出现了以柳永、李清照等为代表的婉约词派，以苏轼、辛弃疾等为代表的豪放词派，以姜夔、吴文英、张炎等人为代表的醇雅词派，等等。

于是，认同、学习和探讨词学及词派的学者大有人在，学术研究大行其道。例如，宋元之际，张炎的著作《词源》是当时词学理论的集大成之作。元代，在词学方面有如陆辅之的《词旨》、吴师道的《吴礼部词话》；唐圭璋所编《全金元词》中收录了元代212位词家的3721首词，其中不乏名篇佳句，反映了此一时代的鲜明特点，独具代表性的词人有元好问、虞集等。值得一提的是，元好问、虞集亦是散曲创作名家。明代，在词学方面有杨慎编辑的属词话性质的《辞品》，张

---

① 唐圭璋编《全宋词》，中华书局1965年版，第2295页。
② 程珌：《程端明公洺水集》，《宋集珍本丛刊》第71册，线装书局2004年版，第30页。
③ 参见谢桃坊《中国词学史》，巴蜀书局2002年版，第13页。
④ 参见王兆鹏《词学史料学》，中华书局2004年版，第1页。

綖的《诗余图谱》首倡词分为"婉约""豪放"之说等，对后代的词学产生了深远影响；在创作方面，明初杨基、高启的词颇有影响，明末陈子龙被后人称誉为明代第一词人。清代词学中兴，词学著作极盛，其中，查继超所编《词学全书》确切地运用了学术体系意义上的"词学"概念；创作方面的成就是完成了词体由音乐文学向纯文学的古典格律诗体的转变；词派有如陈维崧为代表的阳羡派，以朱彝尊为代表的浙西派，以张惠言为代表的常州派，等等。

宋代杂剧是由滑稽表演、载歌载舞和杂戏组合而成的一种综合性戏曲，时值戏曲形成之初，艺术本体还比较稚嫩，尚未达到完全成熟的程度，故无所谓戏曲流派可言。但是，宋代杂剧常常在宫廷、官府及民间等多种场合搬演，文人士大夫常常以诗词作家又兼朝廷官员的双重身份，在一定程度上参与了在宫廷、官府搬演的杂剧的创作。宋代杂剧搬演的形态既有一定的程式规范，即呈姿辉耀具有共性，又变化多彩具有个性；通过文人士大夫的文本记载及真实描叙，反映出文人士大夫对杂剧的身份认同，也使后人窥见了杂剧同质辉耀与诗词多姿多彩之间相互影响与相互促进的关系。

宋代，民间瓦舍杂剧搬演与宫廷杂剧搬演方式与形态大体相同，但也有区别，即在民间瓦舍演出时，通常是先演一节由四个或五个脚色出场的小歌舞，称为"艳段"，再演"正杂剧"，内容或者是一段滑稽戏，或者是以大曲曲调演唱故事，一场两段，段段相连；而宫廷杂剧演出时或者是一场两段，或者是一场三段，除了搬演"艳段""正杂剧"之外，后场再增加搬演"散段"；而且乐次安排也有不同变化，搬演形式也更加丰富多样。例如，朝廷上下每年的春秋圣节三大宴必演杂剧，通常行酒十九盏，杂剧位于第十盏、第十五盏，但是，也有例外，即脱脱等的《宋史》记载："其御楼赐酺同大宴。崇德殿宴契丹使，惟无后场杂剧及女弟子舞队。……每上元观灯，上巳、端午观水嬉，皆命作乐于宫中。遇南至、元正、清明、春秋分社之节，亲王内中宴射，则亦用之。奏大曲十三：……杂剧用傀儡，后不复补。"① 又，吴自牧记载，宰执亲王南班百官入内上寿赐宴行酒共九盏，至第五盏搬演杂剧一场两段，至第七盏又搬演杂剧一场三段。②

---

① 脱脱等：《宋史》，中华书局1977年版，第3348—3360页。
② 吴自牧：《梦粱录》，古典文学出版社1957年版，第152页。

宋宫廷杂剧的繁盛离不开文人士大夫的参与。例如，苏轼在诗学方面和黄庭坚被誉为"苏黄"，在词学方面被誉为豪放派词人，为朝廷大宴搬演杂剧撰写乐语6篇：元祐二年（1087）七月十五日用《坤成节集英殿宴教坊词致语口号》、同年八月二十日用《集英殿秋宴教坊词致语口号》、二年十二月初八日用《兴龙节集英殿宴教坊词致语口号》、元祐三年（1088）十一月用《兴龙节集英殿宴教坊词致语口号》、元祐四年（1089）用《紫宸殿正旦教坊词致语口号》《集英殿春宴教坊词致语口号》。其中，《坤成节集英殿宴教坊词致语口号》包括：教坊致语（四六文），口号（七言诗8句），勾合曲（四六文），勾小儿队（四六文），队名（五言文），问小儿队（四六文），小儿致语（四六文），勾杂剧（四六文），放小儿队（四六文），勾女童对（四六文），对名（五言文），问女童对（四六文），女童致语（四六文），勾杂剧（四六文），放女童队（四六文）。其余5篇除了《紫宸殿正旦教坊词致语口号》减少勾女童对（四六文），对名（五言文），问女童对（四六文），女童致语（四六文），勾杂剧（四六文），放女童队（四六文）之外，其他乐次相同。陈旸的《乐书》按："周官大司乐以乐语教国子，兴道讽诵言语，兴道讽为乐语之体，诵言语为乐语之用，其实一也。"①徐师曾云："乐语者，优伶献伎之词，亦名致语。"②从上述6篇乐语可见，一是体现了苏轼对杂剧的身份认同，其诗词创作的文学才华在杂剧艺术上得到了充分发挥和体现，借此名垂青史；二是乐语主要包括唱、颂、吟、咏等方面，歌唱中必有诗词音乐的参与，唱歌及伴随乐舞、妆扮是乐语实现其艺术功能和美学价值的重要切入点，这符合杂剧的文学性、音乐性、舞蹈性、绘画性等相互统一的艺术本质；三是如《兴龙节集英殿宴教坊词》云："《勾杂剧》乐且有仪，方君臣之相悦；张而不弛，岂文武之常行。欲佐欢声，宜陈善谑。金丝徐韵，杂剧来欤？……《勾杂剧》舞缀暂停，歌钟少阕。必有应谐之妙，以资载笑之欢。上悦天颜，杂剧来欤"③，都强调了杂剧的诙谐调笑性质和使人得到愉悦的审美功能，从文学语言来说，虽然运用的是四六文，但词语音乐性的节奏感比较明显，含义还是比较浅近便于人们理解的，这符合戏曲必须雅俗共赏的本质身份；四是宫廷杂剧搬演不以个性化艺术特点见长，而是以

---

① 纪昀等：《四库全书》第211册，上海古籍出版社1989年版，第443页。
② 徐师曾：《文体明辨》，人民文学出版社1998年版，第169页。
③ 苏轼：《苏轼文集》，中华书局1986年版，第1316—1317页。

同质辉耀为显著特征，总体上表现为杂剧搬演具有程式化、规范化、共性化，这恰恰是中国古代戏曲正式形成的主要标志之一，为后世戏曲分流成派奠定了基础。除了苏轼之外，改变北宋诗风词风的诗文革新领袖欧阳修、以词作著称的词人宋祁和王珪及史浩、精通律吕并撰长律多达1400字即"律诗之最"的苏颂、江西诗派重要作家陈师道、政治家和文学家及爱国诗人文天祥、诗词作家程端明等都创作过乐语，诚如明代学者张燧云："宋时御前内宴，翰苑撰致语，八节撰帖子，虽欧（阳修）、苏（轼）、曾（巩）、王（安石）、司马（光）、范镇皆为之"①，这表明了他们对杂剧的关涉喜好和身份认同。

南戏产生于宋代，登上戏曲舞台之初主要活跃于东南沿海温州等地市民社会，后向周边地区扩展，在民间流传不衰。元代，南戏被北杂剧的发展和兴盛掩盖了其鲜活的艺术价值和社会影响，直至明代成化年间转化为传奇之前，尚未有形成戏曲文学意义上的流派。不同地域的南戏格律因地制宜随时变化，搬演艺术形式有所差别，但是，艺术形态总体上是大同小异，区分于宋金杂剧院本，呈现了同质辉耀的特点。值得重视的是，第一，南戏剧本的文学体制在很多方面明显承继诗词而来，如徐渭认同云："今曲用宋词者，【尾犯序】【满庭芳】【满江红】【鹧鸪天】【谒金门】【风入松】【卜算子】【一剪梅】【贺新郎】【高阳台】【忆秦娥】，余皆与古人异矣。……题目：开场下白诗四句，以总一故事之大纲"②，为南戏在明代转换成传奇后形成戏曲流派创造了前提；第二，宋代南戏已经有海盐腔、余姚腔和弋阳腔的搬演和流传，徐渭认同云："其曲，则宋人词而益以里巷歌谣，不叶宫调，故士夫罕有留意者"③，至元代及明初传播范围不断扩大，声腔不断改进，形成了具有戏曲音乐意义的声腔流派；第三，戏曲的文学性与音乐性相互表里，宋代词学与南戏声腔的形成有直接而密切的联系，南戏三大声腔流派的生存、发展与传播，对促进南戏转变为传奇后戏曲流派的形成创造了前提。

元代杂剧是中国古代戏曲的第一个发展繁荣高峰，其杂剧作家之优秀、杂剧作品之丰富和艺术风格之鲜明超迈前朝，令后人誉为有元一代文学艺术的代表名

---

① 张燧：《千百年眼》，河北人民出版社1987年版，第210页。

② 徐渭：《南词叙录》，《中国古典戏曲论著集成》（三），中国戏剧出版社1959年版，第245—246页。

③ 同上书，第239页。

副其实。青木正儿认为，元杂剧作家最著名的是关汉卿、王实甫，他们分别代表了元杂剧初期本色派和文采派两个流派。与关汉卿同属本色派的杂剧作家，主要有杨显之、郑廷玉、张国宾、武汉臣、高文秀、康进之、李文蔚、李行道、王仲文、孟汉卿、吴昌龄、石君宝、纪君祥、李直夫、岳伯川等；与王实甫同属文采派的元前期杂剧作家，主要有白朴、李寿卿、张寿卿、石子章、尚仲贤、李好古等。青木正儿又云："到了中期，风气稍变，呈现着本色派渐衰文采派渐盛的情形了。郑光祖和乔吉，被评为代表的作家，并以采藻焕发见长。"[①] 青木正儿还下学术性定义，云："大约曲词朴素多用口语者为本色派，曲词藻丽比较的多用雅言者为文采派"，又"概观这两派，则文采派仅致力于曲之藻绘，拙于剧之结构排场者为多；本色派宁致力于结构排场，曲词平实素朴者为多。"[②] 此外，青木正儿还认为："马致远的曲词，虽然富于文采，而极清奇，和王实甫、白仁甫相比，则别为一派，宛然居于文采派与本色派之间。"[③] 此一观点得到吴梅的认同。吴梅认为元杂剧可分为三个流派：王实甫创为研炼艳冶之词，关汉卿以雄肆易其赤帜，马致远则以清俊开宗，"三家鼎盛，矜式群英"，于是，"喜豪放者学关（汉）卿，工锻炼者宗（王）实甫，尚轻俊者号东篱（马致远）。"[④] 此一观点亦得到不少当代学者的认同，认为马致远是本色派、文采派之外豪放派的杰出代表，且分析论证不无道理，可谓一家之言，值得人们重视。实际上，元杂剧流派还不止这些，其中的不同包括题材内容、艺术旨趣和语言风格等诸多方面，只是元人还没有完全自觉的后世流派意识，元杂剧家的流派特征是由明人总结概括提出来的。

不过，需要指出来的是，尽管元杂剧家还没有完全自觉的后世流派意识，但是，并非元杂剧没有流派之分。关汉卿、马致远等人分别在大都组织了玉京书会和元贞书会，元杂剧家分属不同的书会，他们彼此志趣相投，相互切磋，砥砺前行，已经形成某种不同的艺术风格是无可争辩的事实。

具体而言，元杂剧本色派的特点主要有：作品情节结构自然、巧妙、严谨、灵动、整洁，排场曲折变化、波澜相济、悲喜协调、浓淡得宜、疏密相间，曲白

---

① ［日］青木正儿:《元人杂剧概说》，隋树森译，中国戏剧出版社1957年版，第101页。

② 同上书，第49页。

③ 同上书，第86页。

④ 吴梅:《中国戏曲概论》，上海古籍出版社2000年版，第146页。

语言质朴、平实、清楚、明白、优美、细腻、深刻、洗练、趣味、滑稽,人物性格塑造鲜明,等等。明代贾仲明在为钟嗣成《录鬼簿》所誉关汉卿补撰的【凌波仙】挽词云:"珠玑语唾自然流,金玉词源即便有。玲珑肺腑天生就,风月情忒惯熟,姓名香四大神物,驱梨园领袖。总编修师首,捻杂剧班头。"①从中可以看出贾仲明对关汉卿杂剧及本色派的推崇肯定和身份认同。关汉卿无愧于一位杰出的语言艺术大师,他的杂剧作品汲取了大量的民间生动语言,浸润"诗曲已多年"②,熔铸精美的古典诗词,创造出一种生动流畅、本色当行的语言风格,真正做到了明代臧懋循在《元曲选序》中所谓的"人习其方言,事肖其本色,境无旁溢,语无外假"③,是名副其实的本色派代表。

元杂剧文采派的特点主要有:曲词典丽文雅、藻彩焕发,结构波澜起伏、关目佳,故事题材高雅,等等。明代贾仲明在为王实甫补撰的【凌波仙】挽词云:"风月营,密匝匝列旌旗。莺花寨,明飚飚排剑戟。翠红乡,雄赳赳施谋智。作词章,风韵美,士林中等辈伏低。新杂剧,旧传奇,《西厢记》天下夺魁。"④从中可以看出贾仲明对王实甫杂剧及文采派的推崇肯定和身份认同。王实甫的杂剧作品全面地继承并弘扬了唐诗宋词精致美艳的书面语言艺术,又吸收了元代民间广大市民百姓生动活泼的口头语言艺术,并将它们创新性地完美融合在一起,创造了许多文采璀璨的元曲词汇,成为元杂剧文采派最为杰出的代表。

从国学视域来看,元杂剧的本色派和文采派属于纯粹的戏曲文学性流派,开创了古代戏曲文学流派异质风骚的先河,在王国维建构戏曲学的学术体系意义上,具有与历代诗派、词派并驾齐驱的同等重要的文学价值。

元北曲杂剧进入明清时代,虽然历经文人士大夫的染指,常有起伏变化,但是总体上是不断走向衰落,难登戏曲舞台搬演,无法与蔚为主流的传奇相媲美。鉴于元杂剧余势延及明初,明宁王朱权著《太和正音谱》,其中《乐府体式》一章

---

① 钟嗣成:《录鬼簿》,《中国古典戏曲论著集成》(二),中国戏剧出版社1959年版,第151页。
② 吴国钦校注《关汉卿全集》,广东高等教育出版社1988年版,第592页。
③ 臧懋循:《元曲选》,中华书局1958年版,第2页。
④ 钟嗣成:《录鬼簿》,《中国古典戏曲论著集成》(二),中国戏剧出版社1959年版,第173页。

分北曲杂剧文学体式为"丹丘体"等15种，题为"予今新定乐府体"，表明这样分类是朱权的首创。这种分类在一定程度上具有供后人对元杂剧进行流派分类的重要参考价值，但是，毕竟缺少价值界定和学科规范。所以，后世有的学者将明清宫廷杂剧看作是一个区别于民间杂剧的流派未尝不可，但是，一般严格地来说，明清杂剧缺乏学术意义上的纯粹流派可言。不过，明清杂剧的客观存在，以及杂剧家往往还涉足南戏或创作传奇，不乏映照传奇流派异质风骚的个性化熠熠光芒。

明清传奇的繁盛是中国古代戏曲发展的第二个高峰，其中，戏曲流派数量之多和涵盖面之广是主要的标志之一。吴梅的《〈百嘉室曲选〉自序》云："元明以来，作家云起，论其高下，派别攸分。《荆》《刘》《拜》《杀》，谐俗者也；《香囊》《玉玦》，藻丽者也。汤奉常之新颖，沈寿宁之古拙，吴石渠之雅洁，范香令之工练，协律修词，并足为法。逊清一代，高莫如东塘，大莫如昉思。藏园、湖上，虽雅郑不同，要非二家之敌也。夫声歌之道，远本风诗；体格之尊，俨若乐府。自艳语赠答，动乖典章，才士寄情，不辞猥亵，君子观之，辄复鄙弃。抑知雕绘物情，模拟人理，极宇宙之变态，为文章之奇观，又乌可以小技薄之哉。"①吴梅从国学视域看待戏曲史上的各种流派，以"乌可以小技薄之"断言提升戏曲的社会地位，为人们指引了一条认同古代戏曲流派身份的路径。

事实的确如此，元杂剧的本色派、文采派，前者代表着杂剧的最高水准和艺术成就，后者预示了明清传奇转型雅化的未来趋势。传奇在明代中叶以后最为兴盛，随着嘉靖年间昆山腔的格律形成与规范应用，传奇的音乐性催生了文学性的长足发展，加之文人士大夫的热衷参与，集诗词作家与剧作家于一身，传奇作品日渐繁多，逐步形成本色自然与词藻骈俪两大主要戏曲文学流派，如吕天成的《曲品》所云："传奇之派，遂判而为二：一则工藻缋以拟当行；一则袭朴淡以充本色。"②主张"本色"为主的本色派，主要成员有何良俊、徐渭、沈璟、吕天成、王骥德、臧懋循、徐复祚等；以"儒门手脚为之"一味炫耀才学的骈丽派或曰文辞家派，主要成员有邵璨、郑若庸、梅鼎祚等。此外，还有以主张戏曲宣扬封建伦理纲常、推广名教风化的道学家派，主要成员有高明、邱濬等。传奇的流派还

---

① 蔡毅：《中国古典戏曲序跋汇编》，齐鲁书社1989年版，第524页。
② 吕天成：《曲品》，《中国古典戏曲论著集成》（六），中国戏剧出版社1959年版，第211页。

先后呈现文学性、音乐性和地域性相结合的发展趋势，涌现了多种多样、个性鲜明、派别相间、异质风骚的独特风貌。例如，以汤显祖主张"意趣神色"为代表的临川派或曰玉茗堂派，主要成员有阮大铖、吴炳、孟称舜、凌濛初等；以沈璟主张"合律依腔"为代表的吴江派或曰格律派，主要成员有吕天成、王骥德、卜世臣、叶宪祖、冯梦龙、顾大典、沈自晋、范文若、袁于令等；以活跃在会稽、余姚为中心地域为名的越中派，主要成员有徐渭、史槃、王澹、叶宪祖、王骥德、吕天成、祁彪佳、孟称舜、钱直之等；以生活在苏州一带地域为名的吴中派，主要成员有张凤翼、梁辰鱼、郑若庸等，有人又归属之昆山派或骈绮派。明末清初，以苏州地区命名的苏州派，主要成员有李玉、朱素臣、朱佐朝、叶稚斐、张大复等。

明清传奇流派的异质辉耀除了戏曲发展的必然规律等使然之外，主要还受到诗词的影响，与诗学、词学及诗派、词派有千丝万缕的关联，两者相辅相成。例如，明代本色派戏曲理论家何良俊攻习诗文，有《柘湖集》28卷等，莫友忠的《何翰林集序》云：何良俊"诗本苏李而近体出高岑间。至其酝酿群籍，勒成一家，意匠纵横，不假绳削，或直陈事理，陶写胸臆，累数百言，要归于质厚。"[①] 这就是说，何良俊的古诗向苏武和李陵学习，格律诗则与盛唐边塞诗派诗人高适和岑参并肩，而且能自成一家，具有独到的艺术风格。对于骈丽派剧作家邵璨，徐复祚评其《香囊记》云："以诗语作曲，处处如烟花风柳"[②]，徐渭则云："《香囊》乃宜兴老生员邵文明作，习《诗经》，专学杜诗，遂以二书语句勾入曲中。"[③] 道学家派剧作家高明创作《琵琶记》，明人蒋一葵称其"避地鄞之栎社，以词曲自娱"[④]。临川派剧作家汤显祖创作"玉茗堂四梦"，另有诗集《红泉逸草》《问棘邮草》传世，中年之前致力于写诗。明人邹迪光《临川汤先生传》云：汤显祖"于诗若文

---

① 莫友忠：《何翰林集序》，明嘉靖四十四年何氏香严精舍刻本。
② 徐复祚：《曲论》，《中国古典戏曲论著集成》（四），中国戏剧出版社1959年版，第236页。
③ 徐渭：《南词叙录》，《中国古典戏曲论著集成》（三），中国戏剧出版社1959年版，第243页。
④ 蒋一葵：《尧山堂外纪》卷七十六，明万历三十四年刊本。

无所不比拟，而尤精西京六朝青莲少陵氏"①，沈际飞亦云："临川诗集独富。自谓乡举后乃工韵语，诗赋外无追琢功。于中万有一当，能不朽如汉魏六朝李唐名家。"②汤显祖是著名的剧作家，出其余绪而写诗填词，偶有佳作，但是，吴衡照批评"其患在好尽，而字面往往混入曲子"③；实际上，这种写诗填词杂糅戏曲创作，表面上与诗词蕴藉之旨相距甚远，但是，却从反面说明汤显祖注重入乎其内而又出乎其外的自由创作个性，以及汤显祖诗、词、戏曲于一身而相互影响、相互渗透、相互促进的深层次关系。吴江派剧作家沈璟，宗谱《家传》云其有"诗文若干卷，未刻"，又：乾隆刻本《吴江县志》记载：其"工诗文及行草书。告归后，寄情词曲，自号词隐生。……撰《古今词谱》二十卷、《词论六则》"。④吕天成的舅舅孙鑛精通戏曲和诗，曾向吕天成传授创作南剧"十要"，同时还撰有《评诗经》四卷、《唐诗排律辨体》十卷、《唐诗品》等，《四库全书总目提要》在《孙月峰评经》中评价孙鑛："钟（惺）谭（谭元春）流派，此已兆其先声矣。"⑤越中派剧作家徐渭著《南词叙录》等，《明史》称："渭天才超轶，诗文绝出伦辈。"⑥王骥德云："吾越故有词派，……陆放翁小词闲艳，与秦、黄并驱。元之季有杨铁崖者，风流为后进之冠，……至吾师徐天池先生所为《四声猿》，而高华爽俊，秾丽奇伟，无所不有，称词人极则，追躅元人。"⑦这就是说，徐渭对南戏和杂剧的兼长，受到了有史以来越中地区诗、词和戏曲传统的熏染滋养。吴中派剧作家张凤翼著传奇《红拂记》等，诗歌有《句注山房集》20卷，李茂春《句注山房集叙》评张凤翼云："张公以诗魁三晋。……诸诗则其芒可纫，其美可袭，其音节可比金石。"⑧所有这些都表明，戏曲流派与诗词关系密不可分，诚如耦塘居士《十二种曲

---

① 徐朔方笺校《汤显祖诗文集》，上海古籍出版社1982年年版，第1513页。
② 徐朔方笺校《汤显祖全集》，北京古籍出版社1999年版，第1694页。
③ 唐圭璋编《词话丛编》，中华书局2005年版，第2461页。
④ 徐朔方辑校《沈璟集》，上海古籍出版社1991年版，第908—911页。
⑤ 永瑢等：《四库全书总目提要》第7册，商务印书馆1931年版，第77页。
⑥ 张廷玉等：《明史》，中华书局1974年版，第7388页。
⑦ 王骥德：《曲律》，《中国古典戏曲论著集成》（四），中国戏剧出版社1959年版，第167页。
⑧ 李茂春：《句注山房集叙》，《四库禁毁书丛刊》集部第70册，北京出版社1997年版，第128—129页。

小引》所云:"有明作者林立,笠翁而外,首选临川,顾臭味略殊,不无宋词苏、辛、姜、张之别,其妙则异翮同飞也"①,及李渔《闲情偶寄》所言:"填词非末技,乃与史传诗文同源而异派者也。"②是为确论无疑。

清代乾隆年间以来,称为雅部的昆山腔传奇逐渐走向衰落,退出了稳居主流地位的戏曲舞台,而统称为花部的各种地方戏包含秦腔、梆子、皮黄、弦索等新兴声腔剧种不断涌现,先后以戏曲音乐意义上声腔流派的身份登上戏曲舞台,填补了雅化得脱离民间审美趣味和欣赏水平的昆山腔传奇遗留的空白,满足了广大市民百姓精神生活的多样化审美需要。对此,姚燮《今乐考证》有"今曲流派"一章介绍较详;另外,严长明《小惠》亦云:"秦中各州郡皆能声,其流别凡两派。渭河以南尤著名者三:曰渭南,曰盩厔,曰醴泉;渭河以北尤著名者一:曰大荔。"③在戏曲音乐意义上出现的诸多花部乱弹地方戏声腔流派扩大了以往戏曲流派的体系,充实了中国古代戏曲本体的特征,丰富了戏曲学乃至国学意义上文化艺术流派的内涵,为后人更加全面地研究中国古代戏曲敞开了透亮的窗口和可循的路径。

在众多地方戏中,京剧融汇其他地方戏,铸就了近代以来影响最大的戏曲声腔剧种,而京剧搬演流派之多、名角之优秀,成为其地位突出、代表中华民族艺术国粹之全面成熟的重要标志之一。

综观中国京剧史,一方面,京剧搬演流派的形成与昆山腔有源和流的亲缘关系。陈彦衡的《旧剧丛谈》云:"皮黄戏剧之组织排场,多与昆曲相类,盖由苏班摹仿变化而自成一派,已非旧观。然则今日之皮黄,当明其源别、源流之所以异,与夫因革变化之所由来,而折衷于一是。……今日之皮黄,由昆曲变化之明证,厥有数端。徽、汉两派唱白纯用方音乡语,北京之皮黄平仄阴阳、尖团清浊分别甚清,颇有昆曲家法,此其一证也。汉调净角用窄音假嗓,皮黄净角用阔口堂音,系本诸昆腔而迥非汉调,此其二证也。皮黄剧中吹打曲牌皆摘自昆曲,如【泣颜回】摘自《起布》、【朱奴儿】摘自《宁武关》、【醉太平】摘自《姑苏台》、【粉孩儿】摘自《埋玉》,诸如此类,不可枚举。而武剧中之整套【醉花阴】【新水

---

① 蔡毅:《中国古典戏曲序跋汇编》,齐鲁书社1989年版,第1509页。
② 李渔:《李渔全集》第三卷,浙江古籍出版社1992年版,第2页。
③ 傅谨主编《京剧历史文献汇编》清代卷壹,凤凰出版社2011年版,第10页。

令】【斗鹌鹑】【混江龙】等更无论矣,此其三证也。北京皮黄初兴时,尚用双笛随腔,后始改用胡琴,今日所指唱者之【正宫】【六字】诸调,皆就笛而言,其为昆班摹仿变化无疑,此其四证也。徽班老伶无不擅昆曲,长庚、小湘无论矣,即谭鑫培、何桂山、王桂官、陈德霖亦无不能之。其举止气象皆雍容大雅,较诸徽、汉两派,判如天渊,此又由昆曲变化之确实证据。然则北京之皮黄,固不可与徽、汉两派之皮黄同日而语矣。皮黄盛于清咸、同间,当时以须生为最重,人材亦最伙。其间共分数派。程长庚,皖人,是为徽派;余三胜、王九龄,鄂人,是为汉派。张二奎,北人,采取二派而挽以北字,故名奎派。汪桂芬专学程氏,而好用高音,遂成汪派。谭鑫培博采各家而归于汉调,是曰谭派。要之,派别虽多,不外徽、汉两种,其实出于一源。"①

另一方面,京剧搬演流派内部还有各种行当流派细分,例如,徐珂《清稗类钞》云:"武旦分三派,一专讲技击,一专尚柔术,一专讲排面。花旦派别最多,大抵不出闺门旦、即青衣旦。顽笑旦、刀马旦、与武旦微别。粉旦数种,而以口齿犀利、情态逼真为贵则一。京班分青衣旦为二派:一为二黄花旦,一为梆子花旦,各以一人专习,无兼唱者。二黄花旦则口齿须锋利,梆子花旦之唱工尤须以京艳取胜,令人有百回不厌之能力而后可。"②

京剧和各地方戏以不同声腔剧种见长,花部乱弹流派之分亦以此为界限;加之如京剧以搬演个性兼地域分海派和京派,如徐珂的《清稗类钞》云:"京伶呼外省之剧曰海派。海者,泛滥无范围之谓,非专指上海也。京师轿车之不按站口者,谓之跑海。海派以唱做力投时好,节外生枝,度越规矩,为京派所非笑。京派即以善于剪裁、干净老当自命,此诚京派之优点,然往往勘破太过,流弊亦多"③,又以欣赏趣味兼地域分北派和南派,例如,《清稗类钞》云:"观剧者有两大派,一北派,二南派。北派之誉优也,必曰唱工佳,咬字真,而于貌之美恶,初未介意,故鸡皮鹤发之陈德琳,独为北方社会所推重。南派誉优,则曰身段好,容颜美也,而艺之优劣,乃未齿及。一言以蔽之,北人重艺,南人重色而已。北方之音刚以杀,酷喜梆子。南方之音柔以佻,惟中州与汉上之音洪爽,故黄调最合南北之嗜。

---

① 张次溪编纂《清代燕都梨园史料》正续编,中国戏剧出版社1988年版,第849页。
② 傅谨主编《京剧历史文献汇编》清代卷捌,凤凰出版社2011年版,第226页。
③ 同上书,第199页。

而道白必推中州，以其清越谐和，庄栗有节也。北人于戏曰听，南人则曰看，一审其高下纯驳，一视其光怪陆离。论其程度，南实不如北。宣统末，沪人雅能听曲，然喜高嗓而不辨神韵，喜激昂而不乐镇静，至于能拍板眼，明音率，求做工，审情节者，实不数觏。而北方则纨袴、贩夫，皆能得此中三昧也。"[1] 京剧和花部乱弹各种流派形成、搬演和划分继承创新，共进共荣，交相辉映，充分显示了中国古代戏曲发展到近代异质风骚的灿烂别致。

---

[1] 傅谨主编《京剧历史文献汇编》清代卷捌，凤凰出版社2011年版，第220页。

第三章
戏曲艺术形式本质的形成与身份认同

第一节 诗、词、曲本体比较

戏曲艺术形式本质的形成与身份认同经历了漫长的过程。从诗、词、曲本体的比较可见三者的基本轮廓。

在形而上方面，就概念而言，广义则诗、词、曲均属于韵文学或音乐文学，可以使用"曲"的引申义内涵认同实称之，具有同一关系。例如，沈宠绥云："陈隋以前，肇名为曲"[①]，刘熙载的《艺概》道："曲之名古矣。近世所谓曲者，乃金、元之北曲，及后复溢为南曲者也。未有曲时，词即是曲；既有曲时，曲可悟词。苟曲理未明，词亦恐难独善矣。"[②] 狭义则诗、词、曲的内涵同中有异，三者要分别实称之，具有交叉关系。在形而下方面，一是就本源而言，从远古诗、乐、舞三位一体的混沌艺术，发展到古人用语言文字反映社会生活、表达人们思想感情的泛指的"文"，是戏曲艺术形式本质形成主要来源之一。例如，魏文帝曹丕的《典论·论文》从发展入手，着重文体的共同性而谓："文本同而末异"[③]。杨慎的《词

[①] 沈宠绥：《度曲须知》，《中国古典戏曲论著集成》（五），中国戏剧出版社1959年版，第189页。

[②] 袁津琥校注《艺概注稿》，中华书局2009年版，第578页。

[③] 袁峰编著《中国古代文论选读》，西北大学出版社2003年版，第27页。

品序》亦云:"诗词同工而异曲,共源而分派。"①杨恩寿认同曰:"曲与诗、词异流同源也。"②问津渔者的《陈五福官序》则从个性入手,着重文体差异而有所区别说:"文无定体,诗有别肠。"③二是就本体而言,作为戏曲艺术形式本质之承载本体则经历了诗、词、曲的历史继承、变化和现实发展、创造。例如,沈宠绥云:"曲肇自三百篇耳。《风雅》变为五言七言,诗体化为南词北剧。"④何良俊亦云:"夫诗变而为词,词变而为歌曲,则歌曲乃诗之流别。"⑤独学老人的《〈红心词客传奇〉序》认同云:"夫传奇虽小道,其所由来者远矣。盖古诗、《三百》,皆可被之管弦。乃一变而为楚人之骚,再变而为汉人之乐府,三变而为唐人之诗,四变而为宋人之词,五变而为金元人之曲。其体屡变而不穷,其实皆古诗之流也。"⑥

关于诗、词、曲的本源,国学注重的是三者普遍的本质身份。关于诗、词、曲的本体,国学注重的是三者特殊的本质身份。诗、词、曲三者的异同主要集中在以下几个方面。

第一,诗、词、曲的本体内容起源于人表达思想感情的共同需要。例如,吕履恒的《〈洛神庙〉自序》从情感抒发的角度云:"有感则有言,言则有声,声有高下、疾徐、短长之节,于是乎有歌诗。《三百篇》皆可被之管弦者是也。汉人乐府,始有曲。曲也者,委曲以达其所感之情。……宋词元曲,或庶几焉。"⑦问津渔者的《潘巧龄官序》亦云:"诗之作,由来尚矣。或假物以抒怀,或缘情而起义,要皆不泥乎物,不腻乎情为得也。"⑧邹式金认为诗、词、曲变化的只是体裁形式,不变的是借助"声音之道"传达审美主体的性情。邹式金的《〈杂剧三集〉自作小

---

① 杨慎:《词品》,人民文学出版社1960年版,第41页。
② 杨恩寿:《词余丛话》,《中国古典戏曲论著集成》(九),中国戏剧出版社1959年版,第237页。
③ 傅谨主编《京剧历史文献汇编》清代卷壹,凤凰出版社2011年版,第100页。
④ 沈宠绥:《度曲须知》,《中国古典戏曲论著集成》(五),中国戏剧出版社1959年版,第197页。
⑤ 何良俊:《曲论》,《中国古典戏曲论著集成》(四),中国戏剧出版社1959年版,第6页。
⑥ 蔡毅:《中国古典戏曲序跋汇编》,齐鲁书社1989年版,第1942页。
⑦ 同上书,第1671页。
⑧ 傅谨主编《京剧历史文献汇编》清代卷壹,凤凰出版社2011年版,第96页。

引》云:"《诗》亡而后有《骚》,《骚》亡而后有乐府,乐府亡而后有词,词亡而后有曲,其体虽变,其音则一也。声音之道,本诸性情,所以协幽明,和上下,在治忽,格鸟兽,故《卿云》歌而凤凰仪,《淋铃》作而马嵬走。夫子删《诗》曰:《雅》《颂》得所,然后乐正。未尝分诗乐为二。"①对此,邹绮的《〈杂剧三集〉序》认同云:"自有天地,即有元音。而其言情者,则莫过乎诗。诗《三百篇》不删《郑》《卫》,一变而为词,再变而为曲。体虽不同,情则一致。正如川渎之归海,洋洋乎大观也。其传于世者,《元人百种》鸣盛于前,明代两集继媲于后,类皆脍炙人口,鼓吹词坛,所谓情之所钟盖在是矣。"②所以,杨恩寿认为诗、词、曲共同以《诗经》为"正乐之宗",不认同诗、词、曲的本体变化有尊卑贵贱之分,批评时人的陋见,云:"昔人谓:'诗变为词,词变为曲,体愈变则愈卑。'是说谬甚。不知诗、词、曲,固三而一也,何高卑之有? 风琴雅管,三百篇为正乐之宗,固已芝房宝鼎,奏响明堂;唐贤律、绝,多入乐府,不独宋、元诸词,喝唱则用关西大汉,低唱则用二八女郎也。后人不溯源流,强分支派。《大雅》不作,古乐云亡。自度成腔,固不合拍;即古人遗制,循涂守辙,亦多聱牙。人援'知其当然、不知其所以然'之说以解嘲,今并当然者亦不知矣。诗、词、曲界限愈严,本真愈失。"③冯煦进一步阐发认为,诗、词、曲的歌唱形态尽管有所不同,但是共同基于"声音之道,发乎情而通乎政者也",因而,仍然是具有同一性的。其《〈汇刻传剧〉序》云:"声音之道,情以始之,政以终之,……《三百篇》降而乐府,乐府降而五七言诗,五七言诗降而词,词降而南北曲。其阴阳清浊,短长抗坠,疾徐刚柔,悲愉怨慕不尽同,而发乎情通乎政一也。……《春灯》《燕子》,君臣同嬉,明社亦终屋矣。曲虽一艺之末,亦兴亡治乱之所系哉!"④

第二,诗、词、曲的本体内容不仅源于人的思想感情表达,而且反映了天地自然客观规律的美,只是在本体艺术形式上字数、句数、宫调、类型、语言等方面有所不同。例如,□寿亭的《〈金榜山〉序》云:"古者,诗发乎情,止乎义,

---

① 蔡毅:《中国古典戏曲序跋汇编》,齐鲁书社1989年版,第464页。

② 同上书,第467页。

③ 杨恩寿:《词余丛话》,《中国古典戏曲论著集成》(九),中国戏剧出版社1959年版,第236页。

④ 蔡毅:《中国古典戏曲序跋汇编》,齐鲁书社1989年版,第521页。

乃天地自然之乐也。不拘四字成句，而古乐府作焉。古乐府流为词曲，……长（句），取其声之宽和；短（句），取其声之促节。故古乐府以词付乐工，其中工尺之抑扬，自使其声合拍。然诗盛于唐，词盛于宋，曲盛于元之北。北曲不谐于南。因有南曲，南北各十七宫调。"① 刘熙载的《艺概》云："曲止小令、杂剧、套数三种。小令、套数不用代字诀，杂剧全是代字诀。不代者品欲高，代者才欲富。此亦如'诗言志''赋体物'之别也。又套数视杂剧尤宜贯串，以杂剧可借白为联络耳。"② 曲中的戏曲兼备各种文学艺术体裁及审美功能。例如，孔尚任的《桃花扇小引》云："传奇虽小道，凡诗赋、词曲、四六、小说家，无体不备。至于摹写须眉，点染景物，乃兼画苑矣。其旨趣实本于三百篇，而义则春秋，用笔行文，又左、国、太史公也。于是警世易俗，赞圣道而辅王化，最近且切。今之乐，犹古之乐，岂不信哉？"③ 诗、词、曲本体艺术形式上的不同缘于赓续变化成体，脉络联接密切。例如，郭茂倩的《乐府诗集》曰："汉、魏之世，歌咏杂兴，而诗之流乃有八名：曰行，曰引，曰歌，曰谣，曰吟，曰咏，曰怨，曰叹，皆诗人六义之余也。至其协声律，播金石，而总谓之曲。"④ 庄亲王、周祥钰的《〈新定九宫大成北词宫谱〉凡例》着眼于曲牌关系，云："曲出于词，故曲之牌名，亦大半本诸诗余。"⑤ 刘熙载的《艺概》着眼于曲牌连套体式，云："南北成套之曲，远本古乐府，近本词之过变。远如汉《焦仲卿妻诗》，叙述备首尾，情事言状，无一不肖，梁《木兰辞》亦然。近如词之三叠、四叠，有《戚氏》《莺啼序》之类。曲之套数，殆即本此意法而广之；所别者，不过次第其牌名以为记目耳。"⑥ 这种赓续发展的主要原因是声调、声乐和器乐等的变化及运用使然。例如，王世贞的《曲藻自序》云："曲者，词之变。自金、元入主中国，所用胡乐，嘈杂凄紧，缓急之间，词不能按，乃更为新声以媚之。……所谓'宋词、元曲'，殆不虚也。但大江以北，渐染胡语，时时采入，而沈约四声遂阙其一。东南之士未尽顾曲之周郎，逢掖之间，

---

① 蔡毅：《中国古典戏曲序跋汇编》，齐鲁书社1989年版，第2514页。
② 袁津琥校注《艺概注稿》，中华书局2009年版，第596页。
③ 孔尚任：《桃花扇》，人民文学出版社1959年版，第1页。
④ 郭茂倩：《乐府诗集》，中华书局1979年版，第884页。
⑤ 蔡毅：《中国古典戏曲序跋汇编》，齐鲁书社1989年版，第138页。
⑥ 袁津琥校注《艺概注稿》，中华书局2009年版，第579页。

又稀辨挐之王应。稍稍复变新体,号为'南曲'。……大抵北主劲切雄丽,南主清峭柔远,虽本才情,务谐俚俗。"① 因而,诗、词、曲各有自我身份的本质规定性,随着自我和他者发展规律的驱动作用,显现了各自本体艺术形式的特殊性和差异性。例如,汤显祖的《答凌初成》云:"曲者,句字转声而已。葛天短而胡元长,时势使然。"② 黄宗羲的《〈胡子藏院本〉序》云:"诗降而为词,词降而为曲。非曲易于词,词易于诗也,其间各有本色,假借不得。"③

第三,诗、词、曲的本质规定性同中有异。诗可歌唱,不仅具有文学性,而且还具有音乐性。例如,许善良的《〈风云会〉自跋》云:"诗以言志,歌以言情,大率类是也。"④ 周祥钰的《〈新定九宫大成〉序》亦云:"盖古人律其辞之谓诗,声其诗之谓歌";并引庄亲王语云:"夫乐以诗为本,诗以声为用。"⑤ 词亦可歌,不仅具有文学性,而且具有音乐性,不过,词的文学体制与诗不同,因而创作方法也完全不同。例如,方成培的《香研居词麈》云:"古者诗与乐合,而后世诗与乐分,古人缘诗而作乐,后人倚调以填词。古今若是其不同,而钟律宫商之理,未尝有异也。自五言变为近体,乐府之学几绝。唐人所歌,多用五七言绝句,必杂以散声,然后可比之管弦,如《阳关》诗必至三叠而后成音,此自然之理。后来遂谱其散声,以字句实之,而长短句兴焉。故词者所以济近体之穷,而上承乐府之变也。"⑥ 词尽管像诗一样也可以通过声乐歌唱,但是,词凭藉乐器伴奏使得音乐性更加趋近于戏曲。例如,毕华珍的《律吕元音》云:"宋词已开弦索先声。"⑦ 弦索指的是乐器上的弦,多被人们用作弦乐器的总称,另外也被人们用来表示弹奏弦乐。金元以来,人们常用琵琶、三弦等弦乐器伴奏戏曲、曲艺,于是,人们并称之为"弦索"。例如,金代董解元的《西厢记诸宫调》亦称《弦索西厢》,明代沈宠绥有《弦索辨讹》三卷即是。曲中的戏曲作为舞台艺术,除了具有文学

---

① 蔡毅:《中国古典戏曲序跋汇编》,齐鲁书社1989年版,第31页。
② 徐朔方笺校《汤显祖全集》,北京古籍出版社1999年版,第1442页。
③ 蔡毅:《中国古典戏曲序跋汇编》,齐鲁书社1989年版,第1439页。
④ 同上书,第2484页。
⑤ 同上书,第128—129页。
⑥ 方成培:《香研居词麈》,中华书局1985年版,第1页。
⑦ 毕华珍:《律吕元音》,中华书局1985年版,第17页。

性、音乐性之外，还可以表现为塑形妆扮、载歌载舞，因此，具有雕塑性、绘画性、舞蹈性、舞台性和建筑性。例如，清代刘永安创作传奇《冰心册》，吴诒沣撰《〈冰心册〉传奇序》云："诗歌，古之乐也。词曲，今之乐也。言殊而志一也。……古山子为黔牧制帅之属吏，作《冰心册》。或谓古山为汉军才子，仅以词藻取。余窃以忠贞之绩，纪于太帝，假优孟之衣冠，感庸愚之耳目，式歌且舞。"①尤其是戏曲的音乐性还要受到唱腔的制约，体现唱腔的不同。这也是戏曲与诗、词最为明显的本体区别之一。

第四，诗、词、曲的表达方式和审美功能不尽相同。诗、词的表达方式和审美功能侧重于抒情，作品内容蕴藉宗旨导向主题；曲尤其是戏曲的表达方式和审美功能侧重于叙事，作品内容更直截了当显现主题。例如，蹄涔子的《〈鸳鸯梦〉叙》云："传奇之与填词家有异乎？曰：有。词以摹情，传奇以谕俗，意亦颇主劝惩。固《三百篇》之支裔也。……发乎情，止乎礼义；好色不淫，怨诽不乱，兼《风》《雅》而为骚，即仿遗骚而为歌曲，斯莫尚矣。……噫！安在柔情曼声，而不足以扬忠孝、旌节烈也哉？"②所以，诗、词、曲的表达方式和审美功能可以取长补短，相辅相成。刘熙载的《艺概》云"词如诗，曲如赋。赋可补诗之不足者也。……曲亦可补词之不足也。"③有鉴于此，为了使戏曲搬演的故事雅俗共赏，戏曲曲词和宾白的语言运用要求与诗、词不同。例如，李渔的《闲情偶寄》云："诗文之词采，贵典雅而贱粗俗，宜蕴藉而忌分明。词曲不然，话则本之街谈巷议，事则取其直说明言。"④对于戏曲本身的表达方式和审美功能来说，北曲杂剧和南曲传奇在使用方言土语方面也不相同。例如，王骥德云："北曲方言时用，而南曲不得用者，以北语所被者广，大略相通，而南则土音各省、郡不同，入曲则不能通晓故也。"⑤

第五，诗、词、曲的格律及创作难度不同。诗、词的格律比较宽松，曲的格

---

① 蔡毅：《中国古典戏曲序跋汇编》，齐鲁书社1989年版，第1062页。
② 同上书，第1433—1434页。
③ 袁津琥校注《艺概注稿》，中华书局2009年版，第578页。
④ 李渔：《李渔全集》第三卷，浙江古籍出版社1992年版，第17页。
⑤ 王骥德：《曲律》，《中国古典戏曲论著集成》（四），中国戏剧出版社1959年版，第148页。

律要求谨严,曲尤其是戏曲的创作难度比诗、词更大。例如,徐梦元的《〈惺斋五种〉总序》云:"诗之变为词,词之变为曲,似曲之道,屡变愈下,较易于词与诗,而不知其擅场为独难。诗词自唐宋以后,鲜有按板而歌之者,故其绳墨不甚严密。曲则句之长短,字之多寡,声之平上去入,韵之清浊阴阳,皆有一定不移之格。"① 巴县山父的《〈琵琶记〉前贤评语》引冯梦龙语云:"诗止平仄二声,曲则于仄声内,又必辨上、去、入三声。有上、去、入可通用者,亦有上、去、入不可通用者。如应用去而用入,则不合腔;应用上而用去,则不起调。又有入声可借作平声者,亦有不借作平声者。如一样两入声字,而一作平,一不作平,各自不同,不得错认。诸如此类,颇费填词者之经营。"② 凌濛初的《〈南音三籁〉凡例》亦云:"曲之有《中原韵》,犹诗之有沈约韵也,而诗韵不可入曲,犹曲韵不可入诗也。"③ 卢前的《〈曲韵举隅〉例言》认同云:"曲韵与词韵相异者,如词中支思与齐微并为一部,寒山、桓欢、先天为一部,家麻、车遮为一部,监咸、廉纤为一部,曲则不相混。又词中用入声韵有叶入三声者,亦有独用入声者,非如曲之入声派作三声。故词于入有部属,填曲家万不可用词韵也。"④ 相比之下,黄周星不仅看到了制曲之难,而且还指出了制曲之易,分析见解更加全面,思维方法更加辩证。黄周星云:"诗降而词,词降而曲,名为愈趋愈下,实则愈趋愈难,何则?诗律宽而词律严,若曲,则倍严矣。……曲之难有三:叶律一也,合韵二也,字句天然三也。……'三仄更须分上去,两平还要辨阴阳。'诗与词曾有是乎?……曲有三难,亦有三易。三易者:可用衬字衬语,一也;一折之中,韵可重押,二也;方言、俚语皆可驱使,三也。是三者,皆诗文所无,而曲所有也。"⑤ 曲分南北,各自体式身份的本质规定性不同,亦增加了相对诗、词创作的难度。例如,卓珂月的孟子塞《残唐再创》杂剧小引云:"作近体难于古诗,作诗余难于近体,作南曲难于诗余,作北曲难于南曲。总之,音调、法律之间,愈严则愈苦耳。……夫北

---

① 蔡毅:《中国古典戏曲序跋汇编》,齐鲁书社1989年版,第1741页。
② 同上书,第603页。
③ 同上书,第59页。
④ 同上书,第312页。
⑤ 黄周星:《制曲枝语》,《中国古典戏曲论著集成》(七),中国戏剧出版社1959年版,第119页。

曲之道，声止于三，出止于四，音必分阴、阳，喉必用旦、末，他如楔子、务头、衬字、打科、乡谈、俚诨之类，其难百倍于南。"①曲的创作难度比诗、词更大，还在于曲是联套体制，有宫调，有曲牌。宫调、曲牌的联套是曲独有的音乐性标志，不同的曲牌有不同的声情、隶属不同的宫调。例如，王心池的《〈乐府传声〉叙》云："牌调各有定谱，凡曲七调，自有定格，如某牌名系某宫，则应用某调，方为合度。"②剧作家的创作必须深谙不同曲牌名及所蕴涵的声情差异，特别是遵循戏曲的曲牌联套体制对曲牌运用的声情要求。例如，刘熙载的《艺概》云："牌名亦各具神理。昔人论歌曲之善，谓'《玉芙蓉》《玉交枝》《玉山供》《不是路》要驰骋，《针线箱》《黄莺儿》《江头金桂》要规矩，《二郎神》《集贤宾》《月儿高》《念奴娇》《本序》《刷子序》要抑扬'，盖若已兼为制曲言矣。"③剧作家遵循曲牌联套体制要求创作戏曲旨在演唱达到最佳效果。例如，李渔的《闲情偶寄》强调："从来词曲之旨，首严宫调，次及声音，次及字格。九宫十三调，南曲之门户也。小出可以不拘，其成套大曲则分门别户，各有依归，非但彼此不可通融，次第亦难紊乱"④，在遵循曲牌联套规范的基础上，戏曲演员要"解明曲意""唱曲宜有曲情"，只有真正掌握了曲牌联套的真谛，才能够凭借锦心绣口，被管弦、付优孟，搬演人人誉为"最上一乘"的作品。

第六，诗、词、曲呈现艺术形象的方式不同。诗、词的审美功能主要是间接诉诸欣赏接受者生成供内视的心理形象；除散曲之外，曲中戏曲的审美功能主要是直观诉诸欣赏接受者生成可视听的具体形象。例如，陈宝创作传奇《东海记》，其《凡例》云："曲者，曲也。本宜曲折变幻，使观者动目，……若曰：曲而有直体，则吾岂敢！"⑤陈宝的意思是戏曲要以生动搬演、直观明了、曲折变幻的艺术形象感染触发人心。从表面上看来，陈宝是不认同毛声山对于"曲贵其直"的观

---

① 焦循：《剧说》，《中国古典戏曲论著集成》（八），中国戏剧出版社1959年版，第170—171页

② 徐大椿：《乐府传声》，《中国古典戏曲论著集成》（七），中国戏剧出版社1959年版，第185页。

③ 袁津琥校注《艺概注稿》，中华书局2009年版，第589页。

④ 李渔：《李渔全集》第三卷，浙江古籍出版社1992年版，第28页。

⑤ 蔡毅：《中国古典戏曲序跋汇编》，齐鲁书社1989年版，第2016页。

点，因为毛声山《〈琵琶记〉总论》曾经说过："作文不难以艳语为渲染，而难以淡语为渲染。填词不难以丽句入宫商，而难以平句入宫商，何也？盖曲之体与诗不同。诗体直，直则贵其曲，能运曲于直中，乃为妙诗。曲体本曲，曲则又贵其直，能运直于曲中，乃为妙曲。不然而讴者循腔按板，抑扬顿挫，每至有一字数叠者，若更以雕琢堆砌之词入之，几令听者不知其作何语矣。《琵琶》歌曲之妙，妙在看去直是说话，唱之则协律吕，平淡之中有至文焉。"① 实际上，陈宝与毛声山的见解并没有根本的矛盾对立，二人都认同并寄望于戏曲作品获得最佳审美接受效果；差别在于陈宝强调的是剧作家的本色当行创作与演员的本色当行搬演相一致，注重的是剧本文学形象与演员舞台形象的协同关系；而毛声山强调的则是剧作家的平实淡雅的作品语言与演员搬演所遵循的声腔格律相一致，注重的是剧本文学形象与剧本音乐形象的协同关系。所以说，陈宝与毛声山的戏曲身份认同虽然存在差异，但是在根本性质上是相向趋同的。

第七，诗、词、曲的本体结构不同。诗的本体结构有古诗和格律诗的不同，格律诗体有律诗、绝句、排律的分别。词是按词牌填词。词的本体结构因词的字数不一。一般58字以内为小令，59字至90字为中调，91字以上为长调。词有"令""引""近""慢"等名称，亦与字数多少有关。一般规定59字以下为小令，59字至90字引、近；90字以上为慢词。最短的词不分段，叫单调。较长的词分两段，叫双调、双叠，即前后两阕，或上下两片。三叠、四叠较为罕见。戏曲的本体结构有文学结构和音乐结构之别。戏曲的文学结构是指剧本的故事内容组织与呈现形式。戏曲以歌舞演故事必须经历发生、发展、高潮和结局四个阶段，这是戏曲的文学结构基本叙事模式。戏曲的文学结构受到音乐结构的制约，所以，论戏曲的文学结构必须着重论及戏曲的音乐结构。

戏曲音乐结构又称唱腔结构。古代戏曲的唱腔结构分为曲牌体和板腔体两种。曲牌体又称作曲牌联套体或曲牌联缀体，属于套曲结构，以元杂剧和明清传奇为代表，一部戏由若干宫调和若干支套曲构成。例如：元杂剧是用北曲演唱的一种戏曲形式，通常是一本四折，在表现形式上，一本就是一部戏，四折就是一部杂剧用四个不同的宫调，以宫调为标准划分折，每一个宫调统辖一支套曲，套曲由

---

① 蔡毅：《中国古典戏曲序跋汇编》，齐鲁书社1989年版，第2722页。

若干曲牌组成，此即称之为"折"，一本共有四支套曲组成，每一支套曲就是一个大的音乐段落，而且一韵到底。这种音乐结构方法开始于宋代以南曲演唱的南戏和宋金吸收歌舞大曲的杂剧院本，经元杂剧、南戏发展到明代传奇渐趋完善成熟。明清传奇以南曲昆山腔演唱的昆剧为代表，一本就是一部戏，一部戏一般多达三十出以上不等，每一出不限于只用一个宫调，以套曲为标准划分出，宫调统辖套曲，也可以是南北合套，套曲由若干曲牌组成，此即称之为"出"，押韵比元杂剧宽松，每一出都可以换韵。在花部乱弹如梆子、皮黄出现以前，曲牌体是古代戏曲音乐唯一的结构形式，曲牌联缀有一定规律和要求，即将若干支不同的曲牌联套时，往往是慢曲放在前面，急曲放在后面，排列的顺序通常组合为散—慢—中—快—散的表现形式。每一支曲牌唱腔的曲调都有自己的曲式、调式和调性，以及本曲的情趣，戏曲家们称之为"宫调声情"，如魏良辅说："曲须要唱出各样曲名理趣。"[①] 东山钓史的《九宫谱定》云："凡声情概以宫分，而一宫又有悲欢、文武、缓急、闲闹，各异其致。"[②] 当然，每一支曲牌虽有固定的格式，但是，必要时也可以依据曲词的字音、角色的行当以及人物的性格、感情的不同而对曲调进行适当的改变。曲牌的文字部分称之为曲词或曲文，必须"倚声填词"，一般多作长短句，少用齐句式言。各曲的句数、用韵、定格，以及每句的字数、句法和四声平仄等都有一定的格式，从戏曲剧本作为音乐文学来说，曲牌就是戏曲文学体裁的格律谱式。需要指出的是，钱南扬的《戏文概论》认为：宋金元戏曲是以角色的上下场为搬演标准使用"出"或"折"的，而且原剧本中不标注"出"或"折"的字样，"宋金元时代，戏剧还没有分出、折的习惯。不分出、折，不等于说没有出、折。出、折是有的，就是一段接一段，牵连而下，不把它分开罢了"；从明代中叶开始，"明人以套曲为标准"，为了阅读、征引的方便，人们才把宋南戏分"出"，元杂剧分"折"，"明人把它分出、折，平心而论，也是进步的表现。"[③] 由此可见，宋金元戏曲家与明代戏曲家或剧本刊刻者对出、折的身份认同本质上是一致的，区别在于：前者的身份认同注重的是音乐舞蹈成分，后者的身

---

① 魏良辅：《曲律》，《中国古典戏曲论著集成》（五），中国戏剧出版社1959年版，第6页。

② 齐森华等主编《中国曲学大辞典》，浙江教育出版社1997年版，第696页。

③ 钱南扬：《戏文概论》，上海古籍出版社1981年版，第170页。

份认同注重的是娱乐故事成分；前者的身份认同没有诉诸文字是隐性的，而后者的身份认同诉诸文字是显性的而已。这种由娱戏到剧曲、从隐而显的变化意味着人们对戏曲艺术形式本质和本体结构的身份认同趋向全面化、规范化、民族化。

  板腔体，通常又称之为板式变化体，是以一对主要是七字句或十字句齐言组织的上下句为基础，在变奏中突出节奏、节拍对比的作用，以不同板式的联结和变化作为音乐结构的基本手段。板腔体的代表是清代乾隆年间开始盛行的梆子腔、皮黄腔等，京剧则毫无疑问、理所当然是采用皮黄腔演唱的集大成者。板腔体基于民间音乐常用的变奏方法，运用速度的转慢或者加快、节奏节拍的展宽或者紧缩、旋律的加花或者减音等方法，衍变、派生成一系列各不相同的板式。板腔体在板式的变化上有更加细密划分的层次，唱腔的变化因此也就更加灵活自由，表现戏剧冲突因此也就更加方便快捷。板式的转换既可以是在一个板式的唱腔告一段落之后再转入另一个板式，也可以是在一段唱腔进行当中转入另一个板式。段落与段落之间的板式转换既可以通过锣鼓与伴奏进行过门衔接，也可以凭借速度的变化逐渐转换。至于唱腔段落内部的板式转换，既可以处在上下句之间，也可以处在一句的上半句与下半句之间，甚至句中的任何一个字均可以转入新的板式。各种板式的变化组合，通常采用的排列顺序基本上与曲牌体一样，也多是散—慢—中—快—散的结构布局，这种音乐性结构布局符合戏曲故事演绎的戏剧性矛盾起伏的一般发展规律。除了板式变化的手法之外，板腔体结构还常常依靠声腔和调式调性的转换，以及旋律的变化来改变曲调，使之符合戏曲故事情节发展和剧中人物情感表达的需要。板腔体的句数没有限制，字的平仄没有限制，所采用的曲调和唱腔没有限制，所以剧作家不用填词，曲白不受格式、四声的严格限制。戏曲音乐结构从曲牌体发展到板腔体无疑是一个很大的进步，意味着人们对戏曲本质和本体结构的身份认同更趋开放、自由、灵活、多元、创新、完善，也彰显了中国戏曲与西方戏剧具有不同的舞台艺术本质和民族审美文化特征，以及中国古代戏曲的国学意义和价值。

第二节 曲、戏、剧形态辨析

曲、戏、剧的艺术形态以及本质身份规定性特征同中有异，区分中有关联。从国学的视域来看，在中华民族艺术史上，"曲"源远流长。王易的《词曲史》说："曲之源实起于汉，乐府《铙歌鼓吹》之类是也。……而究曲字之义，则音韵曲折之义也。"[①] 曲与词有千丝万缕的联系，唐宋"词体层出，流变渐乘。北宋大晟，已开乐府。转踏，大曲，宫调，赚词，递衍递繁，遂成曲体。"[②]

关于"曲"的定义，宋人高承的《事物纪原》引《笔谈》曰："古诗皆咏之，然后以声依之，咏以成曲，谓之协律。诗有外和声，所谓曲也。"[③] 韩非木的《曲学入门》概括云："简单地说，用有韵律的文字，编成可以在口头歌唱的词句叫作曲。"[④] 许之衡的《曲律易知》解释说："曲为韵文之一种，盛于元，备于明，至晚近而几成广陵散。"[⑤] 齐森华先生等主编《中国曲学大辞典》道："曲是一种可供演唱的韵文形式。泛指历代各种带乐曲的文学艺术样式，包括戏曲、散曲、曲艺、小曲等。在历史文献中，一般又多用以专指宋元以来的南曲和北曲。……曲兼有文学和音乐两方面的性质。……曲在演唱过程中，又表现出它的演出性，这就关涉诸如声乐、舞蹈、表演、剧场等许多演出艺术门类。"[⑥] 由上述诠释可知，"曲"的本质和形态是文学性、音乐性和搬演性的。

在曲的文学性方面，主要表现为曲有可供艺人通过声乐演唱的虚实含义不同的文词。例如《尚书·尧典》云："诗言志，歌永言，声依永，律和声，八音克谐，无相夺伦，神人以和。"[⑦] 歌即歌唱，唱时乐音有曲折变化，故曰歌曲。宋代王

---

① 王易：《词曲史》，东方出版社1996年版，第10页。
② 同上书，第4页。
③ 高承：《事物纪原》，中华书局1989年版，第91页。
④ 韩非木：《曲学入门》，中华书局1938年版，第1页。
⑤ 许之衡：《曲律易知》，1922年饮流斋自刊本。
⑥ 齐森华等主编《中国曲学大辞典》，浙江教育出版社1997年版，第1页。
⑦ 阮元：《十三经注疏》，中华书局1980年版，第131页。

灼解释云："有心则有诗，有诗则有歌，有歌则有声律，有声律则有乐歌。永言，即诗也，非于诗外求歌也。"①清代宋翔凤的《乐府余论》云："宋元之间，词与曲一也。以文写之则为词，以声度之则为曲。……古人之词，必有曲度也。……度曲者，但寻其声，制词者，独求于意。……文章通丝竹之微，歌曲会比兴之旨。使茫昧于宫商，何言节奏，苟灭裂于文理，徒类喇啾。"②这就是说曲是演唱含有内容情意的文词，这种可歌的文词一般称之为曲词或曲文。例如，王灼引用道："《乐府杂录》云：白傅作《杨柳枝》。予考乐天晚年与刘梦得唱和此曲词，白云：'古歌旧曲君休听，听取新翻杨柳枝。'又作《杨柳枝》二十韵云：'乐童翻怨调，才子与妍词。'"③曲的文学性还表现在曲的文学体裁方面。从元代开始，人们普遍认同曲体的形态包括散曲和剧曲，剧曲一般统称之为戏曲。李昌集的《中国古代曲学史》说："今天为人公认的'曲'这一特定的文学艺术形式，是在元代正式确立的。"④

在曲的音乐性方面，曲的本质规定性决定了曲具有区别于他者的基本要素。例如，唐人崔令钦云："安公子——隋大业末，炀帝将幸扬州，乐人王令言以年老不去，其子从焉。其子在家弹琵琶，令言惊问：'此曲何名？'其子曰：'内里新翻曲子，名安公子。'令言流涕悲怆，谓其子曰：'尔不须扈从，大驾必不回。'子问其故，令言曰：'此曲宫声，往而不返。宫为君，吾是以知之。'"⑤这一段记载至少涉及与曲有关的身份要素有：曲牌【安公子】形成的时间如"隋大业末"，曲的本事如曲牌【安公子】缘于"炀帝将幸扬州"，唱曲家如"乐人王令言"及"其子"、搬演如"弹琵琶"，乐器如"琵琶"、曲谱如"内里新翻曲子"、曲牌如【安公子】、曲的声情如"往而不返""流涕悲怆"，欣赏如"令言流涕悲怆"、曲调如

---

① 王灼：《碧鸡漫志》，《中国古典戏曲论著集成》（一），中国戏剧出版社1959年版，第105页。

② 唐圭璋编《词话丛编》，中华书局1986年版，第2498页。

③ 王灼：《碧鸡漫志》，《中国古典戏曲论著集成》（一），中国戏剧出版社1959年版，第148页。

④ 李昌集：《中国古代曲学史》，华东师范大学出版社1997年版，第27页。

⑤ 崔令钦：《教坊记》，《中国古典戏曲论著集成》（一），中国戏剧出版社1959年版，第18页。

"宫声",曲评如"此曲宫声,往而不返。宫为君,吾是以知之"。曲的牌名是曲的音乐标志,有一部分继承宋词而来,另有一部分是即时更新创造,以适应曲的艺术表现和发展需要。例如,清人李调元云:"元遗山有小令云:'湘燕携雏弄语,有高柳鸣蝉相和。骤雨过,珍珠乱撒,打偏新荷。'一时传播。令入曲,易牌名【骤雨打新荷】。"①

音乐性的"曲"与文学性的"词"往往分别创作。王灼云:"江南某氏者,解音律,时时度曲。周美成与有瓜葛,每得一解,即为制词,故周集中多新声。"②音乐形态的"曲"与文学形态的"词"的结合形成了所谓"曲子词"。"曲子词"在发展的过程中不断融入了滑稽诙谐因素,使"曲子词"的情调逐渐向戏曲的曲词和宾白娱乐性情调接近。王灼云:"长短句中作滑稽无赖语,起于至和。嘉佑之前,犹未盛也。熙丰、元祐间,衮州张山人以诙谐独步京师,时出一两解。泽州孔三传者,首创诸宫调古传,士大夫皆能诵之。元祐间王齐叟彦龄,政和间曹组元宠,皆能文,每出长短句,脍炙人口。彦龄以滑稽语噪河朔。组潦倒无成,作《红窗迥》及杂曲数百解,闻者绝倒,滑稽无赖之魁也。……其后祖述者益众,嫚戏污贱,古所未有。"③

在曲的搬演性方面,大凡曲的艺术表现,一般离不开艺人、乐器和歌唱三个组成部分。唐代段安节云:"凡奏曲,登歌先引,诸乐逐之。""奏曲"亦曰弹曲,故段安节又曰:"街东有康昆仑琵琶最上,必谓街西无以敌也。遂请昆仑登彩楼,弹一曲新翻羽调《录要》(《绿腰》)"④;"歌"是指艺人有节奏、旋律、内容、情意和悦人耳目的演唱,即人们所谓声乐表现,故段安节又曰:"歌者,乐之声也,故丝不如竹,竹不如肉,迥居诸乐之上"⑤;"乐"即人们所谓音乐,包括声乐和

---

① 李调元:《雨村曲话》,《中国古典戏曲论著集成》(八),中国戏剧出版社1959年版,第16页。

② 王灼:《碧鸡漫志》,《中国古典戏曲论著集成》(一),中国戏剧出版社1959年版,第117页。

③ 同上书,第115页。

④ 段安节:《乐府杂录》,《中国古典戏曲论著集成》(一),中国戏剧出版社1959年版,第50页。

⑤ 同上书,第46页。

器乐，其中器乐因此关涉到乐器，乐器的种类繁多，故段安节又曰："乐即有箫、笙、竽、埙、篪、龠、跋膝、琴、瑟、筑。将竽形似小钟，以手将之即鸣也。"①曲的声乐演唱不断发展变化，伴奏所用的乐器也有所变化创新。例如，宋词作为音乐文学的曲的一种，当发展到元曲的时候，曲的演唱所用伴奏之乐器发生了明显变化，宋翔凤的《乐府余论》云："北宋所作，多付筝琵，故啴缓繁促而易流，南渡以后，半归琴笛，故涤荡沉渺而不杂。白雪之歌，自存雅音；薤露之唱，别增俗乐。则元人之曲，遂立一门，弦索荡志，手口慆心。"②从筝琵到琴笛再到弦索，从"自存雅音"到"别增俗乐"，可以从一个侧面比较清楚地发现由词曲到戏曲的搬演性发展轨迹。

值得重视的是，唐代的"曲"业已向歌舞相兼的艺术形态发展，艺人舞蹈时还有浓墨重彩的脸部化妆和服饰装扮，诚如段安节曰："舞者，乐之容也"，于是，除了歌曲之外，又有舞曲的出现和分类，如"健舞曲有《棱大》《阿连》《柘枝》《剑器》《胡旋》《胡腾》，软舞曲有《凉州》《绿腰》《苏合香》《屈柘》《团圆旋》《甘州》等。"③曲的演员队伍规模也比较大、人数也比较多，搬演的形式也越来越丰富多样，时人在更高层面上运用"戏"来概括这种歌舞搬演的形态。例如，段安节云："戏有《五方狮子》，高丈余，各衣五色。每一狮子有十二人，戴红抹额，衣画衣，执红拂子，谓之'狮子郎'。舞《太平乐》曲。《破阵乐》曲亦属此部，秦王所制，舞人皆衣画甲，执旗旆；外藩镇春冬犒军亦舞此曲，兼马军引入场，尤甚壮观也。"④王灼云："【菩萨蛮】——《南部新书》及《杜阳编》云：'大中初，女蛮国入贡，危髻金冠，璎珞被体，号菩萨蛮队，遂制此曲。当时倡优李可及作菩萨蛮队舞，文士亦往往声其词。'……其舞队不过如近世传踏之类耳。"⑤

---

① 段安节：《乐府杂录》，《中国古典戏曲论著集成》（一），中国戏剧出版社1959年版，第41页。

② 唐圭璋编《词话丛编》，中华书局1986年版，第2498页。

③ 段安节：《乐府杂录》，《中国古典戏曲论著集成》（一），中国戏剧出版社1959年版，第48页。

④ 同上书，第45页。

⑤ 王灼：《碧鸡漫志》，《中国古典戏曲论著集成》（一），中国戏剧出版社1959年版，第144页。

王国维认为古代舞蹈类型之一"传踏"是戏曲歌舞搬演的来源之一。唐宋二代的"曲"中有一种所谓"大曲"。王国维说："(乐曲)兼歌舞之伎，则为大曲。……大曲遍数，多至一二十。"① 大曲一般都有文词，为叙事体，篇幅比较长，搬演时载歌载舞。王灼云："凡大曲有散序、靸、排遍、颠、正颠、入破、虚催、实催、衮、遍、歇指、杀衮，始成一曲，此谓大遍。而《凉州》排遍，予曾见一本，有二十四段。后世就大曲制词者，类从简省。"② 可见"曲"与歌、舞的关系之密切，其艺术形态之美以至于必然影响到后世戏曲的形成。

曲作为艺人声乐和器乐合二为一的艺术表现，无论历代曲的艺术形态有何变化，赏心悦耳传声情的音乐美始终未变，一直保持了自我本质身份的规定性形态，直至南北曲盛行概莫能外。例如，清代和硕庄亲王的《〈太古传宗〉序》云："盖闻声音之道，发乎自然。……大乐之制，肇自轩辕，六代相承，九春载备，夐乎尚已。《三百篇》《雅》《颂》之外，有十五《国风》。汉晋乐府，音节至为近古，其篇章传于世者，有歌曲舞曲。……三唐专以声律取士，一时学士大夫所咏性情之作，多为诸梨园取去，被之管弦，舞席歌筵，互相夸尚，故有唐声律之学为独盛。宋一变而为词，元再变为北曲。有明中叶，磨调出而南北曲并行。自是套数、传奇、弦索诸调，杂然争胜矣。自宋迄明，屡变屡新，去古稍远，然天地自然之音，则未尝不于是存。今之流传词曲，虽云雅俗不同，而要以声音之道求之，古今乐之相去，又岂有殊途哉？"③ 清人胡彦颖的《〈乐府传声〉序》亦云："夫古乐之亡久矣，然有不得而亡者存，则声是也。故谓今乐，非即古乐则可，谓今乐之声，非即古乐之声则大不可，何也？乐有古今之异，声无异也。"④

曲在向歌舞兼容方向发展的过程当中，在还没有专指剧曲之时，并没有虚拟的故事融会于舞台搬演当中，因此，反映社会生活、环境场景和人物身份性格的戏曲艺术假定性的砌末尚未出现在曲的搬演场合。这似乎是曲的一个很特殊的阶

---

① 王国维：《宋元戏曲史》，华东师范大学出版社1995年版，第45—46页。
② 王灼：《碧鸡漫志》，《中国古典戏曲论著集成》(一)，中国戏剧出版社1959年版，第131页。
③ 蔡毅：《中国古典戏曲序跋汇编》，齐鲁书社1989年版，第124页。
④ 徐大椿：《乐府传声》，《中国古典戏曲论著集成》(七)，中国戏剧出版社1959年版，第149页。

段性形态特征，例如，宋金时董解元《西厢记诸宫调》没有出现砌末，而戏曲则不然。例如，南宋杂剧《眼药酸》搬演时副末手中执有一长条板状物，这就是砌末，说明宋杂剧里已经有砌末。南戏《宦门子弟错立身》第四出亦云："（末）孩儿与老都管先去，我收拾砌末恰来。（净）不要砌末，只要小唱。"① 清人李调元云："元杂剧，凡出场所应有持、设、零杂，统谓'砌末'，如《东堂老》《桃花女》以银子为砌末，《两世姻缘》以镜、画为砌末，《灰阑记》以衣服为砌末，《杨氏劝夫》以狗为砌末，《度柳翠》以月为砌末。今都下戏园犹有'闹砌末'语。"② 焦循云：元杂剧"《杀狗劝夫》'只从取砌末上'，谓所埋之死狗也；《货郎旦》'外旦取砌末付净科'，谓金银财宝也；《梧桐雨》'正末引宫娥挑灯拿砌末上'，谓七夕乞巧筵所设物也；《陈抟高卧》'外扮使臣引卒子捧砌末上'，谓诏书、纁币也；《冤家债主》'和尚交砌末科'，谓银也；《误入桃源》'正末扮刘晨、外扮阮肇各带砌末上'，谓行李包裹或采药器具也；又'净扮刘德引沙三王留等将砌末上'，谓春社中羊酒纸钱之属也。"③ 由此可见，以歌唱搬演纯粹抒情性"曲"的形态中尚无"砌末"，此与以歌舞搬演叙事性人物故事情节的戏曲形态不同。

"戏"，在古代篆文繁体字中写作"戲"。清代，俞樾解释说"戏"的本义为"角力"。《国语·晋语九》曰："少室周为赵简子之右，闻牛谈有力，请与之戏，弗胜，致右焉。"《注》："戏，角力也。"④ 汉代，许慎《说文解字》【戈部】解释云："戏"为"三军之偏也。一曰兵也。"清代，段玉裁《说文解字注》解释云："三军之偏也。偏若先偏后伍，偏为前拒之偏，谓军所驻之一面也。……师古曰，戏，军之旌旗也。……大将之麾也。……一说谓兵械之名也，引申之为戏豫、为戏谑，以兵杖可玩弄也、可相斗也，故相狎亦曰戏谑"⑤，故"戏"又指戏谑也。如

---

① 钱南扬：《永乐大典戏文三种校注》，中华书局1979年版，第228页。
② 李调元：《剧话》，《中国古典戏曲论著集成》（八），中国戏剧出版社1959年版，第41页。
③ 焦循：《剧说》，《中国古典戏曲论著集成》（八），中国戏剧出版社1959年版，第95页。
④ 徐元诰撰，王树民、沈长云点校《国语集解》，中华书局2002年版，第451页。
⑤ 段玉裁：《说文解字注》，上海古籍出版社1981年版，第630页。

《诗·卫风》曰:"宽兮绰兮,倚重较兮,善戏谑兮,不为虐兮!"①宋人释惠洪云:"石曼卿隐于酒,谪仙之流也,善戏谑。尝出报慈寺,驭者失控,马惊,曼卿堕马。从吏惊,遽扶掖据鞍,市人聚观,意其必大诟怒。曼卿徐着一鞭,谓驭者曰:'赖我石学士也,若瓦学士,顾不破碎乎?'"②明人顾起元云:"陈铎为指挥,善词曲,又善谑。常居京师,戏作月令。惟记其二月下云:是月也,壁虱出沟中,臭气上腾,妓靴化为鞋。最善形容,'化为鞋'更可笑也。"③"戏"也指开玩笑、嘲弄、玩弄、玩耍。如《礼记·坊记》:"闺门之内,戏而不叹。"《注》曰:"戏,谓孺子言笑者也。"④《论语·阳货》曰:"前言戏之耳。"⑤《史记·廉颇蔺相如列传》曰:"大王见臣列观,礼节甚倨,得璧,传之美人,以戏弄臣。"⑥清代,丁耀亢说:"戏者,戏也。不戏则不笑,又何取于戏乎?"⑦"戏"又指游戏、逸乐。如《史记·孔子世家》曰:"孔子为儿嬉戏,常陈俎豆,设礼容。"⑧宋代陈元靓《事林广记》云:"象戏也,今人亦曰象棋。"⑨"戏"又指杂耍、技艺。如秦汉时有鱼龙百戏。《史记·孔子世家》曰:"齐有司趋而进曰:'请奏宫中之乐。'……优倡侏儒为戏而前。"⑩宋代陈旸的《乐书》记载,古有百戏、剑戏、鹭戏、地川戏、龟岳戏、扛鼎戏、卷衣戏、白雪戏、山车戏、巨象戏、吞刀戏、吐火戏、杀马戏、剥驴戏、种爪戏、拔井戏、莓苔戏、角抵戏、蚩尤戏、鱼龙戏、漫衍戏、排闼戏、角力戏、瞋面戏、代面戏、冲狭戏、透剑门戏、蹵鞠戏、蹵球戏、踏球戏、緪戏、剧戏、五凤戏、猨骑戏、凤凰戏、参军戏、假妇戏、苏葩戏。⑪

---

① 阮元:《十三经注疏》,中华书局1980年版,第321页。
② 释惠洪:《冷斋夜话》,江苏广陵古籍刊印社1983年版,第49页。
③ 顾起元:《客座赘语》,中华书局1987年版,第97页。
④ 阮元:《十三经注疏》,中华书局1980年版,第1620页。
⑤ 杨伯峻译注《论语译注》,中华书局1980年版,第182页。
⑥ 司马迁:《史记》,中华书局1959年版,第2440页。
⑦ 李增波主编、章清吉校点《丁耀亢全集》,中州古籍出版社1999年版,第936页。
⑧ 司马迁:《史记》,中华书局1959年版,第1906页。
⑨ 陈元靓:《事林广记》,上海古籍出版社1990年版,第300页。
⑩ 司马迁:《史记》,中华书局1959年版,第1915页。
⑪ 纪昀等:《四库全书》第211册,上海古籍出版社1989年版,第834—840页。

在中华民族艺术史上,"戏"后来与艺术搬演发展关联,有多种多样的涵义。在唐代,一是指歌舞搬演本体而言。例如,崔令钦云:"凡戏辄分两朋,以判优劣,则人心竞勇,谓之热戏","上偏私左厢,故楼下戏,右厢竿木多失落。是其隐语也","楼下戏出队,宜春院人少,即以云韶添之","至戏日,上令宜春院人为首尾,搊弹家在行间,令学其举手也","凡欲出戏,所司先进曲名","戏日,内伎出舞"。二是指有一定故事内容的歌舞搬演中的开玩笑、谑谐。例如,崔令钦云:"是以诸女戏相谓曰……"。段安节云:"开元中,黄幡绰、张野狐弄参军——始自后汉馆陶令石耽。耽有赃犯,和帝惜其才,免罪。每宴乐,即令衣白夹衫,命优伶戏弄辱之,经年乃放。"① 三是指歌舞戏演员的化妆搬演。例如,崔令钦云:"《大面》——出北齐。兰陵王长恭,性胆勇而貌若妇人,自嫌不足以威敌,乃刻木为假面,临阵著之。因为此戏,亦入歌曲。"② 四是指在一定场合由演员在幕后操纵木制玩偶进行表演的歌舞形式。例如,段安节云:"自昔传云:'起于汉祖,在平城,为冒顿所围,其城一面即冒顿妻阏氏,兵强于三面。垒中绝食。陈平访知阏氏妒忌,即造木偶人,运机关,舞于陴间。阏氏望见,谓是生人,虑下其城,冒顿必纳妓女,遂退军。史家但云陈平以秘计免,盖鄙其策下尔。'后乐家翻为戏,其引歌舞有郭郎者,发正秃,善优笑,闾里呼为'郭郎',凡戏场必在俳儿之首也。"③ 上述歌舞戏搬演逐渐发展为后世戏曲本体身份的多种必备要素。对此,明代胡应麟从虚构故事情节的角度说:"凡传奇以戏文为称也,无往而非戏也,故其事欲谬悠而亡根也,其名欲颠倒而亡实也,反是而求其当焉,非戏也。"④ 清代,黄旛绰概括地说:"戏者,以虚中生戈。汉陈平刻木人御城退白登事,后为之效,名曰'傀儡'。至唐明皇,选良家子弟,于梨园中演习戏文,分为'生''旦''净''末''丑''外''小旦''小生',此八名为正,而后增'付

---

① 段安节:《乐府杂录》,《中国古典戏曲论著集成》(一),中国戏剧出版社1959年版,第49页。

② 崔令钦:《教坊记》,《中国古典戏曲论著集成》(一),中国戏剧出版社1959年版,第17页。

③ 段安节:《乐府杂录》,《中国古典戏曲论著集成》(一),中国戏剧出版社1959年版,第62页。

④ 胡应麟:《少室山房笔丛》,上海书店出版社2001年版,第425页。

净''作旦''贴旦''老旦',共十二人为全角,余皆供侍从者。现身说法,表扬忠、孝、节、义,才子、佳人,离、合、悲、欢,扬善、惩恶,此亦大美事也。至宋、元则尤盛矣。董解元有曰:'扮演古人事,出入鬼门道。'以四方之音传戏,各从土语所传,不可讹错。习者择之而取焉。"①笠阁渔翁则就"曲"与"戏"的身份拆并关系进一步地阐释,说:"曲者,歌之变,乐声也;戏者,舞之变,乐容也。……代话之曲,杂白唱或尚可晓;一入清唱,如啖木屑,即使龙阳、襄成歌之,亦湿鼓哑缶而已。(曲)须合白即戏,拆白即词,纵使箫板闲缀,亦皆雅俗首肯方妙。"②这就是说,"戏曲"作为综合艺术,其本质身份形态十分丰富,包括文学性、音乐性、舞蹈性、绘画性、雕塑性、剧场性、娱乐性、游戏性等,诸多形态特征主要来源之一就是由唐代歌舞戏演进而来。在构成戏曲的本质身份形态要素中,与动作有关的"戏"是一个重要方面。当代,王宁邦从古人造字法来探求"戏"字本义,认为:"'戏'本指'军事号令','游戏(演戏)'原为'军事号令的演练',后'游戏(演戏)'衍为优人参与的、主要用于娱人的'优戏'。'优戏'的出现,表明军事有关'游戏(演戏)'内涵发生了根本的变化,这也标志着后世戏曲之戏真正发生。"③这不啻为探讨"戏"的本源和发展提供了一个新的视角。正是在这个意义上,冯叔鸾《啸虹轩剧谈》界说"戏"云:"戏有广狭二义。就广义言,则凡可以娱悦心志之游戏,皆戏也。故有京戏、昆戏、梆子戏、马戏、影戏、木人戏,以及变戏法、说书、滩簧、相声、绳戏等,戏之范围乃至广。若就狭义论之,则惟扮演古今事实,有声而有色者,始得谓之戏。"④

"剧"的篆文繁体字为"劇",含义有甚、极、猛烈、迅速、艰难、戏耍等。例如,明代龚廷贤云:"百病昼则增剧,夜则安静,是阳病有余,乃气病而血不病也。"⑤此处的"剧"指极端、迅速之义。何良俊引《明道杂志》云:"刘几,洛阳

---

① 黄旛绰:《梨园原》,《中国古典戏曲论著集成》(九),中国戏剧出版社1959年版,第10页。

② 笠阁渔翁:《笠阁渔翁批评旧戏目》,《中国古典戏曲论著集成》(七),中国戏剧出版社1959年版,第309—310页。

③ 王宁邦:《戏之发生考——中国戏曲起源新说》,《清华大学学报》2017年第2期。

④ 冯叔鸾:《啸虹轩剧谈》,中华图书馆1914年版,第10页。

⑤ 龚廷贤:《万病回春》,人民卫生出版社1984年版,第12页。

人，年七十余。精神不衰，体干清健，犹剧饮。"①此处的"剧"指猛烈、甚、极之义。随着审美主体用语能指与所指的变化发展，"剧"的特殊含义不断向"戏"的普遍含义趋同。例如，李白的诗歌《长干行》道："妾发初覆额，折花门前剧。郎骑竹马来，绕床弄青梅。"对此，清代，王琦注释曰："剧，戏也"②，即戏耍之义。朱梅叔云："按《东京梦华录》：京瓦杂戏，有刘百禽弄蛇蚁；元宵大内杂戏，又有李卧宁猴呈百戏、鱼跳禹门、使唤蜂蝶蛇蚁等剧。盖凡物有知即可教，如蝇虎舞凉州之类，其师传匪自今始也。"③此处"戏"与"剧"对举，词义同为杂耍、玩弄，然而避免了字面的重复。李调元也说："剧者何？戏也。"④这说明"戏"与"剧"既有差异性身份，又有同一性身份，总体来看，两者在概念内涵和外延上具有交叉的关系。

在宋金杂剧院本和南戏之前，唐代便有所谓"杂剧"之名。刘晓明的《唐代杂剧四证》列举初唐佛教文献《量处轻重仪本》、收入清代《古今图书集成》的《教坊记》、唐代《李文饶文集》、上海古籍出版社的《俄藏黑水城文献》，证明唐代杂剧有四种基本形态：博戏、歌舞戏、杂伎、谐戏。⑤不过，关于杂剧，唐代的杂剧还不具备后世"戏曲"范畴的涵义，但是，表演的戏剧性因素客观存在，表演的结构按照线性时间顺序承前启后、有始有终亦理所当然地客观存在。此外，关于参军戏，唐代的参军戏出演人物一般不止两人，歌舞和滑稽表演紧密结合在一起，人物对话的戏剧性故事成分有所增加。关于唐宋时期的大曲，民间盛行的大曲以歌舞见长，有被称之为燕乐二十八调的宫调，有由"散序—歌—破"三个部分组成的典型的音乐结构形式，有由若干首五言或七言律诗相间组合而成的歌词即文学结构形式。关于诸宫调，北宋时的诸宫调说唱艺术从变文、教坊大曲、杂曲的基础上发展而来，集中若干套不同宫调的曲子轮递歌唱，唱词一般情况下由韵文和散文两个部分组合而成，演唱时采取歌唱和说白相间的表演艺术方式，

---

① 何良俊：《四友斋丛说》，中华书局1959年版，第293页。
② 李白：《李太白全集》，中华书局1977年版，第256页。
③ 朱梅叔：《埋忧集》，岳麓书社1985年版，第64页。
④ 李调元：《剧话》，《中国古典戏曲论著集成》（八），中国戏剧出版社1959年版，第35页。
⑤ 刘晓明：《唐代杂剧四证》，《文献》2005年第3期。

叙述故事情节和塑造人物形象，富有音乐结构和文学结构等。所有这些艺术类型都蕴涵后世戏曲的音乐结构和文学结构诸因素，建构了后世戏曲综合艺术的大致轮廓，尤其是直接成为宋金杂剧院本和南戏搬演结构及文学结构形成的前提和基础，诚如王国维说："今日流传之古剧，其最古者出于金、元之间。观其结构，实综合前此所有之滑稽戏及杂戏、小说为之。又宋、元之际，始有南曲、北曲之分，此两者，亦皆综合宋代各种乐曲而为之者也。"① 关于古剧，王国维又解释道："宋金以前杂剧院本，今无一存。又自其目观之，其结构与后世戏剧迥异，故谓之古剧。古剧者，非尽纯正之剧，而兼有竞技游戏在其中。"②

中国古代"戏"与"剧"合二为一，即"戏剧"的概念含义与西方的"戏剧"概念含义性质有所不同，中国古代的"戏剧"从概念的生成流变到固化确定，体现了中国古代戏曲艺术的民族身份特色。例如：唐代杜牧的诗《西江怀古》云："上吞巴汉控潇湘，怒似连山静镜光。魏帝缝囊真戏剧，苻坚投棰更荒唐。千秋钓舸歌明月，万里沙鸥弄夕阳。范蠡清尘何寂寞，好风唯属往来商。"③ 这里的"戏剧"是指诙谐可笑的事情。前蜀杜光庭的传奇小说《仙传拾遗》道："与父母往连水省亲，至县，有音乐戏剧，众皆观之，张定独不往。"④ 这里的"戏剧"是指与音乐相区别的滑稽诙谐的表演。宋代毛滂的词《玉楼春》曰："三衢太守文章伯。七月政成如戏剧。坐中咳唾落珠玑，笔下神明飞霹雳。才高莫恨溪山窄。且与燕公添秀发。风流前辈渐无多，好在魏公门下客。"⑤ 这里的"戏剧"是指政事变化太快，超乎社会生活和人们习惯之常情常理。葛长庚的词《沁园春》云："朝来。应问苍苔。甚几日都成锦绣堆。念四方宾友，不堪渭树，一年春事，已属庭槐。宿酒难醒，多情易老，争奈传杯不放杯。如何好，看秋千戏剧，蹴鞠恢谐。"⑥ 这里的"戏剧"是指人们娱乐玩耍的动作变化多种多样。陈旸的《乐书》有"剧戏"条，云："圣朝戏乐，鼓吹部杂剧员四十二，云韶部杂剧员二十四，钧容直杂剧员

---

① 王国维：《宋元戏曲史》，华东师范大学出版社1995年版，第17页。
② 同上书，第74页。
③ 彭定求等：《全唐诗》，中华书局1980年版，第5964页。
④ 李昉等编著《太平广记》，中华书局1961年版，第465页。
⑤ 唐圭璋编《全宋词》，中华书局1965年版，第670页。
⑥ 同上书，第2563页。

四十,亦一时之制也。"①这里的"杂剧"是"戏剧"的变异说法,意指多种多样的、变化不定的、愉悦视听的复杂技艺表演。

古代"戏剧"的概念内涵远不止上述举例,但是,它们从不同方面揭示了后世戏曲"演故事"的诸多概念含义。②明代王骥德在《曲律》中运用过"剧戏"一词,它是"剧"与"戏"的合称,"剧"指的是北曲杂剧,"戏"指的是南曲戏文。王骥德说:"剧之与戏,南北故自异体。北剧仅一人唱,南戏则各唱。"③这是强调北曲杂剧和南曲戏文关于"唱"的不同形式特点,而不涉及其余。王骥德的阐释其实是一种简化的表述,但是,其意义在于已经初步具备了后世王国维定义"戏曲"的开阔视野。明朝以来,在"南戏北剧"的意义上不断出现了"戏剧"的用法,诚如王国维所说:"后代之戏剧,必合言语、动作、歌唱,以演一故事,而后戏剧之意义始全。故真戏剧必与戏曲相表里。"④周贻白也从"曲"与"剧"的差异入手,分析并且指出:"戏剧夙有综合艺术之称。在中国,因其脱胎于古之散乐,所包括之事物,尤为繁复。即以剧本撰作而论,非惟传奇杂剧,系统上有南北之分。而宫调之配合,曲牌之取舍,字句之斟酌,声韵之调协,无不有其一定限度。至于故事,结构,关目,排场,则其次焉。职是之故,往昔论剧者,审音斠律,辨章析句,所论几皆为曲而非剧。实则曲为文体之一,因其应用于作剧,乃名戏曲。"⑤周贻白的专著仍然沿用古代关于"戏剧"的称名,如书名曰《中国戏剧史长编》,诚不谬矣。实际上,在中国传统学术文化的背景下,以"戏曲"称名者,更着眼于中国古代"戏剧"的歌舞性特征;以"戏剧"称名者,更着眼于中国古代"戏剧"的叙事性特征;两者本质上并行不悖,从逻辑学来看,两者的概念外延是全同关系,只是称名相异而已;诚如廖奔、刘彦君在《中国戏曲发展史》中所说:"由中国乐感文化的性质和其他文化因素所决定,中国戏剧的成熟采取了特定的表

---

① 纪昀等:《四库全书》第211册,上海古籍出版社1989年版,第839页。

② 姚华:《论戏剧》,原文载陈多、叶长海《中国历代剧论选注》,湖南文艺出版社1987年版。

③ 王骥德:《曲律》,《中国古典戏曲论著集成》(四),中国戏剧出版社1959年版,第137页。

④ 王国维:《宋元戏曲史》,华东师范大学出版社1995年版,第40页。

⑤ 周贻白:《中国戏剧史长编》,上海书店出版社2004年版,第1页。

现形式——戏曲,亦即中国戏剧是一种包含诗歌舞综合因素的戏剧样式。"①

第三节　案头之曲的文学价值

案头之曲有广义和狭义之别,广义是指一切可能或不可能且尚未转换为戏曲演员舞台搬演的文学剧本;狭义特指戏曲创作完成之后仅能供作者孤芳自赏或他者阅读欣赏,难以转换成戏曲演员舞台搬演的文学剧本。案头之曲因为有文字载抄、刻印发行而得以复制经久流传,场上之曲则因为一演而过、易于变化而原始真相渐趋泯灭。对此,卢前《读曲小识·序》云:"有案头之曲焉,有场头之曲焉。作者重视声律与文章之美,固矣。洎乎传奇渐入民间,顾曲者不尽为文士。于是梨园爨弄,迁就坐客,不复遵守原有面目,所谓场上之曲者,不必尽为案头之曲矣。顾案头之曲易得,场上之曲则不常见。"②

从戏曲本体身份来说,广义的案头之曲是戏曲本体身份的基础载体,是戏曲综合艺术的有机组成部分。狭义的案头之曲没有充分发挥戏曲文学剧本以演员舞台搬演为核心的功能作用,未能全面实现戏曲文学剧本以围绕演员舞台搬演为宗旨的创作价值,案头之曲的创作与场上搬演的要求产生了差距,发生了矛盾,存在明显的不足。明代崇祯年间,爱莲道人的《〈鸳鸯绦记〉叙》云:"案头之书,与场上之曲,不无差别,或格不行。"③但是,从国学视域审视包括广义和狭义在内的案头之曲的文学价值,既然案头之曲已经成为古代戏曲史的客观存在,而今从主观上全盘否认和从现实上抹杀案头之曲,似乎也没有可能、没有必要,何况王国维的《国学丛刊序》分析所谓国学认为:"自史学上观之,则不独事理之真与是者,足资研究而已,即今日所视为不真之学说,不是之制度风俗,必有所以成立之由,与其所以适于一时之故。其因存于邃古,而其果及于方来,故材料之足资

---

① 廖奔、刘彦君:《中国戏曲发展史》第一卷,山西教育出版社2000年版,第41页。
② 卢前:《卢前曲学四种》,中华书局2006年版,第93页。
③ 蔡毅:《中国古典戏曲序跋汇编》,齐鲁书社1989年版,第1380页。

参考者，虽至纤悉，不敢弃焉。……夫天下之事物，非由全不足以知曲，非致曲不足以知全，虽一物之解释，一事之决断，非深知宇宙人生之真相者，不能为也。而欲知宇宙人生者，虽宇宙中之一现象，历史上之一事实，亦未始无所贡献。故深湛幽渺之思，学者有所不避焉；迂远繁琐之讥，学者有所不辞焉。事物无大小，无远近，苟思之得其真，纪之得其实，极其会归，皆有裨于人类之生存福祉。"① 因此，将案头之曲置于当时的历史背景下，做一类科学区分研究，实事求是地看待案头之曲的文学价值，客观地正视案头之曲的身份地位，可知案头之曲确有值得人们深入研究的学术探讨意义和审美文化价值。

历史地来看，案头之曲有一个漫长衍化的过程。宋金杂剧院本是在勾栏瓦舍和宫廷剧场环境中孕育生成出来的，用以满足广大市民百姓和统治阶级的审美娱乐精神生活需求。换言之，宋金戏曲在剧作家、演员和观众三者审美主体间的交流互动中显现其身份地位和艺术生命，戏曲剧本创作并不是用来供人们案头阅读的，因此，一般不存在狭义的案头之曲的现象。元代杂剧剧本结构与音乐体制严整，由北而南，没有明显的变化与长足的发展，艺术生命随着元蒙统治阶级退出历史舞台而逐渐衰颓，因此，较少存在狭义的案头之曲的现象。进入明代之后，北杂剧衰落趋势延续，除了皇族朱权、朱有燉创作北杂剧命王府中的优伶搬演自娱自乐等之外，大多数北杂剧剧本逐渐只能供人们案头欣赏或个人清唱，无法再进入剧场搬演。嘉靖末年，何良俊聘请著名老曲师顿仁教授家中女伶搬演北杂剧，殆成绝响。明代后期，元杂剧在宫廷中仅有的零星演出渐渐不敌传奇，最终绝迹成为历史的必然。明代，南杂剧承接革新北杂剧而来，中后期文人杂剧逐渐取代贵族杂剧流传于社会各个阶层，文人介入南杂剧创作的案头化倾向越来越明显。其时，创作了狭义的案头之曲的杂剧家主要有汪道昆、王衡、叶宪祖、沈自征、徐世俊、许潮、张龙文、田艺衡等人。清代，不少文人依然热衷于南杂剧创作，南杂剧数量远远超越元明杂剧数量，不同的是，前期盛行于世，中叶以后逐渐走向衰落，脱离了舞台的案头化趋势成为不可逆转的大潮流。其时，创作了狭义的案头之曲的杂剧家主要有吴伟业、尤侗、嵇永仁、张韬、廖燕、徐石麟、桂馥、杨潮观等人。综观明清二代，一大批文人士大夫介入传奇创作，刻意追求雅化的

---

① 王国维：《王国维文集》第四卷，中国文史出版社1997年版，第366—367页。

美学旨趣，致使铸就了传奇的一个显著的特点，即创作了不少难以供演员登场搬演的案头之曲，某些著名剧作家也未能幸免。例如，明代，汤显祖自题《紫箫记》传奇说：此"案头之书，非台上之曲也"，对此，沈际飞认同且评价说："案头书与台上曲果二"①，汤显祖在《紫钗记题词》中阐明自己藉"南都多暇，更为删润，讫，名《紫钗》"②。又如清朝吴斯勃的《〈紫霞巾〉序》云："（陈栋）制《紫霞巾》传奇三十折。……或云：闽语不谐中州韵，难被管弦，仅填词而已。"③徐燨在十六出的传奇《镜光缘·凡例》中说："此本原系案头剧，非登场剧也。"④清代中叶，传奇由盛而衰与一味雕词琢句、创作狭义的案头之曲泛滥不无关系。

现实地来看，历代案头之曲的文学价值主要表现在以下几个方面。

一是以案头之曲为审视对象，体现了审美主体的学术自觉。例如，王骥德论村俗戏曲文学剧本和文人戏曲文学剧本的差异时说："戏剧之行与不行，良有其故。庸下优人，遇文人之作，不惟不晓，亦不易入口。村俗戏本，正与其见识不相上下。又猥鄙之曲，可令不识字人口授而得，故争相演习，以适从其便。以是知过施文采，以供案头之积，亦非计也。"⑤这里使用了"案头"一词，即后世所谓"案头之曲"，可见王骥德批评"过施文采"不便于演员舞台搬演的狭义案头之曲，徒增案头堆积饾饤之累赘，肯定本色当行的场上之曲，是非褒贬立场鲜明，比较分析有理有据，充分体现了审美批评主体的自觉意识。

审美批评主体的学术自觉还表现在以案头之曲为研究对象，发现和揭示案头之曲的创作方法内蕴，总结剧作家的成功经验与失败教训，供他者借鉴效仿和警示诫勉。例如，明代嘉庆年间，李绣虎为朱素仙撰《〈绘真记〉凡例》云："此书原非唱本，……其初则以摇曳出之，其终则以澹远结之，深得文家腾挪跌荡法。此书有草蛇灰线法，有洄波伏流法，有江上峰青法，有双管齐下法，有夜月梧桐、晓风杨柳、流萤落窗、飞絮沾衣法，有急脉缓受及乱山云栈、独树高原种种诸法。

---

① 徐朔方笺校《汤显祖全集》，北京古籍出版社1999年版，第2569页。
② 徐朔方笺校《汤显祖诗文集》，上海古籍出版社1982年版，第1097页。
③ 蔡毅：《中国古典戏曲序跋汇编》，齐鲁书社1989年版，第2318页。
④ 转引自周妙中《清代戏曲史》，中州古籍出版社1987年版，第276页。
⑤ 王骥德：《曲律》，《中国古典戏曲论著集成》（四），中国戏曲出版社1959年版，第154页。

此书无邪术淫妖病，无奸险盗恶病，无私情苟合病，无懒婚失节病，无男女改妆、婢媪媒孽、干戈劳扰、牢狱株连病，无家庭荆棘、投赠因缘及无端落难、蓦地登科，种种诸病。"①同理，历代戏曲评点、戏曲藏书、戏曲文学欣赏都是以案头之曲为审视对象，亦不乏审美批评主体的学术自觉意味。

审美主体的学术自觉还表现为以案头之曲为审视对象的文本改编与传播。例如，《西厢记》作为元杂剧的经典，从问世迄今通过各种改编而历代搬演不衰。据陈志伟、韩建立《〈西厢记〉版本述要》统计，"王实甫著《西厢记》的原本已经失传，今天能见到的均为明清刊本，至今明刊《西厢记》尚存40种，清刊《西厢记》也有近40种，另有近人校注本50种左右"②。高明的《琵琶记》概莫能外。被誉为"南戏之祖"的《琵琶记》传播途径有二：一是通过舞台搬演形式供观众入场欣赏；二是通过刊印本形式供读者案头阅读。事实上，全本完整的《琵琶记》舞台搬演很少见，大多数都经过了对案头之曲《琵琶记》的选择性改编才搬上舞台演出，直到明末越中才以演《全伯喈》不错一字为盛事，事见张岱《陶庵梦忆》"严助庙"条③。《琵琶记》的创作主体只有高明一人，而随演随改的优伶演出脚本却多种多样，增添删削的文人刊印本也多种多样。据浙江省瑞安市高则诚纪念馆统计，明清两代刊刻传抄的《琵琶记》版本存世者大约有40多种，可以当之无愧地称其为中国古代戏曲版本之最。从这一个意义上说，《西厢记》《琵琶记》的经典成名主要路径之一，就是凭借了刊印案头之曲的广泛持久的传播。通过补漏、改错、添白、加衬、增滚、密针线、插图、注释、评赞等，《西厢记》《琵琶记》的文学剧本更加完善，可读性也更强，毋庸置疑，其中必然或多或少地融入了明清文人改编与传播的审美观念。因此，关于《西厢记》《琵琶记》的历代不同刊本的比较研究，遂成为戏曲史上的古典文献学版本校勘训诂研究的显学之一。

审美主体的学术自觉还表现为以案头之曲为审视对象的自我批判否定。沈

---

① 蔡毅：《中国古典戏曲序跋汇编》，齐鲁书社1989年版，第2013—2014页。
② 陈志伟、韩建立：《〈西厢记〉版本述要》，《图书馆学研究》2002年第10期。
③ 张岱著《陶庵梦忆·严助庙》云："五夜，夜在庙演剧，梨园必倩越中上三班，或雇自武林者，缠头日数万钱，唱《伯喈》《荆钗》，一老者坐台下对院本，一字脱落，群起噪之，又开场重做。越中有'全伯喈''全荆钗'之名起此。"原文见《陶庵梦忆》，上海古籍出版社1982年版，第34页。

璟在明代戏曲界上被尊为"曲坛盟主",在当时有极大的影响。沈璟创作传奇17部,《红蕖记》是沈璟早年的作品,此剧的特点是严守格律和字雕句镂。吕天成云:"《红蕖》,著意著词,曲白工美。郑德璘事固奇,无端巧合,结撰更宜。先生自谓:字雕句镂,正供案头耳。此后一变矣。"①这表明沈璟的戏曲创作有前后不同的自觉转型变化,从创作狭义案头之曲体现"合律依腔"的主张,到创作场上之曲履行语言本色的实践,两相对比,折射出沈璟戏曲理念建构是以狭义案头之曲的自我身份认同与批判否定为参照系的。由此可见,根据搬演的不同需要对原剧本的戏曲改编,体现了搬演主体的审美意识;根据传播的不同需要,刊印经增添删削原剧本的不同版本,体现了文人主体的审美意识;根据审美观念不同改变原剧本的创作旨趣,体现了创作主体的审美意识;三者均因"观察事物而发明其真理",做到了"学"的升华,又因"取其发明之真理而致诸用"②,施行了"术"的实践,无乃具有学术自觉的重要意义。

二是案头之曲的文本客观存在,具有丰富古代文学体系的体裁价值。案头之曲是戏曲本体身份的载体之一。王国维在《〈宋元戏曲史〉序》中说:"凡一代有一代之文学:楚之骚,汉之赋,六代之骈语,唐之诗,宋之词,元之曲,皆所谓一代之文学,而后世莫能继焉者也。"③王国维从文学发展史的角度,把包括杂剧在内的元曲看作是元代的代表性文学体裁样式,后人一般据此认同戏曲文学剧本是古代文学体裁的一大种类,尽管前人对此已经有相近的认识和表述。显而易见,王国维论断的基础是包括所有案头之曲在内的历代戏曲文学剧本,因为至王国维研究古代戏曲时,古代戏曲已经不可能完全恢复舞台搬演的原生形态,而只能够依据流传下来的古代戏曲文学剧本,而且诸多古代戏曲文学剧本都经过了后世文人的修改增删,纯粹就是狭义的案头之曲。值得注意的是,王国维的主要着眼点之一是戏曲文学剧本的体裁价值判断,即"元人之曲,为时既近,托体稍卑"也,这一述评虽然是复述以往统治阶级鄙视戏曲的落后意识,但是,它的意义在于,无论如何,古代戏曲文学剧本是一种在正统文学殿堂里前所未有的文学体裁,王

---

① 吕天成:《曲品》,《中国古典戏曲论著集成》(六),中国戏曲出版社1959年版,第229页。

② 梁启超:《学与术》,《国风报》1911年第15期。

③ 王国维:《宋元戏曲史》,华东师范大学出版社1995年版,第1页。

国维首次明确将戏曲文学剧本与正统文学的他者体裁相提并论,具有提升戏曲文学剧本的身份地位的重要意义,为戏曲文学剧本体裁进入正统文学体系殿堂做出了莫大贡献,戏曲文学剧本从此不再"托体稍卑",而是光明正大地与正统文学的他者体裁种类堂堂正正比肩而坐。

从国学视域来看,案头之曲的文体作为文学体裁的一种类型,首先,这是一个受社会发展盛衰影响的文体继承发展创新变化问题。明代吴讷说:"凡文辞之有韵者,皆可歌也。第时有升降,故言有雅俗,调有古今尔。"①清代章学诚的《文史通义》说:"周衰文弊,六艺道息,而诸子争鸣。盖至战国而文章之变尽,至战国而著述之事专,至战国而后世之文体备;故论文于战国,而升降盛衰之故可知也。……文体承用之流别,不可不知其渐也。……文因乎事,事万变而文亦万变,事不变而文亦不变。"②其次,这是一个文学本体身份分类的问题。吴讷还说:"文辞以体制为先。……四六为古文之变;律赋为古赋之变;律诗杂体为古诗之变;词曲为古乐府之变。"③清代徐枋的《〈居易堂集〉凡例》有11则,第一则即论文章体裁种类,曰:"文章重体类。《书》曰:'辞尚体要。'《易》曰:'方以类聚。'既有体,斯有类矣,自古编辑之家綦重之。苟体之不分,则类于何有?"④章学诚的《文史通义》说:文章之功用很多,于是文体从而加以区分,"优伶演古人故事,其歌曲之文,……君子有时涉于自赞,宵小有时或至自嘲,俾观者如读史传,而兼得咏叹之意。体应如是,不为嫌也。"⑤再次,这是一个文学内容和形式同中有异的区分问题。李渔认为戏曲是有声的小说,小说是"无声戏",两者可以融通互补。章学诚的《文史通义》说:文体繁多,虽然有醇驳高下之不同,但是,终究不过是作者抒发自我情志而已。作者赋予文章的宗旨和著述采用的体裁,体现的是这种抒发情志意义的例子,不同的作者采用不同的文体抒发情志,戏曲文学剧本概莫能外,所以说,"名将起于卒伍,义侠或奋闾阎,言辞不必经生,记述贵于宛肖。而世有作者,于斯多不致思,是之谓优伶演剧。盖优伶歌曲,虽耕氓役隶,

---

① 吴讷:《文章辨体》,人民文学出版社1998年版,第59页。
② 叶瑛校注《文史通义校注》,中华书局1985年版,第60—454页。
③ 吴讷:《文章辨体》,人民文学出版社1998年版,第9—10页。
④ 王水照编《历代文话》,复旦大学出版社2007年版,第3299页。
⑤ 叶瑛校注《文史通义校注》,中华书局1985年版,第533页。

矢口皆叶宫商，是以谓之戏也。"①

从以上诸人的观念推而论知，戏曲文学剧本的文体出现在宋金时期，正是社会发展的历史进程使然。戏曲文学剧本的文体是文学体裁大系中的一种类型，因此，不应当鄙视嫌弃。戏曲文学剧本的文体是文人"多不致思"的娱戏的结果，虽然与他者文体有醇驳高下之不同，其究不过自抒其情志，故仍然有其自身的文学体裁价值，其客观存在值得人们充分肯定。从这个意义上来说，上述观念为案头之曲彰显的文学体裁价值提供了可谓恰如其分的现实注脚，亦不失为王国维关于"一代有一代之文学"的审美价值判断的理论根据。

三是对案头之曲的身份认同，激发了创作主体的多元化审美价值取向。例如，进行案头之曲的写作，体现了创作主体自我价值的审美意识觉醒和创作意志高扬。沈际飞的《牡丹亭题词》云："临川作《牡丹亭》词，非词也，画也；不丹青，而丹青不能绘也；非画也，真也；不啼笑而啼笑，即有声也。以为追逐唐音乎，鞭箠宋调乎，抽翻元剧乎？当其意得，一往追之，快意而止。非唐，非宋，非元也。"②沈际飞肯定汤显祖通过《牡丹亭》的写作，表达了对案头之曲的身份认同，实现了创作主体精神的高度自在、自信、自觉、自主和自由，"当其意得，一往追之，快意而止。非唐，非宋，非元也"，打破了礼教的世俗禁锢和曲律的体制规范，是一种自我身份认同的尽兴抒发和独立人格的激情张扬。进行案头之曲的写作，体现了创作主体肆意逞才使性的特殊文人气质和艺术品格。郑若庸，号虚舟，明人徐复祚评价郑若庸撰《玉玦记》云："余见其所作《玉玦记》手笔，凡用僻事，往往自为拈出，……此记极为今学士所赏，佳句故自不乏，……《赏荷》《看潮》二大套，亦佳。独其好填塞故事，未免开钉饾之门，辟堆垛之境，不复知词中本色为何物，是虚舟实为之滥觞矣。"③这就是说，像郑若庸一样，有的剧作家纯粹是一厢情愿地炫耀才华，追求仅供自己把玩欣赏的案头之作，不受本色当行规矩的束缚。而今来看，这常常是造成狭义的案头之曲的主要原因。当然，此与汤显祖创作《牡丹亭》以情思为主突破声律要求不可同日而语。对案头之曲的

---

① 叶瑛校注《文史通义校注》，中华书局1985年版，第508页。
② 徐朔方笺校《汤显祖全集》，北京古籍出版社1999年版，第2569页。
③ 徐复祚：《曲论》，《中国古典戏曲论著集成》（四），中国戏剧出版社1959年版，第237页。

写作，体现了创作主体满足自我率性娱戏的个人心态。清人杨恩寿云："唐隽公先生，……宏奖风流，爱才如命。在琵琶亭置笔砚。游客投以诗，无不接见。投辖殷殷，必得其欢心而去。康熙时风雅宗师也。著有《虞弓梦》《转天心》诸传奇……科白排场似近《笠翁十种》。先生自题云：'酒畔排场，莫认作案上文章。'亦解嘲也。"① 这就是说，唐隽公把戏曲创作当作一种自娱自乐、享受雅趣的生活方式。而今来看，这常常是造成狭义的案头之曲的重要原因。进行案头之曲的写作，体现了创作主体拘泥于传纪故事再现而违背戏曲艺术虚构的基本规律。吴韬玉著有《独学庐诗文集》《花间九奏》等，郑振铎的《〈花间九奏〉跋》云："《花间九奏》，杂剧九种……胥为纯粹之文人剧。其所抒写，亦益近于传记，而少所出入。盖杂剧至此，已悉为案头之清供，而不复见之红氍毹上矣。九作之中，惟《桃源渔父》《梅妃作赋》二剧，题材略见超脱，曲白间有隽语。其他，胥落庸腐无生动之意。以儒生写作杂剧，其不能出色当行也固宜。"② 这就是说，吴韬玉不懂戏曲艺术的基本常识原理，写作体现了一介书生的迂腐、呆板、硬滞。而今来看，这常常是造成狭义而拙劣的案头之曲的个中原因。

不可否认，对案头之曲的写作，绝大多数体现了创作主体追求自我身份认同和纯真性灵表达的率直心态，体现了创作主体追求词藻精美华艳的艺术倾向，铸就了以昆曲为代表的传奇典丽高雅的艺术风格，使古代戏曲的文学性达到了完美彰显、炉火纯青、登峰造极的程度，荟萃为古代戏曲文学剧本的美学精华，凝聚为古代戏曲文学剧本的经典佳作。而这正是案头之曲不仅在当时发挥了供读者审美阅读欣赏的现实价值，而且作为流传至今的历史文献资料为后世建构古代戏曲史做出的历史贡献所在。吴梅的《〈曲海总目提要〉序》云："古今文字，独传奇最为真率。作者就心中蕴结，发为词华。初无藏山传人之思，亦无科第利禄之见，称心而出，遂为千古至文。考镜文学之源者，当于此三致意焉。"③ 由此可见，绝大多数"称心而出，遂为千古至文"的案头之曲非少数拙劣的案头之曲所能媲美。

四是对案头之曲的增添删削，体现了改编主体重视戏曲文学体制完善规范的

---

① 杨恩寿：《词余丛话》，《中国古典戏曲论著集成》（九），中国戏剧出版社1959年版，第256页。

② 蔡毅：《中国古典戏曲序跋汇编》，齐鲁书社1989年版，第1043页。

③ 同上书，第292页。

审美追求。例如，明人李开先的《词谑》于"词套"一节选录了部分元杂剧作家作品的其中一折，作为供人们案头阅读鉴赏的审美对象。其中，李开先选录了郑德辉的《王粲登楼》杂剧的第三折，全部的曲牌包括（中吕）【粉蝶儿】【醉春风】【迎仙客】【红绣鞋】【普天乐】【喜春来】【石榴花】【斗鹌鹑】【上小楼】【幺】【满庭芳】【十二月】【尧民歌】【哨篇】【耍孩儿】【四煞】【三煞】【二煞】【尾】，以及全部曲牌下辖的曲词。臧懋循在编辑《元曲选》时全部选录了郑德辉的《王粲登楼》杂剧共四折，但是，臧懋循对《王粲登楼》的全部曲牌和曲词做了比较大的改删，如在第三折里，删除了曲牌【喜春来】【哨篇】【耍孩儿】【四煞】【三煞】【二煞】及下辖的曲词。即使是选录了相同的曲子，臧懋循也做了修改。例如，李开先选录的【粉蝶儿】曲词是："尘满征衣，叹飘零一身客寄。往常时食无鱼弹剑伤悲，今日谒荆王，信馋佞把贤门紧闭。他如今死葬在山隈，越闪的我不存不济。"①而臧懋循选录的【粉蝶儿】曲词是："尘满征衣，叹飘零一身客寄。往常我时食无鱼弹剑伤悲，一会家怨荆王信馋佞，把那贤门来紧闭。不争你死丧之威，越闪得我不存不济。"②从正面来看，臧懋循编辑的《元曲选》堪称集元曲之大成者，影响深广。臧懋循编选《元曲选》的目的在于总结、推广元杂剧的创作经验，提倡本色当行、情词稳称、关目紧凑、音律谐叶，反对饾饤故事、堆砌词藻、脱离舞台演出走向案头之作的形式主义倾向，对珍贵的戏曲遗产元杂剧的保存和流传发挥了重要作用。当然，从负面来看，其编辑《元曲选》时对元杂剧原作的删易，使得原生态的元杂剧失去了本来面目，成为元人加明人合作的另一类案头之曲，为后人探视真实的元杂剧形貌平添了许多的困难障碍，体现的仅仅是臧懋循个人的自我审美意识和戏曲评价标准，虽然其在明代具有一定的广泛代表性。

著名折子戏选本《缀白裘》情况与《元曲选》相类似。《缀白裘》由清代乾隆年间苏州人钱德苍根据玩花主人的旧编本增删改订，陆续编辑而成，并由钱德苍在苏州开设的宝仁堂刊行，书名"取百狐之腋，聚而成裘"的涵义，全书总共有12编（集）48集（卷）。胡适《〈缀白裘〉序》云："传奇的绝大部分都是可删的，都是没有演唱的价值的，所以在明朝的晚期就有传奇摘选本起来，……《缀

---

① 李开先:《词谑》,《中国古典戏曲论著集成》（三）,中国戏剧出版社1959年版,第297页。

② 臧懋循:《元曲选》,中华书局1958年版,第817页。

白裘》……可算是传奇摘选本的最大结集了。……这种摘选本的大功用就等于替那些传奇作者删改文章。凡替人删改文章,总免不了带几分主观的偏见。摘选戏曲,有人会偏重歌曲的音乐,有人也许偏重词藻,有人也许偏重情节。但《缀白裘》的编者,似乎很有戏台的经验,他选的大概都是戏台上多年淘汰的结果,所以他的选择去取大体上都不错。"①《缀白裘》体现的是钱德苍个人的自我审美意识和戏曲评价标准,尽管其在清代具有一定的广泛代表性。《缀白裘》所编选本既具有戏曲搬演脚本的艺术特点,也具有案头之曲的艺术特点;所选折子戏中包括有南戏和明清传奇作家创作的剧本片段,有些整个剧本已经失传却在《缀白裘》中有幸保存了部分零出;清初花部乱弹诸声腔剧本一般很少在社会上刻印流传,幸运的是依赖《缀白裘》的收录才使今人得以阅读窥见其中的部分曲词。因此,《缀白裘》在清代诸多戏曲选本中可谓独树一帜,地位突出,虽然其中的部分折子戏有所改编,但是,诚如胡适、赵万里所说,《缀白裘》作为案头之曲的价值不应忽略、不可小觑。

五是对案头之曲的画像插图,体现了编刻主体对戏曲文学性、舞台性并重的思维方式。古代书籍配合文字内容编刻画像插图,使之图文并茂早已有之。清人叶德辉的《书林清话》说:"古人以图书并称,凡有书必有图。……《隋书·经籍志》礼类,有《周官礼图》14卷……是古书无不绘图。"②中国古代采用雕版印刷技术印刷书籍大约始于唐朝初年。随着宋代雕版印书的发展,雕版印刷技术水平的逐渐提高,书籍画像插图逐渐兴盛起来。明代刻书的画像插图从形式到内容、从质量到数量、从绘画到雕印皆臻于完美,达到了前所未有的黄金时代。明代中叶以后,为了使戏曲案头之曲更加富于形象化,根据剧中的人物、场景、情节和意境绘制雕印的画像插图也越来越丰富多彩。特别是在明代嘉靖、隆庆以后,配置有丰富插图版画的案头之曲不但数量多,而且编刻质量和艺术水平也有很大的提高。明代戏曲刻本中有画像插图的案头之曲有如:三槐堂刊刻的《新镌徽板音释评林全像班超投笔记》,广庆堂刊刻的《新编全像点版窦禹钧全德记》《新编全像霞笺记》,富春堂刊刻的《新刻出像增补搜神记》《新刻出像音注释义王商忠节

---

① 钱德苍:《缀白裘》第一册,中华书局2005年版,第3—5页。
② 叶德辉:《书林清话》,中华书局1999年版,第181—182页。

癸灵庙玉玦记》，世德堂刊刻的《新刊重订出像附释标注裴度香山还带记》《重订出像注释裴淑英断发记》《新刊重订出像附释标注月亭记》，文林阁刊刻的《绣像传奇十种》《新镌绣像评点玄雪谱》，古吴致和堂刊刻的《新订绣像昆腔杂曲醉怡情》，积秀堂刊刻的《新刊分类出像陶真选粹乐府红珊》等；另有《张深之先生正北西厢秘本》《李卓吾先生批评合像北西厢记》《新刊徽板合像滚调乐府官腔摘锦奇音》《新镌徽本图像音释崔探花合襟桃花记》《新镌图像音注周羽教子寻亲记》，等等。明末清初，《西厢记》各版本的插图有不少是出自当时的著名画家之手，弥为珍贵。清代徐康云："（臧懋循）《元人百种曲》首帙……皆有绘画"，而且"最为工细"①。当代出版的五集《古本戏曲丛刊》共收明代插图版画达到3800余幅。清代，在官私版画大力发展的同时，案头之曲画像插图也有别具风格的显著发展，例如，有积秀堂刊刻的《精刻绣像乐府红珊》等。另外，《秦楼月》《桃花扇》《长生殿》《天马媒》《笠翁十种曲》等，都有数量多少不同而绘画艺术水平高超的画像插图。例如，顺治年间刊刻的李渔撰《笠翁十种曲》，包括《怜香伴》《风求凰》《比目鱼》《意中缘》《玉搔头》《巧团圆》《奈何天》《风筝误》《慎鸾交》《蜃中楼》10部，除《慎鸾交》外，皆为月光型版图，多出自苏州著名木刻艺术家王思佐、蔡思璜之手，镌刻精美雅致，极其方便于人们进行案头阅览欣赏，解读领悟其中的人物形象和故事情节。

自明代戏曲刻本中的书籍流行画像插图以来，一系列的术语也随之诞生，例如："全图""纂图""绘像""绣像""合像""全像""偏像""出像""补像""图像""全相""出相""补相""偏相"等，在古代图书刊刻与印刷史上，这当中的每一个概念术语都代表着一种画像插图方式。这些概念术语或置于内图书封面，或置于内页目录，或置于卷首题名，或置于卷末题名，或置于版心标注，无论采取哪一种方式，都发挥了重要的内容形象化传播与标识性广告作用。这些概念术语和画像插图方式的变化，与编刻主体的审美价值取向息息相关，体现了当时读者阅读趣味的更新和审美风尚的趋势。或者说，编刻主体为案头之曲配置画像插图，除了营销牟利之外，还反映了用画像插图弥补剧本缺乏直观形象的审美意识，使之兼顾戏曲的文学性和舞台性，画像插图作为一种艺术媒介引人入胜，在审美

---

① 徐康：《前尘梦影录》，中华书局1985年版，第39页。

想象中领略戏曲的艺术情境。例如：明代嘉庆年间，茧室主人为编刻卢楠所撰传奇《想当然》作《成书杂记》云："是本原无图像，欲从无形色处想出作者本意，固是超乘。但雅俗不齐，具凡各境，未免有展卷之叹。……故择句皆取其言外有景者，题之于本图之上，以便览者一见以想象其境其情，欣然神往，是由夫无形色者也，用是以补其缺陷。"① 有的案头之曲配置画像插图之余，还附有题辞或者题画诗词，其画龙点睛之笔往往能够激发读者的阅读欣赏情趣。例如，清代康熙年间，汪溥勋的《〈圣叹批第六才子西厢〉凡例》云："《西厢记》绘像，昉自赵宜之跋《双莺图》以及陈居中、唐伯虎，皆有之也。是集每折必绘图像于首，列诗词于后。世谓谐俗，不知正复古也。其画谱皆仿元笔，诗词亦隽妙可人。洵足备案头珍玩也。"②

　　编刻主体依据案头之曲配置画像插图，以文为经，以图为纬，图文并茂，融为一体，虚实相资，详略互见，是对文字内容的清晰、直观、美化的形象说明，能唤起读者对戏曲文学性和舞台性的生动联想，能激发读者无限丰富自由的戏曲审美想象，有助于加深读者对文字内容的全面理解；使读者不仅了然于目，而且豁然于心，既满足了读者多样化精神生活的审美需求，又提高了案头之曲传播接受的审美效果。编刻主体依据案头之曲编刻画像插图，为无形的文字描绘舞台有形的具象，确立案头之曲的本体地位，往往继承创新、内容丰富、形式多样、画法各异、雕刻精良、印刷精致、装饰美观、绚丽多姿，体现了书籍艺术设计造型美的韵味，扩大了案头之曲文学价值的社会影响，从中也衍生出中国古代图书出版的一大门类，具有填补古代书籍插图领域空白的功能和意义，迄今成为中华民族国学的一笔珍贵的精神财富和文化遗产，值得后人借鉴继承与发扬光大。

---

① 蔡毅：《中国古典戏曲序跋汇编》，齐鲁书社1989年版，第1190页。
② 同上书，第726页。

第四节 场上之曲的艺术韵味

场上之曲即戏曲演员的舞台歌舞搬演,是以戏曲演员的歌唱为主导,以戏曲文学剧本为基础,以戏曲演员的歌舞相兼为形态,围绕戏曲演员舞台搬演故事展示艺术形象,具有音乐性、文学性、舞蹈性、在场性、视听性、可感性、即逝性等审美特征。

详而言之,音乐性是指戏曲演员以歌唱表演的声乐方式展现剧情,以曲谱为规范,与器乐伴奏、舞蹈动作紧密结合,推动戏剧性矛盾冲突的发生发展,塑造文学剧本中的人物形象,为搬演故事服务。宋代陈旸的《乐书》云:"乐以人声为主,故合乐亦谓之歌。"[1] 文学性是指场上之曲除了有"声"之外,还有"辞","辞"承载了剧中人物的思想感情。汉代《毛诗序》云:"在心为志,发言为诗。情动于中而形于言,言之不足故嗟叹之,嗟叹之不足故永歌之。"[2] 明代茅暎的《题〈牡丹亭记〉》云:"有志则有辞。曲者,志也。"[3] 声辞一体化是戏曲的本体特征之一。清代刘熙载的《艺概》云:"词曲本不相离,惟词以文言,曲以声言耳。词、辞通。《左传》襄二十九年杜注云:'此皆各依其本国歌所常用声曲。'《正义》云:'其所作文辞,皆准其乐音,令宫商相和,使成歌曲。'是辞属文、曲属声,明甚。古《乐府》有曰'辞'者,有曰'曲'者,其实辞即曲之辞,曲即辞之曲也。襄二十九年《正义》又云:'声随辞变,曲尽更歌。'此可为词、曲合一之证。"[4] 舞蹈性是指戏曲演员歌唱时伴随着舞蹈动作,载歌载舞。陈旸的《乐书》云:"盖诗为乐之章,必待歌之抗坠端折,然后其声足以合奏。歌为乐之音,必待舞之周旋诎信,然后其容足以中节。歌登于堂而合奏,舞降于庭而中节,则至矣,尽矣,不

---

[1] 纪昀等:《四库全书》第 211 册,上海古籍出版社 1989 年版,第 712 页。
[2] 袁峰编著《中国古代文论选读》,西北大学出版社 2003 年版,第 7 页。
[3] 蔡毅:《中国古典戏曲序跋汇编》,齐鲁书社 1989 年版,第 1224 页。
[4] 袁津琥校注《艺概注稿》,中华书局 2009 年版,第 612 页。

可以有加矣。"① 例如，关汉卿所作多为场上之曲，不仅有曲词演唱，而且还亲自"躬践排场，面敷粉墨"②，故具有很高的艺术成就。在场性是指戏曲演员的歌唱表演置于观众当下欣赏的现场。视听性是指观众在剧场既可以凭视觉直观戏曲演员的歌唱表演，也可以凭听觉接受戏曲演员唱歌的声音。可感性是指戏曲演员场上的歌唱表演令观众赏心悦目，激起观众审美情感和艺术思维的想象波澜。即逝性是指戏曲演员的场上歌唱表演唱过之后立刻消失，不可重复，即使重新表演也非原生态表演情状，艺术效果已经发生了变化，不具有同一性质。

戏曲演员舞台搬演的场上之曲由案头之曲转换而来，是戏曲作为综合艺术的本质要求，此即李渔的《闲情偶寄》谓："填词之设，专为登场。"③ 孟称舜的《古今名剧合选序》说：成功的戏曲作品要"可演之台上，亦可置之案头"。④ 大多数真正懂得本色当行的剧作家，往往能够主动地自觉地认同场上之曲的身份，把创作场上之曲作为自我的审美追求和价值取向。例如，明人王骥德著南杂剧《倩女离魂》四折，对此，祁彪佳《远山堂剧品》云："方诸生精于曲律，其于宫韵平仄，不错一黍。若是而复能作本色之词，遂使郑德辉《离魂》北剧，不能专美于前矣。白香山作诗，必令老妪能解，此方诸之所以不欲曲为案头书也。"⑤ 戏曲的场上之曲的艺术韵味丰盈醇厚，形成了与世界其他国家特别是欧洲歌剧、音乐剧等的场上之曲迥然不同的个性、风格及色彩，从国学视域来看，戏曲的场上之曲是独具中华民族传统文化特色的歌剧、音乐剧艺术。

场上之曲源远流长。中国古代音乐史传承发展的大致轮廓为：西周、春秋战国时期的音乐以雅乐和郑卫之音为主，前者是宫廷音乐，后者是民间俗乐。秦汉魏晋南北朝时期的音乐以清商乐为主。清商乐又称清乐，是东晋南北朝间，承袭汉魏相和诸曲，吸收当时民间音乐"吴歌""西曲"发展而成的俗乐之总称。隋唐五代时期的音乐以燕乐为主。燕乐又称宴乐，即宴饮之乐，原义是指天子及诸侯

---

① 纪昀等：《四库全书》第211册，上海古籍出版社1989年版，第124页。
② 臧懋循：《元曲选》，中华书局1958年版，第1页。
③ 李渔：《李渔全集》第三卷，浙江古籍出版社1992年版，第66页。
④ 朱颖辉辑校《孟称舜集》，中华书局2005年版，第558页。
⑤ 祁彪佳：《远山堂剧品》，《中国古典戏曲论著集成》（六），中国戏剧出版社1959年版，第162页。

第三章 戏曲艺术形式本质的形成与身份认同

宴饮宾客时所用的音乐，狭义上是指隋唐宫廷多部乐如"七部乐""九部乐""十部乐"和二部伎如"坐部伎""立部伎"，广义上是指汉族俗乐与境内各民族及外来音乐的总称。宋人沈括在《梦溪笔谈》中说："先王之乐为雅乐，前世新声为清乐，合胡部者为宴乐。"① 宋元明清时期的音乐以戏曲音乐为主，南北曲随着戏曲搬演流传并影响东西南北。由此可见，戏曲的场上之曲在中国音乐史上有重要的身份地位，艺术韵味隽永绵长。

具体来看，宋代陈旸撰《乐书》论包括杂剧音乐在内的历代音乐上起唐虞，下讫优戏。明代王骥德论戏曲南北曲源自尧舜时期，曰："曲，乐之支也。自《康衢》《击壤》《黄泽》《白云》以降，于是《越人》《易水》《大风》《瓠子》之歌继作，声渐靡矣。'乐府'之名，昉于西汉，……六代沿其声调，稍加藻艳，于今曲略近。入唐而以绝句为曲，……入宋而词始大振，署曰'诗余'，于今曲益近。……而金章宗时，渐更为北词，……入元而益漫衍其制，栉调比声，北曲遂擅盛一代……迨季世入我明，又变而为南曲，婉丽妩媚，一唱三叹，于是美善兼至，极声调之致。"② 清代钱泳认同王骥德的观点，并且盛赞南北曲在市民百姓中获得广泛的身份认同并流播全国，视野十分开阔。钱泳的《曲目新编小序》云："今之词曲，犹古之乐府也，有清庙明堂之乐，有饮食燕享之乐——郭茂倩俱订其名，彰彰可考。今词曲多门，南北异调，家弦户诵，几至传习九州。"③ 徐时栋的视野也相当开阔，与钱泳不同的是他把着眼点放在了场上之曲的艺术特点上。徐时栋的《烟屿楼笔记》云："古乐不可作，今之扮演杂剧，即古舞乐之流遗也。场上感慨激昂，能使场下人涕泣舞蹈，所谓观感于不自知。今乐犹古乐，孟子信非欺人者。"④ 徐时栋认为戏曲的场上之曲是在古乐和古舞的基础上结合发展而来，这涉及场上之曲音乐性和舞蹈性兼顾的本体身份问题，审美眼光比一般单纯论戏曲音

---

① 沈括：《梦溪笔谈》，中华书局2009年版，第81页。
② 王骥德：《曲律》，《中国古典戏曲论著集成》（四），中国戏剧出版社1959年版，第55页。
③ 支丰宜：《曲目新编》，《中国古典戏曲论著集成》（九），中国戏剧出版社1959年版，第129页。
④ 徐时栋：《烟屿楼笔记》，《笔记小说大观》第30编，新兴书局有限公司1979年版，第4473页。

乐显得更加独到聪慧。汪森琴一方面充分肯定戏曲的场上之曲源自古乐；另一方面批评世俗贬低场上之曲的腐朽观念，其《〈漱玉堂三种〉传奇序》用反诘的语气道："声歌之道，感乎性情，达乎天地。举天下古今之故可传可咏、可悲可泣者，无一不可寄之于歌，宇宙之文章，莫大于是矣。说者乃谓诗余而为词，词余而为曲，里巷巴人，杂沓唱和者能为之。于是曲之道亡，而《风》《雅》不可问矣。汉魏以来，清庙明堂之奏，登之于府，被之于音，足以和神人，格上下，宁谓非曲之祖乎？"① 这种从中国音乐史角度肯定性评述古乐与戏曲的场上之曲的源流关系，具有提高场上之曲的社会地位，批驳某些割裂古乐与场上之曲联系谬论的积极意义与现实价值。

孟称舜则站在戏曲综合艺术以场上之曲为主导的高度，针对剧作家的创作现实有感而发，在《古今名剧合选序》中云："诗变为词，词变为曲。其变愈下，其工愈难。吴兴臧晋叔之论备矣。一曰情辞隐称之难，一曰关目紧凑之难，又一曰音律谐叶之难。然未若所称当行家之为尤难也。盖诗词之妙，归之乎传情写景。顾其所写情与景者，不过烟云花鸟之变态，悲喜愤乐之异致而已。境尽于目前，而感触于偶尔，工辞者皆能道之。"② 姚燮进一步从正面肯定性角度认同并阐发，云："制曲须是巨才，与诗词是另一副笔墨，既宜传演，又耐吟讽，摹神绘影，中人性情，斯为能事。"③ 这就是说，剧作家的创作视野必须关注场上之曲的搬演，设身处地，置身其境，化身其人，绘声绘色，场上之曲才"能工"；这意味着，场上之曲不仅涉及戏曲演员的全面才华和艺术素质，而且涉及剧作家的全面才华和艺术素质；场上之曲对戏曲演员和剧作家的"斯为能事"都是严峻的考验和有力的鞭策。为了使场上之曲充分体现戏曲本体的身份要求，清人王德晖、徐沅澄提出要避免"度曲十病"，即方音、犯韵、截字、破句、误收、不收、烂腔、包音、尖团、阴阳；要讲究"度曲八法"，即审题、叫板、出字、做腔、收韵、换板、散板、擞声；要做到"学曲六戒"，即不就所长、手口不应、贪多不纯、按谱自读、

---

① 蔡毅：《中国古典戏曲序跋汇编》，齐鲁书社1989年版，第1995页。
② 朱颖辉辑校《孟称舜集》，中华书局2005年版，第556页。
③ 姚燮：《今乐考证》，《中国古典戏曲论著集成》（十），中国戏剧出版社1959年版，第178页。

不求尽善、自命不凡①。这种从反面否定性角度指出克服场上之曲创作弊端的方法，是对以往场上之曲创作成功经验与失败教训的深刻总结，有深刻的理论性和舞台的操作性，真正体现了戏曲艺术思维方式的辩证法精神实质。

场上之曲本体身份是一种音乐艺术。在中国古代，礼乐刑政并称，音乐多用于娱乐，同时又被赋予社会教化的功能，《礼记·乐记》云："礼以道其志，乐以和其声，政以一其行，刑以防其奸。礼乐刑政，其极一也；所以同民心而出治道也。"②这也是中国传统学术文化的一大特色。正因为如此，古时乐学被列为经学，成为儒家"六经"之一。关于《乐经》，或说已佚，或说乐本无经，《礼记·乐记》即其遗文。在中国古代，乐学的社会地位很高，清朝编辑的《四库全书》在"经部"辟有"乐类"，下辖宋人陈旸撰《乐书》、元人刘瑾撰《律吕成书》、明人朱载堉撰《乐律全书》、清朝康熙五十二年（1713）清圣祖御定《御制律吕正义》等；在"集部"辟有"词曲类"，下辖《南北曲之属》，收入元人周德清撰《中原音韵》、明人沈德符撰《顾曲杂言》、清代康熙五十四年（1715）王奕清等奉敕撰《御定曲谱》。从学术传承方面来看，明朝宁献王朱权《太和正音谱》的编订，世子朱载堉十二平均律的发明，以及清朝康熙帝重视和整理乐律，这些有关乐学整理研究的业绩，无疑对后世产生了深远的影响。这表明戏曲的场上之曲的音乐性得到了统治阶级的认同，纳入了国学的范畴，成为独具中华民族传统文化特色的音乐艺术标志。然而，相比之下，明代藩王朱有燉虽创作了杂剧31种，其时大梁（今河南开封）市民百姓皆能歌之，受到广泛的欢迎，但是，朱有燉将剧本献给朝廷，宣宗却赐以优衣一袭、磕爪一板辱之；③清代，戏曲文学剧本却被排除在《四库全书》之外，场上之曲的文学性没有得到统治阶级的认同，没有纳入国学的范畴，许多珍贵的戏曲文学剧本因此也失去了被收集整理得以保全，而不至于散佚消泯的机遇。永瑢等撰《四库全书总目提要》云："词、曲二体在文章、技艺之间。厥品颇卑，作者弗贵，特才华之士以绮语相高耳。然三百篇变而古诗，古诗变而近体，近体变而词，词变而曲，层累而降，莫知其然。究厥渊源，实亦乐府

---

① 王德晖、徐沅澄：《顾误录》，《中国古典戏曲论著集成》（九），中国戏剧出版社1959年版，第56—61页。

② 阮元：《十三经注疏》，中华书局1980年版，第1527页。

③ 傅璇琮、谢灼华主编《中国藏书通史》，宁波出版社2001年版，第646页。

之馀音,风人之末派。其于文苑,尚属附庸,亦未可全斥为俳优也。今酌取往例,附之篇终。词曲两家又略分甲乙。词为五类:曰别集,曰总集,曰词话,曰词谱、词韵。曲则惟录品题论断之词,及《中原音韵》,而曲文则不录焉。"①对照两者,在统治阶级的偏颇的思想标准和艺术标准主导之下,戏曲的场上之曲与案头之曲尊卑差别显而易见。所幸的是,虽然如王瑞生《新定十二律京腔谱》云"优伶之辈皆正乐而为糊口之计"②,但是,戏曲的场上之曲与案头之曲二位一体在社会上广泛搬演传播,并不因为统治阶级的陋见歧视而断送了活生生的艺术生命。这说明戏曲无论场上之曲还是案头之曲,都有不以统治阶级的意志为转移的自我发展的客观规律。

场上之曲竞美争胜。南曲、北曲是中国古代戏曲独特的音乐艺术之别,场上之曲的南北分野使戏曲艺术表现形式多姿多彩,聚散流变,渗融更革,蔚为壮观。从国学的视域来看,南北曲是中国传统音乐文化的主要承载者之一,南北曲具有不同的音乐美学特征,实际上是整个中华民族传统音乐南北艺术特征的浓缩集成,并始终影响和制约着中华民族传统音乐艺术特征的形成和发展。

南北曲的发生很早。中国幅员广大,南方、北方的民俗、语言、文化以地域为界限,两者区别极为明确。北齐颜之推分析云:"夫九州之人,言语不同,生民已来,固常然矣。……南方水土和柔,其音清举而切诣,失在浮浅,其辞多鄙俗。北方山川深厚,其音沉浊而鈋钝,得其质直,其辞多古语。然冠冕君子,南方为优;闾里小人,北方为愈。易服而与之谈,南方士庶,数言可辩;隔垣而听其语,北方朝野,终日难分。而南染吴、越,北杂夷虏,皆有深弊,不可具论。……古今言语,时俗不同;著述之人,楚、夏各异。"③南北各地风格迥异的传统音乐种类以地域为界限因此表现得极为突出。先秦文献中就有"南音""北音""东音""西音"的记载,如明人王骥德云:"曲之有南、北,非始今日也。关西胡鸿胪侍《珍珠船》引刘勰《文心雕龙》,谓:涂山歌于'候人',始为南音;《有娀》谣于'飞燕',始为北声。及夏甲为东,殷整为西。古四方皆有音,而今

---

① 永瑢等:《四库全书总目提要》第40册,商务印书馆1931年版,第40页。
② 蔡毅:《中国古典戏曲序跋汇编》,齐鲁书社1989年版,第96页。
③ 颜之推:《颜氏家训》,中华书局2007年版,第297—301页。

歌曲但统为南、北。"①春秋战国时期，在北方地区产生了《诗经》，在南方地区产生了《楚辞》。汉魏六朝时期，北方地区流行相和歌，南方地区盛行吴歌、西曲，还有"赵、代、秦、楚之讴"。隋唐时期，中国音乐与西域如阿拉伯、印度、波斯等域外音乐不断交流，又与匈奴、蒙古等边疆民族不断融合，南北曲的分野逐渐形成并且不断深化。王瑞生《新定十二律京腔谱》云："递相纷更，遂有北曲。北曲者，隋开其径，唐继其美，而大备于元。至于南曲之所从来也果安在哉？《三百篇》后因而有诗，诗余为词，词又变而为曲。诗盛于唐，词行于宋，而曲始兴于明。排场既具，昆弋遂分，是为南曲。"②宋元时期，中外音乐交流进一步频繁扩大，古代戏曲南北曲在此基础上形成并且成熟起来。明人张琦云："自金、元入中国，所用胡乐，嘈杂缓急之间，词不能按，乃更为新声以媚之，作家如贯酸斋、马东篱辈，咸富于学，兼喜声律，擅一代之长，昔称'宋词''元曲'，非虚语也。大江以北，渐染胡语；而东南之士，稍稍变体，别为南曲，高则诚氏赤帜一时，以后南词渐广，二家鼎峙。"③当元杂剧和南戏发展到一定程度，各自的地域局限、发展需求以及人们自身的审美趣味，促使音乐风格迥异的南北剧种产生了相互交融的需求，进而促成了南北曲合套的形式，为南北曲艺术增添了情趣变化、刚柔并济的音乐艺术韵味。

南北曲都是曲牌联套体音乐。南北曲的曲牌始于民间小调，其得名之由来，其句格之演变，现在已经不可一一详细考究，但是，同中有异。在创作方法上，南北曲都是有曲谱的。倚声填词起于中晚唐，至两宋而盛行开来，后为元明南北曲所继承发展，迄于清代中叶作者渐少，近代以后庶几成为绝响。剧作家或倚声填词，或依字行腔，从而产生了千变万化、精美绝伦的戏曲音乐和演唱风格。明人臧懋循的《元曲选序》云："曲自元始，有南北各十七宫调。"④吕天成云："有宫调之学，类以相从，声中缓急之节；纷以错出，词多磝戛之音。难欺师旷之听，

---

① 王骥德：《曲律》，《中国古典戏曲论著集成》（四），中国戏剧出版社1959年版，第56页。

② 蔡毅：《中国古典戏曲序跋汇编》，齐鲁书社1989年版，第95页。

③ 张琦：《衡曲麈谭》，《中国古典戏曲论著集成》（四），中国戏剧出版社1959年版，第268页。

④ 臧懋循：《元曲选》，中华书局1958年版，第1页。

莫招公瑾之顾。按谱取给，故自无难；逐套注明，方为有绪。又进而有音韵平仄之学，句必一韵而始协，声必迭置而后谐。响落梁尘，歌翻扇底。昧者不少，解者渐多。又进而有八声阴阳之学，吹以天籁，协乎元声，律吕所以相宣，神人用以允翕。抑扬高下，发调俱圆；清浊宫商，辨音最妙。此韵学之钜典，曲部之秘传。"[1] 在曲牌联套结构上，南曲、北曲不仅分别都有曲牌，而且都有声腔格律的创作规范，每一个曲牌都被作曲家详细列出不同格式，分别正字、衬字，注明板式。关于在一个套曲中重复使用的曲牌，南北曲有所不同的是，南曲称作"前腔"，北曲则称作"么篇"或者"么"。无论南北曲，一个曲牌及联套的格律框架都是固定的，而且还有内在的声情理趣的创作与演唱规定性，例如，明人魏良辅云："曲须要唱出各样曲名理趣，宋元人自有体式。如《玉芙蓉》《玉交枝》《玉山供》《不是路》要驰骤；《针线箱》《黄莺儿》《江头金桂》要规矩；《二郎神》《集贤宾》《月云高》《念奴娇序》《刷子序》要抑扬；《扑灯蛾》《红绣鞋》《麻婆子》虽疾而无腔，然而板眼自在，妙在下得匀净。"[2] 场上之曲的宫调制约歌舞演故事的艺术形态，清人徐大椿云："宫调既殊，排场亦异。"[3] 在声阶表现上，南北曲有所不同的是，南曲以五声为主，北曲以七声为主。在演唱技术上，南北曲有所不同的是，如徐大椿云："南曲之唱，以连为主。北曲之唱，以断为主，不特句断字断，即一字之中，亦有断腔，且一腔之中，又有几断者；惟能断，则神情方显，此北曲第一吃紧之处也。而其法则非一端：有另起之断，有连上之断，有一轻一重之断，有一收一放之断，有一阴一阳之断，有一口气而忽然一断，有一连几断，有断而换声吐字，有断而寂然顿住。以上诸法，南曲亦间有之，然不若北曲之多。……近时南曲盛行，不但字法皆南，即有断法，亦是南曲之断，与北曲迥别。盖南曲之断，乃连中之断，不以断为重，北曲未尝不连，乃断中之连，愈断则愈连，一应神情，

---

[1] 吕天成：《曲品》，《中国古典戏曲论著集成》（六），中国戏剧出版社1959年版，第212页。

[2] 魏良辅：《曲律》，《中国古典戏曲论著集成》（五），中国戏剧出版社1959年版，第6页。

[3] 徐大椿：《乐府传声》，《中国古典戏曲论著集成》（七），中国戏剧出版社1959年版，第157页。

皆在断中顿出。"① 在演唱要求上，南北曲戏曲演员在遵循宫调和曲牌结构的声情前提下，可以发挥个人的才华，将案头之曲转换为独具个人特色和艺术魅力的场上之曲，所以，明代万历年间的谢弘仪的《〈蝴蝶梦〉凡例》云："牌名之高下疾徐，顿挫驰骤，各有义趣。犯太多则腔不纯，……夫描写之工在曲，绕梁之妙在音。与牌名何涉？徒多此伎俩奚为？"② 南北曲演唱需当行，声乐技术要求很高，同中有异，远不止上述这些。在声乐、器乐和舞蹈的结合上，南北曲有所不同的是，如清人笠阁渔翁云："《拜月》《荆钗》，元之南曲也。北音为曲，南音为歌。北人不歌，南人不曲。北力在弦，南力在板。南便独奏，北便和歌。北气易粗，南气易弱。北字多而调促，促处见筋；南字少而调缓，缓处见眼。北舞情多而声情少，南舞情少而声情多。"③ 在艺术风格上，南北曲有所不同的是，南曲旋律婉转曲折，柔媚动人，歌舞相间，善于抒情；北曲旋律刚猛跳进，风格豪放激荡，长于叙事。明代陆深引用胡致堂语形象地比喻说，北曲好像一个男人"登高望远，举首高歌，而逸怀浩气，使人超乎尘垢之表者"，意思是说北曲壮美；南曲好像是一个女人具有与生俱来的"绮罗香泽之态，绸缪宛转之度"④，意思是说南曲柔美。清人焦循引《汇苑详注》亦云："大抵北主劲切、雄丽，南主清峭、柔远。"⑤

受到中国地域、文化、音乐南北之分的决定性影响，南北曲在流传的过程当中，与当地的民歌、小曲、方言等相结合，入乡随俗，衍化出不同的戏曲声腔流派。声腔流派的不同音乐表现使古代戏曲的场上之曲百花绽放，姿彩摇曳，美感纷呈，韵味各别。例如，明代沈德符记载："自吴人重南曲，皆祖昆山魏良辅，而北调几废，今惟金陵存此调。然北派亦不同，有金陵（南京）、有汴梁（开封）、有云中（大同）。而吴中（苏州）以北曲擅场者，仅见张野塘一人，故寿州（寿

---

① 徐大椿：《乐府传声》，《中国古典戏曲论著集成》（七），中国戏剧出版社1959年版，第175页。

② 蔡毅：《中国古典戏曲序跋汇编》，齐鲁书社1989年版，第1329页。

③ 笠阁渔翁：《笠阁批评旧戏目》，《中国古典戏曲论著集成》（七），中国戏剧出版社1959年版，第309页。

④ 陆深：《溪山余话》，《笔记小说大观》第14编，新兴书局有限公司1983年版，第2536页。

⑤ 焦循：《剧说》，《中国古典戏曲论著集成》（八），中国戏剧出版社1959年版，第89页。

县）产也，亦与金陵小有异同处。"① 可见北曲在南北各地衍变产生的声腔派别，都具有融汇当地语音和乡土韵味的音乐艺术特色。明代，南曲则有著名的"四大声腔"，即昆山腔、弋阳腔、海盐腔、余姚腔，在此基础上，又衍生出各种具有地方音乐艺术和演唱特色的声腔。清人王德晖、徐沅澄云："曲源肇自三百篇，《国风》《雅颂》，变为五言七言，诗词乐章，化为南歌北剧。自元以填词制科，词章既伙，演唱尤工，往代未之逾也。迨至世换声移，风气所变，北化为南。盖词章既南，则凡腔调与字面皆南，韵则遵《洪武》，而兼祖《中州》。腔则有海盐、义乌、弋阳、青阳、四平、乐平、太平之分派。嘉隆间，有豫章魏良辅，愤南曲之陋，别开堂奥，谓之'水磨腔''冷板曲'，绝非戏场声口；腔名'昆腔'，曲名'时曲'，歌者宗之，于今为烈。至北曲之被弦索，始于金人完颜，胜于娄东，然巧于弹头，未免疏于字面，而又弦繁调促，向来绝鲜名家。迩来词人颇惩纰谬，厘声析调，务本《中原》各韵，于是弦索之曲，始得于南曲并称盛轨。于今为初学浅言之：南曲务遵《洪武正韵》，北曲须遵《中原音韵》，字面庶无遗憾。唱法：北曲以遒劲为主，南曲以圆湛为主。北曲字多而调促，促处见筋，词情多而声情少；南曲字少而调缓，缓处见眼，词情少而声情多，故有磨腔弦索之分焉。至于南曲用五音，北曲多变宫变徵；南曲多连，北曲多断；南曲有定板，北曲多底板；南曲多于正字落板，而衬字亦少，北曲衬字甚多，皆可一望而知者也。"② 这种对南北曲音乐和声腔及声腔流派衍生发展的描叙，使人们能够比较清楚地看到中国古代戏曲音乐的独特艺术形态。

令人遗憾的是，由于缺乏现代录音录像技术，中国古代戏曲史只留下了文学剧本、曲谱等文字资料，而没有留下南北曲音像视频实况档案，后人只能从一些古籍中看出南北曲的流变踪迹和演唱状况，例如，宋人姜夔的《白石道人歌曲》、元人陈元靓的《事林广记》、明人谢琳的《太古遗音》、沈璟编辑的《南九宫十三调曲谱》、明末清初李玉编辑的《北词广正谱》、清朝庄亲王允禄等奉旨编纂的《九宫大成南北词宫谱》和谢元淮的《碎金词谱》等即是。其中，明人沈璟编辑的《南九宫十三调曲谱》，选录南曲曲牌719个；明末清初李玉编辑的《北词广

---

① 沈德符:《万历野获编》，中华书局1959年版，第646页。
② 王德晖、徐沅澄:《顾误录》，《中国古典戏曲论著集成》（九），中国戏剧出版社1959年版，第65页。

正谱》，选录北曲曲牌 449 个。这两部书只列举文字格律，不附宫谱，是作家为填写曲词的依据。乐谱方面，清代乾隆十一年（1746）由庄亲王允禄、乐工周祥钰、邹金生等人编辑成书的《九宫大成南北词宫谱》，列举了南北曲牌及其变体 4466 个。以上戏曲音乐历史资料比较全面地反映了南北曲的盛况，是研究南北曲音乐的重要参考文献。

场上之曲的艺术形态从清代乾隆年间开始发生了历史性变化，场上之曲的艺术韵味获得了革新再生，满足了文人士大夫和广大市民百姓喜新厌旧的精神生活趣味、多样化的审美文化需求；继元杂剧和明清传奇之后，中国古代戏曲出现了第三个辉煌灿烂的时代。主要标志是乾隆以来传奇由盛而衰，花部乱弹异军崛起，以"十部传奇九相思"文人剧昆曲为代表的优美婉艳的场上搬演，由以京剧为代表的各地方声腔剧种花杂不纯、野调俗唱的场上之曲所取代。与此同时，中国少数民族的戏曲剧种，在花部乱弹崛起的年代也纷纷登上艺术舞台，如侗族的侗戏、布依族的布依戏、白族的吹吹腔剧（白剧之前身）、傣族的傣剧、壮族的壮剧、藏族的藏剧等，均呈现发展繁荣、蓬勃兴盛的状貌。不同少数民族戏曲风情各异的搬演形态、艺术风格、场上之曲，体现着自己民族独特的历史文化传承、审美价值意趣、文化艺术个性和本体身份地位，极大地丰富了中华民族多元一体的传统文化，成为国学的有机组成部分。

从此，中国古代戏曲开始了从以剧本文学创作为中心向以舞台艺术搬演为中心的重大转移，从以"结构第一"向"舞台第一"的重大转移，从以曲牌体向板腔体的重大转移、从偏重文戏向文戏、武戏兼备的重大转移。花部乱弹的场上之曲源自民间土壤，荡漾着野花的芳香、生命的激情和勃发的意志。从花部乱弹的场上之曲来看，一部花部乱弹地方戏的搬演不必都以演唱为主，而是可以根据剧本的故事内容，需要戏曲演员演唱时就演唱，不需要戏曲演员演唱时就不演唱。不同的剧本或搬演的不同场次，可以分别处理成戏曲演员的唱功戏、做功戏、武打戏等。这意味着中国古代戏曲唱、念、做、打的艺术综合性、以歌舞演故事的场上整体性向更开放、更自由、更灵活、更壮美的搬演形态发展。

其中，有一点值得重视的是，以京剧为代表的各地方声腔剧种从宫廷到民间传演不缀，影响广泛、深入、持久，博得了上下所好、雅俗共赏、喜闻乐见，而上层社会统治者的参与对花部乱弹的场上之曲的成长发展在一定意义上发挥了促进作用。例如，清人佚名的《清代之竹头木屑》云："南皮张子青相国，年已耋毫，而神气无殊少年。……青相最爱演戏。……青相亦能自唱戏，花厅中无他陈设，帽架上置纱帽两顶，欲演戏时，即自戴之。青相好梆子戏，京城梆子之盛，由青相始。"① 此中可窥一斑略见全豹，耐人寻味。

第五节 兴废聚讼的文化机杼

古代戏曲家就戏曲艺术本质探讨的兴废聚讼不乏其例，而且一般都与时代社会思潮有牵连关涉。

在古代戏曲形成发展之初，宋金杂剧院本刚刚登上历史舞台，因为受戏曲理论落后于戏曲艺术实践的客观规律支配，戏曲艺术本质探讨的诸多现实基础尚不扎实深厚，戏曲身份认同上升为戏曲专门理论总结还有待时日。其间，只有王灼所撰《碧鸡漫志》独树一帜，意义深远。王灼深谙儒学，受儒学熏陶很深，如王灼《宋本颐堂先生文集》中的《李彦泽从余求卫公兵法》自我认同"儒生"，云："学成出去清胡尘，莫道儒生不能武"；《醉中走笔次赵彦和韵》表达了入世的人生态度，云："有学窥黄老，无心战外魔。牛心应易嚼，螭首故难磨。不识王孙贵，朱门亦许过"；《奉伯秋》云："庙堂遵故事，经学到新罗"；《答伯秋》云："半生沉俗学，中路堕严科"。②王灼《碧鸡漫志》引用《舜典》《毛诗序》《乐记》《孔子家语》论歌曲、词，基本上是遵循而没有超出儒家乐学的范畴。此时，从国学视域来看，宋代主流意识形态理学已经产生，王灼认同儒家乐学理论，没有直接联系宋初理学三先生石介、胡瑗、孙复和北宋五子邵雍、周敦颐、张载、程颢、程颐，但是，应用论据实际与北宋理学家的文学观贯通无碍。例如，在宋代理学家中，邵雍不仅创作的诗歌数量最多，而且还提出了"诗乐合一"的文学本体论，其《伊川击壤集序》曰："子夏谓'诗者，志之所之也。在心为志，发言为诗。情

---

① 佚名：《清代之竹头木屑》，《中国野史集成》第50册，巴蜀书社1993年版，第831页。
② 以上引文均见王灼《宋本颐堂先生文集》，《续古逸丛书》（二十），1923年上海涵芬楼假江南图书馆藏本影印版。

动于中而形于言，声成其文而谓之音。'是知怀其时则谓之志，感其物则谓之情，发其志则谓之言，扬其情则谓之声，言成章则谓之诗，声成文则谓之音。然后闻其诗，听其音。则人之志情可知之矣。"①这说明王灼与邵雍等理学家文学观在词学文化价值身份认同上并无二致。王灼的《碧鸡漫志》是宋代第一部系统的词学著作，作为随笔主要内容虽然是叙论历代歌曲和词的，但是，从曲的身份认同性质而言与戏曲之曲的艺术本质有相通之处，成为后世戏曲艺术本质理论探讨兴废聚讼的铺垫。

元代，在杂剧成为一代之昌盛繁荣艺术之际，在大量剧作家、剧本和杂剧搬演涌现的基础上，探讨总结性的戏曲理论开始产生，戏曲文化学术显露出一种前所未有的新气象。其中，最具代表性的是燕南芝庵的《唱论》。《唱论》是古代戏曲史上现存第一篇全面论述戏曲演唱的声乐论著，预示着戏曲理论兴废聚讼的进程已经开始，只不过是《唱论》的戏曲批评对象十分宽泛，不涉及具体的剧作和具体的演员。燕南芝庵的《唱论》特点主要是针对戏曲的音乐艺术本质，从正面扼要地列举并阐释唱曲问题，包括唱曲知音者、唱曲声情与儒释道三教的关系、歌曲的名目分类、曲的十七宫调的基本情调、唱曲的技巧、唱曲与环境的关系等；从反面指出并纠正唱曲的弊病，包括"歌之所忌""歌节病""唱声病""添字节病"等；从正反两方面客观地分析并指出"凡人声音不等，各有所长"。这一系列论述对后世戏曲声乐艺术本质的认识及兴废聚讼产生了广泛深远的影响，具有重要的戏曲声乐学审美文化价值。这也表明当时杂剧搬演是以演唱为中心的，而舞台搬演现状却不容乐观，一方面已经出现许多值得重视的成功经验；另一方面也出现了许多必须纠正的失败教训，需要优伶们正确认知，扬长避短，解决其中的矛盾和不足，以利于戏曲的声乐表现完美无缺。不容忽略的是，燕南芝庵表露了崇雅抑俗的思想立场，在肯定"续雅乐之后"的同时，主张要"大忌郑卫之淫声"②。这种身份认同无疑是受到以孔子为代表的儒家音乐理论"郑声淫"的影响，对民间俗乐的排斥显然不利于戏曲音乐的进一步发展繁荣。从中可见，燕南芝庵的声乐理论在身份认同意识上存在一定的内在矛盾与时代局限。

---

① 邵雍：《邵雍集》，中华书局2010年版，第179页。
② 燕南芝庵：《唱论》，《中国古典戏曲论著集成》（一），中国戏剧出版社1959年版，第159页。

周德清是北宋理学家周敦颐的六世孙，出生于元代北曲杂剧和散曲的创作与演唱极为繁荣的时期，针对北曲音韵杂乱无章的现象，撰《中原音韵》纠正了作曲家们依《广韵》用韵不一的弊端，兴废聚讼的批评对象明确，解决了北曲杂剧的曲韵统一"四海同音"[①]问题，为戏曲音韵艺术本质的揭示与建构做出了重要贡献，具有戏曲音韵学的学术文化价值。清代刘熙载的《艺概》称周德清"不阶古昔，撰《中原音韵》，永为曲韵之祖"[②]。受社会主流意识形态的制约，周德清虽然父辈入元后无一人出仕，同辈与子侄辈都以布衣终生，《中原音韵》也主要是厘清北曲音韵，但是，周德清对儒学的谙熟，使他在《中原音韵》的论说中仍然表现出崇奉儒家学说包括宋代理学的思想意识。例如，周德清假借他者云："切闻《大学》《中庸》，乃《礼记》中语，程子取为二经，定其阙疑，如'在亲民'之'亲'字，当作'新'字之类是也，圣经尚然，况于韵乎？合于四海同音，分豁而归并之，与坚守《广韵》方语之徒，转其喉舌，换其齿牙。使执而不变，迂阔庸腐之儒，皆为通儒；道听途说，轻浮市廛之子，悉为才子矣。"并引用了理学家朱熹的话，即"晦菴有云：'世无鲁连子，千载徒悲伤。'信矣。"[③]这表明周德清自觉介入戏曲音韵兴废聚讼的学术立场，是以儒学包括宋代理学的意识形态为根本的。

进入明代以后，以传奇为主的戏曲呈现蓬勃发展繁荣之态势。明代中后期，对曲谱、曲选、曲论、曲评、曲录、曲律、声腔、剧种、剧作家、剧本创作、剧作本事、戏曲演唱、戏曲搬演、戏曲考证等的探讨研究，进入了一个充分自觉并趋向全面深入总结的新阶段。例如，明初朱权的《太和正音谱》在《中原音韵》的基础上进一步展开和深化论述，解决了北杂剧的曲谱统一等问题。随着明代对戏曲艺术本质广泛深入的探讨研究，至清初李渔的《闲情偶寄》问世，中国古代戏曲理论集大成式的全面总结终于攀上了前所未有的高峰，标志着古代戏曲艺术的成熟升华为戏曲理论的成熟，关于戏曲艺术本质的兴废聚讼宣告终结。在这个过程当中，出现了以不同社会思想潮流为背景的诸多学术论争，如关于《西厢记》

[①] 周德清：《中原音韵》，《中国古典戏曲论著集成》（一），中国戏剧出版社1959年版，第220页。

[②] 袁津琥校注《艺概注稿》，中华书局2009年版，第609页。

[③] 周德清：《中原音韵》，《中国古典戏曲论著集成》（一），中国戏剧出版社1959年版，第214—220页。

与《琵琶记》优劣的论争、关于汤显祖及"意趣神色"与沈璟及"依律合腔"的论争,从国学视域来看,这些批评对象之明确的兴废聚讼,从以往《唱论》《中原音韵》的批评视野,转向为关乎戏曲艺术多方面本质的当下认知、未来形成和规律把握,成为古代戏曲理论史上的一种独特学术文化现象,也是中国古代戏曲艺术发展和理论体系建构完善的必然经历与客观写照。

关于《西厢记》与《琵琶记》的论争。元代中叶,王实甫创作的杂剧《西厢记》被誉为"天下夺魁"。元代末年,高明创作的南戏《琵琶记》被誉为"传奇之祖"或者"词曲之祖"[①]。在明代,关于这两部剧作的身份认同、孰优孰劣的不同评价引起了戏曲理论家们的争议,人们各抒己见,莫衷一是。

《西厢记》与《琵琶记》的论争由何良俊发其端。何良俊和王骥德的观点针锋相对,是这一场论争的矛盾对立双方的代表。何良俊站在否定《西厢记》与《琵琶记》论争的立场,云:"近代人杂剧以王实甫之《西厢记》,戏文以高则诚之《琵琶记》为绝唱,大不然。夫诗变而为词,词变而为歌曲,则歌曲乃诗之流别;今二家之辞,即譬之李、杜,若谓李、杜之诗为不工,固不可;苟以为诗必以李、杜为极致,亦岂然哉。祖宗开国,尊崇儒术,士大夫耻留心辞曲,杂剧与旧戏文本皆不传,世人不得尽见,虽教坊有能搬演者,然古调既不谐于俗耳,南人又不知北音,听者即不喜,则习者亦渐少,而《西厢》《琵琶记》传刻偶多,世皆快睹,故其所知者,独此二家。……盖《西厢》全带脂粉,《琵琶》专弄学问,其本色语少。盖填词须用本色语,方是作家,苟诗家独取李、杜,则沈、宋、王、孟、韦、柳、元、白,将尽废之耶?"[②]何良俊还进一步地深入分析说:"王实甫才情富丽,真辞家之雄;但《西厢》首尾五卷,曲二十一套,终始不出一'情'字,亦何怪其意之重复,语之芜类耶!今乃知元人杂剧止是四折,未为无见。……高则成才藻富丽,如《琵琶记》'长空万里',是一篇好赋,岂词曲能尽之!然既谓之

[①] 参见清人惠栋《九曜斋笔记》卷二之"《琵琶记》典"条云:"王圻《续通考》曰:'瑞安高明著。因友人有弃妻而婚于贵家者,作此记以感动之。思苦词工,夜深时,烛焰为之相交。至今犹为词曲之祖。'"《丛书集成续编》第20册,新文丰出版公司影印聚学轩丛书1988年版,第633页。

[②] 何良俊:《曲论》,《中国古典戏曲论著集成》(四),中国戏剧出版社1959年版,第6页。

曲，须要有蒜酪，而此曲全无，……《拜月亭》是元人施君美所撰，……余谓其高出于《琵琶记》远甚。盖其才藻虽不及高，然终是当行。"①何良俊认为，第一，《西厢记》《琵琶记》的确分别是元杂剧和南戏的优秀之作，各有所长，但是，不能代表元杂剧和南戏的最高艺术成就；第二，不能把《西厢记》《琵琶记》比喻成李白、杜甫，这种比喻存在明显局限，因为唐诗的艺术流派和创作风格丰富多彩，戏曲作品也应该风格多种多样、风味独特各异；第三，之所以《西厢记》《琵琶记》有很高的知晓度，是因为世上流传的剧本数量比其他剧本多；第四，王实甫才华横溢，运用浓艳的辞采缘于抒"情"淋漓尽致，故"全带脂粉"；高则诚才华横溢，堆砌饾饤的学识缘于用"藻"赋事叙理，故"专弄学问"；两者均缺乏"本色语"；第五，《拜月亭》运用语言"当行"，所以"高出于《琵琶记》远甚"。何良俊是著名的顾曲周郎，曾强调"宁声叶而辞不工，无宁辞工而声不叶"②，不过，在评价《西厢记》和《琵琶记》孰优孰劣时尚未涉及戏曲格律论题。

　　王骥德站在肯定《西厢记》与《琵琶记》论争的立场，针对何良俊的观点，就《西厢记》与《琵琶记》进行了具体详细地剖析，逐一加以反驳，其《〈新校注古本西厢记〉附评语》云："《西厢》，《风》之遗也；《琵琶》，《雅》之遗也。《西厢》似李，《琵琶》似杜，二家无大轩轾。然《琵琶》工处可指，《西厢》无所不工。《琵琶》宫调不论，平仄多舛；《西厢》绳削甚严，旗色不乱。《琵琶》之妙，以情以理；《西厢》之妙，以神以韵。《琵琶》以大，《西厢》以化，此二传三尺。"③王骥德还进一步地分析认为："古戏必以《西厢》《琵琶》称首，递为桓、文。然《琵琶》终以法让《西厢》，故当离为双美，不得合为联璧。《琵琶》遣意呕心，造语刺骨，似非以漫得之者，顾多芜语、累字，何耶？《西厢》组艳，《琵琶》修质，其体固然。何元朗并訾之，以为'《西厢》全带脂粉，《琵琶》专弄学问，殊寡本色'。夫本色尚有胜二氏者哉？过矣！《拜月》语似草草，然时露机趣；以望《琵琶》，尚隔两

---

① 何良俊：《曲论》，《中国古典戏曲论著集成》（四），中国戏剧出版社1959年版，第7—12页。

② 同上书，第12页。

③ 蔡毅：《中国古典戏曲序跋汇编》，齐鲁书社1989年版，第666页。

尘；元朗以为胜之，亦非公论。"①这就是说，王骥德认同《西厢记》和《琵琶记》分别代表了元杂剧和南戏的最高艺术成就，但是，在具体创作方法上，《琵琶记》略逊于《西厢记》，因为《西厢记》在语言上运用华美艳丽的词藻自然而然、通顺流畅，没有人为刻意雕琢的痕迹；而《琵琶记》在语言上不简洁明了、顺畅自然，有人为刻意雕琢的痕迹。然而，两者的差异与各自的体裁和题材是相适应的，所以必须区别看待，"当离为双美，不得合为联璧"，不能运用同一的审美评价标准衡量之。正因为此，王骥德认为，恰恰是何良俊运用同一的审美评价标准衡量，缺乏对不同剧作运用不同的审美评价标准的通变，才产生对《西厢记》和《琵琶记》的误判，所以王骥德不认同何良俊关于"《西厢》全带脂粉，《琵琶》专弄学问，殊寡本色"的观点。推而论之，王骥德也不认同何良俊关于《拜月亭》胜于《琵琶记》的评价，认为"亦非公论"。

从中可以发现，王骥德与何良俊的观点分歧根本在于审美观照的视野和范围不同一，对"本色"审美评价标准的把握和运用不同一。王骥德对"本色"的理解不仅在于戏曲语言与故事题材的统一性，而且还进一步切入戏曲语言与剧种体裁的统一性，观点着眼于戏曲语言及其与题材、体裁关联的多方面艺术本质；而何良俊对"本色"的理解仅仅局限于语言和内容关系的表达运用，观点着眼于戏曲语言的艺术本质。当然，王骥德站在观照戏曲搬演艺术本质的角度，不否认《琵琶记》有违戏曲格律之弊，指出"《琵琶》宫调不论，平仄多舛"，不完全符合本色的要求，所以，王骥德还对吕天成关于《西厢记》和《琵琶记》以及《拜月亭》的高下不同评品提出异议，发挥个人见解云："勤之《曲品》所载，搜罗颇博，而门户太多。旧曲列品有四：曰神，曰妙，曰能，曰具。而神品以属《琵琶》《拜月》。夫曰神品，必法与词两擅其极，惟实甫《西厢》可当之耳。《琵琶》尚多拗字颣句，可列妙品；《拜月》稍见俊语，原非大家，可列能品，不得言神。"②这说明王骥德的戏曲批评尺度运用具有灵活性和辩证性，戏曲批评视野比何良俊更加全面、开阔和高瞻。实事求是地来看，何良俊和王骥德各持己见，观点尽管各有差异，但是各自不乏真知灼见，对后人正确认识《西厢记》和《琵琶记》的艺

---

① 王骥德:《曲律》,《中国古典戏曲论著集成》(四)，中国戏剧出版社1959年版，第149页

② 同上书，第172页。

术本质产生了重要的启迪与深远的影响。特别是在戏曲文学性和音乐性的艺术本质关系上，何良俊撰《曲论》对戏曲格律的侧重和王骥德撰《曲律》对戏曲本色的强调，都间接或者直接影响了汤显祖及"意趣神色"、沈璟及"合律依腔"的见解之争。

介入《西厢记》与《琵琶记》孰优孰劣的论争者不乏其人。例如，巴县山父的《〈琵琶记〉前贤评语》引李贽语云："元曲崔蔡二奇，桓文递霸。近人往往左祖《琵琶》，以其有裨风化，如发端便主甘旨，犹之唐诗李杜二家，亚李首杜，谓存《三百篇》遗意。"又，巴县山父引王夫之语云："《琵琶》有嘱别之文，《西厢》亦有嘱别之文。而《西厢》之文之妙，固在嘱别之前。此前写得莺莺极其娇雅，极其矜贵，盖惟合之难，故离之难耳。若只写《长亭送别》一篇文字，便没气骨。然仔细看来，《西厢》嘱别之文，毕竟只写得男女缱绻之私，还逊《琵琶》一着。"①这表明当时人们看重的是《西厢记》与《琵琶记》不同的情思主旨，所以持儒家主流意识形态的审美批评标准，认为《琵琶记》优于《西厢记》。但是，李贽本人在《杂说》一文中却说："《西厢》，化工也；《琵琶》，画工也。夫所谓画工者，以其能夺天地之化工，而其孰知天地之无工乎？今夫天之所生，地之所长，百卉具在，人见而爱之矣。至觅其工，了不可得，岂其智固不能得之与！要知造化无工，虽有神圣，亦不能识知化工之所在，而其谁能得之？由此观之，画工虽巧，已落二义矣。"②李贽认为"画工"是情意未到的雕琢之作，"化工"则是不平则鸣的自然之作。这表明李贽认为《西厢记》与《琵琶记》有"画工"和"化工"的境界高下之分，所以《西厢记》优于《琵琶记》。当然，也有比较折衷的评价，如巴县山父《〈琵琶记〉前贤评语》引陈眉公语云："《西厢》《琵琶》，譬之画图，《西厢》是一幅着色牡丹，《琵琶》是一幅水墨梅花；《西厢》是一幅艳妆美人，《琵琶》是一幅白衣大士。"③这表明陈眉公的评价趋近认同于王骥德的评价，只是两者审美评价的角度和比喻不同罢了。至于永瑢等《四库全书总目提要》认为"王圻《续文献通考》以《西厢记》《琵琶记》俱入经籍类中，全失论撰之体

---

① 蔡毅：《中国古典戏曲序跋汇编》，齐鲁书社1989年版，第600页。
② 李贽：《李贽文集》第1卷，社会科学文献出版社2000年版，第90页。
③ 蔡毅：《中国古典戏曲序跋汇编》，齐鲁书社1989年版，第602页。

裁，不可训也"①，则是从剧本文学体裁入手将《西厢记》《琵琶记》排斥在统治阶级正统文化艺术之外，由于统治阶级历来对戏曲的身份地位存在偏见，所以统治阶级介入这种《西厢记》与《琵琶记》的争议，显然不利于人们对戏曲艺术本质的全面认识和正确把握。

关于汤显祖及"意趣神色"和沈璟及"合律依腔"之争。汤显祖围绕《牡丹亭》改编与沈璟之辩，体现了"汤沈之争"在古代戏曲身份认同史上具有独特的艺术本体意义与审美价值取向。明万历二十六年（1598），汤显祖在沈璟改《牡丹亭》为《同梦记》之后，写诗《答凌初成书原意》一首云："醉汉琼筵风味殊，通仙铁笛海云孤。纵饶割就时人景，却愧王维旧雪图。"②汤显祖讽刺那些改窜者"纵饶割就时人景，却愧王维旧雪图"，是把最能表现自己意趣风格的《牡丹亭》改坏了，搞得面目全非了，就像随意改变王维绘画风格特征一样曲解了雪里芭蕉图。汤显祖的《答凌初成》云："不佞生非吴越通，智意短陋，加以举业之耗，道学之牵，不得一意横绝流畅于文赋律吕之事。独以单慧涉猎，妄意诵记操作。层积有窥，如暗中索路，闯入堂序，忽然雷光得自转折，始知上自葛天，下至胡元，皆是歌曲。曲者，句字转声而已。……不佞《牡丹亭记》大受吕玉绳改窜，云便吴歌。不佞哑然笑曰，昔有人嫌摩诘之冬景芭蕉，割蕉加梅，冬则冬矣，然非王摩诘冬景也。其中骀荡淫夷，转在笔墨之外耳。"③吕玉绳是《曲品》作者吕天成的父亲，曾以沈璟的《牡丹亭》改编本寄汤显祖而隐去改编者的姓名，汤显祖遂误以为此系吕玉绳所改编。汤显祖的《与宜伶罗章二》坚定地云："《牡丹亭记》，要依我原本，其吕家改的，切不可从。虽是增减一二字以便俗唱，却与我原做的意趣大不同了。往人家搬演，俱宜守分，莫因人家爱我的戏，便过求他酒食钱物。如今世事总难认真，而况戏乎！若认真，并酒食钱物也不可久。我平时只为认真，所以做官做家，都不起耳。"④汤显祖素来强调戏曲创作要以"意趣神色"为主，例如，汤显祖在《答吕姜山》信中说："凡文以意趣神色为主。四者到时，或有丽词

---

① 永瑢等：《四库全书总目提要》第40册，商务印书馆1931年版，第41页。
② 转引自余秋雨《戏剧理论史稿》，上海文艺出版社1983年版，第74页。
③ 徐朔方笺校《汤显祖全集》，北京古籍出版社1999年版，第1442页。
④ 同上书，第1519页。

俊音可用。尔时能一一顾九宫四声否？"①而沈璟则强调戏曲创作要以严格"合律依腔"为主，例如，沈璟推崇何良俊关于"宁声叶而辞不工，无宁辞工而声不叶"的观点，撰【商调·二郎神】《论曲》说："何元郎，一言儿启词宗宝藏。道欲度新声休走样，名为乐府，须教合律依腔。宁使时人不鉴赏，无使人挠喉捩嗓。说不得才长，越有才，越当着意斟量。"②因此，沈璟依戏曲格律对《牡丹亭》的改编与汤显祖的戏曲创作艺术追求必然相龃龉。汤显祖对沈璟的不满和抵触表明，在与他者对戏曲《牡丹亭》身份认同上存在矛盾，这使得汤显祖感受到了所钟爱的戏曲《牡丹亭》的身份认同遭遇挑战。

　　实际上，在中国古代戏曲史上，汤、沈之争体现了剧作家们对戏曲身份认同不同的价值取向，既是戏曲身份认同的危难，也是戏曲身份认同的转机。

　　从戏曲身份认同的危难来看，一方面，汤显祖的《牡丹亭》需经过他者的改编谱曲才能够更加合符声腔格律搬上舞台演出，说明汤显祖的《牡丹亭》确实也存在未严格遵循声腔格律创作的不足，这种戏曲创作如果误导其他剧作家超越规范矩度，一旦肆意妄为，放任自流，对戏曲创作和发展未必是吉兆福音，尽管汤显祖的《牡丹亭》不足仅限于只篇，瑕不掩瑜；另一方面，如果汤显祖或者他者一味屈就地认同沈璟改编的《牡丹亭》，汤显祖的《牡丹亭》恐怕将面目全非，一旦汤显祖原创的《牡丹亭》遭遇曲解，那么，中国古代戏曲史上必将因此严重缺乏原生态、真实性、代表性的经典，这恐怕也就是沈璟的《牡丹亭》改编本没有持续流传迄今的重要原因。诚如后来郑振铎《〈古本戏曲丛刊〉二集序》所云："大抵这一时期……文士的创作，逞才情者，多瓣香临川（汤显祖），求本色者，则祖述宁庵（沈璟），而若士的影响，尤为深远。"③这不啻说明汤显祖的《牡丹亭》在遭遇身份认同外在危难的同时，也伴生着身份认同的内在转机。

　　从戏曲身份认同的转机来看，沈璟改编的《牡丹亭》剧本严格遵循声腔格律，一方面对当时许多戏曲创作肆意泛化甚至滥化、随心所欲荒腔走调，严重危及戏曲创作规范是一种及时而必要的拨乱反正，有利于戏曲创作遵循自我规律正道发展；另一方面也凭借沈璟在朝廷中的官僚地位引领和激发人们对戏曲艺术本体身

---

① 徐朔方笺校《汤显祖全集》，北京古籍出版社1999年版，第1302页。
② 徐朔方辑校《沈璟集》，上海古籍出版社1991年版，第849页。
③ 蔡毅：《中国古典戏曲序跋汇编》，齐鲁书社1989年版，第559页。

份的思考与探讨，有利于人们对戏曲的部分构成、艺术本质、审美特征和搬演规律的具体认同，使之成为中国古代戏曲理论深化建构的一大命题，尽管汤显祖和沈璟在争论当中难免表露些许情绪化观点，不足为训。诚如邹式金的《〈杂剧三集〉自作小引》所云：明代"有词隐先生起而主持风雅，明阴洞阳，引商刻羽，争衡于调之全半，较辨于板之寸分，穷工极巧，究竟自然，嗣后作者波委云属。司马标秀于新安，玉茗称雄于江右，山阴以瑰奇自异，荀令以尖冷鸣新；娄水王、吴，痛决与浓丽争驱，吴江沈、孟，隽永与纵横兢爽，究其所得，各擅专长。……北曲南词，如车舟各有所习，北曲调长而节促，组织易工，终乖红豆；南词调短而节缓，柔靡倾听，难协丝弦；又全部宏编，意在搬演，临川而外，佳者廖廖，不若杂剧足以极一时之致。"①

其实，汤显祖并非完全不懂戏曲音乐。汤显祖于浙江遂昌任知县时，常常欣赏古琴曲，尤其是对北曲杂剧音乐情有独钟，其《夜听松阳周明府鸣琴四首》云："千门河汉夜云收，风起高堂烛艳流。直是井梧心不死，声声还泣《汉宫秋》。"②汤显祖还表达了对南曲传奇音乐的身份认同，如《哭友人亭州周二弘祁八首》云："一曲周郎顾，长令秋士怀。梁园窥白简，兰室挂金钗。讵意连珠泪，双沾片玉埋。寂历无音景，人琴似伯喈。"③汤显祖基于自我身份认同立场，渗透世事洞察，发抒人生感喟，抨击黑暗现实，所以创作《牡丹亭》时勇于在思想内容上创新突破，不完全拘囿于作品形式上的声腔格律，把戏曲的文学性看得比音乐性更加重要一些，这完全吻合汤显祖的思想立场和价值取向，是情理之中的应有之义。

从中国古代戏曲身份认同的历史来看，人们对戏曲的身份认同有一个长期渐变、不断完善的过程。例如，元杂剧一人主唱到底的舞台搬演方式相对诸宫调等民间说唱艺术是明显的发展进步，但是，脱胎于诸宫调等民间说唱艺术呈现的一人主唱势必造成劳逸不均，这必然制约元杂剧艺术全面而丰富的舞台展示，说明元杂剧仍然处于稚嫩而有待完善的戏曲发展的前期阶段，还达不到戏曲作为综合艺术的完美程度。

汤、沈之争是中国古代戏曲发展到了一个趋向成熟的中期阶段的必然现象。

---

① 蔡毅：《中国古典戏曲序跋汇编》，齐鲁书社1989年版，第465页。
② 徐朔方笺校《汤显祖全集》，北京古籍出版社1999年版，第545页。
③ 同上书，第71页。

人们的传奇创作和舞台搬演已经解决了元杂剧一人主唱到底的不足问题。传奇搬演时，每一个演员或者角色在舞台上都可以演唱，这极大地丰富并且展示了戏曲作为综合艺术的本体特征，但是，人们对戏曲的身份认同仍然还没有达到全面完美的成熟阶段。换句话说，汤显祖的戏曲价值取向比较侧重于对戏曲文学性艺术本质的身份认同，而沈璟的戏曲价值取向比较侧重于对戏曲音乐性艺术本质的身份认同，汤显祖对戏曲的文学性或者沈璟对戏曲音乐性的把握，还没有真正达到认同曲情与曲理必须全面协调、辩证统一的程度，汤显祖与沈璟的争论说明两人对戏曲的身份认同确实基于理性，但是均不可避免地都还存在些许偏颇，也就是说，对汤显祖与沈璟对戏曲的身份认同还存在不全面、不正确的情况，这实际上符合人们对一个事物的认识，要经历从知之甚少到知之甚多，再到知之全面、知之正确的客观认识规律。

此后，吕天成等人发现了汤、沈之争各自的优长与短处，主张取长补短，提出合之"双美"说，从而解决了汤、沈之争的纠葛，这一戏曲身份认同的进步达到了新的高度，又一次充实并且丰富了戏曲作为综合艺术的本体特征内涵。但是，毋庸讳言，合之"双美"之说也还没有真正达到对戏曲本体的全面身份认同。真正对戏曲艺术本体的全面而成熟的身份认同，换句话说，达到对戏曲艺术本体具有广度、高度和深度的学科性、标志性身份认同，当属王国维所言戏曲乃"以歌舞演故事"也。这期间还经历了李渔、阮大铖等自觉地把戏曲本体的核心定位于"戏"的戏曲发展趋向成熟的后期阶段。从这个意义上来说，元代萌发的戏曲理论如燕南芝庵的《唱论》注重戏曲的音乐性，因而略显人们对戏曲艺术本质身份认同的单一和薄弱。汤、沈之争催生的戏曲艺术本体身份认同，注重戏曲的文学性或音乐性的探讨，意味着人们对戏曲艺术本体身份认同渐趋成熟。这无疑为中国古代戏曲身份认同史上的必经阶段，既是古代审美文化承上启下的里程碑，又是古代审美文化拓展内涵的驱动力，其在中国古代戏曲身份认同史上的独特意义与价值取向不可小觑。

《西厢记》与《琵琶记》优劣的论争、汤显祖及"意趣神色"与沈璟及"依律合腔"的论争，发生在明代中后期绝非偶然，除了戏曲艺术本身发展的客观规律使然之外，时代蓬勃兴盛的个性解放思潮是激发这两场论争的主要学术思想文化背景。从国学视域来看，明代个性解放思潮溯源于王阳明及其心学。王阳明是明代中期著名的思想家、文学家、哲学家和军事家，陆王心学的集大成者，精通儒学、道学、佛学。王阳明的心学作为儒学的一门学派，继承了陆九渊强调"心即是理"的思想，改造并突破了程朱理学，反对程颐、朱熹通过外在事物追求"至理"的"格物致知"方法，提倡"致良知"，从自己内心中去寻找"至理"；认为"理"全都在人的内"心"，"理"化生为宇宙间的天地万物，人秉承宇宙间的天地万物秀气，故人心自秉宇宙间的天地万物精髓要素；在"知"与"行"的关系上，强调既要知但是更要行，要做到"知"中有"行"，"行"中有"知"，"知行合一"，两者互为表里，不可分离，要让"知"必然地表现为"行"，不"行"则不能算作真正的"知"。王阳明的心学对扭转明初崇奉程朱理学的时代社会思潮发挥了重要的激发作用，催生了人们从内心依自我身份认同和价值判断追求个性解放的意志和享受美好人生的精神，成为明朝中晚期的主流学说之一，对后人关于戏曲艺术本质的论争产生了直接的影响。

例如，何良俊在嘉靖年间以岁贡生身份进入国学，特授南京翰林院孔目，后来仕途失意，于是隐居起来专事著述。受到王阳明心学和个性解放思想的影响，何良俊在《四友斋丛说》卷二十六"诗三"款中记叙，明朝弘治年间文坛宗主李东阳每次上朝回来后，王阳明、李梦阳等门生们"即群集其家，讲艺谈文"①。何良俊不完全认同程朱理学，认为对孔孟学说的理解应以个人的心为转移，说："太祖时，士子经义皆用注疏，而参以程朱传注。成祖既修《五经四书大全》之后，遂悉去汉儒之说，而专以程朱传注为主。夫汉儒去圣人未远，学有专经，其传授岂无所据？况圣人之言广大渊微，岂后世之人单辞片语之所能尽？故不若但训诂其辞而由人体认，如佛家所谓悟入，盖体认之功深，则其得之于心也固。得之于心固，则其施之于用也必不苟。"②类似同时代的狂人徐渭一样，何良俊的性格发生了很大变化，《〈四友斋丛说〉初刻本自序》云："遂得心疾，每一发动则性理错忤。与人论难，稍不当意，则大肆诟詈。时一出诡异语，其言事亦甚狂戾，不复有伦脊。"③何良俊自称与庄周、王维、白居易为友，题书房名曰"四友斋"，思想意识逐渐从崇儒兼取道、佛，然用世之心未泯，曰："庄生玩世而放言，虞卿穷愁而著书。余少有四方之志，不能与世瓦舍，生平意见，或可少资于用者，不欲泯泯以

---

① 何良俊：《四友斋丛说》，中华书局1959年版，第234页。
② 同上书，第22页。
③ 同上书，第5页。

藏之胸中。今托之《丛说》，直以梦寐中语，固不计世之知我罪我者也"，这体现了何良俊在出世与入世之间的矛盾心理；尤其是何良俊还不无自傲地云："持论超越，不随俗同声。信可称大雅一家之言"①，体现了不受世俗观念羁绊的个性。朱大韶《〈四友斋丛说〉初刻本序》称何良俊乃"通方脱略于尘埃之外者"②。所以说，何良俊针对"近代人杂剧以王实甫之《西厢记》，戏文以高则诚之《琵琶记》为绝唱"，提出"大不然"的悖论，正是其独特思想和率意个性起了决定性作用。

王骥德、汤显祖、沈璟概莫能外。受到王阳明心学和个性解放思想的影响，王骥德、汤显祖、沈璟都有突破封建意识的鲜明的主情观。王骥德一生致力于戏曲研究，师事个性狂放不羁且具有叛逆封建传统的徐渭，并与戏曲家沈璟、屠隆、史槃、叶宪祖、孙鑛、王澹、孙如法、吕天成、汤显祖、顾大典等相友善，切磋曲学，相互影响。王骥德自我身份认同为"情痴"，在散曲《都门赠田姬》中道："【三学士】自古佳人能有几，从来妆点堪疑。如卿姿貌方撩我，自我评量还负伊。况是怜才多意气，我原是有情痴"③，所以，王骥德认为"古戏必以《西厢》《琵琶》称首"，因为"《琵琶》之妙，以情以理；《西厢》之妙，以神以韵"，《琵琶记》表达的感情显露，《西厢记》表达的感情蕴藉，两者宜相提并论。汤显祖仕途坎坷，愤而弃官归里，创作"玉茗堂四梦"，汤显祖的《寄达观》认为"情有者理必无，理有者情必无"④，所以，主张"意趣神色"的核心在于发抒"情"的内涵。沈璟因科场舞弊案受到他人攻击，于是辞官返乡，潜心研究词曲，悉心考订音律，所著散曲集名《情痴寱语》，所以，其主张"合律依腔"的目的在于从戏曲艺术的创作原则和客观规律上规范剧作家感情的表达。

由此可见，历代尤其是明代中后期关于戏曲艺术本质兴废聚讼，从不同方面增进了人们对戏曲艺术本质的揭示和认同，有力地推进了清初以李渔《闲情偶寄》为标志的古代戏曲理论的完整体系形成，其文化机杼无不与当时的社会思潮有着密切的关联。

---

① 何良俊：《四友斋丛说》，中华书局1959年版，第7页。
② 同上书，第8页。
③ 谢伯阳：《全明散曲》，齐鲁书社1994年版，第3378页。
④ 徐朔方笺校《汤显祖诗文集》，上海古籍出版社1982年版，第1268页。

第四章
戏曲审美文化本质的形成与身份认同

第一节　叙人情物理陆离世态

古代戏曲以歌舞为艺术表现手段，以演故事为艺术传达目的，通过演员代言体的舞台搬演形式，叙写社会生活中的人情物理，反映人生经历的陆离世态，是戏曲作为审美文化的本质之一。从国学视域来看，这也是戏曲艺术区别于他者艺术的根本特征。在叙事学的意义上，尽管小说也具有叙人情物理陆离世态的特征，但是，小说缺乏以歌舞为综合艺术表现的手段是不言而喻的。

古代戏曲以歌舞为艺术表现手段，叙写社会生活中的人情物理，反映人生经历中的陆离世态，这种戏曲审美文化的本质具有社会性，其形成渊源有自。

在古代审美文化意识形态建构中，儒家学说占据主导地位。关于文学的社会性本质，在戏曲于宋代形成之前，早在春秋时期，儒家的奠基人孔子十分重视文学与社会的现实关系，强调曰："诗，可以兴，可以观，可以群，可以怨。迩之事父，远之事君，多识于鸟兽草木之名。"[①]"兴"指的是诗的审美作用。三国时期，魏国何晏的《论语集解》引孔安国注，"兴，引譬连类也。"宋代，朱熹的《四书章句集注》云：兴，"感发志意"。这就是说，诗歌生动具体的艺术形象可以激发人的内心情思，使之托物兴辞，精神为之兴奋，感情为之波动，从吟诵、鉴赏诗

[①] 杨伯峻译注《论语译注》，中华书局1980年版，第185页。

歌中可获得美的精神享受。"观"指的是诗的认识作用。何晏的《论语集解》引郑玄注:"观,观风俗之盛衰也。"朱熹的《四书章句集注》云:观,"考见得失"。这就是说,诗歌是作者赋诗明志的工具,通过吟诵、鉴赏诗歌,可以发现诗歌内容当中具体反映的社会人情物理与道德风尚状况,以及作者确切的思想倾向与感情心态。"群"指的是诗的促进人们团结的作用。何晏的《论语集解》云:"群,群居相切磋也。"朱熹的《四书章句集注》云:群,"和而不疏"。这就是说,通过吟诵、鉴赏诗歌,可以使人们统一思想,提高认识,交流感情,加强团结。"怨"指的是诗的干预治政、批评现实的作用。何晏的《论语集解》引孔安国注:怨,"怨刺上政也"①。朱熹的《四书章句集注》云:怨,"怨而不怒"②。黄宗羲《汪扶晨诗序》再阐释云:"怨亦不必专指上政,后世哀伤、挽歌、谴谪、讽喻皆是也。"③这就是说,诗的创作是作者针对不仁义的诸多社会现象进行批判,包括诸多人世间的不合理现象、爱情婚姻的不幸福如意、现实遭遇的不优良治政等。除此之外,诗还可以被人们用来臣奉君主、孝敬父母、学习百科常识。孔子的"兴、观、群、怨"说从不同侧面论述了文学反映现实的社会功能,认为四者不可分割地统一于作品的艺术形象之中,体现了孔子文学思想中的民主、进步和积极的现实主义的因素,也是孔子对古人写诗、采诗、献诗、集诗的讽谏传统进行的理论概括和客观总结,从此铸就中国古代文学理论批评史上的积极现实主义传统。从汉代的司马迁直至清代的王夫之,历代许多文学理论家都继承和发扬了孔子文学思想,都给予了孔子文学思想高度的身份认同与客观评价。例如,王夫之的《姜斋诗话》对孔子的"兴、观、群、怨"说进行了更加深入的阐述发挥,即云:"'诗可以兴,可以观,可以群,可以怨。'尽矣。辨汉、魏、唐、宋之雅俗得失以此,读《三百篇》者必此也。'可以'云者,随所以而皆可也。于所兴而可观,其兴也深;于所观而可兴,其观也审。以其群者而怨,怨愈不忘;以其怨者而群,群乃益挚。出于四情之外,以生起四情;游于四情之中,情无所窒。作者用一致之思,读者各以其情而自得。"④王夫之认为孔子的"兴、观、群、怨"说把诗叙人情物理陆离

---

① 何晏集解,黄侃义疏:《论语集解义疏》,商务印书馆1937年版,第245页。
② 朱熹:《四书章句集注》,中华书局1983年版,第178页。
③ 黄宗羲:《黄宗羲全集》第10册,浙江古籍出版社1986年版,第83页。
④ 王夫之:《姜斋诗话》,人民文学出版社1961年版,第139页。

世态的所有内容都囊括全了,作者可谓用心专情,读者从中觅情获益。这种将诗、作者和读者统一于"情"的观点不失为的论。

孔子还说:"兴于诗,立于礼,成于乐。"① "诗"即诗歌作品。"礼"即贯穿"仁"之精神的一系列礼节仪式、社会秩序等方面的制度规定。人们从创作和欣赏生动形象的诗,到遵循各种制度规定的礼,就是从具体的感性认识进一步提高到抽象的理性认识,使为人处世、立身行事严格符合礼的要求。"乐"即浸润了"仁"之精神的先王之雅正音乐,是天地万物的和谐美态。"乐"产生于并反映了人情物理陆离世态,《礼记·乐记》云:"凡音者,生人心者也。情动于中,故形于声。声成文,谓之音。是故治世之音,安以乐,其政和;乱世之音,怨以怒,其政乖;亡国之音,哀以思,其民困。声音之道,与政通矣。……乐者,通伦理者也。"② "乐"的社会作用重在凝聚和谐精神,《礼记·乐记》认为,乐是天、地、人之间的和谐状态。礼是天、地、人之间的合理秩序。孔子要求人们欣赏雅乐,远离淫音,因为"乐"中包含了不同性质的人情物理,雅乐高于淫音,《礼记·乐记》亦云:"礼乐之说,管乎人情矣。"③ 孔子认为,"诗""礼""乐"是人们进行以"仁"为中心的道德修养的三个必经阶段,也是人有道德修养的必要组成部分,而"诗"通过"礼"达到"乐",才能够真正确立诗的审美文化本质,才能够真正发挥诗的审美教育作用,才能够真正使一个人的人格修养得以完成,才能够真正实现人与万物的和谐共处。孔子的礼乐论影响广泛深远。例如,明代的邱濬是一位理学名臣,被史学界誉为"有明一代文臣之宗",创作过戏曲《五伦全备记》,所撰《总论礼乐之道》云:"礼者,殊事合敬者也。乐者,异文同爱者也。礼乐之情同,故明王以相沿也。故事与时并,名与功偕。……开国之初,太祖皇帝不遑他务,首以礼乐为急,开礼、乐二局,征天下耆儒宿学,分局以讲究礼典、乐律,将以成一代之制。"④ 这就是说,礼、乐同源于人情物理,孔子的"礼乐"论为后世奠定了文学审美文化本质身份认同的基础,因此为历代明君圣主所倡导,在遵循和巩固国家主流意识形态方面发挥了重要作用,明太祖朱元璋建国之初百废待兴

---

① 杨伯峻译注《论语译注》,中华书局1980年版,第81页。
② 郑玄注,孔颖达疏:《礼记正义》,北京大学出版社1999年版,第1077—1081页。
③ 同上书,第1116页。
④ 邱濬:《大学衍义补》,京华出版社1999年版,第328—337页。

时即以定礼乐之制为首要政务。当然，无可讳言，代表孔子儒家文学思想的《毛诗序》曾说："发乎情，止乎礼义"①，要求以诗的创作内容约束作家的情感表达。这一种观点过分注重文学的道德教化作用，存在着一定的历史局限和理论纰漏，对后世文学艺术的发展和审美文化本质的形成带来了一定的消极影响。

在戏曲于宋代形成及其以后，剧作家在创作上继承和发扬孔子"兴、观、群、怨"和"礼乐"说为代表的儒家学说，充分发挥了戏曲叙人情物理陆离世态的社会作用，为理论家提炼和凝聚戏曲叙人情物理陆离世态审美文化本质及身份认同奠定了基础。

宋代，杂剧叙人情物理陆离世态，意味着审美文化本质开始建构。例如，据周密《武林旧事》所列"官本杂剧段数"记载：《王子高六幺》《崔护六幺》《莺莺六幺》《女生外向六幺》《看灯胡渭州》《裴少俊伊州》《相如文君》《李勉负心》《霸王剑器》《义养娘延寿乐》《孝经借衣爨》《风花雪月爨》《醉青楼爨》《醉花阴爨》等剧目，搬演的皆为世人熟知的爱情婚姻家庭故事；而《驴精六幺》《列女降黄龙》《四僧梁州》《法事馒头梁州》《二郎熙州》《大打调道人欢》《越娘道人欢》《裴航相遇乐》《柳毅大圣乐》《郑生遇龙女薄媚》等，演绎的大都是带有浓厚人情况味的世俗化宗教故事。这表明，宋代杂剧多掇拾前朝遗事或稗官传闻，无不贴近世态人情、贴近普通生活、贴近世俗风尚，反映了广大市民百姓的思想意识和价值观念，并将传统道德准则和宗教义理规范予以通俗浅易的诠释，从民间立场出发实现传统与现实、宗教与民俗的整合统一。宋杂剧有的是以讽刺、箴谏为主要表现内容，成为戏曲审美文化本质建构的一个重要方面。例如，岳珂的《桯史》道："秦桧以绍兴十五年四月丙子朔，赐第望仙桥。丁丑，赐银绢万定两，钱千万，彩千缣，有诏就第赐燕，假以教坊优伶，宰执咸与。中席，优长诵致语，退，有参军者前，褒桧功德。一伶以荷叶交倚从之，诙语杂至，宾欢既洽，参军方拱揖谢，将就倚，忽堕其幞头，乃总发为髻，如行伍之巾，后有大巾环，为双叠胜。伶指而问曰：'此何环？'曰：'二胜环。'遽以朴击其首曰：'尔但坐太师交椅，请取银绢例物，此环掉脑后可也。'一坐失色，桧怒，明日下伶于狱，有死

---

① 袁峰编著《中国古代文论选读》，西北大学出版社2003年版，第7页。

者。"① 这一部杂剧反映了宋金对峙时朝廷内部围绕抗金复土还是妥协投降的尖锐矛盾斗争，伶人继承了自儒家学说和优孟衣冠以来讽谏怠政的优良传统，谴责了统治阶级中奸臣、主和派的陆离世态和残酷本质，表达了中原广大百姓对统治阶级怨恨和愤懑的人情物理。

叙人情物理陆离世态也是南戏创作的主要内容。宋元之际，九山书会编撰的《张协状元》叙写男子张协发迹负心、忘恩负义、嫌弃王贫女的主题。其中，第一出道："（末上白）【水调歌头】韶华催白发，光影改朱容。人生浮世，浑如萍梗逐西东。陌上争红斗紫，窗外莺啼燕语，花落满庭空。世态只如此，何用苦匆匆。但咱们，虽宦裔，总皆通。弹丝品竹，那堪咏月与嘲风。苦会插科使砌，何吝搽灰抹土，歌笑满堂中。一似长江千尺浪，别是一家风。"② 作者道"世态只如此，何用苦匆匆"，既是显性泛指佛教意识下的四大皆空，又是隐性实指以张协为镜鉴淡薄功名利禄的追求，体现了作者视野中的某些社会群体对才子失望，看破陆离世态红尘滚滚的混融世故。元代施惠创作的南戏《幽闺记》写王瑞兰与蒋世隆悲欢离合的传奇故事，扬明爱情与伦理相结合的主题。作品通过王瑞兰与其父王镇、王镇与蒋世隆之间的矛盾冲突，肯定了王瑞兰与蒋世隆这一对青年男女，在没有父母之命、媒妁之言，也不门当户对的情境下，反对封建礼教、追求爱情自由的行为，赞扬了王瑞兰不忘故旧、忠于爱情的贞义思想和善良性格，指斥了"倚势仗权，将夫妻苦苦拆散"的王镇忘恩负义，揭露了封建伦理道德的悖谬情理。其中，第一出《开场始末》中副末上场唱道："【西江月】轻薄人情似纸，迁移世事如棋。今来古往不胜悲，何用虚名虚利？遇景且须行乐，当场谩共衔杯。莫教花落子规啼，懊恨春光去矣。"③ 副末的这一段上场曲表面上是劝告人们淡泊名利及时行乐，实际上是婉曲地指责封建统治阶级缺乏人性。正因为封建统治阶级缺乏人性，才致使社会上有情人普遍产生无可奈何的悟脱感慨。《张协状元》《幽闺记》的副末开场婉曲地反映并揭示的这种俗世庸情是封建社会的普遍现象，也是戏曲审美文化本质的一个方面，对人们认识封建社会的本质有重要的审美文化价值和意义。

---

① 岳珂：《桯史》，中华书局1981年版，第81页。
② 钱南扬校注《永乐大典戏文三种校注》，中华书局1979年版，第1页。
③ 毛晋编《六十种曲》第3册，中华书局1958年版，第1页。

元代，戏曲审美文化本质的建构向全面展开。例如，郑廷玉是一位高产的杂剧作家，创作杂剧23部，今仅存5部：《楚昭王疏者下船》《包待制智勘后庭花》《布袋和尚忍字记》《看钱奴买冤家债主》《宋上皇御断金凤钗》。郑廷玉熟悉社会生活，洞察人情物理陆离世态，作品题材涉猎广泛，艺术技巧高超卓越，语言生动、质实、朴素，表现的思想内容也比较复杂，从不同的角度和侧面，对现实的社会生活、市井百态进行了广泛的描摹和深刻的反映，既有对当时社会的黑暗腐朽和丑恶现象的无情揭露和有力鞭挞，又有对美好幸福生活的热烈追求与向往憧憬，具有相当高的审美认识意蕴与审美文化价值。例如，《宋上皇御断金凤钗》写秀才赵鹗为贼人李虎陷害，最终获宋上皇赦免平反冤情的故事，情节比较复杂，反映了封建时代病态社会的一幕。作品虽然未脱离一般公案戏中鬼魂含怨伸冤、清官摘奸发覆的传统套路，但是，对权豪势要、奸胥滑吏和泼皮流氓的暴性进行了深刻的揭露，对社会的诸多黑暗进行了有力的批判，一句"料青天不受私"①，表达了郑廷玉的社会治政理想。关汉卿被誉"曲圣"，列为"元曲四大家"之一，主要原因是其创作的杂剧涵盖了社会生活的不同领域，真实地揭示了社会生活的动荡和矛盾，批判了统治阶级的黑暗腐败，深刻反映了下层人民的苦难生活、光怪陆离的世态炎凉和颠倒错乱的人情冷暖，对官禄者进行了无情针砭，对不幸者寄予了深厚同情。例如，关汉卿的《望江亭中秋切鲙》写好色的杨衙内为了夺得谭记儿，向皇帝诬告谭记儿的丈夫白士中不理政事，皇帝赐他势剑金牌去取白士中的首级。谭记儿假扮渔妇赚走势剑金牌，救了丈夫。关汉卿赞扬了谭记儿的机智和对爱情的坚贞，曰："【清江引】虽然道今世里的夫妻夙世的缘，毕竟是谁方便；从此无别离，百事长如愿；这多谢你个赛龙图恩不浅！"②这一部作品反映的人情物理陆离世态完全基于关汉卿充分自觉的审美文化意识，例如，关汉卿在所创作的散曲《南吕·四块玉·闲适》中云："南备耕，东山卧，世态人情经历多；闲将往事思量过"③。王实甫的《西厢记》描叙崔莺莺与张珙爱情的因缘关系，一曲"愿普天下有情的都成了眷属"，喊出了封建社会无数青年男女反对封建礼教、

---

① 郑廷玉：《宋上皇御断金凤钗》，《孤本元明杂剧》（一），中国戏剧出版社1957年版，第13页。
② 关汉卿：《关汉卿全集》，广东高等教育出版社1988年版，第132页。
③ 同上书，第580页。

争取婚姻自主和爱情自由的时代最强心声。明代宁献王朱权把元杂剧分为十二科，即"一曰'神仙道化'，二曰'隐居乐道'（又曰'林泉丘壑'），三曰'披袍秉笏'（即'君臣'杂剧），四曰'忠臣烈士'，五曰'孝义廉节'，六曰'叱奸骂谗'，七曰'逐臣孤子'，八曰'鏺刀赶棒'（即'脱膊'杂剧），九曰'风花雪月'，十曰'悲欢离合'，十一曰'烟花粉黛'（即'花旦'杂剧），十二曰'神头鬼面'（即'神佛'杂剧）"[1]这种分类不乏合理性，基本上涵盖了元代社会生活中的各色人情物理陆离世态，在一定程度上，独具揭示与概括一代之戏曲审美文化本质的价值和意义。

元末明初，高明的《琵琶记》反映了作者对儒家倡导的忠孝两全观念的现实质疑和深刻思考，所产生的广泛社会影响表明，戏曲审美文化本质的建构切进了统治阶级的主流意识形态。与此同时，戏曲审美文化本质的建构也出现了某些偏差。例如，邱濬的《五伦全备记》在明初教化类传奇中最具典范性，无论故事情节还是人物形象，都是程朱理学的干涩图解，是三纲五常等封建伦理道德的枯燥演示，代表了统治阶级主流意识形态对戏曲审美文化本质的侵蚀。邵璨的《香囊记》为《五伦全备记》的翻版，在思想上紧步丘濬的后尘，是封建教化剧的集大成者。封建教化剧的高扬反映并促成了在社会上戏曲创作道学风、时文风的盛行，成为戏曲审美文化本质建构的另类逆流。明代嘉靖以后，戏曲创作出现了盛荣局面，由于社会、政治、经济、文化、戏曲的进一步发展变化，戏曲创作的道德教化意识逐渐下降，戏曲审美文化本质的建构大多重回正轨，所触及的各色人情物理更加深刻，所涵盖的陆离世态更加广阔，戏曲审美文化本质建构的积极的现实主义取向成为主流。例如，梁辰鱼的《浣纱记》写春秋时期吴越兴亡的历史故事，在明王朝由盛转衰、社会危机四伏、各种险象环生的社会现实背景下，寄意深远。李开先的《宝剑记》把林冲塑造为勇于向高俅、童贯作斗争的草莽英雄，作者藉此表达了对黑暗统治的抗议。王世贞的《鸣凤记》以时事入剧，直接写杨继盛等人同奸臣严嵩的朝廷斗争，是非立场坚定，爱憎观念鲜明。孙钟龄撰《东郭记》则是别开异境的艺术风格，以假托古人揭露明代官场内幕的黑暗，兼吐胸间

---

[1] 朱权：《太和正音谱》，《中国古典戏曲论著集成》（三），中国戏剧出版社1959年版，第24页。

不平块垒的讽刺锋芒,针砭扭曲的人情物理、恶劣的陆离世态。郑振铎为孙钟龄撰《〈东郭记〉跋》云:"此是明代原刻本,……(作者)殆是蜀人或仕游于蜀者。当时蜀中演剧之风亦颇盛也。我国讽刺剧最是罕见。此戏嬉笑怒骂皆成文章,一隽永之人性讽刺剧也。作者殆具一肚皮愤世妒俗之郁郁欤?"①汤显祖创作的"玉茗堂四梦"把现实主义思想与浪漫主义写法融为一体,将梦幻、荒诞、象征和真实、情理、形物糅合一处,以不同的讽世嫉俗的创作风格,从不同的侧面折射出晚明官场和社会的人情万象、世态炎凉,突出了弘扬人情物理之正的思想主题,体现了以汤显祖为代表的广大市民百姓反封建主义的人生理想,所以,王思任的《批点玉茗堂牡丹亭叙》云:"其立言神指:《邯郸》仙也,《南柯》佛也,《紫钗》侠也,《牡丹》情也。若士以为情不可以论理,死不足以尽情,百千情事,一死而止,则情莫有深于阿丽者矣。况其感应相与得易之,咸从一而终;得《易》之恒。则不第情之深,而又为情之至正者。"②这就指出,尽管"玉茗堂四梦"艺术创作手法不一,但实际上戏曲审美文化本质的建构价值取向其揆一也。

明末清初,戏曲审美文化本质的建构更倾向于深化积极的现实主义。例如,李玉是苏州派戏曲作家的代表人物,也是明清传奇作家中创作剧本及存留剧本最多的作家,剧作见于各种曲目书中著录的有42部,现存完整的作品有18部。李玉的剧作可以明亡为界分为前后两期,具有显在性很强的现实主义精神。前期作品以描写社会生活中的人情世态为主要内容,最负盛名的是崇祯年间刊刻的《笠庵四种曲》,亦即《一捧雪》《人兽关》《永团圆》《占花魁》,合称"一人永占"。其中,《人兽关》描写世态炎凉、人情冷暖,结尾终场诗道:"关分人兽事偏新,描出须眉宛似真;笔底锋芒严斧钺,当场愧杀负心人。"③后期作品多是描写历史上的政治斗争事件或明末清初的社会生活,其代表作是《清忠谱》,写明末天启年间苏州市民为反对缇骑逮捕东林党人周顺昌而进行的斗争,内容涉及统治阶级与被统治阶级之间政治生活中的人情世态。钱谦益的《眉山秀题词》云:"元玉言词满天下,每一纸落,鸡林好事者争被管弦"④,反映了李玉的戏曲叙人情物理陆离世态

---

① 蔡毅:《中国古典戏曲序跋汇编》,齐鲁书社1989年版,第1337页。

② 同上书,第1228页。

③ 陈古虞等点校:《李玉戏曲集》,上海古籍出版社2004年版,第200页。

④ 同上书,第1789页。

在广大市民百姓中间引起了认同和共鸣。同时代的李渔与李玉戏曲创作路头迥异。李渔创作了《笠翁十种曲》,包括《奈何天》《比目鱼》《蜃中楼》《怜香伴》《风筝误》《慎鸾交》《凰求凤》《巧团圆》《玉搔头》《意中缘》,均为喜剧。这十部剧作以个性解放思想为轴心,以冲击封建礼教为旨趣,以寓意劝善惩恶为认同,以兼顾道学与风流为取向,以艺术创新思维为突破,采用重复、误会、巧合、错认、揶揄、调侃、漫画、弄巧成拙、弄假成真、以假乱真、以丑为美等多种寓庄于谐的创作手法,遵循戏曲舞台搬演和观众接受的客观规律,塑造了众多具有突破封建主义束缚的时代精神因子、合乎人情物理本色的独特人物形象,具有潜在性很强的现实主义精神。友人包璿的《李先生〈一家言全集〉叙》明白地指出:"笠翁游历遍天下,其所著书数十种,大多寓道德于诙谐,藏经术于滑稽,极人情之变,亦极文情之变。不知者以为此不过诙谐滑稽之书,其知者则谓李子之诙谐非诙谐也,李子之滑稽非滑稽也。"[1]李玉和李渔在当时没有人事交际,戏曲创作审美文化的个人旨趣和价值取向不尽相同,但是,两人戏曲创作从不同侧面叙人情物理陆离世态,可谓在戏曲审美文化本质的建构上异曲同工,相辅相成。

明清鼎革之后,民族的灾难、家国的不幸和士大夫的情愫成为传奇创作的重要内容之一,戏曲审美文化本质的建构与家国情怀和民族痛苦联系在一起。例如,吴梅村是明末复社重要成员。崇祯四年(1631),以会试第一,殿试第二,荣登榜眼,历任翰林院编修、东宫讲读官、南京国子监司业、左中允、左庶子等职。明亡之后绝意仕途,辞官回归乡里。清顺治十年(1653)经不起朝廷招官诱惑,先后任秘书院侍讲、国子监祭酒。顺治十三年(1656)辞官还乡。吴梅村创作有传奇《秣陵春》、杂剧《通天台》《临春阁》。这3部剧作关涉现实,暗喻身世,寄予感慨,围绕生存与死亡、故国与新朝、遗民与仕途的主要社会矛盾和民族矛盾,曲折反映了吴梅村为降清出仕深感悔恨的复杂心情,代表了当时一批为苟且偷生而降清入彀、误登歧途的士大夫的人情物理,诚如吴梅村临终前在《临终诗四首》其一中写道:"忍死偷生廿余载,而今罪孽怎消除?受恩欠债应填补,总比鸿毛还不如"[2],直白无遗地反映了吴梅村晚年耻于仕清的懊悔心境。这一首诗同时也恰

---

[1] 李渔:《李渔全集》第一卷,浙江古籍出版社1992年版,第1页。
[2] 吴梅村:《吴梅村全集》,上海古籍出版社1990年版,第531页。

如其分地成为吴梅村戏曲主题复杂内蕴的自我脚注。洪昇出生于世宦之家，康熙七年（1668）在北京国子监肄业，二十年均科举不第，白衣终身；所创作的戏曲《长生殿》于康熙二十七年（1688）问世后引起社会轰动。《长生殿》将搬演李隆基和杨玉环的爱情悲剧置于广阔的社会矛盾、政治背景之中，表现了洪昇浓厚的家国兴亡之感，蕴涵了清朝内部南北两党之争，于是触犯了统治阶级的禁忌私讳，为康熙皇帝和明珠等满族官僚所不喜。后因在孝懿皇后忌日演出《长生殿》而被劾下狱，革去国子监监生之功名，故而后人有"可怜一曲《长生殿》，断送功名到白头"之深重悲叹。孔尚任是山东曲阜人，孔子六十四代孙，清初诗人、戏曲作家。孔尚任继承了儒家的思想与学术文化传统，所创作的戏曲《桃花扇》通过侯方域和李香君悲欢离合的爱情故事，叙写南明覆亡的历史事实，总结明朝300年最终亡国的惨重历史教训，展现了丰富复杂的社会内容，表现了孔尚任深感世道颠覆的亡国之痛；也反映了孔尚任身处清初复杂的民族矛盾、阶级矛盾以及统治阶级的内部矛盾之中，形成了复杂的变化着的民族思想立场。《桃花扇》脱稿后9个月，即康熙三十九年（1700）三月，孔尚任因"疑案"被罢黜官职。吴梅村是清初著名的诗人和戏曲家，洪昇与孔尚任也是清初卓越的戏曲大家，并称"南洪北孔"。吴梅村及剧作、洪昇及《长生殿》与孔尚任及《桃花扇》的艺术成就与特殊遭遇，映照出清朝社会现实中的人情冷暖、世态炎凉、难以调和的阶级矛盾和民族矛盾，成为戏曲叙人情物理陆离世态的审美文化本质形成的突出标志，也表明戏曲审美文化本质的形成历经坎坷与曲折，并非一帆风顺。

历代戏曲理论家们以大量戏曲作品为基础，把孔子"兴、观、群、怨"和"礼乐"说为代表的儒家学说运用到剧论中，使人们对戏曲叙人情物理陆离世态的审美文化本质的身份认同逐渐明晰和趋向一致。

例如，元代胡祗遹的《赠宋氏序》提出了戏曲反映"人情物理"的命题，云："乐音与政通，而伎剧亦随时所尚而变。近代教坊院本之外，再变而为杂剧。既谓之杂，上则朝廷君臣政治之得失，下则闾里市井父子兄弟夫妇朋友之厚薄，以至医药、卜筮、释道、商贾之人情物理，殊方异域风俗语言之不同，无一物不得其情，不穷其态。"[①] 明代王骥德要求戏曲通过本色语言直截了当地描摹人情物理陆离

---

① 王运熙、顾易生主编《中国文学批评史新编》（上），复旦大学出版社2001年版，第409页。

世态，说："近郑若庸《玉玦记》作，而益工修词，质几尽掩。夫曲以模写物情，体贴人理，所取委曲宛转，以代说词，一涉藻缋，便蔽本来。"①傅山是明清之际思想家、书法家、医学家，曾写过杂剧剧本集《传奇拾遗》，所撰《霜红龛集》载雪崖云：傅山"传奇亦多，世传《骄其妻妾》《八仙庆寿》诸曲，《穿吃醋》止传序文，又有《红罗梦》，语少含蓄"②。傅山在《霜红龛集》卷三十二中记载了自己撰写的两副对联："莫妙于台上人，离合悲欢入画谱；最灵是阅场者，兴观群怨助诗情"；又，"曲是曲也，曲尽人情，愈曲愈直；戏岂戏乎，戏推物理，越戏越真。"③傅山认为戏曲艺术不是仅供人消遣解闷的游戏娱乐活动；戏曲中的故事内容应反映社会生活中的人情世态；在舞台上，演员搬演剧中人物悲欢离合的故事，可以鼓舞和激发在场观众的思想感情，欣赏戏曲可以像阅读《诗经》一样发挥"兴、观、群、怨"的审美文化接受效果。傅山关于"戏岂戏乎"的诘问是从反面告诫人们：戏曲创作不是无目的的游戏玩耍，戏曲表演是现实生活的真实反映，戏曲舞台是治政舞台的艺术再现，戏曲的道德教化作用是巨大的不可估量的。因此，要"曲尽人情，愈曲愈直"，"戏推物理，越戏越真"。也就是说，戏曲叙人情物理陆离世态，越是社会生活的真实写照，越是情节曲折离奇故事引人入胜，越能激励人们的精神及唤醒人们的觉悟。这表明了傅山对戏曲审美文化本质有着非同一般的深刻身份认同和真知灼见。

古代，戏曲始终是小道，不能跟诗词、散文并列为正宗，难登国学殿堂。因此，"人情物理"只是一种尺度，不能成为文学艺术的标准，戏曲艺术概莫能外。朱自清在《文学的标准与尺度》中明确地说道："'人情物理'和'通俗'到清代还没有成为（文学的）标准。"④虽然如此，但是，在清代人们已经认同戏曲叙人情物理陆离世态是戏曲审美文化的本质，纷纷强烈要求戏曲创作必须遵循人情物理的逻辑。例如，乾隆年间的卢见曾《〈旗亭记〉凡例》说："有奇可传乃为填词，

---

① 王骥德：《曲律》，《中国古典戏曲论著集成》（四），中国戏剧出版社1959年版，第122页。
② 傅山：《霜红龛集》附录三，山西人民出版社1985年版，第13页。
③ 肖伊绯：《傅山〈传奇拾遗〉稿本发现记》，《中华读书报》2012年3月21日。
④ 朱自清：《文学的标准与尺度》，《朱自清古典文学论文集》（上），上海古籍出版社1980年版，第10页。

虽不妨于傅会，最忌出情理之外。"①而且，戏曲理论家们对戏曲创作必须反映人情物理陆离世态的认识越来越深刻，并且把戏曲叙写人情物理陆离世态溯源至儒家经典《诗经》，以期提高戏曲作为民间通俗文学的审美文化社会地位。例如，郑忠训《〈瘗云岩〉序》云："天地，一情区也；古今，一情界也；男女，一情种也。无论才士英雄，即俗流伧父亦有之；无论贞姿烈质，即淫女陋妇亦有之。顾或用之而为深情、为痴情，其邪者则为纵情、为淫情。而其情之或正或邪，用情者又不能自言也。自后世才士多情，本《国风》言情之旨。按谱选声，倡为歌曲，取其情之或正或邪，曲为摹传，惟妙惟肖。而正者流芳，邪者贻臭。写儿女之私情，即以定正邪之公案，孰谓词曲为小道哉！"②戏曲叙人情物理陆离世态的审美文化本质也获得了广大市民百姓的身份认同。例如，河南省社旗县保留有一座位于山陕会馆悬鉴楼西北的清代戏楼，楼内有对联一副，云："幻即是真世态人情描写得淋漓尽致；今亦犹昔新闻旧事扮演来毫发无差。"③由此可见，戏曲叙人情物理陆离世态确实已经成为衡量作品能否雅俗共赏的审美文化尺度。

认同戏曲叙人情物理陆离世态的审美文化本质，深入总结前人和同时代人的认识成果，全面地阐发戏曲叙人情物理陆离世态的审美文化本质的是李渔。在《闲情偶寄》中，李渔详细地阐发说："王道本乎人情，凡作传奇，只当求于耳目之前，不当索诸闻见之外，无论词曲，古今文字皆然。凡说人情物理者，千古相传；凡涉荒唐怪异者，当日即朽。'五经''四书'《左》《国》《史》《汉》，以及唐宋诸大家，何一不说人情？何一不关物理？及今家传户颂，有怪其平易而废之者乎？"④李渔把戏曲与儒家主流意识形态倡导的王道、正统文学艺术的经典相提并论，理据确凿，辩驳有力，无懈可击，从叙人情物理陆离世态的社会性价值上，显著提升了戏曲的审美文化本质的社会身份和地位。李渔还进一步地认为，戏曲应该随世道迁移，不断创新、发展与变化，因为世道万物在发展变化，人情物理也会发生变化，而作为妙在入情的戏曲也要随着社会现实及人情物理的变化而变

---

① 蔡毅:《中国古典戏曲序跋汇编》，齐鲁书社1989年版，第1891页。
② 同上书，第2462页。
③ 冯志建:《河南木雕石刻戏曲文物——以社旗山陕会馆为例》，《南阳师范学院学报》2011年第10期。
④ 李渔:《李渔全集》第三卷，浙江古籍出版社1992年版，第13页。

化、随世道迁移而迁移。李渔在《闲情偶寄》中又说:"凡人作事,贵于见景生情,世道迁移,人心非旧,当日有当日之情态,今日有今日之情态,传奇妙在人情,即使作者至今未死,亦当与世迁移,自啭其舌,必不为胶柱鼓瑟之谈,以拂听者之耳。……能易以新词,透入世情三昧,虽观旧剧,如阅新篇,岂非作者功臣?"[1]所谓"与世迁移"就是强调戏曲创作与历史现象、现实生活的血肉联系,应写尽历史现象、现实生活中发展变化的人情物理陆离世态。在李渔看来,与时俱进地反映人情物理陆离世态的戏曲,才能够为人们脍炙人口、喜闻乐见,在审美文化史上旧剧新赏、千古相传,作者也因此功勋载藉、名垂青史。李渔的这种阐述方法新颖独特,见解高瞻远瞩,思路清晰明辨,充分体现了李渔在阐发戏曲叙人情物理陆离世态时,将戏曲艺术原理与观众欣赏接受结合起来,不自觉地运用了朴素历史唯物主义和辩证唯物主义的艺术思维方式,为戏曲审美文化本质的形成注入了不断创新的丰富内涵,戏曲审美文化本质因此除了具有社会性之外,还衍生出了不可或缺的历史性和现实性。

第二节 抒游戏娱悦超脱想象

古代戏曲抒游戏娱悦超脱想象,就是通过戏曲搬演抒发游戏的性情,享受娱玩的快乐,超脱现实的世界,尽兴领略想象的情境。这是古代戏曲审美文化的本质之一。这种审美文化的本质具有人文性,形成主要源自以下三个方面。

首先,戏曲抒游戏娱悦超脱想象是人的与生俱来的本能。

从国学视域来看,就语源学的解释而言,戏曲之"戏"在金文中已经出现,意思是指原始狩猎时期的图腾仪式,象形了拟兽的、持戈的、伴有鼓声节奏的仪式性舞蹈。[2]周秦以后,事象发生了变化,"戏"转化为角力、歌舞、百戏等表演

---

[1] 李渔:《李渔全集》第三卷,浙江古籍出版社1992年版,第73页。
[2] 参见周华斌《戏·戏剧·戏曲》一文,载胡忌主编《戏史辨》,中国戏剧出版社1999年版,第83页。

伎艺，由于是表演，所以"戏"带有观赏性、趣味性，能够引起人们的兴趣喜好，并且使人们从中获得娱乐审美的精神愉悦；"戏"的词义也随之发生了变化和异化，引申为游戏、嬉谑、玩笑、杂技等义，意思是指游戏、嘲弄、逗乐等，后又由此派生出戏言、戏弄、戏法、戏狎、戏嘲、戏娱、戏谑、逢场作戏等。从这个意义上说，中国古代戏曲从萌芽伊始就偏重于游戏娱悦的功能。换句话说，戏曲以搬演的方式戏谑、杂耍、滑稽、调笑、自娱、娱人，在此过程中生发无穷无尽的想象，以游戏、模仿、自由的态度和行为挣脱精神和物质的双重束缚，创造理想中的天地万物，表达对自然、社会和人生的愿望与向往，感受人性张扬带来的快乐，可以说是和作为人的本能的游戏娱悦超脱想象与生俱来的。

秦汉时期各民族民间表演艺术诸技杂陈，于是，在游戏、嬉谑、玩笑、杂技等的基础上出现了"百戏"一词。因此，戏曲审美文化本质的起源往往要追溯到百戏。关于古代百戏的渊源，据宋高承撰《事物纪原》引《梁元帝纂要》载："百戏起于秦、汉曼衍之戏，后乃有高絙、吞刀、履火、寻橦等也。一云都卢寻橦。都卢，山名，其人善缘竿百戏。"①"百戏"这个概念的外延后来逐渐扩大，成为古代民间众多表演艺术的泛称，除杂技表演如角抵、傀儡、舞轮、水戏、影戏等之外，还包含古代乐舞，亦即所谓散乐。唐代，杜佑撰《通典》曰："散乐，隋以前谓之百戏。非部伍之声，俳优歌舞杂奏。"②就俳优来说，夏代即有从事百戏的俳优，高承撰《事物纪原》引《列女传》曰："夏桀既弃礼义，求倡优侏儒，而为奇伟之戏，则优戏已见于夏后之末世。晋献公时，有优施。鲁定公会齐侯于夹谷，齐宫中之乐，有俳优戏于前。此盖优戏之始也。"③关于俳优的起源，最初可以追溯到原始宗教时代的巫觋阶层。古代，人们称女巫为"巫"，称男巫为"觋"，两者合称之为"巫觋"，后来，由娱神之巫觋演变为娱人之优伶。巫用以乐神，优用以乐人；巫的功能以歌舞为主，优的功能以调谑为主；巫以女人扮演之，而优则以男人扮演之。优伶从娱神的巫觋社会阶层发展演变而来，成为以乐舞戏谑为职业的民间艺人的通称。区别而言，一般以表现乐舞为主的伶人称之为"倡优"，以表现戏谑为主的伶人称之为"俳优"；以吹打乐器为主的伶人称之为"伶优"，三

---

① 高承:《事物纪原》，中华书局1989年版，第494页。
② 杜佑:《通典》，中华书局1988年版，第3727页。
③ 高承:《事物纪原》，中华书局1989年版，第493页。

者又可以通称或者统称之为"优伶"。优伶是戏曲演员身份建构雏型阶段的一个重要标志。春秋时期,优伶以歌舞、诙谐、作乐、戏耍、杂技等技艺娱乐帝王官僚,其中的俳优擅长调笑辞令,常常在谐谑中对不合理的现实和朝政进行讽谏。《史记》所载"优孟衣冠"的故事就是一个颇有意义的有趣的典型例证,"优孟衣冠"因此成为后世戏曲演员搬演的同义语。优伶在戏曲搬演中常常说谐谑讽谏的话,对此,任二北的《优语集·弁言一》曰:"优语有谏、谀之分,古优谏正古刺诗之流变,古刺诗固万万不当废,必听其瞷于天地间乎?"① 这就是指出优伶的讽谏既有助于治政的社会现实意义,又有游戏娱悦的审美文化意义,认识全面合理。唐宋以来,优语广泛流传,如"李义山""二圣环""史弥远"诸说,乃优伶讽谏朝政,言正统文人士大夫所不敢言,道正统文人士大夫所不敢道。元末,杨维桢撰《优戏录序》云:"太史公为滑稽者作传,取其谭言微中,则感世道者实深矣。……观优之寓于讽者,如'漆城''瓦衣''雨税'之类,皆一言之微,有回天倒日之力,而勿烦乎牵裾伏蒲之勃也。则优戏之伎虽在诛绝,而优谏之功岂可少乎?"② 这是否定优伶的游戏娱悦功能,而只认同优伶的讽刺谏净功能,与戏曲审美文化功能的真实境况不完全相符,认识显然具有片面性。

在唐代,优伶的搬演进入了歌舞戏及参军戏阶段,并且进入了朝廷,于是,朝廷建立了专门掌管优伶的机构。高承在《事物纪原》中云:"唐明皇开元二年,于蓬莱宫侧,始立教坊,以隶散乐倡优曼衍之戏。……唐《百官志》曰:'开元二年,置内教坊于蓬莱宫侧,京都置左右教坊,掌俳优杂剧,以中官为教坊使。此其始也。'又曰:'武德后,置内教坊,武后改曰云韶府,以中官为使,开元后始不隶太常也。'《续事始》曰:'玄宗立教坊,以新声散乐之曲,优倡曼衍之戏,因其谐谑,以金帛章绶赏之,因置使以教习之,国家乃以伶人之久次者为使云。'"③ 唐朝皇帝还亲自参与宫内的各种游戏活动。在古代正史中,第一次出现"戏剧"概念的是《旧唐书》。刘昫等《旧唐书·宣宗本纪》记载:"帝外晦而内朗,严重寡言,视瞻特异,……历太和、会昌期,愈事韬晦,群居游处,未尝有言。文宗、

---

① 任二北编著《优语集》,上海人民出版社1981年版,第4页。
② 李修生主编《全元文》第41册,凤凰出版社2004年版,第323页。
③ 高承:《事物纪原》,中华书局1989年版,第88—306页。

武宗幸十六宅宴集，强诱其言，以为戏剧。"① 在这一条记载中，所谓"戏剧"就是指逗乐性的游戏。其中，参军戏中的参军和苍鹘将表演、谐谑、歌舞等融为一体，一个嘲笑戏弄，一个被嘲笑戏弄，滑稽逗乐的游戏元素和定位搬演，成就了宋金杂剧院本情节内容和角色发展的原型。一般优伶具有了脚色的身份地位是戏曲审美文化本质形成史上的一个重要标志。这种脚色的功能和作用直接由后世戏曲所继承和发展，南戏的脚色"副净""副末"和元杂剧的脚色"净""副末"即源于参军和苍鹘，这些脚色擅长插科打诨，搬演时充分发挥了戏曲取悦观众的谐谑、逗乐、游戏的诸功能，对建构戏曲抒游戏娱悦超脱想象的审美文化本质起了重要的作用。

明代，随着昆山腔传奇"江湖十二脚色"行当体制趋向完备，戏曲抒游戏娱悦超脱想象的审美文化本质逐渐形成。例如，净脚在宋元南戏、元杂剧以及明传奇中的脚色定位经历了长期的演变，最终在明代中晚期分化形成了大面即所谓净、二面即所谓副净以及三面即所谓丑三个相对比较固定的脚色分类。这一分类在清代花部乱弹地方戏中得到进一步的继承与发展。其中，三面即所谓丑又称之为三花脸。丑脚的言行举止往往不合常人的言行举止习惯，言常人所不言，行常人所不行，一言、一行、一举、一动看来都是不正常的不理性的，甚至是滑稽、可笑、荒唐、怪诞的。实际上，戏曲舞台上的丑脚表演是一种剧中人物心性坦露和情感宣泄的艺术，丑脚随时随地自由戏谑、任意调侃、插诨打科、嬉笑怒骂，可以不受戏曲搬演程式的束缚和剧中人物个性品质的限制。因为丑脚行当的本质规定要求丑脚搬演时必须涂面化妆，这就好像人物登上戏曲舞台时始终戴着掩盖真相的面具，所以丑脚搬演时的精神状态往往非常轻松、活泼、愉快、喧闹、热烈，丑脚搬演时的艺术形象呈现往往充满幽默、诙谐、夸张、荒诞、滑稽，在最大程度上达到了喜剧性效果，进而通过舞台搬演时尽情尽性与乐天向上的生命展示、机智灵巧与变化多端的超常品格深深地感染并打动观众，促使观众在享受精神娱悦的同时，反思想象丑脚形象内涵中的人情物理真谛。在这一方面，清初李渔的传奇作品《奈何天》具有代表性。《奈何天》刻画的主要人物形象阙里侯，蠢也蠢到极处，陋也陋到极处，身上的五官四肢没有一件不带些毛病，因为祖上积德、本

---

① 刘昫等：《旧唐书》，中华书局1975年版，第613页。

人尚义、捐财行善,终于获得天神和皇帝的认同和赞许,变形为一位形貌俊美的男子,不仅重获邹氏、何氏、吴氏三位美人的爱,而且加官晋爵得贵。整部作品是一个独具李渔匠心的才子佳人式的团圆大结局,丑脚性质人物阙里侯的身份命运跌宕巨变令人忍俊不禁、发人深思体悟。当然,在刻画阙里侯丑脚性质滑稽可笑、悖谬事理的浓重游戏笔墨之下,观众们往往会发现和想象,其中潜藏了李渔认同并肯定人性之善的审美文化本质内涵。

毋庸讳言,由于优伶实际上是被封建社会里的统治阶级用以排闷消闲、遣兴作乐的玩偶,因而在封建社会里一直是一个最低级、最卑贱、最被人瞧不起的职业,以至于后来逐步从一种职业的通称而演变为一种污辱人格性的骂人的称谓,使戏曲演员的社会地位和身份功能在中国古代审美文化发展史上笼罩了可悲可叹的黯然色彩。

其次,戏曲抒游戏娱悦超脱想象传承与发扬了"以文为戏"的文学传统。

在中国古代文学史上,"以文为戏"由来已久。早在先秦时期,"以文为戏"的观念元素和写作萌芽就已经产生了,如古代散文的最早源头可以追溯到商代的卜辞,巫师进行占卜活动时把文字刻在牛胛骨、龟甲等兽骨甲壳上,所占卜的事情有的还包括日后吉凶与否可能应验的预测前瞻境况,而其中的预言并非既成事实,因此,这些预言就为后来的"以文为戏"埋下了写作思维逻辑上的伏笔。周代的《周易》卦算具有预言性质,是卜辞预言在写作思维逻辑上的进一步发展。春秋战国时期,出现了诸子百家彼此诘难、相互争鸣、盛况空前的学术论辩局面,各个阶级、各个阶层的思想家纷纷自由著书立说,四处奔走宣传自家的治政思想和学术主张。《周易·系辞上》曰:"子曰:'书不尽言,言不尽意。'然则圣人之意其不可见乎?子曰:'圣人立象以尽意,设卦以尽情伪,系辞焉以尽其言,变而通之以尽利,鼓之舞之以尽神。'"[①] 这个意思是指,孔子说:文字不能完全书写言语主体所能表达的意思,言语主体不能完全表现心里面所想到的意境。于是,圣人创立卦象以穷尽言语主体所要表达的心意,设置卦爻以穷尽言语主体所要表达心意的真伪,采用文辞以穷尽言语主体所要用于表达的言语,变动卦爻使言语通达以穷尽天下的利益,鼓动起舞用蓍草占卜以穷尽言语的神妙。庄子"著书十余万

---

① 黄寿祺、张善文译注《周易译注》,上海古籍出版社2001年版,第563页。

言,大抵率寓言也。作《渔父》《盗跖》《胠箧》,以诋訾孔子之徒,以明老子之术。《畏累虚》《亢桑子》之属,皆空语无事实。然善属书离辞,指事类情,用剽剥儒、墨,虽当世宿学不能自解免也。其言洸洋自恣以适己,故自王公大人不能器之"①,现存的《庄子》有33篇,文字雄美,想象丰富,跌宕起伏,妙趣横生,通过寓言故事形象地来说理论证是庄子处理辞与意两者相互关系的显著特点。这就是说,孔子、庄子都已经明白辞与意两者的不统一是一个客观存在的真实的问题。这种认识和写作为后世"以文为戏"开拓了无穷无尽地艺术想象思维的广袤空间。

战国时的游说到汉代变成了讽谏,为文学性的汉赋的出现奠定了艺术思维与操作书写的基础。汉代的赋分为两大类,郭预衡《中国散文史》说:"歌颂之赋,始于讽谏,终于咏物;牢骚之赋,始于牢骚,终于讽刺。"②但是,西汉赋体大家扬雄创作的个别赋却别具一格,与众不同。在中国古代文学史上,据"以文为戏"观念创作文学作品大约就始于扬雄的《逐贫赋》。《逐贫赋》是扬雄晚年的赋体作品,假设自己和"贫儿"的一番对话,描述了杨雄想摆脱"贫儿"却始终甩不掉的无可奈何的情景,笔调轻松柔软,对话戏谑幽默,语言充满玩笑,令人耳目一新。在作品里,扬雄纯粹是用一种游戏的书写态度创作小赋,当然,这种写作方式仅仅是单纯地供自我慰藉、自我消遣、自嘲自解,也就是说,侧重于自娱自乐。三国时期,曹植的《鰕䱇篇》是用一种游戏的态度创作诗歌,在中国古代文学史上,据"以文为戏"观念创作诗歌作品自曹植始。曹植以志士自期自许自高,通过"潢潦"和"江海"、"藩柴"和"苍穹"、"鰕䱇"和"燕雀"与"鸿鹄"、"五岳"和"丘陵"的两两或现或隐形象的比较,痛斥唯利是图、唯权是夺的浅薄小人,赞扬仁人志士的宽阔胸怀、豪壮举动,鲜明地表达了曹植的是非立场和爱憎感情,以及对个人理想的向往和抱负的想象。永瑢等《四库全书总目提要》评价:"昔曹植䱇表加以爵位,为俳谐游戏之祖。嗣后作者日繁,曼衍及于诸物。……陈陈相因,皆敝精神于无用之地者也。"③这就是说,从曹植开始,文学创作不再是循规蹈矩地为道德说教服务,而是成为某些闲适者"敝精神于无用之地"的游戏娱

---

① 司马迁:《史记》,中华书局1959年版,第2143页。
② 郭预衡:《中国散文史》,上海古籍出版社2000年版,第198页。
③ 永瑢等:《四库全书总目提要》第28册,商务印书馆1931年版,第20页。

悦超脱想象之具。此后,魏晋南北朝"以文为戏"之"戏"的内涵逐渐丰富,写作方法也不断发展,不仅自娱,而且娱他。

因此说,"以文为戏"的现象在中国古代文学史上由来已久,虽然如此,但是,由于受到文人士大夫正统文学观的轻视鄙薄,其影响力一直比较有限,直至中唐时期才在文学创作中逐步走向成熟,蔚为时代风气。例如,顾况是著名诗人,刘昫等《旧唐书·顾况列传》云:"顾况者,苏州人。能为歌诗,性诙谐,虽王公之贵与之交者,必戏侮之,然以嘲诮能文,人多狎之。……有文集二十卷。其《赠柳宜城》辞句,率多戏剧,文体皆此类也。"① 在这里,"戏剧"是指顾况性格诙谐,擅长调笑,善于嘲弄,其《赠柳宜城》辞句亦具俳优戏谑般的语言风格。官至宰相的裴度站在维护统治阶级正统文学观的立场,在中国古代文学史上明确使用"以文为戏"一词,《寄李翱书》批评否定韩愈创作"恃其绝足,往往奔放,不以文立制"②的散文。也就是说,唐代"以文为戏"的代表性作家是韩愈。实际上,韩愈创作的散文如《毛颖传》《送穷文》等不拘一格,突破了儒家此前以文明道的保守传统,开辟了文学反映社会现实和个性情思的新路径,体现了一种崭新的审美文化价值取向和本质追求。所以,反过来说,以韩愈为代表的文学家们充分自觉地以游戏娱悦的态度创作散文,在中国古代文学史以文为用、以文为哭的传统写作基础上承前启后,继往开来,"以文为戏",恃性而为,开拓了文学观念和创作实践的新路头,结果是效仿、追求、超越"以文为戏"者历代不乏其人,层出不穷。

从唐至宋元明清,进入了"以文为戏"全面发展成熟的重要时期,"以文为戏"观的外延不断扩大,"以文为戏"的各体文学作品增益繁多。宋人以"戏赠……""戏书……""戏作……"等一类为诗、词标题,或"以文为戏"为主题内容的散文数量之多,实属空前,似亦绝后,这不仅与宋代的社会治政环境以及文人创作心态有关,而且主要与宋代文人士大夫对韩愈的"以文为戏"的审美文化接受有密切的关系。例如,永瑢等《四库全书总目提要》指出,苏轼"以文章气节,雄视百代,其游戏诸作,大抵患难中有托而逃。……其小品所谓飞鸿翔于

---

① 刘昫等:《旧唐书》,中华书局1975年版,第3625页。
② 董诰等编《全唐文》,中华书局1983年版,第5462页。

寥廓，而弋者索之数泽也。"① 这就是说，苏轼的这一类抒游戏娱悦的作品，寄寓了仕途坎坷之际的超脱情怀和人生想象。任渊编选黄庭坚的作品为《精华录》八卷，"观其录取大意，只以备体，且多阑入游戏之作"②。元代，杨维桢有《史义拾遗》二卷，撰写"如毛遂上平原君书，唐太宗责长孙无忌是也。大都借题游戏，无关事实。考同时王祎集中，亦多此体。盖一时习尚如斯，非文章之正格，亦非史论之正格，以小品视之可矣"③。明代高应冕撰《白云山房集》二卷，"序、记、杂文，凡八十七篇，中如《游闲公子》《白云先生》《羲皇上人》诸传、《虞秦对曹交篇》诸文，大抵构虚托喻，游戏笔墨"④。清代，曹溶撰《倦圃莳植记》三卷，对此，永瑢等《四库全书总目提要》评价说："下语颇涉纤仄，尚未脱明季小品积习。……此书乃其晚年游戏之笔也。"⑤ 久而久之，所有这一类的文学作品凝聚为中国古代文学史上"以文为戏"连绵不绝的传统链条。

而且，在绘画艺术领域里，宋元明清时期盛行一种所谓墨戏的绘画类型。例如，宋代，在民间，潘运告编著《宣和画谱》云："阎士安，陈国宛丘人。家世业医。性喜作墨戏，荆榛枳棘，荒崖断岸，皆极精妙。"⑥ 在朝廷，周密《癸辛杂识》云："诸王孙赵孟坚字子固，善墨戏，于水仙尤得意。晚作梅，自成一家。"⑦ 元代韦居安《梅磵诗话》卷上云："澹菴……诗与画俱清丽可爱，结字亦端劲，世但见其诗文，而不知其尤长于墨戏，可谓'澹菴三绝'。"⑧ 明代的董其昌、清代"扬州八怪"之首的金农等都擅长墨戏。"墨戏"一词较早出现在黄庭坚《题东坡水石》中，云："东坡墨戏，水活石润"⑨。墨戏是文人画家以一种游戏娱悦的态度进行绘画创作的写意技法，戏曲脸谱是图案化的化妆绘画艺术，墨戏与戏曲脸谱，尤其

---

① 永瑢等：《四库全书总目提要》第34册，商务印书馆1931年版，第45页。
② 同上书，第47页。
③ 永瑢等：《四库全书总目提要》第17册，商务印书馆1931年版，第93页。
④ 永瑢等：《四库全书总目提要》第35册，商务印书馆1931年版，第62页。
⑤ 永瑢等：《四库全书总目提要》第22册，商务印书馆1931年版，第102页。
⑥ 潘运告编著《宣和画谱》，湖南美术出版社1999年版，第409页。
⑦ 周密：《癸辛杂识》，中华书局1988年版，第44页。
⑧ 韦居安：《梅磵诗话》，中华书局1983年版，第543页。
⑨ 刘琳等校点：《黄庭坚全集》，四川大学出版社2001年版，第1597页。

是净、丑用夸张的色彩和线条来达到戏谑、滑稽、调笑表现效果的脸谱图案造型思维有一定关联,粗犷写意手法的基本艺术原理相通。黄庭坚本人擅长写戏谑诗,又喜爱戏曲,说"作诗正如作杂剧,初时布置,临了打诨,方是出场"①。可见黄庭坚集墨戏、诗歌和杂剧的游戏心态于一体的审美思维。苏轼诗词、散文、绘画兼长,对诗词、散文、绘画和戏曲融会贯通,特别是对戏曲往往有独到见解,而且宴客常请技艺很高的优伶搬演戏曲。古代文学家或剧作家常常身兼画家或通画理。例如,明代文人墨戏画很发达,徐渭多才多艺,亦擅长墨戏,以水墨画绘人生之戏,将繁缛、绚烂、富丽的现实世界淡化为一片淋漓的水墨,透过虚幻的表相表达了追求世界本真的个人想象与生活理想。徐渭曾画丑观音图一幅,自撰诗偈《大慈赞五首》,其三云:"至相无相,既有相矣。美丑冯延寿状,真体何得而状?金多者幸于上,悔亦晚矣。上上上。"②徐渭认为观音的美丽不在于她的女性形象的表相,而在于"丑"的形象内蕴之本质真、善、美。陈继儒以诗画终其身,曾评点《琵琶记》等,绘画以墨戏为主。此外,李日华创作戏曲及书画题诗,且是画兰竹的大家之一;书画家唐寅除诗文外,曾采用民歌形式作曲;李开先精通戏曲,撰有戏曲理论著作《词谑》、绘画论《中麓画品》;何良俊青少年时代攻习绘画,爱好戏曲,著《四友斋丛说》兼论戏曲与绘画;王世贞著《艺苑卮言》兼论戏曲与绘画;屠隆著传奇及《画笺》;画家陈洪绶曾为《西厢记》等戏曲作插图;戏曲大家李渔善绘画,绘画理论根植现实并与戏曲理论互渗,支持出版《芥子园画谱》并作序;杨朝观不仅是文学家、剧作家,也是画家;等等。故文学或戏曲创作上的"以文为戏"与绘画创作上的"墨戏"之思维方法在宋元明清贯通无碍,得到了淋漓尽致的发挥。"以文为戏"之下,作家创作诗文、戏曲可以更加无拘无束亲近人的自然本性;墨戏之下,画家可以随心所欲、挥洒自如、信手拈来写意纸上;两者相互借鉴、相互融合,共同为建构戏曲审美文化本质的文学性和绘画性发挥了积极作用。自宋代戏曲形成以后,戏曲家正是循此路头在戏曲创作的审

---

① 陈善:《扪虱新话》,中华书局1985年版,第57页。
② 徐渭:《徐文长逸稿》,《续修四库全书》第1355册,上海古籍出版社2002年版,第411页。

美文化氛围中"以文为戏",或以绘画之"墨戏"为思维媒介①,抒游戏娱悦超脱想象的,以至于延伸并涵盖了戏曲的各种体裁,并且通过演员的舞台搬演,极大地丰富了戏曲审美文化的内涵和本质。

当代,戏曲与墨戏的关联得到了人们的充分身份认同。楚荷针对戏曲与水墨戏的文化魅力,着眼于戏曲与水墨戏之间的相融合,说:"戏剧与水墨都是中华传统艺术,其悠久的历史,丰富的文化内涵,是弥足珍贵的艺术瑰宝。戏剧舞台上,'举步千里,转眼老少',神奇而自如地转换着时空;水墨画布中,'中得心源,外师造化',自由地驰骋着文心胸臆。而最终,不论是戏剧表演,还是水墨作品,不论是唱念做打,还是笔墨浓淡,都展现出中华传统艺术的魅力,向观众或读者诉说着现实的'人生如戏'。水墨和戏剧这两种中国传统艺术,意趣相通。"②楚荷所言不可不谓恰如其分。

第三,戏曲抒游戏娱悦超脱想象成为剧作家的自觉身份认同和创作实践。

剧作家在遵循戏曲审美文化本质的基础上,充分继承与弘扬"以文为戏"的文学传统,有意识地自觉运用于戏曲创作,在戏曲创作上突破一味强调道德教化的束缚和限制,从不同方面张扬自己的独特艺术个性,在用纯粹游戏娱悦的表现方式满足自我的价值认同和审美理想的同时,使戏曲审美文化本质得到持续扩展和不断深化。特别是戏曲以叙事性作为基本的艺术创作原则,使戏曲在审美文化本质上有别于传统诗词甚至散文,为剧作家充分发挥个性化的艺术想象力和艺术创造力提供了广阔的天地。例如,元代钟嗣成评价郑光祖"贪于俳谐"③,所创作的《王粲登楼》为迎合观众游戏娱悦的欣赏心理和审美趣味,偏爱插科打诨的逗乐调笑情节,主观地注入了大量生硬的戏谑调侃性的宾白,以至于有明显的刻意穿插造作之斧凿痕迹。明代吕天成评述陆采等剧作家的创作将戏曲的社会教育功能弱化,使之退居次要地位;而强化戏曲的游戏娱悦功能,使之升华为主导地位;追求标新立异的戏曲审美文化价值,为"绮思灵心,各擅风流之致;寄惊赋感,共

---

① 苏联的梅耶荷德在《中国戏曲艺术的特点》中说:"中国演员是用美术图形来思维的。"见《梅耶荷德谈话录》,中国戏剧出版社1986年版,第252页。

② 楚荷:《戏剧与水墨的文化魅力》,《光明日报》2017年7月4日。

③ 钟嗣成:《录鬼簿》,《中国古典戏曲论著集成》(二),中国戏剧出版社1959年版,第119页。

标游戏之奇"①。沈璟撰传奇《博笑记》共 28 出，由 10 个独立的戏剧组成，取材于当时民间市井的传闻异事，每剧 2～4 出，采用时调【打枣竿】一曲多次重复的艺术手法以加强滑稽效果。祁彪佳称其为"逸品"，并且评价说："词隐先生游戏词坛，杂取《耳谈》中可喜、可怪之事，每事演三四折，俱可绝倒。"②这说明戏曲大家沈璟亦难免受到"以文为戏"传统的深刻影响，游戏之作完全是出于自我作为审美主体的个性自觉。

　　当然，真正有丰厚审美文化价值的戏曲作品，必须在抒游戏娱悦超脱想象的同时，贯注人情物理才能够打动人心。例如，清代陈烺创作的传奇《花月痕》叙写书生萧步月与霍映花的幻化情缘，作者自我认同为"纯属镜花水月"，对此，陈栋《〈花月痕〉评辞》云："明知是笔墨游戏，读到悲切处，几欲泪淋。"③李渔创作的《笠翁十种曲》之所以为广大市民百姓喜闻乐见，其中主要的原因就是采用游戏娱悦的笔墨来写人生遭际。李渔在回顾自己 30 年的戏曲创作历程时，坦言创作戏曲的宗旨，在《偶兴》一诗中直言不讳地说："学仙学吕祖，学佛学弥勒。吕祖游戏仙，弥勒欢喜佛。神仙贵洒落，胡为尚拘执。佛度苦恼人，岂可自忧郁。我非佛非仙，饶有二公癖。尝以欢喜心，幻为游戏笔。著书三十年，于世无损益。但愿世间人，齐登极乐国。纵使难久长，亦且娱朝夕。一刻离苦恼，吾责亦云塞。还期同心人，重萱勿种檗。"④李渔还公开申明自己创作戏曲不仅自娱，而且具有娱他的目的，在传奇《风筝误》中说："传奇原为消愁设，费尽杖头歌一阕；何事将钱买哭声？反令变喜成悲咽。惟我填词不卖愁，一夫不笑是吾忧；举世尽成弥勒佛，度人秃笔始堪投。"⑤当然，李渔生活在统治阶级的思想占主导地位的时代，不能不在戏曲创作中反映统治阶级的思想，适应统治阶级的道德要求，如在传奇《凰求凤》中说："倩谁潜挽世风偷，旋作新词付小优。欲扮宋儒谈理学，先妆晋

---

① 吕天成：《曲品》，《中国古典戏曲论著集成》（六），中国戏剧出版社 1959 年版，第 215 页。
② 祁彪佳：《远山堂曲品》，《中国古典戏曲论著集成》（六），中国戏剧出版社 1959 年版，第 9 页。
③ 蔡毅：《中国古典戏曲序跋汇编》，齐鲁书社 1989 年版，第 2327 页。
④ 李渔：《李渔全集》第二卷，浙江古籍出版社 1992 年版，第 25 页。
⑤ 李渔：《李渔全集》第四卷，浙江古籍出版社 1992 年版，第 203 页。

客演风流。由邪引入周行路,借筏权为浪荡舟。莫道词人无小补,也将弱管助皇猷。"①也就是说,李渔是寓教于乐,在抒游戏娱悦超脱想象的目的当中渗透了教化的目的,即经世致用、劝善惩恶的目的。但是,必须明确的是,李渔的教化方式毕竟不同于道学家们在戏曲创作中一味灌注生硬道德说教的做法。实事求是地说,"砚田糊口"的沉重生活压力迫使李渔往往把娱他看得比自娱更加重要,往往将抒游戏娱悦超脱想象的目的临驾于板滞道德教化的目的之上,而非截然相反。

在剧作家创作戏曲自觉地抒游戏娱悦超脱想象的影响下,戏曲其他领域也出现了自觉抒游戏娱悦超脱想象的思维和方法。这种伸展辐射不断地丰富了戏曲审美文化本质的外延。例如,在戏曲舞台搬演方面,清人焦循引《乐府杂录》云:"咸通以来,有范传康、上官唐卿、吕敬迁等三人弄假妇人。"又"案:此优人作旦之始"②。这种游戏娱悦超脱想象的搬演形式后来进一步发展成为戏曲性别反串角色搬演的惯例,例如,清代张来宗创作杂剧《樱桃宴》,以桂娘扮男子为李希烈内官,盖讳其为贼宠罢了。从插科打诨的演变来看,早期的南戏对插科打诨非常重视,舞台搬演中存在大量的插科打诨,具有极强的抒游戏娱悦超脱想象的谐谑品格。例如,现存最早的南戏剧本《张协状元·开场》中有:"(末上白)……苦会插科使砌,何吝搽灰抹土,歌笑满堂中。"③在搬演时演员的插科打诨也千姿百态,丰富多彩,如《张协状元》中有"呼鸡走""作鸡叫""作马嘶""净在戏房作犬吠""生在戏房中唱"等。又,明代成化本《白兔记·开场》中云:"今日戾家子弟搬演一本传奇,不插科,不打诨,不谓之传奇"④,剧中这一类表演也比较多。尤有甚者,如清人钱泳云:"乾隆庚辰一科进士,大半英年,京师好事者以其年貌,各派《牡丹亭》全本脚色,真堪发笑。如状元毕秋帆为花神,榜眼诸重光为陈最良,探花王梦楼为冥判侍郎,童梧冈为柳梦梅,编修宋小岩为杜丽娘,尚书曹竹墟为春香,同年中每呼宋为小姐,曹为春香,两公竟应声以为常也。更有奇者,

---

① 李渔:《李渔全集》第四卷,浙江古籍出版社1992年版,第521页。
② 焦循:《剧说》,《中国古典戏曲论著集成》(八),中国戏剧出版社1959年版,第101页。
③ 钱南扬校注《永乐大典戏文三种校注》,中华书局1979年版,第1页。
④ 转引自沈新林《同体而异构——中国古代小说、戏曲体制之比较研究》,《艺术百家》2000年第3期。

派南康谢中丞启昆为石道姑，汉阳萧侍御芝为农夫，见二公者，无不失笑。"①此可谓戏曲搬演抒游戏娱悦超脱想象无所不用其极，独出心裁，别开生面。从审美文化本质建构的角度来看，诸如此类抒游戏娱悦超脱想象的谐谑戏曲搬演，成为后世戏曲各声腔剧种的一个稳固传统被普遍继承和发扬光大，亦凝聚为中国古代戏曲艺术的一大突出美学特征。

在戏曲理论批评方面，作为古代戏曲理论批评的典范样式，明清戏曲评点以其鲜明的艺术识见、叙议方式、理论水平和时代特色而著称于世。例如，作为特定时代的戏曲审美文化代表性产物，金圣叹的戏曲评点把严肃的戏曲批评活动视同游戏娱悦超脱想象，注入戏曲剧本中有许多戏谑化艺术阐发，既是评点者金圣叹"以文为戏"审美旨趣在新的批评样式中的理论创新，又是评点者金圣叹对戏曲审美文化深入关注和身份认同的思想结晶，为戏曲评点文本书写的体制创新赋予了颇具代表性的典范意义。金圣叹接受佛教的虚无思想，视人生若梦幻，所谓"天地梦境""众生梦魂"，然而又直面现实，并孜孜于述作，创新以禅理评点戏曲。在批点《西厢记》中，金圣叹一方面自问自答，表达了人生短暂，渴望有所为的想法，说："或问于圣叹曰：《西厢记》何为而批之刻之也？圣叹悄然动容，起立而对曰：嗟乎！我亦不知其然，然而于我心则诚不能自已也。今夫浩荡大劫，自初迄今，我则不知其有几万万年月也。几万万年月，皆如水逝云卷，风驰电掣，无不尽去，而至于今年今月而暂有我。此暂有之我，又未尝不水逝云卷、风驰电掣而疾去也，然而幸而犹尚暂有于此。幸而犹尚暂有于此，则我将以何等消遣而消遣之？我比者亦尝欲有所为，既而思之，且未论我之果得为与不得为，亦未论为之果得成与不得成；就使为之而果得为，乃至为之而果得成，是其所为与所成，则有不水逝云卷、风驰电掣而尽去耶？夫未为之而欲为，既为之而尽去；我甚矣，叹欲有所为之无益也！然则我殆无所欲为也？夫我诚无所欲为，则又何不疾作水逝云卷、风驰电掣，顷刻尽去，而又自以犹尚暂有为大幸甚也？甚矣，我之无法而作消遣也"；另一方面又对批点《西厢记》的目的不甚了了，大发感慨："嗟乎！是则古人十倍于我之才识也，我欲恸哭之，我又不知其为谁也。我是以与之批之刻之也。我与之批之刻之，以代恸哭之也。夫我之恸哭古人，非恸哭古人，

---

① 钱泳：《履园丛话》，中华书局 1979 年版，第 551 页。

此又一我之消遣法也"①；两者归根结底于自我消遣的立场和态度。这种游弋生死、有实有虚、有无相兼、真假莫辨的写法实乃介于儒佛思想之间的游戏笔墨，而自我消遣则无乃自娱自乐，尽管内核并非完全归属于自我身份认同和戏谑人世人生。李渔《闲情偶寄》认为，金圣叹评点《西厢记》实在"能令千古才人心死……可谓晰毛辨发，穷幽极微，无复有遗议于其间矣"②。

　　值得强调的是，统治阶级鄙视戏曲的意识形态并不能改变戏曲抒游戏娱悦超脱想象的本质。例如，宋代陈淳将理学家认定为文乃玩物丧志的文学思想具体运用于抨击戏曲，在《上傅寺丞论戏淫》中列举"戏乐其实关乎利害"的罪状中云："鼓簧人家子弟，玩物丧恭谨之志"③，明确反对戏曲抒游戏娱悦超脱想象的审美文化本质。这种无视戏曲艺术出于人的与生俱来的本能，与戏曲审美文化本质相悖的观点，恰恰从反面说明，戏曲审美文化本质的形成过程充分体现了张扬人性之真、善、美的特征，具有一种难能可贵的古代戏曲身份认同的人文精神。

第三节　重深浅微茫雅俗共赏

　　戏曲的审美文化本质之一是重深浅微茫雅俗共赏。这种审美文化的本质具有艺术性，其中，深浅微茫涉及剧作家对剧本语言即曲词、宾白措辞的表达；雅俗共赏涉及观众对剧本语言的理解欣赏、审美接受。

　　深、浅与雅、俗内涵关系密切。从文学作品语言的深与浅、雅与俗来看，"深"是"深沉""深隐"之义，含蓄、古奥是"深"的生成条件。"深"也是"雅"，"雅"是指典雅、文雅、优雅、古雅、高雅、博雅，等等。汉代，王充《论衡》说："夫文由语也。或浅露分别，或深迂优雅，孰为辩者"；又说："深覆典

---

①　金圣叹：《金圣叹批评本〈西厢记〉》，凤凰出版社2011年版，第1—3页。
②　李渔：《李渔全集》第三卷，浙江古籍出版社1992年版，第64—65页。
③　陈淳：《北溪先生大全文集》，《宋集珍本丛刊》第70册，线装书局2004年版，第274页。

雅，指意难睹，唯赋颂耳"。①"深"的反面就是"浅"，"浅"是"浅显""浅白"之义，直白、平实是"浅"的生成条件。"浅"也是"俗"，"俗"是指"通俗"。在形式逻辑学的概念分类上，"深"与"俗"是不相容的，如金朝王若虚《文辨》云："史传中间有不避俗语者，以其文之则失真也。"②这就是说，在某一史传上下文语境中运用"俗"语正是存真去伪的表现，而改用"雅"语则不然。又如，宋代释惠洪《冷斋夜话》云："句法欲老健有英气，当间用方俗言为妙。"③这就是说，在有的艺术风格特别讲究的句法语词中，只能用俗语，而不能用雅语。"浅"与"雅"也是不相容的。例如，清代沈德潜的《唐诗别裁集》评罗隐的《牡丹》诗说："唐人牡丹诗每失之浮腻浅薄，……独存此篇尚近雅音。"④但是，深与浅、雅与俗可以通过作家的提炼熔化达到巧妙契合，实现相互转化，使之差别缩小、界限模糊、衔接自然、和谐融洽，这就是"微茫"。"微茫"的本义是隐隐约约，迷蒙不明，模糊不清，意在其中。例如，明代李日华《论画》说："绘事必以微茫惨淡为妙境，非性灵廓彻者，未易证入。所谓气韵必在生知，正在此虚淡中所含意多尔。"⑤沈璟【商调·二郎神】《论曲》指出："词中上声还细讲，比平声更觉微茫。去声正与分天壤，休混把仄声字填腔。析阴辨阳，却只有那平声分党。细商量，阴与阳还须趁调低昂。"⑥换句话说，"微茫"即差别非常细小，界限模糊几近于消弭，甚而可以忽略不计，但是，差别毕竟还是客观存在的。例如，宋代罗大经《鹤林玉露》云："杨诚斋云：'诗固有以俗为雅，然亦须经前辈镕化，乃可因承。……'……余观杜陵诗，亦有全篇用常俗语者，然不害其为超妙。"⑦"微茫"也是蕴藉包含，语意相谐，如苏轼《次韵曹子方龙山真觉院瑞香花》云："幽香结

---

① 黄晖：《论衡校释》，中华书局1990年版，第1196页。

② 王水照编《历代文话》，复旦大学出版社2007年版，第1153页。

③ 吴文治编《宋诗话全编》第3册，江苏古籍出版社1998年版，第2444页。

④ 沈德潜：《唐诗别裁集》，中华书局1975年版，第220页。

⑤ 转引自李来源、林木编《中国古代画论发展史实》，上海人民美术出版社1997年版，第226页。

⑥ 徐朔方辑校：《沈璟集》，上海古籍出版社1991年版，第849页。

⑦ 罗大经：《鹤林玉露》，中华书局1983年版，第285页。

浅紫，来自孤云岑。骨香不自知，色浅意殊深。"①"微茫"也是气通隔膜，风行无阻，如蔡定元《发微论》云："浅深者，言乎其准的也。夫浅深得乘，风水自成，故卜地者必以浅深为准的。宜浅而深，则气从上过；宜深而浅，则气从下过；虽得吉地而效不应者，为此故也。……故曰：浅深得乘，风水自成。深浅之法，多端至理，莫过如是也。……若当深而浅，当浅而深，差于咫尺之间，反吉为凶矣。"②古人论国学，标举"才""学""识"三目，又以义理、考据、辞章分别解释之，其中，从义理可以知晓作者的见识是深还是浅，从考据可以明白作者的积学是厚还是薄，从辞章可以观察作者的才性是高还是下，诚如朱熹《伊和静手笔辨》所言："所见有浅深，故所记有工拙。"③所以说，从文学作品语言的深与浅、雅与俗关系的处理方式方法上，可以全面反映文学家的学识、修养和才华。

在国学视域下，深与浅、雅与俗这两个方面紧密关联、相辅相成，不可或缺，对立统一。对于戏曲重深浅微茫雅俗共赏的审美文化本质，历代剧作家和戏曲理论家的把握和认同经历了一个漫长时期。

北宋定都汴京，建构起崭新的街坊和集市合二而一的城市基础建设格局，以其显著的地域区位优势促进了商业经济的发展和市民文化的繁荣，也带来了人口数量的增长和需求规模的扩大。城市各个街道内普遍存在的瓦舍勾栏成为民间文化娱乐场所，社会各阶层人们热衷而至，为社会各阶层的雅俗文化交融提供了适当的物质基础和空前的便利条件。宋朝杂剧与瓦舍勾栏有着密切的渊源关系，在瓦舍勾栏激烈的百戏竞争中孕育产生并脱颖而出。之后，在宋金对峙时期，宋杂剧与北方各民族文化艺术进一步深入交流广泛融合，走出了一条集各民族艺术、民俗、宗教与独特传统文化于一体的发展路子，而且，对南戏与北曲杂剧的形成产生了重要的推动作用，使自身进入元代之后实现了历史性的跨越。宋金杂剧院本因此成为中华民族戏曲艺术的母体，为社会各阶层所喜闻乐见。其时，宋金杂剧院本的文学体制和艺术体制尚不稳定，娱乐性审美是人们普遍关注的中心，尚未出现探讨剧本语言深浅微茫和观众雅俗共赏的区分及争议问题。尽管如此，宋

---

① 苏轼：《苏轼诗集》，中华书局1982年版，第1758页。
② 纪昀等：《四库全书》第808册，上海古籍出版社1989年版，第194页。
③ 朱杰人等主编《朱子全书》第24册，上海古籍出版社、安徽教育出版社2002年版，第3458页。

金杂剧院本的内容与形式雅俗共存,剧作家的雅俗观念、剧本语言的深浅微茫、观众雅俗共赏的事实却客观存在,成为后世人们探讨剧本语言深浅微茫和观众雅俗共赏的区分及争议问题的前提,成为戏曲审美文化本质形成的基础。

元代,多民族雅俗文化进入了交融整合的时代,以汉族为代表的正统高雅诗词文学转向了民间通俗戏曲文学。南戏和北曲杂剧既大量汲取了民间文学质朴平易的美学元素,又不断融入了文人文学典雅超凡的审美旨趣,以通俗的形式与现实的内容荡漾着清新的生活气息,骨子里又透露出优美的高雅文化格调。其时,南戏和北曲杂剧的大众化程度都很高,从形成伊始就并非文人士大夫孤芳独享的雅趣韵事,而是社会各阶层共同关心、共同参与、共同接受、雅俗共赏的艺术样式。特别是大多数杂剧作家作为不得志文人屈居社会底层,生活唱和与青楼歌女打成一片,所创作的北曲杂剧虽然取材不一、各自渊源,但是经由书会才子们采集撰作、付诸搬演,结果雅俗异途,殊趣同归。在剧本的语言措辞方面,元代周德清感慨系之,说:"乐府之盛、之备、之难,莫如今时。其盛,则自缙绅及闾阎歌咏者众。"① 清代李渔《闲情偶寄》说:"元人非不读书,而所制之曲绝无一毫书本气,以其有书而不用,非当用而无书也,后人之曲则满纸皆书矣。元人非不深心,而所填之词皆觉过于浅近,以其深而出之以浅,非借浅以文其不深也,后人之词则心口皆深矣。"因此,北曲杂剧雅俗并陈,深浅相宜,具备案头之曲与场上之曲相兼相容的独特而鲜明的艺术特点,"雅人俗子同闻而共见"②。在南戏和北曲杂剧发展的过程当中,剧作家们把主要精力放在剧本创作上,大量涌现的作品流传于世,呈现出文采与本色两种不同的审美文化价值取向和艺术风格,为人们探讨剧本语言深浅微茫和观众雅俗共赏的区分及争议问题、为完善戏曲审美文化本质提供了丰富的资料,于是,分析、总结和探讨剧本语言深浅微茫和观众雅俗共赏的区分及争议问题逐渐进入人们的视野。

在北曲杂剧方面,燕南芝庵说:"成文章曰'乐府'。"③ 所谓"成文章",即语

---

① 周德清:《中原音韵》,《中国古典戏曲论著集成》(一),中国戏剧出版社1959年版,第175页。
② 李渔:《李渔全集》第三卷,浙江古籍出版社1992年版,第18页。
③ 燕南芝庵:《唱论》,《中国古典戏曲论著集成》(一),中国戏剧出版社1959年版,第160页。

言文字有色彩修饰，讲究词藻华美。言下之意，成文的优雅的"乐府"区别于不成文的通俗的民间小曲歌谣。这其中已经隐约蕴涵了相对北曲杂剧而言的雅俗观念；对此，燕南芝庵又说："凡歌之所忌：子弟不唱作家歌，浪子不唱及时曲"①，只不过是缺少对雅俗的阐发，未明确蕴涵雅俗之意。周德清对燕南芝庵的观点表示认同，传承及进一步阐述了燕南芝庵的看法。周德清指出："凡作乐府，古人云：'有文章者谓之乐府。'如无文饰者谓之俚歌，不可与乐府共论也。"在这里，"乐府"既指散曲，也指北曲杂剧。周德清以有无文饰为审美文化标准来区分"乐府"和俚歌，若从北曲杂剧的角度来看，无论有文饰还是没有文饰，都应该属于"乐府"的范畴，只不过它们在语言措辞等风格方面有所不同罢了。也就是说，戏曲剧本的语言有雅俗之分。周德清还进一步地说："造语可作——乐府语，经史语，天下通语。未造其语，先立其意；语、意俱高为上。短章辞既简，意欲尽；长篇要腰腹饱满，首尾相救。造语必俊，用字必熟，太文则迂，不文则俗；文而不文，俗而不俗，要耸观，又耸听，格调高，言律好，衬字无，平仄稳。"②周德清认为北曲杂剧不可作的语言包括：俗语、蛮语、谑语、嗑语、市语、方语、书生语、讥诮语、全句语、构肆语、张打油语、双声迭韵语、六字三韵语、语病、语涩、语粗、语嫩，这个意思包括正反两个方面的内容。至少是说，第一，戏曲创作事先要确立主题，然后可运用有文采的语言、经史子等散文中的语汇、各民族的共同语言写作曲词、宾白，以便丰富和扩大戏曲语言的词汇；第二，戏曲主题立意与语言措辞要相互统一，并且以境界高者为优，曲词、宾白、音律与情节结构要协调一致，完美配合；第三，戏曲语言必须讲究文采丽雅，选用字词不能太冷僻太生硬，要把握戏曲语言文采与通俗的界限，词语文采过度则流于艰深迂腐，词语通俗欠当则流于肤浅庸陋；第四，戏曲语言不仅要使读者认为美观，而且要使观众感受美听，文学性与音乐性要相互统一，达到超越凡常的艺术品格。从这里可以看出，周德清已经认识到北曲杂剧创作在曲词、宾白的语言运用方面要做到雅俗适中，雅俗共赏，对剧作家提出的"可作"与"不可作"的语言选用切合

---

① 燕南芝庵：《唱论》，《中国古典戏曲论著集成》(一)，中国戏剧出版社1959年版，第161页。

② 周德清：《中原音韵》，《中国古典戏曲论著集成》(一)，中国戏剧出版社1959年版，第232页。

戏曲艺术实际，对戏曲审美文化本质的建构具有重要的积极作用。

至于北曲杂剧创作，剧作家要真正做到不文不俗、宜文宜俗的自然和谐绝非易事。钟嗣成肯定郑光祖剧作，云："乾坤膏馥润肌肤，锦绣文章满肺腑，笔端写出惊人句。翻腾今共古，占词坛老将伏输。《翰林风月》《梨园乐府》，端的是曾下功夫"，而批评其"贪于俳谐"①。这表明钟嗣成已经意识到郑光祖虽然堪称曲学大家，但是，其剧作尚不能达到雅俗共赏的适中程度，而钟嗣成则是希望其剧作能够避免俳谐过分而适宜雅俗共赏的。杨维桢作为元末文人高士，在北曲杂剧语言的审美艺术风格上总体而言是倾向古雅的，这也预示了后世明清传奇趋向雅化的先兆，如在为钱霖所撰《渔樵谱序》中针对"今乐府"创作之弊而感叹，云："《诗三百》后一变为骚赋，再变为曲引、为歌谣，极变为倚声制辞，而长短句平仄调出焉。至于今乐府之靡，杂以街巷齿舌之狡，诗之变盖于是乎极矣。"这里批评北曲杂剧语言之"靡""狡"，显示杨维桢审美文化价值取向上太过于贬俗；当然，从北曲杂剧雅俗共赏的要求出发，杨维桢又一方面肯定钱霖的诗歌，云："遗山天籁之风骨，《花间》镜上之情致，殆兼而有之"；另一方面指出："盖风骨过酋则邻于文人诗，情致过媟则沦于诨官语也，其得体裁亦不易。"②这表明杨维桢认识到戏曲作品要做到"风骨"与"情致"的和谐一致，把握分寸，恰到好处，不能"过酋"成为"文人"的雅作，也不能"过媟"成为"诨官"的俗话。显而易见，这种戏曲批评的观点应当是秉持公道之论。杨维桢还撰有《周月湖今乐府序》，云："士大夫以今乐府鸣者，奇巧莫如关汉卿、庾吉甫、杨淡斋、卢疏斋；豪爽则有如冯海粟、滕玉霄；酝藉则有如贯酸斋、马昂父。其体裁各异而宫商相宜，皆可被于弦竹者也。继起者不可枚举，往往泥文采者失音节，谐音节者亏文采，兼之者实难也。夫词曲本古诗之流，既以乐府名编，则宜有风雅余韵在焉。苟专逐时变、竞俗趋，不自知其流于街谈市彦之陋，而不见夫锦脏绣腑之为懿也，则亦何取于今之乐府，可被于弦竹者哉？四明周月湖，文安美成也，公之八叶孙也，以词家剩馥播于今日之乐章，宜其于文采音节兼济而无遗恨也。"③在这里，杨维

---

① 钟嗣成：《录鬼簿》，《中国古典戏曲论著集成》（二），中国戏剧出版社1959年版，第119页。
② 纪昀等：《四库全书》第1221册，上海古籍出版社1989年版，第382页。
③ 同上书，第477页。

桢首先肯定关汉卿等北曲杂剧大家的剧本能够做到曲词、宾白、文采与音律的和谐统一，案头与场上两两兼胜；其次批评其他剧作家不能够向关汉卿等剧作家那样，妥善做到曲词、宾白、文采和音律的和谐统一；第三，表明杨维桢的戏曲批评是以《诗经》的"风雅余韵"为准的，对戏曲语言的审美和要求倾向古雅，同时，兼顾了戏曲批评的雅俗相互统一的两个方面，认为当下的北曲杂剧创作"专逐时变、竞俗趋，不自知其流于街谈市彦之陋，而不见夫锦脏绣腑之为懿也"，为剧作家袪陋存懿、把握雅俗的分寸提出了明确要求；第四，肯定周月湖创作北曲杂剧能够传承"词家剩馥"，将创作正统雅文学诗词的方法用于民间通俗文学北曲杂剧，做到了"文采音节兼济"，雅俗共赏，是为后世剧作家树立了可资效仿的榜样，对防止北曲杂剧创作流于滥俗具有一定的积极作用。

元代，北曲杂剧和南戏的大量作品存世，相对明清传奇而言，既是剧作家借鉴、创作、发展的基础，也是戏曲理论家比较、对照、立论的依据。尤其是高明创作的南戏《琵琶记》的出现，标志着南戏在文人士大夫的麾下，由粗到细、由低到高、由俚到文、由俗到雅，朝向明清传奇发展的历史性转型，中国古代戏曲从此步入了艺术上全面成熟的新阶段，在古代戏曲发展史上具有里程碑的作用，对后世戏曲理论、创作、搬演、欣赏等各方面审美文化本质的形成发生了深刻影响。

在南戏方面，徐渭认为：元初南戏的社会地位比北曲杂剧的社会地位低，南戏语言鄙陋浅俗，高明所撰《琵琶记》的问世改变了这种状况，开启了南戏向传奇转化、雅俗并陈、雅俗共赏、建构戏曲审美文化本质的新路头。徐渭说：南戏"作者蝟兴，语多鄙下，不若北之有名人题咏也。永嘉高经历明，避乱四明之栎社，惜伯喈之被谤，乃作《琵琶记》雪之，用清丽之词，一洗作者之陋，于是村坊小伎，进与古法部相参，卓乎不可及已"。徐渭《南词叙录》还分析指出了南戏独具的优长，云："《瓶江楼》《江流儿》《莺燕争春》《荆钗》《拜月》数种，稍有可观，其余皆俚俗语也；然有一高处：句句是本色语，无今人时文气。"徐渭批评邵璨用写时文的语言创作《香囊记》，导致了传奇创作盛行一味崇雅的时文风，一部分传奇的创作走向了歧路，损害了戏曲审美文化本质的形成。徐渭又说："以时文为南曲，元末、国初未有也，其弊起于《香囊记》。《香囊》乃宜兴老生员邵文明作，习《诗经》，专学杜诗，遂以二书语句匀入曲中，宾白亦是文语，又好用故事作对子，最为害事。……南戏之厄，莫甚于今。"为了使传奇创作回归正道，做到雅俗得宜、雅俗共赏，徐渭举《琵琶记》为例，深入分析并阐发了自己的见解，云："夫曲本取于感发人心，歌之使奴、童、妇、女皆喻，乃为得体；经、子之谈，以之为诗且不可，况此等耶？……《食糠》《尝药》《筑坟》《写真》诸作，从人心流出，严沧浪言'水中之月，空中之影'，最不可到。如《十八答》，句句是常言俗语，扭作曲子，点铁成金，信是妙手。……元人学唐诗，亦浅近婉媚，去词不甚远，故曲子绝妙。"所谓"妙处"，实质上就是指戏曲语言深浅微茫的契合处，其特点是措辞有限不可尽传，情境在目却可领悟，太文雅或者太浅俗均有失偏颇。徐渭还从观众审美接受雅俗共赏的视角，比较并肯定认同北曲杂剧和南曲传奇的艺术个性，云："听北曲使人神气鹰扬，毛发洒淅，足以作人勇往之志，信胡人之善于鼓怒也，……南曲则纤徐绵眇，流丽婉转，使人飘飘然丧其所守而不自觉，信南方之柔媚也。"①徐渭通过《琵琶记》与《香囊记》、南戏与北曲杂剧的比较，充分肯定了南戏雅俗相兼、雅俗共赏的审美文化本质，为戏曲形成和完善审美文化本质指明了确当的路径与创作的方向。

在戏曲创作方面，戏曲语言的审美文化本质要求是俗中有雅、雅中有俗，以俗化雅、以雅化俗、因人而宜、雅俗相宜，以便观众审美接受、雅俗共赏。因为戏曲语言是供演员登台演唱念白之用的，一唱即过，一念即逝，必须使广大观众听过一遍之后就能够获得准确、明晰、难忘的印象。戏曲又是供社会各个阶层、各种身份、不同文化素养的最广大的市民百姓欣赏的，为了适应各色人等的欣赏水平和接受能力，语言必须做到浅显明白，通俗易懂。为此，明人王骥德云："夫曲以模写物情，体贴人理，所取委曲宛转，以代说词，一涉藻绩，便蔽本来。然文人学士，积习未忘，不胜其靡，此体遂不能废，犹古文六朝之于秦、汉也。大抵纯用本色，易觉寂寥；纯用文调，复伤琱镂。《拜月》质之尤者，《琵琶》兼而用之，如小曲语语本色，大曲引子如'翠减祥鸾罗幌''梦绕春闱'，过曲如'新篁池阁''长空万里'等调，未尝不绮绣满眼，故是正体。《玉玦》大曲，非无佳处；至小曲亦复填垛学问，则第令听者愦愦矣！故作曲者须先认其路头，然后可徐议工拙。至本色之弊，易流俚腐；文词之病，每苦太文。雅俗浅深之辨，介在

---

① 以上引文均见徐渭《南词叙录》，《中国古典戏曲论著集成》（三），中国戏剧出版社1959年版，第239—245页。

微茫，又在善用才者酌之而已。"① 通过举例，王骥德在这里通过正反两方面的比较阐述了自己独到的见解，一是提倡曲词须有本色，反对藻绘；二是指出曲词走通俗和典雅两个极端有百害而无一利；三是要求具有艺术才情的剧作家善于辨析"介在微茫"的"雅俗浅深"。王骥德的这一观点充分地揭示了戏曲语言审美文化的本质，并确立了戏曲语言审美文化本质的标准，对后世李渔的戏曲语言深浅雅俗论产生了重大影响。

李渔运用朴素的对立统一的辩证思维方法，首先通过曲词与诗文的比较，强调戏曲语言要通俗易懂，《闲情偶寄》说："诗文之词采贵典雅而贱粗俗，宜蕴藉而忌分明；词曲不然，话则本之街谈巷议，事则取其直说明言，凡读传奇而有令人费解，或初阅不见其佳，深思而后得其意之所在者，便非绝妙好词，不问而知为今曲，非元曲也。"② 李渔还阐释了戏曲语言"贵显浅"的原因，《闲情偶寄》说："传奇不比文章，文章做与读书人看，故不怪其深，戏文做与读书人与不读书人同看，又与不读书之妇人小儿同看，故贵浅不贵深。"③ 这就是说，戏曲语言只有通俗显浅，才能够适合社会上具有不同文化修养的广大观众的理解水平，达到雅俗共赏、老少皆宜的目的。但是，李渔并没有机械生硬地强调戏曲语言的通俗性，又提出要"戒浮泛"，防止出现偏颇，《闲情偶寄》说："然一味显浅而不知分别，则将日流粗俗，求为文人之笔而不可得矣。元曲多犯此病，乃矫艰深隐晦之弊而过焉者也。极粗极俗之语，未尝不入填词，但宜从脚色起见，如在花面口中，则惟恐不粗不俗，一涉生旦之曲，便宜斟酌其词。无论生为衣冠仕宦，旦为小姐夫人，出言吐词当有隽雅春容之度；即使生为仆从，旦作梅香，亦须择言而发，不与净丑同声。以生旦有生旦之体，净丑有净丑之腔故也。"④ 李渔在这里表明了两层意思：一是显浅不等于粗浅，通俗不等于粗俗；二是剧作家创作曲词应当根据剧本中人物的身份和地位分别赋予典雅或通俗的语言，甚至"极粗极俗之语"，只有这样善于区别，才能算得上是"文人之笔"。从这一段话可以看出，李渔要求剧作家

---

① 王骥德:《曲律》,《中国古典戏曲论著集成》(四)，中国戏剧出版社1959年版，第122页。
② 李渔:《李渔全集》第三卷，浙江古籍出版社1992年版，第17页。
③ 同上书，第24页。
④ 同上书，第21页。

运用通俗语言创作剧本并不是千篇一律、机械生硬的，而是在总体要求之下告诫剧作家，要辩证对待剧本中的人物，灵活处理戏曲语言的典雅或者通俗。在这里，李渔所谓"文人之笔"就是来自生活而又不同于生活的语言，是经过剧作家选择、提炼、加工和熔化的语言。它不是生活的原生态语言，而是具有美学品格的艺术化、个性化语言。毋庸置疑，李渔的这一观点是符合戏曲艺术的实际的。传奇发展到清初，生、旦、净、末、丑等十二脚色一应俱全。清代李斗说："梨园以副末开场，为领班；副末以下老生、正生、老外、大面、二面、三面七人，谓之男脚色；老旦、正旦、小旦、贴旦四人，谓之女脚色；打诨一人，谓之杂。此江湖十二脚色，元院本旧制也。"[①] 各个脚色有各自不同的来历，在不同的剧本当中有不同的身份和地位，如果不加以辩证对待和灵活处理，脚色之间的区别和个性也就不复存在了。与他者艺术美的价值一样，戏曲艺术美的价值往往体现在反映社会生活的丰富多彩和刻画人物的多样性格上，"一味显浅而不知分别"，势必抹杀生活的多样性和人物的独特性，如果"这一个"不复存在，那么，戏曲艺术美的价值也就荡然无存了。在李渔看来，戏曲失去精彩多样的生活和个性化的人物，尽管语言通俗易懂，但是在观众审美欣赏接受效果上也与语言"艰深隐晦之弊"别无二致。

李渔不仅要求剧作家辩证对待各个脚色和灵活处理雅俗语言，而且要求剧作家在运用通俗语言时，要对通俗语言进行艺术化的选择、提炼、加工与熔化。李渔《闲情偶寄》说："能于浅处见才，方是文章高手。"[②] 这就要求剧作家具备不凡的艺术才情，辩证地处理戏曲语言深与浅、雅与俗的关系，既要用显浅、通俗、自然、本色的语言把人、事、物清楚明白地刻画出来，又要充分发挥自己的主观能动性和个人创造性，在显浅、通俗、自然、本色的语言当中灌注极深刻、极丰富的美学内涵，设法提高戏曲语言的美学品位，使戏曲语言以浅见深，俗中有雅，耐人咀嚼，回味无穷。在这里，李渔为戏曲语言的创作不仅确立了通俗性的审美方向，而且将这个审美方向提升到了一个崭新的高度。同时，这一崭新的审美方向又成为衡量剧作家艺术才情高低优劣的标尺。它有力地防止了剧作家对"贵显

---

① 李斗：《扬州画舫录》，中华书局1980年版，第122页。
② 李渔：《李渔全集》第三卷，浙江古籍出版社1992年版，第24页。

浅"的片面理解,避免了使显浅流于肤浅或者一般化的弊病,对提高广大市民百姓的审美接受能力不无裨益。为了阐明自己的观点,李渔《闲情偶寄》还以汤显祖的《牡丹亭》为例,择取"袅晴丝吹来闲庭院,摇漾春如线""停半晌,整花钿,没揣菱花,偷人半面""良辰美景奈何天,赏心乐事谁家院""遍青山,啼红了杜鹃"等曲词,批评说"字字俱费经营,字字皆欠明爽。此等妙语,只可作文字观,不得作传奇观";择取"地老天昏,没处把老娘安顿""你怎撇得下万里无儿白发亲""赏春香还是你旧罗裙"等曲词,赞扬说"此等曲则纯乎元人,置之《百种》前后,几不能辨。以其意深词浅,全无一毫书本气也"①。这些见解足以反映李渔关于戏曲语言深浅雅俗论的精神内核,实在是继王骥德之后在中国古代戏曲理论史承上启下的至理名言,有助于进一步地充实并完善戏曲的审美文化本质。

除了王骥德、李渔之外,明清时期还有不少戏曲理论家论述了戏曲语言深与浅、雅与俗的辩证统一关系,并且在不断厘清了深浅雅俗的关系基础上,提出了解决戏曲语言深与浅、雅与俗之间的矛盾,以便实现审美接受、雅俗共赏的方法。例如,明代祁彪佳云:"《醉写赤壁赋》北四折,北剧每就谑语、俗语取天然融合之致,故北调以运笔为第一义。运掉未灵,便不能以我用古,不免堆积泛滥之病矣。此剧设色于浓淡之间,遣调在深浅之际,固佳矣。"②这是从遣词造句上肯定北曲杂剧《醉写赤壁赋》做到了熔化古今词汇,深浅雅俗的分寸把握恰当,便于雅俗共赏。孙仁孺《东郭记》云:"闻得有绵驹善歌,雅俗共赏。"③这是从格律音乐上肯定"齐国有名的会唱的绵驹"做到了律吕之均、雅俗之正、声情并茂、雅俗共赏。沈自晋《重定南词全谱》云:"试思新声一传,群响百和,维时授以清歌,则娇喉吐珠,协比丝竹,飞花逗月,震座倾怀。更令习而登毯,则镞绦在握,递笑传声,骨节寸灵,雅俗心醉。"④这是从社会娱乐性上肯定传奇的音乐性和舞蹈性艺术价值,表明沈自晋重视戏曲演员通过载歌载舞的搬演获得感动观众、雅俗共赏的审美效果。臧懋循《元曲选》序云:"词本诗而亦取材于诗,大都妙在夺胎而

---

① 李渔:《李渔全集》第三卷,浙江古籍出版社1992年版,第19页。
② 祁彪佳:《远山堂剧品》,《中国古典戏曲论著集成》(六),中国戏剧出版社1959年版,第151页。
③ 毛晋编《六十种曲》第12册,中华书局1958年版,第18页。
④ 蔡毅:《中国古典戏曲序跋汇编》,齐鲁书社1989年版,第41页。

止矣。曲本词而不尽取材焉,如《六经》语、子史语、二藏语、稗官野乘语,无所不供其采掇,而要归断章取义、雅俗兼收、串合无痕,乃悦人耳。"① 这是从剧本创作上指出剧作家要善于掌握化痕祛迹的方法,做到提炼雅俗语言,使之熔化贯通,不留生涩界限,从而有利于审美接受、雅俗共赏。屠隆《〈玉合记〉叙》云:"传奇之妙,在雅俗并陈,意调双美,有声有色,有情有态,欢则艳骨,悲则销魂,扬则色飞,怖则神夺。极才致则赏激名流,通俗情则娱快妇竖。"② 这是从观众审美接受的角度指出,只有"雅俗并存"才能够"赏激名流""娱快妇竖"。清代黄图珌云:"宋尚以词,元尚以曲,春兰、秋菊,各茂一时。其有所不同者:曲贵乎口头言语,化俗为雅;词难于景外生情,出人意表。……元人白描,纯是口头言语,化俗为雅。亦不宜过于高远,恐失词旨;又不可过于鄙陋,恐类乎俚下之谈也。"③ 这是从宋词与元曲的比较上,指出剧作家要善于掌握"化俗为雅"的原则和兴象深微、雅俗相参的尺度,做到采撷生活化语言、化俗为雅、融情于景、情景交融。王鲁川为张坚撰《〈梦中缘〉跋》云:"是编词曲之妙,乃案头文章,非场中剧本。然其排场生动,变幻新奇,锦簇花团,雅俗共赏。……填词太长,本难全演。作者非故费笔墨,乃文章行乎不得不行耳。……先生另有删就演本,以待同好自可就而抄录。……务令展其全技,或分演于连台,或卜夜以继昼。则洋洋洒洒,尽态极妍,岂非氍毹场上一大观也哉!"④ 这是从舞台搬演上肯定《梦中缘》的排场有超出其他剧作的特长,剧本能够自觉区分案头之作与场上之曲,宽于正变,严于雅俗,适合舞台搬演的实际,为"氍毹场上一大观",具有雅俗共赏的性质和效果。黄周星明确提出:"曲之体无他,不过八字尽之,曰'少引圣籍,多发天然'而已。制曲之诀无他,不过四字尽之,曰'雅俗共赏'而已。"⑤ 这是直截了当地指明戏曲创作的目的在于雅俗共赏,具有凝聚历代剧作家和戏曲理

---

① 臧懋循:《元曲选》,中华书局1958年版,第2页。
② 蔡毅:《中国古典戏曲序跋汇编》,齐鲁书社1989年版,第2743页。
③ 黄图珌:《看山阁集闲笔》,《中国古典戏曲论著集成》(七),中国戏剧出版社1959年版,第139—142页。
④ 蔡毅:《中国古典戏曲序跋汇编》,齐鲁书社1989年版,第1698页。
⑤ 黄周星:《制曲枝语》,《中国古典戏曲论著集成》(七),中国戏剧出版社1959年版,第120页。

论家探讨、申明戏曲审美文化本质的重要意义和价值。同治年间，吴古亭云："梨园登场三字诀：轻（飘色自然），清（曲白口齿，官私清楚），新（一番提起一番新，并无俗态厌恶）。登场十字诀：一曰趣；二曰天然；三曰能感人；四曰雅俗共赏。"① 这表明吴古亭认同黄周星"雅俗共赏"的观点，同时又有所发挥，丰富了戏曲审美文化本质的内涵。

古代剧作家和戏曲理论家关于"雅俗共赏"的观点在近代以降得到了认同，产生了持续的反响和共鸣。吴梅《顾曲麈谈》明确指出："雅则宜浅显，俗则宜蕴藉，为曲家之必要者也。"② 王季思论述道："我国戏曲民间演唱本力求通俗易懂，有其可取之处，但有时不顾人物身份、性格，滥用粗言俗语，却是一病。文人传奇力求文词典雅，尤其是继承诗词传统的曲词，写景如在目前，抒情动人心魄，也有其可取之处；但典雅有余，通俗不足，有时家常叙谈也骈四俪六，又是一病。"③ 所以说，古今剧作家和戏曲理论家都认识到戏曲语言的关键之一是要妥善处理好深与浅、雅与俗的关系。这表明，重深浅微茫雅俗共赏的观点，作为戏曲语言艺术的审美特征之一，是遵循戏曲发展规律的合情合理必然要求；作为戏曲文学创作的基本原则之一，一直成为剧作家和戏曲理论家的不懈追求；作为戏曲搬演艺术的本体显现之一，凝聚成为区别于他者文学艺术类型的标志；作为戏曲审美文化的本质内涵之一，已经获得社会各阶层普遍一致的身份认同。

第四节　乐移风易俗经世人生

乐移风易俗经世人生是戏曲审美文化的本质之一。这种审美文化的本质具有功利性。从国学视域来看，移风易俗就是指改变人们和社会的旧的风俗和习惯，经世人生就是指以阅历世事和治理事功实现人生的价值和抱负。戏曲乐移风易俗

---

① 傅谨主编《京剧历史文献汇编》清代卷贰，凤凰出版社2011年版，第774页。
② 吴梅：《吴梅戏曲论文集》，中国戏剧出版社1983年版，第59页。
③ 王季思：《郭启宏的新编历史剧》，《戏剧报》1987年第10期。

经世人生，就是指通过戏曲搬演和审美欣赏，改变人们和社会的旧的风俗和习惯，以阅历世事和治理事功实现人生的价值和意义。剧作家乐移风易俗的目的相对自我和观众而言就是经世人生。

具体而言，风俗习惯指的是个人和社会群体的传统风尚、礼节仪式、思维方式、行为习性，是特定自然地理区域和社会文化环境内历代人们共同遵守的行为模式或举止规范。风俗习惯具有多样性，在常理上，人们往往将由自然地理条件的不同所造成的人的行为规则差异称之为"风"，而将由社会文化环境的不同所造成的人的行为规则差异称之为"俗"，人们常常所谓"百里不同风，千里不同俗"，恰如其分地反映了风俗习惯因地而异、因人而异、因情而异的特点。风俗习惯由于是一种不同历史时期形成的人们的社会文化定势，对个人和社会群体有一种非常强大的潜移默化的行为制约作用，因而成为社会的伦理道德与规章法律的基础和辅翼。随着不同时期社会的某些思想文化、生活内容、时尚追求、兴趣爱好的流行发展，风俗习惯作为一种社会历史文化传统，久而久之会发生某种或大或小、或隐或显的变迁，原有风俗习惯中不适宜人们和社会群体的传统风尚、礼节仪式、思维方式、行为习性的部分，会随着社会历史文化条件的变化而改变，随之而来的，是个人和社会群体的阅历世事、价值取向和治理事功的效果的改变，所谓"移风易俗经世人生"正是包括以上含义。

戏曲作为一门综合艺术，乐移风易俗经世人生的审美文化本质形成以及身份认同，与周朝之后以儒家学说为主的中国传统学术文化对艺术的价值取向和功能定位有密切关系。

周代尚文，当时的宫廷教育已经包括音乐艺术等。例如，《国语·楚语》记载，春秋中叶楚庄王定太子傅，大夫申叔时回答楚庄王曰："教之《春秋》，而为之耸善而抑恶焉，以戒劝其心；教之《世》，而为之昭明德而废幽昏焉，以休惧其动；教之《诗》，而为之导广显德，以耀明其志；教之礼，使知上下之则；教之乐，以疏其秽而镇其浮；教之《令》，使访物官；教之《语》，使明其德，而知先王之务，用明德于民也；教之《故志》，使知废兴者而戒惧焉；教之《训典》，使知族类，行比义焉。"[①] 申叔时认为教授音乐艺术可以移风易俗，荡涤人心之邪秽，

---

① 徐元浩撰，王树民、沈长云点校：《国语集解》，中华书局2002年版，第485页。

防止人欲之浮泛，可以与《春秋》《诗》等共同发挥劝善惩恶、昭明道德、净化人情的教育作用。《左传》关于音乐的论述几乎都涉及音乐艺术和邦国治政、道德伦理和人品行为的关系。例如，《左传·文公七年》载："九功之德皆可歌也，谓之九歌。六府、三事，谓之九功。水、火、金、木、土、谷，谓之六府。正德、利用、厚生，谓之三事。义而行之，谓之德、礼。无礼不乐，所由叛也。"①这就是说，霸主实行九功就是实现道德、礼义，同时，还要配合音乐，才能够经世人生，使众人乐于拥戴霸主，否则，就会众叛亲离。《左传·襄公十一年》载："如乐之和，无所不谐……夫乐以安德，义以处之，礼以行之，信以守之，仁以厉之，而后可以殿邦国、同福禄、来远人，所谓乐也。"②这就是说，音乐可以使杂声噪音得以中和谐美，可以使道德得以实行，与"义""礼""信""仁"一道镇国安邦，共同享受生活幸福和爵禄高位，凝聚左右周围的人心，从而感受经世人生的精神快乐。这些关于音乐的思想虽然比较质朴，但是都直接涉及"乐"对人性和社会的教育价值与养成功能，成为先秦以孔子为代表的儒家礼乐观的重要思想来源。

春秋晚期，孔子立私学，以《诗》《乐》等教子弟。孔子对前人关于音乐的人性和社会教育思想进行了概括和提炼，鲜明地提出了儒家的礼乐观。孔子认为"乐"与"礼""仁"密切关联，所谓："富而好礼""君子博学于文，约之以礼""兴于诗，立于礼，成于乐""人而不仁，如礼何？人而不仁，如乐何""礼乐不兴，则刑罚不中；刑罚不中，则民无所措手足"③。在孔子的礼乐观中，"礼"主要是指一种家国治政、道德规范和社会秩序，"仁"主要是指一种含义极广的道德范畴，指人与人之间相互亲爱。孔子把"仁"作为一种最高的道德原则、道德标准和道德境界，将各种道德规范集于一体，形成了以"仁"为核心的伦理思想体系，包括孝、悌、忠、恕、礼、知、勇、恭、宽、信、敏、惠等内容。在孔子看来，"乐"是人内在的非强制性的心灵自觉，"礼"和"仁"是人外在的强制性的约束规定。孔子强调"乐"与"礼""仁"的价值取向一致，注重以"乐"来调和人的内心，以"乐"来培养人的君子品格。也就是说，音乐的主要功能是调节人们的心理情态。从这一个意义上而言，"乐"是音乐，也是音乐欣赏给人带来的审

---

① 杨伯峻编著《春秋左传注》，中华书局1990年版，第564页。

② 同上书，第993页。

③ 以上引文均见杨伯峻译注《论语译注》，中华书局1980年版，第9—134页。

美快乐,更是培养人的君子品格的重要手段与工具。"乐"与"礼""仁"的价值实现目标共同指向移风易俗经世人生。

孔子的弟子及其后学在论述音乐的审美文化价值和意义的时候,认同、继承并发挥了孔子的礼乐观。例如,荀子是儒家学派的重要人物,其《乐论》对礼乐的性质、作用、功能有具体明确的阐述。荀子《乐论》云:"夫乐者,乐也,人情之所必不免也,故人不能无乐;……乐者,圣人之所乐也,而可以善民心,其感人深,其移风易俗,故先王导之以礼乐而民和睦。夫民有好恶之情而无喜怒之应则乱。先王恶其乱也,故修其行,正其乐,而天下顺焉。……乐行而志清,礼修而行成,耳目聪明,血气和平,移风易俗,天下皆宁,美善相乐。"国学意义上的"移风易俗"的出处大约最早就见于荀子的《乐论》。荀子还提出了"乐合同,礼别异。礼乐之统,管乎人心矣"的观点,《乐论》认为:"乐在宗庙之中,群臣上下同听之,则莫不和敬;闺门之内,父子兄弟同听之,则莫不和亲;乡里族长之中,长少同听之,则莫不和顺。故乐者,审一以定和者也,比物以饰节者也,合奏以成文者也;足以率一道,足以治万变;是先王立乐之术也。"① 荀子在这里强调"乐""礼"的功能有差异,作用有不同,"乐"可以用来协调社会各阶层人们之间的关系。秦汉之际,传说是孔子七十子之徒遗言的《孝经》也说:"教民亲爱,莫善于孝。教民礼顺,莫善于悌。移风易俗,莫善于乐。安上治民,莫善于礼。"② 由此可见,《孝经》作为儒家学说"十三经"之一,将孝、悌、乐、礼相提并论,看作是一个有机联系的整体,是维护家庭和睦和社会关系的至关重要的切身利益问题。

中国封建社会的基本特质是以血缘关系为基础的宗法等级制度。儒家学说重视伦理道德的理想建构,所体现的以礼乐为工具移风易俗经世人生的实践理性精神,与这一宗法等级制度是相适应的。汉代,董仲舒提出"罢黜百家,独尊儒术"的主张并实行之,儒家的典籍成为中国古代封建社会的"圣经",成为中国传统学术文化的主体与核心,对确立以孔子为代表的儒家学说在中国传统文化学术中的主流意识形态地位起到了重要的作用。其中,儒家的礼乐观为此后历代统治阶级

---

① 以上引文均见梁启雄著《荀子简释》,中华书局1983年版,第277—282页。

② 李学勤主编《孝经注疏》,北京大学出版社1999年版,第42页。

和文人士大夫所认同、继承发扬,对后世戏曲乐移风易俗经世人生的审美文化本质的形成产生了深远影响。例如,《乐记》中关于音乐与社会政治的关系,以及对社会生活的影响即"移风易俗"等论述,认同、继承和发挥了孔子和荀子的礼乐观。特别值得一提的是《毛诗序》,其云:"诗者,志之所之也,在心为志,发言为诗。情动于中而形于言,言之不足故嗟叹之,嗟叹之不足故永歌之,永歌之不足,不知手之舞之,足之蹈之也。情发于声,声成文谓之音。治世之音安以乐,其政和;乱世之音怨以怒,其政乖;亡国之音哀以思,其民困。故正得失,动天地,感鬼神,莫近于诗。先王以是经夫妇,成孝敬,厚人伦,美教化,移风俗。"①《诗经》作为音乐文学作品,竟然具有如此庄严雄威的功用魅力,集中反映了汉代统治阶级崇奉的儒家礼乐观达到了至高无上的境界,由此可见,移风易俗经世人生确为儒家经典的题中应有之义。

　　魏晋南北朝时期,儒家学说独于一尊的思想文化统治地位发生了动摇,玄学思想占据了上风,取而代之成为上层社会的主流意识形态。期间,三国时,儒、释、道三教处于矛盾冲突与磨合渗融的错综过程状态,给予了嵇康提出与儒家礼乐观身份认同相左思想的文化环境和现实可能。嵇康撰《声无哀乐论》,不认同儒家关于音乐能起到移风易俗经世人生的人性和社会教育作用的观点,云:"音声之作,其犹臭味在于天地之间。其善与不善,虽遭遇浊乱,其体自若,而不变也。岂以爱憎易操,哀乐改度哉?……至乐虽待圣人而作,不必圣人自执也。何者?音声有自然之和,而无系于人情。克谐之音,成于金石;至和之声,得于管弦也。……躁静者,声之功也;哀乐者,情之主也。不可见声有躁静之应,因谓哀乐者皆由声音也。且声音虽有猛静,猛静各有一和,和之所感,莫不自发。……和心足于内,和气见于外;故歌以叙志,儛以宣情。然后文之以采章,照之以《风》《雅》,播之以八音,感之以太和;导其神气,养而就之;迎其情性,致而明之;使心与理相顺,气与声相应。合乎会通,以济其美。……故曰:移风易俗,莫善于乐。"②嵇康认为音乐是自然界客观存在的声响,音乐的和谐美听是管弦乐器协调合奏的结果,喜怒哀乐是人们的精神被外物触动后产生的感情,音乐与人情

---

① 郭绍虞主编《中国历代文论选》(一),上海古籍出版社2001年版,第63页。
② 戴明扬校注《嵇康集校注》,人民文学出版社1962年版,第197—223页。

之间并无因果关系，古之王者只是适应天道物理，"使心与理相顺，气与声相应。合乎会通，以济其美"。儒家认为音乐导致治乱兴亡在前，移风易俗在后，前者施动作用于后者接受变化，而嵇康的音乐观与儒家的音乐观不同，认为音乐不可能导致治乱兴亡，移风易俗只是人们顺应音乐的结果，并无施动与接受变化的必然因果联系。嵇康大胆反对汉代以来把音乐简单等同于治政事功，完全无视音乐的艺术性和形式美的不足，有益于弥补儒家对音乐审美文化本质认识的缺陷，在完善音乐的审美文化本质和身份认同上具有进步意义。此后，《声无哀乐论》主张音乐脱离封建政治功利的音乐思想，以及儒家主张"礼、乐、刑、政"并举的音乐思想，建构了中国古代社会两大音乐美学思想潮流的源头，两者互补合成，对后世戏曲音乐思想性和艺术性审美文化本质的形成分别产生了深远影响。

众所周知，世运之盛衰决定了思想文化之振颓。随着隋朝的重新统一全国，隋文帝在初期主张调和儒释道思想之后，把儒家学说提升到国家不可或缺的地位，鼓励劝学行礼，使儒家学说又逐渐由边缘向主流意识形态的地位回归复原。被称为隋朝大儒的王通大力申明认同儒家礼乐观，在《中说》中阐述履政治国的学说，云："仁义，其教之本乎！先王以是继道德而兴礼乐者也。……仁以行之，宽以居之，深识礼乐之情。"① 唐代，儒、释、道三教并存，李姓王朝为证明世系之贵以李耳为远祖尊奉道教，一般普通老百姓信奉佛教，而统治阶层的文人士大夫为治国理政普遍都崇尚儒学。"文起八代之衰"的韩愈认同孔孟道统，尊奉儒家圣贤，阐发儒家学说，为宋代理学的形成和发展奠定了坚实基础。韩愈的《原道》云："夫所谓先王之教者，何也？博爱之谓仁，行而宜之之谓义；由是而之焉之谓道；足乎己，无待于外之谓德。其文《诗》《书》《易》《春秋》；其法：礼乐刑政。"② 韩愈认为人性有不可移易之上、中、下三品，相应的情之品亦有上、中、下者三，通过礼、乐、刑、政可以使上、中、下三品得到教化，属性定位发生变化，其《原性》云："性也者，与生俱生也；情也者，接于物而生也。性之品有三，……情之品有三，……中焉者，可导而上下也；……上之性，就学而明愈；下之性，畏威而寡罪。是故上者可教，而下者可制也。"③ 韩愈认为在改变人性、人情属性品

---

① 郑春颖译注《文中子〈中说〉译注》，黑龙江人民出版社2003年版，第116—133页。

② 马其昶校注《韩昌黎文集校注》，上海古籍出版社1986年版，第18页。

③ 同上书，第20—22页。

位的基础上可以进而移风易俗。从通变来看，韩愈的这种思想认同、继承并发展了孔孟学说，体现了韩愈对儒家道统的回归和对儒家礼乐观的承继，强调和重视音乐移风易俗经世人生的人性和社会教育功能，促进了唐代文艺思想向儒家文艺思想的认同、复归与阐扬。例如，杜佑的《通典》云："乐也者，圣人之所乐，可以善人心焉。……古者因乐以著教，其感人深，乃移风俗。将欲闲其邪，正其颓，唯乐而已矣。"① 段安节云："国朝初修郊礼，刊定乐悬，约三代之歌钟，均九威之律度，莫不《韶》音尽美，《雅》奏克谐，上可以吁天降神，下可以移风变俗也。以至桑间旧乐，濮上新声，金丝慎选于精能，本领皆传于故老。重翻曲调，全祛淫绮之音；复采优伶，尤尽滑稽之妙。"② 在这一社会思想文化基础和背景的主导下，唐代歌舞表演艺术得以蓬勃兴盛，并且为宋代理学的礼乐观的发展和戏曲审美文化本质的形成奠定了坚实基础。

唐末五代之乱以后，社会道德沦亡，人性廉耻尽失。在佛学、道学的外在思想影响驱动下，在儒家学说内在自我变化需要之时，加之国家统一、君主提倡、书籍流传广泛，宋代文人士大夫为振衰起弊，从学问修养上挽救人心和社会而大开讲学授业之风，促成了宋代理学的兴起和发达。中国古代思想文化发展史表明，一种思想文化的命运，不仅取决于本体形而上的理论特质，而且还取决于其与形而下社会政治经济相适应的程度。宋代理学的产生可谓承上启下，适应了宋代社会经济与思想文化发展的现实需求，使儒家学说从此稳固地确立为中国古代正统的社会主流意识形态。毫无疑问，儒家学说的特点是伦理性、实用性、实践性很强，一贯倡导移风易俗，其目的是"经世致用"，强调人人以修身、齐家、治国、平天下为己任，这成为宋代文人士大夫居主导地位的思想文化价值观。

从宋代理学家的礼乐观来看，其共同特点是倡导移风易俗经世人生的社会风尚，尽管后人批评理学家们，尤其是后学把"修身"置在更重要的位置上加以强调，而落实到行动上，往往使修身养性的"内圣"与治国平天下的"外王"并论而形成事实上的对立，割裂了人生"修齐治平"之间的有机整体联系。

例如，周敦颐的《通书》说："礼，理也；乐，和也。礼，阴也；乐，阳也。

---

① 杜佑：《通典》，中华书局1988年版，第3587—3588页。
② 段安节：《乐府杂录》，《中国古典戏曲论著集成》（一），中国戏剧出版社1959年版，第37页。

阴阳理而后和，君君、臣臣、父父、子子、兄兄、弟弟、夫夫、妇妇，万物各得其理，然后和。故礼先而乐后。……乐者，本乎政也。政善民安，则天下之心和。故圣人作乐，以宣畅其和心，达于天地，天地之气，感而太和焉。天地和，则万物顺，……乐声淡则听心平，乐辞善则歌者慕，故风移而俗易矣。"①邵雍写诗一首，认为礼、乐是父、子、君、臣维系身份认同关系、社会伦理秩序不可任意废弃而必须遵守的人生基本法则，云："安乐窝中一部书，号云《皇极》意何如？《春秋》《礼》《乐》能遗则，父子君臣可废乎。"②《皇极》即邵雍所撰《皇极经世》一书，"其书以元经会，以会经运，以运经世。起于帝尧甲辰，至后周显德六年己未，凡兴亡治乱之迹，皆以卦象推之。"③张载撰《礼乐》一篇，提出音乐与政通的观点，在认同孔子"郑声淫"的基础上，又指出民间通俗音乐具有改变人性、改造社会、移风易俗的作用，云："声音之道，与天地同和，与政通。蚕吐丝而商弦绝，正与天地相应。……郑卫之音，自古以为邪淫之乐，……移人者莫甚于郑卫，未成性者皆能移之，所以夫子戒颜回也。"④程颐则在认同礼乐的人性和社会教育作用的同时，进一步揭示了礼乐的本体价值和社会意义，《伊川先生语四》云："先儒解者，多引'安上治民莫善于礼，移风易俗莫善于乐'。此固是礼乐之大用也，然推本而言，礼只是一个序，乐只是一个和。只此二字，含蓄多少义理。"⑤程颢在社会上大力推崇礼、乐，邢恕评价程颢"兴造礼乐，制度文为，下至行师用兵，阵战之法，无所不讲，皆造其极"⑥。《明道先生形状》指出，程颢强调君臣为治，应该专尚宽厚，以教化为先，而学人为学，则应该"明于庶物，察于人伦。知尽性至命，必本于孝悌；穷神知化，由通于礼乐"⑦。朱熹认同孔子"兴于诗，立于礼，成于乐"的观点，并在《兴于诗章》阐释，认为乐可以洗涤荡尽人性的污泥浊水，取得改变个人性情和道德品格的良好效果，说：这"不是说用功夫次第，乃是得成

---

① 陈克明点校：《周敦颐集》，中华书局1990年版，第24—29页。
② 邵雍：《邵雍集》，中华书局2010年版，第318页。
③ 永瑢等：《四库全书总目提要》第21册，商务印书馆1931年版，第5页。
④ 张载：《张载集》，中华书局1978年版，第263页。
⑤ 程颢、程颐：《二程集》，中华书局1981年版，第225页。
⑥ 同上书，第333页。
⑦ 同上书，第638页。

效次第……到'成于乐',是刮来刮去,凡有毫发不善,都荡涤得尽了。这是甚气象!"①

在理学的影响下,随着儒家学说继汉代之后再次确立为统治阶级的主流意识形态,其中的礼乐观倡导的移风易俗经世人生之风也逐渐传播开来。例如,宋代是杂剧初次登上戏曲舞台的时期,陈旸的《乐书》认为:"先王立乐之方,先后有伦而不乱,终始有彝而不变。循乎道之序,君子以成焉;明乎乐之序,君子以终焉"②;同时又提出杂剧搬演具有移风易俗的功能,说:"角抵、楚球、杂剧、百戏之类,凡遇(皇帝)游幸池苑而后用之,庶乎所举之乐,远迩观听,足以移风易俗矣。"③

儒家学说的礼乐观是经世致用思想理论的主要有机组成部分,从春秋时期儒家经世致用萌芽思想产生伊始,就具有强烈的以礼乐移风易俗经世人生的积极实用主义传统。宋代,程朱理学家们的礼乐观是儒家经世致用思想在观照文学艺术方面的体现和实行,其积极入世的进取态度表现了浓郁的救世的现实主义精神,对中国封建社会元、明、清三代处于统治阶层的文人士大夫产生了重大影响,同理,对戏曲审美文化本质的形成也产生了重大影响。宋代及其之后,在文人士大夫阶层当中,人们逐渐形成了一种提倡研究当前社会政治、经济文化等相互关联紧密的国计民生的实际问题,要求承载儒家传统思想文化学术的经书研究,与当下社会迫切需要解决的现实问题结合起来,并从中提出解决重大社会民生问题方案的治学方法,故又称之为经世致用之学,其突出的特点是,主要以重新解释古代儒学典籍、参照释道学说为理政治学的内容与手段,从中发挥自己关于社会政治经济的创新见解,并应用于积极入世务实,参与社会政治经济的变革,拯救国家趋于衰落的命运。儒家传统的礼乐观自然就被纳入了历代文人士大夫阶层的视野,进而不断获得了新的生命。

元代的统治阶级崇奉程朱理学,朝廷政事一概参仿汉制,主张用礼乐教化民众,砥世维风。例如,虞集为宋丞相虞允文五世孙,文宗时曾受命编纂《经世大

---

① 朱杰人等主编《朱子全书》第15册,上海古籍出版社、安徽教育出版社2002年版,第1296—1297页。

② 纪昀等:《四库全书》第211册,上海古籍出版社1989年版,第384页。

③ 同上书,第933页。

典》，曰："刑政之设，以辅礼乐，仁厚为本，明慎为要。"① 至顺三年（1332），欧阳玄在《进〈经世大典〉表》中云："我国家受命龙朔，缵休鸿基，发政施仁，行苇之忠厚世积，制礼作乐，《关雎》之风化日兴。"② 在仕途失利，无法展现自己经世济民的政治理想和人生抱负之后，钟嗣成像当时大多数汉族文人一样，将自己的文学才智用于戏曲创作与戏曲研究，所创作的杂剧有《钱神论》《章台柳》《蟠桃会》《冯骥烧券》《郑庄公》《诈游云梦》《斩陈余》等，但是，所惜均已失传，然而，世存《录鬼簿》则成为后人研究元散曲和杂剧的最重要的文献资料。钟嗣成在仕途之外实现了自我的移风易俗经世人生的价值，为建构戏曲审美文化本质做出了重要贡献。高明以文人学士的身份从事南戏创作，像一般文人创作诗文一样，以此来表达自己的志趣，展现自己的才华，实现自己经世济民的人生抱负。在《琵琶记》第二出里，高明写蔡伯喈在应试前自诩，道："【鹧鸪天】宋玉才多未足称，子云识字浪传名。奎光已透三千丈，风力行看九万程。经世手，济时英，玉堂金马岂难登？要将莱彩欢亲意，且戴儒冠尽子情。蔡邕沉酣六籍，贯串百家。自礼乐名物，以至诗赋词章，皆能穷其妙；由阴阳星历以至声音书数，靡不得其精。抱经济之奇才，当文明之盛世。幼而学，壮而行，虽望青云之万里；入则孝，出则悌，怎离白发之双亲？到不如尽菽水之欢，甘齑盐之分。正是行孝于己，责报于天。"③ 蔡伯喈内心交织着入仕尽忠与事亲尽孝之间不能两全的复杂矛盾，其中跃跃涌动的功名欲求真实地反映了剧作家高明未曾泯灭的经世人生的强烈心绪。高明处在元末乱世，不满当时社会的黑暗，欲以儒家传统风化之教拯救社会人心，主张"不关风化体，纵好也徒然"，故《琵琶记》极力宣扬儒家倡导的伦理道德，以"讽世"为经，以"经世"为纬，揭露和抨击黑暗的朝廷及上层统治者，具有震撼人心的积极的现实意义和经世价值。

明初，邱濬的传奇《五伦全备记》、邵璨的传奇《香囊记》片面认同、继承和恶性发展了高明戏曲创作"不关风化体，纵好也徒然"的主张，使戏曲作品成为毫无情趣、枯燥乏味的伦理道德教科书，在思想内容与艺术形式的完美统一上损害了戏曲审美文化本质的建构。不过，邱濬与邵璨继高明之后，肯定当时被视为

---

① 虞集：《道园全集》，《中华文史丛书》，华文书局1969年版，第671页。
② 欧阳玄：《进〈经世大典〉表》，《元文类》（上册），商务印书馆1936年版，第208页。
③ 毛晋编《六十种曲》第1册，中华书局1958年版，第2页。

"小道""末技"的戏曲具有感移风化的人性塑造和社会教育作用，对人们在思想上从反面审视儒家礼乐观，提高戏曲的社会地位，促进戏曲创作的繁荣，完善戏曲审美文化本质，无疑具有积极的借鉴意义。进入明代中叶，随着程朱理学后期的没落，以陆九渊、王阳明为代表的"心学派"崛起。陆九渊、王阳明认为"天理"不在人身之外，而在宇宙的本原即人的"心"中，强调发挥人的主观能动性识理循理行理。陆王心学弥补了程朱理学后人脱离现实、不关世事的弊端，逐渐代替了程朱理学成为明代中晚期社会的主流意识形态，进而在思想文化艺术领域各个方面发挥作用，催生了全社会反封建主义的个性解放思潮，促进了戏曲应时的发展与繁荣。明代中晚期，剧作家遍及社会各个阶层，其中不乏皇室胄裔、庙堂公卿、海内俊彦、硕儒鸿生、富绅大贾、布衣寒客、释僧道人、山林隐士、名门闺秀、优伶伎女等，而以有较高社会地位和文化修养的文人士大夫占绝大多数，于是，戏曲的社会地位、内容质量、创作水平得到了很大程度的提高，使戏曲移风易俗经世人生的审美文化本质，以及身份认同建构进入了一个崭新的全面兴盛阶段。

例如，吕天成云："《香裘》，江秘事，亦有趣。状败家子处，堪儆俗。词则不足道也。"① 这是指出《香裘》一剧反映家庭趣事，对克服败家子的劣性有警世儆俗作用。吕天成还云："《义乳》，李善事出《后汉书》，事真，故奇。且以之讽人奴，自不可少。《风教编》，一记分四段，仿《四节》体，趣味不长，然取其范世。"② 这是指出《义乳记》取材真实，情节奇特而可信，对树立家奴的仁义行为典范有教化作用；《风教编》虽然着眼于模仿，审美趣味有限，但是内容的可取之处体现在可以作为教化世人的楷模。祁彪佳充分肯定汪廷讷创作的《狮吼记》，云："初止一剧，继乃杂引妒妇诸传，证以内典，而且曲肖以儿女子絮语口角，遂无境不入趣矣。曲、白恰好，迥越昌朝他本。"③ 相比之下，祁彪佳评价鲁怀德著《藏珠记》，云："妒妻欲杀妾子，须写出一段毒肠，令人可以切齿，乃足警世之为悍妇者。此

---

① 吕天成:《曲品》,《中国古典戏曲论著集成》(六),中国戏剧出版社1959年版,第248页。

② 同上书,第232页。

③ 祁彪佳:《远山堂曲品》,《中国古典戏曲论著集成》(六),中国戏剧出版社1959年版,第13页。

记差能敷衍，不及《清风亭》远矣。"①"妒妇"现象是封建社会男女不平等制度的体现，祁彪佳肯定地认为《藏珠》选材揭露悍妇毒肠，有警世正俗作用，只是剧作家的创作水平还有待提高。同样，祁彪佳也称赞朱有燉著《继母大贤》则能够做到题材内容与形式表现的完美统一，云："贤者继母，传之有关风化。其词融炼无痕，得镜花水月之趣。"②

明末清初，陆王心学的后人逐渐抛弃了经世人生的精神，只致力于心学理论本身的探讨研究阐发，因为不问世事人生价值和意义的学问大都难以长久应时，无法解决现实社会的许多亟待解决的根本性实际问题，所以导致陆王心学逐渐趋于衰败。对此，文人士大夫中的有识之士亮出反对空谈的主张，主张关心时事政治，关注国计民生，以顾炎武、黄宗羲、王夫之为代表的进步思想家大力倡导儒学的积极人生理想，以儒者的天下家国之责为己任，著书撰文，立说传播，拨乱反正，助推了清代儒学中经世致用的实学思想高潮的到来。这一思潮在社会上产生了广泛、深远、长久的影响，在重构上层社会主流意识形态内核的同时，也支持与促进了民间社会经济活动的发展；进而影响了思想文化领域里文学艺术的取向及发展，对重构儒家礼乐观、完善戏曲审美文化本质提供了强大的精神动力。

例如，康熙年间，李渔针对戏曲创作中普遍存在的现实弊端，批评有的剧作背离戏曲审美文化本质，在《闲情偶寄》中大声疾呼，说："昔人云：'画鬼魅易，画狗马难。'以鬼魅无形，画之不似，难于稽考；狗马为人所习见，一笔稍乖，是人得以指摘。可见事涉荒唐，即文人藏拙之具也。而近日传奇独工于为此。噫！活人见鬼，其兆不祥，矧有吉事之家，动出魑魅魍魉为寿乎？移风易俗，当自此始。"③乾隆年间，金埴在《巾箱说》里比较写作文章与创作戏曲在社会教育作用的不同，云："凡古今善恶之报，笔之于书以训人，反不若演之于剧以感人为较易也。然则梨园一曲，原不徒为娱耳悦目而设，有志斯民者，诚欲移风易俗，则必自删正，传奇始矣。"④雍正年间，罗有高的《〈寒香亭〉序》评价雪崖先生的《寒

---

① 祁彪佳：《远山堂曲品》，《中国古典戏曲论著集成》（六），中国戏剧出版社1959年版，第118页。
② 同上书，第139页。
③ 李渔：《李渔全集》第三卷，浙江古籍出版社1992年版，第13页。
④ 金埴：《巾箱说》，中华书局1982年版，第140页。

香亭》传奇,云:"何为而作也?曰:以正伦也。夫妇者,伦之始也,先王重焉。所以教民成孝敬、宜家室、美教化也。刚柔二气,感应相与之微,古哲人画《咸》以象之。至其合二姓之好,琴瑟叶,均象之以《恒》。恒,久也。沃若相悦,芸黄相捐,此高则诚所以发愤于《琵琶》,汤玉茗所以致怆于《紫钗》也。"①清末,况周颐作《〈汇刻传剧〉序》认为戏曲具有移风易俗的奇特功能,云:"由来刻羽引商之地,大有移风易俗之奇。"②尤其是余治在传世的28部剧作中均作有自序,明确阐发剧本的思想主题和创作意图,即:《后劝农》"劝孝弟力田也";《活佛图》"劝孝也";《同胞案》"劝悌也";《义民记》"劝助饷也";《海烈妇记》"表节烈,惩奸恶也";《岳侯训子》"教忠教孝也";《英雄谱》"惩海盗也";《风流鉴》"惩海淫也";《延寿录》"记修心改相也";《育怪图》"惩溺女也";《屠牛报》"儆私宰也";《老年福》"劝惜谷也";《文星现》"劝惜字也";《扫螺记》"劝放生也";《前出劫图》"劝孝也";《后出劫图》"劝救济也";《义犬记》"惩负恩也";《回头岸》"嘉贤妻、孝女也";《推磨记》"儆虐童婿也";《公平判》"惩不悌也";《阴阳狱》"惩邪逆也";《硃砂痣》"劝全人骨肉也";《同科报》"劝济急救婴也";《福善图》"儆轻生图诈也";《酒楼记》"戒争殴也";《绿林铎》"儆盗也";《劫海图》"分善恶、劝投诚也";《烧香案》"戒妇女入庙也"。③这充分表明余治戏曲创作具有高度的乐移风易俗经世人生的自觉身份认同意识,对建构戏曲审美文化本质来说实属难能可贵。当然,余治的戏曲作品内容以及思想主题也难免有时代或者阶级的局限,渗入了某些腐朽落后的封建意识,可谓精华与糟粕并存。这表明大凡古代乐移风易俗经世人生的戏曲作品,有的写法也是必须引以为戒的。

戏曲乐移风易俗经世人生,建构戏曲审美文化本质,旨在通过演员舞台搬演建构一种合理化的人际关系、家庭伦常、社会秩序和治政方式,发挥戏曲艺术审美欣赏的人性塑造价值和社会教育意义。历代戏曲剧作家和理论家认同、继承与弘扬了中华民族的古老优良传统,从现实出发,通过撷取不同题材展示经世之志,发挥经世之才,提倡经世之用,探讨经世之道,阐发经世之学,传播经世之义,讲究经世之术,提供经世之法,举荐经世之策,切磋经世之务,为移风易俗经世

---

① 蔡毅:《中国古典戏曲序跋汇编》,齐鲁书社1989年版,第1565页。
② 同上书,第515页。
③ 同上书,第2268—2279页。

人生、建构戏曲审美文化本质做出的积极而重要的贡献，值得后人珍视传扬。

第五节　寓劝善惩恶道器非二

寓劝善惩恶道器非二是戏曲的审美文化本质之一。这种审美文化的本质具有伦理性。在国学视域下，从道德的角度而言，善恶是人的伦理属性，善是指符合一定道德准则和规范的思想和行为及其事件结果，恶是指违背一定道德原则和规范的思想和行为及其事件结果。戏曲寓劝善惩恶就是指剧作家通过剧本创作和演员舞台搬演鼓励人们思想和行为向善，告诫人们思想和行为止恶；道器非二就是指戏曲寓劝善惩恶的本体意识与艺术实体紧密联系、内容与形式有机统一。众所周知，戏曲以歌舞演故事的根本动力是矛盾冲突，而剧中人物之间善与恶的矛盾冲突是戏曲形象化地反映社会生活的主要内容之一。人性间善与恶的观念存在及矛盾冲突源远流长，例如，孟子认为人之性善，荀子认为人之性恶，告子认为人之性无所谓善和恶，扬雄认为人之性善恶相混淆，诸多观点分歧不一。有鉴于此，从人性间善与恶的观念存在和矛盾冲突的意义上来说，反映在戏曲艺术当中，则戏曲寓劝善惩恶道器非二的审美文化本质，以及戏曲寓劝善惩恶道器非二的身份认同观念形成亦源远流长。

中华民族传统文化在先秦时期就产生了劝善惩恶的观念。《周易》的劝善惩恶观念集中表现在《易传》里面。《周易·文言》曰："积善之家，必有余庆；积不善之家，必有余殃。"[①] 这就是说"善"与"余庆"之间有着必然的联系，蓄积善的家庭必有福庆；"恶"与"余殃"之间也同样有着必然的联系，蓄积恶的家庭必有灾殃。《周易》的善恶观念，表达了对人的思想和行为及其事件结果正确与错误的评价和看法。中华民族传统文化认为人的伦理属性善恶与"道"有关。"道"的概念在道家、儒家创立之初就提出来了。例如，道家以"道"为宇宙本体，为

---

① 阮元：《十三经注疏》，中华书局1980年版，第19页。

万事万物之源泉和规律,老子的《道德经》说:"道生一,一生二,二生三,三生万物"①,这就是说,人的伦理属性善恶源自"道"。儒家以"道"为人生事功的最高标准,为修齐治平的最高目的。孔子《论语》云:"朝闻道,夕死可矣"②,《大学》云:"大学之道,在明明德,在亲民,在止于至善"③,这就是说,人的伦理属性有善恶之差别,"至善"是人的伦理属性的一种最高境界。从这种观念出发,因循"道"而到达"至善",蕴涵了后世戏曲寓劝善惩恶道器非二的审美文化本质,以及身份认同建构的最高目标。

在儒家来看,"道"又分为三种类型,即《周易正义》所谓"《易》之为书也,广大悉备,有天道焉,有人道焉,有地道焉。"④"天道"是万事万物产生的本源义理和运行规律。"地道"是奉随天道的运行而发挥作用,顺从四时,养育万物。"人道"是大人所实施的行为,例如,《周易》云:"夫大人者,与天地合其德,与日月合其明,与四时合其序,与鬼神合其吉凶。"⑤《周易》之为书乃推行天道以阐明人道之实存事功者也,又云:"形而上者谓之道,形而下者谓之器。"⑥"天道"的本源义理和运行规律无形可寻,看不见,摸不着,听不见,无法实证,故谓之"形而上",故不可为人直接感知效仿;"人道"的"器"之实存事功有形可见,看得见,摸得着,听得见,可以实证,故谓之"形而下",故可为人直接感知效仿。"天道"作为生命存在的形而上根源,经由生命的分定过程演化为万事万物;万事万物及其属性均秉道而生,形成各自的实存本性;"天道"随即寓于万事万物之中,亦寓于形而下之"器"中。"人道"是人运行万事万物即形而下之"器"的实践,表现为万事万物的生命存在和本性演化的内容与形式,善恶就是人的生命存在和本性演化的道德品质。"人道"必须与"天道""地道"相符合,相互依存,不可分离。《周易》还说:"见乃谓之象,形乃谓之器。"⑦在本质上,"象"与"器"

---

① 于平主编《道家十三经》,国际文化出版公司1993年版,第12页。
② 杨伯峻译注《论语译注》,中华书局1980年版,第37页。
③ 阮元:《十三经注疏》,中华书局1980年版,第1673页。
④ 同上书,第90页。
⑤ 同上书,第17页。
⑥ 同上书,第83页。
⑦ 同上书,第82页。

是同一种事物，区别仅仅在于人们认知的角度和阐释不同而已。"象"的本义是指《周易》中所谓有形可见的卦象，后来的引申义则指人看得见的具体事物的形象；"器"的本义是指《周易》中所谓物质成形的机械，后来的引申义则指人不仅看得见而且摸得着、听得见的具形事物的实体，"象"与"器"两者的媒介为呈具体状态之"形"。据此，进一步地说，"天道""地道""人道"和"器"的沟通也是以"形"为过渡或者说中介的。由于有了"形"的过渡或者中介，"天道""地道""人道"和"器"就可以疏浚障碍相互连接贯通，人们就可以通过对有形的具体事物"器"的认识，上升为对无形的"天道""地道""人道"的觉察体认，反之亦然。故此，清朝时期，永瑢等的《四库全书总目提要》断定"先王原以制器为大事"①，国之重器不允许随意轻举，否则，就会有冒犯先王进而违背"天道"之虞。又，"器"还有另外一个涵义。《礼记》云："侏儒、百工，各以其器食之"，对此，孔颖达疏曰："侏儒，谓容貌短小；百工，谓有杂技艺。……器，能也。因其各有所能，供官役使，以廪饩食之。"②先秦时期有优戏，优伶与侏儒、百工属于同一类人，优伶与侏儒、百工等都是凭借自我的一番技艺谋取糊口果腹之食的，因此，"器"又解释为驾驭事物之"能力"。从这个基本原理的涵义可以推知，后世戏曲艺术是从"天道"衍生出来的万事万物有"形"有"象"之"器"中的一种，而剧作家和戏曲演员都是依靠自我的技艺能力，驾驭戏曲艺术之"器"谋求生存，因此说，戏曲艺术作为"器"自始至终不离"道"，道器非二。

中华民族传统文化认为，善是人性之根本、立身之基础、宇宙之原理，《尚书》云："皇天无亲，唯德是辅"③，人道一以贯通、崇尚、追求与实践着"善"，劝善惩恶旨在实现人道之真正的本质，即董仲舒《春秋繁露》云："今案其真质，而谓民性已善者。"④儒家认定天与人本质上是合二为一的，人道是天道的体现，天道体现在人身上就是"性"，《礼记》云："天命之谓性，率性之谓道，修道之谓教。……道不远人⑤。"换句话说，道不离器，道器不二，人性是天命或者说天道

---

① 永瑢等：《四库全书总目提要》第4册，商务印书馆1931年版，第75页。
② 阮元：《十三经注疏》，中华书局1980年版，第1347页。
③ 同上书，第227页。
④ 董仲舒：《春秋繁露》，中华书局1975年版，第368页。
⑤ 阮元：《十三经注疏》，中华书局1980年版，第1625—1627页。

所受，天命或者说天道乃人道之根源和依据，人秉持善而行就是秉持天道而行，人性教化之道皆依天命或天道而定。关于人性之教化，《大学》言："自天子以至于庶人，壹是皆以修身为本"①，认为"修齐治平"的根基在于"修身"。修身的核心在于塑造人性，修身的价值取向在于使个人养成善的思想和行为，从而达到齐家治国平天下的事功效果。就人性的塑造而言，人性由初始状态提升为善的完美境界离不开人性的教养，这种教养包括内外两个方面。在内在教养上，儒家强调自我格物、致知、诚意、正心，发挥主观感悟的能动作用；在外在教养上，儒家讲究他者通过诗、书、礼、乐传授进行人文化成。总之，教养就是采用劝惩之法，鼓励人为善，惩戒人为恶，促使人性一步步由教化养成直至祛恶从善，实现和达到人性善的完美境界。因为"天道"通"人道"，"性"通"德"，所以，儒家认为，属于人道之"器"的艺术在铸就人性善的完美境界上，可以发挥劝善惩恶的积极作用。据这一个理念不难发现，儒家阐明人性出自本源义理和运行规律所在的天道观，为后世戏曲建构审美文化本质、以及身份认同灌注了一股强大的生命美学精神；儒家主张人性道德品质塑造的教化养成观，为后世戏曲建构劝善惩恶的审美文化本质、以及身份认同开辟了实现路径；儒家肯定形而上与形而下一体化的天人合一观，为后世戏曲建构道器非二的审美文化本质、以及身份认同奠定了理论基础。

正是根据上述基本原理，中华民族传统文化认为道不离器、道器非二、道蕴涵器、器寄寓道，人们应该道器并重、器道和谐、遵循道器、劝善惩恶。这种中华民族传统文化重视道器一体化的关系性质和形态特征，成为后世人们建构戏曲寓劝善惩恶道器非二的审美文化本质、以及身份认同的意识形态源头，亦成为中华民族传统文化的重要组成部分。

例如，周朝的《春秋》微言大义，永瑢等的《四库全书总目提要》认为"细核其异同，而一字之劝惩毕见"②。春秋时期，左丘明认同《春秋》并阐述云："《春秋》之称，微而显，志而晦，婉而成章，尽而不污，惩恶而劝善，非圣人谁能修之。"③优孟衣冠演杂戏的劝惩谏诤实际上体现了道器非二、道高于君的性质。孔子

---

① 阮元：《十三经注疏》，中华书局1980年版，第1673页。
② 永瑢等：《四库全书总目提要》第7册，商务印书馆1931年版，第59页。
③ 杨伯峻编著《春秋左传注》，中华书局1990年版，第870页。

将人道分为大道与小道,云:"大道之行也,天下为公"①,又云:"君子不器"②,意思是说,君子的责任、志气和理想在于实现修齐治平,应该全神贯注于修齐治平的"大道",而不应该局限关注于细小事物之"器";但是,孔子又认为道器非二,故子夏继承孔子的思想,进一步地阐发云:"虽小道,必有可观者焉;致远恐泥,是以君子不为也"③,意思是说,君子也不应当完全忽略细小事物之"器",因为细小事物之"器"毕竟寓含"小道",君子应当通过细小事物之"器"看到"小道",只是不要走极端偏向,过分拘泥细小事物而沦为"器"的奴隶,而要成为有道德、有理想、有作为、行大道的人。实事求是地客观看待,孔子论道器关系存在正反两方面不同的身份认同导向和实际社会效果。一方面,孔子将形而下之"器"区分为寓大道之"修齐治平"与寓小道之"器",强调"君子不器",存在重道轻器、分离道器之严重不足倾向,对后世封建文人士大夫贬视戏曲的社会地位产生了长久的消极不良的影响;另一方面,孔子毕竟没有绝然否定"器"寓小道的价值和功能,其"必有可观者焉",为后人正视戏曲的艺术实存,凝聚戏曲的身份认同,提高戏曲的社会地位,建构戏曲寓劝善惩恶道器非二的审美文化本质,提供了积极有力的理论根据。

汉代,董仲舒在推崇儒家为主流意识形态、提出"天人合一"理论体系的基础上,传扬儒家劝善惩恶的人性教养观,其《元光元年举贤良对策》强调曰:"天令之谓命,命非圣人不行;质朴之谓性,性非教化不成;人欲之谓情,情非度制不节。"④这在很大程度上夯实并强化了后世戏曲建构寓劝善惩恶道器非二的审美文化本质的理论基础。王充认为文学创作是作家劝善惩恶的必不可少的工具与手段,其《论衡》云:"文岂徒调墨弄笔,为美丽之观哉?载人之行,传人之名也。善人愿载,思勉为善;邪人恶载,力自禁载。然则文人之笔,劝善惩恶也。"⑤这显示出王充重视文学创作劝善惩恶的审美实用价值,强调作家劝善惩恶的主体自觉意识。郑玄将文学创作劝善惩恶的审美实用价值具体到诗歌创作,强调诗的讽谏作

---

① 阮元:《十三经注疏》,中华书局1980年版,第1414页。
② 杨伯峻译注《论语译注》,中华书局1980年版,第17页。
③ 同上书,第200页。
④ 董仲舒:《董仲舒集》,学苑出版社2003年版,第24页。
⑤ 黄晖:《论衡校释》,中华书局1990年版,第869页。

用，其《六艺论》云："诗者弦歌讽喻之声也。自书契之兴，朴略尚质，面称不为谄，目谏不为谤。君臣之接如朋友然，在于恳诚而已。斯道稍衰，奸伪以生，上下相犯。及其制礼，尊君卑臣，君道刚严，臣道柔顺。于是箴谏者稀；情志不通。故作诗者以诵其美而讥其过。"①郑玄的《毛诗笺》不仅认同《毛诗序》关于诗歌劝善惩恶功能的论述，而且补充阐释，云："风化，风刺，皆谓譬喻，不斥言也。主文，主与乐之宫商相应也。谲谏，咏歌依违不直谏。"②戏曲文学由古代诗词发展而来，郑玄这种反映儒家道器非二、礼乐教化的思想，是对文学尤其是诗歌"讽喻谲谏"功能的顺向身份认同，不失为后世戏曲建构寓劝善惩恶道器非二的审美文化本质的前声。

魏晋南北朝时期，随着汉代之后儒家学说作为主流意识形态的崩溃，玄学思想的兴盛，在思想文化和艺术领域出现了与儒家学说不同的道器分离的逆反身份认同。例如，玄学家王弼一方面认同老子关于道生万物的观点，其《老子道德经注》认为"万物万形，其归一也"③；另一方面又认为"理"是万事万物的宗主，《周易略例》云："夫众不能治众，治众者，至寡者也。夫动不能制动，制天下之动者，贞夫一者也。故众之所以得咸存者，主必致一也；动之所以得咸运者，原必无二也。物无妄然，必有其理，统之有宗，会之有元，故繁而不乱，众而不惑。"④这就是说，天地万物之实存变化不仅是源于"道"，而且是统属"主必致一"的"理"，"理"因此被赋予了宇宙本体的意义。王弼又注解老子《道德经》之"朴散则为器，圣人用之则为官长"，曰："朴，真也。真散则百行出，殊类生，若器也。圣人因其分散，故为之立官长。以善为师，不善为资，移风易俗，复使归于一也。"⑤这说明王弼认为"器"所寓之人性有善恶，通过立官长引导促使人们劝善惩恶、移风易俗，可使人性返璞归真，"复使归于一"即"理"也。王弼从道分离出的义理观，对宋代程朱理学产生了深刻影响，进而影响了后世戏曲寓劝善惩

---

① 皮锡瑞：《六艺论疏证》，《续修四库全书》第 171 册，上海古籍出版社 1992 年版，第 280 页。
② 中华书局编辑部编《汉魏古注十三经》，中华书局 1998 年版，第 1 页。
③ 楼宇烈校释《王弼集校释》，中华书局 1980 年版，第 117 页。
④ 同上书，第 591 页。
⑤ 同上书，第 75 页。

恶道器非二的审美文化本质的内涵建构。

尽管如此，魏晋南北朝时期，儒家学说对文人的影响仍然可谓根深蒂固，故人们论文并未与儒家学说彻底割裂。例如，傅玄是文学家，重视儒家礼乐教化道义，所撰《礼乐篇》云："能以礼教兴天下者，其知大本之所立乎！夫大本者，与天地并存，与人道俱设，虽蔽天地，不可以质文损益变也"，斥责"商君始残礼乐，至于始皇，遂灭其制"①；当然，傅玄的治政思想主于法家韩非之说，次采儒家荀子之说。韩非曾谓明主治国之"二柄"为"刑、德也"②，即用赏罚以劝善惩恶，傅玄对此甚表赞成。傅玄的《治体篇》云："治国有二柄，一曰赏，二曰罚。赏者，政之大德也。罚者，政之大威也。……民之所好莫甚于生，所恶莫甚于死。善治民者，开其正道，因所好而赏之，则民乐其德也；塞其邪路，因所恶而罚之，则民畏其威矣。"③ 这些思想对后世文人士大夫治政及包括戏曲在内的文学艺术审美文化本质的建构产生了一定影响。刘勰的《文心雕龙》把儒家经典的本体特点概括为"辞约而旨丰，事近而喻远"，主张文学创作要向儒家经典学习，云："文能宗经，体有六义：一则情深而不诡；二则风清而不杂；三则事信而不诞；四则义贞而不回；五则体约而不芜；六则文丽而不淫。扬子比雕玉以作器，谓《五经》之含文也。夫文以行立，行以文传，'四教'所先，符采相济，励德树声，莫不师圣，而建言修辞，鲜克宗经。是以楚艳汉侈，流弊不还，正末归本，不其懿欤！"④ 刘勰归结向儒家经典学习以内容为主的"六义"；认同儒家关于人的德行决定着文章的好坏，而德行又是通过文辞表现出来的"道不离器"观点；肯定孔子用"文、行、忠、信"四项来教育学生，强调发挥儒家经典"励德树声"的教育作用；对于端正当时人们的道器非二的认识，纠正趋于华靡的文坛风气，具有积极的现实意义，也为后世戏曲寓劝善惩恶道器非二的审美文化本质、以及身份认同建构开辟了新的思路。

隋唐时期，玄学思潮逐渐衰落，儒、释、道学说重新兴起，道器分离的倾向逐渐得到改变，趋向回归于道不离器、道器非二的认识。例如，隋代王通的《中

---

① 严可均辑：《全晋文》，商务印书馆1999年版，第486—487页。
② 陈秉才译注《韩非子》，中华书局2007年版，第21页。
③ 严可均辑：《全晋文》，商务印书馆1999年版，第480页。
④ 龙必锟译注《文心雕龙全译》，贵州人民出版社1992年版，第27页。

说》云:"学者,博诵云乎哉?必也,贯乎道。文者,苟作云乎哉?必也,济乎义。……薛收问《续诗》。子曰:'有四名焉,有五志焉。何谓四名?一曰化,天子所以风天下也。二曰政,蕃臣所以移其俗也。三曰颂,以成功告于神明也。四曰叹,以陈诲立诚于家也。凡此四者,或美焉,或勉焉,或伤焉,或恶焉,或诫焉,是谓五志。'……温彦博问:'嵇康、阮籍何人也?'子曰:'古之名理者而不能穷也。'曰:'何谓也?'子曰:'道不足而器有余。'曰:'敢问道、器。'子曰:'通变之谓道,执方之谓器。'"①王通精通儒学,认为,第一,诵读文学作品必须贯穿"道",创作文学作品必须有益于"义";第二,创作《续诗》应该讲究移风易俗、劝惩美刺;第三,名理者应该既善于明辨事物概念之间的静止关系,又善于研究事物发展变化的运行规律,道器非二,掌握道、器时不应该出现任何偏颇迷失。

唐代,统治者鉴于隋代灭亡的教训,实行儒、道、佛三教并重的方针,把儒、道、佛三教作为在思想上统治人民的工具,反映在艺术领域,受印度佛教艺术的影响,段安节的《乐府杂录》记载,大中初有康乃、李百魁、石宝山三人善弄佛教《婆罗门》戏。古代的印度社会洋溢着浓郁的宗教气氛,祭司被人们仰视如神,称为"婆罗门"。"婆罗门"源于"波拉乎曼",原意是"祈祷"或"增大的东西"。祈祷的语言具有咒力,咒力具有劝善惩恶的功能,咒力增大可以使善人得福,恶人受罚,因此,执行祈祷的祭司被称为"婆罗门"。高彦休的《唐阙史》记载,咸通中流传艺人李可及滑稽幽默,善戏弄儒、佛、道三教的故事。李可及戏"三教论衡"表面上虽无直接劝惩之意,但是,统治阶级崇奉儒、佛、道的本意是确认其教化众生劝善惩恶的共同教旨,所以李可及机智谐趣的搬演使"上意及欢,宠锡甚厚。翌日,授环卫之员外职"②。与优伶以戏为器传道不同,古文运动为了反对六朝绮靡之风,以文为器,把"文以明道"作为其理论纲领。古文运动的先驱者柳冕的《与徐给事论文书》说:"文章本于教化,……形君子之言为文,论君子之道为教"③;《答荆南裴尚书论文书》说:"夫君子之儒,必有其道,有其道必有其

---

① 郑春颖译注《文中子〈中说〉译注》,黑龙江人民出版社2003年版,第27—67页。
② 高彦休:《唐阙史》,《唐五代笔记小说大观》,上海古籍出版社2000年版,第1351页。
③ 董诰等编《全唐文》,中华书局1983年版,第5356页。

文。道不及文则德胜，文不知道则气衰。"① 古文运动领袖韩愈的《答陈生书》说："愈之志在古道，又甚好其言辞"②。韩愈的门人李汉的《〈昌黎先生集〉序》概括文与道的关系说："文者贯道之器也。不深于斯道，有至焉者不也？"③ 在古文运动中，"道"指的就是儒家学说的义理，包括劝善惩恶的教化内容和功能。韩愈复兴并突破了儒家以文学为器劝善惩恶的传统，所倡导的古文运动实际上就是复兴儒学道器非二的重要手段。韩愈和古文运动对儒学的倡导与振兴，重新开启了后世文学包括戏曲寓劝善惩恶道器非二的审美文化本质、以及身份认同建构的现实主义路头。

宋代，程朱理学承上启下，全面复兴和创新了儒学劝善惩恶道器非二的传统。《端伯传师说》引程颢曰："盖上天之载，无声无臭，其体则谓之易，其理则谓之道，其用则谓之神，其命于人则谓之性，率性则谓之道，修道则谓之教。……形而上为道，形而下为器，须著如此说。器亦道，道亦器"④，《河南程氏粹语》引程颢云："善恶皆天理。谓之恶者，或过或不及，无非恶也。"⑤《河南程式外书》记载，程颢又联系自我做学问的实际经验，深有体会地说："吾学虽有所受，天理二字却是自家体贴出来。"⑥ 程颢认同、继承并发挥了孔子的思想，认为天道不过是人道的折射，没有人性则无所谓天命，脱离人道则无所谓天道，道器非二；而且首次在中国传统文化史上将理等同于道，从"道"的概念衍生出"理"或者"天理"的概念范畴，认为人之道德属性"善恶"寓于"天理"，人性可以通过"修道"予以教化，知觉劝善惩恶。朱熹认同、继承并发挥了程颢的思想，不仅认为道器非二，而且进一步认为道器具有统一性的蕴含关系。《朱子语类》记朱熹说："形而上为道，形而下为器，说这形而下之器之中，便有那形而上之道"⑦，"道，理

---

① 董诰等编《全唐文》，中华书局1983年版，第5357页。
② 马其昶校注《韩昌黎文集校注》，上海古籍出版社1986年版，第176页。
③ 同上书，第1页。
④ 程颢、程颐：《二程集》，中华书局1981年版，第4页。
⑤ 同上书，第1182页。
⑥ 同上书，第424页。
⑦ 朱杰人等主编《朱子全书》第16册，上海古籍出版社、安徽教育出版社2002年版，第2024页。

也。……器亦道,道亦器也。道未尝离乎器,道亦只是器之理。"①在朱熹看来,道与器是既有区别又有联系的两个概念,道是器物的本体,是万事万物之理,道本身不是器物,是离器物而独立存在的形而上,但它蕴含着器物之理。也就是说,形而下之器是形而上之道的本质蕴含和作用表现,道与器的统一性是在其对立转换中得以实现的。朱熹关于道器关系命题的阐发,使道不离器、道器非二、道蕴涵器、器寓于道的理念更加接近于人们的生活实际,为实现儒家倡导的知行合一创造了理论前提。朱熹也认同程颢"善恶皆天理"的观点,并且《大学章句》进一步阐发说:"至善,则事理当然之极也"②,一个人自觉修身养成就能够劝善惩恶,"欲自修者知为善以去其恶,则当实用其力,而禁止其自欺。使其恶恶则如恶恶臭,好善则如好好色"③。程朱理学关于劝善惩恶道器非二的理念,为戏曲建构寓劝善惩恶道器非二的审美文化本质、以及身份认同奠定了思想文化基础,创造了意识形态条件。

刘本的《〈初学记〉序》在认同儒家天道、地道、人道观的基础上,明确地提出了以人道之文为"贯道之器"、文以载道、劝善惩恶的观点,云:"圣人在上而经制明,圣人在下而述作备。经制之明,述作之备,皆本于天地之道。圣人体天地之道,成天地之文,出道以为文,因文以驾道。达而在上,举而措之,其见于刑名度数之间者,《礼》《乐》之文所以明经制也。穷而在下,卷而怀之,其藏于编籍简册之间者,《诗》《书》之文所以备述作也。……皆贯道之器,非特雕章缋句以治聋俗之耳目者也。"④陈旸对艺术之乐器与道的关系做了阐释,其《乐书》云:"凡为乐器,以十有二律为之数度,以十有二声为之齐量。……先王作乐,以形而上者之道寓之形而下者之器。"⑤统治阶级着眼于劝善惩恶道器非二的关系,嘉定十五年(1222)二月十二日,礼部奏书,强调"以道义淑人心,器识取人才,

---

① 朱杰人等主编《朱子全书》第16册,上海古籍出版社、安徽教育出版社2002年版,第2614页。
② 同上书,第16页。
③ 同上书,第21页。
④ 徐坚等:《初学记》,中华书局1962年版,第1页。
⑤ 纪昀等:《四库全书》第211册,上海古籍出版社1989年版,第238页。

则士习美而风俗厚矣"①；徽宗肯定邵雍"象生器"②的论述，对包括戏曲艺术在内的言声、拟象之器的体道、经世价值及功能予以了身份认同，曰："体道之妙莫显于言声，而御世之经可求于拟象。载扬丕烈，昭示无穷。"③

在宋代理学的影响下，劝善惩恶道器非二进入了后代更多文人士大夫的论述视野，而尽管存在根本观念认同基础之上的阐释性差异。元代，吴澄认同继承和修正了朱熹的道器不离论，提出道器一体观，其《答田副使第三书》云："先儒云：道亦器，器亦道。是道虽有形而上、形而下之分，然合一无间，未始相离也。"④方回在认同、继承和发展了朱熹道器观的同时，融合儒、释、道思想，阐发了道器寓涵的体用、事理关系，为后世阐述包括戏曲艺术在内的道器体用、事理关系以有益的启迪，其《刘高士博渊道云诗序》云："朱子曰：一物各具一太极。形而上、形而下，谁得析而二之？老氏生而本无之见，释氏死而皆空之见，吾儒原始反终，知死生精气游魂，知鬼神之见，三说鼎立，体用一原，显微无间。道非精，气非粗，一本而万殊，万殊而一本，理必有事，事必有理，无须臾而可相离，此则吾儒之见之学也。"⑤杨维桢的《朱明优戏序》认为杂剧寓劝善惩恶道器非二是一个鲜明的主题，云："百戏有鱼龙、角抵、高絙、凤凰、都卢、寻橦、戏车、走丸、吞刀、吐火、扛鼎、象人、怪兽、含利、泼寒、苏莫等伎，而皆不如俳优、侏儒之戏，或有关于讽谏，而非徒为一时耳目之玩也。"⑥王仲元撰杂剧《于公高门》等3种，多数为历史题材，皆亡佚不存，贾仲明在【凌波仙】中赞王仲元剧作具有善恶分明、道器统一的历史观，《吊王仲元》云："历像演史全忠信，将贤愚善恶分，戏台上考试人伦。大都来一时事，搬弄出千载因，辨是非好歹清混。"⑦贾仲明的【凌波仙】肯定孔文卿创作的杂剧充满正义感和是非观念，在戏曲

---

① 刘琳等校点：《宋会要辑稿》第9册，上海古籍出版社2014年版，第5380页。
② 邵雍：《邵雍集》，中华书局2010年版，第162页。
③ 刘琳等校点：《宋会要辑稿》第1册，上海古籍出版社2014年版，第9页。
④ 吴澄：《吴文正集》卷三，明宣德十年吴炬刻本。
⑤ 李修生主编《全元文》第7册，江苏古籍出版社1999年版，第130页。
⑥ 纪昀等：《四库全书》第1221册，上海古籍出版社1989年版，第486页。
⑦ 钟嗣成：《录鬼簿》，《中国古典戏曲论著集成》（二），中国戏剧出版社1959年版，第255页。

舞台上塑造了岳飞的忠义形象,《吊孔文卿》云:"先生准拟圣门孙,析住平阳一叶分。好学不耻高人问,以子称得谥文,论纲常有道弘仁。捻《东窗事犯》,是西湖旧本,明善恶劝化浊民。"① 罗贯中的《宋太祖龙虎风云会》杂剧站在朝廷大义的立场上,高度赞扬宋太祖赏罚分明,凝聚臣僚,道器贯穿,统一天下的雄才大略,云:"赏不间亲疏,罚须分善恶,有罪的加刑,有功的赠爵。"②

明初,朱元璋承奉程朱理学,曾在奉天殿主持殿试并亲自出题目为:"天生烝民有欲,必命君以主之。君奉天命,必明教化以导民。然生齿之繁,人情不一,于是古先哲王设五刑以弼王教,善者旌之,恶者绳之,善恶有所劝惩,治道由斯而兴,历代相因,未尝改也。"③之后,王阳明改造了程朱理学,从"心一元论"出发,提出"道器一元论"的思想,认为"心"即"理","吾心之良知,即所谓天理也"④,"至善者,心之本体。本体上才过当些子,便是恶了"⑤,本体是至善至美的,而劝善惩恶教化养成的目的就是恢复人的本性,所以,无善无恶是心体,有善有恶是意动,知善知恶是良知,劝善惩恶是格物。心学的殿军刘宗周突出了器的作用和功能,提出了器以载道的观点,在《宋儒五子合刻序》中写道:"《易大传》曰:'形而上者谓之道,形而下者谓之器。'器非道也,而既以载道"⑥,认为器不是道,但是离开了器,道就没有了存在的依据,道不是本体,道器不离,器先道后,道以器为存在的前提。由于高明《琵琶记》的影响,许多剧作家非常重视作为器之戏曲的道德教化作用,长期以来一直强调劝善惩恶是戏曲的最主要价值与功能。例如,王骥德联系戏曲创作实际大力倡导戏曲要有关世教,要劝善惩恶,云:"古人往矣,吾取古事,丽今声,华衮其贤者,粉墨其慝者,奏之场上,令观者藉为劝惩兴起,甚或扼腕裂眦,涕泗交下而不能已,此方为有关世教文字。若徒取漫言,既已造化在手,而又未必其新奇可喜,亦何贵漫言为耶? 此非腐谈,

---

① 钟嗣成:《录鬼簿》,《中国古典戏曲论著集成》(二),中国戏剧出版社1959年版,第202页。

② 王季思主编《全元戏曲》第5卷,人民文学出版社1990年版,第282页。

③ 转引自和氏璧、矫海燕《明太祖朱元璋传》,吉林人民出版社2006年版,第219页。

④ 王阳明:《王阳明全集》,上海古籍出版社1992年版,第45页。

⑤ 同上书,第97页。

⑥ 刘宗周:《刘子全书》卷21,清道光甲申刻本。

要是确论。故不关风化，纵好徒然，此《琵琶》持大头脑处，《拜月》只是宣淫，端士所不与也。"①这无疑是将器以载道运用于戏曲创作的实处。

清初，王夫之对以往道与器的范畴和关系予以新的解释，以显论隐，以器论道，其《系辞上传第二章》说："天下惟器而已矣。道者器之道，器者不可谓之道之器也。无其道则无其器，……无其器则无其道。"②王夫之还认为道的存在以器为依据，器体道用，道是器背后更本质更深刻的东西，器是现象、是末端，构成道本器末的关系，其《子张篇》云："洒扫应对，形也。有形，则必有形而上者。精义入神，形而上者也。然形而上，则固有其形矣。故所言治心修身，《诗》《书》《礼》《乐》之大教，皆精义入神之形也。洒扫应对有道，精义入神有器。道为器之本，器为道之末，此本末一贯之说也。"③《思问录内篇》云："尽器则道在其中矣"④，"道"对"器"具有依存性，犹如没有钟磬、管弦便没有礼乐之道一样，通过论证得出了道器统一于形的结论，驳斥了以往单纯无区别地认为"理在事先""道本器末"的观点。王夫之还认为器体可以道用，其《系辞上传第十一章》云："性情相需者也，始终相成者也，体用相函者也。性以发情，情以充性。始以肇终，终以集始。体以致用，用以备体。"⑤这种观点从根本上改变了以往重道轻器的观念，为满足当时人们求新求强的时代愿望，提高戏曲艺术的社会地位，重视戏曲寓劝善惩恶道器非二的实用价值，完善戏曲寓劝善惩恶道器非二的审美文化本质、以及身份认同提供了积极的思想武器，充分体现了中华民族传统文化最重视端正道德、便利器用、丰裕民生的特点。王夫之创作的杂剧《龙舟会》以历史题材寓明清鼎革的乱世感慨，正是器体道用劝善惩恶的生动展示。

苏州派的戏曲创作在思想内容上更具有强烈的直接讥砭时弊的现实精神、劝善惩恶的教化取向和关注百姓的平民色彩。当然，社会上毕竟存在不能恰当发挥器体道用的现象。任陈晋撰《易象大意存解》阐明《易》之形象大意，其《凡例》

---

① 王骥德：《曲律》，《中国古典戏曲论著集成》（四），中国戏剧出版社1959年版，第160页。
② 王夫之：《船山全书》第1册，岳麓书社2011年版，第1027—1028页。
③ 王夫之：《船山全书》第6册，岳麓书社2011年版，第885页。
④ 王夫之：《船山全书》第12册，岳麓书社2011年版，第427页。
⑤ 王夫之：《船山全书》第1册，岳麓书社2011年版，第1023页。

结合戏曲创作不良现状，批评曰："后之言象数者流入艺术之科，其术至精，而其理亦更奥涩。然偏於一隅，似反涉形下之器。"这就是说，有的剧作家没有处理好寓劝善惩恶道器非二的关系，导致戏曲劝善惩恶不足，而追求谐谑有余，对此，永瑢等的《四库全书总目提要》评价其"可云笃论"[①]。对戏曲寓劝善惩恶道器非二的审美文化本质以及身份认同阐发最明确的当属李渔。李渔《闲情偶寄》云："窃怪传奇一书，昔人以代木铎，因愚夫愚妇识字知书者少，劝使为善，诫使勿恶，其道无由，故设此种文词，借优人说法与大众齐听。谓善者如此收场，不善者如此结果，使人知所趋避，是药人寿世之方，救苦弭灾之具也。"[②]李渔的阐述强调戏曲创作之"道"与文词之"器"的有机统一，不仅着眼于剧作家的创作，而且着眼于戏曲观众的欣赏，更着眼于戏曲的审美文化接受效果，这种全面的论述视角和创作要求，进一步完善了戏曲寓劝善惩恶道器非二的审美文化本质及身份认同建构，在很大程度上成为戏曲创作的圭臬。

---

① 永瑢等：《四库全书总目提要》第2册，商务印书馆1931年版，第56页。
② 李渔：《李渔全集》第三卷，浙江古籍出版社1992年版，第5—6页。

第五章
儒、释、道、民俗信仰与戏曲身份认同

第一节　上古祭祀仪式与程式表征的钓奇

祭祀产生于原始社会先民对神灵的祈望，祭祀仪式产生于先民与神灵对话时采取的某种形式。从原始社会进入文明时代之后，祭祀的神灵对象经历了从观念到具象的进化过程，祭祀仪式经历了由简单到繁复的建构过程。

学术界关于戏曲起源的见解莫衷一是，然而，综合各种见解，其共同点之一就是认同戏曲的起源由来已久，正如《周易》所谓凡事之成"非一朝一夕之故，其所由来者渐矣"①，刘勰的《文心雕龙》云："文变染乎世情，兴废系乎时序"，社会的发展、生活的变迁、人们的追求、审美的风尚、艺术的规律等都会对戏曲的起源和形成产生重要影响，所谓"风动于上，而波震于下"②是也。戏曲形成之后，本体特征逐渐凝聚，约定俗成，其明显的特征之一就是程式性。

上古祭祀仪式与古代戏曲程式的发生和形成有密切的联系，是人们实现戏曲身份认同的一个重要方面。

程式的本意是指法式、规格、准则。立一定之准式以为法，人们谓之程式。

---

① 阮元：《十三经注疏》，中华书局1980年版，第19页。
② 龙必锟译注《文心雕龙全译》，贵州人民出版社1992年版，第529页。

例如，在法律规制方面，管仲曰："法者，天下之程式也，万物之仪表也。"①杜佑曰："国家程式虽则具存，今所纂录不可悉载。"②在为人处世方面，朱熹的《大学二》说："格物，是穷得这事当如此，那事当如彼。如为人君，便当止于仁；为人臣，便当止于敬。"③这里所谓"当如此""当如彼"，不是逻辑化的知识体系，而是君王和臣僚，也包括应该如何为人处世的行为规范、活动程式。在文章写作方面，自宋熙宁四年（1071），开始采用王安石的建议，罢去词赋，改以经义取士，时文程式必限制用八比。元代，倪士毅辑《作义要诀》一卷，分为《冒题》《原题》《讲题》《结题》共四则；又《作文诀》数则；这些文章专论场屋程式，以备科场应用。在朝廷治政方面，永乐二年（1404），明成祖把程朱关于儒家经典的注疏传统规定为科举的正统标准程式。同理，古代戏曲也有程式。戏曲程式是戏曲的艺术语汇，泛指规程、规格、法式、范式，等等。洛地《昆——剧·曲·唱·班》认为：戏曲"程式，是事物结构成熟的标志。……按脚色综合制，……几乎可以说一切的一切，都有程式"④。详言之，戏曲程式包括戏曲文学剧本的叙事、抒情、描写、说明，戏曲音乐中的声腔、演唱、曲谱、锣鼓点、板式、曲牌、曲牌联套，演员舞台搬演中的身段动作、脚色行当，舞台美术中的化妆、服装、砌末、布景，戏曲搬演场所的布局、规制，等等。戏曲程式贯穿于以歌舞演故事之中，在各门类艺术的相互借鉴与交叉融合下，戏曲程式得以形成、运作、遵循、展示、美化。戏曲程式既是戏曲艺术的一种形式上的技术运用规范，又是一种内容上的艺术表现手段，是前人对社会生活提炼和艺术表现创造所积累奠定的丰硕成果，又是后人赖以身份认同、进行艺术创新的基本依据。

从国学视域来看，中华民族传统文化发源于远古，祭祀文化是中华民族传统文化的重要组成部分。上古即夏以前是巫祝文化期，夏、商、周三代及以后的礼乐文化期，祭天、祭社、祭祖合称为古代的三大祭礼，其仪式的表现形式有自远古承继而来的包括女巫男觋祈求农事丰稔的蜡祭、求雨救荒的雩祭、避疫驱邪的

---

① 谢浩范、朱迎平译注《管子全译》，中华书局2009年版，第814页。

② 杜佑：《通典》，中华书局1988年版，第4243页。

③ 朱杰人等主编《朱子全书》第14册，上海古籍出版社、安徽教育出版社2002年版，第464页。

④ 洛地：《昆——剧·曲·唱·班》，《南大戏剧论丛》2017年第1期。

傩祭，等等。上古祭祀的对象多种多样，祭祀仪式的社会层次规格不同，参与祭祀仪式者的身份地位不等。

上古至古代，统治阶层的祭祀仪式一脉相承，始终居于首要地位。例如，《周礼》云："大宰之职，……以八则治都鄙：一曰祭祀，以驭其神。"①将祭祀置于法则、废置、禄位、赋贡、礼俗、刑赏、田役之上。《左传》云："国之大事，唯祀与戎。"②事实如此，在上古及夏、商、周三代，祭祀仪式比军事活动等更为重要，因为一切文化均发源于祭与战，由祭而产生了衣、冠、礼、乐，由战而产生了人众、制度、组织、国家。在艺术上，古代乐音歌舞、字词诗文等的原生基因主要都是产生于上古祭祀仪式。高承的《事物纪原》云："王子年《拾遗记》曰：'庖牺（又称伏羲，前30000—前50000）使鬼物以致群祠，以牺牲登荐百神，则祭祀之始也。'《黄帝内传》曰：'黄帝（公元前2717—前2599）始祀天、祭地，所以明天道。'"③吕不韦《吕氏春秋》云："昔古朱襄氏（炎帝的别号，生卒年不详）之治天下也，……士达作为五弦瑟……昔葛天氏（大约前5000）之乐，三人操牛尾投足以歌八阕……昔陶唐氏（尧，约前2377—前2259）之始，……作为舞以宣导之。昔黄帝令伶伦作为律。"④陈旸的《乐书》云："昔黄帝命伶伦断竹制十有二律，命荣援铸金作十有二钟，故为乐器。莫不以律为之数度，以钟为之齐量，故言十有二律。"⑤陈旸的《乐书》释"凤鸣笛"云："昔黄帝使伶伦采竹于嶰谷以为律，斩竹于昆溪以为笛，或吹之以作凤鸣，或法之以作龙吟。由是观之，古人制作未有不贵其有循而体自然也。"⑥从国学的视域来看，上古祭祀仪式产生了人众、祝文、场所、神像、颂诵、歌唱、舞蹈、乐器、乐律、妆扮等诸多与后世戏曲本体身份密切相关的原生要素，其文学性、音乐性、舞蹈性、绘画性、建筑性、雕塑性要素的功能与作用的变化发展，对后世戏曲艺术的生成产生了深远的影响，古代戏曲艺术的发生和形成从此开始萌芽，诚如明人姚旅指出："今戏场，（古代）歌舞

---

① 阮元：《十三经注疏》，中华书局1980年版，第646页。
② 左丘明：《左传》，中华书局1990年版，第861页。
③ 高承：《事物纪原》，中华书局1989年版，第68页。
④ 陈奇猷校释：《吕氏春秋新校释》，上海古籍出版社2002年版，第287—288页。
⑤ 纪昀等：《四库全书》第211册，上海古籍出版社1989年版，第238页。
⑥ 同上书，第692页。

之遗意也。近世歌舞道绝，直云剧戏耳。"① 上古祭祀仪式的诸多原生要素对古代戏曲程式的发生和形成亦概莫能外。

从戏曲文学来看，以祝文为例，上古祭祀仪式中的祝文对古代文学的发生有密切的联系，是古代文学包括戏曲文学在内的源头之一，蕴涵了戏曲文学要素的程式化表征。

祝是上古举行祭祀仪式中用语言沟通神与人、对神进行赞祷的官员，职位属于男巫，朱熹《楚辞集注》曰："男巫曰祝。"② 按《周礼》记载，大祝负责大祭祀的祝文，小祝负责小祭祀的祝文。刘师培《文学出于巫祝之官说》道："《易》曰：……'巫，祝也。'……盖古代文词，恒施祈祝，故巫祝之职，文词特工。今即《周礼》祝官职掌考之，若六祝六词之属，文章各体，亦出于斯。又颂以成功告神明，铭以功烈扬先祖，亦与祠祀相联。是则韵语之文，虽匪一体，综其大要，恒由祀礼而生。欲考文章流别者，曷溯源于清庙之守乎！"③ 祝官大多数由学识渊博、口才良好的人担任。祝文就是上古祭司飨神之辞，亦曰祝辞。上古"祝""咒"同源，《礼记》郑玄注曰：祝，以"主人之辞告神"④；又《尚书》云："祝"通"咒"，诅咒是也，"否则厥口诅祝"⑤。叶舒宪《〈诗经〉的文化阐释》分析"祝""咒"原义甚详，认为两者之间可以互通互训，后来，"祝和咒才在功能和目的上有了逐渐明确的区分。一般说来，祝用于表达积极的、肯定的意愿，而咒用来表达消极的、否定的意愿。"⑥

刘师培《文章学史序》说："以人告神，则为祝文。"⑦ 祝文的产生是上古农耕时代先民在生产劳动活动中，出于对风雨等诸神灵的敬仰而渴望有所报答或祈求，反映了先民与自然作斗争的淳朴而美好思想。《礼记》记载了相传为伊耆氏（神

① 姚旅：《露书》，福建人民出版社2008年版，第191页。
② 朱杰人等主编《朱子全书》第19册，上海古籍出版社、安徽教育出版社2002年版，第148页。
③ 汪宇编《刘师培学术文化随笔》，中国青年出版社1999年版，第5页。
④ 阮元：《十三经注疏》，中华书局1980年版，第1418页。
⑤ 同上书，第222页。
⑥ 叶舒宪：《〈诗经〉的文化阐释》，陕西人民出版社2005年版，第41页。
⑦ 汪宇编《刘师培学术文化随笔》，中国青年出版社1999年版，第8页。

农，一说帝尧）时的"蜡祝辞"："土反其宅，水归其壑，昆虫毋作，草木归其泽。"① 相传黄帝撰有对白泽兽的《祝邪之文》，道家典籍《云笈七签》记叙云："帝巡狩东至海，登桓山，于海滨得白泽神兽，能言，达于万物之情。因问天下鬼神之事，自古精气为物，游魂为变者，凡万一千五百二十种，白泽言之，帝令以图写之以示天下。帝乃作《祝邪之文》以祝之。"② 上古时期流传下来的祝文一般只有简短的寥寥几句话，用词简单朴素，四字句式较为固定，几乎不存在为了展示文采而藻饰词句的现象，表现了非常强烈的实用目的与突出的感情色彩。

祝官负责祝文的写作和念诵，是古代最早掌握文学语言的社会群体之一，祝文因此也成为古代文学包括戏曲文学最早的源头之一。从古代文体学来看，祝文是一种程式化的文章。明代徐师曾在《文体明辨序说》中分析祝文之辞，认为还有告、修、祈、报、辟、谒诸体。这与后世戏曲文学剧本也是一种程式化的文章在本质上别无二致，乃血脉相连。从作者感情表达来看，祭祀要求祝官身份地位上要符合礼制，藉此在感情上做到纯净、真诚、快乐，在仪式上做到庄重、得体、规范，如《礼记》云："祷祠祭祀，供给鬼神，非礼不诚不庄。"③ 这与后世戏曲文学剧本创作是剧作家真情实感的表达如出一辙。从语言风格特点来看，祝官主持祭祀仪式时所作祝文，要求字词庄重典雅，如《周礼》云："太祝掌六祝之辞，以事鬼神，……作六辞以通上下亲疏远近"，郑玄注："此皆有文雅辞令，难为者也"④；《楚辞·招魂》可以说是祝文中最早讲究字词文采的作品，刘勰《文心雕龙》说："若夫《楚辞·招魂》，可谓祝辞之组纚也"⑤，鲁迅《汉文学史纲要》说：祝文"练句协音，以便记诵"⑥。所以，祝词对文学的产生和发展有着密切关系。祝官讲究祝词的文采修辞、协音利诵、句式规整，对后世戏曲文学语言和程式的运用产生了深远的影响；祝文的雅化风格特点与当时的文学观念有关，与后世戏曲文学剧本创作一路趋向雅化身份认同亦颇有共通之处。

---

① 阮元：《十三经注疏》，中华书局1980年版，第1454页。
② 张君房纂辑：《云笈七签》，华夏出版社1996年版，第611页。
③ 阮元：《十三经注疏》，中华书局1980年版，第1231页。
④ 同上书，第808—809页。
⑤ 龙必锟译注《文心雕龙全译》，贵州人民出版社1992年版，第111页。
⑥ 鲁迅：《鲁迅全集》第九卷，人民文学出版社2005年版，第355页。

祝文经过长期的发展，在夏、商、周三代，内容和形式相对比较稳定。例如，《诗经》中除了辑载各地民间歌舞之外，在《雅》《颂》部分还辑录了用于宫廷祭祀仪式的乐歌祝词。据张树国等统计叶舒宪研究的成果，认为《诗经》中可纳入祝诗文学范围的作品共36篇，主要分散在《雅》《颂》中，《国风》中比较少见，①而《诗经》以四言句式为主，与上古祝文句式特点相一致。从秦汉至明清，历代出现了众多祝文，但是，祝文的运用取向发生了分化。

一方面，先秦之后的历代祝文与先秦祝文体现出来的赞祷天神降福赐福的愿望总体上一脉相承，其本质特征依然留存，成为祝文获得后世祝官和文人普遍身份认同的思想基础。而且，朝廷祭祀仪式宣诵祝文还伴随乐歌齐唱、钟鼓奏鸣，场面盛大、庄严，例如，杜佑写道，唐太宗时有"《九德之歌》，宗庙登歌则奏之，替《昭夏》。若大祭，则于大吕宫奏之；若四时小祭，则于夹钟宫奏之。《萧和》，奠玉及诸郊登歌同奏之，替《昭夏》。祭祀之日，悬下奏黄钟，登歌奏大吕；悬下奏太蔟，登歌奏应钟。《雍和》，诸郊庙有司行事，进俎及酌酒、读祝文、彻豆奏之。替《咸夏》。"②这显示出了唐朝宣诵祝文保留了上古祭祀仪式中宣诵祝文与乐舞相伴的形式。《朱子全书》卷第八十六收录了朱熹写作的祝文69篇。朱元璋做了皇帝之后，常与文人墨客论诗评画，遍游山川古刹、大江南北，在到达东岳、南岳、西岳、北岳、中岳、东海、南海、西海、北海时，都写了祭祀祝文，留下了传世文字。明代的礼部设尚书为正二品，侍郎为正三品，职掌礼仪、祭祀等；太常寺设卿，为正三品，少卿为正四品，职掌祭祀礼乐。这表明祝文在后世统治者心目中依然拥有祝文在上古祭祀仪式中同等重要的身份地位。

另一方面，随着后世祝官和文人的审美文化创造，先秦之后的历代祝文在内容和形式上有很大的发展，祝文本体的审美文化价值和意义有明显的提升，祝文祈求对象、范围、内容和目的流变多元化、具体化，呈现后世对祝文身份认同差异化的普遍现象。例如，汉代张衡的《西京赋》云："东海黄公，赤刀粤祝。冀厌白虎，卒不能救。"③这里的"祝"义不是用以赞祷而是用以咒祷，是指黄公采用粤地的咒祷法术伏虎，在夏、商、周三代以来赞祷源于祝咒而多数超越诅咒的情

---

① 张树国等:《〈诗经〉祝辞考》，《东方论坛》2005年第1期。
② 杜佑:《通典》，中华书局1988年版，第3622页。
③ 高步瀛:《文选李注义疏》，中华书局1985年版，第464页。

况下，显示了对"祝"义向上古语源"诅咒"一面的回归。值得强调的是，《东海黄公》突破了古代倡优即兴随意的逗乐与讽刺形式表现，把戏曲艺术的多种要素初步融合起来，为后世戏曲的形成奠定了初步基础，特别是其中祝文作为重要的戏剧性情节文学要素的差异化运用，开辟了后世戏曲文学剧本差异化运用祝文的先河。

例如，大约在两汉时期，从赞祷式祝文演变而来的悼亡式祭文开始出现，刘勰的《文心雕龙》载："若乃《礼》之祭祝，事止告飨；而中代祭文，兼赞言行，祭而兼赞，盖引伸而作也。"① 徐师曾认同云："古之祭祀，止于告飨而已。中世以还，兼赞言行，以寓哀伤之意，盖祝文之变也。"② 从历代文献来看，祭文文体形式比较灵活，其言文无定式，多用文言散文、韵文、四六骈体文写成，自汉代之后传世之作蔚为大观，其中，韩愈的《祭十二郎文》、欧阳修的《泷冈阡表》、袁枚的《祭妹文》是古代文学史上的三大祭文名篇。

与此同时，一方面，后世戏曲创作在赞祷的本义基础上将祝文融入程式化戏剧性情节文学要素。例如，元杂剧《张公艺九世同居》道："（大末云）……中堂上设祭祀之礼，请父亲拈香。（正末云）着行钱抬过那香桌来者。（净行钱做抬香桌科，云）偌多的人，偏要使我做着这个，行钱好不气长也！我抬过香桌来了。（正末拈香科，云）老夫张公艺，自祖宗以来，九世同居。上托着明君治世，国泰民安，俺一家儿虔诚告祝也。（唱）【哪吒令】银台烧绛烛，祥烟散华屋，沉檀炷宝炉，轻风飘翠缕。金杯奠醽醁，清香喷玉壶。陈馔馐，排樽俎，排列在阶除。【鹊踏枝】左右行列昭穆，定亲疏，追思这祖考音容，洋洋乎在生规模。再拜虔诚告祝：保护一家儿上下无虞。"③ 又如，元杂剧《花间四友东坡梦》写道："【双调·新水令】爇龙涎一炷透穹苍，祝吾王寿元无量；八方无士马，四海罢刀枪；国泰民康，愿甘雨及时降。"④

另一方面，后世戏曲创作又在悼亡的衍义基础上将祭文融入程式化戏剧性情节文学要素。例如，元杂剧《死生交范张鸡黍》写道："（正末云）母亲，安排祭

---

① 龙必锟译注《文心雕龙全译》，贵州人民出版社1992年版，第111页。
② 徐师曾：《文体明辨序说》，人民文学出版社1962年版，第154页。
③ 王季思主编《全元戏曲》第7卷，人民文学出版社1999年版，第160页。
④ 王季思主编《全元戏曲》第3卷，人民文学出版社1999年版，第368页。

祀来，小生于路上思想兄弟，做了一通祭文，祭祀兄弟咱。（祝云）维永平元年，岁次戊午，十月癸亥朔，越五日丁卯，不才范式，谨以清酌庶馐，致祭于张元伯灵柩之前。维公三十成名，四十不进，独善其身，专遵母训，至孝至仁，无私无逊。功名未立，壮年寿尽。吁嗟元伯，魂归九泉。吾今在世，若蒙皇宣，将公之德，荐举君前，门安绰楔，墓顶加官，二人为友，万载期言。呜呼哀哉！伏惟尚享。（做哭科）"①元杂剧《邓夫人苦痛哭存孝》写道："（李克用云）……将那祭祀的物件来，将虎磕脑、蟒虎带、铁飞挝供养在存孝灵前，将康君立、李存信绳缠索绑祭祀了，慢慢的杀坏了这两个贼子。周将军与我读祭文咱。（周德威读祭文科）……"②明代，传奇《三元记》延演至今被改编为豫剧《秦雪梅吊孝》，现豫剧舞台上仍然经常搬演《祭文》一折，而且是用常（香玉）派声腔的搬演方式宣唱祭文。

由此可见，从祝文到祭文，从独立成篇的祭文到融入戏曲舞台情境的祭文，文学家对祝文差异化身份认同沿革清晰，表征钓奇，一脉相仍，绵延不绝。

祝文在长期的历史发展进程之中，路头始终面朝骈偶俪雅的方向，与当时诗词、散文作家追求的绮靡文风和审美趣味相吻合，与后世诗词、散文等其他正统文学作品的骈俪雅化发展相一致。随着祝文独特的文学价值增加和审美韵味增强，祝文演化并对明清时期八股文的形成产生了重要影响，继而影响了戏曲文学创作程式化的"时文风"的形成。

上古先民生活简易，文字取向于方便记忆朗诵，骈言俪句与文字发明与生俱来，自然而然古代文章骈散不分。作为一种应用型的文章，祝文多用于重大祭祀场所，一般为四言体间或六言体韵文形式，语词精准，讲究程式，章法固定，节奏感强，韵律和谐，抑扬顿挫，诵读朗朗上口，内容传达美善。关于祝文的文体及语言特点，徐师曾言："其辞有散文，有韵语，有俪语；而韵语之中，又有散文、四言、六言、杂言、骚体、俪体之不同。"③以此为基础，在祝文的发展演变进程中，周代祝文更讲究词句朴实，汉代祝文更注重词句修饰。董仲舒的《祝日蚀文》是最早以"祝文"命名并形成独立文体的文章。六朝时期的祝文受到骈文流

---

① 王季思主编《全元戏曲》第4卷，人民文学出版社1999年版，第364页。
② 王季思主编《全元戏曲》第1卷，人民文学出版社1999年版，第26页。
③ 徐师曾：《文体明辨序说》，人民文学出版社1962年版，第154页。

行的影响，特别重视辞藻华丽，极尽雕琢之能事，文辞趋于繁复，骈文化倾向明显，例如，南朝，梁江淹的《萧太傅东耕祝文》写道："敬祝先穑曰：摄提方春，黍稷未华。灼烁发云，昭耀开霞。地煦景暖，山艳水波。侧闻晨政，实惟民天。竞秬献岁，务畋上年。有浍疏润，兴雨导泉。崇耕巡索，均逸共劳。命彼佰人，税于青皋。羽旗衔蕤，雄戟耀毫。呈典缁耦，献礼翠坛。宜民宜稼，克降祈年。愿灵之降，解佩停銮。神之行兮气为辂，神之坐兮烟为盖。使嘉谷与玄秬，永争光而无沬哉。"①祝文的支流祭文也多用骈文写成。唐代以来的祝文特别是支流祭文，成熟发达程度大大超越祝文，在诗词格律化的创作大势影响下，讲求韵律的和谐美与句式的整饬美，骈文程式化趋向也更加显著。宋朝设有博学宏词科，所事多用四六句式的骈文。从这个意义上说，六朝及唐宋祝文尤其是支流祭文为骈文的程式化体裁和风格形成做出了重要贡献，亦成为六朝及唐宋骈文的有机组成部分。

宋代祝文的四六排偶式韵语直接渗透到了杂剧搬演当中，促进了优人乐语的骈偶程式化表达，而且，祝文的程式化诵读也助益于优人乐语的程式化诵歌，表征了祝文向戏曲身份认同的趋近。例如，宋人张邦基云："优词乐语，前辈以为文章余事，然鲜能得体。王安中履道政和六年（1116），天宁节集英殿宴，作《教坊致语》，其诵圣德云：'盖五帝其臣莫及，自致太平；凡三代受命之符，毕彰殊应。'……可谓妙语也。……凡乐语不必典雅，惟语时近俳乃妙。……乐语中有俳谐之言一两联，则伶人于进趋诵咏之间，尤觉可观而警绝。"②由此可见，宋代祝文的四六排偶式韵语对优人乐语的骈偶程式化表达的影响痕迹。

宋代四六句式的骈文散文化转向他者从欧阳修开始。但是，在分道扬镳的同时，宋代四六句式的骈文程式化俳语依旧自我进一步发展，经元杂剧代言体和起承转合的结构淬炼，促成了明清八股文的诞生，而明清八股文反过来又直接影响了明清传奇"时文风"的创作和身份认同，如明代流传甚广、邵璨的《香囊记》就是受八股文的影响，用包含大量四六句式的骈体文写成的、"时文风"的代表作，成为上古祝文对后世戏曲的又一程式化表征的钓奇。

---

① 胡之骥：《江文通集汇注》，中华书局1984年版，第375页。
② 张邦基：《墨庄漫录》，中华书局2002年版，第203—204页。

四六句式、代言和起承转合的结构是明清八股文程式化的三大鲜明文体特征。

在四六句式方面，八股文是骈文的支流、对仗的引申。清代阮元云："洪武、永乐《四书》文甚短，两比四句，即宋四六之流派。……《四书》排偶之文，真乃上接唐宋四六为一脉，为文之正统也。"①《四书》文，作者自发议论，宋代科举试士称为时文，明清科举试士又称八股文、制义、制艺、时文、八比文，等等。阮元这一段话将八股文的文学现象向古追溯至唐宋时期四六文句对偶的影响，而实际上，八股文排偶句的渊源完全可以继续向古追溯至六朝时期的骈文，也就是说，八股文是六朝及唐宋四六文的发展使然，甚至还可以向更古溯源到上古祝文的四言或六言句式。在写作上，八股文代圣贤立言，结构上分为八个部分即八股，每股的字句常用四字句和六字句，用骈偶句法，要求合于对仗的韵律。这就与六朝骈文及唐宋四六文之前的上古祝文一般为四言体间或六言体韵文有着源远流长的联系，与刘师培所谓"文学出于巫祝之官"相吻合。

延佑二年（1315），元朝恢复科举考试，用"经义""经疑"为题述文，出题范围限制在《大学》《中庸》《论语》《孟子》四种书中，最早的八股文自此出现雏形。元代杂剧盛行，骈文寂然无闻，但是，受前代骈文和当朝科举文等他者的影响，以及取决于剧作家审美取向的自我身份认同，元杂剧中的四六骈偶句式依然可见，例如，王实甫的《西厢记》第一折张生独白："看他容分一捻，体露半襟，弹香袖以无言，垂罗裙而不语。似湘陵妃子，斜倚舜庙朱扉；如玉殿嫦娥，微现蟾宫素影。是好女子也呵！"②王实甫是元杂剧创作的文采派杰出代表，《西厢记》中出现了王世贞评价的"骈俪中景语"③，表征了上古祝文经骈文对王实甫及元杂剧不可忽视的影响。

在代言体方面，"代言体"文章指作家代人设辞，假托他人的身份、心理、口吻、语气进行创作，在人称、内容、形式、表现角度、表达方式等方面都有着鲜明的本体特点，形成创作程式有政治、艺术、审美等多方面的原因。例如，在宋代诞生杂剧和四六句式乐语的时候，代言体散文也开始大量出现，两者的同步恐非偶然，表征了代言体元杂剧即将瓜熟蒂落、水到渠成。

---

① 阮元：《揅经室集》，中华书局1993年版，第609页。
② 王实甫：《西厢记》，人民文学出版社2005年版，第45页。
③ 王季思校注、张人和集评：《集评校注西厢记》，上海古籍出版社1987年版，第6页。

苏轼不仅创作了祝文105篇、祭文62篇、乐语147首，而且创作了具有虚构故事情节的戏剧性代言体说辞《代侯公说项羽辞（并叙）》，具有模仿古人口吻的叙议性代言体书信《拟孙权答曹操书》，具有模仿楚辞写法的叙事性骈体文《李仲蒙哀词》等6篇。其中《钟子翼哀词并引》回忆其父苏洵与民间才子钟子翼的亲密交往，道："君于众中，一见定交陈礼乐"①，透露出两人曾在一起高兴地欣赏杂剧艺术等情形的信息，也反映了苏轼对杂剧的喜爱。元代出现的杂剧与明代出现的八股均为代言体。明代，倪元璐的《孟子若桃花剧序》曰："文章之道，自经史以至诗歌，共禀一胎，要是同母异乳，虽小似而大殊。唯元之词剧，与今之时文，如孪生子，眉目鼻耳，色色相肖。盖其法皆以我慧发他灵、以人言代鬼语则同。而八股场开，寸毫傀舞。宫音串孔，商律谱孟；时而齐乞邻偷，花唇取浑；时而盖骥鲁虎，涂面作嗔；净丑旦生，宣科打介则同。"②倪元璐认为元杂剧为一人代剧中人物主唱的代言体，这种体制是程式化的；八股文为作者一人代圣贤立言的代言体，这种体制也是程式化的；而且，八股文创作可以像元杂剧生、旦、净、丑一样，"以我慧发他灵"。因此说，元杂剧与八股文的相通之处如同双胞胎一样，它们有着共同的本体文学基因与身份特征。至于元杂剧与八股文的代言体形式实属历代文章"同母异乳"发展过程中的创新，故具有独具一格的文体性质。清代，吴乔的《围炉诗话》说："学时文甚难，学成只是俗体，七律亦然。……自《六经》以至诗余，皆是自说己意，未有代他人说话者也。元人就故事以作杂剧，始代他人说话。八比虽阐发圣经，而非注非疏，代他人说话。八比若是雅体，则《西厢》《琵琶》不得摈之为俗，同是代他人说话故也。"③这就是说，元杂剧的代言体形式与明代八股文的代言体形式如出一辙，其间蕴涵了先承后续的关系。倪元璐与吴乔对元杂剧与八股文的身份认同具有广泛的代表性，焦循的《易余龠录》等亦持此说，只是吴乔将元杂剧和八股文的身份认同为"俗体"，则反映了吴乔身份认同的正统文学意识有偏颇之处。

在作品结构方面，明代朱元璋洪武三年（1370）诏定科举法，应试文章效仿宋朝的"经义"，此后，八股文讲求四六韵律和八比结构正式形成。黎锦熙说：

---

① 苏轼：《苏轼文集》，中华书局1986年版，第1967页。
② 转引自钱锺书《谈艺录》，生活·读书·新知三联书店2001年版，第112页。
③ 郭绍虞选编《清诗话续编》，上海古籍出版社1983年版，第546页。

"明初'八股文'渐盛,这却在'小众'的文坛上放一异彩:本来是说理的'古体散文',乃能与'骈体''辞赋'合流,能融入'诗''词'的丽语,能袭来'戏曲'的神情,集众美,兼众长。"①这就指出了八股文、骈文和戏曲三者之间相辅相成的形式关联。受科举试士的仕途价值观导引,明代中晚期八股文如日中天,延及清代发展到了登峰造极的地步。八股文的结构布局呈起、承、转、合的结构程式,成熟的元杂剧在体例上是一本四折,在音乐体制与剧情文学结构布局上大部分也是起、承、转、合的程式。卢前的《八股文小史》说:"由八股文之结构言之,其与曲之套数结构相类,破承者,曲中之引子也,中间对比,则如南词之过曲,亦如北套数中所规定之牌调,而落下如尾声。杂剧为代言体,八股文亦为代言体。是亦八股文出于杂剧之一证也。"②八股文的结构源于元杂剧的文学结构,反过来,八股文的结构又影响了明清戏曲文学剧本的创作。

顾炎武云:"经义之文,流俗谓之八股,盖始于成化以后。"③而明代成化年间正是南戏转型为传奇,传奇作品大量出现的时代,也是传奇"时文风"兴起的时代,八股文对传奇文学剧本的程式化创作和身份认同的影响显而易见,成为上古祝文在后世戏曲文学中的又一程式化表征的钓奇。

八股文作为骈文的支流余裔,对戏曲文学剧本创作的渗透有利有弊。在有利方面,例如,李渔的《闲情偶寄》说:"词曲中开场一折,即古文之冒头,时文之破题,务使开门见山,不当借帽覆顶。即将本传中立言大意,包括成文,与后所说家门一词相为表里。前是暗说,后是明说,暗说似破题,明说似承题,如此立格,始为有根有据之文。场中阅卷,看至第二三行而始觉其好者,即是可取可弃之文;开卷之初,能将试官眼睛一把拿住,不放转移,始为必售之技。吾愿才人举笔,尽作是观,不止填词而已也。"④这是李渔将八股文写作的思维方式应用于论戏曲文学剧本创作,而且强调"不止填词而已",也就是说,其他文学创作概莫能外,从而把八股文的结构优势予以了恰如其分的发挥。八股文还对花部乱弹产生了重要影响,例如,启功云:"戏剧例如皮黄的《空城计》,诸葛亮出场自述是破

---

① 黎锦熙:《国语运动史纲》,上海书店1989年版,第82页。
② 卢前:《卢前文史论稿》,中华书局2006年版,第200页。
③ 顾炎武:《日知录》,安徽大学出版社2007年版,第919页。
④ 李渔:《李渔全集》第三卷,浙江古籍出版社1992年版,第60页。

题,派将是承题,马谡违背指挥,王平预报地形是起讲,诸葛亮在城上与司马懿对唱是两大扇,斩马谡是收结。"①但是,在剧作家正常借助八股文写作的思维方式之外,有的人却歪曲了对八股文的身份认同,将八股文的劣势用于戏曲文学剧本创作,导致戏曲文学剧本创作中出现了一股逆流,以至于促成了明清戏曲"时文风"的泛滥。

所以,在不利方面,八股文写作结构程式越来越僵化,其弊端势必阻碍古代文学包括戏曲文学的发展。"时文风"的始作俑者是邵璨,其传奇《香囊记》片面传承高明的《琵琶记》和邱濬的《五伦全备记》文词典雅的一面,将它极端性地发展为不顾剧中人物身份、角色定位和情节演绎,一味引经据典,炫耀才华,骈四俪六,出口成章,使作品仅可供案头阅读观览,不可供舞台搬演欣赏,对戏曲文学创作造成了严重的消极影响。为此,徐渭一针见血地指斥邵璨以创作八股文的排偶句和经学语创作传奇,云:"以时文为南曲,元末、国初未有也;其弊起于《香囊记》。《香囊》乃宜兴老生员邵文明作,习《诗经》,专学杜诗,遂以二书语句匀入曲中,宾白亦是文语,又好用故事作对子,最为害事。夫曲本取于感发人心,歌之使奴、童、妇、女皆喻,乃为得体;经、子之谈,以之为诗且不可,况此等耶?直以才情欠少,未免辏补成篇。"②徐渭等人对"时文风"的批评否定,为扭转明代戏曲文学创作的弊端发挥了积极的现实作用。

明清大部分剧作家汲取"时文风"的教训,不认同《香囊记》的写法,遵循戏曲艺术的本质和规律,创作了许多具有审美文化价值和意义的作品,蔚然成为明清戏曲文学创作的主流。自然,受历代正统文学讲究词采文雅之思维定势、句式整饬之审美趣味的影响,剧作家常常在戏曲文学创作中依据人物和情节刻画需要运用骈文笔法,借此提高戏曲文学剧本的美学价值,这成为上古祝文在后世戏曲创作中的又一程式化表征钓奇。例如,在宾白中采用骈文不乏其例,王玉峰的《焚香记》云:"小生姓王名魁,……自愧才非七步,敢效倚马之簪;徒然书上万言。退点潜龙之额。前春应试棘围。争奈命未逢时,淹淹下第。负一乡之属望,

---

① 启功:《说八股》,《北京师范大学学报》1991年第3期。
② 徐渭:《南词叙录》,《中国古典戏曲论著集成》(三),中国戏剧出版社1959年版,第243页。

慨四海之无家。"① 汤显祖的《牡丹亭》第二出李十郎白:"贾家三虎,伟节最著;荀氏八龙,慈明无双。朱公叔之恣学,中食忘餐;谯允南之研精,欣然独笑。文犀健笔,白凤珊章。悬针倒薤之书,云气芝英之篆。坛场草树,院宇风烟。"② 清代的戏曲创作承明代传奇雅化之势,采用骈文句法亦比比皆是,无庸广事征引。

值得强调的是,楹联产生于五代时期,是中国古代文学的体裁之一,属于骈文的支流余裔,特别是与诗词的关联十分密切,"字数多寡无定规,但要求对偶工整,平仄协调,是诗词形式的演变"③。这就是说,戏曲楹联经由诗词演变而来,随着戏曲的形成而应运产生,发展至明清时期,作家创作戏曲楹联的数量众多。例如,乾隆年间,钱江正为河南社旗山陕会馆悬鉴楼戏台撰写戏联,云:"幻即是真,世态人情,描写得淋漓尽致;今亦犹昔,新闻旧事,扮演来毫发无差。"对仗工整,堪称佳联,现仍清晰可见。文人士大夫创作的戏曲楹联,大多数悬挂或装裱或粘贴在戏台柱子、壁间等戏曲搬演场所,为戏曲搬演进行了有力的烘托和成效的渲染,美化了剧场,装饰了环境,吸引了观众,既表达了作家自我对戏曲的身份认同和审美意识,又为读者和他者提供了审美认知的对象和身份认同的引导,是戏曲剧场艺术作为一个有机联系整体的组成部分,甚或是必不可少的组成部分,彰显了中华民族传统文化的鲜明特色,成为上古祝文在后世戏曲艺术中的另一程式化表征的钧奇。

第二节 儒家"中和"观与团圆旨趣建构

古代戏曲以歌舞演故事多数结局是团圆的皆大欢喜模式。这种戏曲本体形态具有鲜明的中华民族传统文化的特征,是人们对戏曲身份认同的一个重要的方面。从国学视域来看,由儒家的"中和"观到戏曲的团圆旨趣,可以发现儒家的价值

---

① 毛晋编《六十种曲》第 7 册,中华书局 1958 年版,第 2 页。
② 徐朔方笺校《汤显祖全集》,北京古籍出版社 1999 年版,第 1718 页。
③ 白化文、李如鸾:《〈楹联丛话〉前言》,《楹联丛话》,中华书局 1987 年版,第 2 页。

取向与学说发展，对戏曲本体的团圆旨趣身份建构发挥了积极作用。

上古至夏、商、周时期，人们对天下纷繁复杂的万事万物采取了三种认知思维方式，一是《连山》的阴、阳分类，二是伏羲的八卦分类，三是《尚书》的金、木、水、火、土分类。上述三种分类方式所取标准不尽相同，但是，其核心价值取向皆体现了"中和"的理念。阴阳平衡达到了"中和"境界，八卦关系展现了"中道"思想，五行运作显示了"守中"意识。人们看到阴、阳和金、木、水、火、土等自然现象相反相成、相克相生，和谐自然地构成大千世界，从中得到启示，如《国语》云："先王以土与金木水火杂，以成百物。是以和五味以调口，……和六律以聪耳，……夫如是，和之至也。"① 又，《国语》云："夫有和平之声，则有蕃殖之财。于是乎道之以中德，咏之以中音，德音不愆，以合神人，神是以宁，民是以听。"② 这就是说，天下纷繁复杂的万事万物达到了"中和"状态，则神祇保佑、自然顺遂、物产丰足、人民安康。

古人云：明者因时而变，智者随事而制。在夏朝建立中国历史上第一个宗法制度的基础上，在改变了商朝的神本文明之后，周朝进入了人本文明时代，统治者非常重视以人为本的中和建构与道德教育。例如，《周礼》曰："掌成均之法，以治建国之学政，而合国之子弟焉。凡有道者、有德者，使教焉；死则以为乐祖，祭于瞽宗。以乐德教国子：中和、祇庸、孝友。以乐语教国子：兴道、讽诵、言语。以乐舞教国子：舞《云门》《大卷》《大咸》《大韶》《大夏》《大濩》《大武》。以六律、六同、五声、八音、六舞、大合乐，以致鬼神示，以和邦国，以谐万民，以安宾客，以说远人，以作动物。"③ 以孔子为代表的儒家承接了周代文化，对周礼以"德"为核心的价值观进行了修正与阐发，所提出的"中和"观内涵不断得到历代思想家的身份认同和传扬阐发，对"中和"之美的追求使中国的传统文艺看重人生现实和道德感情，注重内容的平稳和谐，因而也成为古代戏曲本体的团圆旨趣身份建构的理论基础，广大市民百姓从生活境遇出发，欣赏戏曲搬演，认同戏曲作品传达的生存理想，则使团圆旨趣身份建构成为古代戏曲本体独具的一大审美特色。

---

① 徐元诰撰，王树民、沈长云点校：《国语集解》，中华书局2002年版，第470—472页。
② 同上书，第112页。
③ 阮元：《十三经注疏》，中华书局1980年版，第787页。

《礼记》云："喜怒哀乐之未发，谓之中。发而皆中节，谓之和。中也者，天下之大本也；和也者，天下之达道也。致中和，天地位焉，万物育焉。"①意思是说，喜怒哀乐是人的思想感情，在还没有发生的时候，心灵平静安宁不偏不倚，所以称之为"中"；"中"是天下万事万物的根本，"和"是天下万事万物共行共享的大道；如果能够把"中和"的道理向四面八方推广达到圆满的境界，那么天下万事万物就能够各就其位、各安其所、各遂其生了。就此，朱熹对"中和"做了详细的阐发，《中庸第二十九》云："喜、怒、哀、乐，情也。其未发，则性也。无所偏倚，故谓之中。发皆中节，情之正也，无所乖戾，故谓之和。"②从这里可以看出，"中"即适中、中正、无过与不及、不偏执、恰到好处，"和"即和谐、调和、平和、融合、匀称。先秦儒家把"中和"提高到"天下之大本""天下之达道"的程度，显示了对"中和"的高度重视，强调天下万事万物的"中和"因此成为儒家的核心价值观之一。朱熹博大精深的理学体系以先秦儒家"中和"观为根基，继承先秦儒家"中和"学说并发扬光大，成为程朱理学的有机组成部分，在中华民族传统文化史上具有继往开来的思想价值与学术意义。

从"中和"观出发，儒家自始至终崇尚和谐，《论语》在道德价值取向上强调"礼之用，和为贵。先王之道，斯为美"③。惠栋的《易例》认为儒家的学说一言以蔽之："曰中和，曰《诗》尚中和，曰《礼》《乐》尚中和，曰君道尚中和，曰建国尚中和，曰《春秋》尚中和。"④儒家把"和为贵"思想导入伦理、朝政领域，主张太上立德，修身养性，在礼的节制运用下，人们的心理和伦理、个体和社会达到和谐的美好状态。周敦颐的《慎动第五》云："用而和，曰德。"⑤周敦颐认为"用"之所以能够做到"和"，是因为用者身上得到了"道"的贯注，而没有必要等待外部事物的援助，这种关系的体现就是人性所具有的"德"。司马光的《资

---

① 阮元：《十三经注疏》，中华书局1980年版，第1625页。

② 朱杰人等主编《朱子全书》第2册，上海古籍出版社、安徽教育出版社2002年版，第559页。

③ 杨伯峻译注《论语译注》，中华书局1980年版，第8页。

④ 永瑢等：《四库全书总目提要》第2册，商务印书馆1931年版，第55页。

⑤ 周敦颐：《周敦颐集》，中华书局1990年版，第17页。

治通鉴》亦云："聪察强毅之谓才，正直中和之谓德。"①司马光的观点得到关汉卿的认同响应，关汉卿创作的杂剧《钱大尹智宠谢天香》道："（钱大尹云）聪明强毅谓之才，正直中和谓之性。"②耶律楚材则针对修身养性而论，其《玄风庆会录》云："修身之道，贵乎中和，太怒则伤乎身，太喜则伤乎神，太思虑则伤乎气。此三者于道甚损，宜戒之也。"③儒家崇尚"中和"观及强调"和为贵"的理念在社会上产生的广泛而深远影响，具体表现为人们的"中和"身份认同对象多种多样。

例如：在朝廷治政中，统治者吸纳儒家"中和"观，视"中和"为统治秩序的理想境界，又是实施治国理政的基本原则。清朝顺治十三年（1656），世祖章皇帝认同贯彻儒家经典有益于朝政，御撰《御注道德经》云："盖儒书如培补荣卫之药，其性中和，可以常饵。"④在地位象征方面，唐朝杜佑云："黄帝之号，按《白虎通》云：'先黄后帝者，古者质，生死之称各特行，合而言之，美者在上。黄帝始制法度，得道之中，万代不易，后代虽盛，莫能与同。后代德与天同，亦得称帝；不能制作，故不得复称黄也。'黄者中和美色，黄承天德，最盛淳美，故以尊色为谥也。"⑤在朝廷和戏曲舞台上，皇帝身着黄色龙袍正是源于此中和美色与淳厚尊色。在日常生活中，儒学思想家要求人们把握天下万事万物的"中和"，并且实行"中和"，使各种困难障碍迎刃而解。邵雍撰诗《中和吟》云："性亦故无他，须是识中和。心上语言少，人间事体多。如霖回久旱，似药起沉疴。一物尚不了，其如万物何。"⑥在中医养生方面，传统中医药学重视平衡滋补，何瑭撰《医学管见》，凡22篇，自记谓因读《素问》及《玉机微义》二书而作，然《四库全书总目提要》评价说："其说皆主于大补大攻，非中和之道。"⑦在民俗节日方面，唐德宗贞元五年（789）改正月晦日为中和节，周密云："二月一日，谓之中和节，唐

---

① 司马光：《资治通鉴》，中华书局1956年版，第14页。
② 王季思主编《全元戏曲》第1卷，人民文学出版社1990年版，第223页。
③ 李修生主编《全元文》第1册，江苏古籍出版社1999年版，第270页。
④ 永瑢等：《四库全书总目提要》第28册，商务印书馆1931年版，第43页。
⑤ 杜佑：《通典》，中华书局1988年版，第2710页。
⑥ 邵雍：《邵雍集》，中华书局2010年版，第507页。
⑦ 永瑢等：《四库全书总目提要》第20册，商务印书馆1931年版，第40页。

人最重。"① 宋承唐制，亦有中和节。在命名取号方面，元代李道纯撰《中和集》。元代建有中和书院，明代陆深撰《中和堂随笔》，清代朝廷设中和殿大学士。在绘画成像方面，黄采图解《周易》，撰《性图》一卷，这本书将性绘画立为六图，以发明心性之宗旨，其中第六图取名为《中和图》。在思想流派方面，元好问的《张几道炼师真赞》云："玄学为家，平实中和，静焉而不哗。"② 在文章写作方面，元好问的《张仲经诗集序》转述杨公有话云："文章，天地中和之气，太过为荒唐，不及为灭裂。"③ 在书法艺术方面，项穆家学深厚，耳濡目染，对书法特别擅长，于是抒发心得，撰《书法雅言》一书，凡17篇，其中的《中和》篇认为："书有性情，即筋力之属也；言乎形质，即标格之类也。真以方正为体，圆奇为用；草以圆奇为体，方正为用。……圆而且方，方而复圆。正能含奇，奇不失正，会乎中和，斯为美善。"④ 在音乐声律方面，杜佑云："五声者，一曰宫，宫者，义取宫室之象，所以安容于物。宫者，土也，土亦无所不容，故谓之宫。又宫者，中也，义取中和之理。其余四声而和调之。"⑤ 其中，"宫者，中也，义取中和之理"，直接贯通了与后世戏曲音乐身份认同的关系。在戏曲化妆方面，京剧对搬演老年人及部分中年人的须生一般采用的是淡妆，不会去刻意表现须生脸面上的皱纹苍老等微小细节，因为它在舞台上对展示人物形象的艺术效果不明显，而是突出须生血气中和的基本肤色，注重强调人物形象装扮的整体艺术效果。综合以上人们多种多样的关于"中和"的对象身份认同，以及儒家"和为贵"的道德价值取向，显而易见，"和为贵"亦成为戏曲以歌舞演故事团圆旨趣的最高价值取向与艺术创作目标。

古代，中和是与"礼""乐"联系在一起的。"礼"与"乐"相辅相成，"礼"是朝廷对官员的等级规定要求，"乐"是调和统治阶级内部的人际关系，两者和谐气氛，融洽感情。这种调谐及融洽的作用就是"中和"，所以荀子的《劝学》说：

---

① 周密：《武林旧事》，中华书局2007年版，第61页。
② 元好问：《元好问全集》下册，山西人民出版社1990年版，第73页。
③ 李修生主编《全元文》第1册，江苏古籍出版社1999年版，第314页。
④ 项穆：《书法雅言》，《历代书法论文选》，上海书画出版社1979年版，第526页。
⑤ 杜佑：《通典》，中华书局1988年版，第3635页。

《礼》之敬文也,《乐》之中和也"①;白居易说:"乐者,以易直子谅为心,以中和孝友为德。"②"中和"在美学上区别于激切、浓烈、枯燥、生硬,而显示温润、和煦、柔缓、平宜,诚如孔子在《论语》中所说:"乐而不淫,哀而不伤"③,对此,朱熹《论语集注》认同并且阐述道:"淫者,乐之过而失其正者也;伤者,哀之过而害于和者也。"④又《宋史》云:"中和雅正,则感人心、导和气,不曰治世之音乎?"⑤这就是说,雅正之乐是中和的,与世道朝政有补。毕沅认为音乐的中和取决于八音的协调及演员的歌唱一致性,《续资治通鉴》云:"圣人作乐以纪中和之声,所以导中和之气。清不可太高,重不可太下,使八音协谐,歌者从容而能永其言,乃中和之谓也"⑥。为了发挥中和之乐的作用,唐代,宫廷创作并演奏有中和乐,德宗制作中和舞,舞成八卦象中和之容。元代,脱脱等《宋史》云:朝廷百官臣僚"作乐于宫中。遇南至、元正、清明、春秋分社之节,亲王内中宴射,则亦用之。奏大曲十三:一曰中吕宫《万年欢》;二曰黄钟宫《中和乐》"⑦。周密《武林旧事》"官本杂剧段数"列:霸王中和乐、马头中和乐、大打调中和乐、封陟中和乐。清代乾隆七年(1742),为了加强对宫廷礼乐的管理,朝廷特设乐部,将内务府掌仪司所属之中和乐处划归乐部管理,凡遇皇帝御内殿、皇后御中宫,皆演奏中和乐。宫廷里的燕筵、重要典礼不仅有中和乐承应,而且还有乐舞、散乐、百戏、戏曲等承应。儒家注重"礼"和"乐"作为对人们进行感化教育的手段,对人们的内在情感和外部行为进行着规范和调节,旨在使人们的言行举止达到中和的状态,从而实现国泰民安的社会治政环境。诚如王旭《中和堂记》所云:"《周礼》大司徒以五礼防万民之伪而教之中,以六乐防万民之情而教之和,盖中者礼之所以立也,和者乐之所由生也。守天理之节文,而无过与不及之失,顺天

---

① 梁启雄:《荀子简释》,中华书局1983年版,第8页。
② 白居易:《沿革礼乐》,《白居易集》,中华书局1979年版,第1364页。
③ 杨伯峻译注《论语译注》,中华书局1980年版,第30页。
④ 朱杰人等主编《朱子全书》第6册,上海古籍出版社、安徽教育出版社2002年版,第89页。
⑤ 脱脱等:《宋史》,中华书局1977年版,第3358页。
⑥ 毕沅:《续资治通鉴》,中华书局1957年版,第1881页。
⑦ 脱脱等:《宋史》,中华书局1977年版,第3359页。

理之自然，而无倒行逆施之弊，则中和得而礼乐在其中矣。故中和者，所以治性情而修礼乐者也。"① 为"礼"服务的中和之乐也渗透到古代戏曲的方方面面，制约着戏曲家的剧本创作与广大市民百姓的审美接受，因而也影响了古代戏曲的发展。元代钟嗣成认为："歌曲辞章，由于和顺积中，英华自然发外。"② 在这个意义上，就古代戏曲而言，戏曲以歌舞演故事崇尚礼乐融洽的团圆旨趣，其价值取向与儒家崇尚"中和"观及强调"和为贵"的价值取向一脉相承。

与此同时，儒家也看到了天下万事万物客观存在的种种差别，自始至终强调整体中和及部分"和而不同"。孔子曰："君子和而不同，小人同而不和。"③ 对此，何晏《论语集解》阐释云："君子心和，然其所见各异，故曰不同；小人所嗜好者同，然各争利，故曰不和也。"④ 朱熹《论语集注》亦进一步地阐释云："和者，无乖戾之心。同者，有阿比之意。"⑤ 这就是说，君子能够一致崇尚仁义，做到内心和谐，但是也各抒己见，承认、尊重并允许认知上或心性上有差异；而小人一味争名夺利，内心不和谐，于是造成人们相互之间关系不和谐。君子的"和而不同"值得充分肯定，小人的"同而不和"则需要道德教化。由此推而言之，在中华民族传统文化里，"和而不同"就是在思想意识与人生价值取向上始终保持目标一致，而在具体处理自我与他者、个人与社会之间的关系上，要承认、尊重并允许人们相互之间存在观点、信仰、文化和生活方式等的不同，要求大同存小异，从而使天下万事万物达到和谐共处的整体美好状态，以差异化身份认同为基础，实现人们共同的社会理想。因此说，儒家认为通过崇尚"中和"观，经由强调"和而不同"，是达到中和尤其是"和为贵"理想境界的重要途径之一。

"和而不同"体现了中华民族传统思维方式具有趋向于寻求对立面统一的辩证思维性质。在天与人、理与气、形与神、心与物、名与实、体与用、文与质、言

---

① 李修生主编《全元文》第19册，江苏古籍出版社1999年版，第516页。
② 钟嗣成：《录鬼簿》，《中国古典戏曲论著集成》（二），中国戏剧出版社1959年版，第104页。
③ 杨伯峻译注《论语译注》，中华书局1980年版，第141页。
④ 王云五主编《丛书集成初编》，商务印书馆1937年版，第186页。
⑤ 朱杰人等主编《朱子全书》第6册，上海古籍出版社、安徽教育出版社2002年版，第185页。

与意等诸两两对立范畴的关系上,在儒家学说居于主流意识形态地位的情形下,古代哲人在讲求两者的区别的同时,更讲求两者作为对立面的统一,总的价值取向不是主张诸如此类的天下万事万物的分离割裂,而是注重其间融会贯通地把握联系,寻求两者作为对立面自然地开放、包容、和谐、统一。因此,从一定意义上来看,"中和"就是保持两个对立事物"和而不同"的状态,利用两个对立事物"和而不同"的相辅相成作用,消弭两个对立面差异导致的矛盾冲突之后所获得之和谐的结果。

就古代戏曲而言,儒家肯定"和而不同"的理念和辩证思维的作用对戏曲意义重大。"和而不同"成为了古代戏曲本体作为综合艺术的开放性、包容性、融合性的决定因素。在本体身份的建构上,古代戏曲是文学、音乐、舞蹈、绘画、雕塑、建筑等诸各别艺术门类的集大成,诸各别艺术门类"和而不同"的本质属性综合构成,形塑了戏曲之所以区别诸各别艺术门类的独特本体身份。在古代戏曲作为综合艺术的基础上,"和而不同"亦成为戏曲以歌舞演故事团圆旨趣的决定性因素。至于古代戏曲的团圆旨趣建构,从"圆"的理念到"圆"的具象,再到戏曲以歌舞演故事的舞台"团圆"旨趣呈现,烙印了中华民族传统"中和"观及"和而不同"审美文化的独特流变和发展脉络。

详言之,"中和"的典型表现形式是"圆"。圆形似乎是自古迄今中国人最喜欢的图形之一。俗话说:万物生长靠太阳。中华民族原始社会的先民像世界各国大多数的原始民族先民一样,很早就产生了太阳神崇拜,景以恩云:"华夏帝王的炎帝、黄帝、太昊、少昊等,都是太阳或太阳酋长的不同称谓;从文物、典籍各方面看,都与太阳有密切关系,因此说,华夏族是太阳之族,华夏领袖是太阳之子——'天子'……《白虎通·五行》云:'炎帝者,太阳也。'……黄帝实即太阳之帝也。……颛顼,又称高阳,义为高高在上的太阳。"[1]中华民族原始社会的先民从太阳的形状和光华识别认同了"圆",例如,贺兰山最有代表性的远古岩画太阳神头部有放射形线条,面部呈圆形。清朝,劳史撰的《余山遗书》云:"飞禽上升属阳,阳象圆,圆者径一而围三。"[2]先民通过对"圆"形太阳神的顶礼膜拜实现了

---

[1] 景以恩:《太阳神崇拜与华夏族的起源》,《民间文学论坛》1998年第1期。
[2] 永瑢等:《四库全书总目提要》第19册,商务印书馆1931年版,第27页。

天与人的沟通，获得了心灵企望的满足。"和而不同"的典型表现也是"圆"。融汇了儒道思想的阴阳鱼太极图形状是画一个圆圈，中间再划一条曲线，一半是黑色，一半是白色，黑白两色组成的双鱼图之间既相互对立、互相区别，又相互连接、相互包摄，整体上达到了内部中和、平衡、统一的状态。这表明"圆"是一个无极的有机整体，内部构造可以存在差异，这也意味着天与人存在不同、区别、对立，但是，终归包容、和谐、统一。这种差异尽管有动静变化，但是毕竟不会对"圆"的整体产生任何破坏性解构，而只会对"圆"的整体进行全面的完善性建构。

在崇尚"中和"与肯定"和而不同"的价值取向和思维方式的影响下，儒家思想家对"圆"产生了特别的兴趣、认知、感悟和象征性阐发。面对日出日落年复一年、春夏秋冬四季轮回、风雪雨电应时而至、山水草木荣枯更新等自然现象，所有的一切事物都按照自身发展的客观规律生长着变化着，不以人的意志为转移，不以人的爱好偏离轨道，古人从中发现了自然界客观规律的循环往复特点，因此，儒家的经典《周易》说："无平不陂，无往不复。"①，理学大师朱熹的《四书章句集注》认同并阐发说："天运循环，无往不复。"②古人把自然现象变易理解为周期性的循环反复，日日生新，时时变化，永恒运动，但是，最终又复归如初，连绵再现，其过程是一个封闭式的圆圈，俨然圆的物化形态无始无终、无穷无尽。儒家把这种经验性的对自然现象的感悟上升到思辨性的抽象思维理解，就形成了一种认同物理循环往复性质的圆形思维方式，而将这种抽象思维作用于具体物化对象，就产生了"天圆地方"说。例如，项穆云："天圆地方，群类象形，……圆为规以象天，方为矩以象地。方圆互用，犹阴阳互藏。……会合中和。"③"圆"为和谐的整体融会机制；"方"为和谐整体中的独立个体。反过来说，"天圆地方"虽然存在阴阳差异，但是平衡机制使之导致中和。程颐的《于吕大临论中书》说："中也者，所以状性之体段，如称天圆地方。"④在本质上，"天圆地方"是古人对《周易》

---

① 阮元：《十三经注疏》，中华书局1980年版，第28页。
② 朱杰人等主编《朱子全书》第6册，上海古籍出版社、安徽教育出版社2002年版，第14页。
③ 项穆：《书法雅言》，《历代书法论文选》，上海书画出版社1990年版，第521—522页。
④ 程颢、程颐：《二程集》，中华书局1981年版，第606页。

阴阳体系中关于天地生成及运行规律的形象思维阐述，其更多的是具有本质象征意义。当然，自然科学意义上的"地圆说"直到明代引进西学才出现。明代万历甲寅（1614），西洋人熊三拔撰《表度说》，是书"谓地本圆体，故一日十二辰更叠互见，……是时地圆地小之说初入中土，骤闻而骇之者至众"①。不过，西学"地圆说"并不能从根本上立刻改变古代中国人传统的"天圆地方"观念。在儒家学说中，《周易》为百经之首、国学之源，其思想体系认为天下万事万物都是由阴阳演化而来的。《周易》云："一阴一阳之谓道，继之者善也，成之者性也"②，意思是说，一阴一阳的运行变化称之为道，人从天道的变化之中得到了善，人性使天道赋予人的善良品质得以完成和显现。因此，在古代的各门学科中，都有阴阳的思想熔铸其中，与此同时，本质上属于中和阴阳的关于"圆"的形象思维在物化对象中也得到了充分体现。这就为戏曲作为"和而不同"的综合艺术的建构创造了必要的条件，又进一步为戏曲以歌舞演故事团圆旨趣的建构提供了充分的可能。

从戏曲艺术的综合性反观各门类艺术，"圆"的形象思维在文学中主要体现为作品内容尤其是结尾的余味深长。例如：宋代有话本小说《冯玉梅团圆》，其中"月子弯弯照九州"是一首产生于南宋建炎年间（1127—1130）的江南吴地山歌，至今流传不衰。李调元引《古今诗话》载黄庭坚说："作诗如杂剧，临了须打诨，方是出场。"③ 这是说黄庭坚认为杂剧的结尾要打诨热闹，使杂剧的搬演在观众的感受中意犹未尽。刘熙载的《艺概》道："玉田《词源》，最重结声。"④ 宋代张炎，号玉田，撰词学著作《词源》。刘熙载在这里指出张炎的《词源》特别关注词的结尾的写法和声韵。元代陶宗仪论作今乐府的方法，引用乔吉的话说："作乐府亦有法，曰凤头，猪肚，豹尾六字是也。大概起要美丽，中要浩荡，结要响亮；尤贵在首尾贯穿，意思清新。苟能若是，斯可以言乐府矣。"⑤ 所谓"结要响亮"，就是说要乐府的结尾要做到措辞的精粹与发声的嘹亮。王恽认为，任何文章的写作，

---

① 永瑢等：《四库全书总目提要》第 20 册，商务印书馆 1931 年版，第 66—67 页。
② 阮元：《十三经注疏》，中华书局 1980 年版，第 78 页。
③ 李调元：《剧话》，《中国古典戏曲论著集成》（八），中国戏剧出版社 1959 年版，第 41 页。
④ 袁津琥校注《艺概注稿》，中华书局 2009 年版，第 593 页。
⑤ 陶宗仪：《南村辍耕录》，中华书局 1959 年版，第 103 页。

都要将最精妙的心思放在结尾，使文章越读越有滋味，云："鹿庵先生曰：'作文之体，其轻重先后犹好事者以画娱客，必先示其寻常，而使精妙者出其后。'予偶悟曰：'此倒食甘蔗之意也。'"①王世贞认为歌行创作的难点在结尾，不仅要运用雅词，而且还要在音调声韵上有一唱三叹的语音袅袅的音乐美，其《艺苑卮言》云："歌行有三难：起调一也，转节二也，收结三也。惟收为尤难。如作平调，舒徐绵丽者，结须为雅词，勿使不足，令有一唱三叹意。"②房玄龄等撰《晋书》评歌诗，认为作曲的结尾很重要，曲终之后还要有余音绕梁的令人把玩的艺术回味，云："（成公）绥雅好音律，尝当暑承风而啸，泠然成曲，因为《啸赋》曰：……曲既终而响绝，余遗玩而未已，良自然之至音，非丝竹之所拟。"③

与"圆"的文学相关联，"圆"的形象思维在戏曲文学中的团圆旨趣的建构，主要体现为剧本叙事皆大欢喜的团圆结局。例如：元代高茂卿撰杂剧《翠红乡儿女两团圆》。杨文奎、杨景贤分别撰杂剧《两团圆》。关汉卿的《钱大尹智勘绯衣梦》第四折云："富嫌贫悔了亲事，倒陪与万贯家缘。窦鉴等封官赐赏，李庆安夫妇团圆。"④施惠的《幽闺记》第四十出《洛珠双合》云："【前腔】铁球漾在江边，江边；终须到底团圆，团圆。戏文自古出梨园。今夜里且欢散，明日里再敷演，明日里再敷演。"⑤刘唐卿的《白兔记》第三十三出《团圆》云："【大环着】（众）因孩儿出路，因孩儿出路，打猎沙陀，偶见林中白兔跷蹊。若非他引见母，怎能够夫妻相会？前生里今日奇，从此团圆永效于飞。"⑥明代世德堂本《五伦全备记》副末开场云："亦有悲欢离合，始终开合团圆"，第二十九出为《会合团圆》。陈继儒的《〈红拂记〉跋》评《红拂记》云："好结局，各从散漫中收做一团，妙妙。"⑦清初，李渔创作有《巧团圆》，李玉创作有《永团圆》。元明清时期，戏曲创作或者改编，大团圆的结局已经成为普遍的现象，顾随的《〈祝英台〉跋》云："吾国

---

① 王恽：《玉堂嘉话》，中华书局2006年版，第63页。
② 罗仲鼎校注《〈艺苑卮言〉校注》，齐鲁书社1992年版，第26页。
③ 房玄龄等：《晋书》，中华书局1974年版，第2373—2374页。
④ 关汉卿：《关汉卿全集》，广东高等教育出版社1988年版，第348页。
⑤ 毛晋编《六十种曲》第3册，中华书局1958年版，第116页。
⑥ 毛晋编《六十种曲》第11册，中华书局1958年版，第89页。
⑦ 蔡毅：《中国古典戏曲序跋汇编》，齐鲁书社1989年版，第1203页。

人多所避忌,故不喜悲剧,《窦娥冤》及《海神庙》,至明而俱改为当场团圆之传奇,其事迹乃能流传至今耳。"①

"圆"的形象思维在音乐中主要体现为旋律的清新流转和煞尾的雅正精神。例如:曲终奏雅指乐曲到终结处奏出了典雅纯正的乐音。汉代班固云:"扬雄以为靡丽之赋,劝百而风一,犹骋郑卫之声,曲终而奏雅。"②梁章钜认同云:"曲终奏雅,则非但雅谑,而官箴矣。"③明代,王骥德强调戏曲的尾声要关注全部的精神,云:"尾声以结束一篇之曲,须是愈着精神,末句更得一极俊语收之,方妙。"④凌蒙初认为戏曲的尾声末句是影响全剧的至关重要的问题,云:"尾声,元人尤加之意,而末句最紧要。北曲尚矣,南曲如《拜月》,可见一斑。大都以词意俱若不尽者为上,词尽而意不尽者次之。若词意俱尽,则平平耳。"⑤清代刘熙载指出戏曲的结尾要有不竭于耳的耐人生发情感的韵味,其《艺概》云:"曲一宫之内,无论牌名几何,其篇法不出始、中、终三停。始要含蓄有度,中要纵横尽变,终要优游不竭。"⑥庄亲王、周祥钰指出宫调的结尾在音乐上要能够与全剧内容相呼应,其《〈新定九宫大成北词宫谱〉凡例》云:"北调【煞尾】最为要紧,所以收拾一套之音节,结束一篇之文情。"⑦焦循的《剧说》引《癸辛杂志》,认为如果结尾不专注用力,则将使全剧的文学性与音乐性处于不和谐的状态,从而损害作品的艺术效果,云:"梨园旧乐工云:'凡燕集初作,或用上字,或用工字,然必须众乐皆然,是谓'谐和';或有一时煞尾参差不齐,则谓之'不和'"⑧。此外,戏曲搬演要求演员的唱曲做到有板有眼、字正腔圆。元代,燕南芝庵指出:"声要圆熟,腔要彻

---

① 蔡毅:《中国古典戏曲序跋汇编》,齐鲁书社1989年版,第2646页。
② 班固:《汉书》,中华书局1964年版,第2609页。
③ 梁章钜:《归田琐记》,中华书局1981年版,第137页。
④ 王骥德:《曲律》,《中国古典戏曲论著集成》(四),中国戏剧出版社1959年版,第139页。
⑤ 凌濛初:《谭曲杂札》,《中国古典戏曲论著集成》(四),中国戏剧出版社1959年版,第256页。
⑥ 袁津琥校注《艺概注稿》,中华书局2009年版,第594页。
⑦ 蔡毅:《中国古典戏曲序跋汇编》,齐鲁书社1989年版,第138页。
⑧ 焦循:《剧说》,《中国古典戏曲论著集成》(八),中国戏剧出版社1959年版,第87页。

满"①，即戏曲家常说的"字正腔圆"的要求。所谓腔圆，即声音圆润动听，腔调婉转优美。清代李塨撰《李氏学乐录》，其说"主于四上尺工六五字，除一领调字，余字自领调一声递高，又自领调一声递低，圆转为用。"②王德晖、徐沅澄云："字各有头腹尾，谓之声音韵。声者出声也，是字之头；音者度音也，是字之腹；韵者收韵也，是字之尾。……其间运化，既贵轻圆，犹须熨贴。"③所谓"轻圆"，即吐字清圆飘逸。

"圆"的形象思维在舞蹈中主要体现为舞者队伍的圆形和舞者的圆步，合称"圆场"。圆圈舞是原始歌舞"圆场"的一种基本模式。在青海省大通县上孙寨出土的新石器时代舞蹈纹彩陶盆，其内壁上描画有五个人一列共三列正在舞蹈的人，环绕盆沿手舞足蹈，队伍形成圆圈的艺术形状。当代，不少居住在祖国边陲地区的少数民族还有较为完整的圆圈舞遗留保存。例如，云南省纳西族的祭天歌舞在古代也是祭祀性的圆圈舞，随其祭天的古代风俗一起传承至当代，成为少数民族舞蹈艺术中的一大特色。

与"圆"的音乐、舞蹈相关联，"圆"的形象思维在戏曲音乐、舞蹈中的团圆旨趣的建构，主要体现是以歌舞搬演为手段，为实现剧本叙事皆大欢喜的团圆结局服务。当戏曲搬演时，演员轻圆的歌唱"盘旋"于剧场，圆步的舞蹈"宛转"于舞台，圆形的手功"小云手"和"大云手"舞蹈于组合，所展示的戏曲音乐美和舞蹈美归属于中和，是历代不绝如缕的戏台绝美情状，诚如吴伟业的《〈北词广正谱〉序》云："今之传奇，即古者歌舞之变也。然其感动人心，较昔之歌舞更显而畅矣。盖士之不遇者，郁积其无聊不平之慨于胸中，无所发抒，因借古人之歌呼笑骂，以陶写我之抑郁牢骚；而我之性情，爰借古人之性情，而盘旋于纸上，宛转于当场。于是乎热腔骂世，冷板敲人，令阅者不自觉其喜怒悲欢之随所触而生，而亦于是乎歌呼笑骂之不自已，则感人之深，与乐之歌舞，所以陶淑斯人而

---

① 燕南芝庵:《唱论》，《中国古典戏曲论著集成》(一)，中国戏剧出版社1959年版，第159页。

② 永瑢等:《四库全书总目提要》第8册，商务印书馆1931年版，第73页。

③ 王德晖、徐沅澄:《顾误录》，《中国古典戏曲论著集成》(九)，中国戏剧出版社1959年版，第68—69页。

归于中正和平者,其致一也。"①另外,《琵琶记》有曲牌【永团圆】,《拜月亭》有曲牌【团圆旋】。蚧衲牧幻的《〈风流院〉叙》云:"(《风流院》)腔韵和,音律正,场户清,关目密,科诨翻新,收场脱套,是传奇中一座南阳无缝塔也。"②戏曲圆形歌舞的搬演过程,就是为剧本叙事皆大欢喜的团圆结局创造美的氛围,进而激发并凝聚观众审美娱悦情感的过程。

其他门类艺术诸多"圆"的不同形式和形象思维的物化体现,也会被戏曲家自觉摄入审美意识当中,为凝聚以歌舞演故事的"团圆"旨趣发挥潜移默化的积极作用,辅助戏曲以歌舞演故事的"团圆"旨趣的舞台呈现。例如,在绘画方面,"圆"的形象思维在绘画中主要体现为二维平面构造的圆形。明代,男子的便服多穿袍衫,袍衫上的画纹图样大多数寓含有吉祥之意,比较常见的是团云和蝙蝠图形中间嵌一团型的"寿"字,意思为"五蝠捧寿"。与圆形绘画相关联,在戏曲搬演时,这种团云和团型"寿"字的图案迄今仍然用于戏曲服装的图案。徐慕云道,清代南府时期从事戏曲承应的诸生"皆有一定之服制,例穿一裹圆袍,上加外套,戴大帽,穿双脸靴子"③。古代戏曲砌末中有多种多样的彩绘圆伞。在雕塑方面,"圆"的形象思维在雕塑中主要体现为全方位立体造型的圆形。秦代瓦当阳雕有团龙图案。2015年,江西省南昌市西汉海昏侯墓出土了雕有龙凤纹等图案的玉佩饰,中间呈镂空的圆形。与圆形雕塑相关联,河南省社旗县山陕会馆悬鉴楼迄今保存有一座清代建筑的戏楼,础座上部四角以圆雕的艺术手法各雕刻有两条蟠龙,抱鼓石之上分别站立圆雕之狮、虎、麒麟、英招等吉祥动物和神兽,使得戏台呈现了一种繁复而圆满的精美造型。在建筑方面,"圆"的形象思维在建筑中主要体现为三维立体构造的圆形。古代天子每年都在圆丘举行祭天仪式,圆丘即圆形的高坛,何清谷《三辅黄图》云:"昆明故渠南,有汉故圆丘,高二丈,周回百二十步。"④圆丘的"圆"形象化地象征了天,意味着天人合二为一,天、地、人三者"和而不同"的和合圆满。《周礼》云:"冬日至,于地上之圆丘奏之。"贾公

---

① 蔡毅:《中国古典戏曲序跋汇编》,齐鲁书社1989年版,第79页。
② 同上书,第1369页。
③ 徐慕云:《中国戏剧史》,上海古籍出版社2001年版,第73页。
④ 何清谷:《三辅黄图校释》,中华书局2005年版,第299页。

彦疏曰:"土之高者曰丘,取自然之丘。圆者,象天圆。"①圆丘作为上古祭祀仪式的坛场,是古代戏曲戏台的源头。圆形凹面藻井是古代传统建筑中室内顶棚的独特装饰之一,多用在宫殿、寺庙中的宝座、佛坛上方最重要的部位。与圆形建筑相关联,上海三山会馆戏台、浙江绍兴东安安城庙戏台等都装饰有圆形凹面藻井,戏台上还有圆柱支撑顶棚。戏曲圆形绘画、雕塑、建筑的设计造型,为实现剧本叙事皆大欢喜的团圆旨趣提供了物质载体,为积淀深厚的中华民族传统圆形审美文化提供了心理基础和行为支持。

儒家的"中和"观以天人合一为意识形态核心,"和为贵"为道德追求理想,"和而不同"为求同存异整体,"圆"为形象思维显现,以人为本、和合圆满为审美文化心理,建构了中华民族传统文化的主体。各门类艺术"和而不同"的中和及有机综合成就了戏曲本体,在此基础上,"和而不同"的各门类艺术的"圆"形价值取向和思维方式的中和及聚集,成就了戏曲以歌舞演故事的团圆旨趣。戏曲以歌舞演故事的团圆旨趣,既是在规定的舞台时空内戏曲家处理戏剧性矛盾冲突的形式,又是以儒家"中和"观为主导的中华民族传统审美文化价值取向和思维方式的内容。清代李渔《闲情偶寄》提出"团圆之趣"②的要求,是建立在自我和他者的戏曲创作经验总结基础之上的。李渔强调戏曲创作要有"团圆之趣",代表了中华民族传统文化经久不衰的审美趣味,在遵循儒家"中和"观的基础上,进一步为戏曲以歌舞演故事的团圆旨趣指明了发展方向。

第三节 佛教"轮回"观与果报题材策略

佛教是一种宗教,也是一种文化形态。从国学视域来看,在中国,佛教是中华民族传统文化的有机组成部分。中国化的佛教对古代戏曲的形成和发展产生了

---

① 阮元:《十三经注疏》,中华书局1980年版,第790页。
② 李渔:《李渔全集》第三卷,浙江古籍出版社1992年版,第63页。

重要的作用，也是人们实现戏曲身份认同的一个重要方面。

原始佛教是约公元前6至公元前5世纪由释迦牟尼创始，其弟子相继传承时期的印度佛教。由释迦牟尼和弟子们建构的佛教教义，大约在公元前6至公元前4世纪中叶基本完成。印度佛教传入中国大约在两汉之交。西汉时，中国开辟了通向西域诸国的丝绸之路，相互之间的政治、经济、文化等的交往频繁。东汉之初，佛教从印度通过来华的商人、使节等传到中国。魏晋时期，外国僧人和汉僧大量翻译佛经，阐释传播佛教教义。南北朝时期，在与儒学、道教的冲突与磨合中，佛教思想逐渐中土化，而且深入人心。隋唐时期，佛教的发展达到了鼎盛。在经历了长期的与儒、道的对立、辩驳、磨合之后，宋元明清时期，佛教与儒、道学说相融合，彻底转型为中国化的佛教，在大量传播与深入普及的基础上，佛教的教义逐渐渗透到社会各阶层人们的思想和血脉当中，从而丰富和充实了中华民族传统文化的内涵，成为中国封建社会思想文化体系中的重要组成部分。

佛教对中华民族传统文化的影响时间长、范围广，作为封建社会统治阶级意识形态的一部分，除了对社会发展具有积极的、促进的一面之外，也有消极的、保守的一面。例如，受佛教的影响，古代戏曲家作剧采用因果报应、生死轮回等果报题材，强调善恶因果报应，对古代戏曲的形成和发展予以了有力的推动，对古代人们的戏曲身份认同和社会审美文化产生了向好的作用。与此同时，古代戏曲有的作品涉及菩萨罗汉、神鬼迷信等果报题材，由于过度诠释"出世"以至于导致荒诞不经、悲观厌世，也对古代人们在戏曲欣赏后的精神产生过麻醉腐蚀，对古代人们的戏曲身份认同和社会审美文化产生了向差的作用。

佛教"轮回"观以缘起说为出发点，与因果说和业报说相结合。"缘起"说是全部佛教理论的基础和核心。

佛教"缘起"说认为，首先，宇宙中的一切事物都是由互相依赖的条件或原因而形成的，或者说，是由一定的因缘而产生的，一切事物都是因果关系的存在，离开因果关系就不存在任何事物；其次，事物与现象之间有因果的连续性，有因必有果，因果之间可以互相转化；再次，外界事物和人的内心也是互为因缘、互为贯通的。这表明佛教在"缘起"说之上演绎建构了"因果"说。

佛教"因果"说认为，这种因果关系和转化是一个无穷无尽的过程，亦谓之"无常"，意思是说，世间一切事物都受到时空条件的制约而变动不居，生长有时，灭亡亦有时，事物的存在只是遵循缘起的因果法则暂时的存在，各种各样的

"因"聚在一处，相互依存，产生或者说有条件地共同产生暂时的存在，事物的缘起"因"如若发生改变，事物的"果"也就会发生改变。由此可见，"无常"所谓一切事物生灭相续，包含了因果相续的理念。在佛教伦理思想看来，"因果"说是产生善恶因果业报关系的基础，于是，佛教又建构了"业报"说。

佛教"业报"说认为，因是体，果是报，善是能够获得好果报的事物，恶是不能够获得好果报的事物。人实施善恶的行为都会形成"业力"，待因缘成熟的时候，便会产生相应的果报。善的业力产生善报，恶的业力产生恶报。这就是说，业力是决定人生成败的重要因素之一。所谓业力，指的是人的行为、语言和意念的积累而形成的、直接推动生命延续的力量。佛教认为，人有身、口、意三种活动，身是人的身体发出的动作，口是人的嘴说出的言语，意是人的意念思维活动。这三种活动称之为"三业"，人生有善、恶两种业之分。顺理利人是善的活动，违理损人是恶的活动。人生按照不同的业力（行为）在来世获得不同的果报，行善者得善报，行恶者得恶报，果报之上又可以造新业，再感未来果报，如此往复流转，在过去（前世）、现在（现世）、未来（来世）三世，天上、人间、阿修罗、地狱、恶鬼、畜生六道，胎生、卵生、化生、湿生四生里轮回贯穿转生不已。正是基于此，佛教所谓因果相续在时间流程上贯通三世，因而，佛教的善恶因果业报理论与生死三世轮回理论发生了关联。

所谓生死三世轮回，就是指佛教认为，人的生命是一个在过去（前世）、现在（现世）、未来（来世）三世无限循环过程中的一个环节，生命的当下环节结束之后，又转入后续新的一个环节，于是生命又以一种新的形式表现出来。佛教将人的生死三世循环比喻为转动的轮子，既没有起点，也没有终点；或者也可以将任何一点作为起点或者终点，但是，永远不会有一个确定的开始或者结束，除非超出轮回，解脱成佛了，则另当别论。在佛教看来，人不过是六道众生中的一类，只要没有超出六道的圈子，就免不了生与死在三世不断地轮回。基于此，佛教便建构了以善恶、因果、业报为内涵的生死三世循环的"轮回"观。

在中国，佛教生死三世轮回观具有鲜明的中国化特征。在中国佛教发展史上，佛教进入中国之后，历代阐扬佛教的高僧不乏其人，共同价值取向是实现佛教生死三世轮回观与中国传统祸福善恶报应说的沟通、渗透、结合与融会，而又不失佛教理论的本质特色。

例如，魏收云：佛教提倡三世因果，认为"有过去、当今、未来，历三世，识神常不灭。凡为善恶，必有报应"①。西晋时，孙绰的《喻道论》将中国传统的、以家族和血缘关系为纽带的祸福善恶报应说与佛教的生死三世轮回观相调和。其中，发挥了重要作用的人物之一是慧远。慧远（334—416）是东晋时期的著名高僧，南方的佛教领袖，其时，佛学理论开始系统化，并显示了佛教中国化的发展趋势。慧远不仅深明佛理，而且精通俗典，清楚地看到了佛教善恶因果和中国传统祸福善恶两种报应说的利弊、长短、异同，结合中华民族传统文化，对两者进行了糅合与改造，形成了"三业""三报"理论，所作《三报论》《明报应论》等，结合中国传统祸福善恶报应、神不灭的思想，系统而完整地介绍、阐发了佛教善恶因果业报理论。慧远的《三报论》道："业有三报，一曰现报，二曰生报，三曰后报。现报者，善恶始于此身，即此身受。生报者，来生便受。后报者，或经二生、三生、百生、千生然后乃受。受之无主，必由于心。心无定司，感事而应。应有迟速，故报有先后。先后虽异，咸随所遇而为对。对有强弱，故轻重不同。斯乃自然之赏罚，三报之略也。"②

佛教高僧们认为，善恶因果业报经由过去、现在、未来三世轮回来实现，善的行为将必然有好的报应，恶的行为将必然有坏的报应，在现实生活当中，人的贫富寿夭是由前世的善恶业因决定的，今世的善恶行为又决定了来世的境况，例如，人或者出生到天上，或者出生到人间，或者出生为畜生，或者出生为饿鬼，或下生到地狱，生到人间又有贫富的差别。佛教高僧们还反驳了他者诸多疑问和诘难，从而进一步充实了佛教生死三世轮回观，扩大了佛教生死三世轮回观的社会影响。尤其是佛教高僧们主张人要顾及今生，要将佛理与俗典有机地结合起来，统观时空，思考人生，明白因果业报，不致出现迷执。佛教把主宰人的生死三世轮回并获得善恶因果业报的力量归之于个人行为的善恶，把造成人生苦乐的社会原因归之于个人的主观自身，对解释社会人生问题，特别是对人生业报反常现象显得特别圆融通达。历代佛教高僧不断完善了佛教教义，为佛教融入中华民族传统文化做出了重要贡献。

实际上，中国传统文化当中很早就有祸福善恶报应思想。关于因果报应，除

---

① 魏收:《魏书》，中华书局1974年版，第3026页。
② 僧祐:《弘明集》，中华书局2011年版，第100页。

了《周易》曰"积善之家，必有余庆；积不善之家，必有余殃"之外，《尚书》曰："有夏多罪，天命殛之，……天道福善祸淫，降灾于夏，以彰厥罪。"①关于生死问题，孔子的《论语》认为："未知生，焉知死。……死生有命，富贵在天"②，重视人生当下的入世，而不是人死之后的出世。关于灵魂问题，中国传统文化观念认为，人的本体是双重构造的，人死了之后肉身与灵魂分开，但是，灵魂是不灭的，其或者成神或者成鬼。对人行使赏罚之权的是上帝和鬼神，王充曰："行善者福至，为恶者祸来。福祸之应，皆天也，人为之，天应之。……天地罚之，鬼神报之。天地所罚，小大犹发；鬼神所报，远近犹至。"③此即如张坚在传奇《〈怀沙记〉凡例》中云："或疑因果始自释氏，似非儒者之言，原时，佛未入中国，何得有地狱轮回之说？余谓不然。儒者不曰因果，而未始不曰报施感应；不曰轮回，而未始不曰循还反复。……夫君子不重当前之荣贵，而惜没世之声名。志士仁人，流芳不朽。即千秋之富寿康宁，佞幸谄邪自谓快意。不知一经文笔，即剑树刀山，一入信史，即无间地狱。"④相比之下，佛教除了建构有因果说和业报说之外，还认为人死之后不仅灵魂作为一个实体不随身灭，而且是三世相联相续，这就为以善恶因果业报为内涵的生死三世轮回观做了理论铺垫，实现了诸说之间的自我身份认同和圆融贯通无碍。中国传统文化当中的祸福善恶报应思想多囿于视听实践经验，而缺乏视听实践经验之外的玄想式论说，祸福善恶报应的承受者完全处于被动的地位，也没有佛教关于人死之后灵魂转世再生三世轮回不已的内容，在理论解释现实和人生问题的全面性和有效性上存在诸多不足。慧远等诸多高僧建构佛教以善恶因果业报为内涵的生死三世轮回的理论，有力地弥补了中国传统文化当中祸福善恶报应思想的局限，在求同存异、劝善惩恶的身份认同层面上，圆满自足地解决了佛教善恶因果业报、生死三世轮回、神不灭适用中土的问题，使佛教的中国化向前迈出了关键的步伐。

佛教将因果说和业报说相结合，构成以善恶因果业报为内涵的生死三世轮回观，强调人生是按照自己积聚的业力而接受报应，自己必须对自己的行为负责，

---

① 阮元：《十三经注疏》，中华书局1980年版，第160—162页。
② 同上书，第2499—2503页。
③ 王充：《论衡》，中华书局1990年版，第261—272页。
④ 蔡毅：《中国古典戏曲序跋汇编》，齐鲁书社1989年版，第1708—1709页。

自作自受，自己承受自己行为所产生的后果。在这一个过程中，没有任何外在主宰者的意志和力量可以作用于人，没有上帝和鬼神来摆布人的命运，没有异己他者可以操纵人的生杀夺予权柄，而且依业力所具有的延续作用，生命个体会一再重新投入轮回。佛教生死三世轮回观的重点不仅在于告诫人死之后获得奖赏或者惩罚，而且在于刻意提醒人审慎今生今世的各种行为。这种理论明确了所引起的结果将作用于行为者本身，因而对佛教信徒产生了一种威慑力量，在社会上，无论是对上层统治阶级，还是对下层市民百姓，都会起到一种恫吓作用；而且，更显而易见的是，论证了被儒家视为建构封建礼法制度社会的现实世界的合理性，说明现实生活中的一切都是无常定数。佛教以善恶因果业报为内涵的生死三世轮回观，契合了中国传统文化当中的善恶因果报应思想，虽然在世界观上前者力求出世，后者主张入世，但是，在劝善惩恶的社会效益目标取向上，两者却是异曲同工、殊途同归，因而对上层统治阶级有利，自然受到上层统治阶级的认同欢迎，因为下层市民百姓对来世寄托幸福的希望，也得到下层市民百姓的认同接受。故此，佛教生死三世轮回观在社会各个阶层获得普遍身份认同，广泛、深入地蔓延开来。毋庸讳言，佛教的生死三世轮回观还包含了劝善止恶的积极社会动机，要求人们当下多做善事，不做恶事，近善远恶而行，这也契合儒家倡导的礼乐伦常之道。因此，佛教生死三世轮回观在中国古代社会各个阶层，特别是在下层市民百姓中获得了广泛的身份认同，产生了极其深远的重要影响。

例如，元代李文蔚在所撰杂剧《张子房圯桥进履》中言："想为人者善恶由心造也。福者乃善之积也，祸者乃恶之积也。神天盖不能为人之祸，亦不能致人之福，但由人之积也，神明鉴之。"① 释从伦的《焚烧道藏下火文》云："毁人祖兮定遭一时之辱，灭贤良兮必招三世之殃。因果无差，报应有准。"② 值得一提的是，明代万历年间，佛教生死三世轮回观甚至影响了来华传教的意大利天主教士利玛窦。利玛窦为了使天主教为中土所接受，"知儒教之不可攻"，便在所撰《天主实义》中认同、借鉴、采用了佛教生死三世轮回观，阐述"意不可灭，并论死后必有天堂地狱之赏罚"之理。对此，永瑢等指出："然天堂地狱之说，与轮回之说，

---

① 王季思主编《全元戏曲》第3卷，人民文学出版社1999年版，第73页。
② 李修生主编《全元文》第20册，江苏古籍出版社1999年版，第523页。

相去无几，特小变释氏之说，而本原则一耳。"① 由此可见，伦理化的佛教生死三世轮回观在封建礼法制度根深蒂固的古代中国是何其深入人心了。

佛教认为以善恶因果业报为内涵的生死三世轮回是支配社会人生的铁律。然而，综观中国古代主流意识形态的构成，方立天说："佛教自传入中国始就以其汉译的方式和儒家的专制宗法伦理相调和，可以说中国佛教伦理自始就带有儒家的烙印，并且随着历史的演变，调和色彩愈来愈浓烈，到宋代以来佛教把孝尊崇到更加绝对和极端的地步，以迎合中国人的道德心态，真可谓是把佛教伦理儒学化了。佛教伦理道德在中国古代伦理道德领域内始终不占支配地位。它虽然有某些独立之处，但主要还是吸取、调和儒家的道德伦理来改造和充实自己，基本上是作为儒家伦理道德的配角而发挥其社会效能的。"② 尽管如此，佛教生死三世轮回观浓厚的中国化伦理特质，对古代戏曲家采用果报题材策略产生的重要影响不容小觑。

佛教与中国古代戏曲有着密切联系。魏晋之后，随着佛教在中国的传播，佛教形象、佛教仪式及佛教思想逐步融入早期戏曲中，促进了中国戏曲的形成与发展。其中，佛教生死三世轮回观内含的善恶因果业报伦理思想与中国传统祸福善恶报应思想相互借鉴、互相渗透，同中有异。中国化的佛教生死三世轮回观调和且化解了儒、佛两种文化在因果报应、生死、灵魂等观念上的内在矛盾，促进了人们对中国化佛教生死三世轮回观的通俗性身份认同，为后世戏曲家创作采用果报题材策略给予了理论背景的建构铺垫，疏浚了合乎逻辑的情理途路，奠定了人们对中华民族传统审美文化期待的心理基础。历代戏曲家立足佛教生死三世轮回观，借鉴并汲取佛教善恶因果业报思想，在戏曲创作中采用不同的果报题材策略，艺术地反映并解析了历史和现实的错综复杂现象，婉曲地反映并表达了自己对社会、人生的真实看法，所创作的戏曲果报题材作品充实了古代戏曲作品宝库，成为古代戏曲发展史的重要组成部分。

综观古代剧作家戏曲创作采用果报题材策略，主要有以下三种模式。

一是佛教戏曲直接取材佛教果报故事，利用戏曲艺术化地演绎佛教生死三世

---

① 永瑢等：《四库全书总目提要》第24册，商务印书馆1931年版，第76页。
② 方立天：《中国佛教与传统文化》，上海人民出版社1988年版，第283页。

轮回观，传扬佛教的善恶因果业报教义。

例如：唐朝全国寺院林立，每逢佛教节日和庆祝活动，广大市民百姓都会前往大的寺院聚会，听僧人用"变文"俗讲佛经，敦煌文献就发现有《目连救母变文》。宋代大型杂剧《目连救母》就是从变文演化而来的。孟元老记载："七月十五日中元节……构肆乐人，自过七夕，便搬《目连救母》杂剧，直至十五日止，观者倍增。"①《目连救母》搬演的是目连的母亲刘氏生前悭吝作恶，死后堕入地狱受难受苦。目连作为孝子求佛祖救度母亲。佛祖让目连在每一年的农历七月十五日开设盂兰盆会，以便能使目连的母亲获救。经过目连的努力，后来刘氏与目连母子两同升天界。《目连救母》一剧中将佛教关于轮回报应、冥界地狱、礼佛敬僧的理论与儒家所主张的孝道结合起来，成为古代戏曲中以佛经果报故事为题材，社会影响广泛持久的一部包含浓厚儒家思想色彩的戏。在中国古代，《目连救母》在每一年的中元节通常要连续上演八天，最大限度地满足了社会各阶层观众的劝善惩恶意愿和审美心理期待。明代万历年间，郑之珍在前人的基础上创作《目连救母劝善记》，其《自序》云："取目连救母之事，编为《劝善记》三册，敷之声歌，使有耳者之共闻；著之象形，使有目者之共睹。至于离合悲欢，抑扬劝惩，不惟中人之能知，虽愚夫愚妇靡不悚恻涕洟，感悟通晓矣。不将为劝善之一助乎！"②清代大臣张照以目连救母为题材创作了传奇《劝善金科》，全剧共240出，成为钦定宫廷大戏。这表明演绎佛教生死三世轮回观戏曲获得了统治阶级和市民百姓的身份认同。至今，在川剧、绍剧、莆仙戏等舞台上仍然在搬演新编目连戏。2014年12月，江西目连戏被列入第四批国家级非物质文化遗产代表性项目名录扩展项目名录，卢川、蒋国江道："江西现存有鄱阳夏家目连、景德镇浮梁磻溪目连、九江青阳腔目连、贵溪及吉水黄桥道士目连、东河戏目连、婺源古坦徽调高腔目连以及香花和尚目连与兴国布袋木偶目连宝卷等多种目连戏形式，故事主体基本相同，但表现形式及演绎方式多种多样，而且与佛教、道教均有关联"③。

元代杨景贤创作杂剧《西游记》，写唐僧西天取经的故事，计六本二十四折。其中，第一本叙写陈光蕊被贼刘洪推入江中溺亡，因为陈光蕊曾放生小鱼积德积

---

① 孟元老：《东京梦华录》，中国商业出版社1982年版，第55页。
② 蔡毅：《中国古典戏曲序跋汇编》，齐鲁书社1989年版，第615页。
③ 卢川、蒋国江：《江西目连戏现状及其保护》，《戏曲研究》2017年第1期。

善，受到龙王的拯救收养，十八年之后奉"观音佛旨""转世""回于阳世"，陈光蕊在儿子唐僧和官府抓拿刘洪之后"报仇雪恨"，结尾【正名】云："贼刘洪杀秀士，老和尚救江流；观音佛说因果，陈玄奘大报仇。"①作品写唐僧西天取经之前发生的事，刻画了陈光蕊的善行善报和唐僧的正义行为，也为之后唐僧西天取经不畏艰险的勇敢精神做了铺垫。李寿卿的杂剧《月明和尚度柳翠》讲述南海观音净瓶中的柳叶偶污微尘，被贬谪到人间，转生为美女柳翠，在杭州沉沦于风流场中，罗汉月明奉命化身和尚度化柳翠，使柳翠幡然醒悟，同时脱离尘世，坐化升天。全剧人情味浓郁，传扬了佛教祛污清净的向善导向和超脱尘俗的远恶精神。郑廷玉的《布袋和尚忍字记》搬演汴梁富户刘均佐为罗汉转世，积钱守财，自私自利，刘九儿前来讨钱被刘均佐意外打死，于是，弥勒佛化身为布袋和尚前往开导劝度，终使刘均佐恢复自觉复信佛教，回归罗汉身份。全剧将中国传统伦理观念与佛教思想结合起来，宣扬了佛教弃恶从善、四大皆空的超脱思想。

明代，杂剧、传奇多有取自佛教果报题材的，如内府所藏《观世音鱼篮记》写洛阳府尹张无尽由第十三尊罗汉转世而来，有菩提正果之因。释迦牟尼佛担心张无尽被尘世的荣华富贵所迷乱糊涂，失去人生正道，派观世音、弥勒世尊、文殊、普贤前去点化张无尽，使张无尽幡然醒悟，复归菩提之位。剧作宣扬了舍弃一切功名利禄、保持清净无欲之善心的佛教教义。清代僧人智达撰《净土传灯归元镜》，阐明主旨为劝人念佛、戒杀持斋、求生西方，《〈归元镜〉规约》云："此录专修庐山、永明、云楼三祖，在俗以至出家成道，传灯实行，其本传塔铭外，不敢虚诳世俗。此录本愿，专在劝人念佛，戒杀茹斋，求生西方，以三祖作标榜，分分皆实义，切勿随例认戏，但各演实录，若不以戏视者，其功德无量。……善男信女，欢喜助资，搬演流通者，现生福寿双隆，没世必生净土。"②据金莲凯的《〈业海扁舟〉自序》云："忆昔，曾闻搬演《归元镜》之传奇，合班优伶，均剃度出家。"③由此可见，《归元镜》的佛教果报故事搬演在社会上产生了重大的影响，戏曲接受的社会效果明显。光绪年间，李世忠编《皮黄昆曲剧本选集》，收录剧本48种，其中有皮黄剧《因果报》。著名戏曲作家陈墨香在1932年《剧学月刊》第

---

① 隋树森编《元曲选外编》（二），中华书局1959年版，第645页。
② 蔡毅：《中国古典戏曲序跋汇编》，齐鲁书社1989年版，第1419—1420页。
③ 同上书，第1081页。

二卷第三期刊文《观剧生活素描》，称《因果报》中旦角扮的女鬼披头散发，满面流血，吐着长舌，形象恐怖，说明《因果报》搬演了恶有恶报的情节内容，塑造有女鬼的人物形象。

二是世俗戏曲虚构世俗果报题材，利用戏曲艺术化地暗寓佛教生死三世轮回观，传扬劝善惩恶的人情物理社会理想。

例如：元代乔吉撰杂剧《玉箫女两世姻缘》。作品写书生韦皋博览群书，与韩玉箫相爱，两人立下了白头到老的誓言。韩母因朝廷挂榜招贤，劝说韦皋赶选登科。韦皋后来果然状元及第，但是，因为此时吐蕃作乱，奉命领兵西征讨伐，无暇传递书信，韩玉箫因此思念成疾，一病而亡。韦皋镇守吐蕃之后，派人接取韩玉箫母女，然而韩玉箫已经去世，韩母亦不知去向。荆襄节度使张权是韦皋幼时的同学，设宴款待并引出义女张玉箫相见，孰料张玉箫乃是韩玉箫转世；韦皋见张玉箫酷似韩玉箫而求娶张玉箫，张权对此暴发愤怒几乎动武。后来，张权看见韩母所持其女韩玉箫的画像，这才知道韦皋所言属实。唐中宗得知张玉箫为韩玉箫转世，又自愿嫁给韦皋，于是出面御赐婚配，成就韦皋与韩玉箫的两世姻缘。这一部作品歌颂了韦皋、韩玉箫之间生死不渝的爱情，是数量不多的元曲昆唱的杂剧之一，清代康熙年间仍然在昆剧舞台演出，清廷中亦搬演此剧。郑廷玉撰杂剧《看钱奴》，写财主周荣祖家累积福力，阴功泽被三代，因为一念之差而受到惩罚，而平时不敬天地的本当受苦受难冻饿而死的贾仁，因为在佛祖前面祈求福禄，神灵体念上帝不生无禄之人，遂将周荣祖家的福力借给贾仁 20 年享用。结果周荣祖受了 20 年贫穷困苦的惩罚，贾仁享了 20 年的荣华富贵。剧中人物在不知不觉中完成了神灵的现世安排，周荣祖家的财富在 20 年之后又原封不动地返回到了自己的手里。作品《看钱奴》宣扬了佛的神奇威力和因果报应、富贵在天的思想，以讽刺性喜剧的夸张写作手法，淋漓尽致地刻画了财主周荣祖为富不仁的卑劣形象和悭吝狡诈的丑恶嘴脸，揭示了封建社会中不同阶级的人们的不同精神面貌，有着明显的积极的现实意义。关汉卿的杂剧《窦娥冤》超越现实情境，写窦娥生前遭张驴儿冤枉被害，死后托之鬼魂，由身居要职的父亲窦天章平反昭雪。窦娥死后顺遂其愿暗寓佛教灵魂不灭的基本原理，正是魂灵不灭使恶人所作的恶业得到相应的恶报，表达了作品《窦娥冤》伸张善恶因果报应的公平正义信念。

汤显祖的传奇《牡丹亭》写杜丽娘不满封建礼教，向往爱情自由，经历生死轮回和挫折，终于与柳梦梅自主成就了纯真婚姻，表达了封建社会青年男女对自由美好人生的追求和理想。《牡丹亭》故事情节纯粹属于虚构,其中杜丽娘的出画入画与柳梦梅幽会甚至还魂,亦是佛教灵魂不灭的观念借助人间情与理冲突的艺术演绎,汤显祖《牡丹亭记题词》直言:"天下女子有情宁有如杜丽娘者乎。梦其人即病,病即弥连,至手画形容传于世而后死。死三年矣,复能溟莫中求得其所梦者而生。如丽娘者,乃可谓之有情人耳。情不知所起,一往而深,生者可以死,死可以生。生而不可与死,死而不可复生者,皆非情之至也。梦中之情,何必非真,天下岂少梦中之人耶。……嗟夫,人世之事,非人世所可尽。自非通人,恒以理相格耳。第云理之所必无,安知情之所必有邪?"① 屠隆的传奇《昙花记》叙写唐朝国王之子定兴王木清泰一日郊游,巧遇和尚指点,顿悟迷津,看破红尘,于是毅然抛弃功名利禄,跟随和尚远走寻仙访道。临行之前,木清泰在家中栽下了一株昙花。十余年中,木清泰历经诸多人间考验和艰难险阻,遍游上天和下界,阅尽人生种种幻象,终于修成正果,在昙花盛开之际被引渡到西方极乐世界;木清泰的妻亦长期在家信佛修持,最后也得到了超生。《昙花记》假借仙佛叙述故事,在重点演绎佛教轮回观之余,还叙写天子下诏,褒奖木清泰之子龙驹行孝,"才兼文武。秉志忠良。授骠骑将军,袭封定兴侯",以及"进爵袭封定兴王太师中书令"②,传达了以佛释儒的立功立德的果报理念,透露了儒释交融合一的信念。这也是《昙花记》在民间传播,获得人们身份认同的重要因素。

　　《梁山伯与祝英台》是中国古代民间四大爱情故事之一。明代朱少斋著弋阳腔传奇《英台》即《还魂》,对此,祁彪佳评价云:"祝英台女子从师,梁山伯还魂结褵,村儿盛传此事。或云即吾越人也。朱春霖传之为《牡丹记》者,差胜此曲。"③ 后世有越剧《梁山伯与祝英台》写梁、祝二人死后化蝶。清代洪昇的《长生殿》写李隆基与杨贵妃死后在月宫重圆。此三部戏曲作品让现实中不能团圆的悲剧主人翁转生到现世之外的理想境界中团圆,依托的亦是佛教生死三世轮回和灵魂不灭的思想。清代,蔡廷弼所撰传奇《晋春秋》以《左传》所载春秋时期晋国君主重耳称霸为本事,刻意虚构申生托梦于重耳、骊姬转世为伯嚭、骊姬掘墓

---

① 徐朔方笺校《汤显祖全集》,北京古籍出版社1999年版,第1153页。
② 毛晋编《六十种曲》第11册,中华书局1958年版,第90—185页。
③ 祁彪佳:《远山堂曲品》,《中国古典戏曲论著集成》(六),中国戏剧出版社1959年版,第121页。

遭雷击等故事情节，以增强故事的戏剧性，表达对重耳霸业的敬佩之情。蔡廷弼在《〈晋春秋〉凡例》中明白地阐述这种虚构是基于佛教的轮回观，云："轮回转世之说，见于书者不一。张平子转世为蔡中郎，李家儿转世为羊叔子，李青莲转世为郭祥正，玉童转世为王庆之。他如胡沙门、赤脚仙转世为相为君，指不胜偻，则又何疑于是编？惠公转世为楚平，里克转世为子胥，鞭尸报复当矣。若骊姬转世为伯嚭，女儿忽男，毋乃不伦，然而传奇家往往有之。《四声猿》中，月通转世为柳翠，是男而女者也。男而可女，则女亦可男矣。《大轮回》中，项王转世为汉寿亭侯，虞姬转世为周仓，非女而男者乎，美人可以为将军，宠妃亦可以为佞宰，总不外乎以馋诣见长也，是男女虽有异身，后先总归一辙，是亦释氏轮回之大凡也。"① 这种自我申辩和身份认同不仅提高了作品的艺术真实性，而且揭示了佛教轮回观对作品故事情节构思的深刻影响。

三是通过序言将戏曲与佛教教义相提并论，阐明利用戏曲艺术化地展示佛教生死三世轮回观的创作动机，引导人们认同并建构佛教世界观和人生观。

例如，明代一衲道人秉持以戏为佛事的身份认同和创作目的，撰《〈昙花记〉序》云："世间万缘皆假，戏又假中之假也。从假中之假而悟诸缘皆假，则戏有益无损。认诸缘之假为真，而坐生尘劳则损；认假中之假为真，而欲之导、而悲之增则又损。且子不知阎浮世界一大戏场也。世人之生老病死，一戏场中之离合悲欢也。如来岂能舍此戏场而度人作佛事乎？世人好歌舞，余随顺其欲而潜导之彻，其所谓导欲增悲者，而易以仙佛善恶、因果报应之说，拔赵帜插汉帜，众人不知也，投其所好，则众所必往也。以传奇语阐佛理，理奥词显，则听者解也。导以所好，则机易入也。往而解，解而入，入而省改，千百人中有一人焉，功也。千百人中必不止于一人也。……登场者与观场者并斋戒为之，则功无量也。登场者斋戒，则登场者功也。观场者斋戒，则观场者功也。不及斋戒而有信心，则亦功也。不斋戒又无信心，而直以戏视之，则罪也例如。"② 意思是说人世间的假本质上是佛教的无常，通过戏曲的假可以觉悟佛教的无常，领会"以传奇语阐佛理"的善恶因果报应之说。通过欣赏戏曲传达的善恶因果报应内容，坚定佛教信念信

---

① 蔡毅：《中国古典戏曲序跋汇编》，齐鲁书社1989年版，第1982页。
② 同上书，第1212页。

仰，所以对于承载善恶因果报应故事的戏曲不可木讷地简单化"直以戏视之"。

清代韩冲撰《〈醒梦戏曲〉序》云："大地众生，一念妄缘。抟取四大错，认色身以为实有，便为轮回所管摄。头出头没，长夜漫漫，生死迁讹，憪然一梦。此为何等事而可以戏论乎？夫死生通乎昼夜，则因觉知生，因梦知死固已。……即世间相而说实相不舍，有为法而证无为，岂非游戏神通，随方解缚，坐微尘里，转大法轮之榜样耶！"①意思是说，人生如梦，似有实无，一切都在轮回无常当中，所以劝诫世人要看破红尘，觉悟生死，虽然"坐微尘里"，却能够参透未来，并且为他者做"转大法轮之榜样"。四中山客撰《〈六喻箴〉自序》云："佛说三苦、三受，尽矣哉。三苦者，怨憎会苦，爱别离苦，求不得苦。三受者，苦受，乐受，不苦不乐受。此六者谁得而免焉！故佛说一切有为法，如梦幻泡影，如电亦如露，应作如是观。……今将三苦三受，演之于声色，付之于优孟，看其乍离乍合，乍悲乍欢。离合者为谁？悲欢者为谁？到拍停歌止，而一切全无，乃不实如梦幻，不久如电露也。若观者返照回心，则当下了然，如红炉点雪耳。愿阎浮提一切众生，同超彼岸，共乐无生。故以《般若六喻》，谱之宫商，登场开演，应作如是观。"②意思是说《六喻箴》剧中演绎人物司空兆梦和影娘的爱情故事，表明了人世间悲欢离合的苦与乐都是浮云，如梦幻，如电露，只有轮回超度至西方极乐的彼岸，才是现世间的正道。余治创作皮黄剧本28部，载在《庶几堂今乐》中，所撰《〈庶几堂今乐〉自序》云："余不揣浅陋，拟善恶果报新戏数十种，一以王法天理为主，而通之以俗情。意取劝惩，无当声律，事期征信，不涉荒唐。以之化导乡愚，颇觉亲切有味。……惟兹新戏，最洽人情，易移风俗，于是乎在，即以是为荡平之左券焉，亦何不可也。"③显而易见，余治直截了当地阐明戏曲创作的主旨是宣扬善恶果报，希望藉此足以为世人鉴戒。

王国维的《红楼梦评论》指出："吾国人之精神，世间的也，乐天的也，故代表其精神之戏曲、小说，无往而不著此乐天之色彩：始于悲者终于欢，始于离者终于合，始于困者终于亨；非是而欲餍阅者之心，难矣。"④在王国维看来，古代戏

---

① 蔡毅：《中国古典戏曲序跋汇编》，齐鲁书社1989年版，第1551—1552页。
② 同上书，第2503页。
③ 同上书，第2258页。
④ 王国维：《王国维文集》第一卷，中国文史出版社1997年版，第10页。

曲是为满足"阅者之心"而创设的，如果让好人不得好报，让坏人逍遥法外，就违背了由佛教善恶因果业报和儒家劝善惩恶思想的相结合，内化而成的中华民族传统文化的价值取向和市民百姓的审美心理期待，为社会各阶层所不能接受。

以上三种模式的核心内容，就是利用戏曲艺术承载佛教生死三世轮回的意蕴，阐释儒、佛劝善惩恶的伦理。这一类戏曲作品在社会上广泛搬演传播，尤其在城乡广大市民百姓当中有很多信众追捧，产生了深远的重大影响，实际上左右和制约了无数古代中国人对佛教的身份认同模式和戏曲的身份认同方式。

第四节　道教"自然"观与虚实写意所指

道教是中国土生土长的宗教，是一种哲学，也是一种文化。从国学视域来看，道教是中华民族传统文化的重要组成部分之一。道教的"自然"观对古代戏曲的虚实写意产生了重要影响，是人们实现古代戏曲身份认同的一个重要方面。

道教与道家有千丝万缕的联系，道教尊崇老子为自己的祖师，并且也以"道"为自己的信仰和教义。在古代，"道"字最初的本义是人走出来的通路，后为达名的通称，章太炎说："道之名于古通为德行道艺，于今专为老聃之徒。"[①] 道家是指春秋时期以老子为代表的学术流派。道本一源，后来裂变为诸子百家众多学派，在各家学派都在谈论其道、各行其道的时候，老子和他代表的这一家自认为所讲之道是原本的、整合的，与各家学派之道不在同一个层次之上，而且确实老子这一家对"道"有特殊的解释和专门的强调，于是，后人特指老子、庄子为代表的这一家为道家。汉代司马迁的《史记》载司马谈《论六家要旨》，曰："道家使人精神专一，动合无形，赡足万物。其为术也，因阴阳之大顺，采儒墨之善，撮名法之要，与时迁移，应物变化，立俗施事，无所不宜，指约而易操，事少而功多。……道家无为，又曰无不为，其实易行，其辞难知。其术以虚无为本，以因

---

① 章太炎：《国故论衡》，上海古籍出版社2003年版，第106页。

循为用。无成埶，无常形，故能究万物之情。不为物先，不为物后，故能为万物主。"①

"道教"一词首见东汉张道陵的《老子想尔注》，概念内涵包括杂多教派，在佛教传入中国之后，为了与佛教、儒学相区别，人们便将各种道及据其道而成的各教统称之为道教，南北朝之后逐渐流行开来，但是，又常常与"道家"混淆称名。从道教发展史来看，先秦至汉代，社会上通行各种各样的道，道术之士各行其道，道作为达名，与道家老庄无关。汉末，张道陵创建天师教团组织是道教形成的标志，天师道奉老子为太上老君，教习《老子五千文》，以宗教的观念和思维阐释老子进入道教教义。魏晋南北朝时，道教作为宗教的形式逐渐完善。魏征等记载，隋炀帝时，"大业（605—618）中，道士以术进者甚众。其所以讲经，由以《老子》为本，次讲《庄子》及《灵宝》《昇玄》之属。"②唐朝时期统治者崇奉道教，封老子为"大道元阙圣祖太上玄元皇帝"，尊《老子》为《道德真经》，封庄子为"南华真人"，尊《庄子》为《南华真经》，道教把原为哲学家的老庄神化了，把《老子》《庄子》经典化了。宋代是道家发展的高峰期。金元时，全真教发展达到兴盛，影响至今。明清两代，道教总体上是从停滞逐渐走向衰落，但是，在正一教衰落之时，清代出现了全真教龙门派的中兴，其影响几乎遍及南北。金元明清时期，全真教的三教合一思想以及"自然"观对戏曲发展和虚实写意所指产生了重要的影响。

胡孚琛主编的《中华道教大辞典》说，道教的教义"以道家哲学作理论支柱，……以道的回归自然之旨劝世度人，体现了道教哲学的真谛，展示了中国道教的真实面目。"③"道"是道教教义的核心，也是道教信仰的主要内容。

就"道"与"自然"的关系来看，一方面，老子认为道是宇宙间一切事物自然发展运动规律的本源。五代时期，谭峭撰《化书》进一步阐释，认为"气"是道的运动机制，道因循自然气运生成万物。元代董朴撰《修建大同观记碑》认同云："道家者流以老氏为宗，虚无为教，其说以为虚化神，神化气，气化形，形生而万物所以塞道之委也。形化气，气化神，神化虚，虚明而万物所以通道之用

---

① 司马迁：《史记》，中华书局1959年版，第3289—3292页。
② 魏徵等：《隋书》，中华书局1973年版，第1094页。
③ 胡孚琛主编《中华道教大辞典》，中国社会科学出版社1995年版，第44页。

也。修真之士，穷通塞之端，得造化之源，忘形以养气，忘气以养神，忘神以养虚，虚实相通，是为大同。"①谭峭、董朴及后人认为世界通过"神"作为"虚"与"气"的媒介，由虚气化成形实，包括有了人类，又复归于虚无之本源。由此可知，"神"与"气"在"形"之前是作为"虚无"的运行载体和表现形式而发挥作用的，本质上属于无形实可见的虚无。这就为戏曲创作的虚实写意所指做了理论铺垫。

另一方面，老子的《道德经》又说："域中有四大，而王居其一焉。王法地，地法天，天法道，道法自然。"②王即人。道法自然，意思就是说道是自然而然的。庄子继承了老子的学说，同时又阐发了自己的独到见解，如《南华真经》塑造的神人、真人的形象，就是深得道法自然真谛的人。大约产生于金元时期的《上方大洞真元妙经图》云："虚无自然之图，其始无首，其终无尾，其上不皦，其下不昧，绳绳兮不可名，复归于无物，是谓无状之状，无物之象，是谓惚恍。迎之不见其首，随之不见其后，执古之道，以御今之有。能知古始，是谓道纪。所谓'人法地，地法天，天法道，道夫自然'者，乃虚无之自然欤。经云：无无曰道，义极玄玄。言人非虚无自然，则弗能生也。"③意思是说，道法自然，无始无终，不明不暗，恍惚迷离，不可捉摸，人就是虚无自然产生的形实结果。明代的陆西星是著名的道教内丹双修理论的集大成者，撰《南华真经副墨》，充分肯定了庄子对老子道法自然理论的传扬贡献，同时又以儒、释、道三教融合为理论基础，同证道法自然，形成了自己的独到见解，云："《南华》三十二篇，篇篇皆以自然为宗，以复归于朴为主，盖所以羽翼道德之经旨。其书有玄学，亦有禅学；有世法，亦有出世法，大抵一意贯串，所谓天德王道皆从此出。"④在当代，龚鹏程进一步阐发："道法自然，气化流行，即自然地无中生有。道经是物，一切物亦皆如此由虚无中生出。"⑤老子、庄子以及后人从道法自然的角度论述了自然的虚无本质，而且强调了人的生成形实源于虚无的自然演化，其中，"气"发挥了充要的不可或缺的

---

① 李修生主编《全元文》第9册，江苏古籍出版社1999年版，第7页。
② 于平主编《道家十三经》，国际文化出版公司1993年版，第7页。
③ 张继禹主编《中华道藏》第30册，华夏出版社2004年版，第750页。
④ 陆西星：《南华真经副墨》，《藏外道书》第2册，巴蜀书社1992年版，第79页。
⑤ 龚鹏程：《道教新论》，北京大学出版社2009年版，第73页。

功能。这种关于包括人在内的万物生成虚无本质规律的观点，为戏曲创作的虚实写意所指提供了理论依据。

就"人"与"自然"的关系来看，如上所述，道教认为，一方面，人的自然本质属性特征是虚无，先天的精、气、神无形无实、自然本能；另一方面，后天精、气、神是有形人体生命的三个基本要素，是人体生命运动载体的表现形式。道教主要是从医学和内丹学的意义上阐发人的精、气、神，道也是人企求长生不老的修炼方法，这类修炼方法包括服饵、导引、胎息、内丹、外丹、符箓、房中、辟谷等。基本精神是调动自身机体精、气、神的能动性，使个体生命自觉契合滋养生命的自然环境，达到保真全性、颐养天年的效果。实际上，从社会学和艺术学的意义上来看，精、气、神与人的自我认同、社会认同、剧作家戏曲创作的虚实写意所指发生了关联，两者结合，揭示了剧作家戏曲创作的虚实写意所指的审美意识生命机能和审美文化价值取向。

例如，关于人的"精"与"神"及其相互关系，金末元初，全真派高道姬志真的《精神说》云："学者多以肾中之藏为精，此医流之说养形之士，非道家所谓专精存神也。经云：杳兮冥其中有精，其精甚真。又云：精神生于道。是岂可以有形滓秽不真之物为之哉？此固执迷邪见者之所传也。夫精者神之体也，神者精之用也。动则为神，静则为精。精之又精，合乎天伦。精无人而独立，其体杳冥，视之不见，听之不闻，自本自根，自古以固存者是也。物感而应现者为神，神无我，而其用恍惚，不疾而速，不行而至，因物灵显者是也。微妙难穷，故曰精；变化莫测，故曰神。此则天地万物之权舆也。"①意思是说，人之精与神既有区别又有联系，精为神之体，神为精之用，在具体事物上得到灵妙显现，是天地万物获得新生的元始。从戏曲创作来看，剧作家的精、神是戏曲创作虚实写意所指的最初始生命动力。

关于人的"气"与"神"及其相互关系，姬志真的《气神说》："学道者多以鼻息之气为用，是所见偏狭也。夫气者，浑沦元气也，自道而运。故曰'道生一'，一者，清浊未分之时也。又云'通天地为一气'，则知天乃气之清者，地乃气之浑者，人乃气之和者，万象气之明者，万物气之凝者，万神气之灵者。故知

---

① 李修生主编《全元文》第2册，江苏古籍出版社1999年版，第73页。

无处非气，无气非神。神气相含，乃知吾之神，属阳而清灵；吾之形，属阴而浑浊；吾之精，从道而秉受为之主焉。以此论之，神之与气曷常相离哉？气之为体，虚而忘我，神之为用，灵而待物，如水之流，如云之行，未尝暂息。学者不以思虑情识胶扰之，尘境不侵，外事不杂，常清常静，无所染着，即能养气全神也。"①意思是说，道运气将天、地、人贯通，使精、气、神相连，气为体，神为用，两者互含作用，使人恬淡虚静。从戏曲创作来看，剧作家的气、神是戏曲创作虚实写意所指的最理想心理状态。

隋唐以后，儒、释、道三教合一渐成潮流，建构了中华民族传统文化的重要内容，特别是元代全真教对这一潮流予以了有力推动。在此基础上，道教认为，人的精、气、神素养对内、对外可以发挥不同的功能，对内有助于士子通过虚静修持精、气、神以致长生不老，对外有助于合乎自然地实现修齐治平的人生价值目标。元代宋子真的《顺德府通真观碑》云："夫道家者流，推老氏为始祖。老氏之教，主之以太一，建之以常无。有以冲虚恬淡养其内，以柔弱谦下济其外。盖将使人穷天地之始，会万物之终，刳心去智，动合于自然。以之修身，则寿而康；以之齐家，则吉而昌；以之治国平天下，则民安而祚久长。"②明代伍守阳是著名的内丹学家，是全真教龙门字派的第八代"守"字辈，继承了全真教融合三教的基本观点，认为区别在于道教言虚、儒言太极、佛教言空，而"还虚"之理是道、儒、释三家所共同保有的。伍守阳云："儒家有执中之心法，仙家有还虚之修持，盖中即虚空之性体，执中即还虚之功用也，惟仙佛种子始能还虚尽性以纯于精一之诣。"所谓还虚，就是人的精、气、神进入"万象空空，一念不起，六根大定，不染一尘"③的境地，也就是所谓返还先天之道，即"儒者谓之太极，释家谓之圆觉，道家谓之金丹"④的至极之境。陆西星的《玄肤论》解释云："性则神也，命则精与气也；性则无极也，命则太极也。"⑤徐道的《历代神仙通鉴》解释曰："夫有

---

① 李修生主编《全元文》第2册，江苏古籍出版社1999年版，第73页。
② 李修生主编《全元文》第1册，江苏古籍出版社1999年版，第167页。
③ 伍守阳：《伍真人丹道》，《藏外道书》第5册，巴蜀书社1992年版，第866页。
④ 伍守阳：《金丹要诀》，《藏外道书》第5册，巴蜀书社1992年版，第856页。
⑤ 陆西星：《玄肤论》，《藏外道书》第5册，巴蜀书社1992年版，第363页。

形者,生于无形。无形为无极,有形为太极。"① 中华民族传统文化一般认为,儒家追求入世,道教追求出世,佛教追求遁世,三教合一,使儒、释、道教义价值取向呈现一体多元趋势,因此,从戏曲创作来看,道教强调内虚养精、气、神,外求修、齐、治、平,为剧作家的戏曲创作虚实写意所指明确了审美文化建构目标。

道家是道教思想的来源,鲁迅于1918年8月20日给许寿裳的信中曾说:"中国根柢全在道教"②,这无疑是一个非常精辟的论断。道教"自然"观对剧作家戏曲创作虚实写意所指的影响主要体现在以下三个方面。

一是道教"自然"观决定了神仙道化剧的主题内容和艺术形式表现。

中国道教的神仙谱系是区别于世界其他各种宗教的一大特色。道教中的神仙以超越世俗回归自然为极致。汉末的刘熙云:"老而不死曰仙。仙,迁也,迁入山也,故其制字人旁作山也。"③ 关于神仙,古有传说,然多为片语只言,散见诸子百家之中。秦汉时期,方士大力宣扬神仙之说。东汉道教兴起之后,河上公的《老子章句》借助老子的"道"作为其黄老神仙学说的理论基础。庄子的《南华真经》塑造了神人、真人的形象,如《逍遥游》云:"藐姑射之山,有神人居焉。肌肤若冰雪,淖约若处子,不食五谷,吸风饮露,乘云气,御飞龙,而游乎四海之外。其神凝,使物不疵疠而年谷熟"④;《大宗师》云:"古之真人,其状义而不朋,若不足而不承;与乎其觚而不坚也,张乎其虚而不华也;邴邴乎其似喜乎,崔崔乎其不得已也;滀乎进我色也,与乎止我德也;广乎其似世乎,警乎其未可制也;连乎其似好闭也,悗乎忘其言也。以刑为体,以礼为翼,以知为时,以德为循。……故其好之也一,其弗好之也一。其一也一,其不一也一。其一与天为徒,其不一与人为徒。天与人不相胜也。"⑤ 这些描述为后世道教塑造神仙形象提供了范式。

道教教义传播渗透到古代戏曲里,使神仙道化剧成为古代戏曲的一个重要组成部分。在审美价值上,道教中修炼成功的长生不老的人成为神人、仙人、真人,从世俗现实来看,这种神仙本质上是主观虚无不在的,但是,从道教教义来说,

---

① 徐道:《历代神仙通鉴》,辽宁古籍出版社1995年版,第1页。
② 鲁迅:《鲁迅全集》第11卷,人民文学出版社2005年版,第365页。
③ 刘熙:《释名》,中华书局1985年版,第43页。
④ 于平主编《道家十三经》,国际文化出版公司1993年版,第24页。
⑤ 同上书,第41页。

神仙在虚无与形实之间自然变化，保留客观现世的肉身躯体，而不是单纯的灵魂，灵与肉不截然分开，神仙据形而立；不脱离现实世界和人类社会，可以在天上人间自然自由地来往，天人之间畅通无阻。因此，神仙在教义上是形实存在的。这就意味着，第一，作为宗教的道教神仙自然虚无特质与中国传统的天人合一理论在本质上是一致的，神仙世界作为古代戏曲艺术反映的形而上对象，开辟了超越形而下社会现实的无限广阔的自然虚无的审美空间。第二，神仙作为虚无不在的拟人化形象思维演绎刻画结果，与古代戏曲作为虚拟化形象思维演绎刻画结果，在本质上是一致的。第三，神仙数量之众，分布之广，遴选之奇妙，出身之复杂，都是有情之自然人，相互之间亦自然发生错综复杂的矛盾关系，为剧作家塑造戏曲人物形象、虚构戏曲故事情节提供了丰富的题材。第四，神仙的言行举止和处世方式基于现实中道教信徒的虚构描述、想象发挥，为剧作家拓展了戏曲舞台搬演艺术表现形式的无限宽广的新理路，使戏曲舞台搬演增添了无比丰富的奇思异想素材。第五，塑造并欣赏神仙自由自在的艺术形象，满足了广大市民百姓渴望生命自由长久的审美文化期待。

在作品创作上，元代夏庭芝的《青楼集》将杂剧分为十类，其中有神仙道化剧一类。明代朱权的《太和正音谱》将杂剧列为十二科，其中，神仙道化剧位居第一。明清时期亦有许多神仙道化剧。郑振铎的《〈蓝桥玉杵记〉跋》云："明代士大夫曾有一时盛信仙道，以幻为真，屠隆、周履靖辈皆堕此障，莫能自拔，杨之炯盖亦其中之一人。"①清代，杨潮观的《吟风阁杂剧》包括短剧32种，每种各自独立，其中有不少神仙道化短剧，写得饶有情趣警策。洪昇的《〈扬州梦〉传奇序》云："昔涵虚子论元人曲有十二种，一曰'神仙道化'，故臧晋叔《元曲选》此科居十之三。"②姚燮归纳神仙道化戏曲故事十六种③，并引用梁廷枏的话说："元人杂剧多演吕仙度世事，叠见重出，头面强同。马致远之《岳阳楼》即谷子敬之《城南柳》，不惟事迹相似，即其中关目、线索亦大同小异，彼此可以移换。其第四折，必于省悟之后，作列仙出场，现身指点，因将群仙名藉，数说一过，此岳

---

① 蔡毅：《中国古典戏曲序跋汇编》，齐鲁书社1989年版，第1303页。
② 同上书，第1515页。
③ 姚燮：《今乐考证》，《中国古典戏曲论著集成》（十），中国戏剧出版社1959年版，第136页。

伯川之《铁拐李》、范子安之《竹叶舟》诸剧皆然。"①

  道教"自然"观凭藉神仙道化剧作为戏曲舞台艺术形象的搬演载体。例如，马致远的《吕洞宾三醉岳阳楼》全剧四折一楔子，写神仙吕洞宾三次到达岳阳楼，度化柳树精和白梅花精成仙的故事，剧中在结尾出现的神仙有汉钟离、铁拐李、蓝采和、张果老、徐神翁、韩湘子、曹国舅，汉钟离对柳树精指引说："你本是人间土木之物，差洞宾将你引度。今日个行满功成，跨苍鸾同登仙路。"②从故事情节来看，吕洞宾与柳树精即郭马儿、白梅花精贺腊梅即的纠葛构成作品的戏剧性主要矛盾冲突。剧中的主要人物柳树和白梅花经修炼成精，投胎后结为夫妻，乃有情之人，最后都省悟太虚化身作神仙。吕洞宾等道教八仙为柳树精和白梅花精铺设了化身作神仙的道路，意味着道教乃人间人生值得遵循的正道路头。全剧主题内容是演绎劝导世人出世成仙、回归自然虚无的观念，戏曲搬演的道教教义基础，即五代时期的道士谭峭云："老枫化为羽人，朽麦化为蝴蝶，自无情而之有情也。贤女化为贞石，山蚯化为百合，自有情而之无情也。是故土木金石，皆有情性精魄。虚无所不至，神无所不通，气无所不同，形无所不类。……虚化神，神化气，气化形，形化精。"③道教认为道是一切有形、无形的主宰，是统率宇宙一切事物的终极力量，所以修炼不只限于有情之人，也可以推广至无情的土木金石。柳树和白梅花乃无情之物，经过修炼、投胎成为有情之人，又经过吕洞宾的点化指引，找回精、气、神，最终复归自然虚无。作品形象地将虚无抽象的道教教义演化为形实视听的戏曲人物和舞台情境，充分展示了神仙道化剧的艺术魅力。王恽六的《终南山集仙观记》云："道家者流，以淡泊虚无为宗，以忘言绝俗为事"，④可谓神仙道化剧《吕洞宾三醉岳阳楼》绝妙而恰切的注脚。

  二是道教"自然"观影响了世俗社会剧的主题内容和艺术形式表现。

  许多世俗社会剧假借道教"自然"观丰富了主题内容和艺术形式表现。明代的祁彪佳云：朱有燉撰杂剧《苦海回头》北四折，"境界绝似《黄粱梦》，第彼幻

---

① 姚燮：《今乐考证》，《中国古典戏曲论著集成》(十)，中国戏剧出版社1959年版，第96页。
② 臧懋循：《元曲选》，中华书局1958年版，第631页。
③ 谭峭：《化书》，中华书局1996年版，第2—9页。
④ 李修生主编《全元文》第6册，江苏古籍出版社1999年版，第118页。

而此真耳。及黄龙证明，锺离呼寐，则无真、幻，一也。周藩之阐禅理，不减于悟仙宗，故词之超超乃尔"①。《苦海回头》剧中既有佛教的情结，又有道教的情结，"阐禅理""悟仙宗"，在虚无的自然境界上将佛道贯通合流，不可不谓作品的一大内容与艺术特色。陆梦龙的《〈蝴蝶梦〉叙》云："近人士著传奇，如纬真《昙花》，义仍'二梦'，咸以汗马之烈归计出世，或谓英雄神仙原无二道，或谓抒其感愤。……第以道心观之，用世戏，出世亦戏，无所等差。"②这表明在陆梦龙的观念中，建功立业的英雄和逍遥方外的神仙，用世与出世，都是一场没有区别、没有现实意义、没有社会价值的自然虚无的闹剧。显而易见，这种戏曲审美观深受道教万物皆自然虚无观念的影响。王应遴撰《逍遥游》南北一折，写庄子度脱淮安盐城县伊梁栋，剧情实属虚构，乃通过演绎庄子思想，由形实存在导入自然虚无，进行道教教义的传播，对此，祁彪佳评价《逍遥游》云："于尺幅中解脱生死，超离名利，此先生觉世热肠，竟可夺《南华》之席。"③在道教中，不死仙人有羽化登仙的特异功能，也有大量的羽化升天的故事描绘。体现在戏曲里，祁彪佳针对王畿著《白鹤记》云："徐二孺幼慕游仙，得一雏鹤蓄之，鹤衔珠以谢而去。自是为紫虚玄女所引，遍历仙、魔诸境，遂证上升。此必腐儒作此以佞求仙者。"④此剧反映了道教的羽化登仙教义在社会现实中产生的深广影响，表达了剧作家对羽化登仙人生理想境界的向往与追求，印证了"道"的体与用具有不同功能的教义，即谭峭所谓："道之委也，虚化神，神化气，气化形，形生而万物所以塞也。道之用也，形化气，气化神，神化虚，虚明而万物所以通也。是以古圣人穷通塞之端，得造化之源，忘形以养气，忘气以养神，忘神以养虚。虚实相通，是谓大同。……神化之道者也。"⑤谢弘仪创作传奇《蝴蝶梦》，凡四十出，以庄生蝴蝶梦开场，以赴蟠桃宴收场。清代李调元云："《蝴蝶梦》剧，见《庄子·齐物论》。其

---

① 祁彪佳:《远山堂剧品》，《中国古典戏曲论著集成》（六），中国戏剧出版社1959年版，第139页。

② 蔡毅:《中国古典戏曲序跋汇编》，齐鲁书社1989年版，第1330页。

③ 祁彪佳:《远山堂剧品》，《中国古典戏曲论著集成》（六），中国戏剧出版社1959年版，第166页。

④ 同上书，第101页。

⑤ 谭峭:《化书》，中华书局1996年版，第1页。

鼓盆、髑髅二事，见《至乐篇》。"①此剧将庄子纳入道教视域加以神化，而庄子梦蝶的经典寓言故事包含的浪漫主义思想情感和丰富的人生哲学思考，引发后世众多文人骚客和广大市民百姓的共鸣，是此剧在社会上产生一定接受效果的思想意识与审美文化基础。

不可讳言，有的剧作家没有掌握好世俗社会剧创作要领，一味追求剧情奇异谐谑，借用道教"自然"观之神仙道化不分精华与糟粕，于是荒腔走板，分心离谱，破坏了作品主题内容与艺术形式的结合及表现，例如，祁彪佳批评《玉掌记》说"一涉仙人荒诞之事，便无好境趣"②即是。有的剧作家自我身份认同不客观还全面，戏曲创作假借道教"自然"观之神仙道化藏拙，一味标榜个人旨趣，损害了作品的审美文化接受效果。例如，祁彪佳批评古时月著《跨鹤记》云："传胡灵台援徒讲学，终于登仙。此必老腐村塾，聊口嘲以自况者。词之秽恶至此，令人字字欲呕。"③

三是道教"自然"观为建构中华民族审美文化特色戏曲理论做出了贡献。

具有中华民族审美文化特色的戏曲理论吸纳了道教"自然"观的合理内容。道教的远源可追溯到中国上古的巫史文化，巫史文化决定了"史"记人事，"巫"事鬼神。史官文化传统对道教"自然"观的影响就是道教认同形实的客观存在，道教"自然"观对戏曲理论的影响就是剧作家强调恪守信史的理念，主张故事情节构思要据实。例如，李调元云："'薛仁贵白袍'剧，见《旧唐书》……按：元张国宾杂剧称仁贵'白袍将'，亦实。"④平步青的《小栖霞说稗》之"浣花溪"云："都门梨园演有《浣花溪》一出，盖唐人实事也。"⑤吴梅的《〈桃花扇〉跋》评《桃花扇》云："东塘此作，阅十余年之久，凡三易稿而成，自是精心结撰。其中虽科

---

① 李调元：《剧话》，《中国古典戏曲论著集成》（八），中国戏剧出版社1959年版，第49页。

② 祁彪佳：《远山堂曲品》，《中国古典戏曲论著集成》（六），中国戏剧出版社1959年版，第75页。

③ 同上书，第116页。

④ 李调元：《剧话》，《中国古典戏曲论著集成》（八），中国戏剧出版社1959年版，第53页。

⑤ 平步青：《小栖霞说稗》，《中国古典戏曲论著集成》（九），中国戏剧出版社1959年版，第195页。

第五章　儒、释、道、民俗信仰与戏曲身份认同

诨亦有所本,观其自述《本末》,及历记《考据》各条,语语可作信史,自有传奇以来,能细按年月,确考时地者,实自东塘为始。传奇之尊,遂得与诗文同其声价矣。"①巫官文化传统对道教"自然"观的影响就是道教强调超越形实的虚无,道教"自然"观对戏曲理论影响就是剧作家主张故事情节构思要虚构。在一定意义上说,巫官文化对道教"自然"观的影响大于史官文化对道教"自然"观的影响。巫官文化崇奉鬼神观念和施行神仙方术。随着社会的进步,西周时期,巫觋开始退出统治阶层而流落民间让位于史官。道教作为发生于民间的宗教,受到巫官文化残余的重大影响,胡孚琛主编的《中华道教大辞典》认为,道教"具有较强的巫术色彩"②。道教吸纳巫官文化,强调超越形实的虚无,不仅认为天人合一,而且认为天道轨范了人道,虚无之"道"自然生成形实之万物,即老子的《道德经》所云:"致虚极,守静笃,万物并作",对此,无名氏的《道德经解》云:"万物之来,始于无形,终于有象,若虚之不极,则出生者不能无壅,静之不笃,则还生者不能无穷,而寓我可以归之,则人之道至此而最矣。"③

西周以来巫史文化分离之后并没有绝然割裂,巫史文化不分的现象、虚实并在的观念一直存在,这种情形在道教教义中也得到充分体现,道教关于道法自然、道生万物的理念即源于此。基于道教"自然"观,古代戏曲建构了中华民族审美文化特色鲜明的虚实写意理论。

古代戏曲理论认为,戏曲创作虚实并在、虚实相生,有助于戏曲主题内容和艺术形式表现。在戏曲理论中,"虚"是指故事情节的演绎允许突破社会现实的发展逻辑,可虚构人物故事情境;"实"是指故事情节的演绎严格遵循社会现实的发展逻辑,应真实反映人物故事。例如,祁彪佳评价王伯原著《三槐记》云:"此以王公旦为生者,惟真宗赐美珠一瓮事系实录,他皆撼捏,不足为王公重。"④傅五峰的《〈义贞记〉序》云:"夫戏者,本虚以证实,借伪以见真。"⑤李调元云:"《尉

---

① 蔡毅:《中国古典戏曲序跋汇编》,齐鲁书社1989年版,第1609页。
② 胡孚琛主编《中华道教大辞典》,中国社会科学出版社1995年版,第44页。
③ 张继禹主编《中华道藏》第12册,华夏出版社2004年版,第10页。
④ 祁彪佳:《远山堂曲品》,《中国古典戏曲论著集成》(六),中国戏剧出版社1959年版,第70页。
⑤ 蔡毅:《中国古典戏曲序跋汇编》,齐鲁书社1989年版,第1877页。

迟恭打朝装风》剧，见《旧唐书》……打朝实，装风虚也。"① 虚实别称真假。吕天成评《窃符记》云："前半真，后半假，不得不尔。女侠如此，固当传。"② 赵沄的《〈天宝曲史〉序》云："夫拓事命名，《元人百种》亦真假参半。"③ 虚实又别称真幻。宋廷魁的《〈介山记〉自序》云："大凡事不幻，文不奇；文不奇，则无可传。且宇宙光明正直，精灵灏博之气，其氤氲而赋于物者，在天为日月，在地为山河，在物惟麟凤龟龙，在人为高人义士，在上为忠臣，其没则为神为仙，胥是物也。"④ 焦循云："《饿方朔》四出，以西王母为主宰，以司马迁、卜式、李陵、终军、李夫人等串入，悲歌慷慨之气，寓于俳谐戏幻之中，最为本色。"⑤ 虚实又别称真空。罗浮痴琴生的《昙波》云："大千世界，无非傀儡之场；第一功名，亦等俳优之戏。叹世间颠倒，尽容巴客滥觞；笑我辈婆娑，未免矮人逐队。众人皆醉，举国若狂，是戏是真，即空即色。"⑥ 虚实也别称真诞。鲁颂的《〈曲目新编〉题词》云："半涉荒唐半的真，哀丝急管总怡神。当场顾曲今谁似？前度周郎我替身。法曲飘零一网收，就中无限古今愁。侬家也谱《千金寿》，付与吴伶已十秋。"⑦ 焦循云："传奇虽多谬悠，然古忠、孝、节、烈之迹，则宜以信传之。"⑧ 综上所述，古代戏曲理论家均认同戏曲虚实并在，虚实相生，与老子的《道德经》所谓"有无相生，……音声相和"⑨ 一脉相承，有利于建构戏曲的主题内容和艺术形式来表现综合艺术美。

---

① 李调元：《剧话》，《中国古典戏曲论著集成》（八），中国戏剧出版社1959年版，第53页。

② 吕天成：《曲品》，《中国古典戏曲论著集成》（六），中国戏剧出版社1959年版，第231页。

③ 蔡毅：《中国古典戏曲序跋汇编》，齐鲁书社1989年版，第1990页。

④ 同上书，第1913页。

⑤ 焦循：《剧说》，《中国古典戏曲论著集成》（八），中国戏剧出版社1959年版，第143页。

⑥ 傅谨主编《京剧历史文献汇编》清代卷壹，凤凰出版社2011年版，第663页。

⑦ 蔡毅：《中国古典戏曲序跋汇编》，齐鲁书社1989年版，第180页。

⑧ 焦循：《剧说》，《中国古典戏曲论著集成》（八），中国戏剧出版社1959年版，第192页。

⑨ 于平主编《道家十三经》，国际文化出版公司1993年版，第1页。

老子的《道德经》还认为"天下万物生于有，有生于无"①。元代方回的《刘高士伯渊道云诗序》解释说："大抵以无言道，以有言物，谓有生于无，无所以生有，此身之生本出于无，故以天地万物为土苴，而视此身如太空之云。"② 道教认为虚无决定形实，姬志真的《滑州悟真观记》云："真道无形，真理无言，真人无妄，真语无文。"③ 道教"自然"观这种先后、主次、轻重、贵贱之别，对戏曲理论的影响表现在剧作家更加重视写意而非写实。徐慕云撰《〈中国戏剧史〉自序》说："各国文人学士与夫剧艺家等，无不赞美中国写意派戏剧之趣味隽永，堪称东方文化之结晶。"④ 这揭示了中国古代戏曲以写意为审美理想的极致。

写意就是戏曲创作对现实生活的超越，一方面是剧作家的"写"即创作行为，蓄足精、气、神，奋笔直书；另一方面是书写的结果"意"，通过曲词宾白抒发剧作家的思想感情，描绘故事情节，演绎美的情境，即意境。意境是中国古典艺术美学最具民族特色的核心范畴，是艺术家情思流露不事雕琢的自然美。写意实际上就是艺术家建构作品意境美的过程。戏曲作为一门综合艺术，借鉴并化用了其他艺术门类创造意境的方式方法，如脸谱艺术源于绘画，舍弃了角色外形的真实，通过写意从本质上描绘人物的基本性格特征。戏曲创作追求出于实、表于虚的意境美，其中寓含的丰富的审美价值和美学意趣，诚如陈栎的《庄子节注序》云："《庄子》多寓言，寓言者，寄寓于事物与人而言也。故凡所言之事与物，未必真有此事物；所言之人与其人之所言，未必真有此人此言，虚诞奇谲，可喜可叹，可怪可愕，读者惟以意会之"⑤，笠阁渔翁云："曲本凡，而人境一妙，臭腐且化神奇"⑥，正是认同道教"自然"观对虚实、有无关系的论述。王骥德云："剧戏之道，出之贵实，而用之贵虚"⑦，李渔的《闲情偶寄》强调："传奇无实，大半皆

---

① 于平主编《道家十三经》，国际文化出版公司1993年版，第11页。
② 李修生主编《全元文》第7册，江苏古籍出版社1999年版，第129页。
③ 李修生主编《全元文》第2册，江苏古籍出版社1999年版，第90页。
④ 蔡毅：《中国古典戏曲序跋汇编》，齐鲁书社1989年版，第317页。
⑤ 李修生主编《全元文》第18册，江苏古籍出版社1999年版，第115页。
⑥ 笠阁渔翁：《笠阁批评旧戏目》，《中国古典戏曲论著集成》（七），中国戏剧出版社1959年版，第310页。
⑦ 王骥德：《曲律》，《中国古典戏曲论著集成》（四），中国戏剧出版社1959年版，第154页。

寓言耳",因此,戏曲创作一定要"审虚实",建构虚实相生、情景交融的意境美,否则,"虚不似虚,实不成实,词家之丑态也,切忌犯之"①。这就阐明了古代戏曲创作与艺术呈现基于虚实写意所指的真谛,揭示了古代戏曲身份的建构受到儒家思想和审美价值追求以及道家思想和审美心理取向的深刻影响。

第五节 民间风俗信仰与多元化身份确证

中华民族传统文化博大精深,传统文化中的民间风俗信仰呈现多元化的特征。古代戏曲的产生、形成、发展与民间风俗信仰有着血浓于水的亲缘关系,从国学的视域来看,多元化的民间风俗信仰为人们实现多元化的戏曲身份认同提供了可确证的有效路径。

民间风俗是人类在长期的社会生活中形成的关于生老病死、衣食住行、宗教信仰、巫卜禁忌等内容广泛、形式多样的行为规范和活动模式。关于民间风俗的定义多种多样,钟敬文主编的《民俗学概论》言:"民俗,即民间风俗,指一个国家或民族中广大民众所创造、享用和传承的生活文化。"② 民间风俗的产生有深厚的社会文化基础,依赖特定的自然、社会、民生环境。班固的《汉书》曰:"凡民函五常之性,而其刚柔缓急,音声不同,系水土之风气,故谓之风;好恶取舍,动静亡常,随君上之情欲,故谓之俗。"③ 这就是说,风系水土,俗为表征;处境谓之风,积习而成俗。信仰就是人们对某种事物、某种宗教的极度信服和尊重,并以此为行为的准则。王景琳、徐匋主编的《中国民间信仰风俗辞典》云:民间信仰指的是"民间存在的对某种精神体、某种宗教等的信奉与尊重。它包括原始宗教

---

① 李渔:《李渔全集》第三卷,浙江古籍出版社1992年版,第16页。
② 钟敬文主编《民俗学概论》,上海文艺出版社1998年版,第2页。
③ 班固:《汉书》,中华书局1962年版,第1640页。

在民间的传承、人为宗教在民间的渗透、民间普遍的俗信以及一般的迷信"[1]。在民间信仰的基础上产生了各种各样的民间风俗习惯,民间风俗包含民间信仰,与民间信仰是一个有机整体。

民间风俗是群体生活的文化,有群体生活的地方就有民俗。中华民族的民俗历史源远流长,远古及上古民俗随着中国人的出现而产生、发展;夏、商、周时,初步形成了中华民族统一的古代民俗格局;三代至汉末,以中国主体民族即汉族的形成为标志,中华民族统一的古代民俗系统正式形成;汉代至清代,中华民族统一的古代民俗逐渐进入了发展与繁荣时期。与民俗生成的同时,古代戏曲也经历了酝酿、萌芽、形成、发展、繁荣的阶段,呈现出古代民俗与戏曲相辅相成、相互推促的良性进步趋势。例如,1933年胡朴安编的《中华民俗志》引《五代史》记山西民俗,道:"庄京既好俳优,又知音,能度曲,至今汾晋之俗,往往能歌其声,谓之御制者,皆是也。"[2]

民俗与戏曲作为不同学术范畴,既有区别又有联系,许多内容发生交叉重叠关系。例如,钟敬文主编的《民俗学概论》按文体划分民间口头文学为散文、韵文和综合三大类,将戏曲纳入民间综合口头文学,以及民间艺术。高丙中的《民间风俗志》把民俗分为物质生活民俗、社会生活民俗、精神生活民俗三大类,将戏曲列入社会生活民俗。乌丙安的《民俗学原理》将戏曲归入言语系统民俗,以及48个民俗系列之一。张紫晨的《中国民俗学史》阐述了《教坊记》《乐府杂录》《碧鸡漫志》《南词叙录》《词谑》《顾曲杂言》等戏曲论著的民俗学文献价值。娄子匡主编的《民俗丛书》收入200部著作,佟晶心的《新旧戏曲研究》是其中之一。这表明,民俗与戏曲的亲缘关系得到了当代民俗学家和戏曲学界的普遍身份认同。综合来看,中华民族的民间风俗信仰呈多元化的态势,为人们在民俗学视角下的多元化戏曲身份认同奠定了现实基础,创设了前提条件。

首先,多元化的宗教性质民间风俗信仰,为人们戏曲身份认同的心理和意识创造了多元化的融洽情境。

---

[1] 王景琳、徐匋主编《中国民间信仰风俗辞典》,中国文联出版公司1992年版,第11页。

[2] 娄子匡主编《民俗丛书》第145册,国立北京大学中国民俗学会1979年影印版,第46页。

  宗教是人的社会意识的一种形态，有原始宗教和人为宗教之别。在古代中国，除了大量的民间原始宗教之外，多元化的原始宗教性质民间风俗信仰，主要是指傩祭、蜡祭在民间风俗信仰中的传承与演变。除了大量的民间人为宗教之外，多元化的人为宗教性质民间风俗信仰，主要是指佛教、道教对民间风俗信仰的渗透与融合。多元化的宗教性质民间风俗信仰在历史上外化为戏曲艺术，极大地影响了人们的信仰取向、生活态度、行为方式、审美意识，人们通过参与欣赏承载多元化的宗教性质民间风俗信仰的戏曲活动，极大地助力了对古代戏曲的身份认同。

  在多元化的原始宗教性质民间风俗信仰方面，傩祭、蜡祭在民间风俗信仰中传承，以及后来演变为傩戏、蜡戏，不仅具有民间风俗信仰的民俗价值，而且具有古代戏曲艺术的建构价值。

  以傩为例，庹修明的《中国傩文化述论》云："中国傩文化是一种准宗教文化、祭祀文化或仪式文化，是多元的和多民族的。"[①] 康保成云："明清传奇的'副末开场'……其最早的源头仍是驱傩者的沿门逐疫。宗教仪式就保留在现存的文人剧本中"[②]。傩是远古先民创造的一种避疫驱邪的原始宗教活动。傩祭施行于夏、商、周三代，《周礼》云："方相氏掌蒙熊皮，黄金四目，玄衣朱裳，执戈扬盾，帅百隶而时傩，以索室驱疫。"[③] 在傩祭仪式上，傩的主要角色是巫觋，身披熊皮，头戴面具，穿着彩衣，手持道具，载歌载舞，搬演有简单的情节，其中包含了许多后世戏曲艺术必要的戏剧性因素。这种活动历代相沿不辍，隋唐以后，神秘的驱傩活动逐渐转化成民间的傩舞和傩戏。宋人吴自牧曰："禁中除夜呈大驱傩仪，并系皇城司诸班直，戴面具，着绣画杂色衣装，手执金枪、银戟、画木刀剑、五色龙凤、五色旗帜，以教乐所伶工装将军、符使、判官、钟馗、六丁、六甲、神兵、五方鬼使、灶君、土地、门户、神尉等神，自禁中动鼓吹，驱祟出东华门外，转龙池湾，谓之'埋祟'而散。"[④] 胡朴安编的《中华民俗志》引《万历嘉兴府志》

---

 ① 苑利主编《二十世纪中国民俗学经典》（信仰民俗卷），社会科学文献出版社2002年版，第289页。

 ② 康保成：《傩戏艺术源流》，广东高等教育出版社2005年版，第8页。

 ③ 阮元：《十三经注疏》，中华书局1980年版，第851页。

 ④ 吴自牧：《梦粱录》，古典文学出版社1956年版，第181页。

云：明代，在浙江嘉兴，"腊月，乡人以朱墨涂面，跳舞于市，行古傩礼。"① 年节击鼓驱傩搬演是人们对鬼魅的一种强力驱除，显示了人们的自我保护心理和强烈生存愿望，同时，驱傩活动的搬演过程亦极具戏曲艺术审美欣赏价值，成为广大市民百姓对戏曲身份认同的对象之一。明末清初，这种极具戏曲搬演功能的驱傩仪式被命名为傩戏，实际上就定型为后人所谓民俗祭祀仪式戏曲。对于傩祭与戏曲的源流关系，朱熹的《论语集注》云："傩虽古礼而近于戏。"② 杨静亭云："盖以涂面狂歌藉以驱疫，虽非演戏，而戏即兆端于傩与歌。"③ 王国维云："后世戏剧，当自巫、优两者出"④，《古剧脚色考》认为，上古驱傩之方相氏黄金四目"拟已为面具之始"⑤。董康的《曲海总目提要序》云："戏曲肇自古之乡傩。"⑥ 刘师培的《原戏》和马尊鲍的《戏源》都认为戏曲起源于古老的傩祭活动。现在，傩戏仍然保留活跃在许多省、市、自治区，涉及至少 15 个少数民族。例如，从明清迄今，在江西省萍乡市和万载县农村地区仍然活跃有傩戏搬演，搬演傩戏的艺术形式又分为"开口傩"与"闭口傩"两种，两者的差异主要表现为"开口傩"侧重于歌唱，而"闭口傩"侧重于舞蹈。

以蜡为例。远古时期，女巫男觋祈求农事丰稔，风和雨顺，于是产生了祭神的蜡祭。上古时期，蜡祭仪式发展为人们在丰收之后冬季祭神与祭祖的活动。夏、商、周三代以周代的蜡祭最为盛行。此后，蜡祭活动不断发生演变。在古代，"蜡"可训诂为"腊"。《礼记》云："天子大蜡八。伊耆氏始为蜡。蜡也者，索也，岁十二月，合聚万物而索飨之也，……蜡之祭，仁之至，义之尽也。黄衣、黄冠而祭，息田夫也。"郑玄注："祭，谓既蜡，腊先祖、五祀也，于是劳农以休息之。"孔颖达疏："上云蜡，此云祭，故知既蜡，腊先祖、五祀。对文蜡、腊有别，

---

① 娄子匡主编《民俗丛书》第 145 册，国立北京大学中国民俗学会 1979 年影印版，第 18 页。

② 朱杰人等主编《朱子全书》第 6 册，上海古籍出版社、安徽教育出版社 2002 年版，第 153 页。

③ 杨静亭：《都门纪略》，文海出版社有限公司 1973 年版，第 348 页。

④ 王国维：《宋元戏曲史》，华东师范大学出版社 1995 年版，第 4 页。

⑤ 王国维：《王国维文集》第一卷，中国文史出版社 1997 年版，第 518 页。

⑥ 蔡毅：《中国古典戏曲序跋汇编》，齐鲁书社 1989 年版，第 290 页。

总其俱名蜡也。"①《清朝通志》载乾隆告谕,认为自汉以后用"腊"而不用"蜡"。蜡祭最初并无确切的日期,"蜡八"指祭祀八位神或八方神。受佛教关于佛祖释迦牟尼成道教义,以及人们对"蜡八"解读的影响,南北朝时最后确定十二月八日固定为腊日,于是后世通称此日为腊八,腊八节成为中华民族传统的原始宗教性民俗信仰节日。蜡祭是古代击鼓驱疫祭祀仪式中颇具戏剧性的一种。梁朝的宗懔云:"十二月八日为腊日。……村人并击细腰鼓,戴胡公头(面具),及作金刚力士以逐疫。沐浴,转除罪障。按《礼记》云:'傩人所以逐厉鬼也。'……金刚力士,世谓佛家之神。按《河图玉版》云:'天立四极,有金刚力士,兵长三十丈。'"②由此可见,汉代以后蜡祭活动受到了傩祭和佛教的影响。宋代苏轼对杂剧艺术谙熟并且非常感兴趣,据此认为戏曲起源于古代的蜡戏,即《蜡说》云:"八蜡,三代之戏礼也。岁终聚戏,此人情之所不免也。因附以礼义。亦曰:'不徒戏而已矣。祭必有尸,无尸曰奠,始死之奠与释奠是也。'今蜡祭谓之祭,盖有尸也。猫虎之尸,谁当为之?置鹿与女,谁当为之?非倡优而谁!葛带榛杖,以丧老物;黄苄草履,以奠野服;皆戏之道也。"③这就是说,在蜡祭仪式上,主角是巫觋或者优伶,所摹拟扮演的"尸"代表死去的灵魂受祭的人,"猫""虎"等则是配角,也是由巫觋或者优伶摹拟扮演的。巫觋或者优伶搬演时着黄色衣,戴黄色帽,脚穿草履,头饰面具,手持带杖,击鼓行乐,化妆成金刚力士,手舞足蹈,尤其是蜡祭仪式具有儒家礼乐文化表演性质,原始宗教的意识形态性质已经发生了重大变化,而具有了其时戏曲搬演的艺术审美性质。清代的平步青在《小栖霞说稗》中表示认同苏轼关于蜡祭的观点。王国维亦认同云:"后人以八蜡为三代之戏礼,非过言也。"④张紫晨则认为:"这大约是一种傩舞活动,以面具跳傩,趋鬼逐疫。"⑤迄今,在腊八节、迎神赛社中仍可窥见其意味的传承与影响,而高承的《事物纪原》在"赛神"条中曾曰:"赛神……世谓社礼,始于周人之蜡云。"⑥

---

① 阮元:《十三经注疏》,中华书局1980年版,第1453—1454页。
② 宗懔:《荆楚岁时记》,山西人民出版社1987年版,第64—65页。
③ 苏轼:《苏轼文集》,中华书局1986年版,第1991页。
④ 王国维:《宋元戏曲史》,华东师范大学出版社1995年版,第2页。
⑤ 张紫晨:《中国民俗学史》,吉林文史出版社1993年版,第188页。
⑥ 高承:《事物纪原》,中华书局1989年版,第439页。

远古时期傩祭、蜡祭以自然崇拜、图腾崇拜、祖先崇拜和神灵崇拜为特征，这种原始宗教信仰及祭祀活动经历代传承发展，对于后世包括戏曲艺术在内的中华民族的传统文化，如哲学、史学、文学、艺术产生了不可估量的深远影响。

在多元化的人为宗教性质民间风俗信仰方面，佛教、道教经常与民间风俗信仰渗透与融合在一起，受儒、释、道三教合一影响的关公戏在这一方面具有典型意义，关公戏不仅具有民间风俗信仰的民俗价值，而且具有古代戏曲艺术的建构价值。

关公戏建立在关公信仰之上。关公作为三国时的蜀将，主要是受到历代统治阶级和儒家的崇奉，其次才进入了佛教、道教的宗教信仰谱系，然后推广开来成为具有人为宗教性质的民间风俗信仰。关公信仰有一个长期发展的过程，从三国直到唐代，关公尚被称为"关三郎"，视为鬼妖之流，五代时孙光宪《北梦琐言》云："唐咸通乱离后，坊巷讹言关三郎鬼兵入城，家家恐悚。罹其患者，令人寒热战栗，亦无大苦。……关妖之说，正谓是也。"①北宋末年，在宋金对峙的危难时期，关羽忠勇义气的品格受到统治阶级的认同崇祀，开始庙奉为神，洪迈云："潼州关云长庙，在州治西北隅，土人事之甚谨。偶像数十躯，其一黄衣急足，面怒而多髯，执令旗，容状可畏。"②在宋王朝的推崇褒扬下，关公成为既能以公义忠正相号召的人间楷模，又能求雨祈晴安顺、拯救生灵劫难的民间神灵，在关公信仰上寄托了古代中国人期望公义忠正与平安顺遂的道德心理和生存意识。此后，历代统治者均敕封关公各种名号，明代神宗敕封关公为"三界伏魔大帝神威远震天尊关圣帝君"，俗称关帝。万历二十四年（1596），将关公定为武庙的主神，与崇祀孔子的文庙并列为文武二圣，关公的圣贤身份地位得到前所未有的认同和提高。崇祯年间，戴光启、邵潜同编《关帝纪定本》，首《世系》，次《年谱》，次《封号》，次《诰命》，次《实录》，次《遗迹》，次《论辨颂赞》，次《奏疏碑记》，次《诗》，次《祭文》，次《灵异》，为传播关公信仰和巩固关公主神认同推波助澜。明清时期，关公信仰流布社会，成为教育业等数十个行业的行业神。古代村落布局习俗一般包括公共设施如祠堂、庙宇、戏台等，庙宇方面除了道观、佛寺、

---

① 孙光宪：《北梦琐言》，中华书局2002年版，第244页。
② 洪迈：《夷坚志》，中华书局1981年版，第782页。

八蜡庙之外就是关帝庙。在民间风俗不同，信仰不一，神灵不成体系、名目繁多、地位各异的情状中，关公的社会影响几乎最大、最为普遍，关公庙和祭祀关公的活动几近遍布天下。在佛教方面，佛教文献记载，关公尝于玉泉山现灵，受戒于天台之智者（佛祖统纪六智者传），问禅于神秀禅师，故僧伽蓝有以为护伽蓝神而祭之者。佛教还封关公为镇坛护法，威镇山门，现今，在四川省梁平县有明代建筑取名"双桂堂"，庙门内设关公殿堂，殿堂内塑关公带领关平、周仓护佑佛殿神圣。在清代，朝廷采取了使喇嘛教与汉族宗教观念相融合的政策，支持蒙古僧侣把关帝——格萨尔汗奉为佛教的守护神。在道教方面，关公屡加封号，明代万历二十二年（1594），敕封关公为"三界伏魔大帝神威远镇天尊关圣帝君"。关公被简称之为"关圣帝君"或"关帝"，是道教的护法四帅之一。道教还以关公的名义制作了经谶，如《关帝觉世真经》《关帝明圣经》《忠义忠孝真经》《忠孝护国翊运真经》《济世消灾集福忠义经》等。道教顺应人心，愿意帮助世人追求财富，因此，在道教神谱里关公还被奉祀为武财神，道教有招财镇宝的符箓，正月初五是接财神的节庆，拜关公武财神的活动在民间非常兴盛。值得一提的是，清朝时期，在儒、佛、道之外，江南地区秘密结社呈天地会、哥老会、青红帮三大系统，会党奉祀关公，倡导江湖义气，拥有独特的关公奉祭方式和信仰规矩，显示了关公崇拜和信仰之民俗直至晚清久盛不衰的状貌。

关公信仰通过关公祭祀活动、关公戏搬演得到了充分的体现，剧作家通过创作关公戏、广大市民百姓通过欣赏关公戏，在艺术地传达关公信仰的同时，潜移默化地实现了对戏曲的身份认同。

在祭祀活动方面，各地对关公的祭祀是一种除了祭祖先之外的祭圣贤神灵的礼仪，以纪念关公诞辰和传说中的单刀赴会的五月十三日之庙会最盛，庙会的主要内容是公众祭祀、演戏酬神和商业活动。在戏曲创作方面，据不完全统计，以关公为主角的作品在元杂剧中有10余部，在明清传奇、杂剧、花部乱弹地方戏中数量更多。剧作家创作关公戏有利于形成认同关公信仰的戏曲审美自觉意识，如朱有燉的《〈关云长义勇辞金〉自引》云："人之有生，惟忠孝者为始终之大节。忠孝之道，必以诚而立焉。予观自古高名大节之人，诚乎忠孝，载之简册，流芳于永世，历历可数耳。……予每读史，至关羽辞曹操而归刘备，未尝不掩卷三叹，以为云长忠义之诚，通于神明，达乎天地焉。……予嘉其行为作传奇，以扬其忠义之大节焉。"① 在戏曲搬演方面，清代乾隆年间，内廷搬演弋阳腔剧目，其中的《单刀赴会》《夜看春秋》《计说云长》《秉烛待旦》《灞桥饯别》《古城相会》《华容释曹》等都是关公戏。宫廷有连台大戏《鼎峙春秋》10本，以关公为主要角色的剧目多达55出，占居连台大戏篇幅的四分之一。在民间，凡遇关公诞辰都有特定的关公戏等戏曲演出，胡朴安的《中华风俗志》在"（江苏）六合县之岁时"条中云："（五月）十三日乃关帝诞辰，官民祭享，演戏建醮。"② 富察敦崇曰："十里河关帝庙在广渠门外。每至五月，自十一日起，开庙三日，梨园献戏，岁以为常"③，各地乡民搭台唱戏，多是搬演关公戏。扬州北郊的虹桥一带是游览的胜地，每年五月端午前后，在关帝庙有"斗曲"的活动，参加斗曲的人清唱昆曲，其胜负以停船听唱的多寡来决定。这种聚众唱曲听曲的非凡场面彰显了关帝庙和关公信仰的殊异社会地位。近代，京剧界搬演的关公戏又名红生戏，京剧表演艺术家叶盛长撰回忆录记载，他传承并擅长搬演《古城会》《水淹七军》《白马坡斩颜良》《汉津口》《单刀会》等。按照戏俗，为了表达对关公的崇敬和护佑愿望，扮演关公角色的演员上台之前要净身，饰演的关羽不能自报姓名只能自称"关某"，搬演对手戏的演员必须当面称他"关公"等。关公一身正气，神勇无敌，在有些地区的传统傩戏习俗，例如酉阳阳戏、梓潼阳戏、射箭提阳戏中，关公被人们一致尊奉为主神。潮剧的乌面（净）、老生、丑等以关公为戏神。在戏曲鉴赏方面，关公戏艺术传达的关公信仰，对广大市民百姓的欣赏接受而言，往往能够取得坚定关公信仰和戏曲身份认同的双重审美文化效果。例如，杨恩寿云："关帝升列中祀，典礼綦隆，……所谓《单刀会》者，余固习见之也，第二支演帝登舟后，掀髯凭眺，声情激越，不减东坡'酹江月'。当场高唱，几欲裂铁笛而碎唾壶。"④

在中华民族传统文化中，无论是雅文化还是俗文化，无论是上层社会还是下层社会，关公都是公义忠正的人格化身和审美文化的特殊符号。人们投入民俗活

---

① 蔡毅：《中国古典戏曲序跋汇编》，齐鲁书社1989年版，第853页。
② 娄子匡主编《民俗丛书》第147册，国立北京大学中国民俗学会1979年影印版，第37页。
③ 富察敦崇：《燕京岁时记》，北京古籍出版社1981年版，第68页。
④ 杨恩寿：《词余丛话》，《中国古典戏曲论著集成》（九），中国戏剧出版社1959年版，第264页。

动,通过关公戏的创作、欣赏,在很大程度上既满足了寄予关公信仰的心理期待和礼乐教化意识,又使关公信仰广泛普及深入人心,而且还有力地促进了对古代戏曲的身份认同。这种融洽的民间风俗信仰态势正是关公戏有别于其他戏曲作品,能够产生持久深刻社会影响的艺术魅力所在。

其次,多元化的岁时节日等民间风俗信仰,为人们参与戏曲身份认同,施展戏曲身份认同的行为创造了多元化的现实情境。

钟敬文主编的《民俗学概论》云:"岁时民俗,主要是指与天时、物候的周期性转换相适应,在人们的社会生活中约定俗成的、具有某种风俗活动内容的特定时日。"①中国传统的岁时节日民俗萌芽于先秦时期,成长于秦汉魏晋南北朝时期,定型于唐宋时期。宋代,陈元靓的《岁时广记》记述了当时的岁时节日有:元旦、立春、人日、上元(元宵)、正月晦、中和节、二社日、寒食、清明、上巳、佛日、端午、朝节、三伏节、立秋、七夕、中元、中秋、重九、小春、下元、冬至、腊日、交年节、岁除。这一序列基本上囊括了中国传统社会的主要岁时节日,直至元明清时期没有明显的改变。当代,高丙中的《民间风俗志》主要站在中国汉民族认同的角度,谓岁时节日包括春季节日民俗:新年,元宵节,清明节;夏季节日民俗:四月八,端午节,六月六;秋季节日民俗:七夕节,中元节,中秋节;冬季节日民俗:十月一,冬至节,腊八,小年,大年。事实上,中国现有56个民族,各民族都有共同的和特殊的传统民间风俗习惯,所以,自古迄今岁时节日远不止上述列举。

岁时节日民俗与戏曲关系至为密切。在岁时节日,广大市民百姓通过戏曲搬演"酬神"兼以"娱人",感恩神灵庇佑,寻求内心安宁,消散身心疲惫,祈求美好生活,现场接受戏曲审美文化熏陶。通常来说,宋代以来,有多少民间岁时节日和仪式活动存在,就有多少种名目繁多的戏曲演出。于是,社会现实中就有了所谓年戏、上元(元宵)戏、迎春戏、清明戏、端午戏、浴佛戏、庆寿戏、丧葬戏等的演出。元代以来,封建王朝曾经先后颁布过禁毁戏曲的法令,但是,民间岁时节日搬演戏曲却屡禁不止;而且,有些民间岁时节日与宗教性民间风俗信仰渗融合流,历代封建王朝虽然在政治上实施专制,但是,在文化政策和宗教政策

---

① 钟敬文主编《民俗学概论》,上海文艺出版社1998年版,第131页。

上却是多元的、包容的，于是更加助长了民间岁时节日搬演戏曲的顽强艺术生命力。因此，在民间岁时节日搬演和欣赏戏曲，成为广大市民百姓喜闻乐见，享受社会现实生活和认同戏曲身份的重要组成部分。

例如，正月十五是元宵节，道教称之为上元节，佛教传入之后，元宵节与佛教燃灯表佛仪式相融合，是夜城乡灯火辉煌、锣鼓喧天，各种娱乐杂耍尽展新奇艳异，而演戏看戏是其中的一项重要内容。清乾隆二十一年（1756年）刊本《获嘉县志》记载：（正月）初八日，照常例祭祀火神，有妆演故事者，场面颇热闹。十五日是上元节，十四、十六前后张灯三日，演剧赛会，搬演种种故事。胡朴安的《中华民俗志》引《福州府志》云：在福建福州，"上元夜张灯，自十一日起，至晦日止，十三、十四、十五三夜尤盛。……为木架彩棚，妆演故事，谓之台阁，俳优百戏，煎沸道路，"① 社火，指社日搬演的各种杂耍。古代，春秋两次祭祀土神的日子叫"社日"，一般在立春、立秋之后的第五个戊日。后世凡在节日搬演的杂戏、杂耍也叫作"社火"。社火，宋代时称为社伙，是民间自发的，以相同志趣和爱好为结合缘由的非营利性群众自娱自乐的社会组织，常有戏班参与搬演。明代的田艺蘅云："今人看街坊杂戏场曰社伙，盖南宋遗风也。宋之百戏，皆以社名。如杂剧，曰绯绿社。"② 岁时节日搬演戏曲往往成为催生花部乱弹地方戏的温床。清嘉庆二十三年（1818）刊行的《浏阳县志》记载，在湖南，春节至元宵节，地花鼓与龙灯、狮灯与其他民间艺术活跃于广大乡镇农村，艺人们在历代传承演出的基础上总结出很多规范的技艺，然后将歌舞唱演与故事情节相结合，大约在嘉庆年间发展为颇具地方戏曲特色的花鼓戏。

在少数民族地区，戏曲融入岁时节日活动也是普遍的现象。例如，在贵州省石阡县，仡佬族村寨世世代代流传着一种综合性的民俗活动，人们称之为敬雀节。敬雀节又名敬鹰节，古称禁脚节，曾流行于今石阡县共18个乡镇中的11个仡佬族侗族乡的仡佬山寨，现在仅幸存于坪山乡佛顶山下尧上仡佬族村寨。举办敬雀节的节庆时间是古历二月初一，每一个仡佬族的家庭都有在家过敬雀节的传统习惯。其中，尧上仡佬村民每逢鸡年都是在宗祠和露天场所进行庆祝敬雀节的活动，

---

① 娄子匡主编《民俗丛书》第145册，国立北京大学中国民俗学会1979年影印版，第39页。

② 田艺蘅：《留青日札》，上海古籍出版社1985年版，第157页。

同时，延请佛教、道教班子或者民间戏班来当地祭祀娱神，邻乡邻寨的父老乡亲也会前来聚贺，并且带来自编的表演节目来参演，共庆佳节。其时，参加庆祝敬雀节的活动人员涉及石阡县和邻县 18 个乡镇的民间组织、艺术团体和亲友群体，场面规模盛大，气氛热烈喧闹。

庙会是一种综合性的集会，具有祭祀神灵、看戏娱乐、探亲访友、商品交易等多种功能，演戏是庙会活动的重要内容。庙会起源于远古时期宗庙祭神仪式，发展至汉代受宗教信仰的影响，开始出现多元化趋向，初步形成各种习俗；宋代以来，戏曲纳入了庙会活动；明代，大多数庙会增加了集市贸易的内容；清代，庙会呈现多元化内容，如有宗教、娱神、集市、游乐、演戏等活动。各地庙会时间不一，有长有短，白天商贩摆摊营业，夜晚戏班搬演戏曲。例如，山东省长岛县庙岛的天后宫庙会从七月七日开始，一般唱戏 7 天，附近各岛渔民都会划船前来赶会看戏，享受庙会的热闹氛围和喜悦情境。

迎神赛会源于周代十二月的蜡祭，亦称"赛社"。迎神赛会是把神像抬出庙外巡行，其时伴有戏曲表演，没有集市贸易。胡朴安编的《中华民俗志》引《嘉靖宁波府志》云：在浙江宁波，"九月，在城各坊舆祠庙神像，游行街市，导以兵仗、彩亭、金鼓、杂剧，各相竞赛，观者塞路。"① 迎神赛会戏曲搬演是所有地方戏曲的重要民俗活动，清人钱泳云："大江南北迎神赛会之戏，向来有之，而近时为尤盛。"② 有的地方声腔剧种就是为迎神赛会祀神而生存的，只是到了后来才逐渐发展为娱人的戏曲。例如，晋东南的对子戏就是专门在迎神赛会活动中搬演的，内容以敬神为主。流传山西、河北、内蒙古、陕西等地的赛戏在迎神赛会时搬演，内容涉及历史故事和佛道故事等，敬神祀神搬演属于傩戏。古代，各行各业一般都有自我管理的组织。行会常规的重大活动之一就是祭祀本行业的神，专门的祭祀活动在行业神的诞辰和忌日举行，活动内容包括演戏酬神、迎神赛会等多个项目。宁波药业的连山会馆建有药王殿，每年四月二十八日，在药王诞辰日这一天，药业人员汇集连山会馆，演戏赛会；按照行业的内部规矩，药业人员只要参拜一下药王就可以免费看戏，演戏等的费用从公产的花息中列支。近世各条江河上的

---

① 娄子匡主编《民俗丛书》第 145 册，国立北京大学中国民俗学会 1979 年影印版，第 32 页。

② 钱泳：《履园丛话》，中华书局 1979 年版，第 575 页。

船工普遍成立了自己的帮会或者行会,例如,川江上的船工组织叫作"王爷会",信奉"镇江王爷",全体船工每年在王爷圣诞日聚会,演戏酬神,进行祭祀,祈求平安,商讨大事,推举会首。

各地还有多种多样的为宗教服务性质的民俗戏曲搬演,例如,开光戏、还愿戏、谢神戏、求雨戏、火烧戏、丰收戏、麦报子戏和米花节戏,等等。戏曲与民俗礼仪密切相关,如新春团拜、府宅落成、开堂祭祖、修订族谱、族人高中、地位升迁、赐匾立坊、婚嫁喜庆、居丧停柩等,都要请戏班演戏。在浙江省浦江县某些单姓村落有祖屋,祖屋厅堂建筑是全村公共活动的中心,历史规矩确定各房子孙都可以在祖屋厅堂建筑内娶亲、摆酒席、搭台演戏。统治阶级也顺应民情,遵循民俗,参与到戏曲搬演的祭神活动中,体现了民俗戏曲搬演的不同寻常的社会意义和艺术价值。例如,清代乾隆皇帝爱好戏曲,并藉此寄予超越民俗戏曲的深意,姚元之云:"(高宗朝)每年坤宁宫祀灶,其正炕上设鼓板。后先至。高庙驾到,坐炕上自击鼓板,唱《访贤》一曲。执事官等听唱毕,即焚钱粮,驾还宫。盖圣人偶当游戏,亦寓求贤之意。……圆明园福海之东有同乐园,每岁赐诸臣观剧于此。"[1]

就戏曲而言,岁时节日等民俗活动中的戏曲搬演是古代戏曲赖以生存的现实根基,持续发展的肥沃土壤,艺术创新的源头活水,反映了人们对戏曲艺术身份的种种独特的认识、观念和评价,尤其显现了戏曲身份认同的价值取向,是戏曲身份认同建构的一个不容忽略的主要方面。当然,值得肯定的是,戏曲融入岁时节日活动,大多数成为一种良俗,有益于民生。然而,有的戏曲融入岁时节日活动却滥为流弊,成为一种陋俗,甚至劣俗、恶俗。例如,陈汉章的《中国历代民俗考》指出,清代有的地方"敛钱聚会,迎神赛社,一旛之值,可数百金。……婚丧不遵家礼,戏乐参灵,彩服送丧。……新丧经忏,绵延数旬,佛戏歌弹,故违禁令,举殡之时,设宴演剧,全无哀礼。……今之剧场词曲,皆流于淫僻而不可训"[2]。"旛"又指"钟旛",佟晶心的《新旧戏曲之研究》云:"钟旛是用一根高而且粗的竹竿,极端加上一个铃铛,再用各种彩绸,做出花样,展出来一定的尺

---

[1] 姚元之:《竹叶亭杂记》,中华书局1982年版,第2—5页。
[2] 娄子匡主编《民俗丛书》第50册,国立北京大学中国民俗学会1979年影印版,第116—120页。

寸；愈往下端愈大。演员都是很有力气的人们，忽置于头上，又落于肩端，及其他各种形式。原是竞技的一种。"①这表明耍獠的奢侈与演剧的变质放任自流，无论如何，对于民生经济健康、岁时节日民俗与戏曲身份认同都是一种严重的损害。

最后，多元化的鬼魂神灵民间风俗信仰，为人们戏曲身份认同的想象和接受创造了多元化的虚幻情境。

民间风俗信仰认同在空间上分为天庭、冥界（阴间）和人世，在主体上分为神灵、鬼魂和人。这三个空间区隔分明，三个主体相互影响，有时候可以互相转化。鬼魂神灵崇拜是民间风俗信仰的重要内容，即崇拜各种鬼魂，认为天地万物皆有抽象的鬼魂、神灵或精怪，这些鬼魂神灵有超凡的能力，能决定人们的生死祸福，于是，人们敬畏和崇信鬼魂神灵。胡朴安编的《中华民俗志》引《长泰县志》云：在福建长泰，人们"畏法惧讼，信鬼尚巫"②。因为鬼魂神灵与人的生死祸福密切相关，即《周易》所谓"鬼神合其吉凶"③，所以人们寄希望于鬼魂神灵造福自己，视崇祀鬼魂神灵之道为道德教化的手段，即《周易》所谓"圣人以神道设教，而天下服矣"④。孔子不否认鬼魂神灵的存在，《论语》记孔子云："祭如在，祭神如神在"⑤，《论语》又记孔子说："务民之义，敬鬼神而远之"⑥。孔子不热衷于鬼魂神灵之道，不信其事实而信其价值，但是，对人们的鬼魂神灵崇拜采取了敬重的态度。这种对待鬼魂神灵的观念和立场对后世人们认同、丰富和巩固鬼魂神灵观念产生了深远影响。例如，唐代的韩愈大力宣扬儒家道统，崇信鬼魂神灵，以儒家鬼神观批判佛教鬼神论。宋代的邵雍认为鬼神有作用于实际的功能，《观物外篇》说："鬼神者无形而有用"⑦。朱熹认为礼乐、鬼神都有形塑人们品性、

---

① 娄子匡主编《民俗丛书》第65册，国立北京大学中国民俗学会1979年影印版，第76页。

② 娄子匡主编《民俗丛书》第145册，国立北京大学中国民俗学会1979年影印版，第31页。

③ 阮元：《十三经注疏》，中华书局1980年版，第17页。

④ 同上书，第36页。

⑤ 杨伯峻译注《论语译注》，中华书局1980年版，第27页。

⑥ 同上书，第61页。

⑦ 邵雍：《邵雍集》，中华书局2010年版，第160页。

欲望的功用，《乐记》曰："礼主减，乐主盈，鬼神亦止是屈伸之义。礼乐、鬼神一理。……在圣人制作处，便是礼乐；在造化功用处，便是鬼神。"① 明代邱濬的《大学衍义补》认同朱熹的观点，并进一步发挥云："明则有礼乐，幽则有鬼神。礼乐，形而下者也；鬼神，形而上者也。上下无异形，幽明无二理，是以自古圣人之制作礼乐，于昭昭之表，所以妙契鬼神于冥冥之中。"② 王廷相的《慎言》分析神道设教的利弊现状，云："圣王神道设教，所以辅政也。其弊也，渎于鬼神而淫于感应。"③ 李贽作为具有强烈反封建礼教的士人也不否认神道设教，《鬼神论》云："夫有鬼神而后有人，故鬼神不可以不敬；事人即所以事鬼，故人道不可以不务。……后之君子，敬鬼可矣。"④ 清代，孙月溪认为人与鬼神在体现天地之性、万物之情的性理方面本质上是一致的，《〈点金丹〉传奇叙》云："天地也，鬼神也；人也，物也，一理也。"⑤ 主流意识形态通过传播神道设教的观念，极大地影响了后世全社会鬼戏和鬼戏传说的形成、认同与接受。

例如，古代剧作家创作鬼戏、戏曲演员搬演鬼戏，在中国古代社会里，是一个普遍存在的、具有民间风俗鬼魂神灵崇拜性质的戏曲文化现象，关汉卿的《西蜀梦》、郑光祖的《倩女离魂》、杨梓的《霍光鬼谏》、周朝俊的《红梅记》、汤显祖的《牡丹亭》、沈璟的《坠钗记》、吴炳的《画中人》等都是搬演鬼戏之作，故清代李文瀚的《〈凤飞楼〉凡例》云："搬演鬼神，传奇家之故套。"⑥ 在京剧中，鬼戏有如西游戏、聊斋戏、《探阴山》《活捉王魁》《活捉三郎》《红梅阁》《大劈棺》《纺棉花》，等等。至今，河南省濮阳市南乐县等民间还传承并且保留着搬演鬼戏的风俗习惯。剧作家通过戏曲作品表达了不同的神道设教、扬善抑恶的审美价值取向。从本质上来看，戏曲创作里虚幻的鬼魂神灵都人格化了，反映了生活中的正义与邪恶、真善美与假恶丑；戏曲舞台上搬演鬼魂神灵的形象诉诸人们的审美

---

① 朱杰人等主编《朱子全书》第17册，上海古籍出版社、安徽教育出版社2002年版，第2974页。
② 邱濬:《大学衍义补》，京华出版社1999年版，第328页。
③ 王廷相:《王廷相集》，中华书局1989年版，第782页。
④ 李贽:《李贽文集》第1卷，社会科学文献出版社2000年版，第86—87页。
⑤ 蔡毅:《中国古典戏曲序跋汇编》，齐鲁书社1989年版，第2501页。
⑥ 同上书，第2135页。

愉悦、欣赏心理的快感，唤起人们深刻的人性化同情与社会化思考。戏曲舞台上的鬼戏也使得民间风俗信仰活动更加丰富多彩，满足了人们特殊的民俗审美文化心理期待，有助于人们另辟蹊径实现对古代戏曲的身份认同。至于有的鬼戏故事情节离奇谲诡，有的民间鬼戏传说荒诞不经，作为中华民族传统文化中的浊流与迷信，不值得认同与提倡。

国学视域下

古代戏曲身份认同研究（下）

骆兵 著

图书在版编目（CIP）数据

国学视域下古代戏曲身份认同研究 / 骆兵著．— 北京：中国戏剧出版社，2020.7
ISBN 978-7-104-04965-4

Ⅰ．①国… Ⅱ．①骆… Ⅲ．①古代戏曲—文学研究—中国 Ⅳ．① I207.37

中国版本图书馆 CIP 数据核字（2020）第 119548 号

国学视域下古代戏曲身份认同研究

策划编辑： 王松林
特约编辑： 郑少华
责任编辑： 郭　峰
责任印制： 冯志强

出版发行：	中国戏剧出版社
出 版 人：	樊国宾
社　　址：	北京市西城区天宁寺前街 2 号国家音乐产业基地 L 座
邮　　编：	100055
网　　址：	www.theatrebook.cn
电　　话：	010-63385980（总编室）
传　　真：	010-63383910（发行部）

读者服务：010-63381560
邮购地址：北京市西城区天宁寺前街 2 号国家音乐产业基地 L 座

印　　刷：	鑫海达（天津）印务有限公司
开　　本：	787mm×1092mm　1/16
印　　张：	41.25
字　　数：	700 千
版　　次：	2020 年 7 月　北京第 1 版第 1 次印刷
书　　号：	978-7-104-04965-4
定　　价：	268.00 元（上、下册）

版权专有，违者必究；如有质量问题，请与出版社联系调换。

目 录

·上册·

导　论　国学的内涵及类别与古代戏曲身份认同的对应关系 …………001

第一章　戏曲在国学中地位的流变与价值的确立 ……………………009
　　第一节　宋代两种文化的差异性表达 ……………………………009
　　第二节　元代两种文化的差异性表达 ……………………………017
　　第三节　明代两种文化的差异性表达 ……………………………026
　　第四节　清代两种文化的差异性表达 ……………………………039
　　第五节　近代对戏曲反思的相激相荡 ……………………………050

第二章　戏曲文学体制本质的形成与身份认同 ………………………061
　　第一节　宾白从即兴创拟到当行规范 ……………………………061
　　第二节　曲词从俚俗俳谐到丽雅经典 ……………………………071
　　第三节　结构从附庸漫漶到主脑严密 ……………………………083
　　第四节　格调从本色当行到文采藻绘 ……………………………096
　　第五节　流派从同质辉耀到异质风骚 ……………………………109

第三章　戏曲艺术形式本质的形成与身份认同 ………………………124
　　第一节　诗、词、曲本体比较 ……………………………………124
　　第二节　曲、戏、剧形态辨析 ……………………………………135
　　第三节　案头之曲的文学价值 ……………………………………147
　　第四节　场上之曲的艺术韵味 ……………………………………159
　　第五节　兴废聚讼的文化机杼 ……………………………………170

第四章　戏曲审美文化本质的形成与身份认同 ……………… 183
第一节　叙人情物理陆离世态 ……………………… 183
第二节　抒游戏娱悦超脱想象 ……………………… 195
第三节　重深浅微茫雅俗共赏 ……………………… 208
第四节　乐移风易俗经世人生 ……………………… 220
第五节　寓劝善惩恶道器非二 ……………………… 233

第五章　儒、释、道、民俗信仰与戏曲身份认同 ……………… 247
第一节　上古祭祀仪式与程式表征的钓奇 ………… 247
第二节　儒家"中和"观与团圆旨趣建构 ………… 260
第三节　佛教"轮回"观与果报题材策略 ………… 274
第四节　道教"自然"观与虚实写意所指 ………… 287
第五节　民间风俗信仰与多元化身份确证 ………… 300

· 下　册 ·

第六章　剧作家对戏曲文本的书写范式与身份认同 …………… 315
第一节　宋金杂剧院本的书写混杂 ………………… 315
第二节　宋元南曲戏文的书写独步 ………………… 326
第三节　元明清杂剧的书写绝招 …………………… 339
第四节　明清传奇的书写胜趣 ……………………… 352
第五节　花部乱弹的书写拓新 ……………………… 366

第七章　理论家对戏曲本体的探赜索隐与身份认同 …………… 380
第一节　他者的强势与危机意识 …………………… 380
第二节　序跋、评赞与语境剧体 …………………… 391
第三节　声律、曲谱与言说音藏 …………………… 403
第四节　剧论、著述与批判精神 …………………… 417
第五节　曲录、类书与审美矩矱 …………………… 429

第八章　优伶戏班对戏曲艺术的搬演传播与身份认同 ………… 445
　　第一节　口传心授的谱系路径 ………… 445
　　第二节　血缘网络的关联渠道 ………… 460
　　第三节　弦歌妙舞的幻真塑形 ………… 473
　　第四节　庙宇草台的击节竞美 ………… 486
　　第五节　宫廷殿堂的承应奏庆 ………… 498

第九章　市民百姓对戏曲文化的尊崇取向与身份认同 ………… 510
　　第一节　喜闻乐见的戏场华髓 ………… 510
　　第二节　集谱按拍的自我肯定 ………… 520
　　第三节　欢愉悲愁的解颐俯首 ………… 530
　　第四节　通书晓理的感悟接受 ………… 541
　　第五节　社会认同的人文蕴藉 ………… 554

第十章　文人学士对戏曲美学的推崇弘扬与身份认同 ………… 566
　　第一节　意识形态的话语权力 ………… 566
　　第二节　多样阅读的赏鉴阐发 ………… 579
　　第三节　舞榭歌台的艺术自信 ………… 592
　　第四节　美善交融的民族象征 ………… 604
　　第五节　国家认同的学术独立 ………… 618

结　语　古代戏曲身份认同的当代国学复兴与文化自觉意义 ………… 631

主要参考文献 ………… 636

后　记 ………… 643

第六章
剧作家对戏曲文本的书写范式与身份认同

第一节 宋金杂剧院本的书写混杂

戏曲文本的书写与传统诗、词、散文、小说等文本的书写同中有异。大体而言，"同"表现在书写的表达方式基于叙事、抒情、描写和说明，书写的表达目的在于遣词达意；"异"表现在戏曲的书写受到自身舞台性综合艺术与程式化本体的制约和规范，其他各类文本则受到自身单一艺术本体的制约和规范，而不受舞台性程式化本体的制约和规范。

剧作家对戏曲文本的书写范式与身份认同始于宋金杂剧院本的书写混杂。宋金杂剧院本的书写混杂，或可指多种多样，但是，区别在于混杂的含义在于多个种类之间界限不十分清晰，多种多样则不然，故与其说多种多样，不如说混杂更加恰切。从国学的视域来看，宋金杂剧院本的书写混杂反映了古代戏曲形成伊始的真实面貌，表明戏曲已经正式涉足中华民族传统文化的审美殿堂，而人们对这一新鲜事物正在经历从陌生到熟悉、从认识分歧到趋向认同的过程。尽管宋金杂剧院本的书写混杂，但是，宋金杂剧院本作为古代戏曲身份认同的对象足以确立；尽管宋金杂剧院本的本体轮廓模糊，但是，宋金杂剧院本作为古代戏曲史上崭新的艺术品类，仍然具有划时代的不可估量的中华民族传统文化的审美价值。

就宋金杂剧院本的书写混杂而言，其主要有以下四个方面的表现。

一是宋金杂剧院本书写的概念混杂。

陶宗仪云："唐有传奇，宋有戏曲、唱诨、词说，金有院本、杂剧、诸宫调。

院本、杂剧，其实一也。"①朱权的《太和正音谱》云："'杂剧'之说，唐为'传奇'，宋为'戏文'，金为'院本''杂剧'合而为一，……'杂剧'者，杂戏也；'院本'者，行院之本也。"②陶宗仪和朱权的意思是说，宋金"杂剧""院本"名异而实同。王国维的《宋元戏曲史》说："宋辽金三朝之滑稽戏，……宋人亦谓之杂剧，或谓之杂戏。"③杂戏，也称作杂耍、百戏或杂技，是指"包括各种体能和技巧的表演艺术。"④脱脱等的《辽史》、庄绰的《鸡肋编》、李昉的《太平广记》、张知甫的《可书》、徐梦莘的《三朝北盟会编》等都称杂剧为"杂戏"。徐梦莘的《三朝北盟会编》、周密的《齐东野语》等称杂剧为"优戏"。朱彧的《萍洲可谈》称杂剧为"俳"或"作俳"。周密的《齐东野语》称杂剧为"剧戏"。还有诸如"戏""戏玩""弄戏"等不同的称谓，这些名称与表示玩耍、游戏、搬弄、娱乐等含义的"戏""剧""百戏""剧戏""戏剧"等名称混杂在一起，内涵不一，外延模糊，互相包容，彼此渗透，头绪繁复，莫衷一是，表明宋金杂剧院本的概念尚处于形成、建构、规范、认同的进程当中。胡忌认为："宋代所称的'杂剧'，含有'杂戏'的意思"⑤，宋代杂剧可以分为歌舞戏、滑稽戏、傀儡戏三大类。王宁说："宋金杂剧并非一种齐一的规范化的伎艺形式。……宋金时期的杂剧，本就有广义和狭义之别。广义地讲，它不仅包括了当时流行的'杂戏'，而且还包括一些接近大曲、法曲类的歌舞表演，有时还包括'说唱'伎艺。狭义的'杂剧'则仅仅针对'杂戏'而言，即所谓的'以言语动作为主要表演手段，以滑稽调笑为主要旨趣'的'杂戏'。"⑥王宁还认为，可以把"金院本名目"按照伎艺形式将和曲院本归入歌舞戏，上皇院本、题目院本、霸王院、诸杂大小院本归入杂戏，院幺、拴搐艳段归入小杂戏，诸杂院爨归入舞蹈、杂戏、说唱，冲撞引首、打略拴搐、诸杂砌归入说唱，"从以上的分类中，我们似乎可以更清晰地看出把宋金杂剧分为

---

① 陶宗仪：《南村辍耕录》，中华书局1959年版，第306页。
② 朱权：《太和正音谱》，《中国古典戏曲论著集成》（三），中国戏剧出版社1959年版，第53页。
③ 王国维：《宋元戏曲史》，华东师范大学出版社1995年版，第33页。
④ 罗平：《杂戏》，华山文艺出版社2005年版，第14页。
⑤ 胡忌：《宋金杂剧考》，古典文学出版社1957年版，第1页。
⑥ 王宁：《宋元乐妓与戏剧》，中国戏剧出版社2003年版，第2—23页。

'歌舞戏'和'滑稽戏'两类的局限和不足。"①这表明宋金杂剧院本名称概念的混杂，至今还影响到学术界关于宋金杂剧院本身份认同的达成。

总体而言，"杂剧"是对宋金杂剧最常见最准确的称谓，得到当时朝廷、京城及周边地区广大市民百姓的认同，如《宋史》《辽史》《武林旧事》《东京梦华录》《梦粱录》《都城纪胜》《西湖老人繁盛录》《贵耳集》《江行杂录》等即是，今人概莫能外。无论如何，"杂剧"乃是社会各种审美意识形态认同的主导性概念，在书写概念上逐渐有规律可循，是古代戏曲本体形成初期的显著标志和里程碑，不失举足轻重的古代戏曲身份认同的价值。

就院本而言，金代的杂剧渊源于宋杂剧。在金代文献中尚未发现"院本"一词，金代末期，出现了替代杂剧的名称即"院本"一词，其最早见于金末元初杜善夫的散曲《庄家不识勾栏》。金院本是在受到宋杂剧的影响下发展而成。宋金对峙时期，金人多次向宋朝廷勒索包括杂剧演员在内的各种艺人，徐梦莘云："金人来索御前祗候、方脉医人、教坊乐人、内侍官四十五人，露台祗候妓女千人。蔡京、童贯、王黼、梁师成等家歌舞宫女数百人。先是权贵家舞伎内人，自上即位后皆散出民间。令开封府勒牙婆、媒人追寻之。又要御前后苑作文思院、上下界明堂所修内司、军器监工匠、广固搭材兵三千余人；做腰带帽子、打造金银、系笔和墨、雕刻图画工匠三百余人，杂剧、说话、弄影戏、小说、嘌唱、弄傀儡、打筋斗、弹筝、琵瑟、吹笙等艺人一百五十余家，令开封府押赴军前。"②这一事件发生在靖康元年（1126）正月，其中遭勒索的杂剧演员之后将宋杂剧艺术传入金地，金人在宋杂剧的基础上又融入北方歌舞伎艺，例如，徐梦莘云："金人索元宵灯烛于刘家寺，放上元。请帝观灯，粘罕、斡离不张筵会，召教坊乐人、大合乐艺人悉呈百戏，露台弟子祗应，倡优杂剧罗列于庭，宴设甚盛，有致语云：七将渡河溃百万之禁旅，八人登垒摧千仞之坚城。"③这使后来居上的金院本在戏曲艺术形态上一定程度地高于宋杂剧，以致金亡之后成为元代北曲杂剧的母体。因此说，静态地混杂性地认同宋金杂剧院本合二为一，往往容易忽略金院本形成过程和艺术形态上的动态性本体差异。

---

① 王宁：《宋元乐妓与戏剧》，中国戏剧出版社2003年版，第39页。
② 徐梦莘：《三朝北盟会编》，上海古籍出版社1987年版，第583页。
③ 同上书，第562页。

二是宋金杂剧院本书写的主体混杂。

首先，杂剧作家有教坊机构人员。例如，宋代耐得翁云："教坊大使，在京师时，有孟角球，曾撰杂剧本子"①，教坊是朝廷专设管理乐舞的组织，孟角球是职业剧作家，所创作杂剧的目的是服务于宫廷各种宴飨娱乐活动。文人在一定程度上也参与了宫廷或官府搬演的杂剧创作，欧阳修、宋祁、王珪、苏颂、苏轼、元绛、陈师道、史浩、文天祥等人都为教坊搬演杂剧创作过乐语或致语，例如，欧阳修的《西湖念语》云："因翻旧阕之辞，写以新声之调，敢陈薄伎，聊佐清欢"②，宋祁的《勾杂剧》道："宜参优孟之滑稽，式助都场之曼衍。童裳却立，杂剧来欤。"③他们为宋杂剧的书写直接或者间接地做出了积极贡献。

其次，杂剧作家有行会班社子弟。例如，周密云："二月八日，为桐川张王生辰，霍山行宫朝拜极盛。百戏竞集，如绯绿社杂剧。"④张王即汉代人张渤，为民间的地方治水之神，治水事迹传说承续千年之久，在广袤的东南地域吴越一带城乡，市民百姓当中有众多祭祀活动，陆游在山阴曾创作诗歌《过张王行庙》。按照常理推测，民间风俗信仰决定了绯绿社祭祀性演剧必须经常变换剧本，而创作新剧本离不开社内子弟，所创作杂剧的目的是服务于祭祀张王；此外，还服务于其他目的。钱南扬认为，"绯绿"作为南宋杭州杂剧社的名称，相当于是宋朝杭州九山书会编剧的地方。⑤宋杂剧在瓦舍勾栏搬演，采取商业运作模式，促进了戏班之间的艺术竞争，使作场其间的杂剧面临着机遇与挑战。为了占领杂剧市场、争夺更多观众、增加票房收入，杂剧戏班之间会不失时机地吸纳诸艺之长，培养训练演员，编撰新剧本，形成编剧、搬演、票房互动的市场竞争机制。杂剧搬演市场规律的驱动，激励着杂剧演员不断提高搬演水平，调整搬演格局，推出新人新作。这势必加速杂剧沿着职业化、规范化、艺术化的发展道路独立自主地步入成熟阶段。随着剧本的编撰成为当务之急，以个人编剧转换为以组织编剧为业的书会应运而生，这种情形在南戏的创作中成为普遍现象，反观所惜今人还没有发现书会创作

---

① 耐得翁：《都城纪胜》，中国商业出版社1982年版，第9页。
② 欧阳修：《欧阳修全集》，中华书局2001年版，第2057页。
③ 吕祖谦编《宋文鉴》，中华书局1992年版，第1843页。
④ 周密：《武林旧事》，中华书局2007年版，第75页。
⑤ 钱南扬：《宋元南戏百一录》，哈佛燕京学社1934年版，第4页。

宋杂剧的文献资料，但是，从符合逻辑规则的推理来说，似应存在与南戏创作相类的情形。这种文献资料的散佚或许也是一种混杂使然吧。

最后，杂剧作家有民间杂剧演员，特别是临场发挥的演员，剧作是新的，搬演是新的，所惜只有极少部分精华片段流传下来。例如，张端义云："史同叔为相日，府中开宴，用杂剧，人作一士人念诗曰：'满朝朱紫贵，尽是读书人。'旁一士人曰：'非也。满朝朱紫贵，尽是四明人。'自后相府有宴，二十年不用杂剧。"① 史同叔，明州鄞县（今浙江省宁波市鄞州区）人，在嘉定朝担任宰相10余年之久，其间，史家人和四明人在朝为官者很多，所以民间就有"满朝朱紫贵，尽是四明人"的嘲讽讥刺性仿词说法。王国维的《〈人间词话〉拾遗》说："宋人遇令节、朝贺、宴会、落成等事，有'致语'一种。……若有女弟子队，则勾女弟子队如前。其所歌之词曲与所演之剧，则自伶人定之。"②

宋代的教坊大使、行会子弟与民间艺人等编撰杂剧蔚成风气，促进了戏曲舞台历久弥新，有助于广大市民百姓对戏曲的身份认同。但是，与剧作家姓名对应的杂剧作品不完整见于世，绝大多数情形是，有杂剧搬演精华片段记载，而剧作家姓名与作品的联系混杂不清，难以一一对号入座。这也从另一个方面说明宋金杂剧院本的书写还没有完全定型规范，尚处于探索形成变动不居的进步阶段。

三是宋金杂剧院本书写的体裁混杂。

宋金杂剧院本是尚未完全成熟的戏曲艺术，没有剧本流传下来，没有系统的文献资料供后人参阅研究，只有零星的材料见诸各种文本，诚如王国维所说："北宋固确有戏曲。然其体裁如何，则不可知。"③ 王季烈的《〈古本元明杂剧〉序》云："杂剧之名，始于宋初。顾其词尽佚，体裁如何，不复可征。"④ 王国维、王季烈的话很有道理，但是，从已经掌握的文献资料来看，变换一种角度，以规范性为标准，不妨将宋金杂剧院本书写的体裁一次性划分为两种类型。

第一类，宋金杂剧院本书写的相对规范性体裁。这种相对规范性杂剧院本书写的体裁主要用于朝廷的宴庆娱乐等活动场合，杂剧的搬演活动具有严整的礼乐

---

① 张瑞义：《贵耳集》，《宋元笔记小说大观》，上海古籍出版社2001年版，第4322页。
② 王国维：《王国维文集》第一卷，中国文史出版社1997年版，第182—183页。
③ 王国维：《宋元戏曲史》，华东师范大学出版社1995年版，第58页。
④ 蔡毅：《中国古典戏曲序跋汇编》，齐鲁书社1989年版，第499页。

规范和严格的仪式程序,反映了上层社会的戏曲身份认同价值取向和审美旨趣。

例如,脱脱等的《宋史》关于宋朝皇帝寿诞宴会的杂剧演出记载,共19个节次:"每春秋圣节三大宴:……第十,杂剧罢,皇帝起更衣。……第十五,杂剧。……"可见,朝廷认同的正史记载的杂剧被安排在每年春秋圣节三大宴的第十、第十五节次,其中穿插有百戏伎艺、乐工致辞、歌舞表演等,这往往成为朝廷中的一种常规性戏曲搬演活动。①

民间关于宋代宫廷春秋圣节三大宴的杂剧搬演记载大同小异,吴自牧云:宰执亲王南班百官入内上寿赐宴,行酒共九盏,其中,至"第四盏……杂剧色打和毕,且谓:'奏罢今年新口号,乐声惊裂一天云。'……第五盏……勾杂剧入场,一场两段。是时教乐所杂剧色何雁喜、王见喜、金宝、赵道明、王吉等,俱御前人员,谓之'无过虫'。……第七盏……勾杂剧入场,三段。……"②这一段记载表明:杂剧在朝廷春秋圣节三大宴上出现的节次不一样,杂剧演员在宴会上有独立的技艺搬演;同时,还呼喊诗歌化的韵语口号,以表达祝寿欢乐心情;显示了杂剧搬演受到诗词诵读的影响,在后代戏曲中已经不复存在;杂剧搬演一场两段即"艳段"和"正杂剧",或者三段即"艳段""正杂剧"和"散段",比《宋史》记载更加详细,表明了杂剧的规范化搬演结构;御前杂剧色五人谓之"无过虫",透露了杂剧演员的出场人数,以及社会地位乃仅供君王臣僚娱乐而已。

孟元老的《东京梦华录》记载宰执亲王宗室百官入内上寿,与《梦粱录》基本相同,云:行酒共九盏,其中,至"第四盏……诸杂剧色打和,再作语……第五盏御酒,……参军色作语,问小儿班首近前,进口号,杂剧人皆打和毕,勾杂剧入场,一场两段。是时教坊杂剧色鳖膨刘乔、侯伯朝、孟景初、王颜喜,而下皆使副也。内殿杂戏,为有使人预宴,不敢深作谐谑,惟用群队装其似像,市语谓之'拽串'……第七盏……勾杂戏入场,亦一场两段讫……"③从以上记载可以看出,除了在祝寿宴会上穿插有他者的歌舞伎艺表演的共性之外,个性化特点在于杂剧出现的节次与《梦粱录》一样;杂剧色也有独立的伎艺搬演即"打和"和"作语",还有连续、完整、规范化的"一场两段"搬演即"艳段"和"正杂

---

① 脱脱等:《宋史》,中华书局1977年版,第3348页。
② 吴自牧:《梦粱录》,古典文学出版社1956年版,第154页。
③ 孟元老:《东京梦华录》,中国商业出版社1982年版,第60—61页。

剧"；参与杂剧搬演的演员不仅有教坊大使，还有教坊副使；杂剧演员因为有君臣参加宴会淡化了谐谑性的搬演，强化了群体化妆搬演，其中"拽串"显然是汲取了民间戏班演员的成功经验，从而使杂剧搬演滑稽戏的纯粹娱乐色彩有所消退，更加接近以歌舞演故事的戏曲艺术本体。

此外，针对周密的《武林旧事》记载"天基圣节排当乐次"，王国维分析并且断定说："亦皇帝初坐，进杂剧二段，再坐，复进二段。此可以例其余矣。"① 由此可见，王国维就相对规范性杂剧及结构和搬演的认同肯首。杂剧的结构除了通常有表演日常生活熟事的开场谓之艳段，表演故事的杂剧主体谓之正杂剧之外，有时后面会加上表演滑稽的结尾，即散段或杂扮，但是，结尾有时省略，可有可无，例如，脱脱等的《宋史》云："崇德殿宴契丹使，惟无后场杂剧。"② 这表明相对规范性杂剧体裁在结构上通常一场两段是主体。

第二类，宋金杂剧院本书写的非规范性体裁。这种非规范性杂剧院本书写的体裁主要用于社会各阶层人们宴庆娱乐等活动场合。这一类杂剧的搬演活动一般没有严整的礼乐规范和严格的仪式程序记载，流传下来的往往仅是杂剧搬演的精彩片段书写，反映了社会各阶层人们混杂性的戏曲身份认同价值取向和审美旨趣。

例如，宋人吕本中的《吕氏童蒙训》云："老杜歌行，最见次第出入本末；而东坡长句，波澜浩大，变化不测，如作杂剧，打猛诨入，却打猛诨出也。"③ 吕本中将杜甫、苏轼的诗歌与杂剧比较，表明有一类伎艺性滑稽杂剧搬演结构完整，起伏变化很大，但是，后人从"出"与"入"的简略描述中很难认同这就是宋杂剧中规范化一场两段的艺术特点。然而，无论如何，这一类杂剧体裁在结构上应该不是个别现象。再如，周密云："宣和中，童贯用兵燕蓟，败而窜。一日内宴，教坊进伎为三四婢，首饰皆不同。其一当额为髻，曰蔡太师家人也；其二髻偏坠，曰郑太宰家人也；又一人满头为髻如小儿，曰童大王家人也。问其故。蔡氏者曰：'太师觐清光，此名朝天髻。'郑氏者曰：'吾太宰奉祠就第，此懒梳髻。'至童氏者，曰：'大王方用兵，此三十六髻也。'"④ 又云："宣和间，徽宗与蔡攸辈在禁中

---

① 王国维：《宋元戏曲史》，华东师范大学出版社1995年版，第75页。
② 脱脱等：《宋史》，中华书局1977年版，第3348页。
③ 转引自胡仔纂集《苕溪渔隐丛话·前集》，人民文学出版社1962年版，第285页。
④ 周密：《齐东野语》，中华书局1983年版，第244页。

自为优戏。上作参军趋出。敀戏上曰：'陛下好个神宗皇帝！'上以杖鞭之云：'你也好个司马丞相！'"① 前者以优伶妆扮杂剧人物及宾白对答的形式，讥讽童贯抗辽不力、临阵落荒而逃的投降派可耻行径，搬演有很强的现实性、寓意性和象征性；后者以宋朝皇帝徽宗装扮神宗、宰相蔡攸装扮御史中丞司马光搬演参军戏逗乐揶揄，搬演中有杂剧人物化妆、宾白对答、砌末运用、动作行为，表明皇帝徽宗与宰相蔡攸君臣昏聩无行的戏剧性搬演令人忍俊不禁。

916年，辽太祖耶律阿保机正式建国称帝，成为辽政权的创始人，国号"契丹"。此后，在与北宋的交往中，杂剧传入辽国，在辽国朝廷，除了满足飨宴娱乐活动所需之外，脱脱等的《辽史》记载"皇帝生辰乐次"酒行七次，其中，"酒三行，琵琶独弹。饼、茶、致语。食入，杂剧进"；辽国朝廷还反过来用于招待宋朝使者，《辽史》记载"曲宴宋国使乐次"酒行九次，其中"酒四行，琵琶独弹。饼、茶、致语。食入，杂剧进"②。这种辽国朝廷的杂剧搬演理应是规范化的一场两段，但是，脱脱等的《辽史》记载简略，后人不能准确地认同为辽国朝廷的杂剧搬演是规范化的一场两段，还是其他的结构形态。这也是书写混杂的表现之一吧。古代文献资料记载看不出所有宋杂剧都是规范化一场两段的艺术特点，例如，王国维的《宋元戏曲史》之第二章《宋之滑稽戏》等所举结构混杂之例绝非少数，因此，形成了后人研究杂剧体裁之结构的障碍。

宋金杂剧院本书写的非规范性还表现在金院本的宫调曲牌方面。金院本是以歌舞叙事的，有的宫调曲牌因为不合戏曲音乐艺术规范而遭到后世戏曲的淘汰，例如，清代凌廷堪说："金院本道宫六曲：【凭栏人】【美中美】【大圣乐】【解红】【赚】【尾】。按《中原音韵》无道宫，则此调元杂剧已不用矣。近徐灵昭以沈宁庵《南九宫谱》附录之，……盖臆说，不可为据。"③ 这实际上也是一种后人因为对宋金杂剧院本认识不清，而导致对宋金杂剧院本书写混杂的表现。

四是宋金杂剧院本书写的显现混杂。

所谓显现就是指书写后的杂剧剧本转换成实体戏曲艺术形态的各种描述。

首先，名目混杂。陶宗仪的《辍耕录》叙录杂剧曲名、院本名目。从《辍耕

---

① 周密：《齐东野语》，中华书局1983年版，第381页。
② 脱脱等：《辽史》，中华书局1974年版，第891—892页。
③ 凌廷堪：《燕乐考原》，中华书局1985年版，第57—58页。

录》记载的金朝"院本杂剧段数"题目来看,当中有一部分名目与宋杂剧相同,其源之于宋杂剧无疑,其余绝大部份如王国维《曲录》所考定为金人之作,说明金之院本对宋杂剧有一个吸收与发展的过程。王国维说:"此二百八十本,不皆纯正之戏剧。如《打调薄媚》《大打调中和乐》《大打调道人欢》三本,则刘昌诗《芦浦笔记》(卷三)谓街市戏谑,有打砌打调之类,实滑稽戏之支流;而佐以歌曲者也。如《门子打三教爨》《双三教》《三教安公子》《三教闹著棋》《打三教庵宇》《普天乐打三教》《满皇州打三教》《领三教》,则演……三教人者也。《迓鼓儿熙州》《迓鼓孤》则……讶鼓之戏也。《天下太平爨》及《百花爨》,则《乐府杂录》所谓字舞花舞也。……可知宋代戏剧,实综合种种之杂戏;而其戏曲亦综合种种之乐曲。"①这个意思是说,金朝"院本杂剧段数"包含了不同的艺术门类,而非学术意义上的纯粹的戏曲。

其次,内容混杂。王国维说:"宋之滑稽戏,虽托故事以讽时事;然不以演事实为主,而以所含之意义为主。"②这就是说,有的杂剧以演故事为主,如焦循引《警心录》云:"陈淳祖为贾似道之客,守正为诸客所疾,内人亦恶之。一日,诸姬争宠,密窃一姬鞋,藏淳祖床下,意欲并中二人。贾入斋,见之,心疑;夜驱此姬至斋门诱之,淳祖不答,继以大怒,贾乃知其无他,遂勘诸姬,得其情。由是极契淳祖,后遂有知南安军之命。金、元院本演其事。"③有的杂剧以演故事刺时事为主,如张瑞义云:"寿皇赐宰执宴,御前杂剧妆秀才三人,首问曰:第一秀才仙乡何处?曰:上党人。次问:第二秀才仙乡何处?曰:泽州人。又问:第三秀才仙乡何处?曰:湖州人。又问:上党秀才,汝乡出甚生药?某乡出人参。次问:泽州秀才,汝乡出甚生药?某乡出甘草。次问:湖州出甚生药?出黄蘗。如何湖州出黄蘗?最是黄蘗苦人。当时皇伯秀王在湖州,故有此语。寿皇即日召入,赐第奉朝请。"④其实,内容混杂远不止以上所述,如杂剧搬演场所除了勾栏瓦舍、乐棚、路歧等之外,寺庙道观也常常是杂剧搬演的地方,其中以汴梁六月二十四神

---

① 王国维:《宋元戏曲史》,华东师范大学出版社1995年版,第65页。
② 同上书,第35页。
③ 焦循:《剧说》,《中国古典戏曲论著集成》(八),中国戏剧出版社1959年版,第91页。
④ 张瑞义:《贵耳集》,《宋元笔记小说大观》,上海古籍出版社2001年版,第4308页。

保观的道教活动最热闹，教坊与钧容直在此奏乐并演出杂剧；七月十五是中元节，构肆乐人自过七夕便搬演佛教杂剧《目连救母》，直至十五日止，观者增倍，热情不减。

再次，搬演混杂。杂剧之得名"杂"在很大程度上是因为杂剧演员和百戏演员同场献艺献技，在杂剧搬演中吸收和穿插了不少百戏伎艺和歌舞节目。例如，杂剧搬演过程中有采用傀儡的现象，脱脱等的《宋史》记叙云韶部云："每上元观灯、上巳、端午观水嬉，皆命作乐于宫中。遇南至、元正、清明、春秋分社之节，亲王内中宴射，则亦用之。奏大曲十三……乐用琵琶、筝、笙、觱栗、笛、方响、杖鼓、羯鼓、大鼓、拍板。杂剧用傀儡，后不复补。"① 这就是说，云韶部作为主要由宦官组成的宫廷乐队，除了演奏"大曲十三"之外，还要搬演杂剧，而搬演杂剧时还会使用傀儡，表明杂剧搬演与音乐演奏、傀儡游戏等混杂在一起。宋金杂剧院本的演员身份也有混杂的现象。例如，吴自牧云："杂剧中末泥为长，每一场四人或五人。"② 夏庭芝《青楼集志》云："'院本'始作，凡五人，一曰副净，古谓参军；一曰副末，古谓之苍鹘，以末可扑净，如鹘能击禽鸟也；一曰引戏；一曰末泥；一曰孤。又谓之'五花爨弄'。或曰，宋徽宗爨见国来朝，衣装鞋履巾裹，傅粉墨，举动如此，使人优之劾之，以为戏，因名曰'爨弄'。"③ 清代的小铁道人对此并不认同，其《日下看花记自序》云："唐有雅乐部。宋时院本始标花旦之名，南北部恒参用之。每部多不过四三人而已。"④ 小铁道人提出宋时院本搬演有"花旦"，参演者"不过四三人"，而非五人，意味着对宋金杂剧院本参演的人数认同不一。迄今，学术界对"五花爨弄"与戏曲演员角色的关系还存在不同见解。

从次，程式混杂。沈德符云："所谓院本者，本北宋徽宗时五花爨弄之遗，有散说，有道念，有筋斗，有科泛，初与杂剧本一种，至元始分为两。"⑤ 王国维针

---

① 脱脱等:《宋史》，中华书局1977年版，第3359—3360页。
② 吴自牧:《梦粱录》，古典文学出版社1956年版，第308页。
③ 夏庭芝:《青楼集》，《中国古典戏曲论著集成》(二)，中国戏剧出版社1959年版，第7页。
④ 傅谨主编《京剧历史文献汇编》清代卷壹，凤凰出版社2011年版，第159页。
⑤ 沈德符:《顾曲杂言》，《中国古典戏曲论著集成》(四)，中国戏剧出版社1959年版，第215页。

对金院本云:"此种戏剧,实综合当时所有之游戏技艺,尚非纯粹之戏剧也。"①王直方的《诗话》云:"荆公云:'凡人作诗,不可泥于对属,如欧阳公作《泥滑滑》云:画帘阴阴隔宫烛,禁漏杳杳深千门。千字不可以对宫字,若当时作朱门,虽可以对,而句力便弱耳。'欧阳公《归田乐》四首,只作二篇,余令圣俞续之。及圣俞续成,欧阳公一简谢之云:'正如杂剧人上名,下韵不来,须副末接续,家人见诮。好时节将诗去人家厮搅,不知吾辈用以为乐。'真所谓一时之雅戏也。"②这表明宋杂剧搬演时常常有打断既定搬演程式,而由其他演员救场的情况,这样做有时又出于"用以为乐"的游戏审美心态。换句话说,宋金杂剧院本的搬演程式还没有完全定型,还没有固化成为戏曲搬演必须普遍遵守的艺术规则。

然后,形态混杂。吴自牧云:北宋杂剧"大抵全以故事,务在滑稽"③,说明北宋杂剧传承了古代优伶滑稽逗乐的艺术传统,而王国维分析官本杂剧段数时说:"南宋杂剧,殆多以歌曲演之,与……滑稽戏迥异。"④这就是说,随着杂剧的发展变化,除了没有乐队伴奏的滑稽戏之外,还有无故事情节却有乐队伴奏的歌舞搬演。歌舞搬演在宋金杂剧院本中确实存在,如周密的《武林旧事》之《官本杂剧段数》中偏重于歌舞的剧目占了半数以上,而陶宗仪的《南村辍耕录》之《院本名目》中这一类剧目骤然减少,展示了金院本故事性逐渐增强,并且向元杂剧进步的发展趋势。宋杂剧发展到金代院本制曲叙事,非徒说唱,尤其是金院本主要是载歌载舞叙事的形式,在戏曲艺术发展中占有重要一席。然而,在歌唱方面,金院本的曲词还不够精练简洁,焦循引《辍耕录》云:"传奇尤宋戏曲之变,世谓之杂剧。金章宗时董解元所编《西厢记》,世代未远,尚罕有人能解之者,况今杂剧中曲词之冗乎。"⑤从此比较所指可见,"曲词之冗"是金院本书写与诸宫调混杂的一大特征。

最后,体式混杂。宋金杂剧院本正处于古代戏曲从叙事体向代言体转型的过

---

① 王国维:《宋元戏曲史》,华东师范大学出版社1995年版,第72页。
② 胡仔纂集《苕溪渔隐丛话·前集》,人民文学出版社1962年版,第210页。
③ 吴自牧:《梦粱录》,古典文学出版社1956年版,第309页。
④ 王国维:《宋元戏曲史》,华东师范大学出版社1995年版,第65页。
⑤ 焦循:《剧说》,《中国古典戏曲论著集成》(八),中国戏剧出版社1959年版,第87页。

渡当中，而代言体是戏曲成熟的主要标志之一。宋杂剧主要是叙事体，王国维的《戏曲考原》说："至由叙事体而变为代言体，由应节之歌舞而变为自由之动作，北宋杂剧已进步至此否，今阙无考。"①胡忌在肯定"院本是用代言体演出"的同时，指出"宋杂剧及金元院本也应该是有代言和叙述两方面的情况"②。严长明的《小惠》云："金元间始有院本。一人场内坐唱，一人场上应节赴焉。今戏剧出场，必扮天官引导之，其遗意也。"③"一人场内坐唱"很明显是传承了古代说唱伎艺的叙事体，而"一人场上应节赴焉"很明显具有当时化妆代言体的色彩。王国维谨慎地说："宋杂剧、金院本二目中，多被以歌曲。当时歌者与演者，果一人否，亦所当考也。滑稽剧之言语，必由演者自言之；至自唱歌曲与否，则当视此时已有代言体之戏曲否以为断。"④当然，毫无疑问，金院本的代言体成分必定高于宋杂剧，否则，金院本此后就无法合乎戏曲艺术发展规律地转型为元代北曲杂剧。这毫无疑问也是戏曲艺术发展的必然规律所制约并决定了的。

第二节　宋元南曲戏文的书写独步

　　南曲戏文简称南戏，相对于北曲杂剧而言。北宋末年，僻处东南一方的温州出现了南戏；元代，南戏与北曲杂剧并存于世；宋元南戏成为中国古代戏曲史上的一个重要发展阶段与环节。尽管人们已经拥有且新发现的宋元南戏剧本数量有限，但是，迄今遗存可以称之为真正"戏曲"的宋元南戏文学剧本，毕竟弥补了如宋金杂剧院本缺乏文本的莫大遗憾。宋元南戏文学剧本支撑了中国古代戏曲史的建构，为后人对中国古代戏曲史的研究提供了十分珍贵的文献资料。从国学视域来看，宋元南戏亦是人们实现戏曲身份认同的客观对象。当然，由于宋元南戏

---

① 王国维：《王国维文集》第一卷，中国文史出版社1997年版，第443页。
② 胡忌：《宋金杂剧考》，古典文学出版社1957年版，第158页。
③ 傅谨主编《京剧历史文献汇编》清代卷壹，凤凰出版社2011年版，第11页。
④ 王国维：《宋元戏曲史》，华东师范大学出版社1995年版，第77页。

尚处于中国古代戏曲发展的早期，与后世明清传奇相比较，宋元南戏的实体难免存在粗疏、幼稚、杂糅等缺点和不足，然而，宋元南戏思想内容和艺术形式方面的诸多书写独步，恰恰佐证了中国古代戏曲发展的本质、特征和客观规律，成为后世人们重视、探讨、完善戏曲身份认同和规范剧本创作的坚实基础。

宋元南戏的书写独步包括剧作家的自我书写和他者的述评书写，尤其是早期宋代南戏作为民间戏曲艺术创作，其书写独步的表现，以及对中国古代戏曲发展的影响是多方面的。

从宋元南戏发生形成的时间来看，其书写独步主要体现为三种不同的观点，一是明代的祝允明在《猥谈》中说："南戏出于宣和（1119—1125）之后"[①]；二是明代的徐渭说："南戏始于宋光宗朝（1190—1194）"[②]；三是徐渭在同文中转述他者的观点，即"或云：宣和间已滥觞，其盛行则自南渡"。从以上三种观点来看，"宣和间""宣和之后（1126—1189）""光宗朝"时间从北宋至南宋（1127年起）跨越70年左右。这表明南戏作为戏曲的一种类型得到人们的身份认同经历了一个较长的过程，而书写独步作为对现实的描叙，往往滞后于南戏的艺术实践，因此说，前人无法而且也不可能恰切地坐实南戏发生形成的具体年月日，用相对模糊的时间概括吻合书写独步主体从实践分析上升为理论概括的普遍认识规律。

从宋元南戏的名称来看，其书写独步主要体现为南戏有诸多异名。例如，宋代的周密称之为"戏文"[③]；元代的夏庭芝称之为"南戏"[④]，钟嗣成称之为"南曲戏文"[⑤]，钱南扬记古杭书会称之为"传奇"[⑥]，叶子奇称之为"戏文"[⑦]；明代祝允明

---

① 陶宗仪等：《说郛三种》，上海古籍出版社1988年版，第2099页。

② 徐渭：《南词叙录》，《中国古典戏曲论著集成》（三），中国戏剧出版社1959年版，第239页。

③ 周密：《癸辛杂识》，中华书局1988年版，第263页。

④ 夏庭芝：《青楼集》，《中国古典戏曲论著集成》（二），中国戏剧出版社1959年版，第32页。

⑤ 钟嗣成：《录鬼簿》，《中国古典戏曲论著集成》（二），中国戏剧出版社1959年版，第134页。

⑥ 钱南扬：《永乐大典戏文三种校注》，中华书局1979年版，第257页。

⑦ 叶子奇：《草木子》，中华书局1959年版，第83页。

的《猥谈》称之为"温州杂剧"①，徐渭称之为"南词"，并转述永嘉（今浙江温州）市民百姓通称之为"永嘉杂剧"或"鹘伶声嗽"②；清代李黼平的《梁廷枏〈曲话〉序》称之为"院本"③。王国维把戏文和南戏看作是两种不同的戏曲类型，说"南戏当出于南宋之戏文"，同时又认为戏文和南戏两者名异实同，说"戏文之名，出于宋元之间，其意盖指南戏"④，这种书写独步表明王国维对"戏文"和"南戏"的概念身份认同不甚清晰，界定存在内在矛盾。究其原因，乃王国维撰著《宋元戏曲史》时尚未见识1920年叶恭绰在英国伦敦发现并购回的《永乐大典戏文三种》。曾永义在《"南戏"的名称、渊源、形成与流播》一文中认为"戏曲"是"戏文"的异名之一，⑤对"南戏"等异名的探讨梳理颇详，观点新颖，此不赘述。南戏的概念称名不同，作为书写独步的表现，一方面，说明南戏在宋元时期活跃于民间的戏曲舞台，但是却不被文人士大夫所重视认同，诚如徐渭所言"士夫罕有留意者"；另一方面，直至明清时期依然存在各种异名甚至混淆，也说明南戏衰绝转型时隔久远，使后世人们的戏曲身份认同缺少规范专一的对象名称。

从宋元南戏的存目来看，其书写独步主要体现在剧目统计数量难以确定和统一。例如，明代《永乐大典》著录宋元戏文33本。徐渭是最早也是唯一对南戏做过专门研究、撰写专门著作的人，其《南词叙录》统计"宋元旧篇"65本。钱南扬在归纳《永乐大典》《南词叙录》《宦门子弟错立身》《太霞新奏》《顾曲杂言》《九宫正始》等之后，于《戏文概论》中确定宋元戏文剧目云："计凡宋元戏文二百三十八本"⑥；之后，又在《宋元戏文辑佚》中认为：宋元南戏"共计凡一百六十七本。其中有传本者十五本，全佚者三十三本，有辑本者一百十九本"⑦。

---

① 陶宗仪等：《说郛三种》，上海古籍出版社1988年版，第2099页。
② 徐渭：《南词叙录》，《中国古典戏曲论著集成》（三），中国戏剧出版社1959年版，第239页。
③ 梁廷枏：《曲话》，《中国古典戏曲论著集成》（八），中国戏剧出版社1959年版，第237页。
④ 王国维：《宋元戏曲史》，华东师范大学出版社1995年版，第142—159页。
⑤ 曾永义：《戏曲源流新论》（增订本），中华书局2008年版，第154页。
⑥ 钱南扬：《戏文概论》，上海古籍出版社1981年版，第82页。
⑦ 钱南扬：《宋元戏文辑佚》，上海古典文学出版社1956年版，第8页。

与此同时，赵景深、陆侃如、冯沅君对宋元南戏剧目的辑佚用力颇大，但是尚未见到数量归总。徐宏图说："据近人不完全统计，宋南戏存目五种，元南戏存目二百十六种，……其中宋元戏文传本十五种，选本一百三十六种。"[①] 最近的宋元南戏剧目统计者是刘念慈。2014年，刘念兹归纳《永乐大典目录》《南词叙录》《宦门子弟错立身》《南九宫词谱》《九宫正始》《新定九宫十三摄曲谱》《传奇汇考标目》《李氏海澄楼书目》《癸辛杂志》等之后，云："共辑得宋元南戏剧目244个"[②]。宋元南戏存目与著录的数量误差，实际上是由于南戏长期不被重视而缺乏确切的文献记载，同时也由于南戏作品大多是民间无名氏创作，使得后人考证作品、作者和创作年代颇难入手。这种情形使后人统计南戏剧目不能完全，反过来也显示了宋元南戏剧本的书写独步，即剧本散佚损失甚大，剧目面貌不甚完整。

从宋元南戏的剧作家来看，其书写独步主要体现为遗存剧目与剧作家的姓名难以一一对应确定，大多数剧作家不可考；而且，剧作家的身份地位发生了由社会下层文人向社会上层文人的初步变化。首先，少数宋元南戏作品有明确的作者。据庄一拂在《古典戏曲存目汇考》中统计，在遗存的所有宋元南戏剧目中，剧作家可考的计24部。值得一提的是，在宋代，整个中国传统文化中心逐渐南迁，在商品经济发展、市民阶层崛起、新兴市民审美文化向文人审美文化广泛渗透的过程中，南戏文人剧作家队伍日益发展壮大，剧作家身份地位也开始发生变化。文人剧作家已开始改变根深蒂固的传统价值观念，直接介入南戏创作。剧作家创作队伍中既有下层文人，也有上层文人，遂使大批优秀南戏剧目得以涌现，而且剧本的美学品位也有明显提高。例如，元代刘一清的《钱塘遗事》载，南宋咸淳间盛行于临安的《王焕》戏文为太学士黄可道所创作。太学士是上层社会的文人，亲身参与南戏创作，这在以往是很少见的，体现了作为南戏剧作家的上层社会特殊身份和地位，以及上层社会剧作家个体对戏曲的身份认同。其次，有些宋元南戏剧本是单独的无名氏所作。如徐渭的《南词叙录》说《王魁》《赵贞女蔡二郎》为"永嘉人所作"，然而剧作家不甚明了；遗存流传的剧本大多数仅仅是支曲、断简、残篇，所以剧作家大多数姓名不详。最后，有些宋元南戏剧本作者是集体所

---

① 徐宏图：《南宋戏曲史》，上海古籍出版社2008年版，第313—314页。
② 刘念兹：《南戏新证》，文化艺术出版社2014年版，第59页。

为。宋元时期有职业性的专编南戏的书会，如《张协状元》为"九山书会"所编，《小孙屠》为"古杭书会"所编，《宦门子弟错立身》为"古杭才人"所编，体现了社会群体对戏曲的身份认同，而非剧作家个人对戏曲的身份认同。南戏剧本作者分为三种情况，即有剧作家姓名、剧作家阙名、剧作家为书会集体。这种难以确定剧作家全部真实姓名的情况，亦是宋元南戏书写独步的鲜明体现。迄今，对宋元南戏剧作家的探讨并没有止步。俞为民、刘水云认为："早期南戏只是一种提纲戏，它们没有特定的作者，是艺人集体创作的结果"[1]；北曲杂剧《宦门子弟错立身》的作者是李直夫，而"南戏《错立身》即是根据李直夫所作的北曲杂剧改编的"[2]，只是剧作家姓名不详；《小孙屠》却不同，《小孙屠》也是根据同名北曲杂剧改编而成的，经考证南戏《小孙屠》"是萧德祥所作"[3]。这种学术见解颇为新颖独特，为今人进一步探讨宋元南戏的作者开辟了蹊径。

从宋元南戏作品的思想主旨来看，其书写独步主要表现在剧作家深刻反映广大市民百姓的现实生活，创作了许多以负心婚变为题材的剧本，表达了对传统社会腐朽观念的强烈批判精神。明代徐渭云："南戏始于宋光宗朝（1147—1200），永嘉人所作《赵贞女》《王魁》二种实首之"[4]。此外，如《张协状元》《三负心陈叔文》等也是搬演同一题材。以《赵贞女》为例，徐谓在《南词叙录》之《赵贞女蔡二郎》题下注曰："即旧伯喈弃亲背妇，为暴雷震死。里俗妄作也。实为戏文之首。"[5]《赵贞女蔡二郎》是早期南戏负心婚变剧的典型之一，在此之前，陆游的《小舟游近村舍舟步归》诗道："斜阳古柳赵家庄，负鼓盲翁正作场。死后是非谁管得？满村听说蔡中郎。"[6]这说明南戏《赵贞女蔡二郎》是在民间传唱蔡伯喈故事的诗、词、曲艺等的基础上创作的，不同文学作品谴责蔡伯喈负心婚变的思想主旨一脉相承。祝允明的《猥谈》说："予见旧牒，其时有赵闳夫榜禁颇述名目，如

---

[1] 俞为民、刘水云：《宋元南戏史》，凤凰出版社2009年版，第31页。
[2] 同上书，第227页。
[3] 同上书，第236页。
[4] 徐渭：《南词叙录》，《中国古典戏曲论著集成》（三），中国戏剧出版社1959年版，第239页。
[5] 同上书，第250页。
[6] 陆游：《陆游诗词选》，中华书局2005年版，第150页。

《赵贞女蔡二郎》等亦不甚多。"①《宋史·宗室世系表》载,赵闳夫是宋太祖赵匡胤兄弟魏王廷美之八世孙,与宋光宗同辈,赵闳夫以亲王之属执掌之权干预南戏,祝允明亲眼目睹了这一榜禁,事实确凿可靠。由此可见,《赵贞女蔡二郎》由于站在维护广大市民百姓利益的阶级立场,强烈批判统治阶级人物及其道德品质的形象代表蔡伯喈,触犯了当朝统治阶级的根本利益,所以遭到了统治阶级的代表人物赵闳夫的榜禁。这一南戏禁毁事件不啻从反面说明,宋元南戏作品普遍具有难能可贵的人民性、针对性和战斗性,揭示了下层社会与上层社会两种文化在戏曲身份认同上的矛盾对立和精神实质。

诸多负心婚变南戏作品的出现,绝不是偶然的现象。新进士子发迹后抛妻是中国封建社会科举制度的产物,是中国古代妇女的不幸命运。新进士子通过联姻攀附权贵求得仕途发达,权贵们借联姻拉拢新进士子巩固和扩大自己的权势,这就是古代负心婚变现象的社会政治基础。为了表达广大市民百姓对富贵易妻现象的不满,鞭挞新进士子发迹后抛妻的恶劣品行,宋元剧作家在某些生活现象或者前人作品的基础上创作成南戏,以达到批判不合理社会现实的目的,真正体现了宋元南戏的书写独步。不仅于此,类似《赵贞女蔡二郎》这样的作品思想主旨在古代戏曲史上产生了广泛而深远的影响,元末高明撰著所谓"传奇之祖"的南戏《琵琶记》,就是在借鉴了早期南戏《赵贞女蔡二郎》等进一步创作而成的,《赵贞女蔡二郎》的思想主旨为《琵琶记》的思想主旨转化、经典地位确立奠定了坚实基础。这也不失为宋元南戏的书写独步。

从宋元南戏作品的思想主旨表达来看,其书写独步主要表现在剧作家创作的负心婚变剧本乃自觉改编既往题材,进而充分表达了批判富贵易妻的不合理社会现象的创作主旨。例如,高明的《琵琶记》将早期南戏《赵贞女蔡二郎》"为暴雷震死"的结局改编为一夫二妻团圆返乡的结局。另外,南戏改编的典型事例还有《王魁负桂英》。明初的叶子奇说:"俳优戏文始于《王魁》。"②《王魁负桂英》是最早的南戏剧目之一,作者乃永嘉人,姓名不详。全剧已散佚,唯《南九宫十三调曲谱》《南词新谱》《南曲九宫正始》《寒山堂南九宫十三摄曲谱》《九宫大成》《南

---

① 陶宗仪等:《说郛三种》,上海古籍出版社1988年版,第2099页。
② 叶子奇:《草木子》,中华书局1959年版,第83页。

词定律》等收录18支佚曲。剧情主要写宋代嘉佑年间，歌伎焦桂英有一天在路上救起落难文人王魁。焦桂英喜爱王魁有才华，故倾囊帮助王魁修习学问，在生活方面亦无微不至地照顾周全，因此，王魁对焦桂英感激不已。王魁在上京应考之前与焦桂英在海神庙对着神像许下山盟海誓，两人缔结了夫妻姻缘。后来，王魁高中状元，而且被丞相接纳做女婿，自此性情发生重大变化，贪图富贵荣华。焦桂英久候仍不见王魁归来，后来竟然接到王魁的一纸休书，在悲痛绝望之下，欲悬梁自尽，幸好被侍女救回。王魁得知此事，良心受到责备，为此患病，并且时常梦见焦桂英的冤魂。王魁日日夜夜疑神疑鬼，以至于旧病复发，最终吐血暴毙。焦桂英抚今追昔，悲痛不已。从剧情来说，王魁的故事具有现实主义创作因素，而桂英化作鬼魂则具有浪漫主义创作因素。

然而，对作品的进一步探究可以发现，《王魁负桂英》是一个典型的戏曲文学改编的成功事例，艺术真实与历史真实迥然而异。南戏作品中的人物王魁与现实生活中的人物王魁没有同一性，剧中人物王魁是经过了对生活中人物王魁的加工改造，并且在宋代民间传说、夏噩的《王魁传》、无名氏的《王魁歌》、官本杂剧《王魁三乡题》等的基础上或影响下改编而成。剧中人物王魁的生活原型是北宋第45位状元王俊民。王俊民年少得名又离奇死亡，民间传闻因此纷纭杂陈，或说王俊民高中状元之后抛妻弃父，大逆不道，行至故乡遭到五雷轰顶尸首分离而死；或说王俊民流连烟花柳巷，遇娼妓私订终身，后狠心负约遭厉鬼缠身而亡。当然，有识之士对此歪曲传闻予以了否定。宋代周密的《齐东野语》之"王魁传"条云："世俗所谓王魁之事殊不经，且不见于传记杂说，疑无此事。……后又见初虞世所集《养生必用方》，戒人不可妄服金虎碧霞丹，乃详载其说云：'状元王俊民，字康侯，为应天府发解官，得狂疾，……出试院未久，疾势亦已平复。……或谓心藏有热，劝服治心经诸冷药。积久，为夜中洞泄，气脱内消，饮食不前而死。……康侯丙子生，死才二十七岁，……康侯既死，有妄人托夏噩姓名作《王魁传》，实欲市利于少年狎邪辈，其事皆不然。"① 明代的杨文奎著杂剧《王魁不负心》为王魁翻案，叙写王魁辞婚守义，夫妻团圆收场。王玉峰著传奇《焚香记》基本上也是按这一种思路进行改编。今人胡士莹也对据王魁故事改编为负心戏曲之类不以为

---

① 周密：《齐东野语》，中华书局1983年版，第105—107页。

然，其《话本小说概论》认为："王魁故事，宋元间盛传……王俊民未必就是负桂英之王魁，但在宋代民间却已把王俊民附会上去。周密虽替王俊民辩白，却并不能动摇民间的传说。"① 围绕王魁出现的两种性质截然相反的戏曲身份认同，表明南戏《王魁负桂英》在戏曲文学改编艺术虚构上确有与众不同的书写独步之处。

从宋元南戏故事题材的范围来看，其书写独步主要表现为故事题材的范围非常广泛，其中一个显著特点，就是撷取了传统文化和当代时事。

在撷取传统文化方面，中国古代国学倡导的孝文化是一种理念，一种精神，是一种为人立身之本，是社会责任意识的源头，是中华民族传统文化的重要组成部分。无名氏创作的南戏《王祥卧冰》正是提倡孝文化的典型之一。关于南戏《王祥卧冰》，徐渭的《南词叙录》归属于"宋元旧篇"，《永乐大典》著录为《王祥行孝》。南戏《王祥卧冰》本事取材于晋代干宝《搜神记》《晋书·王祥传》和《晋书·王览传》、刘义庆《世说新语·德行》及注，剧本已散佚，钱南扬的《宋元南戏辑佚》据《南曲九宫正始》《旧编南九宫谱》《南九宫十三调曲谱》《寒山曲谱》《新编南词定律》等收录残曲81支。通观宋元南戏佚曲，被收入历代曲谱数量有多有少，《王祥卧冰》是遗存佚曲数量最多的一部作品，这恐非偶然随意为之。南戏《王祥卧冰》大约创作于元代末年，之前已有王仲文创作的北曲杂剧《感天地王祥卧冰》；此时郭居敬（？—1354）诗配画形式的《全相二十四孝诗选》正广泛流传于世，其中王祥卧冰故事成为古代闻名遐迩的"二十四孝故事"之一。宋代统治阶级崇尚程朱理学，朱熹及其弟子陈淳、黄榦和真德秀等继承孔孟之道提倡孝道并在民间推广，朱熹与弟子刘清之编辑的《小学》一书刊行以来成为儒家进行启蒙教育的重要教材，书中关于孝道教育的内容讲述了王祥卧冰的故事。所以，南戏《王祥卧冰》以民间戏曲通俗艺术形式的出现，正迎合了封建统治阶级传播意识形态的思想需要，同时，也满足了中华民族传播孝道传统美德的现实需要。因此说，南戏《王祥卧冰》既具有曲学意义和艺术价值，也具有思想意义和现实价值，亦可见剧作家和历代曲谱撰辑者戏曲身份认同之道德自觉意识和审美文化旨趣，彰显了宋元南戏的书写独步。

在撷取当代时事方面，宋末的周密云："温州乐清县僧祖杰，自号斗崖，杨髡

---

① 胡士莹：《话本小说概论》，中华书局1980年版，第334页。

之党也。无义之财极丰，遂结托北人，住永嘉之江心寺，大刹也。为退居号春雨庵，华丽之甚。"由于祖杰无恶不作、劣迹斑斑，"旁观不平，惟恐其漏网也，乃撰为戏文，以广其事"①。胡雪冈说："这一记载不仅使我们看到元朝统治下的黑暗现实，而且也反映了温州南戏作为民间文学的现实性与战斗性。它可以说是中国戏曲史上最早出现的'传时事'的时事剧。"②广大市民百姓之所以对南戏《祖杰》感兴趣，是因为它取材于耳闻目睹亲历的时事，所创作搬演的是当时人们宣泄心中块垒的"活报剧"或"现代戏"。《祖杰》搬演之后在社会上产生了强烈的反响，激发了巨大的民愤，收到了惩治罪恶势力、批判黑暗政治的社会舆论效果，使得封建统治者惴惴不安、如坐针毡，深感民心不可侮、民意不可辱，迫于"众言难掩"，才不得已把杀人凶手、恶霸和尚祖杰"毙之于狱"。这一时事剧也表明，"旁观不平"的南戏剧作家具有难能可贵的辨识是非善恶的实践理性，有力地凸显了宋元南戏浓厚的生活气息、夺目的正义光彩和殊异的书写独步。

从宋元南戏的艺术形式来看，其书写独步主要体现为杂糅他者艺术显得粗糙、稚嫩，而又不失自我艺术本体走向成熟的发展趋势。南曲戏文产生于民间，在发展过程中不断满足了文人建构戏曲新文体的时代需求，而且南戏作为一种新的戏曲艺术样式，蕴含着极大的本体可塑性和旺盛的艺术生命力，能够最佳地适应文人反映现实表情达意的审美文化需要。当然，这种满足和适应是以南戏符合规律自我发展为基础，大量吸收融合其他艺术得以实现的。这其中的杂糅使得早期南戏本体在艺术形式的诸多方面存在粗糙、稚嫩的特点，显现了与众不同的书写独步。尽管如此，在民间艺人和文人学士的广泛参与建构完善过程中，南戏逐渐走向了成熟规范，并且对后世戏曲产生了重要影响。

据钱南扬考证，《张协状元》是南宋时早期南戏的作品，《宦门子弟错立身》作于金亡之后、宋亡之前，《小孙屠》作于稍后即元代。宋元四大南戏《荆钗记》《白兔记》《拜月亭》《杀狗记》和元末《琵琶记》是南戏艺术形式成熟的显著标志。早期南戏和成熟南戏之间书写独步存在明显差异。

在文本性质方面，其书写独步主要表现在南戏原创文学剧本与后来的舞台记

---

① 周密：《癸辛杂识别集》，《宋元笔记小说大观》，上海古籍出版社2001年版，第5867页。

② 胡雪冈：《温州南戏考述》，作家出版社1998年版，第121页。

录本之间存在差异。例如，俞为民、刘水云认为目前流传的《张协状元》《宦门子弟错立身》《小孙屠》等都是舞台记录本，故而书写与南戏原创文学剧本有不少出入，如照录搬演过程中的一些临时性动作和宾白、出现记音不记义的错别字和符号、只记录曲词减少宾白等。诸如此类的书写差异表明，原创文学剧本作家和舞台记录本作者对戏曲的身份认同存在差异，前者的书写独步功能性质指向戏曲的文学文本，后者的书写独步功能性质指向戏曲的舞台实践。

在艺术体裁方面，其书写独步主要表现在早期南戏的篇幅不拘长短，相差较大。例如，《张协状元》有53出，《宦门子弟错立身》有14出，《小孙屠》有21出，篇幅相差最大39出。之后，《荆钗记》有48出，《白兔记》有29出，《拜月亭》有40出，《杀狗记》有36出，《琵琶记》有42出，篇幅大体稳定在40出左右。南戏是接受了话本小说、诸宫调、唱赚等多种民间说唱伎艺和宋杂剧等的影响，结合温州地区的民间小曲、民间小戏而创造的一种戏曲艺术新体裁，是土生土长的民间戏曲，是民间戏曲文学的一种新样式，所以早期南戏尚处于肇始初建阶段，篇幅大小长短不一，后来文人学士介入南戏创作，而且如《荆钗记》《白兔记》《拜月亭》《杀狗记》等都经过了文人的修改，逐渐剔除了掺杂其中的他者艺术形式，使南戏本体艺术形式更加纯净，所以到南戏成熟期作品篇幅基本规范趋于稳定。

在出目标注方面，其书写独步主要表现在剧本格式不甚规范统一。例如，一般来说，题目之下署名是符合规范的剧本格式，然而，在最早创作的《张协状元》的题目之下，没有署名编者是"九山书会"，钱南扬在校注《张协状元》时依据第二出【烛影摇红】中曲词"九山书会"移前补写。这种书写形式与其他南戏作品不同。《宦门子弟错立身》《小孙屠》都在题目之下清楚地署上编者的名字。这种差别推想是《张协状元》乃由作者直接交给戏班或者是戏班持有的舞台演出本，而《宦门子弟错立身》《小孙屠》是以销售或阅读为目的整理出版的舞台演出本。此外，一般来说，标注出数是符合规范的剧本格式。由于舞台搬演时人物上下场、故事情节、时空环境等的变化需要，南戏的剧本采用了分场的形式。但是，早期南戏剧本如《张协状元》《宦门子弟错立身》《小孙屠》不分出数，也没有标注出目，而是在人物上下场的活动中交代故事情节、时空环境的变化，不受空间和时间的限制，实现场次的自由转换。《琵琶记》问世于元末，有分出的章法，与早期南戏书写不同。嘉靖二十七年（1548），苏州书铺所刻的《巾箱本琵琶记》分出，但是没有出目。对此,周贻白认为:"在未获得切实证明以前,毋宁认为分别出数暂时还是以《琵琶记》为最早吧。"①

在曲白措辞方面,其书写独步主要表现在《张协状元》不时引用、采撷前人诗文中的句子。例如:第一出"死生由命,富贵在天"引自《论语·颜渊》);第五十一出"直待舞低杨柳楼心月,歌罢桃花扇底风"引自晏几道《鹧鸪天》词等。这种引用、采撷前人诗文中的句子,在刻意丰富自身曲白措辞文学性的同时,也表现出了作品曲白以通俗为主的本色格调,以及剧作者倾向曲白措辞表达从俗雅化的艺术追求。之后的《荆钗记》《白兔记》《拜月亭》《杀狗记》基本上保留了早期南戏曲白措辞的自然浅俗本色,但是,个别曲白措辞表达也开始出现崇雅端倪,尤其像《琵琶记》中的蔡伯喈贵为状元朝臣,赵五娘贱为糟糠之妻,两者文化水平高下轩轾分明,故呈现出人物曲白措辞表达雅俗相间的鲜明对比,大大突破了早期南戏曲白措辞以通俗为主的本色范式。

在作品结构方面,其书写独步主要体现为"副末开场"和情节处理的异趣。"副末开场"是南戏搬演艺术的一个重要组成部分,早期南戏《张协状元》在正戏开始前第一出,先由"(副)末"上场白【水调歌头】【满庭芳】词,感叹人生短促、世事空浮,宣扬及时行乐、乐以忘忧;介绍剧作者才艺兼通、表演高明,接着用南诸宫调【凤时春】【小重山】【浪淘沙】【犯思园】【绕池游】说唱剧情大意;然后正戏出生旦及其他脚色,最后以生旦团圆收煞结尾。这种"副末开场"的搬演形式,是继承汲收了话本小说、鼓子词、转踏、诸宫调、宋杂剧、金院本等多种搬演伎艺综合杂糅衍变而成的,其中也保留了宋乐舞中"竹竿子"勾小儿入场的艺术形式。由于种种原因,南戏各剧本的"副末开场"繁简不同,如《张协状元》"副末开场"长达1000余字,无下场诗;《宦门子弟错立身》"副本开场"只有一首55字的【鹧鸪天】词简介剧情,无下场诗,当然,在实际搬演时仍可能根据情况灵活变化、自由发挥。之后的诸多南戏作品相对《张协状元》而言都趋向简约规范,如《琵琶记》第一出"副末开场"白【水调歌头】【沁园春】,有下场诗。此外,《张协状元》在故事情节的推进敷衍上采用了双线对比的结构方式,一是张协与贫女的情节线索;二是张协与王胜花的情节线索。这种结构方式的书写

---

① 周贻白:《中国戏剧史长编》,人民文学出版社1960年版,第138页。

独步，对后世《琵琶记》采用蔡伯喈在朝廷和赵五娘在蔡府的双线结构产生了深远影响。

从宋元南戏的声腔格律来看，其书写独步主要表现为早期南戏没有固定的音乐体制。

在声腔方面，古代戏曲音乐有南曲、北曲之分，早期南戏如《王魁负桂英》《风流王焕贺怜怜》虽皆存若干数量残曲，然而都是曲调不连贯成套的单阕，很难看出采用南曲时是否兼采北曲。在《永乐大典戏文三种》中，仅《张协状元》纯粹完全采用南曲，而且《张协状元》的书写独步表现为有创调，即作品中的诸宫调采用南曲演唱。这是一种戏曲音乐声腔上的创新，诚如钱南扬说："北宋神宗时，已经有诸宫调了，当时未有南北曲之分，……北国的诸宫调，《西厢搊弹词》所用却都是北曲。盖自曲分南北，不但新创的曲体，如南方的赚词，北方的套数，有南北之不同，就是固有的诸宫调，也分起南北来了。换句话说，自从南戏盛行，其他固有的曲体也往往用南曲为之，成为南曲的一种。"① 与其他南戏作品不同，《张协状元》没有采用南北合套曲式，后来如《宦门子弟错立身》《小孙屠》等才采用南北合套。《张协状元》纯用南曲和后世南戏作品采用南北合套，两者均具有书写独步的不同审美价值和曲学意义。南戏通过南北合套，熔南曲与北曲的不同演唱风格于一炉，具有更强的艺术表现力。

在格律方面，徐渭说，南戏最初是"村坊小曲而为之，本无宫调，亦罕节奏，徒取其畸农、市女顺口可歌而已"②。早期南戏为曲牌体唱腔，是以宋词调、里巷歌谣为曲的基本单位，所谓"宋人词而益以里巷歌谣"③，以后才采取一些宋人词牌及诸宫调、法曲、大曲的片段等来充实它。现在，昆曲也还有早期南戏中的【东瓯令】【台州歌】【福州歌】【福清歌】等地方民歌，以及【赵皮鞋】【吴小四】【双劝酒】【金钱花】【忒忒令】【字字双】【紫苏丸】等民间谣曲，当然，经过后人多次改写与昆腔化，已很难欣赏到原来的地方民歌、民间谣曲的韵味了。《张协状元》

---

① 钱南扬：《宋元南戏百一录》，哈佛燕京学社1934年版，第8页。
② 徐渭：《南词叙录》，《中国古典戏曲论著集成》（三），中国戏剧出版社1959年版，第240页。
③ 同上书，第239页。

不讲究宫调，如第二出所说："此段新曲差异，更词源移宫换羽"①，"移宫换羽"就是变换宫调，由一个宫调转换为另一个宫调。这是早期南戏声腔格律的主要特点之一，意思是说，根据剧情发展的需要，可以屡次更易宫调，运用宫调的变化来变换曲牌。这与后世南戏讲究协谐宫调不同。《张协状元》套式不规范，所用的套式多为后世所不见，其中曲牌性质与后世亦不同，可见当时曲牌性质尚未定型。创作时间较后的《宦门子弟错立身》《小孙屠》等南戏作品的曲牌性质及用法基本相合，至《琵琶记》时，则所用套式、曲牌性质及用法已经基本定型，很少出现紊乱现象。南曲曲牌音乐乃由宋元两代书会才人、南戏作家草创，迄今闽南的莆仙戏与梨园戏中遗存有不少南戏的剧目与曲牌。刘念慈指出："宋元时代南戏流行的曲牌，根据《宋元戏文辑佚》等书所引录的曲牌名目统计，共为五百五十七支。当然实际情况可能还不止此数，……某些曲牌在'荆、刘、拜、杀'四大传奇和《宦门子弟错立身》中根本不见运用，然而却在莆仙戏中保留下来"②，这些遗存至今的古稀南戏曲牌共有【千秋岁】等44支。《张协状元》曾经使用过但后来被明代传奇淘汰的曲牌有：【犯思园】【犯樱桃花】【复襄阳】【福州歌】【夏云峰】【贺宴开】【添字宾红娘】【添字尹令】【台州歌】【五方神】【上堂水陆】【金牌郎】【林里鸡】【太子游四门】【引番子】等。这些曾经发挥过重要作用的曲牌，不可不谓南戏书写独步的审美内涵和价值表征。

从宋元南戏的舞台搬演来看，其书写独步主要体现在以歌舞演故事的呈现方式多种多样。在演员脚色方面，早期南戏在中国古代戏曲史上采用代言体，脚色体制初步建立，但是，还不很完善。例如，《张协状元》中有生、旦、净、末、丑、外、贴7种脚色，脚色尚无绝然的区别、分工和定型，与后来的《宦门子弟错立身》等相比存在明显的差异。早期南戏脚色体制发展到《荆钗记》《白兔记》《拜月亭》《杀狗记》和《琵琶记》时则基本定型，并且为后世明清传奇发展到12种脚色奠定了坚实基础。在声乐歌唱方面，宋元南戏与北曲杂剧不同，南戏音乐由五声音阶构成，风格比较流利婉转，与用七声音阶构成、风格比较刚劲昂扬的北曲杂剧音乐迥异其趣。宋元南戏的歌唱方式多样化，如有独唱、对唱、轮

---

① 钱南扬：《永乐大典戏文三种校注》，中华书局1979年版，第13页。
② 刘念慈：《南戏新证》，文化艺术出版社2014年版，第273—274页。

唱、同唱、合唱、接唱、背唱、帮唱等，而且登场的各一个脚色都能唱，每一支套曲也不限制只能一个人唱，甚至一个曲牌也经常由几个人分唱。在舞蹈搬演方面，《张协状元》中类似"踏场"的舞蹈表演，是融合宋代大曲乐舞及民间伎艺歌舞等的体现。这种舞蹈搬演方式在其他南戏作品中不曾出现，说明早期南戏在形成、发展和壮大的过程当中对他者艺术形式的充分包容与吸收。此后，《荆钗记》《白兔记》《拜月亭》《杀狗记》和《琵琶记》的艺术形式走向成熟规范，全面提高了南戏在古代审美文化殿堂的艺术品格和社会地位，毫无疑问，具有促进和升华戏曲身份认同的重要意义和美学价值。

第三节　元明清杂剧的书写绝招

元明清三代的杂剧，是中国古代戏曲史上区别于元代南戏、明清传奇的一大戏曲类型。由于种种原因，明清以来，除了元北曲杂剧获得人们普遍认同，近代王国维推崇其为元代文学的典型代表之外，对明清南曲杂剧的研究、评价、认同远逊于元北曲杂剧。20世纪70年代迄今，学术界开始较多地关注明清南曲杂剧，既有宏观研究，也有微观研究，学术研究成果颇丰，很大程度上扭转了以往研究的失衡及不足。实际上，从国学视域来看，在中国古代戏曲史上，元明清三代的杂剧既有传承联系彼此又有区别，与南戏、传奇的关联概莫能外，元明清杂剧的书写绝招是反映这种联系与区别的重要方面。通过对元明清杂剧书写绝招的剖析并厘定，可以发觉人们实现对古代戏曲身份认同的重要脉络。

关于元北曲杂剧的名称，元代的燕南芝庵称之为"乐府"[①]，夏庭芝称之为"杂

[①]　燕南芝庵：《唱论》，《中国古典戏曲论著集成》（一），中国戏剧出版社1959年版，第160页。

剧"①，钟嗣成称之为"传奇""么末""院本""戏剧"，②明代的何良俊称之为"北戏"③，并引顿仁语称之为"辞"。清代李调元的《雨村曲话序》称之为"曲"④。关于明清杂剧，或曰南曲杂剧，又名南杂剧，最早见于明代胡文焕的《群音类选》："南之杂剧，故有不分出数者。"⑤在明代，标明"院本"的杂剧有王九思的《中山狼》、李开先的《一笑散》等。而在清代，有的人称之为"传奇"，如周乐清的《补天石传奇》实为8部杂剧；唐英的《古柏堂传奇》17部，其中13部为杂剧。王国维说："至明中叶以后，则以戏曲之短者为杂剧"⑥。当代，周贻白的《明人杂剧选》认为："所谓'南杂剧'的局面，那便是已参用南曲或全用南曲来撰作杂剧，不再顾及以往的那种清规戒律。"⑦胡忌说："明代中叶以后'杂剧'含义又有变化，它是相对于那些长篇传奇的称呼，而称短的剧本为'杂剧'。这样，'杂剧'既可用北曲，也可用南曲，甚至于南北合用的。"⑧"杂剧"称谓的区别和不统一，反映了元明清杂剧艺术形态呈现殊异，不同时代的剧作家们各有书写绝招，使得人们对元明清杂剧身份给予了多方面价值认同和戏曲特征的多方面审美关注。

众所周知，中国古代戏曲大抵成熟于宋元南戏和元北曲杂剧。就北曲杂剧而言，元代在不足100年的时间里，涌现出数量众多的剧目，元杂剧的书写绝招反映在作品数量上，主要体现为在中国古代戏曲成熟之初，元杂剧的数量多，无愧于以作品数量之众，包括丰富的思想内容，创造了中国古代戏曲的第一个黄金期，铸就了中国古代戏曲的第一座高峰，藉此获得后世广泛的戏曲身份认同。傅

---

① 夏庭芝:《青楼集》,《中国古典戏曲论著集成》(二), 中国戏剧出版社1959年版, 第19页。
② 钟嗣成:《录鬼簿》,《中国古典戏曲论著集成》(二), 中国戏剧出版社1959年版, 第104、157、239、241页。
③ 何良俊:《四友斋丛说》, 中华书局1959年版, 第337、340页。
④ 李调元:《雨村曲话》,《中国古典戏曲论著集成》(八), 中国戏剧出版社1959年版, 第5页。
⑤ 胡文焕:《群音类选》,《续修四库全书》第1777册, 上海古籍出版社2002年版, 第249页。
⑥ 王国维:《宋元戏曲史》, 华东师范大学出版社1995年版, 第157页。
⑦ 周贻白:《明人杂剧选》, 人民文学出版社1953年版, 第739页。
⑧ 胡忌:《宋金杂剧考》, 上海古典文学出版社1957年版, 第17页。

惜华的《元代杂剧全目》著录作品700余部，而王骥德的《古杂剧序》云："元之曲，类多散逸，而世不尽见。"[1] 李调元亦云："元人剧本，见于《百种曲》仅十分之一。"[2] 实际上，元杂剧的总数难以统计，因为有一些作品乃由元入明人所创作，很难断定其书写的确切朝代，还有许多无名氏剧目则分不清楚究竟是元代还是明代的作品，即使如元人钟嗣成的《录鬼簿》所统计的数字，也因为该书后世流传版本的不同而存在差异。顾肇仓认为，元明之际无名氏的作品大多数是明人之作，所以真正属于元杂剧的作品估计接近600部。[3] 李春祥分析庄一拂《古代戏曲存目汇考》后认为，元杂剧大约为600～700部。[4] 徐扶明认为，有据可查的元杂剧，"大约有七百三四十种"[5]。而据许金榜估计，元杂剧作品应该在1000种以上。[6]

明清时期，南曲杂剧总体上已经失去了元北曲杂剧昔日独具的耀眼风光，不能与元杂剧相提并论，成为"一代有一代之文学"的代表，而尽管数量上每朝都与元杂剧相颉颃。关于明代杂剧的数量，顾学颉统计，明杂剧作品数量大约在500部以上，现存150部左右，剧本数量略少于元代。[7] 傅惜华的《明代杂剧全目》著录523部，其中有姓名可考者349部，无名氏作品174部。徐子芳的《明杂剧史》归纳傅惜华的《明代杂剧全目》、庄一拂的《古今戏曲存目汇考》、邵曾祺的《元明北杂剧总目考略》，认为所编剧目约740余种，现存315种。[8]

关于清代杂剧数目，傅惜华的《清代杂剧全目》著录1300部，其中有姓名可考者550部，无名氏作品750部，现存剧本400余部，总数上超过了元明杂剧数目之和，不可不谓清代杂剧书写绝招的又一体现。明清杂剧所处的时代是中国古代戏曲藉传奇已经成熟，第二次进入黄金期，并且延续黄金高峰期余势，适逢戏

---

[1] 王骥德：《古杂剧》，明万历间顾曲斋刊本。
[2] 李调元：《剧话》，《中国古典戏曲论著集成》（八），中国戏剧出版社1959年版，第43页。
[3] 顾肇仓：《元代杂剧》，作家出版社1962年版，第100页。
[4] 李春祥：《元杂剧史稿》，河南大学出版社1989年版，第62页。
[5] 徐扶明：《元代杂剧艺术》，上海文艺出版社1991年版，第30页。
[6] 许金榜：《中国戏曲文学史》，中国文学出版社1994年版，第57页。
[7] 顾学颉：《元明杂剧》，上海古籍出版社1979年版，第133页。
[8] 徐子方：《明杂剧史》，中华书局2003年版，第1页。

曲变革的时代，明清杂剧以自我书写绝招谱就了对元杂剧既有继承借鉴，又有创新超越的业绩，对中国古代戏曲史所做出的别开生面的贡献，显示了其时人们实现戏曲身份认同的一条重要路径。

　　元明清杂剧的书写绝招在中国古代戏曲百花园里绽放了各式各样的奇葩，与剧作家们的身份地位发生变化有密切关系。元代，涌现出众多杰出的杂剧作家，仅姓名可考的剧作家有80多人，所创作的作品超常繁荣，追求以俗为美的本色是元杂剧发展的主要方向。像关汉卿、王实甫、白朴、马致远、郑光祖等杂剧大家，创作了诸如《窦娥冤》《西厢记》《梧桐雨》《汉宫秋》《倩女离魂》等传世杰作。元杂剧作家的社会身份地位总体上不高，绝大多数人因仕进无门而屈成下僚，混迹生活于社会的底层，成为有思想有个性的特立独行的民间艺人、或书会才人、或布衣文人。与此同时，元杂剧的演员辈出，如珠帘秀、天然秀等以高超的艺术造诣博得世人普遍赞誉，此外，还有一些少数民族的演员十分优秀，如夏庭芝评价旦角米里哈道："歌喉清宛，……专工贴旦杂剧。"①元杂剧作家与演员同呼吸共命运，在艺术魅力和生活体验诸方面相辅相成，相得益彰，剧作家的作品为演员的搬演提供了主题思想和艺术价值不菲的文本，演员的舞台搬演将剧作家的作品成功地转示在戏曲舞台上，为勾勒剧作家的生动形象和传播剧作家的创作思想做出了重要贡献，两者光耀剧坛，交相辉映，精彩纷呈，有目共睹，获得世人经久不衰的身份认同。

　　就元杂剧书写的具体署名情况而言，剧作家的署名有独立、无名氏和书会才人集体合作等多种多样的书写方式。其中，明人吕天成云：范冰壶的杂剧《鹔鹴裘》乃"四人共作"，第一折范冰壶，"第二折施君美，第三折黄德润，第四折沈珙之"②。清人姚燮云："（李）时中，大都人，中书省掾，除工部主事。此剧（指《开坛阐教黄粱梦》）第一折马致远，二折李时中，三折花李郎学士，四折红字李

---

　　① 夏廷芝：《青楼集》，《中国古典戏曲论著集成》（二），中国戏剧出版社1959年版，第34页。

　　② 吕天成：《太和正音谱》，《中国古典戏曲论著集成》（三），中国戏剧出版社1959年版，第40页。

二，合作。"①这种4位剧作家合作同写一部作品的方法，尽管是在少数，颇为鲜见，但是，不乏表明多位剧作家合作书写元杂剧的绝招运用。殊不知，剧作家们不高的社会身份地位或许有益于促进相互之间的戏曲身份认同，戏曲本体探赜，交流创作心得，激发书写的创新思维。

明代，杂剧作家的社会身份地位发生了很大变化，导致杂剧艺术的表现形式也发生了很大变化。换句话说，明代杂剧的兴盛与有较高社会身份地位的文人士大夫积极参与创作革新，对之推波助澜有密切的关系。明代初年，燕王朱棣特别喜好杂剧，对杂剧作家宠遇甚厚，汤舜民、杨景贤、贾仲明等一批由元入明的剧作家，时有北曲杂剧作品问世。以朱权、朱有燉为代表的皇室成员创作的北曲杂剧成为庙堂气象的象征、宫廷风致的典范。其时，剧作家基本上遵循了元北曲杂剧的体制，但是，因为受到南戏的影响，也出现了不守旧有规范的现象。这种逾越旧有规范的现象尽管是个别的，却表明元北曲杂剧高度规范的体制入明伊始已经开始解体了。朱权、朱有燉之后将近40年，几乎无一杂剧作家见诸文献记载。明代中叶，随着经济的发展荣兴，文人士大夫阶层追求物质利益和精神享乐，因此，作为审美文化精神产品的戏曲蓬勃发展起来。在北曲杂剧竟成绝响之余，南曲在东南数省陆续衍化出诸多新的声腔剧种，南曲杂剧随之顺势勃兴。此时的杂剧作家主要有王九思、康海、杨慎、徐渭、李开先、冯惟敏等。明代后期，杂剧作家主要有陈与郊、徐复祚、沈璟、叶宪祖等。在传奇的审美价值追求尚雅黜俗的大趋势影响之下，杂剧创作的整体风貌亦明显雅化，如王衡、叶宪祖、沈自徵等人的作品即是如此。总而言之，诚如曾永义说："明代的剧作家，无论传奇或是杂剧，除了几个藩王、宗室外，全部是士大夫"②，在文人士大夫审美意识和价值追求的导引下，明代杂剧书写绝招出现了以雅为美的格调倾向，这意味着明杂剧在继承元杂剧以俗为美的本色基础上改变了自我的发展方向。

关于清代杂剧，郑振铎的《〈清人杂剧〉初集自序》云："尝观清代三百年间之剧本，无不力求超脱凡蹊，屏绝俚鄙。……清剧之进展，盖有四期：顺、康之际，实为始盛。吴伟业、徐石麟、尤侗、嵇永仁、张韬、裘琏、洪昇、万树诸家，

---

① 姚燮：《今乐考证》，《中国古典戏曲论著集成》（十），中国戏剧出版社1959年版，第115页。

② 曾永义：《明杂剧概论》，学海出版社1979年版，第7页。

高才硕学，词华隽秀，所作务崇雅正，卓然大方。……雍、乾之际，可谓全盛。桂馥、蒋士铨、杨潮观、曹锡黼、崔应阶、王文治、厉鹗、吴城，各有名篇，传诵海内。……降及嘉、咸，流风未泯，然豪气渐见消杀，当为次盛之期。于时，有舒位、石韫玉、梁廷枏、许鸿磐、徐爔、周乐清、严廷中诸家，丽而弗秀，新而不遒。……下逮同、光，则为衰落之期。黄燮清、杨恩寿、许善长、张蓟云、陈烺、袁醰、徐鄂、范元亨、刘清韵诸家，所作虽多，合律盖寡。取材亦现捉襟露肘之态，颇见迂腐，殊少情致。盖六七百年来，杂剧一体，屡经蜕变，若由蚕而蛹而蛾，已造其极，弗复能化。同光一期，杂剧成蛾之时也。"①清代，杂剧的总体特点是，在剧作家的坚持下，表现出坚韧顽强的艺术生命力；然而从吴伟业、尤侗等开始，剧作家们把明代中后期已经出现的杂剧雅化倾向逐渐发展到极致，使杂剧作品脱离了展示戏曲蓬勃生机和强劲活力的艺术舞台，除了唐英的少数杂剧作品因为改编于花部等见诸戏曲搬演记载之外，大多数杂剧作品成为文人抒发个人心绪、捧读激赏、娱情逞才的典型案头之作，以至于最终退出了戏曲舞台，成为元明清杂剧书写绝招的孱弱煞笔。

值得一提的是，在元杂剧的影响下，明清宫廷搬演和创作杂剧不缀。在明代，管理宫廷戏曲的机构主要是教坊司与钟鼓司。教坊司负责制作和表演乐舞、杂技和戏曲等；钟鼓司为内廷服务，负责剧本保管、宫内乐舞、演戏杂耍等。明初，在太祖朱元璋的导引下，宫廷戏曲开始逐步发展，主要搬演包括金元院本、北曲杂剧、过锦戏、打稻戏等。成化时期，宫廷戏曲经历了一段萎缩低迷期。嘉隆时期，北曲杂剧基本上在江南民间绝迹，但是，在宫廷中仍然保留着搬演北曲杂剧的逸响。之后，随着北曲衰败，南曲取而代之。万历时期，朝廷新设置了两家演戏机构，即四斋、玉熙宫，独立于此前教坊司与钟鼓司。这两家新机构既学演南曲，也学演此前宫中各类戏曲。晚明时期，社会中的职业戏班越来越受皇室的欢迎，经常被聘请入宫搬演戏曲。刘若愚的《明宫史》之"钟鼓司"条记载宫廷演剧情况，云："杂剧故事之类，各有引旗一对，锣鼓送上，所扮者遍及世间骗局丑态，并闺阁拙妇骏男，及市井商匠刁赖词讼，杂耍把戏等项"②。赵琦美编的《脉望

---

① 蔡毅：《中国古典戏曲序跋汇编》，齐鲁书社1989年版，第534—535页。
② 刘若愚：《明宫史》，北京古籍出版社1982年版，第39页。

馆钞校古今杂剧》收元明杂剧 242 部，在明内廷搬演的 92 部杂剧中，有 70 余部是新创作的，这成为明代杂剧书写绝招的一道不容忽视的异美光景。

　　清代宫廷戏曲的搬演活动长盛不衰，甚至达到了历代宫廷戏曲搬演的高潮。清宫连台本大戏的创作与搬演是清代杂剧书写绝招的一个别致而突出的体现。连台本大戏由乾隆皇帝钦命词臣，依据元明杂剧和传奇改编，是戏曲编剧与搬演的一种特殊形态。连台本大戏即可以连续数日接演一整本大戏，又可以每天搬演具有相对独立性、连续性的单折戏，如同北宋的杂剧目连戏可以连演数日一样。清宫编撰的连台本大戏有《劝善金科》《升平宝筏》《忠义璇图》《昭代箫韶》等。以《劝善金科》为例，《劝善金科》是清宫每当年末或其他节令演出的节令戏，编撰源于民间广为流传的《目连记》杂剧，亦称《目连救母》。《劝善金科》改编本与民间演出本的内容旨趣截然不同，《劝善金科》意在谈忠说孝、劝善惩奸，全剧共 240 出，是为传奇，但是，内容和形式实则兼有杂剧与传奇的特点，编撰者是张照等。赵尔巽等的《清史稿》云："张照，……康熙四十八年（1709）进士，改庶吉士，授检讨，南书房行走。雍正初，累迁侍讲学士。……复三迁刑部侍郎。十一年（1733），授左都御史，迁刑部尚书，……敏于学，富文藻，尤工书。"① 张照作为御用词臣，被朝廷委以重任，编撰多部杂剧，并为之谱曲配乐供舞台搬演，对清代的宫廷戏曲出力颇多。乾隆年间，清宫连台本大戏《鼎峙春秋》抄袭了前代戏曲，其中包括杂剧如《连环记》《隔江斗智》《单刀会》《义勇辞金》等。道光七年（1827），朝廷裁撤南府外学伶人之后，内廷不再搬演全本的《劝善金科》等连台本大戏，但是，仍然搬演一些场面有限的小戏，包括明清杂剧中的折子戏，或连台本大戏中的若干单折戏，体现了清代宫廷杂剧书写绝招的残笔余韵。

　　作为中国古代戏曲的经典形式之一，元明清杂剧以思想内容的丰厚意蕴奠定了艺术本体的鲜明色彩，成为书写绝招的核心本质。元杂剧的思想内容广阔，胡祗遹的《赠宋氏序》说："上则朝廷君臣政治之得失，下则闾里市井父子兄弟夫妇朋友之厚薄，以至医药、卜筮、释道、商贾之人情物理，殊方异域风俗语言之不同，无一物不得其情，不穷其态。"② 撮要大致有以下四个方面：一是揭露社会黑

---

① 赵尔巽等：《清史稿》，中华书局 1977 年版，第 10493—10495 页。
② 王运熙、顾易生主编《中国文学批评史新编》（上），复旦大学出版社 2001 年版，第 409 页。

暗、反映人民疾苦的社会问题，如关汉卿的《窦娥冤》；二是歌颂忠智豪杰，反映人民反抗斗争的英雄传奇和历史，如纪君祥的《赵氏孤儿》；三是描写恋爱婚姻，反映妇女命运和家庭问题，如白朴的《墙头马上》；四是表现社会人生的伦理道德和道化隐逸，如史樟的《庄周梦》。明代初叶，杂剧创作较为单调，思想内容以歌功颂德、粉饰太平为主，如朱权和朱有燉创作的杂剧即是。从弘治、嘉靖年间开始，明代中后期的杂剧创作突破了风花雪月、伦理教化和神仙道化的偏狭局限，题材不断拓宽，思想内容主要体现为明确身份、张扬个性、愤世嫉俗，对不合理的社会进行批判和反思，如王九思的《杜甫游春》、康海的《中山狼》、徐复祚的《一文钱》、王衡的《郁轮袍》、徐渭的《四声猿》与《歌代啸》等。这一段时期的杂剧在思想性上最具有价值和意义。清代初年，杂剧以抒发反对统治阶级的民族压迫、阶级矛盾，倾吐剧作家积郁内心深处的痛苦和义愤为主，如邹式金的《风流冢》蕴含自我逸民身份认同，反对民族压迫的强烈书写。康雍年间，杂剧的主题思想延续此前反映尖锐复杂的民族压迫、阶级矛盾，抒发剧作家蕴藏内心深处的仇恨和义愤为主，如嵇永仁的《续离骚》。乾隆年间，随着社会稳定、文化发展和经济繁荣，杂剧的主题思想不再以反对民族压迫为主，而是出现了多样化的特征。嘉庆以后，杂剧逐渐消沉萎缩，案头化倾向严重，真正有思想价值和现实意义的作品越来越少，不足以与此前各个时期的杂剧相提并论。这意味着清代杂剧的书写绝招已成强弩之末。值得重视的是，清代末年，在民族民主革命思潮的推动之下，杂剧又短时间地绽放了一抹新的晚霞，如竺崖的《渡江楫杂剧》【尾声】道："忍令那上冠衣冠，沦于夷狄，相率着中原豪杰，还我山河。"[①] 这一时期的杂剧成为传播爱国、民族、民主、进步思想的文体，发挥了破旧立新的革命工具性功能，其思想内容书写绝招施用于满足新的时代和政治旨趣的需要。

　　元明清杂剧的思想内容书写绝招取决于剧作家大都有强烈的主体身份意识，剧作家将个人的思想情感和性格志趣融入作品当中，反映对社会现实的认识，对人生境况的思考，对心中块垒的抒发，对未来前景的瞻眺。元代，剧作家的主体身份意识主要潜藏在作品的字里行间，为此，思想内容书写绝招采用了含蓄的表达方式。例如，"曲圣"关汉卿创作的【南吕·一枝花·不伏老】是一首自叙传性

---

① 竺崖：《渡江楫杂剧》，《第一晋画报》光绪三十二年刊印。

质的散曲,也是采用自嘲式手法表达自我身份认同的"自画像",看似玩世不恭的态度背后,却包含了反抗民族压迫、批判黑暗现实、不与封建统治阶级合作的战斗精神和独立人格。关汉卿将"我是个普天下郎君领袖,盖世界浪子班头"的自我身份认同情愫融入到杂剧作品当中,使之具有承载现实主义思想内容的深厚底蕴。到了明代,剧作家的主体身份意识开始显露于字里行间,为此,思想内容书写绝招主要采用了间接的表达方式。例如,叶小纨是明末女性戏曲家,其创作的《鸳鸯梦》是为了纪念她的大姐叶纨纨和三妹叶小鸾的早逝,藉此以示悼念。作品刻画了3位女主角,即蕙百芳、昭綦成、琼龙雕,她们实际上是叶小纨(蕙绸)与姐姐叶纨纨(昭齐)、妹妹叶小鸾(琼章)3人的化名。作品通过剧中人物充满生活情趣的日常交往、姊妹血缘身份关系的形象描叙,书写并颂扬了人间朴素、纯洁而真挚的骨肉至亲,在悲喜交织的情感氛围中肯定了追忆洁白无私的"爱"的主题思想。而到了清代,剧作家的主体身份意识暴露于字里行间,为此,思想内容书写绝招主要采用了直接的表达方式。例如,廖燕的《柴舟别集》包括4种杂剧,即《醉画图》《诉琵琶》《续诉琵琶》《镜花亭》。在作品中,廖燕将自己的真实姓名径直融入进去,并且以剧中人物的身份登场搬演,自报家门云:"小生姓廖名燕,别号柴舟,本韶州曲江人也。"《醉画图》写廖燕在自己的书房"二十七松堂"里饮酒观画,自言自语与画中古人交谈,倾吐内心的郁闷;《诉琵琶》《续诉琵琶》写廖燕以嘲谑的方式表达对自我穷困生活的不满;《镜花亭》写廖燕以游镜花水月村的见闻表达对人生的彻悟和厌弃。这一组杂剧作品反映了剧作家廖燕负不羁之才,困顿风尘,抑郁无聊,故直抒胸臆,发泄内心块垒。对此,有的学者指出,这种书写绝招具有"自传性特征"[1]。徐爔的《写心杂剧》所包括的18种作品也采用了这种书写绝招,其《自序》云:"写心剧者,原以写我心也。心有所触则有所感,有所感则必有所言,言之不足则手之舞之足之蹈之而不能自已者,此予剧之所由作也。"[2]徐爔关于作剧宗旨的自述性质,代表了剧作家们创作这一类作品采用书写绝招的共同心态。郑振铎的《〈陶然亭〉跋》云:"清人杂剧每喜用实事为题材,作者自述之作尤习见不奇。徐爔之《写心杂剧》,即全部以自身之琐

---

[1] 杜桂萍:《抒情原则之确立与明清杂剧的文体嬗变》,《文学遗产》2014年第6期。
[2] 蔡毅:《中国古典戏曲序跋汇编》,齐鲁书社1989年版,第1012页。

事为题材者。"①郑振铎所言乃为的论。

在艺术形式上，无论文学体制还是音乐体制，元明清杂剧都表现为同中有异，这既是元明清杂剧从舞台走向案头的一个过程特征，也是元明清杂剧书写绝招的一个文体特征。元明清杂剧的艺术形式差异从元代就已经发生了，其时，北曲杂剧与南曲戏文并存于世，杂剧作家通过北曲杂剧与南曲戏文的比较，看到了北曲杂剧在结构上和曲式上的不足，于是便在自我创作实践中或多或少对北杂剧的结构和曲式进行了改革，从而显露了北曲杂剧另类书写绝招的端倪，为明清杂剧的书写绝招蔚然成势另辟了体制建构的蹊径。值得欣慰的是，20世纪海外发现的中国戏曲文献《元刊杂剧三十种》有14部是孤本，是迄今所能看到的从元代流传下来的唯一的元刻本，以往对元杂剧的研究，人们只能依赖明人编订的元杂剧像《元曲选》，而《元刊杂剧三十种》的发现则完全改变了这种局限，使人们从《元刊杂剧三十种》可以看到元杂剧的真实面目，进而准确把握元杂剧的本体特征，藉此也使元明清杂剧的体制比较成为可能。

在文学体制方面，元杂剧的文学体制一般为"四折加一楔子"。就楔子而言，楔子是元杂剧在四折以外的短的独立段落，在杂剧中作为引子点明、补充正文。每一本杂剧通常只用一个楔子，置于杂剧的开端，如关汉卿的《闺怨佳人拜月亭》；但是，也有不用楔子的，如关汉卿的《关张双赴西蜀梦》；或者用两个楔子的，另一个楔子放在折与折之间，如孔文卿的《风窗事犯》。顾学颉云："楔子，在现存元代刊行的剧本中实际上虽然有它，但没有这个名称。元人论曲的著作里有'楔儿'一词（称【仙吕·端正好】为'楔儿'），可能就是'楔子'。明代刊行的杂剧上和论曲著述中，就正式用了'楔子'这个名称。"②宋元说唱文艺话本中有"楔子"这一个名称，大约元杂剧是从说唱文艺话本那里借用过来的。从元杂剧作品中无"楔子"名称的表述，到明刊元杂剧作品中标注"楔子"名称，体现了明人对元杂剧作品修改润色的书写绝招，规范概念的自觉意识。基于此，明代有的杂剧作品使用并标注"楔子"，如康海的《王兰卿贞烈传》，有的杂剧作品不用"楔子"，如朱权的《冲模子独步大罗天》。"楔子"作为元杂剧的开场，然后直

---

① 蔡毅：《中国古典戏曲序跋汇编》，齐鲁书社1989年版，第1178页。
② 顾学颉：《元明杂剧》，上海古籍出版社1979年版，第21页。

接搬演正戏。明代中叶以后，杂剧与传奇充分交流，很多杂剧吸收了传奇的开场方式，增添了副末这个脚色，并让副末在开场报告剧情，如孟称舜的杂剧《桃花人面》就改"楔子"为"副末开场"。这种杂剧的"副末开场"为袭用传奇文学体制，书写绝招体现了将杂剧传奇化的审美价值取向。明刊《杂剧三集》共有28部作品，其中7部作品采用了副末开场方式。在《盛明杂剧》等杂剧合集中，也不乏这样的作品。

就折数而言，元杂剧是连场戏，原本不分折，明代中叶以后对元杂剧分折，通常为一本四折，但是，明清杂剧则不然，分折数量不一。有的作品依然遵循元杂剧一本四折的体制，如杨慎的《动天玄记》，而明代中叶至清末，大多数杂剧在折数安排上与元杂剧有明显的区别。明清杂剧作家根据创作的需要，自由选择篇幅容量，既有一二折的短剧，如许潮的《兰亭会》、徐渭的《雌木兰》等；又有八九折的长篇，如叶宪祖的《碧莲绣符》，吴中情奴的《相思谱》等；刘东生的《娇红记》共八折，又分上下两卷。从整个明清杂剧的创作看，明清杂剧的折数一般在十折以下，一二折的短剧占多数。特别是清初，杂剧盛行一折，如杨潮观的《吟风阁杂剧》有32部作品，全部都是一折的体制，而且剧前还加一篇小序，说明创作意图，书写绝招显得格外新颖别致。姚燮云："每折各自制解题于首，已盖援古事以铎世耳。"① 卢前的《明清戏曲史》说："夫杂剧至明已衰，于清益堕。……足当创制者，仍推短剧。不独气格之变，亦与海西独幕之体相暗合也。"②

需要指出的是，在清代杂剧持续堕落的衰势中，个别作品试图在有限的折数里，通过荒诞的情节叙事、细节的跌宕起伏、活跃的舞台表演，挽救杂剧的艺术生命，殊不知，尽管这种努力无济于事，却无意识地启发了他者关于文章写作应该避免平铺直叙的灵感，在一定意义上表达了他者对杂剧书写绝招的身份认同。例如，清康熙年间的进士张谦宜在《絸斋论文》中说："尝见演周王庙杂剧，狞鬼下捕女魂，提掷旋跌，腾踏数次，然后提发抵案，心甚乐之，作《天道无知论》，摹其意，示儿曹，使知笔法。"③

---

① 姚燮：《今乐考证》，《中国古典戏曲论著集成》（十），中国戏剧出版社1959年版，第178页。

② 卢前：《卢前曲学四种》，中华书局2006年版，第47页。

③ 王水照编《历代文话》，复旦大学出版社2007年版，第3910页。

元杂剧也有突破一本四折规范体制的先例，如元末明初署名晚进王生做的《围棋闯局》就是最早采用一折书写的杂剧；受南戏的影响，王实甫的《西厢记》为五本二十一折；篇幅最长的是杨景贤的《西游记》六本二十四折；但是，无论如何，这种突破在元杂剧当中不属通例。当然，这种书写绝招也预示了在文学体制上，元杂剧面临着难以满足丰富内容传达的严峻挑战。此外，与元杂剧不同，明杂剧还有标注"折"或"出"的差异，如王衡的《郁轮袍》七折标明"折"，徐复祚的《一文钱》六出标明"出"，"折"与元杂剧相同，"出"则与传奇相同，斯为创新之举。后世演戏，不一定搬演全本，而是有选择地演几出，因此，不但分出，而且还书写出目。例如，《西厢记》因为篇幅比较长，所以分折也比较多，王骥德、陈继儒等在每折之前用二字或者四字标目，使得《西厢记》在文体形式结构上更接近于明代已经开始流行的传奇。

就格式而言，元杂剧在剧终一般都有"题目正名"，就是用两句话或四句话，书写剧情提要，确定剧本名称，在散场时念出来，如高文秀的《好酒赵元遇上皇》；有的没有题目正名，如郑廷玉的《楚昭王疏者下船》。凌蒙初的《〈西厢记〉凡例十则》云："北体每本止有题目、正名四句，而以末句作本剧之总名"[1]。梁廷柟云："百种杂剧目，正名、题目各一句，多用七字。其八九字者，虽有而少。惟《城南柳》《风光好》《蝴蝶梦》《勘头巾》等剧正名题目各二句耳。"[2] 元明所刻元杂剧的题目正名皆放在剧末。明清杂剧作家创作杂剧时，有的仍然遵循北曲杂剧体制，运用题目正名，如叶宪祖的《易水寒》等，有的不采用题目正名，如蒋士铨的《四弦秋》，所不同的是，明代《盛明杂剧》所刻明人杂剧都把题目正名放在了剧前；清代尤侗的《吊琵琶》、吴伟业的《临春阁》也是把题目正名放在了剧前。明清杂剧的题目正名形式可谓多种多样。元杂剧把题目正名置于剧末是为了总结搬演，起概括点题加深观众欣赏印象的作用，体现了场上之曲的书写绝招特征；明清杂剧把题目正名置于剧前是为了便于搬演，起交代内容设置欣赏悬念的作用，体现了案头之曲的书写绝招特征。另外，"穿关"是元明杂剧作品所附的有关每折登场人物穿戴衣服、帽鞋及髭髯式样等的说明。王骥德云："尝见元剧本，有于卷

---

[1] 蔡毅:《中国古典戏曲序跋汇编》，齐鲁书社1989年版，第678页。
[2] 梁廷柟:《曲话》，《中国古典戏曲论著集成》(八)，中国戏剧出版社1959年版，第263页。

首列所用部色名目，并署其冠服、器械，曰某人冠某冠，服某衣，执某器，最详；然其所谓冠服、器械名色，今皆不可复识矣。"① 可能元杂剧演员搬演时对"穿关"习以为常，形成惯例，故而一般演出本也就不再约定俗成书写"穿关"了，所以现存《元刊杂剧三十种》没有关于"穿关"的文字说明，当然，这并不意味元杂剧搬演不需要穿衣妆扮。在明清刊刻的元明清杂剧作品里，如《脉望馆钞校古今杂剧》《劝善金科·凡例》等里都有"穿关"的文字说明，其中，《脉望馆钞校古今杂剧》剧本242部中附"穿关"者102部。这种文字书写说明的绝招意义不可小觑，因为"穿关"是古代戏曲绘画性和雕塑性的形象体现，是戏曲艺术实体的重要有机组成部分，是反映剧作家的戏曲创作意图和身份认同的一个重要方面；通过"穿关"的文字说明，不仅有益于规范当时演员舞台搬演的穿戴，而且有益于后人对古代戏曲"穿关"史的形象认识、梳理研究，进而有效实现对古代戏曲的身份认同。

在音乐体制方面，就曲体而言，明清南曲杂剧与元北曲杂剧最主要的区别，就在于套曲的运用上，元北曲杂剧专用北曲，而明清南曲杂剧采用南北合套，或直接运用南曲。明清杂剧作家在认同元北曲杂剧四折的规范曲体结构身份的基础上，对南曲杂剧的曲体结构进行了多种多样的创新。贾仲明的《吕洞宾桃柳升仙梦》首先采用南北合套形式，形成了南北曲有分有合相兼相容的自然作剧格局。这种杂剧演唱体制的突破，无疑是明清杂剧发展的一种进步。之后，杂剧采用这种形式的日渐增多，例如，有徐渭的《渔阳三弄》等北一折，汪道昆的《高唐梦》等南一折，汪道昆的《五湖游》等南北一折，徐渭的《翠乡梦》等南北二折，无名氏创作的《善戏虐》等南二折，车远之的《福先碑》等北三折，杨伯子的《都中一笑》等南北三折，杨诚斋的《神仙会》等南北四折，叶宪祖的《渭塘梦》等南四折，徐渭的《女状元》等南北五折，王衡的《郁轮袍》等北五折，无名氏的《小春秋》等南五折，史盘的《苏台奇逅》等北六折，扬初子的《一文钱》等南北六折，汪廷讷的《诡南为客》等南六折，汪廷讷的《广陵月》等南北七折，无名氏的《分钱记》等南七折，叶宪祖的《会香衫》等北二剧共八折，叶宪祖的《玳

---

① 王骥德：《曲律》，《中国古典戏曲论著集成》（四），中国戏剧出版社1959年版，第143页。

瑁梳》等南八折,叶宪祖的《巧配阎越娘》等南北二剧共八折,陈情表的《钝秀才》等南北八折,陈□□的《朱翁子》等南九折,陈六如的《九曲明珠》等南北九折,醒狂散人的《柳浪杂剧》等南北十折,无名氏的《竹林小记》等南北十一折。诸如此类,不一而足,书写绝招可谓神乎其明,灵活变化,伸缩自如,发挥淋漓,大大超越了元杂剧的曲体组织结构规范,进而凝聚成明清杂剧的曲体组织结构特征。

此外,在角色演唱方面,元杂剧的旦本或末本是一人主唱到底,明清杂剧改变了这种演唱方式,汲取了南戏和传奇的演唱优势,改一人主唱为多人演唱,演唱的方式也多种多样,套曲之中也屡换宫调。例如,明代徐复祚的《一文钱》里生、旦、丑、净、杂、外等各个脚色都能唱;而且脚色的称谓也发生了改变,男主人公卢至由"生"脚扮演,不再称卢至为"末";元杂剧没有"丑"脚,而《一文钱》里面有"丑"脚;这种书写绝招显然是受到了南戏和传奇的影响所至。清代邹式金的《风流塚》主脚称"生"不称"末",生、旦、外、末等都能唱,这种书写绝招与《一文钱》一脉相承。在曲词宾白方面,例如,王骥德的杂剧曲用北曲,宾白用南话;陈与郊的《义犬》第一折采用弋阳腔;"郑西神,……《滕王阁》则全以王子安一序作曲。《汨罗江》则以《离骚》经作曲,读原文一段,歌曲一段,立格甚奇,得未曾有。"①诸如此类,无不体现了明清杂剧与元杂剧书写绝招有诸多特异之处。

第四节　明清传奇的书写胜趣

明清传奇历史悠长,成就斐然,影响深广,魅力持续,迄今仍然有不少经典作品搬演于舞台之上。从国学视域来看,明清传奇承前启后,博采众长,乃集中

---

① 焦循:《剧说》,《中国古典戏曲论著集成》(八),中国戏剧出版社1959年版,第186页。

华民族传统艺术之大成，成为最能体现中华民族传统综合艺术的结晶。明清传奇继承并超越南曲戏文，吸纳北曲杂剧，创造性地建构自我艺术本体，书写胜趣彰显了其身份地位的诸多重要方面，也是人们获得戏曲身份认同的重要窗口。

"传奇"之名由来已久。笼统地说，唐代，人称小说为传奇；宋代，人称平话、诸宫调为传奇；元代，人称杂剧为传奇；明代，传奇成为不包括杂剧在内的"中长篇戏剧的总称"①，成为明清两代的主要戏曲类型。具体地说，历代对"传奇"的界定和身份认同还有些许区别。例如，着眼于文学体裁，如杨恩寿云："小说起于宋仁宗时，承平已久，国家闲暇，日进一奇怪之事以娱之，名曰'小说'；今之小说，则记载矣。裴铏著小说，多奇异可以传示，故号传奇；今之传奇，则曲本矣。"②这是区别戏曲与小说的不同。赵景深云："南戏到了明代嘉靖年间更加发达了，但它的名字也改称传奇。"③江巨荣说："传奇是一个多义、多变的文学概念。其始专称'作意好奇'的唐人小说，宋元以降，无论诸宫调、杂剧、南戏，都因擅于编述故事、衍绎奇行异闻，也分别被称为传奇。明清传奇则是南曲系统剧本的总称，它包括明清两代多声腔的南曲剧本。"④这是说传奇是南戏转型之后某一种戏曲类型的专称。着眼于人物故事的奇特性与超常性，如逄明生的《〈灵宝刀〉序》云："自小说稗偏兴，而世遂多奇文、奇人、奇事，然其最毋喻于《水浒传》。而《水浒》林冲一段，为尤最。其妇奇，其婢奇，其伙类更奇，故表而出之以为传奇。不独此也。传中有府伊，有孙佛儿，不惮熏天炙手之权谋，而能昭雪无罪，又奇之奇者也。"⑤倪倬的《〈二奇缘〉小引》云："传奇，纪异之书也。无奇不传，无传不奇。"⑥削仙的《〈鹦鹉洲〉序》云："传奇，传奇也。不过演奇事、畅奇情……《云溪友议》载韦南康二室事情甚奇，《唐语林》纪薛涛亦奇。先生（陈

---

① 赵庆元：《中国古代戏曲史论》，安徽人民出版社2002年版，第104页。
② 杨恩寿：《词余丛话》，《中国古典戏曲论著集成》（九），中国戏剧出版社1959年版，第281页。
③ 赵景深：《中国戏曲丛谈》，齐鲁书社1986年版，第7页。
④ 江巨荣：《古代戏曲思想艺术论》，学林出版社1995年版，第23页。
⑤ 蔡毅：《中国古典戏曲序跋汇编》，齐鲁书社1989年版，第1275页。
⑥ 同上书，第1383页。

与郊）合而传之，尽本事中人，人尽有致，更奇。传奇哉，传奇哉！"①孔尚任的《桃花扇小识》云："传奇者，传其事之奇焉者也，事不奇则不传。"②着眼于声腔剧种的差异性与独特性，例如，王永健说："学术界对于明清传奇的诞生，迄今尚有不同的见解。流行的说法有二：一以高明的《琵琶记》为分界，经文人创作或改编的戏文称为传奇；二把梁辰鱼《浣纱记》以后主要为昆曲创作的戏文称为传奇。……在笔者看来，传奇的诞生，是与明代中叶革新后的昆山腔新声是紧相联系在一起的。"③着眼于宗教文化，如成锡田在《序〈新西厢记〉》中对传奇的发生颇有新见，曰："昔虎丘生公竖佛说法，相传顽石点头。世间懵懂憨生，沉迷色界欲海，虽大法王千棒万喝，亦不知回头是岸，真顽石之不若矣。于是有大智慧者另寻方便法门，为众生警聋振瞆，逢场作戏，现身说法，此传奇之所由来也。"④着眼于戏曲音乐曲式的别称。例如，吴镐的《红楼梦散套》中的"散套"实为传奇的异名。关于"传奇"的名称辨析，郭英德在《明清传奇综录》和《明清传奇史》中、廖奔和刘彦君在《中国戏剧的蜕变》中等均有详细阐释，恕不赘述。上述认知差别表明，明清传奇的书写胜趣体现是多方面的，以至于人们对明清传奇的审美价值和身份认同取向也是多方面的。

关于剧目数量，傅惜华的《明代传奇全目》著录明代传奇作品950部。傅惜华的《清代传奇全目·例言》云："本编所著录清代作家有姓名可考者之传奇作品，计1004种；无名氏之传奇作品，计599种；共1603种（存疑目、简目之作品未计）。"⑤可惜此书至今尚未公开出版。许金榜的《中国戏曲文学史》认为清代传奇存目约在1500部以上。杨世祥的《中国戏曲简史》认为明清传奇总数约2600部。江巨荣说："明清传奇有二千五六百部。"⑥王永健的《中国戏剧文学的瑰宝——明清传奇》说："据不完全的统计，有姓名和笔名的明清传奇作家，共有四百三十四人，他们共创作了一千八百九十五部传奇作品；无名氏作家的传奇作

---

① 蔡毅：《中国古典戏曲序跋汇编》，齐鲁书社1989年版，第1275页。
② 孔尚任：《桃花扇》，人民文学出版社1959年版，第3页。
③ 王永健：《中国戏剧文学的瑰宝——明清传奇》，江苏教育出版社1989年版，第1页。
④ 蔡毅：《中国古典戏曲序跋汇编》，齐鲁书社1989年版，第2229页。
⑤ 刘效民：《记傅惜华〈清代传奇全目〉手稿残页》，《文献季刊》2002年第2期。
⑥ 江巨荣：《古代戏曲思想艺术论》，学林出版社1995年版，第12页。

品，也在一千部之上。"① 由此可见，明清传奇数量众多，妆点了明清传奇一派发展繁荣的景象，被后世誉为代表中国古代戏曲第二个黄金期当之无愧。

明清传奇的书写在前人和同时代人戏曲创作的基础上继承光大，所建构自我艺术本体的胜趣异彩纷呈。从思想内容来看，元末明初，《荆》《刘》《拜》《杀》和《琵琶记》的问世，是元北曲杂剧时代向明南曲传奇时代转变的标志。明代前期，传奇作品主要是宣扬封建道德之作，如邱濬的《五伦全备记》、邵璨的《香囊记》等。明代中叶，王阳明的"心学"为解构束缚文人士子的意识形态桎梏、促进思想解放、激发艺术创新、推动戏曲发展发挥了重要作用。此后，传奇作品大量涌现，内容广泛深入地触及时代、政治、历史和人生，如《浣纱记》《宝剑记》《鸣凤记》等，书写胜趣亦层出不穷，影响直至清代。明代晚期，产生了代表明代传奇思想艺术特色的一批作品，如"临川四梦"等，吴梅《〈红梨记〉跋》评价徐复祚的《红梨记》说："此记谱赵伯畴谢素秋事，颇称奇艳，明曲中上乘之作也。……传奇诸作，大抵言一家离合之情，独此记家国兴衰，备陈始末，洵为词家异军。"② 与此同时，传奇领域也出现了疏远实际、脱离舞台、追求曲词华美、崇尚古雅用典的不良创作倾向，如《玉玦记》《玉合记》《明珠记》《红拂记》等。

清代初年，由明入清的剧作家往往流露出故国之思和怀才不遇的情绪，如吴伟业的《秣陵春》、尤侗的《钧天乐》等。以李玉为代表的苏州派作品充分体现了反映市民百姓生活的现实主义精神。李渔的《笠翁十种曲》以才子佳人的刻画和道学风流的笔趣，轻松而巧妙地揭开了人情世故的温文尔雅面纱。洪昇的《长生殿》和孔尚任的《桃花扇》是人们普遍认同的清代最优秀的两部作品，成为清代传奇的压卷之作，对此，包世臣给予高度评价，云："近世传奇，以《桃花扇》为最。……其文词清丽，结构奇纵。其旨在明清兴亡，……实非苟然而作。"③ 清代中叶及以后，统治阶级对思想文化的控制日趋严厉，以昆曲为代表的传奇开始走下坡路，比较重要的剧作家只有万树、蒋士铨、唐英、沈起凤等寥寥几人；蒋士铨的《冬青树》、黄图珌的《雷锋塔》等得到人们的普遍称许，此外，多数作品的思想性明显不及清初。在宫廷连台本大戏大量出现的同时，随着崇雅的文人剧逐渐

---

① 王永健：《中国戏剧文学的瑰宝——明清传奇》，江苏教育出版社1989年版，第1页。
② 蔡毅：《中国古典戏曲序跋汇编》，齐鲁书社1989年版，第1292页。
③ 包世臣：《艺舟双楫》，商务印书馆1929年版，第39页。

走向衰落，花部乱弹地方戏迅速发展起来，填补着传奇退出戏曲主要舞台的艺术空白。道光年间，京剧正式形成，成为众多地方声腔剧种中的佼佼者，以及后世誉为"国剧"的代表，标志着中国古代戏曲发展的一个新时代的来临。晚清时期，社会的巨大变动和民族的存亡危机在传奇创作中得到现实主义的描叙，如浴日生的《海国英雄》书写郑成功的事迹，但是，总体上是思想性上乘而艺术性不足，时事性感人而戏剧性欠佳，脱离舞台实际，流于案头宣传，从而结束了传奇的艺术生命，传奇的书写胜趣也成为强弩之末，无力回天。

明清传奇的书写胜趣铸就了中国古代戏曲史之再度辉煌，究其原因之一，是与大多数剧作家尊享文人士大夫身份地位和参与创作分不开的。例如，明代的邱濬是著名的思想家、史学家、政治家、经济学家和文学家，孝宗朱祐樘御赐邱濬为"理学名臣"，古今史学界赞誉邱濬为"有明一代文臣之宗"；事奉景泰、天顺、成化、弘治四朝皇帝，先后担任翰林院编修、侍讲学士、翰林院学士、国子监祭酒、礼部尚书、文渊阁大学士等朝廷要职，弘治七年（1494）晋升任户部尚书兼武英殿大学士，所撰《五伦全备记》开传奇维护封建伦理道德之"道学风"先声。郑若庸出生于书香门第，为诸生，古文辞赋功底深厚，以诗词赋入戏曲，以时文法写传奇，吕天成评价郑若庸所撰《玉玦记》"典雅工丽，可咏可歌，开后人骈绮一派"①。汤显祖，34岁中进士，历任太常寺博士、詹事府主簿、礼部祠祭司主事、徐闻典史、遂昌县知县等职，所撰《牡丹亭》标志着明代传奇的最高成就。沈璟，万历二年（1574）进士，曾任兵部职方司主事，吏部验封司员外郎、吏部行人司司正、光禄寺丞、顺天乡试同考官等职，所编纂的《南九宫十三调曲谱》为规范传奇的声腔格律做出了重要贡献。清代的孔尚任曾任国子监博士、户部主事、户部广东司员外郎等职，以《桃花扇》著称于世；洪昇，生于世宦之家，康熙七年（1668）北京国子监肄业，以《长生殿》与孔尚任并膺"南洪北孔"之荣。在文人士大夫纷纷介入传奇创作的潮流中，一些才女也参与到传奇创作的队伍当中，为明清传奇的书写胜趣独树一帜，如焦循云："钱塘女史梁夷素，字孟昭，工诗画，尝作《相思砚》传奇行世。钱御史石城《芙蓉峡》传奇，亦其夫人林亚清作。……

---

① 吕天成：《曲品》，《中国古典戏曲论著集成》（六），中国戏剧出版社1959年版，第232页。

闺媛填传奇，古人所少。长安女史王筠，幼阅书，以身列巾帼为恨。尝撰《繁华梦》传奇，自抒胸臆。以女人王氏登场生于二齣始出，亦变例也。"①梁廷枬云："女道士姜玉洁作《鉴中天》，此又方外而兼闺秀者。"②在封建社会男尊女卑的文化环境里，闺秀撰写戏曲突破了封建思想桎梏的限制，本质上体现了女性剧作家男女平等、人性解放、身份张扬、自我认同的审美文化潜意识，实际上也是为男性剧作家传奇的书写胜趣众星捧月，锦上添花。

从文学体制来看，南曲戏文向传奇转型发轫于明代成化年间，传奇定型则在万历年间。文人士大夫剧作家从整理、改编宋元明初的南戏入手，吸取北曲杂剧的优点，逐渐建构起篇幅较长、一本两卷、分出标目、副末开场、有下场诗等规范化的传奇文学结构体制，进而成为后世剧作家传奇创作的圭臬，但是，其中的体制建构及结果并非整齐划一，明清传奇的文学书写常常有溢出体制的现象，变革胜趣表现是多种多样的，时常令人刮目相看。

例如，关于篇幅，为了适应故事情节丰富、复杂、曲折、离奇的特点，明清传奇长篇巨帙，汤显祖的《牡丹亭》有55出，洪昇的《长生殿》有50出；王懋昭的《三星圆》共4集104出，除了宫廷大戏之外，是篇幅最长的一部传奇作品。较短的传奇有袁于令的《长生乐》计14出，刘竹斋的《花里钟》计10出，秋绿词人的《桂香云采》计8出。就短出传奇而言，卢前的《明清戏曲史》批评道："传奇通常每部在二十出以上，清之作者，有以八出、十出或十二出为一部者。既不合于杂剧，复不谐于传奇，此未知传奇之结构者也。"③有的学者因此认为某些传奇与南曲杂剧有时候彼此难以区别是有道理的。传奇的出数往往以偶数为准，但是，茫父撰沈自晋《一种情》之《补目按语》云："传奇旧例，目录多是偶数，此本独三十一出，奇数。特见殆由乐人以意增减，故不能合也。然如下卷选场，在本卷中，无关序目处，教坊随例搬演，原本应在必省之列，除去此出，仍三十出

---

① 焦循：《剧说》，《中国古典戏曲论著集成》（八），中国戏剧出版社1959年版，第159—196页。

② 梁廷枬：《曲话》，《中国古典戏曲论著集成》（八），中国戏剧出版社1959年版，第249页。

③ 卢前：《卢前曲学四种》，中华书局2006年版，第36页。

也。"① 这说明剧作家的案头文学剧本和演员的舞台演出剧本在出数上有时是不一致的，究其原因，乃卢前的《楚凤烈传奇》卷首《例言》所云："传奇惯例，以二十出或四十出为准。但梨园搬演，每多删节。"② 由此可见，演员的舞台演出剧本往往能够使案头文学剧本书写胜趣更加切合戏曲搬演的实际，从而大大增强了案头文学剧本书写胜趣的实用价值和审美效果。

关于出目，明清传奇既划分出又书写出目。明代，孙钟龄创作的《东郭记》计44出，出目全用《孟子》语录，最少1字，最多13字，参差不齐，殊异破格，传统文化中的明道、征圣、宗经的观念移植于戏曲身份认同意识显而易见。对此，吴梅的《〈东郭记〉跋》云："此记总四十四出，以孟子全部演之，为歌场特开生面。……出目皆取《孟子》语，其意不出'富贵利达'一句，盖骂世词也。"③ 梁廷楠认为传奇创作当中有一种变体的特殊情况存在，云："明曲出目多四字，国朝多二字。惟《东郭记》皆用《孟子》语为之；《玉镜台》则或二字，或三四字，参差不一，盖变例也。"④ 此外，卢前的《明清戏曲史》亦认同并且举例云："出目，明人或用四字，或用二字，惟《荷花荡》用三字，《醉乡记》用五字，《玉镜台》字数无定，非常例也。如《西楼记》用训诂语，'群嗑'二字，在传奇亦不多见。"⑤ 明清传奇描写佛道隐士生活的作品比较少，文人化的倾向也很突出，徐霜的《柳仙记》、丁耀亢的《赤松游》）等作品写有道教内容，成就不是很高，影响甚微。屠隆是著名的佛学家，所创作的三部传奇《昙花记》《修文记》和《彩毫记》都是宗教剧，是宗教信仰的自我身份认同和艺术表现。尤其是释智达撰《净土传灯归元镜》，为了与世俗戏曲相区别，《规约》特意申明："此录不曰传奇，而曰实录，不曰出而曰分者，以此中皆真谛，非与俗戏等故别之。……此录，分四十二分，取《华严经》四十二字母之义。其中曲白皆本藏经语录。演法者，切勿以私心臆

---

① 蔡毅：《中国古典戏曲序跋汇编》，齐鲁书社1989年版，第1297页。
② 卢前：《楚凤烈传奇》卷首《例言》，民国二十八年朴园巾箱刊本。
③ 蔡毅：《中国古典戏曲序跋汇编》，齐鲁书社1989年版，第1336页。
④ 梁廷楠：《曲话》，《中国古典戏曲论著集成》（八），中国戏剧出版社1959年版，第276页。
⑤ 卢前：《卢前曲学四种》，中华书局2006年版，第22页。

见，搀入俗语混乱佛法，后必遭报，慎之。"①这种作品体现了佛教教义在渗融传奇过程当中的异向思维和书写胜趣，甚为稀罕，特色鲜明。

关于开头，明清传奇的正戏之前一般都有"家门"。宋代，队舞表演时有"竹竿子"上场念致语或朗诵，杂剧中有引戏，话本里有入话，等等。这种情形被戏曲吸纳并进一步发展，如在南戏中，副末登场一般说明故事梗概，点明全剧主题，这一段落称之为"家门"，接着是正戏。发展到传奇时，"家门"有了各种各样的异名，虽不统一规范，但也不乏命名胜趣，如开场、开演、开宗、提宗、叙传、首引、标目、家门始末、家门始终、开场家门、副末开场、敷演家门、本传开宗、传奇纲领等，名目繁多，饶有趣味。其中，"副末开场"及性质获得人们的普遍认同，与"家门"概念及其所指相通，成为明清传奇文学结构程式化的表现形式之一。当然，也有例外，如孔尚任的《桃花扇》别出心裁，在措辞上将第一出"副末开场"书写成"试一出"，第二出正戏则书写为"第一出"。这种书写超越常规，标新立异，亦是胜趣卓然的体现之一。

关于结尾，所谓"十部传奇九相思"也，剧终才子佳人皆大欢喜的大团圆结局，是明清传奇文学结构程式化的普遍表现形式。但是，孔尚任的《桃花扇》结尾是侯方域与李香君双双入道，打破了才子佳人大团圆的传统书写模式。而且，在全剧故事情节于第四十出结束之后，孔尚任又添加了《续四十出·余韵》，在书写上也突破了传奇文学结构的常规形式，颇为新颖独特。当然，需要指出的是，这种悲剧性结尾、续出与才子佳人大团圆结局、大收煞相悖的形式，是孔尚任强烈的民族思想感情与身份认同意识使然。孔尚任灌注《桃花扇》的创作意图，以及作品选取的重大历史题材，作品故事情节发展的必然逻辑，都超越了以往任何一部悲剧的性质与书写，致使《桃花扇》呈现了诸多特异之处，书写胜趣从此可窥一斑而见全豹。

关于下场诗，明清传奇的下场诗又称为"收场诗""落场诗"，一般在每一出的末尾用七言四句的韵语写明，也有采用五言或六言四句的韵语形式等。明清传奇既分出又有出目，所以不吸纳南曲戏文开头的题目，也改变了北曲杂剧末尾的题目正名，在传奇里，南曲戏文的题目、元北曲杂剧的题目正名变成了每一出末

---

① 蔡毅：《中国古典戏曲序跋汇编》，齐鲁书社1989年版，第1419—1420页。

的下场诗，如陆采的《明珠记》第二出《赴京》的下场诗为："下马停车日已斜，故乡回首碧云遮。离愁最是关心处，风叶萧萧噪暝鸦。"① 这一类下场诗的作者为剧作家本人。传奇里的下场诗有一类写法被人称之为"集句"。所谓"集句"，就是挑选收集古人诗词中现成的句子作为下场诗之用。在诗歌领域里，开集句之风气者首推王安石，沈括说："(王)荆公始为集句诗，多者至百韵，皆集合前人之句，语意对偶，往往亲切过于本诗，后人稍稍有效而为者。"② 这种集句基于文字游戏的成分较多，一般与音乐体制无关。明清传奇书写也以集句的方式引用诗句组合成下场诗，而且集句之中又有一种特殊的书写方式，人称"集唐"，即每一出下场诗四句都从唐诗中采辑，如陈汝元的《金莲记》第四出《郊遇》下场诗："空门无处复无关（杨巨源），世上浮名好自闲（岑参）。借问路傍名利客（崔颢），春来江上几人还（卢纶）。"③ 汤显祖的《牡丹亭》全剧55出，除了第一出下场诗自撰、第十六出无下场诗之外，其余下场诗全部为"集唐"，内容和形式不仅与剧情故事相关，而且增强了念诵韵文的古雅经典风味，可谓胜趣盎然、余味袅袅。汤世潆的《〈东厢记〉凡例》云："金元旧曲，向无收场诗句。前明及国初诸名家乐府，每出落场，始有集唐一首，读之恰好收科，殊有妙趣。"④ 卜世臣的《〈冬青记〉凡例》云："落场诗俱是集句，止有数出独撰耳。"⑤ 当然，并非所有传奇作品的下场诗创作均采用集句的艺术形式，有的传奇作家主要还是根据思想主题与剧情表现的需要自己撰写下场诗，例如，宋廷魁的《〈介山记〉自序》云："或曰：'《牡丹亭》落场诗，未有不集唐者。《介山记》，则有集有不集，何也？'曰：'若但为优孟衣冠，何难一一集之？文固莫妙于切耳。《介山记》无论集与不集，工与不工，要皆按折命意，庶免陈言之消。'"⑥ 这表明宋廷魁对传奇下场诗的创作，以及是否采用集句的艺术形式有着高度清醒而且理性的身份认同。不过，毫无疑问，这种自撰下场诗的形式又为明清传奇的书写胜趣增添了一个别开生面的种类。

---

① 毛晋编《六十种曲》第3册，中华书局1958年版，第4页。
② 沈括：《梦溪笔谈》，中华书局2009年版，第163页。
③ 毛晋编《六十种曲》第6册，中华书局1958年版，第13页。
④ 蔡毅：《中国古典戏曲序跋汇编》，齐鲁书社1989年版，第2224页。
⑤ 同上书，第1299页。
⑥ 同上书，第1914页。

明清传奇的文学结构在很多方面借鉴并革新了北曲杂剧的文学体制,书写胜趣——赫赫在目。吕天成云:"国初演作传奇。……传奇南调。……折数多,唱必匀派。……备述一人始终,其味长。无杂剧则孰开传奇之门?非传奇则未畅杂剧之趣也。传奇既盛,杂剧寖衰,北里之管弦播而不远,南方之鼓吹簇而弥喧"①,所言为是。

例如,在楔子方面,传奇作品借鉴北曲杂剧楔子写法并改造革新,如蒋士铨的《香祖楼》上卷开头有《情旨》,然后有《楔子·情纲》,实际上是两个变相的副末开场,接下来是第一出;下卷开头有《楔子·情纪》,接下来是第十七出。上下卷界限分明,俨然两部不同的作品。

在出数方面,梁廷枏云:"番禺令仲拓菴振履卸事后,寓省垣,作《双鸳祠》八折,即别驾李亦珊事也。起伏顿挫,步武井然,惜《点谱》一折,人手太闲;《歌赛》一折,收场太重。通体八出,杂剧则太多,传奇又太少,古今曲家无此例也。"② 这表明《双鸳祠》在出数方面存在有不合传奇文学体制常规的地方。

在形式方面,沈璟尝试将北曲杂剧结构带入传奇,所创作的《博笑记》全剧共 28 出,由 10 个独立的故事组成,每一个故事占 2~4 出,取材于当时市井的传闻异事;而且,《博笑记》每结束一个故事后面都有承前启后联属的话,如第四出结尾云:"巫孝廉事演过,乜县丞登场"③,形式非常特别,颇有一点古代长篇章回小说中"要知后事如何,且听下回分解"写法的意味。对此,茗柯生的《〈博笑记〉题词》云:"今世填词度曲者,业无不奉先生所制为律。今若此记,则有特创新体,多采异闻,每一事为数出,合数出为一记,既不若杂剧之构于四折,又不若传奇之强为穿插,能使观者靡不仰面绝缨,掀髯抚掌,而心讥心讽,可叹可喜之意,又未始不寓其间,尝吾世而有无寄愁天上,埋忧地下者乎!"④ 李斗的传奇《奇酸记》演绎改编自小说《金瓶梅》的故事,情节内容有很大的变动,但是

---

① 吕天成:《曲品》,《中国古典戏曲论著集成》(六),中国戏剧出版社 1959 年版,第 209 页。

② 梁廷枏:《曲话》,《中国古典戏曲论著集成》(八),中国戏剧出版社 1959 年版,第 266 页。

③ 徐朔方辑校《沈璟集》,上海古籍出版社 1991 年版,第 711 页。

④ 蔡毅:《中国古典戏曲序跋汇编》,齐鲁书社 1989 年版,第 1208 页。

曲白仍沿用小说中的口语。剧作采用北曲杂剧的文学体制，即分四折，开头采用楔子的书写方式，但是，每折又分六出，与一般北曲杂剧和传奇都不相同，可谓有借鉴、有变化、有突破、有创新。

有趣的是，明清传奇在借鉴元北曲杂剧的同时，反过来又对明南曲杂剧产生了影响，例如，汪道昆创作的杂剧《大雅堂四种》，包括《高唐梦》《五湖游》《远山戏》《洛水悲》，一折一事，均存于《盛明杂剧》中，另创作有《唐明皇七夕长生殿》。除了《五湖游》采用南北合套之外，其余4部杂剧全部采用南曲，每折之前有传奇式的"副末开场"，后面有下场诗，不止于一人唱到底，曲词典雅非本色，毫不遵守南北曲的规范，孟瑶对此评价说："这实在是一种极新颖的写法。……无宁谓为短传奇为更合适。"① 诸如此类的书写胜趣说明，戏曲发展到明清时期，传奇与南曲杂剧相互促进，相辅相成，有的传奇与南曲杂剧浑融混合，以至于两者界限越来越模糊，实际上没有太显著的标志性区别了。

在曲白方面，明清两代是中国古代戏曲史上雅俗正式分野、双线发展、互相影响的重要时期。这种趋势体现在传奇的曲词宾白书写胜趣上，就是在郑若庸的《玉玦记》开骈俪雅化的路头之后，文人士大夫的传奇语言越来越雅化，传奇的民间通俗艺术本质属性逐渐消退。从嘉靖至万历前期，剧坛上几乎是文采派传奇作家一统天下。文采派作家以涂金缋碧抹丽为能事，以雕琢华美词藻为偏好，将文人士大夫的才情外化为斑斓璀璨的文辞，形成了典雅绮丽绚烂的传奇语言风格。这种语言风格有利于文人士大夫抒发细腻微妙的思想情感，展示婉丽幽邃的内心世界，因而成为明清传奇曲词宾白的主要审美格调。毋庸讳言，文人士大夫通过传奇曲词宾白自炫才华的成分居多，这也是传奇发展到后期呈现案头化的主要原因之一。例如，谢谠撰《四喜记》，第四出《琼英入宫》写饮酒赏春的曲白连用35个"春"字："（净）春花如绣，春鸟如簧，不饮春酒，辜负春光。且喜一家无事，同到后花园中赏玩片时，却不是好。（末）我意正欲如此，可将酒过来。【画眉笼锦堂】春染万林红，春鸟嘤嘤隔花弄。看游丝千缕，袅袅春空。金勒马春陌交驰，玉楼人春杯频送。（合）春光涌，但花下高歌，赏春欢哄。【锦堂观画序】（净）昼永，春日融融，春风冉冉，春香遍满房栊。望裏春山，一点髻螺青拥，濯

---

① 孟瑶：《中国戏曲史》第二册，传记文学出版社1979年版，第297—298页。

锦爱水暖春塘，拾翠喜芳铺春陇。（合）大家莫惜春筵醉，世事短如春梦。【黄莺穿皂袍】（占）春困钏金松，试春衣步槛东。春愁暗压双眉重，春牵意慵，春熏脸浓，春枝鬓触摇金凤。（合）娟娟戏蝶，春兰几丛。茫茫归雁，春云几重，桃花烂漫迷春洞。【皂袍罩黄莺】（丑）慢道春忧无，被春工酝酿，生满胸中。伤春倦吐绣窗绒，寻春转觉芳心动。（合）对春风，春园畅饮，和气盎春容。"① 这实在是诗情画意，春色满眼，令人目眩神迷；胜趣横溢，雅意四射，美不胜收。还有甚者，如左潢撰《兰桂仙》，吴梅的《〈兰桂仙〉跋》评价云："此剧南北词不分文质，科白处不分段落。而《婢祭》一折，用四言韵文，多至十六章，自来传奇无此格式也。"②

  当然，在传奇雅化的大背景下，有的剧作家依然坚持传奇曲白的通俗性本质。例如，明代薛近兖的《绣褥记》第20出有【红衲袄】"我未见好德人如好色"③，就直接化用了《论语·子罕》中的成句，对经典词语进行了通俗化处理。清代李渔的《笠翁十种曲》曲白通俗易懂，是对传奇语言雅化的自觉反动，历来为人所称道。沈起凤的剧作讲究情节巧合离奇，引人入胜，而且剧中市井人物、净丑脚色的宾白都是用苏州方言写成，体现了一种促进文人案头玩赏到演员场上搬演的通俗化努力。以上剧作家的所作所为确属难能可贵，对戏曲的通俗性身份认同的自觉意识不容小觑。至于有的剧作家走在通俗化的路子上，审美旨趣却在狩奇猎异，以至于作品的实际接受效果并不大，如焦循云：'武进蒋孝廉调，号竹塘，每日持《秽迹金刚咒》。咒云：'唵瓮咈必咶哇喔孤哖利摩诃钵般啰若摩诃钵啰很恨那把嗱戏吻奴汁则吻醯嘻摩尼微咭既微摩那丫栖唵暗斫夕急鸡那奴鸟深暮摩喔孤哖利咩哄吽吽泮泮泮吽吽莎诃。'万红友作《空青石》传奇，内有秽迹金刚登场，即念此咒。……此从来未有者。"④ 这种宾白令人不知所云，如坠五里云中，可见其乃有意从俗，而充其量只有所扮演的佛教僧人在舞台搬演时语音流转的听觉形式上的意义。

---

① 毛晋编《六十种曲》第 6 册，中华书局 1958 年版，第 8 页。
② 蔡毅：《中国古典戏曲序跋汇编》，齐鲁书社 1989 年版，第 2034 页。
③ 毛晋编《六十种曲》第 7 册，中华书局 1958 年版，第 56 页。
④ 焦循：《剧说》，《中国古典戏曲论著集成》（八），中国戏剧出版社 1959 年版，第 191 页。

从音乐体制来看，规范的音乐体制是明清传奇艺术本体的主要组成部分，为大多数剧作家严格遵守。传奇音乐体制以昆山腔为最，昆曲要求声腔格律谨严，是其在明清传奇"四大声腔"中脱颖而出的优势。例如，昆曲讲求宫腔调式，一出戏可以用同一个宫调的套曲，也可以转换宫调，不限用同一个宫调的曲子；曲词用韵也允许变化，如《香囊记》《牧羊记》《八义记》《焚香记》《寻亲记》《金印记》等，曲词的韵脚一般要求不同字，等等。但是，传奇曲牌联套的音乐体制对自我发展也形成了一定程度的制约，如大量的长套细曲便于演员抒发情感意趣，但不便于演员登台搬演歌唱，昆曲的声腔格律也有束缚剧作家思想感情表达的不足，所以，汤显祖的《牡丹亭》不合昆曲唱演势所必然，这也成为传奇最后走向衰落的内在体制性缺陷之一。正因为此，尝试变革或超越传奇的音乐体制成为剧作家追求艺术圆满表达、彰显个性才华的重要方面，其中也体现了传奇书写的种种胜趣。

例如，在押韵方面，梁廷枏云："《琴心记·荣返》折【红衲袄】曲'捕鱼翁错认酒家敲'，又'怎许诗人带月敲'，一曲两用敲韵。《明珠记·禁怨》折，一曲两用'怨'韵，《荆钗·堂试》折，亦一曲两用'钱'韵。"[①]这就是说曲文的韵脚同字，演唱突破了昆曲音乐体制的押韵规范。在集曲方面，宋元南曲戏文的剧本中已经有集曲的运用，而元北曲杂剧中只有《货郎担》中【九转货郎儿】一个例子，在此基础上，昆曲传奇又创造了许多集曲，同时还照顾到了音调曲情的相互配合，如【五马江儿水】一曲由【五供养】【驻马听】【江儿水】三曲集成，【山桃红】一曲由【下山虎】【小桃红】二曲集成，【朱奴戴芙蓉】由【朱奴儿】【玉芙蓉】二曲集成；又如《长生殿》中集曲的数量之多，在有的出里甚至超过了单支曲牌。这种独特的创腔方式，使得传奇音乐更加丰富多彩、谐耳美听。集曲之"集"，乃仿照前人诗歌集句之"集"而命名。集曲实质上是处理犯调的方法，北曲杂剧不允许犯调，戏曲中的犯调一般指传奇中的集曲，即在某宫调套曲内借用另一宫调曲牌的联套方法。集曲之名由清代乾隆时期内府刊刻的《新定九宫大成南北词宫谱》所确定，《九宫大成》将本曲中插入他曲牌之乐句或乐段，而形成数

---

① 梁廷枏：《曲话》，《中国古典戏曲论著集成》（八），中国戏剧出版社1959年版，第276页。

个曲牌摘句集成一曲的方法称之为"集曲",即允禄等的《南词宫谱·凡例》云:"词家标新领异,以各宫牌名汇而成曲,俗称犯调,其来旧矣。然于'犯'字之义实属何居？因更之曰'集曲'。譬如集腋以成裘,集花而酿蜜,庶几于五色成文、八风从律之旨良有合也。"①南曲杂剧仿效传奇采用集曲,可谓书写独步,但是往往不易成功,难成书写胜趣,例如,祁彪佳云:"《相送出天台》南一折,集唐律成曲,如食生物不化。"②这反过来说明集曲乃传奇独享的艺术个性、审美创造和书写胜趣,而尽管在获得诸多成功认同之余,还难以避免地存在种种美中不足的现象。

值得一提的是,弋阳腔传奇在南戏舞台搬演规则的基础上进行了创造性的加工处理,推出了"加滚"的形式,又称之为"滚调"。"滚调"包括"滚唱"和"滚白",就是在固定的曲牌格式上添加修饰性的词语,目的是用以解释曲词、烘托情绪,增强搬演歌唱念白的艺术感染力。其剧本面貌最早见于明万历元年(1573)刊刻的《词林一枝》,称为"海内时尚滚调",此后的《玉谷调簧》《摘锦奇音》《万曲明春》也收录了加滚的弋阳腔传奇剧本选出。弋阳腔的"加滚"是对传奇曲牌联套体制的突破,是传奇的自我创造和艺术革新,在传奇音乐体制上大大增强了曲白的唱念表现力、搬演感染力和艺术生命力,成为明清传奇中的一大类型,即弋阳腔传奇独一无二、别具一格的显著艺术身份标志。明代叶宪祖的传奇《鸾鎞记》第22出有丑角扮举子搬演弋阳腔,道:"(丑)他们都是昆山腔板,觉道冷静,生员将【驻云飞】带些滚调在内,带做带唱何如？(末)你且念来看。(丑唱弋阳腔带做介)【前腔】懊恨儿天。(末)怎么儿天？(丑)天者夫也,辜负我多情。(重唱)鲍四弦。孔圣人书云:'伤人乎？不问马。'那朱文公解得好,说是贵人贱畜。如今我的官人将妾换马,却是贵畜贱人了。他把《论语》来翻变,畜贵到将人贱。嗟！怪得你好心偏。记得古人有言:'槽边生口枕边妻,昼夜轮流一样骑'。若把这妈换那马,怕君暗里折便宜。为甚么舍着婵娟,换着金鞯,要骑到三边,扫尽胡羶,标写在燕然,图画在凌烟。全不念一马一鞍,一马一鞍,曾发下深深愿。如今把马牵到我家来,把我抬到他家去呵,教我满面羞惭怎向前。唉！且抱琵琶过别船。(末笑介)好一篇弋阳,文字虽欠大雅,倒也闹热可喜。左

---

① 允禄等:《新定九宫大成南北词宫谱》,乾隆十一年殿刊朱墨套印本。
② 祁彪佳:《远山堂剧品》,《中国古典戏曲论著集成》(六),中国戏剧出版社1959年版,第195页。

右开门,放举子出去。(众应介)。"①叶宪祖以丑角演唱弋阳腔,透露出文人士大夫对弋阳腔戏曲的鄙夷,但是,也客观地反映了弋阳腔已经渗融到文人士大夫的昆曲书写生活当中去了,艺术魅力之影响随处可见。

在舞台体制方面,传奇在遵循"江湖十二色"的基础上,对搬演的脚色书写也有创造革新。例如:孔尚任的《桃花扇》中的老赞礼在卷首中发挥了一般传奇中副末的脚色作用,在《哄丁》《孤吟》《栖真》《入道》《余韵》等出又以剧中人物身份出现,摆脱了一般传奇的窠臼。卜世臣的《〈冬青记〉凡例》云:"近世登场,大率九人。此记增一小旦、一小丑。然小旦不与贴同上,小丑不与丑同上,以人众则分派,人少则相兼,便于搬演。"②王世贞的《鸣凤记》出现两生两旦,李玉的《清忠谱》扮生的周顺昌、扮旦的周妻没有贯穿全剧,与一般传奇舞台体制不合。焦循云:"栋翁《七子缘》传奇,亦名《诗缘记》,关白甚整。通部不用旦色,自是高手。"③洪炳文撰《〈警黄钟〉例言》云:"梨园中本有正旦名目,而传奇则无之。曰旦者,即正旦也。兹编派旦脚过多,因另加正字以别之。曰旦者,即俗称当家旦是也。又有武旦名目,传奇亦无有,以无所分别,特加武字,以别于他旦。盖舍传奇而从梨园名目,以便于派脚色也。"④由此可见,剧作家在脚色搬演方面的创新大大丰富了传奇的书写胜趣。

第五节　花部乱弹的书写拓新

花部是相对于雅部而言的,人们称文人士大夫创作的昆曲为雅部,称昆曲之外的其他地方戏声腔剧种为花部。关于"花部乱弹",明代不少地方戏声腔剧种已

---

① 毛晋编《六十种曲》第 6 册,中华书局 1958 年版,第 54 页。
② 蔡毅:《中国古典戏曲序跋汇编》,齐鲁书社 1989 年版,第 1299 页。
③ 焦循:《剧说》,《中国古典戏曲论著集成》(八),中国戏剧出版社 1959 年版,第 133 页。
④ 蔡毅:《中国古典戏曲序跋汇编》,齐鲁书社 1989 年版,第 2495 页。

经产生；清代李斗云："两淮盐务例蓄'花''雅'两部以备大戏。雅部即昆山腔。花部为京腔、秦腔、弋阳腔、梆子腔、罗罗腔、二簧调，统谓之乱弹。"[①]这就是说，"花部"和"乱弹"实同名异。姚燮引《金坛残泪记》云："乱弹，即'弋阳腔'，南方又谓之'下江调'。谓'甘肃调'为'西皮调'。"[②]姚燮对"乱弹"的解释与李斗大同小异，两人列举难全，并没有本质上的差别

中国古代戏曲有"南昆、北弋、东柳、西梆"四大流派的说法。这是对明清传奇和花部乱弹地方戏的扼要概括，"昆"即昆山腔，"弋"即弋阳腔，"柳"即柳子戏，"梆"即梆子腔。从国学视域来看，清代是中国古代戏曲发展进一步完善的时期，其间，花部乱弹发展迅速，各地方戏声腔剧种品类齐全，小戏、大戏逐步成熟，渐成系统，直至后世称之为"国剧"代表的京剧诞生问世，形成了中国古代戏曲的第三个发展繁荣的黄金时期。清代康熙中叶以前，昆曲在戏曲舞台上占主导地位；之后，花部乱弹的兴盛使中国古代戏曲类型超越了相对单一的昆曲一统天下的局面，在满足社会各阶层人们更加广泛多样的审美文化需求的意义上，绽现了一派花团锦簇、美不胜收的景象，开拓了中国古代戏曲深入人心、影响深远的审美新境界，其顽强而持久的搬演雄居城乡舞台，艺术魅力光芒四射，为广大市民百姓喜闻乐见，扮戏、看戏、听戏、聊戏成为广大市民百姓娱乐消遣的主要内容。迄今为止，曾经被称之为花部乱弹的各地方戏声腔剧种仍然活跃在城乡戏曲舞台上，是人们实现戏曲身份认同的主要对象。

中国古代文学艺术历来有雅俗的分野甚至对立，明清各种地方戏声腔剧种被称为"花部"，与以昆曲为代表的"雅部"对称，本质上是有史以来雅俗两种审美追求的体现，是身份认同的立场取向在戏曲领域的反映。整体来看，古代戏曲"雅俗"之概念与"花雅"之概念在内涵上大部分是重合的，所不同的地方主要体现在，"俗"更多是侧重指曲白的文学语言浅显明白、通俗易懂，"花"更多是侧重指声腔的音乐语言多种多样、喧闹激越，而花部乱弹的音乐语言书写拓新在很大程度上与文学语言的书写拓新同步，两者融为一体，唇齿相依，密切关联。

花部乱弹的书写拓新在内容上表现为剧目来源多元化。花部乱弹地方戏的民

---

① 李斗：《扬州画舫录》，中华书局1980年版，第107页。
② 姚燮：《今乐考证》，《中国古典戏曲论著集成》（十），中国戏剧出版社1959年版，第20页。

间艺人作剧重在浅俗有趣，故事内容不像文人士大夫创作传奇、杂剧那样精细繁复。花部乱弹地方戏及后来的京剧所搬演的剧目，主要来自三个方面：一是从民间故事传说中取材，如湖南花鼓戏《刘海砍樵》等；二是改编原来用南曲演唱的传奇、杂剧的剧目，如淮剧《官禁民灯》据徐渭的杂剧《歌代啸》第四折改写等；三是改编《三国演义》《隋唐演义》《水浒传》《杨家将》等各种通俗小说中的故事，如京剧《四郎探母》改写自《杨家将》等。

花部乱弹的书写拓新在技术上有赖于印刷业的发展。清代戏曲刻书继明而盛，虽然坊刻剧本不及明代繁多，但是，官刻与私刻的曲谱、曲选、汇刻等却空前繁富，而且在图书印制质量方面亦非前代所能企及。随着花部乱弹的兴起，各地方戏的坊刻脚本、唱本应运而生。这些民间剧本虽然制作简易粗糙，却很经济实用，有其广泛的销售市场，而且有利于花部乱弹地方戏的相互借鉴、传播接受。当然，总体来看，花部乱弹地方戏剧本的借鉴流传，主要还是依靠师徒口授和手录抄写，不易长期保存和传播，而极易散佚和失传。据廖奔不完全统计，明代的花部乱弹剧目主要收录在《群英类选》《远山堂曲品》等中，计143部；清代的花部乱弹剧目主要收录在《意山堂集》《南曲指谱》《高腔戏目录》《扬州画舫录》《消寒新咏》《剧说》《燕兰小谱》《金台残泪记》《都门记略》《菊部群英》《京剧剧目辞典》《中国梆子戏剧目大辞典》等中，加上1962年福建省发现清代莆仙戏剧目5001部等，总计15000余部。① 实际上，剧目数量远远不止这些，仅据《江西戏曲志》而言，其著录清代弋阳腔《饶河高腔十八本》，宜黄腔整本戏75部、单折戏182部，等等。② 明清时期，花部乱弹不为文人士大夫所重视，虽然剧目数量非常多，远远超过宋元明清的传奇和杂剧的剧目数量，但是，几乎没有人为这些作品做专门的叙录工作，因此造成了后人整理研究花部乱弹地方戏的很大困难。

花部乱弹地方戏的剧作家身处社会底层，剧本往往由民间艺人、戏班班主或集体加工创作，文人涉足花部乱弹地方戏创作的很少，故而剧作家名不见经传，绝大多数乃无名氏是一个普遍的现象。花部乱弹由于剧作家的缺乏，以及编剧水平的不高，因此，很少有反映现实生活主题和时代思想潮流的杰作问世，并且绝

---

① 廖奔:《中华文化通史·戏曲志》，上海人民出版社1998年版，第125—131页。
② 流沙主编《中国戏曲志·江西戏曲志》，中国ISBN中心1998年版，第174页。

大多数作品难以成就为名不虚传的艺术经典，以至于在中国古代戏曲史上难觅代表花部乱弹剧本创作水平的优秀剧作家的姓名。花部乱弹地方戏的剧本故事内容比较复杂，既有书写"唐三千，宋八百，演不完的三列国"的帝王将相戏、公案戏、绿林戏，也有反映社会底层普通市民百姓日常生活和思想感情的婚恋戏、家庭伦理戏及佛道鬼神戏等。即使偶尔有一些署名之作，也难免附庸风雅，显示了个别剧作家迫于封建制度文化环境的压力，在戏曲身份认同上掩丑藏拙的不自信心理，例如，高树蔚的《〈思子轩传奇〉自序》云："少时观泸州梨园曲本，有【山坡羊】【懒画眉】等小词，伶人拍板唱之，则高腔也。又观《抢繖》一出，率皆词曲增减，立台下听之，亦高腔也。恍然悟，高腔顺乎天籁，非必如词曲家之按谱填词，而音调常合乎词曲。甚有整调可入高腔者，亦有断乎不可入高腔者，唯蜀中老曲师能辨之。壬寅，砚儿殇，演数出以寄哀思。侄孙辈抄录，毁于兵火。近年拾得残稿，手录付石印。不曰高腔，而曰传奇者，藉小说之美名以掩丑云。"①这种创作意识主观上表达了对花部乱弹地方戏的身份认同，而客观上明显地偏离了戏曲身份认同的正轨。

中国古代戏曲发展到清代花部乱弹阶段，剧本的文学性难以超越明清传奇精美典雅的高度，第一流的剧作家几乎没有，文学性受到的关注很少，文学性明显弱化而表演性明显强化的突出结果是，杰出的戏曲表演艺术家不断涌现，传统的"案头"与"场上"之争的天平明显地向"场上"这一边倾斜。概括地来讲，包括京剧在内的花部乱弹地方戏，最大的特点就是演员追求色艺第一，舞台搬演与唱腔的技巧性、艺术性发展达到近乎炉火纯青的程度。以舞台搬演赢得广大市民百姓的戏曲身份认同和审美文化接受，正是花部乱弹地方戏，尤其是京剧扬长避短，最终独领有清一代戏曲风骚的根本原因。这种戏曲歌舞表演的全面发展与显著进步也在很大程度上弥补了以往昆曲歌舞搬演存在的种种不足，如注重文戏而轻忽武戏等，从而在前人取得诸多艺术成就的基础上，真正而全面地聚合了中国古代戏曲艺术本体的审美本质和个性特征，使中国古代戏曲作为综合艺术的凝炼与民族艺术的结晶更加名副其实，举世闻名。

于是，花部乱弹书写的拓新还表现在，从明清传奇发展到清代花部乱弹，戏

---

① 蔡毅：《中国古典戏曲序跋汇编》，齐鲁书社1989年版，第2594页。

曲的文人创作阶段宣告结束，出现了过去以剧作家与剧本文学创作为中心，向而今以演员与舞台歌舞艺术为中心的重大转型。例如，演员脚色的分类、地位、功能和作用发生了变化。中国古代戏曲脚色素有生、旦、净、丑和生、旦、净、末、丑两种分行方法，后因为不少地方戏的末已归入生行，所以习惯上把生、旦、净、丑作为行当的基本类型，每个行当各有若干分支。由于各地方戏发展历史不同，反映生活领域的广狭角度不同，以及演员的不同创造等种种原因，在行当分支的层次和名目上又有繁简、粗细之别。其中，汉剧和粤剧分一末、二净、三生、四旦、五丑、六外、七小（生）、八贴（旦）、九夫、十杂十大行；莆仙戏分正生、贴生、正旦、贴旦、靓妆（净）、丑、末七色，称"七子班"；秦腔分四种生、六种旦、两种净、加一丑行共十三行，俗称"十三头网子"；京剧和川剧等还有更加细致的分法，但是，归纳起来大体不出生、旦、净、丑的范围。在演员脚色分类、搬演分工进一步地细化的同时，传统意义上的各剧种戏班演员"脚色制"转化为"名角制"，即一人主演，出类拔萃，众星捧月，烘托映衬，自觉打造某一演员在剧种戏班中的显赫名声和突出地位，以便获取戏曲观众的身份认同和捧场喝彩，以扩大剧种戏班的艺术品牌和社会影响。这种"名角制"的书写拓新，既是一种夯实戏曲艺术本体、扩大戏曲艺术社会影响的发展途径，也是一种促进戏曲观众身份认同、获得观众欣赏缠头馈赠的谋生手段。清代，花部乱弹地方戏名角各有所长，有的擅长唱，有的擅长白，有的擅长做，有的擅长打，形成了以观众爱好为自我角色追求的身份认同定位机制，折子戏的大量出现，正是这种角色身份认同定位机制带来的必然结果。当花部乱弹地方戏出现众多善唱、善白、善做、善打的名角时，昆曲舞台只有拱手让出自己的部分地盘，有些昆剧演员甚至投入花部乱弹改行兼业。在花部乱弹地方戏班社中，名角与其他演员呈现等级森严的金字塔结构，这种情形和体制在京剧中最具典型性、代表性。1921年，上海中外书局出版顾曲周郎著《男女名伶小史》（又名《最近100名伶小史》）一册，以传记的书写形式简要地介绍了包括京剧奠基人程长庚在内的京剧界名角100人，勾勒了京剧名角制在清代形成的大致轮廓和个性特征，成为清代京剧名角制书写拓新向现代人展示的一个全面缩影。

花部乱弹的书写拓新还表现在地方戏形成发展的源流不同。花部乱弹地方戏的形成主要有两个路径，一是由南曲戏文基础上的弋阳腔发展融合而来，二是由乡村田园的民间歌舞、民歌说唱转换为舞台故事搬演而来。

就由南曲戏文基础上的弋阳腔发展融合而言，弋阳腔是南曲戏文在江西弋阳发生的地方声腔，最迟在元代后期已经出现。明代成化、正德年间，一直在民间流传的南曲戏文逐渐发展成了以余姚腔、海盐腔、余姚腔和昆山腔为代表的传奇"四大声腔"，标志着南曲戏文这种民间戏曲的兴盛，逐渐代替了北曲杂剧而居于戏曲舞台的统治地位。明代传奇在发展过程当中，文人士大夫将昆山腔改造成了雅音，中叶以后在城邑戏曲舞台的红氍毹上表现得非常活跃；而弋阳腔一直受到文人士大夫的冷漠轻视，没有文人士大夫参与艺术改造，只能在乡村集镇的庙宇草台上流布于世，余姚腔、海盐腔则逐渐消亡。因而，昆山腔和弋阳腔成为明清传奇最有代表性的两种唱腔，一在朝、一在野，一在城、一在乡，一尚雅、一尚俗，两分天下戏坛而各居其一，整体局面上构成一种两相对称的艺术互补关系。

明代万历年间以后，昆山腔成为"官腔"，如胡文焕编的《群英类选》26卷，为明代最大的一部戏曲选本，其中列昆山腔为"官腔"；而其他南曲戏文声腔如弋阳腔被视为"杂调"，如祁彪佳的《远山堂曲品》"杂调"部分收40多部作品；从而传奇剧本的两种身份认同和审美选择就被自觉地区别开来。此后，文人传奇一般都是为昆山腔演唱而创作的，其他诸腔作品则由民间剧作家创作或改编，结果据弋阳腔融合当地的民间声腔"加滚"演唱的作品，有很大一部分归属于花部乱弹地方戏。据史料记载，明清两代，弋阳腔遍布江西、广东、湖南、四川、湖北、山西、陕西、山东、河南、云南、贵州、安徽、浙江、江苏、福建、北京等地，在乡村集镇有广泛的群众基础。清代乾隆年间，弋阳腔在当地群众的欣赏习惯影响下演变成诸多地方性声腔，这些声腔的共同特点就是融入了高腔。李调元说："'弋腔'始弋阳，即今'高腔'，所唱皆南曲。"[①] 孟瑶说：高腔"是弋阳腔的别支，……弋阳腔传至各地，以其唱法高亢，故称高腔"[②]。何为说："高腔腔系是明代弋阳腔的后裔，明代弋阳腔后来在各地有蓬勃发展，到了清代以后形成了各

---

① 李调元：《剧话》，《中国古典戏曲论著集成》(八)，中国戏剧出版社1959年版，第46页。

② 孟瑶：《中国戏曲史》第二册，传记文学出版社1979年版，第411—412页。

地的高腔。"① 这就是说，弋阳腔的流布促进了高腔系列地方戏的诞生，例如，湖南的湘剧、祁阳戏，江西的赣剧，四川的川剧，江西、河南、湖南的青阳腔（青戏），福建的闽剧，广东的潮剧等。

就由乡村田园的民间歌舞、民歌说唱转换为舞台故事搬演而言，在昆曲或其他地方戏故事搬演的影响下，民间歌舞、民歌说唱演变而成的地方戏可分为梆子腔系列、民间歌舞系列、民歌说唱系列三种类型。

关于梆子腔系列，梆子腔在戏曲音乐上与昆曲及高腔没有渊源关系，而是有自己的起源、发展路径。祁彪佳云："南词一派，西北不传。"② 孟瑶说："梆子腔是专指秦腔而言，梆子腔是俗称，秦腔是雅称。"③ 梆子腔源于明代陕西、甘肃一带豪放激昂的民歌和说唱，其后演变发展形成陕西梆子（秦腔）、山西梆子（晋剧等）、河南梆子（豫剧）、河北梆子、山东梆子、四川梆子（弹戏）、云南丝弦腔（滇剧）等地方声腔剧种。

关于民间歌舞系列，清末以前，在民间歌舞基础上形成发展而来的地方戏，按其名称又可以分为花鼓戏、采茶戏、花灯戏和秧歌戏四种类型，而且各具鲜明的地域特征。花鼓戏主要集中在湖南、湖北，湖南的长沙花鼓戏和湖北的楚剧拥有较多的观众和较大的社会影响。采茶戏主要集中在江西，南昌采茶戏和赣南采茶戏拥有较多的观众和较大的社会影响。花灯戏主要集中于云南、贵州、四川，云南的花灯戏拥有较多的观众和较大的社会影响。作为歌舞表演的秧歌在中国北方地区广泛流行，但是，以秧歌的形式搬演故事的秧歌戏则仅限于山西、河北、陕西、内蒙古、山东等。其中，山西的晋中祁太秧歌戏、晋东南的襄武秧歌戏和泽州秧歌戏、晋北的朔县秧歌戏、繁峙秧歌戏和广灵秧歌戏，河北的定县秧歌戏和隆尧秧歌戏，陕西的陕北秧歌戏和韩城秧歌戏，拥有较多的观众和较大的影响。不过，与花鼓戏、采茶戏和花灯戏相比较，秧歌戏的戏剧化程度总体上要略逊一筹，因而也很难成就为戏曲界通常所谓"大戏"。

---

① 何为：《戏曲音乐论》，文化艺术出版社1998年版，第149页。另：海震、洛地、路应昆、刘正维等认为高腔在弋阳腔之前就已经产生，弋阳腔是高腔的一个分支。参见海震《戏曲音乐史》，文化艺术出版社2003年版，第114页。

② 祁彪佳：《中国古典戏曲论著集成》（六），中国戏剧出版社1959年版，第66页。

③ 孟瑶：《中国戏曲史》第二册，传记文学出版社1979年版，第423页。

关于民歌说唱系列，清末以前，在民歌说唱基础上形成发展而来的地方戏主要有道情戏和眉户戏。说唱道情源于唐代与道教仪式或道教内容相关的道曲，南宋时开始用渔鼓和简板等乐器伴奏，所以又称之为道情渔鼓。在说唱道情的基础上形成的道情戏主要流布于山西和陕西的北部。眉户戏是陕西的传统戏曲剧种之一，盛行于关中，在山西、河南、湖北、四川、甘肃和宁夏等部分地区也有流布。道情戏和眉户戏由于远离人口众多、商业繁荣、社会审美文化娱乐需求较大的城市，所以长期停留在小戏阶段，均未能够发展成大戏。

花部乱弹的书写拓新还有一个重要的表现就是，花部乱弹地方戏的形成方式是多种多样的。在花部乱弹的发展过程当中，各地方戏之间会互相借鉴、相互汲取、相互融通，从而再推出新的声腔剧种，形成一种纵向代际传承与发展的关系。例如，徽剧的形成不同于其他地方戏。徽剧在乾隆年间是全国最有名的地方戏，而徽剧在形成发展的过程当中，先后吸收了弋阳腔、余姚腔、昆山腔、海盐腔、秦腔的声腔、剧目和搬演艺术，融会糅合之后形成了自我艺术实体和独特搬演风格。徽剧进入北京之后又成为京剧的最主要的组成部分，从而广泛地影响了全国的地方戏。对此，蒋星煜说："徽剧的戏曲声腔是中国古典戏曲声腔的缩影。"① 京剧形成于道光年间，是在徽戏和汉戏的基础上，融合吸收了昆曲、秦腔等一些戏曲声腔剧种的优长逐渐演变而形成的，所演唱用的声腔主要是二黄、西皮，常用的声腔还有南梆子、四平调、高拨子和吹腔，以及南锣、云苏调、银纽丝、柳枝、花鼓调等民间曲调。后来京剧逐渐取代了昆曲数百年来在戏曲舞台上的统治地位，成为流行于全国的大剧种。川剧是融汇高腔、昆曲、胡琴（即皮黄）、弹戏（即梆子）和四川民间灯戏五种声腔艺术而成的剧种，为此，有的学者称之为多声腔剧种。山东柳子戏糅合了高腔、青阳腔、乱弹腔、罗罗腔、西皮调、二黄调、民间小曲等。民间歌舞类戏和民歌说唱类戏有时候也会互相融合，如淮剧就是在民间歌舞类戏和民歌说唱类戏融合，从清末苏北说唱"门弹词"和酬神的"香火戏"的基础上形成发展的结果，形成一种横向交叉关系。淮剧流行于江苏和上海，与工商业城市亲密接触融入，也是其独立书写拓新、获得完整地方戏身份地位的重要原因之一。此外，中国自古以来就是一个多民族的国家，明清时期，少数民族

---

① 蒋星煜：《中国戏曲史钩沉》，中州书画社1982年版，第81页。

地区的戏曲如藏族的藏剧、壮族的壮剧、傣族的傣剧、侗族的侗剧、布依族的布依剧、蒙古族的蒙族戏、满族的太平歌等，既有向汉族戏曲学习、借鉴、吸收和移植的一面，也有自我的形成发展源流和独特建构方式，成为中国汉族花部乱弹地方戏的血缘亲属，以及中华民族古代戏曲大家庭中的重要成员。

花部乱弹的书写拓新还表现在地方戏的曲体不同。由于花部乱弹地方戏形成发展的源流不同，导致各地方戏的曲体差别不一。这种地方戏曲体的差别主要体现为曲牌联套体和板式变化体，简称曲牌体和板腔体两种。例如，清人徐大椿云："北曲之西腔、高腔、梆子、乱弹等腔，此乃其别派，不在北曲之列。南曲之异，则有海盐、义乌、弋阳、四平、乐平、太平等腔。至明之中叶，昆腔盛行，至今守之不失。其偶唱北曲一二调，亦改为昆腔之北曲，非当时之北曲矣。此乃风气自然之变，不可勉强者也。……故可变者腔板也，不可变者口法与宫调也。苟口法宫调得其真，虽今乐犹古乐也。"①

关于曲牌体，花部乱弹地方戏的曲牌体与北曲杂剧、南曲戏文、传奇"四大声腔"一脉相承，剧种主要有湘剧、徽剧、川剧、潮剧、柳子戏、莆仙戏、淮戏、梨园戏等。曲牌体音乐结构之曲牌为南北曲音乐的最小单位。构成曲牌功能的要素有词式、乐式和套式三个方面。词式包括句数、字数、句式、平仄、四声阴阳、用韵等。乐式包括宫调、笛色、调式、节拍、板式、板数、板位、乐曲框架腔、乐句落音、乐曲结音等。套式是指若干个曲牌联结的综合体。其中，乐式最为关键，它横向与词式配合，纵向则构成套式的联结。宫调的内涵极广，它既包含所谓的调和调式，又体现一定的音乐气氛，而主要则是用于南北曲牌的分类。在套式方面，北曲杂剧是单数套式，南曲戏文和传奇是复数套式。因为北曲杂剧逐渐消亡，明清传奇的南曲曲牌体继承了南曲戏文曲牌体，吸纳并且基本覆盖了元杂剧的北曲曲牌体，加之传奇曲牌体的自我创新，所以，明清传奇曲牌体对花部乱弹地方戏的曲牌体产生了重大而直接影响。例如：湖南花鼓戏锣腔，起源于民间歌舞，基本上是曲牌联套体音乐结构。又，田仲一成说："海陆丰正字戏之中，可以看到元代杂剧的痕迹。……海陆丰正字戏是属于弋阳腔系统，接近乱弹。……

---

① 徐大椿：《乐府传声》，《中国古典戏曲论著集成》（七），中国戏剧出版社1959年版，第157—158页。

海陆丰戏之中,白字戏是继承南戏的系统而成的。"①弋阳诸腔在原曲牌以外还进行了突破拓新,加唱大段的"滚调",这种曲牌体演唱时的畅滚使之与花部乱弹曲牌体诸地方戏的关系更加紧密。

关于板腔体,花部乱弹地方戏的板腔体最早出现在梆子腔。梆子腔是对梆子腔系统的花部乱弹诸地方戏的总称,以硬木梆子击节为特色而得名。梆子腔源于明末陕西的秦腔。乾隆时期,新的戏曲音乐板腔体的诞生,对此后花部乱弹地方戏的音乐体制产生了重大影响。板腔体的基本结构单位是一个对称上下句构成的乐段,在这个乐段的基础上,通过不同的板式变化,对其音乐旋律进行变奏,使之符合戏曲情绪变化的需求。板腔体的基本板式有三眼板、一眼板、流水板、散板,表现在文体形式上主要是七个字或者十个字相对的上下句曲词。板腔体从音乐的特点入手为挖掘故事的戏剧性提供了有利条件,"过门"则加强了伴奏乐器的表现力。板腔体唱词强调注重押韵不注重平仄,只要上下两句最后一个字讲究平仄即可;演员既可以一气呵成接连歌唱数十句,又可以只歌唱十几句甚至七八句或者一两句;演员唱快板的时候吐字咬音好像珠落玉盘,唱慢板的时候则好像行云流水;既可以先唱了再念或者先念了再唱,又可以采取一般夹唱夹念的方式;除了独唱、对唱、旁唱之外,还可以用帮腔的方式来配合演员和唱。板腔体演唱的曲调比曲牌体自由,不采用填词格律,曲词是采用比较整齐的带有口语化的诗章。板腔体剧本改变了以往传奇剧本划分上下场、写出目的结构形式,而是以剧中人物的上下场为搬演结构的单位,这种从分出、分场次和分场目到不分出、不分场次和不分场目的情形,发展的方向和南曲戏文、明清传奇恰好相反。戏曲音乐上的板腔体、语言上的朗诵体和自由诗体的结合,丰富了板腔体剧作家艺术表达的手段,给情节叙事和人物抒情带来了很大方便,在辞情和声情的发挥上大大增强了剧场性的审美效果。书写拓新后的板腔体剧种主要有秦腔、豫剧、黄梅戏、楚剧、京剧等。

当然,值得一提的是,秦腔在清代中叶"花雅之争"中虽然取得胜利,但是,争强拓新结出的硕果最终却落地京剧,而秦腔自身反逐渐走向了衰落,究其原因,即补庵所云:"秦腔之衰,半由环境,半由自身。环境者皮黄孟晋。秦腔之步法较

---

① 田仲一成:《海陆丰正字戏的价值》,《文化遗产》2009年第1期。

纯，而山西之汇兑业衰落，亦一重大原因，因此又涉于金融史矣。自身之衰，在于不出人才。果有人才，未尝不可转移环境。是又不独责之秦腔矣。"①这其中的深刻教训值得后人汲取和深长反思。所幸的是，京剧集昆曲、秦腔、汉调、徽剧、罗罗腔和其他民间杂曲之优长，脱颖而出，后来居上，成为戏曲音乐板腔体的杰出代表、花部乱弹地方戏的翘楚、中国古代戏曲的"国粹"。2010 年 11 月 16 日，京剧被联合国科教文组织评选确定而列入《人类非物质文化遗产代表作名录》。这证明了花部乱弹地方戏尤其是京剧，在中国古代戏曲史上具有划时代的重要地位和里程碑式的非常意义。

花部乱弹地方戏的书写拓新还表现在，不仅个别地方戏自我发展达到了整个花部乱弹地方戏百花齐放的超前成熟，而且对明清传奇、杂剧和曲艺产生了重要影响，为他者艺术发展繁荣注入了蓬勃生机和旺盛活力。

例如，在传奇、杂剧方面，明代无名氏创作的传奇《钵中莲》除了运用昆曲的曲牌之外，还在第三出采用了【弦索玉芙蓉】、第三出采用了【山东姑娘腔】、第四出采用了【诰猖腔】、第十出采用了【四平腔】、第十四出采用了【诰猖腔】和【西秦腔二犯】、第十五出采用了【京腔】。其中，【西秦腔二犯】演唱的曲词采用的是上下句的七言体："雪上加霜见一斑，重圆镜碎料难难，顺风追赶无耽搁，不斩楼兰誓不还。"②这说明秦腔在当时或在那以前不但形成、而且已传播到了其他地方，并且进入了传奇剧作家的书写视野和作品内容。

清代，唐英的《古柏堂传奇》共 17 部，名为传奇，实有 13 部为杂剧，其中 10 部改编自当时流行的花部乱弹地方戏，即《芦花絮》《三元报》《巧换缘》《英雄报》《天缘债》《双钉案》《十字坡》《梅龙镇》《面缸笑》《梁上眼》。唐英的杂剧在形式上的一个鲜明特点就是有许多梆子腔的内容，改变了杂剧原有的唱法，如《面缸笑》根据花部《打面缸》改编、《天缘债》根据乱弹《张古董借妻》改编等，《面缸笑》虽用旧曲牌却不唱旧曲牌的腔调，而是采用昆弋合腔的唱法，并用梆子腔的七字句式演唱曲词，成为经梆子腔改造过的昆曲腔调。唐英改编花部剧作之多，在花雅争胜、昆曲盛极而衰的过程中，走出了一条向花部学习、使昆

---

① 补庵：《补庵谈戏》，中华书局 1924 年版，第 15 页。
② 孟繁树、周传家编校《明清戏曲珍本辑选》，中国戏剧出版社 1985 年版，第 66 页。

曲通俗化的道路，反过来，又对花部乱弹地方戏的提高和传播做出了贡献，卓尔不群，自成一家。蒋士铨的杂剧《西江祝嘏》包括四剧，即《康衢乐》《忉利天》《长生箓》《昇平瑞》，每剧按照北曲杂剧的形式分四折，除了采用南北曲牌之外，还杂采民间歌谣兼花部唱腔、曲牌，在《长生箓》中有【高腔驻云飞】【梆子腔】，《昇平瑞》中有【梆子腔】。尤其是《昇平瑞》中还有梆子腔戏班登台搬演《女八仙》，演员扮村夫、小儿、矮子等观众争先恐后簇拥观戏的场面，剧中的梆子腔戏班名曰"糊品班"，班头"杂"沾沾自喜地夸耀说：会演"昆腔、汉腔、弋阳、乱弹、广东摸鱼歌、山东姑娘腔、山西唠戏、河南锣戏，连福建的乌腔都会唱，江湖十八本，本本皆全"①。由此可见，蒋士铨对花部乱弹地方戏之熟悉，反之，花部乱弹地方戏对蒋士铨戏曲创作影响之深刻。

顺便说一下，在曲艺方面，清音子弟书是清代雍正、乾隆年间，八旗子弟们演唱的曲种。清音子弟书的兴起与元明清三代的戏曲大繁荣有直接的关系。清音子弟书唱词文采典雅精雕细琢，曲调分为东西两派：东调接近弋阳腔，演唱具有激昂慷慨的艺术特色；西调接近昆曲，演唱具有婉转缠绵的艺术特色。曲目内容多是根据明清两代的小说、传奇、杂剧、花部乱弹地方戏重新改编书写而成的。傅惜华在《子弟书总目·例言》中云："本目录所收的子弟书，凡四百余种，约计一千数百部之多。"②仅从标题的渊源出处来看，有些清音子弟书唱词典雅雕琢，曲调分为东西两派：东调近弋阳腔，以激昂慷慨见长；西调近昆曲，以婉转缠绵见长。子弟书的题目就直接沿袭了戏曲的题目，包括花部乱弹地方戏的题目，如子弟书的《打面缸》与花部乱弹地方戏《打面缸》字面完全相同。清代末年，清音子弟书逐渐走向衰微，其中少数作品和曲调被其他曲艺种类所吸收，京韵大鼓就是其中的一个典型例子。这也从一个侧面反映了古代戏曲对古代传统曲艺艺术的深刻影响，以及古代传统曲艺艺术家对戏曲包括花部乱弹地方戏的借鉴吸收与身份认同。

在花部乱弹的书写拓新成就日益明显的时代，有的剧作家受其影响，别出心裁，以创作不伦不类的"时剧"为自由抒发艺术个性的手段，例如，四乐斋主人

---

① 蒋士铨：《蒋士铨戏曲集》，中华书局1993年版，第763页。
② 傅惜华：《子弟书总目》，上海文艺联合出版社1954年版，第1页。

的《〈长生殿〉时剧自跋》云："《长生殿》八折，原系游戏之笔。于一切时剧、腔调或多未谐。倘有演唱者，不妨随意更改。"①"时剧"是清代流行的概念，指昆曲以外的一些用民间流行的曲调演唱的独立的短剧，像吹腔、梆子、弦索、高腔等。那些称之为"时剧"的戏曲作品，一般篇幅比较短小，题材内容比较通俗，宜于改调而歌唱之。八折《长生殿》作为"时剧"，虽然不能简单归入某一种戏曲类型，但是，它的出现说明剧作家渴望摆脱戏曲的既定书写规范制约，随心所欲地表达对社会人生的态度、艺术意涵的理解和自由个性的追求，其创造的戏曲作品表明看似另类，实际则与花部乱弹的书写拓新本质上别无二致，坦言"倘有演唱者，不妨随意更改"，本质上表达了对花部乱弹地方戏书写拓新的充分肯定和身份认同。

花部乱弹地方戏的兴盛是清代中叶出现的一个最重要最值得称道的艺术现象。花部乱弹的书写拓新获得了焦循的身份认同和充分肯定。焦循是乾嘉年间著名的经学家，同时也是当时屈指可数的戏曲理论大家，其《花部农谭》为戏曲理论史上第一部总结地方戏创作经验的专著，对当时尚处于萌生阶段的花部乱弹地方戏给予了高度评价，其理论胸襟与艺术视野可谓宽宏旷达。焦循说："梨园共尚吴音。'花部'者，其曲文俚质，共称为'乱弹'者也，乃余独好之。"②焦循对花部乱弹的喜好，一是源于焦循进步的文学史观，如反对明代的文学复古思潮，云："楚骚、汉赋、唐诗、宋词、元曲，以立一门户。而李（梦阳）、何（大复）、王（世贞）、李（攀龙）之流，乃沾沾于诗，自命复古，殊可不必者矣。夫一代有一代之所胜，舍其所胜，以就其所胜，皆寄人篱下者耳"③；二是源于焦循从小至老养成的浓厚戏曲审美兴趣，如云："余忆幼时随先子观村剧，前一日演（昆剧）《双珠·天打》，观者视之漠然。明日演（花部）《清风亭》，其始无不切齿，既而无不大快。铙鼓既歇，相视肃然，罔有戏色；归而称说，浃旬未已。彼谓花部不及昆

---

① 蔡毅：《中国古典戏曲序跋汇编》，齐鲁书社1989年版，第2545页。

② 焦循：《花部农谭》，《中国古典戏曲论著集成》（八），中国戏剧出版社1959年版，第225页。

③ 焦循：《易余龠录》，《清代学术笔记丛刊》第37册，学苑出版社木樨轩丛书本2005年影印版。

腔者，鄙夫之见也。"① 焦循的观点和立场在清代文人士大夫中间具有一定的代表性。实际上，清代最高统治者对花部乱弹既有打压的一面，也有持欣赏肯定态度的一面，尤其是后者，例如，乾隆皇帝南巡所到之处，必有歌舞表演承应，花雅戏曲供奉；巡盐御史伊龄阿奉旨于扬州设局修改戏曲等。作为封建统治者来说，青睐于戏曲自然是为了满足豪奢生活的需要，以求得感官精神上的愉悦，但是，在客观上却为戏曲的发展创造了一定的难能可贵的有利条件，也为花部乱弹地方戏艺术提供了全面、完善、丰富、展示自我的不可多得的良好契机。

---

① 焦循:《花部农谭》,《中国古典戏曲论著集成》(八),中国戏剧出版社1959年版,第229页。

第七章
理论家对戏曲本体的探赜索隐与身份认同

第一节 他者的强势与危机意识

"他者"是与"自我"相对而言的概念范畴,在中国古代戏曲领域里,确认"他者"的存在蕴涵了对"自我"存在的确证,反之亦然。在论述的语境里,从言说立场的角度来看,"自我"可以是作者、剧作家,也可以是戏曲作品,也可以是戏曲作品中的每一种类型,而"他者"作为相对"自我"而言,则除了具有"自我"的上述含义之外,还可以是超越作者、戏曲剧作家、戏曲作品、戏曲作品的其他文学艺术作家、作品和某一种类型的作品。广义的来说,但凡异己的对方都可以称之为他者。显而易见,"他者"的外延比"自我"更丰富、更宽泛。

从国学的视域来看,纵观中国古代戏曲史,"他者"与"自我"总是交织在一起,形成千丝万缕的沟通联系,"他者"是"自我"戏曲身份认同的重要参照系,"他者"与"自我"形成一定程度上的对立,而在矛盾对立的动态冲突和发展过程当中,又客观地促进了"自我"的强烈危机意识,是"自我"反醒、思考、发展、完善、提高的强大推动力,以及"自我"戏曲身份认同的强劲催化剂。"他者"与"自我"的纠葛绘就了一条古代戏曲身份认同建构、进而最终登入国学殿堂的曲线。

元北曲杂剧堪誉一代的繁盛和影响注定了其为当时人和后人关注的对象,但是,由于当时元蒙统治阶级对汉族文化艺术了解不够,上层社会文人对元北曲杂剧的思想和艺术价值的认识有限,在满足了日常娱乐欣赏消闲之余,基本上没有予以更多学术意义上的关注。例如，在《全元文》里没有关于北曲杂剧的记载和论述。至正年间左克明编的《古乐府》止于隋。《元刊杂剧三十种》为现存的元杂剧唯一当代刻本，原汁原味，可谓罕见珍品，但未有他者的评述性文字。明代万历年间臧懋循的《元曲选》对保存元北曲杂剧功不可没，但是改动较多，亦非原貌。当代隋树森的《元曲选补编》对人们了解元北曲杂剧是有益的补充，但选编出自多元，收录散见于明人各类曲选、曲谱中的杂剧异文和佚文，说明亦非原貌。总体而言，元明之际，元代文学艺术的杰出代表北曲杂剧几乎有被世人遗忘的危险。所幸的是，当时在上层社会文人心目当中雅正诗词占据强势地位的情形下，夏庭芝的《青楼集》和钟嗣成的《录鬼簿》却基于戏曲身份认同的危机意识，为人们留下了元北曲杂剧的宝贵历史资料。

夏庭芝的《青楼集》记叙了元代100余名戏曲演员、曲艺演员、作家等的生活片段，夏庭芝的志及朱经的序、张择的序、朱武的跋对元北曲杂剧来说，集中认同于戏曲演员的高超才艺和社会地位。夏庭芝的《青楼集志》直接阐明了撰著宗旨，云："呜呼！我朝混一区宇，殆将百年，天下歌舞之妓，何啻亿万，而色艺表表在人耳目者，固不多也。仆闻青楼于方名艳字，有见而知之者，有闻而知之者，虽详其人，未暇纪录，乃今风尘澒洞，群邑萧条，追念旧游，慌然梦境，于心盖有感焉；因集成编，题曰《青楼集》。"①夏庭芝认为才华横溢、色貌齐全的戏曲演员是元代承平盛日的主要组成部分，遗憾的是无人"纪录"，致使"今风尘澒洞，群邑萧条"，不免"慌然梦境，于心盖有感焉"，危机意识油然而生，于是编辑《青楼集》为盛世补一缺憾。张择的《青楼集序》又补充说："《青楼集》者，纪南北诸伶之姓氏也。……伯和优游衡茅，教子读书，幅巾筇杖，逍遥乎林麓之间，泊如也。追忆曩时诸伶姓氏而集焉。……当察夫集外之意，不当求诸集中之名也。"②张择在序中指出，元末天下大乱，夏庭芝亦遭受不幸，故立志仿司马迁《史记》为伶官作传的用意，通过撰《青楼集》记叙被持偏见的"喜事者哂之"的"南北诸伶"，一方面彰显元代的"盛世芬华，元元同乐"；另一方面使"后犹匪企及"的"贱者末者"名垂青史，免遭岁月流逝埋没姓名。从中可见，夏庭芝

---

① 夏庭芝：《青楼集》，《中国古典戏曲论著集成》（二），中国戏剧出版社1959年版，第7页。

② 同上书，第6页。

撰《青楼集》将"南北诸伶"与"名臣方躅"相提并论，旨在提高"南北诸伶"的社会身份地位，所以人们"当察夫集外之意，不当求诸集中之名也"，"具载信史"蕴涵了戏曲演员身份认同的危机意识和认同焦虑。朱武的《青楼集跋》评价说："观云间夏伯和氏《青楼集》，百年之间，其藉藉者有不愧于古，而知音者代不乏人"①，表达了对名声盛大的戏曲演员及夏庭芝为其立小传的价值认同。朱经的《青楼集序》则高度赞扬了夏庭芝不"肯甘于自弃"的个性，"不下时俊，顾屑为此"的志气，"今雪簑之为是集也。殆亦梦之觉也。不然，历历青楼歌舞之妓，而成一代之艳史传之也"②，赞扬夏庭芝关于戏曲演员身份认同意识的充分觉醒。

钟嗣成是一位剧作家，曾创作杂剧至少7种，惜已失传，所著《录鬼簿》记载了元代北曲杂剧作家及其生平、戏曲作品及其目录，内容比《青楼集》更加丰富。其《录鬼簿序》云："人之生斯世也，但以已死者为鬼，而不知未死者亦鬼也。……予尝见未死之鬼，吊已死之鬼，未之思也，特一间耳。独不知天地开辟，亘古及今，自有不死之鬼在；何则？圣贤之君臣，忠孝之士子，小善大功，著在方册者，日月炳焕，山川流峙，及乎千万劫无穷已，是则虽鬼而不鬼者也。余因暇日，缅怀故人，门第卑微，职位不振，高才博识，俱有可录，岁月弥久，淹没无闻，遂传其本末，吊以乐章；复以前乎此者，叙其姓名，述其所作，冀乎初学之士，刻意词章，使冰寒于水，青胜于蓝，则亦幸矣。名之曰《录鬼簿》。"③钟嗣成撰著《录鬼簿》的立意，一是为剧作家们正名立传，以防"岁月弥久，淹没无闻"；二是激励"初学之士，刻意词章，使冰寒于水，青胜于蓝"。在钟嗣成的心目当中，"鬼"本质上是剧作家英名青史流芳、永垂不朽的代词，与实际上的"酒罂饭囊，或醉或梦，块然泥土者"截然不同；从中还可以发现，钟嗣成趁在生之年为他者剧作家立传，也是间接为自我立传，诚如明代无名氏在《录鬼簿续编》中云："著《录鬼簿》，实为己而发之"④，是一种有感于身死之后"漠然无闻"的戏

---

① 夏庭芝:《青楼集》,《中国古典戏曲论著集成》(二),中国戏剧出版社1959年版,第11页。

② 同上书,第15页。

③ 钟嗣成:《录鬼簿》,《中国古典戏曲论著集成》(二),中国戏剧出版社1959年版,第101页。

④ 无名氏:《录鬼簿续编》,《中国古典戏曲论著集成》(二),中国戏剧出版社1959年版,第281页。

曲身份认同的危机意识。明代贾仲明增补的《录鬼簿》不仅认同钟嗣成对元北曲杂剧作家及其生平、戏曲作品及其目录的著述，而且补写了从关汉卿到李邦杰82位剧作家的【凌波仙】挽词，表达了对这些剧作家的褒扬、悼唁之情，弥补了钟嗣成原著的缺陷，也使钟嗣成戏曲身份认同危机意识得到其他戏曲家更多的呼应和更深刻的理解。

元北曲杂剧的成就有目共睹，自有获得同时代人和后世身份认同的思想意义和艺术价值，在其消亡之后，明人一方面把元北曲杂剧奉为戏曲楷模，处处以之作为衡量戏曲创作思想和艺术质量的标准，言必称元剧，形成一种宗元的文艺心理现象；另一方面又不满足于元北曲杂剧的文本简朴通俗，频频依据个人的审美立场修改流传下来的元北曲杂剧的文本，试图使元北曲杂剧符合自我的艺术取向或当代的书写规范。这反映了明人的一种宗元心理与超元意识、尊崇历史与尊重现实的双重矛盾。例如，金圣叹修改元北曲杂剧的经典之作《西厢记》，字里行间不乏对《西厢记》文学性曲白的真知灼见，凝聚的是金圣叹自我的戏曲文学身份认同意识，金圣叹对之也颇为自得自信，《读第六才子书〈西厢记〉法》云："今刻此《西厢记》遍行天下，大家一齐学得捉住，仆实遥计一二百年后，世间必得平添无限妙文，真乃一大快事！"①但是，并非所有的人都完全认同金圣叹的修改及见解，清人梁廷枏云："金圣叹强作解事，取《西厢记》而割裂之，《西厢》至此为一大厄；又以意为更改，尤属卤莽。……其实圣叹以文律曲，故每于衬字删繁就简，而不知其腔拍之不协。至一牌画分数节，拘腐最为可厌。所改纵有妥适，存而不论可也。李笠翁从而称之，过矣。"②梁廷枏批评金圣叹对《西厢记》的修改违背了原作音乐性本真特质和搬演状态，指出"以文律曲"是戏曲的外行介入戏曲的内行之"卤莽"行径，甚至连带批评李渔"从而称之，过矣"。这表明梁廷枏在他者认同强势的情形下，仍然坚守的自我立场和艺术标准是维护戏曲经典的真实性，至于修改经典之作，在梁廷枏看来，也应该是遵守戏曲的客观艺术规律，而这种修改本不可与原作相提并列，视为同一，而应该另当别论。明人据一己之意擅自修改元北曲杂剧是一个普遍现象，确实是经有的人修改之后，结果往往使

---

① 金圣叹：《金圣叹全集》（三），江苏古籍出版社1985年版，第13页。
② 梁廷枏：《曲话》，《中国古典戏曲论著集成》（八），中国戏剧出版社1959年版，第288—290页。

原作面目全非。梁廷枬针对他者金圣叹所持否认的学术性见解不无道理，反映了对明人修改元北曲杂剧造成文本失真的危机意识和忧患心理。

南戏产生及形成早于北曲杂剧，但是，在元代被繁盛一时的北曲杂剧光芒所遮蔽，直至明代徐渭撰《南词叙录》，才第一次唤醒了文人士大夫对南戏的历史存在和现实发展的普遍关注。《南词叙录》成书于嘉靖三十八年（1559），作为论述南戏的理论专著，又是宋元明清四代唯一的一部研究南戏的专著，其在中国古代戏曲史上的贡献不可低估。《南词叙录》比较全面地论述了南戏的源流、发展、艺术风格、特征、声律、作家、作品、常用术语、方言的考释等，最后附以戏文目录。综观徐渭撰著《南词叙录》的动机，实乃基于南戏面临轻忽失载的不满和忧虑。徐渭云："北杂剧有《点鬼簿》，院本有《乐府杂录》，曲选有《太平乐府》，记载详矣。惟南戏无人选集，亦无表其名目者，予尝惜之。客闽多病，咄咄无可与语，遂录诸戏文名，附以鄙见。"① 这一观点反映了徐渭具有强烈的南戏身份认同危机意识，热切期待藉此开始有助于人们确认南戏身份的归属。也就是说，徐渭认为钟嗣成的《录鬼簿》已载杂剧作家和作品目录，陶宗仪的《南村辍耕录》已载宋金杂剧院本目录，杨朝英的《太平乐府》已载散曲作家和作品目录，唯独南戏没有人关注叙录，在他者的认同强势面前，南戏身份地位显得默默无闻、相形见绌，与南戏在中国古代戏曲史上应有的贡献、身份和地位极不相称，故徐渭深深"惜之"，质疑"以伎女南歌为犯禁"，反诘"中国村坊之音独不可唱"，遂主动撰著《南词叙录》以填补中国古代戏曲史上的空白。徐渭的南戏危机意识是传奇兴起之际的必然产物，《南词叙录》为南戏呐喊叙录，对正处于南戏向传奇转型的重要历史关头来说，具有引导文人士大夫和广大市民百姓正视南戏、尊重南戏、端正戏曲身份认同的价值取向，将南戏从人们艺术视野的边缘纳入身份认同中心的重大意义，对促进南戏向传奇转型发挥了重要的推动作用。

明代成化年间，南戏基本上完成了转换成传奇的历史进程，至清代中叶，传奇长期居于戏曲舞台主导地位，南曲杂剧、花部乱弹地方戏成为传奇的伴生性戏曲种类，三者既遵循艺术规律自我发展不断前行，又彼此借鉴、相辅相成、交织

---

① 徐渭：《南词叙录》，《中国古典戏曲论著集成》（三），中国戏剧出版社1959年版，第239页。

影响，其中，在某些方面背离戏曲艺术规律的行为引起了某些戏曲家的高度重视。

例如，传奇在创造了明清两代戏曲之辉煌的同时，也出现了种种偏离传奇正轨的不良创作现象，为此，某些戏曲家面对种种鱼龙混杂、良莠不齐的作品，表达了深重的戏曲身份认同的危机意识。明代祝允明的《猥谈》之"歌曲"条云："今人间用乐皆苟简错乱，……盖视金元制腔之时又失之矣。自国初来，公私尚用，优伶供事，数十年来，所谓南戏盛行更为无端，于是声乐大乱。……以后日增，令遍布四方，转转改益又不如旧，而歌唱愈谬，极厌观听，盖已略无音律腔调。愚人蠢工循意更变，妄名余姚腔、海盐腔、弋阳腔、昆山腔之类，变易喉舌，趋逐抑扬，杜撰百端，真胡说耳。若以被之管弦，必至失笑，而昧士倾喜之，互为自谩尔。"① 这是批评某些传奇音乐不合规范，杂乱无章，显示了传奇音乐无法"被之管弦"的危机，指出"无音律腔调"丧失了传奇音乐的美感传达功能，达不到传奇音乐应有的审美欣赏效果。

清代应锡介的《〈错中缘〉跋》云："传奇之作，汗牛充栋，至今日滥觞极矣。花晨月夕，选部征歌，不出杨柳风月之词，荡妇狂且之态，神鬼荒诞之说；义既绝于劝惩，教何关于风化？其文之悖理害义，陷人心而漫风俗者，尤不可更仆数。夫剧部之设，……原皆本于兴观群怨之旨，与夫事夫父事君之节，以及夫妇昆弟朋友之行。而其贞邪丑正、离合悲欢，能使观者油然自动于中，怒发上冲，鼓掌称快，良心之发，不能自已。其感人也，视教令为甚速，故虽戏剧，而化道存焉，……绝去一切风月狂荡荒诡之智，而反之于观义序、别忠信之行，所谓发乎情止乎礼义者，诚哉！"② 这是批评某些传奇作品丧失了主流意识形态倡导的核心价值观，发生了思想内容上违背"兴观群怨之旨，与夫事夫事君之节，以及夫妇昆弟朋友之行"，有悖于社会伦理道德风教的精神危机，损害了传奇"使观者油然自动于中，怒发上冲，鼓掌称快，良心大发"的审美接受效果。应锡介主张"绝去一切风月狂荡荒诡之智"，具有拨乱反正、振聋发聩的现实意义和艺术价值。

南杂剧在形成发展过程当中，受传奇的影响很大，借鉴传奇的成功创作经验，同时扬长避短，逐渐形成了自我艺术本体，在某些方面显示了自我的优势，甚至

---

① 陶宗仪等：《说郛三种》，上海古籍出版社1988年版，第2099页。
② 蔡毅：《中国古典戏曲序跋汇编》，齐鲁书社1989年版，第2246页。

一定程度上超越了传奇，弥补了传奇的不足，两者无形当中的竞争令传奇作家产生了一种危机意识。例如，明初至弘治、正德年间，传奇尚未发展到足以压倒南杂剧的地步，而且南杂剧为顺应时代与观众的审美欣赏需要，在与传奇的竞争中不断进行艺术革新，在一定程度上赢得了广大市民百姓的欢迎和喜好。周贻白说："明代南杂剧的形成，虽不必即为元杂剧的反动，实际上却给冗长的传奇一种威胁。尤其在演出上，南杂剧是最合于经济的条件，而以一个故事的精彩部分，给人以戏剧的认识，这是动辄数十出的当时的传奇所作不到的事。"① 这说明南杂剧曾经对传奇的生存构成过威胁，使传奇的发展曾经出现过危机，而尽管南杂剧整体上不敌传奇，无法与传奇相媲美。

传奇发展到清代乾隆年间，逐渐走向衰落，花部乱弹地方戏的崛起对传奇的生存造成了重大威胁，有的戏曲家对此感到痛心不已，但是，又有心无力挽救这种颓势，只好竭尽全力维持传奇曾经的局面，无助的感叹难掩传奇身份认同的危机意识和精神焦虑。例如，何镛的《〈乘龙佳话〉自序》云："自有京调梆子腔，而昆曲不兴，大雅沦亡，正声廖寂。此虽关乎风气之转移，要亦维持挽救者之无其人也。昆班所演，无非旧曲，绝少新声。京班常以新奇彩戏炫人耳目。以紫夺朱，朱之失色也宜矣。……余概夫雅乐之从此一蹶恐难复振，因自撰《乘龙佳话》传奇一本。取《唐代丛书·柳毅传》中事点缀成之，……，其声音笑貌直可播诸万里而外，传之百世之遥，亦一大快意事。而正声之所维系者，亦将以是为千钧之一发焉。"② 何镛描述了昆曲的衰落和花部乱弹的兴盛，展示了昆曲一片日暮途穷的危机景象。基于强烈的昆曲衰落日甚的危机意识，何镛自觉奋起创作昆曲《乘龙佳话》，期待为恢复昆曲曾经的旖旎风光竭尽全力。这种传奇身份认同的危机意识和精神焦虑不是一个孤立的审美文化现象，而是现实社会中的传奇陷入危机的一个全面而真实的反映。当然，由于众所周知的种种原因，近代以来昆曲的命运多舛，日趋衰落也符合戏曲艺术必须常演常新才能够持续发展的客观规律，所以说，何镛的不懈努力值得人们肯定，具有警示后人重视昆曲艺术特点、总结昆曲成功经验、借鉴昆曲衰落教训、遵循戏曲艺术发展规律的现实价值，但是，何镛

---

① 周贻白：《中国戏剧史略》，商务印书馆1936年版，第85页

② 蔡毅：《中国古典戏曲序跋汇编》，齐鲁书社1989年版，第1163页。

的不懈努力毕竟无济于事，这也是不以人们的个人意志所转移的，实属理所当然，情有可原。

此外，徐珂的《清稗类钞》亦云："国初最尚昆剧，嘉庆时犹然。后乃盛行弋腔，即俗呼高腔。一曰高调者。其余昆曲，仍其词句，变其音节耳。……道光末，忽盛行皮黄腔，其声较之弋腔为高而急，词语鄙俚，无复昆弋之雅。……同治时，又变为二六板，则繁音促节矣。光绪初，忽尚秦腔，其声至急而繁，……昆弋诸腔，已无演者，即偶演，亦听者寥寥矣。"①莫等闲斋主人的《〈病玉缘〉传奇自序》也云："自皮簧投于时好，而鄙俚无文之曲，委琐不韵之声，亭毒于歌台舞榭间。所谓西昆雅奏，已视若太古须眉，《白雪阳春》，居然绝响，引商刻羽，未足赏心。世变所趋，即卑无高论如剧本者，亦有江河日下之叹矣。"②李声振《百戏竹枝词》描写"吴音"昆曲在燕都遭受广大市民百姓的普遍冷落，云："阳春院本记昆江，南北相承宫谱双。清客几人公瑾顾？空劳逐字水磨腔"；而与此相反，花部乱弹诸地方戏却一派热闹非凡，蒸蒸日上，在燕都受到市民百姓的普遍欢迎。其在描写秦腔时云："耳热歌呼土语真，那须叩缶说先秦。乌乌若听函关曙，认是鸡鸣抱柝人"；在描写乱弹腔时云："渭城新谱说昆梆，雅俗如何占号双？缦调谁听筝笛耳，任他击节乱弹腔"；在描写四平腔时云："越客吟随浙水空，柯亭谁辨数竽清。剧怜禹庙春三月，画舫迎神唱'四平'"。③中国古代戏曲史上由魏长生引发的花雅之争，花部乱弹地方戏勃兴对昆曲造成的沉重压力和现实危机，以及从徐珂、莫等闲斋主人和李声振的叙写当中折射的危机意识，从此可见一斑。

明清传奇在发展的过程当中，文学身份建构常常受到社会文化环境的制约，特别是时文风的影响甚至干扰，这也是传奇发展史上的一个引人注目的突出的现象。时文指流行于一个时期、一个时代的文章体裁。时文的一个特定含义是指科举时代应试的文章，又特指"八股文"，也称制艺、制义、时艺、八比文等。八股文并不是明朝的创制，宋元时期，专用贡举和学校考试特定的"时文"，已经形成了一定的格律，即破题、接题、小讲、缴结、官题、原题、大讲、余意、原经、结尾10个段落。朱元璋建立明朝，从洪武三年（1370）开始恢复实行与唐宋不同

---

① 傅谨主编《京剧历史文献汇编》清代卷捌，凤凰出版社2011年版，第191页。
② 蔡毅：《中国古典戏曲序跋汇编》，齐鲁书社1989年版，第2530页。
③ 雷梦水等编《中华竹枝词》，北京古籍出版社1997年版，第72—73页。

的八股取士的科举制度。之后，朱元璋与刘基等儒学之士研究规定，考试作文每篇之中必须有 8 个部分内容，即破题、承题、起讲、入手、起股、中股、后股、束股，后人称之为"八股文"，名为代圣贤立言。明朝实行国子学与县学并行的学校制度，规定国子监生结业后可以直接做官或通过科举进官，无论从哪一个方面来说，科举都成为了文人士子进入仕途的捷径通途。直至 1902 年，清政府宣布废止八股文考试，1905 年宣布废止科举制度，八股文的命运才宣告终结。这期间，八股进仕成为左右文人士子孜孜以求跻身官场的最高人生目标，以至于社会上刮起的时文风渗入戏曲创作领域，某些剧作家采用八股文的方式创作戏曲，使戏曲创作偏离了自身艺术规律和文体轨道，激起了某些戏曲家对戏曲创作未来走向失范的危机意识。

例如，张坚的《〈玉狮坠〉自叙》云："余少时攻时艺，乡举屡荐不售。"① 所创作的传奇《玉狮坠》不可避免地注入了八股文的写作思维。清人钱泳的《履园丛话》之"时艺"条云："尝见梨园子弟目不识丁，一上戏场便能知宫商节奏，为忠，为孝，为奸，为佞，宛对古人，为一时之名伶也。其论时艺虽刻薄，然却是有理。余尝有言：'虚无之道一出，不知收束天下多少英雄。时艺之法一行，不知败坏天下多少士习。'董思白云：'凡作时文，原是虚架子，如棚中傀儡，抽牵由人，无一定也。'余在汴梁识海州凌仲子进士，仲子自言尝从江都黄文旸学为时艺，乃尽阅有明之文，洞彻底蕴，每语人曰：'时艺如词曲，无一定资格，今人辄刺刺言时文者，终于此道未深。'与思翁之言相合。"② 钱泳这一番话强调的重点，一是指出戏曲演员反对八股文入戏，但又难免曲白之间夹杂八股文内容，以至于败坏了戏曲舞台搬演的艺术性，钱泳对此表示认同；二是指出奉朝廷之命在扬州设局整理历代戏曲的黄文旸、凌廷堪把八股文认同于戏曲，受八股文影响之深，实乃对整理历代戏曲的思维方式不利。这其中明显地蕴涵了钱泳对八股文影响戏曲正常发展的危机意识。

钱泳认为八股文和戏曲各有自我的来源及形成规律，各自适得其所，可以相互借鉴参照，而不可以相互限制束缚，其《题〈曲目新编〉后》云："图刑画地之

---

① 蔡毅：《中国古典戏曲序跋汇编》，齐鲁书社 1989 年版，第 1681 页。
② 钱泳：《履园丛话》，中华书局 1979 年版，第 85 页。

法废而传奇作,以戏示人,演为词曲,此泰平之有象也。乡举里选之法废而科举兴,以文取士,设为范程,此治世之良规也。然则时艺者,实《典》《谟》《训》《诰》之遗风,而词曲者,亦《国风》《雅》《颂》之余韵也。昔金坛、王罕皆太史,选时艺以训士子,谓之'八集'。八集者何?启蒙、式法、行机、精诣、参变、大观、老境、别情之谓也。试以传奇、杂剧证之:如《假期》《学堂》,启蒙也;《规奴》《盘夫》,式法也;《青门》《瑶台》,行机也;《寻梦》《叫画》,精诣也;《扫秦》《走雨》,参变也;《十面》《单刀》,大观也;《开眼》《上路》《花婆》,老境也;《番儿》《惨睹》《长亭》别情也。余以为成宏、正嘉搭题、割裂可废也,而传奇不可废也;淫词、艳曲、小调、新腔可废也,而杂剧不可废也。"① 这种采用类比的思维方式区别对待戏曲和八股文的态度可谓实事求是,在他者八股文显示强势的情形下,有利于厘清人们的戏曲身份认同的思路,引导人们解构戏曲创作出现的危机意识。

八股文影响戏曲在一定程度上成为古今之士的共识。钱锺书的《谈艺录》认为八股文与杂剧、传奇有许多相通之处,并且举例论证说,清人吴乔将八股文的代人说话看作是"俗体",与元杂剧的代人说话有相似之处;焦循认为元杂剧不让坏人唱曲,八股文也应该不代坏人说话;倪元璐将元杂剧与八股文看作是双胞胎;等等。刘师培说:"明人袭宋、元八比之体,用以取士,律以曲剧,虽有有韵无韵之分,然实曲剧之变体也。如破题、小讲,犹曲剧之有引子也;提比、中比、后比,犹曲剧之有套数也;领题、出题、段落,犹曲剧之有宾白也;而描摹口角,以逼肖为能,犹与曲剧相符。乃习之既久,遂诩为代圣贤立言。"② 启功认为,戏曲的文学结构受到八股文结构的影响,两者有高度的一致性,云:"戏剧例如皮黄的《空城计》,诸葛亮出场自述是破题,派将是承题,马谡违背指挥,王平预报地形是起讲,诸葛亮在城上与司马懿对唱是两大扇,斩马谡是收结。即使大鼓书,牌子曲等,开头几句也必要笼罩全篇,等于破题。"③ 可见八股文影响戏曲之深远。

与此相比较,李渔《闲情偶寄》能够运用艺术辩证思维方式,有所甄别性地深刻论析,说:"词曲中开场一折,即古文之冒头,时文之破题,务使开门见山,

---

① 蔡毅:《中国古典戏曲序跋汇编》,齐鲁书社1989年版,第178页。
② 刘师培:《论文杂记》,人民文学出版社1984年版,第133页。
③ 启功:《说八股》,《北京师范大学学报》1991年第3期。

不当借帽覆顶。即将本传中立言大意，包括成文，与后所说家门一词相为表里。前是暗说，后是明说，暗说似破题，明说似承题，如此立格，始为有根有据之文。场中阅卷，看至第二三行而始觉其好者，即是可取可弃之文；开卷之初，能将试官眼睛一把拿住，不放转移，始为必售之技。"①李渔将戏曲的创作与八股文的写作进行类比，着眼点在于使戏曲的主题立意开门见山，从而给观众脑海烙下深刻的印象。这是从戏曲欣赏心理学的角度肯定性认同戏曲与八股文的共同优长。但是，李渔并没有僵化地要求剧作家不分青红皂白地模仿八股文生硬创作戏曲，《闲情偶寄》说："八股……虽严而不谓之严也。……虽肃而实未尝肃也。……传奇格局，有一定而不可移者，有可仍可改，听人自为政者。……有以古风之局而为近律者乎？有以时艺之体而作古文者乎？绳墨不改，斧斤自若，而工师之奇巧出焉。行文之道，亦若是焉。"②这种辩证性阐发体现了李渔对八股文的固化结构性缺点束缚戏曲创作的危机意识，以及一如既往地提倡戏曲创作的革新精神。

　　八股文对戏曲的影响还表现在直接进入了花部乱弹地方戏文本，隐隐约约地透露了花部乱弹地方戏在八股文盛行一时背景下含蕴的危机意识。例如，梆子腔《商辂三元记》有《秦雪梅观文》一出，搬演的内容是商辂外出春游，雪梅趁此机会与婢潜入其书斋观其所作文字。先见劣文，大为灰心；后见佳文甚多，乃反悲为喜，高声朗读。其中有曲词唱道："起首先把破题念，然后再把承题观。起讲提股念一篇，中股后股细细观。"又唱道："破题上更含着一篇主见，观承题最分明又不枝蔓。起讲上立主意不离不远，领上文精气合如同线牵。提股上言语明最切最软，平仄字对的是实实相连。中股上衬古人起承合转，后股上按下文不漏真言。"③梆子腔唱演八股文做法，一方面是出于戏曲搬演故事的情节需要，乃与剧中人物商辂的状元身份相吻合；另一方面则反映了梆子腔面临了八股文强势的严峻挑战，不注入当代现实内容便难以贴近社会生活，难以获得观众身份认同的生存危机意识。当然，面对大多数观众是文化水平普遍不高的社会底层广大市民百姓，如此演唱八股文做法的曲文枯燥乏味，不易通俗易懂，实际上会将观众的审美情趣推而远之，会危及梆子腔的自我生存，戏曲搬演的欣赏效果很可能充满矛盾适

---

① 李渔:《李渔全集》第三卷，浙江古籍出版社1992年版，第60页。
② 同上书，第25—59页。
③ 转引自赵景深《明清曲谈》，古典文学出版社1957年版，第54页。

得其反，所以这种类型的梆子腔作品数量极其有限，道理尽在其中。

　　旗帜鲜明地批判八股文危害戏曲创作，暴殄戏曲作为场上艺术的舞台性，导致戏曲出现大量案头之作的严重危机的是胡适。胡适的《〈缀白裘〉序》云："'以时文为南曲'。其实这一句话可以用来批评一切传奇。明、清两代的传奇都是八股文人用八股文体做的。每一部的副末开场，用一支曲子总括全部故事，那是'破题'。第二出以下，把戏中人物一个一个都引出来，那是'承题'。下面戏情开始，那是'起讲'。从此下去，一男一女一忠一佞，面面都顾到，红的进，绿的出，那是八股正文，最后的大团圆，那是'大结'。这些八股文人完全不懂得戏剧的艺术和舞台的需要。……用八股的老套来写戏曲，于是产生了那无数绝不能全演的传奇戏文！"①胡适的话可谓鞭辟入里，切中时弊，一针见血，一语中的，毅然痛斥八股文的僵化文学结构对戏曲创作的不利影响，揭示了明清传奇在时文风中遭遇损毁、丧失艺术本体综合审美性的真谛。

第二节　序跋、评赞与语境剧体

　　如果说，中国古代戏曲作为综合艺术在舞台上表现为以歌舞演故事的表演艺术的话，那么，本节所谓"剧体"就是指中国古代戏曲作为综合艺术在案头上表现为以曲词讲故事的文学体裁，或者说是戏曲的内容与形式的结合体文学剧本；"剧"是指戏曲故事内容的戏剧化演绎，"体"是指戏曲叙写形式的载体和规制。"剧体"着重强调的是戏曲剧本的文学性、叙事性，以示与"曲体"着重强调戏曲剧本的音乐性、表演性区别开来。当然，这种区别只是相对而言，不可能是绝对的，因为"剧体"与"曲体"相互依存，彼此渗透，论述时基于侧重点不同而已。

　　从国学的视域来看，戏曲序、跋、评、赞与文学剧本紧密相关相连，在促进戏曲文学剧本的创作、阐发、搬演、欣赏、接受、继承、传播、弘扬、发展等多

---

① 钱德苍：《缀白裘》第一册，中华书局2005年版，第3页。

方面，创造了集聚和展示戏曲身份地位的语言环境，帮助和促进了人们实现戏曲身份认同。

在古代戏曲文献中，有的理论家提及过"剧体"一词。例如，明代，王骥德的《〈新校注古本西厢记〉自序》云："元剧体必四折，此记作五大折，以事实浩繁，故创体为之。"① 这就是说元杂剧的文学体制一本四折是规范体制，超出者则为创新体制。王骥德又云："余昔谱《男后》剧，曲用北调，而白不纯用北体，为南人设也。已为《离魂》，并用南调。郁蓝生谓：自尔作祖，当一变剧体。既遂有相继以南词作剧者。后为穆考功作《救友》，又于燕中作《双鬟》及《招魂》二剧，悉用南体，知北剧之不复行于今日也。"② 这里的"剧体"主要指的是南北杂剧在曲白方面不同所决定的体裁和体式，吕天成云："《十孝》，有关风化，每事以三出，似剧体，此自先生创之。末段徐庶返汉，曹操被擒，大快人意。……《泰和》，每出一事，似剧体。按岁月，选佳事，裁制新异，词调充雅，可谓满志。"③ 这里的"剧体"主要指的是北曲杂剧在叙事和结构方面的显著特点。祁彪佳评价陈汝元著《红莲记》北四折云："东坡为五戒后身，仅见之小说，亦因坡公为凤慧，想当如是耳。红莲事，叶美度已采入《玉麟记》中。太乙传此，藻艳俊雅，神色俱旺，且简略恰得剧体。"④ 这里的"剧体"主要是肯定明人陈汝元创作的《红莲记》杂剧与元北曲杂剧相差无几。祁彪佳还云："《琴心雅调》南八折，叶宪祖（著），玩其局段，是全记体，非剧体，……《弃官救友》南北四折，王骥德（著），……南曲向无四出作剧体者，自方诸与一二同志创之，今则已数十百种矣。……《西楼夜话》南四折，叶宪祖（著），越中旧有《郭镇抚》一记，惜无善本。桐栢第记其淫纵一段耳，可以插入原记，非剧体也。……《分钱记》南七折，黄中正（著），此是未

---

① 蔡毅:《中国古典戏曲序跋汇编》，齐鲁书社1989年版，第658页。
② 王骥德:《曲律》，《中国古典戏曲论著集成》（四），中国戏剧出版社1959年版，第179页。
③ 吕天成:《曲品》，《中国古典戏曲论著集成》（六），中国戏剧出版社1959年版，第229—240页。
④ 祁彪佳:《远山堂剧品》，《中国古典戏曲论著集成》（六），中国戏剧出版社1959年版，第177页。

了传奇，非剧体也。"① 这里的"剧体"主要指的是上述4部作品虽然都是叙述故事，但是与元北曲杂剧不同，改北曲的声腔格律成为了南曲的声腔格律。

由此可见，明人笔下的"剧体"是以宗元为艺术价值取向和审美参照标准，仅涉及北曲杂剧。需要特别予以强调和明确的是，本节借鉴明人笔下的"剧体"概念拓展外延，泛指中国古代的各种类型的戏曲文学剧本，旨在阐发戏曲序、跋、评、赞与相应文学剧本在一定语境下的整一关系建构和文本审美价值。

在文学性方面，戏曲序、跋、评、赞与文学剧本涉及文体问题。魏文帝曹丕的《典论·论文》提出"文本同而末异"②的观点，表现出文体区别的自觉意识，首开古代文体研究的先河。晋挚虞的《文章流别集》对文体进行了辨析，又《文章流别论》研究文体的演化，是中国古代第一部文体论专著。南朝梁任昉的《文章缘起》对84种文体进行了溯源。梁萧统的《文选》是中国古代第一部按照文体聚类区分的文学总集。宋吕祖谦的《宋文鉴》、明吴讷的《文章辨体序说》和徐师曾的《文体明辨序说》、清姚鼐的《古文辞类纂》标志着中国古代文体分类趋向定型化。实际上，从戏曲的写作手法"无体不备"③的意义上来看，所有古代文体论述都或者为戏曲序、跋、评、赞和文学剧本的整一性身份建构间接地做了量身定制的准备，或者在整一性身份认同的论域里间接地涵盖了戏曲序、跋、评、赞和文学剧本。

古人认为作文、读文之法，首在辨体，即先要看体裁。例如，明代吴讷《文章辨体凡例》云："文辞以体制为先"④。清代田同之《西圃文说》云："文莫先于辨体"⑤。清末民初，来裕恂《汉文典·文章典》亦云："文章莫先于辨体，体立而经以周密之意，贯以充和之气，饰以雅健之辞，实以渊博之学，济以宏通之识，然后其文彬彬，各得其所。"⑥戏曲序、跋、评、赞和文学剧本都属于中国古代文体

---

① 祁彪佳：《远山堂剧品》，《中国古典戏曲论著集成》（六），中国戏剧出版社1959年版，第159—188页。
② 袁峰编著《中国古代文论选读》，西北大学出版社2003年版，第27页。
③ 孔尚任：《桃花扇》，人民文学出版社1959年版，第1页。
④ 吴讷：《文章辨体序说》，人民文学出版社1962年版，第9页。
⑤ 王水照编《历代文话》，复旦大学出版社2007年版，第4096页。
⑥ 同上书，第8617页。

学的研究范畴。"文体"指的是文章的体裁和体制。"文体学"是一门研究文章体裁和体制的本质、特征及客观规律的学问。古代文学理论家普遍认为文体的源头归属于儒家经典。例如,刘勰《文心雕龙》说:"论、说、辞、序,则《易》统其首;诏、策、章、奏,则《书》发其源;赋、颂、歌、赞,则《诗》立其本;铭、诔、箴、祝,则《礼》总其端;纪、传、盟、檄,则《春秋》为根。"①颜之推《颜氏家训》说:"夫文章者,原出《五经》:诏命策檄,生于《书》者也;序述论议,生于《易》者也;歌咏赋颂,生于《诗》者也;祭祀哀诔,生于《礼》者也;书奏箴铭,生于《春秋》者也。"②这种认为文章体制出于儒家经典的普适观念,对后世而言,蕴涵了具有提高戏曲序、跋、评、赞及文学剧本社会地位的现实意义与艺术价值。

中国古代文体的构成要素拥有显著的特征,具体显示为时代性、特殊性、复杂性、多义性和不确定性。从既定文体来说,一般文体都有内在的机制,具备特定的体制结构、话语功能和写作规律。一个时代有一个时代盛行于世的文体,一个人也有一个人擅长写作的文体,伴随着社会经济的发展和审美文化的需求不断进步,运用不同文体的创作主体能够最大限度地扩展文体的疆域,灵活驾驭、操控改造和完善文体,既可以打破旧的文体机制,又可以创设新的文体机制,以满足社会经济的发展和审美文化的需求,这种文体创造力是历代文体变迁发展的最大原动力。在中国古代文体的发展史上,序、跋、评、赞乃文章之流也,序、跋、评、赞的形成源远流长,常常处于发展变化的过程当中,与戏曲文学剧本的结合整一是古代文体发展到一定阶段的必然产物和丰硕成果。

先说"序"。序者,序正文始末以明事物也。序的别名有叙、绪、引、书后等。序的本义是指若干堵墙的方位排列顺序,后来假借运用到文体学中,指对作者正文写作意图的次第叙述。关于序与正文的组织结构,一种观点认为两者发生过变化,即序最初安排于正文之后,后来习惯性地移置于正文之前,逐渐成为一种符合作者著述思维规律、读者阅读鉴赏心理的书籍体制正格规范,但是,有时候还保留有正文之后的序,所谓后序是也。例如,近人张相的《古今文综评文》

---

① 龙必锟译注《文心雕龙全译》,贵州人民出版社1992年版,第27页。
② 王利器:《颜氏家训集解》,中华书局1996年版,第237页。

云:"《周颂》'继序',《传》曰:'序,绪也。'《尔雅·释诂》曰:'叙,绪也。'《说文》:序为东西墙,叙为次第。……序其作意,次第为言。古人命篇,多在简末,如《史记序》《说文解字序》是也。后世徒观乎《诗》《书》小序,冠于篇前,往往有所著述,则导言之作,褒然居首,已稍稍失古谊也。"①另一种观点认为序最初安排于正文之前,两者没有发生过变化。例如,清代吴曾祺的《涵芬楼文坛》云:"古人每有所作,必述其用意所在,以冠一篇之首。如《尚书》每篇之首数语,乃史臣之述其缘起,即序也。或读者为之,则如《诗·关雎》之有序……至史家之体,序文实繁。……序有前序、后序。"②宋代绍圣元年(1094),设宏词科,确定科举考试事宜;二年(1095)正月,礼部立试格十条,其中包括序,文体可以是四六文,也可以是古今体;绍兴三年(1133),以博学宏词为名,考试凡十二体,其中包括序、赞。序、赞的文体和写作得到了统治阶级的肯首,从一般文体实用认同的层面上升到了国家应用认同的层面。在类型上,就作者而言,序有作者自序、他者作序,宋代吴子良的《荆溪林下偶谈》云:"《尚书》诸序初总为一篇,《毛诗序》亦然,《史记》有自序,《西汉书·扬雄传》通载《法言》诸序,仿此也。"③就篇章而言,有大序、小序;就组织而言,有前序、后序;等等。在写法上,清代,唐彪的《读书作文谱》云:序,"有叙事多者,有议论多者,有末后缀以诗者,三者皆通用也。"④序以往适用于正统文学诗词、散文的刊印,后被作者纳入戏曲文学剧本的刻印体制,如清代许鸿磬撰《六观楼北曲六种》,每一种之前都有自序,是作者和刻印者对戏曲身份认同的一种重要表现,戏曲文学剧本的刻印体制因此堪与正统文学诗词、散文的刻印体制相媲美,有利于戏曲在社会上的传播接受和身份地位的提高。

次说"跋"。跋者,随正文以赞语于后者也。清代王兆芳的《文章释》认为跋的源流可考,云:"跋,蹎跋也,前躓也,从后为叙,若欲前躓也。读书道心得,或记己身关涉本书之事也。主于就书写志,语系篇卷。后名异,从外引。源

---

① 王水照编《历代文话》,复旦大学出版社2007年版,第8778页。
② 同上书,第6636页。
③ 同上书,第534页。
④ 同上书,第3562页。

出《荀子》末篇'今为说者'一章，流有晋王羲之《题卫夫人笔陈图后》。"①清末民初，来裕恂的《汉文典·文章典》认为跋起源早，但是称名晚，云："跋者，跋于图籍篇章之末也。《易》之《系辞》是其例也。其体以简当发明为主，有跋语、跋尾之异名。……览者别有心得，则撰词以跋于后，盖始于宋代之欧、曾，谓之跋语。"②明代徐渭站在作者就文章所指的立场，云："以文论人曰'跋'。"③近人张相的《古今文综评文》亦云："跋，其体挚萌于宋，欧、苏之集，实为权舆。……跋故藉、跋书体、跋诗文、跋图书。"④在写作立意上，清代王之绩的《铁立文起》认为，跋的作者应该有驾驭所议文章的思想和学识，云："题跋非文章家小道也。其胸中全副本领，全副精神，借一人、一事、一物发之，落笔极深、极厚、极广，而于所题之一人、一事、一物，其意义未尝不合，所以为妙。"⑤在写作特点上，方苞的《古文辞禁》认为，跋的作者应该就所议文章阐述真知灼见，云："古人题跋、书后，于文与事必有发明，虽寥寥数语，亦卓然可传。"⑥王之绩和方苞的观点本质上也适用于戏曲文学剧本的跋的写作，如凌濛初撰《识英雄红拂莽择配》，刻本后有自撰《跋》，云："余既以三传付剞劂氏，友人马辰翁见而击节，遂为余作图，且语余曰：'昔人道王右丞诗中有画，画中有诗，子曲已如画矣。'余曰：'子画中不乃亦有曲耶！'"⑦这里叙写了凌濛初的剧作得到友人的认同和赞誉，以及阅读欣赏心得的收获过程，"曲已如画"的评价仿植苏轼经典名句"诗中有画，画中有诗"，新颖独特，不乏真知灼见。众所周知，中国古代戏曲形成于宋代，跋的形成和称名亦在宋代，后世作者将跋运用于戏曲文学剧本的阐发，为揭示戏曲文学剧本的思想主题和艺术特色提供了重要的版本工具和传播手段，其中，既有戏曲艺术发展、传播、欣赏与接受的必然性，也有文体学发展扩大适用对象的必

---

① 王水照编《历代文话》，复旦大学出版社2007年版，第6274页。
② 同上书，第8619页。
③ 徐渭：《南词叙录》，《中国古典戏曲论著集成》（三），中国戏剧出版社1959年版，第248页。
④ 王水照编《历代文话》，复旦大学出版社2007年版，第8790页。
⑤ 同上书，第3685页。
⑥ 同上书，第4008页。
⑦ 蔡毅：《中国古典戏曲序跋汇编》，齐鲁书社1989年版，第881页。

然性，两者的机缘和合绝非偶然现象。

再说"评"。评者，平也，所以平正文之义是也。明代高琦的《文章一贯》云："为文有八格……评品用于善恶是非优劣杂见一提者。"① 徐渭站在作者词语所指的立场，云："以言论人曰'评'"②。谭浚的《言文》界定评并阐明评的源流云："评，平也，订平其理也，品论之也。原于《礼记·经解》，流于《谷梁传序》及平理而论其失也。后有佐法评、月旦评、诗评、文评、史评。"③ 其中，值得一提的是，"佐法评"已经间接地包含或涉及明代戏曲创作方法的批评，"月旦评"则透露了与明代曲品、剧品性质一脉相承的、晚清京剧界对名伶的品鉴评花活动的端倪。清代王兆芳的《文章释》阐述了对评的源流的不同见解，云："评者，……源出晋孙毓《毛诗异同评》，流有陈邵《周礼异同评》，江熙《公穀二传评》，及梁袁昂《书评》。"④ 王之绩的《铁立文起》举例说明了评的种类，云："史评如陈寿《三国志·任城陈王传评》，杂评如唐程宴《祀黄熊评》。他如袁昂《古今书评》，敖陶孙《诗评》亦佳。而涵虚子《元词评》，只以四字尽其人，尤为简洁可喜。"⑤ 吴曾祺的《涵芬楼文坛》认为评作为一种文体的称名定型于唐代，云："史家于纪传之后，加以评断，曰论，曰赞，陈氏《三国志》则谓之评，即是此体。唐以后文章家始有此称。"⑥

评大约在梁时衍生出评点的形式。评点是中国文学批评的传统方式之一，包括总评（批）、眉批和行批等多种样式。曾国藩的《经史百家简编序》云："梁世刘勰、锺嵘之徒，品藻诗文，褒贬前哲。其后或以丹黄识别高下，于是有评点之学。"⑦ 唐宋时期，诗文评点趋向兴盛。明清时期，小说和戏曲评点盛况空前，屡见不鲜。戏曲评点是一种包括序、跋、凡例、题辞、眉批、夹批、总评、读法、圈

---

① 王水照编《历代文话》，复旦大学出版社2007年版，第2153页。
② 徐渭：《南词叙录》，《中国古典戏曲论著集成》（三），中国戏剧出版社1959年版，第248页。
③ 王水照编《历代文话》，复旦大学出版社2007年版，第2384页。
④ 同上书，第6265页。
⑤ 同上书，第3677页。
⑥ 王水照编《历代文话》，复旦大学出版社2007年版，第6638页。
⑦ 李翰章编纂、李鸿章校勘：《曾文正公全集》，吉林人民出版社1995年版，第1607页。

点、集评甚至音释、笺注等在内的批评形式。例如，明代李贽评点虎林容与堂刻印本《北西厢记》《幽闺记》《琵琶记》《玉合记》《红拂记》，陈继儒评点师俭堂刊本《琵琶记》，徐渭评点《昆仑奴》，汤显祖评点《董西厢》，金圣叹评点《西厢记》等；清代毛声山《绘风亭评第七才子书琵琶记》等即是。黄霖说："中国戏曲的评点本可能出现在嘉靖二十二年（1543）至万历七年（1579）间，少山堂本《西厢记》则是现存最早的一部完整的中国戏曲评点本。"① 这种批评形式往往和作品或选本或总集结合在一起，为读者画龙点睛，指引奥妙，示以剧体轨范，导入鉴赏佳境。

在评点的基础上，宋代又衍生出标抹、圈点的批评形式。唐文治的《国文经纬贯通大义》云："圈点之学，始于谢叠山，盛于归震川、钟伯敬、孙月峰，而大昌于方望溪、曾文正。圈点者，精神之所寄。学者阅之，如亲聆教者之告语也。惟昔人圈点所注意者，多在说理、炼气、叙事三端。方、曾两家，乃渐重章法句法。"② 明代，圈点批评盛行一时。清代唐恩溥的《文章学》认为圈点批评与科举制度有关系，云："圈点之兴，其在有明之世乎？有明以《四书》经义取士，科场有勾股点句之例，试官评定甲乙，用硃墨旌别其旁，名曰圈点，而后人乃仿其例而施之古书，而前人文字，无不加之圈点矣。而最传于世者，莫如震川氏之五色评点《史记》。"③ 其中，圈的符号有大圈、小圈、连圈、重圈、三角圈、四角圈等多种图形。明代茅坤的《唐宋八大家文钞评文》记载描画的评点符号图形有5种，徐师曾的《文体明辨序说》记载描画的真德秀评点符号图形有6种、唐顺之评点符号图形有9种。近人王葆心的《古文辞通义》列举圈点的颜色有红、黄、黑、青等种类。所有这些对古代戏曲评点都产生了重要的影响，且在古代戏曲评点形态上得到了充分的体现。例如，徐渭批评《重刻订正元本批点画意北西厢》采用了重圈、单圈、三角圈、四角圈、点、∟、Ⅰ等评点符号。李贽的明容与堂刊本批评《幽闺记》采用了眉批、总批、行批、抹、∟、小圈、连圈等评点符号；明崇祯十三年（1640）刊本批评《西厢记》采用了大圈、小圈、连圈、实圈、点、夹批、行批、摘句骰谱等评点符号，颜色则有红侧圈、黑侧圈等；直观而形象地

---

① 黄霖：《最早的中国戏曲评点本》，《复旦学报》2004年第2期。
② 王水照编《历代文话》，复旦大学出版社2007年版，第8243页。
③ 同上书，第8747页。

表达了李贽对《幽闺记》《西厢记》的探赜发微，成为中国古代戏曲身份认同的重要文献，以及戏曲序、跋、评、赞和文学剧本整一体的独特标志之一。

末说"赞"。赞者，称誉人事之美，纂集正文内容而叙之也。张相的《古今文综评文》云："赞，字亦作讚。……《尚书·大传》云：'舜为宾客，禹为主人，乐正进赞。'盖古者为唱发之辞。故彦和云：'汉置鸿胪，唱拜为讚，即古之遗语也。'"① 这说明了赞的起源很早，而且最初与音乐性唱名相关联，刘勰的《文心雕龙》将赞归属为颂的一个支派。关于赞的内涵，王兆芳的《文章释》云："史论，为论赞。'赞'，一作'讚'，见也，明也。附论说于纪传之后，其伦理明见，若赞者之引见也。……主于因事发议，评定得失。"② 可见赞的本义后来是指对事物有了深沉感慨之后表达由衷的赞赏。

在写法方面，自古以来，赞的篇幅一般都比较短小精悍，普遍提纲挈领，简明扼要。林纾的《春觉斋论文》云："赞体不能过长，意长而语约"③。在种类方面，依据对象来划分，《文通》云："史赞，……马迁《序传》后，历写诸篇，各叙其意。既而班固编为诗体，号之曰述。范晔改往述名，呼之以赞。……其体有三：曰杂赞，意专褒美，若诸集所载人物、文章、书画诸赞是也。曰哀赞，哀人之没而述德以赞之者是也。曰史赞，词兼褒贬"④，具体而言，就是赞可以分为史赞、哀赞、事赞、人物赞、山水赞、文字赞、名理赞、图画赞、杂物赞，等等。依据韵律来划分，赞有无韵之赞和有韵之赞，吴曾祺的《涵芬楼文坛》云："赞，自史家以外，鲜有作赞者。司马相如作赞以美荆轲，此赞之最古者。赞有二种：有用韵者，有不用韵者。班《书》中已分为二，《文选》因之。"⑤ 例如，班固的《汉书·杨胡朱梅云传第三十七》云："赞曰：昔仲尼称不得中行，则思狂狷。观杨王孙之志，贤于秦始皇远矣。世称朱云多过其实，故曰：'盖有不知而作之者，我亡是也。'胡建临敌敢断，武昭于外。斩伐奸隙，军旅不队。梅福之辞，合于《大雅》虽无老成，尚有典刑；殷监不远，夏后所闻。遂从所好，全性市门。云敞之

---

① 王水照编《历代文话》，复旦大学出版社2007年版，第8871页。
② 同上书，第6271页。
③ 同上书，第6341页。
④ 同上书，第2847—2850页。
⑤ 同上书，第6662页。

义，著于吴章，为仁由己，再入大府，清则濯缨，何远之有？"① 这一段赞文前面引文是无韵的长短句杂言散文，后面是班固写作的有韵的四言诗体韵文。班固用散文和韵文两种体裁写赞，可谓开启后世戏曲赞的写作体裁的先河。

南朝以后，赞的韵文形式发展迅速。宋人陈骙的《文则》云："益赞于禹，赞其远矣。后世史官，纪传有赞，以拟诗体，非古法也。"② 吴讷的《文章辨体序说》亦云："班孟坚《汉史》以论为赞，至宋范晔更以韵语。"③ 南朝宋范晔著《后汉书》，赞几乎全部都是四言诗体韵文，不仅在数量上，而且在韵律规范上，均远远超过班固的《汉书》。六朝时期，赞又发展到采用六言句式撰写有韵之赞。唐宋以后，有一部分赞演变成题辞。来裕恂的《汉文典》云："题者，简编之后语也，亦有用之于卷首者。题始于唐，盖题明其书之本原，与其文辞之作也，又名为题辞。汉赵歧作《〈孟子〉题辞》，其文稍繁；而朱子作《〈小学〉题辞》，更为韵语，又一体也。"④ 故《辞海》说："题词，一作题辞。主要用来对作品表示赞许，进行评价，或叙述读后感想。……大都用韵文体裁。"⑤

明清时期，一方面，赞以题辞的杂言散文形式被广泛应用于对剧作家和戏曲文学剧本的赞美，成为戏曲作品刊刻本的有机组成部分。例如：清代尤侗创作的杂剧《读离骚》，刊刻本除了载尤侗的《自序》、吴伟业的《序》之外，还有曹尔堪、彭孙遹、王士禄、丁澎、李澂撰写的《题词》，其中，彭孙遹的《〈读离骚〉题词》就是杂言散文形式，云："左徒，古今第一怨人也。江潭憔悴，千载同怜。然自《怀沙》赋后，潇湘一派水，终古生色。即蘅杜小物，亦自比寻常草木，分外幽馨，差足令灵均不恨。才如悔庵，可以怨矣。但羁人迁客，何地无有？安得使悔庵一一抽毫？尽平此胸中五岳，南园春尽，繁绿盈枝，今雨不来，人踪欲合。命小史按节歌之，每阕一终，浮杯一酹。有如此下酒物，辄觉沧浪亭上，苏长史咄咄妒人。"⑥ 彭孙遹的《〈读离骚〉题词》对屈原进行了赞美，称之为"古今第一

---

① 班固：《汉书》，中华书局1962年版，第2928页。
② 王水照编《历代文话》，复旦大学出版社2007年版，第182页。
③ 同上书，第1627页。
④ 同上书，第8620页。
⑤ 辞海编辑委员会编《辞海》，上海辞书出版社1979年版，第2029页。
⑥ 蔡毅：《中国古典戏曲序跋汇编》，齐鲁书社1989年版，第935页。

怨人也",评价甚高;对屈原的身世不幸遭遇表达了深切的同情和深沉的悲悼;对谗佞小人在比较中表达了鄙夷和谴责;对剧作家尤侗的才识和抒愤给予了赞扬;对文学剧本的可搬演性予以了充分肯定;在开导读者阅读欣赏上具有引人入胜的戏曲审美文化价值和身份认同意义。

另一方面,赞亦以题辞的诗词韵文形式被广泛应用于对剧作家和戏曲文学剧本的赞美,成为戏曲作品刊刻本的有机组成部分。例如:清代刘世珩辑刻有《暖红室汇刻传奇杂剧》,共收元明清三代杂剧、南戏、传奇30种,在《自序》之后,有况周颐的《序》和况周颐、冯煦、林纾、吴鸣麒的《题辞》。其中,况周颐的《题辞》为绝句的形式,云:"梦凤箫楼重回首,暖红兰室两同心。词场偻指《阳春》曲,几见知音在瑟琴",并且自注云:"先生刻书,多与夫人合校。德配江宁傅偶葱夫人春媺,字小凤。继配江宁傅俪葱春姗,字小红。梦凤楼、暖红室所由名。"① 况周颐的《题辞》赞美了刘世珩与两夫人情投意合,共同为戏曲刊刻本的辑录和校刊做出了贡献,自注的内容更加具体地叙说了刘世珩刊刻书的经历,增添了《题辞》的诗情画意。清代黄治撰杂剧《玉簪记》《雁书记》二种,后由门人李鉏付梓刊印,总称《春灯新曲》。山阴人章启昆为之题辞,采用的是词的形式,其《调寄【贺新郎】》云:"元夕扬州好。闹红桥银花火树,春灯围绕。词客却闲无意趣,特地试翻新稿。借韵事寄情绵渺。绝塞羁臣联美眷,更烟花奇遇从来少。都谱入,风流调。当年只把闲愁扫,又谁知,玉关西去,竟同先兆。塞雁南征空寄恨,漫拥金钗醉倒。灯影里,分明写照。何日新词传鞠部?好春宵,一听歌声袅。同按拍,掀髯笑。"② 这一首词叙写了剧本撰著的时间、地点和过程,剧作家当时的心境,并且寄予剧本由案头之曲付诸舞台搬演的深切期望。

中国古代戏曲文学剧本的刻印、出版、传播主要集中在元明清三代,其数量之大、品种之多,成为中国古代戏曲发展繁荣的主要标志之一。尤其是在明清时期,随着印刷技术的发展、成熟和提高,戏曲文学剧本的刻印、出版、传播空前繁荣。从戏曲文学剧本的刊印形式来看,主要有三种类型,一是刻印单篇戏曲文学剧本,如清同治四年(1865)湘乡曾氏金陵刊刻的王夫之杂剧《龙舟会》;二

---

① 蔡毅:《中国古典戏曲序跋汇编》,齐鲁书社1989年版,第522页。
② 同上书,第1089页。

是刻印戏曲文学剧本选集,如明万历四十三年(1615)和四十四年(1616)雕虫馆刊刻的臧懋循的《元曲选》;三是个人戏曲文学剧本全集,如清康熙翼圣堂刻印的李渔《笠翁传奇十种》等。在古代,作为书籍体制的一个要求是在正文之外,配合必要的附属部分,如一本书有书名、目录、署名和序之类,有时候还包括跋、评、赞等在内,建构了一种文物性的善本书。作为文本性案头戏曲文学剧本,在刻印时一般也都不仅有全部戏曲文学剧本,而且还附有与剧本密切相关的序、跋、评、赞等。这是古代书籍体制正格的文本形态在戏曲刊刻本上的应用和反映。例如,明代孟称舜编辑《古今名剧合选》之朱有燉的《风月牡丹仙》,批评本除了刻印文学剧本之外,还有序、评(总评、眉批、点)。清代禾中女史批评李渔的《意中缘》,除了刻印文学剧本之外,还有图像、序、题辞、评(眉批)、跋。这种属于古代书籍体制正格的文本形态使刻印的戏曲作品呈现出规范整一的版本,或者也可以说是版式。戏曲序、跋、评、赞与文学剧本结合在一起,建构了一种超越单篇戏曲序、跋、评、赞、文学剧本的完整语境和意义合力。

所谓语境就是戏曲序、跋、评、赞、文学剧本的作者使用语言时的环境。当代语境理论普遍认为,语境通常可以区分成语言性语境和非语言性语境两种类型。语言性语境指的是人们在交往过程中使用的话语,既包括书面语言中的上下文,也包括口头语言中的前后语。非语言性语境指的是人们在交往过程中话语表达所依赖的各种主客观因素,实际上就是内容广泛的文化语境,既包括话语产生的全部社会历史文化背景,也包括说话者在场的具体社会现实文化环境。戏曲文学剧本的阅读认同往往借助话语,话语表达的意义和产生的效果离不开一定的语境。所谓意义就是戏曲序、跋、评、赞的作者、剧作家赋予文学剧本的含义总和,以及读者对戏曲序、跋、评、赞、剧作家赋予文学剧本的含义的全面认识与总体把握。所谓效果就是戏曲序、跋、评、赞与文学剧本结合在一起产生的综合效力。所谓完整语境和意义合力指的是,单篇戏曲序、跋、评、赞与文学剧本的内容和形式的个体价值和审美意义,通过集聚组合的语境,建构了依据并且超越戏曲序、跋、评、赞与文学剧本内容和形式的共同价值和总体效果,其产生的影响向戏曲史更深更广更远的维度延伸。对戏曲身份认同而言,这种语境与合力的功能和作用,首先是为剧作家和他者揭示创作动机、阐发主题思想、发现艺术特点提供了明确的对象;其次是为戏班班主、曲师、优师和戏曲演员精选文学剧本,以便转换为舞台搬演提供了充分的素材;再次是为他者顾曲周郎选择鉴赏、理解接受戏曲作品开拓了思想内容和艺术形式的审美文化境界；最后是为他者剧作家、研究者提供了据书推见原委、判断优劣真伪、足资借鉴考证的丰富文献资料。

质言之，中国古代戏曲文学的基本形态是剧本，戏曲序、跋、评、赞等既是戏曲文学剧本的说明和印证，又是戏曲文学剧本的阐释和表彰，还是戏曲批评卓识和身份认同过程的抽象和总结，即所谓中国古代戏曲理论的基本形态，是由专门著作、序、跋、评、赞等批评方式构成的，诚如廖奔在《中华文化通志·戏曲志》阐释"曲论"时说："文章序跋评点类。这是一类范围最为阔大的戏曲批评，几乎所有那些不成为专书的戏曲评论文字都可以搜罗进来。"[1]中国古代戏曲序跋绝大多数为今人蔡毅的《中国古典戏曲序跋汇编》、吴毓华的《中国古代戏曲序跋集》等收录，其余存世古代戏曲刊刻本保有丰富的戏曲序、跋、评、赞和文学剧本，包括版式的刻意设计与美学讲究，如在清晖阁批点《牡丹亭》中，快雨堂《又著坛原刻凡例七条并列于后》云："凡刻书，序跋俱宽行大草，令览者目眩"[2]，使人们能够从中直观而全面地把握古代戏曲序、跋、评、赞和文学剧本的内容和形式的整一体。这种整一体为戏曲事业的传播、继承、弘扬、发展奠定了丰厚的文本文献和审美文化基础，帮助人们实现和有效提升了对古代戏曲的身份认同。

第三节　声律、曲谱与言说音藏

汉字发声既有声调，又有规律，韩非木说："声律，就是关于声音上的规律，所谓声，是指的四声：'平、上、去、入'。"[3]详言之，在文学语言上，"声律"是指诗文声韵的规律，与"音律"相同，这是两者的互通，如刘勰的《文心雕龙》云："夫音律所始，本于人声者也。"[4]在中国古代音乐史上，"声律"又转义泛指音

---

[1] 廖奔：《中华文化通志·戏曲志》，上海人民出版社1998年版，第272页。
[2] 蔡毅：《中国古典戏曲序跋汇编》，齐鲁书社1989年版，第1232页。
[3] 韩非木：《曲学入门》，中华书局1948年版，第68页。
[4] 龙必锟译注《文心雕龙全译》，贵州人民出版社1992年版，第401页。

乐，如汉代司马迁云："博采风俗，协比声律，以补短移化，助流政教。"①藉此进一步地细究，则"声律"又与"音律""乐律""曲律"发生了贯通关系，其共同点是"律"指音乐中衡量"声"的绝对音高标准。明代朱载堉撰有《乐律全书》，并在《〈律吕精义〉序》中云："夫乐也者，声音之学也；律也者，数度之学也"②；而"声""音""乐""曲"则不尽相同，如《乐记》云："音之起，由人心生也。人心之动，物使之然也。感于物而动，故形于声。声相应，故生变，变成方谓之音。比音而乐之，及干戚羽旄，谓之乐。"③这就是说，"声"是单个的声音，"音"是经过组织的声音构成的曲调，"乐"是将"音"按照一定的结构关系演奏起来，甚至还要按着曲调手舞足蹈，"曲"是有节奏、有旋律的美听悦耳的歌曲。由"声律""音律""乐律"延伸到戏曲领域则形成了所谓"曲律"。王骥德所谓"曲"指的是戏曲音乐，"律"从本义来看，是指曲词宾白发声的规律，诚如宋代沈括的《梦溪笔谈》里认为，以声依咏以成曲，谓之协律，而王骥德对"律"的阐发超越了沈括，云："曲何以言律也？以律谱音，六乐之成文不乱；以律绳曲，七均之从调不奸。"④王骥德所谓"曲律"的含义较宽，既指戏曲按谱填词时音乐的声高标准，又指规范戏曲创作的艺术准则，兼指戏曲发展源流的客观规律。今人韩非木回归"律"的本义，说："曲律，作曲的规律。"⑤

关于"曲谱"，王季烈云："厘正句读，分别正衬，附点板式，示作曲家以准绳者，谓之曲谱。"⑥中国古代戏曲音乐的书籍集中体现之一是曲谱。戏曲曲谱的形成有一个从声律到曲谱的漫长过程，戏曲声律、曲谱凝聚为中国古代戏曲音乐本体身份的重要组成部分，戏曲声律、曲谱作者的言说彰显了戏曲音藏的丰富内容，以及人们对戏曲音乐身份认同的显著民族特色。

关于音藏，"音"是指音乐，"藏"的本义是指把谷物收藏起来，基本义又指

---

① 司马迁:《史记》，中华书局1959年版，第1175页。
② 修海林编著《中国古代音乐史料集》，世界图书出版公司2000年版，第521页。
③ 阮元:《十三经注疏》，中华书局1980年版，第1527页。
④ 王骥德:《曲律》，《中国古典戏曲论著集成》(四)，中国戏剧出版社1959年版，第49页。
⑤ 韩非木:《曲学入门》，中华书局1948年版，第67页。
⑥ 王季烈:《螾庐曲谈》下册，商务印书馆1928年版，第1页。

收藏财物的府库。中国古代书籍卷帙浩繁，于是人们把书籍分门别类归总也称之为"藏"，如道藏是道教书籍的总集；佛藏是佛教书籍的总称，清代康熙年间，潘廷章《〈西厢〉说意》认为："《西厢》何意？意在西来。以佛殿始，以旅梦终，于空生即于空灭，全为西来示意也。……故曰：《西厢》可以入藏"[①]；儒藏是儒家著作的总汇，与道家之道藏、佛教之藏经相对应。在中国古代戏曲史上，人们仿效他者措辞造句，也把戏曲音乐书籍归总泛指为音藏，如吕天成云："剑池校曲功多，久沉酣于音藏。"[②]将"音藏"用当代通俗语言来表达，即人们所说的"音乐宝藏"是也。

从国学视域来看，就言说音藏而论，从声律到曲谱的发展有迹可循，内容丰富多样。

在字音声调方面，古代汉语存在四种声调，南朝梁之沈约著《四声谱》最早提出四声概念；最早的韵书、隋朝的陆法言著《切韵》，将四声标为"平、上、去、入"。四声及其发音规律与后世戏曲音乐建构了密切的关系。宋元明清时期，北曲遵循《中原音韵》，入声字已经不存在了，周德清谓之"入声派如平、上、去三声"[③]是也；而南曲遵循《洪武正韵》，依然保存有平、上、去、入四声；北曲只用四声音韵体系，将四声分阴平、阳平、上、去；而南曲字声用八声音韵体系，将平、上、去、入各一依清浊分阴阳为二；这就造成了南北曲按谱填词、声腔格律和演员歌唱等方面的重大差异。

在四声与行腔关系方面，一方面，古汉字四声决定了后世戏曲曲白平仄运用的基本规则，直接影响到按谱填词和演员歌唱的艺术标准及审美效果。例如，丘琼荪的《白石道人歌曲通考》说："明东山钓史、鸳湖逸者合辑之《九宫谱定》，其《总论·平仄论》有云：'每句所定四声，或于上去入统用一仄字代之，此平仄断不可淆也。且有数曲，上去亦不可易，盖上声之腔，自下而上，去声之腔，自上而下，大是不同，若入声作叶，借北音为腔，不得已也。''上声之腔，自下而

[①] 蔡毅：《中国古典戏曲序跋汇编》，齐鲁书社1989年版，第739—741页。
[②] 吕天成：《曲品》，《中国古典戏曲论著集成》（六），中国戏剧出版社1959年版，第218页。
[③] 周德清：《中原音韵》，《中国古典戏曲论著集成》（一），中国戏剧出版社1959年版，第211页。

上，去声之腔，自上而下'，此为昆曲谱法唱法之定则，除徐大椿《乐府传声》所论不尽相同外，其他曲家，无或逾此，盖已成为一通则矣。"[1]遵循古汉字四声的特点，古代戏曲搬演具有强调规范"字正腔圆"的传统。"字正"就是演员唱曲念白字腔结合时，要求做到曲白中字调四声调值的准确。"腔圆"就是要求唱曲时的节奏、旋律、和声必须顺达、流畅、充盈，能够保持声腔剧种的独特艺术风格，而且能够完满地再现故事内容和表现思想情感。所以，古代戏曲艺术家素来重视曲白字的平仄、四声的处理，强调依字行腔、以腔就字、腔随字行、按字求声、将声入律、循律造曲等作曲、唱曲、写白、念白的方式方法。

另一方面，古汉字四声音阶与乐律的音阶关联密切。中国古代音乐史上的五声音阶指宫、商、角、徵、羽，在古老的五声音阶基础上，又产生形成了七声音阶，即增加了变宫、变徵。关于五声音阶和七声音阶，宋代的高承云："商以前，但有五音宫、商、角、徵、羽，……变宫变徵，乃始于周也。"[2]杨荫浏认为，七声"新音阶形式，在春秋时代，已在我国出现"[3]。五音二变是中国古代传统乐律的一大支柱。后世南北曲在不同音阶的基础上衍生出两种不同的戏曲音乐形态，即南曲音乐基于五声音阶、北曲音乐基于七声音阶的差别。从另外一个角度来说，就是南曲与北曲的音乐风格差异颇大，这首先是由曲调的音阶结构所造成的，如南曲用五声音阶（1、2、3、5、6）组成，所谓南曲不许出乙、凡是也；而北曲用七声音阶（1、2、3、4、5、6、7），特别是4、7二音在旋律中具有强烈的色彩，往往在移调方面起关键作用；因此，有无变徵、变宫二音是区别南曲与北曲的显著标志。被音乐界称之为"正声音阶"的七声音阶在京剧、河南梆子等声腔剧种中很常见，而且演唱起来非常有艺术个性和声腔特色，而五声音阶一直在昆曲中延续使用。例如，清末无我道人作《新编〈留仙镜〉皮黄调缘起词》，云："皮黄亦由古乐，变宫变调呈奇。奈何逾变逾支离，难怪人嗔鄙俚！……才看弋阳奏伎，又聆昆曲呈奇，曼声高唱赏音稀，焉得人人耳洗？漫说弹腔鄙俚，质言还胜侏儸。英雄儿女共神祇，一样登场演戏。"[4]这说明昆曲五声音价的艺术形式从明代昆山腔

---

[1] 丘琼荪：《白石道人歌曲通考》，音乐出版社1959年版，第118页。
[2] 高承：《事物纪原》，中华书局1989年版，第90页。
[3] 杨荫浏：《中国古代音乐史稿》，人民音乐出版社2004年版，第88页。
[4] 蔡毅：《中国古典戏曲序跋汇编》，齐鲁书社1989年版，第2355页。

定型一直到清末稳定维持不变，是昆曲音乐的基础、主干与核心，迄今依然如此。

在七声音阶出现之后，受人体五脏、五行、五音的客观对应关系，即五度相生传统文化观念的影响，五声音阶仍然在古代音乐中长期占有优越的主流地位，但是，七声音阶毕竟在音乐实践中得到应用，而且从汉代开始普遍流行起来，两者共同影响戏曲音乐至今。刘勰的《文心雕龙》是齐梁声律论的代表作，云："声含宫商，肇自血气，先王因之，以制乐歌。"① 古汉字四声是声音的高低升降的变化区分，音乐中的音阶也是由音高来决定的，两者有相通之处，所以刘勰认为人的声音包括宫、商、角、徵、羽五音，这种五声音阶既是古先圣王用以制定乐曲歌章的基础，也是后世人们衡量歌词演唱发音的标准。唐代段安节继承了刘勰的观点，同时进一步阐发了四声与燕乐的关系，云："舜时调八音，用金、石、丝、竹、匏、土、革、木，计用八百般乐器；至周时，改用宫、商、角、徵、羽，用制五音，减乐器至五百般。至唐朝，又减乐器至三百般。太宗朝，三百般乐器内挑丝、竹为胡部，用宫、商、角、羽，并分平、上、去、入四声。其徵音有其声，无其调。平声羽七调……上声角七调……去声宫七调……入声商七调……右件二十八调。"② 燕乐以七声音阶为基础，有黄钟、大吕、夹钟、中吕、林钟、夷则、无射等七律，俞为民据此阐释说："燕乐只用四声与七律。两者相旋而得二十八调。"③

唐朝燕乐最突出、最辉煌的成就是大曲。大曲是在乐府音乐和外来音乐的基础上经过乐师们的创造而发展起来的，是综合了歌唱、器乐和舞蹈的大规模的音乐，著称于世且影响深远者如《霓裳羽衣曲》等。杨荫浏还认为大曲中间有一部分叫作法曲。杨荫浏说：唐代燕乐的专业地位在当朝"得到了初步的承认，以后经五代而至于宋、金时期，……适应着新兴的艺术歌曲、说唱音乐和戏剧音乐的要求，经过适当的加工，而继续发挥其作用"④。宋代的大曲在唐代大曲的基础上进行了改造，仅仅采用其中的一部分，而称之为"摘遍"，篇幅明显缩短了很多。同

---

① 龙必锟译注《文心雕龙全译》，贵州人民出版社1992年版，第401页。

② 段安节：《乐府杂录》，《中国古典戏曲论著集成》（一），中国戏剧出版社1959年版，第62页。

③ 俞为民：《曲体研究》，中华书局2005年版，第18页。

④ 杨荫浏：《中国古代音乐史稿》，人民音乐出版社2004年版，第274页。

时，诸宫调和杂剧、院本也吸收了唐代大曲的音乐因素，经过创造性加工处理，展现出新的曲调名称和音乐形象，尤其是杂剧在吸收唐宋大曲等艺术因素的同时，建构了相当完整的以歌舞演故事的戏曲，艺术本体和身份特征发生了革新性的变化。例如，王国维统计说：宋代周密所著《武林旧事》载官本杂剧段数280本，"用大曲者一百有三，用法曲者四"①；又说，陶宗仪的《南村辍耕录》所记载院本名目690种，其中"'和曲院本'者，十有四本。其所著曲名，皆大曲法曲"②。王易说："有法曲，有大曲，有番曲，有对舞，皆自北宋时有之，悉词之昆弟行，而金元戏曲之所由生也。"③后世南北曲中还保留了不少带有唐宋大曲名称的曲牌，而且唐宋大曲的【排遍】【入破】【虚催】【实催】【衮】【煞】等的排列形式，也直接为宋元南戏、杂剧所借鉴吸收，形成了建立在曲牌、宫调基础上的曲牌联套曲式，为促进后世曲牌联套体戏曲的发展繁荣发挥了重要作用。

在八音、十二律和宫调等戏曲音乐范式方面，一是关于八音。周朝见于文献记载的乐器大约近70种，根据制成乐器材料的不同来分类，共有金、石、土、革、丝、木、匏、竹，古人称之为"八音"，有一部分经改造成为后世戏曲乐器类的有机组成部分。其中，"丝"指的是弦乐器类，"竹"指的是管乐器类，"革"指的是皮革裹制的鼓类，"金"指的是金属做的铜锣、铜鼓、钹等类，"木"指的是木制乐器木鱼、板、梆等类。"丝""竹""革""金""木"的种类很多，在后世不断得到改进、完善、创造或淘汰，运用于戏曲音乐领域并产生了重要影响，共同为创造戏曲的音乐特色美发挥了作用。

就"丝""竹"而言，中国古代音乐史上有"丝不如竹，竹不如肉"的经典名言。例如，陶渊明的《晋故征西大将军长史孟府君传》道："又问听妓，丝不如竹，竹不如肉，答曰：'渐近自然。'"④陶渊明的意思是说，弦乐器不如管乐器，管乐器又不如"肉乐器"——人声。这话确实很有道理，在晋朝，人们还没有发明弓弦乐器，所有的弦乐器都是依靠弹奏或者打击出声，发出的是不连续的音，而管乐器依靠人吹奏发出的是连续的音，特别是人声发音不仅连续，而且与歌词相

---

① 王国维：《宋元戏曲史》，华东师范大学出版社1995年版，第58页。
② 同上书，第68页。
③ 王易：《词曲史》，东方出版社1996年版，第253页。
④ 陶渊明：《陶渊明集》，中华书局1979年版，第171页。

配合，根据发音器官与肌肉的掌控能够准确传达歌词内容和思想感情，所以说人声最动听、最美妙。体现在戏曲音乐领域，"丝不如竹，竹不如肉"亦成为一句戏曲艺术家认同的经典名言，即要求戏曲演员要区别掌握不同乐器的品质，凭借乐器演奏的规律，不断提高演唱水平，传达曲情曲意，以真实地搬演剧中人物、塑造艺术形象、深深打动观众的心，获得最佳的戏曲审美欣赏和接受效果。例如，燕南芝庵说："丝不如竹，竹不如肉，以其近之也。"① 李渔的《闲情偶寄》更加详细地说："丝、竹、肉三音，向皆孤行独立，未有合用之者，合之自近年始。三籁齐鸣，天人合一，亦金声玉振之遗意也，未尝不佳；但须以肉为主，而丝竹副之，使不出自然者，亦渐近自然，始有主行客随之妙。"②

就"革""金""木"而言，锣、鼓、板等是音乐表演的主要乐器，也是戏曲搬演不可缺少的主要乐器，戏曲音乐界称之为打击乐器。清代仲振奎的《〈红楼梦传奇〉凡例》云："锣鼓，戏俗套也，循《琵琶》之例，未为不可。顾丝竹之声，哀多伤气，不可无金鼓以震之。"③ 打击乐器形成最早，诞生于管弦乐器、弹拨乐器之前，在民间、战争、宫廷中广泛使用。从戏曲形成伊始，打击乐就自然而然地处于以自己独特的节奏音响统领全局、贯穿全剧的主导地位，戏曲演员的舞台搬演节奏取决于锣鼓点的打击节奏。戏曲锣鼓可以强化舞台表达的对比度，渲染重点情节和特殊情绪，是左右戏曲搬演节奏的命脉中枢。因此，为了规范戏曲打击乐的演奏，艺人们创造了打击乐器谱，这种乐谱通常就叫作"锣鼓经"。李渔具有丰富的粉墨登场的戏曲舞台搬演实践经验，在《闲情偶寄》里特别列"锣鼓忌杂"一款，强调戏曲锣鼓的重要性和应用性，说："戏场锣鼓，筋节所关，当敲不敲，不当敲而敲，与宜重而轻，宜轻反重者，均足令戏文减价。此中亦具至理，非老于优孟者不知。最忌在要紧关头，忽然打断。如说白未了之际，曲调初起之时，横敲乱打，盖却声音，使听白者少听数句，以致前后情事不连，审音者未闻起调，不知以后所唱何曲。打断曲文，罪犹可恕，抹杀宾白，情理难容。予观场每见此等，故为揭出。又有一出戏文将了，止余数句宾白未完，而此未完之数句，

---

① 燕南芝庵：《唱论》，《中国古典戏曲论著集成》（一），中国戏剧出版社1959年版，第159页。

② 李渔：《李渔全集》第三卷，浙江古籍出版社1992年版，第96页。

③ 蔡毅：《中国古典戏曲序跋汇编》，齐鲁书社1989年版，第1997页。

又系关键所在,乃戏房锣鼓早已催促收场,使说与不说同者,殊可痛恨。故疾徐轻重之间,不可不急讲也。场上之人将要说白,见锣鼓未歇,宜少停以待之,不则过难专委,曲白锣鼓,均分其咎矣。"① 李渔在这里采用戏曲理论联系舞台实际的方法,阐明了戏曲锣鼓在戏曲音乐中的举足轻重的身份地位。

二是关于十二律和宫调。十二律是传统乐律的另一大支柱。宫调是乐律的概念。宫、商、角、徵、羽、变宫、变徵七个音只有音高,没有绝对音高,但相邻两音的距离是固定不变的。只要确定了第一级的音高,其他各级的音高也就都确定下来了。这个绝对音高的标准古人用"律"来确定,称之为"十二律"或"十二律吕",分别是:黄钟、太簇、姑洗、蕤宾、夷则、无射(以上为阳六律,简称"律")、林钟、南吕、应钟、大吕、夹钟、中吕(以上为阴六律,简称"吕")。十二律由低音到高音次序为:黄钟、大吕、太簇、夹钟、姑洗、中吕、蕤宾、林钟、夷则、南吕、无射、应钟。每一律都有七音,宫音分别乘十二律,得到十二宫,商、角、变徵、徵、羽、变宫这六音分别乘十二律,得到七十二调,十二宫加七十二调得到八十四宫调。这就是律吕宫调的基本概念。调依均而成,均依律而定,对此,近人吴梅解释认为,宫调就是用来限定乐器管色之高低的。

五音二变与十二律是传统乐律的两大支柱,传统音乐的八十四调就是在此基础上产生发展而来的。南北曲宫调名称、数目直接继承了唐宋俗乐和词乐所用的宫调系统而来的,并且形成了自己独特的体制。当然,这八十四调仅仅是理论上的数字,戏曲音乐的宫调实际只使用其中的一小部分。例如,元代北曲用六宫十一调,统称十七调,包括正宫、中吕宫、道宫、南吕宫、仙吕宫、黄钟宫、大石调、小石调、般涉调、商角调、角调、高平调、歇指调、宫调、双调、商调、越调;明清以来南曲有六宫七调,统称十三调,包括黄钟宫、正宫、仙吕宫、中吕宫、南吕宫、道宫、大石调、羽调、商调、越调、小石调、般涉调;而南北曲最常用者只有五宫四调,合称九宫,包括黄钟宫、正宫、仙吕宫、中吕宫、南吕宫、大石调、羽调、商调、越调。燕南芝庵还认为不同宫调表达的声情或音乐气氛也不同,如仙吕宫清新绵邈,南吕宫感叹伤悲,中吕宫高下闪赚,黄钟宫富贵缠绵,正宫惆怅雄壮,道宫飘逸清幽,大石调风流蕴藉,小石调旖旎妩媚,高平

---

① 李渔:《李渔全集》第三卷,浙江古籍出版社1992年版,第95页。

调条物溟漾,般涉调拾掇抗堑,歇指调急并虚歇,商角调悲伤婉转,双调健捷激袅,商调凄怆怨慕,角调呜咽悠扬,宫调典雅沉重,越调陶写冷笑。①这种对不同宫调声情或音乐气氛差异的解释,有益于人们加深认知戏曲宫调的本质和特点,准确掌握戏曲宫调的运用与演唱规律,张扬戏曲音乐的美。

鉴于声律的上述性质、特点和规律,人们对声律与音乐的关系做了种种总结和概括。例如,从传统乐律的角度,宋代朱长文的《琴史》云:"古者推律以立均,依均以作乐,故十二律旋相为均。均有七调,合八十四调,播于八音,著于歌颂,而作乐之能事毕矣。"②清代祝凤喈的《与古斋琴谱》认为五音二变七声可以满足人的抒情需要,云:"乐只以五音二变七声,旋成诸调,该备乎人事万物一切之情状,皆得以发其神情。"③沈乘麐记载俞宗海认为,音乐美的关键是宫调、声律、音韵之间的和谐,云:"作乐,惟恐其不谐,故制为五声八音十二律以定其音。音定而韵从焉。……循声按律而调以成,所谓无相夺伦也,所谓谐也。"④陈幼慈的《琴论》从音乐史的角度认同音乐的和谐美,云:"今之乐,犹古之乐。八音克谐,神人以和,至哉言乎!夫乐之成曲,全在宫商调和,安有古今之异。"⑤清代吴亮中的《〈南曲九宫正始〉序》从戏曲音乐发展的角度,认为音乐有变有正,云:"夫词为诗之变,曲又为词之变,屡变而终非始义矣。所以令变而还正,终而复始者,则有律在。……律不明,其无曲矣。"⑥对此,民国年间韩补庵的《〈补庵谈戏〉例言》亦认同云:"音律声调,为旧戏之生命。"⑦吴梅的《童伯章〈中乐寻源〉叙》进一步补充云:"声歌之道,律学、音学、辞章三者而已。"⑧所有这些言说表明,古代戏曲的声律决定了古代戏曲的艺术生命,规范了古代戏曲的搬演形

---

① 参见燕南芝庵《唱论》,《中国古典戏曲论著集成》(一),中国戏剧出版社1959年版,第160页。

② 修海林编著《中国古代音乐史料集》,世界图书出版公司2000年版,第386页。

③ 同上书,第646页。

④ 沈乘麐:《韵学骊珠》,中华书局2006年版,第23—24页。

⑤ 修海林编著:《中国古代音乐史料集》,世界图书出版公司2000年版,第632页。

⑥ 蔡毅:《中国古典戏曲序跋汇编》,齐鲁书社1989年版,第87页。

⑦ 同上书,第199页。

⑧ 同上书,第209页。

态，有着丰富、深厚、独特的内容，是中华民族传统音乐宝藏中的重要组成部分。

中国古代音乐史证明，一个时代有一个时代的审美趣味风尚，一个时代有一个时代的音乐价值取向，古代传统音乐类型新陈代谢是一种必然性、规律性的发展趋势。就总的音乐潮流和发展趋势来看，例如，汉代乐府音乐盛兴而《诗经》音乐衰亡，两晋南北朝宫廷音乐盛兴而乐府音乐衰亡，唐代声诗音乐盛兴而宫廷音乐衰亡，宋代词乐盛兴而唐代声诗音乐衰亡，元代北曲音乐盛兴而宋词音乐衰亡，明代南曲音乐盛兴而元代北曲音乐衰亡，清代皮黄音乐盛兴而明代昆曲音乐衰亡。在这种音乐潮流和发展趋势的变革背景下，如果没有曲谱流传下来，当时的音乐形态和演唱面貌将成为历史过客销声匿迹，不复为后人所知晓。值得庆幸的是，历代戏曲艺术家发明创造撰写的曲谱有一部分流传至今，成为中国古代音乐宝藏中不可多得的文献资料，为后世探讨研究中国古代戏曲音乐的性质、特点和规律提供了基础和可能。

关于"曲谱"，王之绩的《铁立文起》云："谱，布也，布列见其事也。"① 姚华的《论文后编》云："谱不详其始，郑玄已有《丧服谱注》一卷，谱为何人之作，疑不能明也。玄又著《毛诗谱》，又有目录，遂为后世谱录之学所自出。而《史记·三代世表》有'不可得而谱'之辞，其起源必在子长以前。"② 在前人已有相关曲谱研究的基础上，王季烈明确定义，云："厘正句读，分别正衬，附点板式，示作曲家以准绳者，谓之曲谱；分别四声阴阳，腔格高低，旁注工尺板眼，使度曲家奉为圭臬者，谓之宫谱。昆曲自元明以来，若《太和正音谱》《骷髅格》《南音三籁》《南曲谱》《啸余谱》《九宫谱定》《九宫正始》《北词广正谱》等，……属于曲谱之类，而不及宫谱；至吕士雄等之《南词定律》、庄亲王之《九宫大成》则以曲谱兼之宫谱。……《纳书楹曲谱》及《吟香堂曲谱》……则纯乎为宫谱。……曲谱之作，由来已久，而宫谱之刊行，则始于康乾之际。"③ 王季烈对曲谱和宫谱从狭义上做了比较区分，不无道理，其实，广义的曲谱可以将宫谱包括在内，是逻辑学上的一种包含关系。此外，近代各戏曲声腔剧种的乐谱也称为曲谱，现当代

---

① 王水照编《历代文话》，复旦大学出版社2007年版，第3642页。
② 郭绍虞、罗根泽主编《中国近代文论选》（下），人民文学出版社1959年版，第666页。
③ 王季烈:《螾庐曲谈》下册，商务印书馆1928年版，第1—2页。

通行的各种音乐乐谱也称曲谱。本节所谓曲谱主要指的是戏曲曲谱,当然,也难免涉及词谱、散曲谱等。曲谱的功能是供剧作家查阅格律曲式并创作剧本填词之用,以便遵循有关曲的联套体式、宫调、曲牌,以及每个曲牌的句式、字数、平仄、押韵、唱法等规范,所以,李渔的《闲情偶寄》要求剧作家"凛遵曲谱",称"曲谱者,填词之粉本,……刺绣之花样"①。

从古代戏曲曲谱形成发展史来看,清人胡彦颖的《〈乐府传声〉序》云:"《七略》载周歌诗曲折若干篇,乐之遗谱也,而时莫能歌。"②《七略》为西汉经学家、天文学家、目录学家刘歆在公元前6年至公元前5年间编成,这说明周朝已经产生了乐谱,后世戏曲曲谱循此脉络发展而来。就中国音乐史的角度而言,戏曲曲谱实际上是燕乐曲调谱、声诗曲调谱和词乐曲谱的裔派余脉。戏曲曲谱渊源于宋元,盛行于明清,余绪绵延至近现代。再细分之,则南曲兴盛早于北曲,同样,南曲曲谱的出现早于北曲曲谱。周维培的《曲谱研究》认为,古代戏曲曲谱制作史分为三个阶段,第一个阶段是宋元时期,是戏曲曲谱的萌生期;第二个阶段是明初至清康熙年间,是戏曲曲谱的形成和兴盛期;第三个阶段是清康熙年间至近代吴梅的《南北词简谱》和王季烈的《螾庐曲谈》的出现。

例如,锣鼓经是戏曲打击乐曲谱的一种独特类型。唐代段安节云:"拍板本无谱,明皇遣黄幡绰造谱。"③这表明唐代的歌舞戏已经开始出现了类似后世戏曲锣鼓经的打击乐谱。锣鼓经在戏曲音乐曲谱中发展较早,受宗教故事传唱、军中竞技传到宫廷艺术化、民间歌舞等乐器伴奏等多方面的影响,大约在宋代已经出现了锣鼓经。在歌曲乐谱方面,宋代已经出现了乐谱,但是,如永瑢等的《四库全书总目提要》云:"宋代曲谱,今不可见,亦无人能歌。"④然而,宋人江邻几撰《杂志》曰:"梅圣俞说:'曲名【盐角儿令】者,始教坊家人市盐于纸角子中得一曲

---

① 李渔:《李渔全集》第三卷,浙江古籍出版社1992年版,第32页。
② 徐大椿:《乐府传声》,《中国古典戏曲论著集成》(七),中国戏剧出版社1959年版,第149页。
③ 段安节:《乐府杂录》,《中国古典戏曲论著集成》(一),中国戏剧出版社1959年版,第58页。
④ 永瑢等:《四库全书总目提要》第40册,商务印书馆1931年版,第69页。

谱，翻之遂以名焉。'"① 后世曾有人对此本事表示质疑，但是，无论如何，梅圣俞对曲名【盐角儿令】和曲谱的身份认同是充分自觉的、毋庸置疑的，后人藉此毕竟可管中窥豹，见宋代曲谱之一斑。南曲曲谱据文献记载最早是元天历年间问世的《九宫十三调词谱》，而现有资料表明，南曲曲谱存世最早者为明嘉靖二十九年（1550）蒋孝所编《旧编南九宫谱》。明代朱权的《太和正音谱》是中国戏曲史上现存第一部完整的北曲格律谱，完成于洪武三十一年（1398），时当北曲杂剧逐渐衰微，而南戏行将复兴的历史时期，朱权有意识地"依声定调，按名分谱，……为乐府楷式"②，制定北曲杂剧创作的音乐规范，不啻为保存北曲杂剧的音乐身份做出了重要贡献，也为后人研究认同北曲杂剧的音乐身份提供了难能可贵的资料。明末清初，戏曲家沈自晋善度曲精音律，著《南词新谱》，对沈璟的《南九宫十三调曲谱》进行了删补修订，使南曲曲谱更加精详完善。清代李玉的《北词广正谱》是曲谱制作史上首次以十七宫调系统列谱的北曲格律谱。清季花部乱弹兴盛，一般不同声腔剧种都有属于自己剧种的曲谱。例如，李调元云："'弋腔'始弋阳，……京谓'京腔'，……向无曲谱，只沿土俗。"③ 王正祥有《南词十二律昆腔谱》和《新定十二律京腔谱》，其中《新定十二律京腔谱》是古代戏曲史上唯一全面反映弋阳腔格律、音乐、剧目和演唱体制的曲谱，可谓填补了弋阳腔向无曲谱的空白。和硕庄亲王允禄奉旨编纂《九宫大成南北词宫谱》为中国古代歌曲总谱，集大成之作，共82卷，编定于乾隆十一年（1746），由内府刊刻朱墨套印本。此谱反映了中国古代自唐宋至明清近千年的音乐、戏曲及词曲的乐谱面貌。在传奇繁盛的背景下，叶堂编订的《纳书楹曲谱》使昆曲的演唱有了初步的规范，从而促进了昆曲艺术品位的提高与广泛深远的流传。叶堂的《〈纳书楹曲谱〉凡例》云："此谱与宫谱不同。盖宫谱字分正衬，主备格式。此谱欲尽度曲之妙，间有挪借板眼处，故不分正衬，所谓死腔活板也。"④ 这一段话体现了叶堂对昆曲曲谱理解

---

① 陶宗仪：《说郛》卷二，中国书店1986年版，第12页。
② 朱权：《太和正音谱》，《中国古典戏曲论著集成》（三），中国戏剧出版社1959年版，第11页。
③ 李调元：《剧话》，《中国古典戏曲论著集成》（八），中国戏剧出版社1959年版，第46页。
④ 蔡毅：《中国古典戏曲序跋汇编》，齐鲁书社1989年版，第152页。

的深刻透彻、对戏曲曲谱自我身份认同的审美自信。中国第一部京剧曲谱是瑞安人郑剑西编辑的《二黄寻声谱》，1928年由大东书局出版，属于工尺谱，其编制乃建立在清代中叶以来众多民间和宫廷的京剧艺术家实践经验的基础之上。

从戏曲曲谱的性质和形态分类来看，在性质上，戏曲曲谱不仅是中国古代戏曲音乐的特殊文本形态，而且具有重要的戏曲音乐文献价值。例如，明代朱权的《太和正音谱》共收89位存名和佚名散曲作家的134支散套和96首小令，33位存名或佚名杂剧作家的44部剧作的91支单曲。这些例曲中有一些散曲已不见著录，有一些杂剧全本已不存世，今天人们正是凭藉《太和正音谱》略窥它们的面貌，《太和正音谱》因此成为后世戏曲研究者勾沉辑佚的重要音乐文献。在分类上，周维培云："曲谱按其性质和使用对象，可分作文字谱和音乐谱两种。文字谱传统上称作'曲谱'或'格律谱'；音乐谱，一般又称作'宫谱'或'工尺谱'。……到了清代康乾之际，戏曲史上又出现了一批合辑南北曲、兼订曲律工尺的综合谱，可称作曲谱制作上的第三种分类。"[①] 工尺谱的发源地、时间迄今尚不可知晓。宋代陈旸的《乐书》是最早明确记载工尺谱与管乐器孔序的对应关系者，甚至认为工尺谱的创制很可能与管乐器有极大的关联。姚燮记翟灏云："工尺谱，即朱子所谓'半字谱'也。"[②] 宋元以后，社会上流传下来的大部分乐谱都是用工尺谱式记写的，其中以器乐作品和戏曲唱腔为数最多。值得一提的是，现当代在中国音乐界通用的五线谱、简谱都是外来的谱式，是欧洲音乐实践的产物，西方国家的这种基本音乐理论不能完全适合中国传统戏曲音乐的记谱。例如，中国古代音乐的音阶有三种形态，即旧音阶（古音阶、雅乐音阶）、新音阶（清乐音阶）、清商音阶（燕乐音阶、俗乐音阶）。三种音阶的五个正声即宫、商、角、徵、羽是相同的，唯两个偏音即变宫、变徵的位置存在差别，它们表现在与五个正音的半音关系上，三种音阶形态中只有新音阶可以适用五线谱、简谱。当然，时至今日，中国传统戏曲音乐的记谱对于一般非专业人士来说比较古奥费解，也不能适应当代戏曲音乐的发展，不能满足当代戏曲音乐的发展对记谱方式的需求，制约了戏曲曲谱身份认同的大众化、普及化，于是，对中国传统戏曲曲谱进行革新或者传译，已经成

---

① 周维培：《曲谱研究》，江苏古籍出版社1999年版，第6—7页。
② 姚燮：《今乐考证》，《中国古典戏曲论著集成》（十），中国戏剧出版社1959年版，第33页。

为当代中国戏曲音乐界作曲的必然趋势。例如，人民音乐出版社2004年出版、朱维英主编的《戏曲作曲技法》采用的就是当代通用的五线谱、简谱的记谱方式。

在古代戏曲声律理论和曲谱制作不断发展的同时，明清理论家们针对性地强调戏曲曲谱的特点，提出了完善曲谱制作的要求，为规范曲谱制作确立了审美取向定位，提供了技术艺能指导。例如，明代冯梦龙的《〈曲律〉序》云："滥于曲而谱概之，滥于藉口谱之曲而律概之。"①清人汪烜分析诗律与曲律的区别，有所批评云："诗即乐之章，而《风》《雅》之辞志不同，则音节亦因而各异，即乐器亦有分别。……《太常乐谱》《九宫谱》之类，皆非审一定和之法。然《太常乐谱》与杂剧填词音调要自不同。杂剧填词与小曲音调又不同，则犹《风》《雅》《颂》之异体也。杂剧小词各以方土而异，如中原有北曲，三吴有南曲，上江有弋腔，豫章有高调，陕右有秦腔，闽广又各有土腔，则古者十五国国风，其音调之不同又可知也。太常乐不问何诗，不审诗之所志，都只一般腔口，而所用律吕又多未当，盖其失多矣。"②韩非木云："北曲谱如《啸余谱》《吴骚合编》等书，大都不点板式，正衬不明。……李玄玉著的《北词广正谱》，为北曲谱中的精善者，学者都视为善本。南词则《南词定律》最为适用，谱中正衬分明，板眼易见。"③与此同时，戏曲理论家们还提出了灵活而辩证地对待按谱填词的问题。例如，沈宠绥云："曲谱之设，原以照盲"，但是，度曲者不能"太泥曲谱"，关键是要掌握字音曲理，灵活利用演唱规则，如"岳侯运用之妙，存乎一心，赵括徒读父书，败乃公事，则曲谱何罪？"④清代戏曲理论大家李渔著《闲情偶寄》，总结性地强调剧作家在凛遵曲谱的同时要把握戏曲艺术规律，拥有艺术创新思维，善于化腐朽为神奇，云："曲谱者，填词之粉本，犹妇人刺绣之花样也，描一朵，刺一朵，画一叶，绣一叶，拙者不可稍减，巧者亦不能略增。然花样无定式，尽可日异月新，曲谱则愈旧愈佳，稍稍趋新，则以毫厘之差而成千里之谬。情事新奇百出，文章变化无

---

① 王骥德：《曲律》，《中国古典戏曲论著集成》（四），中国戏剧出版社1959年版，第48页。
② 汪烜：《乐经律吕通解》，中华书局1985年版，第249页。
③ 韩非木：《曲学入门》，中华书局1948年版，第91页。
④ 沈宠绥：《度曲须知》，《中国古典戏曲论著集成》（五），中国戏剧出版社1959年版，第230—231页。

穷，总不出谱内刊成之定格。是束缚文人而使有才不得自展者，曲谱是也；私厚词人而使有才得以独展者，亦曲谱是也"，为此，要善用集曲改造曲牌、"恪守词韵""鱼模当分""廉监宜避"、少用拗句和合韵、"慎用上声""少填入韵""解明曲意""调熟字音""字忌模糊""曲严分合""锣鼓忌杂""吹合宜低"[1]。诸如此类的言说极大地充实了古代戏曲音乐创作的理论，成为古代戏曲音藏的重要组成部分和珍贵文献资料。

第四节　剧论、著述与批判精神

剧论指的是作者撰著的戏曲理论，或如陈多、叶长海编撰的《中国历代剧论选注·例言》所谓之戏剧理论。著述与创作相区别，著述指的是作者运用抽象思维撰写的关于戏曲艺术、戏曲作品、剧作家等的理论性阐述。批判精神指的是作者站在否定性立场和角度，对戏曲历史、戏曲现状、戏曲艺术、戏曲作品和剧作家等的剖析评断，以及站在否证性立场和角度，对戏曲历史、戏曲现状、戏曲艺术、戏曲作品和剧作家等的缺陷予以辨析揭露。从国学视域来看，历代剧论、著述的批判精神凭藉多向思维和质疑功能，为古代戏曲的正向规律性发展提供了拨乱反正的观念指导和积极向上的内生动力。历代剧论、著述的批判精神与肯定精神对立统一，相反相成，引导广大市民百姓共同为合乎逻辑地建构古代戏曲身份认同做出了贡献。

中国古代戏曲的历代剧论、著述的批判精神主要体现在以下若干方面。

直截了当地阐明撰写戏曲理论专著的动机和目的。例如，元人夏庭芝的《青楼集志》、钟嗣成的《录鬼簿》涉及元杂剧作家的生平事迹、高超技艺、作品目录的记载，著述内容详细丰富。夏庭芝的《青楼集志》表达撰著目的是："庶使后来

---

[1] 李渔：《李渔全集》第三卷，浙江古籍出版社1992年版，第31—97页。

者知承平之日,虽女伶亦有其人,可谓盛矣!"①钟嗣成的《录鬼簿》表达撰著目的是:"缅怀故人,门第卑微,职位不振,高才博识,俱有可录,岁月弥久,淹没无闻,遂传其本末,吊以乐章;复以前乎此者,叙其姓名,述其所作,冀乎初学之士,刻意词章,使冰寒于水,青胜于蓝,则亦幸矣。"②众所周知,元杂剧的繁荣离不开堪称一流的戏曲演员,加之关汉卿等人绝佳的创作甚至亲自粉墨登场参与搬演。相比之下,明清两代的戏曲搬演,尽管人们也可以用如火如荼来形容,但是,明清两代的戏曲演员都淹没在处于绝对强势地位的剧作家的影子里,后人难得见到如《青楼集》《录鬼簿》这样专门为戏曲演员树碑立传的著述。这两部著述的内容体现了对传统社会轻忽戏曲演员的陈腐观念的批判,为后世留下了元杂剧演员弥为珍贵的历史身份文献资料。

对他者不同戏曲作品的评价定位予以甄别性比较和否定性批评。例如,明人吕天成的《曲品自序》云:"锺嵘《诗品》、庾肩吾《书品》、谢赫《画品》仿钟嵘《诗品》、庾肩吾《书品》、谢赫《画品》例,各著论评,……其不入格者,摈不录。世有知我,按品取阅,亦已富矣;如有罪我,甘受金谷之罚。"③可见吕天成对戏曲作品入选《曲品》是经过了借鉴模仿,以及甄别性比较和否定性批评的。祁彪佳的《远山堂曲品》在吕天成的《曲品》的基础上加以扩展充实而成,全书著述体例大致相同于吕天成的《曲品》,但是,也有许多突破创新之处。吕天成的《曲品》把戏曲作品分为神、妙、能、具四品,祁彪佳的《远山堂曲品》把戏曲作品分为妙、雅、逸、艳、能、具六品,别类品定有取有舍,同中有异,也是经过了甄别性比较和否定性批评的,而且还有杂调一类,专收弋阳诸腔剧本,对此,祁彪佳曰:"不及品者,则以杂调黜焉。……吕《品》传奇之不入格者,摈不录,故至具品而止。予则概收之,而别为杂调。工者以供鉴赏,拙者亦以资捧腹也。"④这

---

① 夏庭芝:《青楼集》,《中国古典戏曲论著集成》(二),中国戏剧出版社1959年版,第8页。

② 钟嗣成:《录鬼簿》,《中国古典戏曲论著集成》(二),中国戏剧出版社1959年版,第101页。

③ 吕天成:《曲品》,《中国古典戏曲论著集成》(六),中国戏剧出版社1959年版,第207—208页。

④ 祁彪佳:《远山堂曲品》,《中国古典戏曲论著集成》(六),中国戏剧出版社1959年版,第5—7页。

也是祁彪佳自觉的戏曲身份认同视野超越吕天成的突出的地方。吕天成的《曲品》所撰写评语多倾向于赞扬，而祁彪佳的《远山堂曲品》则能够独抒己见以品评优劣，不失之空泛，对具体戏曲作品的批判性也较吕天成的《曲品》为强。这意味着，不同的戏曲作品的别类品定蕴涵了不同的价值判断和身份认同，其批判精神体现了吕天成、祁彪佳运用了不同的思想内容和艺术评价标准。

王骥德对戏曲作品别类品定的做法表达了不完全认同的批判精神。吕天成的《曲品自序》记与王骥德对话云："今年春，与吾友方诸生剧谈词学，穷工极变，予兴复不浅，遂促生撰《曲律》。既成，功令条教，胪列具备，真可谓起八代之衰，厥功伟矣！予谓曰：'曷不举今昔传奇而甲乙焉？'生曰：'褒之则吾爱吾宝，贬之必府怨。且时俗好憎难齐，吾惧以不当之故而累全律，故今《曲律》中略举一二而已。'"① 从这一段著述可知，一是王骥德撰写《曲律》得到了吕天成的鼓励和支持；二是吕天成给予了王骥德的《曲律》以客观、公允、中肯和高度的评价，表明了吕天成对王骥德《曲律》的身份认同；三是体现了王骥德的戏曲批评观，即认为人们对同一部戏曲作品的品定标准和身份认同存在差异性，评价会见仁见智、褒贬不一、好憎难齐，个人的别类品定难以服众；四是表明王骥德对《曲律》之"律"有严格的、自觉的认知，以及自我的身份认同，不会因为戏曲作品审美评价的差异性而"累全律"，损害《曲律》之"律"内含严肃的、科学的、规范的审美标准。

针对性地批驳某些人对具体戏曲作品主题思想认同的偏颇。例如：明代田艺衡云："高明者，……旅寓明州栎社，以词曲自娱，因感刘后村之诗'死后是非谁管得，满村争唱蔡中郎'之句，乃作《琵琶记》。有王四者以学闻，则诚与之友善，劝之仕，登第后即弃其妻而赘于太师不花家。则诚悔之，因作此记以讽谏，名之曰《琵琶》者，取其上四王字为王四云耳。"② 显然，田艺衡认定高明创作《琵琶记》是寓私人怨意刺王四忘恩负义，主题思想低下。对于诸如此类观点，清初李渔的《闲情偶寄》反驳云："噫！此非君子之言，齐东野人之语也。凡作传世之文者，必先有可以传世之心，而后鬼神效灵，予以生花之笔，撰为倒峡之词，使

---

① 吕天成:《曲品》,《中国古典戏曲论著集成》（六）,中国戏剧出版社1959年版,第207页。

② 田艺衡:《留青日札》,上海古籍出版社1985年版,第642页。

人人赞美，百世流芳。传非文字之传，一念之正气使传也。《五经》《四书》《左》《国》《史》《汉》诸书，与大地山河同其不朽，试问当年作者有一不肖之人、轻薄之子厕于其间乎？但观《琵琶》得传至今，则高则诚之为人必有善行可予，是以天寿其名，使不与身俱没，岂残忍刻薄之徒哉！……创为是说者，其不学无术可知矣。"①李渔站在肯定戏曲作品是"药人寿世之方，救苦弭灾之具"的道德教化的现实高度，指出田艺蘅等的观点贬低了《琵琶记》的作者所具正气善念的行为心性，肯定《琵琶记》主题思想高上，作品具有劝善惩恶的思想价值，帮助人们正确认同了传奇之祖《琵琶记》的社会地位。

  针对性地否定某些人对戏曲作品主题思想认同的荒谬。例如，传统世俗观念认为酒、色、财、气是人品习性的万恶之源。祁彪佳针对《四义记》批评云："郭元振有《红丝》一记，足传之矣。此亦述其生平，而饰以酒、色、财、气四孽，是何见解！"②祁彪佳批判否定《四义记》在已有许三阶创作《红丝记》写郭元振之生平的基础上重复"述其生平"，以及《四义记》歪曲了郭元振具有以采丝为婚姻之始、驱虏为功名之终的感人事迹，而"饰以酒、色、财、气四孽"为主题思想的庸俗无聊。金圣叹的《读第六才子书西厢记法》云："有人来说《西厢记》是淫书，此人后日定堕拔舌地狱。何也？《西厢记》不同小可，乃是天地妙文。自从有此天地，他中间便定然有此妙文。不是何人做得出来，是他天地直会自己劈空结撰而出。若定要说是一个人做出来，圣叹便说，此一个人即是天地现身。"③金圣叹批判否定有人诬蔑《西厢记》主题思想为"淫"的观点，称赞《西厢记》为"天地妙文"，作者是"天地现身"，价值判断截然相反，为人们客观认识《西厢记》的主题思想指引了正确方向。当然，李渔在肯定金圣叹批评《西厢记》的思想价值的同时，也从戏曲艺术的角度指出了金圣叹批评《西厢记》存在的不足，《闲情偶寄》云："圣叹之评《西厢》，可谓晰毛辨发，穷幽极微，无复有遗议于其间矣。然以予论之，圣叹所评，乃文人把玩之《西厢》，非优人搬弄之《西厢》也。文字之三昧，圣叹已得之；优人搬弄之三昧，圣叹犹有待焉。如其至今不死，

---

  ① 李渔：《李渔全集》第三卷，浙江古籍出版社1992年版，第6—7页。
  ② 祁彪佳：《远山堂曲品》，《中国古典戏曲论著集成》(六)，中国戏剧出版社1959年版，第93页。
  ③ 金圣叹：《金圣叹批评本〈西厢记〉》，凤凰出版社2011年版，第6页。

自撰新词几部,由浅入深,自生而熟,则又当自火其书而别出一番诠解。甚矣,此道之难言也。圣叹之评《西厢》,其长在密,其短在拘,拘即密之已甚者也。"①此可谓《西厢记》批判之批判、研究之研究。李渔对金圣叹批评《西厢记》的批判不无道理,金圣叹是小说家,缺乏戏曲创作的实践经验和内在规律把握,注重的是《西厢记》主题思想的文学性表达,而不及《西厢记》的戏剧性分析;而李渔既是小说家,又是戏曲家,对戏曲理论和实践有全面的规律性把握,注重的是《西厢记》主题思想的文学性和情节演绎的戏剧性相兼的全面表达分析。所以,李渔在对《西厢记》的戏曲批评上较金圣叹略胜一筹,更显出全面性行家里手的聪慧精准,有利于人们从文学性和戏剧性等全方位地认识《西厢记》的主题思想和艺术特色。

《缀白裘》是清代刊印的戏曲剧本选集。许永昌的《〈缀白裘〉八集序》云:"今世之人,云翻雨覆,厌旧喜新,趋利者往往盗袭元明词曲,改作新剧,惟务荒诞不经,怪异无伦。而优伶辈争相构演,奏之氍毹,愚夫俗子无不称奇颂艳,大为风俗人心之害,良可慨也!今观君所辑八集,卷帙虽窄,别具《鸣凤》之忠,《寻亲》之孝,《荆钗》之节,《党人》之义,而绝无荒诞怪异之出,其志亦可知矣;何为乎举业之不问,而沉酣于梨园之曲哉?……今君抱经济之才,而犹浪迹江湖,珠光剑气,埋没风尘,其一腔愤懑,满腹牢骚,聊复寄之于幻境也!虽无关于举业,而忠孝节义之词,亦维风化俗之一端云。"②许永昌以设问的形式揭出文人志士不专注于科举仕进,而"沈酣于梨园之曲"的社会现象,一方面否定了今世剧作家"惟务荒诞不经,怪异无伦"主题思想的剧作;另一方面肯定了传扬"忠孝节义"主题思想的剧作,指出"虽无关于举业",却有益于社会人生,具有"维风化俗之一端"的道德价值,批判精神有提高戏曲身份地位的积极传统文化意义。俞樾的《余莲村〈劝善杂剧〉序》云:"夫床笫之言不逾阈,而今人每喜于宾朋高会,衣冠盛集,演诸淫媟之戏,是犹伯有之赋'鹑之贲贲'也。余子既深恶此习,毅然以放淫辞自任,而又思因势利导,即戏剧之中,寓劝善之意。"③余子即余治,号莲村,晚年曾为皮黄、梆子腔剧种创作了28部作品,内容多为提倡宣

---

① 李渔:《李渔全集》第三卷,浙江古籍出版社1992年版,第65页。
② 钱德苍:《缀白裘》第四册,中华书局2005年版,第1页。
③ 蔡毅:《中国古典戏曲序跋汇编》,齐鲁书社1989年版,第2265页。

教、风化,辑为《庶几堂今乐》刊刻印行,世称劝善杂剧。俞樾是清代有影响的经学大师,在《余莲村〈劝善杂剧〉序》里,一方面批判"今人每喜于宾朋高会,衣冠盛集,演诸淫媟之戏"的社会现象;另一方面从优戏发展史的角度肯定《劝善杂剧》主题思想"寓劝善之意",虽然难免把戏曲当作图解伦理道德观念的工具之不足,但是,也折射出经学大师并未全盘否定戏曲"小道"之价值和劝善之作用,在一定程度上有益于帮助人们提高对戏曲的认识,实现戏曲身份认同。

以神道设教的正统价值理念导引人们对戏曲作品的解读接受。清人阮逸、胡瑗引《周易》曰:"圣人以神道设教"①,把古代乐学与传统文化的神道设教观念联系起来,为古代乐学传达鬼神仙妖故事蒙上了一层思想道德教化的外衣,既有积极意义,也有消极意义。其实,传统文化中的神道设教观念在戏曲领域一贯得到了身份认同,产生了广泛而深远的影响。例如,朱有燉的《〈新编张天师明断辰钩月〉自引》云:"世人尝以鬼神为戏言,或驰骋于文章,以为传记者,予每病其媟嫚之甚也。夫后土地祇,上元夫人,河洛之英,太阴之神,若此者不一,是皆天地之间,至精至灵正直之气,安可诬以荒淫,配之伉俪,播于人耳,声于笔舌间也?暇日,因见元人吴昌龄所撰《辰钩月》传奇,予以为幽明会合之道,言之木石之妖,或有此理。若以阴阳至精之正气,与天地而同行化育者,安可诬之若此耶?遂泚笔抽思,亦制《辰钩月》传奇一本,使付之歌喉,为风月解嘲焉。"②吴昌龄的杂剧《张天师明断辰钩月》取材于民间中秋节习俗和传说,写书生陈世英与桂花仙子在中秋之夜遇合相恋的故事。朱有燉认为吴昌龄所撰杂剧《辰钩月》仅仅停留在民间鬼神仙妖的低级身份认同层面,是对鬼神仙妖价值的诬蔑,而没有把握鬼神仙妖蕴涵天地之间至精至灵正直之气。于是新编《辰钩月》,将民间鬼神仙妖的低级层面身份认同提升为高级层面身份认同,赋予搬演鬼神仙妖的道德教化涵义。这体现了朱有燉的新编《辰钩月》具有一种维护传统社会正统价值理念的批判精神,在一定程度上有益于防止鬼神仙妖观念滥入愚昧迷信无知。

以王道人情衡量故事情节批判否定荒诞不经的戏曲作品。例如,李渔有感于现实戏曲创作多有荒唐内容,与社会风尚不合,严正要求戏曲创作"戒荒唐",其

---

① 阮逸、胡瑗:《皇佑新乐图记》,中华书局1985年版,第59页。
② 蔡毅:《中国古典戏曲序跋汇编》,齐鲁书社1989年版,第835页。

《闲情偶寄》云:"近日传奇独工于为此。噫! 活人见鬼,其兆不祥,矧有吉事之家,动出魑魅魍魉为寿乎? 移风易俗,当自此始。吾谓剧本非他,即三代以后之《韶》《濩》也。殷俗尚鬼,犹不闻以怪诞不经之事被诸声乐,奏于庙堂,矧辟谬崇真之盛世乎? 王道本乎人情,凡作传奇,只当求于耳目之前,不当索诸闻见之外。无论词曲,古今文字皆然。凡说人情物理者,千古相传;凡涉荒唐怪异者,当日即朽。"① 余怀的《闲情偶寄序》认同并且解释说:"《周礼》一书,本言王道,乃上自井田军国之大,下至酒浆扉屦之细,无不纤悉具备,位置得宜,故曰:王道本乎人情。"② 在中国古代传统文化中,王道指的是君主以仁义治理天下,以德政安抚臣民的统治方法。人情指的是人本质上的自然性情。"王道本乎人情"就是指圣人之道源于并符合人的本能性情。李渔的这一段话是站在儒家传统思想合理合情的立场,根据以往和当时搬演荒诞不经故事的戏曲乱象有感而发,在批评否定"事涉荒唐"的戏曲作品之同时,提出"王道本乎人情,凡作传奇,只当求于耳目之前,不当索诸闻见之外"的戏曲创作主张;又通过"凡说人情物理者,千古相传;凡涉荒唐怪异者,当日即朽"的比较,表达了对"说人情物理"的戏曲作品和"涉荒唐怪异"的戏曲作品的是非判断和褒贬态度,具有鲜明的积极现实主义的批判精神。

事实的确如此,明代,不少荒诞不经的戏曲作品充斥剧坛,搅乱人心,有识之士对这种乱象予以了批判否定,只不过还没有上升到戏曲理论层面来,像李渔那样总结性地阐发戏曲创作"戒荒唐"的理论观点而已。例如,祁彪佳评价谢天瑞著《剑丹记》云:"画工画鬼魅易,若词家反难之。盖如元曲所称为'神头鬼脸'者,易涉于俚。至此记载八黑诛妖,……鄙俗可笑。"③《剑丹记》写刘荣、刘贵兄弟往见包文拯,岂料途中被狐仙摄去。上帝命面黑的项羽、张飞、周仓、尉迟恭、钟馗、赵玄坛、郑恩、焦赞八人成功收服狐仙。祁彪佳认为这个作品的故事情节不符合现实生活的逻辑,题材"鄙俗可笑",体现了祁彪佳具有批判现实主义的否证精神。祁彪佳又评价王元功著《检书记》云:"用调恰当,无一可删

---

① 李渔:《李渔全集》第三卷,浙江古籍出版社1992年版,第13页。
② 同上书,第1页。
③ 祁彪佳:《远山堂曲品》,《中国古典戏曲论著集成》(六),中国戏剧出版社1959年版,第92页。

处,演之尽可悦目。但耳子为女,贾女作男,止入传奇纤巧一道耳。轻烟为广陵之妓,安能遽逸至滇中作贼,贾女亦安能以红粉戴兜鍪,从戎对垒哉?"①在这里,祁彪佳批判作品《检书记》的故事情节背离现实生活的规律,故事情节脉络"止入传奇纤巧一道",经不起事实的考验推敲。祁彪佳还否定叶俸著《钗书记》云:"龙女配陈子春生三子,乃天、地、水三官,一何荒唐也!此等恶境,正非意想可及。"②在这里,祁彪佳把龙女生子看作荒唐的恶俗情境,批判其故事内容匪夷所思,超越了人们正常的艺术想象领域。所有这些都成为李渔提出王道人情衡量故事情节批判否定荒诞不经的戏曲作品的前提基础。

以舞台艺术标准衡量批判具体戏曲作品缺乏搬演规范的音乐性和舞蹈性。例如,在语音方面,戏曲搬演字正才能腔圆,虞集的《中原音韵序》说:"乐府作而声律盛,自(汉)以来然矣。(魏)(晋)(隋)(唐)体制不一,音调亦异,往往于文虽工,于律则弊我朝混一以来朔南暨声教士大夫歌咏必求正声。凡所制作皆足以鸣国家气化之盛。自是北乐府出,一洗东南习俗之陋。大抵雅乐之不作、声音之学不传也久矣。乐府作而声律盛,自汉以来然矣。魏、晋、隋、唐,体制不一,音调亦异。往往于文虽工,于律则弊。……我朝混一以来,朔南暨声教,士大夫歌咏,必求正声,凡所制作,皆足以鸣国家气化之盛,自是北乐府出,一洗东南习俗之陋。大抵雅乐之不作,声音之学不传也,久矣;……《中州音韵》一帙,分若干部,以为正语之本,变雅之端。……尝恨世之儒者,薄其事而不究心,俗工执其艺而不知理,由是文、律两者,不能兼美。"③周德清的《中原音韵后序》记对知音好友罗宗信说:"吉(指今江西吉安)之多士,而君又士之俊者也!尝游江海,歌台舞榭,观其称豪杰者,非富即贵耳,然能正其语之差,顾其曲之误,而以才动之之者,鲜矣哉!"④这两段著述表明周德清鉴于"世之儒者,薄其事而不究心,俗工执其艺而不知理,由是文、律两者,不能兼美",并且批判吉地戏曲

---

① 祁彪佳:《远山堂曲品》,《中国古典戏曲论著集成》(六),中国戏剧出版社1959年版,第59页。

② 同上书,第120页。

③ 周德清:《中原音韵》,《中国古典戏曲论著集成》(一),中国戏剧出版社1959年版,第173页。

④ 同上书,第255页。

存在诸多语音方面的缺陷而不为才人所知,故撰著《中原音韵》是有目的地"以为正语之本,变雅之端"、"正其语之差,顾其曲之误",以便戏曲搬演全面展现以歌舞演故事之美。

在按谱填词方面,曲谱是戏曲创作的音乐性要求,按照曲谱规范填词是戏曲搬演字正腔圆的基础,王骥德批评蒋孝编纂的《旧编南九宫谱》云:"南九宫蒋氏旧谱,每调各辑一曲,功不可诬。然似集时义,只是遇一题,便检一文备数,不问其佳否何如,故率多鄙俚及失调之曲。词隐又多仍其旧,便注了平仄,作谱其间,是者固多,而亦有不能尽合处。故作词者遇有杌陧,须别寻数调,仔细参酌,务求字字合律,方可下手,不宜尽泥旧文。"①明嘉靖年间蒋孝编纂的《旧编南九宫谱》,是现存完型南曲格律谱中最古老的一种。该谱名曰"旧编",是相对于沈璟改定蒋谱而成的《增定查补南九宫十三调曲谱》而言的。王骥德批判《旧编南九宫谱》和沈璟改定本均存在不足,影响并削弱了戏曲创作"世人共守画一,以成雅道"的按谱填词及舞台搬演效果。

在声腔格律方面,李渔以李日华《南西厢》为批判对象,认为《南西厢》的作曲败坏了戏曲中的音律规矩,其《闲情偶寄》说:"从来词曲之旨,首严宫调,次及声音,次及字格。九宫十三调,南曲之门户也。小出可以不拘,其成套大曲则分门别户,各有依归,非但彼此不可通融,次第亦难紊乱。此剧只因改北成南,遂变尽词场格局:或因前曲与前曲字句相同,后曲与后曲体段不合,遂向别宫别调随取一曲以联络之,此宫调之不能尽合也;或彼曲与此曲牌名巧凑,其中但有一二句字数不符,如其可增可减即增减就之,否则任其多寡,以解补凑不来之厄,此字格之不能尽符也;至于平仄阴阳与逐句所叶之韵,较此两者其难十倍,诛之将不胜诛,此声音之不能尽叶也。词家所重在此三者,而三者之弊未尝缺一,能使天下相传,久而不废,岂非咄咄怪事乎?"②李渔明确指出南曲《西厢记》在宫调、声音和字格三方面存在严重缺陷,背离戏曲的声腔格律,不可能在戏曲舞台上搬演而"使天下相传,久而不废",成为像北曲《西厢记》那样的传世经典。李渔是有丰富戏曲创作实践经验的戏曲家,对戏曲声律的运用了如指掌,明察秋毫,

---

① 王骥德:《曲律》,《中国古典戏曲论著集成》(四),中国戏剧出版社1959年版,第169页。

② 李渔:《李渔全集》第三卷,浙江古籍出版社1992年版,第28页。

对南曲《西厢记》的批判精神充分展示了深厚的学识和严谨的态度。李渔《闲情偶寄》又肯定花部乱弹剧种搬演《西厢记》的优长,其《闲情偶寄》云:"予生平最恶弋阳、四平等剧,见则趋而避之,但闻其搬演《西厢》,则乐观恐后。何也?以其腔调虽恶而曲文未改,仍是完全不破之《西厢》,非改头换面、折手跛足之《西厢》也。"① 从这里可以看出,李渔对民间戏曲声腔不甚喜欢,但是,充分肯定了民间戏曲在搬演《西厢记》时仍然采用北曲《西厢记》的原文,保留了俗中存雅的曲词审美范格,批判精神体现了李渔一贯追求曲词雅俗共赏的审美文化价值取向。

提供正确的戏曲创作方法论指导批判错误的戏曲创作陋见。例如,明清时期戏曲创作延续古代诗词创作的手法,大多数剧作家首重声律谐调和文采之美,忽略以歌舞演故事的戏剧性。明末清初,李渔在批评他者戏曲创作不足的同时,提出了以一人一事为"主脑"的概念。李渔的《闲情偶寄》云:"古人作文一篇,定有一篇之主脑。主脑非也,即作者立言之本意也。传奇亦然。一本戏中有无数人名,究竟俱属陪宾,原其初心,止为一人而设。即此一人之身,自始至终,离合悲欢,中具无限情由,无穷关目,究竟俱属衍文,原其初心,又止为一事而设。此一人一事,即作传奇之主脑也。……后人作传奇,但知为一人而作,不知为一事而作。尽此一人所行之事,逐节铺陈,有如散金碎玉,以作零出则可,谓之全本,则为断线之珠,无梁之屋。"② 李渔采用比较的方法在肯定与批评的过程当中强调"立主脑",在中国古代戏曲史上首次全面端正了戏曲创作的方法重点,摆正了以一人一事为中心的故事与声律、词采之间的主次关系,为中国古代戏曲真正开始首重以"戏"为中心的戏曲创作方法,建构完善的戏曲理论体系和艺术本体做出了重要贡献。李渔的"立主脑"观念在戏曲艺术界一步一步地得到确立,也得到他者文学家们的广泛身份认同,如在散文领域也产生了重要反响,何家琪的《古文方三种》云:"主脑,犹人之首也,所以冠百体。"③ 这说明李渔的"立主脑"观念确实具有合情合理之处,不乏古代戏曲的理论深度和普适广度。

围绕着"主脑",李渔在《闲情偶寄》中还提出了"密针线"的具体戏曲创

---

① 李渔:《李渔全集》第三卷,浙江古籍出版社1992年版,第28页。
② 同上书,第8—9页。
③ 王水照编《历代文话》,复旦大学出版社2007年版,第6036页。

作方法技巧，以编戏有如缝衣为比喻，强调戏曲创作要瞻前顾后，相互照映埋伏，批判《琵琶记》在情节线索方面有疏漏，云："若以针线论，元曲之最疏者莫过于《琵琶》。无论大关节目背谬甚多，如：子中状元三载，而家人不知；身赘相府，享尽荣华，不能自遣一仆，而附家报于路人；赵五娘千里寻夫，只身无伴，未审果能全节与否，其谁证之？诸如此类，皆背理妨伦之甚者。再取小节论之，如：五娘之剪发乃作者自为之，当日必无其事，以有疏财仗义之张大公在，受人之托，必能终人之事，未有坐视不顾，而致其剪发者也。然不剪发不足以见五娘之孝。"①为了使一人一事的"主脑"更加集中，李渔还要求"减头绪"，避免线索多而散乱，"令观场者如入山阴道中，人人应接不暇"②，影响戏曲的审美欣赏效果。李渔批判《琵琶记》在关目和线索方面存在诸多瑕疵，这是凝聚丰富的戏曲创作经验之谈，经得起戏曲舞台实践的检验，符合戏曲创作的必然要求，不仅显示了有的放矢的批判精神难能可贵，而且已经成为后世人们戏曲创作的不二法门。

叶元垲的《睿吾楼文话》云："优孟衣冠，摩秦仿汉"③是写作文学作品的一大弊端，戏曲创作和演员搬演概莫能外。对此，明清戏曲理论家予以了立场鲜明的批判否定。在故事情节方面，吕天成云："《炭廒》，此伯起得意作。百里奚之母，蛇足耳。张太和亦有记，别一体裁，而多剿袭。"④祁彪佳亦批评端鳌著《炭廒记》云："吾以为别有结构，为百里奚写照耳；若只此叙述，何须学邯郸之步！"⑤这是批判《炭廒记》的剿袭行为，指出情节结构没有变化。李渔的《闲情偶寄》云："吾观近日之新剧，非新剧也，皆老僧碎补之衲衣，医士合成之汤药。取众剧之所有，彼割一段，此割一段，合而成之，即是一种'传奇'，但有耳所未闻之姓名，从无目不经见之事实。"为此，李渔批判这种"填词之陋"，强烈主张戏曲创作要

---

① 李渔：《李渔全集》第三卷，浙江古籍出版社1992年版，第11页。

② 同上书，第13页。

③ 王水照编《历代文话》，复旦大学出版社2007年版，第5434页。

④ 吕天成：《曲品》，《中国古典戏曲论著集成》（六），中国戏剧出版社1959年版，第232页。

⑤ 祁彪佳：《远山堂曲品》，《中国古典戏曲论著集成》（六），中国戏剧出版社1959年版，第98页。

"脱窠臼""洗涤窠臼",杜绝"盗袭"①。焦循亦认为戏曲创作有注入剧作家的独特见解与艺术构思,云:"剧之有所原本,名手所不禁也。……虽不能青胜于蓝,然亦各有所见",这样的戏曲作品才"尚矣"②。在曲词措辞方面,祁彪佳针对程良锡著《负剑记》云:"作者不明音律,半用北调,效颦《西厢》,遂为衬字所误;虽运词骈丽,亦不足观也已。"③这是批判《负剑记》对《西厢记》衬字用法的机械模仿,只似《西厢记》运用骈丽词语华美之形,而不能得《西厢记》曲词话语叙事抒情之神。

在演员舞台搬演方面,燕南芝庵云:"凡歌节病,有唱得困的,灰的,涎的,叫的,大的。有乐官声,撒钱声,拽锯声,猫叫声。不入耳,不着人,不撒腔,不入调,工夫少,遍数少,步力少,官场少,字样讹,文理差,无丛林,无传授。嗓拗。劣调。落架。漏气。有唱声病:散散,焦焦;乾乾,冽冽;哑哑,嘎嘎;尖尖,低低;雌雌,雄雄;短短,憨憨;浊浊,赵赵。有:格嗓,囊鼻,摇头,歪口,合眼,张口,撮唇,撇口,昂头,咳嗽。凡添字节病:则他,兀那,是他家,俺子道,我不见,兀的,不呢。一条了,唇撒了;一片了,团圞了;破孩了;茄子了。"④元代是北曲杂剧繁荣昌盛的时代,也是以唱曲为主的时代,燕南芝庵适应时代潮流,将批判对象集中瞄准于北曲杂剧演员的"唱"的美学品质和艺术效果,批判性地总结了演员演唱方面的种种不合声腔格律的弊病,这些详细的列举著述说明了"唱"在燕南芝庵心目中占有重要分量,充分体现了燕南芝庵对北曲杂剧艺术的精通,从否证性方面为北曲杂剧身份认同确立了演唱圭臬。

清代铁桥山人的《消寒新咏·范二官序》云:"梨园演剧,借旧翻新。谓之歌舞升平也可,谓之欢娱耳目也可;即谓之演善演恶,终场了局,祸福显然,为警世醒俗,以代暮鼓晨钟,亦无不可。然而妙伶难得,求其声色俱佳,又具风神奕

---

① 李渔:《李渔全集》第三卷,浙江古籍出版社1992年版,第10页。
② 焦循:《剧说》,《中国古典戏曲论著集成》(八),中国戏剧出版社1959年版,第170页。
③ 祁彪佳:《远山堂曲品》,《中国古典戏曲论著集成》(六),中国戏剧出版社1959年版,第98页。
④ 燕南芝庵:《唱论》,《中国古典戏曲论著集成》(一),中国戏剧出版社1959年版,第162页。

奕者，仆于京师五载，卒未数觏其人。故或按部就班，不过葫芦依样；或装模作态，终成东施效颦。面目巉岩，涂朱抹粉，俨登风月之场：语音呕哑，傍笛依生，翻克生旦之队。当之者不自羞惭，观之者独深懊恼。甚至高声大叫，尽力嚣呼，岂真驴鸣犬吠，方足骇人听闻？直是蝉噪蛙喧，不过无理取闹耳。……范二官者，有声有色，卓卓冠时者也。"①铁桥山人首先是肯定"借旧翻新"是戏曲艺术的本质建构和审美表现需要；其次是批判京师的戏曲演员搬演东施效颦，缺乏艺术创新，既不美观，也不美听；最后是称赞范二官超越众演员，搬演水平位居戏坛之首。在优劣高下的比较对照当中，体现了铁桥山人对戏曲搬演缺乏创新的否定意识和批判精神。

第五节　曲录、类书与审美矩矱

曲录指的是古代戏曲的作品目录。来新夏云："目录是目和录的合称，目指篇名或者书名。……录是对目的说明和编次。……把一批篇名（或书名）与说明编次在一起就是目录。"②余嘉锡云："目谓篇目，录则合篇目及叙言之也"，故有目有叙才可以称之为录，叙则指所言一书之大意，"其后相袭用，以录之名专属于目，于是有篇目无叙者亦谓之目录。又久之而但记书名不载篇目者，并冒目录之名矣。"③昌彼得的《目录释名》说："'目'字是将多数的名物逐一条举，'录'字是含有一定次序的记载。"④录又可以分为目录、叙录，目录侧重梳理篇目，叙录侧重撮其旨意，并简单考述作者的行事、记述的得失等。目录有一书目录与群书目录的区别，古代戏曲目录一般属于群书目录。目录又分为综合目录和专门目录，专门目录下辖文艺目录等，古代戏曲目录属于专门目录中的文艺目录。目录又分官

---

① 傅谨主编《京剧历史文献汇编》清代卷壹，凤凰出版社2011年版，第72页。
② 来新夏：《古典目录学浅说》，中华书局1981年版，第1页。
③ 余嘉锡：《目录学发微》，巴蜀书社1991年版，第16页。
④ 昌彼得：《版本目录学论丛》（二），学海出版社1977年版，第6页。

修目录和私修目录，由于古代戏曲不受统治阶级的重视，如永瑢等说："南北曲非文章之正轨，故不录其词"①，所以除了《永乐大典》之戏曲目录外，其余古代戏曲目录绝大多数都属于私修目录。

类书是一种分类编汇各种资料以供检索的工具书，即广为采择经、史、子、集中的语词、诗文、典故以及其他各种资料，分门别类，编次排比，汇辑成书，类似现代的百科全书。来新夏说：类书"虽然不是图书目录的形式，但它们是一种检索工具。……类书可以按类提供经过汇编的资料，它们都具有目录的性质和作用"②，如《永乐大典》即是。

"矩矱"一词最早见于文学作品，是战国时屈原的《离骚》："勉升降以上下兮，求矩矱之所同。"③汉代王逸的《楚辞章句》注："矩，法也；矱，度也。"④在文学理论上，南朝刘勰的《文心雕龙》云："言不尽意，圣人所难；识在瓶管，何能矩矱？"⑤清代王夫之云："古诗无定体，似可信笔为之，不知自有天然不可越之矩矱。"⑥永瑢等的《四库全书总目提要》云："词练字精深，词音谐畅，为倚声家之矩矱。"⑦钱锺书论《焦氏易林》云："《易林》几与《三百篇》并为四言诗矩矱焉。"⑧在戏曲理论上，吕天成认为沈璟、汤显祖"二公譬如狂、狷，天壤间应有此两项人物。不有光禄，词硎不新；不有奉常，词髓孰抉？倘能守词隐先生之矩矱，而运以清远道人之才情，岂非合之双美者乎？"⑨臧懋循在评论汤显祖戏曲作品的同时，称"施君美《幽闺》、高则成《琵琶》二记，声调近南，后人遂奉为矩矱"⑩。戏曲审美矩矱指的就是审美主体在编撰戏曲目录时所运用的规矩法度，或者

---

① 永瑢等：《四库全书简明目录》，上海古籍出版社1964年版，第906页。
② 来新夏：《古典目录学浅说》，中华书局1981年版，第34页。
③ 林家骊译注《楚辞》，中华书局2009年版，第25页。
④ 王逸：《楚辞章句》，明正德十三年黄省曾、高第刻本版。
⑤ 龙必锟译注《文心雕龙全译》，贵州人民出版社1992年版，第621页。
⑥ 王夫之：《姜斋诗话》，人民文学出版社1961年版，第148页。
⑦ 永瑢等：《四库全书总目提要》第40册，商务印书馆1931年版，第76页。
⑧ 钱锺书：《管锥编》第二册，生活·读书·新知三联书店2001年版，第221页。
⑨ 吕天成：《曲品》，《中国古典戏曲论著集成》（六），中国戏剧出版社1959年版，第213页。
⑩ 徐朔方笺校《汤显祖全集》，北京古籍出版社1999年版，第2591页。

为之确定法度，以之为戏曲审美的法式。

从国学视域来看，元明清三代戏曲目录既是古代目录学的有机组成部分或分支，也是古代戏曲史的有机组成部分。古代目录学作为一个学科的专门范畴始于北宋初年。宋代目录学成绩显著，元明二代目录学持续发展，清代目录学成为显学。来新夏记载："从汉魏到明末，各种目录共一五一种，而有清一代却有一五五种"①，总数300余种的目录包括《录鬼簿》《曲品》等戏曲目录在内。

中国最早的类书起源于三国时代，魏文帝曹丕令儒臣编撰的《皇览》是类书之祖。此后，除了元朝之外，历朝都重视官修类书的编撰。晋代荀勖的《中经新簿》将类书列入史部。隋唐时图书繁盛，唐代类书编撰蔚然成风。后晋刘昫的《旧唐书·经籍志》把类书从子部杂家中分出，另立"类事"一目，这是古代目录学著作中第一次为类书立目。宋代欧阳修等修《新唐书·艺文志》时将"类事"改为类书，此后才有了类书的名称。明代《永乐大典》是一部朝廷编纂的大型类书，惜遭破坏，清代《古今图书集成》成为现存类书中搜罗最博、规模最大的一部。古代类书中有的记载戏曲目录或戏曲本事，具有戏曲目录的同等性质或补充阐释功能。清代乾嘉以后，随着朴学的兴起，类书逐渐走向衰落。

在体裁上，戏曲目录属于事物性说明文体。在结构上，来新夏说："书名、小序和题解是目录书体制基本结构的三要素"②，这三要素同样适用戏曲目录的记述结构和规范形式。在古代戏曲目录的产生、形成和发展史上，从宋代到清代，关于戏曲目录的记述越来越多，编撰形式和呈现方式也多种多样。作者的自觉意识、专业水平、审美矩矱、学术追求、学科意识，从无到有、从少到多、从杂到精、从草创到规范，是一个普遍特点和客观规律，从一个侧面反映了古代戏曲身份认同的历史进程。而严格运用审美矩矱于规范文体，具有编撰戏曲目录意义的记述方式，实始于宋代，书成于元初，此即周密的《武林旧事》。

周密的《武林旧事》是在宋代灭亡之后于元代初年回忆南宋往事而写成的。周密说："予曩于故家遗老得其梗概，及客修门间，闻退珰老监谈先朝旧事，辄耳谛听，如小儿观优，终日夕不少倦。"③其卷十"官本杂剧段数"著录280种宋官

---

① 来新夏：《古典目录学浅说》，中华书局1981年版，第139页。
② 同上书，第43页。
③ 周密：《武林旧事序》，西湖书社1981年版，第1页。

本杂剧名目。从周密所运用的审美矩矱而言，标题明确为"官本杂剧段数"，体现了鲜明突出的编撰戏曲目录的自觉意识；所有杂剧名目全部指向官府演出的杂剧，成为后世戏曲研究的宝贵文献资料。但是，未著录剧作家名，未作任何剧目题解，也不及民间杂剧名目，所以曲录要素和涵盖面有限。作为随笔性著作中的一卷，可以视为古代戏曲目录形成初期相对规范化的雏形，实属难能可贵。

元末明初陶宗仪的随笔性著作《南村辍耕录》，载宋金元"院本名目"690种，也未著录剧作家名，未作题解。但其独特之处，一是在"院本名目"条下有小序，说明了院本的由来、院本与杂剧的异同、院本的角色体制等，曲录要素比《武林旧事》更加齐备；二是不仅有剧目，而且将690种院本按题材进行了一级分类，即和曲院本、上皇院本、题目院本、霸王院本、诸杂大小院本、院幺、诸杂院爨、冲撞引首、拴搐艳段、打略拴搐、诸杂砌共11类；二级分类，如在"打略拴搐"之下又分"和尚家门"等类。因此说，《南村辍耕录》的曲录自觉意识和著述形态比《武林旧事》有明显进步，但是，仍然有分类不清晰、不尽合理的地方，如吴梅指出："星象等名二十门，误列剧名内。著棋名、乐人名二目，列入赌扑名内。"①《南村辍耕录》著录的"院本杂剧"成为后世戏曲研究的重要对象，如李调元的《剧话》基于"院本杂剧"考证剧目与剧作家关系、作品辑佚，得出结论说：元杂剧剧本，"半皆失传，可知此外所佚多矣"②，这从模糊数量上再次证明元杂剧繁荣昌盛曾达到过很高的程度。

元代钟嗣成的《录鬼簿》是古代戏曲目录学史上第一部系统记述戏曲、散曲目录的著作，开启了戏曲目录学规范化著述的主流，决定了戏曲目录学发展的未来方向。《录鬼簿》原著完成于至顺元年（1330），元统二年（1334）以后订正初稿，至正五年（1345）以后再次订正原稿，表明了钟嗣成对写作《录鬼簿》的重视，显示了钟嗣成运用独到的审美矩矱于戏曲身份认同的持续性和稳固性。《录鬼簿》不是随笔性著作，采用的是事物性说明文体，全书包括作家小传152人，作品名目400余种。来新夏说："钟嗣成的《录鬼簿》是私家专科目录的名作，它以人类书，以剧作家为次，对每人都'传其本末，吊以乐章'并列其剧作。这是元

---

① 吴梅:《中国戏曲概论》，上海古籍出版社2000年版，第134页。
② 李调元:《剧话》，《中国古典戏曲论著集成》（八），中国戏剧出版社1959年版，第44页。

杂剧目录，为后世研究戏剧史的重要参考资料。"①《录鬼簿》有序、有剧目、有题解，曲录的三要素齐全，符合古代目录学专著的规范化要求。特别值得强调的是，第一，在古代戏曲史上，《录鬼簿》第一次为北杂剧的发展历程进行了独到的历史分期，以及剧目依剧作家所在历史阶段分类，显示出独特的目录学眼光和戏曲史价值；第二，《录鬼簿》对剧作家大都写有简明小传，对作品大都做了中肯而独到地概述评介；第三，《录鬼簿》创立了以【凌波仙】挽词凭吊歌赞剧作家的崭新体例，字里行间体现了钟嗣成对元杂剧家和作品的身份认同，以及独到的戏曲理论批评观念。明代的贾仲明增补了《录鬼簿》的部分内容，尤其是钟嗣成的原著对关汉卿等82位剧作家都没有写【凌波仙】挽词，贾仲明的增补本"自关先生至高安道八十二人，各各勉强次前曲以缀之"②，一一补写了【凌波仙】挽词，弥补了《录鬼簿》在挽词创作方面的不足，使《录鬼簿》的曲录文本形态更加完善、更加完整，也表明了贾仲明对这82位剧作家及作品的肯定赞美和身份认同，其中不乏贾仲明的真知灼见。

在《录鬼簿》产生之后，明清两代许多戏曲理论家仿效钟嗣成《录鬼簿》的戏曲目录记述方式，在记载剧作家与剧目的同时发表自己的戏曲见解，而且都各自体现出独具风貌的学术品格，形成古代戏曲目录学源远流长的优良传统。

例如：明代徐渭的《南词叙录》是古代戏曲史上唯一研究南戏的专著，在全面叙述南戏的源流和发展、艺术风格和特色、作家作品和声律、常用术语和方言考释的基础上，最后著录宋元南戏剧目65部，明初南戏剧目48部，共计113部。用曲录的记述要求来衡量，首先，徐渭拟制的书名《南词叙录》是有意识地编撰南戏剧目，如"叙录"是"目录"的别称，书前有小序，可见徐渭运用审美矩矱的曲录意识是充分自觉而且十分强烈的。其次，《南词叙录》中的这些剧目可以分为三种类型：一是剧本今尚存世；二是剧本已佚但有散出佚曲存世；三是剧本全佚亦无散出佚曲存世，条理比较清晰，有益于后人对南戏的探赜索隐。最后，《南词叙录》对个别剧作家、作品做了简单的题解说明和内容评价，如"宋元旧编：《赵贞女蔡二郎》，即旧伯喈弃亲背妇，为暴雷震死。里俗妄作也。实为戏文之

---

① 来新夏：《古典目录学浅说》，中华书局1981年版，第131页。
② 钟嗣成：《录鬼簿》，《中国古典戏曲论著集成》（二），中国戏剧出版社1959年版，第98页。

首。……本朝:《崔莺莺西厢记》，李景云编"①等，充分体现了所录剧目对后世南戏研究和身份认同的重要价值。但是，剧目之下绝大多数没有述明作者，也没有题解，为后世研究南戏带来了一定的疑难，如姚燮认为，明初南戏剧目48部中有15部是清代何焯补录的②，《中国古典戏曲论著集成》说:"《南词叙录》，因实际上只有一种本子（指何焯批补钞本），无可比勘"③，与后世戏曲目录学意义上的规范化记述还存在一定距离，说明戏曲目录学的建构成熟还要走漫长的路程。

吕天成的《曲品》是现存最早的一部记述传奇作家简况、评论剧作家及作品、记述作品目录的著作，书中记载了剧作家90人，散曲作家25人，传奇作品192部。著作分为上卷和下卷，上卷专评作家，下卷专论作品。凡是嘉靖以前的作家、作品，分为神、妙、能、具四品；隆庆、万历以来的作家、作品，分为上上、上中、上下、中上、中中、中下、下上、下中、下下九品，开启了古代戏曲目录学史上用专著品第剧作家和作品的先河。《曲品》包含了许多不见于他书记载的作家和已佚作品的内容，有小序、有作者、有作品名目，作品名下附简单题解，包括内容要旨、版本、作品评价等，是一部明代传奇的专科目录。在古代戏曲目录史上，《曲品》无疑是极富审美矩矱和学术特色的一部著作，以"品第"式著录剧目给后世带来了重大影响。

祁彪佳的《远山堂曲品》是在吕天成《曲品》的基础上扩展而成的。《远山堂曲品》体例和吕天成《曲品》大致相同，有小序、有剧作家和作品、有题解，作为残本，仍可见收录传奇剧目达466部之多。所不同的是划分剧作家、作品的品级为妙、雅、逸、艳、能、具六种，表明祁彪佳运用的审美矩矱比吕天成更详细更具体。而且，《远山堂曲品》记述的条理比吕天成的《曲品》更加清晰，曲录的规范化程度更高。此外，祁彪佳的《远山堂剧品》是著录明人杂剧的专门目录，其中元杂剧占极少数，体例与《远山堂曲品》相同，品第元明杂剧242部；作为

---

① 徐渭:《南词叙录》，《中国古典戏曲论著集成》（三），中国戏剧出版社1959年版，第250—252页。

② 姚燮:《今乐考证》，《中国古典戏曲论著集成》（十），中国戏剧出版社1959年版，第245页。

③ 徐渭:《南词叙录》，《中国古典戏曲论著集成》（三），中国戏剧出版社1959年版，第255页。

古代戏曲目录学史上唯一品第元明杂剧的著作,体现了祁彪佳运用审美矩矱的涵盖面超越了吕天成,是古代戏曲目录学史上的一大进步,为后人研究元明杂剧提供了重要的文献资料。

清代高奕的《新传奇品》著录了明代及明末清初 27 位剧作家的戏曲作品,评语比吕天成的《曲品》简单,但是,所著录的传奇达到 209 部,而且不与吕天成的《曲品》重复,具有弥补吕天成的《曲品》之不足的戏曲目录文献价值。高奕所著录的大多数是与他同时包括他自己在内的作家和稍早时候的作品,因此比较可信。《新传奇品》篇幅不长,但是,高奕希望通过作家的剧目著录"以纪一时之盛"①,表明高奕继吕天成的《曲品》之后运用审美矩矱续记剧目的自觉意识,是值得后人肯定的。

李斗的《扬州画舫录》记述黄文旸的《曲海目》,著录了元明清三代的杂剧、传奇作品 1013 部,以及焦循的《曲考》在《曲海目》基础上增益的杂剧、传奇作品 68 部,剧目数量可观,但是,要素不全,有的剧目下注有剧作家名,几乎无题解,亦有剧目归属不当的地方,如认为《偷甲记》《四元记》《双钟记》《鱼篮记》《万全记》是李渔所作即是②。《扬州画舫录》是历史笔记性著作,记述剧目只是其中的一部分内容,而非著述的唯一目的。尽管如此,审美矩矱运用于曲录对后世戏曲研究仍然有重要价值,如焦循的《曲考》已经失传,有赖《扬州画舫录》存佚使后人窥见其面貌。当然,曲录形态欠规范亦势在必然。

无名氏重订、管庭芬校录了黄文旸的《曲海目》,取名为《重订曲海总目》。《中国古代戏曲论著集成》说:《重订曲海总目》"较《扬州画舫录》本有不少修订和增补,但所订补的,现在看来,并不完全可信"③。这说明有的古代戏曲目录学著作存在比较多的瑕疵,用严格规范的戏曲目录审美矩矱来衡量,其在古代戏曲目录学史上具有重要参考和研究价值,但是,真实性、学术性、科学性往往要打折扣。这一类著作还有支丰宜的《曲目新编》、无名氏的《传奇汇考标目》等,例

---

① 高奕:《新传奇品》,《中国古典戏曲论著集成》(六),中国戏剧出版社 1959 年版,第 269 页。
② 李斗:《扬州画舫录》,中华书局 1980 年版,第 117 页。
③ 中国戏曲研究院编《中国古典戏曲论著集成》(七),中国戏剧出版社 1959 年版,第 315 页。

如，《中国古典戏曲论著集成》说："《曲目新编》，是就《扬州画舫录》所转载的黄文旸《曲海目》，并焦循增补部分，列成一表，以便于查阅，并据编者所知，做了一些增补。但往往把散曲如《雍熙乐府》《添香集》等，也一概列入，是不合于黄氏原目的体例的。"① 相比之下，有的戏曲目录学著作在真实性、学术性、科学性方面就有更强的可信度，如笠阁渔翁的《笠阁批评旧戏目》，《中国古典戏曲论著集成》云："从所列戏目看来，有明代及清初作品，也有与著者同时人的作品，……这一目录，共著录了传奇一百七十九种，很多是其他曲目所不载，或记载而作者姓名不同的，因此颇有助于曲目考证。"② 当然，《笠阁批评旧戏目》并非十全十美，有剧目，有剧作家，但只有极少题解，戏曲目录学意义上的要素欠缺，这也是《笠阁批评旧戏目》的不足。

姚燮的《今乐考证》运用审美矩矱于考证戏曲源流、事、物等，然后在《宋剧》部分罗列《武林旧事》之官本杂剧段数、《南村辍耕录》之院本名目，在《著录》部分按剧作家分别记述元明清三代的戏曲目录。特别是《著录》在各作家剧目的后面略述作者事迹或考证有关剧本，虽无单个剧目题解，但是具有剧作家、作品总剧目题解的相近性质和作用。从曲录要素、剧目数量、著录体例、记述框架等审美矩矱方面来看，《今乐考证》在戏曲目录学史、古代戏曲史上具有特殊而重要的参考价值。《今乐考证》在王国维《曲录》之前70年问世，完备性堪称当时之最，意味着古代戏曲目录学已经趋向发展成熟，学术性、学科性规范意义上的古代戏曲目录学呼之欲出。

古代戏曲目录学建构成熟的标志是王国维的《曲录》。其在某种程度上宣告了古代戏曲目录编撰活动在封建时代的终结，是古代戏曲目录学向近现代戏曲目录学转型的重要里程碑。王国维的《曲录》对历代戏曲目录进行了整体梳理，博采《武林旧事》《南村辍耕录》《录鬼簿》《太和正音谱》《也是园书目》《新传奇品》《曲海目》《元曲选》《六十种曲》等，包括自己的所见所闻，为古今戏曲之总目，共辑录剧目3178种。按照戏曲发展史脉络分为宋金杂剧院本部、杂剧部上（元杂

---

① 中国戏曲研究院编《中国古典戏曲论著集成》（九），中国戏剧出版社1959年版，第127页。

② 中国戏曲研究院编《中国古典戏曲论著集成》（七），中国戏剧出版社1959年版，第303页。

剧)、杂剧部下(明清杂剧)、传奇部上(元明传奇)、传奇部下(清传奇),逻辑明晰,条理清楚。将可考的戏曲版本和剧目来源一一注出,将与剧作家、作品相关的品评文献附于其后,曲录三要素齐备,即有剧目、有剧作家,有题解;又有杂剧传奇总集部(一人所著,总集不录)、曲谱部、曲韵部、曲目著作部,分列相关著作,丰富了《曲录》的内涵。《曲录》作为王国维开展戏曲研究工作前期文献资料准备阶段的丰硕成果,审美矩矱运用确当,体现了学识渊博、严谨笃实的学术风范,表明古代戏曲研究开始进入古今之交学者的宏观与微观视野,极具近现代学术史意义上的专门化、规范化色彩。当然,由于历史的局限,王国维当时没能看见许多民间所珍藏的曲本秘籍,也没能看见后世才发现的剧本如《永乐大典戏文三种》等原因,所以王国维的《曲录》还不能穷尽所有的古代剧目,因此说,并非尽善尽美。例如,钱南扬指出:王国维"虽于《宋元戏曲史》论南戏渊源颇多创获,而在《曲录》中仍未为南戏专立一目,却把宋元南戏都误入明无名氏传奇之下"①。另外,王国维的《曲录》著述李渔的作品16部,其中认为《偷甲记》《四元记》《双锤记》《鱼篮记》《万全记》《万年欢》是李渔所作便属沿袭前人的错误。尽管如此,从国学的戏曲研究史角度来看,王国维的《曲录》堪称近代中国第一部古代戏曲目录专门性著作,是王国维为古代戏曲目录学和戏曲研究之学科建构做出特殊贡献的开山之作。

在图书目录中著述戏曲剧目是古代戏曲目录学的重要方面。古代藏书家运用审美矩矱,在图书目录中记述戏曲典籍始于明代。据王国强的《明代私人藏书目录考》,明代见于著录之私藏目录多达114部,传于今者亦有27部。有的私家书目记述了许多戏曲目录,在很大程度上促进了戏曲目录学的发展。例如,明代的高儒在《百川书志》"外史类"中著录59部共73卷杂剧、传奇等各种戏曲文献。晁瑮在《晁氏宝文堂书目》"乐府类"中著录剧目350多部,还重视版本记录,为后世研究戏曲版本提供了依据。赵用贤在《赵定宇书目》里将戏曲目录多集于"词"类,如《琵琶记》《杜甫游春记》《还带记》《杂剧》(3本)等。祁承㸁在《澹生堂藏书目》中著录《古今杂剧》20册20卷,《名家杂剧》16册16卷等。徐氏在《红雨楼书目》中"传奇类"著录元明杂剧、传奇140部。清代祁理孙(一说沈复粲)在《奕庆藏书楼书目》中著录《传奇》556部,《名剧汇》72部,《古

---

① 钱南扬:《宋元南戏百一录》,哈佛燕京学社1934年版,第1页。

今名剧选》56部等。曹寅在《楝亭书目》中"曲"类著录《元人百种》《西厢记》二卷、《古本西厢记》六卷、杂剧《西游记》六卷、《古今名剧》四卷、《玉茗堂四种传奇》《录鬼簿》二卷等。黄丕烈在《也是园藏书古今杂剧目录》中著录剧目，据黄丕烈编号为341部。以上书目记载剧目有的为后世书目所罕见，对考证他者书目几乎不载之戏曲的流传甚为有益，成为后世研究古代戏曲的重要文献资料。

戏曲作为通俗化、大众化的艺术，在民间搬演传播历史悠久，民间戏班和演员常常会保存独擅的剧目，以为凸显艺术造诣和谋取生计之一技之长。这方面的曲录是古代戏曲目录学的重要组成部分。

例如，元代和明初杂剧曾在山西长期流传搬演，因而明代中后期山西民间保存了若干一般不见刊本记述的杂剧剧目。如1985年在山西省潞城市贾村发现了万历二年（1574）抄本《迎神赛社礼节传簿四十曲宫调》，被誉为20世纪末学术界"重大发现"；里面述及的杂剧名目有26个，它们是《长坂坡》《夺状元》《当箱》《六郎报仇》《看兵书》《天门阵》《岳飞征南》《七擒孟获》《三王定正》《三下河东》《姜维九伐中原》《罗成显魂》《四公子斗富》《二十八宿朝三清》《战吕布》《擒彦章》《五关斩将》《四马投唐》《周亚夫细柳营》《赤壁鏖兵》《赵氏孤儿大报仇》《误入长安》《樊哙脚党鸿门宴》《关大王破蚩尤》《巫山神女阳台梦》《齐天乐鬼子母捧钵》。其中，后面的12个剧目与元明杂剧剧本相近，其余的都应该是在民间流行而没有被文人写成定本的剧目。这些杂剧名目的著录运用审美矩矱于民间迎神赛社仪式的脚本，以非刊刻的抄本形式在局部范围流传，但是，一旦被发现公之于众之后，则在一定程度上填补了以往人们对元明杂剧的认知空白，有益于人们更新对元明杂剧的身份认同。傅谨主编《京剧历史文献汇编》第八卷辑录清代《乾隆三十九年春台班戏目》700余部，《道光四年庆升平班戏目》272出，《四喜班戏本簿》34本等，意义和价值与《迎神赛社礼节传簿四十曲宫调》相同。

古代类书与戏曲目录有关的不少。古代类书的资料汇编性质有时候会对戏曲创作产生不良影响，例如，祁彪佳评屠隆的《昙花记》说："学问堆垛，当作一部类书观。"[①] 但是，古代类书对古代戏曲目录学的建构起到了丰富和促进作用，有益于戏曲研究是主要的意义和价值所在。

---

① 祁彪佳：《远山堂曲品》，《中国古典戏曲论著集成》（六），中国戏剧出版社1959年版，第20页。

例如，宋代李昉等的《太平广记》为古代第一部大型小说总集型的专门类书。① 古代戏曲家把《太平广记》当作重要的本事取材来源，其中，元杂剧《西厢记》脱胎于小说《莺莺传》，而元稹的《莺莺传》由于当时受正统观念排斥，小说不登大雅之堂，所以元稹未收入《元氏长庆集》，直到明代，才有人据《太平广记》中记载，编入元稹的《元氏长庆集》补遗当中。此外，大凡《太平广记》中情节动人、想象丰富、篇幅较长的故事，后世剧作家据此审美矩矱几乎没有不改编成戏曲的，如李朝威的小说《柳毅传》被元代尚仲贤改编成杂剧《柳毅传书》。这说明《太平广记》对戏曲发展的艺术价值和实用价值，虽没有剧目记载，却为后世戏曲目录的形成提供了素材。李昉等的《太平御览》卷 465 人事部记述讴、歌、谣，卷 526 礼仪部记述倡乐、舞天，卷 530 礼仪部记述傩，卷 563 至卷 574 乐部记述雅乐、律吕、历代乐、鼓吹乐、四夷乐、宴乐、女乐、优倡、淫乐、歌、舞等，卷 734、卷 735 方术部记述巫歌、巫舞、鼓舞等，卷 755 工艺部记述角抵等，从中可以粗略窥见古代戏曲的发展源流，也为古代戏曲目录的形成提供了佐证和参照。

明代的解缙、姚广孝主持编撰的《永乐大典》汇集了上自先秦、下迄明初的各类著作七八千种，内容包括经、史、子、集、释藏、道经、北剧、南戏、平话，以及医学、工技、农艺等，保存了大量珍贵的文化典籍。据连筠簃刊本《永乐大典目录》，卷 20008 至卷 20028 为"曲"，内容包括：曲名、铙歌、鼓吹曲、横吹曲、诗文、诗曲、词曲；卷 20737 至卷 20757 为"杂剧"，列举《西厢记》等各种杂剧名目 101 个；"戏"下，卷 13960 至卷 13964 为戏名、事韵，卷 13965 至卷 13991 为戏文，含戏文 33 种②，现仅残存《张协状元》《宦门子弟错立身》《小孙屠》。

从戏曲目录的记述呈现方式来看，宋元时期，有的剧作家在剧作中述及某些剧目，虽然不是有目的地完全自觉著录剧目，但是，在性质和作用上却具有戏曲目录的类同意义和价值。

例如，宋元南戏《宦门子弟错立身》第五出旦角王金榜极尽所能罗列"掌记"

---

① 有的学者如胡道静认为《太平广记》"内容专收小说，向来著录在小说类中；……不以类书看待"，参见《中国古代的类书》，中华书局 1982 年版，第 116 页。

② 戏文名目参见钱南扬《宋元戏文辑佚》，中华书局 2009 年版，第 4 页。

所载剧目，述及北杂剧和南戏的剧目29部。它们是：《王魁》《孟姜女》《鬼做媒》《鸳鸯会》《杨寊》《郭华》《琼莲女》《临江驿》《周勃太尉》《崔护觅水》《秋胡戏妻》《关大王独赴单刀会》《马践杨妃》《栾城驿》《西厢记》《杀狗劝夫婿》《京娘四不知》《张协状元》《乐昌公主》《墙头马上》《锦香亭》《洪和尚错下书》《风雪破窑记》《赵氏孤儿》《荐福碑》《丙吉教子立赵宣帝》《老莱子斑衣》《包待制陈州粜米》《孟母三移》。钱南扬说，其中《鸳鸯会》等11部作品只字无存，留下了后世戏曲研究的空白。或许是因为搬演的需要，或许是因为观念尚未规范，《宦门子弟错立身》的剧目呈现按剧种体裁分类法度不够清晰，杂剧与传奇混杂交叉明显，审美矩矱运用没有贯穿到底。尽管如此，其在戏曲目录史上的独特意义和研究价值是不可抹杀的。

明初，朱有燉创作了杂剧《刘盼春守志香囊怨》，吴梅撰跋云："此剧述妓女守义，矢一死报所欢，亦深得情之正者，余独为此词在杂剧上颇有关系。如第一折所述各种剧名，多有曲家所未及见者。计所提剧目，有二十八种，如《气张飞》《渔樵记》《单刀会》《薛仁贵》《曲江池》《荐福碑》《双斗医》《进西施》《贬夜郎》《游赤壁》《田真泣树》《管宁割席》《刘弘嫁婢》《秋胡戏妻》《张生煮海》《临江驿》《霸王别姬》《凿壁偷光》《举案齐眉》《黑旋风》《孟母三移》《银筝怨》《金线池》《西厢记》《东墙记》《留鞋记》《贩茶船》《玉盒记》等，见诸《元曲选》者，不过十余种（如《渔樵记》《薛仁贵》《曲江池》《荐福碑》《秋胡戏妻》《张生煮海》《临江驿》《举案齐眉》《黑旋风》《金线池》《留鞋记》等）。至《气张飞》《双斗医》《田真泣树》，且不见各家著录。是此剧于戏曲史上大有价值也。"① 实际上，朱有燉的《香囊怨》列举剧目应是32部，赵景深说："吴梅跋《香囊怨》，漏列《双勘丁》《打到底》《赏黄花》《杜鹃啼》四种，又：《气张飞》见《也是园书目》，《双斗医》《田真泣树》明见《太和正音谱》。吴梅云：'不见各家著录'，误。"② 虽然吴梅所列剧目数量有误，但是，认为"此剧于戏曲史上大有价值"却不为过，这种价值正是朱有燉运用审美矩矱于戏曲目录的意义所在。

清代唐英的《古柏堂传奇》为17部戏曲合集，其中多数是杂剧，5部属传奇。

---

① 蔡毅：《中国古典戏曲序跋汇编》，齐鲁书社1989年版，第849页。
② 赵景深：《中国戏曲初考》，中州书画社1983年版，第232页。

唐英的戏曲创作特点是改编花部剧目，使之曲词宾白更具有词采、韵味，避免过于粗糙、肤浅。在改编的剧本中，唐英常常借剧中角色之口，说出花部剧目，如在《天缘债》中提及的梆子腔剧目有《肉龙头》《闹沙河》。这就是说，唐英在作品中体现了重视和认同花部，论列花部剧目的自觉意识，虽然不可能一一列举所有花部剧目，但是，在审美矩矱运用于区别对待花部和雅部的动机与目的，在提升花部作品的社会地位上是有积极意义的。

有的作者在诗、词、散曲、诗话、曲话等记述中列举戏曲剧目，以另类体裁述及剧名，在著录意识、文体形态上接近于专门的戏曲目录。

例如，元代孙季昌的散曲【正宫·端正好】标题为《集杂剧名咏情》[①]，述及元杂剧有《鸳鸯被》《蝴蝶梦》《哭香囊》《姻缘簿》《双架车》《曲江池》《细柳营》《丽春园》《崔护谒浆》《万花堂》《志诚张主管》《锦香亭》《调风月》《西厢记》《东墙记》《玩江楼》《采莲舟》《竹叶传情》《并头莲》《鸳鸯会》《潇湘夜雨》《乌林皓月》《汉宫秋》《月夜闻筝》《玉镜台》《拜月亭》《㑇梅香》《红叶题情》《苏小卿》《王魁负桂英》《金凤钗》《抱妆盒》《踏雪寻梅》《酷寒亭》《破连环》《错立身》《离魂倩女》《魔合罗》《谎郎君》《淹蓝桥》《竹林寺》《越娘背灯》《乐昌分镜》《柳毅传书》《千里独行》《吹箫女》《孟姜女》《京娘怨》《张敞画眉》《韩寿偷香》《举案齐眉》《贤孝牌》《金钗剪烛》《彩扇题诗》《后庭花》《琵琶怨》《相如题桥》《秋胡戏妻》《关山怨》《衣锦还乡》《托公书》《三负心》等。

明代沈璟的清曲套数【仙吕·八声甘州】标题为《集杂剧名》，[②] 汇集杂剧名有《因缘簿》《鸳鸯被》《银筝怨》《秦楼月》《蝴蝶梦》《汗衫》《哭香囊》《柳眉儿》《才子多情》《多月亭》《曲江池》《淹蓝桥》《万花堂》《玉镜台》《三负心》《鱼雁传情》《勘风情》《玩江楼》《采莲舟》《竹叶传情》《两无功》《分镜》《锦堂风月》《紫云亭》《潇湘夜雨》《乌林皓月》《汉宫秋》《月夜闻筝》《㑇梅香》《拜月亭》《霓裳怨》《青衫泪》《红叶题情》《金凤钗》《抱妆盒》《踏雪寻梅》《天台梦》《瑶情怨》《酷寒亭》《紫鸾箫》《销金帐》《后庭花》《雪香亭》《冤家债主》《赚兰亭》《月下老》《烟花判》《娇红》《碎冬凌》《双渐》《王魁负桂英》《连环计》《崔

[①] 隋树森：《全元散曲》，中华书局1964年版，第1239页。
[②] 徐朔方辑校：《沈璟集》，上海古籍出版社1991年版，第822页。

护谒浆》《谎郎君》《调风月》《细柳营》《竹林寺》《锦香亭》《倩女离魂》《错立身》《金钗剪烛》《西厢记》《东墙记》《误元宵》《风光好》《莺燕峰蝶》《柳毅传书》《千里投人》《关山怨》《月娘背灯》《相如题桥》《韩寿偷香》《廉颇负荆》《李逵负荆》《瑞香亭》《老收心》《会佳期》《双赴梦》《芭蕉雨》等。上述两者曲录及数量有少部分出入，共性是运用审美矩矱的曲录意识十分鲜明，尤其是在北杂剧日益衰竭、传奇日益繁荣的明代，沈璟有意识地区隔北杂剧与传奇，专门为北杂剧集名，曲录价值不可小觑。

清代，褚人获的《坚瓠集》载《戏目诗》七律8首，补集卷六载《后戏目诗》七律4首。其中，《后戏目诗》云："甲申春，连观演剧。复成四律：'铁冠图传逊国疑，赠书远邈古城阵。出师表奏千忠录，博浪沙边百炼锤。文武会垂名将传，英雄概列党人碑。量江运甓男儿事，不望金钱赐绣旗。''鸳鸯笺素寄情邮，十二红妆集彩楼。玉玦雕成龙虎啸，金貂拟易鹔鹴裘。石菱镜现莲花筏，照世杯浮竹叶舟。喜称人心金不换，万年欢赏赤松游。''磐陀山上醉菩提，祝发西园忆故知。绣佛阁中裁宝胜，锦蒲团畔整鸾鎞。春灯谜语青楼约，再世姻缘红叶诗。莫恋绣鞋情不断，牟尼合是顺天时。''忠孝坊中忠孝全，三生石注巧团圆。瑞霓罗绣鸳鸯佩，铜雀砚描花叶缘。玉尺楼头悬宝镜，望湖亭畔植金莲。浣纱不羡双冠诰，何用青衫伴绿笺。'"①这四首戏目诗述及的剧目是：《铁冠图》《赠书记》《古城记》《出师表》《千忠录》《博浪沙》《百炼金》《文武合》《英雄概》《党人碑》《量江记》《男王后》《金钱记》《赐绣旗》《鸳鸯笺》《情邮记》《十二楼》《彩楼记》《玉玦记》《龙虎啸》《金貂记》《鹔鹴记》《石菱镜》《莲花筏》《照世杯》《竹叶舟》《称人心》《金不换》《万年欢》《赤松游》《盘陀山》《醉菩提》《祝发记》《西园记》《绣佛阁》《锦蒲团》《鸾鎞记》《春灯谜》《青楼记》《再生缘》《红叶记》《绣鞋记》《情不断》《牟尼合》《顺天时》《忠孝福》《忠孝记》《三生记》《巧团圆》《瑞霓罗》《鸳鸯佩》《铜雀台》《玉尺楼》《望湖亭》《金莲记》《浣纱记》《双冠诰》《青衫记》《彩笺记》等。这种著录方式是将剧目嵌于诗中，虽非严格规范性质上的戏曲目录，但是从标题"戏目诗"可见，作者著录剧目的意识是充分自觉的，而且用格律诗的形式承载介绍剧目，具有一种运用审美矩矱的文学情趣和特殊兴味，虽然难免注入游

---

① 褚人获：《坚瓠集》（续），《清代笔记小说大观》，上海古籍出版社2007年版，第1890页。

戏笔墨，但是雅中有俗，亦庄亦谐，十分有益于戏曲的社会传播，帮助人们实现戏曲身份认同。

徐暮云说：清代朱彝尊的"《静志居诗话》载元明来传奇，多至八百余部"①。朱彝尊是在关于明代诗人篇章、小传、逸闻轶事的评述过程中涉及戏曲目录的，如卷四"高明""徐仲由"条述及《荆》《刘》《拜》《杀》和高明的《琵琶记》，卷十四"郑若庸"条述及《绣襦记》、"梁辰鱼"条述及《浣纱记》，卷十五述及施君美的《幽闺记》、高明的《琵琶记》、郑若庸的《玉玦记》、张伯起的《红拂记》、屠隆的《昙花记》、梁辰鱼的《浣纱记》、梅鼎祚的《玉合记》、汤显祖的《牡丹亭》和《紫箫记》，卷十七述及梅鼎祚的《玉合记》，卷二十"姚潛"条述及阮大铖的《燕子笺》并记录当时的搬演状况云："柳岸花溪澹泞天，恣携红袖放灯船。梨园子弟觇人意，队队停歌《燕子笺》"②等。所有这些作家作品记述穿插于字里行间，虽无曲录之名，也没有条理清晰的编次，却有曲录之实，其运用审美矩矱与戏曲目录在性质和功能上有异曲同工之处，只是"多至八百余部"恐难以查阅核实，不知其所云何据。梁廷枏的《曲话》卷一列举杂剧与传奇的剧目，主要就《录鬼簿》和《曲海总目》，依剧作家和作品数量从少到多、无名氏作品、同名作品、多人署名作品、以曲牌命名作品、闺秀作品、方外作品、娼夫作品、元曲同本而异名作品、先杂剧后传奇等审美矩矱重新排列，并与臧懋循的《元曲选》比较考证列举元杂剧590余种，戏曲目录的性质与作用显而易见。

曲谱的审美矩矱本意是为戏曲创作按谱填词提供音乐性和文学性的规范模板，因为例曲选自作品，所以大凡标注来源的例曲常常也会同时标注剧目，这种形式使得曲谱标注的剧目具有类似戏曲目录的性质和作用。当然，毫无疑问，作者是以编撰曲谱为主导，著录剧目为辅助的。

例如，元人所辑之南曲曲谱《九宫十三调曲谱》，被清代徐于室、纽少雅编撰的《南曲九宫正始》采纳的早期南戏剧目和曲词，目前可以确认的有：《薛芳卿》1支、《杀狗记》2支、《赵氏孤儿》3支、《孟月梅》3支、《柳耆卿》2支、《蔡伯喈》10支、《西厢记》4支、《王十朋》4支、《拜月亭》11支、《瓦窑记》2支、《苏小

---

① 徐暮云：《中国戏剧史》，上海古籍出版社2001年版，第66页。
② 朱彝尊：《静志居诗话》，人民文学出版社1990年版，第661页。

卿》1 支、《吕蒙正》1 支、《李婉》1 支、《林招得》1 支、《刘智远》2 支、《墙头马上》1 支、《乐昌公主》1 支、《李辉》1 支、《唐伯亨》1 支、《王祥》3 支、《刘文龙》1 支、《岳阳楼》1 支、《子母冤家》1 支、《周孝子》1 支、《陈巡检》2 支，计 25 种 61 支曲。① 明代朱权的《太和正音谱》记述有群英所编元杂剧 535 种，明朝杂剧 33 种，古今无名杂剧 110 种，娼夫不入群英杂剧 11 种，有剧作家，有剧目，个别地方有题解，如果单独析出这一部分内容，则俨然元明北杂剧的戏曲目录。

曲谱收录曲词，为后人留下了丰富的剧目文献资料，但是往往不区分戏曲与散曲，所注重的方向是按谱填词模式，以至于曲录编撰的自觉意识与他者专门编撰的曲录有所不同，曲录涵盖的面和量都不会放在竭尽全力搜罗穷尽上。例如，明代沈自晋的《南词新谱》专辟《古今入谱词曲传剧总目》，其中包括《高则成琵琶记》等至少 165 个剧目，也包括散曲作品《唐六如散曲》等至少 62 个篇（集）目、唐宋词《苏子瞻诗余》等 26 个集（篇）目，三者以宫调为划分标准混淆在一起，"凡所录不论新旧以见谱先后为序"②，曲录意义因此相对有限。《雍熙乐府》是明嘉靖间郭勋辑散曲、戏曲选集，沈自晋亦将其列入《古今入谱词曲传剧总目》，单个剧（篇）目与选集书名相杂，体例不一，可见虽然《古今入谱词曲传剧总目》具有戏曲目录的意义和价值，但是，沈自晋并非刻意为了编撰戏曲和散曲目录。这种现象在其他曲谱中普遍存在，当然之后也有所改进。例如，清代张大复的《寒山堂曲谱》卷首《谱选古今传奇散曲集总目》著录剧目 102 部，而且"间考作者姓名里居"③，剧目记述条理比《南词新谱》之《古今入谱词曲传剧总目》更加清晰，学术性更强，自然类似戏曲目录的性质和作用的价值也更高。

总体而言，曲录的作者无论完全自觉抑或不完全自觉，站在自我认同的审美矩矱立场，所编撰的戏曲目录充分体现了独特的审美意识和批评标准，以及戏曲身份认同的学术价值和学科视野，成为古代戏曲目录学的重要文献资料，发挥了古代戏曲研究的重要辅助作用，其简洁明了的实用记述有力地帮助人们实现了戏曲身份认同。

---

① 参见周维培《曲谱研究》，江苏古籍出版社 1999 年版，第 86 页。
② 沈自晋：《南词新谱》，台湾学生书局 1984 年版，第 47 页。
③ 张大复：《寒山堂曲谱》，《续修四库全书》第 1750 册，上海古籍出版社 2002 年版，第 643 页。

第八章
优伶戏班对戏曲艺术的搬演传播与身份认同

第一节 口传心授的谱系路径

大凡国学的创立、建构与发挥作用、影响,离不开历代有识之士口传心授和理论著述的继承和弘扬。春秋时期,老子创立道家学说和学派,开辟了道家和道教文化源远流长的传世进程。孔子首创私人办学,开启了儒家思想道统承续的历史先河。唐代,慧能《六祖坛经》之《付嘱品第十》,开示了佛教禅宗传授禅宗心印的法统和历代祖师的谱系。

同理,从国学的视域来看,中国古代戏曲的形成与发展,也离不开历代教习对演员的教育和培养,离不开戏曲家理论著述的继承和弘扬。尤其是戏曲艺术乃以舞台搬演功夫和技艺见长,演员必须经过教习的长期而严格的艰苦训练,方能在舞台上展示个性独特的艺术风采,诚如明人沈标的《〈度曲须知〉续序》云:"声音之学,不由师傅则独悟惟艰哉。"① 戏谚说:台上十分钟,台下十年功。又道:十年得中状元,十年难成子弟。而古代戏曲演员或教艺或学艺多为教习口传心授,即王季烈的《〈集成曲谱〉自序》云:"六艺之事,惟乐易亡。盖声音高下,节奏

---

① 沈宠绥:《度曲须知》,《中国古典戏曲论著集成》(五),中国戏剧出版社1959年版,第318页。

迟速，必口授耳聆，乃能详悉，非若其他学术，可求之载籍文字间也。"① 这种历史悠久自成谱系路径的优良传统绵延不缀，形成古代戏曲艺术可持续发展的一个重要而独特的方面，也凝聚延续了古代戏曲身份认同的亲缘脉络。

"口传心授"一词，源自明代解缙《春雨杂述》："学书之法，非口传心授，不得其精。"② 至于古代戏曲作为表演艺术，唱、念、做、打的教与学，自古以来也得益于教习或曰教师、曲师、优师的口传心授。例如，清人焦循云：李艾塘"近作《岁星记》传奇，本《列仙传》'东方朔为岁星之精'也。……艾塘此记成，旋付歌儿。较曲者以不合律，请改。艾塘曰：'令歌者来，吾口授之。'且唱且演，关白唱段，一一指示，各尽其妙。"③ 究其原因，诚如冯叔鸾的《〈新编戏学汇考〉序》云："戏在我国，师弟相授，初不藉书而传，亦无研究戏之专书。……夫戏之所以无专书者，非不作也，盖有其不能作者在焉。乱弹音调胜于文词，书载文词不能显示音调，此其一。台容步法，非图不为功。而内行既不能图，外行又无从图之，此其二。伶人之传习，重成法而不讲原理。故即叩之内行，亦只云其然而不知其所以然。此其三。外行非无欲作以传世者，顾一加附会，便生讹谬。毫厘之失，鲜不为个中人嗤其差诸千里。此其四。"④ 亦如赵尊岳的《〈新编戏学汇考〉序》云："伶工指授出于科班，师弟相承多袭口义。其神而明之者，得昌师说以济其所学；其几而不能至者，或随板应拍，以勉强赴之焉。老伶工积其经验之谈，以立其矩矱授之来学。凡其至精至要之妙谛，又或其说不足以达之，以自待于学者之领悟。"⑤ 至于杨静亭的《都门纪略》云："薛印轩者，雒南世家，入藉京师。年少通书史，谙词场，未经师授，自能独开生面。妆点古来忠臣义士，慷慨悲歌，无不毕肖其情状。宾白、科诨口吻皆当。并曲词中有文近鄙俚者，悉能改正，归于典雅。……班中特聘。每日帮演一出，推为词场第一，名重京师"⑥，这种无师自通

---

① 蔡毅：《中国古典戏曲序跋汇编》，齐鲁书社1989年版，第203页。
② 解缙：《春雨杂述》，《历代书法论文选》，上海书画出版社1979年版，第495页。
③ 焦循：《剧说》，《中国古典戏曲论著集成》（八），中国戏剧出版社1959年版，第219页。
④ 蔡毅：《中国古典戏曲序跋汇编》，齐鲁书社1989年版，第225页。
⑤ 同上书，第228页。
⑥ 傅谨主编《京剧历史文献汇编》清代卷贰，凤凰出版社2011年版，第913页。

的演员，实乃独具禀赋的异人，可为凤毛麟角，并不广见多闻。

戏曲是演员在舞台上栩栩如生、鲜灵活现、载歌载舞的动态展示，唱、念的吐字、运气、使劲、韵味，做、打的一招、一式、一举手、一投足，使其具备不以剧本为物质媒介传承艺术精髓的可能性；戏曲搬演独特个性化风格、技艺化诀窍和神明化绝活的隐蔽性，堵塞了一般人以纯观摩效仿进而无师自通的习得性；演员对戏曲搬演以人为核心形神兼备的美学追求，对角色扮演艺术本质的精微把握与传神表现，对搬演技艺实践经验积淀的独特心灵感悟，主要靠的是教习的口传心授，而不能靠一一笔之于书。正是在这种戏曲口传心授的互动传承过程中，形成了戏曲行当特殊的师徒教与学关系，并贯穿于师徒教与学的全过程。从古迄今，各声腔剧种流派、搬演技艺的继承和弘扬概莫能外。殊不知，口传心授不同则艺术效果也不同。例如，南戏剧本《刘文龙》载于《永乐大典》卷13973 "戏文" 9，徐渭《南词叙录》列为 "宋元旧篇"，题作《刘文龙菱花镜》。原剧已佚，在《南九宫十三调曲谱》《南词定律》《九宫正始》各谱中存有若干支残曲，而今，福建梨园戏还常常搬演此戏。1975年12月，广东省潮安县西山溪一座明代古墓出土了一种比较完整的《刘文龙》剧本，新发现剧本的出、曲词等与现存辑佚的残出、残曲基本相同，个别地方因为年代久远、戏班演员口心授传不同导致出现了明显差异。

口传心授的师承是培养戏曲演员的主要途径和重要方法，在古代戏曲演员教育史上有重要的意义和价值。口传心授的师承有利于戏曲演员搬演技艺的提高，有利于优秀人才传承绝活脱颖而出，有利于教习独到的搬演技巧发扬光大，有利于戏曲艺术流派的形成。例如，李斗的《扬州画舫录》等记载：昆剧老生陈义先一派授徒朱文元、朱文元授徒陈元凯，余维琛一派授徒刘天禄，张德容一派授徒王采章；老外王丹山一派授徒倪仲贤；小生陈云九一派授徒石蓉棠，董美臣一派授徒与子董伦标、授徒张维尚，张维尚授徒沈明远；大面周德敷授徒范嵩年、范嵩年授徒奚年宋，马美臣一派授徒陈小扛；白面马文观一派授徒王炳文；正旦史菊观授徒任瑞珍，任瑞珍授徒吴仲煦、吴端一；等等。这些流派在相互竞争中促进了戏曲艺术的长足发展与明显进步。

当然，口传心授也有局限，即并非所有的教习都是无所不能、无事不通的天才、全才，文化学识、艺术素质、技能功夫有局限的教习往往对戏曲演员的全面培养也有局限。因为封建意识或谋生之计或传授方法不当等，相互无隶属关系的师承之间容易产生演员相轻、门户之见，导致不正常的竞争关系，从而制约戏曲艺术的全面发展和总体提高。甚至于老一辈奉为典范的某些声腔格律戏艺规条，歌舞搬演绝活技巧，唯系统紊乱或思想保守以至于年湮代久导致失传消亡，造成无法挽回的戏曲资源损失。例如，明人沈德符云："自吴人重南曲，皆祖昆山魏良辅，而北词几废，今惟金陵尚存此调。……甲辰年，马四娘以生平不识金阊为恨，因挈其家女郎十五六人来吴中，唱《北西厢》全本。……四娘还曲中，即病亡，诸妓星散。……今南教坊有傅寿者，字灵修，工北曲。其亲生父家传，誓不教一人。寿亦豪爽，谈笑倾坐。若寿复嫁去，北曲亦同《广陵散》矣。"[1] 湘剧是由昆剧、高腔（弋阳腔）、南北路（皮黄）三种戏剧组成的，湘剧的腔调也不外乎这三大类。湘剧伶人授徒常常有一种"埋鸡头"的做法，即在教唱时把剧本的曲牌抹去，只教如何唱，而不说明这一种唱属于哪一类曲牌，所以，长此以往就无意中造成了湘剧的某些曲牌失传消亡，成为湘剧艺术史上的一大遗憾。当代，以昆曲为代表的许多声腔剧种无论是创作还是搬演，都或多或少地存在后继乏人的亟待解决的问题，其中就有师徒口传心授难以为继的状况。

关于谱系路径，谱系是历史上的事物发展变化沿袭所形成的系统。清代王兆芳的《文章释》云："谱者，籍录也，布也，普也，布事籍録，令周普也。刘熙曰：'布列见其事也。'刘勰曰：'事资周普。'亦谓之牒，牒借作'谍'，札也。谱诸牒札，犹云布事籍录也，后世以纸代竹木也。主于布列年世，先后普记。源出《五帝三代谱牒》，流有汉杨子《家牒》，后代世谱玉牒、士大夫族谱、贤儒年谱、诸名物之谱，及汉郑子《诗谱》、后魏李概《音谱》。"[2] 来裕恂的《汉文典》亦云："谱者，列具其详，以明事物也。故者纪事别系之书谓之谱。春秋之前称世，谓之世谱；春秋以后称年，谓之年谱。桓君山曰：'太史公《三代世表》，旁行斜上，并效周谱。'是谱变为表矣。至唐代又名世谱为玉蝶。玉蝶者，如帝纪而特详，是谱又变为牒矣。"[3] 在中国传统文化中，谱牒是记述家族世系的书籍，俗称家乘、家谱、族谱、宗谱，是一种专门学问。修谱兴起于周朝，大约从宋代开始，民间逐

---

[1] 沈德符：《顾曲杂言》，《中国古典戏曲论著集成》（四），中国戏剧出版社1959年版，第212页。

[2] 王水照编《历代文话》，复旦大学出版社2007年版，第6269页。

[3] 同上书，第8628页。

渐流行以谱牒为依据的家族组织,上限为永不更替的始祖,下限为绵延不绝的子孙,后世藉此衍生出各行各业、多种多样的谱系。例如,在历史学中,战国时的史书《世本》流传至今有帝系谱、诸侯谱等;在文化学中,有文学年谱、学术年谱等。在学术史上,明代的胡应麟说:"凡谱系之学,昉于汉,衍于晋,盛于齐,极于梁,唐稍左矣,其学故不乏也。"① 谱系的延伸方向和承续线性就构成谱系路径。

中国古代各行各业的工匠在技艺上代代相传,形成了各自的独特风格和工艺传统,这与工匠们师徒关系的谱系路径有着密切联系,师徒关系传承的亲缘性就是这种工匠谱系路径的典型表现,文学与艺术行业概莫能外。例如,在舞蹈谱系方面,唐人段安节论"琵琶"云:"贞元中有王芬、曹保保——其子善才,其孙曹纲,皆袭所艺。次有裴兴奴,与纲同时。曹纲善运拨,若风雨,而不事扣弦;兴奴长于拢撚,不拨稍软。时人谓:'曹纲有右手,兴奴有左手。'武宗初,朱崖李太尉有乐吏廉郊者,师于曹纲,尽纲之能。纲尝谓侪流曰:'教授人亦多矣,未曾有此性灵弟子也。'"② 在辞章谱系方面,宋人王灼云:"李戡尝痛元、白诗纤艳不逞,非庄士雅人,多为其破坏;流于民间,子父女母,交口教授,淫言媟语,冬寒夏热,入人肌骨,不可除去。"③ 在戏曲方面,古代戏曲演员亦循口传心授谱系路径,传承、弘扬、光大戏曲艺术。清人吴永嘉的《明心鉴》论梨园曲师云:"盖闻古之学者必有师,此非特传道为然也,而学艺亦然。学艺之始,必贵择师,师善则弟子受其益,师不善,则奥妙不能传";又论梨园学徒云:"梨园之道,全贵用心。师教之,须自研究之。揣摩勤练,得暇便学,见善便学,自少至老,无一时废学";再论剧本曲谱与师徒关系云:"鸿词丽曲,皆才子所传;乐部宫商,皆名家所谱。苟非考究其精微,细心演习,师传虽妙,鲜有成其名者矣。"④ 师徒关系主要是民间性的,戏曲演员之间的师承有两种情况,一种是有血缘亲属关系的家庭

---

① 胡应麟:《少石山房笔丛》,中华书局1958年版,第515页。
② 段安节:《乐府杂录》,《中国古典戏曲论著集成》(一),中国戏剧出版社1959年版,第51页。
③ 王灼:《碧鸡漫志》,《中国古典戏曲论著集成》(一),中国戏剧出版社1959年版,第118页。
④ 转引自吴新雷《中国戏曲史论》,江苏教育出版社1996年版,第292页。

内部的世代相传；另一种是没有血缘亲属关系的投师学艺的师徒相传，与此同时，传承并表达了对戏曲艺术特别是不同声腔剧种的身份认同。

戏曲艺术的实践经验告诉人们，口传心授的谱系路径不是过时而腐朽的戏曲传承方式和身份认同理念，而是有着重要历史价值的教学法宝，有着积极现实作用的不二法门，是中国古代戏曲得以赓续不绝的独特现象。例如，在弋阳腔和湖南、安徽、湖北花部戏班的影响下，粤剧形成为广东草野地方戏，大约在清代雍正年间，自湖北汉剧伶人张五逃亡至广东佛山授徒奠基之后明显成熟壮大起来，张五也因此成为后世粤剧演员顶礼膜拜的祖师爷。谱系路径的延续往往有一个亘古不变的核心。中国传统学术文化谱系以"六经"为核心，而中国古代戏曲搬演教与学的谱系，则以优伶戏班师徒关系的口传心授为核心。

关于优伶，优伶是"优"和"伶"的合称，有时候也称之为"优人"或"伶人"，泛指古代以音乐、舞蹈、调笑、嘲弄、滑稽、谐谑、百戏、杂技和戏曲搬演为职业的人。自宋元以后，通常又指从事杂戏或戏曲搬演的伎艺人，后来又专指戏曲演员。

关于戏班，清人李调元引宋人耐得翁《古杭梦游录》云："演戏而以班名，自宋云韶班起。考宋教坊外，又有钧容直、云韶班二乐。宋太祖平岭表，得刘氏阉官聪慧者八十人，使学于教坊，初赐名箫韶部，后改名云韶班。钧容直，军乐也，在军中善乐者，初名引龙直，以备行幸骑导，淳化中改为钧容直。后世总称为班也。"①李调元则云："《云麓漫钞》：'金源官制，有文班、武班。若医、卜、倡优，谓之杂班。每宴集，伶人进，曰杂班上。'按：此优伶呼'班'之始。《武林旧事》载宋杂剧每一甲有八人者，有五人者。'甲'，犹'班'也。五人，盖院本之制。八人为班，明汤显祖撰《牡丹亭》犹然；多至十人，乃近时所增益。"②戏班的形式和俗名很多，例如，姚燮云："至夏歇班，曰'散班'。乱弹不散，曰'火班'。或各处士人集班，曰'士班'。新班于庙中试演，曰'挂衣'，一曰'晾台'。团班之

---

① 李调元：《剧说》，《中国古典戏曲论著集成》（八），中国戏剧出版社1959年版，第100页。

② 同上书，第39页。

人，苏州曰'戏蚂蚁'，扬州曰'班揽头'，或称'戏包头'。"①

按戏班机构来分，古代戏曲演员有三种不同的组织形态，一是归属于朝廷、官府的演艺管理机构；二是归属于民间职业戏班；三是归属于私人家庭所有的家庭戏班或曰家乐。三者的共性是内部均有戏曲搬演教与学的师徒口传心授的内容与活动，自成不相隶属的谱系路径。

在朝廷官府方面，唐代的演艺管理机构是梨园和教坊，任半塘说："唐代官戏确在教坊，而不在梨园。"②无论是在梨园还是在教坊，男女艺人都要接受教习，因此都与职业演艺官员形成一种师生关系，或曰广义的师徒关系。梨园的创始人唐玄宗李隆基曾亲自指导梨园弟子训练，优伶在教坊则接受以中官为教坊使的教习。宋元明清延续唐代教坊机构的设置，掌管宫廷和官府戏曲演员的教习及搬演。清代康熙年间改教坊为南府，道光七年（1827）改南府为升平署，其机构性质和功能并无根本变化，主要职责是教习太监和艺人，服务于清廷统治者的演艺活动。清末有戏曲演员俗称内廷供奉，来自民间职业戏班，受命进宫搬演戏曲，身兼演员和教习二职，被称为"口传心授"的"因旧教习"③，艺术造诣和待遇报酬都超越一般民间职业戏班的戏曲演员，突出显示社会地位的优越性和身份认同的特殊性。例如，康熙于二十三年（1684）南巡，苏州寒香班名净陈明智首次被选入宫供奉内廷，成为颇受器重的教习，王载扬的《书陈优事》云："圣祖南巡，江南制造臣以寒香、妙观诸部承应行宫，甚见嘉奖。每部中各选二三人供奉内廷，命其教习上林法部，陈特称首选。"④此后，陈明智供奉内廷长达20余年。康雍时期，清廷曾从苏州昆剧艺人中选周文卿、杨旭林、顾遂征、周成章等四五十人为内廷供奉。

在职业戏班方面，民间职业戏班本质上兼艺术性与商业性，以戏曲搬演为谋生手段，因此不仅重视生、旦，而且兼重净、丑。为了取得预期搬演效果和经营谋生收入，民间职业戏班一般都有定员，规模比较大，例如，昆剧太平班脚色共80人，其中教习7人，演员52人，场面21人；年龄最大为教习沈文彩69岁，

---

① 姚燮：《今乐考证》，《中国古典戏曲论著集成》（十），中国戏剧出版社1959年版，第15页。
② 任半塘：《〈教坊记〉笺订》，中华书局2012年版，第25页。
③ 胡忌、刘致中：《昆剧发展史》，中国戏剧出版社1989年版，第403页。
④ 孙崇涛、徐宏图：《戏曲优伶史》，文化艺术出版社1995年版，第257页。

最小为小旦陈双观 13 岁。① 民间职业戏班活动领域非常广泛,在满足广大市民百姓的娱乐消遣等精神生活需求的同时,也传承了古代戏曲艺术。民间职业戏班以明清时最为兴盛,这是与古代戏曲发展进入第二个黄金时代密不可分的。京剧的形成促进了职业戏班发展走向鼎盛,逐渐超越其他戏曲演员组织形态而成为主流。民间职业戏班有一种特殊的组织类型,即串班。一些业余戏曲爱好者登台搬演称之为串戏,经常串戏的人称之为串客,由串客组成的戏班称之为串班。苏州串班成立最早,规模最大的是清代雍乾年间的织造海府串班。扬州老张班的小丑汪颖士、大洪班的老生陈应如和老旦费奎元,都来自于织造海府串班,而老徐班的副末徐维琛则来自于石塔头串班。

在家庭戏班方面,家庭戏班简称家班,即文人士大夫私人购买置办的家乐,由私家蓄养童伶,延师教习,专供私人家中演戏之用。家班旨在娱乐,首重生、旦,全部成员数量多少不一,规模不很大,是民间戏曲教与学的一种主要形式。家乐早在汉代就出现了,至戏曲形成的宋代,在家乐基础上形成的戏曲家班开始陆续出现,例如,蒋一葵记载:"张子野年八十五,其家尚蓄声妓"②;随着戏曲的发展成熟,尤其是昆剧流布大江南北,一大批家班兴起于明朝嘉靖、隆庆、万历年间,繁荣于天启、崇祯年间,晚明至清中叶文人士大夫的家班达到鼎盛高峰。客观地说,文人士大夫私人购买置办的家乐,从一个侧面表明,昆剧艺术在明清时期发展突飞猛进,离不开家庭戏班的精湛艺术搬演及传播扩大社会影响;离不开文人士大夫的积极参与及相当一部分人的介入;离不开文人士大夫审美文化趣味和理论批评取向的强劲推动。

详言之,明代私人置办的家班可以分为三种不同类型。第一,以女性童伶组成的家班,一般称之为家班女乐;第二,以男性童伶组成的家班,一般称之为家班优童;第三,以职业优伶组成的家班,一般称之为家班梨园。三类家班的谱系路径共性是:无论戏曲演员的教艺或学艺,大多数都为教习口传心授的师徒关系,三者之间相互交流、彼此促进、共同提高。

入清以后,家庭戏班依然盛行,三种基本类型仍旧延续。随着社会矛盾逐

---

① 胡忌、刘致中:《昆剧发展史》,中国戏剧出版社 1989 年版,第 464 页。
② 蒋一葵:《尧山堂外纪》卷四十六,明万历三十四年刊本。

渐加深，农村的破败迫使很多贫民涌入城市。穷人子弟因为能吃苦，再加上生计所需，一部分人进入戏班打杂跑龙套，时间一久便学习演戏，进而成为戏班的演员。戏班为那些经历贫穷磨难、渴望出人头地以便改变生活窘况的人提供了机会和舞台，例如，金埴道："康熙初间，海宁查孝廉伊璜继佐，家伶独胜，虽吴下弗逮也。娇童十辈，容并如姝，咸以'些'为名，有'十些班'之目"①，自然，也为戏曲尤其是不同声腔剧种的存续和竞争提供了源源不断的后备人才。实际上，社会底层不乏没有文化却有天赋的穷人家子弟，一旦遇到赏识人才的戏曲家，这些穷人家子弟就如鱼得水、如逢伯乐，经过适当培养便可成为支撑戏班的骨干力量。例如，李渔家庭戏班中的乔姬和王姬，就是因为买主先后赠送给了李渔，得到李渔的特别青睐，从而发挥了自己的戏曲才华，成就了自己的艺术业绩，也为李渔的戏曲事业铸造了值得人们认同激赏的辉煌，清人姚燮云："笠翁，钱塘人，以词曲擅名，所至携小鬟唱歌。吴梅村尝赠以诗。北里、南曲中，无不知有李十郎者。"②李渔的家班虽然是特殊的家班，既是家姬家乐又是职业戏班，但是，李渔慧眼独具，犀利敏锐，善于发现乔姬和王姬的特长，亲自口传心授，培养任用人才，这也正说明李渔无愧于超越众人的名符其实的戏曲大家。

明清时期的家班多为昆剧戏班，是昆剧搬演的主要团体。例如，张岱家三代人先后有6个昆剧家庭戏班，即可餐班、武陵班、梯仙班、吴郡班、苏小小班和茂苑班。清代中叶以后，随着花部乱弹地方戏勃兴，昆剧逐渐走向衰退，文人士大夫蓄养昆剧家班亦逐渐低落。徐珂云："雍、乾间，士夫相戒演剧，且禁蓄声伎，至今日，则绝无仅有矣。"③清末，随着花部乱弹的集大成者京剧后来居上，授徒教习京剧的行当开始登上戏曲舞台，呈现出填补昆剧戏班淡出戏曲舞台空白的良性发展趋势，从此新辟了京剧的谱系路径。例如，道光年间杨懋建的《京尘杂录》云："吴伶王若兰，自言入都为教师十三年，所教小郎二百余辈。"④

值得一提的是，家班主要由文人士大夫花钱购置的童男童女组成，这些童伶

---

① 金埴：《不下带编》，中华书局1982年版，第116页。
② 姚燮：《今乐考证》，《中国古典戏曲论著集成》（十），中国戏剧出版社1959年版，第271页。
③ 徐珂：《清稗类钞》，中华书局1986年版，第5057页。
④ 傅谨主编《京剧历史文献汇编》清代卷壹，凤凰出版社2011年版，第472页。

没有文化知识，也没有艺术素养，年龄大都在10岁左右。例如，李渔先后两年收纳的乔姬和王姬仅相差1岁，当年分别只有13岁。徐珂亦云："京师伶人，辄购七八龄贫童，纳为弟子，教以歌舞。"①童伶的优势在于可塑性强，善于接受新鲜事物，便于家班主人延聘教习口传心授，从小进行艺术培养专门训练，形成约定俗成、合符程式规范的良好技艺。这就自然形成了戏班师徒之间口传心授的谱系路径。

一方面，教习一般都是由戏曲艺术经验丰富的民间艺人担任。据丁祖荫的《虞阳说苑》引梧子《笔梦》载：明万历年间，江苏常熟钱岱家有家乐一部，由沈娘娘、薛太太两位女艺人任教习，对13名女伶进行严格训练，教授戏曲和歌舞，这些女伶"吹弹歌舞，各能娴习。然戏不能全本，各娴一二出而已。又有工与不工"②。有时候，家庭的主人因为精通戏曲艺术，也身兼家班班主。例如，吴梅村的《过东山朱氏画楼有感并序》云："东洞庭以山后为胜，有碧山里，朱君筑楼教其家姬歌舞。"③尤侗的《〈钧天乐〉自记》云："家有梨园，归，则授使演焉。"④其余如何良俊、沈璟、屠隆、潘之恒、张岱、阮大铖、李渔等亦是。对戏曲内行的文人士大夫一般都有较高的文化水平和艺术修养，通过对家班演员的教诲指导，有效提高了家班演员的文化水平和艺术修养，进而提高了戏曲搬演的质量，促进了戏曲艺术的发展。家班女乐中有女教习，也有男教习，一般文人士大夫家庭均对外界严加防范，不允许女性演员接触的主人只聘女教习，否则男女教习均可聘请，各取所长罢了。宋元明清时期，许多以戏曲搬演为生的女艺人青春消逝、年老色衰之后，往往离开原戏班到其他地方任教习，传授技艺，藉以谋生。例如，元人夏庭芝云："王奔儿，长于杂剧，然身背微偻。金玉府总管张公，置于侧室。刘文卿尝有'买得不直'之诮。张没，流落江湖，为教师以终。……顾山山，行第四，人以'顾四姐'呼之。本良家子，因父而俱失身。资性明慧，技艺绝伦。始嫁乐人李小大。李没，华亭县长哈剌不花，置于侧室，凡十二年。后复居乐籍，至今

---

① 徐珂：《清稗类钞》，中华书局1986年版，第5102页。
② 丁祖荫：《虞阳说苑》甲编，1917年虞山丁氏初园排印本。
③ 吴梅村：《吴梅村全集》，上海古籍出版社1990年版，第387页。
④ 蔡毅：《中国古典戏曲序跋汇编》，齐鲁书社1989年版，第1459页。

老于松江，而花旦杂剧，犹少年时体态。后辈且蒙其指教，人多称赏之。"① 明代，钱岱家的教习沈娘娘是"苏州人，少时为申相国家女优，善度曲。年六十余，探喉而出，音节嘹亮；衣冠登场，不减优孟。"② 阮大铖的家班女乐聘请的男教习有陈遇所等人。明末清初的吴梅村推荐苏昆生到冒襄家班女乐任教习。清代，当时被称为吴门南曲曲圣的沈㗑如任俞文水家班女乐的教习。在明清两代，一些喜爱戏曲的家庭主人往往还聘请行家名流到家里来指导女乐，串演观摩，交流戏曲搬演的经验，传授一套套行之有效的戏曲搬演技艺，著称于世者有屠隆、潘之恒、顾大典、阮大铖、祁豸佳、张岱、朱云崃、吴越石、冒辟疆、李渔、余怀、尤侗，等等。

另一方面，昆剧戏班有童伶组成的小班，也有成人带着童伶搬演的中班。例如，明代有兴化小班、华林小班、郝可成小班等；清代扬州有专门搬演折子戏的女子"双清班"，戏班班主是苏州人顾阿夷，教习2人；女伶18人，其中鱼子和季玉只有12岁左右；后场由歌童5人担任；还有男正旦1人许顺龙，是教习的儿子，有时候在班中串戏。所有这些俨然成为明清两代盛行童伶演戏及师徒口传心授的一个缩影。此外，道光年间轰动京城的"四大班"之一春台班也是童伶班。粤剧、广东汉剧和西秦戏还有专门培养童伶的科班。福建的小梨园戏即"七子班"和中国台湾的"七子戏"整个戏班都是由童伶组成，七个行当都是由童伶担任。童伶年龄小，身体、智力发育尚不健全，理解教习口传心授的能力有一个渐进的过程，所以小铁笛道人的《日下看花记》载"吴中俗语：'教童伶，如凿石头'"③，但是，童伶从小入行接受教习口传心授的严格规范训练，又在舞台上逐渐积累丰富的戏曲搬演经验，无疑比长大后才入行的演员更能适应高难度的程式化戏曲搬演的需要。而且从经济上算账，戏班班主对童伶只要进行培养，就能登台演出，可以最大限度地发掘戏曲演员的使用价值，获得艺术品质和经济成本双赢的社会审美文化效益。例如，清代捧花生的《画舫余谭》云：经过教习口传心授之后，一些童伶的戏曲搬演水平显著提高，"顾双凤之《规奴》、张素兰之《南浦》、金太

---

① 夏庭芝：《青楼集》，《中国古典戏曲论著集成》（二），中国戏剧出版社1959年版，第27—34页。

② 丁祖荫：《虞阳说苑》甲编，1917年虞山丁氏初园排印本。

③ 傅谨主编《京剧历史文献汇编》清代卷壹，凤凰出版社2011年版，第196页。

平之《思凡》、解素英之《佳期》，雏鬓演剧，播誉一时。……红氍毹于花底，敛翠袖于樽前，漫舞凝歌，足压江城丝管已"①。

尤其是家班女乐在明清家班中占多数，既是戏曲搬演组织，也是演员培养组织，演员培养是为了满足戏曲搬演的需要，戏曲搬演反过来促进了演员培养的需求。家班女乐在古代戏曲史上为戏曲发展做出了重要贡献。一批批被买来的女伶在经验丰富的前辈艺人口传心授的严格要求、悉心指导、训练培养下勤学苦练，通过长期的戏曲舞台搬演实践，不断提高了自我的搬演水平，发挥了自我的歌舞才华，一代又一代地续写了前辈的艺术谱系，继承了前辈的独特风格，传承了前辈的高超技艺，把戏曲搬演艺术推向了一个又一个新的高度。所以，假如李渔没有组建过家庭女乐，那么李渔的戏曲大家之誉将有可能黯然失色。当然，在封建社会，这种情况有时候也同时会形成一种很特殊的亲缘关系，在"技"的方面，戏班班主与年轻女伶是师徒关系；而在"色"的方面，戏班班主与年轻女伶往往又是夫妾关系，例如，李渔与家庭戏班中的乔姬、王姬两位挚爱妙龄女性的关系便是如此。这种情况在中国古代封建社会制度下普遍存在，恐在所难免。

教习的口传心授往往有多种多样行之有效的方式方法。例如，在昆山腔的代际传承方面，赵景深引《崑新两县续修合志》载：曲圣魏良辅改革昆山腔，创立水磨调，而梁辰鱼"尤喜度曲，得魏良辅之传。转喉发音，声出金石"②。焦循又指出，梁辰鱼"为一时词家所宗，……教人度曲，设大案，西向坐，序列左右，递传叠和。所作《浣纱记》，至传海外"③。在口传心授的独创方式方面，李开先云："徐州人周全，善唱南北词，……名闻天下。曾授二徒：一徐锁，一王明，皆兖人也，亦能传其妙。人每有从之者，先令唱一两曲，其声属宫属商，则就其近似者而教之。教必以昏夜，师徒对坐，点一炷香，师执之，高举则声随之高，香住则声住，低亦如之。盖唱词惟在抑扬中节，非香，则用口说，一心听说，一心唱词，

---

① 捧花生：《画舫余谈》，《中国香艳全书》，团结出版社2005年版，第2146页。
② 赵景深：《明清曲谈》，古代文学出版社1957年版，第9页。
③ 焦循：《剧说》，《中国古典戏曲论著集成》（八），中国戏剧出版社1959年版，第117页。

未免相夺；若以目视香，词则心口相应也。"① 在口传心授的教习方法方面，张岱道："朱云崃教女戏，非教戏也。未教戏，先教琴，先教琵琶，先教提琴、弦子、箫管、鼓吹、歌舞，借戏为之，其实不专为戏也。……四明姚益城先生精音律，与（朱）楚生辈讲究关节，妙入情理，如《江天暮雪》《霄光剑》《画中人》等戏，虽昆山老教师细细摹拟，断不能加其毫末也。……阮圆海家优讲关目，讲情理，讲筋节，与他班孟浪不同。……余在其家看《十错认》《摩尼珠》《燕子笺》三剧，其串架斗笋、插科打诨、意色眼目，主人细细与之讲明。知其义味，知其指归，故咬嚼吞吐，寻味不尽。"②

清代的无我道人从负面批评了某些教习口传心授方法不当，作《〈乐府传声〉序》云："大凡度曲，必须以四声五音，南北字面，用气用喉诸色，则考证明晰，然后歌之。方不失新声，即古乐之旨也。今之唱昆者，心传口授，袭谬承讹，是徒得其貌，而未得其真也。……声音字面，尚有书可证可参，不难意会，惟用气用喉，审情度理，全在心领神会，刻意揣摩，日久月深，始识自然之妙，而自然之妙，亦实实难以言传也。"③ 此否证性见解可谓经验之谈。徐珂则从正面详细地阐述了师徒口传心授的要求、方法、步骤和分类，云："同、光间，京师曲部每畜幼伶十余人，人习戏二三折，务求其精。其眉目美好，皮色洁白，则别有术焉。盖幼童皆买自他方，而苏、杭、皖、鄂为最，择五官端正者，令其学语、学视、学步。晨兴，以淡肉汁盥面，饮以蛋清汤，肴馔亦极醲粹，夜则敷药遍体，惟留手足不涂，云泄火毒。三四月后，婉娈如好女，回眸一顾，百媚横生。惟貌之妍媸，声之清浊，秉赋不同，各就其相近者习之。或曰，八九岁时，恒延师教曲于家，必先习须生而喊嗓子，每日黎明，至广漠之处，或林边水隈，随意发声，由丹田冲喉直呼，彷佛道家之炼呼吸。久之，愈喊愈宏，则登场发声，自能充满四座。若喉小，始习青衫，其次习小生，貌劣者习花脸，纤妍而嗓不高者习花旦。……童伶学戏，谓之作科。三月登台，谓之打炮。六年毕业，谓之出师。鬻技求食，谓之作艺。当就傅时，鸡鸣而起喊嗓后，日中归室，对本读剧，谓之念词。夜卧

---

① 李开先：《词谑》，《中国古典戏曲论著集成》（三），中国戏剧出版社1959年版，第353页。

② 张岱：《陶庵梦忆》，上海古籍出版社1982年版，第13—74页。

③ 蔡毅：《中国古典戏曲序跋汇编》，齐鲁书社1989年版，第145页。

就湿，特令发疥，痒辄不寐，期于熟记，谓之背词。初学调成，琴师就和，谓之上弦。闭门教演，师弟相效，禁人窃视，凡一嚬笑，一行动，皆按节照式为之，稍有不似，鞭棰立下，谓之排身段。……剧词满腹，无所用之，不得已，乃甘于作配角，充兵卒，谓之挡下把。否则为人执役，谓之润场；料量后台，谓之看衣箱；前台奔走，谓之拉前场。"① 从中不难看出师徒口传心授的详细内容、方式方法和艰难程度。

  戏曲搬演实践经验丰富的艺人或剧作家往往还将自我的心得通过理论著述传授于他者，有力地补充和发挥了师徒口传心授同等性质的功能和作用，拓宽了戏曲演员师徒口传心授的谱系路径。例如，元代燕南芝庵的《唱论》从正反两方面阐述了北曲演唱的特点、方法和要求。明代魏良辅的《曲律》通过比较南北曲，简明扼要地阐述了学练昆曲演唱的途径、方法和技巧。沈宠绥的《度曲须知》解说南北曲歌唱中的咬字发音的规律、方法和技巧。清代徐大椿的《乐府传声》继承了魏良辅、沈宠绥等各家观点，对戏曲唱法的运用、分析做了进一步的深刻阐发。黄旛绰的《梨园原》是古代唯一一部论述戏曲搬演技艺的著作，精辟独到地指出戏曲演员应该克服艺病十种：曲躅，白火，错字，讹音，口齿浮，强颈，扛肩，腰硬，大步，面目板；告诫戏曲演员要讲究曲白六要：音韵，句读，文义，典故，五声，尖团；规劝戏曲演员要重视身段八要：辨八形，分四状，眼先引，头微幌，步宜稳，手为势，镜中影，无虚日；所有这些都为戏曲搬演及教与学提供了切合实际的艺术轨范。

  相比之下，李渔著《闲情偶寄》，将关于戏曲演员师徒口传心授的生平底里经验毫无保留地全部和盘托出，体现了戏曲大家的胸襟和风度。在《闲情偶寄》中，李渔认为教习讲明曲义与演员歌唱效果密切相关，云："欲唱好曲者，必先求明师讲明曲义。师或不解，不妨转询文人，得其义而后唱"；又云："调平仄，别阴阳，学歌之首务也。然世上歌童解此二事者，百不得一。不过口传心授，依样葫芦，求其师不甚谬，则习而察，亦可以混过一生。……故教曲必先审音。即使不能尽解，亦须讲明此义，使知字有头、尾以及余音，则不敢轻易开口，每字必询，久之自能惯熟。"李渔还认为教习要将声乐与器乐训练相结合，云："吹合之

---

① 徐珂：《清稗类钞》，中华书局1986年版，第5102页。

声,场上可少,教曲学唱之时,必不可少,以其能代师口,而司熔铸变化之权也。何则?不用箫笛,止凭口授,则师唱一遍,徒亦唱一遍,师住口而徒亦住口,聪慧者数遍即熟,资质稍钝者,非数十百遍不能,以师徒之间无一转相授受之人也。自有此物,只须师教数遍,齿牙稍利,即用箫笛引之。"李渔还要求教习视曲白训练为同等性质地位,云:"吾观梨园之中,善唱曲者十中必有二三;工说白者百中仅可一二。此一二人之工说白,若非本人自通文理,则其所传之师,乃一读书明理之人也。故曲师不可不择。教者通文识字,则学者之受益,东君之省力,非止一端。"所有这些都是李渔从戏曲艺术实践中总结出的新知,乃发前人之未发,为戏曲演员师徒口传心授的谱系路径指明了训导方向。

在认为"女子无才便是德"的封建社会里,李渔却重视对女伶的教授培养,认为女伶应该享有学习知识、掌握技艺、增加才干的权利,从而提高自我的戏曲艺术素养和搬演水平,其《闲情偶寄》云:女伶学习"技艺以翰墨为上,丝竹次之,歌舞又次之,……学技必先学文。……若通文义,皆可教作诗余。……诗余既熟,即可由短而长,扩为词曲,其势亦易。果能如果,听其自制自歌,……书画琴棋四艺,均不可少。……妇人学此,可以变化性情,……但须教之有方,导之有术,因材而施,无拂其天然之性而已矣。……一曰取材。……二曰正音。……三曰习态。……此演习之功之不可少也"①。李渔的家班女乐当时颇负盛名,李渔对教习的要求实事求是,对女伶的教育精益求精,规划谱系路径有的放矢,通过实践总结升华为理论阐发,形成了一套戏曲演员艺术教育的可行技术、师徒口传心授的客观标准,对后世戏曲演员选择师徒口传心授的方式方法,以及谱系路径导向和戏曲身份认同产生了广泛、深远而积极的影响。

---

① 以上引文见李渔《李渔全集》第三卷,浙江古籍出版社1992年版,第92—154页。

第二节 血缘网络的关联渠道

血缘是人类出生育而自然形成的血统。血缘观念是以血缘关系为依据划分人群标准的观点。血缘观念产生于原始氏族公社时代，原始人按照人的天然生育关系划分为不同的氏族或部落，在一个氏族内所有的成员都有血缘关系。在社会学和遗传学看来，血缘关系就是由婚姻或生育而建构的人际关系，如父母与子女之间的关系，兄、弟、姐、妹之间的关系，以及由此而派生出来的其他亲属之间的关系。人与人之间的关系是由血缘的亲疏远近来决定的，血缘关系按照带有相同遗传基因的概率划分为，一级亲属即基因相同为二分之一，二级亲属即基因相同为四分之一，三级亲属即基因相同为八分之一，其余以此类推。人的血缘关系与生俱来，在人类社会产生之初就已存在，是最早形成的一种社会关系。在人类历史上，比较重要的血缘关系有：家庭关系、家族关系、宗族关系、氏族关系、种族关系。在不同的历史时期和不同的社会制度下，血缘关系的亲密程度和作用是不相同的。后来，在族外婚制时期，在几个氏族之间形成了通婚关系，这些有通婚关系的氏族群形成了部落联盟。

在由血缘维系的原始居民向以地域划分的居民转变的过程中，在中国，阶级的产生和国家的出现并没有斩断血缘的锁链，而是将血缘关系和阶级关系混合在一起，形成了人分不同等级的社会。在历史上，公元前21世纪，夏朝出现了阶级和国家，氏族部落联盟的盟主权力向经济社会的王权转变。当时，各氏族内部以及被征服部落的血缘关系依然继续保留，基本上没有遭到破坏损毁，一直被保存到了阶级社会。公元前16世纪，商朝取代了夏朝，实行以商王为最高家长的制度，农业生产的基本组织形式是以血缘关系为纽带的农村公社，与此相应的是宗法制度。宗法制度是指由氏族社会父系家长制演变而成的以血缘关系为基础的族制系统，在族制系统里，血缘关系与社会关系、政治等级、国家权力相渗透融合，在周代发展为嫡长子继承制和分封制，并逐渐固定下来，进而对后世产生了深远的影响。在中国古代社会宗法制度大背景下，血缘关系是垂直树形关联的血缘网络，至于诸如翁婿关系等则是血缘网络关联渠道的旁系延伸。

优伶戏班的血缘网络是中国古代社会宗法制度背景下的血缘关系中的重要组成部分。从国学视域来看，在古代戏曲史上，优伶戏班的血缘网络关联渠道多种多样，既维系了优伶戏班的生存，又推动了戏曲艺术的发展，更促进了人们对戏曲的身份认同。

优伶戏班的血缘网络与演员亲属结构的关联渠道密切。优伶戏班的血缘网络使所建构的演员亲属结构具有典型性，这种戏班内部的演员血缘亲属关系是优伶戏班的血缘网络的核心和主体。例如，宋代周南的《山房集》说："市南有不逞者三人，女伴二人，莫知其为兄弟妻姒也，以谑丐钱。市人曰：是杂剧者。又曰：伶之类也。"① 这里记载的是一家五口3男2女组成的家庭戏班。这说明元代以前的民间戏班，通常多是家庭性质的，即以血缘关系网络为纽带而进行的家庭成员组合。元代夏庭芝的《青楼集》是唯一一部传世的关于元代戏曲演员的文献专著，载女性演员100余人，男性演员30余人，其中演员有血缘关系网络的记载非常明确。

现以《青楼集》为例见下表。②

戏曲演员			血缘关系人			《青楼集》原文
姓名	性别	身份	姓名	性别	身份	
梁园秀	女	妻子	从小乔	男	丈夫	其夫从小乔，乐艺亦超绝云。
牛四姐	女	妻子	元寿之	男	丈夫	俱擅一时之妙。寿之尤为京师唱社中之巨擘也。
宋六嫂	女	妻子	张觜儿	男	父亲	元遗山有《赠觜栗工张觜儿》词，即其父也。宋与其夫合乐，妙入神品；盖宋善讴，其夫能传其父之艺。
			不详		丈夫	
周人爱	女	母亲	玉叶儿	女	儿媳	其儿妇玉叶儿，元文苑尝赠以南吕《一枝花》曲。……皆一时之拔萃者。
国玉第	女	妻子	童关高	男	丈夫	教坊副使童关高之妻也。长于绿林杂剧，尤善谈谑，得名京师。

---

① 纪昀等：《四库全书》第1169册，上海古籍出版社1989年版，第47页。
② 夏庭芝：《青楼集》，《中国古典戏曲论著集成》（二），中国戏剧出版社1959年版，第17—40页。

续表

戏曲演员			血缘关系人			《青楼集》原文
姓名	性别	身份	姓名	性别	身份	
张玉梅	女	祖母	蛮婆儿	女	儿媳	刘子安之母也。刘之妻，曰蛮婆儿，皆擅美当时。其女关关，谓之"小婆儿"，七八岁已得名湘湖间。
			关关	女	孙女	
天锡秀	女	母亲	天生秀	女	女儿	姓王氏，侯总管之妻也。善绿林杂剧；足甚小，而步武甚壮。女天生秀，稍不逮焉。
朱锦绣	女	妻子	侯要俏	男	丈夫	侯要俏之妻也。杂剧旦末双全，而歌声坠梁尘，虽姿不逾中人，高艺实超流辈。侯又善院本。时称负绝艺者。
小玉梅	女	外婆	匾匾	女	女儿	姓刘氏。独步江浙。其女匾匾，姿格娇冶，资性聪明。杂剧能迭生按之，号小技。后嫁末泥安太平，常郁郁而卒。有女宝宝，亦唤"小枝梅"，艺则不逮其母云。
			安太平	男	女婿	
			宝宝	女	孙女	
张玉莲	女	母亲	倩娇	女	女儿	人多呼为"张四妈"。旧曲，其音不传者，皆能寻腔依韵唱之。丝竹咸精，蒲博尽解，笑谈亹亹，文雅彬彬。南北令词，即席成赋；审音知律，时无比焉。……有女倩娇、粉儿，数人皆艺殊绝
			粉儿	女	女儿	
赵真真	女	母亲	西夏秀	女	女儿	冯蛮子之妻也。善杂剧，有绕梁之声。其女西夏秀，嫁江闰甫，亦得名淮浙间，江亲文墨，通《史鉴》，教坊流辈，咸不逮焉。
龙楼景	女	姐姐	丹墀秀	女	妹妹	皆金门高之女也。俱有姿色，专工南戏。龙则梁尘暗簌，丹则骊珠宛转。
和当当	女	母亲	鸾童	女	女儿	赵梅哥，张有才之妻也。美姿色，善歌舞，名虽高而寿不永。张继娶和当当，虽貌不扬，而艺甚绝，在京师曾接司燕奴排场，由是江湖驰名。老而歌调高如贯珠。其女鸾童，能传母之技云。
顾山山	女	妻子	李小大	男	丈夫	资性明慧，技艺绝伦。始嫁乐人李小大。李没，华亭县长哈剌不花，置于侧室，凡十二年。后复居乐籍，至今老于松江，而花旦杂剧，犹少年时体态。

续表

戏曲演员			血缘关系人			《青楼集》原文
姓名	性别	身份	姓名	性别	身份	
李芝仪	女	母亲	童童	女	女儿	维扬名妓也。工小唱，尤善慢词，……女童童，兼杂剧。间来松江，后归维扬。次女多娇，尤聪慧，今留京口。
			多娇	女	女儿	
刘婆惜	女	妻子	李四	男	丈夫	乐人李四之妻也。……颇通文墨，滑稽歌舞，迥出其流，时贵多重之。
事事宜	女	妻子	玳瑁敛	男	丈夫	姓刘氏。姿色歌舞悉妙。其夫玳瑁敛，其叔象牛头，皆副净色，浙西驰名。
			象牛头	男	叔叔	
帘前秀	女	妻子	任国恩	男	丈夫	末泥任国恩之妻也。杂剧甚妙。武昌湖南等处，多敬爱之。
燕山景	女	妻子	田眼睛光	男	丈夫	田眼睛光妻也。夫妇乐艺皆妙。
燕山秀	女	妻子	马二	男	丈夫	姓李氏。其夫马二，名黑驹头。朱帘秀之高第。旦末双全，杂剧无比。
孔千金	女	母亲	王心奇	女	儿媳	善拨阮，能曼词，独步于时，其儿妇王心奇，善花旦，杂剧尤妙。
李定奴	女	妻子	帽儿王	男	丈夫	歌喉宛转，善杂剧。勾栏中曾唱《八声甘州》，喝采八声。其夫帽儿王，杂剧亦妙。

钟嗣成的《录鬼簿》亦有相关记载，例如：费君祥曾与关汉卿交游，撰有杂剧《才子佳人菊花会》一种，"费唐臣，大都人。君祥之子"，创作有杂剧三种，其中《斩邓通》《汉丞相韦贤篦金》已佚，现存《苏子瞻风雪贬黄州》。又云："黄天泽，字德润。杭州人。和甫沈公（即沈和）同母弟也。风流酝藉，不减其兄。……公有乐府，播于世人耳目，无贤愚皆称赏焉。"又云："胡正臣，杭州（人）。……董解元《西厢记》自'吾皇德化'，至于终篇，悉能歌之。至于古之乐府、慢词、李霜涯赚令，无不周知。……其子存善，能继其志。《小山乐府》、仁卿《金缕新声》、瑞卿《诗酒余音》，至于《群玉》《丛珠》，衷集诸公所作，编次有伦。"又云："徐再思，字德可。嘉兴人。好食甘饴，故号甜斋。有乐府行于世。其子善长，颇能继其家声。"① 明人无名氏《录鬼簿续编》亦云："金元素，康里人

---

① 以上引文见钟嗣成《录鬼簿》，《中国古典戏曲论著集成》（二），中国戏剧出版社1959年版，第113—133页。

氏，名哈喇。故元工部郎中，升参知政事。风流蕴藉，度量宽洪，笑谈喰咏，别成一家。尝有《咏雪塞鸿秋》，为世绝唱。后随元驾北去，不知所终。金文石，元素之子也。……幼年从名姬顺时秀歌唱。其音、律调清巧，无毫厘之差，节奏抑扬，或过之。及作乐府，名公大夫、伶伦等辈，举皆叹服。"又云："张伯刚，京口人。……有文集行于世。乐府隐语亦多，特其余事耳。二子士伦士开，俱有才名。"①

元代，南戏《宦门子弟错立身》中的父亲王恩胜、母亲赵茜梅和女儿王金榜3人组成了家庭戏班，后来王金榜的女婿完颜寿马加入其中。元杂剧无名氏《汉钟离度脱蓝采和》中的家庭戏班也是由家庭成员组成的，戏班由蓝采和领衔，成员有妻子喜千金、儿子小采和、媳妇蓝山景、姑舅兄弟王把色、两姨兄弟李薄头等6人组成。家庭戏班的特点是演员一专多能，既促使演员充分艺术实践，提高搬演水平，又节省戏班经营成本，提高戏班经济收入，改善戏班演员生活。

元代，家庭戏班主要是以家庭成员为组成基础，常常以一两个女性演员为中心，而且具有商业性质。明清时期，女伶们倚戏班或生活于出生地或流散于足迹所到之处，有的或兼娼妓或嫁人生子或从良或嫁同行。例如，捧花生说："陈小凤，年十四，……云伯孝廉，尝主其家，极嬖之。……小凤工窜生旦剧，向在缘园，见其演跌包甚佳。"②明代，仍有一部分家庭成员组成的戏班，家庭戏班演出的目的主要不在于营业谋利而在于自娱自乐。例如，吕天成云："《修文》，赤水晚修仙，为黠者所弄，文人入魔，信以为实。然以一家夫、妇、子、女，讬名演之，以穷其幻妄之趣，其词固足采也。"③除此之外，由家庭戏班衍生出来的职业戏班是由家庭之外的演员组成的社会团体，数量规模越来越多，均超出了家庭戏班组成的形式。对于职业戏班的演员而言，戏班采取的是艺人搭台组班的形式，例如，万历时期，南京有著名职业戏班郝可成小班，其戏班主人为著名艺人郝可成，演戏成为了一种专门的谋生手段。职业戏班内部演员之间尽管并非全有血缘关系，但是，

---

① 以上引文见无名氏《录鬼簿续编》，《中国古典戏曲论著集成》(二)，中国戏剧出版社1959年版，第288—289页。

② 捧花生：《秦淮画舫录》，《中国香艳全书》，团结出版社2005年版，第1719页。

③ 吕天成：《曲品》，《中国古典戏曲论著集成》(六)，中国戏剧出版社1959年版，第235页。

与家族成员一道掺杂在职业戏班从事戏曲搬演的大有人在，因此，职业戏班与家庭戏班的血缘网络仍然有千丝万缕的关联渠道。清代李斗的《扬州画舫录》记载了当时扬州各职业戏班著名的伶人。其中，正生董美臣是董抡标的父亲，大面刘君美是老生刘亮彩的父亲，俞宏源和俞增德父子先后当过副末，大面马美臣是小旦马大宝的父亲，正生张明祖和大面张明诚是兄弟。

另外，还有家庭成员之间互相影响而建构的戏曲爱好者血缘网络的关联渠道。例如，明代的颜俊彦通晓戏曲，与臧懋循交往密切，是较早领略臧懋循编《元曲选》的人，"后被逸失意，间作一二小曲送愁"；与沈宠绥也过从甚多，曾经为沈宠绥的《度曲须知》作序。颜俊彦的从弟君明也是一位擅长戏曲的人，颜俊彦的《度曲须知序》评价君明云："能歌擅场，才落纸随付红牙，极尽起末、过度、搵簪、撷落之妙。"① 演员血缘网络的关联渠道还体现在收养性质的亲属关系上。例如，钱泳云："乾隆中，有某太守告老归田，溺于声色，慕西湖之胜，借居曲院荷风，日与梨园子弟、青楼妓女征歌度曲，为长夜之饮。遂收梨园为义子，青楼为义女，无分上下，合为一家。"② 昆班如此，徽班概莫能外。道光年间，杨懋建的《京尘杂录》云："邱三林，字浣霞，皖人。初入西班，后乃归徽班，春和堂卢禄驭弟子也。禄驭弟子有三人，一曰三才，字秋棠，其甥也。一曰方三林，字竹春，其妻兄弟之子也，与胖双喜演《十全福》，般妙玉得名，今自居春晖堂，得小秀兰为弟子，辉光日新矣；其一则邱三林，亦禄驭内戚也。三三并有声歌楼，而浣霞尤色艺双绝，倾动都人士。"③

潘光旦研究了古代戏曲演员空间分布上的血缘和地缘关系，所著《中国伶人血缘之研究》据清人李斗的《扬州画舫录》，考察了103个昆剧演员的籍贯，并结合相关资料推断出扬州昆剧演员中苏州籍者居多，结论是血缘基因的网络关联渠道发挥了主要作用，体现了戏曲演员的地域文化与血缘网络认同。潘光旦还从近代120年间的人才、血缘、地理、移殖、婚姻、家世、阶级等方面分析家族系列及其特点，说："一百七八十个家系所表示的是一般的奕世蝉联倾向，其中六七十

---

① 沈宠绥:《度曲须知》,《中国古典戏曲论著集成》(五),中国戏剧出版社1959年版,第187页。

② 钱泳:《履园丛话》,中华书局1979年版,第551页。

③ 傅谨主编《京剧历史文献汇编》清代卷壹,凤凰出版社2011年版,第453页。

个家系的特种脚色的专擅便表示这种倾向一定有相对遗传的凭依。"①换句话说，在这一百七八十个家庭系列当中，六七十个家庭系列有血缘关系。

　　清末，随着昆剧的进一步衰落，京剧名角意识及搬演体制高涨，京剧生机勃发出现了繁荣的景象。例如，在京都，戏园林立，戏班和演员数量剧增，名伶辈出，仅据《京剧二百年史》《梨园影事》《道咸以来梨园系年小录》等记载，这一时期的戏曲演员大约有1000人，除了少部分京剧演员兼演其他剧种之外，其余绝大部分专属京剧演员。京剧演员大多出身于戏曲世家，演员之间又彼此联姻，授艺、学艺的方式既有家传又有师承，构成一个紧密复杂的血缘网络。例如，老生王桂芬、谭鑫培出身戏曲世家，王桂芬的父亲王年宝为道、咸年间四喜班武生，谭鑫培的父亲谭志道为汉剧老旦兼老生。特别是自1863年谭鑫培随父亲谭志道在京城"广和成"搭班演戏算起，后代有谭小培、谭富英、谭元寿、谭孝曾、谭正岩，至今谭门前后出了七代老生名伶，编织了一段戏曲艺术世家的精彩传奇。与谭鑫培同时而出名较早的杨月楼迄今是五代梨园世家，梅巧玲迄今是四代梨园世家，等等。戏曲世家演员间的血缘关系在脚色行当上也具有奕世蝉联的特点，如谭志道世家七代为老生，杨月楼世家五代均为武生或老生即生角，梅巧玲世家四代为旦角，等等。

　　戏曲演员之间的联姻大量出现。例如，王小铁的《鞠部群英》云："各脚色宗族姻亲，向隶梨园藉"②，其中，少主人黑子，隶四喜，唱小生，永胜奎花面徐宝成之婿；喜儿，唱老、小生，兼昆生，能书，前松保刘小凤之子；桂喜，隶三庆，唱花旦，四喜武旦沈定儿之子；双玉，唱老旦，前春台青衫孙六之子；徐阿三，前隶三庆部，唱昆旦，出兄本堂，岫云徐小香之胞弟；桂林，隶四喜，唱昆旦，春台丑汪永泰之子；徐阿二，唱昆生，岫云徐小香之弟；尉迟喜儿，隶四喜部，唱胡子生，前春台胡子生尉六之子，西安义胡喜禄之婿；芷荃，唱昆旦，工管弦，昆老旦张亭云之子；朱莲桂，隶四喜部，唱青衫，前三庆丑朱三喜之子；沈阿寿，唱旦，兼昆乱，出兄本堂，前四喜名旦沈宝珠之胞弟；小宝，唱昆生，兼武生，隶春台，前四喜名旦沈宝珠之子，闻馨王长桂之婿；王湘云，隶四喜部，唱昆旦，

---

①　潘光旦：《中国伶人血缘之研究》，商务印书馆1941年版，第241页。
②　傅谨主编《京剧历史文献汇编》清代卷壹，凤凰出版社2011年版，第753页。

同胞兄弟；桂亭，隶三庆，唱昆生，名生陈金爵之孙，四喜昆生陈永年之子；瑞云，唱武生，四喜昆旦张多福之子，四喜武旦沈定儿之外甥；福云，前四喜武旦孙玉兰之子，唱武旦，前玉树王小玉之徒；啸云，唱老、小生，兼昆生，名生陈金爵之孙，前四喜昆生陈永林之子；三元，唱花旦，绮春张云仙之胞弟；桂芬，唱胡子生，前四喜武生汪年保之子；多云，唱丑，兼胡子生、昆生，前净香郑莲桂之子；亦云，唱昆旦，兼小生、丑，四喜昆生李若云之胞弟；杜阿五，隶四喜部，唱昆旦，前嘉树杜蝶云之胞兄；等等。可以肯定地是，实际生活中还有很多演员之间的联姻关系由于种种原因不见著录。

优伶戏班的血缘网络与剧作家的作品创作关联渠道密切。优伶戏班的血缘网络对剧作家的作品创作具有依赖性，因为只有剧作家创作的作品在先，之后，优伶戏班的血缘网络建构才有实际意义和艺术价值。例如，明代史宝安的《〈文殊菩萨降狮子〉序》云："案《明史》载：太祖第五子，周定王橚，洪武十四年（1381）就藩开封。王好学，能词赋，尝作《元宫词》百章。子宪王有燉，博学善书云云。然则制斯剧之全阳老人，即太祖之孙、定王之子、世所称宪藩者是也。王父子既擅词曲，解音律，又承元季剧学昌明，竞思标新领异，斗艳争妍，故所编杂剧，均属一代杰作。……有明一代词曲，以全阳老人父子为开山鼻祖。"[1] 朱有燉父子的戏曲创作对明朝王府戏班和民间戏班的建构与演出实践产生了重要影响。钱谦益云：陆采"少为校官弟子，不屑守章句。年十九，作《王仙客无双传奇》，……曲既成，集吴门老教师精音律者，逐腔改定，然后妙选梨园子弟登场教演，期尽善而后出。"[2] 陆采不仅创作戏曲剧本，而且还亲自教习戏班演员并粉墨登场搬演，由此可见，陆采的戏曲创作对民间戏班的建构与演出实践亦产生了重要影响。清代，邹式金创作杂剧《风流冢》，编辑《杂剧新编》（《杂剧三集》），在《〈杂剧三集〉自作小引》中慨叹："忆幼时侍家愚谷老人，稍探律吕；后与叔介弟教习红儿，每尽四折，天鼓已动。"[3] 郑振铎的《〈清人杂剧〉二集题记》云："邹兑金字叔介，式金弟。有《醉新丰》及《空堂话》二剧。"[4] 这表明愚谷老人对邹式金

---

[1] 蔡毅：《中国古典戏曲序跋汇编》，齐鲁书社1989年版，第834页。
[2] 钱谦益：《列朝诗集小传》，上海古籍出版社1983年版，第396页。
[3] 蔡毅：《中国古典戏曲序跋汇编》，齐鲁书社1989年版，第465页。
[4] 同上书，第540页。

兄弟戏曲创作与教习优伶实践产生了重要的影响。又，梁廷枏云："阳羡万红友树寝食元人，深入堂奥，得其神髓，故其曲音节嘹喨，正衬分明。吴雪舫称为六十年第一手，信知言也。生平所作甚富，……红友为吴石渠之甥，论者谓其渊源有自。"① 吴炳，号石渠，自称"粲花主人"，创作有戏曲 5 部，总称《粲花五种》，而万树的戏曲创作受到舅舅吴炳的重要影响。万树本人曾经在两广总督吴兴祚府上任幕僚，万树创作的戏曲均交付吴府家庭戏班搬演，所以说，万树的戏曲创作又对吴府的家庭戏班产生了重要影响。

优伶戏班的血缘网络与作品编辑刊刻的关联渠道密切。优伶戏班的血缘网络存在为戏曲作品编辑刊刻提供了必要性和实用性，反之，戏曲作品编辑刊刻源源不断地为优伶戏班的血缘网络注入了旺盛的生命力。例如，在编辑刊刻方面，王立承的《罗懋登注〈拜月亭〉跋》云："《拜月亭记》四卷，明吴兴凌延喜校刊，朱墨本。延喜，字三珠，又号椒雨斋主人，濛初从子。濛初，字初成，又号即空观主人，曾校刊《西厢》《琵琶》二记；其自度曲，有《北红拂》《颠倒因缘》《乔合衫襟记》，均见著录。……按：是书虽延喜所编刻，然评语实多出于初成之手。"② 这表明《拜月亭记》的编辑刊刻是凌延喜与凌濛初共同打造的结果，对优伶戏班的血缘网络注入了不仅旺盛而且更有价值的生命力。清代邹绮的《〈杂剧三集〉跋》云："家大人幼侍愚公先叔祖于歌舞之场，曾于桃花扇影中悉其三昧。而余亦过庭之余，习闻绪论。用是留心博采，凡坛坫之所衷，及邮筒之所致，得若干首，选付梓人。或清商迭奏，传轶韵于金、元，或锦绣纷披，踵妍思于关、董，……余既有《百名家诗选》，力追盛唐之响，兹复有三十种杂剧，可夺元人席，庶几诗乐合一，或有当于吾夫子自卫反鲁之意乎。"③ 这就是说，邹绮的杂剧创作通过刊刻元人杂剧作品得到了有益借鉴，对民间戏班发挥的作用概莫能外。在序言题跋方面，明代叶小纨是沈璟的孙婿，创作杂剧《鸳鸯梦》，姚燮云："叶小纨女史一种

---

① 梁廷枏：《曲话》，《中国古典戏曲论著集成》（八），中国戏剧出版社 1959 年版，第 271 页。
② 蔡毅：《中国古典戏曲序跋汇编》，齐鲁书社 1989 年版，第 587 页。
③ 同上书，第 467 页。

《鸳鸯梦》。小纨名慧绸,吴江人,沈词隐先生孙妇。其剧刻《午梦堂集》中。"①叶小纨的舅舅沈君庸创作杂剧《霸亭秋》《鞭歌妓》《簪花髻》三种,合称《渔阳三弄》。沈君庸为《鸳鸯梦》作序云:"绸甥独出俊才,补从来闺房所未有。"②这就是说,叶小纨的戏曲作品通过刊刻《午梦堂集》在社会上传播,在优伶戏班的选剧中具有弥补女性作家作品空白的意义和价值。

戏曲作品编辑刊刻也包括曲谱的编辑刊刻。优伶戏班的血缘网络与戏曲曲谱撰制有密切关联,优伶戏班的血缘网络为戏曲曲谱撰制奠定了确证性,优伶戏班的血缘网络运行应用,成为实践和检验戏曲曲谱撰制成败得失的艺术标准。例如,清代袁园客的《〈南音三籁〉题词》云:"惜乎岁月绵邈,板废书亡,予窃购得遗帙(指《南音三籁》),方知宗匠在斯,风雨晦暝,慰我愁寂多矣。但于字句之间,不无帝虎之辨。若不改正模棱,恐元人独至之学,即空观(指凌濛初)赏鉴之精,渐就淹没,后后学者,何所适从乎?予自不揣,谬为探讨,向日疑城,可无遗憾。种种疎虞,概为更正。处处必附鄙说,示可信也。初既正其板眼,继又定其字句。由是而梨园子弟,庶无承讹强合之诮;骚人逸士,易于摘词捸藻也欤!"③这就是说,袁园客对《南音三籁》进行了修正,致使《南音三籁》不再误导优伶戏班的戏曲搬演。

优伶戏班的血缘网络与声腔剧种传承的关联渠道密切。优伶戏班的血缘网络使声腔剧种的传承具备可能性和现实性,换句话说,优伶戏班的血缘网络建构承载了传扬戏曲不同声腔剧种的神圣艺术使命。例如,元代在杂剧方面,姚桐寿云:"州少年多善歌乐府,其传皆出于澉川杨氏(指杨梓,谥号康惠)。当康惠公存时,节侠风流,善音律,与武林阿里海涯之子云石交善。云石翩翩公子,无论所制乐府散套,骏逸为当行之冠,即歌声高引可彻云汉,而康惠独得其传。今杂剧中有《豫让吞炭》《霍光鬼谏》《敬德不伏老》,皆康惠自制,以寓祖父之意,第去其著作姓名耳。其后长公国材,次公少中,复与鲜于去矜交好。去矜亦乐府擅场,以故杨氏家僮千指,无有不善南北歌调者。由是州人往往得其家法,以能歌

---

① 姚燮:《今乐考证》,《中国古典戏曲论著集成》(十),中国戏剧出版社1959年版,第164页。

② 蔡毅:《中国古典戏曲序跋汇编》,齐鲁书社1989年版,第930页。

③ 同上书,第63页。

名于浙右云。"①吴梅的《〈百嘉室曲选〉自序》亦云:"澉川杨康惠公梓,得贯云石之传,……长子国材,复与鲜于去矜交游,以乐府世其家,总得南声之密奥,别创新音,号为海盐调。江西两京间,翕然和之。"②明代,在昆山腔方面,徐复祚云:"王弇州常称:'(张)伯起才无所不际,骋其靡丽,可以蹈跻六季而鼓吹《三都》;骋其辨,可以走仪、秦役犀首;骋其吊诡,可以与庄、列、邹、慎具宾主。高者醉月露,下者亦不失雄帅烟花。'盖实录云。伯起善度曲,自晨至夕,口呜呜不已。吴中旧曲师太仓魏良辅,伯起出而一变之,至今宗焉。常与仲郎演《琵琶记》,父为中郎,子赵氏,观者填门,夷然不屑意也。"③清代的徐大椿是词曲家徐釚的孙子,秉承家学,又善度曲,所著《乐府传声》对于昆曲的唱法分析和研究非常详密,一直受到戏曲界的重视和认同。胡彦颖《〈乐府传声〉序》云:"徐子(大椿)为检讨虹亭先生孙;先生所著《鞠庄词》,见推名宿。徐子本其家学渊源,而于音律夙具神解,宜其言之明且清也。信(《乐府传声》)今传后,复奚疑焉。"④在海盐腔方面,王季烈的《〈集成曲谱〉自序》云:"今之昆曲,始于有明中叶。而海盐、弋阳诸腔,实为水磨腔所自出。海盐腔,创自宋张功甫。功甫,为词家云窗之祖,玉田之曾祖。是则,宋人倚声之音节,必有存于海盐腔中者,亦必有存于昆曲中者也。"⑤

在徽戏方面,徐柏森著《中国淮剧艺术史新论》描绘了清代里下河徽班巡回演出兴衰始末的轮廓。徽戏班社有时聚有时散,流动性一般都比较大。根据《吕氏家谱》的记载:吕氏七世公吕大銮出生于清代康熙年间,当时唱的是梆子红生,到了八世公吕秉仁才正式改唱徽戏。九世公吕世凰主要是徽戏武生,又常常搬演香火戏,一直到十二世公吕本祝,才从徽戏、香火戏改唱三可子,即后人所谓淮戏。吕秉仁出生于乾隆年间,吕本祝出生于光绪二十一年(1895)。徽戏在苏北地

---

① 姚桐寿:《乐郊私语》,《宋元笔记小说大观》,上海古籍出版社2001年版,第6109页。
② 蔡毅:《中国古典戏曲序跋汇编》,齐鲁书社1989年版,第524页。
③ 徐复祚:《曲论》,《中国古典戏曲论著集成》(四),中国戏剧出版社1959年版,第246页。
④ 徐大椿:《乐府传声》,《中国古典戏曲论著集成》(七),中国戏剧出版社1959年版,第150页。
⑤ 蔡毅:《中国古典戏曲序跋汇编》,齐鲁书社1989年版,第204页。

区大约兴起于乾隆年间,后来在民国时期逐渐走向衰落,维持搬演状态前后大约200年左右。另外,根据建湖上冈石桥头骆氏后人所提供的资料,他们历代都是演唱徽戏的梨园子弟。其祖先骆恒丰曾经在安庆怀宁(石牌)的科班学习过戏艺,出科之后便回到家乡组织戏班走村串乡搬演徽戏。根据《骆氏家谱》的记载:四世骆恒丰出生于道光末年,专工徽戏红生。其弟骆恒昌及堂弟骆殿元出生于咸丰年间,都是徽戏的骨干艺人。他们的家庭子弟都继承了父辈的戏曲事业。骆恒丰的儿子骆步蟾是徽戏的文武花旦。骆殿魁的3个儿子即步宽、步隍、步兴都是徽戏艺人。不过,他们进入徽戏行当的时间已经到了清末民初,这个时候,里下河徽班大多数也都已经开始趋向衰落。因此,骆步穆的3个儿子即彦中、宏彦、月楼也都已经从徽班子弟改唱京剧、香火戏,最后都转型成为了江淮戏的演员。

需要强调的是,优伶戏班的血缘网络是一个有机整体,以上所列诸主要关联渠道互相交通、互相影响、互相促进,共同发展。

总体而言,一方面,在一定意义上,优伶戏班的血缘网络是原始氏族社会血缘关系和古代社会宗法制度的遗风及残迹,保留着原始氏族血缘宗法纽带由原始社会迈入古代社会渠道的余痕,有着明显的家族制度和宗法制度的内涵,是中国古代戏曲史上的一个独特现象。例如,在家族制度方面,优伶戏班的血缘网络体现了家族是中国社会结构中最基本单位的本质特征,一个家庭隶属于一个家族,管理或曰"统治"了一个戏班,以及戏班内外的各关联渠道;以戏班班主父系血缘关系为准绳的财产、技艺承续,为维护家庭戏班的生存奠定了坚实的基础;优伶戏班严格、固定的组织结构形式确证了族权在其时存在的必要性与合理性。在宗法制度方面,优伶戏班内部的等级制度以家族血缘网络为基础,建立在家族制度之上;优伶戏班的血缘网络体现了戏班班主按血缘关系分配角色、传授技艺等的权力;脚色行当的奕世蝉联残留有王公贵族按血缘关系世袭统治的烙印;不同血缘网络的优伶戏班之间的通婚,诚如潘光旦所谓群内婚姻的"类聚配偶律"[①],受制于陈顾远所谓唐代以后尤其是明清朝廷制定的"尊卑不婚""官民不婚""良贱不婚"[②]的婚姻禁律,体现了古代婚姻以家世门第和权势财富为基础,必须"门当

---

① 潘光旦:《中国伶人血缘之研究》,商务印书馆1941年版,第242页。
② 陈顾远:《中国婚姻史》,商务印书馆1936年版,第134—136页

户对"的观念,优伶戏班的婚姻缔结很难超越这一限制的特点,也显示了原始氏族血缘关系、古代社会宗法制度被带入传统文化和经济社会渠道的遗迹。家庭戏班历经宋元明清长盛不衰,在古代戏曲史和社会生活中产生的强大审美文化影响,成为原始氏族血缘关系、古代社会宗法制度,在其时形成社会关联渠道的主要标志和典型缩影。

另一方面,中国古代是一个以血缘关系为纽带的等级森严的宗法专制国家,优伶戏班的血缘网络被视为卑贱的社会地位和污损的人格身份,遭封建社会统治者堵塞了在外部政治品位上晋升的关联渠道,但是,却畅通了戏曲发展必备的其他各关联渠道。例如,优伶戏班内部讲究师道尊严、戏德戏俗,以民间非常朴素的方式,贯穿儒家重视道德人伦和经世致用的实践理性精神,在与宗法等级制相匹配适应的同时,也为戏班的生存发展起到了自我保护的作用。潘光旦认为,群内婚姻的"类聚配偶律"造就、提纯、凝聚并优化了戏曲演员的艺术"天才"[①]基因,在官办学校教育、书院教育、私塾教育之外的社会教育意义上,广大市民百姓通过优伶戏班血缘网络的各关联渠道,增进、加强和固化了对戏曲的身份认同。清代中叶以后,南府和景山的外学学生享受特殊的待遇和特别的奖励方式,从江南挑选来的伶人成为名伶之后,有机会升任有品级的官职,他们亲属中的幼童还可以直接在宫中学戏,学成之后比外面优伶戏班演员有更多的可能被就近挑选成为宫廷剧团的成员。据升平署档案记载,嘉庆间已耀升至外学七品总管及乾隆时期的南府宫廷剧团的演员约1500人左右,这些演员都由朝廷供养。这意味着优伶戏班的传统性质出现了一定程度上的瓦解,血缘网络的关联渠道从下层社会分化延伸到了上层社会,戏曲演员的身份地位发生了统治阶级认同的更新,在客观上拓宽了优伶戏班血缘网络的关联渠道,扩展了广大市民百姓戏曲身份认同的视野范围,亦成为国学领域里面的一道奇艳景观。

[①] 潘光旦:《中国伶人血缘之研究》,商务印书馆1941年版,第7页。

第三节　弦歌妙舞的幻真塑形

在中国古代传统艺术七大门类，即文学、音乐、舞蹈、绘画、雕塑、建筑、戏曲中，戏曲在宋代形成当属最晚，这是艺术发展的客观规律使然。据艺术发展的客观规律可知，从先民生活中提炼出原始诗、乐、舞三位一体的混沌艺术，再从诗、乐、舞三位一体的混沌艺术中提纯分化衍成单一艺术，又从成熟单一艺术升华创造为综合艺术，是一个历史漫长的螺旋式进步的过程。戏曲作为综合艺术源于单一艺术，又发展融汇并且超越单一艺术，最终形成了以歌舞演故事的综合艺术，体现了自我本质和身份地位建构特点。

一般而言，人有喜、怒、哀、乐、敬、爱六种感情，按照节奏和旋律发而为声音就是歌唱，播而为形气就是舞蹈，所以音乐与舞蹈有密切的关系，在戏曲艺术中，戏曲大量吸收了单一艺术如音乐与舞蹈的因素，并且融汇形成具有自身特点的戏曲音乐和戏曲舞蹈。在国学视域下，演员通过舞台搬演敷衍故事，弦歌妙舞幻真塑形，是戏曲区别于其他单一艺术的最主要的本质和特点，也是广大市民百姓实现戏曲身份认同的主要方面。

戏曲歌舞艺术滥觞于上古巫祭乐舞，作为戏曲诸要素中获得优先发展的音乐和歌舞，从传说中五帝时期的韶乐，到商周时期的《大武》，不断成熟提升，逮至春秋时期，无论是地方乐歌还是庙堂舞乐，均获得了长足的发展，演绎成《风》《雅》《颂》的华美乐章，其声容并茂的表演足以耸动朝野。战国时期，在《九歌》中，一男一女两个巫师扮演湘君、湘夫人，以歌唱、舞蹈的方式模仿神的降临和婚姻，塑造了男女二神爱恋相思的可亲可近形象，以及尊贵的天神东皇太一与水神、山鬼等，且歌且舞，亦幻亦真，展现了原始戏曲萌芽中完全人格化、个性化的本质精神实体，这一种集体狂欢式的场面和氛围，开启了后世戏曲弦歌妙舞幻真塑形的波澜先河。直至唐代，古代单一艺术音乐、舞蹈发展达到了巅峰，为宋代戏曲作为综合艺术的呼之欲出创造了歌舞艺术方面的必备前提。

戏曲弦歌妙舞的形式是多种多样的，幻真塑形内容也是多种多样的。戏曲歌舞艺术的进程一般分两个阶段，呈现为两种表现方式，先是初级阶段的单一化歌舞艺术完整插演于故事搬演当中，这种歌舞艺术相对独立，是由剧本注明的现成名目的歌舞段落，彼此区分比较鲜明；后是高级阶段的戏剧化歌舞艺术与故事搬演融为一体，是配合故事情节、人物情绪的身段动作，彼此区分不甚鲜明。就戏曲歌舞艺术的实体发展进程而言，自然是后者完全成熟于先者。随着戏曲艺术的发展，初级阶段的单一化歌舞艺术完整插演于故事搬演当中的独特现象逐渐减少，而高级阶段的戏剧化歌舞艺术与故事搬演融为一体的身段展示越来越多，在戏曲歌舞艺术中所占分量也越来越重。这种状况表明了戏曲歌舞艺术不断发展成熟的必然趋势，也表明了戏曲作为综合艺术的本质不断建构完善的必然趋势，亦是广大市民百姓戏曲欣赏反过来催进戏曲艺术及身份认同的必然结果。

纵向来看，在宋代官本杂剧中，有不少名目是来自唐宋大曲。宋代官本杂剧段数有280本，其中约一半是用唐宋大曲的曲目，官本杂剧与大曲队舞同台演出，大量吸收了大曲队舞的歌舞因素。例如，唐宋有大曲歌舞《绿腰》(《六么》)、《熙州》等名目，在宋代官本杂剧中亦可见到《崔护六么》《莺莺六么》《羹汤六么》《骆驼熙州》《迓鼓熙州》等，相对独立的歌舞搬演意味很浓。

宋代，南戏歌舞艺术有单一歌舞插演和戏剧化身段歌舞两种表现方式。例如，《张协状元》在第二出中有"（生）后行子弟，饶个【烛影摇红】断送。（众动乐器）（生踏场数调）"，其中，"断送"是音乐演奏，同时还有为配合音乐的节奏而进行的舞蹈动作，幺书仪《饶头戏》认为这是作为戏曲故事额外的"赠品"①送给观众的节目，浙语叫作"饶头戏"。而在戏曲搬演时，是以剧情展开为主，断送奏演为次，也就是说，断送是作为故事搬演的辅助形式而进行的。"踏场"是演员按照戏曲音乐的节奏在舞台上翩翩起舞。在第五十三出中，末、丑二角一抬伞、一拖花幞头，用【斗双鸡】伴唱的舞蹈也是一种插演，从末角所唱"好似傀儡棚前，一个鲍老"句，透露了这原是一段有名目的舞蹈，似与官本杂剧段数中的"鲍老催""耍鲍老"同类，可谓戏中有戏，戏中演戏，戏中串戏，有舞蹈，有歌唱，还有念白，体现了早期南戏的歌舞艺术吸纳民间歌舞伎艺的特点，但是，在表现形式上还显得比较稚嫩。

至于元人无名氏所作《子母冤家》之"【红绣鞋】听一派凤笛鸾箫，见一簇

---

① 幺书仪：《饶头戏》，《文史知识》2000年第9期。

翠围珠饶。捧玉樽,醉频倒。歌《金缕》,舞《六幺》"①,以及其他南戏作品中诸如"生出唱""旦出唱""旦出科介"等,其中包含戏剧化身段歌舞乃不言而喻。南戏角色伴有歌舞的动作表情概称作"介",后世的《琵琶记》《白兔记》《荆钗记》中均有"舞介""舞下",亦即早期南戏之遗风余韵。其中,高明的《琵琶记》中有很多歌舞场面,作为塑造人物形象和敷衍剧情的艺术手段,是逐渐被戏剧化了的身段歌舞。例如,第三出有:"只见老姥姥和惜春养娘舞将来做甚么?(净扮老姥姥丑扮惜春舞上唱)【雁儿舞】深院重重,怎不怨苦?要寻个男儿,并无门路。甚年能勾,和一丈夫,一处里双双雁儿舞?(唱舞介)";第九出有"生净丑骑马上唱""末作陪宴官骑马上唱""马跳过丑身上""末介马不行介""生净骑马上唱"②等模仿虚拟而亦幻亦真的歌舞搬演,从而形成"趟马""坠马"等的搬演程式。南戏中许多名目和曲调也是来自唐宋大曲,如南戏中所奏曲调《梁州》《剑器》《绿腰》《采莲》等都是出自唐宋大曲,反映了南戏对唐宋大曲歌舞的吸收、继承与融汇。

元北曲杂剧是古代戏曲发展渐趋成熟的重要时期,这主要是因为一大批优秀剧作家创作了一大批优秀剧作,一大批优秀演员弦歌妙舞地搬演剧作,奠定了元杂剧繁荣的基础。一般来说,元杂剧舞台搬演以唱为主,唱法是一种宣叙的风格,节拍可以随意伸缩,很适宜演员独唱。随着时间的推移,元杂剧逐步从过去以唱为主发展成歌舞相兼趋向敷衍故事的戏曲,标志着古代戏曲发展进入了一个新的阶段,例如,乔吉的《杜牧之诗酒扬州梦》描写扬州杂剧搬演的繁华景致云:"喜教坊,善清歌,妙舞俳优。大都来一个个着轻纱,笼异锦,齐臻臻的按春秋;理繁弦,吹急管,闹吵吵的无昏昼。弃万两赤资资黄金买笑,拚百段大设设红锦缠头。"③人们欣赏杂剧的弦歌妙舞幻真塑形乐此不疲,例如,高安道的《淡嗓行院》描绘士大夫逛勾栏瓦舍观戏的情形,道:"暖日和风清昼,茶余饭饱斋时候。自汉抱官囚,被名缰牵挽无休。寻故友,出来的衣冠济楚,像儿端严,一个个特清秀,都向门前等候。待去歌楼作乐,散闷消愁。倦游柳陌恋烟花,且向棚阑玩俳优。

---

① 钱南扬:《宋元戏文辑佚》,中华书局2009年版,第8页。
② 钱南扬:《元本琵琶记校注》,上海古籍出版社1980年版,第15—60页。
③ 臧懋循:《元曲选》,中华书局1958年版,第795页。

赏一会妙舞清歌,瞅一会皓齿明眸,躲一会闲茶浪酒。"①

在元杂剧艺术发展完善的过程中,剧作家对单一歌舞艺术有不同方式的吸收,并将其融汇、综合于戏剧化身段歌舞的搬演当中,插入故事情节当中。例如,无名氏的《刘玄德醉走黄鹤楼》中配合剧情插入了民间舞蹈《村田乐》的搬演。白朴的《唐明皇秋夜梧桐雨》搬演唐玄宗和杨贵妃的故事,第一折写安禄山跳《胡旋舞》,具有明显的插入剧情的意味,与情节的关系不是很紧密,叙写也很简约,而第二折却详细写道:"【快活三】嘱付你仙音院莫怠慢,道与你教坊司要迭办。把个太真妃扶在翠盘间,快结束宜妆扮。【鲍老儿】双撮得泥金衫袖挽,把月殿里霓裳按,郑观音琵琶准备弹,早搭上鲛绡襟贤王玉笛,花奴羯鼓,韵美声繁。寿宁锦瑟,梅妃玉箫,嘹亮循环。【古鲍老】屹剌剌撒开紫檀黄翻绰向前手拈板。低低的叫声玉环,太真妃笑时花近眼。红牙箸,趁五音,击着梧桐案。嫩枝柯犹未干,更带着瑶琴音泛。卿呵,你则索出几点琼珠汗。(旦舞科)(正末唱)【红芍药】腰鼓声乾,罗袜弓弯,玉佩丁东响珊珊,即渐里舞䩪云鬟。施呈你蜂腰细,燕体翻,作两袖香风拂散。"②这里插入搬演的是著名歌舞《霓裳羽衣舞》,但是,很明显《霓裳羽衣舞》已经融入剧情当中去了,成为唐玄宗和杨贵妃爱情故事的有机组成部分,相对独立性的歌舞搬演意味大为淡化,弦歌妙舞与故事情节融为一体,杨贵妃蜂腰燕体和飞扬水袖大大增强了舞姿的美轮美奂,充分展示了亦幻亦真的美妙塑形的艺术魅力。清代,洪昇的昆曲《长生殿》第十六出《舞盘》中也有类似插入性歌舞段落,而且叙写更加详尽,歌舞艺术的性质和作用与《唐明皇秋夜梧桐雨》相同,并且在身份认同的意义方面有明显的超越。清人杨恩寿赞誉云:"《长生殿》有《舞盘》一出,场上预设翠盘,贵妃立盘中而舞,郑观音、谢阿蛮各执霓旌、孔雀扇掩映其间,明皇亲御羯鼓。《羽衣第二叠》一折,形容舞态,尽致极妍。"③

史九敬先所撰杂剧《老庄周一枕梦蝴蝶》是对《庄子》中关于庄周梦蝶寓言故事的敷演,梦成为全剧故事的框架,同时也是全剧呈现的主要意象,作品的曲

---

① 隋树森:《全元散曲》,中华书局1964年版,第1110页。
② 臧懋循:《元曲选》,中华书局1958年版,第354页。
③ 杨恩寿:《续词余丛话》,《中国古典戏曲论著集成》(九),中国戏剧出版社1959年版,第321页。

白很多都是用来描绘梦境的。史九敬先首先通过太白金星之口推出了"蝴蝶梦"的主要意象,接下来随着剧情的展开写庄周醉酒入梦,蝴蝶仙子上场翩翩起"舞一折下"。庄周醒来道:"适梦中见蝴蝶变化,好一个大蝴蝶也",太白金星回答:"十分蝴蝶大,我有个大蝴蝶词",并唱:"【醉中天】撑破庄周梦,两翅驾东风,五百处名园一扫一个空。难道风流种,唬杀寻芳蜜蜂。轻轻飞动,把一个卖花人扇过桥东。"① 在这些曲白里,梦境凭借蝴蝶歌舞逐渐具体化了,蝴蝶意象的反复出现把人们带入了一个亦幻亦真的神秘世界,蝴蝶歌舞与故事情节融为一体,成为故事情节不可或缺的主要载体,成为作者借助蝴蝶歌舞表达归依大道的旷达情怀。

元代杂剧中出现了关于动作和表情的提示性文字"科",如"舞科""众笑科""看科""把盏科""睡科""做叹气科""拜科""醒科"等,这与南戏中的"介"同义,实际上是指演员根据故事情节在舞台上身段表情动作的搬演。其中,从舞蹈学来看,"舞科"既有独舞、双人舞,也有群舞。元杂剧中还吸收了杂技武术动作,如"卒子摆阵科""樊哙扯架子科""扬旛内打跟头科""正末做脚勾净科"等搬演,所有这些展示在舞台上,则无疑增强了戏曲弦歌妙舞幻真塑形的娱乐情趣。

元末,昆腔在江苏昆山出现是古代戏曲史上的一件大事,元末明初经顾坚的改进,明嘉靖年间经魏良辅的改革,总结并建构了委婉细腻、流利悠远、号称"水磨调"的昆腔歌唱体系。隆庆末年,梁辰鱼继承魏良辅的成就,对昆腔做了进一步的研究和改革,编写了第一部昆腔传奇《浣纱记》。这部传奇的搬演扩大了昆腔的影响,意义深远,此后,文人学士争相用昆腔创作传奇,习昆腔者日益增多,蔚然成风。传奇继承南戏而来,"水磨调"为传奇锦上添花,在传奇的发展过程当中,演戏逐渐成为登台的目的,戏剧化的歌舞逐渐成为达到登台搬演目的的手段,以歌舞演故事的重要性日益凸显出来。例如,梁辰鱼的《浣沙记》中有西施歌舞场面,对此,张岱具体形象地描写道:"西施歌舞,对舞者五人,长袖缓带,绕身若环,曾挠摩地,扶旋猗那,弱如秋药。女官内侍,执扇葆璇盖、金莲宝炬、纨扇、宫灯二十余人,光焰荧煌,锦绣纷叠,见者错愕。"② 西施的身段歌舞与故事情

---

① 隋树森:《元曲选外编》(二),中华书局1959年版,第382页。
② 张岱:《陶庵梦忆》,上海古籍出版社1982年版,第13页。

节融为一体,舞台金光璀璨,场面富丽堂皇,演员移步轻歌曼舞,观众欣赏如痴如醉,幻真塑形可谓尽善尽美。

明代传奇最著名的是汤显祖的《牡丹亭》,其中在"游园惊梦"一段中,杜丽娘和春香游园时有与故事情节融为一体的身段歌舞搬演,每唱一句曲词都匹配了相应的舞蹈动作,不仅有杜丽娘或者春香的独舞,而且有杜丽娘与春香的双人舞,可谓弦歌妙舞优美绝伦。而且,在舞台上,真实的人物角色歌舞搬演与虚拟的姹紫嫣红后花园组成了想象中的美妙情境,洋溢着勃勃生机而又未免淡淡忧愁的诗情画意。作品在表现男女主人公柳梦梅和杜丽娘梦中幽会时,舞台上不仅有杜丽娘与柳梦梅的双人舞,还插入了民间舞队十二月花神散花的弦歌妙舞场面,成为杜丽娘与柳梦梅堕入爱情心花怒放的具象写照。整个舞台场景表现了封建礼教抑制不住青年男女的正常情感需求,以及即使是在梦幻中也要冲破封建礼教的藩篱,挣脱不合理婚姻制度的羁绊的意志,体现了作品关于情之至,"生者可以死,死可以生"①的时代进步主题。《牡丹亭》贯注了汤显祖的生命激情和人生理想,运用奇幻浪漫的艺术手法,演绎了三生石上千古不朽的爱情故事,创造了儒释道三位一体奇异瑰丽的审美文化境界,对此,吴吴山三妇盛赞有加,道:"人知梦是幻境,不知画境尤幻。梦则无影之形,画则无形之影。丽娘梦里觅欢,春卿画中索配,自是千古一对痴人。然不以为幻,幻便成真。"②汤显祖的戏曲创作借此自然奇异瑰丽而不专注精雕细琢的艺术特色,成为明代戏曲乃至中国古代戏曲弦歌妙舞幻真塑形的审美典范。汤显祖的《〈异梦记〉总评》云:"从来剧园中说梦者,始于《西厢》草桥,草桥,梦之实者也;今世复有《牡丹亭》,牡丹亭,梦之幽者也;复有《南柯》黄粱,《南柯》黄粱,梦之大者也;复有《西楼》错梦,错梦,梦之似幻实真,似奇实确者也。"③这种肯定以梦幻写真意抒实情的戏曲创作手法,充分表明了汤显祖对自我戏曲创作的高度评价和身份认同。

李开先的《新编林冲宝剑记》第三十七出写林冲被奸臣高俅陷害发配沧州后,草料场被高俅差来暗害他的两个奸贼所烧,愤而杀死仇敌连夜投奔梁山的情节。在这一场搬演"夜奔"的戏曲舞台上,演员装扮林冲并且一人主演到底,除宾白

---

① 徐朔方笺校《汤显祖全集》,北京古籍出版社1999年版,第1153页。
② 夏勇点校:《吴吴山三妇合评牡丹亭》,浙江古籍出版社2016年版,第68页。
③ 蔡毅:《中国古典戏曲序跋汇编》,齐鲁书社1989年版,第1325页。

叙述夜奔原因、伽蓝殿护法神指点迷津之外，连续独唱【点绛唇】【新水令】【驻马听】【水仙子】【折桂令】【雁儿落】【得胜令】【沽美酒】【收江南】共9支曲子。其中，第一支曲子【点绛唇】唱道："数尽更筹，听残银漏，逃秦寇，好叫我有国难投，那答儿相求救？"①在这里，林冲用前两句抒写自己夜间行路、忐忑不安、心事沉重、急匆逃亡的情景，后三句诉说自身的遭遇、所处的环境、前途的茫然。这一段曲词完全是戏剧化的歌舞语言，在虚拟的荒野禅林神殿背景下，歌唱曲文和身段舞蹈相配合，有表情，有动作，形成优美的舞蹈段落，充分抒发了林冲逃亡无路、求救无门、束手无策、不知所措的慌乱情形。这"夜奔"一段弦歌妙舞幻真塑形的艺术魅力隽永不衰，后凝炼成为经典折子戏，至今仍然活跃搬演于昆剧、京剧、豫剧等戏曲舞台之上。

万历年间，南京昆剧名丑刘淮擅长《绣襦记·卖兴》，搬演生动逼真，塑形感人至深。周晖云："一极品贵人目不识字，又不谙练。一日家宴，搬演郑元和戏文。有丑角刘淮者，最能发笑感动人。演至杀五花马，卖来兴保儿，来兴保哭泣恋主，贵人呼至席前，满斟酒一金杯赏之，且劝曰：'汝主人既要卖你，不必苦苦恋他了。'来兴保喏喏而退。此乃戏中之戏、梦中之梦也。贵人所以为贵人乎？"②周晖称这一位贵人为"痴绝"，所谓"痴绝"，实乃被刘淮表现"戏中之戏、梦中之梦"的高超演技所迷惑，情不自禁地把戏曲搬演的幻境当成了真境，才闹出了使人忍俊不禁的所谓笑话。当然，不幸的是，明清是大兴文字狱的朝代，雍正皇帝甚至因为问话杖杀了南京名丑刘淮。这只能说明封建统治阶级的冷酷，以及戏曲艺人刘淮在不合理社会中身份命运低下的悲哀。

戏曲演员弦歌妙舞的幻真塑形并非一蹴而就，而是勤学苦练、精益求精的结果。李开先描叙了演员颜容锻炼搬演技艺的情形，云："性好为戏，每登场，务备极情态；喉暗响亮，又足以助之。尝与众扮《赵氏孤儿》戏文，容为公孙杵臼，见听者无戚容，归即左手捋须，右手打其两颊尽赤，取一穿衣镜，抱一木雕孤儿，说一番，唱一番，哭一番，其孤苦感怆，真有可怜之色，难已之情。异日复

---

① 李开先：《李开先集》，中华书局1959年版，第816页。
② 周晖：《金陵琐事》，南京出版社2007年版，第151页。

为此戏，千百人哭皆失声。归，又至镜前，含笑深揖曰：'颜容，真可观矣！'"①张岱则叙写了演员彭天锡训练有素，舞台搬演达到了弦歌妙舞幻真塑形的极美境界，是由于在演技中全身心地倾注了是非观念和思想感情，云："彭天锡串戏妙天下，……多扮丑净，千古之奸雄佞倖，经天锡之心肝而愈狠，借天锡之面目而愈刁，出天锡之口角而愈险。设身处地，恐纣之恶不如是之甚也。皱眉眡眼，实实腹中有剑，笑里有刀，鬼气杀机，阴森可畏。盖天锡一肚皮书史，一肚皮山川，一肚皮机械，一肚皮磥砢不平之气，无地发泄，特于是发泄之耳。"②

清初，李渔的《笠翁十种曲》特别重视弦歌妙舞幻真塑形的全面艺术展示，主动自觉地将相对独立性的歌舞插入相关剧情的搬演，例如，《风筝误》第五出《习战》写洞蛮雄长、掀天大王率领将士演习人战，"众持军器，各舞一回"，指挥大象演习象战，演员"扮象上，舞一回下"，还"吩咐人、象合战一回"③等，这种弦歌妙舞幻真塑形着重于实现传奇艺术的娱乐游戏功能；又有将歌舞与故事情节紧密结合融为一体的搬演，例如，《怜香伴》第二出《婚始》写范石坚与崔笺云结婚，缔结百年和合的喜庆场面，"（旦艳妆乘舆，小生儒巾、员领，丑扮丫鬟，杂扮掌礼，众鼓吹，纱灯引上）【前腔】（合）翩翩之子归，正桃夭节候，红满隋堤。妆奁儒雅，牙签锦轴相随。（到门介）朱门悬彩佳气辉，宝炬笼纱紫晕迷。双奇，看郎才女貌相宜。"④这种弦歌妙舞幻真塑形着重于实现传奇艺术的故事演绎功能，开场即为剧情创造了唯美的格调和欢乐的氛围，为后来崔笺云与曹语花在雨花庵重逢盟誓做来世夫妻进行了铺垫。

清代的传奇演员无论老少，弦歌妙舞幻真塑形的搬演技艺一般都非常高超妙绝，在一定意义上反映了传奇艺术发展达到了炉火纯青的地步。年长优伶宝刀不老，丝毫不减当年搬演风采，例如，王士祯的《香祖笔记》云："海盐有优儿金凤，以色幸于严东楼，非金则寝食弗甘。金既衰老，而所谓《鸣凤记》盛传于

---

① 李开先：《词谑》，《中国古典戏曲论著集成》（三），中国戏剧出版社1959年版，第353页。
② 张岱：《陶庵梦忆》，上海古籍出版社1982年版，第52页。
③ 李渔：《李渔全集》第四卷，浙江古籍出版社1992年版，第127—128页。
④ 同上书，第8页。

时，于是金复涂粉墨扮东楼焉。此一事较侯方域《马伶传》更奇。"①戴延年，字寿恺，号药坪，苏州府长洲县人，善度曲，工诗古文词，乾隆三十七年（1772）前撰《吴语》一卷，云："杜玉奇以汤若士《离魂》出擅名，年六十余登场，宛是亭亭倩女，绝可怜人也。"②即使是年少优童的搬演水平也超乎寻常，普遍受到人们的赞赏。例如，金埴云："凡筵会张乐，人多乐观忠孝节义之剧。戊戌冬仲，家太守从祖紫庭公一风于充署钱埴南旋，姑苏名部演《节孝记》，至王孝子见母，不惟座客指顾称叹有欲涕者，即两优童亦宛然一母一子，情事真切，不觉泪滴氍毹间。夫假悲而致真泣，所谓无情而有情者，彼文有至文，斯曲非至曲耶！两优年各十四五。"③

明清传奇即昆剧的搬演，特别是生旦戏的搬演，是在器乐的伴奏声中载歌载舞。歌的表现形式是旋律和节奏，舞的表现形式是体态和节奏，歌唱曲词与舞蹈身段结合得巧妙和谐是搬演昆剧的最大艺术特点，由管乐器、弦乐器、打击乐器三部分组成的器乐伴奏使两者融合，歌曲、舞蹈、器乐统一成一个有机整体，昆剧的文学性、音乐性、舞蹈性和戏剧性藉此得到完美的体现。据有关文献记载，明代传奇中有"龙舞""猴戏""摆花阵""飞燕之舞""舞观音""百丈旗""跳队子"等舞蹈节目插入其中，并能运用民间灯舞制造舞台效果。现存明代戏曲刊本郑之珍的《新编目莲救母劝善戏文》中有"跳和合""跳钟馗""跳虎""跳八戒""舞鹤""哑子背疯"等民间舞蹈，其中不少舞蹈至今仍在民间戏曲舞台上流传。昆剧基本上是随着唱腔而展示舞姿，将舞蹈动作严密地组织在唱腔和戏剧表演之中，所有繁复细致的身段动作都安排在曲词里，每个乐句甚至字词都是由一代又一代传下来的固定身段及表情搬演出来，充分利用身段舞蹈动作诠释曲词。演员在故事情节的演绎和推动下，一边舞一边唱，舞得越热烈，唱得也越激烈，是情节贯穿、人为载体、歌舞合一、唱做并重。陈继善于道光十四年（1834）刊印的《审音鉴古录》，就是在昆剧搬演艺术已趋固定程式的基础上结集而成的示范手抄本，高度反映了乾嘉时期昆剧搬演的艺术水平。全书选择了《琵琶记》等

---

① 王士祯：《香祖笔记》，《笔记小说大观》第16册，江苏广陵古籍刻印社1983年版，第12页。

② 戴延年：《吴语》，《昭代丛书》丁集，道光二十四年沈楙惠刊印版。

③ 金埴：《不下带编》，中华书局1982年版，第76页。

中的66个折子戏,对每一个角色的穿戴、表情和身段都做了详细标注、说明和提示,图文并茂,使人们可以清楚地看见明清传奇弦歌妙舞幻真塑形要求的文本描述,例如,在《琵琶记·称庆》后标注云:"蔡公宜端方古朴而演,一味愿儿贵显,与《白兔》迥异。秦氏要趣容小步,爱子如珍,样式与《荆钗》各别,忌用苏白,勿忘状元之母身份。"① 这种标注有益于演员充分发挥个人艺术才华,在比较借鉴当中随心所欲不逾矩,全面展示弦歌妙舞幻真塑形之美。

清代乾嘉年间,花部乱弹等各种地方戏发展起来,京剧也开始形成,同时也广泛地影响了传奇的剧本创作和弦歌妙舞幻真塑形。例如,蒋士铨在传奇中采用了地方戏声腔及曲词,配合人们喜闻乐见的地方戏常用的面具、假形舞蹈等艺术手段,使歌舞、塑形与故事情节融为一体,《冬青树》第十八出《梦报》有"内扮秧歌灯";《桂林霜》第十一出《投辕》有演员扮演伥鬼、老虎、猩猩;《临川梦》第六出《星变》有营室、东壁、娄宿和胃宿"四星官各戴本象盔";《雪中人》第五出《联狮中》有"杂扮二狮子";《忉利天》第三出魔王波旬用弋阳腔叙唱战斗场面,其中,"净扮波旬,蓝面赤髯,短甲,持白扇。领卒四人,番衣长袖,各带面壳,持白扇",波旬"又把昔年军中铙歌鼓吹的音节,谱成一套拜佛曲,其间歌舞相杂,随铙起止";《长生篆》第一出净、丑用高腔、梆子腔演唱《刘海戏蟾》,"内打锣鼓,丑持金钱一串,跳舞。净蹲地随诨介"②。所有这些使舞台上的演员弦歌妙舞幻真塑形别具一格,反映了蒋士铨戏曲艺术具有鲜明的时代风貌和地域特色。

京剧和各地方戏大量吸收民间音乐舞蹈,赢得了大批市民百姓的赞赏和身份认同。乾隆年间,随着戏曲艺术不断提高,出现了一批著名戏曲演员,被称为"十三绝"。同光年间,又出现了身怀绝技的一批戏曲演员,亦被誉为"十三绝"。此外,乾嘉年间,在京城擅长徽调红生戏的米喜子搬演关公,上场之前化妆简单勾勒眉子,描画鼻窝;临出场之时呷两口白干酒,然后戴上髯口,从容登场;登场后用左手水袖遮面,右手揪住袖角;到台口时一落一舞水袖亮相,立即赢得满堂喝彩与惊骇敬畏。前台听戏看戏的官员和平民跪下一大片,因为在他们面前舞

---

① 琴隐翁编《审音鉴古录》(一),台湾学生书局1987年版,第23页。
② 以上引文见周妙中点校《蒋士铨戏曲集》,中华书局1993年版,第37—725页。

台上出现的不是关公戏演员，而是一位面如重枣、脸有黑痣、凤目长髯的活关公，是关公显圣。由此可见，米喜子的歌舞搬演和造型塑像的绝幻与逼真魅力四射，精彩纷呈乃妙不可言。淮剧在历史的发展中形成了许多搬演特技，例如：跳判、滚灯、踩跷挑水、爬杆、滚钉板、地溜子、喷水、过桌串毛、箱口顶尸、跪吊毛、带彩、悬空坐轿、耍火球、喷火。此外，淮剧中的小生、花旦戏叫作仪凤亭，又名大宴、小宴，女主角要搬演好貂蝉，必须掌握的绝活有耍双剑、耍双绸、耍火球、耍盘子。所有这些弦歌妙舞幻真塑形的绝活都显示了地方戏淮剧与众不同的本体身份和艺术特征。

演员在戏曲舞台上的动作多由古代舞蹈衍化而来，谓之"身段"，也可以叫作"舞式"。脚色出台有音乐伴奏，有一定的姿势、板眼。各种脚色行当的走法也不尽相同，例如，搬演粗鲁莽撞的人行走，多采用大的步伐，所以花脸的步法方式讲究阔大；文人走路多采用庄重稳慢的步伐，所以生脚的步法方式讲究方圆稳练；女子行走多采用细步袅娜，所以旦脚的步法方式讲求漫稳柔媚。将戏曲舞蹈搬演要求反映在剧本里就是所谓"身段谱"。这一类剧本一般在民间以戏曲演员手抄本的形式流传，随着昆剧搬演的越来越成熟，清代这一类手抄本为数不少。例如，周明泰收藏的乾嘉年间的昆剧身段谱，主要有乾隆至德书屋抄本《幽闺记》之《拜月》《回军》《双拜》等出；乾隆曹又澜抄本《连环计》之《议剑》、《寻亲记》之《饭店》、《焚香记》之《阳高》等出；乾隆四十九年（1784）聚坤堂精抄本《牡丹亭》之《描真》出；乾隆五十年（1785）桃源厅抄本《南西厢记》之《草桥》《惊梦》等出；乾嘉年间陈金雀抄本《琵琶记》之《书馆》等出。

弦歌妙舞幻真塑形离不开戏曲脸谱、面具和服饰。戏曲脸谱是中国古代戏曲的独特化妆手段，由最初像真的化妆进一步发展为美术的化妆。宋代高承撰《事物纪原》之"妆"条云："周文王时，女人始傅铅粉；秦始皇宫中，悉红妆翠眉，此妆之始也。宋武宫女效寿阳落梅之异，作梅花妆。隋文宫中红妆，谓之桃花面。"[①] 戏曲各种脸谱的化妆能够把各人的身份、地位、品质、性格等直接表现出来。例如，搬演英勇的武将人物大多数是勾画剑眉和刀形的图案，搬演眼窝奸险酷刻的人物大多数是勾画枣核眉三角眼的图案，搬演性格沉鸷狡诈的人大多数是

---

① 高承：《事物纪原》，中华书局1989年版，第143页。

勾画鸦子眼的图案，搬演性格勇猛的人物大多数是勾画虎眼窝、虎嘴岔的图案，等等。色彩斑斓的戏曲脸谱有很浓重的伦理道德意味，呈现强烈的个性化感情色彩，寓褒贬于色调，明爱憎于线条，忠奸分明，智愚宛然，将中国传统文化的伦理道德标准刻画得具象直观，亦幻亦真，精致绝伦、无与媲美。例如，古代妇女喜欢在嘴唇上抹胭脂，也就是现代人所谓的口红，戏曲脸谱化妆亦是如此。王实甫的《西厢记》借助曲词描写崔莺莺的化妆道："【得胜令】恰便似檀口点樱桃，粉鼻儿倚琼瑶，淡白梨花面，轻盈杨柳腰。妖娆，满面儿扑堆着俏；苗条，一团儿衒是娇。"① 这是描写崔莺莺嘴唇上涂的是浅红色胭脂，还有淡白梨花般的脸部化妆的图案，以及轻盈窈窕的身段特征，进而增添了人物形象塑造的整体美感。

戏曲塑形还借助于面具。面具又称为假面，古代最早的面具是巫师所戴的面具，郭净说："我们给那些受到人们顶礼膜拜的面孔冠一个名称叫'幻面'。"② 后世，面具的使用范围逐渐扩大，广泛地用于祭祀活动、乐舞、狩猎、护面和戏曲搬演当中。隋唐时，据北齐高长恭的事迹编成的《兰陵王入阵曲》就是专门戴面具演出的歌舞节目；之后，民间盛行的"钵头""踏摇娘"等也是戴着面具搬演的歌舞节目。面具用于戏曲搬演保留了民俗宗教祭祀仪式的某些共同特点，既有写实、夸张的表现手法，也有想象、象征的表现手法，所不同的是，地戏、关索戏、藏戏、京剧和川剧的搬演戴面具，更多的是侧重民俗风情方面；而傩堂戏、端工戏、师公戏、变人戏、目连戏等，更多的是侧重宗教法事方面。例如，川剧起源于清乾嘉年间，清末统称之为"川戏"，后来改称之为"川剧"。期间，各地戏班演员在脸谱化妆和歌舞搬演艺术上不断探索演变、创造革新、精益求精，渐渐于20世纪使"变脸"成为川剧的一大艺术特色，一种在搬演过程中用极快的速度更换面具扮演角色人物的特别技艺。广西的师公戏由早期的巫术活动演变为娱人戏曲，内容从祈神演变为搬演民间和历史故事，行当从无到有，分出武旦、武生、文生等，面具从据说有72种，每一种代表一个人物，演化为直接对演员进行面部化妆。另外，从宋元南戏、杂剧院本，到明清传奇、花部乱弹包括京剧的搬演，都始终与面具保持有或多或少的联系，不完全排除使用面具装扮塑造人物形

---

① 王季思校注，张人和集评：《集评校注西厢记》，上海古籍出版社1987年版，第41页。
② 郭净：《中国面具文化》，上海人民出版社1992年版，第50页。

象。在人物形象塑造手段上，戏曲面具有一部分演化为戏曲脸谱，戏曲面具与脸谱彼此渗透，相辅相成。戏曲面具以生活为依据，经过艺术加工，重在写意传神，演员戴着面具在舞台上随着音乐锣鼓旋转腾挪，神气活现，静中寓动，不变示变，发出各种变腔转调的唱曲念白之声，使戏曲人物的内心活动形象化，成为戏曲歌舞搬演的重要组成部分，在渲染舞台搬演气氛的同时，增强了戏曲以歌舞演故事的幻真塑形的奇异艺术效果。

　　服饰是服装与饰物的简称。戏曲服饰是戏曲弦歌妙舞幻真塑形的绝美素材，是刻画人物形象的主要手段，是加强歌舞搬演效果的主要工具。戏曲弦歌妙舞有时候直接与戏曲服饰有关，例如，戏曲曲牌【红绣鞋】和【红纳袄】等、剧目《绣襦记》和《荆钗记》及《打龙袍》等就直接取材于服饰。就戏曲服饰本身而言，剧作家将自己的感情通过借助戏曲服饰表现出来，充实以歌舞演故事的内容，形成戏曲艺术的审美感染力。例如，水袖、髯口、稚翎等各种戏衣和饰物，在装饰戏曲人物形象的同时，还可以美化戏曲人物的歌舞搬演动作，传达戏曲人物的微妙心理活动，刻画戏曲人物的独特艺术个性。在戏曲服装设计上，艺术家们运用色彩学和工艺美术的基本原理，大胆地采用夸张、象征、变形等造型手段，使花卉、饰物等图案各式各样、变化多端，使自然美的事物更适合戏曲服装的装饰性、图案性，以布质、线条、画面、色彩等给观众以绘画美的感染，藉此塑造人物形象，表现人物性格，显示人物特征。观众通过戏曲人物外在的服饰打扮感知人物形象，借助直觉思维把握人物形象，直观脚色行当理解人物形象之间的关系，领悟以歌舞演故事的审美形象整体及其意义，达到戏曲艺术欣赏、认同、接受的目的。从人的主观视觉图画美的透视性质、审美意义与思维规律来看，戏曲服饰对观众欣赏而言一般约定俗成、眼熟能详，不宜轻易改变观众的审美思维惯性，否则，势必影响观众对戏曲脚色行当乃至剧中人物的身份认同心理定势。这逐渐成为戏曲艺术身份认同的一条审美文化的基本规律。

第四节 庙宇草台的击节竞美

中国古代戏曲搬演场所经历了漫长的时间演变。原始社会时期，巫觋祭祀仪式的歌舞场所为自然的山林空地、崖壑坝坪；农耕时期，祭祀农事神明的乐舞场所在田野荒地；春秋时期，这种场所还有所保留，被称之为"宛丘"，地形为四面高中间低，中间低的地面类似现代的表演区，周围高的地方类似现代的观众席。当原始歌舞从娱神向娱人转变之后，歌舞搬演的场所也逐渐从室外荒野转向室内厅堂或露台、广场等。这种转变大约从夏商周三代就慢慢开始了，一直延续到六朝。大约在隋朝时出现了观赏歌舞搬演的看棚，表演区与观众区的划分界限清清楚楚。这种形制被唐朝所继承，直至后代出现了高出地面的戏台，看棚就成为了围绕戏台的观众席。

值得一提的是，固定的歌舞搬演场所在六朝时开始出现，这种场所最初设在寺庙里。佛教从汉代传入中土，僧人在寺庙里进行迎合中土百姓接受方式的传教活动，寺庙定期的行像礼佛仪式和俗讲等吸引了大批信徒和俗众前来观赏参与，于是寺庙慢慢成了民间主要的娱乐游艺场所。宋代，在寺庙内搬演戏曲的情况已经屡见不鲜，为了方便广大市民百姓参与观赏，寺庙开始把包括戏曲搬演在内的很多活动转移至寺庙外。此后，寺庙外集市上的戏场等逐渐发展起来，成为广大市民百姓纯粹的娱乐观戏场所。宋代，寺庙内高出地面的戏台已应运而生，一面遮挡后台，三面欣赏戏曲搬演，这种古戏台的建筑形制一直沿用至今。其时，被人视为"戏祖"或"戏娘"的杂剧《目连救母》在寺庙里搬演，此后，戏台和杂剧逐渐向民间转移发展。

道教自汉代形成之后，在与佛教争胜的过程中，宫观里的道教歌舞娱乐活动逐渐增多，宫观内外的舞台形制和道教歌舞娱乐活动对戏曲发展也产生了重要影响。宋代以来，宫观内外的戏曲搬演绵延不绝。

宋代还出现了在露台上架设乐棚的形制，乐棚用来遮风挡雨和控制音响效果，使乐棚与露台结合成为半室内的剧场形式。随着古代戏曲在宋代的形成，正式的剧场如勾栏瓦舍等形制的出现瓜熟蒂落，此后，各种建筑形制的戏曲舞台应运而

第八章 优伶戏班对戏曲艺术的搬演传播与身份认同

生,水到渠成,遍地开花,为宋元明清庙宇草台的戏曲搬演击节竞美奠定了必需的物质基础。

从国学的视域来看,宋元明清庙宇草台的戏曲搬演击节竞美,一方面延续、残留并反映了草台戏班和演员在庙宇内搬演戏曲的古制;另一方面则延续并反映了草台戏班和演员在庙宇外搬演戏曲的古制演绎变化。这俨然成为中国古代戏曲发展的一种鲜明特点和客观轨迹,也再次说明戏曲的发展源流与宗教祭祀活动有千丝万缕的联系,亦是广大市民百姓实现戏曲身份认同的主要方面。借助亲睹庙宇内外草台戏班和演员的戏曲搬演情境,欣赏草台戏班和演员的歌舞击节竞美,很多传统戏曲文化和价值观在广大市民百姓中传承下来,代际赓续,积淀为国学的有机组成部分。

庙宇是中国古代包括社祭在内的民俗活动重要场所。社是指土地神,后来逐渐人格化和偶像化。社日为祭祀社神的日子,民间一般分社祭为春社和秋社两种,谓之春祈秋报,社日时人们祭祀社神实际上是民间的大型娱乐游艺节日,民间广大市民百姓要聚会举行各种庆典活动。从历史来看,早在商代就出现了社祭,发展到宋代,随着社会经济的发展变化,民间的社祭还与行业组织结合在一起;随着佛道思想的发展下移,社祭又与佛教、道教融合在一起。因此,社祭的民俗色彩与佛道色彩互渗互现,其间的各种娱乐活动尤其是戏曲搬演具有民俗和宗教的双重性质。

古代民俗活动盛行迎神赛会。迎神赛会由民间社祭习俗发展演化而来,兴起于北宋,明朝洪武年间遭禁,成化年间复兴,嘉靖以后风气日趋兴盛,清朝乾隆年间臻于鼎盛。迎神赛会或称赛会、迎神庙会,是民间普遍流行的、围绕迎送神像进行的广大市民百姓参与的娱乐活动,凡对神祇偶像具备威仪、具箫鼓杂戏迎送的活动皆称之为"会"。这种有组织的盛大奉神活动包括准备、迎神、出游、送神等若干阶段。人们用仪仗、鼓乐、杂戏等迎神抬阁出庙,周游街巷,号称"出行大吉""出巡散福"。迎神赛会的各种娱乐活动很多,其中以神的名义进行的戏曲搬演被称之为敬演神戏。敬演神戏有固定的场所、戏台、演员和剧目,例如,清代扬州的报丰祠外有一座戏台,是专门供迎神赛会时敬演神戏之用的,戏台两边柱子上有一幅对联,上联为"川原通霁色",下联为"箫鼓赛田神"。敬演神戏可以家庭或者家族为单位,也可以一村或者数村为单位,演戏时间一般在春秋社日、神灵诞辰、岁时佳节等。有的地方敬演神戏是不定期的,如举行祈雨、消灾、逐疫、还愿、红白喜事、新庙落成、佛像开光、酬谢龙王等活动时都会敬演神戏。有的地方敬演神戏的规模很大，例如，清代戴熙芝的《五湖异闻录》描绘太湖地区的迎神赛会盛况，云："湖之滨有社戏，相传二百余载矣。岁以孟春花朝前后数日，必演唱文班戏四台，以酬太上玄天圣帝之灵。自陈、狄、伍、蒋四溇之民，分为六社，轮年值事。台之华夏，周以五彩，结以布栏。台之前，设神亭，匾额对映，俱名人撰写。演唱最为认真，自晨至暮，必演三四十出之多。四方驰名来睹者，不计其数，填港塞路，热闹已极。男女不混，以东西分别。"① 由此可见，迎神赛会上的敬演神戏在社会上有着广泛而深远的影响。

　　因为历代封建统治阶级以宗教服务于政治，故朝廷主张的社祭所追求的是乡村和睦、官赋足供、道德教化，而民间盛行的社祭所追求的则是迎神赛会、悦神娱人、消遣游戏，其中的戏曲搬演因此也受到朝廷和众俗双方面的肯首，尤其是民间广大市民百姓趋之若鹜、参与狂欢、乐此不疲，在很大程度上促进了戏曲艺术发展和身份认同。也就是说，古代戏曲置身迎神赛会中，可谓获得了得天独厚的发展土壤；广大市民百姓置身迎神赛会中，可谓获得了戏曲身份认同的直捷途径。明代张岱云："魏珰败，好事作传奇十数本，多失实，余为删改之，仍名《冰山》。城隍庙扬台，观者数万人，台址鳞比，挤至大门外。"② 胡朴安云：明清时期，顺天府"自初一至初三，各置土地庙，演戏祀神。……二十六日，俗称为本县城隍生日，相率赛会奉神像，导以鼓乐旗旛，迎于街，及庙而止"③。清代雍正皇帝针对安徽巡抚魏延珍奏称乡民"违例演戏"批答道："祀神酬愿，欢庆之会，歌咏太平，在民间有必不容已之情，在国法无一概禁止之理，今但称违例演戏，而未分晰其缘由，则是凡属演戏者，皆为犯法，国家无此科条也。朕之立法，皆准之情理之至当，从无不可施行之事，亦从无不可便于民之事。"④ 这一态度比较实事求是，代表了明清统治阶级对民间迎神赛会风俗的施政策略和身份认同，也有利于戏曲在下层社会长足发展和身份认同。李调元撰《略平牛王庙乐楼碑记》，在谈及家乡的牛王庙戏楼时尝言："乐楼者何也？每岁祀牛王必演剧，剧必有楼，所以悦

---

① 武立新编著《明清稀见史籍叙录》，金陵书画社1983年版，第93页。
② 张岱：《陶庵梦忆》，上海古籍出版社1982年版，第70页。
③ 胡朴安：《中华风俗志》（一），上海文艺出版社1988年版，第8页。
④ 王利器辑录：《元明清三代禁毁小说戏曲史料》，上海古籍出版社1981年版，第37页。

神而共乐之也。"① 这种城乡的祀神演剧、酬神赛社、人神共乐的娱乐化倾向，使得许多社祭仪式的宗教成分表面化、稀释化、解构化，城乡庄重的社祭仪式蜕化为对传统民俗活动的维持和坚守，而参与者的目的和感情几乎被逸乐、好奇、游戏、欣赏的心理所占据。例如，焦循引《莼乡赘笔》云："枫泾镇为江、浙连界，商贾丛积。每上巳，赛神最盛。筑高台，邀梨园数部，歌舞达旦，曰：'神非是不乐也。'"② 清道光咸丰年间，吴地地方官员和民间对关羽祭祀盛况空前，顾禄云："十三日为关帝生日，官为致祭于周太保桥之庙……十三日前，已割牲演剧，华灯万盏，拜祷唯谨，行市则又家为祭献，鼓声爆响，街巷相闻。"③

迎神赛会的内容丰富多彩，其中包括祀迎行业神。古代各行各业一般都有行业神，又称行业守护神、行业保护神，是指供奉用来保护自我和本行业利益，并且与本行业性质特征有一定关联的神灵。从行业神祭祀的对象历史形成来看，一种是祭祀行业的祖师神，另一种是祭祀行业的单纯保护神。古代行业神的数量无从确计，元代关汉卿的《杜瑞娘智赏金线池》写正旦杜蕊娘云："我想一百二十行，门门都好着衣吃饭；偏俺这一门，却是谁人制下的？忒低微也呵！"④ 明代无名氏的《白兔记》写外扮岳节使，云："左右的，与我扯起招军旗，叫街坊上民庶，三百六十行做买卖的，愿投军者，旗下报名。"⑤ 祭祀行业神的活动包括祭祀与庆贺相结合、专门的祭祀两种类型。祭祀与庆贺相结合的活动包括神诞日和神忌日等神会活动、年节奉神活动、其他庆贺活动等，在这一类活动中一般除了祭祀之外，还有敬演神戏或者迎神赛会等种种内容。专门的祭祀活动主要包括某项活动从业之前、某项业务活动之前、某项业务活动之中、某项业务活动遇到困难之时、某项业务活动获得成功之时、某项业务活动退出之时的祭神等，如戏曲演员登台搬演之前祭祀梨园神即是。相比之下，祭祀与庆贺相结合的活动与庙宇草台的戏曲搬演击节竞美关联更加密切，娱乐性的活动内容更加丰富，行业人员参与

---

① 李调元：《童山文集》卷八，清嘉庆间刻本。
② 焦循：《剧说》，《中国古典戏曲论著集成》（八），中国戏剧出版社1959年版，第203页。
③ 顾禄：《清嘉录》，中华书局2008年版，第123页。
④ 关汉卿：《关汉卿全集》，广东高等教育出版社1988年版，第173页。
⑤ 毛晋编《六十种曲》第11册，中华书局1958年版，第46页。

娱乐性的活动规模也更大，草台戏班登场搬演戏曲的数量更多，搬演戏曲的气氛也更加热闹浓重。许多建庙供奉行业神的行业人员都会举行迎神赛会活动，庙宇草台的击节竞美因此也是司空见惯的事情。举办行业迎神赛会或者仅限于本行业内部，或者作为民间迎神赛会的组成部分。行业迎神赛会的内容一般与民间迎神赛会活动内容相同，敬演神戏是其中的重要活动内容之一。当然，行业迎神赛会举办的目的是祈求神的护佑，所以内容往往具有本行业的性质特点。例如，明清时江西景德镇就有以祭祀陶瓷业祖师爷童宾的行业迎神赛会活动，其中有搬演地戏的内容。行业迎神赛会敬演神戏的具体内容及价值取向往往有所不同，一般分为神戏、酬神戏、酬愿戏、谢神戏、娱神戏等，例如，商贾特别爱看《天官赐福》之类的发财戏，以迎合商贾的逐利发财心理，草台戏班和演员则在这种敬演神戏活动中如鱼得水，大显身手，同时名利双收，赚钱不薄，以满足养家糊口、谋划生计的需要。

古代民俗活动盛行庙会。庙会以形形色色的庙宇为依托，以祭祀庙宇里的神灵偶像为中心，所活动的场所既有佛教寺庙、道教宫观，也有各种各样的民间私自创设的俗神庙宇，即所谓"淫祀"。庙会与迎神赛会有密切联系，庙会亦源于古老的社祭活动，后来逐渐从社祭分化出来成为一种相对独立的民间祭祀活动，而其祭祀的对象和方式不仅有春祈秋报，而且有求雨、止雨、驱邪、除蝗、禳灾等。当社神偶像化和社坛庙宇化之后，正式的庙会就逐渐兴盛起来，各种各样的活动也越来越多，成为一种突出的民俗风尚。发展到宋代，悦神娱人的庙会已经非常盛行了，此后，历朝各代庙会已经遍布全国各地城乡。尤其是明代中叶以后，广大市民百姓无论男女热衷参与庙会活动，尽情消遣娱乐，包括搬演和观赏戏曲，在很大程度上促进了戏曲艺术的形成和发展，也自然而然地促进了戏曲身份的群体认同和大众传播。随着社会的发展、经济的繁荣，广大市民百姓生活的需求逐渐旺盛，期求和愿望逐渐增多，庙会的内容也比社祭更加丰富多彩，每一年的演戏敬神活动次数也更加频繁。

例如，清人姚燮云："新班于庙中试演，曰'挂衣'，一曰'晾台'"①，而庙会

---

① 姚燮：《今乐考证》，《中国古典戏曲论著集成》（十），中国戏剧出版社1959年版，第15页。

演戏本以敬神。余治的《得一录》云:"演戏敬神,为世俗之通例。……神不厌人演戏之深心,……人不忘敬神之至意,……神之为灵昭昭也,神不能与人言,而有可代神立言者,莫如戏文所演忠孝节义等事。盖能一朝一夕,移风易俗,劝得千万人回心向善,宜其神听和平,而有许愿而来者,无不各如其愿而去也。此神不厌人演戏之深心,有明证也。……夫岂有敬神而反以亵神者?岂有劝世而反以惑人者?岂有祈福而反以求祸者?诚如是也,则所谓非徒无益而又害之者也。"[1]清末,很多地方仍然保留了庙会演戏敬神的传统。光绪四年(1878)十月十七日,《申报》报道:"本年扬境两属五谷丰收,而江甘为尤盛,较之豫境目下情形,不啻霄壤。故城内各官于各庙演戏,以伸谢意。昨闻于本月初六、七日在刘猛将军庙演戏,初八、九两日在城隍庙演戏,是日各官入庙拈香,民间看戏者亦络绎于道云。"[2]但是,总体而言,庙会的祭祀对象和活动内容是越来越宽泛,张焘的《津门杂记》云:"四月庙会最多,初六初八日,天津府县城隍庙赛会,自朔日起至初十日,香火纷繁,而灯棚之盛,历有年所,尤为大观。各所分段搭造席棚,或三或五,两庙相联,灯彩陈设,备极华丽,文玩字画,鼎彝尊罍,相映成辉,俱系大家所藏者,皆能借用壮观。两庙戏台纯用灯嵌,晚间请有十番会同人,在县庙戏台上,奏古乐数曲,随有昆曲相倡和,皆旧家读书人也。府庙后楼罩棚亦有戏台一座,于正会之次日,有祝寿会演戏一天,为神祝寿,灯彩尤精妙。"[3]当然,庙会活动参与者比较多,规模一般都比较大,特别是青年人参与庙会活动,在悠闲消遣中往往能够获得刺激性的审美游戏乐趣,因此耗费钱财也价值不菲。清代,李光庭叙写了距北京不远的故乡宝坻风俗,云:"酬神演戏之日:南草庵四月初八,西大寺二月十九,关帝庙五月十三,文昌庙二月初三,火神庙正月二十九,娘娘庙四月十八,药王庙则在九月。定戏谓之写戏,一台一连四日。开戏谓开台,收谓歇台。一日之内,大约巳初开,未初歇,申初开,酉正歇。点灯时开,二鼓歇,谓之夜八出。……各庙演戏,惟娘娘庙有庙会,其自各庄来者,自作把戏。……阗街塞巷,举国若狂,一时热闹,过眼皆空,然而实多事耗财之道也。"[4]

---

[1] 傅谨主编《京剧历史文献汇编》清代卷捌,凤凰出版社2011年版,第69页。
[2] 傅谨主编《京剧历史文献汇编》清代卷肆,凤凰出版社2011年版,第151页。
[3] 傅谨主编《京剧历史文献汇编》清代卷捌,凤凰出版社2011年版,第126页。
[4] 李光庭:《乡言解颐》,中华书局1982年版,第25页。

由此可见，李光庭并不否定故乡庙会演戏的风俗习惯，但是，对故乡举办庙会演剧活动耗费巨资稍有微词。

庙会活动中的演戏主要是利用庙宇里的戏台搬演戏曲，戏台面向庙宇，戏是用来祭神娱神演给神看的，但是，神的存在只是一种人的宗教信仰和民俗理念而已，实际上的观众是广大信徒和市民百姓。在庙宇前搬演戏曲，对神的祭祀重在抽象思维，而在搬演戏曲时则重在形象思维中建构一种审美意象，神是戏曲演员感情对象化的一种想象的存在物崇拜，与庙宇中安放神的直观塑像有所不同，特点是象征意义大于现实意义，比兴意义超越真实意义，用戏曲祭神重在发挥戏曲艺术的表现功能而不是再现功能。所以说，这种戏曲搬演方式体现了宗教与世俗的差别趋向淡化、渗融甚至消弭，是宗教教化与世俗娱乐双修兼美，这也正是古代戏曲发展和获得人们群体身份认同的广泛而深厚的主要社会基础之一。封建统治阶级往往藉庙会搬演戏曲以树立自我道德威权形象，例如，宋人邵伯温云："元丰中，神宗仿汉原庙之制，增筑景灵宫。先于寺观迎诸帝后御容奉安禁中。涓日以次备法驾，羽卫前导赴宫，观者夹路，鼓吹振作。教坊使丁仙现舞，望仁宗御像引袖障面，若挥泪者，都人父老皆泣下。呜呼，帝之德泽在人深矣！"①这在客观上不仅从上至下维护了庙会搬演戏曲的社会地位，而且也有利于广大市民百姓在参与庙会搬演戏曲的活动中，实现对戏曲的身份认同。

无论是迎神赛会还是庙会演戏的活动，草台戏班在其中都发挥了重要作用。草台是为了搬演戏曲临时随地搭建的戏台，戏曲搬演结束之后就予以拆除。草台戏班多在乡村搬演戏曲，演员最初都是乡村业余演员，后来逐渐向职业化的戏班转变，以搬演戏曲为谋生手段之一，进行一些营业性的演出。中国古代小农经济生产的特点，使得这些业余草台戏班以守土为安，不愿意离乡背井远走他乡，不可能完全彻底地转化为职业戏班，只好于农闲时在当地或出门演出，农忙时卸妆回家种田，搬演戏曲的高峰季节一般在春节之后到春耕之前，以及秋收之后到过年之前，例如，江西省抚州市的广昌县甘竹镇大路背刘家戏班和赤溪曾家戏班就属于这一类戏班，这两个农村戏班专门在本地搬演《孟戏》，即孟姜女哭长城的故事，自明代万历迄今一贯如此，是谓不可多得的演剧现象。这种草台戏班搬演戏

---

① 邵伯温：《邵氏闻见录》，中华书局1983年版，第17页。

曲时的歌舞动作、音乐演奏、化妆舞美、戏台建构等一般都比较简陋、俗俚朴素，故称"草台戏"，戏班也称"草台班"。古代许多民间小戏甚至大戏基本上都是在草台班创作、草台戏搬演的基础上发展而来的。古代最早的戏曲之一宋代南戏最初就是由乡村草台戏班搬演的。明代徐渭在《南词叙录》中说，南戏最初由乡村小调组成，没有宫调，也没有节奏，取其畸农市女顺口可歌而已。明清花部乱弹地方戏如福建的莆仙戏、小白字戏、江西的采茶戏等概莫能外。清代李斗云："郡城花部，皆系土人，谓之本地乱弹。此土班也。至城外邵伯、宜陵、马家桥、僧道桥、月来集、陈家集人，自集成班。戏文亦间用元人百种，而音节服饰极俚。谓之草台戏。此又土班之甚者也。若郡城演唱，皆重昆腔。谓之堂戏。本地乱弹只行之祷祀。谓之台戏。"① 明清戏曲繁盛之地扬州尚且如此，其余花部乱弹各地方戏的搬演状况就可想而知了。

草台戏班和演员来自于民间最底层社会，思想感情、戏曲搬演方式贴近广大市民百姓的审美趣味爱好，无论迎神赛会还是庙会的戏曲搬演击节竞美活动，都受到广大市民百姓的普遍欢迎，草台戏班也藉此一方面传承戏曲艺术；另一方面获取生活必需的经济收入。

例如，隋代相传二郎神曾在四川嘉州治服兴风作浪多时的水怪，造福于民；宋代二郎神又显圣协助宋君平定祸乱，故二郎神被宋代皇帝封为清源妙道真君，将二郎神庙建在河南开封万胜门外一里许，每年六月廿四日作为二郎神的生日，民间都要举行隆重的祭祀仪式。孟元老云："作乐迎引至庙，于殿前露台上设乐棚，教坊、钧容直作乐，更互杂剧舞旋。"② 又，张真君，名张渤，宋代又称张王、祠山真君，本庙在广德军（今安徽广德）。历代帝王赐额广惠王庙或祠山行宫，宋代皇帝亦屡加封号，推崇备至，各地纷纷建庙祭祀。二月八日是张真君的生日，每逢其时，四方城乡广大市民百姓竞赴寺庙朝拜，草台戏班演员在这里搬演杂剧等百戏，以示庆祝，吴自牧云："台阁巍峨，神鬼威勇，并呈于露台之上。自早至暮，观者纷纷。"③

元代，统治阶级对迎神赛会和庙会采取了区别对待的政策，无名氏的《大元

---

① 李斗：《扬州画舫录》，中华书局1980年版，第130页。
② 孟元老：《东京梦华录》，中国商业出版社1982年版，第53页。
③ 吴自牧：《梦梁录》，古典文学出版社1956年版，第144页。

圣政国朝典章》云:"祈神赛社、扶鸾祷圣、夜聚明散等事已尝禁治,除五岳四渎载在祀典者,所在官司依例岁时致祭外",而国家致祭的泰山东岳庙会规模盛大,其中有俳优参与;禁止民间迎神赛会和庙会主要着眼于"游手不食之民不事生业""赌博钱财""别生事端"等妨碍正常社会秩序的不良行为。当然,这种禁止往往不能完全达到目的,在实际生活中总是事与愿违,民间迎神赛会和庙会时草台戏班"聚众妆扮、鸣锣击鼓"①依然络绎不绝,有禁无止,故《大元圣政国朝典章》又云:"今士、农、工、商至于走卒、相扑、俳优、娼妓之徒不谙礼体,每至三月,多以祈福赛、还口愿废弃生理。"②事实的确如此,戏曲常在城市和农村搬演,特别是在农村,凡遇神诞等庙宇都要举行迎神赛会和庙会,戏曲搬演成为迎神赛会和庙会活动的重要内容,比较大的庙宇都建有戏台,专供搬演戏曲之用。元代的戏曲演员有称为"路歧"的,又有末尼、伶人、散乐、行院、乐人等称谓,所谓路歧是指到处流动演戏的艺人,周密云:"或有路歧不入勾栏,只在要闹宽阔之处做场者,谓之'打野呵'"③,无名氏的《宦门子弟错立身》云:"【菊花新】路歧歧路两悠悠,不到天涯未肯休。……【泣颜回】撞府共冲州,遍走江湖之游"④;他们社会地位低下,生活很不安定,以搬演戏曲赚钱谋生,无名氏的《汉钟离度脱蓝采和》云:"做一段有憎爱劝贤孝新院本,觅几文济饥寒得温暖养家钱"⑤。作为草台戏班参与迎神赛会和庙会,搬演戏曲理应是路歧人的必然选择。

明代,在浙江地区,陶奭龄撰《小柴桑喃喃录》卷上记叙,绍兴人每一次迎神赛社和庙会都要搬演戏曲,当地参与迎神赛社和庙会的草台戏班演员可达数千人,有时候还会专门聘请外地的草台戏班来迎神赛会和庙会演戏。在四川地区,陈铎的散曲小令《川戏》用滑稽的口吻描写川剧草台戏班演员迎神赛会和庙会上的化妆搬演,云:"顽皮脸不休,一落腔强扭,散言语胡屑镂,描眉补发呈风流。要好不能够,躲重投轻。寻觅争斗,使闲钱尝冷酒。生成的骨头,学成的嘴

---

① 无名氏编辑:《大元圣政国朝典章》,中国广播电视出版社1998年版,第2095页。
② 同上书,第2112页。
③ 周密:《武林旧事》,中华书局2007年版,第158页。
④ 钱南扬:《永乐大典戏文三种校注》,中华书局1979年版,第252页。
⑤ 隋树森:《元曲选外编》(三),中华书局1959年版,第971页。

口,至死也难医救"①;又用散曲套数《嘲川戏》描写了川剧戏班和演员依靠迎神赛会和庙会谋生之艰辛,云:"【北般涉调耍孩儿】身长力壮无生意,办磣的谁人似你。三三五五厮追陪,不着家四散求食。生来一种骨头贱,磨抢多遭脸脑皮。攘动了妆南戏,把张打油篇章记念,花桑树腔调攻习。……【二煞】远去有十数程,近行有七八里,破窑古庙是安身地。赛神赛社处尝一个饱,无钞无钱时忍一会饥。夜里熬日里睡,一缠一个钟响,一弄一个鸡啼。"②这反映了花部乱弹地方戏最初都经历了作为草台戏班在草台搬演戏曲的草创过程,而其简陋的搬演甚至粗俗的化妆常常被人们当作谈资取笑玩乐。

清代康熙年间,沈季友的《燕京春咏》用一首竹枝词,描颂了燕京在春祈期间草台戏班搬演杂剧和传奇的情状,云:"能调乐府有关卿,同乐时闻戏鼓声。演出传奇新样好,河清海晏乐升平。"③道光年间,吴地盛行迎神赛会和庙会,袁景澜云:"三吴风俗尚浮华,胥隶、倡优、戴貂衣绣、炫丽矜奇。……或有假神生诞,赛会庆祝,杂扮故事,男女溷淆,为首科敛,举国若狂。"④袁景澜对吴俗迎神赛会和庙会搬演戏曲看来颇有微词,但是,从反面说明吴地迎神赛会和庙会盛行搬演戏曲,是广大市民百姓热衷参与欣赏的客观事实。袁景澜还描述说:"苏州戏班名天下。乾隆辛丑,浒关权使者进呈古今杂剧传奇,计一千八十一种。郡人叶广平精音律,为《纳书楹曲谱》,宫商无谬误。承平日久,乡民假报赛名,相习征歌舞。值春和景明,里豪市侠搭台旷野,醵钱演剧,男妇聚观。众人熙熙,如登春台,俗谓之春台戏。抬神款待,以祈农祥。台用芦席蔽风日,谓之草台。其班之上者,为城中班。来安庆者,为徽班。来江震别处者,为江湖班。最有名者,为昆腔。出句容者,为梆子腔。安庆有二簧调,弋阳有高腔,湖广有罗罗腔。……今苏州名班,人数有多至百数十者,方其锣鼓开场,连村轰动,茶篷酒幔,食肆饼炉,赌博压摊,喧聚成市,必两三日而罢。"⑤"苏州戏班名天下",不是一两个职业昆剧戏班所能担当其任的,必定有许多草台戏班和演员在四处作场演出,才

---

① 谢柏阳:《全明散曲》,齐鲁书社1994年版,第542页。
② 同上书,第617—619页。
③ 孙殿起辑、雷梦水编《北京风俗杂咏》,北京古籍出版社1982年版,第7页。
④ 袁景澜:《吴郡岁华纪丽》,江苏古籍出版社1998年版,第5页。
⑤ 同上书,第74页。

形成人们认同的如此评价的重要社会影响。扬州城外民间的戏曲搬演活动素来兴盛，如邵伯、宜陵、马家桥、僧道桥、月来集、陈家集等村镇都有自己组织的草台戏班，搬演的戏曲主要是扬州的地方戏，即所谓本地乱弹。当时，凡是外地来的新剧种，如句容来的梆子腔、安庆来的二黄调、弋阳来的高腔、湖广来的罗罗腔等，一开始总是先在城外演出，有了一定的竞争力和影响之后才进城演出，以期在城里能够站稳脚跟，不落下风。在扬州迎神赛会和庙会活动期间，总能看见这一类草台戏班的演员活跃在戏曲舞台上的雄健俊俏身影。昆剧素来以搬演优雅的才子佳人文戏见长，从清初开始，曹聚仁的《听涛室剧话》云："昆腔有文班武班之分，武班流行于农村，在草台演出"，而且"昆曲武工，也是出色"①，这表明随着昆剧的发展，又出现了不同于文班的武班，在一定程度上弥补了昆剧长期以来缺乏武戏之勇猛之态、阳刚之美的不足，而武班参与农村迎神赛会和庙会是自然而然的事情。

　　中国古代封建社会是一种超稳定结构，民间风俗习惯一经形成就会循着自我固有的惯性路径持续运转，迎神赛会和庙会亦是如此。迎神赛会和庙会期间搬演戏曲，不是当时短期的一种社会现象，而是贯串于封建社会很长历史阶段的一种社会现象。例如，温州民间迎神赛会和庙会的习俗从东瓯立国时就已经形成。明代万历年间永嘉人姜准撰《歧海琐谈》，记述了温州民间在迎神赛会和庙会方面的种种戏曲搬演活动。古代，温州各城乡大小庙宇星罗棋布，每逢神诞、佛事等日子，会首沿街挨户摊派集资延请草台戏班演出，有的庙产、祠田还为此列出专项开支，称之为额子戏。各地各庙宇搬演的额子戏都有规定时间，一年四季在规定的时间里搬演戏曲不缀，形成一个草台戏班巡回演戏的固定模式。民间祀神活动是戏曲搬演的主要目的，也成了草台班社和演员赖以生存的社会经济基础。许多草台戏班演员甚至乐工终身以参与迎神赛会和庙会等戏曲搬演活动谋求生计，例如，李光庭撰《乡言解颐》之"乐工"条云："京师此工不过敷衍了事，颇不耐听。附近乡邑，亦皆不及林亭。凡大套曲牌，及零戏曲，俱能节奏得宜，器具既精，声响自别。昔年北街王姓最善，其子王斌，尤善竹音，乡间戏场每邀之作随

---

① 曹聚仁：《听涛室剧话》，中国戏剧出版社1985年版，第32页。

手,后遂为梨园司鼓板以终身。"①

民间草台戏班演员的戏曲搬演常常有独一无二专擅的绝活,在戏曲舞台上以超人竞美的技艺彪炳一帜。清人焦循引《笔麈》云:"杜佑曰:'窟儡子,亦曰傀儡子,本丧乐也,汉末始用之于嘉会,北齐高纬尤好之。'今俗悬丝而戏,谓之'偶人',亦傀儡之属也。又有以手持其末,出之帏帐之上,则正谓之'窟儡子'矣。"又云:"汉有鱼龙百戏。齐、梁以来,谓之'散乐'。乐有舞盘伎、舞轮伎、长蹻伎、跳剑伎、吞剑伎、掷倒伎,今教坊百戏,大率有之,惟掷倒不知何法,疑即'翻金斗'。'翻金斗'字义,起于赵简子之杀中山王——以头委地,而翻身跳过,谓之'金斗'。"焦循据此"按:今之演剧者,以头委地,用手代足,凭虚而行,或纵或跳,旋起旋侧,其捷如猿,其疾如鸟,令见者目炫心惊,盖即古人掷倒伎也。"②

草台戏班有的演员具备值得人们称道的正直品格,例如,清人钮琇记载了女演员张丽人不屈服于富豪淫威、抗命而逝的事迹,云:"丽人姓张氏,其母吴倡也,以善歌转籍入粤,生丽人。体貌莹洁,性质明慧,幼即能记歌曲,尤好诗词。……丽人稍长,其母将择伶之美者赘焉。仙城豪贵,谋为落籍,有以三斛珠挑之者。丽人坚不为动,长叹辞曰:'我母爱我,不可暂离,且已委身字人。蝶粉可污,燕巢终在,不聊胜于入他人手,吼狮换马,又随风漂泊哉!'年甫及笄,丽人随诸伶于村墟赛神作剧,夜宿水二王庙,梦王刻期聘之为妃。醒以语其母,泫然泪下。拍板而歌罗郎《比红》诸绝,宛转悲怆。及期,无疾而逝。粤人黎美周志其墓曰:'嗟乎!予知丽人故不屈于势者,王何由致之?岂洛水凌波,乃符铜雀之谶耶?'"③

中国古代戏曲的发展繁荣是历代无数默默无闻、名不见经传的草台戏班和演员不懈努力奋斗的硕果,庙宇草台的戏曲搬演击节竞美是草台戏班和演员艺术生命的充分展现;极个别演员彪炳一帜的戏曲舞台搬演绝活恍如吉光片羽,经有识之士的简略记载,在古代戏曲史上留下了值得后人身份认同和称誉赞美的技踪艺

---

① 李光庭:《乡言解颐》,中华书局1982年版,第45页。
② 焦循:《剧说》,《中国古典戏曲论著集成》(八),中国戏剧出版社1959年版,第87页。
③ 钮琇:《觚剩》,上海古籍出版社1986年版,第61页。

痕；而演员富贵不能淫、贫贱不能移、威武不能屈的正直品格，为草台戏班和演员的艺术生命增添了中华民族传统文化的人性光芒。所有这些意义与价值，实属难能可贵。

第五节　宫廷殿堂的承应奏庆

戏曲在宋代形成以后，不仅在下层社会得到广大市民百姓的普遍身份认同，持续发展繁荣，而且在上层社会得到统治阶级不同程度的身份认同，在宋元明清上层社会的总体趋势是不间断地发展繁荣，尽管其中存在起伏不定、或疾或徐、曲折前行的状况。从国学视域来看，这种发展繁荣的一个突出现象就是，戏曲为宋元明清各朝宫廷殿堂的承应奏庆娱乐服务，满足了宋元明清各朝宫廷殿堂承应奏庆的娱乐生活需要。这也成为古代戏曲身份认同的一个重要的方面。

"承"或"应"分别的意思有很多种解释，"承应"作为一个合成词，本义主要是指下对上的指令无条件响应、接受和担当，所指又有抽象事理和具体事务两种不同情形。在抽象事理方面，"承应"指的是某种事理由下而上衔接对应，返上过渡。例如，清代惠栋撰《易汉学》，提出"爻象承应阴阳变化之说"[①]，这里的"承应"意思是六爻之象、爻位之象由下往上承接对应阴阳变化的客观规律。现代，马其昶注解韩愈的《送陈秀才彤序》之句"策焉以考其文，则何信之有"时说："诸本'何'下有'不'字。旧读此序尝怪'则何不信之有'以下，文意断绝不相承应，每窃疑之。"[②] 这里的"承应"意思是下文意对接上文意。在具体事务方面，"承应"指的是某人将某种事物自下而上承接对应，满足上愿。例如，脱脱等著《辽史》云："著帐户：本诸斡鲁朵析出，及诸罪没入者。凡承应小底、司藏、鹰坊、汤药、尚饮、盥漱、尚膳、尚衣、裁造等役，及宫中、亲王祗从、伶官之

[①] 永瑢等：《四库全书总目提要》第 2 册，商务印书馆 1931 年版，第 55 页。
[②] 马其昶校注，马茂元整理：《韩昌黎文集校注》，上海古籍出版社 1986 年版，第 260 页。

属，皆充之。"① 这里的"承应"指的是下人满足主人或上司的事务性差役。

与宫廷殿堂的戏曲艺术相关联的"承应"，主要指的是指娼妓歌女、戏曲演员应宫廷或官府之召，或赴宴助兴，或搬演歌舞，或以戏曲侍奉。在娼妓歌女方面，例如，宋代吴自牧云："御马院使臣，凡有宣唤或御教入内，承应奏乐。"② 明代田汝成云："唐时，杭妓承应燕会，皆得骑马以从……宋郡守迎酒，则诸妓亦骑。"③ 周清源叙述道："韩公也不把这话来在心上，只说道：'浙西既有这一名好妓女，可即着人去取来承应歌舞。'"④ 在戏曲演员方面，例如，元代赵明道的套曲《名姬》云："乐府梨园，先贤老郎。上殿伶伦，前辈色长。承应俳优，后进教坊。有伎俩，尽夸张，燕赵驰名，京师作场。"⑤ 清代黄钧宰云：扬州盐商有"梨园数部，承应园中，堂上一呼，歌声响应，岁时佳节，花灯星灿"⑥。就承应人而言，在宫廷殿堂应召从事各种事务的下人被称之为"承应人"，例如，金朝时章宗二十九年（1189）颁诏云："禁宫中上直官及承应人毋得饮酒"⑦。"承应人"的别称在唐朝谓之"内人"或"前头人"，如崔令钦云："妓女入宜春院，谓之'内人'，亦曰'前头人'——常在上前头也。其家犹在教坊，谓之'内人家'，四季给米"⑧；在宋元两代谓之"唤官身"，钱南扬认为南戏的演出主要有三种方式："勾栏演出、唤官身和请旦"⑨，"唤官身"乃承应朝廷官府搬演戏曲，脚色可末可旦；"请旦"则是一般人在茶坊酒肆专请旦脚搬演戏曲。

"奏庆"则是指承应人所做具体事务服从于主人或上司庆贺欢愉的目的，为主人或上司操持庆贺的事务营造热闹喜悦的氛围。

---

① 脱脱等：《辽史》，中华书局1974年版，第371页。
② 吴自牧：《梦粱录》，商务印书馆1939年版，第189页。
③ 田汝成：《西湖游览志余》，浙江人民出版社1980年版，第345页。
④ 周清源：《西湖二集》，中国戏剧出版社1999年版，第138页。
⑤ 隋树森：《全元散曲》，中华书局1964年版，第335页。
⑥ 黄钧宰：《金壶浪墨》，清光绪二十一年上海文明书局石印本。
⑦ 脱脱等：《金史》，中华书局1975年版，第213页。
⑧ 崔令钦：《教坊记》，《中国古典戏曲论著集成》（一），中国戏剧出版社1959年版，第11页。
⑨ 钱南扬：《戏文概论》，上海古籍出版社1981年版，第245页。

承应戏创始于宋代，形成于元明两代，兴盛于清代。戏曲演员在宫廷殿堂承应奏庆搬演戏曲的目的，首当其冲的是满足朝廷庆贺重大节日、仪典、筵宴娱乐活动的需要。例如，宋代吴自牧云："绍兴年间，废教坊职名，如遇大朝会、圣节、御前排当及驾前导引奏乐，并拨临安府衙前乐人，属修内司教乐所，集定姓名，以奉御前供应。"① "大朝会"即朝廷文武百官拜见天子，是始于西周的一种礼仪规格最高的朝廷仪典，从秦汉至明清，在宫廷殿堂，每逢岁首都要举行具有相当规模的大朝会，这种传统文化历代承袭不衰，流传久远。"圣节"即为皇帝生日举办的庆贺仪式，从唐代开元十七年（729）八月五日建立唐玄宗李隆基生日庆贺仪式制度开始，此后，宋元明清或定节名或者不定节名皆称之为圣节，但是不再局限于皇帝的生日。例如，宋代庆祝寿和圣福皇太后的诞辰日亦称之为圣节，吴自牧云："向自绍兴以后，教坊人员已罢，凡禁庭宣唤，径令衙前乐充条内司教乐所人员承应。"② 元代吴弘道创作套曲【越调】《斗鹌鹑》云："太平无事罢征旗，祝延圣寿做筵席，百官文武两班齐。欢喜无尽期，都吃得醉如泥。【秃厮儿】光禄寺琼浆玉液，尚食局御膳堂食，朝臣一发呼万岁。祝圣寿，庆官里，进金杯。【圣药王】大殿里，设宴会，教坊司承应在丹墀。有舞的，有唱的，有凤箫象板共龙笛，奏一派乐声齐。"③ 明代，内廷每逢秋收年节或者万寿圣诞时都有传奇以及打稻、过锦诸应景的杂戏搬演，并且均由钟鼓司承应，至神宗时，更是扩大了宫中剧团的编制，刘若愚道："设有四斋近侍二百余员，以习宫戏、外戏。凡慈圣老娘娘升座，则不时承应外边新编戏文，如《华岳赐环记》亦曾演唱"④，这就是说，宫廷中所搬演的戏曲，也已由宫内的打稻戏、过锦戏等扩大至民间盛行的其他声腔剧种。

清代康熙六十诞辰万寿盛典搬演寿戏，为此，有缺名创作《康熙万寿杂剧》共18部，失传6部，其余存世12部作品为《玉烛均调》《黑虎韬威》《文明应候》《律吕正度》《璇玑授时》《金母献环》《云师衍数》《苍史研书》《百穀滋生》《万方仁寿》《凤麟翔舞》《长幼歌风》。乾隆为皇太后六十诞辰、八十诞辰祝寿两次，为自己八十诞辰祝寿一次。关于皇太后六十诞辰万寿盛典，天瑕云："祝寿之典，自

---

① 吴自牧：《梦粱录》，商务印书馆1939年版，第189页。
② 同上书，第15页。
③ 隋树森：《全元散曲》，中华书局1964年版，第736页。
④ 刘若愚：《酌中志》，北京古籍出版社1994年版，第109页。

古有之，然未有如弘历时之奢侈者。乾隆十六年（1751）十一月二十五日，为弘历母钮祜禄氏六旬寿诞，自西华门至西直门外之高梁桥，十余里中，分地张灯，剪彩为花，铺锦为屋，丹碧相映，不可名状。每数十步，间一戏台，北调南腔，舞衫歌扇，后部未歇，前部又迎。游者如置身琼楼玉宇中，听霓裳曲，观羽衣舞也。"①其时，蒋士铨特意撰写杂剧《西江祝嘏》予以庆贺，梁廷枬云："乾隆十六年，恭逢皇太后万寿，江西绅民远祝纯嘏杂剧四种，亦心余手编。第一种曰《康衢乐》；第二种曰《忉利天》；第三种曰《长生籙》；第四种曰《升平瑞》。征引宏富，巧切绝伦，倘使登之明堂，定为承平雅奏，不仅里巷风谣已也。"②蒋士铨的《西江祝嘏》虽非受命为承应创作，而是自觉为了宫廷殿堂奏庆所作，然而，作品内容质量和艺术品位并不亚于宫廷御用词臣创作的任何承应戏，依然拥有承应戏的本质和特点，也使人们看到了那些受命为承应而创作戏曲的本真面貌，因此，周妙中在《蒋士铨和他的十六种曲》中高度评价说："《西江祝嘏》虽是作者早期作品，剧本创作的各个方面，都已很成熟了。……文字和音乐、演出效果等方面，也已充分显示了作者的才华。"③

  清代，宫廷殿堂时兴月令承应戏，这种节日承应戏的演出以乾隆和光绪两朝最为盛行，与宋元明三朝有很大不同，填补了历代朝廷承应戏种类的空白。中国古代一直是小农经济社会，人们向来注重季节时令，统治阶级也不例外，尽管宫廷殿堂里不需要安排各种各样的农事，但是，统治阶级却往往把季节时令当作某种意涵象征，以及借以消遣娱乐的机会，于是季节时令得到普遍重视。每当季节时令到来，统治阶级就会指令演员参与宫廷殿堂的戏曲搬演，这就是所谓月令承应。在清朝宫廷殿堂里，一年内各个节令，如元旦、立春、寒食、端阳、中秋、重阳、冬至、除夕等都有规定之剧目承应搬演，其名目有元旦承应、立春承应、上元承应、燕九承应、花朝承应、上巳承应、浴佛承应、端阳承应、七夕承应、中元承应、中秋承应、重阳承应、腊日承应、冬至承应、祀灶承应、小除夕承应、除夕承应、初一承应、十五承应等，名目繁多，不一而足。据昭梿撰《啸亭续录》

---

① 天嘏：《满清外史》，《中国野史集成》第 50 册，巴蜀书社 1993 年版，第 587 页。
② 梁廷枬：《曲话》，《中国古典戏曲论著集成》（八），中国戏剧出版社 1959 年版，第 273 页。
③ 周妙中点校：《蒋士铨戏曲集》，中华书局 1993 年版，第 16 页。

之"大戏节戏"条记载:"乾隆初,纯皇帝以海内升平,命张文敏制诸院本进呈,以备乐部演习,凡各节令皆演奏。其时典故如屈子竞渡、子安题阁诸事,无不谱入,谓之'月令承应'。"① 有些剧目在元旦、灯节、端午、中秋等节日往往要连演几天或十几天,这种承应戏又称作"连台本戏"。月令承应戏一般是用昆腔、弋阳腔或京高腔来搬演的,其中以昆腔为主,道咸以后改变为以皮黄腔为主。

除满足朝廷庆贺重大节日、仪典、筵宴娱乐活动的需要,以及月令承应之外,清代还有各种各样的承应戏,如承应团场戏,在继德堂、同乐园演戏;承应例行献戏,如年例五月十三日在关帝庙承应《灵山祝颂》;承应临期戏,如"嘉庆四年(1799)恭送高宗纯皇帝金棺后,南府、景山内外各学俱移往圆明园,以便稍密排演差使,准备临期承应"②;承应皇事戏,如嘉庆二十三年(1818)"(十月)初二日,同乐园外众节戏。……(嘉庆二十四年)四月二十四日储秀宫承应过皇子成婚"③;承应伺候戏,如"道光十二年(1832),……(四月)二十七日,敬事房传旨,五月……十七日同乐园伺候戏"④;甚至赏荷花、赏雪、赏梅等活动都各有特定的戏曲搬演。清末,承应戏仍然非常盛行,如光绪十六年(1890)七月六日,《申报》报道:"本年皇上二旬万寿,普天同庆,恩赏近臣观剧,特命改于南海中举行。"⑤

朝廷承应戏的作者完全不同于民间草台戏班的作者,除了一般文人之外,还有达官贵人、王公大臣。一般文人和达官贵人、王公大臣创作承应戏有一个共同特点,那就是作者普遍具有较高的文化艺术水准,对承应戏的身份认同有独特的审美文化视角。

在一般文人方面,例如,元代郑德辉创作的杂剧曾被选入明朝宫廷,在宫廷殿堂作为承应戏剧本供浏览。董其昌的《〈程咬金斧劈老君堂〉跋》云:"是集,

---

① 昭梿:《啸亭续录》,《笔记小说大观》第36编,新兴书局有限公司1978年版,第377页。
② 傅谨主编《京剧历史文献汇编》清代卷叁,凤凰出版社2011年版,第129页。
③ 同上书,第115—117页。
④ 同上书,第194页。
⑤ 傅谨主编《京剧历史文献汇编》清代卷肆,凤凰出版社2011年版,第353页。

余于内府阅过，乃系元人郑德辉笔"。① 明代，无名氏曰："贾仲明，山东人。天性明敏，博究群书。善吟咏，尤精于乐章隐语。尝传文皇帝于燕邸，甚宠爱之。每有宴会，应制之作，无不称赏。公丰神秀拔，衣冠济楚，量度汪洋，天下名士大夫，咸与之相交。自号云水散人。所作传奇乐府极多，骈丽工巧，有非他人之所及者。一时侪辈，率多拱手敬服以事之。"②

清代王文治，字禹卿，号梦楼，江苏丹徒人，创作承应戏9种，总称《迎銮乐府》，今存于世。梁廷枏的《〈迎銮乐府〉跋》云："丹徒王梦楼太守文治自临安罢归，延入幕中。撰新曲九出，皆用浙中故事。音节和平，颂扬有体。太守少精音律，其友叶君怀庭，作《纳书楹曲谱》，多资商榷。"③ 沈起凤，字桐威，自号红心词客，生卒年不详，江苏吴县人，有《红心词客四种》传世。姚燮的《今乐考证》引石韫玉云："（红心词客）所著词曲，不下三四十种，当其时，风行于大江南北。梨园子弟登其门而求者，踵相接。岁在庚子甲辰，高庙南巡，凡扬州盐政、苏杭织造所备迎銮供御大戏，皆出自先生手笔。"④ 乾隆十六年（1751）高宗南巡，吴城作承应戏《群仙祝寿》一种，厉鹗作承应戏《百灵效瑞》一种，两者后合刻总名《迎銮新曲》。全祖望的《〈迎銮新曲〉序》云："《迎銮新乐府》，其词典以则，其音噌吰清越，以长二家材力悉敌，宫商钟吕互相叶应，非世俗之乐府所可语。大吏令乐部奏之天子之前，侑晨羞焉。昔人以此擅长者，如元之酸甜诸老，明之康王，不过以其长鸣于草野之间。而二君之作，上彻九重之听，山则南镇助其高，水则曲江流其清，是之谓夏声也矣！"⑤ 尤侗的《〈读离骚〉自序》云："予所作《读离骚》，曾进御览，命教坊内人装演供奉。此自先帝表忠微意，非洞箫玉笛之比也。"⑥

---

① 蔡毅：《中国古典戏曲序跋汇编》，齐鲁书社1989年版，第795页。
② 无名氏：《录鬼簿续编》，《中国古典戏曲论著集成》（二），中国戏剧出版社1959年版，第292页。
③ 蔡毅：《中国古典戏曲序跋汇编》，齐鲁书社1989年版，第1177页。
④ 姚燮：《今乐考证》，《中国古典戏曲论著集成》（十），中国戏剧出版社1959年版，第293页。
⑤ 蔡毅：《中国古典戏曲序跋汇编》，齐鲁书社1989年版，第1171页。
⑥ 同上书，第934页。

在达官贵人、王公大臣方面，明代周宪王朱有燉创作的杂剧非常适合供朝廷作为宫廷殿堂的承应戏搬演之用。吴梅的《〈福禄寿仙官庆会〉跋》云："《仙官庆会》四折，记钟馗荡邪驱鬼，福、禄、寿三星献瑞事。亦内廷吉祥剧，……第三折，驱鬼，排场至为热闹。四鬼十六傩，神钟馗，神荼郁垒，齐集献艺。其舞态动作，定多奇趣。及虚耗擒获，方歌【青哥儿】一支。锣鼓之后，继以小曲，更令人悠然不尽。此是剧中最胜处也。……吉祥止止，深合供奉剧体焉。"①《脉望馆钞校本古今杂剧》保存的"本朝教坊编演"的杂剧据统计有 18 部，即《宝光殿天真祝万寿》《众神仙庆赏蟠桃会》《祝圣寿金母献蟠桃》《降丹墀三圣庆长生》《众神圣庆贺元宵节》《祝圣寿万国来朝》《争玉板八仙过沧海》《庆丰年五鬼闹钟馗》《河嵩神灵芝献寿》《紫微宫庆贺长春寿》《贺万寿五龙朝圣》《众天仙庆贺长生会》《庆冬至共享太平宴》《贺升平群仙祝寿》《庆千秋金母贺延年》《广成子祝贺齐天寿》《黄眉翁赐福上延年》《感天地群仙朝圣》。这些由达官贵人、王公大臣创作的戏曲，在很大程度上代表了明朝统治阶级对承应戏的身份认同、审美趣味和欣赏取向。

清代乾隆年间及其以后，朝廷越来越重视宫廷殿堂承应戏的创作和搬演。爱好戏曲的乾隆皇帝专门组织戏曲创作班底，特命御用词臣替乾隆创作宫廷承应大戏，以满足观赏娱乐之消遣需要。为此，朝廷里的达官贵人、王公大臣编了很多剧本，剧本篇幅大都偏长，有的八本、十本，有的超过百本以上，其中有的折子戏迄今还在戏曲舞台上搬演。以张照、允禄领衔的御用词臣班底，不仅创作内容短小的一般承应戏，而且创作了长篇累牍多达两百余出的承应大戏。赵尔巽等的《清史稿》评价云："照敏于学，富文藻"，乾隆谓："照虽不醇，而资学明敏，书法精工，为海内所共推，瑕瑜不掩，其文采风流不当泯没也。"②张照创编的戏曲和散曲有多部，张照还为之谱曲配乐，传播于宫廷内外，为乾隆时期的宫廷殿堂承应奏庆的戏曲搬演、音乐建设做出了重要贡献，尤其是所创编的宫廷承应大戏获得了世人广泛的身份认同。据有关文献记载，御用词臣班底创作的连台本大戏主要有：搬演目犍连尊者救母事的《劝善金科》，搬演唐玄奘西域取经故事的《升平宝

---

① 蔡毅：《中国古典戏曲序跋汇编》，齐鲁书社 1989 年版，第 830 页。
② 赵尔巽等：《清史稿》，中华书局 1977 年版，第 10495 页。

筏》,搬演蜀汉《三国志》典故的《鼎峙春秋》,搬演宋政和间梁山诸"盗"及宋金交兵和徽钦北狩诸事的《忠义璇图》,等等。此外,石韫玉为乾隆庚戌进士,授翰林院修撰等,创作杂剧9部,总名《花间九奏》,另有杂剧1部,承应戏2部,今并传于世。嘉庆皇帝还亲自过问指导承应戏的修改,俨然高高在上的宫廷殿堂承应奏庆戏曲搬演的总编导。例如,清廷档案记载:嘉庆七年(1802)十月"初六日,长寿传旨,宴戏特长了。《四海升平》内头曲文俱是外派,何不改里面宫调?《福寿双喜》是里面宫调,长了,去些曲子,先付篇奏。改好承应上览。明年仍做宴戏。"① 由此可见,清朝皇帝涉足古代戏曲之承应搬演是何等具体深入了,其中蕴涵的对古代戏曲身份认同的上行下效意味也就可想而知、不言而喻了。

宋元明清的承应戏皆有一定的规制。例如,宋金辽时期,朝廷设教坊管理歌舞杂剧的承应搬演。永瑢等的《四库全书总目提要》指出:在宋朝,蔡绦撰《铁围山丛谈》,其中,"陈师道《后山诗话》称苏轼词如教坊雷大使舞,诸家引为故实,而不知雷为何人,观此书,乃知为雷中庆,宣和中以善舞隶教坊。"② 庞元英的《文昌杂录》记载教坊有致语唱颂,葛胜仲撰《丹阳集》亦载教坊致语及唱颂情形,而致语唱颂一般乃置于杂剧搬演之前,而且与后世承应戏有亲密的血缘关系。齐如山的《谈应节戏》论承应戏的源流时云:清代宫廷殿堂中的应节戏名曰月令承应,外边营业戏的应节戏,便名曰应节戏。"戏馆子中的应节戏并不多,但来源却很远,它是由皇帝宫中的月令承应戏衍来。……这种承应戏是由明朝传下来的了,而且还是由宋朝创始的,因为有些种,里边还有致语的组织,这在元朝以后的其他平常剧本中是不见的。这种致语的构造,有与宋朝歌舞队中的致语,大致还相似,所以也可以断定,它是由宋朝传流下来的。"③ 又,沈德符的《万历野获编》之"翰苑设教坊"条按语:"宋世学士赴院,开封府点集优伶供应,至用女妓"④。脱脱等的《金史》云:在金朝,"散乐。元日、圣诞称贺,曲宴外国使,则

---

① 傅谨主编《京剧历史文献汇编》清代卷叁,凤凰出版社2011年版,第104页。
② 永瑢等:《四库全书总目提要》第27册,商务印书馆1931年版,第44页。
③ 北京市政协文史资料委员会:《京剧往谈录三编》,北京出版社1996年版,第439—440页。
④ 沈德符:《万历野获编》,中华书局1959年版,第272页。

教坊奏之"①。脱脱等著《辽史》记载辽朝"藏阄仪"云:"契丹南面,汉人北面,分朋行阄。或五或七筹,赐膳。入食毕,皆起。顷之,复坐行阄如初。晚赐茶,三筹或五筹,罢教坊承应。若帝得阄,臣僚进酒讫,以次赐酒。大康十年(1084)十二月二十二日,始行是仪。"②

叶子奇云:元朝,"有驾前承应杂戏、飞竿、走索、踢弄、藏㦻等伎"③,而负责管理杂剧搬演承应的是教坊。夏庭芝云:"王金带,姓张氏,行第六。色艺无双。邓州王同知娶之,生子矣。有谮之于伯颜太师,欲取入教坊承应,王因一尼为他,求问于太师之夫人,乃免。"④ 可见元代不仅宫廷教坊内部有杂剧演员,而且还规定可以从外部吸纳民间杂剧演员到宫廷殿堂承应奏庆。但是,值得注意的是,元代的教坊在朝廷的身份地位与其他同等品级官阶的机构享受的待遇是不平等的,杨瑀云:"教坊司、仪凤司,旧例依所受品级,列于班行,文皇朝令二司官立于班后。至正初,仪凤司复旧例,教坊司迄今不令入班。"⑤ 这就指出了元朝统治阶级对杂剧艺术的身份认同是打了折扣的,对此,永瑢等指出:元人杨瑀撰《山居新语》"记仪凤司、教坊司班次,则有资于典故"⑥。

明代,宫廷演剧有内外廷之分。洪武二十八年(1395)所置钟鼓司,是著名的宦官"二十四衙门"之一,《明史》记内廷演剧属钟鼓司执掌承应,完全服务于皇帝,其戏曲创作和搬演取决于皇帝的兴趣和爱好;而教坊司隶属于礼部,其职掌的乐舞承应对象是外朝官员乃至外国来使,因而戏曲创作和搬演的内容及形式就更加丰富多彩。孝宗年间,这种状况开始逐渐改变,嵇璜等云:"孝宗弘治初亲耕藉田,教坊司以杂剧承应。"⑦ 万历年间,随着南戏等纷纷进入宫廷,这种状况

---

① 脱脱等:《金史》,中华书局1975年版,第888页。

② 脱脱等:《辽史》,中华书局2000年版,第532页。

③ 叶子奇:《草木子》中华书局1959年版,第65页。

④ 夏庭芝:《青楼集》,《中国古典戏曲论著集成》(二),中国戏剧出版社1959年版,第24页。

⑤ 杨瑀:《山居新语》,《笔记小说大观》第28编,新兴书局有限公司1979年版,第2484页。

⑥ 永瑢等:《四库全书总目提要》第27册,商务印书馆1931年版,第64页。

⑦ 嵇璜等:《续通典》,清乾隆四十八年武英殿刻本。

开始彻底改变，神宗还增设玉熙宫和四斋，以习演宫廷内外戏曲，沈德符云："内廷诸戏剧俱隶钟鼓司，皆习相传院本，沿金元之旧，以故其事多与教坊相通。至今上始设诸剧于玉熙宫，以习外戏，如弋阳、海盐、昆山诸家俱有之，其人员以三百为率，不复属钟鼓司。"① 玉熙宫和四斋的功能与钟鼓司和教坊司相类同。此后，整个宫廷殿堂承应奏庆搬演戏曲的任务主要担负者就归属于教坊司。沈德符又云："教坊司，专备大内承应，其在外庭，维宴外夷朝贡使臣，命文武大臣陪宴乃用之。盖沿唐鸿胪寺、宋班荆馆故事，所以柔服远人，本殊典也。又赐进士恩荣宴亦用之，则圣朝加重制科，非他途可望，其他臣僚，虽至贵倨，如首辅考满，特恩赐宴始用之。惟翰林官到任，命教坊官俳供役，亦玉堂一佳话也。"②

清朝，宫廷戏曲的管理经过了教坊司、南府和升平署三个重要阶段，较为规范的管理体制成为保障宫廷戏曲发展的重要因素，频繁的宫廷殿堂承应奏庆的戏曲搬演更给古代戏曲的繁荣带来了发展的契机。初期，朝廷沿续明代体制，仍以教坊司负责宫廷中的奏乐及演戏任务。顺治皇帝对戏曲有极大兴趣，明代王世贞的传奇《鸣凤记》、清代尤侗的杂剧《读离骚》《钧天乐》等都应召传入宫中，《鸣凤记》被改编为《表忠记》在宫廷上演，《读离骚》传入宫后受到顺治皇帝的赏识，王芷章云："上益读而善之，令教坊内人，播之管弦，为宫中雅乐。"③ 随着社会稳定、经济发展，康熙朝设立了南府，负责宫廷演戏、教戏等事宜，宫廷殿堂里的承应奏庆演剧活动逐渐增多，王芷章云："洪昉思之《长生殿》成，亦尝蒙圣祖（康熙）赏识。"④ 康熙皇帝还利用自己的寿辰广招天下伶人进京承应演戏。清朝内务府档案记载："（雍正朝）永宁寺、弘仁寺每年四月初八献戏一日，如遇皇上在圆明园，永宁寺系南府学生承应，弘仁寺系怡亲王之戏承应。皇上在宫内，弘仁寺系南府学生承应，永宁寺系怡亲王之戏承应。"⑤ 乾隆七年（1742），朝廷设乐部，以允禄、张照、三泰等为乐部大臣审定乐章，编撰进呈戏曲剧本，供宫中搬演承应戏之用。乾隆时期，参与宫中承应戏搬演的戏曲演员近1500人，堪称盛况

---

① 沈德符：《万历野获编》，中华书局1959年版，第798页。
② 同上书，第271页。
③ 王芷章：《清升平署志略》，上海书店1991年版，第5页。
④ 同上书，第5页。
⑤ 傅谨主编《京剧历史文献汇编》清代卷叁，凤凰出版社2011年版，第77页。

空前。道光七年（1827），朝廷改南府为升平署，并规定由太监负责承应戏，归升平署总管。升平署不仅负责戏曲演出，还负责编写或抄写剧本，以备承应演出和皇后欣赏戏曲使用。鉴于一系列内忧外患等社会原因，道光皇帝对升平署进行了一系列改革，裁撤了相关的管理人员，对宫中的各种承应戏进行了削减。与此同时，为了满足宫廷殿堂承应奏庆搬演戏曲的需要，朝廷又不断外招民间戏班和演员参与宫内的承应戏搬演。直至清朝灭亡，宫廷殿堂的承应奏庆搬演戏曲才正式宣告终结。① 期间，京剧戏班和演员经常出入宫廷殿堂承应奏庆搬演戏曲，一大批名角如"同光十三绝"等，在民间和朝廷戏曲审美趣味和欣赏需求的双向推引下脱颖而出，在延续古代戏曲流播不竭的俗风雅韵的同时，铸就了中国近代戏曲的璀璨辉煌，为广大市民百姓的戏曲身份认同树立了新的对象、注入了新的动力、焕发了新的生命。

而今，北京故宫博物院珍藏有清代乐部所编的"月令承应戏""节令承应戏""承应宴戏""承应开场戏""承应寿戏""承应大戏""承应灯戏"等，这一批特色馆藏戏曲剧本见证了当时清廷搬演承应戏的盛况。

值得一提的是，据相关戏曲音乐文献记载，当时在清宫廷殿堂内承应奏庆搬演戏曲的，除著名的演员以外，还有很多有名的戏曲乐队伴奏人员，称为音乐教习，他们都在宫内南府演戏或者教戏。例如，在南府文场里有关于"鼓刘、笛王、喇叭张"的传说，这三位戏曲乐队艺人演奏技术都很高超。鼓师刘兆奎是江苏扬州人，能打900多种锣鼓牌子，而最擅长打的是【下西风】【万年欢】【庆赏元宵】等锣鼓牌子，直到80多岁还在宫内承应，技艺不减当年。刘兆奎的徒弟沈宝钧是光绪皇帝的教师，也是有名的鼓手，能打昆曲、皮簧戏400余出，可谓多才多艺，以至于光绪皇帝本人也精通鼓技，不仅经常令人陪其练武场的锣鼓牌子，而且还能粉墨登场搬演戏曲。笛王是王进贵，王进贵的徒弟是方秉忠，师徒俩都能吹奏很多京剧、昆曲的复杂曲牌，在戏曲音乐界享有盛誉。这些戏曲器乐演奏家的姓名在戏曲文学史上不见著录，而实际上他们在宫廷殿堂的戏曲搬演中具有举足轻

---

① 1922年12月1日，被推翻的清朝皇帝傅仪行大婚礼，因为仍然保持皇帝的尊号，所以婚庆活动依照清廷惯例，举办得非常奢华、体面、风光，京沪所有著名的戏曲演员如陈德霖等连续演戏三天，再现了清代宫廷殿堂戏曲搬演承应奏庆的场面和氛围。参见全国政协文史委编《晚清宫廷生活见闻》，文史资料出版社1982年版。

重的地位，是宫廷殿堂承应奏庆戏曲搬演的不可或缺的部分。他们为宫廷殿堂承应奏庆的戏曲搬演，以及古代戏曲的发展繁荣做出了不可忽略的贡献。在国学的视域下，就古代戏曲身份认同而言，类似"鼓刘、笛王、喇叭张"的资料还比较欠缺，值得人们进一步深入发掘与整理，以丰富古代戏曲作为综合艺术研究对象的全面性。

宫廷殿堂承应奏庆的戏曲搬演在中华民族传统文化史上有重要的意义。历代统治阶级对戏曲的态度素来依自身利益和政权巩固为转移，在有所禁毁、有所压制的同时，又有所认同、有所提倡。宫廷殿堂承应奏庆的戏曲搬演一方面丰富了统治阶级精神生活的娱乐内容，满足了统治阶级追逐时尚的消遣需求；另一方面也在统治阶级的行为喜好引领时代潮流的意义上，促进了宫廷戏曲和民间戏曲的相互交流融合，以及共同发展繁荣。皇帝们指令达官贵人、王公大臣编写承应戏，尽管思想内容并非一一可取，精华与糟粕并存，但是，意图在保证承应戏艺术品味的上乘，为粉饰舞台搬演效果而改进创新的剧情、场面、腔调、行头、脸谱、道具、做工等，不仅使宫廷殿堂承应奏庆的戏曲搬演别开生面，并且极大而深远地影响到全国各地的诸多声腔剧种，大大地丰富了戏曲艺术的本体内涵，有效地完善了戏曲艺术的实体形态，促进了广大市民百姓对戏曲的身份认同，特别是清廷对京剧发展成为近代以来代表中国戏曲卓越成就的"国剧"意义重大。

此外，传统节日、庆贺仪典是中华民族的悠久历史积淀和文化精髓记忆，参与传统节日、庆贺仪典的活动，享受传统节日、庆贺仪典的快乐，使人们认识到中华民族的传统的丰富多彩及其弥为珍贵，领悟中华民族文化经典的精神蕴涵，体味戏曲身份认同的本质与目的。所以说，宫廷殿堂承应奏庆的戏曲搬演，在传承中华民族传统优秀文化方面不乏人文内涵的积极意义和现实价值。

第九章
市民百姓对戏曲文化的尊崇取向与身份认同

第一节 喜闻乐见的戏场华髓

中国古代戏曲在本质上属于综合性的舞台搬演艺术，为广大市民百姓喜闻乐见的戏场华髓是戏曲获得人们身份认同的主要载体和认知对象。从学术性来看，后人不仅从当代戏曲搬演，而且从当代戏曲搬演经由历代文献的记叙描写，追溯到古代演剧的戏场华髓，使人们如同身临其境般地感受到古代戏曲文化的艺术魅力。这就意味着，喜闻乐见的戏场华髓是历代广大市民百姓欣赏古代戏曲文化、实现戏曲身份认同的重要方面之一。

"戏场"最初的含义指的是歌舞、游艺、竞技、杂戏等娱乐表演的场所。例如，唐代杜佑的《通典下》云："隋文帝开皇初，周、齐百戏并放遣之。炀帝大业二年，突厥染干来朝，帝欲夸之，总追四方散乐，大集东都。于华林苑积翠池侧，帝令宫女观之。有《舍利》《绳柱》等，如汉故事。又为《夏育扛鼎》，取车轮、石臼、大盆器等，各于掌上而跳弄之。并二人戴竿，其上舞，忽然腾透而换易。千变万化，旷古莫俦。染干大骇之。自是皆于太常教习。每岁正月，万国来朝，留至十五日，于端门外、建国门内，绵亘八里，列为戏场。百官起棚夹路，从昏达曙，以纵观之，至晦而罢。伎人皆衣锦绣缯彩。其歌者多为妇人服，鸣环佩，饰以花毦者，殆三万人。初课京兆、河南制此服，而两京缯锦为之中虚。六年，诸夷大献方物，突厥启人以下皆国主亲来朝贺。乃于天津街盛陈百戏，自海内凡有伎艺，无不总萃。崇侈器玩，盛饰衣服，皆用珠翠金银，锦罽缋绣。其营费钜亿万。关西以安德王雄总之，东都以齐王㬷总之，金石匏革之声，闻数十里外。弹弦擫管以上，万八千人。大列炬火，光烛天地，百戏之盛，振古无比。自是每年为常焉。"①其"戏场"含义之宽、表演规模之大、参与人数之多、技艺展示之高，由此可见一斑。明代姚旅则云："今戏场，歌舞之遗意也。近世歌舞道绝，直云剧戏耳。"②相比较而言，姚旅所谓戏场就比杜佑的所谓戏场含义要狭窄得多。

当"戏场"用于专门指称戏曲搬演的场所的时候，在内涵和外延上与"剧场"有很多重叠的部分，但是也不尽同一，可谓大同小异。"剧场"一般指的是表演区与观赏区有明确划分，且表演区有戏台的演剧环境，例如，廖奔说："剧场"指的是"演出环境"，"中国古代剧场的正式确立是在宋代，其时形成了专门化的演剧场所——勾栏。……中国戏剧演出所使用的场所，可以被正式称为剧场的，最初大概应该是神庙里的戏台及其周围的观看环境——戏台和神庙殿宇廊庑建筑所共同结构成的一个整体演出环境"③，而"戏场"不仅具有廖奔所述"剧场"的含义，而且还泛指任何用于戏曲搬演的场所，有没有戏台并不是必备的标志性唯一条件，特别是在穷乡僻壤，戏曲搬演常常因地制宜，田间路旁、空旷地带、居家庭园都可以辟为戏场。例如，廖奔说：汉魏"百戏表演主要是在三种场合举行：厅堂、殿庭、广场"，而这三种场合"并非专门的演剧场所"④。

唐代，寺院流行歌舞活动，当时寺院一般都设有戏场，宗教活动同歌舞活动结合在一起。现存的敦煌遗书中记载了当时寺院佛事活动中的歌蹈表演状况。与南北朝时期宗教游行队伍表演活动不同的是，唐代宗教歌舞活动则重在舞台上表演，这就对唐代歌舞戏的进步发展产生了重要的影响，创造了必要的条件。除了俗讲以外，唐代的寺院为了达到敛财收入和招揽游客的目的，还设有专供民间艺人表演百戏散乐的戏场。唐代在民间也有戏场，例如，韦绚云："京国顷岁街陌中有聚观戏场者，询之，乃二刺猬对打令，既合节奏，又中章程"⑤，显而易见，"街

---

① 杜佑：《通典》，中华书局1988年版，第3728页。
② 姚旅：《露书》，福建人民出版社2008年版，第191页。
③ 廖奔：《中国古代剧场史》，中州古籍出版社1997年版，第1—3页。
④ 同上书，第27页。
⑤ 韦绚：《刘宾客嘉话录》，《唐五代笔记小说大观》，上海古籍出版社2000年版，第800页。

陌中"是人行道，不可能建筑有戏台，"戏场"只能够是观赏刺猬打逗的游戏娱乐场所。戏曲自宋代形成之后，在类似没有戏台的各种场所常常有搬演戏曲活动，对此，廖奔认为："总之，戏曲演出的场所可以是极其随意的，那么这些地方也都可以被视为临时剧场。"①这说明除了正式剧场之外还有临时剧场存在，两者不尽相同，也体现了当代学者对古代剧场的差异化身份认同。

早期堂会演剧、酒馆戏园演剧也不属于严格意义上的"剧场演出"②，但是，作为"戏场"看待却是名符其实、恰如其分的。明清时期，堂会演剧、酒馆戏园演剧以及茶园演剧等的建筑环境发生了变化，一般都有固定的戏台和小型剧场，从而转型为严格意义上的剧场。在中国古代剧场史上，戏场有时候又称之为"优场"，也指戏曲演员即优伶演剧的场所，例如，南宋陆游的《春社》一诗描写乡村的迎神赛社活动的优场云："太平处处是优场，社日儿童喜欲狂。且看参军唤苍鹘，京都新禁舞斋郎"③；又《幽居岁暮》一诗叙写观看戏曲搬演的戏场云："老去转无事，室空惟一床。卧时幽鸟语，行处野花香。巷北观神社，村东看戏场。谁知屏居意，不独为耕桑。"④

"华髓"的含义指的是菁华、精髓。例如，宋代胡仔的《苕溪渔隐丛话·前集》云："老杜于诗学，世以谓前无古人，后无来者。然观其诗大率宗法《文选》，摭其华髓，旁罗曲探，咀嚼为我语。"⑤

具体地来看，戏曲搬演的场所不仅包括演员的歌舞搬演，而且包括观众的欣赏气氛、演剧的建筑形制、舞美的设计照明等，这一切都构成了戏场必备的故事情节、演员搬演、观众欣赏、观剧环境等相互关联的戏曲审美文化要素。演员搬演的技艺、心理、感情与观众欣赏的期待、心理、感情在戏场具有动态双向交流的特点。观众在这种动态双向交流中，不仅对舞台上的戏曲搬演会产生一种审美艺术的真实感，体验到审美艺术的真实环境，还能在自己的心理上展开丰富的联想和尽情的想象，产生一连串的审美主体与审美客体互为对象化的交织影响的氛

---

① 廖奔：《中国古代剧场史》，中州古籍出版社1997年版，第157页。
② 同上书，第61页。
③ 陆游：《陆放翁全集》，中国书店1986年版，第439页。
④ 同上书，第1092页。
⑤ 胡仔纂集：《苕溪渔隐丛话》，人民文学出版社1962年版，第56页。

围,从而促进戏曲演员的情感抒发,增强戏曲搬演的审美效果;而戏曲演员的情感抒发和搬演效果,尤其是所铸造的戏场华髓,又反过来深深地感染观众,增强观众的戏曲审美欣赏期待,提高观众的戏曲审美欣赏能力。在这种戏曲审美的动态双向交流的作用中,观众对戏场华髓烙下了难以忘怀的深刻印象,进而铸成了经久不衰、难以磨灭的戏曲身份认同意识。

喜闻乐见的戏场华髓表现是多种多样的,择其要者而言之。

首先,表现在经典戏曲作品长期活跃在戏场,不仅展示了作为戏曲艺术代表作的魅力光彩,而且还展示了广大市民百姓历久弥新的戏曲身份认同意识。

例如,汤显祖的《牡丹亭》自从问世迄今一直是戏曲搬演场上的翘楚,成为明清传奇的思想高度和艺术成就的卓越代表。清代吴吴山评价云:"明之工南曲,犹元之工北曲也。元曲传者无不工,而独推《西厢记》为第一。明曲有工有不工,《牡丹亭》自在无双之目矣。"①娄江俞二娘因情断肠而死,内江女子因慕才而沉渊,冯小青自伤身世而亡,成为人们对《牡丹亭》饱含悲切情感的身份认同的深刻映照。清代,对于有人质疑冯小青的真实性,邱炜萲予以了坚决有力的辩护,云:"或曰:'小青者,情之拆字也。本无其人,特文人寓言八九'云。然吾谓古之伤心人,挑灯闲看《牡丹亭》,一若痴魂在望,呼之欲出者,其始亦不过'光照临川之笔'耳。此外访丽娘墓有诗矣,梦丽娘魂有记矣,妙绪澜翻,层出不竭,又何疑乎小青?钱塘陈云伯大令文述曾为小青营墓于孤山之麓,以菊香云友附焉,且建兰因馆以实之。添湖山之掌故,增词苑之清谈,诚解人哉!"②

戏场上搬演《牡丹亭》的华髓层出不穷,促使人们对现实生活抒发丰富的想象和无尽的联想,梁章钜云:"太仓州城有昌阳观,祀一女仙,像设姝丽。相传前明王文肃公锡爵之女,得道冲举;或云汤玉茗《牡丹亭》传奇即演其事,真伪殆不可辨。"③这些似是而非的传说,体现了人们对《牡丹亭》作为戏场华髓身份认同的坚实基础,《牡丹亭》则凭借各种华髓和传说插上了美丽而凄楚的翅膀,在戏曲艺术身份认同的云霓中高高飞翔,有力地扩大了广大市民百姓对戏曲身份认同的

---

① 吴吴山:《三妇评〈牡丹亭〉杂记》,《中国香艳全书》,团结出版社2005年版,第84页。

② 邱炜萲:《菽园赘谈》,《中国香艳全书》,团结出版社2005年版,第952页。

③ 梁章钜:《楹联丛话》,中华书局1987年版,第76页。

社会影响。诚如学秋氏的《续都门竹枝词》云:"牡丹亭畔种情根,沁入情肠一缕温。题曲独传千古恨,居然情女乍离魂。"[①]这就是说,《牡丹亭》因为"独传千古恨",所以其反封建礼教的积极思想主题,使《牡丹亭》成为千古不朽的戏场华髓和艺术经典,为后人津津乐道。曾几何时,《牡丹亭》在社会上传播家喻户晓,深入人心,个中生手云:"昨泊虎邱,见邻船载小娃约八九龄,唱《牡丹亭·冥判》全出,神色不乱,岂俗所谓童音耶?惜未详其里居姓氏"[②],可谓无可争辩的事实。

汤显祖的《牡丹亭》戏场华髓还有一个特别值得重视的突出表现,就是在作品中专辟第八出《劝农》,通过杜太守"亲自各乡劝农"[③]的仪式性表演,将中国传统劝农仪式的场景写入了传奇剧本,搬上了戏曲舞台,用载歌载舞的艺术形象和故事演绎的审美形式,呈现和传承了中华民族传统文化中独树一帜的劝农文化,也展示了汤显祖关心民瘼、移风易俗、济世安邦的儒家治政理想,并且使充满佛道色彩的作品更加贴近现实的社会生活。中国自古以来是一个农业大国,农耕劝作关心到国计民生,劝农就是官府官员勉励人们依据季节,重视及时耕作。劝农仪式始于周代,籍田和耕藉礼成为重要的农业礼仪。劝农制度形成于汉代,从此成为历代朝廷和地方官员必须履行的职责。在民俗方面则建构形成了劝农节,成为古代传统民俗文化的重要组成部分之一。汤显祖在任浙江遂昌知县时每一年都要举行劝农仪式,《牡丹亭》中的《劝农》搬演正是源于传统劝农文化和汤显祖在遂昌任上贯彻劝农文化的亲历亲为,是现实生活的艺术真实反映。当今,在浙江省遂昌县,当地政府和人们每一年都要举办"汤显祖文化·劝农节",再现古代劝农仪式的隆重场面,在纪念戏曲大师汤显祖的同时,既传承了中华民族传统的优秀劝农文化遗产,也对汤显祖以劝农仪式的戏场华髓为代表的戏曲文化给予了充分肯定和身份认同。

其次,表现在戏曲演员的高超搬演技艺和聪明智慧,不仅彰显了戏曲演员在戏场华髓体现的品德性格,而且还凝聚了广大市民百姓历久弥新的戏曲身份认同价值指向。

---

① 路工编选《清代北京竹枝词》,北京古籍出版社1982年版,第62页。
② 个中生手编《吴门画舫续录纪事》,《中国香艳全书》,团结出版社2005年版,第2102页。
③ 徐朔方笺校《汤显祖全集》,北京古籍出版社1999年版,第2088页。

例如，宋代王安石变法在宫廷内外引起强烈反响，朝野褒贬不一，亦有教坊戏曲演员丁仙现矛头直指王安石的不足之处。蔡绦云："熙宁初，王丞相介甫既当轴处中，而神庙方赫然，一切委听，号令骤出，但于人情适有所离合。于是故臣名士往往力陈其不可，且多被黜降，后来者乃寖结其舌矣。当是时，以君相之威权而不能有所帖服者，独一教坊使丁仙现尔。丁仙现，时俗但呼之曰'丁使'。丁使遇介甫法制适一行，必因燕设，于戏场中乃便作为嘲诨，肆其诮难，辄有为人笑传。介甫不堪，然无如之何也，因遂发怒，必欲斩之。神庙乃密诏二王，取丁仙现匿诸王邸。二王者，神庙之两爱弟也。故一时谚语，有'台官不如伶官'。"①丁仙现在戏曲搬演中与王安石针锋相对，在围绕改革形成的朝廷内外矛盾斗争中敢于小视物议，置身度外，秉持自己的原则立场和是非观点，体现了作为戏曲演员的耿直品格，亦增强了戏曲艺术融入朝廷治政、发挥现实作用的积极色彩。

另外，洪迈云："壬戌省试，秦桧之子熺、侄昌时、昌龄皆奏名，公议藉藉而无敢辄语。至乙丑首，优者即戏场设为士子赴南宫，相与推论知举官为谁。或指侍从某尚书某侍郎当主文柄，优长曰：'非也，今年必差彭越。'问者曰：'朝廷之上，不闻有此官员。'曰：'汉梁王也。'曰：'彼是古人，死已千年，如何来得？'曰：'前举是楚王韩信，信、越一等人，所以知今为彭王。'问者蚩其妄，且叩厥旨，笑曰：'若不是韩信，如何取得他三秦？'四座不敢领略，一哄而去。秦亦不敢明行谴罚云。"②在所搬演的戏曲里，优长和其他演员借故进行的机智敏慧而讥刺性的对白，显示了对奸相秦桧在科举考试中徇私舞弊的深恶痛疾，演员群体不畏权贵的戏场搬演充分体现了勇敢正直的高尚品格，因此，其大快人心的戏场华髓一直为后人所津津乐道。

在戏场上，除了宋代戏曲演员讥刺奸相秦桧之外，还发生了观众出于对卖国贼秦桧的愤恨，摔倒或手刃扮演秦桧的戏曲演员的事件，使之成为戏场华髓的悲恨交加的典型。《虞初新志》卷八载顾采的《髯樵传》云："明季吴县洞庭山乡有樵子者……尝荷薪至演剧所，观《精忠传》，所谓秦桧者出，髯怒，飞跃上台，摔桧殴流血几毙，众咸惊救。"③清代张澜撰戏曲《万花台》，昝霖的《〈万花台〉

---

① 蔡绦:《铁围山丛谈》，中华书局1983年版，第58页。

② 洪迈:《夷坚志》，中华书局1981年版，第824页。

③ 张潮辑:《虞初新志》，文学古籍刊行社1954年版，第122页。

叙》云:"(传奇)有关于世道人心,堪与子史等书并垂不朽";又云:"夫古之为政者,民之疾痛如己之疾痛焉;民之陷溺如己之陷溺焉。疾痛之方当思何以药之;陷溺之方当思何以拯之?而药之拯之之道,竟有不必布之文告、施之政刑而家喻焉,而户晓焉,是遵何德欤!昔者,一伶人演秦桧陷武穆事。忽见皮匠握手中刀,从人隙中跳跃登场,怒目裂眦,截取伶头以去。嗟乎!彼岂不知扮秦桧者之非秦桧耶?而一激于义愤,又止知扮秦桧者之即秦桧耶,而何暇为伶人计乎?由此观之,其感人桧之深、入之之切,未有过于传奇者也。"① 昝霖林提及以往戏曲搬演中有皮匠登台手刃扮演秦桧的戏曲演员的事件,这虽然是一次以假为真、令人痛心的不幸事故,但是,扮演秦桧的戏曲演员必定极其全身心地投入戏场情境,所扮演的秦桧必定惟妙惟肖,感人至深,其疾恶如仇的正义品格不可不谓难能可贵,这才使得皮匠信以为真,出于义愤填膺才做出了超越艺术真实的现实举动。值得强调的是,在这一叙文中,昝霖林提及以往戏曲以秦桧为反面人物形象典型来塑造,阐明了戏曲创作应该具备善恶劝惩与世道人心相关联,与儒家经典相媲美的思想意义和艺术价值。昝霖林提醒剧作家将这种观念注入戏场华髓,势必一方面有益于提高戏曲艺术的社会地位;另一方面则有益于促进广大市民百姓的戏曲身份认同。

再次,表现在以戏场华髓为引领的戏曲搬演传播深广久远,不仅促进了戏曲艺术本体的发展繁荣和全面成熟,而且建构了具有中华民族传统文化艺术特色的戏曲史的实体形象。

例如,元代以"元曲四大家"及其作品为戏场华髓底蕴的北曲杂剧最为繁盛,传播大江南北。在江西,元人罗宗信的《中原音韵序》云:"吾吉(今江西吉安)素称文郡,非无赏音;自有乐府以来,歌咏者如山立焉。"② 在四川,元人费著云:"成都游赏之盛,甲于西蜀。盖地大物繁,而俗好娱乐。凡太守岁时宴集,骑从杂沓,车服鲜华,倡优鼓吹,出入拥导,四方奇技,幻怪百变,序进于前,以从民

---

① 蔡毅:《中国古典戏曲序跋汇编》,齐鲁书社1989年版,第1675页。
② 罗宗信:《中原音韵序》,《中国古典戏曲论著集成》(一),中国戏剧出版社1959年版,第178页。

乐。"①

明代，作为昆山腔唱腔基础的"水磨调"，唱法细腻、柔婉、连绵，达到了一种很高的戏曲音乐形式标准化的艺术境界和戏曲文化认同的规范。沈宠绥对魏良辅和"水磨调"做了最具权威性的描述："嘉隆间有豫章魏良辅者，流寓娄东鹿城之间，生而审音，愤南曲之讹陋也，尽洗乖声，别开堂奥，调用水磨，拍挨冷板，声则平上去入之婉协，字则头腹尾音之毕匀，功深镕琢，气无烟火，启口轻圆，收音纯细，……要皆别有唱法，绝非戏场声口，腔曰'昆腔'，曲名'时曲'，声场禀为曲圣，后世依为鼻祖。"②对于这种新的戏曲唱腔，魏良辅阐释云："不比戏场藉锣鼓之势，全要闲雅整肃，清俊温润。"③因而，最初只能用清唱的形式在吴地流行传播。随后梁辰鱼将昆山腔用于传奇创作和演出，所创作的《浣纱记》获得了极大的成功，成为戏场璀璨耀眼的华髓，昆山腔自此正式广泛传播，走进了城乡戏场，为明清传奇取代北曲杂剧跃升为新一代戏曲艺术开辟了道路。其时，人们以一睹《浣纱记》的搬演为乐，清人王士禛云："屠隆长卿令青浦，梁辰鱼伯龙过之，为演《浣纱记》，遇佳词，辄浮以大白。"④"大白"即一大杯酒，"浮以大白"指罚饮一大杯酒，后指满饮一大杯酒。梁辰鱼不仅依魏良辅的新声填词，首创了昆剧传奇《浣纱记》，而且在声腔上又标新立异，有所创新创造，为自我奠定了戏场华髓的坚实基础，以至于传播所及，如张大复所云："为一时词家所宗，艳歌清引，传播戚里间，……罗列丝竹，极其华整，歌儿舞女，不见伯龙，自以为不祥人"，戏场"取声必宗伯龙氏"⑤，且蔚为戏场华髓大观，为广大市民百姓所喜闻乐见。

张岱是戏曲家班的主人，曾经以串戏竞争的方式在上元节带领家班夜闯严助

---

① 费著：《岁华纪丽谱》，《笔记小说大观》第4编，新兴书局有限公司1978年版，第2499页。

② 沈宠绥：《度曲须知》，《中国古典戏曲论著集成》（五），中国戏剧出版社1959年版，第198页。

③ 魏良辅：《曲律》，《中国古典戏曲论著集成》（五），中国戏剧出版社1959年版，第6页。

④ 王士禛：《香祖笔记》，上海古籍出版社1982年版，第235页。

⑤ 张大复：《梅花草堂笔谈》，《笔记小说大观》第32册，江苏广陵古籍刻印社1983年版，第240—295页。

庙戏场，以压倒其余戏班的强势，展示了家班戏曲演员的高超演技才华，亦成为戏场华髓之一佳例，其记叙云："天启三年，余兄弟携南院王岑，老串杨四、徐孟雅，圆社河南张大来辈往观之。……剧至半，王岑扮李三娘，杨四扮火工窦老，徐孟雅扮洪一嫂，马小卿十二岁扮咬脐，串《磨房》《撇池》《送子》《出猎》四出，科诨曲白，妙入筋髓，又复叫绝，遂解维归。戏场气夺，锣不得响，灯不得亮。"①张岱还记叙了他者的戏场华髓，如对阮大铖家班的记载，并给予高度赞誉，云："余在其家看《十错认》《摩尼珠》《燕子笺》三剧，其串架斗笋、插科打诨、意色眼目，主人细细与之讲明，知其义味，知其指归，故咬嚼吞吐，寻味不尽。至于《十错认》之龙灯、之紫姑，《摩尼珠》之走解、之猴戏，《燕子笺》之飞燕、之舞象、之波斯进宝，纸札装束，无不尽情刻画，故其出色也愈甚。……如就戏论，则亦镞镞能新，不落窠臼者也。"②阮大铖作为士大夫，有着雄厚的经济实力，所以家班在厅堂演出中追求场面奢华，扮像砌末考究，戏场部置繁复，艺术想象丰富，加之家班演员技艺高超，故演剧以全面"镞镞能新，不落窠臼"见长，使阮大铖的戏曲作品艺术价值超越其思想价值而传播久远，从而建构了古代戏曲史上值得书写的戏场华髓实体艺术形象范例之一。

最后，表现在演剧所在的戏场地点上得朝廷下得城乡，分布在社会各个层面，以至于分散于各种场合的戏曲搬演，充分满足了社会各阶层人们普遍的审美精神生活的现实需要。

例如，在朝廷，宋元明清以来戏曲搬演和欣赏成为统治阶级不可或缺的主要娱乐方式，尤其是清代开国百年的乾隆时期，出现了由宫廷戏曲搬演为主要推动力和表征的清代戏曲高潮。这一高潮的出现和清朝皇帝的直接参与密切有关。顺治、康熙、雍正、乾隆都热衷宫廷戏曲搬演和欣赏活动。除了有专业的御用词臣创作戏曲、修编剧本，有专门的机构管理宫廷演剧事宜之外，还耗费巨资，大行土木，营造富丽豪华、规模盛大的戏台供作戏场之用。在紫禁城内原拥有中小戏台的同时，雍正年间，清代第一座三层大戏楼圆明园同乐园清音阁竣工。乾隆年间，故宫宁寿宫建造了大戏楼畅音阁，所辖福台、禄台、寿台三层，设有供升降

---

① 张岱：《陶庵梦忆》，上海古籍出版社1982年版，第34页。
② 同上书，第74页。

使用的辘护、云板，搬演神、鬼、人三界的幻化身变。在紫禁城里，先后建筑有倦勤斋戏台、景祺阁戏台、长春宫戏台、寿安宫戏台、漱芳斋戏台等11座戏台；在紫禁城外，皇帝经常涉足的西苑、圆明园、清漪园、承德避暑山庄、张三营、盘山行宫等处，均建有各式各样的戏台。经过顺治、康熙、雍正、乾隆四朝皇帝的努力，在建造了成熟而完善的数量众多的戏台的基础上，清代宫廷戏曲搬演的盛况空前活跃，为宋元明三代朝廷戏场及演剧活动望尘莫及，尤其是在富丽豪华的三层大戏台上搬演戏曲，使整个戏场蔚为壮观，闹热非凡，剧情变幻，华髓叠出，令人目不暇接，远远超乎广大市民百姓的审美想象能力，亦成为广大市民百姓充满神秘好奇和向往期待的地方，具有提高广大市民百姓戏曲身份认同的现实意义和艺术标准的审美价值。

在民间，戏场或设在旅店。明代张岱的《陶庵梦忆》之"泰安州客店"条云："客店至泰安州，……近有戏子寓二十余处；……夜至店，设席贺。……贺亦三等：上者专席，糖饼、五果、十肴、果核、演戏；次者二人一席，亦糖饼、亦肴核，亦演戏；下者三四人一席，亦糖饼、肴核，不演戏，用弹唱。计其店中，演戏者二十余处，弹唱者不胜计。"① 戏场或设在钵堂等。清代，北京每年正月元旦至十六在正阳门外的琉璃厂，设有商品交易市场与表演各种歌舞杂耍的场子。当逢宗教节日，有的寺观钵堂上便设有戏场，演出啰啰腔、凤阳花鼓、十番等。陈于王撰《燕九竹枝词》云："锣鼓喧阗满钵堂，鸾弹花旦学边妆。三弦不数江南曲，唯有啰啰独擅场。"陈于王自注："内有钵堂，向为羽士闹钵之地。今属戏场矣，故及之。"② 戏场或设在消闲现场。清代，在北京大栅栏一带，有的戏场设在广和楼、同乐轩、天乐馆等戏园与杂耍馆。戏场或设在寿堂，其中又可分为寿宴戏场和丧葬戏场两种类型。戏场或设在祝寿现场。清代金埴云："兴化李相君春芳为母太夫人张寿宴，奏《琵琶记》。曲有'母死王陵归汉朝'语，而伶人易为：'母在高堂子在朝'。阖座庆赏。相君大悦，以百金为缠头劳之。谁谓优曹不能弄墨掉文耶！"③ 戏场或设在丧事现场。清代宣鼎云："夜夕行招魂礼，……自宵达旦，缓缓绕街行。各家又设祭筵，摆供献，金玉花草，异宝奇珍，香风扑鼻。魂轿到门，

---

① 张岱:《陶庵梦忆》，上海古籍出版社1982年版，第39页。
② 路工编选《清代北京竹枝词》，北京古籍出版社1982年版，第5页。
③ 金埴:《不下带编》，中华书局1982年版，第122页。

主人拜，宦答拜，拜已，优伶唱戏文，以媚亡者，名曰献曲。"①

其余各种以娱乐或实用为目的搬演戏曲的场所，不胜枚举，其林林总总的形制和场所均构成戏场华髓的物质载体，承载着广大市民百姓喜闻乐见、丰富多彩的戏曲搬演活动，呈现了古代戏曲搬演场所别具一格的中华民族传统文化艺术特色。

第二节　集谱按拍的自我肯定

集谱按拍是戏曲以歌舞演故事的音乐性和舞蹈性长期以来形成的规范化和程式化要求。戏曲演员的歌舞搬演要按照剧作家的剧本和曲谱行事，集谱按拍就是在剧本故事情节演绎的总体框架下，集中精力按照曲谱的节拍要求进行创作和搬演。当剧作家依律合腔按谱填词符合规范化和程序化的要求，就意味着剧作家为演员的搬演提供了完美无缺的一度创作的剧本和曲谱。当演员对剧作家创作的剧本有了透彻的理解，对曲谱有了精准的掌握，将剧本文学形象转化为舞台艺术形象，按照剧本和曲谱要求循规蹈矩、分寸适宜地搬演的话，就意味着演员的搬演达到了剧作家所期待的要求。至于演员在剧本所规定的情境基础上发挥个人的技艺才华，创造性地进行二度创作，那就会使得戏曲搬演更加完美，戏曲文化锦上添花，更加富有满足广大市民百姓戏曲审美需求的艺术魅力，以及激发广大市民百姓志趣爱好、实现戏曲身份认同的艺术效果。

因此，剧作家和演员集谱按拍的自我肯定，不仅表现为对自身审美艺术创造能力的自信，而且表现为戏曲搬演艺术水平及效果的自信，直接关系到广大市民百姓对戏曲审美欣赏的需求能否得到满足，以及广大市民百姓能否实现戏曲身份认同的问题。尤其是演员的舞台搬演在与广大市民百姓戏曲审美欣赏的直接互动交流中处于主导地位，所以，演员集谱按拍的自我肯定，对满足广大市民百姓戏

---

① 宣鼎：《夜雨秋灯录》，重庆出版社2005年版，第111页。

曲审美欣赏的需求、激发广大市民百姓实现戏曲身份认同具有决定性作用。从国学的视域来看，剧作家和演员集谱按拍的自我肯定，也就成为广大市民百姓认知戏曲文化，实现戏曲身份认同的一个重要方面。

在戏曲集谱按拍的理论方面，综观中国古代歌舞艺术史，戏曲集谱按拍是古代歌舞艺术的有机组成部分。随着歌舞艺术不断发展成熟，古代歌舞艺术理论家们很早就探讨、梳理和总结出了内容丰富的乐律，从汉代的《礼记·乐记》至宋代陈旸的《乐书》都全面地阐发了乐律的基本原理。在此基础上，为了促进戏曲艺术的不断发展，戏曲理论家们不遗余力地探讨、阐发声腔曲律的内在特点和演唱规律，以及必须遵循的戏曲集谱按拍的规范化和程序化要求，一方面充分体现了理论家们的戏曲审美意识和艺术理论建构；另一方面也充分代表了广大市民百姓对戏曲集谱按拍的尊崇认同与自我肯定。

例如，宋金元杂剧以北曲演唱为主，对此，元代燕南芝庵从正面阐明了唱曲理论和方法，认为："歌之格调：抑扬顿挫，顶叠垛换，萦纡牵结，敦拖呜咽，推题丸转，捶欠遏透。歌之节奏：停声，待拍，偷吹，拽棒，字真，句笃，依腔，贴调。凡歌一声，声有四节：起末，过度，揾簪，擞落。凡歌一句，声韵有一声平，一声背，一声圆。声要圆熟，腔要彻满。"[①] 这是初步为北曲的集谱按拍制定演唱的艺术规范标准。

明代魏良辅根据曲牌的体式、格律，运用和组合四声唱腔的方法，阐明昆山腔"水磨调"的基本要求云："五音以四声为主，四声不得其宜，则五音废矣。平上去入，逐一考究，务得中正，如或苟且舛误，声调自乖，虽具绕梁，终不足取。其或上声扭做平声，去声混作入声，交付不明，皆做腔卖弄之故，知者辨之。……拍，乃曲之余，全在板眼分明。如迎头板，随字而下；彻板，随腔而下；绝板，腔尽而下。有迎头惯打彻板，绝板，混连下一字迎头者，此皆不能调平仄之故也。"[②] 这是开始为南曲的集谱按拍制定演唱的艺术规范标准。王骥德对拍板概念做了进一步的阐释说明，云："古无拍，魏、晋之代，有宋纤者，善击节，始制为

---

① 燕南芝庵:《唱论》,《中国古典戏曲论著集成》(一),中国戏剧出版社1959年版,第159页。

② 魏良辅:《曲律》,《中国古典戏曲论著集成》(五),中国戏剧出版社1959年版,第5页。

拍。古用九板，今六板，或五板。古拍板无谱，唐明皇命黄番绰始造为之。牛僧孺目拍板为'乐句'，言以句乐也。盖凡曲，句有长短，字有多寡，调有紧慢，一视板以为节制，故谓之'板''眼'。"①这就为南曲的集谱按拍在演唱理论上揭示了来源流变和基本内涵。

祁彪佳则对戏曲集谱按拍及其与戏曲搬演故事的关系做了进一步阐发，其《远山堂曲品叙》述及撰著宗旨，云："韵失矣，进而求其调；调讹矣，进而求其词；词陋矣，又进而求其事。或调有合于韵律，或词有当于本色，或事有关于风教，苟片善之可称，亦无微而不录。……赏音律而兼收词华。要亦以执牛耳者代不数人，虑词帜之孤标，不得不奖诩同好耳。世有知者，吾言不与易也。如或罪我，吾在任之。"②祁彪佳的这种自我肯定和敢于担当，显示了其对集谱按拍理论的拓展具有为戏曲搬演确立标杆的现实意义。颜俊彦更是将集谱按拍上升到戏曲音乐学的高度，从道器不二的关系论述集谱按拍、合律依腔的重要社会意义，其《度曲须知序》云："从来通于音律者，必精述阴阳，晓明星纬，至熏目为瞽，绝塞众虑，庶几以无累之神，合有道之器，故声音之学，非轻易可言。"③

曲词演唱的字、词、句、韵与集谱按拍有密切关系，而出字、吐字、咬字、唱字是曲词演唱和集谱按拍的意涵基础。为此，清代徐大椿更加细致地论述了曲词演唱与集谱按拍相关的技术性问题，云"凡曲以清朗为主，欲令人人知所唱为何曲，必须字字响亮。然有声极响亮，而人仍不能知为何语者，何也？此交代不明也。何为交代？一字之音，必有首腹尾，必首腹尾音已尽，然后再出一字，则字字清楚。若一字之音未尽，或已尽而未收足，或收足而于交界之处未能划断，或划断而下字之头未能矫然，皆为交代不清。"④这段话的意思是说，曲词每个字的

---

① 王骥德：《曲律》，《中国古典戏曲论著集成》（四），中国戏剧出版社1959年版，第118页。

② 祁彪佳：《远山堂曲品》，《中国古典戏曲论著集成》（六），中国戏剧出版社1959年版，第5页。

③ 沈宠绥：《度曲须知》，《中国古典戏曲论著集成》（五），中国戏剧出版社1959年版，第187页。

④ 徐大椿：《乐府传声》，《中国古典戏曲论著集成》（七），中国戏剧出版社1959年版，第170页。

读音都有字头、字腹、字尾，集谱按拍必须把字的头、腹、尾都完全读了结，然后才接着唱下面的一个字，这样的话，每一个字才能发声唱得清清楚楚，节奏鲜明，旋律美听；演唱时的出字、吐字、咬字、唱字应该清晰、明朗，要将字唱得响亮；要交代清楚曲词的含义，让广大市民百姓听明白演员唱的曲词内容。此外，徐大椿还对"五音"即喉、舌、齿、牙、唇，"四呼"即开、齐、撮、合等发音方法做了阐述。

其时，人们对戏曲集谱按拍的理论探讨精益求精，亦影响到朝廷的词臣，并且得到词臣们的身份认同。例如，庄亲王、周祥钰的《〈新定九宫大成南词宫谱〉凡例》云："曲之高下疾徐，俱从板眼而出。板眼斯定，节奏有程。"① 这种肯定性认知及概括可谓准确明了。

清代中叶以后，花部乱弹地方戏持续兴盛，演员的集谱按拍是否有板有眼，也必然成为检验戏曲搬演成功与否的规范化尺度，为此，理论家们也持续地探讨和总结这一方面的经验和教训。其中，昭梿的《啸亭杂录》卷八之"秦腔"条云："自隋时以龟兹乐入于燕曲，致使古音湮失而番乐横行，故琵琶乐器为今乐之祖，盖其四弦能统摄二十八调也。今昆腔北曲，即其遗音。南曲虽未知其始，盖即小词之滥觞，是以昆曲虽繁音促节居多，然其音调犹余古之遗意。惟弋腔不知起于何时，其铙钹喧阗，唱口嚣杂，实难供雅人之耳目。近日有秦腔、宜黄腔、乱弹诸曲名，其词淫亵猥鄙，皆街谈巷议之语，易入市人之耳。又其音靡靡可听，有时可以节忧，故趋附日众。虽屡经明旨禁之，而其调终不能止，亦一时习尚然也。"② 花部乱弹各地方戏都有其个性化集谱按拍的特殊要求，昭梿比较秦腔和昆腔、弋阳腔的差异，在肯定性表达对秦腔身份认同的基础上，也包含并且代表了广大市民百姓对秦腔集谱按拍的自我身份认同，诚所谓"趋附日众。虽屡经明旨禁之，而其调终不能止，亦一时习尚"是也。晚清，京剧作家、表演家、改革家即"职业优伶"③ 汪笑侬则对京剧搬演集谱按拍的规范性做出了特殊贡献。京昆爱好者补庵在《〈补庵谈戏〉例言》中云："板眼之分，昆曲已然，至皮黄则尚少专

---

① 蔡毅：《中国古典戏曲序跋汇编》，齐鲁书社1989年版，第134页。
② 昭梿：《啸亭杂录》，中华书局1980年版，第235页。
③ 谷曙光：《旧剧界之维新派 新剧界之国粹家》，《民族文学研究》2015年第3期。

书，汪君笑侬之《正音集》，大概略备。"① 这一部戏曲音乐专业著作在一定意义上可谓近代京剧集谱按拍的理论集大成，填补了戏曲文化当中"皮黄则尚少专书"的空白，初步为京剧搬演集谱按拍制定了艺术标准，汪笑侬曾不乏自信地自我肯定，说："格律原为人所创造，何妨由我肇始。"②

在戏曲搬演中，板式的种类很多，例如，有头板、腰板、底板、搜板、摇板、慢板、快板、流水板、二六等。明代锄兰忍人的《〈玄雪谱〉自序》论按拍技艺，云："板以节音，原在有定无定之间，最妙于偷腔促字而仍合于拍，善歌红雪，自能与时偕变而入于妙。"③ 清代徐大椿云："板之设，所以节字句，排腔调，齐人声也。"④ 近代曲家吴梅在更广阔的视域里比较了诗、词、曲、散文的文体差别，尤其是比较并阐述了南北曲演唱集谱按拍的不同特点，归纳并突出了戏曲集谱按拍的板式把握和演唱难度，其《〈元剧联套述例〉序》云："自来谈艺者，辄以词曲为小技，不知较诗古文辞为难作也。今不论词论曲，曲有南北焉。南词无二变，北词则七音咸具也；南词有定板，北词则板式无定也。曲有套数焉。南套无定格，大抵先缓后急，至尾声末句，缓歌作结而已；北套则前后联贯，皆有定程，先缓后急，亦如南词，至急而复缓，如【快活三】与【朝天子】，【寄生草】与【六幺令】，又北词所独有也。至于南词有'集调'，北词有'借宫'，则尤不可更仆数也。故曰：较诗古文辞为难作也。"⑤ 这种肯定性的全面比较，认同了南北曲在不断创造发展中形成的板式变化，其客观规律的明释有益于演员提高戏曲集谱按拍的搬演艺术效果。

在戏曲集谱按拍的实践方面，就演员而言，某些对集谱按拍有深刻理解和确当把握的演员，在某一个特殊的演技方面有超乎寻常的出色艺术表现，在无数戏曲演员当中脱颖而出，一跃成为出类拔萃者，进而在中国古代戏曲史上经后人的描叙留下了难以磨灭的靓形俏影。例如，清代芬利它行者记载了某青年演员擅

---

① 补庵：《补庵谈戏》，中华书局 1924 年版，第 2 页。
② 汪笑侬：《汪笑侬戏曲集》，中国戏剧出版社 1957 年版，第 7 页。
③ 蔡毅：《中国古典戏曲序跋汇编》，齐鲁书社 1989 年版，第 453 页。
④ 徐大椿：《乐府传声》，《中国古典戏曲论著集成》（七），中国戏剧出版社 1959 年版，第 181 页。
⑤ 蔡毅：《中国古典戏曲序跋汇编》，齐鲁书社 1989 年版，第 297 页。

长搬演哭戏,通过有赏搬演反映了该戏曲演员对自身一技之长的自我肯定,云:"古人千金买笑,而今则缠头之赠,有赏其工于哭者。南词中如哭小郎哭孤孀之类。向为江北擅场。二八佳丽,往往专能。十二峰人、东山生颇喜听之。每际欢场,辄索此曲。曼声徐曳,哀音动人。每至转咽过情,真不止如泣如诉。后庭玉树,未必如其悲感顽艳。一曲红绡,亦外篇也。"① 更有甚者是杨翠喜,以专演花旦见长,不仅身价奇高见涨,而且声名轰动全国,反映了演员自我肯定与身价缠头成正比例关系。作者佚名云:"杨翠喜者,直隶北通州人也。家素贫,十二岁时,……随翠凰等学戏,专演花旦。所演诸戏,亦均淫哇之音,……年十四,在侯家后协盛茶园,初登舞台,所入甚微。未几受大观园之聘,声价为之一振。津门豪客,多为翠喜揄扬,为一时女伶冠,时翠喜年方十八。后翠喜又就天仙之聘,声名益高,月获包银,可入百元,于是芳名籍甚。迨赵启霖参奏出而杨翠喜之名,遂哄动全国矣。"② 有的戏曲演员凭借一技之长待价而沽,所获得的缠头成倍叠加,反映了这些戏曲演员的自我肯定物有所值。余怀云:"教坊梨园单传法部,乃威武南巡所遗也。然名妓仙娃深以登场演剧为耻,若知音密席推奖再三强而后可,歌喉扇影,一座尽倾。主之者大增气色,缠头助采,遽加十倍。至顿老琵琶、妥娘词曲,则只应天上,难得人间矣!"③ 某些戏曲演员待价而沽的自我肯定属于艺术市场的经济行为,演员本身具备广大市民百姓认同的真才实学,才有资格在戏曲舞台上独树一帜,而这一点是更加值得人们重视和赞誉的。

与某些演员通过待价而沽的方式表达集谱按拍的自我肯定不同,有的演员是在无视缠头的情况下,以纯粹展示自我才华的方式表达集谱按拍的自我肯定。例如,清末孙静庵云:"某伶者,色艺工绝,游于陕。陕尚秦声,无解南音者,困甚,无所得衣食。时某部为秦声冠,不得已投焉。部中人共揶揄之,亦不甚令登场。会抚署宴方伯,某部当值,属僚咸集。方伯者,平阳中丞也,数折后,厌秦声,问有能昆曲者否?部中无以应。某伶独趋进自承曰:'能。'曹长愕然欲止之,则堂上已呼召某伶矣。登堂请命,甫一发声,平阳色喜,满座倾耳听。歌一阕,平阳曰:'止,笛板工尺相左,他乐器亦无一合者,是乌足尽所长?'趋呼藩署家

---

① 芬利宅行者:《竹西花事小录》,《中国香艳全书》,团结出版社2005年版,第1471页。
② 佚名:《梼杌近志》,《中国野史集成》第50册,巴蜀书社1993年版,第791—792页。
③ 余怀:《板桥杂记》,上海古籍出版社2000年版,第11页。

乐和之，使演《扫花》一出。伶既蓄技久，思欲一逞，又多历坎坷，愤郁无所泄，至是乃尽吐之，浏离顿挫，曲尽其妙。平阳不自觉其神夺而身离于席也。平阳号知音，举座见倾倒如是，莫不啧啧称羡。曲终，自抚军以下，缠头以千计，明日某伶之名噪于长安。部中人承顺惟谨，已持平阳书入都，都下贵人争爱赏之，宴集非某郎不欢，由是名益著。"①这就是说，清末花部乱弹时兴，昆曲持续衰落，"某伶"擅长演唱昆曲却无用武之地，投身秦腔戏班乃不得已而为谋生计，当方伯喜好欣赏昆曲时，自告奋勇、挺身而出，不仅解了戏班中其余演员不善演唱昆曲之危，而且终于借机会展示了自己在演唱昆曲方面的绝妙才华，集谱按拍的艺术效果博得在场所有人的倾倒称羡，后来声名不仅"噪于长安"，而且著称于世。"某伶"的自我肯定和卓越表现确实难能可贵，证明昆曲在清末衰而不绝，仍然在一定范围内受到人们的尊崇，具有一息尚存的活力和希望渺茫的生机。方伯"号知音"，意义也不可小觑，既是对欣赏昆曲搬演集谱按拍的自我肯定，也是对"某伶"昆曲搬演集谱按拍卓绝表现的赞美肯定。

就广大市民百姓而言，在长期以来受到戏曲搬演和欣赏熏陶的作用下，广大市民百姓的戏曲文化感受和审美能力不断提高，有的人竟然久而久之成为名副其实的顾曲周郎，拥有惊人的识别戏曲搬演集谱按拍正确与否的专业本领。例如，清代李斗云："程志辂，字载勋，家巨富，好词曲。所录工尺曲谱十数橱，大半为世上不传之本。凡名优至扬，无不争欲识。有生曲不谙工尺者，就而问之。子泽，字丽文，工于诗，而工尺四声之学，尤习其家传。纳山胡翁，尝入城订老徐班下乡演关神戏，班头以其村人也，绐之曰：吾此班每日必食火腿及松萝茶，戏价每本非三百金不可。胡公一一允之。班人无已，随之入山。翁故善词曲，尤精于琵琶，于是每日以三百金置戏台上，火腿、松萝茶之外，无他物。日演《琵琶记》全部，错一工尺，则翁拍界尺叱之，班人乃大惭。又西乡陈集尝演戏，班人始亦轻之，既而笙中簧坏，吹不能声，甚窘。詹政者，山中隐君子也，闻而笑之，取笙为点之，音响如故，班人乃大骇。詹徐徐言数日所唱曲，某字错，某调乱，群优皆汗下无地。"②在这里，李斗告诉人们，程志辂谙熟工尺谱，掌握集谱按拍的

---

① 孙静庵：《栖霞阁野乘》，山西古籍出版社1997年版，第79页。
② 李斗：《扬州画舫录》，中华书局1980年版，第136页。

程度超过一般戏曲演员,"凡名优至扬,无不争欲识",程志辂则来者不拒,反过来说明程志辂对掌握集谱按拍水平的自我肯定;子泽得其家传工尺四声之学的真谛,其集谱按拍的自我肯定不言而喻;胡翁能够在戏班班主的轻忽中,当场指出戏班演员在搬演《琵琶记》时运用工尺的错误,在否定戏班演员集谱按拍的水平中体现了自我肯定;詹政不仅谙熟声乐即声腔格律,而且谙熟器乐即伴奏乐器笙,用实际行动驳斥了某些自以为是的戏班演员对自己的轻蔑,可谓对集谱按拍的自我肯定更加全面。

就剧作家而言,一是剧作家对戏曲创作集谱按拍,进而达到戏曲搬演集谱按拍的自我肯定。例如,元代陈宁甫所撰杂剧《风月两无功》已佚。贾仲明吊陈宁甫的【凌波仙】挽词曰:"先生宁甫老前贤,名著将来二百年。《两无功》锦绣风流传。关目奇,曲调鲜,自按阄天下皆传。嗟衰骨,叹堃园,故塚高原。"① 从贾仲明的挽词中可知,陈宁甫的剧作《风月两无功》曾经长期风靡剧坛,而这种搬演达到"锦绣风流传"的艺术效果,得益于陈宁甫的"自按阄天下皆传"的集谱按拍的自我肯定。

明代王九思创作杂剧《杜甫游春》《中山狼》,现均存世。何良俊云:"王渼陂欲填北词,求善歌者至家,闭门学唱三年,然后操笔。"② 清代王士禛撰词话《花草蒙拾》亦云:"王渼陂初作北曲,自谓极工,徐召一老乐工问之,殊不见许。于是爽然自失,北面执弟子礼,以伶为师。久遂以曲擅天下。"③ 王九思为朝廷官员,曾任吏部主事、文选郎中,后刘瑾当政以阉党名义被谪,贬出朝廷,仕途长期处于最低谷的状态,所以,王九思在身份地位和生活处境上基本沦落为普通市民百姓,于是寄情声色,选妓征歌,研习诸曲,在抑郁怨尤的情绪下以创作杂剧解闷抒愤。在这一过程中,王九思对戏曲创作集谱按拍的掌握经历了由自我肯定到自我否定,再到新的自我肯定的螺旋式上升进步,直至最后达到"以曲擅天下"的艺术境界,受到广大市民百姓普遍尊崇和身份认同,这也使得王九思的杂剧作品

---

① 钟嗣成:《录鬼簿》,《中国古典戏曲论著集成》(二),中国戏剧出版社1959年版,第201页。
② 何良俊:《曲论》,《中国古典戏曲论著集成》(四),中国戏剧出版社1959年版,第9页。
③ 唐圭璋编《词话丛编》,中华书局1986年版,第684页。

历经长期艺术实践检验能够流传至今。由此可见，剧作家真正做到戏曲创作集谱按拍，必须经过长期的学习和探索才能够得以成功，不可能轻而易举、一蹴而就。这俨然成为所有剧作家戏曲创作集谱按拍的共同特点和客观规律。

清人袁于令，号箨庵等，因功授荆州太守，十余年未有升迁，遂在官署日以棋曲自娱自乐，消磨时光。顺治十年（1654）被参落职，先后寓居南京等地，在会稽终老。梁廷枬的《曲话》引《艮斋杂说》云："箨庵守荆州，谒某道，卒然问曰：'闻贵府有三声。'谓棋声、牌声、曲声也。袁徐应曰：'下官闻公亦有三声。'道诘之，曰：'算盘声、天平声、板子声。'袁竟以此罢官。"①袁于令创作的传奇有《西楼记》《鹔鹴裘》《长生乐》《珍珠衫》《玉符记》《合浦记》《汨罗记》《瑞玉记》《金锁记》，杂剧《双莺记》《战荆轲》等。龚炜云："袁箨菴尝于月夜肩舆过街，适有演剧者，金鼓喧震，一舆夫自语云：'如此良夜，何不唱套【楚江情】觉得清趣耶？'袁即命停舆，从者莫解其故，袁出舆，向舆夫拜手曰：'知己。'盖《西楼记》，袁得意笔也。"②这一段记载表明，舆夫是深谙戏曲集谱按拍的顾曲周郎，而袁于令认为舆夫是自己《西楼记》的"知己"，则表明了对舆夫的称赏，同时，也是对《西楼记》在广大市民百姓中传播深入人心的自我肯定。梁廷枬的《曲话》又引《筠廊偶笔》载："箨菴与人谈及《西楼记》，辄有喜色。一日，出饮归，月下肩舆过一大姓门，其家方燕宾，演《霸王夜宴》。舆人云：'如此良夜，何不唱绣户传娇语，乃演《千金记》耶！'箨菴闻之，狂喜，几至坠舆。"③这一段记载再一次表明舆人对《西楼记》的赞美和身份认同，而袁于令对所创作的《西楼记》酷爱有加，"辄有喜色"以至于"狂喜"，则状写了袁于令对戏曲创作集谱按拍的自我肯定达到了情绪近乎失控的欢乐程度。

二是他者的评价折射剧作家对戏曲搬演集谱按拍的自我肯定。例如，元代钟嗣成不仅是一位戏曲理论家，也是一位剧作家，曾经以明经屡试于有司未果，因

---

① 梁廷枬:《曲话》,《中国古典戏曲论著集成》(八),中国戏剧出版社1959年版，第274页。

② 龚炜:《巢林笔谈》,《笔记小说大观》第33编，新兴书局有限公司1983年版，第55页。

③ 梁廷枬:《曲话》,《中国古典戏曲论著集成》(八),中国戏剧出版社1959年版，第275页。

之杜门家居,以全身心从事戏曲创作和理论著述活动,所创作的杂剧可考的有:《寄情韩翊章台柳》《讥赂鲁褒钱神论》《宴瑶池王母蟠桃会》《孝谏郑庄公》《韩信涑水斩陈余》《汉高祖诈游云梦》《冯骥焚券》等7部,当时在民间都有搬演,所惜现均已佚失。钟嗣成与鲍天佑是志同道合的知交,鲍天佑创作有杂剧《王妙妙死哭秦少游》《史鱼尸谏卫灵公》《忠义士班超投笔》《贪财汉为富不仁》《摘星楼比干剖腹》《英雄士杨震辞金》《汉丞相宋弘不谐》《孝烈女曹娥泣江》。钟嗣成的《录鬼簿》云:鲍天佑,"字吉甫。杭州人。初业儒,长事吏簿书之役,非其志也。跬步之间,惟务搜奇索古而已。故其编撰,多使人感动咏叹。余与之谈论节要,至今得其良法。才高命薄,今犹古也;竟止昆山州吏而卒",并且撰【凌波仙】挽词称赞鲍天佑,云:"平生词翰在宫商,两字推敲付锦囊。耸吟肩有似风魔状。苦劳心呕断肠,视荣华总是干忙。谈音律,论教坊,唯先生占断排场。"① 从钟嗣成记述可知,一方面,钟嗣成的杂剧创作既是凭藉自己的才华努力的结果,也有得益于与鲍天佑的相互切磋,"谈论节要,至今得其良法"的结果,显示了钟嗣成对戏曲创作遵循集谱按拍规律的自我肯定;另一方面,钟嗣成称赞鲍天佑杂剧创作经验丰富有"良法",与钟嗣成交流切磋推心置腹,受益匪浅,"谈音律,论教坊,唯先生占断排场",折射出鲍天佑作为剧作家对戏曲搬演集谱按拍的充分自信和自我肯定。

明代李开先,字伯华,曾历官户部主事等职,因为目睹朝政腐败,抨击夏言内阁,被朝廷罢官,壮年归田,闲居终老,创作的戏曲有《宝剑记》《断发记》《登坛记》《园林午梦》《打哑禅》等,其《词谑》云:"予家酒会,词客咸集。就中袁西埜长于北词,而短于南;吕东埜长于南词,而短于北;刘修亭无目,板眼最正;东埜时或有失。予尝戏之曰:'西埜不知南,东埜不知北,修亭有板无眼,东埜有眼无板。'座客无不鼓掌大笑。"② 李开先以剧作家和顾曲周郎的身份,在戏谑中立足于板眼,指出他者三人在南北曲创作上的不足,肯定当中有否定,比较当中有甄别,从"座客无不鼓掌大笑"的戏曲批评身份认同反应当中,印证了李

---

① 钟嗣成:《录鬼簿》,《中国古典戏曲论著集成》(二),中国戏剧出版社1959年版,第122页。

② 李开先:《词谑》,《中国古典戏曲论著集成》(三),中国戏剧出版社1959年版,第282页。

开先戏曲批评的实事求是,以及集谱按拍的高人一筹和自我肯定。对此,王世贞直言不讳地云:"北人自王、康后,推山东李伯华。伯华以百阕《傍妆台》为德涵所赏。今其辞尚存,不足道也。所为南剧《宝剑》《登坛记》,亦是改其乡先辈之作。二记余见之,尚在《拜月》《荆钗》之下耳,而自负不浅。"①"自负不浅"即对戏曲创作集谱按拍充满自信和自我肯定。

第三节 欢愉悲愁的解颐俯首

宋元明清时期,戏曲之所以为广大市民百姓所喜闻乐见,其中一个很重要的原因就是,戏曲搬演和艺术传达的欢愉悲愁令广大市民百姓解颐俯首。戏曲作为通俗文艺、大众文化,本质特点和规定性之一是寓教于乐,与儒家一贯强调和倡导以礼乐教化为首位的纯粹意识形态要求不同,戏曲的审美娱乐功能常常是更居重要地位的,故此,明代戏曲一味追求礼乐教化的道学风受到人们普遍的批评和针砭。

例如,清代李渔的《曲部誓词》主张"借三寸枯管,为圣天子粉饰太平"②,只不过是有鉴于历代的文字狱而事先设防的"挡箭牌",实际上,李渔对戏曲传播儒家礼乐教化的意识形态有自己的看法,所撰《〈香草亭传奇〉序》云:"从来游戏神通,尽出文人之手,……然卜其可传与否,则在三事:曰情,曰文,曰有裨风教。情事不奇不传;文词不警拔不传;情文俱备,而不轨乎正道,无益于劝惩,使观者、听者哑然一笑而遂已者,亦终不传。"③可见,李渔并不排斥和否定戏曲传播儒家礼乐教化的意识形态,而是遵循戏曲艺术的客观规律,把戏曲传播儒家礼乐教化的意识形态放在情、文之后的次要位置。毫无疑问,这种比较当中的身份

---

① 王世贞:《曲藻》,《中国古典戏曲论著集成》(四),中国戏剧出版社 1959 年版,第 36 页。
② 李渔:《李渔全集》第一卷,浙江古籍出版社 1992 年版,第 130 页。
③ 同上书,第 47 页。

认同乃戏曲为艺术而非为政治的本质特点和规定性使然。

因此说，从国学的视域来看，长期以来，广大市民百姓从戏曲搬演接受和艺术传达欣赏中，深深领略到古代戏曲文化的艺术魅力，获得精神生活欢愉悲愁的解颐俯首，是实现戏曲身份认同的一个重要方面。

戏曲搬演和艺术传达的欢愉悲愁令广大市民百姓解颐俯首，主要表现在以下几个方面。

首先，剧作家阐发的关于戏曲搬演和艺术传达令广大市民百姓解颐俯首的观念，促进了广大市民百姓对戏曲搬演和艺术传达的欢愉悲愁令人解颐俯首的身份认同。

例如，明代沈璟是曲坛盟主，认为戏曲搬演虽未必能达到正言庄语切中时政的效果，却能以诙谐娱乐帮助人们开心释怀，而且还能够借助戏曲的独特艺术魅力传扬自我名誉，其创作的《博笑记》第一出借副末口唱道："【西江月】昭代名家野史，于今百种犹饶。正言庄语敢相嘲，却爱诙谐不少。未必谈言微中，解颐亦自忘劳。岂云珠玉在挥毫，但可名扬为《博笑》。"① 茗柯生以亲身体验深入一层地阐述了戏曲搬演和艺术传达令人欢愉悲愁不已的情形，其《〈博笑记〉题词》云："每见传奇家演至惊心动魄处，或令人泣下沾襟，或令人发上指冠，此亦足以明其感人之深。"② 这种述说无疑是对沈璟观点的最好脚注。陈继儒对此做了进一步举例并阐发，其《〈楚江情〉原叙》云："世人与之庄语，辄垂首欲睡。间杂以嘲弄谐谑，曼歌长谣，不觉全副精神，转入声闻。酒知见香中，东方生用之大隐，端师子政黄牛用之说法，苏长公用之行文，而徐文长用之演《四声猿》，汤临川用之演《四梦》，皆古今才子侠客之大总持也。"③

当然，并非所有剧作家都具有像沈璟等人那样的认知，巴县山父的《〈琵琶记〉前贤评语》引冯梦龙语云："传奇中插科打诨，俗眼所观乐，名手所不屑。今之演《西厢》者，添出无数科诨，殊觉伤雅，而实则原本未尝有也。《西厢》且然，况《琵琶》乎！高老自言休论。插科打诨，彼固不屑以科诨见长。"④ 冯梦龙

---

① 徐朔方辑校：《沈璟集》，上海古籍出版社1991年版，第699页。
② 蔡毅：《中国古典戏曲序跋汇编》，齐鲁书社1989年版，第1207页。
③ 同上书，第1347页。
④ 同上书，第603页。

在这里采用"俗眼"与"名手"对比的方式,表明了广大市民百姓对戏曲中插诨打科带给自己欢愉悲愁解颐俯首的认同,而指出高明等人不屑于在作品中插科打诨的事实,在雅俗互见中恰当批评了高明的《琵琶记》在艺术上客观存在的不足。剧作家的创作往往立足于自我确定的主题内容,有时候与在场欣赏戏曲表演的观众群体审美价值取向有异,导致观众群体欢愉悲愁解颐俯首的龃龉矛盾。清人焦循云:"公宴时,选剧最难。相传:有秦姓者选《琵琶记》数出,座有蔡姓者意不怿;秦急选《风僧》一出演之,蔡意始平。岁乙卯,余在山东学幕,试完,县令送戏,幕中有林姓者选《孙膑诈风》一出,孙姓选《林冲夜奔》一出,皆出无意,若互相消者。主人阮公之叔阮北渚鸿解之曰:'今日演《桃花扇》可也。'怀宁粉墨登场,演《闺丁》《闹榭》二出,北渚拍掌称乐,一座尽欢。"① 这说明观众的自我身份认同不一有时候会导致自我审美价值判断的相左,而原因并非取决于剧作家及其作品。

清代洪昇创作的《长生殿》是中国古代戏曲史的经典作品之一,尤侗的《〈长生殿〉序》云:"钱塘洪子昉思,素以填词擅场,流寓青门,尝取开元天宝遗事,谱成完本,名《长生殿》,一时梨园子弟,传相搬演,关目即巧,装饰复新,观者睹墙,莫不俯仰称善。亡何,以违例宴客,为台司所纠。天子薄其罪,仅褫弟子员以去。洪子既归,放浪西湖之上,吴越好事闻而慕之,重合伶伦,醵钱请观焉。洪子狂态复发,解衣箕踞,纵饮如故。"② "观者睹墙,莫不俯仰称善。……醵钱请观焉",表明剧作家洪昇和《长生殿》在受到统治阶级打压的同时,却受到广大市民百姓的普遍欢迎和身份认同。梁廷柟则云:"《长生殿》至今,百余年来,歌场、舞榭,流播如新。每当酒阑灯灺之时,观者如至玉帝所听奏《钧天》法曲,在玉树、金蝉之外,不独赵秋谷之'断送功名到白头'也。然俗伶搬演,率多改节,声韵因以参差,虽有周郎,亦当掩耳而过。近日古吴冯云章起凤撰为《吟香堂曲谱》,以缥缈之音,度娟丽之语,迎头拍字,按板随腔,尤称善本。且其宫调、字音,多加考订,毫无遗漏,谓之《长生殿》第一功臣,可也。石太史韫玉为之序

---

① 焦循:《剧说》,《中国古典戏曲论著集成》(八),中国戏剧出版社1959年版,第208页。

② 蔡毅:《中国古典戏曲序跋汇编》,齐鲁书社1989年版,第1583页。

云:'谓非嬴女吹箫,冯夷击鼓,不能使笑者解颐,泣者俯首.'如是信然。"① 这就是说,《长生殿》在民间的长期搬演过程中出现了荒腔走板的现象,冯云章为之重新订谱,使《长生殿》搬演回归正道,达到了"使笑者解颐,泣者俯首"的审美效果,为剧作家和《长生殿》在中国古代戏曲史上成就经典地位做出了重要贡献。与《长生殿》以古喻今演绎严肃的思想主题不同,有的剧作家直面社会现实中的歪风邪气,以戏曲艺术的独特方式,在令广大市民百姓欢愉悲愁的解颐俯首中针砭陋习。焦循云:"谟觞阁《破愁》四剧,周元公作,谓酒、色、财、气也。沉湎者,酒化血;宣淫者,女化骷髅;悭恪者,银化纸锭;健讼、行贿者,囚化木;事可解颐,词颇醒世。"②

乾隆年间,钱德苍编选的《缀白裘》借副末之口道:"春到杏梅争艳,夏来柳荫荷香;中秋皓月桂飘香,冬至雪花飘扬。百岁光阴如箭,逢时作乐何妨?休将名利锁愁肠,且听笙歌嘹喨。"③钱德苍在这里字面上似乎表达了一种及时行乐的消极人生态度,实际上是深层次表达了超越现实名缰利锁的束缚,在聆听欣赏戏曲搬演的场合,随着欢愉悲愁的解颐俯首,而获得的一种人的精神全面而真正自由的向往,本质上体现的是一种积极人生态度。时至清末,随着戏曲搬演和剧作家创作的发展成熟,人们对剧作家及其作品欢愉悲愁的思想情感和艺术传达令广大市民百姓解颐俯首的观念也更加客观成熟、更加实事求是。光绪三十四年(1908)二月二十五日,《台湾日日新报》云:"戏曲之道,协乎律,应乎文,称乎事实,阐历史之幽微,绘社会之情状。苟善用其术,则足以激扬人心,转移风化,甚可尚已。夫人之情,不能无郁而无所泄也,于是发之为声,假物而鸣,以如怨如慕之状,写其可歌可泣之忧,此在恒情皆然。故上古之世,百化未兴,歌谣聿起,或以发扬武德,或以颂美神功。始也有咏,衷也有吟,男歌款款,妇和呜呜,其作始也。不为各遣所怀,鸣文人得意之常态,浸淫成俗,遂演为公众之剧观,相

---

① 梁廷枏:《曲话》,《中国古典戏曲论著集成》(八),中国戏剧出版社1959年版,第270页。

② 焦循:《剧说》,《中国古典戏曲论著集成》(八),中国戏剧出版社1959年版,第195页。

③ 钱德苍:《缀白裘》第六册,中华书局2005年版,第1页。

聚以为乐。"①作者从戏曲的发生论述到戏曲的作用，在充分阐明"人之情，不能无郁而无所泄"，乃借戏曲表达人之"恒情"的基础上，认同戏曲"遂演为公众之剧观，相聚以为乐"的普遍情形，在一定意义上概括性地既肯定了剧作家关于戏曲欢愉悲愁的思想情感和艺术传达令广大市民百姓解颐俯首的观念，又代表了广大市民百姓对戏曲搬演和艺术传达的欢愉悲愁令人解颐俯首的身份认同。

其次，演员的出色技艺蕴蓄了戏曲搬演和艺术传达的欢愉悲愁令人解颐俯首的内涵，广大市民百姓从演员搬演欢愉悲愁的情境令人解颐俯首中实现了戏曲身份认同。

例如，陈圆圆，明末清初江苏武进（今江苏省常州）人，居苏州桃花坞，隶籍梨园，"秦淮八艳"之一。清人邹枢的《十美词纪》云："陈圆者，女优也。少聪慧，色娟秀，好梳倭堕髻，纤柔婉转，就之如啼。演《西厢》，扮贴旦红娘脚色，体态倾靡，说白便巧，曲尽萧寺当年情绪。常在予家演剧，留连不去。"②冒襄描述云："其人澹而韵，盈盈冉冉，衣椒茧，时背顾湘裙，真如孤鸾之在烟雾"，在观看陈圆圆搬演弋阳腔《红梅记》之时，为其演技所倾倒痴迷，云："是日演弋腔《红梅》，以燕俗之剧，咿呀啁哳之调，乃出之陈姬身口，如云出岫，如珠在盘，令人欲仙欲死。"③陈圆圆为吴中名优是当时人的共识，欣赏陈圆圆的戏曲搬演不可否认是一种审美艺术享受，吴梅村作《圆圆曲》道：陈圆圆戏曲搬演的艺术效果是"教就新声倾座客"④。至于后来因为改朝换代的种种原因，陈圆圆卷入吴三桂和清人之权力争斗漩涡并沦为个人悲剧则另当别论。而今，有的学者将陈圆圆列为中华历史名人之一。⑤

张岱曾经在《陶庵梦忆》中专辟"虎丘中秋夜"一条，描绘虎丘中秋夜歌舞、杂技、戏曲搬演的盛大狂欢场面，清人邹枢更具体地写道："梁昭，吴门妓也。姿色绝丽，酒微酣，两颊红晕，望之如桃花士女。时吴门有徐六度曲，俞爱之拨阮，

---

① 傅谨主编《京剧历史文献汇编》清代卷陆，凤凰出版社2011年版，第352页。
② 邹枢：《十美词纪》，《中国香艳全书》，团结出版社2005年版，第24页。
③ 冒襄：《影梅庵忆语》，上海中央书店1935年版，第2页。
④ 吴梅村：《吴梅村全集》，上海古籍出版社1990年版，第78页。
⑤ 参见李凤飞、江培英主编《中华历史名人全传》第十册，光明日报出版社2002年版，第389页。

汪君品玉箫，管伍吹管子，为歌坛绝顶。昭师事徐六，学度曲，不逾年，精妙反过于徐。诸乐中惟管子合曲最和协，而管伍之管，其细如缕，昭动口箫管稍低于肉，听之若只知有肉，而不知有箫管也者。而箫管精蕴，暗行于肉之中，偷声换字，令听者魂消意尽。虎丘中秋夜，胜会毕集，若昭等不来，皆以此夕为虚度。"①在某种程度上，"虎丘中秋夜"的戏曲搬演盛况和演员卓绝超群的表现已经成为明清时期戏曲发展繁荣的一个缩影，广大市民百姓从演员搬演的欢愉悲愁情境获得解颐俯首成为古代戏曲身份认同的重要史料。

清人余怀云："尹春，字子春，姿态不甚丽，而举止风韵，绰似大家。性格温和，谈词爽雅，无抹脂郭袖习气，专工戏剧排场，兼擅生、旦。余遇之迟暮之年，延之至家，演《荆钗记》，扮王十朋，至《见母》《祭江》二出，悲壮淋漓，声泪俱迸，一座尽倾，老梨园自叹弗及。余曰：'此许和子《永新歌》也，谁为韦青将军者乎！'"②戏曲演员尹春的搬演技艺乃经过了长期的舞台实践磨练打造，迟暮之年达到了出神入化、炉火纯青的境界，既展示了自身蕴涵了戏曲搬演和艺术传达的欢愉悲愁令人解颐俯首的意图，也使广大市民百姓从其搬演欢愉悲愁的情境令人解颐俯首中实现的戏曲身份认同难以磨灭。

戏曲搬演和艺术传达必须经过演员扮演的脚色出色技艺得到形式化体现。明人李开先的《词谑》之《副净》云："粉嘴又胡腮，墨和硃脸上排，戏衫加上香罗带。破芦席慢蹋，皮爬掌紧摆，磕爪不离天灵盖。打歪歪，搀科撒诨，笑口一齐开。"③清人惇顺的《〈业海扁舟〉附录》之《咏生》云："假忠假孝假才郎，文武兼之何太忙？打虎探庄同大战，夜奔疑谶反西凉"；《咏旦》云："假娇假媚假梳妆，金定梨花孙二娘。鬼辩私奔同盗令，怀春痴诉并搬场"；《咏净》云："假忠假佞假豪强，涂面勾须斗几场。斗救庆成同北饯，激良闯帐汗如浆"；《咏末》云："假诚假义假循良，揭谛苍头定改装。闯界求灯同借债，换监真个恸人肠"；《咏丑》云："假奸假恶假豺狼，丑态离奇满面狂。蔴地茶坊同串戏，扫秦奸逅并招商。"④以上

---

① 邹枢：《十美词纪》，《中国香艳全书》，团结出版社2005年版，第25页。
② 余怀：《板桥杂记》，上海古籍出版社2000年版，第22页。
③ 李开先：《词谑》，《中国古典戏曲论著集成》（三），中国戏剧出版社1959年版，第282页。
④ 蔡毅：《中国古典戏曲序跋汇编》，齐鲁书社1989年版，第1083页。

诸如此类对戏曲演员所扮角色的戏谑性描写，在反映广大市民百姓从脚色创造的欢愉悲愁情境获得解颐俯首的同时，也表达了广大市民百姓对脚色所搬演的特殊艺术效果的身份认同。戏曲舞台上演员扮演的脚色与现实社会中的人是不同的，明末清初的查继佐的《〈赤松游〉序》曾感叹云："嗟呼！古今苦傅粉丑净多，而生旦获全者寡。"①意思是说，古今现实社会中古里古怪、千奇百态的人似戏曲舞台上的"丑净"多之又多，而十全十美、完型无缺的人似戏曲舞台上的"生旦"少之又少。这表明查继佐对戏曲舞台上演员扮演的脚色尤其是丑净有深刻认知和身份认同。正因为此，戏曲舞台上的演员所扮演的脚色及其出色演技，给暂时脱离现实社会融入戏场情境的广大市民百姓带来的，是完全不同于现实社会所带来的欢愉悲愁的解颐俯首情感体验和心理反应，这也决定了广大市民百姓身份认同对象的本质差异。

清代钱泳的《履园丛话》之"《牡丹亭》脚色"条云："乾隆庚辰一科进士，大半英年，京师好事者以其年貌，各派《牡丹亭》全本脚色，真堪发笑。如状元毕秋帆为花神，榜眼诸重光为陈最良，探花王梦楼为冥判侍郎，童梧冈为柳梦梅，编修宋小岩为杜丽娘，尚书曹竹墟为春香，同年中每呼宋为小姐，曹为春香，两公竟应声以为常也。更有奇者，派南康谢中丞启昆为石道姑，汉阳萧侍御芝为农夫，见二公者，无不失笑。"②京师好事者用《牡丹亭》全本脚色调侃戏弄进士群体，显见汤显祖《牡丹亭》在社会各个阶层人士中的深广影响和身份认同，也体现了广大市民百姓从角色戏弄的欢愉悲愁中获得了解颐俯首，"无不失笑"是这种解颐俯首的生动写照。

再次，戏曲演员的聪明才智灌注于戏曲艺术的各个方面，广大市民百姓从演员的机敏幽默铸造的欢愉悲愁情境中解颐俯首，进而有效地实现了对戏曲的身份认同。

例如，有的演员灵活机巧，在关键的场合临时改变曲词或宾白，化解了在场观众的尴尬，使可能出现的悲愁转化为欢愉。清代金埴云："兴化李相君春芳为母太夫人张寿宴，奏《琵琶记》。曲有'母死王陵归汉朝'语，而伶人易为：'母在

---

① 蔡毅：《中国古典戏曲序跋汇编》，齐鲁书社1989年版，第1531页。
② 钱泳：《履园丛话》，中华书局1979年版，第551页。

高堂子在朝'。阖座庆赏。相君大悦,以百金为缠头劳去之。谁谓优曹不能弄墨掉文耶!"①金埴不仅记载了演员善于临场应急变化,而且肯定并赞扬演员拥有较高的文化水平,所改曲词贴切、自然、顺畅,"相君大悦"表明李相君代表的在场阖座观众的解颐俯首。焦循的《剧说》亦记载此事,并评价称赞云:"今梨园尽宗此,殊不知改者一时权变,其文固自妙耳。"②焦循补充的"今梨园尽宗此"说明这一次临时更改的曲词成为一种长久适用的曲词,造成了令广大市民百姓解颐俯首的良好艺术效果,获得广大市民百姓普遍的赞赏认同。

有时候戏曲演员刻意的念白措辞不经意间刺疼了特殊观众的软肋,欢愉瞬间变成了怨尤,解颐当场酿成了羞愧。清人钱泳云:"吴梅村祭酒既仕,本朝有张南垣者,以善叠假山,游于公卿间,人颇礼遇之。一日到娄东,太原王氏设宴招祭酒,张亦在坐。因演剧,祭酒点《烂柯山》,盖此一出中有张石匠,欲以相戏耳!梨园人以张故,每唱至张石匠辄讳张为李,祭酒笑曰:'此伶甚有窍。'后演至张必果寄书,有云:'姓朱的,有甚亏负你。'南垣拍案大呼曰:'此伶太无窍矣。'祭酒为之逃席。"③吴梅村是明朝的官吏,明亡之后转仕清朝,招到世人的鄙夷,其内心也难免内疚懊悔,当演员无意中念到"姓朱的,有甚亏负你"时,吴梅村在矛盾心理的作用下有意识地对号入座,羞愧难当而落荒逃席,演员与吴梅村的互动反应从此成为戏场内外广大市民百姓解颐俯首的谈资笑柄。

有时候,某些演员在搬演的过程当中不慎失误,而自我或其他演员机智警觉,反应敏捷,立刻救场,从而化险为夷,使所搬演的形象歪打正着获得意想不到的成功。清代道光年间,杨懋建的《京尘杂录》引湘舟语云:"曩在都时,观阳春班小伶演《铁冠图·费宫人刺虎》。正当饮刃时,摇头散发,假髻遽堕落。宫装结束,上垂大发辫,令人绝倒。又见演《闯山》,幼伶登场,结束不严,趋走急遽,忽失去假足一只。倚丑肩,彳亍不能行。丑笑曰:'我固谓黄口小儿,勿令登场。今果然,我今日兼作乳母矣!'遂抱之入。余忆昔闻有演桓侯者,揭帘出,遽堕其须。同伴遽问:'来者为谁?'答曰:'我张公子也。'笑曰:'小子无用,可去唤

---

① 金埴:《下不带编》,中华书局1982年版,第122页。
② 焦循:《剧说》,《中国古典戏曲论著集成》(八),中国戏剧出版社1959年版,第198页。
③ 钱泳:《履园丛话》,中华书局1979年版,第547页。

乃父有须者来！'机警捷给，往往足以解颐。又有演《琵琶记·卖发》者，方对镜，两缠臂金条脱，赧然呈露。忽闻人呼曰：'可先将金钏卖去！'此后观画《陶母剪发图》，指摘其误画金钏故事脱化来。天下往往有眼前事，思之不值一笑者，大都类此。"①杨懋建所引述的救场花絮乃有丰富戏曲搬演经验的演员所为，他们在所搬演的故事情节之外无形中增添了演剧和观剧的乐趣，令广大市民百姓解颐俯首是自然而然的事情。

有的演员故意望文生义、谐音曲解，在机智幽默中戏谑特定观众，令人捧腹大笑。例如，清人褚人获的《坚瓠集》之"优人谐戏"条记载了唐代宫廷优伶李可及轶事，云："群居解颐。优人李可及善谐戏，尝因延庆节，缁黄讲诵毕，次及优倡为戏。可及褒衣博带，摄齐升座，称'三教论衡'。一人问曰：'既言博通三教，释迦如来是何人？'对曰：'妇人。'问者惊曰：'何也？'曰：'《金刚经》云：跌坐而坐。非妇人何须夫坐？然后儿坐也。'又问：'太上老君何人？'对曰：'亦妇人。'问者曰：'何也？'曰：'《道德经》云：吾所大患。以吾有身，及吾无身，吾有何患？非妇人何患于有娠乎？'又问：'文宣王是何人？'曰：'亦妇人也。'问者曰：'何也？'曰：'《论语》云：沽之哉。沽之哉。我待贾者也。非妇人奚待嫁为？'上大笑。厚赐之。"②李可及嘲弄统治阶级信奉的主流意识形态及其偶像，以一种独特的欢愉悲愁方式表达了对儒释道的看法和立场，不仅为统治者所愉快接受，而且令广大市民百姓解颐俯首。这种优伶善于曲解戏谑的搬演特长成为后来古代戏曲艺术的一种传统。例如，明人周晖的《二续金陵琐事》之"科中雅谑"条云："给柬东原金公贤，西域人也。科中每举书语回字以相戏，至云：'贤哉！回也，并及其名矣。'东原失偶新娶，科中举贺，特令戏子搬演蔡伯喈，唱到'这回好个风流婿'之句，合坐绝倒。"③

最后，广大市民百姓在与戏曲搬演相关联的各种场合获得欢愉悲愁的解颐俯首，而且通过各种不同的游戏娱乐形式表达了自我和他者欢愉悲愁的解颐俯首，其戏曲身份认同的取向显而易见。

---

① 傅谨主编《京剧历史文献汇编》清代卷壹，凤凰出版社2011年版，第518页。
② 褚人获：《坚瓠集》，《笔记小说大观》第15册，江苏广陵古籍刻印社1983年版，第342页。
③ 周晖：《二续金陵琐事》，南京出版社2007年版，第320页。

例如，在花部乱弹地方戏方面，袁景澜在《吴郡岁华纪丽》中辑录有《吴俗讽喻诗》，其中潘际云《花鼓戏》云："村落咚咚花鼓戏，千人万人杂沓至。台高八尺灯四围，胡琴一响心乍开。姊妹哥郎更迭唱，半是欢娱半惆怅。宛转偏工濮上音，缠绵曲肖闺中状。酒席半夜阑，风月今宵好。亦有女郎侧耳听，反说不妨年纪小。谁禁之？有县官，昨夜优伶赏果盘，幕友点烛三更看。"①潘际云从批评的角度认为如此这般的花鼓戏搬演是"靡音"，但是，却从客观上反映了乡村男女老少对花鼓戏的喜闻乐见和身份认同，县官颁布禁毁政令却有禁难止，花鼓戏班照演不误，可见这些花鼓戏艺人对官府的禁令置若罔闻，为自己的戏曲搬演受到乡村男女老少的青睐充满了自信和自我肯定，"半是欢娱半惆怅"恰切地反映了乡村男女老少从中获得欢愉悲愁的解颐俯首。清人焦循亦表达了对花部乱弹地方戏欢愉悲愁的解颐俯首和身份认同，云："梨园共尚吴音。'花部'者，其曲文俚质，共称为'乱弹'者也，乃余独好之。……余特喜之，每携老妇、幼孙，乘驾小舟，沿湖观阅。天既炎暑，田事余闲，群坐柳阴豆棚之下，侈谭故事，多不出花部所演，余因略为解说，莫不鼓掌解颐。有村夫子者笔之于册，用以示余。余曰：'此农谭耳，不足以辱大雅之目。'"②

在诗歌散文创作方面，清代梁章钜云：在杭州，有的人用曲词集句撰写对联，云："花神庙旁有月老祠，有金书联云：'愿天下有情的，都成了眷属；是前生注定事，莫错过姻缘。'盖集《琵琶记》《西厢记》两院本成句也。"③钮琇的《觚剩续编》卷一之"首尾限字体"条记载，有的人以某一曲词命题创作诗歌，甚者多达10首，云："余与频阳李太史天生相晤于薜萝庄，剪烛论诗，旁及杂体。太史言：'往居雁门，卢制府出限韵春闺题，属诸贤赋，傅征君青主以盖头雨、丝、风、片、烟、波、画、船八字，为《牡丹亭》曲中语，一笑而罢。然搦管则实难绮靡而妥贴也。'余曰：'琇幼年曾有此作。'随命小胥抄示。太史曰：'辨加哉！诗审博，惟博故冥搜广引，妙趣纷披，虽未免割鸡牛刀之惜，而成千花塔，造五凤楼，亦何不可？其勿以少作姑舍。'因遂存之：（其一）雨脂红染女儿溪，丝幌朱甍旧

---

① 袁景澜：《吴郡岁华纪丽》，江苏古籍出版社1998年版，第385页。

② 焦循：《花部农谭》，《中国古典戏曲论著集成》（八），中国戏剧出版社1959年版，第225页。

③ 梁章钜：《楹联丛话》，中华书局1987年版，第74页。

姓西。风剪巧裁钗作燕，片云闲织锦成鸡。烟销香篆金猊冷，波动帘纹彩凤齐。画阁时携诸女伴，船浮绿蚁听莺啼。……"① 清代嘉庆时期，都门盛行在茶园演剧，有戏曲爱好者以赋体的形式状写茶园演剧、达官贵人、市民百姓观剧的盛况。李岳瑞云："其为地度中建台，台前平地名池，对台为厅，三面皆环以楼。堂会以尊客坐池前近台，茶园则池内以人计算，楼上以席起算。故平坐池内者，多市井儇佁，楼上人谑之曰下井。若衣冠之士，无不登楼。楼近剧场，右边者名上场门，近左边者名下场门，皆呼官座，而下场门尤贵重，大抵达官少年前期所预定。堂会在右楼为女座，前垂竹帘，楼上所赏者，《半目挑心招》《钻穴逾墙》诸剧，女座尤甚。池内所赏，则争夺战斗，攻伐劫杀之事。故诸剧常令文武疏密相间，其所演故事，多依《水浒传》《金瓶梅》两书，《西游记》亦间有之"，而"都门菊部，甲于宇内，百余年前，即已如此。而前辈诗文集中，未有以雅词形诸歌咏者。惟包安吴管情三丈，有《都剧赋》一首，赋嘉庆中叶茶园故事，词极雅丽，读之亦可考见今昔社会风气迁转同异之迹"②。限于篇幅，此处《都剧赋》全文从略。

在朝政科举考试方面，有的官吏采用戏曲的文学体裁撰写行政公文，清代梁章钜云："州县衙参情状，各省大略相同，桂林有分段编为戏出者，尤堪喷饭。"③ 有的士子在科举考试之后，采用戏谑的手法将试题编为科诨，甚至模仿搬演考场情境。清代史梦兰的《止园笔谈》云："京都戏园中，每遇春秋两试士子出场后，辄摘其试题及闱卷中字句，编为科诨。道光丙申会试，首题系'小人闲居'至'而着其善'四句。优人假作试官者，亦以出题舛误，致士子哄于堂。"④ 道光年间，蕊珠旧史的《梦华琐簿》云："乡会试场后，各园及堂会必演《王名芳连升三级》，花面演《说题解》，以为笑乐。未免侮圣人之言。案：此体自汉、魏、六朝人已有之。假借同音，用资谈柄。玉茗堂尤擅此长。其最佳者《牡丹亭·闺塾》出，杜丽娘上场宾白云：'酒是先生馔，女为君子儒。'匡鼎解颐，可称无上妙品。"⑤ 在

---

① 钮琇：《觚剩续编》，《笔记小说大观》第30编，新兴书局有限公司1979年版，第3180页。
② 李岳瑞：《悔逸斋笔乘》，山西古籍出版社1997年版，第202页。
③ 梁章钜：《归田琐记》，中华书局1981年版，第138页。
④ 傅谨主编《京剧历史文献汇编》清代卷捌，凤凰出版社2011年版，第85页。
⑤ 张次溪编纂：《清代燕都梨园史料》正续编，中国戏剧出版社1988年版，第361页。

词曲曲牌谜语方面，清人褚人获云："用曲牌名，隐地支云：《好事近》，半夜女儿生（子）。《更漏子》，听鸡鸣（丑）。《下山虎》，伏神光退（寅）。《香柳娘》，抛闪木兰亭（卯）。《点绛唇》，掩却樱桃小口（辰）。《十二时》，刚轮一半夏初临，拨草来寻（巳）。《朱奴儿》，藏头不见人儿面（午）。《珍珠帘》，将玉人半掩形和影（未）。《二郎神》，告退衣巾（申）。《沽美酒》，点水无存（酉）。《越恁好》，走向花丛觅弹子（戌）。《耍孩儿》，半刻须分（亥）。"[1]诸如此类，说明戏曲不仅作为一种通俗文艺，而且作为一种大众文化，已经深入官场仕途和民间社会的各个层面，给广大市民百姓带来的欢愉悲愁解颐俯首，已经成为广大市民百姓生活当中不可或缺的重要组成部分。

第四节　通书晓理的感悟接受

所谓"通书"，本义指的是一些按内容分类排列的简明百科性质的全书，这样的书旨在向普通民众提供日常生活中所需要的常用知识，内容贯通一切，无所不包。宋代理学家周敦颐撰有一部名曰《通书》的著作，用寻常而又颇为通俗的语言文字写作，共有四十章。周敦颐的《通书》以伦理学和儒家理论为核心内容，讲述了人们在社会生活中做人做事的日常知识和基本观念，语言简洁明了，道理显豁深刻。对此，朱熹解释"通"义云："通者，方出而赋于物，善之继也"[2]，意思是说，各门知识覆盖达于具体事物，运用畅行有效。将以上含义借鉴运用于戏曲艺术通书晓理的感悟接受，则可谓广大市民百姓经过对戏曲作为通俗艺术和大众文化的理解、欣赏，获得多方面的知识性认知和审美性掌握，并且将所感悟接受和尊崇认同的戏曲文化丰富内涵，用以日常社会生活和审美文化体验，既提升人们的审美文化素养，又美化自我的人生理性实践。从国学视域来看，广大市民

---

[1]　褚人获：《坚瓠续集》，《笔记小说大观》第23编，新兴书局有限公司1978年版，第5615页。

[2]　周敦颐：《周敦颐集》，中华书局1990年版，第13页。

百姓对戏曲艺术通书晓理的感悟接受,不失为实现戏曲身份认同的一个重要方面。

广大市民百姓对戏曲艺术通书晓理的感悟接受涉及内容很广,此处择其荦荦大端而言之。

第一,广大市民百姓从戏曲艺术传达风教微旨中获得通书晓理的感悟接受,符合古代社会占据统治地位的主流意识形态的首位要求。以孔孟儒家为主的古代社会主流意识形态贯穿于古代社会生活的方方面面,儒家包括理学家把艺术当成表达某种道德哲理、教化微旨的载体,强调将这种道德教化思想灌注于艺术,显微阐幽,后来就成为中国古代艺术的一种民族文化价值特色,戏曲艺术也概莫能外。

例如,周敦颐的《乐上第十七》云:"古者圣王制礼法,修教化,三纲正,九畴叙,百姓大和,万物咸若。乃作乐以宣八风之气,以平天下之情。故乐声淡而不伤,和而不淫。入其耳,感其心,莫不淡且和焉。淡则欲心平,和则躁心释。优柔平中,德之盛也;天下化中,治之至也。是谓道配天地,古之极也。后世礼法不修,政刑苛紊,纵欲败度,下民困苦。谓古乐不足听也,代变新声,妖淫愁怨,导欲增悲,不能自止。故有贼君弃父,轻生败伦,不可禁者矣。呜呼!乐者,古以平心,今以助欲;古以宣化,今以长怨。不复古礼,不变今乐,而欲至治者远矣!"①在这里,周敦颐认为古代圣王制定礼乐纲常尤其是"作乐",旨在使广大市民百姓"入其耳,感其心",在"优柔平中"中达到"德之盛",在"天下化中"中达到"治之至";同时,面对古乐"代变新声"的新形势,斥责新乐"妖淫愁怨,导欲增悲",新乐不如古乐,从而要求"复古礼""变今乐"。周敦颐的《文辞第二十八》还进一步地具体诠释了文辞与道德的关系,云:"文辞,艺也;道德,实也。笃其实,而艺者书之,美则爱,爱则传焉。贤者得以学而至之,是为教。故曰:'言之无文,行之不远。'然不贤者,虽父兄临之,师保勉之,不学也;强之,不从也。不知务道德而第以文辞为能者,艺焉而已。"②在这里,周敦颐认为文应载道,否则,行文措辞只能算是空洞不实、无道德性的艺技。周敦颐关于儒家的礼乐论承前启后,经过后来程朱理学进一步的详尽阐发,深刻影响了后世人们

---

① 周敦颐:《周敦颐集》,中华书局1990年版,第27页。
② 同上书,第34页。

关于戏曲艺术通书晓理的感悟接受观念,以及对戏曲身份认同的主导意识。

清代,人们纷纷在不同程度上阐发对戏曲艺术与风教微旨的关系感悟接受。在社会道德宏观层面,例如,朱亦东认为社会与戏场、世人与角色、戏曲与"六经"相通相连,戏曲艺术是儒家"六经"的简约表现形式,其《〈三星圆〉序》云:"大地一梨园也。曰生、曰旦、曰净、曰丑、曰外、曰末,场上之人,即场下之人也。贫富贵贱,倏升倏沉,眼前景也。离合悲欢,欲歌欲泣,心头事也。忠孝廉节,为圣为贤,意中人也。尝以此推作者之用心,温柔敦厚,《诗》之正而葩也。疏通知远,《书》之典而则也。广博易良,《乐》之和而节也。恭俭庄敬,《礼》之简而文也。洁净精微,《易》之奇而法也。属词比事,《春秋》之劝善而惩恶也。我故曰:传奇非小技,以文言道俗情,约'六经'之旨而成者也。"①在戏曲作品微观层面,马国翰认为李文瀚创作的《凤飞楼》,乃采用《春秋》笔法寓人伦名教旨于其中,其《〈凤飞楼〉传奇序》云:"《凤飞楼》者,李子传奇也。楼喻其高,凤之飞喻烈女也。……凡古今天下,能扶纲常而辅名教者,皆凤也。于何知之?读《春秋》而知之也。《春秋》之法,微而显、志而晦、婉而成章,凤史之特笔,即麟经之达例也。李子说凤不以传纪垂之,而以歌曲出之者何?乐部登场,演忠孝节义之事,佯色揣称,穷神尽相,一倡三叹,感人尤深也。感人之深若何?人目中有此凤,则人心中有此凤,则人伦人纪中多有此凤。风以此化,俗以此成,此作者之微旨也。"②

在戏曲搬演教习与训练方面,清代吴古亭认为演员学习儒学著作和通俗字典,有助于提高戏曲搬演的艺术质量。其《明心宝鉴》云:"古典当常看《四书》《春秋》《黄白眉故事》《幼学须知》等书,则不致混做身段也。诗意当鉴《诗经》《唐诗合解》《名人诗》等,往往定场白、下场白都用集唐句者,勤览则知意趣。字义当览《字汇》《说文》等书,则明曲白字义焉。"③在剧本阅读与经典阅读方面,明代祁彪佳认为阅读孟称舜的《孟子塞五种曲》可以获得与阅读儒家《五经》相同的效果,其《〈孟子塞五种曲〉序》云:"先生前后有曲五种(指《娇红记》《二胥记》《贞文记》《二乔记》《赤伏符》)。……按拍填词,和声协律,尽善尽美,无容

---

① 蔡毅:《中国古典戏曲序跋汇编》,齐鲁书社1989年版,第2062页。
② 同上书,第2137—2138页。
③ 傅谨主编《京剧历史文献汇编》清代卷贰,凤凰出版社2011年版,第760页。

或议。可兴、可观、可群、可怨,《诗》三百篇,莫能逾之。则以先生之曲为古之诗与乐可,而且以先生之五曲作《五经》读,亦无不可也。"① 清代汪溥勋认为《圣叹批第六才子西厢》值得阅读,其《〈圣叹批第六才子西厢〉凡例》云:"《西厢记》一书,引用故事,及引用元词甚多,若不注明出自何人事实,用自何人诗词,非启后生以不求甚解之病乎"②;更重要的是,汪溥勋完全认同理学家邵雍的观点,又云:"所以邵氏《皇极经世书》有曰:'天下言读书者不少,能读书者少。若得天理真乐,何书不可读,何坚不可破,何理不可精。'"③ 认为阅读《西厢记》可以获知享受"天理真乐",这就把阅读戏曲作品获得的审美愉悦上升为获知儒家所谓天理真谛与快乐的精神境界高度,大大充实了戏曲身份认同的道德价值取向内涵。

第二,广大市民百姓从戏曲创作中获得通书晓理的感悟接受,乃经过了长期的戏曲创作实践探索,及其戏曲创作经验和教训正反两方面的深刻总结。这种从实践到理论的提炼涉及戏曲本体各个方面的艺术特点和客观规律,人们对其所做的揭示明确了广大市民百姓对戏曲艺术通书晓理的感悟接受路径,也体现了广大市民百姓对戏曲创作身份认同的尊崇取向不一。

例如,在戏曲创作实践与艺术理论阐发方面,明末清初黄周星的《制曲枝语跋》云:"余自就傅时,即喜拈弄笔墨,大抵皆诗词古文耳。忽忽至六旬,始思作传奇。然颇厌其拘苦,屡作屡辍。如是者又数年,今始毅然成此一种。盖由生得熟,骎骎乎渐入佳境,仍深悔从事之晚。将来尚欲续成数种,因思:六十年前,安得有此?王法护曰:'人固不可以无年。'每诵斯言,为之三叹。"④ 黄周星所创作的传奇有《人天乐》,杂剧有《惜花报》《试官述怀》。由此可见,黄周星作为剧作家,撰写的《制曲枝语》专论作曲的方法,是建立在戏曲创作丰富实践基础之上的经验之谈,可见其戏曲艺术理论乃至戏曲身份认同的建构经历了数十年的感悟沉淀、积累凝聚。在戏曲故事创作与创新创造变革方面,清人李渔立足自我戏曲创作的丰富实践经验,同时针对剧坛戏曲创作陈陈相因的俗套,批判"雷同合掌"

---

① 蔡毅:《中国古典戏曲序跋汇编》,齐鲁书社1989年版,第2746页。
② 同上书,第726页。
③ 同上书,第728页。
④ 黄周星:《制曲枝语》,《中国古典戏曲论著集成》(七),中国戏剧出版社1959年版,第121页。

的陋习，其《闲情偶寄》感悟颇深地云："才人所撰诗赋古文，与佳人所制锦绣花样，无不随时更变。变则新，不变则腐；变则活，不变则板。至于传奇一道，尤是新人耳目之事，与玩花赏月同一致也。使今日看此花，明日复看此花，昨夜对此月，今夜复对此月，则不特我厌其旧，而花与月亦自愧其不新矣，故桃陈则李代，月满即哉生。花月无知，亦能自变其调，矧词曲出生人之口，独不能稍变其音，而百岁登场，乃为三万六千日雷同合掌之事乎？吾每观旧剧，一则以喜，一则以惧。喜则喜其音节不乖，耳中免生芒刺，惧则惧其情事太熟，眼角如悬赘疣。学书学画者，贵在仿佛大都，而细微曲折之间，正不妨增减出入，若止为依样葫芦，则是以纸印纸，虽云一线不差，少天然生动之趣矣。"① 在这里，李渔采用戏曲理论联系搬演实际的方法，从正反两方面阐明了戏曲创作必须变革创新的观点，对"少天然生动之趣"作品的举例批判有力地印证了自我观点的正确，也为广大市民百姓对戏曲艺术通书晓理的感悟接受指明了一条切实可行的路径。

在戏曲文学创作与其他文体写作方面，清代小铁笛道人在《日下看花记》中引餐花小史谓："做戏如做文字，要求神与古会处；看剧如看文字，要取意在笔先处。不然东涂西抹，堕入烂墨卷套中，所做所取俱无是处矣。"② 由于戏曲剧本创作比其他类型的文章体裁如诗、词、散文和小说等写作晚出现，所以广大市民百姓从其他文体写作中获得许多可资参考和借鉴的经验教训，餐花小史将戏曲与文章进行比较揭示，从广义的文章学范畴来看，所感悟到的是戏曲与文章两者的共同特点和客观规律，确是难能可贵。杨恩寿云："《笠翁十种曲》，意在通俗，失之鄙俚，然其中亦有俊语也。《奈何天》下场诗云：'奈何人不得，且去奈何天。'又云：'饶他百计奈何天，究竟奈何天不得。'语妙乃尔。至《风筝误·逼婚》【尾声】云：'怕你不做卧看牵牛的织女星。'本是成句，略改句读，用意各别，尤为巧不可阶。"③ 这是指出李渔的戏曲创作运用了仿辞和拆词的普通文章写作的修辞手法，在揭示了戏曲与文章写作两者遵循的共同特点和客观规律，即"本是成句"的同时，又指出了李渔戏曲创作的个性化特点和特殊规律，即在追求"语妙"的

---

① 李渔：《李渔全集》第三卷，浙江古籍出版社1992年版，第69页。
② 傅谨主编《京剧历史文献汇编》清代卷壹，凤凰出版社2011年版，第185页。
③ 杨恩寿：《续词余丛话》，《中国古典戏曲论著集成》（九），中国戏剧出版社1959年版，第305页。

遣词造句艺术效果时"略改句读,用意各别",杨恩寿所感悟到的俊语"巧不可阶"彰显了李渔戏曲创作的独特艺术个性和超凡创新创造。杨恩寿还从戏曲文学创作与诗歌创作的比较领域,拓展为戏曲文学创作与历史写作、绘画创作的比较领域,对蒋士铨创作的戏曲剧本做出了积极评价和肯定,云:"《藏园九种》,为乾隆时一大著作,专以性灵为宗。具史官才学识之长,兼画家皱瘦透之妙,洋洋洒洒,笔无停机。乍读之,几疑发泄无余,似少余味;究竟无语不炼,无意不新,无调不谐,无韵不响。虎步龙骧,仍复周规折矩,非凫西、笠翁所敢望其肩背。其诗之盛唐乎?"① 这表明杨恩寿对戏曲艺术通书晓理的感悟接受路径非常宽广,视野相当开阔。

清代,曹雪芹创作的著名长篇小说《红楼梦》问世之后,社会影响迅速扩大,传播甚广,剧作家们先后将《红楼梦》改编成戏曲。据上海古籍出版社1984年出版、徐扶明的《红楼梦与戏曲比较研究》统计,清代红楼戏共计18部。另外,据胡文彬《红楼梦叙录》,天津图书馆收录1部,作者褚龙祥,名为《红楼梦传奇》(道光二十二年壬寅,1842)24出;据戴霞论文,国家图书馆收录1部,作者刘熙堂,名《游仙梦》(嘉庆三年戊午,1798)12出;合计20部左右,现存12部,其余已经散佚。② 其中,中华书局1978年出版、阿英主编的《红楼梦戏曲集》收录作品10部。《红楼梦》问世之后,梁廷枏对《红楼梦》的戏曲创作与小说经典进行了比较,云:"《红楼梦》工于言情,为小说家之别派,近时人艳称之。其书前梦将残,续以后梦,卷牍浩繁,头绪纷琐。吴洲仲云涧取而删汰,并前后梦而一之,作曲四卷,始于《原情》,终于《勘梦》,共得五十六折。其中穿插之妙,能以白补曲所未及,使无罅漏,且借周琼防海事,振以金鼓,俾不终场寂寞,尤得本地风光之法。惟以副净扮凤姐,丑扮袭人,老旦扮史湘云,脚色不甚相称耳。近日荆石山民亦填有《红楼梦》散套,题止《归省》《葬花》《警曲》《拟题》《听秋》《剑会》《联句》《痴诔》《醳诞》《寄情》《走魔》《禅灯》《焚稿》《冥升》《诉愁》《觉梦》十六折而已,其实此书中亦究惟此十余事言之有味耳。其曲情亦凄婉

---

① 杨恩寿:《词余丛话》,《中国古典戏曲论著集成》(九),中国戏剧出版社1959年版,第251页。
② 参见戴霞的《阿英曾拟撰〈红楼梦传奇十种述评〉》一文,作者认为现存本无名氏的《十全福》与《红楼梦》无关,载《红楼梦学刊》2007年第5期。

动人,非深于《四梦》者不能也。"① 梁廷枏的《曲话》述及仲振奎(字春龙,号云涧)创作的《红楼梦》传奇全本 56 折,剧本前 32 折为《红楼梦》情节,后 24 折所写《后红楼梦》故事非曹雪芹、高鹗的《红楼梦》情节;又述及吴镐(字荆石,号荆石山民)所填《红楼梦》散套 16 折。梁廷枏在比较当中的感悟接受,一方面体现在指出了戏曲与小说作为不同文学体裁在创作上的不同特点;另一方面体现在所谓"其曲情亦凄婉动人,非深于《四梦》者不能也",深刻揭示了剧作家改编小说为戏曲,必须掌握戏曲创作的个性化本体特点和特殊规律。此外,梁廷枏对《红楼梦》传奇和散套的优劣评价和感悟接受极具戏曲行家里手的犀利眼光,也充分表达了将小说形象转换为舞台形象的戏曲创作的身份认同。

第三,广大市民百姓从戏曲中获得通书晓理的感悟接受,更多地是通过认知戏曲以歌舞演故事的内容,感悟到戏曲艺术审美价值及其现实作用,进而反省朝政,改善朝政,明确未来朝政的方向;体验人生,反省人生,改善人生,美化人生,明确人生的意义、真谛和理想,在增强和提高识别真、善、美和假、恶、丑的能力的基础上,使戏曲身份认同与戏曲文化尊崇契合一致。

例如,在戏曲创作艺术地反映现实方面,明代祁彪佳认为戏曲艺术应该反映故事情境的真实,云:"词之能动人者,惟在真切,故古本必直写苦境,偏于琐屑中传出苦情。如作《寻亲》者之手,断是《荆》《杀》一流人。"② 清代杨恩寿肯定戏曲创作抒发剧作家的真实情怀,认为只有这样做才能够真正打动人心,激发广大市民百姓对戏曲艺术的感悟接受,云:"嵇月生秀才,……有《续离骚》杂剧,满腔悲愤,藉以发之。杜默哭霸王庙一折,尤为悲壮。月晕风凄之夜,擫铁笛吹之,老重瞳必泪数行下也。"③

对于戏曲艺术真实与生活真实的关系,平步青的《小栖霞说稗》举例云:"传奇戏剧,一生多娶二旦,且有三、四、五、六不止者,人率以无稽非真事置之。

---

① 梁廷枏:《曲话》,载《中国古典戏曲论著集成》(八),中国戏剧出版社 1959 年版,第 265 页。

② 祁彪佳:《远山堂曲品》,载《中国古典戏曲论著集成》(六),中国戏剧出版社 1959 年版,第 24 页。

③ 杨恩寿:《词余丛话》,载《中国古典戏曲论著集成》(九),中国戏剧出版社 1959 年版,第 245 页。

复卿谓予：'前朝似此者，实多有之。《绍兴府志》："孟桓初二女并妻潜夫，同日合卺。"非尽不经。国朝亦有此实事可谱入传奇，演诸戏剧者乎？'予曰：'《西河合集》书云："李孚青儿时聘顺治戊戌进士王□□女未娶。会三藩兵变，王任四川，阻绝有年，遂聘兵部尚书宋德宜女——即是年座主。庚申临娶，而王师收复云南，四川先辟，王已还朝。宋大憾。行聘者：毛检讨奇龄、钱编修中谐、陈检讨维崧。毛上书于宋，遂用其语，宋为长，王为次焉。"此事稍加点染，付之鞠部，岂亚《燕子笺》乎？……惜尠为记载，日久无传，而填词小说，大都亡是子虚，矮人观场，遂并以为世间无此等事耳。'"① 在封建社会，普遍存在着一夫多妻的男女不平等、不合理社会现象，剧作家依据社会现实写入戏曲作品，仅从生活真实与艺术真实的关系来看，平步青指出"填词小说，大都亡是子虚，矮人观场，遂并以为世间无此等事耳"，是充分肯定了艺术真实虽然不等于生活真实，但是，艺术真实是生活真实的反映。毫无疑问，这一种感悟是符合戏曲艺术与戏曲文化的本质规定性的。当然，戏曲毕竟是舞台以歌舞演故事的艺术，所以，戏曲创作必须兼顾戏曲艺术本体的搬演要求，明人祁彪佳评价黄廷俸著《白璧记》云："张仪蒙盗璧之疑而以舌在自解，及苏秦之笼络仪处，确是一本佳传，惜演之犹未畅快。然词近本色，白亦恰当，可取也。"② 意思是说，此剧文学性强而歌舞性不强，曲词宾白堪佳而舞台搬演欠缺。戏曲艺术与戏曲文化的本质规定性证明，祁彪佳针对《白璧记》的评判感悟切中肯綮。

在戏曲反映现实进而作用于朝政方面，宋代理学家周敦颐认为艺术基于为朝政服务的目的而创作，在《乐中第十八》中云："乐者，本乎政也。政善民安，则天下之心和。故圣人作乐，以宣畅其和心，达于天地，天地之气，感而大和焉。天地和，则万物顺，故神祇格，鸟兽驯。"对此，朱熹说："圣人之乐，既非无因而强作，而其制作之妙，又能深得其声气之元。故其志气天人交相感动，而其效至此。"③ 朱熹所谓的"因"指的就是"朝政"。这种观点代表了宋代以来统治阶

---

① 平步青：《小栖霞说稗》，《中国古典戏曲论著集成》（九），中国戏剧出版社1959年版，第187页。
② 祁彪佳：《远山堂曲品》，《中国古典戏曲论著集成》（六），中国戏剧出版社1959年版，第57页。
③ 周敦颐：《周敦颐集》，中华书局1990年版，第29页。

级对戏曲创作反映现实进而有助于朝政的实用价值取向。元末，高明创作了传奇《琵琶记》，对此，清人焦循引《留青日札》云："高祖（指朱元璋）微时，常奇此戏文（指《琵琶记》）"；又引《闲中今古录》云："元末永嘉高明，……编《琵琶记》，……。洪武中，（高祖）征辟，辞以心疾，不就。使复命，上曰：'朕闻其名，欲用之，原来无福！'既卒，有以其记进，上览毕，曰：'《五经》《四书》，如五谷，家家不可缺；高明《琵琶记》，如珍馐百味，富贵家岂可缺邪！'其见推许如此。"①明太祖朱元璋对《琵琶记》的推崇评价，深远地影响了广大市民百姓对戏曲身份认同的是非正义衡量标准，即在一定意义上，是否认同戏曲身份取决于戏曲创作是否有助于朝政。明宫廷演剧是例行事务，而程嗣章云："梨园子弟一长吁，绘出《流民郑侠图》。帝后相看齐下泪，难教此际纵欢娱。"②《流民郑侠图》为宋人所画，描绘老百姓背井离乡流浪困苦的凄惨状况，反映并且影射朝政的失败殃及民众生计。这一首宫词反映明朝统治者观看演员搬演戏曲时长吁短叹，感悟到《流民郑侠图》仿佛状写了当朝民生的残破凄苦一般，情不自禁地潸然泪流进而感悟接受，自悔自省。

爱国主义是中华民族传统文化的核心，也是中国古代戏曲的主题之一。清人梁章钜云："戏场有《扫秦》之疯僧，即济颠，俗以为地藏王现身。《江湖杂记》载其事云：'秦桧既杀武穆，向灵隐祈祷，有一行者乱言讥桧。桧问其居址，僧赋诗有"相公问我归何处，家在东南第一峰"之句，桧令隶何立物色之。立至一宫殿，见僧坐决事，立窃问之，答曰："地藏王决秦桧杀岳飞事。"数卒随引桧至，身荷铁枷，囚首垢面，呼立告曰："传语夫人，东窗事发矣！"'按：《云蒍淡墨》所载与此略同，《邱氏遗珠》所载亦有'东窗事发'语，知此戏不尽属子虚也。"③姚燮引郎瑛语云："岳武穆戏文何立闹丰都，诗皆以为假设之事，乃为武穆泄冤也。予尝见元之平阳孔文仲有《东窗事犯》乐府，杭之金人杰有《东窗事犯》小

---

① 焦循：《剧说》，《中国古典戏曲论著集成》（八），中国戏剧出版社1959年版，第106—107页。

② 程嗣章：《明宫词》，《中国香艳全书》，团结出版社2005年版，第1996页。

③ 梁章钜：《浪迹续谈》，《笔记小说大观》第27编，新兴书局有限公司1979年版，第5253页。

说，与今所传大略相似。"①梁章钜从文献考证出发，姚燮从目睹事实出发，分别肯定戏曲创作为爱国民族英雄岳飞伸冤的主题思想，否定了秦桧卖国投降的恶劣行径，在古代宗法制度家国同构的社会背景下，实际上是反映了广大市民百姓内心倾注的极其厚重的家国情怀，认同了弘扬爱国主义主题思想的戏曲创作有助于朝政的现实意义和正义价值。

讽谏朝政是古代优伶的优良传统。清人焦循引《应庵随录》云："古之优人，于御前嘲笑，不但不避贵戚大臣，虽天子后妃亦无所讳。"②鉴于戏曲演员的特殊身份地位和娱戏消遣作用，人们一般对戏曲演员搬演时讽谏朝政予以理解和宽恕。但是，问题的关键是并非戏曲演员的感悟一定能够引起统治者的感悟共鸣。明人何良俊云："阿丑，乃钟鼓司装戏者，颇机警，善谐谑，亦优旃敬新磨之流也。成化末年，刑政颇弛，丑于上前作六部差遣状，命精择之。既得一人，问其姓名，曰：'公论。'主者曰：'公论如今无用。'次得一人，问其姓名，曰：'公道。'主者曰：'公道亦难行。'最后一人曰：'胡涂。'主者首肯曰：'胡涂如今尽去得。'宪宗微哂而已。"何良俊对明宪宗的感悟接受反应迟钝不无遗憾，紧接着评价云："若宪宗因此稍加厘正，则于朝政大有所补。正太史公所谓谈言微中亦可以解纷，则滑稽其可少哉？惜乎宪庙但付之一哂而已。"③这说明戏曲演员阿丑所代表的广大市民百姓的感悟与统治阶级的感悟不契合一致，当然，毫无疑问的是，这种分歧在根本上是取决于各自代表不同的阶级利益和政治立场。

在戏曲反映现实进而作用于人生方面，明代屠隆是万历五年（1577）的进士，就屠隆仕途而言，屠隆曾任礼部主事、郎中等官职，为官清正，关心民瘼，后罢官回乡。就屠隆本人而言，屠隆个人生活可谓极端放纵，平时广蓄声伎，整日与妓女厮混。屠隆创作的戏曲有《昙花记》《修文记》《采毫记》等。其中，《昙花记》写唐木清泰弃官求道，苦修10年，与妻妾均成正果的故事。此剧曾经大行于世，叫座京城，其知名度和影响力曾在相当长的一段时间内甚至超过了汤显祖。

---

① 姚燮：《今乐考证》，《中国古典戏曲论著集成》（十），中国戏剧出版社1959年版，第114页。

② 焦循：《剧说》，《中国古典戏曲论著集成》（八），中国戏剧出版社1959年版，第85页。

③ 何良俊：《四友斋丛说》，中华书局1959年版，第89页。

沈德符云："屠晚年自恨往时孟浪。……此（《昙花记》）忏悔文也。时虞德园吏部在坐，亦闻之笑曰：'……此乃大雅《目连传》，免涉闺阁葛藤语。'差为得之，予应曰：'此乃着色《西游记》。'"①这说明《昙花记》内容蕴含屠隆晚年自我悔悟反省人生的创作动机，与此同时，对他者的人生追求不无一种镜鉴警示的现实作用。

清代洪昇的《长生殿》深入细腻地描述了唐明皇与杨贵妃的爱情，反映了当时明清改朝换代复杂的社会矛盾斗争，抒发了作者的爱国思想与民族意识，唤起了广大市民百姓的民族情怀和爱国感悟。梁廷枏云："钱塘洪昉思昇撰《长生殿》，为千百年来曲中巨擘。以绝好题目，作绝大文章，学人、才人，一齐俯首。自有此曲，毋论《惊鸿》《彩毫》空惭形秽，即白仁甫《秋夜梧桐雨》亦不能稳占元人词坛一席矣。如《定情》《絮阁》《窥浴》《密誓》数折，俱能细针密线，触绪生情，然以细意熨贴为之，犹可勉强学步；读至《弹词》第六、七、八、九转，铁拨铜琶，悲凉慷慨，字字倾珠落玉而出，虽铁石人不能为之断肠，为之下泪！笔墨之妙，其感人一至于此，真观止矣！"②梁廷枏的话代表了广大市民百姓对《长生殿》的感悟接受和身份认同，也说明广大市民百姓对《长生殿》的感悟接受和身份认同，是成就其作为古代戏曲史上经典作品的重要因素。

中国传统文化中自古以来流传"孟母三迁"教子育人的佳话，其主题思想的本质内涵对后世的影响颇大，在戏曲文化中也得到感悟体现。例如，清代梁恭辰记载了继母太宜人贤惠善良，受到欣赏《双冠诰》的感悟启发，家贫抚孤守志，培养幼子成才的事迹，云："婺源董小查编修，与其兄柳江编修并为名儒，其季又成进士，即用知县，昆仲皆成进士。时其继母某太宜人尚在堂，戚郙来贺，太宜人语诸妇辈曰：'此余观剧之力也。余初孀时，年尚少，有以家贫子幼游词荧听者，余拒不答。适在戚郙家观演《双冠诰》一剧，勃然益决，一意抚孤守志，致有今日，汝等毋谓观剧无益也。'……太宜人贤闻一邑，此其谦已诲人之词，不自居于鲁寡婴陶梁寡高行，而现身为中人说法，益足征太宜人之盛德，宜其贤母子

---

① 沈德符：《万历获野编》，中华书局1959年版，第645页。
② 梁廷枏：《曲话》，《中国古典戏曲论著集成》（八），中国戏剧出版社1959年版，第269页。

冠冕婺川也。"①无独有偶，焦循记载阮大中丞从欣赏《寇莱公罢宴》中体味到早年太夫人的真情养育之艰辛，不胜感悟悲慨，知恩之情油然而生，云："吟风阁杂剧中有《寇莱公罢宴》一折，淋漓慷慨，音能感人。阮大中丞巡抚浙江，偶演此剧，中丞痛哭，时亦为之罢宴。盖中丞亦幼贫，太夫人实教之；阮贵，太夫人久已下世，故触之生悲耳。"②

封建社会的不合理制度体现之一是男女不平等，妇女受到封建专制政权、神权、族权、财权的压迫，无行男子始乱终弃、富贵易妻频频造成很多妇女人生的悲剧命运。广大市民百姓往往从欣赏戏曲中认识封建社会，批判黑暗现实，感悟到戏曲是揭露男女不平等社会制度的有力武器，在戏曲文化中寄托改变妇女悲剧命运的同时，也表达了对戏曲的身份认同。清代焦循云："花部中有剧名《赛琵琶》，余最喜之。为陈世美弃妻事。……然观此剧者，须于其极可恶处，看他原有悔心。名优演此，不难摹其薄情，全在摹其追悔。当面诟王相、昏夜谋杀子女，未尝不自恨失足。计无可出，一时之错，遂为终身之咎，真是古寺晨钟，发人深省。高氏《琵琶》，未能及也。"③在封建社会里，普遍存在一夫多妻的现象，妇女在家庭内部因为没有独立支配经济的权利，需要依靠丈夫维持生活，所以妻妾之间往往争风吃醋，产生所谓的"妒妇"现象。广大妇女往往通过戏曲感悟接受，表达对不合理的"妒妇"现象的批判，同时也借助戏曲正面刻画"妒妇"形象，从而伸张"妒妇"的合理名声和争取自我的人生权利，体现了一种戏曲文化的积极价值。明代徐石麟的《〈拈花笑〉自序》云："女子最弱，到妒时，扛金鼎、举石臼，丈二将军不能过也；女子最愚，到妒时，放大光明，无幽不察，可谓极巧穷工；女子最爱修洁，到妒时，虽污池在前，溷厕在后，举身投之，略无所恤。……吾向集古今妒妇事，成一帙，命曰《指木遗编》。然其事隐，其词文，恐不堪入闺阁耳。夏日无事，又为拈作歌曲，只取通俗，不顾鄙俚。盖欲入憕懂队

---

① 梁恭辰：《北东园笔录》，《笔记小说大观》第1编，新兴书局有限公司1978年版，第5207页。
② 焦循：《剧说》，《中国古典戏曲论著集成》（八），中国戏剧出版社1959年版，第195页。
③ 焦循：《花部农谭》，《中国古典戏曲论著集成》（八），中国戏剧出版社1959年版，第230—231页。

里中，说现身法也。倘市儿传诵，得一二语为胭脂虎解颐，或可以发其廉耻羞恶之心，却胜啜仓庚脍一碗耳。"① 徐石麟的《拈花笑》在一定意义上曲折地表露了在封建社会里妇女争取人生自由和个性解放的近代文化朦胧意识，以及期盼未来幸福生活的美好理想。

总而言之，广大市民百姓期盼从戏曲的文化形态、艺术规范和审美价值中不仅领略到社会生活的万象情状，而且感悟到人生经历的悲乐旨趣、享受到精神灵魂的快慰痛苦，诚如祁彪佳评价孙钟龄的传奇《睡乡记》云："孙君聊出戏笔，以广《齐谐》。设为乌有生、无是公一辈人，啼笑纸上，字字解颐"②；梁廷枏云："钱塘夏惺斋纶作六种传奇。其《南阳乐》一种，合三分为一统，尤称快笔。虽无中生有、一时游戏之言，而按之直道之公，有心人未有不拊掌呼快者。……立言要快人心，惺斋此曲，独得之矣。"③ 清末，孙宝瑄一语道破戏曲艺术个中的真谛，《忘山庐日记》云："凡天下乐事，有肉体与精神之别，即以观剧论之，袍甲雄艳，仪采光丽，所以悦目也；丝竹壮逸，歌讴和婉，所以悦耳也。然皆肉体之快乐也。故善观剧者，必求其形神入化，动合自然，音韵流畅，发于天际，而后满吾之所欲。何也？不如是，不足为精神之快乐。"④ 孙宝瑄将从戏曲艺术中获得人生的感悟接受和快乐享受，区分为肉体的接受与快乐和精神的接受与快乐两种情况，而精神的感悟接受和快乐享受超越肉体的感悟接受和快乐享受，正与戏曲文化的本质规定性、与戏曲身份认同的价值取向契合一致，故孙宝瑄之话不失为确论。

---

① 蔡毅：《中国古典戏曲序跋汇编》，齐鲁书社1989年版，第923页。
② 祁彪佳：《远山堂曲品》，《中国古典戏曲论著集成》（六），中国戏剧出版社1959年版，第12页。
③ 梁廷枏：《曲话》，《中国古典戏曲论著集成》（八），中国戏剧出版社1959年版，第266—267页。
④ 傅谨主编《京剧历史文献汇编》清代卷柒，凤凰出版社2011年版，第850页。

第五节　社会认同的人文蕴藉

　　社会认同就是社会共识，通俗地说，就是社会对于某一个人或某一些人、某一个事物或某一些事物的共同看法，包括个别人或个别事物拥有的属性，以及某一些人或某一些事物共同拥有的属性。

　　社会认同理论是一种典型的群体间性理论，强调个体通过社会分类来识别环境，同时也识别自我和他者，并对自我和他者进行分类。再将自我划归为某一群体，个人与个人之间的差异被有意识地放大，个人与个人之间内部的共性也被有意识地放大。群体与群体之间的差异被有意识地放大，群体与群体之间内部的共性也被有意识地放大，进而推动内群偏好和外群敌意，逐渐对内群体产生认同，然后再通过社会分类、社会比较和积极区分等原则进行整合，建构符合共同利益属性和价值取向的社会认同。

　　众所周知，在不同时期、不同范围、不同民族、不同组织的社会里有许多东西是共同的，包括社会形态、民族、组织、使命、责任、文化、道德、艺术、思维、好恶、价值、标准等。如果某一个人在某一方面和社会在某一方面有共识，就会认同这个社会，社会也会认同这一个人。不同时期的社会有不同时期的社会认同，不同范围的社会有不同范围的社会认同，不同民族的社会有不同民族的社会认同，不同组织的社会有不同组织的社会认同。社会情境下的认同是一个双向运动的过程，一方面是个人对一个群体的社会认同过程，即一个人被看作是具有能动性的人，会自主地进行自我归类，一个人融入一个群体，将群体成员资格变为自我的一部分，从主观上认同自我为一个群体的一员，进而形成自我的社会认同；另一方面是一个群体对个人的接纳过程，即一个群体对个人的群体成员资格的认可，在形成并区分了外群敌意之后，将群体成员资格赋予个人，在客观上接纳个人为一个群体的一员，进而形成一个群体的社会认同。与之相对应，个人认同归属于自我身份认同，一个群体认同归属于群体身份认同，一个社会认同归属于社会身份认同。一个人在一种特定的社会情境中，相对某一个人或某一些人、某一个事物或某一些事物而言，于是便有了多重身份及身份认同，也存在多重身份及身份认同的同一性和差异性的区别。

人们对戏曲艺术的身份认同也概莫能外，也存在着对戏曲艺术的自我身份认同、群体身份认同和社会身份认同的区分，以及对戏曲艺术的自我身份认同、群体身份认同和社会身份认同的同一性和差异性的区别。

由于社会认同是建立在个人认同的基础之上，所以，这种围绕以"人"的思想、感情、立场、趣味、标准等为中心而转移的个人认同、群体认同、社会认同，就不可避免地蕴藉了人文精神的本质内涵。中国古代对"人文"概念的提出，最早见于《周易》道："观乎天文，以察时变；观乎人文，以化成天下。"[1] 这里的"人文"强调的是如何将人类社会"化育"为一个与天地相协调的"天下"，达到这一目的的途径不只是个人的自主发展，而是对人性"坏"的方面加以限制和约束，因为自然人性中包含着许多兽性，诚如《孟子》所说："人之所以异于禽兽者几希"[2]，故此，《周易》及王弼注说："刚柔交错，天文也；文明以止，人文也。"[3] 人文的目的是止于其所当止，以维持社会的和谐与安宁。

进入文明社会之后，中华民族历史形成的人文主要指中国人的各种文化现象，也就是中国人精神生活的各种形式，包括戏曲艺术在内。人文精神是中华民族传统文化即国学之魂，人文精神的含义主要指的是人的价值、人性的内涵、人的道德修养、人格的尊严、人的社会责任心、人的生死，以及人的理想等诸多方面，其核心是人的价值观念，人们对戏曲艺术社会认同的人文蕴藉也概莫能外。从国学的视域来看，关于戏曲艺术社会认同的人文蕴藉，是广大市民百姓实现戏曲身份认同的重要方面之一。

纵观中国古代戏曲史，广大市民百姓对戏曲艺术社会认同的人文蕴藉，主要体现在以下几个方面。

一是以人为本的观念灌注在戏曲文化的本质当中。在中国古代历史上，"人"和"人本"是讲人与物、人与神的关系，商代以前是以神为本的文化，从西周开始，以神为本的文化转向以人为本的文化。"以人为本"首见于春秋时期法家代表

---

[1] 阮元：《十三经注疏》，中华书局1980年版，第37页。
[2] 同上书，第2727页。
[3] 同上书，第37页。

人物管仲的《管子》,其云:"夫霸王之所始,以人为本。"① 以人为本就是强调在对待、协调和处理世间万事万物时以人的生存、利益和人性完善优先。西周以来,中国古代传统文化朝着一个新的人文精神方向发展,以至于影响到后世的戏曲文化。戏曲是演员居主导地位的以歌舞演故事的综合艺术,以人为本的观念灌注在戏曲文化的本质当中就是以演员为本。

例如,元代在戏曲发展繁荣的时代背景下,社会上普遍存在对戏曲演员的身份尊重与人性关怀。夏庭芝云:"顺时秀,姓郭氏,字顺卿,行第二,人称之曰'郭二姐'。姿态闲雅。杂剧为闺怨最高,驾头诸旦本亦得体。刘时中待制,尝以'金簧玉管,凤吟鸾鸣'拟其声韵。平生与王元鼎密,偶疾,思得马板肠,王即杀所骑骏马以啗之。阿鲁温参政在中书,欲瞩意于郭。一日戏曰:'我何如王元鼎?'郭曰:'参政,宰臣也;元鼎,文士也。经纶朝政,致君泽民,则元鼎不及参政;嘲风弄月,惜玉怜香,则参政不敢望元鼎。'阿鲁温一笑而罢。"② 王元鼎、阿鲁温均为散曲家,王元鼎后官至翰林学士,阿鲁温后官至参知政事,朱权评价阿鲁威(温)的散曲"如鹤唳青霄",王元鼎的散曲"真词林之英杰也"③。顺时秀与王元鼎、阿鲁温均交好,而更亲爱王元鼎,是缘于顺时秀感受到从王元鼎获得比阿鲁温更多的身份尊重和人性关怀。

清代中叶以后,戏曲文学剧本创作没有重大的发展,而戏曲演员的歌舞搬演技艺却有很多标志性的进步和突破,因此,戏曲文献关于戏曲演员的记载和评价越来越多,这显示了戏曲艺术的发展从以剧本创作为中心向以演员歌舞搬演为中心的转变,尤其是那些戏曲搬演技艺卓越的演员得到人们更多的关注,而且人们特别推崇不同的戏曲演员展示出来的不同艺术搬演个性,这种关注和推崇有力地促进了后世人们所谓戏曲搬演"名角制"的形成。换句话说,戏曲剧作家和剧本的社会地位提升几近停滞,甚至趋向低落,名声逐渐淡化,而戏曲演员凭借高超的个性化演技使自己身份地位逐渐提高,在戏界声名鹊起。在剧作家和剧本的地

---

① 谢浩范、朱迎平译注《管子全译》,贵州人民出版社1996年版,第357页。
② 夏庭芝:《青楼集》,《中国古典戏曲论著集成》(二),中国戏剧出版社1959年版,第20页。
③ 朱权:《太和正音谱》,《中国古典戏曲论著集成》(三),中国戏剧出版社1959年版,第19—20页。

位及名声此前已经达到锻造和完善的情况下，戏曲演员的社会地位和戏界名声的扩大与提升，有效地弥补了戏曲作为综合艺术在突出戏曲演员及其歌舞搬演应有地位方面之不足。这种转变在人文精神的意义上则表现为以演员为本的观念在戏曲文化中得到贯穿。

清代戏曲搬演名角的代表人物是程长庚。程长庚是徽剧、京剧表演艺术大师，尤其是在第一代京剧演员当中，与四喜班的张二奎、春台班的余三胜并称为"老生三杰""老生三鼎甲"，而程长庚位居"三鼎甲"的首位，其在戏曲界至高无上的地位可想而知。鉴于程长庚为徽剧、京剧艺术的形成做出了重要贡献，社会认同并美誉程长庚为"徽班领袖""京剧鼻祖""京剧之父"，作者顾曲周郎云："程长庚，实为梨园独一无二之元勋。当满清咸同之时，京师人初无戏剧之观念，而长庚能引起一般王公贵人之醉心鞠部，其魔力已不为小。……后人尊为一代名宿。"[1] 这说明程长庚作为戏曲演员名声大噪之后，带动了广大市民百姓甚至王公贵族戏曲观念的产生和流行，使人们关于中国古代艺术的人文认知又增添了崭新的类型和丰富的内容，人文精神在戏曲文化领域里也随之勃兴高扬。

社会不仅认同有一技之长的戏曲搬演艺术家名角，而且也认同普通戏曲演员当中的佼佼者，尤其是那些在戏曲舞台上初出茅庐、崭露头角的年轻演员。蜀西樵也云：贾桂喜年十四，"所演《打灶》诸剧，有独步燕台之誉"；谢宝云年十六，刘宝玉年相若，"谢生刘净与姚妙珊合演《进宫》诸剧，令人耳目一快"；陈啸云年十五，"音清越以长，对面楼头，人声腾沸中，能闻其语，……每演《扫雪》诸剧，泪随声下，……人以此多之"；春兰年十六，"歌喉浏亮，独出冠时"；王桂官年十八，"善演武生剧，名久噪"；王桂官的堂兄桂林，"尝演《断桥》诸剧，亦有名"；张菊秋年十七，"少喜憨跳，近善歌；其弟贾蕙秋姿首过之；演《卖艺》诸剧，其武技有足多者。"[2]

晚清时期，在内容上，社会上戏曲爱好者流行对戏曲演员的搬演技艺进行高低优劣品评，排列名次；在形式上，戏曲爱好者的品评和排名表现为从个人到群体，再到社会对戏曲演员群体搬演的比较评价和身份认同。夏仁虎记叙云："好事

---

[1] 顾曲周郎编《男女名伶小史》，中外书局1921年版，第1页。
[2] 蜀西樵也：《燕台花事录》，《中国香艳全书》，团结出版社2005年版，第1477—1479页。

者每于春闱放榜之先,品评梨园子弟而定其甲乙,谓之'菊榜'。优劣固由色艺,而家世尤为重要。乙未状元之朱素云、戊戌状元之王瑶卿,皆世家也。"① "菊榜"的产生所依据的是戏曲的艺术标准,这种艺术标准又有演员色艺、演剧优劣和演员家世三种轻重不等、分量不一的区分,尽管如此,这些艺术标准都是建立在以演员为本的基础之上的,入选菊榜排名的戏曲演员必定有超凡不俗的演技才华,并且获得内群偏好的社会认同,而那些没有获得入选菊榜排名资格的演员理所当然地被排斥在内群之外,形成所谓外群敌意。芬利它行者云:"清江陈玉蝠为曩时花榜殿军,往在海陵曾见之,工讴昆山曲子,套数极多,言谈斐亹,竟日不倦,故是老宿,后辈所不及也。"② 这种"菊榜"及其排名虽然有戏曲爱好者猎奇赏异的娱戏动机,但是,毕竟所作所为是对具有超凡不俗演技才华的演员的认同和肯定,在一定时期代表了个人认同、群体认同和社会认同的结果,对鼓励、鞭策、促进、提高戏曲演员的演技有不可小觑的现实作用,对戏曲文化的全面发展也会产生深远积极的影响。

二是以德为本的观念渗透在戏曲艺术的旨归当中。在中国古代占主流地位的治国安邦理念中,春秋时期儒家代表人物孔子的思想有很大影响,这种思想就是以德为本。孔子认为:"为政以德,譬如北辰居其所而众星拱之";主张"道之以政,齐之以刑,民免而无耻。道之以德,齐之以礼,有耻且格"③。这就是说,统治者"为政以德"就会得到人们的认同和拥戴,"道之以德"就会使人们有廉耻之心并引导人心归服。在中国古代人们实际的社会生活里面,以德为本支配着人们的权益理念和行为举止。同样,在戏曲艺术中,以德为本也渗透于戏曲演员实际利益和行为取向的价值旨归当中。

如前所述,宋末周密的《癸辛杂识别集》记载的剧作家反映温州乐清县僧祖杰劣迹的戏文,就是一部以当时当地真人真事为题材的南戏,搬演的主题是善与恶的矛盾,是正义和邪恶的斗争,演出之后所起到的社会效果良好,促使现实生活中的善战胜了恶,正直良心挫败了徇私舞弊。明代弘治年间的《温州府志·名宦传》记载,当时,一个小小的地方官宣武将军同知温州府事吕师召在南戏演出

---

① 夏仁虎:《旧京琐记》,北京古籍出版社1986年版,第105页。
② 芬利它行者:《竹西花事小录》,《中国香艳全书》,团结出版社2005年版,第1475页。
③ 杨伯峻译注《论语译注》,中华书局1980年版,第12页。

的激励下,在广大市民百姓的支持下,不畏强暴,不避艰险,挺身而出为民除害,将祖杰绳之以法,体现了道德和良心的积极社会作用。戏曲演员通过搬演南戏揭露不合理现实,批判祖杰贪婪不义,反映了广大市民百姓在对待现实利益时追求道德至善、爱憎分明的社会认同。这一时事剧也表明,"旁观不平"的南戏剧作家具有难能可贵的辨识是非善恶的道德实践理性。像无名氏剧作家创作祖杰南戏作品足以震动整个社会及其演员搬演,誉之为以德为本确是当之无愧的。

夏庭芝云:"樊事真,京师名妓也。周仲宏参议嬖之。周归江南,樊饮饯于齐化门外。周曰:'别后善自保持,毋贻他人之诮。'樊以酒酹地而誓曰:'妾若负君,当刳一目以谢君子。'亡何,有权豪子来,其母既迫于势,又利其财,樊则始毅然,终不获已。后周来京师,樊相语曰:'别后非不欲保持,卒为豪势所逼,昔日之誓,岂徒设哉。'乃抽金篦刺左目,血流遍地。周为之骇然,因欢好如初。好事者编为杂剧,曰《樊事真金篦刺目》,行于世。"① 这一记载交代了杂剧《樊事真金篦刺目》的本事,刻画了戏曲演员樊事真的道德品质。在封建社会里,樊事真作为女子受到"父母之命,媒妁之言"不合理婚姻制度的束缚,又受到贵族豪门的威逼利诱和权势压迫,"终不获已",但是,内心世界却没有改变对周仲宏的初衷,"抽金篦刺左目,血流遍地"的壮烈举动和悲剧惨状,生动地描绘了戏曲演员樊事真的倔强性格,社会认同杂剧《樊事真金篦刺目》的道德价值,就在于剧作家和广大市民百姓对樊事真不幸命运的同情和倔强性格的肯定,蕴涵了对封建社会不合理婚姻制度的道德批判和罪恶控诉。

明代,王阳明认为戏曲艺术益于"有德者"感悟人生的真、善、美,祛除社会的假、恶、丑,使人们在制乐赏乐的过程中焕发良知、增进人文、化民易俗、尽善尽美,其《传习录》云:"古乐不作久矣。今之戏子尚与古乐意思相近。……《韶》之九成,便是舜的一本戏子;《武》之九变,便是武王的一本戏子。圣人一生实事,俱播在乐中。所以有德者闻之,便知他尽善尽美与尽美未尽善处。若后世作乐,只是做些词调,于民俗风化绝无关涉,何以化民善俗?今要民俗反朴还淳,取今之戏本,将妖淫词调俱去了。只取忠臣孝子故事,使愚俗百姓人人易晓,

---

① 夏庭芝:《青楼集》,《中国古典戏曲论著集成》(二),中国戏剧出版社1959年版,第25页。

无意中感激他良知起来,却于风化有益。然后古乐渐次可复矣。"①李调元引用此段话大意之后,认同云:"此论最为得旨。"②事实证明王阳明所言不无合情合理之处。祁彪佳云:"《神剑》,以王文成公道德事功,谱之声歌,令瞽笑皆若识公之面,可佐传史所不及。曲白工丽,情境宛转。"③祁彪佳认为戏曲搬演可弥补史传记载之不足,而更重要的是,在传扬王文成公道德事功的社会认同之价值旨归方面,两者虽然表达方式不同,或庄或谐,但是殊途同归,有异曲同工之妙。

清代焦循记叙了美恭的孝心孝行,云:"明末嵩明州牧钱房仲卒于滇,叔子美恭奉母居鄞,日夜号咷,告母欲求其父,而家无一钱,奋足出门。适有伶人演院本所云《寻亲记》者,孝子曰:'是我也。'乃习之。业成,买鼓板一副,每逢市镇辄唱之,宛转哀动行路。稍稍得钱,则又前行;钱罄,复住。望门唱记数日,则又得钱。听者讶其度曲之神,不知其为写心也。遂展转依人,得入粤中。而一病于广东,再病于广南,濒于死者数矣。及至滇,踪迹茫然;遇土人之知者,始得使君死问及其葬地。而眷属不知流落何所,哀哭无措。又遇土人之知者,得导至其旧仆所居,得展使君墓下,并求庶母仲弟而见之。展转乞哀告贷,又求为人记室以得佣值,凡阅七年,始得归骨。嗣是以后,宁人演院本者,不忍复奏《寻亲》之曲,比之王裒门下之废蓼莪。"④中国传统文化尤其是儒家强调以德为本,忠、孝是道德的集中表现,而至德以孝为先,《孝经》引用孔子的话说:"先王有至德要道,……夫孝,德之本也。"⑤清人王永彬的《围炉夜话》云:"孝居百行之先。"⑥美恭的孝心孝行不仅融入了对戏曲的身份认同,使得《寻亲记》的搬演假戏真做,达到了"听者讶其度曲之神,不知其为写心也",即艺术真实与生活真实完美统一、神形兼备的最高审美境界,而且使"孝"的内在道德精神品格外显流播

---

① 陈荣捷:《王阳明〈传习录〉详注集评》,台湾学生书局1983年版,第346页。

② 李调元:《剧话》,《中国古典戏曲论著集成》(八),中国戏剧出版社1959年版,第37页。

③ 祁彪佳:《远山堂曲品》,《中国古典戏曲论著集成》(六),中国戏剧出版社1959年版,第131页。

④ 焦循:《剧说》,《中国古典戏曲论著集成》(八),中国戏剧出版社1959年版,第149页。

⑤ 阮元:《十三经注疏》,中华书局1980年版,第2545页。

⑥ 陈道贵:《围炉夜话解读》,黄山书社2002年版,第111页。

传扬社会，深刻影响了人们的道德认知和审美意识，丰富了社会认同的人文精神蕴藉，夯实了社会认同的人文精神本质。此外，昭梿真实地记载了著名秦腔演员魏长生难能可贵的道德品质，云："长生虽优伶，颇有侠气。庚子南城火灾，形家言西南有剑气冲击，长生因建文昌祠以厌胜。又纳兰太傅孙成安者，初与其狎昵，后遇事遣戍归，贫无以立，长生尝赠恤之，亦其难能也。"①这一记载既反映了昭梿对秦腔演员魏长生的个人认同，也反映了社会上广大市民百姓认同以德为本渗透于戏曲演员实际利益和行为取向的价值旨归当中。

三是以民为本的观念支配着演员观众的人际取向。以民为本的观念也叫民本思想，讲究的是人与人之间的层级交往关系。先秦时期，《尚书》云："民惟邦本"②，这里的"民"与"邦"相对而言，"民"就是百姓，"邦"就是国。在民为邦本的观念里，君王占据了绝对的主导地位，但是，百姓地位的重要性已经得到了体现。战国时期，孟子云："民为贵，社稷次之，君为轻。"③孟子进一步继承、改进并发挥了"民为邦本"的观念，认为不管是君王还是朝庭都比不上百姓重要。孟子这种以民为本的观念是相对于官而言的，成为古代占据主流的治国安邦思想。体现在戏曲艺术里，以民为本的观念支配着演员和观众对待人与人之间关系的层级交际取向。

例如，清初的张岱云："崇祯七年闰中秋，仿虎邱故事，会各友于蕺山亭。每友携斗酒、五簋、十蔬果、红毡一床，席地鳞次坐。缘山七十余床，衰童塌妓，无席无之。在席七百余人，能歌者百余人，同声唱'澄湖万顷'，声如潮涌，山为雷动。诸酒徒轰饮，酒行如泉。夜深客饥，借戒珠寺斋僧大锅煮饭饭客，长年以大桶担饭不继。命小傒岕竹、楚烟于山亭演剧十余出，妙入情理，拥观者千人，无蚊虻声，四鼓方散。"④张岱从一个明朝遗老的角度回忆明末虎丘演剧的繁荣盛况，那种戏曲演员搬演和观众"妙入情理，拥观者千人"的戏场氛围生动形象的描绘，显示了张岱对明末社会没有异族对汉民族的压迫，广大市民百姓无拘无束、自由自在、情趣横溢、其乐融融的人际关系的认同肯定，抒发了对明朝灭亡的沉

---

① 昭梿：《啸亭杂录》，中华书局1980年版，第238页。
② 阮元：《十三经注疏》，中华书局1980年版，第156页。
③ 同上书，第2774页。
④ 张岱：《陶庵梦忆》，上海古籍出版社1982年版，第67页。

痛哀思和国破家亡的愤世嫉俗之情，含蓄地批判了满清统治下广大市民百姓受到人身束缚和精神压抑的民族歧视，寄予了以民为本抗清复明的强烈意愿和期望。

当然，满清朝廷对待汉民族的政策也并非铁板一块，满清贵族统治阶级在建立清朝之初，为了消灭汉族人民的反抗，对汉族人民施行了极为残酷的镇压手段，但是，不久以后就觉悟到，汉族人口数量巨大，文化博大精深，假如纯粹使用武力对待汉族人民，将必定重蹈元蒙统治者的覆辙，而迅速地趋于崩溃灭亡。于是，清初统治者吸取元蒙统治者的经验和教训，调整了治政策略和实行方针，采取了武力镇压和笼络怀柔双管齐下的手段，对汉族人民灵活地予以区别对待和运用。清朝历代统治者也延续推行汉化政策，以便凝聚人心，缓和矛盾，维护自己的统治。例如，清初顺治皇帝在大权独揽的基础上，汲取了以民为本等汉族儒家文化的精髓，作为加强巩固统治的重要思想内容与治政基础。顺治皇帝在顺治五年（1648）三月十五日敕曰："总以安民为首务，须严禁兵将，申明纪律，凡归顺良民，不得擅取一物，务体现朕定乱救民至意。"①

体现在戏曲艺术方面，孙静庵云："顺治间辽阳杨某总督松江，偶与无锡进士刘果远会饮观剧。酒酣，杨忽拍案呼曰：'止，止！音节误矣。'刘异之，问杨亦解音律乎？杨曰：'余命实赖是获存也。初，清兵破辽东，恐贫民为乱，先拘而屠之。又二年，恐富民聚众谋不轨，复尽杀之。惟四等人不杀：一皮工，能制快鞋不杀；二木工，能作器用不杀；三针工，能缝裘帽不杀；四优人，能歌汉曲不杀。其被杀者，尤以秀才为最惨，以其不能工作，而好议论也。时余为诸生，被获，问曰："汝得非秀才乎？"余曰："非也，优人耳。"曰："优人必善歌，汝试歌之。"余遂唱【四平腔】一曲，竟释去，此余命所以获存也。'述竟，即于筵间亲自点板，歌一阕而散。"②杨某的自述反映了清初统治者对待汉民族广大市民百姓的具体政策实施，杨某因身为"优人，能歌汉曲不杀"而幸免于难，表明杨某得益于中华民族传统文化中以民为本的观念对满清统治者的影响，同时，也从侧面反映了满清统治者对汉民族广大市民百姓采取区别对待的灵活政策，在主观上有利于获得汉民族大多数市民百姓的支持，从而巩固满清统治者新政权的社会认同

---

① 中华书局：《清实录》第三册，中华书局1985年版，第302页。
② 孙静庵：《栖霞阁野乘》，山西古籍出版社1997年版，第25页。

基础；在客观上有利于通过赦免汉民族戏曲演员，从而使戏曲艺术在比较宽松的政治、社会和人际环境里继续发展。

戏曲演员作为广大市民百姓中的一员，也懂得在与他者交往时妥善处理人与人之间的关系，为营造和善友谐的个人发展社会环境创造氛围。袁枚记载了戏曲演员刘三仗义疏财的事迹，云："雍正间，京师伶人刘三，色艺冠时，独与翰林李玉渊先生交好。苏州张少仪观察为诸生时，封公谪戍军台，徒步入都，为父赎罪，一时有三子之称，盖云公子、才子、孝子也。沿门托钵，尚缺五百余金，偶于先生席上言及此事。刘慨然曰：'此何难？公子有此孝心，我能相助。'遂遍告班中人云：'诸君助张，如助我也。'择日设席江南会馆，请诸豪贵来，已乃缠头而出，一座倾靡，掷金钱者如雨，果得五百余金。尽以与张，而封公之难遂解。"① 戏曲演员刘三有感于张少仪富有才华和孝子品德，不仅个人慷慨解囊，而且动员内群成员捐金献款，为张少仪排忧解难，一方面体现了刘三助人为乐的善良道德品质；另一方面也获得了他者的身份认同和普遍肯定，有效地扩大了刘三作为戏曲演员在内群认同和广大市民百姓中的社会交往影响。

钱泳的《履园丛话》专列"安顿穷人"条，详细地阐发治国安邦应该以民为本的观念，其中包括开放戏馆、鼓励演剧、助民营生，云："治国之道，第一要务在安顿穷人。昔陈文恭公宏谋抚吴，禁妇女入寺烧香，三春游屐寥寥，舆夫、舟子、肩挑之辈，无以谋生，物议哗然，由是弛禁。胡公文伯为苏藩，禁开戏馆，怨声载道。金阊商贾云集，宴会无时，戏馆酒馆凡数十处，每日演剧养活小民不下数万人。此原非犯法事，禁之何益于治。昔苏子瞻治杭，以工代赈，今则以风俗之所甚便，而阻之不得行，其害有不可言者。由此推之，苏郡五方杂处，如寺院、戏馆、游船、青楼、蟋蟀、鹌鹑等局，皆穷人之大养济院。一旦令其改业，则必至流为游棍，为乞丐，为盗贼，害无底止，不如听之。潘榕皋农部《游虎邱冶坊浜诗》云：'人言荡子销金窟，我道贫民觅食乡。'真仁者之言也。"② 钱泳通过阐述比较客观事实，从反面批判陈文恭、胡文伯禁开戏馆等行为给民生带来的祸害，从正面肯定金阊开戏馆、演剧给民生带来的益处，直截了当、鲜明突出地主

---

① 袁枚：《随园诗话》，人民文学出版社1982年版，第116页。
② 钱泳：《履园丛话》，中华书局1979年版，第26页。

张"治国之道，第一要务在安顿穷人"，这既是对统治阶级理应重视戏曲事业及以人为本的善意忠告，也代表了广大市民百姓对民生的需求，对戏曲事业及以民为本的社会认同与肯定。此外，夏仁虎云："窝窝头会者始于清末，慈善团体之一也。京师贫民抟黍屑蒸而食之曰'窝窝头'。此会专为救济贫民，故以名焉。集资于众，不足则演义务戏以充之。不仅赈饥，兼筹御寒。"①这一记载表明，民间的慈善公益组织窝窝头会往往依靠戏曲济民解困、互帮互助，其搬演义务戏的动机和目的是受到以民为本观念的支配，充分体现了人们在处理人与人之间关系时的无私奉献的价值取向，同样，也代表了广大市民百姓对民生的需求，对戏曲事业及以民为本的社会认同与肯定。

由于封建社会长期以来普遍存在对戏曲演员的偏见和鄙视，所以社会各阶层站在不同的立场，既有基于人文精神认同戏曲演员的内群偏好一面，也有排斥戏曲演员、违背人文精神，不认同戏曲演员的外群敌意一面。

例如，明代有的戏曲演员举时事戏弄朝政，结果触犯了上层统治者而被剥夺性命，遭至戏曲演员的人生悲剧。沈德符云："嘉靖初年，议大礼，议孔庙，议分郊，制作纷纷。时郭武定家优人于一贵戚家打院本，作一青衿告饥于阙里。宣尼拒之曰：'近日我所享笾豆，尚被减削，何暇为汝口食谋。汝须诉之本朝祖宗。'乃入太庙先谒敬皇帝。曰：'朕已改考为伯，烝尝失所，况汝穷措大，受馁固其宜也。盍控之上苍，庶有感格。'儒生又叩通明殿而陈词。天帝曰：'我老夫妇二人尚遭仳离，饔飧先后不获共歆，下方寒畯且休矣。'盖皆举时事嘲弄也，一座皆惊散。武定故助议礼者，闻之大怒，且惧召祸，痛治其优，有死者。"②

清代有的戏曲演员擅长谑谐嘲弄，无意当中也因为演剧内容触犯了上层统治阶级的所谓尊严而遭致鞭笞，演员本人的生存权利得不到尊重，命运悲惨至极。孙静庵云："刘赶三者，京伶中丑角第一人也。光绪初，禁中演戏，扮《思志诚》一出，赶三为鸨母，客至，则引亢高叫曰：'老五、老六、老七，出来见客呀。'盖都下妓女，以排行相呼，而是时惇、恭、醇三邸，皆入坐听戏，惇行五，恭行六，醇行七，故以是戏之也。恭邸故脱落，喜诙谐，闻之大噱。醇贤亲王故恭谨，

---

① 夏仁虎：《旧京琐记》，北京古籍出版社1986年版，第42页。
② 沈德符：《万历获野编》，中华书局1959年版，第664页。

虽不悦，然以在太后侧，未敢言。惇邸夙严正，则大怒，叱曰：'何物狂奴，敢无礼如此！'立叱侍者，擒之下，重杖四十。"①戏曲演员因为一言不合而受重杖惩罚，人的生命尊严扫地，可见统治阶级对戏曲演员人权的轻蔑非常严重。

随着戏曲的发展，花部乱弹地方戏的时兴此起彼伏，有的戏曲演员在声腔剧种的复杂变化中得不到上层统治阶级的人性关怀，或人格受辱，或只得自谋出路，生计命运堪忧。戴璐云："京腔六大班，盛行已久，戊戌、己亥时，尤兴王府新班。湖北江右公宴，鲁侍御赞元在座，因生脚来迟，出言不逊，手批其颊。不数日，侍御即以有玷官箴罢官。于是，搢绅相戒不用王府新班。而秦腔适至，六大班伶人失业，争附入秦班觅食，以免冻饿而已。"②

有的戏曲演员晚岁步入风烛残年，上层统治阶级弃之如敝屣，不得已改行为贩夫走卒，以苟延残喘延续生命，回忆当年在戏曲舞台上无限风光的情形而感慨叹息不已，人生命运充满辛酸苦楚。纪昀云："伶人方俊官，幼以色艺擅场，为士大夫所赏。老而贩鬻古器，时来往京师。尝览镜自叹曰：'方俊官乃作此状！谁信曾舞衫歌扇，倾倒一时耶！'倪余疆感旧诗曰：'落拓江湖鬓欲丝，红牙按曲记当时。庄生蝴蝶归何处？惆怅残花剩一枝。'即为俊官作也。"③倪余疆的诗歌表达了对社会关于方俊官跌宕凄凉命运认同的同情与支持。

毫无疑问，以上诸种排斥戏曲演员、违背人文精神，不认同戏曲演员的外群敌意的反面事例，显然有悖于戏曲艺术社会认同的人文精神蕴藉。从国学视角来看，这些反面事例恰恰映衬了诸多正面事例在反映戏曲艺术社会认同的人文精神蕴藉方面，具有积极的现实意义和重要的审美价值。

---

① 孙静庵：《栖霞阁野乘》，山西古籍出版社1997年版，第128页。
② 戴璐：《藤阴杂记》，上海古籍出版社1985年版，第64页。
③ 纪昀：《阅微草堂笔记》，浙江古籍出版社2010年版，第117页。

第十章
文人学士对戏曲美学的推崇弘扬与身份认同

第一节 意识形态的话语权力

意识形态也称观念形态、社会意识形态，是在一定的经济基础上形成，系统地、自觉地反映社会经济形态和政治制度的思想体系，是社会意识诸形式中构成思想上层建筑的部分。一定的社会意识形态是一定社会存在的反映，并随着社会存在的变化而发生变化。社会意识形态的种类有哲学、政治、法律、道德、艺术、宗教等。戏曲隶属于艺术，不同于其他种类的社会意识形态，是一种社会审美意识形态，在精神层面上，既具有对自然、社会和人生的看法，又具有道德完善、审美愉悦、陶冶情操以提升人的精神境界的价值取向。戏曲作为社会审美意识形态具有相对的独立性。

美学是人文造化的产物，隶属于哲学，又与艺术发生千丝万缕的联系，在逻辑上，美学的概念内涵与艺术的概念内涵有很多重叠。古代戏曲美学是中国人特有的审美观念和审美经验诠释系统，是美学学科的一个分支，同时，由于艺术在美学学科体系中具有一定的位置，所以，古代戏曲美学作为戏曲艺术审美理论的重要组成部分，具有社会审美意识形态的本质、内涵和特征。

话语是人们说出来或者写出来的语言，是特定社会语境中人与人之间进行交流沟通的具体言语行为，包括说话人、受话人、口头语言、书面文本、沟通方式、交流媒介、语境场景等多种要素。话语分析注重人们说或者叙述什么，如何说或者叙述，以及所说的话或者叙述带来的社会效果。话语在人与人的互动过程中呈现,是实现社会意识形态权力的一种重要的工具,因此具有社会性、功能性、工具性。就实现社会意识形态权力而言,话语权力指的是话语人潜在的对受话人及社会现实的影响力。这种社会意识形态工具展示了人的一种基本的世界观、一种事物的价值观、一种人际交往的社会关系。潜在的话语权力在社会生活的各个方面发挥影响和作用,如果将话语权力比喻为消防员掌控一把水枪,那么,话语权力掌握在谁的手里,其话语的社会现实影响力就会到达话语可以到达的地方。古代文人学士对戏曲美学的推崇弘扬与身份认同,大多数经由话语体现出来,其话语权力的社会现实影响也到达戏曲美的各个方面。

从国学的视域来看,文人学士基于社会审美意识形态的话语权力对戏曲美的推崇弘扬,是人们实现戏曲身份认同的一个重要方面。

文人学士运用社会审美意识形态的话语权力,阐发了关于戏曲美的终极目标。在中国古代美学史上,戏曲美属于广义的"乐"的范围。戏曲在宋代形成之后,文人学士运用社会审美意识形态的话语权力,阐发关于"乐"的见解,视域已经涵盖了戏曲美的终极目标。作为在社会上占据主流意识形态地位的宋明理学,继承并革新了孔孟、汉儒等关于"乐"的传统观念,强调通过礼乐教化人心来复性求善,从而改良社会、造福民众,而这始终是古代儒家经典的第一要义,也是文人学士论"乐"的终极目标,因此,也决定了古代戏曲美的终极目标与价值取向的本质。

例如,宋代朱熹的《近思录》认为"在天为命,在义为理,在人为性,主于身为心,其实一也"[1],"乐"是天人合一、心理合一的审美主体的体验,是美的境界,既是情感的又是超情感的,把审美境界与道德境界统一起来,实现"心与理一"的境界为最大的乐。因此,在儒家认为戏曲为小道的意识形态的话语权力下,朱熹的《虽小道必有可观章》将审美原则与道德原则合而为一,并不绝对否定百工杂戏,而是认为"小道不是异端,小道亦是道理,只是小"[2]。明代王阳明进一步把"乐"说成心本体,把"良知"看作既是道德意识,又是最高本体,主张"乐"

---

[1] 朱杰人等主编《朱子全书》第13册,上海古籍出版社、安徽教育出版社2002年版,第173页。

[2] 朱杰人等主编《朱子全书》第15册,上海古籍出版社、安徽教育出版社2002年版,第1656页。

与"良知"合而为一，认为："'乐'是心之本体，虽不同于七情之乐，而亦不外于七情之乐"①，本体之乐是内心"真乐"，七情之乐是感性之乐，"乐"与"良知"合而为一就能够"至善"，"至善只在吾心"②，"心循理便是善"③，故提倡通过"乐"而"致良知"。王阳明将程朱理学注重心内审美原则与身外道德原则统一全部纳入到心内，为后世突破儒家礼乐教化的观念拘囿奠定了美学理论基础。

清初，王夫之创作了杂剧《龙舟会》，并在《姜斋诗话》里提出了"情景合一"的美学观，在很大程度上超越了宋明理学的戏曲美学观。王夫之从情景两者的关系入手，着重阐述了戏曲美终极目标的生成建构和美感体验的问题。王夫之认为，美的感受是情感与对象的统一，是情景合一的结果，"情景名为二，而实不可离"④。所谓"不可离"是说情因景而生，景因情而生，情不是纯粹主观的感情，景也不是纯粹客观的物景，情是景中之情，景是情中之景。王夫之还运用主观与客观相统一的审美原则阐发戏曲美，云："身之所历，目之所见，是铁门限。……隔垣听演杂剧，可闻其歌，不见其舞，更远则但闻鼓声，而可云所演何出乎？"⑤这就从正反两方面阐明了戏曲美的终极目标生成建构乃情景合一的基本原理。

由于以程朱理学为代表的儒家礼乐教化戏曲美学观，总体上居于宋元明清社会的主流意识形态地位，其话语权力自然支配了大多数文人学士对戏曲美终极目标的认同。清代张三礼的《〈空谷香〉序》云："文字无关风教者，虽炳耀艺林，脍炙人口，皆为苟作。填词，其一体也。史家传志之文，学士大夫或艰涉猎。及播诸管弦，托于优孟，转令天下后世观场者，若古来忠孝贤奸，凛然在目。则填词足资劝惩、感发者亦重。"⑥但是也有例外，随着晚明以来个性解放思想的传播和影响，不少文人学士的儒家礼乐教化纯粹意识有所淡化，而通过戏曲美终极目标的传达，完善个性化人性之美的意识得到重视、推崇和弘扬。清代高奕的《新传奇品序》云："传奇至于今，亦盛矣。作者以不羁之才，写当场之景，惟欲新人耳

---

① 王阳明：《王阳明全集》，上海古籍出版社1992年版，第70页。
② 同上书，第25页。
③ 同上书，第29页。
④ 王夫之：《姜斋诗话》，人民文学出版社1961年版，第150页。
⑤ 同上书，第147页。
⑥ 蔡毅：《中国古典戏曲序跋汇编》，齐鲁书社1989年版，第1786页。

目，不拘文理，不知格局，不按宫商，不循声韵，但能便于搬演，发人歌泣，启人艳慕，近情动俗，描写活现，逞奇争巧，即可演行，不一而足。其于前贤关风化劝惩之旨，悖焉相左；欲求合于今，亦已寥寥矣。……此亦善与人同之意"。①所谓"其于前贤关风化劝惩之旨，悖焉相左；欲求合于今，亦已寥寥矣"，揭示了明清戏曲美的终极目标价值取向中，有相当一部分已经脱离了儒家僵硬的礼乐教化观念的羁绊。近代，在论述戏曲美的终极目标时，天虚我生的《〈曲海总目提要〉序》云："殊不知所谓曲者，已非直道。而况加以文饰，又何足取？所可取者，只在事实。虽不必真，而比兴之旨，胥在乎是。……其间究竟孰是孰非，孰曲孰直？是在观剧者之良知与以心判。盖其事正如鹿触杀与漆城荡荡，初亦何尝真实不虚，不过优俳用为谲谏，以博轩渠，将使人人知其为曲，而于是审曲面执举直错枉以正其曲。所谓识曲赏其真者，初非斤斤于声乐之微。盖其真谛只在以已之正，正人之曲而已。"②其中"真谛只在以已之正，正人之曲而已"之"正"，话语内涵的范围远远不止于戏曲美的儒家礼乐教化，这种发展变化不可不谓社会审美意识形态的话语权力的时代进步。

明清时期，有些文人学士对戏曲美终极目标服务儒家礼乐教化认同的超越，还表现在着重强调戏曲美终极目标的艺术特征。在社会审美意识形态的话语权力下，凸显戏曲美终极目标的话语艺术个性，事实上也拓展了戏曲美终极目标的外延，其中值得一提的是对戏曲美的幽默、生动、活泼、诙谐话语的推崇与弘扬。明代汤显祖的《〈万锦娇丽〉序》云："正宗特以庄语之入人也甚逆，故顺所悦，从旁喻曲，晓其褒美刺恶，种种留人心而传后世者。若何此是，若何彼非，朝番暮阅，最所乐观。庶几缘此而淑慝辩于心，则以是为去恶从善之一助云尔。"③汤显祖认为庄重严肃的儒家礼乐教化话语不能激发人们的情感波澜，与人心所向悖逆而行，而戏曲"顺所悦，从旁喻曲"的谐语则可以深入人心，在人们情趣乐观的心理氛围中达到"褒美刺恶"，为儒家礼乐教化"去恶从善之一助"。陈洪绶的《〈节义鸳鸯塚娇红记〉序》亦认为戏曲美的谐语有助于人性完善，云："今有人焉

---

① 高奕：《新传奇品》，《中国古典戏曲论著集成》（六），中国戏剧出版社1959年版，第269页。

② 蔡毅：《中国古典戏曲序跋汇编》，齐鲁书社1989年版，第295页。

③ 同上书，第423页。

聚徒讲学，庄言正论，禁民为非，人无不笑且诋也。伶人献俳，喜叹悲啼，使人之性情顿易，善者无不劝，而不善者无不怒。是百道学先生之训世，不若一伶人之力也。……所以言乎其性情之至也，而亦犹之乎体明天子广历教化之意而行之者也。"①

明末清初，随着中国传统文化中儒释道"三教合一"的思想已经渗入戏曲创作之中，刘宗周在强调戏曲美终极目标的艺术特征，推崇和弘扬幽默、生动、活泼、诙谐话语时，还超越了儒释道"三教合一"的道德教化思想，其《人谱类记》云："今之院本，即古之乐章。每演戏时，见有孝子、悌弟、忠臣、义士，虽妇人牧竖，往往涕泗横流。此其动人最切，较之老生拥皋比、讲经义，老衲登上座、说佛法，功效百倍。"②清代，李渔则进一步把强调戏曲美终极目标的艺术特征，推崇和弘扬幽默、生动、活泼、诙谐话语，概括并归结为"机趣"美，其《闲情偶寄》云："所谓无道学气者，非但风流跌宕之曲、花前月下之情当以板腐为戒，即谈忠孝节义与说悲苦哀怨之情，亦当抑圣为狂，寓哭于笑，如王阳明之讲道学，则得词中三昧矣。阳明登坛讲学，反复辨说良知二字，一愚人讯之曰：'请问良知这件东西，还是白的？还是黑的？'阳明曰：'也不白，也不黑。只是一点带赤的，便是良知了。'照此法填词，则离合悲欢，嘻笑怒骂，无一语一字不带机趣而止矣。"③这就把对戏曲美终极目标的话语艺术特征的总结和阐发，提高到了一个崭新的戏曲美学理论的高度，也凝练和彰显了戏曲美学理论的鲜明个性。

文人学士运用社会审美意识形态的话语权力，探讨了关于戏曲美的命题范畴。戏曲形成于宋代，而真正具有以歌舞演故事的较完备形态是在金元。其时，剧作家和演员的身份地位卑微，社会上主流意识形态不但视戏曲为解颐侑酒之流的艺术，而且视剧作家为优伶乐工一体，纵有动人的戏曲创作，文人学士也不具备对戏曲美发展规律进行全面总结的充分条件。在元明清时期一大批剧作家和戏曲作品出现之后，随着统治阶级对待戏曲艺术的政策及社会经济环境变化，以及主流意识形态领域思想解放的进展，文人学士关于戏曲美主要内容的探讨越来越多。

---

① 蔡毅：《中国古典戏曲序跋汇编》，齐鲁书社1989年版，第1357—1358页。
② 转引自李调元《剧话》，《中国古典戏曲论著集成》（八），中国戏剧出版社1959年版，第45页。
③ 李渔：《李渔全集》第三卷，浙江古籍出版社1992年版，第20页。

例如，在阐发戏曲美的发展规律方面，明代，胡应麟初步阐述了一代有一代文学艺术的基本理念，充分肯定了元明戏曲艺术具有独立于汉文、唐诗、宋词的美学价值，云："汉文、唐诗、宋词、元曲，虽愈趋愈下，要为各极其工。然胜国诗文绝不足言，而虞、杨、范、揭辈皆烜赫史书，至乐府绝出古今，如王、关诸子。亡论生平履历，即字里若存若亡，故知词曲游艺之末途，非不朽之前著也。"故此，胡应麟对《西厢记》《琵琶记》等予以了很高的评价，认为《西厢记》"才情逸发"，《琵琶记》"极天工人巧"①，诸如此类"各极其工"的戏曲经典，既具有彪炳当下传世不朽的美学品质，又具有等待后世超越的"非不朽之前著"的美学价值。王骥德既认同了一代有一代文学艺术的基本理念，又探讨了造成一代有一代文学艺术断层的客观社会原因，云："唐之绝句，唐之曲也，而其法宋人不传。宋之词，宋之曲也，而其法元人不传。以至金、元人之北词也，而其法今复不能悉传。是何以故哉？国家经一番变迁，则兵燹流离，性命之不保，遑习此太平娱乐事哉。今日之南曲，他日其法之传否，又不知作何底止也！"②朱国祯则从古代歌舞艺术的发展历史阐发戏曲歌舞美的发展脉络，云："葛天氏始歌。阴康氏始舞。朱襄作瑟。伏羲作琴、埙、箫。女娲作笙、竽。黄帝作钟磬、鼓吹、铙角、鞞钲，制律吕，立乐师。少昊作浮磬。舜作崇牙。禹作鼗。桀作烂漫之乐。纣作北里之舞。周有四夷之乐。穆王有木寓歌舞之伎。秦蒙恬作筝。汉田横客作挽歌。汉武帝立乐府，作角抵、鱼龙曼延、吞刀吐火之戏。梁有高絙舞轮之伎。唐高宗置梨园作坊。玄宗置教坊、倡优、杂伎。元人作传奇。"③

在阐发戏曲美的主情观念方面，明代汤显祖摆脱儒家礼乐教化的束缚，最早全面提出了戏曲主情说，之后，其话语在社会上产生了广泛而深远的影响。吴从先完全认同并肯定戏曲主情说美，云："汤若士《牡丹亭·序》云：'夫人之情，生而不可死，死而不可生者，皆非情之至者。'又云：'事之所必无，安知情之所必有。''情'之一字，遂足千古，宜为海内情至者惊服。"④张琦则从戏曲创作与

---

① 胡应麟：《少石山房笔丛》，中华书局1958年版，第562—563页。
② 王骥德：《曲律》，《中国古典戏曲论著集成》（四），中国戏剧出版社1959年版，第155页。
③ 朱国祯：《涌幢小品》，《明代笔记小说大观》，上海古籍出版社2005年版，第3211页。
④ 吴从先：《小窗自纪》，《古人云丛书》，岳麓社2003年版，第71页。

人之性情自然抒发的角度认同并肯定戏曲主情说美,云:"人,情种也;人而无情,不至于人矣,曷望其至人乎?情之为物也,役耳目,易神理,忘晦明,废饥寒,穷九州,越八荒,穿金石,动天地,率百物,生可以生,死可以死,死可以生,生可以死,死又可以不死,生又可以忘生,远远近近,悠悠漾漾,杳弗知其所之。而处此者之无聊也,借诗书以闲摄之,笔墨磬泻之,歌咏条畅之,按拍纡迟之,律吕镇定之,俾飘飘者返其居,郁沉者达其志,渐而浓郁者几于淡,岂非宅神育性之术欤?"①

清代,刘阮山鉴于人之性情复杂多样,在认同和肯定戏曲的主情说美的基础上,对情与理进行了分析,对情与欲进行了甄别,其《〈七夕圆槎合记〉自序》云:"凡杂剧曰传奇,非传奇人奇事也,亦传夫性情之至正者而已。有不可磨之性,遂有不可解之情,自人立性不坚,斯用情不至,见夫忠臣孝子、义夫节妇,其行事足以动天地,格鬼神者,遂骇以为奇,圣人视之,皆中庸之道也。然用情之弊有二:不及情则嫌于忍,过情则流于欲。……抑知天地间情与理同源,欲与情异派。"②明清鼎革之后,受王阳明心学激发的个性解放思潮有所消退,故而刘阮山认同"情与理同源"的话语难免落入儒家礼乐教化的窠臼,但是,对情与欲的甄别却不乏肯定人之自然性情,而否定人之滥情淫欲的审美意识形态的积极现实意义。

在阐发戏曲美的意境建构方面,"意境"作为中国古典传统美学中最具有民族特色的核心范畴,一直是戏曲艺术孜孜以求的最高美学境界。"意境"的建构讲究虚和实的辩证运用,强调以虚带实,虚实相生。戏曲的搬演并不是简单地依靠程式来体现,更注重的是演员对剧中人物的内心体验,戏曲舞台上的每一个人物都是内在个性美和外在程式美的结合体,写实写意,虚实结合,虚实相生,情外有情,景外有景,情景合一,才能够达到充满诗情画意的戏曲美学境界。明代中叶,文人学士开始比较多地论述戏曲演员在搬演过程中体现虚实相生、情景交融的意境美,亦即讲求生活真实和艺术真实、实与虚的高度辩证统一。谢肇淛云:"凡为小说及杂剧、戏文,须是虚实相半,方为游戏三昧之笔,亦要情景造极而止,不

---

① 张琦:《衡曲麈谭》,《中国古典戏曲论著集成》(四),中国戏剧出版社1959年版,第273页。

② 蔡毅:《中国古典戏曲序跋汇编》,齐鲁书社1989年版,第1905页。

必问其有无也。"①王骥德云:"古戏不论事实,亦不论理之有无可否,于古人事多损益缘饰为之,然尚存梗概。后稍就实,多本古史传杂说略施丹垩,不欲脱空杜撰。迩始有捏造无影响之事以欺妇人、小儿者,然类皆优人及里巷小人所为,大雅之士亦不屑也。……《明珠》《浣纱》《红拂》《玉合》,以实而用实者也;《还魂》、'二梦',以虚而用实者也。以实而用实也易,以虚而用实也难。"②清代李渔的《闲情偶寄》承前启后,详细地诠释虚、实含义,云:"传奇所用之事,或古或今,有虚有实,随人拈取。古者,书籍所载,古人现成之事也;今者,耳目传闻,当时仅见之事也;实者,就事敷陈,不假造作,有根有据之谓也;虚者,空中楼阁,随意构成,无影无形之谓也。"③李渔还鲜明地主张戏曲创作要突出"审虚实"。

在认同戏曲美的意境建构理论的同时,明代,祁彪佳从肯定性方面称赞沈应召著《去思记》具有意境美,云:"王公鈇令姑熟,保境御寇,倭贼呼之为'王铁面'。华荡之役,卒以身殉,惜哉! 姑熟志去思焉,遂有是记。词白严整,意境俱惬,令阅者忽而击案称快,忽而慷慨泣下。事当与《五伦》《龙泉》伍,而词更胜之"④;从否定性方面批评金怀玉著《完福》的意境浅陋荒谬,云:"事出意创,于悲欢两境,俱无入髓处。谬以黄香为仙姬之子,不知金君何所为而构此思。"⑤清代的杨恩寿从肯定性方面称赞《千钟禄》的意境旷远绝妙,云:"《千钟禄》演建文帝出亡,虽据野史,究失不经。然词笔甚佳也。《惨睹》一出,发端无限凄凉。帝子飘零,迥异游僧。托钵选词,何亲切乃尔。【倾杯玉芙蓉】收拾起大地山河一担装,四大皆空相。历尽了渺渺程途、漠漠平林、垒垒高山、滚滚长江。但见那寒云惨雾和愁织,受不尽苦雨凄风带怨长。雄城壮,看江山无恙,谁识我一瓢一笠到襄阳! 余尤爱【尾声】,即云'路迢迢心怏怏,何处得稳宿碧梧枝上',行将进场矣,忽飘来一杵钟声,遂叹道:'错听了野寺钟鸣当景阳!'神情之合,排场之

---

① 谢肇淛:《五杂俎》,中华书局1959年版,第447页。
② 王骥德:《曲律》,《中国古典戏曲论著集成》(四),中国戏剧出版社1959年版,第147—154页。
③ 李渔:《李渔全集》第三卷,浙江古籍出版社1992年版,第15页。
④ 祁彪佳:《远山堂曲品》,《中国古典戏曲论著集成》(六),中国戏剧出版社1959年版,第76页。
⑤ 同上书,第106页。

佳，令人叹绝！"①在明清文人学士的共同努力和深入探讨下，戏曲意境美的理论建构不断得到开掘，戏曲意境美的话语内涵不断得到丰富，戏曲意境美的话语体系不断得到完善，成为衡量古代戏曲美以及戏曲身份认同的主要圭臬。

　　文人学士运用社会审美意识形态的话语权力，阐发了关于戏曲美的创造价值。例如，李渔认为戏曲美的创造可以使剧作家充分发挥艺术想象和个人才华，获得前所未有的全面、充分而深刻的人生美感体验，极大地弥补剧作家在现实生活中的缺憾与不足。云："文字之最豪宕，最风雅，作之最健人脾胃者，莫过填词一种。若无此种，几于闷杀才人，困死豪杰。予生忧患之中，处落魄之境，自幼至长，自长至老，总无一刻舒眉，惟于制曲填词之顷，非但郁藉以舒，愠为之解，且尝僭作两间最乐之人，觉富贵荣华，其受用不过如此，未有真境之为所欲为，能出幻境纵横之上者：我欲做官，则顷刻之间便臻荣贵；我欲致仕，则转盼之际又入山林；我欲作人间才子，即为杜甫、李白之后身；我欲娶绝代佳人，即作王嫱、西施之元配；我欲成仙作佛，则西天蓬岛即在砚池笔架之前；我欲尽孝输忠，则君治亲年，可跻尧、舜、彭篯之上。非若他种文字，欲作寓言，必须远引曲譬，蕴藉包含，十分牢骚，还须留住六七分，八斗才学，止可使出二三升，稍欠和平，略施纵送，即谓失风人之旨，犯佻达之嫌，求为家弦户诵者，难矣。"②

　　乾隆年间，社会上普遍流行"戏场即在名场""名场亦戏场"的观念，因此，徐爔认为戏曲美的创造可以使剧作家打通现实与戏曲的畛域，从戏曲美中获得人生自信与心性自由，其《〈写心杂剧〉自序》云："写心剧者，原以写我心也。心有所触则有所感，有所感则必有所言，言之不足，则手之舞之足之蹈之而不能自已者，此予剧之所由作也。且子以为是真耶？是剧耶？是剧者皆真耶？是真者皆剧耶？即余一身观之，椿萱茂而荆树荣者，少时之剧也；琴瑟和而瓜瓞绵者，壮岁之剧也；精力衰而须发苍者，目前之剧也。而今而后，亦不自知其更演何剧已也。盖予日处乎剧中，而未尝片刻超乎剧外，则何妨更登场而演之？"③对此，冯应榴予以认同，并且进一步地阐发了以戏喻今的道理，其《〈写心杂剧〉题词》

---

　　① 杨恩寿：《词余丛话》，《中国古典戏曲论著集成》（九），中国戏剧出版社1959年版，第265页。

　　② 李渔：《李渔全集》第三卷，浙江古籍出版社1992年版，第47页。

　　③ 蔡毅：《中国古典戏曲序跋汇编》，齐鲁书社1989年版，第1012页。

云："逢场聊作斯文戏，说法都为现在身。"方惟祺亦表达了认同，并且画龙点睛式深刻揭示其中的主题思想和故事内容奥秘，其《〈写心杂剧〉题词》云："当场说法身须现，莫作衣冠优孟传。"①

中国传统文化讲究天人合一、人与自然和谐统一，基于这种意识形态，沤公在为李慈铭所作杂剧《星秋梦跋》中进一步认为，戏曲美的创造可以使剧作家感悟人生的真谛，揭示天地的真理，传递人间的精、气、神。云："天地间既有一种文字，必有一种真理包蕴其间。善为文者，先即其理，目击而心存之，积久生悟，方其既悟，于是伸纸蘸笔，追此理于冥茫之中，躯以灵心，弋以快腕，直使我之精神气力，与天地之理呼吸胶固，发而为文，斯其所以历千古而不敝也。……悟之通于理者矣。"②黄图珌则从亲身经历作曲的角度，认为戏曲美的创造可以使戏曲音乐与天地声音自然协调，融为一体，达到"空灵杳渺"的戏曲音乐美境界。其《看山阁集闲笔跋》云："余自小性好填词，时穷音律。所编诸剧，未尝不取古法，亦未尝全取古法。每于审音、炼字之间，出神入化，超尘脱俗，和混元自然之气，吐先天自然之声，浩浩荡荡，悠悠冥冥，直使高山、巨源、苍松、修竹，皆成异响，而调亦觉自协。颇有空灵杳渺之思，幸无浮华鄙陋之习。"③

如果说剧作家的剧本创作具有戏曲美的一度创造价值的话，那么，演员的歌舞搬演则具有戏曲美的二度创造价值，两者共同为创造戏曲美分别做出不可或缺的贡献。就此而言，元代胡祗遹非常重视戏曲演员的舞台形象和搬演风貌，提出了关于戏曲演员二度创造戏曲美的"九美"说，其《黄氏诗卷序》云："女乐之百伎，惟唱说焉。一、姿质浓粹，光彩动人；二、举止闲雅，无尘俗态；三、心思聪慧，洞达事物之情状；四、语言辨利，字句真明；五、歌喉清和圆转，累累然如贯珠；六、分付顾盼，使人解悟；七、一唱一说，轻重疾徐中节合度，虽记诵闲熟，非如老僧之诵经；八、发明古人喜怒哀乐、忧悲愉佚、言行功业，使观听者如在目前，谛听忘倦，惟恐不得闻；九、温故知新，关键词藻，时出新奇，使

---

① 蔡毅：《中国古典戏曲序跋汇编》，齐鲁书社1989年版，第1016页。
② 同上书，第1153页。
③ 黄图珌：《看山阁集闲笔》，《中国古典戏曲论著集成》（七），中国戏剧出版社1959年版，第144页。

人不能测度为之限量。九美既具，当独步同流。"①其中"九美既具，当独步同流"意思是说，戏曲演员搬演二度创造了"九美"，就能够使戏曲美得到全面充分的展示，戏曲演员也因此可以在戏曲演员群体中独树一帜，提高自我与众不同的身份地位，进而获得群体身份认同乃至社会身份认同。明代，不收尾音，有两种人犯之：一种自负喉音嘹亮，纵情使去，往而莫返，如是者不收；又梨园子弟当场，务欲四筵耸听，一味浩歌阔唱，如是者不收。乃若月下花阴，名山胜会，赏音毕集，自宜轻讴缓按，紧收细吐，张大复认同、肯定与赞赏合符声腔格律的戏曲演唱，认为这种戏曲音乐美具有使欣赏者从中获得审美愉悦的心理快感价值，云："喉中转气，管中转声，其用在喉管之间，而妙出声气之表，故曰微若丝，发若括，真有得之心、应之手与口，出之手与口，而心不知其所以者。尝听张伯华吹箫，王季昭度曲，庶几至无。而供其求，将骋而要其束。今日纳凉，张时可北亭上，闻徐生歌，大有故人风味，不觉快然。季昭歌者也，微言冷谑，雅冠一时。"②

戏曲演员的歌舞搬演实现戏曲美的二度创造价值离不开舞台，演员搬演与舞台排场本质上相辅相成、相得益彰，所以文人学士很重视演员演剧的排场美。换句话说，演剧的排场美是戏曲美的有机组成部分，对戏曲美的创造具有不可忽略的重要价值。为此，吕天成称赞《四艳记》排场美，云："《四艳》，选胜地，按节气，赏名花，取珍物，而分扮丽人，可谓极排场之致矣。词调俊逸，姿态横生。密约幽情，宛宛如见，却令老颠没法耳。"③张岱描叙"刘晖吉女戏"排场达到了变幻莫测、千奇百怪、美轮美奂、"境界神奇"④的舞美极致。李斗则在更广大范围肯定性地描述了戏曲排场和舞台展现的美异盛况，云："自老徐班全本《琵琶记》请郎花烛，则用红全堂，《风木余恨》则用白全堂，备极其盛。他如大张班《长生殿》，用黄全堂；小程班《三国志》，用绿虫全堂。小张班十二月花神衣，价至万金。百福班一出《北饯》，十一条通天犀玉带。小洪班灯戏，点三层牌楼，二十四

---

① 陈多、叶长海选注：《中国历代剧论选注》，湖南文艺出版社1987年版，第63页。
② 张大复：《梅花草堂笔谈》，《笔记小说大观》第32册，江苏广陵古籍刻印社1983年版，第225页。
③ 吕天成：《曲品》，《中国古典戏曲论著集成》（六），中国戏剧出版社1959年版，第234页。
④ 张岱：《陶庵梦忆》，上海古籍出版社1982年版，第49页。

灯，戏箱各极其盛。若今之大洪、春台两班，则聚众美而大备矣。"①这里所谓"聚众美而大备"，是李斗对大洪、春台两个戏班戏曲演剧排场美做出的全面艺术价值判断。当然。有些剧作家并非一味追求戏曲演剧的排场美，他们在肯定创造戏曲演剧排场美的同时，总是或多或少地受到主流意识形态话语的影响，杨之炯的《〈蓝桥玉杵记〉凡例》云："本传中，多圣真登场。演者须盛服端容，毋致轻亵。……本传逐出绘像，以便照扮冠服。"②由此可见，杨之炯关于戏曲人物与服装穿戴的演剧排场美认知，是受到了中国传统文化中"尊圣敬贤"意识形态话语的制约。

文人学士运用社会审美意识形态的话语权力，阐发了关于戏曲美的现实意义。例如，明代周晖在阐明戏曲本事的基础上，肯定戏曲美具有批评社会奢靡现实的意义，云："徐子仁快园落成，美之携酒饮于园中。一友人曰：'此园正与长干浮图相对，惜为城隔。若起一楼对之，夜观塔灯，最是佳境。'美之曰：'是不难。'诘旦，送银二百两与子仁造楼。美之乃黄太监侄。太监保养孝宗最有功，及登极，赐赉甚厚。故美之得以遂其豪侠之举。今世搬演《陈琳妆盒》戏文，乃影黄太监事耳。"③清代范泰恒认为戏曲创作和欣赏作用于人，戏曲美感人至深，在引导广大市民百姓移风易俗，使人性得到完善方面，可以取得"事半功倍"的现实审美效果。其《〈芝龛记〉跋》云："人性之善也，忠孝节义之事，儒生有之，武夫亦有之；大丈夫有之，妇人小女亦有之；中华士女有之，蛮荒巾帼亦有之。……武夫、妇女、蛮荒中且能有此，则性之善，益信而有征。其不忠孝不节义者，气为之而无疑于性矣。噫，古乐云：'亡民行不兴。'传奇导俗，事半功倍。"④

在封建社会盛行"女子无才便是德"的生活环境中，清代卫泳反其道而行之，认为妇女看戏对于提升自我文化水平很有必要，云："女人识字，便是一种儒风。故阅书画，是闺中学识。如大士像是女中佛，何仙姑像是女中仙，木兰、红拂女中之侠，以至举案、提瓮、截发、丸熊诸美女遗照，皆女中之模范，闺阁宜悬。且使女郎持戒珠，执麈尾，作礼其下，或相与参禅、唱偈、说仙、谈侠，真可改

---

① 李斗：《扬州画舫录》，中华书局1980年版，第135页。
② 蔡毅：《中国古典戏曲序跋汇编》，齐鲁书社1989年版，第1302页。
③ 周晖：《金陵琐事》，南京出版社2007年版，第132页。
④ 蔡毅：《中国古典戏曲序跋汇编》，齐鲁书社1989年版，第1719页。

观畅意,涤除尘俗。如宫闱传、列女传、诸家外传、《西厢》、玉茗堂《还魂》二梦、《雕虫馆弹词六种》,以备谈述歌咏。间有不能识字,暇中聊为陈说,共话古今奇胜红粉,自有知音。"① 卫泳提出女子通过阅读《西厢记》《牡丹亭》等识字学文化,虽有猎艳渔色之意,但是,客观上是对封建社会男女不平等现象有力的批判和否定,从中不难发现卫泳对戏曲美有助于女子阅读理解长知识重要作用的充分肯定和身份认同。

李渔认为戏曲创作可以使剧作家凭借一技之长青史留名,提高自我身份地位,并且与治理朝政国事并行不悖,其《闲情偶寄》云:"填词一道,文人之末技也,然能抑而为此,犹觉愈于驰马试剑,纵酒呼卢。孔子有言:'不有博弈者乎?为之犹贤乎已。'博弈虽戏具,犹贤于'饱食终日,无所用心',填词虽小道,不又贤于博弈乎?吾谓技无大小,贵在能精;才乏纤洪,利于善用;能精善用,虽寸长尺短亦可成名。否则才夸八斗,胸号五车,为文仅称点鬼之谈,著书惟供覆瓿之用,虽多亦奚以为?填词一道,非特文人工此者足以成名,即前代帝王,亦有以本朝词曲擅长,遂能不泯其国事者。"②

审美意识形态话语既是一系列有意义的陈述词语,也是一系列有价值的社会实践,不仅反映社会现实,而且也建构社会现实,包括建构作为审美文化的戏曲艺术现实。审美意识形态话语对于戏曲艺术的作用和意义在于,不仅反映社会生活的真实状况,而且建构戏曲艺术的美学大厦。各种各样的审美意识形态话语权力的运用,使戏曲艺术的本质内涵得以深广发掘,戏曲艺术的本体状貌得以丰满完善,戏曲艺术的个性化特征得以凝聚纷呈,从而为人们实现戏曲身份认同提供塑形圆融、异彩纷呈的实体审美对象。

---

① 卫泳:《悦容编》,《中国香艳全书》,团结出版社2005年版,第30页。
② 李渔:《李渔全集》第三卷,浙江古籍出版社1992年版,第1页。

第二节 多样阅读的赏鉴阐发

古代戏曲自宋代面世以来，除了在舞台上展示本体的艺术面貌之外，就是以文学剧本的形式在社会上广泛流布和持久传播。在广大市民百姓文化水平普遍低下的宋元明清时代，对戏曲文学剧本进行阅读与鉴赏的审美主体绝大多数是文化水平比较高的文人学士。文人学士通过以戏曲文学剧本为审美对象的阅读与鉴赏，以文字的形式记载了自己对文学剧本的审美感受与看法评价，表达了对戏曲美学的推崇弘扬与身份认同。从国学的视域来看，文人学士通过对戏曲文学剧本的多种多样的阅读与鉴赏，在表达对戏曲美学推崇弘扬与身份认同的同时，也引领了社会各阶层对戏曲美学的推崇弘扬与身份认同。因此，文人学士作为读者对戏曲文学剧本多样阅读与鉴赏阐发，是人们实现戏曲身份认同的一个重要方面。

文人学士对戏曲文学剧本多样阅读与鉴赏阐发主要表现在以下三个方面。

一是明确了对戏曲文学剧本进行多样阅读与鉴赏阐发的基本要素。

在阅读与鉴赏的对象方面，在文人学士的视域里，对象即审美客体，相对阅读与鉴赏的对象要素而言就是读者要素，读者即审美主体，审美对象毫无疑问是戏曲文学剧本。明清时期，面世的戏曲文学剧本一般分为配置插图的文学剧本和纯文字型的文学剧本两种。例如，明代，臧懋循选编的《元曲选》，又名《元人百种曲》，一百卷，现存明万历刻本，原书有目录，分为甲、乙、丙、丁、戊、己、庚、辛、壬、癸十集，每集收10部杂剧，共收杂剧100部。其中元人杂剧94部，元明时期杂剧6部。又，其中12部杂剧各有4幅图像，其余88部杂剧均为2幅图像，共有插图224幅。现在中国国家图书馆所藏古籍善本书中，收录有郑振铎旧藏的1部明刻本《元曲选图》。配置插图的戏曲文学剧本在万历以来甚为流行，郑振铎的《〈四声猿〉跋》云："《四声猿》刊本最多，余旧所得者已有三种。此为明末刊本，首有钟人杰序。插图四幅：《渔阳意气》《暮雨扣门》《秋雨雁塞》《玉楼春色》，为歙人汪修所画，意态绵远，镌印精工，……万历以来，无剧不图。人杰固从俗也。"①

---

① 蔡毅：《中国古典戏曲序跋汇编》，齐鲁书社1989年版，第873页。

刊刻文学剧本配置插图更加形象地描绘了剧情和人物，是剧作家或剧本选家以案头之曲弥补场上之曲不足，为读者提供阅读与鉴赏便利使然，具有图文并茂的审美效果，至于读者从图文并茂文学剧本的阅读与鉴赏当中，获得与纯文字型的文学剧本阅读与鉴赏不同的审美感知，则大大地拓展并丰富了戏曲文学剧本阅读与鉴赏的内涵。例如，凌濛初的《〈红拂杂剧〉自跋》云："余既以三传付剞劂氏，友人马辰翁见而击节，遂为余作图，且语余曰：'昔人道王右丞诗中有画，画中有诗，子曲已如画矣。'余曰：'子画中不乃亦有曲耶！'"①这其中有两点内容值得重视，一是"马辰翁见而击节"表明，马辰翁作为读者对凌濛初戏曲文学剧本的充分赞赏和身份认同；二是马辰翁"遂为余作图"表明，马辰翁作为读者借鉴移植王维"诗中有画，画中有诗"的经典名言，用来评价凌濛初的戏曲文学剧本，提出"子曲已如画"的审美判断，不啻阐发了一个前所罕见的戏曲文学批评理念，其意义不可忽略。

配置插图的戏曲文学剧本往往也是商家藉此诱惑读者的一种赚钱牟利手段。当然，有的商家对戏曲文学剧本滥用插图并不以为然，这种做法有时与文人学士们的审美期待不谋而合。例如，清代快雨堂的《又著坛原刻凡例七条并列于后》云："曲争尚像，聊以写场上之色笑，亦坊中射利巧术也。临川传奇，原字字有像，不于曲摹像，而徒就像尽曲。人则诚愚，帅惟审曾云：'此案头之书，非场上之曲。'本坛刻曲不刻像，正不欲人作传奇观耳。"②这表明刊刻汤显祖戏曲文学剧本的商家重视的是戏曲文学剧本的刊刻质量，而不是一味搜奇猎异、粗制滥造以赚钱牟利。不仅如此，这种做法的价值还在于为文人学士们阅读与鉴赏戏曲文学剧本净化了市场环境，不失为明智之举。

在阅读与鉴赏的读者方面，文人学士们认为读者的审美素质高低关系到戏曲文学剧本阅读与鉴赏阐发的深浅、优劣。例如，明代胡震亨引王敬葵语云："词曲家非当家本色，虽丽语、博学无用"③。剧作家的审美素质决定了所创作的戏曲文学剧本的质量，读者对戏曲文学剧本的阅读与鉴赏者亦需"以意逆志"，从"当家本色"切入戏曲文学剧本的本体和创作特色，才能够真正获得戏曲文学剧本阅读

---

① 蔡毅：《中国古典戏曲序跋汇编》，齐鲁书社1989年版，第881页。

② 同上书，第1232页。

③ 胡震亨：《唐音癸签》，古典文学出版社1957年版，第15页。

与鉴赏的审美真谛，进而阐发对戏曲文学剧本的审美认知，实现名副其实的戏曲文学剧本身份认同。祁彪佳的《〈远山堂曲品〉凡例》在阐发戏曲文学剧本与读者的关系时云："文人善变，要不能设一格以待之。有自浓而归淡，自俗而趋雅，自奔逸而就规矩。如汤清远他作入'妙'，《紫钗》独以'艳'称；沈词隐他作入'雅'，《四异》独以'逸'称。必使作者之神情，与评者之藻鉴，相遇而成莫逆之面目耳。"①这就是说，戏曲文学剧本的阅读与鉴赏阐发取决于对象与读者双方的素质，缺一不可，否则，"作者之神情，与评者之藻鉴，相遇而成"势必空洞无物，一无所获。清代袁枚云："余不解词曲。蒋心馀强余观所撰曲本，且曰：'先生只算小病一场，宠赐披览。'余不得已，为览数阕。次日，心馀来问：'其中可有得意语否？'余曰：'只爱二句，云：任汝忒聪明，猜不出天情性。'心馀笑曰：'先生毕竟是诗人，非曲客也。'余问何故。曰：'商宝意《闻雷》诗云：造物岂凭翻覆手，窥天难用揣摹心。此我十一个字之蓝本也。'"②蒋士铨，字心馀，认为袁枚作为诗人不能理解诗句与曲词在造句雅俗达意方面的异同，换句话说，乃指出袁枚作为诗人是高手，而作为戏曲文学剧本的读者则在素养上有所欠缺。

此外，戏曲文学剧本的阅读和鉴赏与特定读者也有密切关系。明代，广陵女子冯小青在阅读《牡丹亭》之后感叹身世，过度悲伤而亡，临终前所作绝命诗道："冷雨幽窗不可听，挑灯夜读《牡丹亭》。人间自有痴于我，岂独伤心是小青。"对此，近代吴梅的《〈疗妒羹〉跋》云："小青《冷雨幽窗》一诗，为千古绝唱。杨不器和作，有'临川剧谱人人读，能读临川是小青'之句，亦可云劲敌。"③杨不器之"能读临川是小青"是说，人人都阅读《牡丹亭》，唯独冯小青才是汤显祖作品深层次生命内蕴的真正知音。这也说明读者对戏曲文学剧本的阅读与鉴赏素质是建立在个人独特生活经历基础之上的。

在阅读与鉴赏的观念方面，文人学士们认为戏曲文学剧本的阅读与鉴赏阐发受到读者的审美立场与观念的支配。明代李贽认为阅读与鉴赏《西厢记》，要注重人物形象的精神底蕴，要透过人物外形塑造抵达人物心灵神髓，而不能仅仅停留

---

① 祁彪佳：《远山堂曲品》，《中国古典戏曲论著集成》（六），中国戏剧出版社1959年版，第7页。

② 袁枚：《随园诗话》，人民文学出版社1982年版，第535页。

③ 蔡毅：《中国古典戏曲序跋汇编》，齐鲁书社1989年版，第1412页。

在表面曲白措辞的运用上，其《读〈西厢记〉类语》云："作《西厢》者，妙在竭力描写莺莺之娇痴，张之呆趣，方为传神。若写作淫妇人风浪子模样，便河汉矣。在红则一味滑利技巧，不失使女家风。读此记者，当作如是观。读《水浒传》，不知其假；读《西厢记》，不厌其烦。文人从此悟入，思过半矣。读别样文字，精神尚在文字里。读至《西厢》曲，便只见精神，并不见文字。咦！异矣哉！尝读短文字，却厌其多。一读《西厢》曲，反反复复，层层叠叠，又嫌其少，何也？《西厢》，记耶，曲耶，白耶，文章耶；红耶，莺耶，张耶？"① 清代的王应奎认同冯定远的观点，认为戏曲曲白与诗歌词语不同，曲俗诗雅，阅读与鉴赏戏曲文学剧本时应将两者区别开来，云："王实甫《西厢记》、汤若士《还魂记》，词曲之最工者也。而作诗者入一言半句于篇中，即为不雅，犹时文之不可入古文也。冯定远尝言之，最为有见，此亦不可不知。"②

对确立阅读与鉴赏戏曲文学剧本立场与观念影响重大的当属李贽的"化工"与"画工"说。在阅读与鉴赏了元代关汉卿的《拜月亭》、王实甫的《西厢记》和高明的《琵琶记》之后，李贽的《杂说》评价并阐发云："《拜月》《西厢》，化工也；《琵琶》，画工也。夫所谓画工者，以其能夺天地之化工，而其孰知天地之无工乎？今夫天之所生，地之所长，百卉具在，人见而爱之矣。至觅其工，了不可得，岂其智固不能得之欤！要知造化无工，虽有神圣，亦不能识知化工之所在，而其谁能得之？由此观之，画工虽巧，已落二义矣。文章之事，寸心千古，可悲也夫！"③ 李贽认为值得阅读与鉴赏的上乘戏曲文学剧本应该具有"化工"之美。所谓"化工"就是取天地自然之造化，不从形迹上追求，不留斧凿之痕迹，而以出神入化的艺术传达人情物理之神韵，余味无穷；而"画工"则恰恰相反，是取人为雕琢之工巧，只在形迹上用力，不能传达神韵，以至于往往词尽意竭，了无余味。所以，李贽认为高明的《琵琶记》是一部典型的画工之作。李贽的"化工"与"画工"说不仅为阅读与鉴赏戏曲文学剧本确立了特色鲜明的概念范畴，提供了戏曲美学价值判断的衡量标准，而且也为剧作家创作戏曲文学剧本指明了一条通达审美理想境界的大道，更为提高人们的戏曲身份认同质量与标准创设了新的

---

① 蔡毅：《中国古典戏曲序跋汇编》，齐鲁书社1989年版，第655页。
② 王应奎：《柳南随笔》，中华书局1983年版，第60页。
③ 李贽：《李贽文集》第1卷，社会科学文献出版社2000年版，第90页。

尺度。

在阅读与鉴赏的方法方面，方法是达到戏曲文学剧本阅读与鉴赏目标的手段，方法的运用恰当与否，关系到戏曲文学剧本阅读和鉴赏的成效大小与目标能否实现。文人学士们对此进行了多种多样的探讨与实践。例如，清代张雍敬撰《醉高歌》等传奇3部，杂剧8部，其《〈醉高歌〉文体一致题辞》结合自我戏曲创作的实践经验，阐发了戏曲文学剧本阅读与鉴赏的方法在于"眼到、口到、心到"，云："读文作文，初无二致，故善读文者必善于作文，其不善作文者必不善于读者也。所谓善读者，无他，眼到、口到、心到而已也。……未善读文者，当先读填词，则眼到心到，犹与文同。而口到一事，则神情音节，自能如法。……盖三者原属一事也。故必先读填词，而后移此法以读他书，则莫不善读矣。即以读法为作法，则无不善作矣。虽然，此言一出，世必将闻而疑之，谓夫填词之与举业，不相通也。不知诗赋文词有异体而无异理，……不论作诗文词赋，亦只是用一法耳。"①戏曲家万树，字红友，创作戏曲有20余部，仅存传奇《风流棒》《空青石》《念八翻》3部，合刻为《拥双艳三种曲》。梁廷枏云："红友之论曰：'曲有音，有情，有理。不通乎音，弗能歌；不通乎情，弗能作；理则贯乎音与情之间，可以意领不可以言宣。悟此，则如破竹、建瓴，否则终隔一膜也。'今观所著，庄而不腐，奇而不诡，艳而不淫，戏而不虐，而且宫律谐协，字义明晰，尤为惯家能事。情、理、音三字，亦惟红友庶乎尽之。"②万树从戏曲创作的角度提出戏曲文学剧本的艺术标准是情、理、音，梁廷枏则从戏曲文学剧本阅读与鉴赏的角度"今观所著"，反推其中的情、理、音，正所谓审美对象与读者认知相向契合，表明梁廷枏引他法为己用，认同与主张这种方法为戏曲文学剧本阅读与鉴赏的方法；同时，也表明梁廷枏将中国古代文论的传统批评方法之一"以意逆志"运用于戏曲文学剧本阅读与鉴赏，并且在结合戏曲本体的特殊性时有所创新与发展。

当然，有的文人学士将剧作家与其创作的戏曲文学剧本割裂开来，这种不甚恰当的戏曲文学剧本批评观念矛盾，往往导致戏曲文学剧本阅读与鉴赏的方法运用本质上存在缺陷。例如，明代的李日华云："读《徐文长集》，袁中郎宏道表章

---

① 蔡毅：《中国古典戏曲序跋汇编》，齐鲁书社1989年版，第1663—1664页。
② 梁廷枏：《曲话》，《中国古典戏曲论著集成》（八），中国戏剧出版社1959年版，第272页。

之,以为当代一人。然其人肮脏,有奇气而不雅驯,若诗则俚而诡激,绝似袁中郎,是以有臭味之合耳。杂剧《四声猿》,却是妙手。"① 中国古代文论的传统批评方法之一是"知人论世",李日华否定徐渭的个人品质,而肯定徐渭创作的杂剧《四声猿》,明显地违背了"知人论世"关于时代、社会、作家与作品相统一的文学批评基本原理,说明李日华的戏曲文学剧本阅读与鉴赏的方法受到了其实统治阶级思想意识的局限,内里存在矛盾,故而难以深刻阐发徐渭《四声猿》思想主题与艺术特色的真谛。

二是注重对戏曲文学剧本各组成部分进行全面而客观的审美评价。

在阅读与鉴赏剧情方面,文人学士一般能够从整体上把握戏曲文学剧本的故事情节,然后做出阅读与鉴赏之后的审美评价。例如,明代祁彪佳评价汪廷讷著《飞鱼记》云:"渔隐子垂钓溪头,不过一渺小丈夫耳;及见弃于杨翁,有意外之得,遂据赀自雄,结客破贼,以豪侠终,岂不可垂之青翰!为我明一奇事,所以清远道人作序嘉赏之。"② 祁彪佳认同汤显祖对《飞鱼记》的剧情评价,指出作品中的人物具有"豪侠"的品格,人物经历的故事具有"奇"的特点,不失为准确地揭示了作品人物形象塑造和故事情节演绎的核心。清代姚燮引用刘凡评价《桃花扇》语云:"《桃花扇》奇而真,趣而正,谐而疋,丽而清,密而淡,词家能事毕矣。前后作者,未有盛于此本,可为名世一宝。"③ 刘凡对《桃花扇》的总体审美评价很高,称赞其为"名世一宝";同时这种评价体现了阅读与鉴赏阐发的整体思维,其"奇而真"指的是剧情故事艺术特色,"趣而正"指的是思想内容主题特色,"谐而疋"指的是创作风格个性特色,"丽而清"指的是曲词语言表达特色,"密而淡"指的是结构布局线索特色。这种评价客观公正,诚可谓不谬。

戏曲文学剧本故事情节的演绎必须依靠其他艺术手段的有力辅助,才能够尽善尽美,而很多作品却在运用相应艺术手段上存在瑕疵。对此,文人学士们进行甄别揭示出来,显示了一种对戏曲文学剧本阅读与鉴赏阐发的严谨、科学的实事

---

① 李日华:《味水轩日记》,上海远东出版社1996年版,第452页。
② 祁彪佳:《远山堂曲品》,《中国古典戏曲论著集成》(六),中国戏剧出版社1959年版,第36页。
③ 姚燮:《今乐考证》,《中国古典戏曲论著集成》(十),中国戏剧出版社1959年版,第259页。

求是的审美态度。例如，祁彪佳评价王应遴著《清凉扇》云："此记综核详明，事皆实录。妖姆、逆珰之罪状，有十部梨园歌舞不能尽者，约之于寸毫片楮中，以此作一代爰书可也，岂止在音调内生活乎！"①这是祁彪佳采取剧情分析的方法指出作品故事情节翔实，但是，创作存在不能艺术化地表现的严重不足，俨然成为一部古代法律文书，缺乏戏曲歌舞艺术的美。祁彪佳指出屠隆的作品在故事情节演绎和倾注个人情感方面有可取之处，但是，在内容表达上的类书式写法却不敢为人苟同，在评价屠隆著《昙花记》时云："先生阐仙、释之宗，穷天罄地，出古入今。其中唾骂奸雄，直以消其块垒。学问堆垛，当作一部类书观，不必以音律节奏较也。"②戏曲文学剧本中的角色承担了剧情演绎载体的关键作用，剧情佳而脚色配置不当亦是文人学士品鉴批评的对象。梁廷枏云："《金雀记》苦无丑、净，至强以左太冲、张孟阳当之，亦不善挪虚步，阅之辄不满人意。"③这就是指出作品因为无丑、净脚色，行当不全，而不能使剧情演绎生动展开、美轮美奂。

在阅读与鉴赏曲白方面，文人学士们能够从不同的角度抓住戏曲文学剧本的创作特色，从中发掘出值得人们品味的艺术美。例如，元人郑光祖创作有杂剧《紫云娘》等17部，钟嗣成的《录鬼簿》将其列为"方今已亡名公才人"，撰【凌波仙】吊郑光祖云："乾坤膏馥润肌肤，锦绣文章满肺腑，笔端写出惊人句。番腾今共古，占词场老将伏输。《翰林风月》《梨园乐府》，端的是曾下工夫。"④元代杂剧有文采华丽一派，钟嗣成称赞郑光祖的作品是"锦绣文章"，表明了对郑光祖作品曲白语言之文采华丽的身份认同。明人沈德符云："涵虚子所记杂剧名家凡五百余本，通行人间者，不及百种。然更不止此。今教坊杂剧约有千本，然率多俚浅，其可阅者十之三耳。"⑤明代戏曲有本色一派，沈德符指出"教坊杂剧约有千本，然

---

① 祁彪佳：《远山堂曲品》，《中国古典戏曲论著集成》（六），中国戏剧出版社1959年版，第48页。

② 同上书，第20页。

③ 梁廷枏：《曲话》，《中国古典戏曲论著集成》（八），中国戏剧出版社1959年版，第277页。

④ 钟嗣成：《录鬼簿》，《中国古典戏曲论著集成》（二），中国戏剧出版社1959年版，第119页。

⑤ 沈德符：《顾曲杂言》，《中国古典戏曲论著集成》（四），中国戏剧出版社1959年版，第214页。

率多俚浅",是说这些杂剧的曲白语言浅显俚俗,因此可以归为本色一类;而"其可阅者十之三耳",则隐约透露出沈德符对戏曲曲白的语言风格持有崇雅的观念。清人姚燮引韩缙语云:"读(张坚)《梦中缘》,则清新俊逸,跌宕风流,恍听缑岭瑶笙,湘灵仙瑟。"① 其中"清新俊逸"是评价《梦中缘》的曲白语言具有与文采华丽不同的特色。戴绂能够深入作品曲白内部做仔细的分析和区别性评价,《〈回春梦〉跋》云:"细读《回春梦》传奇,有奇文、妙文、快文、真文四种。《入梦》《猎遇》,奇文也;《惊艳》《闺戏》,妙文也;《奸败》《功封》,快文也;《祭扫》《入道》,真文也。令人读去,不觉大笑,不觉痛哭,不觉拔剑起舞,不觉欲尽吸西江之水,而吐之于壁立万仞之峰。笔墨至此,可以夺化工矣。"② 这就指出了《回春梦》的曲白语言具有奇、妙、快、真四大艺术特色,达到了李贽所谓"化工"的审美境界。

　　古代戏曲文学剧本多为喜剧性质的,能给人们的阅读与鉴赏带来精神快乐和感情娱悦,但是,有些戏曲文学剧本在剧情和人物的决定性作用下具有悲剧性质。例如,明代巴县山父的《〈琵琶记〉前贤评语》引冯梦龙语云:"先儒有言,读诸葛亮《出师表》而不下泪者,必非忠臣;读李密《陈情表》而不下泪者,必非孝子。今为更二语曰:读王凤洲《鸣凤记》而不下泪者,必非忠臣;读高东嘉《琵琶记》而不下泪者,必非孝子。"③ 清代叶蕃指出了《桃花扇》的曲白具有"慷慨悲歌,凄凉苦语"情感性质,读之令人坠泪,其《〈桃花扇〉传奇题辞》云:"慷慨悲歌,凄凉苦语,是何种文章!读之而不坠泪者,其心必石,其眼必肉。"④ 这种戏曲文学剧本阅读与鉴赏的审美阐发,拓展了人们对中国古代戏曲主题蕴藉和情感性质的认知。

　　当然,有些戏曲文学剧本的曲白存在艺术美失衡的缺陷,文人学士在阅读与鉴赏阐发中能够客观地加以指正。例如,清代刘廷玑对李渔和洪昇的作品曲白分别进行了评价,云:"近今李笠翁渔《十种》填词,洪昉思昇《长生殿》,亦大手

---

① 姚燮:《今乐考证》,《中国古典戏曲论著集成》(十),中国戏剧出版社1959年版,第276页。
② 蔡毅:《中国古典戏曲序跋汇编》,齐鲁书社1989年版,第2049页。
③ 同上书,第602页。
④ 同上书,第1616页。

笔,各有妙处。但李之宾白似多,洪之曲文似冗"①。刘廷玑能够指出李渔和洪昇的作品曲白同中有异,可谓对李渔和洪昇戏曲文学剧本阅读与鉴赏独具慧眼。

在阅读与鉴赏曲韵方面,文人学士们能够从戏曲文学剧本的阅读与鉴赏中阐发曲韵格律的艺术美。例如,明人蒋一葵云:"郑德辉《王粲登楼》【中吕·迎仙客】云:'雕檐红日低,画栋彩云飞。十二玉栏天外倚。望中原,思故国,感慨伤悲。一片乡心碎。'妙在'倚'字上声起音,一篇之中唱此一字。况务头在其上,'原''思'字属阴,'感慨'上去,尤妙。【迎仙客】累百,无此调也。美哉,德辉之才名不虚传。"②蒋一葵概括这一支曲词在音韵格律上的艺术特色是"妙",具体表现在声调上阴阳搭配,韵律上起伏跌宕,曲式上发明创新,给人们一种字词发音极富节奏旋律的美听感,也从中可以发现元曲音乐的发展变化。值得注意的是,这一则文献还原汁原味地保持了作品曲词的本来面貌,经对照臧懋循在《元曲选》中的郑德辉撰《王粲登楼》【中吕·迎仙客】曲词可知,臧懋循对原曲词改写得几乎面目全非,失真情况比较严重。古代戏曲在曲词音韵的发声上有"四呼"之名,指的是依据口、唇的形态将韵母分为开口呼、齐齿呼、合口呼、撮口呼四类。潘之恒的《秦淮剧品》云:"曲引之有呼韵,自赵五娘之呼'蔡伯喈'始也;而无双子之呼'王家哥哥',西施之呼'范大夫',皆有凄然之韵。"③这就揭示了"曲引之有呼韵"的起源与流变的脉络,以及曲词音韵的感情色彩,进而有益于帮助戏曲演员明白曲理,在戏曲搬演时不仅唱曲牌而且唱曲情。

在阅读与鉴赏比较方面,文人学士能够从戏曲文学剧本的阅读与鉴赏中发现并揭示其中不同的艺术特色。例如,清代蒋士铨的《〈江花梦〉序》云:"吾案头所列者,'五经'四子之书,诸子百家之言,及骚人词客长歌短咏之章,即稗官野史小说家著作,有妙理存焉者亦不废弃。若词曲则《琵琶》《西厢》及临川《四梦》外,惟雷岸所著《江花梦》。又时时点次而讽咏之。非昵其事也,爱其文也,非耽其词也,爱其笔灵而摹拟曲肖情真而形容尽变也。"④蒋士铨日常阅读的书籍种

---

① 刘廷玑:《在园杂志》,中华书局2005年版,第92页。
② 蒋一葵:《尧山堂外纪》卷六十八,明万历三十四年刊本。
③ 转引自焦循《剧说》,《中国古典戏曲论著集成》(八),中国戏剧出版社1959年版,第180页。
④ 蔡毅:《中国古典戏曲序跋汇编》,齐鲁书社1989年版,第1533页。

类很广，而且多为中国传统思想文化和戏曲史上的经典名著，但是，独爱雷岸所著戏曲《江花梦》，乃因为其艺术手法运用上具有"摹拟曲肖情真而形容尽变"的特色。由此可见，蒋士铨戏曲文学剧本的审美趣味价值取向在于，《江花梦》虽非传统经典之作，却有独具一格之长。任鉴的《〈离骚影〉题词》云："填词之学，始于宋，盛于元，滥觞于明，而事非忠孝节义，其词不足以正人心，历风俗，端教化者，虽工弗贵。《琵琶》一部，布帛菽粟之文，论其词采风韵，岂遂驾乎《还魂记》《会真记》之上，即例以元明各种曲，亦相埒焉。而读是书者，莫不为之悲感交集，涕泗行下，则又何也？盖忠臣孝子、悌弟之良人所固有，虽愚夫愚妇，亦观感而兴起其恻怛慈爱之怀。此《还魂》《会真》之供词人吟咏，而《琵琶》独推第一，职是故耳。"①任鉴认为《琵琶记》《还魂》《会真》词采风韵不相上下，而《琵琶记》之所以名高望众，贵为"独推第一"，是因为其思想主题事关忠孝节义，使读者"观感而兴起其恻怛慈爱之怀"，相比之下，《还魂》《会真》的思想主题的艺术感染力就略逊一筹。梁廷枏云："《梧桐雨》与《长生殿》亦互有工拙处。《长生殿》按《长恨歌传》为之，删去几许秽迹；《梧桐雨》竟公然出自禄山之口。《长生殿·惊变》折，于深宫欢燕之时，突作国忠直入，草草数语，便尔启行，事虽急遽，断不至是；《梧桐雨》则中间用一李林甫得报、转奏，始而议战，战既不能而后定计幸蜀，层次井然不紊。"②这就是说《梧桐雨》与《长生殿》在剧情、曲词和结构等方面"互有工拙"，各有所长，这种具体详细的比较阐发对后世戏曲创作与品鉴不无启发与借鉴的意义和价值。

三是注重将学术研究的思维引入对戏曲文学剧本的阅读与鉴赏阐发中。

在字词术语的训诂方面，训诂在国学中属于小学的范畴。元代夏庭芝所撰《青楼集》为中国古代戏曲艺人的传记专著，其中"青楼"一词自宋、元以降，约定俗成乃大行于世、烟花柳巷的"妓女处所"的代名词。清人昭梿则云："近日皆以'青楼'目为娼妓之所。按《南史》，齐武帝兴光楼上施青漆，世人谓之'青楼'。东昏侯云：'武帝不巧，何不纯用琉璃？'是青楼乃帝王之室，未可以名贱

---

① 蔡毅：《中国古典戏曲序跋汇编》，齐鲁书社1989年版，第1882页。
② 梁廷枏：《曲话》，《中国古典戏曲论著集成》（八），中国戏剧出版社1959年版，第269页。

者之居也。"① 这一解释是对传统话语的纠偏与颠覆,对人们认同女性戏曲演员的身份地位具有以正视听的意义和作用。杨恩寿云:"院本多用'冤家',小令亦然,不知所据。《烟花记》谓:'冤家之说有六:情深意浓,彼此牵系,宁有死耳,不怀异心——此一说也。两情相属,阻隔万端,心想魂飞,寝食俱废——此二说也。长亭短亭,临岐分袂,黯然销魂,悲泣良苦——此三说也。山遥水远,鱼雁无凭,梦寐相思,柔肠寸断——此四说也。怜新弃旧,孤恩负义,恨切惆怅,怨深切骨——此五说也。一生一死,触景悲伤,抱恨成疾,迨与俱逝——此六说也。'今有《欢喜冤家》小说,始则两情眷恋,终或怨恚、仇杀,所谓'不是冤家不聚头'也。疾读一过,可当欲海清钟。"② 这一诠释有利于人们在阅读与鉴赏戏曲文学剧本时正确把握"冤家"的含义。俞樾云:"俗谓'悬物'曰'吊',汤临川《牡丹亭》曲曰:'高吊起文章钜公。'则明人已然矣。因而以缢死为吊死,其字实当为'了'。《玉篇》了部:丁了切,悬物貌。丁了切,其音如'鸟',与吊略殊,然亦一声之转。《广韵》上声有茑字,都了切,读如'鸟',去声。有茑字,多啸切,读如'吊'。然则'了'亦可读如'吊'矣。相沿既久,遂莫能改。"③ 汤显祖是江西临川人,当地称"缢死"为"吊死"乃使用的是本地方言俗语含义,这一阐释有助于不熟悉江西临川方言俗语的人们正确解读《牡丹亭》中"吊"字的含义,以及"缢死"与"吊死"两者的异同。

龚炜云:"'相公'二字,宰辅之称,以之称士人,岂以士人读书谈道,有可以为相之具,不妨过为期许,犹之大台柱,即端揆之意乎。近来郡中(苏州城)至以相公称优人,将毋以登场搬演,亦有为相之时欤?则三旦又可居焉。吴人取笑天下,往往有此。"④ 古人关于"相公"的解释多种多样,作"宰相"之解获得大多数人的认同,从龚炜对"相公"的解释及"相公"词义的流变可以看出,这一

---

① 昭梿:《啸亭杂录》,中华书局1980年版,第355页。
② 杨恩寿:《词余丛话》,《中国古典戏曲论著集成》(九),中国戏剧出版社1959年版,第259页。
③ 俞樾:《右台仙馆笔记》,《笔记小说大观》第16编,新兴书局有限公司1977年版,第4056页。
④ 龚炜:《巢林笔谈》,《笔记小说大观》第33编,新兴书局有限公司1983年版,第116页。

词语随着意识形态话语权力的下移而逐渐贬值,"吴人取笑天下"表明了对这一词语在场使用的幽默风趣艺术特征的身份认同。王之春云:"京伶之冷落者号'黑相公',好事子咏之云:'万古寒酸气,都归黑相公。打围何寂寂,应局故匆匆。飞眼无专斗,翻身即软蓬。忽闻条子到,喜色上眉峰。'有湘兰者,亦黑流也,友人朱君独赏之,大为称美。后以其呼为老头儿,朱遂大愠,乃绝之。寄来一诗云:'梨园声价重京师,南国人来罄旅资。凤债已偿清兴减,头衔博得老头儿。'此语蕴藉,不似前作之轻薄也。"①王之春对"黑相公"的解释在承接"相公"一词幽默风趣艺术特征身份认同之余,还明确了对"伶之冷落者"的称谓具有嘲弄轻薄之意,反衬出古代戏曲演员社会身份地位的卑微低下。梁章钜云:"有优人以牙牌呈请点戏者,中有《三门》一出,客诘之。优人曰:'此即鲁智深醉酒耳。'坐中客皆大笑曰:'何以误"山门"为"三门"?'余解之曰:'此殆非误也,《释氏要览》云:"寺宇开三门者佛地。"注云:"谓空门、无相门、无作门,故名三门。"然则作'山门'者转误,特非优人所能见及耳。然'山门'亦自有出处,《高僧传》云:'支遁于石城山立栖光寺,宴坐山门,游心禅苑。苏文忠公留佛印、玉带于金山,亦有"永镇山门"语。'"②梁章钜对"三门"的解释有凭有据,令人心悦诚服,而且增添了阅读与鉴赏戏曲文学剧本的人文蕴涵。

在剧情本事的考证方面,例如,明人祁彪佳评价吴于东著《兴吴记》云:"孙武子以十三篇兴吴,吴几霸矣。功成身隐,盖不欲为胥江之怒涛耳。此记考据甚确,的可以传。"③中国传统文化治学讲究义理、考据、文章,吴于东创作的戏曲《兴吴》直接应用考据的手法于剧情故事和人物塑造,遵循的是生活真实的创作原则,使得这一部作品的历史价值大于艺术价值。与此不同,大多数剧作家是将生活真实予以提炼、改造与升华,在艺术真实上竭尽全力以创作戏曲文学剧本。例如,明代《唐伯虎点秋香》的故事在社会上广泛流传。苏州戏曲家孟称舜、史槃

---

① 王之春:《椒生随笔》,《近代中国史料丛刊》第一辑,文海出版社1966年版,第112页。

② 梁章钜:《浪迹续谈》,《笔记小说大观》第27编,新兴书局有限公司1979年版,第5251页。

③ 祁彪佳:《远山堂曲品》,《中国古典戏曲论著集成》(六),中国戏剧出版社1959年版,第69页。

和卓人月,就此同一题材分别创作了3部杂剧:《花前一笑》《苏台奇逅》和《花舫缘》。清代梁章钜引姚旅《露书》云:"吉道人父秉中,以给谏论严氏,以廷杖死。道人七岁为任子,十七与客登虎邱,适上海有宦家夫人,拥诸婢来游,一婢秋香,姣好,道人有姊之丧,外衣白衫,裹服紫袄绛裤,风动裾开,秋香见而含笑去。道人以为悦己,物色之,乃易姓名叶昂,改衣装作窭人子,往贿宦家缝人,鬻身为奴。宦家见其闲雅,令侍二子读书,二子爱昵焉。一日求归娶,二子曰:'汝无归,我言之大人,为汝娶。'道人曰:'必为我娶者,愿得夫人婢秋香,他非愿也。'二子为力请与之。定情之夕,解衣,依然紫袄绛裤也。秋香凝睇良久,曰:'君非虎邱少年耶?君贵介,何为人奴?'道人曰:'吾为子含笑目成,屈体惟子故耳。'会勾吴学博迁上海令,道人尝师事者,下车,道人随主人谒焉。既出,窃假主人衣冠入见令,报谒主人并谒道人。旋道人从兄东游,其仆偶见道人急持以归。宦家始悉道人颠末,具数百金,装送秋香归道人。道人名之任,字应生,江阴人,本姓华,为母舅赵子。"梁章钜指出:"今演其事为剧,移以属唐伯虎云。"① 这一本事的探讨究竟揭示了剧作家追求戏曲搬演才子佳人爱情故事的价值取向,其中不乏刻意阴差阳错、张冠李戴、机趣调笑、游戏娱乐的审美态度,亦是时代戏曲创作多是才子佳人戏的审美风气使然。

《破窑记》是元人王实甫创作的杂剧,全名《吕蒙正风雪破窑记》。清人陈其元认为"《破窑记》亦有所本",云:"宋吕文穆公蒙正之父龟图与其母不相能,并文穆逐出之。困甚,龙门山利涉院僧识其为贵人,延至寺中,凿山岩为龛居之。文穆居其间九年,乃出而应试,遂中状元。又十二年为宰相。其后子孙即石龛以作公祠,名曰'肄业'。富丞相弼为之作记。今人演剧为《破窑记》者,盖本此也。"② 陈其元叙述的《破窑记》本事揭示了宋代吕蒙正的人生经历,为人们阅读与鉴赏《破窑记》开辟了艺术真实与生活真实比较的视野。夏仁虎云:"旃檀寺之西有腾禧殿旧址,闻当日覆以黑琉璃瓦,俗呼为'黑老婆殿'。按:明武宗西幸宣府,悦乐伎刘良女,载归,居腾禧殿。出入挟以自随。有驰马失簪一事。李笠翁

---

① 梁章钜:《浪迹续谈》,《笔记小说大观》第27编,新兴书局有限公司1979年版,第5254页。

② 陈其元:《庸闲斋笔记》,《笔记小说大观》第2编,新兴书局有限公司1978年版,第218页。

《玉搔头》传奇即演此事。其傍有王妈妈井，今则并遗址不可寻矣。"① 夏仁虎叙述的《玉搔头》本事揭示了明武宗与乐伎民女交往的历史经历，同样，也为人们阅读与鉴赏《玉搔头》开辟了艺术真实与生活真实比较的视野。值得一提的是，李渔的《玉搔头》使明代皇帝一则富有人情味的风流韵事载入古代戏曲史并流传至今，成为没有被岁月风尘埋没，而仍可供人们阅读与鉴赏的美闻趣话。

第三节 舞榭歌台的艺术自信

戏曲艺术的形成和发展离不开舞榭歌台。元明清时期，文人学士从事戏曲文学剧本创作总的趋势日渐旺盛，他们希冀将自己的戏曲文学剧本搬上舞榭歌台，转换成可供人们欣赏的以歌舞演故事的艺术实体，文人学士和广大市民百姓也期待在舞榭歌台上欣赏戏曲艺术的美，获得精神生活的娱悦满足。这种审美对象的全方位呈现和审美主体的全方位期待，在相向运动的推引和契合下建构了戏曲美学的价值内核和意义生成。其中，从国学视域来看，文人学士对戏曲美学的推崇弘扬与身份认同明显地表现为对舞榭歌台的戏曲艺术自信。这种对舞榭歌台的戏曲艺术自信与创新创造思维密切相关，既是一种适应时代审美潮流发展建构戏曲美学本质的精神动力，也是一种在审美意识形态上奠定戏曲美学本体的心理基础。因此，文人学士对舞榭歌台的戏曲艺术自信，是人们实现戏曲身份认同的一个重要方面。

文人学士通过戏曲文学剧本的创作表达了对舞榭歌台的戏曲艺术自信。例如，明人王九思，号渼陂，创作杂剧《杜甫游春》《中山狼》，王骥德引甬东薛千《仞遗笔余》云："王渼陂好为词曲，客有规之者曰：'闻之太上立德，其次立功，其次立言，公何不留意经世文章？'渼陂应声曰：'子不闻其次致曲乎？'

---

① 夏仁虎：《旧京琐记》，北京古籍出版社1986年版，第91页。

足称雅谑。"①自《左传》以来，中华民族传统文化历来强调"三不朽"，值得重视的是，王九思在中华民族传统文化的重大意义上以"致曲"位列立德、立功、立言"三不朽"之后，实质上是以一种充满自觉、自尊、自强、自信的姿态，向世人宣告戏曲艺术可以与"三不朽"并列，跻身经国而"不朽"的事业。王九思的这种创作戏曲文学剧本的"不朽"理念，为戏曲艺术注入了崭新的内涵，实乃前所未有，振聋发聩，概括力和影响力穿透宋元明清时期，大大地提振了后世文人学士通过创作戏曲文学剧本表达对舞榭歌台的戏曲艺术自信。例如，清人黄周星的《〈人天乐〉自序》云："嗟乎！士君子岂乐以词曲见哉？盖宇宙之中，不朽有三，儒者孰不以此自期？顾穷达有命，彼硕德丰功，岂在下者所敢望？于是不得已而竞出于立言之一途，此庾子山所谓'穷者欲达其言，劳者须歌其事'也。……少陵云：'文章一小技，于道未为尊。'况词曲又文章中之卑卑不足数者。然果出文人之手，则传者十常八九。试观王实甫、高东嘉之戏剧，妇孺辈皆能言之，而名公巨卿之鸿编大集，或毕世不入经生之目，则其他可知矣。虽词曲一道，其难十倍于诗文，而欲求流传近远，断断非此不可。此仆之传奇所为作也。"②黄周星认同王九思关于创作戏曲文学剧本为"不朽"的经国事业的观点，期待自我的戏曲文学剧本能够"流传近远"，其戏曲艺术理念的价值取向与王九思一脉相承，是明代王九思"致曲"与"三不朽"相提并论的推崇精神在清代戏坛上的重要反响与弘扬。

清人严保庸在嘉庆己卯举江南第一，己丑成进士，改庶吉士散馆，后任山东栖霞县知县，创作戏曲《盂兰梦》《吞毡报》《双烟记》《同心言》《奇花鉴》《红楼新曲》等，风行一时。严保庸还热衷于将所创作的戏曲文学剧本转换为舞榭歌台的戏曲搬演，甚至将官衙作剧场，舞榭歌台搬演不辍，日复一日，乐此不疲，不幸因此触犯了朝廷官署的行政体制而被削职，柳诒征的《〈盂兰梦〉跋》云：严保庸"既之山东，以官署为词场、歌榭，坐是罢官"③。由此可见，在当时舞榭歌台搬演戏曲的浓郁时代氛围下，文人学士通过创作戏曲文学剧本表达对舞榭歌台的艺

---

① 王骥德：《曲律》，《中国古典戏曲论著集成》（四），中国戏剧出版社 1959 年版，第 178 页。

② 蔡毅：《中国古典戏曲序跋汇编》，齐鲁书社 1989 年版，第 1486—1487 页。

③ 同上书，第 1102 页。

术自信之一斑。

文人学士通过对戏曲体制的创新创造表达了对舞榭歌台的戏曲艺术自信。例如，明人屠隆，号赤水，曾任礼部主事，后革职为民，不但写戏编戏，创作有《昙花记》《修文记》《彩毫记》，还粉墨登场演戏，蓄养家庭戏班，掏钱聘请名角。屠隆创作的戏曲文学剧本在体制上亦刻意创新创造，有的时候整出戏无一曲，如《昙花记》共55出，其中第三出《祖师说法》、第七出《仙佛同途》、第十三出《天曹采访》、第二十四出《西来遇魔》、第三十出《冥官迓圣》、第三十一出《卓锡地府》、第三十三出《遍游地狱》、第三十四出《冥司断案》、第三十八出《阴府凡情》等，无曲词演唱，而尽用宾白演出，呈现出戏曲创作类似散文化甚而话剧化的状态。沈德符云："屠（隆）亦能新声，颇以自炫，每剧场，辄阑入群优中作伎。……有江右孝廉郑豹先名之文者，素以才自命。遂作一传奇，名曰《白练裙》，摹写屠憨状曲尽。……郑亦串入其中，备列丑态，一时为之纸贵。"①郑振铎的《〈修文记〉跋》更是明确指出屠隆开创了将戏曲文学剧本写成自叙传的先例，云："《修文记》，屠隆撰。……所叙皆隆夫妇修仙事，实一部自叙传也。……在戏曲史上，类此之自叙传，赤水实为始作俑者，其影响殊大。清代之《醉高歌》《写心杂剧》等作，并皆承其余风。"②吕天成亦云："《彩毫》，此赤水自况也。词采秀爽，较《昙花》为简洁。"③屠隆的戏曲创作自信曾经受到他者的讥嘲，清人焦循云："屠长卿作《彩毫记》，以李太白自命，沈景倩讥之④，"但是，屠隆我行我素，听之任之，自信不疑，并未改变自己的创作立场、意志和态度，从而在中国古代戏曲史上留下了难能可贵的声名印迹。

如同屠隆将戏曲文学剧本写成自叙传那样，明代有不少剧作家以创作戏曲文学剧本自况。例如，祁彪佳评价谢廷谅著《纨扇记》云："为申伯湘作谱。或曰

---

① 沈德符：《顾曲杂言》，《中国古典戏曲论著集成》（四），中国戏剧出版社1959年版，第209—212页。

② 蔡毅：《中国古典戏曲序跋汇编》，齐鲁书社1989年版，第1210—1211页。

③ 吕天成：《曲品》，《中国古典戏曲论著集成》（六），中国戏剧出版社1959年版，第235页。

④ 焦循：《剧说》，《中国古典戏曲论著集成》（八），中国戏剧出版社1959年版，第163页。

'其自况也'。"① 吕天成云:"《弹铗》,车君自况,情词俱佳。……《玉瓦》,此即君自况也。别有传奇,亦平畅。……《筌箓》,此乩仙笔也。彼谓'自况',词亦骈美。"②这种将戏曲文学剧本俨然写成自叙传的状况,一方面,在体裁上具有将传记体与曲剧体结合起来的创新创造特色;另一方面,在题材上也开拓了在舞榭歌台上演绎戏曲故事和塑造人物形象的新局面。当然,这种传记式戏曲作品在体制和题材上的开拓创新并非一帆风顺。例如,杨恩寿创作的戏曲《桂枝香》就是为戏曲演员桂伶作人物传记,演绎的是戏曲演员桂伶的故事,塑造的是戏曲演员桂伶的人物形象,却遭到具有封建正统观念的他者的鄙视和质疑,为此,杨恩寿毫不犹豫地予以驳斥,其《〈桂枝香〉自序》云:"秋日新晴,闲窗遣兴。偶阅《品花宝鉴》,摘取桂伶往事,填南北曲若干,阅十日而成。持以示客,客滋疑焉。以为'填词院本,类多阐扬忠孝节烈,寓激劝之意,使阅者有所观感,此奇之所由传也。子独多夫伶人,特为传之,厥旨安在?'余曰:'否,否。桂伶操微贱业,能辨天下士。一言偶合,万金可捐。虽侠丈夫可也。是乌可不传,且田君以伟男子乞食长安,当时所谓负人伦鉴者,未尝过而问焉。卒令乞怜鞠部,成豪侠一日之名。斯亦足以羞当世矣。感愤所积,发而为文,岂仅为梨园子弟浪费笔墨哉?'客唯而退。"③杨恩寿的《桂枝香》在舞榭歌台搬演戏曲演员桂伶的故事,为戏曲演员桂伶作人物传记进行强有力地辩护,观点鲜明突出,使具有封建正统观念的他者在杨恩寿的坚定自信面前不得不屈服退却。

文人学士通过修改他者戏曲文学剧本表达了对舞榭歌台的戏曲艺术自信。

例如,元代杨显之在杂剧作家中年辈较长,颇有威望,作为顾曲周郎与他者剧作家、演员们交谊来往密切,与关汉卿为莫逆之交,散曲作家王元鼎尊杨显之为师叔,著名演员顺时秀称杨显之为伯父。杨显之对自己谙熟戏曲艺术阐明信心,在创作杂剧的同时,还善于与他者在一起讨论、推敲作品,对他者的戏曲文学剧本提出中肯的意见,因而被文人学士们誉为"杨补丁"。钟嗣成云:"杨显之,大

---

① 祁彪佳:《远山堂剧品》,《中国古典戏曲论著集成》(六),中国戏剧出版社1959年版,第22页。

② 吕天成:《曲品》,《中国古典戏曲论著集成》(六),中国戏剧出版社1959年版,第237—250页。

③ 蔡毅:《中国古典戏曲序跋汇编》,齐鲁书社1989年版,第2393页。

都人。与关汉卿莫逆交，凡有珠玉，与公较之。"①明人贾仲明补充钟嗣成的《录鬼簿》吊杨显之的【凌波仙】挽词，云："显之前辈老先生，莫逆之交关汉卿。公未中补缺加新令，皆号为杨补丁。有传奇乐府新声，王元鼎师叔敬，顺时秀伯父称，寰宇知名。"②

明代袁于令，原名韫玉，万历年间创作《西楼记》，褚人获云："袁韫玉《西楼记》初成，往就正于冯犹龙，冯览毕，置案头，不致可否，袁惘然，不测所以而别。时冯方绝粮，室人以告，冯曰：'无忧，袁大令夕馈我百金矣。'乃诫阍人勿闭门，'袁相公馈银来必在更余，可径引自书室也。'家人以为诞。袁归，踌躇至夜，忽呼灯持百金就冯。及至，见门尚洞开。问其故曰：'主方秉烛，在书室相待。'惊趋而入。冯曰：'吾固料子必至也。词曲俱佳，尚少一出，今已为增入，乃《错梦》也。'袁不胜折服，是记大行，《错梦》犹脍炙人口。"③冯梦龙，字犹龙，创作戏曲《双雄记》《万事足》，遵循"案头场上，两擅其美"的戏曲艺术原则，修改汤显祖等剧作家的作品多种，其中，对袁于令的《西楼记》进行修改完善，且料事如神，是一个传奇般脍炙人口的突出的自信事例。

清代李渔对他者戏曲文学剧本修改从不缺乏自信，主要体现在《琵琶记·寻夫》改本和《明珠记·煎茶》改本上，以及"痛改《南西厢》，如《游殿》《问斋》《逾墙》《惊梦》等科诨，及《玉簪·偷词》《幽闺·旅婚》诸宾白，付伶工搬演，以试旧新，业经词人谬赏，不以点窜为非矣。"④当然，梁廷枏对李渔的戏曲修改的效果持有不同看法，云："笠翁以《琵琶》五娘千里寻夫，只身无伴，因作一折补之，添出一人为伴侣，不知男女千里同途，此中更形暧昧。是盖矫《琵琶》之弊，而失之过；且必执今之关目以论元曲，则有改不胜改者矣。笠翁痛诋《南西厢》，其论诚正；至欲作《北琵琶》以补则诚之末逮，未免自信太过，毋论其才不及元

---

① 钟嗣成:《录鬼簿》,《中国古典戏曲论著集成》(二),中国戏剧出版社1959年版,第111页。

② 同上书,第182页。

③ 褚人获:《坚瓠续集》,《笔记小说大观》第23编,新兴书局有限公司1978年版,第5655页。

④ 李渔:《李渔全集》第三卷,浙江古籍出版社1992年版,第73页。

人，即使能之，亦殊觉多此一事也。"① 梁廷枏是戏曲作家和戏曲理论家，著有戏曲《断缘梦》《江梅梦》《昙花梦》及《藤花亭曲话》，并不完全认同李渔对他者戏曲文学剧本的修改，认为李渔对他者戏曲文学剧本的修改正误兼而有之，这种观点体现了梁廷枏本人对戏曲艺术颇为自信，当然，从国学的视域来看，仅就中国古代戏曲研究史而言，对李渔的戏曲修改仁者见仁，智者见智，亦不失一家之言的学术意义与文献价值。

基于对舞榭歌台充满戏曲艺术自信和胆识，孔广林创作了传奇《东城老父闻鸡忏》，杂剧《璚玑锦》《女专诸》《松年长生引》，其中，《女专诸》第一次创造性地将曲艺弹词《天雨花》故事改编为杂剧，而且在曲调格律上能够遵循北曲的创作规律，郑振铎的《〈清人杂剧〉二集题记》云："左仪贞事出《天雨花》，以弹词故实入杂剧，此殆为第一次也。广林深于曲学，尤精元剧，故此数剧皆遵元人格律，不敢或违焉。"② 可见，孔广林对舞榭歌台充满了戏曲艺术自信，勇于将曲艺弹词故事改编为杂剧，这是建立在拥有深厚的戏曲艺术功底基础之上的。同理，其余成功修改完善他者戏曲文学剧本的文人学士概莫能外。

文人学士通过对曲牌格律的创新创造表达了对舞榭歌台的戏曲艺术自信。

例如，明代李开先不仅创作了戏曲文学剧本《宝剑记》等，而且在曲牌格律上也基于艺术自信勇于创新创造，其艺术审美期待是自创作品在舞榭歌台的搬演展示，尽管在曲牌格律的创新创造上存在一定的瑕疵。祁彪佳指出李开先撰《宝剑记》云："中有自撰曲名。曾见一曲采入于谱，但于按古处反多讹错。……李自负在康对山、王渼陂之上，问王元美：'此记何如《琵琶》？'王谓：'公辞之美，不必言，第令吴中教师十人唱过，随腔字字改妥，乃可耳。'李怫然罢去。"③ 所不同的是，许三阶创作的《红丝记》不仅在人物故事的演绎上完美无缺，而且在曲牌格律上的创新创造也显示了自信圆满，得到人们的普遍肯定和身份认同，祁彪佳针对许三阶著《红丝记》云："郭代公之生平，《四义》传之鄙而杂。此以采

---

① 梁廷枏：《曲话》，《中国古典戏曲论著集成》（八），中国戏剧出版社1959年版，第268页。
② 蔡毅：《中国古典戏曲序跋汇编》，齐鲁书社1989年版，第542页。
③ 祁彪佳：《远山堂曲品》，《中国古典戏曲论著集成》（六），中国戏剧出版社1959年版，第47页。

丝为婚姻之始，驱虏为功名之终，结构殊恰。词有新创之【五色丝】【桃叶歌】【凤楼十二重】等调。在许君工于音律，必有当于抗坠掩抑、顶叠关转之法。"① 从李开先在曲牌格律上创新创造存在一定的瑕疵，到许三阶在曲牌格律上创新创造圆满成功，可以发现明代戏曲在曲牌格律方面的些许发展脉络与演变轨迹。

文人学士通过亲自粉墨登场参与搬演表达了对舞榭歌台的戏曲艺术自信。

例如，元代的剧作家们在失去了仕进的路途之后，纷纷转向创作杂剧以发泄内心郁闷的情怀，展露怀才不遇的自信。无名氏著杂剧《逞风流王焕百花亭》云："（正末唱）【满庭芳】俺也曾寻花恋酒，鸾交凤友，燕侣莺俦。俺也曾耽惊怕人约黄昏后。（柳云）原来老兄也深晓风月中趣味的。（正末唱）俺也曾使的没才学的滑熟。（双云）这等你也曾做子弟哩。（正末唱）我是个锦阵花营郎君帅首，歌台舞榭子弟班头。……（正末唱）我王焕是个百花亭坠了榜的镬枪头。"② 这里的剧情是写正末王焕与净角太学中的同斋好友柳殿试、双解元两人的对话，"王焕"实际上是元代有志不得伸展剧作家们的人生写照，其中也有《逞风流王焕百花亭》剧作家无名氏自我的身影，说明"王焕"或曰剧作家无名氏知五音，达六律，在舞榭歌台吹拉弹唱，搬演戏曲无所不能，所演唱的曲词毫不掩饰地表达了满腔的无奈和强烈的自信。

明代成化、弘治之后，曾经执剧坛数百年牛耳的北曲杂剧逐渐衰微，南戏崛兴，舞榭歌台，南风为炽，蓬勃发展为传奇，剧坛普遍流行余姚、海盐、弋阳、昆山"四大声腔"。张凤翼是嘉靖、万历年间的传奇作家，行性高洁，自以诗文翰墨交结达官贵人为耻，能诗，工琵琶，喜度曲，精研声律，自朝至夕，口中吟诗唱曲不已，所著传奇有《红拂记》《祝发记》《窃符记》《灌园记》《扊扅记》《虎符记》；另据傅惜华的《明代传奇全目》著录有《平播记》《芦衣记》《玉燕记》，惜均无传本；其中，早年创作的《红拂记》是较早用昆山腔演唱的作品。张凤翼曾与其子合演高明的《琵琶记》，自饰蔡伯喈，其子饰赵五娘，虽观者填门，而张凤翼竟毫不在意。无独有偶，其时酷爱昆山腔演唱的文人学士大有人在，徐复祚云："衡州太守冯正伯，名冠，邑人，少善弹琵琶歌金、元曲，五上公车，未尝挟筴，

---

① 祁彪佳：《远山堂曲品》，《中国古典戏曲论著集成》（六），中国戏剧出版社1959年版，第54页。

② 王季思主编《全元戏曲》第6卷，人民文学出版社1999年版，第515页。

惟挟《琵琶记》而已。村老曰：'余友秦四麟为博士弟子，亦善歌金、元曲，无论酒间、兴到，辄引曼声；即独处一室，而呜呜不绝口。学使者行部至矣，所挟而入行笥者，惟《琵琶》《西厢》二传。或规之"君不虞试耶"？公笑曰："吾患曲不善耳，奚患文不佳也！"其风流如此。'"①

清代李渔参与家庭戏班粉墨登场演剧是常有的事，在《闲情偶寄》中，李渔毫不掩饰地渲染云："声音之道，幽渺难知。予作一生柳七，交无数周郎，虽未能如曲子相公身都通显，然论其生平制作，塞满人间，亦类此君之不可收拾。……语云：'耕当问奴，织当访婢。'予虽不敏，亦曲中之老奴，歌中之黠婢也。"②李渔在戏曲艺术上可谓不可多得的全才，"曲中之老奴，歌中之黠婢"是以一种狡谑的态度和吊诡的语言自嘲自讽，从中却充分透露了李渔对舞榭歌台戏曲艺术的自负自信。黄之隽，字石牧，创作传奇《忠孝福》和杂剧《郁轮袍》《梦扬州》《饮中仙》《蓝桥驿》。姚燮引陈元龙语云："黄子石牧以子长遗法，降格为乐府。余时署督两广，内兄宋观察澄溪适至，爱其所传王维、杜牧事，诵先芬以求新乐，意甚勤。盖祖孙三世，前后八十年，人积绪纷，颇难串括，黄子一日而构局，一月而脱稿，题曰'忠孝福'以该其世。付梨园演唱，一登场则欲歌，欲泣，倾座客。澄溪携归吴阊，大合乐于虎丘，观者如堵墙，至压桥断堕水。或绣板为画幅，饰丹青以粥诸市。其倾动一时如此。"③黄之隽的传奇《忠孝福》由文人学士参与在虎丘的搬演，得到广大市民百姓的普遍肯定与身份认同，所造成的"观者如堵墙"的轰动效应，烘托了黄之隽等文人学士的戏曲艺术自信。

在封建社会，有时候文人学士亲自粉墨登场参与搬演，对歌台舞榭的戏曲艺术自信也会遭来不测。孙静庵记叙了山东巡抚国泰痴迷戏曲搬演的情形，云："乾隆末，国泰为山东巡抚，年才逾弱冠，风姿姣好，酷嗜演剧。在东日，与藩司于某，在署中演《长生殿》，国扮玉环，于扮明皇。每演至《定情》《窥浴》诸出，于以为上官也，不敢过为嫟亵，关目科诨，草草而已。演既毕，国正色责于曰：

---

① 徐复祚：《曲论》，《中国古典戏曲论著集成》（四），中国戏剧出版社1959年版，第243页。
② 李渔：《李渔全集》第三卷，浙江古籍出版社1992年版，第90—91页。
③ 姚燮：《今乐考证》，《中国古典戏曲论著集成》（十），中国戏剧出版社1959年版，第260页。

'君何迂阔乃尔？此处非山东巡抚官厅，奈何执堂属仪节，以误正事？做此官行此礼之谓何？君何明于彼而暗于此耶？'于唯唯。自此遂极妍尽态，唐突西施矣。国乃大快曰：'论理原当如是。'后国被钱南园所参，高宗即令钱随和珅往勘。使节抵济南，署中剧尚未阕，国闻报，仓皇易妆往见，面上脂粉痕犹隐隐也。"[1] 显而易见，山东巡抚国泰痴迷戏曲搬演，把官厅视为歌台舞榭，怒斥于某的戏曲搬演受官职影响，歌舞行为太过拘泥，不能与自己配合，使自己的戏曲搬演不能尽善尽美。这种将歌台舞榭凌驾于巡抚官厅，把戏曲演员凌驾于巡抚官职，视戏曲搬演为凌驾于堂　礼节的正事、正理的自我身份认同，已经到了官职难保的地步，这恰恰表明国泰演剧之所以危及乌纱帽，乃因为充满对舞榭歌台的戏曲艺术自信，以及这种自信在他者官员看来有失身份，未免过分，超过了朝廷统治者所能包容的限度。

文人学士通过亲自深入戏班教习导演表达了对舞榭歌台的戏曲艺术自信。

例如，叶宪祖，号槲园外史、槲园居士等，平生好度曲，是明代后期杂剧创作最多的作家，今已知创作有杂剧24部，传奇7部，数量之丰富，罕有其匹。清人焦循云："叶宪祖，字美度，别号六桐，明万历己未进士，生平至处在填词。一时玉茗、太乙，人所脍炙，而粉筐黛器，高张绝弦，其佳者亦是搜牢元人成句。公古澹本色，街谈巷语，亦化神奇，得元人之髓，如《鸾鎞》借贾岛以发二十余年公车之苦，固有明第一手。吴石渠、袁令昭，词家名手，石渠院本求公诋诃，然后敢出；令昭则槲园弟子也。花晨月夕，征歌按拍，一词脱稿，即令伶人习之，刻日呈伎，使人犹见唐、宋士大夫之风流。槲园，公填词别号也。"[2] 徐锡允是常熟的望族，蓄有家庭戏班，王应奎云："徐锡允，……家畜优童，亲自按乐句指授，演剧之妙，遂冠一邑。诗人程孟阳为作《徐君按曲歌》，所谓'九龄十龄解音律，本事家门俱第一'，盖纪实也。时同邑瞿稼轩先生以给谏家居，为园于东皋，水石台榭之胜，亦擅绝一时。邑人有'徐家戏子瞿家园'之语，目为'虞山二绝'云。"[3] 类似徐锡允这样具有家班主人与戏班演员的教习导演关系的人，还有侯恂、

---

[1] 孙静庵：《栖霞阁野乘》，山西古籍出版社1997年版，第16页。
[2] 焦循：《剧说》，《中国古典戏曲论著集成》（八），中国戏剧出版社1959年版，第196页。
[3] 王应奎：《柳南随笔》，中华书局1983年版，第23页。

侯朝宗、徐豸佳、徐彪佳、屠隆、潘允端等。这一大批文人学士有资深经历和文学修养，身兼曲家、家班主人，谙熟戏曲，亲自充任教习导演；在这些文人学士的教导下，戏班演员的学识水平和个人演技不断提升，他们将昆曲的搬演水平持续推进到一个相当的高度，有力地实现了文人学士对舞榭歌台的戏曲艺术自信。

在清代，亲自深入家庭戏班教习导演而具有代表性的文人是李渔。李渔的家庭戏班由妻妾组成，由于李渔戏曲创作和搬演经验丰富，经过李渔教习导演的家庭戏班搬演艺术水平很高，在清初文人学士和广大市民百姓当中颇负盛名。李渔作为一介布衣文人，没有一官半职，在朝廷也没有得力的靠山，常常受到具有封建意识和社会地位较高的他者鄙视讥嘲，因此，李渔曾经顺势自贬称"贱者"，以此表达对他者不公正对待的不满和抵制，同时，也以一种独立特行、桃源笑傲的委婉方式，表达了贫贱不能移的个人意志，以及对舞榭歌台的戏曲艺术自信。刘廷玑云："李笠翁渔一代词客也，著述甚伙，有传奇十种、《闲情偶寄》《无声戏》《肉蒲团》各书。造意创词，皆极尖新。沈宫詹绎堂先生评曰'聪明过于学问'，洵知言也。但所至携红牙一部，尽选秦女吴娃，未免放诞风流。昔寓京师，颜其旅馆之额曰'贱者居'。有好事者戏颜其对门曰'良者居'。盖笠翁所题本自谦，而谑者则讥所携也。然所辑诗韵颇佳，其《一家言》所载诗词及史断等类，亦别具手眼。"①

与他者家庭戏班主人不同的是，李渔还能够从理论上深刻阐发自己深入家庭戏班教习导演的习得，并且不惜与他者分享成功的经验，从而使李渔对舞榭歌台的戏曲艺术自信增添了匠心独具的创意，大大地丰富了文人学士对舞榭歌台的戏曲艺术自信的内涵，夯实了文人学士对舞榭歌台的戏曲艺术自信的基础。例如，李渔的《闲情偶寄》云："选剧授歌童，当自古本始，古本既熟，然后间以新词，切勿先今而后古。何也？优师教曲，每加工于旧而草草于新，以旧本人人皆习，稍有谬误，即形出短长；新本偶尔一见，即有破绽，观者听者未必尽晓，其拙尽有可藏。且古本相传至今，历过几许名师，传有衣钵，未当而必归于当，已精而益求其精，犹时文中'大学之道''学而时习之'诸篇，名作如林，非敢草草动笔者也。新剧则如巧搭新题，偶有微长，则动主司之目矣。故开手学戏，必宗古

---

① 刘廷玑：《在园杂志》，中华书局2005年版，第40页。

本。"①这一见解切中肯綮，在古代戏曲史上具有发前人之未发，填补教习导演理论空白的现实意义和艺术价值，使得李渔对舞榭歌台的戏曲艺术自信在文人学士当中别具一格，独树一帜，对他者舞榭歌台的戏曲艺术自信实现了难能可贵的超越。

文人学士通过欣赏戏曲搬演或者品评表达了对舞榭歌台的戏曲艺术自信。

例如，元代的宫天挺创作了杂剧《范张鸡黍》等6部，钟嗣成认为宫天庭具有无比宽阔的胸怀和戏曲艺术的自信，甚至在曲词遣字造句方面以超越唐代元稹、白居易自负，其《录鬼簿》吊宫天挺的【凌波仙】挽词说："豁然胸次扫尘埃，久矣声名播省台。先生志在乾坤外，敢嫌天地窄，更词章压倒元白。凭心地，据手策，数当今，无比英才。"②钟嗣成的【凌波仙】给予宫天庭极高的评价，表达了对宫天挺无比宽阔胸怀和戏曲艺术自信的赞誉，以及钟嗣成对宫天庭无比宽阔胸怀和戏曲艺术自信的身份认同。

南戏自宋代形成至元代，受到北曲杂剧盛行的影响而发展缓慢，文人学士一般都轻忽南戏的创作与搬演。明代唯有徐渭独具慧眼，以一种批评传统戏曲偏见的博弈精神与无畏勇气为提高南戏的社会地位，促使文人学士和广大市民百姓重视南戏的创作和搬演而呐喊，云："有人酷信北曲，至以伎女南歌为犯禁，愚哉是子！北曲岂诚唐、宋名家之遗？不过出于边鄙裔夷之伪造耳。夷、狄之音可唱，中国村坊之音独不可唱？原其意，欲强与知音之列，而不探其本，故大言以欺人也。"③徐渭对舞榭歌台的南戏艺术充满自信和身份认同，所撰《南词叙录》开辟了南戏研究的先河，使《南词叙录》一跃成为中国古代戏曲史上的里程碑式的经典和名著。

随着北曲杂剧的衰落，传奇逐渐发展繁荣，祁彪佳着眼于剧作家创作及其搬演效果，善于从舞榭歌台戏曲搬演的角度发现剧作家的戏曲艺术自信，评价史槃著《双鸳记》云："曲多儿女离合之事，而无骈语、涩语，易谐里耳，故叔考一记出，优人争歌舞之。如李郃宛转作刘蕡之合也，有意想不到处，想叔考胸中有九

---

① 李渔:《李渔全集》第三卷，浙江古籍出版社1992年版，第67页。

② 钟嗣成:《录鬼簿》，《中国古典戏曲论著集成》(二)，中国戏剧出版社1959年版，第118页。

③ 徐渭:《南词叙录》，《中国古典戏曲论著集成》(三)，中国戏剧出版社1959年版，第241页。

曲珠，故多巧乃尔。"①史槃，字叔考，"胸中有九曲珠"正是指出史槃具有对舞榭歌台的戏曲艺术自信。其时，戏曲理论家的艺术批评也与时俱进，吕天成坦陈自己撰著《曲品》的动机，其序云："传奇侈盛，作者争衡，从无操柄而进退之者。矧今词学大明，妍媸毕照，黄钟、瓦缶，不容并陈，《白雪》、巴人，奈何混进？子慎名器，予且作糊涂试官，冬烘头脑，于曲场张曲榜，以快予意，何如？"②这一段话表明，吕天成面对戏曲发展中涌现的大批剧作家和作品采取了差异化的身份认同。与此同时，勇于操权衡夺予之审美批评标准，一一加以甄别、定位、品评，充分显示了对自我运用戏曲批评标准的身份认同和艺术自信，而且吕天成自我认同并肯定《曲品》的撰著是"以快予意"，从戏曲批评的角度来看，这也体现了将基础层次的作者剧本创作自信和演员艺术搬演自信，提升到了更高层次、具有学术水准的戏曲理论批评自信。

  清代，在戏曲长期发展繁荣的时代氛围熏陶之下，文人学士的戏曲欣赏水平不断提高，观众当中谙熟戏曲艺术的顾曲周郎不乏其人。焦循引《丹铅录》云："陈大声尝为武弁，以运事至都门，客召宴集，命教坊子弟度曲侑之。大声随处雌黄，其人拒不服，盖未知大声之精于音律也。大声乃手揽其琵琶，从座上快弹唱一曲，诸子弟不觉骇服，跪地叩头曰：'吾侪未尝闻且见也！'称为'乐王'。"③陈大声作为一员武将，却富有文人学士的戏曲素养，作为观众，"精于音律"，顾曲水平不亚于一般文人学士，甚至超过了长年搬演戏曲的演员，令那些艺术水平较低或者平平的戏曲演员敬佩得五体投地、心悦诚服。在戏曲演员搬演面前，陈大声敢于当场直面"随处雌黄"，彰显的正是对舞榭歌台的戏曲艺术自信，以及对戏曲的身份认同、对戏曲美学的推崇与弘扬。

---

  ① 祁彪佳：《远山堂曲品》，《中国古典戏曲论著集成》（六），中国戏剧出版社1959年版，第43页。
  ② 吕天成：《曲品》，《中国古典戏曲论著集成》（六），中国戏剧出版社1959年版，第207页。
  ③ 焦循：《剧说》，《中国古典戏曲论著集成》（八），中国戏剧出版社1959年版，第210页。

第四节　美善交融的民族象征

　　所谓象征是指话语主体不直接言说本意，而是以某一种含蓄的感性存在物来暗示所要表达的意义。顾名思义，以此类推，所谓民族象征就是指话语主体不直接言说本意，而是以某一种与承载民族本质内容的含蓄的感性存在物来暗示所要表达的意义。

　　中国自古以来就是一个多民族的国家。春秋战国（公元前770—前221）是中国由奴隶社会向封建社会转化和封建社会初步形成的时期。当时列国纵横，战争频仍，小国逐渐归并为几个大国，为中国作为统一的多民族封建国家的建立奠定了基础。自秦汉以后，中国不断发展形成了统一的多民族国家，中华民族作为一个大家庭的共同体意识越来越强烈。中华民族传统文化是中华民族发展的历史辄印和文明积淀，具有独特的中华民族传统文化内涵，是国外其他民族所无法复制的，因此也对国外其他民族文化产生了重大影响，受到国外其他民族的学习与景仰，饱含中华民族传统文化内涵与象征意义的戏曲艺术概莫能外。中国古代各民族在文化艺术方面互相联系，相互交往，相互影响，相互认同，相互借鉴，共同发展，不断推动了文学、音乐与舞蹈等单一艺术门类跨越民族的疆界，走向进步与成熟，直至宋代共同融汇凝聚为一股合力，形成了中国古代新的综合艺术类型即戏曲。宋元明清时期，这种融汇与合力广泛深入地持续发展壮大，实现了戏曲本质上的多民族文化艺术的交流、借鉴、汲纳与融合。例如，元末明初发源于苏州昆山的昆曲至今已经有600多年的历史，是中国古代戏曲乃至中华民族传统文化艺术的集中体现。昆曲于2001年以全票通过、第一批入选联合国科教文组织《人类口述与非物质文化遗产代表作名录》，成为举世无双、世界认同的中华民族传统文化艺术的标志性象征。

　　从国学的视域来看，中华民族传统文化具有源远流长、绵亘久远的历史，海纳百川、博采众长的胸怀，和而不同、美美与共的个性。以孔子为代表的儒家学说不仅具有思想道德的意义，而且也具有民族文化的意义，在整个中国封建社会里，孔子获得了"至圣先师"的崇高地位，成为中华民族在文化方面的最高代表。

儒家提倡礼乐文化的文明精华,在培养人的道德情操、提升人的崇高品格、引导人的真善美追求方面,凝聚为中华民族精神的内在力量。宋元明清时期,文人学士不遗余力地将戏曲纳入中华民族传统文化礼乐文明的正道体系,因此,可以说,在民族身份认同的意义上,中国古代戏曲成为美善交融的中华民族传统文化的象征,文人学士对戏曲美学的推崇弘扬,是人们实现戏曲身份认同的一个重要方面。

戏曲作家以及作品的现实美学承载了美善交融的中华民族传统文化的象征意义。

例如,元朝是中国历史上第一个由少数民族掌权的统一的封建大帝国,在政治、经济、社会、历史、文化诸方面都呈现出了鲜艳的多民族特色。因此,元杂剧的多民族交融色彩十分明显突出。元杂剧艺术形式在金院本和诸宫调的直接影响下,融汇各民族歌舞杂戏表演艺术,表现了各族人民在思想道德方面的融合和审美情趣方面的一致,生动地体现了中华民族传统文化的多元一体格局。

元杂剧的创作主体主要是汉族剧作家,即"元曲四大家"关汉卿、白朴、郑光祖、马致远等。汉族剧作家的文学剧本以王实甫的《西厢记》为杰出代表,被人们誉为"《西厢记》天下夺魁"。汉族剧作家的文学剧本从人物到题材,除了反映汉族的社会生活之外,还反映了少数民族的社会生活,以及汉族与少数民族的交往与融合。就元代意识形态多元化而言,一方面,传统封建礼教对人们的约束历史久远但依然存在,在这一时代背景下,关汉卿的《拜月亭》叙写了金国女真族尚书之女王瑞兰与汉族书生蒋世隆的爱情故事,揭露谴责了战争给各族人民带来的灾难,赞扬了不同民族的青年男女冲破腐朽封建礼教的束缚,追求自由恋爱、自主结合的人道精神,反映了当时民族融合的社会现实,象征了民族和睦的进步思想。关汉卿的《调风月》叙写了奴婢出身的女主角女真族人燕燕积极、主动地争取合法婚姻权利,奋力摆脱被奴役地位的果敢行为。关汉卿的《紫云亭》叙写了女真族官员完颜氏之子灵春和汉族女艺人韩楚兰的爱情故事,表现了主人公勇于冲破封建门第观念,跨越民族界限,追求自由爱情、歌颂婚姻正义的生活理想。另一方面,在主流意识形态程朱理学相对松弛的背景下,元代民族关系的一个重要特点就是各民族之间杂居交往,友好相处,互相恋爱通婚,出现了各民族逐渐融合的趋势。对此,朝廷也采取了允许各民族自由通婚的支持政策。据史料记载,元代以蒙古族与汉族、契丹族与汉族、女真族与汉族、色目人与汉族相互之间的恋爱通婚最为普遍。陈顾远云:"辽、金、元则与宋异,提倡族际婚姻甚力,而和亲之事亦偶见之。"①陈高华、史卫民也指出，这就"揭示了一个不可回避的事实：来自北方的蒙古人和色目人，多是官员、商人和士兵，或有地位，或有财富，或有特权，对于追逐政治待遇和物质条件的人，很难用'异俗'的观念加以约束和限制。加上蒙古统治者并不限制各民族间的通婚，"②从客观上创造了有利于促进元代各民族逐渐融合的条件和氛围。正是由于有真实生活为基础，所以无名氏的《村乐堂》对此做了真实生动的艺术反映，描叙了主角蓟州府女真族人王同知与汉族人通婚的状况，演绎了不同民族通婚所带来的矛盾冲突。这一特定家庭不同民族通婚产生的矛盾冲突，展现出不同民族文化交融的多元色彩。

此外，王实甫的《丽春堂》反映了统治阶级内部的现状，刻画了金国右丞相、正受管军元帅之职的女真族人完颜乐善，与因为"会做院本，也会唱杂剧，……唱得好、弹得好、舞得好"③而得官，并无治国安邦之才的右副统军使李圭之间的矛盾，成为当时朝政治乱动荡形势的客观写照；《丽春堂》还生动具体地描叙再现了北方少数民族在蕤宾节举行射柳会的传统风俗习惯。吴昌龄已经散失的杂剧《老回回探狐洞》《浪子回回赏黄花》等直接反映了回族人民的生活风情，题材别具一格，开拓了元杂剧搬演的故事内容涵盖面。马致远的《汉宫秋》中的番王、张国宾的《薛仁贵》中的高丽王、白仁甫的《梧桐雨》中的安禄山、孟汉卿的《魔合罗》中的府尹等杂剧也都涉及了少数民族题材和人物。诸如此类的作品，不但从题材运用上充实了元杂剧，而且在人物塑造上也丰富了元杂剧，向人们再现了元代少数民族的社会、家庭、爱情等多彩多姿的生活画面。

元杂剧的创作也有一些少数民族剧作家参与，而且少数民族剧作家的创作占居了重要地位。女真族剧作家李直夫创作的杂剧反映历史少现实多，已知有杂剧12部，现存《便宜行事虎头牌》采用对比的写法，批评了好饮任性、玩忽职守的女真族将军银住马，塑造了执法如山、公而忘私的女真族将领山寿马的形象，剧情伸张法不容情之大义，有一定的思想价值和现实意义。《便宜行事虎头牌》还反映了少数民族的日常生活，描写了女真族男子尚武，以"打围猎射""飞鹰走犬，逐逝追奔"作为消遣，女子"自小便能骑马"，以及金人饮酒、敬酒之前还要向太

---

① 陈顾远：《中国婚姻史》，商务印书馆1936年版，第28页。
② 陈高华、史卫民：《中国风俗通史》（元代卷），上海文艺出版社2001年版，第214页。
③ 臧懋循：《元曲选》，中华书局1958年版，第901页。

阳浇奠,军中责罚可以由他者"替吃"等风俗习惯。女真族剧作家石君宝创作了杂剧10部,现存《鲁大夫秋胡戏妻》《李亚仙花酒曲江池》《诸宫调风月紫云亭》3部。这3部杂剧都以下层妇女为描写对象,多方面反映了当时的社会生活,其《鲁大夫秋胡戏妻》根据前代传说结合元代现实大胆进行改编,塑造了勤劳善良、机智勇敢、善于与恶势力斗争的劳动妇女梅英的形象,展示了梅英忠于爱情、蔑视权贵、敢于与侵犯自己的种种邪恶势力抗争的美好品格;《李亚仙诗酒曲江池》和《诸宫调风月紫云亭》描写了都市歌伎艺人的爱情生活。在艺术上,无论是改编还是创作,石君宝都别具一格,大胆推陈出新,赋予剧情以丰富的生活气息、新鲜内涵及现实意义,人物形象生动丰满,曲词语言本色泼辣,显示了元杂剧本色派的艺术风格特点。回族剧作家丁野夫创作了杂剧《双鸾栖凤》《赏西湖》《浙江亭》《俊憨子》《清风岭》《望仙亭》6部,在剧情中注入了回族人民的社会生活和思想感情,可惜今皆不存。元末明初的蒙古族剧作家杨景贤创作了杂剧18部,其中现存《西游记》长达六本二十四折,叙写唐代玄奘赴西天(古称天竺,今印度)取经的故事,比明代吴承恩百回本小说《西游记》早了将近200年,成为后世吴承恩所著小说《西游记》的基本素材。杨景贤的《西游记》打破了一本四折的杂剧体制,在艺术改革创新方面取得了重要成就,兆示了元杂剧向明清传奇转变的未来趋势。李直夫、石君宝、丁野夫、杨景贤等少数民族剧作家的创作在故事情节演绎和刻画人物方面各具特色,均达到了一定的艺术水平,充分体现了元杂剧内容与形式的多样性,极大地丰富了元杂剧的内容,为元杂剧艺术美的成熟展现做出了努力。

在中华各民族文化交融的大背景下,汉族与少数民族剧作家以同中有异的审美文化意识对元杂剧的发展产生了重要影响,对元杂剧的兴盛发挥了推动作用,也赢得了文人学士和广大市民百姓的普遍赞赏与身份认同。

值得一提的是,契丹族人耶律楚材作为蒙古帝国时期的中书令、政治家、有识之士,提出以儒家思想为治国之道,并制定了各种施政方略,通过谏诤避免了汉族被斩尽杀绝,为蒙古帝国的发展和元朝统一的多民族国家建立奠定了思想性基础,创设了规制化条件,同时,在保全汉族生存权利及剧作家个人生命的意义上,为元杂剧的创作繁荣做出了不可忽略的贡献。明代张燧云:"胜国初,欲尽歼华人,得耶律楚材谏而止。又欲除张、王、赵、刘、李五大姓,楚材又谏止之。然每每尊其种类而抑华人,故修洁士多耻之,流落无聊,类以其才泄之歌曲,妙绝古今，如所传《天机余锦》《阳春白雪》等集，及《琵琶》《西厢》等记，小传如《范张鸡黍》《王粲登楼》《倩女离魂》《赵礼让肥》《马丹阳度任风子》《三气张飞》等曲，俱称绝唱。"①

戏曲演员舞台搬演的艺术体制承载了美善交融的中华民族传统文化的象征意义。

中国古代戏曲舞台艺术是一种综合性的、极富民族特色的搬演体系。在搬演习俗上，汉族戏曲的不同剧种有名目不同的戏神，各种戏神的来源、信仰与崇尚凝聚了中华民族传统文化的象征因素。例如，莆仙戏、高甲戏等供养奉祀的戏神是田公元帅。戏神田公元帅萌芽于唐代，安禄山的父亲是康姓胡人，母亲阿史德是突厥族巫婆，天宝十四年（755）安禄山谋反，唐明皇逃亡至蜀地。安禄山命乐工雷海青演奏，雷海青拒绝听命服从，并用琵琶击之，不中，结果被害。唐明皇回长安之后，封雷海青为梨园总管。此后，传说雷海青后显圣于福建莆田云端，"雷"字上段为云所遮蔽，仅仅露出一个"田"字，梨园子弟为了纪念雷海青，因此改称雷海青为田公元帅，俗称相公爷。此外，在对关羽的神灵信仰与道德崇拜上，清初以来，统治阶级的自发和倡导，以及民间的自觉和认定已经合流。汉族戏曲搬演体现了对关公神灵的尊崇。为了保持关公偶像的神灵地位，在戏曲搬演时，化了妆的演员扮演关公临时获得了关公的神格，人与神之间的界限自此确定，扮演关公的演员以关公神灵为自我身份认同，以关公神灵的现实身份举手投足，其他演员也像礼敬关公的神像和塑像一样尊重扮演关公神灵的演员，严格遵守为关公神灵而设的一切禁忌。换句话说，扮演关公神灵的演员在角色身份上已认同是关公神灵的代表、关公神灵的象征，从心理上完成了从人间演员到神灵角色的转换，有资格、有权利接受凡间俗人的四方香火和顶礼膜拜。在这一个意义上，对关公神灵的尊崇影响到搬演关公戏时的演员与观众的当场互动，显现了戏曲搬演的不同社会影响和艺术效果。例如，清人焦循记载："吾郡江大中丞兰，每于公宴见有演扮关侯者，则拱立致敬。"②

在行业组织上，除了传统的戏班之外，在清代，随着花部乱弹地方戏尤其是

---

① 张燧：《千百年眼》，河北人民出版社1987年版，第199页。
② 焦循：《剧说》，《中国古典戏曲论著集成》（八），中国戏剧出版社1959年版，第208页。

京剧的发展繁荣出现了新生事物,即剧坛梨园行会的确立及各地梨园会馆的兴建。梨园会馆是戏曲演员为了养生送死、扶老济贫而自愿自发组织的行会组织,是戏曲演员们自力更新,相互依靠,寻求平等、生活帮助与精神寄托的和睦家园,为戏曲行业和广大演员的生存发展创造了良好机制和保障条件,成为清代戏曲发展繁荣的独特象征。梨园会馆的主要经费来源是各大戏班和戏园的营业收入,有专人每日抽取一定的费用,一旦有戏曲演员需要资助时,梨园会馆就会举办专场演出,通过出售戏票来凑取帮助之资金,所以,在梨园会馆内搬演戏曲常年不衰。据文献记载,在北京、广东的广州、江苏的苏州和扬州、湖南的长沙、云南的昆明、陕西的西安、山西的永济和泽州等地都设有梨园会馆。其中,北京的梨园行会发展繁盛、知名度大、影响力广、数量众多,分别由不同民族、不同声腔剧种的演职人员构成。此外,如顾禄云:苏州梨园会馆在二、三月间会搬演"春台戏,以祈农祥"[1]。蕊珠旧使云:"粤东省城梨园会馆,世俗呼为'老郎庙'。……广州佛山镇琼花会馆,为伶人报赛之所,香火极盛,……梨园会馆有碑,载老郎神事甚悉,惜不记其文。梨园会馆在广州城归德门内魁巷。"[2] 从这个意义上说,梨园会馆成为了来自四面八方、凝聚各民族人们戏曲身份认同的美善交融纽带。

在演员构成上,元杂剧的汉族著名演员很多,此外,还有一些演技高超的少数民族演员,如回族人米里哈等即是。夏庭芝称赞米里哈云:"回回旦色。歌喉清宛,妙入神品。貌虽不扬,而专工贴旦杂剧。"[3] 这些少数民族演员的搬演方式直接促进了元杂剧的发展。清代雍正年间,有的少数民族官吏因为酷爱戏曲,亲自作为演员参与搬演并教习戏曲而遭贬谪,例如,昭梿云:"奉义侯马兰泰者,元裔也。其祖某,国初时归降最先,故膺五等之封。雍正中,北征准噶尔,马为副将军,屯察汗赤柳。军中无以为娱,马乃选兵丁中之韶美者,傅粉女妆,褒衣长袖,教以歌舞,日夜会饮于穹幕中。为他将帅所举发,夺爵遣戍焉。"[4] 乾隆年间,有的

---

[1] 顾禄:《清嘉录》,中华书局2008年版,第75页。
[2] 蕊珠旧使:《京尘杂录》,《笔记小说大观》第18册,江苏广陵古籍刻印社1983年版,第373页。
[3] 夏庭芝:《青楼集》,《中国古典戏曲论著集成》(二),中国戏剧出版社1959年版,第34页。
[4] 昭梿:《啸亭杂录》,中华书局1980年版,第243页。

满族戏曲演员闻名于世，吴长元在《燕兰小谱》中云："昔京伶八达子，系旗藉，在萃庆部。貌不甚妍，而声容态度恬雅安详。大小杂剧无不可人意者，一时盛称都下。于甲午年沃若而陨，今其名尚津津在人齿颊间。"①

在搬演艺术上，元代杨景贤的《西游记》打破了杂剧由一个角色歌唱到底的体制，一部剧本安排多人演唱，适应了人物多、剧情长的故事搬演要求，是元杂剧搬演形式上的一大进步。此外，汉族雅部昆曲与花部地方戏的关系密切。昆曲是丰富多元的民族文化艺术的集合体，一直被看成地方戏提升与规范的标的，大凡中国古代戏曲史上成熟的剧种、优秀的演员都努力学习汲纳昆曲剧目，或多或少融汇了昆曲的因素。各地方戏及演员普遍视昆曲为一种高雅艺术的象征性存在，为地方戏提升与规范的标的，通过与昆曲的种种关联确证自我的文化身份和艺术地位，以能够将昆曲剧目高水平地搬演于舞台上为荣耀骄傲。

在戏曲曲调上，戏曲音乐被正统音乐观念称之为俗乐，与礼乐相对而言，在中国传统音乐文化中与礼乐占有同样重要位置。明代叶子奇云："俗乐多胡乐也，声皆宏大雄厉，古乐声皆平和。歌调且因今之曲调，而谐之以雅辞，庶乎音韵和而歌意善，则得矣。毋但泥古而废之，而长用胡乐也。"②王国维认为自夏商周三代伊始，中国乐曲一直受到外国（族）所谓胡乐的影响，并吸纳融汇于中国音乐，就戏曲曲调则说：唐代，"其大曲、法曲，大抵胡乐，而龟兹之八十四调，其中二十八调尤为盛行。宋教坊之十八调，亦唐二十八调之遗物。北曲之十二宫调，与南曲之十三宫调，又宋教坊十八调之遗物也。故南北曲之声，皆来自外国（族）。"③金代兴起的院本和杂剧，为女真族音乐传入中原提供了广阔的发展领域，其中院本运用了大量女真族音乐。据有关专家学者研究，在690部金院本中，采用汉族古乐曲的只有16部，其余运用的可能都是女真族音乐或金代北方少数民族音乐。元代杨景贤的杂剧《西游记》宫调转换借用较多，适应了表达故事内容丰富和人物感情变化的需要，避免了音乐节奏旋律的平板生硬，体现了声情与词情紧密结合的艺术特点，如第十四出（折）【中吕·粉蝶儿】之后接续【正宫·六幺遍】，又转为【中吕·上小楼】等5支曲子，再换成【般涉调·耍孩儿】等2支曲

---

① 傅谨主编《京剧历史文献汇编》清代卷壹，凤凰出版社2011年版，第55页。
② 叶子奇:《草木子》，中华书局1959年版，第21页。
③ 王国维:《宋元戏曲史》，华东师范大学出版社1995年版，第160页。

子,一出(折)之中四换宫调,这种现象在元杂剧的其他剧本创作中甚为罕见,反映了汉族南戏对元杂剧的影响。明代,在中原地区广泛流行的"四大声腔"之一的汉族海盐腔,最早为西域"色目"维吾尔族人贯云石所作。汉族戏曲中收纳了不少少数民族的曲调曲牌,例如,何良俊云:"李直夫《虎头牌》杂剧十七换头,关汉卿散套二十换头,王实甫《歌舞丽春堂》十二换头,在双调中别是一调,排(牌)名如【阿那忽】【相公爱】【也不罗】【醉也摩挲】【忽都白】【唐兀歹】之类,皆是胡语,此其证也。"① 清代梁廷枏云:"红友院本中有佛曲,甚佳。按:佛曲、佛舞,在隋、唐时已有之。"② 王德晖、徐沅澂云:"《续通考》云:大石(调)本外国(族)名,与道宫、歇指,俱不多概见。般涉调即般瞻,译言般瞻,华言曲也,亦只寥寥数曲而已。"③

在演奏乐器上,俗乐中的乐器受到西域少数民族乐器的影响很大,具有代表性的是弹拨乐器胡乐琵琶,人们采用琵琶来定律,促进了古代音律的长足发展。琵琶在昆曲和许多地方戏中占有举足轻重的地位,对戏曲音乐演奏体系的建构发挥了至关重要的作用。如前文述及昭梿《啸亭杂录》所言,古代戏曲音乐界普遍认为琵琶为今乐之祖。清代钱泳云:"琵琶本胡乐,马上所鼓,大约起于晋、宋、齐、隋之间,至有唐而极盛,……自此历五代、宋、元、明,俱不废,其音急而清,繁而琐,……近时能者甚多……其曲有【郁轮袍】【秋江雁语】【梁州漫】【月儿高】诸名色。"④ 今人的研究认为,古代琵琶主要有秦琵琶和曲项琵琶两种。秦琵琶源远流长,最初产生于古代秦国地区,西域少数民族常弹奏之,东汉时期的典籍称之为"枇杷",魏晋时期始称之为"琵琶",唐代杜佑的《通典》称之为"秦琵琶"或"秦汉子"。秦琵琶在魏晋时期发展成熟。曲项琵琶发源于古代波斯(今伊朗),大约在南北朝时期由丝绸之路传入中原地区,后再传入南方地区,经西域

---

① 何良俊:《曲论》,《中国古典戏曲论著集成》(四),中国戏剧出版社1959年版,第9页。

② 梁廷枏:《曲话》,《中国古典戏曲论著集成》(八),中国戏剧出版社1959年版,第285页。

③ 王德晖、徐沅澂:《顾误录》,《中国古典戏曲论著集成》(九),中国戏剧出版社1959年版,第51页。

④ 钱泳:《履园丛话》,中华书局1979年版,第313页。

少数民族龟兹乐等的运用、改进与传播，与中原文化交流融合，在唐代由普遍流行的民间乐器跃升为宫廷演奏的主要乐器，荣登宫廷大雅之堂，居于宫廷乐部首位，取得了压倒秦琵琶的优势。唐代教坊和梨园的子弟都必须学习和掌握琵琶的演奏技艺。从唐代起，"琵琶"成为曲项琵琶的专称。之后，琵琶的形制、作用和"中国化"音乐身份在不断地改革中趋于定型。① 戏曲在宋代形成及后来，琵琶发展为戏曲乐器的主要组成部分，诚如徐渭云："南曲北调，可于筝、琶被之。……今昆山以笛、管、笙、琶按节而唱南曲。"②

从古至今，中国所有戏曲剧种乐队普遍使用的二胡乐器家族，即胡琴类弓弦乐器，溯其本源是隋唐时期居住在辽宁西喇木伦河流域及河北北部的奚族（东胡种）所创制的奚琴。胡琴类弓弦乐器在唐宋时期形成之后，随着城市逐渐增多，广大市民百姓审美文化的勃兴及说唱艺术、戏曲音乐的发展，越来越确立了其在音乐活动中的地位。但是，从唐宋以后，胡琴类弓弦乐器发展相对比较缓慢，缺乏演奏的独立性，直至明清时期，随着戏曲音乐的快速发展，胡琴类弓弦乐器的地位和作用才变得越来越重要，胡琴类弓弦乐器才开始登入戏曲艺术的音乐殿堂，而且处于持续革新创造当中。例如，清代乾隆年间在胡琴基础上改革创制京胡，且因主要用于京剧伴奏而得名。吴长元的《燕兰小谱》说："蜀伶新出琴腔，即甘肃腔，名西秦腔。其器不用笙笛，以胡琴为主，月琴副之，工尺咿唔如语，且色之无歌喉者，每借以藏拙焉。"③ 胡琴类弓弦乐器酷似人声，以至于可达到为演唱者藏拙的程度，特别是由板腔体演变而来的梆子腔和皮黄腔戏曲种类的大幅度增加，使得以胡琴类弓弦乐器作为主要伴奏乐器的实用价值显得越来越大。例如，梆子腔大都用板胡，京剧用京胡，各地方戏大都用二胡，人们越来越认识到胡琴类弓弦乐器音乐美的优越性是其他任何乐器所不能代替的。在这种身份认同的趋势下，胡琴类弓弦乐器的种类和演技凭藉戏曲为载体，得到了自唐宋以来前所未有的发展。

羌族乐器羌笛在汉代传入中原地区，为创造中华统一的多民族音乐文化做出

---

① 参见韩淑德、张之年《中国琵琶史稿》（修订版），上海音乐学院出版社2003年版。
② 徐渭：《南词叙录》，《中国古典戏曲论著集成》（三），中国戏剧出版社1959年版，第240—242页。
③ 傅谨主编《京剧历史文献汇编》清代卷壹，凤凰出版社2011年版，第58页。

了贡献。胡震亨云："笛有雅笛、羌笛。唐所尚，殆羌笛也。"① 元杂剧、南戏、昆曲的伴奏乐器以木管乐器笛为主，加上鼓、板，十分简单。昆曲的伴奏乐器后来有所增加，最重要的变化是加用了锣、钹、小锣、板鼓或堂鼓等一整套组合成所谓锣鼓的打击乐器。打击乐器用简单的几件乐器将音色、节奏巧妙地加以变化而形成各种不同类型的组合，以表达诸如激越、喜庆、高低、疾徐、张弛、雄壮、威武等各种情绪、气氛，为塑造戏曲人物的内在心理、外在形象、行止举动服务，可谓达到了出神入化的地步。打击乐器在戏曲音乐中从此占有举足轻重、不可或缺的地位。在戏曲乐队中，打击乐器被称之为"武场"，弓弦乐器、弹拨乐器被称之为"文场"，打击乐器与弓弦乐器、弹拨乐器平分秋色，而执板又兼奏板鼓者便成为戏曲乐队中的指挥和调度。后来的各戏曲声腔剧种均效仿昆曲，充分发挥了鼓、板的指挥调度和打击乐器的作用。清代以后兴起的各种地方戏大体上不再用笛做主奏乐器，而是用新出现的、在宋代奚琴基础上加以改造而成的各种胡琴类弓弦做主奏乐器。

由此可见，中国古代戏曲曲乐的发展与汉族及少数民族乐器的使用革新相互促进、相辅相成。

在曲词宾白上，少数民族的语言词汇融入汉族戏曲，大大地丰富了戏曲曲词宾白的语言词汇，增强了戏曲曲词宾白的艺术表现力，彰显了古代戏曲作为通俗文艺的本体内涵及民族特色。例如，元杂剧大量采用了少数民族词语，包括女真族语言、蒙古族语言以及契丹族语言等，这也成为元杂剧突出的民族艺术特点。这些语言采用了以汉字直接记录少数民族语言发音的形式，例如：女真族语"阿马"即汉语"父亲"，"阿者"即汉语"母亲"，"赤瓦不剌海"即汉语"该打的"，契丹族语"曳剌"即汉语"军士"或"衙役"，蒙古族语"扎撒"即汉语"法规"，"也么哥"即汉语"什么"，"巴都儿"即汉语"英雄"，"弩门"即汉语"弓"，"速门"即汉语"箭"，"答剌孙"即汉语"酒"，"米罕"即汉语"肉"，"牙不"即汉语"走"，等等。关汉卿、王实甫等元杂剧大家在作品中穿插使用蒙古族语言，使曲词宾白配合音乐曲牌，在相应的故事情节和说白、对白中出现，对刻画人物起到了细致入微的独特艺术效果。例如，关汉卿的《哭存孝》头折中的李存孝一上

---

① 胡震亨：《唐音癸签》，上海古籍出版社1981年版，第154页。

场就说:"米罕(肉)整斤吞,抹邻(马)不会骑,弩门(弓)并速门(箭),弓箭怎的射?撒因(好)答刺孙(酒),见了抢着吃,喝的莎塔八(醉),跌倒就是睡,若说我姓名,家将不能记,一对忽剌孩(贼),都是狗养的!"①诸如此类的蒙汉混合语宾白将一个好吃懒做、游手好闲、贪得无厌者的无赖丑恶嘴脸勾勒得十分生动,有力地增强了戏曲宾白的讽刺性效果。黄振的《〈石榴记〉凡例》列举了元杂剧中使用的蒙古族词语,并与汉族昆剧用词进行了比较,云:"元人如用'颠不剌''没踹的''赤紧的'之类,以彼时方言、土语插入词曲,行以北人腔调,则诚妙矣。若南曲,则宗昆腔,吴儿无此科白也。"②王季烈的《〈奢摩他室曲丛〉序》云:"南尚才华,间用文人之僻典;北矜本色,更杂胡地之方言。"③对北方少数民族词语的运用造就了元杂剧的民族艺术特色,突出了元杂剧的通俗化、口语化、民间化等戏曲美学价值,使得少数民族的人情世态、风俗习惯、性格品质等得到了更为形象逼真的表现,同时也使戏曲增强了吸引读者和观众的意趣。对此,戏曲界有学者进行了专门的研究,出版有徐梦麟的专著《金元戏曲方言考》等。

在戏曲舞蹈上,戏曲艺术包括唱、念、做、打。戏曲舞蹈主要表现在做、打之中。戏曲舞蹈以汉族舞蹈为主,继承了古代汉族舞蹈的传统,诚如徐时栋认为"杂剧即古舞乐之流遗也"④。汉族舞蹈对少数民族戏曲舞蹈产生了重要影响。明代王圻云:"辽之散乐、俳优、歌舞杂进,往往有汉乐府之遗声。因晋天福三年(938)遣刘煦以伶官来归,遂有此乐。……皇帝生辰乐次,酒一行筚篥起歌;酒二行歌手伎入;酒三行琵琶独奏、茶饼、致语、食入,杂剧进;酒四行阙;酒五行笙独吹、鼓、笛进;酒六行筝独弹、筑球;酒七行歌曲破、角抵。"⑤汉族舞蹈也吸纳了少数民族和佛道舞蹈的成分。祁彪佳云:"《双钗》,格局大类《紫环》,此

---

① 关汉卿:《关汉卿全集》,广东高等教育出版社1988年版,第390页。
② 蔡毅:《中国古典戏曲序跋汇编》,齐鲁书社1989年版,第1928页。
③ 同上书,第528页。
④ 徐时栋:《烟屿楼笔记》,《笔记小说大观》第30编,新兴书局有限公司1979年版,第4473页。
⑤ 王圻:《续文献通考》,《续修四库全书》第765册,上海古籍出版社2002年版,第203页。

则反以浅近胜之。胡僧之舞天魔，最可观。"①雷公电母是中国古代神话传说中司闪电打雷的神。道教继承了中国古代对雷公电母的神灵信仰，唐五代高道杜光庭的《道门科范大全集》在祈求雨雪科仪中以雷公电母为主要启请的神灵。清代李渔在《蜃中楼》中介道："丑扮雷神舞上，……小旦扮电母，两手持镜舞上"②，可见《蜃中楼》的搬演运用了道教舞蹈。戏曲舞蹈中的舞袖是古代汉族长袖善舞的戏曲化借鉴适用，以及合符戏曲规律的发展，戏曲表现女性人物时大多有舞袖段落的运用。大量的各民族民间传统扇子舞、巾舞、花棍舞等亦是戏曲旦角常用的舞蹈形态。戏曲艺术还大量吸纳各民族武术杂技等动作表演，使之成为戏曲舞蹈的组成部分。武术杂技动作多运用于男性角色或战将首领人物的塑造，同时，也运用于剧情惊险场面的展现。清代著名戏曲演员周桂林的刀棒击技十分精湛，搬演时如飞花滚雪；张德林的刀枪功夫过人，搬演时如流星飞舞。除此之外，龙舞、狮舞等也常运用在戏曲中，例如，李渔在《比目鱼》中有"副净扮山大王，虎面奇形，引丑类上……扮虎、熊、犀、象次第上，舞介"③，戏曲搬演排场仿佛群魔乱舞，热闹非凡，不可不谓李渔对戏曲舞台艺术设计乃别开心裁。戏曲舞蹈还有不少模拟性舞蹈动作，戏曲搬演中常见的双飞燕、大鹏展翅、金鸡独立、扑虎、虎跳、鹞子翻身等是传统拟兽舞蹈的继承发展。在戏曲舞蹈动作中还有一些模拟大自然的手势动作，如兰花手、云步，等等。古代戏曲搬演中大量运用的扇、袖、巾、刀、枪、棍、棒、剑、戟、翎子、须髯、假发等，是传统道具舞蹈的运用和发展。古代戏曲舞蹈对传统舞蹈的继承、运用和发展，促进了明清时期花部乱弹地方戏的形成。例如，山东地区的"五音戏"就是在古代民间歌舞秧歌、花鼓灯基础上发展而来的。

戏曲服饰脸谱建构的舞美氛围承载了美善交融的中华民族传统文化的象征意义。

中国传统美术的发展路径不重写实而重写意，也就是说，素重象征之义，以神异玄妙为其创作动机与表现目的，进而成为一种侧重抽象的艺术。在古代戏曲

---

① 祁彪佳：《远山堂曲品》，《中国古典戏曲论著集成》（六），中国戏剧出版社1959年版，第30页。

② 李渔：《李渔全集》第四卷，浙江古籍出版社1992年版，第279页。

③ 李渔：《李渔全集》第五卷，浙江古籍出版社1992年版，第128—129页。

的发展过程当中，汉族和少数民族的美术运用于戏曲服饰与脸谱，使戏曲服饰与脸谱成为中华民族传统文化的主要象征之一。

例如，就戏曲服饰而言，中国古代的衣冠服饰自北齐以来便全用北方少数民族的服饰款式，传统的深衣制长衣和袍服已不大适应社会需要，而北方少数民族短衣打扮的袴褶渐成主流，不分贵贱，男女皆可穿用。北宋沈括云："中国衣冠，自北齐以来，乃全用胡服。窄袖绯绿短衣，长靿靴，有蹀躞带，皆胡服也。窄袖利于驰射，短衣、长靿皆便于涉草。"① 到南宋时，朱熹的《朱子语类》道："后世礼服固未能猝复先王之旧，且得华夷稍有辨别，犹得。今世之服，大抵皆胡服，如上领衫、靴鞋之类，先王冠服扫地尽矣！中国衣冠之乱，自晋、五胡，后来遂相承袭。唐接隋，隋接周，周接元魏，大抵皆胡服。"② 因此，古代戏曲服饰受少数民族服饰的影响随处可见，例如，山西洪洞明应灵王殿有元代壁画帐额题署"大行散乐忠都秀在此作场"，根据所着服饰、化妆可以肯定所描画的人物具有戏班演员身份，壁画后排有两个戴盔、戴帽子的人物，这一类帽子蒙古族人经常使用，而汉族人却不多见。沈从文云："演戏用的元人巾帽，名目就更多了。仅就《元明杂剧》记载中提到的，即有数十种，并叙述应用名色，……略举一些作例：练垂帽、练垂胡帽、……部分和《元史·舆服志》记载相同。清代戏衣的各种帽子，大部分还承袭而来，惟名称已多改变。"③ 昆曲服饰以明代服饰为基础加以提炼与美化，形成穿戴规制，具有程式性、装饰性、可舞性和象征性特点。清代中叶，昆曲服饰即行头按行当划分，有了完备的建制，各种脚色的戏衣、盔帽、靴鞋、髯口四大类在衣箱的管理中有严格的要求，诸如行话"宁穿破不穿错"流行于世，成为昆曲服饰传统穿戴的固定守则和基本规范，后来亦普遍适用于各个花部乱弹地方声腔剧种。

就戏曲脸谱而言，戏曲脸谱艺术是夸张的艺术，把生活原形夸张到变形的程度，远离生活又不脱离生活，舍弃了表面的外形的生活真实，通过写意的象征性手法从本质上真实体现戏曲人物的基本特征，呈现强烈的感情色彩，寓褒贬于色

---

① 沈括:《梦溪笔谈》，中华书局 2009 年版，第 8 页。
② 朱杰人等主编《朱子全书》第 17 册，上海古籍出版社、安徽教育出版社 2002 年版，第 3067 页。
③ 沈从文:《中国古代服饰研究》，上海书店出版社 2002 年版，第 573 页。

调，明爱憎于线条，忠奸分明，智愚宛然。戏曲脸谱的前身是面具，例如，清人焦循引《教坊记》云："大面出北齐兰陵王长恭——性胆勇而貌妇人，自嫌不足以威敌，乃刻木为假面，临阵著之，因为此戏。亦入歌曲。"又"按：今净称'大面'，其以粉、墨、丹、黄涂于面以代刻木而有是称耶？然戏中亦间用假面。"① 北齐政权是鲜卑化的政权，古代面具受到少数民族艺术的影响由此可见一斑。随着戏曲艺术的发展，宋元杂剧产生之后，歌舞面具不能生动地表现人物的精神面貌及个性特点，失去了活动表情的作用，于是，人们一方面采用了五彩涂面的人物化妆手法；另一方面根据面部器官和肌肉纹理刻划人物，把面具的形貌改画在脸上。这种趋势促进了戏曲脸谱化妆史上的一次巨大变革。正如王国维的《古剧脚色考》所说："宋之面具虽极盛于政和，而未闻用诸杂戏。盖由涂面既兴，遂取而代之欤。"② 也就是说，随着戏曲艺术的发展，戏曲化妆艺术家不断创新创造，刻意用界限分际鲜明的色彩描绘人物的面貌。从宋元南戏、杂剧、院本到明清传奇，戏曲艺术形式由简单发展为复杂，戏曲脸谱化妆也由简单发展为烦复，图案定形，画法完善，色彩明丽，象征性强。例如，清人徐时栋云："世俗扮演宋太祖必涂朱满面，不知何所本也。《宋史·本纪》称：'初生时体有金色，三日不变。'然则即据此语亦当涂黄矣。《本纪》云：'建隆元年三月壬戌，定运以火德王，色尚赤。'又云：'乾德元年以太常议，奉赤帝为感生帝。'俗之颜如渥丹，盖本诸此。又优人扮太祖，必以净为之。《本纪》云：'既长，容貌雄伟。'则脚色为相称矣。"③ 宋代以后，戏曲中每一个人物都有了相对定形的脸谱，特色突出，差异明显，剧中人物一出场，观众在一定审美距离内就能够立刻辨识判定出其身份与性格。

就虚实相生的象征艺术来说，戏曲各声腔剧种中的角色无论生、旦还是净、丑，脸谱色彩都非常鲜明，而戏曲服饰的色彩也非常艳丽，两者相互匹配、彼此映衬，显现得人物形象塑造及服饰色彩自然、和谐、统一、美观。至于戏曲舞台

---

① 焦循：《剧话》，《中国古典戏曲论著集成》（八），中国戏剧出版社1959年版，第82页。
② 王国维：《王国维文集》第一卷，中国文史出版社1997年版，第519页。
③ 徐时栋：《烟屿楼笔记》，《笔记小说大观》第30编，新兴书局有限公司1979年版，第4474页。

上的一桌二椅、后花园、墙垣等象征意味很浓的舞美虚拟情境，则借助戏曲人物的服饰和脸谱获得了激发人们审美想象的物理空间和心理时间，彰显了戏曲本体民族象征的神异玄妙的美学特点。

第五节 国家认同的学术独立

国家认同是人们对自己归属于所在国家的认可，以及对所在国家的构成，如政治、经济、文化、艺术、民族、制度等要素的肯定性评价和纯洁性情感，是在自我认同、族群认同、民族认同、社会认同和文化认同相统一基础上的升华。学术是指专业的系统学问，泛指就对象的本质、特点和规律进行的研究，并使之理论化、学科化、应用化。梁启超的《学与术》说："学也者，观察事物而发明其真理者也；术也者，取所发明之真理而致诸用者也。例如以石投水则沉，投以木则浮，观察此事实，以证明水之有浮力，此物理也。应用此真理以驾驶船舶，则航海术也。研究人体之组织，辨别各器官之机能，此生理学也。应用此真理以疗治疾病，则医术也。学与术之区分及其相关系，凡百皆准此。"①学术独立是指人们确定自己的专业研究对象与学科研究领域，与一般人学习普及型的学问知识区别开来；是运用一定的科学研究方法，就研究对象的本质、特点和规律进行广泛深入的符合逻辑的探讨论证，提出自己独到的自圆其说的观点、主张、学说、思想，建构与众不同的学术规范、一脉相承的学风导向和格局完整的学科体系。国家认同的学术独立则指这种学术研究及其成果是国家概念内涵构成的有机组成部分，体现了人们对自己国家的学术不同于他者国家的学术异质化身份认同与体系建构。

从国学的视域来看，上古唐尧、虞舜是中国古代学术史的思想萌芽时期，春秋之世至秦代大一统是中国古代学术史的思想解放和分野时期，汉代是中国古代学术史的思想混合与独尊儒术时期，魏晋南北朝是中国古代学术史的玄学流行和

---

① 梁启超:《梁启超全集》，北京出版社1999年版，第2351页。

儒释道相争时期，隋唐是中国古代学术史的儒释道三教合流时期，宋元明清（前期）是中国古代学术史的程朱理学、明代王阳明心学、明清实学盛行时期，清代中叶至晚期是中国古代、近代学术史的朴学盛行与西学东渐时期。对应于中国古代学术史的流变，中国古代戏曲从宋代形成伊始逐渐融入文人学士的学术视野，文人学士在不断获得戏曲身份认同、不遗余力地提升戏曲社会地位的基础上，努力从剧作家评骘、戏曲创作、本事渊源、剧目梳理、剧本品评、流派风格、声腔格律、度曲规范、演唱技艺、歌舞搬演、服饰穿戴、舞美设计等多方面进行探索总结，直至近代王国维在前人已有研究的广厚基础上，将戏曲纳入中国古代学术史，以《宋元戏曲史》等论著为代表，建构戏曲学在中国古代学术史上的独立学科地位，形成了国家认同的戏曲学学术独立的态势，为后世对古代戏曲作为一门专业学问的全面研究开辟了前所未有的宽阔大道，奠定了后世戏曲学稳固屹立于中国学术史学科体系的坚实基础。从这个意义上来说，古代戏曲获得国家认同的学术独立过程漫长，也是文人学士和广大市民百姓实现戏曲身份认同的一个重要方面。

在国家认同的层面上，历代统治阶级对戏曲的喜好和推崇意味着"国家在场"，体现了戏曲国家认同的学术独立获得了最高权力许可。中华民族传统文化的产生、演变和发展，除了受特定的地理环境、经济基础和其他外来因素的影响与制约之外，社会政治结构对其影响则是至关重要的。中国封建社会政治结构的特点是家国同构，这种由带有某种血缘温情的宗法制度和一脉相承的专制制度相结合的社会政治结构，深刻影响着中华民族传统文化包括戏曲艺术形成及其发展。所谓家国同构，指的是自殷周王朝的天子、诸侯、卿大夫以血缘关系构成的宗子、宗孙和姻亲的家族关系，在古代中国进入统一的多民族社会时予以了保留，这种家族血缘的关系一直延续至清末，所以国家建立在家族血缘关系的基础之上。儒学提倡家国同构，强调家庭、家族和国家在社会政治内部构造机理上具有同质性，孟子曰："天下之本在国，国之本在家，家之本在身"[①]，意思是说，国家置基于家族、家庭里面，国在家中，家国同构，家国一体，人是家庭、家族、国家的根本。在中国封建社会政治结构的组合成分上，"族"理所当然也包括"民族"的含义在

---

① 阮元：《十三经注疏》，中华书局1980年版，第2718页。

内。家国同构的意思还进一步所指：国家的权力和财产按人的家庭、家族血缘亲疏进行分配，皇权与父权同一，皇帝既是国家的最高统治者，又是全社会政治认同上的共尊君主，也是本家庭、本家族的最大家长。以皇帝为首的朝廷代表一人一姓一家一族的国家，家庭是人亲缘关系的延伸放大，家族是家庭亲缘关系的延伸扩大，国家是家族亲缘关系的延伸扩大，皇权是父权亲缘关系的延伸扩大，家庭、家族是国家的组织结构基础，家是一个小国，国是一个大家，家庭、家族和国家在大多数情况下利益悠关、命运同在、价值同向。家国同构的本质是家庭、家族和国家具有同一性。古代中国是一个特别注重伦理道德的国度，以儒释道为代表的主流意识形态内蕴着丰富的伦理化特质，古代中国的社会伦理、国家伦理都是从家庭伦理演绎出来的，维系着古代中国社会、政治、经济、文化、艺术等的相对稳固与动态发展。这样的中国封建社会政治生态，决定了中华民族传统文化不同于他国传统文化发展的历程，也决定了中国古代戏曲不同于他国戏剧形成发展的历程，以皇帝为首的统治阶级及文人学士对戏曲的喜爱与推崇，因此具有了国家认同的意义和功能，体现了戏曲国家认同的学术独立获得了最高权力的许可。

例如，历代文献记载以皇帝为首的统治阶级及文人学士对戏曲的喜爱和推崇屡见不鲜。宋代，乐语与致语广泛应用于朝廷的杂剧搬演。吴曾祺的《涵芬楼文谈》云："自宋以来，凡遇宫廷演剧，则命词臣为乐语，使伶人歌之，大都道太平之盛，故亦为应制之作。然民间寻常宴聚，亦间有之。先为骈语，后缀以诗，亦有不为诗者。又名致语。"① 一代名儒欧阳修曾亲自为优人撰写致语口号，彭□辑云：欧阳修罢官闲居汝阴时，吕晦叔知颍州，邀其赴宴，"于是欧公自为优人致语及口号，高谊清才，搢绅以为美谈。口号曰：'欲知盛集继荀陈，谓有当筵主与宾。金马玉堂三学士，清风明月两闲人。红芳已过莺犹啭，青杏初尝酒正醇。好景难逢良会少，乘欢举白莫辞频。'"② 杂剧在宋代形成之时，皇帝和文人学士认同这一种新的综合艺术，喜爱有加，乐此不疲，焦循引《宋史新编》云："理宗在位

---

① 王水照编《历代文话》，复旦大学出版社2007年版，第6662页。
② 彭□辑撰：《墨客挥犀》，中华书局2002年版，第395页。

久，董宋臣、卢允升作夫容阁、兰香亭，宫中进倡优、傀儡，以奉帝游宴。"① 吕蒙正，谥号文穆，北宋初以宽厚为宰相，获得宋太宗赏识。王十朋，字龟龄，南宋著名政治家和诗人。叶盛的《水东日记》之"小说戏文"条云："宋吕文穆、王龟龄诸名贤，至百态诬饰，作为戏剧，以为佐酒乐客之具。有官者不以为禁，士大夫不以为非；或者以为警世之为，而忍为推波助澜者，亦有之矣。意者其亦出于轻薄子一时好恶之为，如《西厢记》《碧云騢》之类，流传之久，遂以泛滥而莫之救欤。"② 宫廷中的戏曲演员因此自我身份认同，自信身价陡增，叶梦得云："丁仙现自言及见前朝老乐工间有优诨及人所不敢言者，不徒为谐谑，往往因以达下情，故仙现亦时时效之，非为优戏，则容貌俨然如士大夫。"③ 当然，戏曲演员与士大夫的身份地位毕竟不平等，戏曲演员在朝廷中的身份地位自信也有受挫的时候，王辟之云："开宝中，教坊使魏某，年老当补外，援后唐故事，求领小郡。太祖曰：'伶人为刺史，岂治朝事，尚可法耶！'第令于本部中迁叙，乃以为太常太乐令。"④ 这表明宋朝皇帝对戏曲的喜爱和推崇与对戏曲演员的身份地位认知并不一致，存在差异化的身份认同。

明代，朝廷为了维护其统治地位，重建封建伦理道德文化系统，制定种种严格的法律限制戏曲的创作和搬演。但是，统治阶级对来自民间的戏曲并未采取完全排斥的态度，而是在一定程度上认同民间戏曲的身份、地位和价值，并且试图将民间戏曲纳入封建礼乐教化的轨道，民间戏曲的身份、地位和价值得到了统治阶级的认同和推崇，只不过是像朱元璋对待《琵琶记》那样，戏曲国家认同和推崇的思想道德标准常常高于艺术美学标准而已。明代中期以后，宣宗、英宗、宪宗、武宗、神宗、光宗、熹宗等多个皇帝受戏曲走出低谷，趋向发展繁荣的社会风气影响，都喜爱观赏戏曲。据刘若愚记载，神宗为了侍奉皇太后，投其所好，在四斋设置了近侍二百余人，学习戏曲，并时常为皇太后演出。神宗还改革宫廷

---

① 焦循：《剧说》，《中国古典戏曲论著集成》（八），中国戏剧出版社1959年版，第85页。

② 叶盛：《水东日记》，中华书局1980年版，第214页。

③ 叶梦得：《避暑录话》，《笔记小说大观》第3编，新兴书局有限公司1979年版，第1650页。

④ 王辟之：《渑水燕谈录》，中华书局1981年版，第1页。

机构，自行设立玉熙宫，宫中近侍三百多人，学习宫廷戏曲和民间戏曲，"凡圣驾升座，则承应之"；刘若愚又云："光庙喜射，又乐观戏。于宫中教习戏曲者，近侍何明、钟鼓司官郑稽山等也。"① 明代皇帝朱翊钧为神宗，时称神庙；继位者皇太子朱常洛为光宗，时称光庙；这表明皇帝与太子都喜爱和推崇戏曲，影响所及直至朝廷官吏。宫廷优伶得到皇帝的认同，也意味着戏曲得到了国家认同。何良俊云："阿丑，乃钟鼓司装戏者，颇机警，善谐谑，亦优旃敬新磨之流也。成化末年，刑政颇弛。丑于上前作六部差遣状，命精择之。既得一人，问其姓名，曰：'公论。'主者曰：'公论如今无用。'次得一人，问其姓名，曰：'公道。'主者曰：'公道亦难行。'最后一人曰'胡涂'。主者首肯曰：'胡涂如今尽去得。'宪宗微哂而已。"② 尤其是明成祖组织编纂《永乐大典》，虽然目的是为了给自己树立偃武修文、一统天下的形象，但是，给予了戏曲应有的身份地位与剧本著录，则充分体现了统治阶级对戏曲的国家认同，反映了大一统国家的审美文化特质。

清代，皇帝与戏曲的密切关系构成了一道独特的文化艺术景观。平日，除了王公贵族在私人宫室、厅堂搬演戏曲之外，宫廷演剧尤其兴盛，从顺治到宣统、从皇帝到慈禧太后无不嗜好戏曲，有的甚至到了痴迷沉醉的状态。这些身份地位显赫的统治阶级成员，通晓戏曲的专业化程度极高，许多艺术见解颇为精辟，大都亲自参与宫廷戏曲的管理、创作或搬演，对宫廷戏曲的发展繁荣发挥了至关重要的作用。其意义不仅满足了统治阶级自身的娱乐消闲需求，而且作为一种礼乐文化发挥了现实教化作用，而其中的百般喜爱和大力推崇无不充分显示了统治阶级对戏曲的国家认同。具体而言，康熙精知戏曲声律，雍正通晓戏曲服饰，乾隆钟爱戏曲有加，钱泳云："梨园演戏，高宗南巡时为最盛"③。咸丰亦不逊色，徐珂云："文宗在位，每喜于政暇审音，尝谓西昆音多缓惰，柔逾于刚，独黄冈、黄陂居全国之中，高而不折，扬而不漫。乃召二黄诸子弟为供奉，按其节奏，自为校定，摘疵索瑕，伶人畏服。咸丰庚申之乱，京师板荡，诸伶散失。穆宗嗣位，乃更复内廷供奉焉。先是，京师诸伶多徽人，常以徽音与天津调混合，遂为京调。然津徽诸调，亦均奉二黄音节为圭臬，脚本亦强半相同，故汉津徽调皆可通。文

---

① 刘若愚：《酌中志》，北京古籍出版社1994年版，第109—190页。
② 何良俊：《四友斋丛说》，中华书局1959年版，第89页。
③ 钱泳：《履园丛话》，中华书局1979年版，第332页。

第十章　文人学士对戏曲美学的推崇弘扬与身份认同

宗后益有取于汉黄，而诸人固能合众长为一者也。"① 随着京剧的发展繁荣，戏曲名角层出不穷，王公贵族与京剧名角有关的戏场搬演华髓亦蔚为大观，作者佚名云："晚清王公贵人嗜戏成癖。相传肃王善耆尝与名伶杨小朵合演《翠屏山》。肃扮石秀，杨饰潘巧云。"②

在乾隆的倡导下，朝廷耗费巨资修建了多座豪华戏台供搬演戏曲之用，戏场规模和搬演排场非同凡响。赵翼云："内府戏班，子弟最多，袍笏甲胄及诸装具，皆世所未有，余尝于热河行宫见之。上秋狝至热河，蒙古诸王皆觐。中秋前二日为万寿圣节，是以月之六日即演大戏，至十五日止。所演戏，率用《西游记》《封神传》等小说中神仙鬼怪之类，取其荒幻不经，无所触忌，且可凭空点缀，排引多人，离奇变诡作大观也。戏台阔九筵，凡三层。所扮妖魅，有自上而下者，自下突出者，甚至两厢楼亦作化人居，而跨驼舞马，则庭中亦满焉。有时神鬼毕集，面具千百，无一相肖者。神仙将出，先有道童十二三岁者作队出场，继有十五六岁、十七八岁者。每队各数十人，长短一律，无分寸参差。举此则其他可知也。又按六十甲子扮寿星六十人，后增至一百二十人。又有八仙来庆贺，携带道童不计其数。至唐玄奘僧雷音寺取经之日，如来上殿，迦叶、罗汉、辟支、声闻，高下分九层，列坐几千人，而台仍绰有余地。"③ 其时，清廷在皇宫及行宫苑囿等地建造的诸多戏台，成为戏曲国家认同的直观实物标志和民族艺术象征。

清朝宫廷大戏是统治阶级乐此不疲的审美对象，为了保证戏曲搬演的艺术效果，在后台从事砌末管理的人编撰了《穿戴题纲》，记录了宫廷戏曲脚色的穿着、扮相、使用的砌末等；同时，还编撰了供宫廷排练戏曲之用的《串头》，比较详细地记录了舞台搬演的角色上下场、唱念做打的程式套路等，所有这些都从不同方面固化了人们对宫廷大戏的身份认同意识。其中，数量众多的戏曲剧目叙录和人物搬演形态等记载，涵蕴了丰富的戏曲国家认同资料。尤其是朝廷调集文人学士修订历代戏曲作品，藉官方的权力于扬州设局介入戏曲。李斗云：乾隆四十二年（1777），"巡盐御史伊龄阿奉旨于扬州设局修改曲剧，历经图思阿及伊公两任，凡四年事竣。总校黄文旸、李经，分校凌廷堪、程枚、陈治、荆汝为，委员淮北分

---

① 徐珂：《清稗类钞》第11册，中华书局1984年版，第5017页。
② 佚名：《梼杌近志》，《中国野史集成》第50册，巴蜀书社1993年版，第788页。
③ 赵翼：《簷曝杂记》，中华书局1982年版，第11页。

司张辅、经历查建佩、板浦场大使汤惟镜",黄文旸奉命"修改古今词曲,……兼总校苏州织造进呈词曲,因得尽阅古今杂剧传奇"①,遂以此为契机,撰就《曲海》一书,计20卷。这无疑说明,戏曲这一综合艺术形式名正言顺地为统治阶级所认可接受,初始乱而无序的民间戏曲堂而皇之地有序步入了宫廷的艺术殿堂,成为上至帝王将相下至市民百姓等社会各阶层人们共同热捧的审美对象,成为代表清廷戏曲国家认同的经典之作。

在中国封建社会长期存在家国同构格局下,受儒家思想支配的历代朝廷主流意识形态强调对家长、族长、皇帝的忠诚与孝敬,强调在家尽孝、为国尽忠,通过在家尽孝达到为国尽忠,所谓"忠孝同义""忠孝相通""忠孝两全""求忠臣于孝子之门"等是也。值得肯定的是,中华民族传统文化中忠孝观念的精华部分因此也融入了爱国主义的思想。换句话说,儒家所强调的国家礼制秩序实质上是家庭礼制秩序的扩大反映,人们的家国情怀往往注重爱家与爱国的一体性,爱家和爱国因此具有了高度的一致性。东汉经学家马融云:"忠也者,一其心之谓也。为国之本,何莫由忠。忠能固君臣,安社稷,感天地,动神明,而况于人乎?夫忠,兴于身,著于家,成于国,其行一焉。是故一于其身,忠之始也;一于其家,忠之中也;一于其国,忠之终也。"②其含义是说,忠的思想和行动是在个人身上形成的,它表现于家庭伦理中的孝慈,而完成于献身国家的事业。孔子把忠视为孝的表现,认为孝是忠的本质,说:"孝慈,则忠"③。先秦儒者所撰《孝经》云:"夫孝,始于事亲,中于事君,终于立身。……君子之事上也,进思尽忠,退思补过,将顺其美,匡救其恶,故上下能相亲也。"④《孝经》在中国古代社会影响很大,历代统治阶级无不标榜"百善孝为先""以孝治天下",强调天下臣僚百姓要忠孝两全。就此而言,儒家倡导人生追求的最高境界是参与治理国家,即修身是齐家的根本,齐家是治国、平天下的基石,修身、齐家是为了治国、平天下;治国首先要齐家,对家庭负责也就是对国家负责,对国家尽职尽责也是为了个人与家庭的和睦幸福。于是,在中国封建社会的特定历史条件下,就国家层面而言,君国一体,忠君爱

---

① 李斗:《扬州画舫录》,中华书局1980年版,第107—111页。
② 马融:《忠经》,青岛出版社2005年版,第153页。
③ 杨伯峻译注《论语译注》,中华书局1980年版,第20页。
④ 阮元:《十三经注疏》,中华书局1980年版,第2545—2560页。

国,就是对皇帝忠贞与对国家挚爱,这成为中华民族传统文化中爱国主义的主导思想及表现形式。

基于家国同构的社会政治格局和忠孝两全的人生追求目标,历代统治阶级对反映忠孝观念和弘扬爱国精神的历史剧有特别的喜好和推崇,尽管朝廷不时颁发戏曲禁毁的律令,但是,宫廷演剧不辍是无可争辩的事实,也没有从根本上杜绝搬演反映忠孝观念和弘扬爱国精神的历史剧。特别是以皇帝为首的明清朝廷尤为重视搬演忠孝题材故事的爱国戏曲,充分体现了统治阶级对戏曲国家认同的审美文化意识和现实价值取向。

例如,明初,在忠孝两全有利于统治阶级巩固政权的政治立场和人生追求上,刘廷玑云:"明太祖读《琵琶记》,极为称赏"①。其时,北曲杂剧余势尤存,朝廷统治阶级也爱好北曲,明太祖朱元璋虽然好南曲,但是听不惯南曲演唱的《琵琶记》,以至教坊色长刘杲、教坊奉銮史忠便将《琵琶记》改用北方的乐器筝、琶为南曲伴奏,创为"弦索官腔",即徐渭云:"由是日令优人进演。寻患其不可入弦索,命教坊奉銮史忠计之。色长刘杲者,遂撰腔以献,南曲北调,可于筝琶被之;然终柔缓散戾,不若北之铿锵入耳也"②,显示了朱元璋对《琵琶记》的喜爱和推崇有国家认同的特殊社会现实目的。吕天成出身官宦世家,所著《曲品》将传奇按题材故事划分为六大类,其中演绎忠孝题材故事的传奇被列为第一类,云:"传奇品定,颇费筹量,不无褒贬。……括其门数,大约有六:一曰忠孝,一曰节义,一曰风情,一曰豪侠,一曰功名,一曰仙佛。元剧门类甚多,南戏止此矣。"③由此可见,在吕天成的戏曲评价标准中,演绎忠孝题材故事的戏曲占据至高无上的地位,获得了吕天成的最高褒奖。岳飞是南宋时著名的抗金爱国将领,反映岳飞抗金英雄悲剧的戏曲作品成为古代戏曲史的经典之一,历代创作、改编、完善、升华者不乏其人,明人冯梦龙的《〈精忠旗〉更订自序》云:"旧有《精忠记》,俚而失实,识者恨之。从正史本传,参以《汤阴庙记》事实,编成新剧,名曰《精忠

---

① 刘廷玑:《在园杂志》,中华书局2005年版,第124页。
② 徐渭:《南词叙录》,《中国古典戏曲论著集成》(三),中国戏剧出版社1959年版,第240页。
③ 吕天成:《曲品》,《中国古典戏曲论著集成》(六),中国戏剧出版社1959年版,第223页。

旗》。精忠旗者，（宋）高宗所赐也。涅背誓师，岳侯慷慨大节所在；他知张宪之殉主，岳云、银瓶之殉父，蕲王诸君之殉友，施全、隗顺之殉义，生死或殊，其激于精忠则一耳。"① 明廷亦经常搬演岳飞抗金的戏曲，以褒扬奖励忠孝爱国的臣子，贬抑影射忤逆擅权的奸人，刘若愚云："先帝最好武戏，于懋勤殿升座，多点岳武穆戏文，至疯和尚骂秦桧处，逆贤常避而不视，左右多笑之。"②

清代，顺治在观看明代传奇《鸣凤记》时，深为明朝忠臣杨继盛以死弹劾严嵩的仁义行为而动容，特地命词臣依据这段前朝史实创作为戏曲。工部右侍郎程正揆云："传奇《鸣凤》动宸颜，发指分宜父子奸。重译二十四大罪，特呼内院说椒山。"③ 杨继盛，号椒山。顺治认为此剧美中不足是用典太多，且宾白多用骈俪之体，颇碍优伶搬演，于是命中书舍人吴绮进行改编，增加杨继盛忠君死节的情节，这就是传奇《忠愍记》问世的经过，顺治特降旨在内廷搬演。新本《鸣凤记》改名《忠愍记》。忠愍是杨继盛的谥号，改《鸣凤记》为《忠愍记》，更突出了杨继盛忠君爱国的品德。《鸣凤记》能得到顺治的喜爱、推崇甚至指正，说明顺治有较高的代表统治阶级立场的戏曲思想和艺术鉴赏力。尤侗以爱国诗人屈原被逐为题材创作的杂剧《读离骚》，在清初杂剧中属于上乘之作，有人将《读离骚》献入宫中，顺治读后深为激赏，称尤侗为"真才子"，传旨教坊司排演。

乾隆时期是清廷演剧的繁荣时代，昭梿的《啸亭杂录》记载，乾隆直接授意词臣创作和排演了一批宫廷大戏。其中，王廷章等撰《昭代箫韶》全剧共240出，取材于英雄传奇小说《杨家将演义》，内容描写北宋名将杨继业全家忠孝报国，贤王德昭辅政的故事。此剧开场白直言创作的目的，云："明善除奸嘉勇。假优孟冠裳，声寄管弦，缓调轻弄。演出褒忠奖孝，诛妄除奸。俾令迷顽悔恸"④，也就是说，朝廷希冀借《昭代箫韶》扬善惩恶，褒奖忠孝之士，惩罚奸恶之人。此外，《昭代箫韶》用宋、辽和睦友好作全剧的结尾，也有协调当朝不同民族之间矛盾的意图，传达了一种统治阶级所国家认同的民族和解、平安相处的善意，诚如《〈昭代箫韶〉序》云："粤以鼗鼓轩舞，扬太平歌咏之风，旌善锄奸，寓千古褒惩

---

① 蔡毅：《中国古典戏曲序跋汇编》，齐鲁书社1989年版，第1348页。
② 刘若愚：《酌中志》，北京古籍出版社1994年版，第108页。
③ 程正揆：《青溪遗稿》，清康熙三十二年天咫阁刻本。
④ 王廷章等：《昭代箫韶》，清嘉庆十八年内府刊朱墨套印本。

第十章 文人学士对戏曲美学的推崇弘扬与身份认同

之意。虽一觞一咏，无关正史之隐扬，而可兴可观，弥著人心之好恶。……夫诵诗怀古，式韵尽斯迁，读史慕芳，型事穷亦隐。维兹排比声律，协调宫商，始则悦耳娱目，终能格化徵心。音谐箫管，若陶性而怡情，彩飐旌幡，乃激忠而劝节，其效固有补诗书之未逮者也。当兹旷古独隆之世，右文图治之时，洪敷圣化而户尽弦歌，广被仁风而民皆击壤。明良际会，海宇昇平，谱异代之奇闻，共斯民以同乐。描摹义烈，则颛蒙亦为怅怀；刻画金邪，则儿童亦为指发。以陈家谷之实迹，为生枝发派之根源；森罗殿之虚文，为启瞶振聋之药石，欲使忠贞者益励其心志，奸慝者痛改其邪非，又岂寻常之丽词艳曲，无关风化者，所能拟其万一也哉！是知填词虽小道，彰瘅攸关；游戏见性情，激扬斯在。故撮其大要，谱入管弦，即优孟之衣冠，昭劝惩之妙用尔。"① 慈禧太后深通皮黄戏，挑选青衣名宿陈德霖协助自己将昆曲《昭代箫韶》移植为皮黄戏。陈德霖嗓音清亮，不仅演唱水平高超，而且长于唱腔设计。慈禧太后亲自编撰唱词，陈德霖遵旨安排腔格，大量耗费资金和人力物力，完成了这部慈禧太后御制的宫廷大戏。《昭代箫韶》以阵容豪华、制作精良打造出一部皮黄戏经典，直接搬演于宫廷戏曲大舞台。从此，以杨家将忠孝爱国题材的京剧剧目为后世他者戏曲创作提供了模范文本。

　　明清统治阶级还用独擅权力话语的治政形式、忠孝两全的实际行动诠释了朝廷对戏曲国家认同的立场与态度，为戏曲国家认同注入了统治阶级所理解的中华民族传统忠孝文化内涵，在一定程度上具有借戏曲国家认同引导中华民族传统忠孝文化的现实意义。

　　例如，明代神宗自觉进呈戏曲剧本给母后阅读，作为表达忠孝之心的举措之一，而今看来，这实际上也意味着最高统治者所代表的国家对戏曲的身份认同。刘若愚云："神庙天性至孝，上事圣母，励精勤政，万几之暇，博览载籍。每谕司礼监臣及乾清宫管事牌子，各于坊间寻买新书进览。凡竺典、丹经、医、卜、小说，出像、曲本，靡不购及。"② 万人之上的一国之君和一国之君之上的母后对戏曲如此喜爱和推崇，其中华民族传统忠孝文化背景下的戏曲国家认同显在意义不可小觑。

---

① 王廷章等:《昭代箫韶》，清嘉庆十八年内府刊朱墨套印本。
② 刘若愚:《酌中志》，北京古籍出版社1994年版，第1页。

清代，康熙六十大寿时，举国上下热烈如狂，各种文化艺术形式纷纷在朝廷祝寿庆典上扮相捧场，其中，戏曲搬演发挥了举足轻重的作用，形成了戏曲国家认同与忠孝两全主旨相结合的盛大审美文化场景，朝野万众均从戏曲搬演中体验到了国家层面的中华民族传统忠孝文化带来的精神愉悦。龚炜云："康熙辛丑，上御极六十年矣，深仁厚泽，浃髓沦肌，海内乂安，人民和乐，自唐虞以来，未有若斯之盛者。而万寿圣诞，正值天气清和，卉物条畅之际，民间之颂升恒、祝炽昌者，溢乎中外。我吴尤称繁华之地，巡抚吴公暨诸僚属，并铺张美丽，仙宫梵宇，普建祝圣道场；舞榭歌台，尽演蟠桃乐府。华灯绮彩，绵亘长衢；火树星毬，光明彻夜。文武官舞蹈嵩呼，都人士欢声雷动。煌煌哉太平之盛观，图绘弗能殚已。"①同样，乾隆曾亲自动手为皇太后五旬、六旬、七旬、八旬万寿节庆典所演戏曲进行加工润色，指导排练，甚至还为《拾金》一剧设计唱腔，其实际取得的戏曲国家认同，以及国家层面的中华民族传统忠孝文化带给人们的精神愉悦效果，可与康熙六十庆典效果相媲美。这其中的戏曲艺术丰富多彩的显在表现形式和礼乐教化取向对全社会的示范作用不容忽略。赵翼云："皇太后寿辰在十一月二十五日。乾隆十六年（1751）届六十慈寿，中外臣僚纷集京师，举行大庆。自西华门至西直门外之高梁桥，十余里中，各有分地，张设灯彩，结撰楼阁。天街本广阔，两旁遂不见市廛。锦绣山河，金银宫阙，剪彩为花，铺锦为屋，九华之灯，七宝之座，丹碧相映，不可名状。每数十步间一戏台，南腔北调，备四方之乐，侲童妙伎，歌扇舞衫，后部未歇，前部已迎，左顾方惊，右盼复眩，游者如入蓬莱仙岛，在琼楼玉宇中，听《霓裳曲》，观《羽衣舞》也。其景物之工，亦有巧于点缀而不甚费者。……以是，辛巳岁皇太后七十万寿仪物稍减。后皇太后八十万寿、皇上八十万寿，闻京师巨典繁盛，均不减辛未②。"

当然，清朝皇帝站在维护巩固统治阶级根本利益的立场，一旦发现有动摇政权根基之虞的戏曲作品则采用了打压甚至禁毁的强制措施，显示了清朝统治阶级对戏曲所持的国家认同标准存在误差与偏见，这不利于甚至损害了戏曲国家认同的学术独立建构。

---

① 龚炜：《巢林笔谈》，《笔记小说大观》第33编，新兴书局有限公司1983年版，第1页。

② 赵翼：《簷曝杂记》，中华书局1982年版，第9—10页。

第十章 文人学士对戏曲美学的推崇弘扬与身份认同

例如，洪昇创作的《长生殿》取材自唐代诗人白居易的长诗《长恨歌》和元代剧作家白朴的剧作《梧桐雨》，反映了唐朝皇帝李隆基与贵妃杨玉环的爱情故事，以及安史之乱的祸国殃民结局，抒发了洪昇的爱国思想与民族意识，成为这一类题材成就最高、影响最大的戏曲作品。《长生殿》问世搬演之初，在统治阶级内部产生了轰动，民间亦广泛搬演，南北传唱，以至于在社会上形成"家家'收拾起'，户户'不提防'"的俗谚。王应奎云："康熙丁卯、戊辰间，京师梨园子弟以内聚班为第一，时钱塘洪太学昉思昇著《长生殿》传奇初成，授内聚班演之。圣祖览之称善，赏优人白金二十两，且向诸亲王称之。于是诸亲王府及阁部大臣，凡有宴会，必演此剧，而缠头之赏，其数悉如御赐，先后所获殆不赀。"[①]金埴云："昉思之游云间、白门也，提帅张侯云翼降阶延入，开宴于九峰三泖间，选吴优数十人，搬演《长生殿》。军士执殳者，亦许列观堂下。而所部诸将，并得纳交昉思。时督造曹公子清寅，亦即迎致于白门。曹公素有诗才，明声律，乃集江南北名士为高会。独让昉思居上座，置《长生殿》本于其席，又自置一本于席。每优人演出一折，公与昉思雠对其本，以合节奏，凡三昼夜始阕。两公并极尽其兴赏之豪华，以互相引重，且出上币兼金赆行，长安传为盛事，士林荣之。……康熙戊辰朝彦诸名流，闻《长生殿》出，各醵金过昉思邸搬演，觞而观。"[②]

但是，《长生殿》搬演的盛况好景不长，据董潮云："钱塘洪太学昉昇，著《长生殿》传奇，康熙戊辰中，既达御览，都下艳称之。一时名士，张酒治具，大会生公园，名优内聚班演是剧。主之者为真定梁相国清标，具柬者为益都赵赞善执信。虞山赵星瞻征介馆给谏王某所，不得与会，因怒，乃促给谏入奏，谓是日系皇太后忌辰，为大不敬。上先发刑部拿人，赖相国挽回。后发吏部，凡士大夫除名者几五十余人。"[③]焦循云："稗畦居士洪昉思昇，仁和人，工词曲，撰《长生殿》杂剧，荟萃唐人诸说部中事及李、杜、元、白、温、李数家诗句，又刺取古今剧部中縠丽色段以润色之，遂为近代曲家第一。在京师填词初毕，选名优谱之，大集宾客。是日国忌，为台垣所论。与会凡数人，皆落职。……昉思跌宕孤逸，

---

① 王应奎:《柳南随笔》，中华书局1983年版，第123页。
② 金埴:《巾箱说》，中华书局1982年版，第136页。
③ 董潮:《东皋杂钞》，商务印书馆1936年版，第33页。

无俗情。年五十余，堕水死。"① 洪昇和《长生殿》获罪的直接原因是触犯了孝懿皇后国丧的禁忌，而潜在原因是朝廷中南北党争所致，根本原因则恐怕或多或少与明清易代之际，清朝统治阶级敏感《长生殿》激发汉民族的故国之思有密切关系。因此说，"可怜一夜《长生殿》，断送功名到白头"，洪昇的人生悲剧和《长生殿》的曲折遭遇说明清朝统治阶级的戏曲国家认同存在历史、民族、阶级、思想的严重局限。当然，洪昇与《长生殿》蕴涵的爱国思想与民族意识，推崇与弘扬了中华民族优秀传统文化中的核心价值和正义精髓，获得了有识的广大文人学士和市民百姓的身份认同，《长生殿》的搬演经久不衰，最终成为清代戏曲经典之一。乾嘉以后，《长生殿》多以折子戏的方式在社会上搬演，京剧、川剧、滇剧、莆仙戏、歌仔戏、秦腔、黄梅戏、歌剧、子弟书、评弹等不同艺术种类均有成功改编《长生殿》的范例。与此同时，孔尚任的《桃花扇》遭遇了与洪昇的《长生殿》几乎相同的命运，其性质发人深思，耐人寻味。

由此可见，在封建社会里，统治阶级对戏曲的喜好和推崇使戏曲国家认同的学术独立获得了充分的权力指引和必需条件，但是，统治阶级的思想作为占统治地位的思想，所代表的戏曲国家认同具有衡量标准为我所用的选择性身份认同特点，对戏曲国家认同的学术独立会带来不利的影响。王国维为中国古代戏曲学学科奠基的筚路蓝缕意义，就在于摆脱了封建社会统治阶级狭隘的意识形态束缚，而正式确立了戏曲学科在中国古代学术史上的独立地位，王国维的所作所为虽然还不乏草创不足之处，但是，毕竟发前人之未发，实乃功不可没，难能可贵。

值得一提的是，中华民族传统文化自古以来就有海纳百川、包容天下、面向世界的博大襟怀，可谓万方同轨，中外向风。中国古代戏曲作品从《赵氏孤儿》开始陆续有一部分在外国翻译、改编、传播、搬演，体现了他国有识之士认同、喜爱、推崇与弘扬中国古代戏曲，也促进了中外审美文化的交流和戏剧事业的发展，对建构中国古代戏曲国家认同意识发挥了积极作用。而且，每一个民族、每一个国家都有自己独特的审美文化，古代戏曲作为中华民族传统审美文化的象征性艺术，开放性地融入世界审美文化进步发展的时代潮流，接受他国有识之士的审视、检验和评判，成为中国古代戏曲国家认同与学术独立必不可少的外部条件和现实基础。

---

① 焦循：《剧说》，《中国古典戏曲论著集成》（八），中国戏剧出版社1959年版，第154页。

结　语
古代戏曲身份认同的当代国学复兴与文化自觉意义

明代，黄节的《李氏焚书跋》云："夫学术者，天下之公器。王者徇一己之好恶，乃欲以权力遏之，天下固不怵也。"① 意思是说，学术是天下人所共享的财富，学术研究是以天下为公为终极目标，不是以个人的喜怒好恶意志为转移，即使是君王也不能够凭藉至高无上的权力遏制学术研究，天下文人学士和广大市民百姓也不会受到君王一己之私的引诱利惑，从而改变对学术研究所持的客观公正立场与实事求是的态度。有鉴于此，中国学术史的本质告诉人们，学术研究的目的是探讨、揭示和总结人、自然和社会发展过程中相互关联的事物或事理的本质、特点和客观规律，亦即探讨、揭示和总结人、自然和社会发展过程的真理；在理论指导实践、改造自然和社会客观世界的同时，反思自我和人们自身、改造自我和人们的主观世界，促进人、自然和社会可持续地和谐健康、循序渐进、发展繁荣。

中华民族是一个富有历史蕴涵和思想意识的民族，中华民族传统学术文化源远流长。国学作为中华民族传统学术文化的凝聚，是中国几千年学术史的载体，有着渊博丰厚的古今思想文化资源的积淀。其中，中国古代戏曲是国学的有机组成部分，作为各门类艺术的综合体，在本质上乃集中华民族传统审美文化之大成。中国古代戏曲身份认同经历了漫长的历史过程，具有混杂性、矛盾性、自觉性、趋同性等显著特点，戏曲作为综合艺术也是一种求同存异的身份认同结果，虽然古代戏曲身份认同的主体、取向、方式、方法、路径、尺度、表达、机制等是多种多样的，不可不谓殊途异路。但是，其学术研究的真理性集中表现在，最终以满足人们丰富多彩的精神生活的审美文化需要，共同提高戏曲在国学中的地位为

---

① 李贽：《李贽文集》第1卷，社会科学文献出版社2000年版，第245页。

指归，从而继承与弘扬中华民族优秀传统文化，促进不同时代人们社会经济文化的向上发展。

为此，本书以戏曲身份认同为研究对象，以戏曲本体为聚焦点，借鉴西方学术文化中关于身份认同研究的理论和方法，在国学视域下，对与中国古代戏曲相关文献资料进行全面、深入的发掘，围绕戏曲身份认同的历史内容进行纵横比较，揭示其主体自觉，诠释其思想成果，阐发其艺术精神，论述其文化价值，发现其国学意义；梳理与归纳古代戏曲身份认同的主体、取向、方式、方法、路径、尺度、表达、机制等，全面、深入、系统地探讨古代戏曲作为综合艺术各个方面的历史，甄别古代戏曲身份认同与文学、音乐、舞蹈、绘画、雕塑、建筑等的相互关联与渗透融汇；分析古代戏曲身份认同的本质、特征和规律性问题，把握不同时代、地域、地位的个体或群体的审美文化立场，及其对古代戏曲在国学中之地位与身份认同的决定性；确证古代戏曲身份认同的不同主体、取向、方式、方法、路径、尺度、表达、机制等，客观描述古代戏曲身份认同建构的工具性质、观念差异、价值取向、理论属性、传扬革新、嬗递形塑；比较上层文化与下层文化的区分、归属、冲突、渗透、互动、转化、整合、统一，阐发古代戏曲的民族身份与国家形象的代表性、象征性；阐明古代戏曲身份认同在中外文化艺术交流中的地位、作用、意义与价值；充实与完善当代中国古代戏曲研究的理论体系。

20世纪80年代以来，中国出现了国学复兴热。迄今，传统文化研究方兴未艾。国学复兴热是中国人民族向心力、凝聚力不断增强的现实表现，是中华民族自信心、自尊心不断升华的鲜明写照，是当代中国经济社会发展、综合国力不断提升的社会反映，是从古迄今中华民族精神自立、自强的意志彰显，展示着中国人对中华民族身份的认同与国家繁荣富强的自豪，表现了新时期中国人民的文化自觉、文化自信与文化自强。因此，在当代国学复兴的思潮背景下，古代戏曲身份认同研究有着重要的社会现实意义和审美文化价值。当然，国学范围十分广泛，国学典籍浩如烟海，古代戏曲历来不受封建统治阶级和主流意识形态的重视，古代戏曲文献资料零散不全，有许多文献资料已经散佚或者消亡不再传世，收集、发掘、整理其中有关古代戏曲的片言只语，难度之大可想而知。尽管如此，从继承与弘扬中华民族优秀传统文化的意义上而言，在国学视域下，开展中国古代戏曲身份认同研究毫无疑问是十分必要的。

以国学为视域，开展中国古代戏曲身份认同研究，对戏曲身份认同的历史进程予以全面系统梳理与审美文化描述,有利于发掘与古代戏曲相关的新资源,开掘古代戏曲研究的新领域,丰富并充实中国古代戏曲史研究的内涵,建构中国古代戏曲史不可或缺的新维度,拓展关于中国古代戏曲研究学术意义和现实功能的认知。以国学为经纬,开展中国古代戏曲身份认同研究,对戏曲身份认同的主体、取向、方式、方法、路径、尺度、表达、机制等进行具体甄别与深入阐释,有利于遵循国学研究的路径,确立古代戏曲研究的新对象,通过对不同时期剧作家、作品、流派、风格、搬演、欣赏、艺术效果和社会影响等进行客观阐释与审美评断,对不同时期戏曲理论建构的学术价值及其取向进行科学的归类、评析与揭示,对戏曲身份认同的文学、艺术、审美和文化价值进行深广发掘与逻辑判断,建构自足的古代戏曲身份认同的理论体系。以国学为向度,开展中国古代戏曲身份认同研究,对以往古代戏曲研究的历程进行更新审视,有利于疏浚古代戏曲研究的多向渠道,贯通古代戏曲与他者文学艺术门类的关联,对戏曲身份认同的学术文化意蕴从宏观到微观进行更新评价和学理论证,揭示中国古代戏曲文化的艺术精神、文化品格、社会地位、民族身份和国学价值,为研究与建构古代戏曲理论体系提供新的思想资源、思维方式、批评视野和研究方法,从中抽绎新的观点与新的结论,促进戏曲文化在当代国学复兴和文化建设中的积极传扬。以时空为背景,开展中国古代戏曲身份认同研究,对古代戏曲身份认同史的本质、特点与客观规律进行梳理,有利于在国学的体系里获得对古代戏曲的本质、特征、建构过程更加全面、系统和规律性认识,巩固、夯实、重铸、提升古代戏曲的社会身份与国学地位,进一步充实当代戏曲学学科与中华民族传统文化学术的宝库,增进中华民族优秀戏曲文化与世界文化的多元交流与深广融通,使戏曲在当代中国文化建设、中华民族伟大复兴和世界多元文化交融中扮演着重要角色、发挥着重要作用。

在新时期戏曲事业发展、繁荣、创新与创造的现实进程中,中国古代戏曲身份认同研究将肩负时代使命,砥砺前行;在未来国学复兴、重构、创新与创造的漫长历程中,中国古代戏曲身份认同研究必将迎来新的挑战、新的机遇;是可谓义不容辞,任重道远。而所有这些研究和可期待的成果都有赖于人们的文化自觉,尤其是审美文化自觉。

文化自觉在本质上是一种人的主体意识对于人生目标的清醒、彻悟、执着与追求。同理,审美文化自觉在本质上是人的主体意识对于审美文化艺术的清醒、彻悟、执着与追求。

从国学视域来看，中国古代戏曲身份认同充分体现了历代文人学士和广大市民百姓的审美文化自觉。这种戏曲审美文化自觉的意义和价值集中表现在，历代文人学士和广大市民百姓不同程度的审美文化意识，对戏曲建构从无到有、从小到大、从低到高、从局部到全面的国学身份和社会地位发挥了内在的决定性作用；对戏曲身份认同主体、取向、方式、方法、路径、尺度、表达、机制等进行了多方面、多层次、全方位的甄别与确证，逐步建构并完善了戏曲身份认同过程的工具性质、观念差异、价值取向、理论属性、传扬革新、嬗递形塑；在上层文化与下层文化差别对待戏曲艺术、处理戏曲观念冲突、渗透之余，对逐渐实现不同文化之间的融会、转化、整合、归属、认同，建构中国戏曲学的学科体系做出了长期不懈的努力和积极有效的贡献。历代文人学士和广大市民百姓交互作用的审美文化意识，凝聚于戏曲艺术的本质、本体和实体以及身份认同，对近现代文学界、艺术界和文化界就中国古代戏曲的发掘梳理、探赜总结、认知升华、拨乱反正和崇尚弘扬，提供了源源不断的丰富的思想活水与艺术资源。

中国古代戏曲身份认同的文化自觉还表现在，中华民族优秀传统文化是古今中外全体中国人的"根"和"魂"，在当代中国与世界的传播具有十分重要的现实意义和国际文化交流价值。现当代文学艺术家、学者和广大市民百姓普遍趋向审美文化自觉，在国学视域下，古代戏曲身份认同是一个人们永远必须面对和重视的问题。正如理查德·罗蒂所说："那些希望自己的国家有所作为的人必须告诉人们，应该以什么而自豪，为什么而耻辱。他们必须讲述富有启迪性的故事，叙说自己民族过去的历史事件和英雄人物——任何国家都必须忠于自己的过去和历史上的英雄人物。每个国家都要依靠艺术家和知识分子去塑造民族历史的形象，去诉说民族过去的故事。从某种意义上说，政治领导权的竞争就是民族自我认同的不同故事之间的竞争，或者说是代表民族伟大精神的不同形象之间的竞争。"[①] 有鉴于此，中国古代戏曲作为其他艺术门类无可替代的综合艺术，在社会生活中的历久发展传播，在很大程度上代表了中华民族的精神面貌，塑造了中华民族的国家形象，是讲好中华民族灿烂辉煌悠久历史故事的重要手段。以往，中国古代戏

---

① [美]理查德·罗蒂：《筑就我们的国家：20世纪美国左派思想》，黄宗英译，生活·读书·新知三联书店2006年版，第1—2页。

曲传播至国外，甚而直达欧洲，其中所蕴涵的深刻思想以及独特的东方艺术技巧使国外尤其是欧洲剧作家耳目一新，特别是为欧洲大陆的启蒙运动注入了新鲜血液和旺盛生命。而今，人类社会已经进入21世纪，在这种新形势下，中国人民已经逐步建构了充满理性的审美文化自觉，通过古代戏曲身份认同研究，激励着戏曲发展、文化创新、赓续文脉、重建国学、振兴国学、增强民族自尊心、提高民族自豪感，使戏曲在当代建设中华民族精神家园中发挥重要的功能和积极的作用；激发着人们更自觉、更主动地充分利用戏曲的各种艺术内容与表现形式，满足中国人自我认同、社会认同、民族认同、国家认同，以及世界各国人民迫切希望了解中国、认识中国的强烈愿望；激扬着中国人民通过古代戏曲艺术的传承与光大，将中华民族优秀传统文化嗣续给千千万万华夏子孙，介绍给世界各国百千万亿各民族人民，让中华民族优秀传统文化更好更快地走向世界，让中国戏曲文化为世界戏剧文化、中华文明为世界文明建构发展繁荣的命运共同体做出积极的应有的贡献。

主要参考文献

钱穆:《国学概论》,商务印书馆1997年版。

章太炎:《国故论衡》,上海古籍出版社2003年版。

中国孔子基金会编《中国儒学百科全书》,中国大百科全书出版社1997年版。

慈怡主编《佛光大辞典》,北京图书馆出版社1989年版。

中国佛学院、中国佛教协会:《释氏十三经》,书目文献出版社1989年版。

胡孚琛主编《中华道教大辞典》,中国社会科学出版社1995年版。

于平主编《道家十三经》,国际文化出版公司1993年版。

任继愈主编《中国道教史》,上海人民出版社1990年版。

陆扬主编《文化研究概论》,复旦大学出版社2010年版。

罗钢、刘象愚主编《文化研究读本》,中国社会科学出版社2000年版。

汪安民主编《文化研究关键词》,江苏人民出版社2007年版。

陶东风主编《文化研究精粹读本》,中国人民大学出版社2006年版。

钱穆:《民族与文化》,九州出版社2012年版。

钟敬文:《民族文化学梗概与兴起》,中华书局1996年版。

邹广文:《当代文化哲学》,人民出版社2007年版。

李鹏程:《当代文化哲学沉思》(修订版),人民出版社2008年版。

柳诒徵:《中国文化史》,上海古籍出版社2001年版。

梁漱溟:《中国文化要义》,上海人民出版社2011年版。

周宪主编《中国文学与文化的认同》,北京大学出版社2008年版。

徐行言:《中西文化比较》,北京大学出版社2004年版。

齐森华、陈多、叶长海主编《中国曲学大辞典》,浙江教育出版社1997年版。

李昌集:《中国古代曲学史》,华东师范大学出版社1997年版。

赵景深:《明清曲谈》,古典文学出版社1957年版。

齐森华:《曲论探胜》,华东师范大学出版社1985年版。

卢前:《卢前曲学四种》,中华书局 2006 年版。

俞为民:《曲体研究》,中华书局 2005 年版。

幺书仪:《戏曲》,人民文学出版社 1994 年版。

周贻白:《中国戏剧史长编》,人民文学出版社 1960 年版。

张庚、郭汉城:《中国戏曲通史》,中国戏剧出版社 1992 年版。

叶长海:《中国戏剧学史稿》,上海文艺出版社 1986 年版。

廖奔、刘彦君:《中国戏曲发展史》,山西教育出版社 2000 年版。

蒋星煜:《中国戏曲史钩成》,中州书画社 1982 年版。

吴新雷:《中国戏曲史论》,江苏教育出版社 1996 年版。

王利器:《元明清三代禁毁小说戏曲史料》,上海古籍出版社 1981 年版。

张发颖:《中国戏班史》(增订本),学苑出版社 2003 年版。

廖奔:《中国古代剧场史》,中州古籍出版社 1997 年版。

曾永义:《戏曲源流新论》(增订本),中华书局 2008 年版。

康保成:《傩戏艺术源流》,广东高等教育出版社 2005 年版。

周育德:《中国戏曲文化》,中国友谊出版公司 1995 年版。

郑传寅:《传统文化与古典戏曲》,湖南人民出版社 2004 年版。

中国戏曲研究院:《中国古典戏曲论著集成》,中国戏剧出版社 1959 年版。

蔡毅编《中国古典戏曲序跋汇编》,齐鲁书社 1989 年版。

谭帆、陆炜:《中国古典戏剧理论史》,中国社会科学出版社 1993 年版。

江巨荣:《古代戏曲思想艺术论》,学林出版社 1995 年版。

隗芾、吴毓华:《古典戏曲美学资料集》,文化艺术出版社 1992 年版。

姚文放:《中国戏剧美学的文化阐释》,中国人民大学出版社 1997 年版。

王国维:《王国维戏曲论文集》,中国戏剧出版社 1984 年版。

吴梅:《顾曲麈谈中国戏曲概论》,上海古籍出版社 2000 年版。

冯叔鸾:《啸虹轩剧谈》,中华图书馆 1914 年版。

王季烈:《螾庐曲谈》,商务印书馆 1928 年版。

曹聚仁:《听涛室剧话》,中国戏剧出版社 1985 年版。

夏写时:《论中国戏剧批评》,齐鲁书社 1988 年版。

黄天骥、康保成主编《中国古代戏剧形态研究》,河南人民出版社 2009 年版。

车文明:《中国神庙剧场》,文化艺术出版社 2005 年版。

罗德胤:《中国古戏台建筑》,东南大学出版社 2009 版。

海震:《戏曲音乐史》,文化艺术出版社 2003 年版。

蒋菁:《中国戏曲音乐》,人民音乐出版社 1995 年版。

何为:《戏曲音乐论》,文化艺术出版社 1998 年版。

周维培:《曲谱研究》,江苏古籍出版社 1999 年版。

允禄等:《新定九宫大成南北词宫谱》,乾隆十一年殿刊朱墨套印本。

朱维英主编《戏曲作曲技法》,人民音乐出版社 2004 年版。

王金璐、晏炎吾:《中国戏曲表演艺术辞典》,国家出版社 2001 年版。

阿甲:《戏曲表演规律再探》,中国戏剧出版社 1990 年版。

孙崇涛、徐宏图:《戏曲优伶史》,文化艺术出版社 1995 年版。

潘光旦:《中国伶人血缘之研究》,商务印书馆 1941 年版。

胡忌:《宋金杂剧考》,古典文学出版社 1957 年版。

钱南扬:《戏文概论》,上海古籍出版社 1981 年版。

王国维:《宋元戏曲史》,华东师范大学出版社 1995 年版。

王季思主编《全元戏曲》,人民文学出版社 1999 年版。

隋树森:《全元散曲》,中华书局 1981 年版。

徐沁君:《新校元刊杂剧三十种》,中华书局 1980 年版。

中国戏剧出版社编辑部:《孤本元明杂剧》,中国戏剧出版社 1957 年版。

胡忌、刘致中:《昆剧发展史》,中国戏剧出版社 1989 年版。

陆萼庭:《昆曲演出史稿》,上海文艺出版社 1980 年版。

苏子裕:《弋阳腔发展史稿》,中国戏剧出版社 2006 年版。

马华祥:《明代弋阳腔传奇考》,中国社会科学出版社 2009 年版。

徐子方:《明杂剧史》,中华书局 2003 年版。

李福清:《海外孤本晚明戏剧选集三种》,上海古籍出版社 1993 年版。

汪效倚:《潘之恒曲话》,中国戏剧出版社 1988 年版。

孟繁树、周传家编校:《明清戏曲珍本辑选》,中国戏剧出版社 1985 年版。

郭英德:《明清传奇史》,江苏古籍出版社 1999 年版。

周妙中:《清代戏曲史》,中州古籍出版社 1987 年版。

丁汝芹:《清代内廷演戏史话》,紫禁城出版社 1999 年版。

王芷章:《清升平署志略》,上海书店 1991 年版。

张次溪编纂《清代燕都梨园史料》,中国戏剧出版社 1988 年版。

傅谨主编《京剧历史文献汇编》,凤凰出版社 2011 年版。

庄一拂:《古典戏曲存目汇考》,上海古籍出版社 1982 年版。

毛晋编:《六十种曲》,中华书局 1958 年版。

唐德苍:《缀白裘》,中华书局 2005 年版。

纪昀等:《四库全书》,上海古籍出版社 1989 年版。

永瑢等:《四库全书总目提要》,商务印书馆 1931 年版。

《续修四库全书》编委会:《续修四库全书》,上海古籍出版社 2002 年版。

上海商务印书馆编《四部丛刊》,商务印书馆 1922 年版。

阮元:《十三经注疏》,中华书局 1980 年版。

白寿彝总主编《中国通史》,上海人民出版社,1999 年版。

陈梦雷:《古今图书集成》,中华书局 1934 年版。

王云五主编:《丛书集成初编》,商务印书馆 1936 年版。

彭定求等:《全唐诗》,中华书局 1999 年版。

董诰等:《全唐文》,中华书局 1983 年版。

傅璇琮等主编《全宋诗》,北京大学出版社 1998 年版。

唐圭璋编《全宋词》,中华书局 1965 年版。

吴文治编《宋诗话全编》,江苏古籍出版社 1998 年版。

吕祖谦编《宋文鉴》,中华书局 1992 年版。

无名氏编辑《大元圣政国朝典章》,中国广播电视出版社 1998 年版。

李修生主编《全元文》,江苏古籍出版社 1999 年版。

徐师曾:《文体明辨》,人民文学出版社 1998 年版。

李贽:《李贽文集》,社会科学文献出版社 2000 年版。

莫友忠:《何翰林集序》,明嘉靖四十四年何氏香严精舍刻本。

邓士龙:《国朝典故》,北京大学出版社 1993 年版。

钱谦益:《列朝诗集小传》,上海古籍出版社 1983 年版。

刘若愚:《明宫史》,北京古籍出版社 1982 年版。

王夫之等:《清诗话》,上海古籍出版社 1999 年版。

郭绍虞编选《清诗话续编》,上海古籍出版社 1983 年版。

毕沅:《续资治通鉴》,中华书局 1957 年版。

戴延年:《昭代丛书》,道光二十四年沈楙惠刊印。
何文焕辑《历代诗话》,中华书局 1981 年版。
沈乘麐:《韵学骊珠》,中华书局 2006 年版。
梁章钜:《楹联丛话》,中华书局 1987 年版。
包世臣:《艺舟双楫》,商务印书馆 1929 年版。
嵇璜等:《续通典》,乾隆四十八年武英殿刻本。
刘熙载:《艺概》,中华书局 2009 年版。
史梦兰:《全史宫词》,北京古籍出版社 1987 年版。
徐珂:《清稗类钞》,中华书局 1986 年版。
梁启超:《梁启超全集》,北京出版社 1999 年版。
王国维:《王国维文集》,中国文史出版社 1997 年版。
《中国野史集成》编委会、四川大学图书馆编《中国野史集成》,巴蜀书社 1993 年版。
虫天子:《中国香艳全书》,团结出版社 2005 年版。
王杰修:《钦定大清会典事例》,清光绪刻本。
马建石、杨育裳主编《大清律例通考校注》,中国政法大学出版社 1992 年版。
段玉裁:《说文解字注》,上海古籍出版社 1981 年版。
张玉书等:《康熙字典》,中华书局 1958 年版。
杨义:《现代中国学术方法通论》,山东教育出版社,2009 年版。
钱穆:《中国学术通义》,学生书局 1975 年版。
王运熙、顾易生主编《中国文学批评史新编》,复旦大学出版社 2001 年版。
郭绍虞、罗根泽主编《中国近代文论选》,人民文学出版社 1959 年版。
王水照编《历代文话》,复旦大学出版社 2007 年版。
齐如山:《齐如山文论》,辽宁教育出版社 2010 年版。
谢桃坊:《中国词学史》,巴蜀书局 2002 年版。
唐圭璋编《词话丛编》,中华书局 1986 年版。
丘良任编著《历代宫词纪事》,暨南大学出版社 1995 年版。
雷梦水等编《中华竹枝词》,北京古籍出版社 1997 年版。
郭预衡:《中国散文史》,上海古籍出版社 2000 年版。
肖东发:《中国图书出版印刷史论》,北京大学出版社 2001 年版。

傅璇琮、谢灼华主编《中国藏书通史》，宁波出版社2001年版。

胡道静：《中国古代的类书》，中华书局1982年版。

吴枫：《中国古典文献学》，齐鲁书社1982年版。

来新夏：《古典目录学浅说》，中华书局1981年版。

杨荫浏：《中国音乐史稿》，人民音乐出版社2004年版。

修海林编《中国古代音乐史料集》，世界图书出版公司2000年版。

朱谦之：《中国音乐文学史》，上海世纪出版集团2006年版。

王克芬：《中国舞蹈发展史》，武汉大学出版社2012年版。

陈师曾：《中国绘画史》，中华书局2010年版。

李来源、林木编《中国古代画论发展史实》，上海人民美术出版社1997年版。

梁思成：《中国雕塑史》，百花文艺出版社1998版。

郭净：《中国面具文化》，上海人民出版社1992年版。

沈从文：《中国古代服饰研究》，上海书店出版社2002年版。

罗钢：《叙事学导论》，云南人民出版社1994年版。

钟敬文主编《民俗学概论》，上海文艺出版社1998年版。

胡朴安：《中华风俗志》，上海文艺出版社1988年版。

陈高华、史卫民：《中国风俗通史》（元代卷），上海文艺出版社2001年版。

张紫晨：《中国民俗学史》，吉林文史出版社1993年版。

娄子匡主编《民俗丛书》，国立北京大学中国民俗学会1979年影印。

［英］马凌诺斯基：《文化论》，费孝通译，华夏出版社2001年版。

［美］露丝·本尼迪克特：《文化模式》，王炜等译，生活·读书·新知三联书店1988年版。

［英］阿雷恩·鲍尔德温等：《文化研究导论》，陶东风等译，高等教育出版社2004年版。

［美］理查德·沃林：《文化批评的观念》，张国清译，商务印书馆2000年版。

［英］斯图亚特·霍尔、保罗·杜盖伊：《文化身份问题研究》，庞璃译，河南大学出版社2010年版。

［法］阿尔弗雷德·格罗塞：《身份认同的困境》，王鲲译，社会科学文献出版社2010年版。

［英］曼纽尔·卡斯特：《认同的力量》，夏铸九、黄丽玲等译，社会科学文献

出版社2003年版。

［加拿大］查尔斯·泰勒:《自我的根源：现代认同的形成》，韩震等译，译林出版社2001年版。

［德］汉斯·罗伯特·耀斯:《审美经验与文学阐释学》，顾建光、顾静宇、张乐天译，上海译文出版社1997年版。

［法］雅克·德里达:《书写与差异》，张宁译，生活·读书·新知三联书店2001年版。

后 记

经历了多年的探索、研究和写作，本书即将付梓，内心感到十分高兴。

本书出版与华东师范大学终身教授、博导齐森华先生的帮助是分不开的。齐先生数十年来一如既往给予本人教诲、关心、帮助、支持、鼓励，值此之际，对齐先生表达诚挚的感谢和由衷的敬意！

在身挑教学、科研和行政等多副工作担子，以及长期缺乏学术研究专业平台的情况下，本人能够在编在岗之时获得国家社科基金一般项目的立项，并且在告别三尺讲台之后，能够相对静下心来用比较集中的时间完成这一项国家课题，要切实感谢江西财经大学的校领导、江西财经大学人文学院的领导与同仁们，以及华东师范大学博导、博士程华平教授，江西财经大学硕导王中云教授，江西财经大学硕导、博士江枬副教授，江西科技师范大学讲师王子文博士，江西师范大学讲师骆嘉博士，感谢他们对本人工作的全力支持与真诚帮助！

中国戏剧出版社的王松林主任、郭峰编辑待人热情友善，工作认真负责，对本书的出版一丝不苟、费尽心力、兢兢业业，在此亦对王松林主任、郭峰编辑深表感谢！

由于本人学识水平毕竟有限，撰著本书难免存在种种疏漏和瑕疵，恳请诸位有识之士不吝批评指正。

骆 兵

2020 年 4 月　豫章江财青山园教工宿舍